永乐大帝

云石 著

① 问鼎天下

长江出版传媒　长江文艺出版社

图书在版编目（ＣＩＰ）数据

永乐大帝 ：全三册 / 云石著. -- 武汉 ：长江文艺
出版社， 2021.6
ISBN 978-7-5702-2057-1

Ⅰ. ①永… Ⅱ. ①云… Ⅲ. ①长篇历史小说－中国－
当代 Ⅳ. ①I247.5

中国版本图书馆 CIP 数据核字(2021)第 062983 号

责任编辑：田敦国 　　　　　　　　责任校对：毛　娟
封面设计：颜森设计 　　　　　　　责任印制：邱　莉　　王光兴

出版：长江出版传媒　长江文艺出版社
地址：武汉市雄楚大街 268 号　　　　邮编：430070
发行：长江文艺出版社
http://www.cjlap.com
印刷：武汉中科兴业印务有限公司

开本：730 毫米×1060 毫米　　　1/16　　印张：64.625　　插页：3 页
版次：2021 年 6 月第 1 版　　　　2021 年 6 月第 1 次印刷
字数：1010 千字

定价：132.00 元（全三册）

目 录

楔　子

大明建文四年六月十三日，金陵。

天雷滚滚，金陵上空遍布阴霾，似有一场大雨将至，但就是怎么也落不下来，只把偌大个金陵城笼罩其中，显得十分阴沉。位于金陵城东部的紫禁城里，却不见平日川流不息的进出人群，空空荡荡，竟像个死城。紫禁城外廷的中轴线上，依次坐落着奉天、华盖、谨身三座大殿。此时，只有在奉天殿这座巍峨庄严的宫城主殿周围，还站立着一些内宫侍卫，稍有几分人气。但他们闪烁的眼神和惊惶的表情中，又明显地透露出阵阵不安气息。

奉天殿内，建文头发散乱，一双眸子木然无神地望着殿外，明黄色的盘领窄袖龙袍上面溅落着几滴殷红的血迹。脚前的青砖上，横陈着一具男子的尸体。从尸体腹间汩汩流出的鲜血可知，此人应死未久。

忽然，天空又响起一声惊雷，建文闻声一震，顿从呆若木鸡的神色中恢复过来。再打量了地上死尸一眼，他忽然发疯似的提起右脚，对着尸体便是一顿猛踹。

"奸贼害朕！奸贼害朕！"建文一边哭骂，一边死力踹着地上尸体，脸上两行热泪潸然而下，黑色的靴子也被鲜血浸染，现出一片暗红。

"陛下！"殿内一个身穿蓝色文官袍子的青年官员跪行上前，一把抱住建文的左腿，激动地哽咽道，"此贼构陷陛下，业已伏诛。然李景隆已开金川门，燕军不多时就要直犯宫阙了！事已至此，陛下切不能只顾泄一时之愤，还需速作决断啊！"

建文浑身一抖，手中利剑恍然落地。过了半晌，他方惨然一笑道："不想朕竟会落到这般地步……"

见建文只是自怨自艾，青年官员心急如焚。思忖片刻，他一咬牙，径直爬起，转身走到跪在殿门处的一名内官身边一阵细语。内官点点头，随即做个手势，带着几名下属飞驰而去。交代完毕，青年官员调过身子，强忍着心中悲痛对建文沉重说道："陛下，臣已交代王钺将紫禁城各门紧锁。燕贼亦是先帝之子，想来不会行焚宫室之恶举。如此看来，燕军要进宫城还需一段时间。事急矣，是玉石俱焚，还是忍辱负重，需请陛下即刻定议。否则燕贼一旦进宫，陛下将难逃奇辱！"

建文听罢，泪水又从眼眶中滚滚涌出。忽然，他飞一般直冲到殿门口，面朝西北呆若木鸡般站了片刻，突然仰天一啸，凄厉悲愤地咆哮道："李景隆……"

一个时辰后，奉天殿燃起熊熊烈火……

第一章

洪武帝御驾归西　建文君密谋削藩

洪武三十一年闰五月初十,大明开国皇帝朱元璋崩于金陵,留遗诏曰——

> 朕膺天命三十有一年,忧危积心,日勤不怠,务有益于民。奈起自寒微,无古人之博知,好善恶恶,不及远矣。今得万物自然之理,其奚哀念之有!皇太孙允炆仁明孝友,天下归心,宜登大位。内外文武臣僚同心辅政,以安吾民。丧祭仪物,毋用金玉。孝陵山川因其故,毋改作。天下臣民,哭临三日,皆释服,毋妨嫁娶。诸王临国中,毋至京师。诸不在令中者,推此令从事。

讣告四出,天下缟素……

是月下旬,北平府。

此间正值北平一年之中最热的时候。眼下正是申时,北平城内大街小巷空空荡荡,人们大都窝在自家院子的树荫下打着盹儿,期盼着黑夜早些来临,让被炎日炙烤了一整天的大地能稍微凉快一些。这时分外头烈日当空,通常不会有人走街串巷。只有等过了酉时,路面上才会有些行人。

忽然,城南丽正门外传来一阵由远及近的马蹄声,正蜷缩在城门洞内打盹的小卒们被响声惊醒。就在众人尚揉眼伸懒腰时,一辆马车已在数十骑士的簇拥下穿过城门飞驰而去,只在黄土路上留下一片凌乱的马蹄印和两道平行的车轮痕迹。

"咦!刚才过去的不是王爷的辂车么?"一个小卒惊奇地叫道。

"怎么可能!王爷几日前才南下,眼下应刚到京师才是,怎会折返回来?"一名小旗服饰的军校立刻驳道。

"狗子没瞧错，抹金铜凤头、如意滴珠板、红漆轮辐，车身还挂着白绢儿，不是王爷的辂车又是什么？"

"是王爷的辂车，错不了！"不一会儿，其他士卒也嚷起来，一致认定方才过去的就是亲王专用的辂车。

见大家众口一词，本来信心满满的小旗顿也犯了迷糊："真是王爷的车？可王爷不是进京奔丧了吗？怎会这么快便返回北平呢？"

……

把守丽正门的兵士们没有看错，方才过去的正是燕王朱棣的辂车。朱棣当然没有注意到车外的这些门卒，此时的他，正为近日来的连番惊变忧心不已。

朱棣今年三十九岁。洪武三年，年仅十一岁的他被封为燕王，十年之后就藩北平。其时大明开国未久，故元朝廷北遁塞外，仍具有相当实力，且一直觊觎中原。北平作为元代故都，边防根本之地，地位至关重要。朱棣自打进入北平那一天起，便与秦、晋等其他就藩边塞要地的"塞王"一起，担当起了戍守边疆之责。而这位年轻的王爷也确实不负重托，把这个塞王当得是风生水起。洪武二十三年与洪武二十八年，朱棣两次率军出塞，均大获全胜，一时声名鹊起。随着太子朱标、秦王朱樉、晋王朱棡相继薨逝，朱棣以皇四子身份位居诸王之长，亦被朱元璋视为北方柱石。就在上个月，朱元璋还下旨命朱棣节制诸军出塞，备卫开平。正当朱棣整治兵马，雄心勃勃地准备再大干一场之时，京师竟传来噩耗——自己的父皇，大明开国皇帝朱元璋已于本月初十驾崩！

接到讣告，朱棣失声痛哭，当晚便轻装简从南下奔丧。谁知车驾行至淮安，朝廷却遣使颁来一份敕符，除告知皇太孙朱允炆登基之事外，还带来了命其不得进京的新旨意。先帝既崩，新君却不准诸位皇叔进京奔丧，这让朱棣如何忍得？不过圣旨不容置喙，且先前与讣告一同送达的遗诏中也确有"诸王临国中，勿至京师"的话语。饶是朱棣满腔疑虑，也只能中途而返。而在回北平的路上，朱棣越想越觉得此事蹊跷。此时的他，急需要一个人来替其解开这诸多迷惑。

"王爷，庆寿寺到了。"车门外飘进一阵尖细之声。朱棣一愣，方觉车驾已停。他起身弯腰，打开门钻了出来，已在门外候着的燕王府副承奉内官黄俨忙上前侍候。朱棣抬头一看，只见一位身着皂色常服、身披黑条浅红袈裟的枯瘦老僧，正独自站在寺门前台阶下迎候自己。

朱棣急忙上前，双手合十对着老僧行了一礼道："暑气正重，道衍师父门内迎我便是，何必当此烈日，倒叫我着实过意不去。"

道衍双手合十道："王爷言重了，贫僧常年于屋内打坐修行，虽是暑日，偶尔出来却也无妨！此地炎热，王爷劳顿之躯，还请移驾禅房叙话。"

朱棣心知其意，便不再寒暄，随着道衍直至后院禅房。

道衍禅房不大，却独成一屋，周围并无其他建筑。二人进屋坐定，一个小沙弥进来小心奉上两杯茶，便又轻声退出。朱棣的心腹爱将，燕山中护卫副千户朱能将门带上，于屋外警戒。

房内静寂下来。朱棣啜着茶，心中还在梳理着这诸多疑惑，一时并未开口。道衍则一手捻动着佛珠，于旁静静等候。

道衍本姓姚，苏州府辖下长洲人，前元至正十二年便出家为僧，至今已有四十六年。虽身入佛门，道衍却不是拘泥于佛家一脉之人。相反，他于元末明初之际求学名山多年，不仅通晓儒、释、道，亦对相术、兵家多有涉猎。洪武十五年，孝慈皇后马氏去世，诸王赴京奔丧，遭遇丧妻之痛的朱元璋便令选高僧随侍诸王，为马皇后诵经祈福。道衍受僧录司左善世宗泐之荐，侍于燕王。

道衍初逢朱棣，观其面容，只见其鼻梁高挺，额骨中央高耸、形状如日，此正《相书》中所谓之帝王之相，便心生惊奇。待二人接触，道衍发现这个燕王文武之才兼备，言谈举止间稳健从容，尽显丈夫本色，且度量恢廓。有了这么个印象，他断定其乃不世之雄主，将来必有一番大作为。

本来，高僧侍王只为诵经。但道衍一直胸怀大志，其之所以应征，就是想趁此机会寻一雄略之主，辅佐其建下赫赫伟业，从而也成就传世美名。早在入选之前，他便听闻诸王中以燕王才略最佳，故专门托宗泐将其推荐给朱棣。

朱棣本也是有满腔抱负之人。到北平这座塞防重镇就藩后，他更是雄心勃勃，欲有所作为。这两年来他礼贤下士，不断招揽英杰。这一次，朱棣还以为道衍不过是佛法高深，孰料详谈后发现其竟身负经纬之学，他当即如获至宝。道衍一到北平，便当上庆寿寺住持。朱棣对道衍十分敬重，倚为腹心谋臣，平日遇有难事，便与他一起商议，两人明为主臣，实则师徒。如今遇此大变，朱棣岂能不找这位师父讨教？

过了半晌，朱棣方开口问道："近日之事，大师可都知晓？"

道衍徐徐道："先帝遗诏，王爷南下次日贫僧已在世子处看过。今上敕符王爷亦先遣人告知，以贫僧冷眼观之，这一诏一敕，其中大有深意。"

"愿闻其详！"朱棣顿时精神一振，忙坐直了洗耳恭听。

"以贫僧所见，此中疑点有三！"道衍压低声音道，"先帝于本月初十升遐，十六便入葬孝陵，先后相隔不过七日。历代帝王丧仪向来隆重，今上于先帝葬礼如此匆忙，这岂是人伦之道？其二，遗诏之中，有命诸王毋至京师之语。但洪武十五年孝慈皇后大行，王爷与诸位已就藩的亲王均有回京奔丧，当时怎么没有毋至京师的话？且父丧子归，本是天理人伦，即便是臣子，倘遇双亲亡故，尚需丁忧归乡，守孝三年，何况皇家？先帝素重孝道，又岂能出此夺情之语？其三，遗诏提到'王国所在文武吏士，俱听朝廷节制，唯护卫官军听王'，这便是要夺了诸王节制军队之权。藩王统领诸军，本就是先帝所创，岂会毫无风声地便行废止？且即便要废，先帝在世时一纸诏书便是，诸王身为皇子，又岂敢不从？再说，上月先帝还有敕旨，命王爷统领燕、辽官军出塞，这哪里又是要废藩王统兵之权的兆头？遗诏中所言，岂不离奇？"

道衍娓娓道来，朱棣细听之下大有醍醐灌顶之感。其实以上种种，朱棣这几日也有想过，但因连遇惊变，一向稳重的他也未免失了方寸。且加上连日车马劳顿，故一直未有机会理清罢了。道衍的这番话，使其缠绕心中多日的疑虑终于解开。但是，明白过来的朱棣却丝毫没有解脱之感，相反，却在炎炎夏日里感到凉意沁心。许久，他才结结巴巴地问道："依大师所见，这份遗诏是……伪诏？"

"伪诏谈不上，历代帝王遗诏，多由继位之君或顾命辅臣所制，倒也无人指其为伪！不过若贫僧所断不虚，先帝遗诏十有八九非其本意！"

"那也是矫诏！"朱棣愤然道，"连本王奔丧也要拦阻，天下岂有此等道理！这必是奸人蛊惑今上，愚弄天下的伎俩！"

其实朱棣心中明白，能发此遗诏，最终还得自己的大侄儿——新任天子朱允炆亲自决定。不过他素来谨慎，即便明知此乃绝对隐秘，也不愿直接"构陷"今上，无奈之下只好拿所谓的"奸人"出气。

道衍久侍燕王，熟知他的性格，只是微微一笑，也不反驳，过了片刻方道："此事既已明了，不知王爷将做何打算？"

"朝廷既已下旨，我又能如何？"朱棣苦笑道，"就算遗诏是假，我无凭无据，难道还能抗旨不遵？"

"王爷错了，遗诏真伪其实并不重要，最要紧的是朝廷，也就是当今圣上对诸藩的态度！"道衍三角眼中精光一闪，口中迸出这么一句话来。本还在失落中的朱棣心中一惊，忙又打起精神，静待下文。

"王爷请想，新君刚一登基，便匆忙安葬先帝，并以遗诏之命阻挠诸王会葬，究其原因，必是皇上年轻望浅，怕各位叔叔借机发难。而收诸王统兵之权，则是对诸王已不信任，借此机会削其实力，以防藩王日后以兵相挟。王爷身为诸藩之长，又数次统军出塞，屡立功勋，恐怕最为朝廷所忌惮者便是您啊！"

朱棣越听越惊。就在数月前，他还是国之重藩，北军主帅；而如今父皇一死，他却转眼间成了朝廷心腹之患。这种角色之间的巨大落差，把这位战场上驰骋纵横的王爷压得几乎喘不过气来。过了好一阵，他才不自信地说道："大师神算，不过朝廷毕竟只是削了我等统兵之权，也不见得还有别的举措，且今上素来仁孝，诸王均为其亲叔，如今兵权既削，应不至于再加为难吧？"

"王爷所说也有道理。贫僧所言亦只是揣测而已，皇上心意到底如何，贫僧也不敢妄下断言，只能静观其变罢了。只是王爷以后需愈加谨慎，切莫落了口实于人。还有……"说到这里，道衍忽然敛了笑意，压低嗓音道，"京城那边儿，王爷可暗中捎封密信过去，请他务要将皇上心思打探明白。"

朱棣一愣，继而面露犹豫之色："此非常之时，贸然请他相助，会不会给他带来祸患？"

"王爷多虑了。如今正逢大变，京内打探消息者不知凡几，皇上又方登基，百事芜杂，哪有工夫关注到他？"

朱棣见道衍一脸自信，又思忖片刻，便重重点了点头。

金陵乃江南第一名城。前元至正十六年，朱元璋率军渡江，一举攻下当时还叫集庆的金陵城，并改名为应天。此后，朱元璋以此城为根基，东征西讨十余载，终于一统天下，创建大明。洪武十一年，应天正式被定为大明京师。金陵本就是六朝古都，大明建都于此数十载，更使得这座城人文荟萃、商贾云集，逐渐成为天下第一大城。

若在平时，数十万天子脚下的臣民或公门当值，或开铺经商，或走街串巷卖苦力、访亲友，把这块金粉之地烘托得是热闹非凡。但眼下，这座城却略显冷清，大街之上车马匆匆，酒肆茶楼客源寥寥。前些日子，坐了三十一年龙廷的大明开国皇帝朱元璋龙驭宾天，整个京师瞬间安静下来。虽然太祖遗诏中仅让臣民服孝三日即可，但皇城外的百姓们仍不敢过于放肆。而平日里寻欢作乐的官员勋戚们，此刻更是谨慎，除了去衙门当值，便待在家里闷头不出，唯恐因贪这一时之欢，被科道言官或官场宿敌抖搂出来，毁了自己的名声和前程。而在坐落于东城的皇宫内，大小内官和都人们，连走路都踮起着脚跟，小心翼翼到了极致。

此时,在紫禁城外廷的武英殿内,大明天子朱允炆正与心腹重臣齐泰、黄子澄商议着纷杂政事。

朱允炆今年二十二岁。洪武二十五年,他的父亲懿文太子朱标英年早逝,半年后,年仅十五岁的他便被立为皇太孙。前些天,皇祖父朱元璋驾崩于西宫,朱允炆大哭于地。在一众文武劝进之下,他于朱元璋下葬孝陵之日登基为帝,改元"建文",并尊谥朱元璋为高皇帝,庙号"太祖"。

作为大明王朝的第二任天子,建文丝毫没有继承其祖父杀伐果断、坚韧不拔的气质;相反,这位以诗文见长的年轻皇帝,有着与其瘦削身材相似的柔弱性格。优柔寡断、缺乏定见是他最让太祖不满意之处。不过好在建文深受儒家熏陶,学问与品性都是一流,尤其是"宽仁厚道""知书达礼"二节,更是为天下文人所称道,这才让一向极重"文治"的朱元璋放心将大位传给他。不过尽管满腹经纶,且早在做皇太孙时便已学习打理政务,但一朝登基,面对扑面而来的诸多国事,建文仍显得有些不适应,而一向为其敬重的齐泰、黄子澄二人则成为不可或缺的股肱之臣。

"黄爱卿,转眼就是七月,按制当行时享之礼,你等可准备妥当?"

所谓时享,乃明代宗庙之祭礼,一年之内,每季首月及年终共行五次。黄子澄是太常寺卿,这祭祀之事乃其职掌,故建文此时问他。

"回禀陛下,一早就开始准备了,昨日臣与礼部、光禄寺会揖,已将此事商议妥当,并拟了个方略,请陛下圣裁。"黄子澄赶紧应答,并从袖中掏出一个奏本,毕恭毕敬呈给建文。黄子澄是洪武十八年的探花,入仕后又历任太子朱标与太孙朱允炆的伴读,学问文章自是没话说的,办事也是尽心尽力,甚得建文器重。现在黄子澄论职虽只是个正三品的小九卿衙门掌印,但要说到圣眷,其实已是满朝文武之首。

建文接过奏本,从头到尾仔细阅览了一遍,微微颔首道:"朕看可以。不过此次时享乃皇祖父升遐后之首祭,务须郑重,万不可出现差池!"

"臣必仔细办理,请陛下放心。"黄子澄忙一揖作答。

建文伸手一虚扶,示意他平身,旋又将目光转向齐泰道:"齐爱卿,诸藩削除统兵之权一事可还顺利?"

齐泰是黄子澄的同年,本为兵部左侍郎。建文昔日便与他相熟,知其通晓兵事。朱元璋驾崩之后,建文因担心藩王权力过重,便与齐泰、黄子澄商议,以遗诏的名义收回各王统兵之权,并命齐泰督办此事。建文正式登基后,升齐泰为兵部尚书，与升任太常寺卿的黄子澄一起参与国政。

见皇上问话，齐泰忙躬身答道："回陛下，此事一切顺利！据各省都司来报，诸王虽有不解，但因是先帝遗诏所命，俱都遵旨照办。现在除各王护卫外，天下卫所已俱归朝廷所有。只是各王带兵久了，辖下武官多受其恩惠，恐还需调换一番，方可放心。"

"爱卿说的是燕王吧！"建文见事情办得顺利，心中一时大安，脸上露出一丝微笑，"二叔、三叔已先去世，诸塞王中，带兵久的也就只有四叔了。不过四叔是诸王之长，且此次回京奔丧，又被朕用敕符挡了回去，恐其心中会有不平。若是眼下便调换北平武官，四叔于朕误会恐怕更深，且其脸面上也下不来。依朕看，此事还是从长计议为好。"

黄子澄在一旁，见建文有松懈之意，忙奏道："陛下所虑甚是，但燕王为诸王之长，且久镇北平，实力雄厚，虽不可操之过急，但仍需严加防备。"

严防宗藩亦是建文本人定下的调子，但他想了一想仍道："黄爱卿所言确有道理。但燕王毕竟乃皇祖父之子，朕之亲叔，虽说昔日兵权重了些，但毕竟也是皇祖父给的。且先前遗诏一下，四叔也未有梗阻，仍将兵权交了出来。依朕看，他的心还是忠于朝廷的。如今兵权已收，爱卿仍要朕严加防范，四叔知道，岂能不生忧虑？外人若知，怕会说朕不顾叔侄之情，朕不得不慎啊。"

黄子澄与齐泰二人对视一眼，心中均闪过同一个念头：这位皇上好是好，就是优柔寡断了些。黄子澄遂再禀道："臣非离间宗亲，只是藩王之事，于我大明江山之稳固关系重大，臣虽愚昧，不得不斗胆进此言，还望陛下以社稷为重。"

建文帝皱眉不语，黄子澄见其脸上仍有几分犹豫之色，索性心一横道："陛下可还记得昔日东角门之语？"

建文闻言浑身一震，一缕思绪不由飘回到了那个秋天——

那还是五年前的事。洪武二十六年八月，秦、晋、燕、周、齐五位王爷来朝，朱元璋在华盖殿举行家宴，朱允炆也出席作陪。去年夏天刚遭遇丧太子之痛的朱元璋见到五个儿子十分高兴，五位皇子自也是绞尽脑汁地专挑好话奉承父皇，席间众人欢声笑语，觥筹交错，一片其乐融融之象。

酒足饭饱后，朱元璋对诸子笑道："朕昔日东征西讨，戎马半生，何等痛快！只是登基以来，因要治理天下，不能像以前那般骑马上阵，实是人生一大憾事！你等久在外藩，统兵放马乃经常之事，倒叫朕这枯坐宫城的父皇羡慕得很哪！"

燕王朱棣坐在左首第二位，见父皇感慨，忙起身笑道："父皇抚治天下，日理万机，岂是儿臣等可比？儿臣听说父皇在皇城中亦建有跑马之所。今臣兄弟五人难得同日进京，父皇何不带儿臣等一起出去遛上几圈，也让做儿子的在父皇面前显显天家子孙的尚武之风！"

"好！棣儿说得好，倒激起为父当年横刀立马的气概。"朱元璋哈哈大笑，随即侧身对朱允炆说道，"你也一起去见识下五位皇叔的骑术。你这孩子，还是像你父亲多过像朕，太文弱了些。"

"是！"朱允炆尴尬一笑，恭敬回道。

朱元璋走出大殿，坐上大凉步辇，朱允炆与诸亲王分乘小辇居后。一行人穿过大内，从玄武门出了紫禁城，又沿着北安门内大街行了一阵，才来到位于皇城西北角的跑马场。下了步辇，朱元璋径直走到马厩旁，抚摸着一匹浑身雪白的御马对儿子们笑道："你等在外带兵，所骑都是千里良驹。朕这些马要说好看倒是不假，不过论脚力恐就比不上你等的了。不过这些马体形相似，品种也都一样，随便选来差别也不会太大，正显你等骑术本领。"

此时五王已是摩拳擦掌，都想在父皇面前大大地露上一脸。皇命一下，五王便一齐上前，各自牵了匹顺眼的骑上。朱元璋早已于场边高台上坐了，朱允炆立于一旁。见各王已准备完毕，朱元璋一声令下，五匹骏马奔腾而出，马场上顿时扬起一阵黄沙。

五王都是带兵之人，骑术均有造诣。一开始时，诸王尚混在一起，待过了两圈，便分出了高下。晋王朱棡此时一马当先，燕王朱棣以一个马身之差紧跟其后，在他俩后面的则是周王朱橚，不过与前面二王相比则有了数十步的差距；最后头的是秦王朱樉与齐王朱榑，已被三王远远抛在了脑后。

场上诸王奋力驰骋，场边的一众内官和侍卫也纷纷摇旗呐喊，把声势造得十足。高台上的朱元璋则紧盯着冲在最前面的晋、燕二王，似乎在判断谁能最后夺魁。一旁侍立的朱允炆则没有这份镇定。他在深宫中长大，又受其父朱标影响，好文而不尚武，于骑马射箭并不熟悉。今日难得诸皇叔比较骑技，此时场上又呈二王相争之势，他看得十分兴奋，若不是因朱元璋在场，且顾着皇太孙的身份，他真想像两旁侍从们一样大喊出来。

当跑到最后一圈时，场上形势起了变化。晋王朱棡的马似因前面发力过猛，已渐呈不支之势，任凭朱棡如何大呼小叫，连连挥鞭，速度仍是慢了下来。而燕王朱棣则一直稳健，此时又一发力，胯下御马一骑绝尘，竟把朱棡甩在十步之外,第一个冲过了终点。本处第三位的周王朱橚也趁着三哥不支奋力赶上,以半个马身的微弱优势赢得次席,先前一直领先的朱棡只落了个第三。待三人已勒马歇下,秦王朱樉和齐王朱榑才赶到终点,分列四五。

高下已分,朱元璋哈哈一笑,带着朱允炆走下台来,此时众王已至台下迎候。朱允炆一眼望去,五位叔叔战果不同,神色也是各异:秦王朱樉是皇二子,乃众王之长,此次赛马却落到第四,仅比七弟齐王略胜一筹,已是脸上无光。且秦王素来不得皇上欢心,曾一度被削去王爵,直到去年七月,因太子朱标去世,他为诸皇子之长,方被皇上开恩复封。常年惊惧下的这位叔叔早没了天潢贵胄的气度,此时更是一脸惊惶之色,生怕皇上一不高兴再加斥责;而晋王朱棡则是垂头丧气,本来他一直第一,最后却被超了过去,仅列第三,脸上自然不好看;周王朱橚一脸兴奋,想来列居次席已让他十分满意;齐王朱榑倒是一脸的无所谓,本来五王之中他最小,排在各位哥哥后面也是理所当然,且朱允炆也隐隐听过,这位七叔似乎对酒色的兴趣要比兵马之事大得多。让他略感意外的是燕王朱棣,这位四叔本就神武,大前年带兵出塞一战而捷,获得皇上大加赞赏。今日在皇祖父跟前得了彩头,他应是十分高兴才对,而面前的朱棣却神色恬然,丝毫没有兴奋之色,仿佛此赛与己无关似的。这份定力与修养,不由让他暗暗称奇。

朱元璋心情大好,把几位皇子均夸奖了一番,又扭头对朱允炆笑道:"你无事之时,也可到此处练习马弓。我大明以武立国,将来你位列九五,切不能一味修文,忘了朕创业之基!"

朱允炆深受儒家熏陶,对"以武立国"有些不以为然,不过听得皇祖父谆谆教诲,仍恭敬答道:"孙儿谨记于心。"

见朱允炆俯首受教,朱元璋十分高兴,正欲再说几句勉励之词,忽然一阵大风吹过,御马身上的鬃毛随风飘起。他眼珠一转,忽然笑道:"若论武功,自有你一众叔父,但谈到文辞,你向来擅长。朕有一上联,你来对如何?"

"孙儿敢不从命。"

朱元璋指着眼前御马说道:"就以眼前之物为对,朕的上联是'风吹马尾千条线',昔日曹子建七步成诗,朕不求你才比子建,七步之内对出下联即可。"

朱允炆来回踱了数步,回首对朱元璋躬身道:"孙儿已想出一句,正是'雨打羊毛一片毡'。"

朱元璋默念一遍笑道:"不错,对得工整,不足七步便已得对,炆儿才学确实不凡。"

待夸完朱允炆，朱元璋又对朱棣笑道："你马术冠于兄弟，朕已是见着，可不知近年来文辞功夫可有长进？方才炆儿已对一下联，你也对一句来，朕倒要看看你等叔侄谁的更佳！"

"太孙乃国之储君，宫里师父也都是名儒，学问自是比儿臣这个只会带兵的强。方才父皇一出对，儿臣已在想着下联，虽比不上太孙才思敏捷，但久思之下，也有了一对滥竽充数，权博父皇一笑。"朱棣欠身谦逊完，咳了一声道，"今日天气晴朗，儿臣方才见日光照于宫宇黄瓦之上，便得出了个'日照龙鳞万点金'的下联，不知父皇觉得可行？"

"日照龙鳞万点金？"朱元璋品读片刻，忽然放声大笑道，"对得好！若说工整，此句与炆儿的'雨打羊毛一片毡'可谓各有千秋；不过论气势，还是这句更好。天家儿孙，应有真龙气度，看来此次作对，炆儿还是逊了你四叔一筹啊！"

"父皇见笑了，此乃儿臣一得之愚，若论文采，太孙胜我这叔叔远了！"朱棣仍是态度谦和，微笑答道。

朱元璋哈哈大笑。众王中有的懊悔让朱棣独得了彩头，但见父皇如此开心，也都一起赔笑，唯独朱允炆脸上闪过一丝忧虑。

从马场出来已近傍晚。众王辞了父皇，从北安门出皇城回府。朱允炆侍候着朱元璋回乾清宫用完晚膳，方辞了出来。此时天色已黑，朱允炆却不想回东宫歇息。白天马场之事仍在脑海中缠绕不去，引得他一阵心烦。当下朱允炆屏退了一众内官宫女，独自一人慢慢踱步，不知过了多久，已走到东角门前。

东角门是奉天殿前的侧门。朱允炆被立为皇太孙后，便在东角门城楼学习政务。他走进城楼，见自己的伴读，翰林院修撰黄子澄仍在里面，遂笑道："天色已晚，黄爱卿还在辛苦？"

黄子澄抬头一看，忙起身行礼道："劳太孙费心，只是前几日呈上的启本中尚有些未加批阅，臣方才便想着择了出来，太孙回来再看也方便些。"

朱允炆心不在焉地"嗯"了一声道："先放这吧，今日心有些乱，怕没心思读，反正都不是急事，明日再批也无妨。"

黄子澄已瞅着朱允炆面带愁容，遂小心问道："中午赴宴之前，臣观殿下心情尚好，不知宴中发生何事，致殿下忧心？"

朱允炆素来信任黄子澄，今日之事也正想找人参详，于是屏退下人，将跑马、对对联等事一股脑地全倒出来，末了忧心忡忡地说道："诸王俱是尚武之人，各拥重兵于一方，一旦陛下不豫，我年纪轻轻，又是晚辈，如何奈何得了他们？尤其今日我观四叔,文韬武略俱佳,颇有皇祖父当年之风。像此等强藩,若心怀异志,却不知有何良策可以应之?"

黄子澄心中怦怦直跳。藩王兵权过重,朝中有识之士早有忧虑,只是朱元璋信赖诸王,在此事上根本听不得人劝。洪武九年天下大旱,朱元璋下诏求直言,平遥训导叶伯巨当即上书,引历代藩王权力过重,祸及中央的旧事,请皇上限制诸王,削宗藩兵权。孰料奏疏一上,朱元璋勃然大怒,当即要将其处斩,后经百官苦苦求情,方才网开一面,只将其打入天牢。经此事后,朝中无人敢再提削藩。黄子澄当然知道削藩的好处,但他也不敢拿自己的性命开玩笑,因此平日对此缄口不言。今日皇太孙问及于此,他不能不答。思忖一番后,鼓足勇气道:"以臣愚见,宗藩过强,必生巨变。殿下问臣对策,臣以为只有'削藩'二字!"

朱允炆没有回话,大厅内安静得连根针落地的声音都能听出来,黄子澄虽明知别无他人在场,太孙也不会将此事说出去,但仍不由得一阵紧张,头上顿时冒出汗来。

"爱卿说得很对。"朱允炆终于发话了,"只是诸王素为陛下信任,这藩又如何削得?"

见太孙支持削藩,黄子澄一颗心终于落地,胆子也大了起来,沉声说道:"陛下在世,这藩自是不可削。只是臣斗胆,陛下终有不在的一天,到时殿下再行削藩,则上应天命、下顺民心,必能成功。"

"理是这个理,但若到时诸王不服,滋生祸乱,却又该如何?"

"太孙既已登基,便为九五至尊!诸王均是臣子,若有不服,便是谋反!"黄子澄豪情顿生,声音也大了起来,"天下卫所,纵有归藩王节制的,但终归是朝廷兵马;天子下旨,他们谁敢不遵?诸王所掌,不过护卫军校而已。一旦有王谋反,陛下则明诏征讨。天子堂堂之师,讨伐乱臣贼子,焉有不胜之理?"

黄子澄一番慷慨之语,大大激发了朱允炆的信心,先前的忧虑与不快顿时散去。他疾步上前,一把将跪在地上的黄子澄扶起,动情地说道:"爱卿方才所说,俱是至理名言,我必牢记在心。只是真到削藩之时,还望爱卿助我一臂之力!"

太孙如此信任,黄子澄还有什么好说的,当即哽咽答道:"臣必不负殿下重托!"

……

"陛下!"黄子澄一声轻唤,将建文从往事中拉了回来。

叹了口气，建文方道："黄爱卿说得是，宗藩不削，国无宁日，朕不可因叔侄私情而废国事。"

"吾皇圣明！"齐泰、黄子澄双双跪下赞道。

"既已定议，便不再更改。至于如何削藩，两位爱卿回去后商量一下，拿出个妥善的章程出来，既能削除祸患，亦不要激起祸端。前汉'七国之乱'，西晋'八王之乱'万不能在本朝重演。"建文满脸郑重地说道。

"是！"

"此事事关重大，仅可二位爱卿知晓，千万不能泄露出去，否则必引来滔天祸患！"

"是！"

待齐、黄二人走出大殿，建文感到一阵轻松，积压了多年的难题总算有了些进展。他站起身来，望着殿外的一片蓝天，苍白的脸上浮出一丝笑容，许久方自言自语道："方先生应也快到京城了……"

太常寺位于洪武门外右侧，与左侧的工部遥遥相望。此时，在太常寺内的值房里，黄子澄正与齐泰激烈地争论着。

自从得到建文削藩的明确旨意，两人便夜以继日地为削藩之策详加谋划。经过数日的商议，两人已定下了"从速削藩、依次而行"的宗旨，只是在从谁削起的问题上，他二人却发生了激烈的争执。

"射人先射马，擒贼先擒王，燕王为诸王之长且实力最为雄厚，削掉燕王，其余诸王必然丧胆，岂敢再生不臣之心？此乃一锤定音也！"齐泰慷慨说道。

齐泰说得不无道理，拿下燕王，诸王力量便减掉了一半。但黄子澄却自有忧虑，只见他缓缓说道："尚礼兄说得是，只是燕王素来恭谨，从无不法之事；且其两次出塞，均获胜而还，于国家建有大功。如今无罪而削，又岂能服众？"

"非常之事，需用非常之谋！虽然燕王无过，但其久镇河北，威望素著，且燕、辽各地官军亦由其统率多年，势力盘根错节。若其生了异心，黄河以北，将不复朝廷所有！"齐泰仍在坚持。

"朝廷赏惩俱应有道，否则如何治理天下？无过而罚，又岂是圣天子所为？燕王实力虽强，但反心未显，贸然削夺，难挡天下悠悠之口啊。"黄子澄亦据理力争。

黄子澄与齐泰不同，齐泰办事干练，只要能达目的，并不在乎些许流言。黄子澄却是求全之人,在他看来,因削藩而损朝廷清誉并不是好局,他希望能有个十全十美之策,使鱼与熊掌可以兼得。

齐泰冷哼一声,将头伸到黄子澄耳边悄声说道:"当年高皇帝屠戮功臣之时可是有道?"

"尚礼禁口!"黄子澄吓了一跳,忙阻止道,"太祖之政,岂是你我二人议得的?切莫再出此言!"

齐泰也知道此事忌讳,方才不过是被黄子澄的迂腐劲儿逼急了,才迸出这么句"大逆之言"来,此时亦知不妥,脸顿时红了几分。

黄子澄心知齐泰对削燕一事十分坚持,自己也劝不了他,便呵呵一笑道:"莫如此事暂且放下。听说方孝孺已进京,陛下十分赏识,这些天一直让其随侍左右。不如我等现在进宫面圣,顺带会会这位名满天下的希直先生?"

方孝孺是海内闻名的大儒,洪武年间因被仇家陷害,被贬至汉中。建文久闻其名,刚一登基,便下旨召其入朝。

齐泰明白黄子澄这般说,知其是要将此事交于皇上决断。他也不愿再在此事上与子澄纠结,免得伤了二人和气,便起身笑道:"既是如此,我等便一起去瞻仰瞻仰方希直的风采。"

建文今日并未像往常一样在武英殿召见二人,而是改在谨身殿。二人进了殿门,便见一位身着九品绿色盘领右衽公服、约莫四十岁的清瘦男子面北而立,此人便是方孝孺了。待行完礼,建文笑道:"这位便是希直先生,前日刚到京城。本来朕早应引见给二位爱卿,不过知你等公事繁忙,所以耽搁了下来,今日正好见见。"

建文说完,方孝孺也转过头来,目光相对,齐泰与黄子澄这才看清这位一代文宗的真容。只见他面色枯黄,颧骨凸出,脸颊和眼眶都深深地凹陷进去,显是长年清苦所致;唯独一双眸子炯炯有神,瞳仁中迸发出灼热精光。这是一个坚韧不可夺其志的人!黄子澄念及此,敬意大增,遂对其拱手笑道:"久闻希直兄大名,今日得见,足慰平生。"

方孝孺忙还了一揖,谦逊说道:"实不敢当,两位大人乃国之重臣,孝孺汉中末吏,岂敢受大臣之礼!"

三人又寒暄一阵,建文方问道:"二位爱卿今日有何事?"

齐泰见殿内杂人过多,便含糊答道:"前些日陛下交代的事,臣与黄子澄已商议过了,现特来回禀。"

建文会意，一挥手，殿中便只剩下君臣四人，笑道："方先生乃忠义之人，亦朕之股肱，两位爱卿不必瞒他，详细奏来便是。"

齐、黄二人见建文一口一个"先生"，便知方孝孺已极受皇帝信任，不日即将大用，便将削藩之议说了，并把所争之事也一并奏上，请建文亲自决断。

建文听后，沉吟半晌方道："两位爱卿所言俱有道理，燕王之事，事关削藩大局，确需慎重。方先生有何看法？"

方孝孺还是第一次参加这种君臣密议，在感激建文信任之余，仍不免有些紧张。且此事关系重大，他思量了好一阵方才缓缓奏道："臣常年居于偏僻之地，此等国家要事，以臣之微能，实不敢妄加评断。只是这几日随侍下来，臣见皇上敦儒修文，颇有大兴文治之意。文治之道，不外一个'礼'字。燕王之强，实为诸王之首，先削燕王，确能震慑诸王，削藩一事必能事半功倍。不过燕王并无过失之处，若强行削之，于礼恐有不周，此确是两难。如此大事，臣不敢妄言，还需陛下亲决。"

方孝孺刚引出个"文治"，齐泰便瞅着建文微微颔首，后来方孝孺虽各列利弊，恭请圣裁，但齐泰已知皇上心意对己方不利，忙奏道："陛下，燕王乃朝廷心腹之疾，若不速削，恐生大患啊！"

方孝孺徐徐又道："齐大人之法固是捷径，但也有弊端。燕王虽无过错，但其内心毕竟不为人知，若削燕诏书一下，燕王抗旨不遵，兴兵造反，朝廷仓促间恐难应付。北平诸卫俱燕王旧部，如今虽权归朝廷，但将校都是燕王简拔，是否忠于朝廷尚不可知。若是北平诸卫归附燕王，恐怕河北顷刻间便会生灵涂炭，此事不可不虑！"

方孝孺一语中的，直指削燕之弊，齐泰顿时语塞。他千算万算，却偏偏没把这种局面算进去，一时之间倒也拿不出话来反驳。

黄子澄见状，忙趁热打铁奏道："方先生所言极是。削藩之事，稳妥最为要紧。先除诸王，便是循序渐进。一旦诸藩俯首，燕王再强，也是孤掌难鸣！"

方孝孺的分析起了作用，建文被打动了。而黄子澄"求稳"之论更与其心思不谋而合。毕竟，一旦燕王被逼急了扯旗造反，诸王很有可能望风而从，那样必定天下大乱，这不是朝廷所愿意见到的。

建文用赞赏的眼光望了方孝孺一眼，转向黄子澄道："以爱卿之见，削藩大计应从何处开始？"

建文如此一问，黄子澄已知皇上赞同自己所见，不由一喜，遂将心中之计托出道："以臣之见，可先削周藩。周藩为内地诸藩之首，封国开封位居中原，乃逐鹿天下之地。周王为燕王同母亲弟，两王关系素来亲密。周藩一除，燕王便失一臂，且河南重地在手，便可北遏燕山，燕王若想谋反，必然更加艰难。"

"不错，周藩若除，既减燕王羽翼，又可起敲山震虎之效。但师出尚须有名，朝廷又以何名目废除周藩呢？"建文又问。

"洪武二十二年，周王擅离封国赴中都凤阳，当时太祖震怒，将其扣于京师，两年后才放回。太祖在时周王便有不臣之心，何况今日？"黄子澄略顿一刻，压低声音道，"前几日皇上曾跟臣说过，周王次子、汝南王朱有爋密告其父与世子朱有炖意欲谋反，陛下可还记得？"

"朱有爋？"建文一愣，随即摆手笑道，"此事过于荒唐，朕特地查了玉牒，朱有爋是洪武二十三年生，满打满算也不到十岁，哪里懂得这些？应是下面奸人捣的鬼。"

"陛下！"黄子澄急道，"项托七岁知事，甘罗十二相秦，童子早慧也是有的。此事牵涉谋逆大罪且与削藩关联重大，陛下不可因汝南王年幼而不问啊！"

建文一阵沉默。黄子澄的意思很明白：这个节骨眼儿上冒出周王谋逆的事，无论真假，对削藩都是大有好处。只要将意欲谋反的帽子扣到周王头上，朝廷便师出有名。

良久，建文方以征询的语气对齐泰、方孝孺道："二位爱卿意下如何？"

齐泰本欲除燕，却被建文否了，心中不免悻悻然。且既已用黄子澄之策，他也不便多言，便含糊道："全听陛下旨意。"

方孝孺沉思半晌道："此策可用，周王于太祖在时便有不轨之举，其心恐不臣于皇上，借此除掉，则削藩大计出师告捷。"

建文见二臣亦都赞同此事，便下定决心道："既然如此，便依此计而行。不过周乃大藩，其力虽比不上秦、晋、燕等塞王，但仍不可小视，怎么个削法而又不致祸乱，尚须妥善计较。"他最担心的是诏书一下，这位五叔便兴兵作乱。此时朝廷刚削掉诸王兵权，尚无其他布置，恐怕会措手不及。

黄子澄早已胸有成竹，欠身道："臣已想过，此事只可智取。皇上可明发一敕，以胡患为名令曹国公李景隆率军北上巡边，同时暗下密旨，命其路过开封时将周王拿下。曹国公在洪武年间多次外出练兵，且与周王关系尚好，他在开封盘桓数日，周王应不会见疑。待其布置妥当，则明宣圣旨，速擒周王回京，则大事定矣。"

"李景隆？"建文眼中一亮。李景隆是开国元勋、歧阳王李文忠之子，朱元璋堂姐曹国长公主的嫡孙。太祖在世时，十分器重这位面貌俊秀的孙辈皇亲，太子朱标和建文本人亦时常到歧阳王府做客，与李家关系十分融洽。

此时黄子澄推荐，建文也觉得十分合适，当即挺身大声说道："好，此事便付与李景隆。黄爱卿出宫后可先跟他透个风，顺便面授机宜。明日早朝朕便下诏，命他率兵北上！"

齐泰嘴唇一动，似乎想说什么，但见建文决心已定，便又把头低了下去。

第二章

朱允炆有意捉弄 徐妙锦当街救人

商量完正事，三人便行礼告退。待他们走远，建文寻思左右无事，遂出殿登辇向长安宫行去。

长安宫位于后宫中的东六宫区的西南角，紧挨着皇后寝宫——坤宁宫，是皇帝嫔妃居所，当下住在长安宫的正是建文的妻子马氏。作为皇帝正妻，马氏本当入主坤宁宫。不过眼下太祖方逝，自不是行册后仪式之时，马氏便暂住长安宫。

方到宫门口，里面便传来一阵笑声。建文听得，当即眉头一皱。虽说国丧已过，然毕竟先帝升遐未久，这长安宫就一片欢声笑语，也未免太不合时宜了！

就在建文不快之时，宫里已得知消息，马氏忙带着一干侍女内官迎出宫门跪拜道："妾不知陛下驾临，接驾来迟，请陛下恕罪！"

"是朕不让他们通报的，你无须自责，起来说话吧！"建文冷冷道。

马氏从建文的语气中听出了不正常。稍稍一想，她便明白了建文不快的缘由，赶紧小心解释道："方才妙锦正逗文奎开心，一时兴起便忘了礼数，还请陛下勿怪！"

"一听声音就知是她！"听得马氏解释，建文神色稍缓，仍冷哼一声道，"偌大个金陵城，也就她敢这么放肆！"

"咿呀！谁说我放肆啦？"建文话音方落，一阵清朗的女声从宫内传来，紧接着，一个上穿柳绿花缎右衽衫、下着杏黄绸马面襕裙的少女盈盈而出。只见这少女年方二八，柳眉杏眼，面貌清秀绝伦，只是一双水灵灵的眸子却是转个不停，毫无女儿家应有的恬淡与矜持。

待到建文面前,那少女微微屈身,算是行了见驾礼,随即一蹦而起,双手往腰间一叉道:"炆哥哥好没道理!你整日就知道应付什么国家大事,把妻儿晾在后宫不搭不理。我好心进宫陪娘娘和奎儿解闷,你却还嫌我放肆,真是不辨忠奸,糊涂呢!"

建文被说得一怔,随即哑然苦笑。这少女名叫徐妙锦,是开国元勋、已故魏国公徐达的小女儿。徐达膝下四女,其中长女徐仪华嫁给了燕王朱棣,次女和三女也先后许配给代王朱桂、安王朱楹,只剩下这徐妙锦尚待字闺中。徐妙锦出生未久,徐达便去世了,徐老夫人怜其没有父亲且又是幺女,对她十分溺爱,一众哥哥姐姐对她也是百依百顺,生生把这小丫头惯成了一个不知天高地厚的刁蛮千金。

徐达乃开国元勋,死后追封中山王,其家族是大明第一名门,平时与皇室来往十分频繁。建文还未登基时,徐妙锦便时常找这位大自己几岁的"哥哥"嬉闹。她虽然任性,但性子却是纯朴烂漫,兼又生得俏丽可人,让人一看就心生怜惜,建文对这位小妹妹从来也是怜爱有加。徐妙锦心思玲珑,一下就摸透了建文性子,于是更加蹬鼻子上脸,对这位太孙哥哥更是毫无半点客气,耍赖抬杠耍嘴皮子等小女孩子家把戏虽不是家常便饭,但也隔三岔五就来上一回。建文对此是又好气又好笑,就是拿她毫无办法。如今建文已贵为天子,但徐妙锦却丝毫不因其身份而有收敛。结果甫一见面,便又与他抬杠。

"你也太过分了!"想了一想,建文故意做出一副严肃之态道,"先帝去世方过一月,你就在宫中大肆嚣笑,这成何体统?先帝在世时,对你也是疼爱有加。你这样做,哪对得起他老人家在天之灵?"

"切!"见建文一副道貌岸然之态,徐妙锦当即把嘴一噘道,"你还好意思说?要我说,侬这孙儿才对不起先帝他老人家呢!"

"胡说八道!"建文愕然道,"朕哪里对不起皇祖父了?"

徐妙锦一双水汪汪的大眼睛直瞪着建文,一板一眼地道:"先帝遗诏中,是不是说'天下臣民,哭临三日,皆释服,勿妨嫁娶'来着?"

"是又如何?"

"这不就结了!"徐妙锦一晒道,"由遗诏便知,先帝之意就是让咱们不要哭丧着脸,该笑的就笑,该吃的就吃,就如往常一般。我在这宫里嬉笑,方正合他老人家心意呢!侬整日里苦着个脸,是不是和先帝的遗愿背道而驰?他老人家在天之灵有知,会高兴吗?"

"这岂能一概而论！"建文忙否认道，"臣民如往常一般自无不可。可朕乃天子，又是先帝嫡孙。皇祖父升遐，朕自然哀戚不已，哪能和臣民们一样？"

"咿呀，侬这就大错特错了呢！"徐妙锦头一扬，做一副教训人状道，"侬都知晓自己是天子了，又岂不知天子乃万民之表率？侬整日阴沉着脸，天下臣民看了，哪还敢尽意欢笑？到头来，大家就是不想，也只能哭丧着个脸了，这就是上行下效呢！如此一来，先帝的一番心意岂不被侬这孝心给毁个干干净净？侬说，这对得起先帝他老人家不？"

建文闻言目瞪口呆，没想到这丫头嘴巴竟厉害至此！明明毫无道理之举，但在她一番强词夺理后，倒让人觉得真是那么回事儿。回过味来后，建文哭笑不得。看着徐妙锦一副洋洋自得的样子，他一股气上来，竟也生了一丝捉弄之心："也罢，此事就算你说得对。不过今日朕来，正是与爱妃商量你的事来着。正巧你也在这儿，就一起听了，也省得朕来来回回多费周折。"

"我的事？"徐妙锦一对眸子乌溜溜转着，好奇问道，"我有什么事，还要你们来商量？"

"朕乃万民之主，还不能决定你的事了？"建文不无揶揄地反问一句，接着一本正经道，"数月前，曹国公曾进宫跟朕说，他的弟弟，也就是前府左都督李增枝已年过二十，至今未娶。他想让朕到皇祖父那讨个人情，请他老人家亲自赐婚，将你许配给李增枝为妻。朕想李增枝也是岐阳王之后，与你徐家门当户对，年纪也合适，遂就应承了。不料未及开口，皇祖父便就不豫，紧接着又升遐而去，此事便就耽搁了下来。今日早朝，朕见曹国公欲言又止，方想起此事。李增枝年纪也不小了，你也到了婚嫁之龄。朕想着便与爱妃商定，由朕亲自下旨，为你二人赐婚，也算成全一段美好姻缘！"

"什么……"建文话音方落，徐妙锦犹如五雷轰顶，先前的得意之情一扫而空，整个人立时呆在当场。李增枝是京城出名的膏粱子弟，平日里吃喝嫖赌无一不好，连良家少女也被其糟蹋了好些个，在勋戚圈子里可谓恶名远扬，也正因为如此，他才混到二十出头，仍找不到门当户对的勋戚家闺女愿嫁给他。这些劣迹，徐妙锦虽不得其详，但多少也听哥哥们提及了一些。让自己嫁给这个浪荡子，她岂能答应？

"谁要嫁给他了！"过了半晌，徐妙锦反应过来，对着建文便是一阵嚷嚷。

"这是什么话？"建文当即拉下脸道，"嫁谁不嫁谁，那是你自己决定得了的？"

"那也得听父母之命,媒妁之言!"徐妙锦硬邦邦地顶道。

"朕这不就是媒妁么?"建文嘿嘿道,"至于父母之命,那也好说。朕这就下一道旨意,你家还敢抗旨不成?再说了,天地君亲师,君在亲前,这是人伦大纲!有朕旨意在前,你家即便反对,也当不得数!"

徐妙锦这下真傻眼了!她毕竟只是个十六岁的纯真少女,纵然平日刁蛮任性,但实是毫无心机。建文这番戏弄,连站在旁边的马氏都听出了真意,可她偏偏就蒙在鼓里,懵懂不知。见建文一本正经地摆出帝王架子,徐妙锦还真以为他要把自己强嫁给李增枝,心中顿时大急。建文瞧着她焦灼神态,心中不由大乐,只等着她向自己求饶服软,好将这个刁蛮不驯的小妹妹一举降服。

"不对!"徐妙锦忽然想到了什么,如抓到一根救命稻草般叫道,"我与李增枝辈分不合。论辈分,我长他一辈,不能行嫁娶之事!"

原来她之所以这么说,其间有着一个典故:当年朱元璋与徐达平辈论交,情如兄弟。而李家却是皇室外戚,李增枝的外祖母曹国长公主正是朱元璋的堂姐。若以辈分论,徐妙锦虽然年纪小,但实是朱元璋的子辈,而李增枝纵然年长,却是孙辈。若在平常人家,以朱元璋与徐达的交情论,不光李增枝,就连建文本人,徐妙锦见了也可名正言顺地叫他们一声"世侄"!

徐妙锦立觉此说辞甚妙,立又恢复了洋洋自得的表情,望着建文。

建文倒有些出乎意料。他没想到,这小丫头竟如此古灵精怪,居然这么快就想到这茬儿上头。不过他拿定主意要捉弄徐妙锦,哪会这轻易就被驳倒?眼珠一转,建文大摇其头道:"此话看似有理,实则不然。皇祖父和你父亲交好,却并无血缘关系。何况李家乃皇族远房外支,李增枝与你更隔得远了。人伦辈序固然要讲,但也不至于扯这么远。再说了,你平日不也总叫朕哥哥来么?朕与那李增枝倒是货真价实的同辈亲族,你既把朕当哥哥看,那李增枝又岂会当不了你的夫婿?"

"你……"徐妙锦气得娇躯发颤。平日喊他哥哥,不过因着其年长几岁,图个顺口罢了,哪知会在这时成为逼婚的理由?瞅着建文一副此事非办不可的架势,她不知其诈,急愤交加之下竟然放声大哭道,"你这坏蛋,竟然欺负我!你这坏皇帝,奸皇帝……"

"好了好了!"见徐妙锦居然大哭,马氏忙将她一把搂入怀里,轻声抚慰道,"傻姑娘,哭什么?陛下逗你玩儿呢!这都没看出来?"说着,马氏又瞪了建文一眼,嗔怪道,"陛下也是,妙锦不通世事,您和她耍哪门子心机?"

建文也没料到竟会有这等结果。见一向胆大包天的徐妙锦竟被自己唬得大哭,心里有一种说不出的痛快,似乎多年憋屈至此一朝而解。不过当看到她雨打梨花般的表情时,建文又立时心疼起来,责怪自己不该把话说得太重,唯恐真伤了这位纯朴无瑕的小妹妹的心。

"好了好了!"建文略躬下身,对着抽抽泣泣的徐妙锦歉然一笑道,"莫哭了,朕是唬你玩儿的。朕岂舍得把这个如花似玉的好妹妹嫁给李增枝?"

"真的?"徐妙锦眼光一亮,立止住哭道,"侬没骗我吧?"

"当然没骗你!"为了让徐妙锦深信不疑,建文又接着道,"朕明日就要下旨,让李景隆去开封办事,李增枝也要跟着过去。他们兄弟都外出公干了,哪还有工夫来娶你?"

这下徐妙锦才彻底放下心来,接过马氏递过的手帕,一边拭着泪花,一边问道:"这大热天的,皇上派他们去开封做什么?"

建文一愣,方意识到说漏了嘴。他赶紧干笑一声,遮掩道:"也不是去开封,是让他们去宁夏练兵,路过开封罢了。"

李家兄弟的去向徐妙锦并不关心,方才她不过是随口一提而已,因此并未追问下去。

见徐妙锦无话,建文放下心来,遂笑道:"被你折腾了好一阵,朕肚子都饿了,你们陪朕一起用膳吧!"

"谁稀罕你的御膳呢?"徐妙锦翻翻白眼,没好气地哼了一声道,"你每次都吃些温火膳,一点味道都没有,我自个儿到外面儿花市大街上买猫耳饺吃去!"说完,她又是一小屈身,随即大摇大摆地扬长而去,留下建文夫妇面面相觑,好一阵方哂笑而罢。

从西华门出了紫禁城,婢女已牵着徐妙锦心爱的坐骑"雪燕"在门口候着。她一声招呼,"雪燕"闻声而至。徐妙锦亲切地抚了抚"雪燕"的鬃毛,随即一跃而上,沿着西安门内大街向皇城外奔去。

来到西安门,前方忽见一个头戴乌纱帽、身穿红色狮子补子团领衫、腰缠玉带的青年官员正骑马前行。徐妙锦见着,一挥马鞭大呼道:"四哥,等等我呢!"说着就疾驰过去。

男了闻声,却仍未停,仍照着原先速度悠悠而行。徐妙锦赶上,一勒马缰,方拭着额头细汗,一脸不高兴地嗔道:"妹妹叫了半天,四哥没听见么?"

"哪能没听见！"男子这才止步回头，一张英俊的面孔出现在徐妙锦眼前，嘿嘿一笑讥诮道，"京城百万号人，除了我徐家四小姐，谁还敢在皇城里这般跑马吆喝？只要听着这急促蹄声，便知定是你这混世妖女！"

"你才妖呢！"徐妙锦嘟着小嘴，一脸不高兴道，"我好心好意叫你，你却理都不理，哪有这么做哥哥的！"

"不是我不应你！"男子忍住笑道，"今日是大哥值守宫禁，没准儿这会儿就巡视到了西安门前。他平日最不喜你如男儿般跑马舞剑，若你这疯样儿不巧被他撞见，回去又少不了一顿教训。四哥是想装作不答，你必以为认错了人，也好把这股疯劲儿收敛住，别那么引人注目。不料你却大呼小叫地赶了过来，倒让为兄弄巧成拙！"

原来这男子正是徐达的第四个儿子徐增寿，他口中的大哥，是徐达长子徐辉祖。徐达共四子，其中第三子徐添福早逝，徐辉祖以长子身份承袭魏国公；二子徐膺绪任中军都督府都督佥事；徐增寿生得英俊，又聪敏过人，且生性潇洒，十分讨太祖朱元璋喜欢，因此他的官职反在哥哥膺绪之上，荣膺右军都督府左都督一职。在徐妙锦眼中，徐辉祖年纪较长且深沉稳重，不苟言笑，她便有些怕这位大哥，倒是为人亲和且颇有名士派头的徐增寿很对她的胃口。三个哥哥中，她与增寿最为相好。

徐增寿的话吓住了徐妙锦，她紧张地四处张望一番后道："咿呀！大哥来了么？他在哪？可有瞧见我刚才的模样？"

"瞧你这急性子，哪有半分大家闺秀的样子。我方才说是'没准儿'，可没说他已经过来。皇城这么大，他兜上一圈都得费半日时间，恰巧到这西安门的概率可谓百中无一。若这都让你撞上，那你也莫怨天尤人，只认命便是了！"说完，徐增寿哈哈大笑。

徐妙锦这才明白被耍了。素来骄横无理，人见人怕的徐家四小姐竟在一日之内被戏耍两遭，这脸面可是丢得大了。羞愤之下，她气鼓鼓地狠瞪徐增寿一眼，手中马鞭一挥，直向西安门外冲去。徐增寿一愣，随即呵呵一笑，拍马紧紧跟上。

出得皇城，气氛顿时迥异。宫中有建文坐镇，大家还不敢放肆，外面的百姓便无这许多顾虑。太祖的三七过后，金陵城便又热闹起来，除了各大衙门前的门匾石狮依旧缠着白绢外，其余地方已与往日无异。徐妙锦沿着大街东瞅西望，晃晃悠悠地一路瞎逛。徐增寿生怕她又惹什么乱子，一路紧紧跟着。

待走到中城卢妃巷处,忽见几个差役锁拿着一个十八九岁的少女正远远地迎面走来。忽然,后面跌跌撞撞地跑来一个年纪较小的少女,只见她跪倒在地,对着众差役叩头大哭道:"诸位官差大哥,你们放了我家小姐,我跟你们回去!"她的哭声极为哀戚,引得路人全都停下来观看。

"你?你这模样能上得了台面么?"忽然,一个相貌猥琐、年约三十岁的男子跑了出来,对着少女腹部就是一踹,少女应声倒地。男子一声招呼,差役们随即吆喝着,赶着被锁少女往前走。

"走,看看去!"徐妙锦精神一振。这位小姐平生最好热闹,且又从小习武,素以侠女自诩。此时见两位少女落魄凄惨,当即生了恻隐之心。徐增寿未及阻拦,只得暗暗叫苦,急忙跟上。

"站住!"赶到近前,徐妙锦一声娇喝,挡住众人去路,手中马鞭一指,有模有样道,"清平世界,朗朗乾坤,你等差役吃了熊心豹子胆,竟敢在天子脚下欺负两个弱少女?你等眼中可还有王法吗?"

差役见又冒出一个少女阻拦,不由一阵哄笑。猥琐男子看在眼里,顿时流里流气地道:"小娘子,莫非你也想跟大爷回去不成?看你花容月貌,姿色还胜过这两人,拿回去咱家二老爷怕是更欢喜呢!"

"混账!"徐妙锦顿时大怒,扬起手中马鞭便是一挥,只听得"啪"的一声,男子左边脸上顿现出一道鲜红的血迹。

"噢呀呀……"男子捂着左脸一顿怪号,紧接着对众差役吼道,"还愣着干什么,还不把这贼女拿下!"

"是……"众差役一怔,随即答应一声,提棍便要上前。徐妙锦乃将门虎女,打小承名师教习武艺,哪把这些差役放在眼里?只见她当即娇哼一声,拉开架势就要开打。

"都给我住手!"就在这千钧一发之际,后方忽然传来一阵怒喝。徐妙锦回头一看,原来是徐增寿已赶了过来。

"哎呀,是徐都督!"徐妙锦还未说话,差役中领头的一个已弃了棍子,跪下惶恐道,"小人见过徐都督!"说完便连连磕头。其余差役见头领如此,也是大惊,忙跟着跪下。

"你认得我?"徐增寿有些诧异。

"徐都督哪能不认得!"差役头领毕恭毕敬地回道,"小的以前在中府衙门做皂隶,徐都督去中府公干时时有碰见。只是都督是贵人,自不把我这下人放在眼里。"

"四哥别听他瞎攀交情！"徐妙锦突然插过话道，"他们如此待这两位姐姐，必都不是好人！你可得与我一道除暴安良才是！"

"四哥"二字一出口，差役头领便明白了徐妙锦的身份，忙又对她作揖赔笑道："徐四小姐误会了！小人现在教坊司做事。所擒此女原为教坊司歌妓，前两日竟私自潜逃，小人是奉咱教坊司奉銮程大人之命，捉她回衙门听审来着。"

差役头领刚说完，徐增寿心中便是一咯噔。教坊司官妓出逃也是常有的事，如若真像这差役所说，那他擒拿逃犯实是名正言顺，徐妙锦则成了阻挠官差，包庇逃犯。这事情虽说不大，但毕竟也关系着官府法度，传扬出去，对徐家名声恐有不利。

就在徐增寿与差役说话的这一会儿工夫，被锁拿的少女已看出了门道——这一对兄妹，必是京城贵戚，这个当哥哥的还是朝廷大员。她见徐增寿的神情，知他有相救之意，只碍于法度不敢妄动罢了。便心思一转，忽大声呼道："大人，我不是教坊司官妓，我不是教坊司官妓！"

一言既出，众人皆是大惊。差役头子上前迎头怒骂道："贱婆娘，胆敢胡言？你在教坊司唱了五年曲，还敢说不是官妓？"

"我没有胡说！"少女反而冷静下来，迎着差役头目凛然问道，"你说，教坊司的花名册上，可有我的名字？"

"这……"差役头领顿时哑了口，支支吾吾半天，也应不出个囫囵话来。

两人对白，徐增寿尽收耳里。心中计较片刻，他已隐约猜到了答案。他先一声吩咐将无关路人驱散了，方走到少女跟前轻声问道："你是不是被教坊司卖了？"

只听得"哇"的一声，少女顿时哭了出来："大人明察秋毫，小女子正是被他们卖了！"接着，抽抽泣泣地将自己的遭遇尽数道来。

原来这少女名叫玉蚕，其父为洪武年间甘肃省的一名县令。洪武二十六年，大将军蓝玉蓄谋造反，朱元璋勃然大怒，立诛蓝玉满门，并大肆株连，牵涉天下官吏及家属达两万人之多，史称"蓝党案"。玉蚕的父亲曾在蓝玉帐下当过笔吏，因此也被牵扯进来，本人被判问斩，玉蚕也被充入教坊司为妓。

教坊司负责朝廷乐舞，其蓄养之官妓也时常侍应权贵。而贵人之中，不乏风流浪荡者，酒宴之间，便常看中某女，欲求之以为床笫之欢。不过教坊司官妓虽侍奉酒宴，但并非青楼女子。依着官家法度，官妓们只需卖艺而无须卖身。

然则官妓虽有法度保护，却也抵不住权贵的龌龊之心。能享受官妓侍宴的都是有头有脸的人物，他们既已起心，便也就有自己的办法。因此，时常便有些贵胄子弟与教坊司诸官吏沆瀣一气，将看中的官妓报个暴病身亡，从教坊司的名录上勾去，私下里却强带回家中销魂。因能做成此事之人皆都有钱有势，官妓纵然不愿，也无力抗拒，只能任其糟蹋。玉蚕官家小姐出身，气质脱俗，又生得花容月貌，在一次酒宴中被李增枝给盯上。正巧，教坊司的掌印奉銮程三财是李景隆荐任，这样李增枝行此勾当就更是手到擒来。哪知李增枝固然势大，玉蚕却是个刚烈之人，得知要被人私纳，她宁死不愿，在被偷送到李增枝家中的那天晚上，她趁人不备，竟私下逃了出来。

　　玉蚕的家早已败落，她在世间无依无凭，只有一个当年的贴身侍女景儿，在小姐被没入京城教坊司后也追随而至，在承恩寺旁的织棉坊内做女工，平时偶尔得闲，便去看望下昔日的小姐。玉蚕得脱，便去投景儿，两人相依为命，一起做工，几个月下来倒也平安。

　　谁知天有不测风云，今日天气晴朗，玉蚕闷了数月，便拉着景儿一起逛街，不巧在一家布店买布时被教坊司人发现，结果当街被擒。

　　待玉蚕娓娓道毕，徐妙锦已是满脸泪光。她出身名门，打小就是锦衣玉食，每日都有无数人在跟前侍候，哪知道世间还有如此惨事？尤其当得知要霸占玉蚕的是李增枝时，联系到先前建文的玩笑，徐妙锦更是气不打一处来，当即扬起马鞭，便要向那些差役招呼。

　　"住手！"就在徐妙锦握马鞭的手就要落下时，徐增寿大喝一声将其阻止。

　　"你拦我做什么？这等逼良为娼的狗差役，让我抽死他们！"徐妙锦大为不满，又作势要打。

　　徐增寿一把上前将徐妙锦马鞭夺下，人却一言不发，只是皱眉不语。

　　事情发展到这一步已经很明了了，说李增枝做出此等事，徐增寿一点都不感到奇怪，这个玉蚕所言十有八九为真。但正因为如此，反让他踌躇。

　　徐妙锦要救玉蚕，这是肯定的，以这位小妹的做派，凡有她看不过眼的事，肯定会出头管到底，就是闹个天翻地覆也不在乎。这时自己若阻止，她必然大为不满，自己在她心中的印象也会一落千丈，他可不想让妹妹觉得自己是个胆小怕事之徒。

　　可是要管也麻烦。如果救下玉蚕，必然会得罪李增枝，且把盗买官妓的事儿抖搂到大庭广众之下，曹国公李景隆也脸上无光。李家也是开国勋臣，地位与徐家相当,若因这芝麻点大的事使两家闹僵,那可就太不值得了。

就在他寻思无计之时,教坊司奉銮程三财已闻讯赶了过来。见徐增寿与徐妙锦这般架势,程三财先是一愣,随即嘿嘿一笑,扭着圆滚滚的身子凑近道:"卑职程三财,参见徐都督!"

这个程三财以前是李府家奴,徐增寿经常去李府,还是认识他的。望着这个脑满肠肥的胖子,徐增寿眼珠一转,心中顿时有了主意。

"三财,好久不见!看你这模样,却又胖了几分!"徐增寿不无揶揄道。

"这都是托徐都督的福!"程三财干笑了一声,随即指着一旁的角落低声道,"都督可否借一步说话!"

徐增寿一笑,从容移步。待到角落处站定,程三财便直截了当问道:"今日之事,敢问都督想如何收场?"

程三财的直率倒让徐增寿一愣,不过他马上反应过来,随即淡淡笑道:"如此说来,你这奉銮也承认是盗卖官妓喽?"

"明面儿上当然是认不得的。不过当着都督的面儿,小人也不敢说瞎话,此女确是官妓,被李增枝都督看中,欲收作侍婢!还请都督看着徐李两家的交情,高抬贵手一次如何?"程三财这话软中带硬,明是向徐增寿求情,暗中却把李家抬出来给自己撑腰,想让他投鼠忌器。

可徐增寿早有主意,又哪吃他这一套?只见他冷冷一笑,满不在乎地道:"你也别扯李家。实话跟你说,此事与本都督无关,本都督也无意管这档子破事儿!可是……"说着,他向着远处的徐妙锦努努嘴道,"你也瞧见了,我家妹子就在那儿,这可是她要管的。徐家四小姐的性子你也知晓,若不能让她心服,这事便就皇上亲自出面,恐也压不下来。"

徐四小姐的骄横刁蛮可是出了名的,若真强压此事,她一旦发怒闹起来,满京城都会知教坊司盗卖官妓,程三财觉得事态严重。这"盗卖官妓"之事果真抖出,李增枝位高权重,又有李景隆庇护,最多也就偷腥不成反惹一身骚,沦为勋戚们的笑柄罢了。可要放在他程三财这个杂官身上,流放杀头都是有可能的。更坏的是,为了平息众议,到时候李景隆很可能弃卒保车,把他抛出来换取李增枝的顺利过关。

"徐都督!"程三财心思急转,脸上马上堆满笑容,恭恭敬敬地道,"方才是卑职孟浪了!此事如何办,还请都督示下,卑职一律照做便是!"

"这还像个人话!"徐增寿一笑道,"我这有两个条件,你听了琢磨琢磨,若肯,就照着办,本都督保我家妹子就此闭口。若不肯,那本都督也不管了,你自去和我妹妹说,她若愿罢手,本都督也绝不对外人透露半字!"

"成!就依都督的法子!"程三财哪敢去和徐妙锦对阵?徐增寿还未将办法说出,他便忙不迭地应承下来。

徐增寿一咳,低声道:"方才闹事之时,有一个男子挨了我妹妹一鞭,我远远看去似有些面熟,像是李府下人,待我走近,他又溜得无影无踪,可是找你去了?"

程三财一愣,忙点头道:"是,那是李府的杨思美,这两年刚进府当差的。方才见都督出面,他便去教坊司寻我了。"

"这就好说了!"徐增寿一拍巴掌,随即压低声调,将心中想法道了出来。

"这……"程三财面露难色道,"依着都督的说法,卑职就是放这官妓,在李增枝老爷那边也能对付过去,可这杨思美就不好办了。都督有所不知,这小子很讨李增枝老爷欢心。卑职若这般做,必然将他得罪到死处,到时候他在李增枝老爷面前乱嚼舌根子,卑职恐就有罪受了。这责罚杨思美,可否便宜行事?"

"那可不成!"徐增寿脸一板道,"此二事你务须都办了,差一样本都督便不管这茬!"

程三财顿时无话,他又瞅了瞅徐增寿,见其一本正经,毫无讨价还价的意思。无奈之下,他一咬牙道:"也罢,就按都督说的办!"

"这便是了!"徐增寿又换上笑容,"其实你这般做,实是保全了李增枝老弟的名声,他若得知,夸你都来不及呢!"

"承都督吉言吧!"程三财苦笑一声,一拱手,随即折返回现场。他先一招手,一个差役滚驴样儿跑了过来,他叮咕几句,差役一哈腰就跑了出去,不一会儿,杨思美便重新出现在众人面前。

程三财深吸口气,对杨思美喝道:"你这奸贼,竟敢狐假虎威,坏了李增枝都督名声!"

"老兄这是如何说?"杨思美顿时大惊。这玉蚕其实就是他首先发现,再临时通知教坊司来拿人的,谁知人已拿着,却在半途横生枝节。方才他被徐妙锦抽了一鞭,脸上火辣辣地疼。待到徐增寿出面,他情知不好,便去找程三财来帮忙。他本以为程三财借着公务名义,可以逼得徐增寿就此收手,也好为自己挽回些颜面。哪知这个平日里一起吃喝嫖赌的狐朋狗友竟会突然翻脸,反过来向自己发难。

"什么老兄老弟的?"既然撕破了脸,程三财也就横了心,平日里泼皮无赖的习性也露了出来,"我已派人问过李都督,他老人家说从未有强娶官妓之事。你自己贪念美色,欲据为己有,却假传李都督之命逼我交人,实是可恶至极!李都督已传下话来,打你二十水火棍,捆送上元县衙门问罪!"说完,不待杨思美分辩,程三财高叫道,"来啊,给我扒了裤子当街开打!"

"是!"众差役答应一声,遂凶神恶煞般扑了过来,拿住杨思美便打。

"冤枉啊!真是二老爷叫我办的,我只是奉命行事啊!"杨思美还没回过味儿来,便被差役牢牢摁住,急得当场大叫。

"往死里打,叫他胡言乱语!"程三财尖声叫道。虽然事先已驱散百姓,但仍有些路人在远处往这边瞅。程三财生怕杨思美狂呼乱叫让外人听见,把盗卖官妓的丑事传扬出去,情急之下,他索性心一横,竟对杨思美下了狠手。

差役得上司吩咐,遂不用虚招,棍棍皆使足了力。杨思美开始还大哭小叫,待到后来就只剩下呜咽,到二十水火棍打完,他的雪白屁股已是血肉模糊,人也都几无知觉了。

"将他拉下去!"程三财大喝一声,两名差役便将半死不活的杨思美夹起,拽死狗般拖了出去。

见事情已了,程三财一路小碎步跑到徐增寿与徐妙锦面前,一哈腰道:"徐都督,此贼打着李增枝都督名号招摇撞骗,已被卑职责罚。这个玉蚕的名字也早被勾去,现已不是教坊司的人了。要不,我这就把她放了,由您与徐小姐处置?"

杨思美被打,徐妙锦心中本很痛快,此时见程三财信口胡诌,把李增枝推了个干干净净,她立时老大不满。就欲再发怒之时,旁边的徐增寿却已先开口道:"程奉銮秉公执法,本都督十分敬佩!我看这姑娘似也受了惊吓,可否让我先带回府中,由我家妹子为她调养数日。待伤好了,你若欲要她回去,自可来魏国公府找我!"

"哪敢!哪敢!"程三财连连推辞,"这玉蚕好命,从此便是徐小姐身边的人了,卑职哪还敢让他回来!"说完,程三财命下属卸了玉蚕身上枷锁,飞一般地跑了。

望着差役们仓皇而去的背影,徐增寿露出一丝得意的笑容。

不过饶是徐增寿苦心设计,徐妙锦却仍不能就此满意。差役方一走远,她便立马跳出来嚷道:"四哥是怎么搞的?恶人分明就是李增枝那淫贼,怎就突然成这奴婢招摇撞骗了?"徐妙锦虽然单纯,人却不傻,玉蚕亲口说是被李增枝看中,方遭此祸,她当然不信仅是李府下人仗势欺人这么简单。

面对徐妙锦的问责,徐增寿也早准备好了说辞,他附其耳边轻声道:"四哥这么做,其实正是为这两位姑娘着想!"

"这是怎么说?"徐妙锦不解道。

"妹子你想,若实说是李增枝夺这玉蚕,那这事可就闹大了。到时候他被朝廷责罚自是不假,但玉蚕官妓身份却仍是坐实,到头来免不了重回教坊司。教坊司那是什么地方?强颜卖笑,暗无天日,你就愿她重回这修罗地狱中去?但若把此夺妓之事推到下人身上,李增枝顾及自己名声,必然不敢声张。且有此把柄在你我手中,他就更不敢再寻玉蚕的晦气,如此玉蚕便就脱了官妓身份,重为良民,如此岂非善举一桩?你说,四哥这么做对不对?"

徐妙锦毕竟只是个毫无心机的千金小姐,又哪知道徐增寿如此安排的真意?当听完这道陈述,她大为感动,当即连连点头道:"四哥说得是!还是让玉蚕平安最为划算!"说完,她一蹦一跳地到玉蚕身边,蹲下身子双手托腮道,"姐姐勿怕!那帮恶人已被我四哥赶跑了,以后不会再寻侬麻烦了!"

玉蚕知道自己已经获救,内心正激动万分,见徐妙锦跑来,她忙拉着景儿双双泣拜于地道:"小姐与大人大恩大义,我姐妹永世不忘!"

"咿呀!"徐妙锦一蹦而起,侧身躲过二人跪谢,方急急摇手道,"侬二人勿要跪我,我年纪还小,可受不起!"

"小姐天性善良,必得菩萨保佑……"玉蚕见徐妙锦如此,心中越发感激,又说了好些谢词方起身,"今日得小姐庇护,我得以重获自由身,无以为报。唯许下重誓,此别之后,当日日为小姐祈福,今生不断!"

"你们这就要走?"见玉蚕面色惨白,徐妙锦忙又关心问道,"你们要去哪儿,还回织棉坊么?"

"哪还敢回织棉坊!"玉蚕拭泪道,"此番得罪了李都督,他现下虽然罢手,却难保不会心存嫉恨,来日再行报复,到时候我姐妹恐无运气再得小姐相救了。方才我已想了,从此离开京城,与景儿一道回甘肃老家去!"

"回老家?"徐妙锦一愣道,"侬不是说你家已被查抄了么?莫非还有亲人在?"

"哪还有什么亲人,"玉蚕惨然一笑道,"父亲在'蓝党案'时便被杀头,母亲三年前也已得病去世。本还有一位哥哥,却被发配充军了,家中早已别无他人!"

"那你还回去做什么?"徐妙锦一听急了,"甘肃路途遥远,听说又贫瘠得很,你们两人千里迢迢回去，一路凶险不说，到家乡也孤苦无依，这又是何苦？"

"不回去又如何？天下之大，又岂还有我姐妹二人容身之地？"

"这……"徐妙锦一时语塞，思忖了好半天。她忽然想到了什么，乍一拍手道，"我有办法了！侬二人要不来我家吧！自打两年前三姐出嫁，我平日连个说知心话的人都没有！你们到我家来，我们三人一起住好不好？"

玉蚕闻言，眼光顿时一亮——以今日之事可知，这两兄妹能够救下自己，其家必也是名门望族；且此少女率真纯朴，跟着她生活自是无忧。反正自己二人已无处可去，能有这么个归宿也是不错。

不过玉蚕仍有顾虑，思忖半晌方犹豫道："若能追随小姐，自是玉蚕三生有幸。奈何那李都督也是权贵出身，在京师显赫无比。今番小姐救得玉蚕，恐已给家里惹了不少麻烦。若再把玉蚕带回家中，李都督得知，与贵府之怨恐会更深。果真如此，玉蚕罪过岂不又大了一分？"

"怕什么！"玉蚕不这么说还好，一说起李增枝的家世，更激起徐妙锦不忿之心，她哼了一声不屑道，"他爹爹是岐阳王，我爹爹是中山王！咱大明的开国元勋中，我爹爹排第一！你定要跟我回府，看他李增枝能奈我何！"

玉蚕这才明白，眼前少女竟是中山王徐达的女儿。惊喜之下，她又跪于地，激动道："玉蚕三生有幸，若蒙小姐不弃，玉蚕愿为小姐之婢，做牛做马，以报小姐再生之德！"说完，景儿也跪下道，"愿随小姐左右！"

徐妙锦忙将玉蚕二人扶起，亲切道："什么奴婢不奴婢的，我看侬二人都比我大，从此就是我姐姐了！"

"那哪成？"玉蚕惊道，"玉蚕卑贱之身，岂可做您的姐姐！"

"没什么不可以的！"就在这时，徐增寿的声音飘然而至。三女侧目望去，他已至身旁，微笑着对玉蚕道，"我看你也是书香人家出身，想来也知些诗书礼仪。我家妹子素来骄横，先前接连赶跑了好几个先生。正好你与她投缘，便做她的女西席，平日教她些诗文女红，也免得她老出去丢人现眼！"

徐增寿本没打算收留二女，不料徐妙锦先主动招揽。后来他转念一想，有这么个知书达礼的昔日官家小姐跟着徐妙锦也不错，遂又转而同意。

"我哪里丢人现眼了？"徐妙锦听言大为不爽，狠狠地瞪了徐增寿一眼。

"还不丢人现眼？"徐增寿不无揶揄道，"大家闺秀，当街就敢鞭打男人！若不是我及时阻止，恐怕你都要和差役们乱打一气了！"

"那是他自作自受！"徐妙锦哼哼道，"李增枝这个淫贼，都要去宁夏办差了，还不忘指使家奴行凶,本姑娘撞见,自要为民除害!"

"李增枝要去宁夏办差?"徐增寿一怔道,"此事何时定的,我怎么不知道?"

"人家去练兵备胡,关侬何事?"徐妙锦没好气地白了他一眼,随即将从建文处听来的话转述一遍。

徐妙锦述完,徐增寿顿时陷入沉思,好一阵方喃喃道:"不对啊,近期并未有鞑子南下的军报啊!他李景隆去宁夏练兵做甚?而且自来京官赴陇,多是溯江转汉水,由关中至甘肃。如此既便捷,又省了许多车马颠簸,不比走汴、洛一路舒坦多了?"

"又不是要侬颠簸,侬操哪门子心?"徐妙锦不耐烦地说着,又拍了拍自己的小肚皮道,"妹妹行侠仗义完了,现在饿得慌,侬快带我们买猫儿饺吃去!"

徐增寿一愣,随即自失一笑,不过心中的疑虑却依然萦绕,久久不能散去。

第三章

李景隆智擒周王　燕王府道衍献计

就在徐增寿心猿意马地带着徐妙锦寻找吃的时,位于西安门外玄津桥处的岐阳王府内,曹国公李景隆也从黄子澄处得到了奉旨擒拿周王的消息。

得知自己将率兵擒拿周王,李景隆的心怦怦直跳。送走黄子澄,他顿时陷入激动和紧张之中。

李景隆激动的是,皇上居然如此信任自己。擒拿周王的话刚从黄子澄口中说出,便立即明白皇上这是要削藩了。对于削藩,久处官场、素善窥视朝局的李景隆不是没有心理准备,但他没有想到会如此迅速,手段会如此直接。他更没想到的是,这削藩的第一仗居然会让自己去打!这无疑表明,皇帝倚自己为腹心!皇帝的器重意味着什么,就是傻子也能明白!

但兴奋的同时,李景隆也感到一丝紧张。周王可不是那么好惹的,这位先帝的皇六子一向跋扈,其封国所在又是仅次于金陵的天下第二大城开封,实力不可谓不雄厚。若是自己处置不当,周王兴兵反叛,那不但朝廷要遭殃,自己更会倒大霉。到时候什么信任、器重立刻烟消云散不说,朝廷搞不好还会把他抛出来,成为安抚叛军的替罪羊。果真如此,自己就真是谋虎不成,反遭虎噬了!

就在李景隆满腹焦灼时,一阵尖叫声从屋外传了进来:"大哥,这徐增寿也未免太跋扈了吧!连我的婢女他都要抢!"说着,一道身影从门前闪过,李增枝溜了进来。

"什么事一惊一乍的?"思路被打断,李景隆不高兴地皱了皱眉。

"大哥,"李增枝扯过一把椅子坐了,随即气咻咻地把从程三财那里听来的话说了,末了一跺脚道,"为了一个官妓,他竟在大街上摆这大阵仗,简直不把我们李家放在眼里！"

李景隆没有应声，凭着多年的宦海经验，他一听完便知，李增枝的话有添油加醋之嫌，但仅就徐增寿将责任全推到杨思美身上来看，徐家还是颇留余地的。饶是如此，李景隆仍感到窝火。毕竟李家也是大明数得着的名门，为了一个下贱官妓，徐家兄妹当街出头截人，无论从哪方面想都不能让他感到舒畅。尤其是作为仅次于徐辉祖的勋臣，李景隆暗中一直希望能建立奇勋，从而压过徐家，让自己成为一人之下万人之上的大臣，这就更使他对徐家兄妹之举感到愤然。

不过李景隆仍冷静了下来。眼下他已身负重任，一旦成功，必将成为建文的股肱之臣。值此关键之时，实犯不着为此等末节与徐家翻脸。想了一想，他拿定主意对李增枝道："此事我出面又如何？你盗买官妓，被徐增寿抓住现行，若要真闹上台面儿，你又能讨到好？"

李增枝不说话了，其实他也明白此事理亏，但他就忍不下这口气。李增枝与徐增寿同为元勋次子，又同为五府左都督，连增寿和增枝这两个名字都是太祖同时赐的。一直以来，李景隆瞅着徐辉祖，他也盯着徐增寿，心里总较着劲，就想胜过这位风度翩翩的徐府公子一头。今日一事，他被徐增寿捏着了把柄，自觉从此再见时就抬不起头来。此番来寻李景隆，也是存着万一之想，希望哥哥能有什么妙策，哪知方一开口便被驳回。

见李增枝一副垂头丧气之象，李景隆不屑地一笑道："芝麻大点事，就把你怄成这样？我这里正巧有件大事，若能做成，你不但能轻易压过徐增寿，还可在皇上面前大大露脸！"

"什么事？"李增枝抬起头，眼中冒出希冀的目光。

李景隆示意他靠近，小声将皇帝命自己擒周王的消息跟他说了，末了道："此事关系重大，你我若能擒下周王，皇上必将大加赞赏，到时候还愁压不倒他徐家？"

"好事啊！皇上甫一登基，便除周王，这就是要削藩了。此等大事，首先便想到哥哥，足见皇上器重。哥哥一定要办得漂漂亮亮才是！"李增枝一跃而起，虽然他醉心花丛，但毕竟也是朝中大臣，擒周与削藩之间的联系还是看得出来的。

"哪有那么容易！"李景隆一哼道，"周王在内地藩国中实力最强，又是燕王同母弟。若强行擒拿，难保其不会起兵相抗，到时候朝廷削藩之意暴露，燕王没准儿也会起事。一旦周、燕谋反，即便其他王爷不动，也足够乱得半个天下。真弄到这般田地，你我兄弟别说立功请赏，恐连性命都得赔上！"

李景隆说得颇吓唬人,但李增枝听了却丝毫不以为意,他稍一思索便笑嘻嘻道:"哥哥也未免太瞻前顾后了吧。要成大事,还能不担些风险?再说了,强擒不成,咱就智取嘛!"

"莫非你有妙策?"李景隆有些惊奇地望着李增枝,半信半疑地问道。他之所以犹豫不决,就是想不到妥善的办法,谁知这向来平庸的弟弟竟说得如此轻巧,竟似早已成竹在胸。

李增枝奸笑一声,将嘴附到李景隆耳边轻言一阵,待到说完,李景隆的脸上露出满意的笑容。

李景隆的差使办得非常漂亮。一进汴梁城,这位年轻的公爵便叩响了周王府的大门。在晚宴上,李景隆带着李增枝左一个"王爷"、右一个"五伯父",把个周王朱橚忽悠得晕头转向。当李景隆于觥筹交错之际"无意"提及自己想在开封城内驻扎几日、补充粮草时,已是醉眼蒙眬的朱橚丝毫未起疑心,还一再嘱咐表外甥务必多进府几趟,一叙亲情。得到周王的信任后,李景隆找到了河南都司衙门的几个将官,他们都是当年李文忠的旧部。当昔日元帅的公子拿出今上密旨后,众人莫不拱手听命。

经过数日精心准备,李景隆于一个凌晨率军包围了河南三护卫的军营,将睡梦中的周王亲军解除了武装。随后,他来到已被围得铁桶般的周王府,于承运殿内向这位已吓得浑身筛糠的表伯父宣读了建文帝的敕旨,并即刻将他与世子朱有炖等人一起押送返京。

李景隆捷报进京,建文龙颜大悦,旋即召齐泰、黄子澄与已擢为翰林院侍讲的方孝孺于武英殿见驾。三位大臣得知周王被擒的消息,也是欣喜万分,一齐向建文奏贺。建文笑眯眯地说道:"如今周王束手,削藩大业首战告捷,诸位运筹之功不可没。"

三人见建文夸奖,忙都跪下道:"全仗陛下圣明,臣等不敢居此功。"

"此番功劳,朕都记在心里,诸位也不必过谦。不过周藩虽削,其善后之事需马上处理。周王如何处置、其余诸王如何应对,还需诸位拿出对策来。"

周藩之削,黄子澄功劳最大,后续之事他责无旁贷,想了一会才道:"周王犯的是谋逆大罪,按律应当全家赐死。"

建文皱眉道:"周王毕竟是朕的亲叔,其谋逆一事并未查明,若是赐死,未免也太重了吧?"

黄子澄其实并不是真要周王死，他也明白这谋逆之罪本就是捕风捉影，真要是一条白绫将周王送上西天，那天下诸王不反也得反了。他之所以这么说，只不过是为后面的话做个铺垫罢了。

见皇上反对，黄子澄笑道："陛下说得是，赐死确是重了些，但周王谋反一事需诏告天下，以示朝廷此乃顺天之举。依臣看，可将周王一家谪至远方。如此既可彰其罪行，又显陛下宽仁之心。"

建文想了想，觉得如此倒也合适，遂又问道："那谪往何处为妥？"

齐泰上前奏道："以臣愚见，可谪往云南。沐家世镇云南，西平侯沐春亦是忠义之臣，可令其严加看管，必不生乱。"

"好，就依齐爱卿之言。"建文略一停顿又道，"周王既削，其余诸藩如何处置，各位可有建议？"

黄子澄从容答道："陛下可将周王之过记于敕书发给诸藩，令诸王议其罪过。待诸王奏疏呈上，再明发削周诏旨，如此既可试探诸王心意，亦能彰显朝廷公道。"

"准！"

"太祖在时，诸王多行不法之事。如今周藩已削，其余诸王过错，必会相继被发，到时或削或抚，均在皇上一念之间，朝廷已占据主动矣。"黄子澄最后笑道。

北平，燕王府东殿内此刻气氛十分沉重，朱棣正与三个儿子——朱高炽、朱高煦、朱高燧及王府文武属官一起，商讨如何议定周王之罪。

朱棣阴沉着脸坐于宝座之上，案上放着皇帝的议罪敕书。周王被擒后的第三日，朱棣就得到消息，当即惊得半晌说不出话来。没过多久，朝廷敕书便到了。接过敕书，朱棣一时胸堵气闷，同时又感到无比恐慌。"皇上已经动手了！"这个念头让其坐立难安，无奈圣命难违，朱棣只好强打精神，来议五弟的"罪过"。

"葛诚，五弟之事，你看如何议处？"

葛诚心中一紧。他是燕府长史，燕王与周王的亲密关系他自然知晓。今日一进东殿，细心的葛诚便发现朱棣放在案几上的左手正微微颤抖。侍奉燕王已有数年的他知道，这位王爷已经极度愤怒了，这是不便发作时才于不经意间流露的动作！念及于此，他心中一直忐忑不安，若议周王有罪，燕王必定不悦；但若说周王谋反之事不实，这无疑是打朝廷的耳光，素来以忠君爱国自居的葛诚不愿这样做。

本来他已打定主意，一个字也不说。可是现在燕王问起，他不可不答。葛诚咽下一口唾沫，小声禀道："周王之罪，殿下身居北平，亦未知其详，若贸然定议，或是或非，恐都少了依据。依臣愚见，不如不予置论，恭请圣裁便是。"

"长史此话差矣！圣上既然命诸藩议罪，父王这里定要有个说法才是。不予置论，恐与圣意不合！"说话的是世子朱高炽，他往日与周王及周世子朱有炖关系不错，此时见葛诚搪塞，略有些不满。

朱棣也是暗暗皱眉。葛诚这话明面儿上是两不相帮，但傻子都知道，朝廷已下定主意，要拿周王开刀。自己身为周王同母兄弟，又是宗藩之长，若是含糊其词，那和把周王往火坑里推有什么区别？何况朱棣根本就不相信周王谋反，仅凭一个不满十岁的娃娃的一面之词，便拿掉一个大明亲王，他想着便觉心寒。想了一下后，朱棣强捺心中不快说道："圣意既是要议，本王自当谨遵。如此大事，你等身为王府属官，亦需有个态度供本王斟酌！"

"殿下，周王心怀叵测，大逆不道，朝廷已有实证！王爷是诸王大兄、宗藩之首，自当秉公而断，重议其罪，以正宗室之风！"王府伴读余逢振大声禀道。余逢振儒生出身，素来忠于朝廷，且正是血气方刚的年纪，故有此番慷慨表态。

"放屁！朝廷有什么实证？昔日本王在大本堂读书之时，那个朱允炆还拉着我袍角要果子吃，这才几年过去，他就会指其父兄造反？你余逢振是不是书读迂了，朝廷拉的屎你也能尝出个酸甜苦辣来？"余逢振话音刚落，站在旁边的高阳王朱高煦大声骂道。

朱高煦是燕王次子，今年刚刚十五岁，正是初生牛犊不怕虎的年纪，且其生来厌文好武，常年与燕山三护卫的将校们混在一起，把粗俗俚语学了个遍。他平日里便烦透了这帮没完没了聒噪的王府文臣，眼下见余逢振竟要父王重议周王之罪，那岂不是自剪羽翼？心高气傲的朱高煦哪能容得这些，当即破口大骂。

"二郡王，你乃国之宗亲，岂能如在行伍中般满口污言？况且朝廷决策，做臣子的岂能以秽语污蔑？请你自重！"葛诚身为王府长史，哪能容得高阳王脏话连篇，当即含怒相驳。

朱高煦怒目圆睁，正欲回击，一个身材魁梧、一脸凶悍之气的中年汉子已抢先站了出来骂道："狗日的，行伍怎么啦？当年要没咱这些行伍之人舔血卖命，又哪来的大明天下？就你们这些破书生，给蒙古人牵马都不配！他娘的也敢骂我们武人！"说话的是燕王爱将、燕山中护卫千户丘福。丘福是从小卒靠着军功一步一步爬到现在，葛诚羞辱行伍之人，他又哪里能忍？

葛诚自知失言，脸不由一红。他不能反驳丘福，便低了头想息事宁人。哪知丘福虽年过不惑，脾气却是不小，且他向来与朱高煦关系最好，此番出口，一半是为了葛诚之言，一半却是为了帮朱高煦出气。如今抓了葛诚话柄，他又岂能就此罢休？当即疾步上前，一把将弱不禁风的葛诚扯到大殿中央，硬要和他说个清楚。

大殿内顿时大乱，只见左班一干文官纷纷上前，想将二人分开。可丘福膀粗腰圆，一身蛮力，这帮手无缚鸡之力的文人哪里拉扯得动？右班的武官倒是能拉，可刚才葛诚的话同样侮辱了他们，因此也乐得这位长史出一出丑。于是朱能和燕山左护卫指挥佥事张玉等一干武将也只是立于班中冷冷望着。

朱高炽一直与王府文官关系不错，见此情景，急得直搓手，可他素来畏惧父王，此刻朱棣并未发话，他也不敢多言；朱高煦是始作俑者，却一副幸灾乐祸的样子，唯恐天下不乱；瘦猴儿似的燕王幼子朱高燧则狡黠地眨巴着小眼睛，小心观察着事态的发展。

"都给我住手！"只听得"啪"的一声，朱棣拍案而起，厉声大喝。

人群立刻分开。朱棣一眼瞧去，葛诚已是蓬头散发，身上的袍子也被扯烂，泪水在眼眶中直打转。

"丘福目无主上，于殿堂侮辱王府官员，念其往日有功，免了军棍，拉出去闭门思过十日，罚俸半年！"

"父王，丘将军乃因受葛诚侮辱才乱了规矩，请父王看在孩儿面上，免了他的责罚。"朱高煦连忙禀道。

"住口！你虽未参与斗殴，但此事因你而起，也需受罚。你马上回后苑将《劝学篇》仔细抄上五遍，若错了一字，三月之内休想出府半步！"

朱高煦顿时瞠目结舌，他最讨厌的便是这些舞文弄墨之事，且抄错了还有困于府中之忧。若真如此，他还不如代丘福挨棍子算了。朱高煦张了张嘴欲再说话，朱棣一眼扫过来，他叹了口气，只得怏怏地去了。

"葛长史可有伤着？"朱棣转过头来，语气温和地问道。

葛诚儒家门生，今日受此奇辱，连死的心都有了。不过此事毕竟是因自己失言所致，且丘福也受了罚，他也不好再说什么，只得哽咽道："臣未受伤，谢王爷关心。"

"丘福粗人，不懂礼仪，你不要和他计较。不过……"朱棣话锋一转，沉声说道，"高皇帝当年便是行伍出身而得天下，本王带兵多年，亦是行伍之人。这一点,葛长史需牢牢记住!"

经丘福这么一闹,朱棣已无心议事,便挥挥手叫众人散了。见一干文武走远,他才慢慢地向殿旁的议事阁走去,道衍已站在屋里。

道衍虽也算是燕王臣属,但并没有参加刚才的讨论,他一人在议事阁里将殿内发生的事听得清清楚楚。朱棣见着道衍,干笑一声道:"一帮人瞎胡闹,大师见笑了。"

道衍行了个佛礼,微微笑道:"王爷错了,依贫僧看来,丘将军这一闹,于王爷却是有利无弊。"

"哦!此话怎讲?"朱棣奇道。

"方才殿上议周王之事,其实已入死局!"道衍引朱棣至榻上坐下,自己也寻了把椅子坐了,"殿下之意,终究是欲救周王。而王府一众文臣,则大都心向朝廷,欲顺皇上心意将周王大罪定下。若方才之议继续下去,殿下固然不能弃周王于不顾,而这些文官们书生意气恐也不会相让。两方相争,既伤了上下之间和气,若让有心人听了奏明皇上,于殿下处境恐更为不利。丘福出来这么一扰,万事俱休,岂不更好?"

朱棣不由一愣,细细一想倒也确实如此。这帮王府文臣大都是朝廷所派,想和他们商量救周王,又岂能说出个好来?于是苦笑道:"还是大师看得清楚!只是议罪一事,这几日内便需上奏。大师以为该如何回复朝廷?"

"贫僧思量多时,殿下于周王是欲救而不得救,却又不能不救。要说欲救,是因王爷乃周王同母兄弟,又一向与其相好。王爷本心自然是愿救周王的。而这不得救,则在于皇上心意已定。周王谋逆,本就是莫须有的罪名。莫说汝南王年纪尚小,不通世事,即便告变密奏真乃其本意,他以子告父已是大逆不道,其目的无非是想以次子身份夺嫡,坐上这周王的宝座而已。既如此,此奏又有几分可信?而朝廷明知其不可信,仍将周王与周世子等人锁拿进京,这便是'欲加其罪,何患无辞'!仅凭此点,贫僧便可以断定,周王此次在劫难逃!"

道衍分析得入骨入髓,朱棣听得连连点头,便又问道:"既如此,这不能不救又是为何?"

"殿下乃诸王长兄,既明周王之冤,若不挺身而出,那其余诸王将如何看待殿下?"道衍压低声音又道,"所谓谋逆,不过是借口罢了。通过此事可知,朝廷削藩之意已定,周王只是第一步罢了。殿下乃诸王之长且久掌大军,威望素著。若真要削藩,殿下岂能幸免?贫僧说这不能不救,便是要殿下在此时挺身而出,广收众王之心,以抗朝廷削藩之策！"

道衍说完,朱棣已是手脚发凉,没想到这不能不救竟有如此深意,竟是要其对抗朝廷！朱棣的心立时乱了起来:若说撤藩,他自是不愿。宗藩乃太祖所立,而诸王带兵,亦是父皇在世时定下的规矩;再说自己统兵多年,功勋卓著,建文凭什么说削就削？但真要依道衍的意思,那便是与朝廷作对！自己一个亲王,要真惹恼了朝廷,那会是什么下场？想想便让人不寒而栗。

想了半天,也没能得出个好的办法,朱棣只得苦笑道:"我不过是一个藩王,对抗朝廷岂非儿戏？朝廷若真执意削藩,大不了我上交燕山三护卫,做个太平王爷,了此一生算了！"

"太平王爷？以殿下之雄才大略,真愿去学那信陵君谨言慎行,沉湎酒色,郁郁而终？"见朱棣不语,道衍又冷笑一声道,"就算殿下想退,也得看朝廷愿不愿意！皇上若只想削诸王兵权,那收了河南三护卫,命周王回京闲居也就是了,何必将其逼至绝地？对周王尚且如此绝情,殿下乃诸王之首,实力威望无人可及,皇上又怎会许殿下安渡此劫？依贫僧看,殿下若真就此俯首,莫说太平王爷,便想为江上一渔翁亦不可得！"

朱棣闻言浑身一震,联想到周王今日之惨状,他不得不承认道衍说得有理,良久才说道:"大师精辟之言,令我茅塞顿开。先前确是我想得太简单了。依大师之见,现下我又该作何打算？"

道衍忽然起身,眼中闪过一道寒光,以坚毅的声音说道:"王爷眼下看似平安,实则大祸不日将至。朝廷削藩,迟早祸及燕藩,我等万不可坐以待毙。依贫僧之见,王爷此时应将遗诏之伪及周王之冤布告天下,同时传檄诸王,借清君侧之名,兴靖难之师,以辅正朝纲、诛灭奸臣,保我大明万世基业！"

道衍声音不大,却颇为慷慨。朱棣听完已是汗如雨下,他当即起身,声音颤抖地说道:"大师慎言！此乃大逆不道,我岂敢行此不忠之举！"

朱棣虽然马上否定,道衍却觉得十分意外。朱棣只叫其"慎言",却未有斥责之语。想了一想,道衍又跪下奏道:"当断不断,乃兵家大忌。现今军权虽收归朝廷,但时间尚短,朝廷尚不能完全控制。王爷久领大军,北平将校皆由您简拔,士卒更久受恩惠,山东、辽东亦不乏王爷旧部。只要王爷登高一呼,燕赵诸卫所莫不景从。若错此良机,待朝廷布置妥当,恐王爷到时便成瓮中之鳖。此事关系重大,望王爷慎重考虑！"

"大师不必说了！"朱棣连连摆手道,"我知道大师是一片好心。但我乃大明亲王,今上亲叔,岂能做此大逆之事?且朝廷未必真要削燕,我等不可妄自揣测,铸成大错!"

道衍见朱棣如此,知不可再劝,遂叹了口气道:"王爷忠义,令贫僧汗颜。只是朝廷削藩之意已明,王爷虽不愿行兵革之事,亦需有所准备!"

道衍这话倒与朱棣想法不谋而合。他虽然不敢兴兵造反,但也不愿坐以待毙,于是问道:"那依大师之见,我应作何打算。"

"其一,上奏朝廷,为周王鸣冤!虽说朝廷之意不可违,且我等也无证据证明谋逆之事乃捏造,但王爷可从叔侄之情入手,求朝廷开恩。朝廷若准,那是殿下陈情所致;朝廷不准,那便是皇上不顾亲情,天下诸王必然更加心向王爷。"道衍已恢复平静,侃侃而谈,"其二,暗蓄实力。现王爷所辖仅燕山三护卫而已。护卫编额有限,且必被朝廷耳目关注,王爷可暗蓄勇士,广招人才,引为奇兵,以防突发之不测。"

"大师说的是,此二策实为好计,我自当采纳。"停顿片刻,朱棣又动情道,"大师为我殚精竭虑,我万分感激。此后时局必然更加艰难,还望大师多加帮扶,助我渡此难关。"

道衍见朱棣如此真诚,也动了感情,忙跪下道:"王爷言重了,贫僧身为王爷臣属,自当竭力报效,绝不负王爷期许。"

送走道衍,朱棣心中空荡荡的,方才一番谈话,让他产生深深的危机感:"我虽不愿对抗朝廷,可朝廷要一再相逼呢?到时我又该如何应对?"朱棣摇了摇头,回到椅子上坐了,随手拿起面前书案上的一本《唐百家诗选》,一打开,映入眼帘的却是一首许浑的《咸阳城东楼》——

> 一上高楼万里愁,
> 蒹葭杨柳似汀洲。
> 溪云初起日沉阁,
> 山雨欲来风满楼。
> ……

第四章

朱高炽巧识金忠　方孝孺智解密信

接连数日大雪，直至清晨方停。朱高炽吃完早饭推门出来，见燕王府内已是一片银装素裹。待向母亲请完安后，他就换了便装欲出门溜达溜达。这几日王府内气氛一直不好，就在几天前，齐王朱榑入朝，被建文扣于京师的消息送到了北平。朱棣得知情况后大惊失色，一连数日茶饭不思。

朱棣心绪不畅，朱高炽的日子也不好过。虽为燕王世子，朱高炽却因身材过于肥胖且体弱多病，一直不太讨以武功见长的父亲喜欢，平时父子相处时他便十分小心谨慎。如今这非常时刻，他更是战战兢兢，唯恐一个不小心惹怒父王，给自己招来麻烦。今天一大早，朱棣又去庆寿寺向道衍问计。他一走，王府内便轻松了许多。朱高炽也已胆战心惊了数日，如今趁着父王不在，便想着出去透透气，换换心情。

待走到后花园处，朱高炽发现父王的贴身小内侍狗儿正蹲着身子，摆弄着花花草草，便笑道："你个狗奴婢，不随父王出去，在这里折腾些破花有什么劲？这大冷天的，花都死光了，你还能让它们活过来？"

狗儿听见有人说话吓了一跳，回头一看是朱高炽，忙起身行礼笑道："世子爷早！不是奴婢不忠心办差，实在是王爷看不上咱，把奴婢扔在府里。奴婢心想着侍候王爷不成，便来这里瞅瞅花儿解闷得了。"

朱高炽笑骂道："你这狗奴婢就会要嘴皮子，回头我禀了父王，叫你以后专门过来种花，看你这破嘴向谁去使。"

"不怕世子爷笑话，要是做别的倒也罢了，这种花奴婢还真乐意干。世子爷有所不知，奴婢祖上三代都是做这营生的。前元至正年间，奴婢的爷爷种的杜鹃还送进过宫里,讨了一个蒙古贵妃的大赏呢!"狗儿平日乖巧,颇讨朱高炽欢心,因此也敢开开玩笑。

"你就吹吧,小心把脸皮给吹破了!"朱高炽笑道,"不过这花确实不错,大冬天的还开得这么鲜艳,叫什么名儿来着?"

"这是九子兰,原是西南方有的花儿,三保大哥专门托人从云南带来的。这花儿耐寒,冬日里只要细心养,也能开得十分艳丽。"

朱高炽俯看了一会,方点头道:"嗯,以前还真没注意过,下次给我宫里送两盆来。"

"好咧,一会便给世子爷搬去!不过这花得多伺候,稍一粗心,这大冷天的,不出三日便得坏死。"

"这事你自去操心。"朱高炽一挥手道,"我要出去遛遛,你把这身内官衣服换了和我一起来吧。我在遵义门等你,别太久了。"

"哪有让世子爷等候奴婢的道理!"狗儿作了个揖,一溜烟地跑了。待朱高炽踱到遵义门,狗儿已换好衣服恭候多时。

一出燕王府,气象便是一新。这几日风雪不止,人们只得窝在屋里,好容易挨到今日天气放晴,憋了几天的士民们纷纷走了出来,大街小巷都充塞着人流。朱高炽与狗儿二人边走边瞧,不多时便来到了灯市口。

北平本是金元旧都,富甲天下,海内商贾莫不聚于此地。元廷北遁后,北平人口骤减,达官贵人更是少了许多,但仍不失为天下名城,繁华冠于河北。灯市口平日便就热闹,今日又有诸多士民出来,集市里更是水泄不通。朱高炽与狗儿到一家卖艺的摊边看了半天杂耍,又跑到个鞑子货商跟前,让狗儿就着一张狼皮跟这鞑子比画了半天价钱,实是过足了瘾。过了小半个时辰,他俩方从集中挤了出来。

朱高炽从小体弱多疾,却又偏偏身材肥硕,向来经不得久动,此时已是累得满头大汗。待走到个僻静些的角落,他气喘吁吁地对狗儿笑道:"这段日子待在府里着实憋得慌,今日出来走走,正好活动活动筋骨,免得又闷出病来。"

狗儿正拿着帕子给朱高炽拭汗,听得此言,却立马叫起撞天屈来:"好我的公子爷咧,您今儿可把奴婢害惨了。您瞧您这一身大汗,等会要再一经风,没准儿又得受寒。若是娘娘见了,肯定数落奴婢的不是,说不准还得挨板子,到那时奴婢可真是没地儿说理去!早知如此,先前奴婢就老老实实赏花,叫别的奴婢侍候您得了!"

朱高炽扑哧一笑,骂道:"你个狗奴婢,方才在集里活蹦乱跳地闹了个欢,眼下知道怕了?我瞧你一向忠心,才让你跟着侍候,原来你却怕自己受罚!等会儿回了府,我便打发你种一冬的花去,莫非我还治不了你?"

两人说笑一番,见时候不早,便准备打道回府。刚走几步,狗儿忽然奇怪道:"公子您看,那有个卜卦算命的。"

朱高炽笑道:"算命先生有什么奇怪?"

狗儿又道:"算命的自是见得多了,可向来都是在人多的地方摆摊儿,这人放着热闹的集市不去,却在此僻静之处摆摊,还打出个'天下神算'的幌子,却是稀奇!"

朱高炽放眼望去,见这算命先生不像寻常江湖术士般见人就攀,却只拿着一本《周易》悠然品读,对生意毫不在意,看上去倒有几分名士派头。他心中也是一奇,遂生了兴趣,便对狗儿道:"走,瞧瞧去!"

算命先生见有客来,却也不起身相迎,只是缓缓放下手中书,微微一笑道:"这位公子是要测字,还是卜卦?"

朱高炽见一上来便直入主题,不由一愣。旁边的狗儿却不满道:"你这算命的也忒古怪了吧,哪有这般待客的?咱不卜卦也不测字,却是见你这般大言不惭,居然打出'天下神算'的幌子,于是犯了稀奇,特来见识见识。"

算命先生听狗儿言带嘲讽之意,倒也不恼,仍是微微笑道:"既是要见识,也得卜完卦、测完字方知实与不实。小兄弟不测不卜,却不知如何个见识法?"

狗儿自知说错了话,不由脸上一红,旋即冷笑道:"试便试!是骡子是马一遛便知,只怕你到时说得不准,我可要把你这幌子扯了!"

"狗儿住口!"朱高炽轻声一喝,随即对算命先生笑道,"家奴不晓事,让您见笑了,先生莫怪!"

"无妨,这位小兄弟说得却是在理。我若真说得有误,这'天下神算'四字便是当不得了,被扯了也是应该。"

朱高炽本没打算算命,不过见此人虽是谦恭,言语间却颇为自信,不由心中大奇,便道:"既如此,便求教于先生了。"

"公子客气!敢问公子是要卜卦还是测字?"

朱高炽联想到近来朝廷又擒齐王,削藩之意已明,自己身为燕世子,也有朝不保夕之感,心中不由一动,想了一想道:"测字吧。不瞒先生,我乃官宦子弟,打小便承着世职。我既受朝廷恩荫,效忠明室,便测个'明'字。"

"既如此，请问公子是测姻缘、财运，还是前程？"

朱高炽道："我素来关心时局，今日不测自身，只问国事！"

算命先生略为奇怪地瞟了朱高炽一眼道："我于北平摆摊已有数载，前来求解之人不知凡几，却都只关心私人之事。今日公子问国事，于我倒是头一遭！"

朱高炽笑道："也不过是个人喜好罢了。"

"原来如此。小人多此一问，倒是孟浪了。"其实算命人心中仍有些许疑虑，只是撇下不提，略想片刻便侃侃道，"'明'乃国号，其事亦应为朝廷大事。'明'字左为日、右为月，日主阳，月主阴。向来水北为阳、水南则阴，若我想得不差，公子所问，必是朝廷关于南北之间的大事。"

算命先生寥寥数语，朱高炽听得却是大惊：诸藩大都在北，燕王更是位于正北之地，而京师正在江南！如今南北大事，除了削藩还有什么？这算命的竟是一语中的！过了好一会，他方回过神来，面带恭敬地问道："那依先生所言，这南北之事，最终又是何解？"

算命先生见朱高炽脸色数变，心中不由更奇，方欲作答，却突然瞄了一眼侍立一旁的狗儿，却忽然想到：这家奴年纪约莫十七岁，但嘴上却是干干净净，一根胡须也没有，且先前说话，尽管故作深沉，仍掩不住一丝尖细之音；而眼前这位公子应是二十左右，气度却是十分雍容和蔼，且又是一副大腹便便的模样。将眼前情景与所测之事联系到一起，再加上以前道听途说的一些王府传闻，算命先生心中一惊，似乎已明白了眼前公子的身份。

不过他亦是精细之人，只是心中一念而过，随即又神色如常地继续说道："阴阳本为两极，虽可相调，但亦相争，唯看环境变化及两极自身气数而已。不过以我陋见，自太祖横扫海内，统一天下以来，我大明声威日涨、国运昌隆，正是阳气旺盛之时。这南北之事，若真遇阴阳不调，两极互争，虽一时之势不可妄测，但于最终，应是水北阳者居上！"

算命先生一番解释，让朱高炽本已扑通直跳的心略为安顿下来，不过一个新的疑惑又在他脑海中泛起：若真是阴阳不调，那会是何情景？朝廷与燕王之间又会发生何等故事？本来他想再向算命人咨询清楚，可转念一想，今日所言已是过多，若再问下去恐露了身份，遂笑道："我也就是随口一问，不想先生高明，竟说得如此透彻，实在让人佩服。我出来已久，尚需回家侍奉双亲，便改日再来讨教！"说完便掏荷包，却又突然一愣，忘了带钱！

朱高炽扭头向狗儿道："你先代我把钱付给先生！"

哪知狗儿也是一脸苦相道:"公子是临时叫小的,小的只忙着换衣服,也是一个铜子都没带。"

朱高炽顿时大窘,一时望着算命先生不知说什么好。

算命先生见此情景,忽然大笑道:"无妨,无妨,我在北平谋生数载,官家子弟也见得多了,却都是些碌碌之辈,所问所求不过一己之利。今日见公子气度不凡,且忧心国事,与那些膏粱子弟全不能比,我已是暗自佩服。钱财乃身外之物,要与不要都不打紧。这钱我也不收了,唯愿公子心怀黎民,将来一朝入仕,能造福百姓,鄙人便不胜感激。"

朱高炽心中一时大热,此人虽混迹于市井,却也是位英杰!本来他便欲结纳此人,可转念一想,如今时势多舛,父王一再嘱咐要谨慎小心。此人来路终究不明,贸然结纳,恐有不妥,于是拱手道:"先生高义,我十分佩服,今日便报颜相赊,他日自当奉还。我与先生一见如故,若是有缘,必再来讨教。敢问先生高姓大名?"

算命先生见朱高炽不报自己姓名便问人名讳,越发坚定此前判断,便大笑道:"讨教不敢。公子如此礼遇,气度让人折服。在下金忠,字世忠,乃通州卫一屯田小卒,因生性懒散,且不愿于黄土中终日无所事事,遂找人代了差使,自己来北平城中混口饭吃。在下长期于此地谋生,公子若是愿意,可随时前来指教,在下不胜荣幸。"

辞了算命先生,朱高炽径直回府,刚进端礼门,内官王景弘便迎了上来道:"世子可回来了,王爷召您和二位郡王东殿议事,奴婢听下面儿说您出去了,正欲打发人去寻呢!"

"父王这么快就回来了?"朱高炽奇道。这几日朱棣常去庆寿寺,通常一待便是好几个时辰,今日尚未到正午便回,难免奇怪。

"朝廷来圣旨了。接完旨,王爷便叫奴婢唤三位殿下和几位大人去东殿,具体情况奴婢也不清楚。"

朱高炽听得有事商议,便也不答话,忙疾步向内走去。

刚走到长史值房前,忽然发现葛诚正站在门口,向东殿方向张望。朱高炽忙道:"葛长史怎还在此? 快随我进去晋见父王啊!"

葛诚干笑一声道:"世子请进,王爷今日并未召臣。"

朱高炽这才明白,王景弘口中的几位大人并不包括葛诚。他脑子一转,立即明白王景弘定是未了解详情,故没把话说清楚。葛诚是燕府长史,若是圣旨只交代些寻常事情,父王定会招他一起商议。但此次葛诚未能入内,便只能说明这道圣旨恐对燕藩不利,父王这是要召集亲信商议对策。葛诚并非燕府嫡系,父王面子上虽待他不错,但从不倚为心腹。此等秘事,自不能让他与闻。

想到那道或对燕藩不利的诏旨,朱高炽的心顿又提了起来。不过葛诚在场,他也不能显得过于焦急,因而故作轻松地笑道:"既连长史都未得宣,想必也不是什么大事。方才王景弘大惊小怪,我回头再去训他。"说完便有意放慢半拍,步履如常地向内走去。

走上丹墀,朱高炽向殿内一瞧,发现除了高煦、高燧与道衍外,张玉和朱能两位将军也站在里头。他忙深吸一口气,弯腰进殿一礼才小心说道:"不意父王相召,儿臣方才出去了会,因此来迟了。望父王恕罪。"

朱高炽方说完,朱高煦就于一旁阴阳怪气道:"如今朝廷风声正紧,我等天天都提着颗心,大哥还有心思出去,真是一番好气度!"

朱高炽知他嘲讽,只是尴尬一笑,并不作答。朱高煦从小好武,颇得朱棣欢心。他素来瞧不起这位身材肥硕,连骑马射箭都不会的大哥,总觊觎着世子的宝座。今日知朱高炽外出玩乐,便抓住机会在朱棣面前损上一把。

朱棣却仿佛并未听见二人言语,怔了好一会方发话道:"朝廷派刑部尚书暴昭为采访使,不日即到北平,本王今日急召你等,便为此事。"

老将军张玉抖着花白的胡子首先言道:"这个暴尚书来者不善,如今皇上连除二王,今番又派个采访使前来,定是来探我动静,若被其寻得什么差错,朝廷很有可能以此为由,再削燕藩!"张玉今年五十六岁,曾是前元枢密知院,于洪武十八年降了大明,后屡次升迁,最终调到了燕王帐下。张玉文武双全,有勇有谋,且又十分忠心,所以颇受信赖。

"兵来将挡,水来土掩,一个采访使算得了什么!他暴昭安安生生也就罢了,若敢寻燕藩半点不是,我便让他出不了北平城!"朱高煦冷哼一声道,他不光看不上长兄,也不把文质彬彬的堂兄建文放在眼里。如今建文欺负到父王头上,他恨得牙只痒痒,因而放此狂言。

朱棣眉角微微一跳,这个二儿子很多地方都像自己,唯独性子太狂了些,便小声喝道:"不得胡言,朝廷大事岂由得你在此乱说。"

朱高煦天不怕地不怕,唯独怕这个威风凛凛的父王。朱棣声音虽不大,仍让他脖子一缩,算是暂时安静下来。

"大师有何看法?"朱棣随即向道衍问道。

朝廷敕旨到时,道衍正与朱棣在庆寿寺中密议齐王被削之事。朱棣回府接旨,道衍遂也跟了过来。此时他思量许久,心中已有了些眉目,便沉声道:"齐王被扣,不过十余日前事。朝廷此时遣使直奔北平,必是放心不下王爷,过来探听动静。方才二殿下说得好,'兵来将挡,水来土掩',亦无须太过惊慌。贫僧要问的,便是王爷此时的态度?"

　　朱棣身子微微一震,他当然明白道衍所指的态度是什么。若说周藩被削时,朱棣仍心存侥幸的话,但如今齐王被扣,采访使突兀造访,这接踵而来的一件件事已使他渐渐相信:皇上恐真不会放过藩王了!朱棣顿时觉得头晕目眩。道衍的话,朱棣听在心里,倒也起过一些波澜。但若要真依其而行,他却一直又下不定决心。在朱棣内心深处,似乎总有一种说不清道不明的感觉让他犹疑不定。思虑再三,他无奈地摇了摇头,苦笑一声道:"朝廷既要打探,由他打探便是。本王奉法守礼,从未做过有愧朝廷之事,怕他采访使做甚?"

　　"王爷既这般说,那便当小心应付。"道衍暗自叹了口气顿了一顿,又低声道,"八百勇士须妥善安排,切莫让小人借此滋事,徒惹祸端。"

　　朱棣心中一凛。上次东殿密议后,他从道衍之言,命朱能暗中招募了八百勇武之士以防万一。别的方面他一向谨慎,倒不怕朝廷找碴,唯独此事若让人知道,那便是私蓄死士,朝廷削他一百次都不为过。想了一想,朱棣对朱能道:"士弘觉得该如何应付?"

　　此事乃朱能一手经办,他欠身道:"王爷放心。八百勇士乃臣于王爷旧部中一手选拔,都是父母双亡、家无妻小之人。王爷若是不放心,采访使到前,臣将他们全带出城就是了。"

　　"带出城也不安全,若暴昭听到风声,定会四处打探,保不准会出娄子。"朱棣断然否定。

　　此事确实要紧,万一被暴昭侦知,燕藩顷刻便有覆顶之灾。一时间众人眉头紧缩,都没有妥善的方法。

　　突然,三郡王朱高燧眼光一亮道:"儿臣倒是有个法子!"

　　"哦?"朱棣闻言,顿时一奇。朱高燧乃其幼子,但他文不如高炽、武不及高煦,三子之中他关注最少。此时众人俱都无计,他竟有了好点子?朱棣于是微笑道,"燧儿既然有计,可讲出来与众人参详!"

　　朱高燧受了鼓励,胆气更壮道:"依儿臣所见,可将八百壮士匿于后苑之中。燕府乃前元旧宫,规制宏大;后苑之内有殿有湖,且又僻静深邃,不信他暴昭寻得着。"

朱高燧言毕,众人精神俱是一振。此法确是极好,燕王府的前身是元朝故宫,其规制远超其他王府。何况后苑占地颇广,划出一片藏八百人不成问题。且在王府之内,也好管制。最妙的是后苑乃王府禁地,外臣不得入内,暴昭即便得知风声也是无法进入。他若敢侦刺王府内苑,朱棣当即便可办了他,连建文也无话可说。

朱棣用赞赏的眼光看了朱高燧一眼,起身道:"燧儿之策甚佳,此事便由你兄弟三人与朱能去办,切要隐秘!"随后他又对众人肃容道,"按日程算,暴昭近日便抵北平,其间大家务须谨慎,不可让其寻得破绽。"

数日后,采访使暴昭进了北平府,一同抵达的还有御史林嘉猷与谷王府长史刘璟。林嘉猷是方孝孺的门生,而刘璟则是开国功臣、诚意伯刘伯温的嫡孙,此二人皆忠于朝廷。建文派出暴昭后,又令二人随同前往。

暴昭是刑部尚书,进北平后便暂住于按察使司衙门内。一连数日,暴昭仅就北平民政与布政、按察两司官员商洽,偶尔于市井之间探访些风土人情,似乎并无意与燕王为难。但朱棣心中清楚,这位朝廷大员来北平,绝对不只是探探民情、审审案卷这般简单。

据耳目所报,林嘉猷、刘璟二人这几日活动频频,带着一帮手下四处打探,与葛诚等一帮王府属官也有交往。究其意图,肯定是想暗度陈仓,收集燕王不轨之事。朱棣准备充分,故不动声色,由着他们折腾。待暴昭等人明面儿上的差使办毕,进府辞行时,朱棣才借设宴饯行之机,刺探他们的"采访"成果。

因暴昭等人乃朝廷钦差,故宴席于王府承运殿内举行。席上,两方人各怀鬼胎,暗自提防,但表面上却是谈笑风生,一副其乐融融之象。酒过三巡,朱棣对暴昭哈哈一笑道:"本王居北平十六载,无德无行,对一城百姓寡于恩惠,暴尚书此番观风,恐怕百姓埋怨本王之言亦听了不少。还盼你回京后于皇上面前多多遮掩,否则我这王爷怕是要做到头了!"

暴昭心中一紧,赶紧起身答道:"王爷说笑了,藩国民政素来不由王府所辖,即便百姓于官府不满,亦是布政、按察二司的过错,岂能怪到王爷头上?何况臣此次来访,见北平政通人和,市井繁盛,而百姓亦多言王爷恩泽庶民,待一城百姓如同亲子,哪有半分诋毁之语?依微臣所见,燕藩之治,实为诸藩之首,臣回京面圣,必为王爷请功。"

暴昭所言倒也不假。他这几日打探，其结果大大出其所料。上至三司衙门、下到街头黎民，众人莫不言燕王抚民有方，行事公道，说其坏话的还真没几个。而这也更令这位朝廷尚书警觉，一个王爷，即便是在洪武朝，也只管军政、不干民事。通常说藩王治国有方，也不过是指其约束王府下属、不扰士民罢了。而如今北平一城上下，不分军民，大都赞燕王爱民如子，于百姓多有恩惠。这岂不意味着这位王爷大大越限，已把手伸到了其管辖之外的民政上头？燕王如此收买人心，究竟打的又是什么算盘？方才回燕王之言，其真实意思是要奏知建文燕王广结民心，其心不测。

朱棣似乎并未听懂暴昭所言之本意，随即道："暴尚书能有此言，本王倒是安心了。朝廷这半年来连削五弟、七弟之爵。虽说两位弟弟本是罪不可恕，被削乃情理之中，但本王仍是颇有伤感。俗话说得好，'长兄如父'，如今父皇、母后与三位哥哥俱已不在，我这个做大兄的未能阻止两位弟弟行此不轨之事，实在是汗颜有愧！"说着，他竟声色渐悲，几乎都要落下泪来。

暴昭心中冷笑，嘴上仍是恭敬答道："诸王各在封国，相隔遥远，周、齐二王作恶之事，殿下在北平岂能知晓？还望殿下勿以此挂怀！何况藩王乃朝廷臣属，二王有过，朝廷自会责罚。王爷只需敬事朝廷，诸藩王之事，皇上自能妥善处置，您又何须如此自责！"

暴昭此话软中带硬，实是警告燕王安守本分，不要心生不轨。朱棣精明之人，又岂能听不出来？不过他城府极深，尽管心中十分愤怒，面上却不表露出一分。

朱棣又与暴昭打了一阵哈哈，遂转而对刘璟道："仲景这几日进府最勤，与燕王府上下颇为相得。眼下即将离别，可与我王府众人有话要说？"

刘璟心中一沉。此次探访，他仗着自己亦是王府官员的身份，与燕王府一众文官频繁联系，希望从他们口中得到些王府内情，并与朱棣本人也接触颇多。刘璟知道自己肯定被朱棣注意，但他也不在乎，遂笑道："臣与葛长史等人不过是同僚相交，共探侍主之道而已。只是此次走后，恐怕再与王爷对弈就难了！"他平日进府，亦常与朱棣对上两局，借此机会互相试探。

朱棣哈哈大笑道："那倒不妨，谷藩在宣府，与北平近在咫尺。穗弟若有事需知会我，你便借机再来北平便是。只是你棋力太高，本王一介武夫，非你之对手。若再博弈，你需让着些。"

刘璟微微一笑，从容道："王爷过奖了，不过这下棋与处事一般，可让之处便让,若是不可让处,臣却不敢让!"

朱棣一怔,这刘璟与暴昭一般,竟是如此绵里藏针,时时不忘敲打自己。他一阵恼火,实在没有心情再和这帮子人纠缠下去,遂再随意说笑几句便道:"本王近日来身体不佳,今日几杯酒下肚,肠胃越发不适,实在不能久陪。"说完,他又对一旁的朱高炽道,"诸位天使便由你相陪,务须不醉不归。"众人忙起身相送,朱棣含笑摆了摆手,便自回后宫去了。

时近年关,金陵城内亦飘起一阵小雪。这一日正值朝休,齐泰于家中设宴,邀黄子澄与方孝孺二人共聚小酌。

此时仍是微雪未停,齐泰家的花园俱被蒙上一层白霜,不过一进餐厅,便觉暖气逼人,三位天子重臣吟诗作对,把酒当歌,很是快活。

方孝孺近来心情大好,几次长谈后,建文对他的人品学问十分赞赏,已命其参与机要国政。其时大明朝开国未久,朱元璋在位时以猛驭臣,虽颇有成效,但杀戮过多,对此建文心中颇不以为然。即位后,建文便想着手改革官制,效法史书上的三代贤王,打造出一个吏治清明、朝野和睦的太平盛世来。方孝孺儒学大宗,博古通今,且为人又正直不阿,正是建文朝思暮想的佐相之才。经过一番考察,建文对孝孺十分佩服,便将改制一事郑重托付给他,命其总揽全局。方孝孺学通古今,自是一身抱负,以匡济天下为己任。如今遇得明主,以国家机要相托,他又怎能不感激涕零,拼死报效?

一连数月,方孝孺每日起早贪黑,遍览古籍,为改制一事呕心沥血。经过连番辛苦,其心中已有了些眉目,不日即将具本奏上。他相信只要按照自己所想,逐步妥善实行,大明天下必然会海晏河清,太平万年!今日之宴,他一改素少沾酒的习惯,对齐、黄二人频频举杯,亦是因心中十分高兴所致。

酒过三巡,菜过五味,众人俱有腹饱之感。齐泰遂命人撤去酒席,换了茶具、果点奉上。趁着这间隙,方孝孺推开房门,走到屋檐下面站住,欲受些寒风以驱散酒意。

此刻已是正午,白云逐渐散去,一缕暖阳射进花园之中,池边梅花树上的积雪遇光渐融,正滴滴答答地化水而落,正是一片宁逸舒和之象。方孝孺见此美景,忽然心念一动,遂婉婉吟道:

微雪初消月半池,

篱边遥见两三枝。

清香传得天心在，

未许寻常草木知。

"好，好诗！"方孝孺正陶醉间，却被一阵击掌叫好之声惊醒，扭头一看，齐泰与黄子澄已走了出来。

黄子澄拊掌笑道："希直不愧一代文宗，转眼间佳句便至。此诗清新典雅，而这'清香传得天心在'一句，更是一片忠君报国之心，又不落俗套，实是妙极！"

方孝孺方欲答话，旁边的齐泰却嘻嘻笑道："希直诗句之佳，吾辈不及，只是这'未许寻常草木知'，却是一股独立尘世之傲气。我与子澄立于一旁，倒是自惭形秽喽！"

方孝孺与齐泰、黄子澄同为天子股肱，早已十分熟稔。他知齐泰此言实是打趣之语，并无讽刺之意，遂微微一笑道："尚礼却是错怪我了。方才吟诗之时，我念及此次改制，事关重大，天下臣工莫不关系其间，若是贸然漏得片言出去，必会引起轩然大波，其中损了利益者必然兴风作浪，坏陛下大事。我心忧此事，方有先前之句。"

"不想希直吟风弄月之中尚能含如此深意，我不能不服。"齐泰赞叹一声，"改制一事，本极隐秘，且尚在筹划之中，外间应未可知。即便到执行之时，百官食朝廷俸禄，坐九品之位，纵是利益有些许损失，以朝廷之威严想也弹压得住。再说了，既是改制，必然有损有益，岂有皆大欢喜的？此事关系我大明万年之基，只要皇上决心已定，必不致半途而废。"

齐泰不愧为能臣，改制虽非其经办，但他据理而论，分析十分翔实，方孝孺听的是频频点头："皇上之心自无更易，只在我辈善加筹谋，不可误了陛下大计便是了。"说完，他又向齐泰、黄子澄询问道，"二位大人的削藩之事还顺利？"

改制、削藩乃当今两大要紧之事。改制由方孝孺一手操办，而削藩建文则交给齐泰、黄子澄二人总理全局。

不料齐泰与黄子澄闻得此言，却均收敛了笑意，摇头不语。过了好一阵，齐泰方道："大局尚还顺利，只是亦有些波折。"

"哦，却是有何难处？"方孝孺奇道。近段时间他为改制一事忙得焦头烂额，除了上朝便是在翰林院和宫中翻经阅典，回到家也是闭门不出，为此事费神劳心，于削藩倒还真没时间顾及。

齐泰将黄子澄与方孝孺引回屋内坐了才道："不瞒希直，我今日邀你与子澄二人前来，除为偷得浮生半日闲外，亦是想合三人之力，于此事做个计较。子澄且不说了，他与我共谋削藩，自是责无旁贷。希直虽职在改制，但与我二人同为天子重臣，还请你勿要却辞。"

方孝孺此时方知齐泰此宴还另有目的。不过他与齐、黄同为皇上倚重，建文亦常以和衷共济之词勉励三人，因此此番齐泰提及，他自然也是无可推托，便肃容问道："不知二位有何忧虑，可否明言？"

黄子澄饮了口茶，苦笑道："希直应知，削藩之难，难在削燕。燕王为诸王之长，实力冠于群雄。燕王不除，终是朝廷心腹之患；燕王若去，天下诸王失所仰望，必能俯首称臣。不过燕王有功无过，故朝廷不能强削，以免失了天下公论。"

此事方孝孺当然知晓。当初之所以暂留燕王，亦有他据理建言之力。此时他一言不发，静待黄子澄下文："前些日，我与尚礼奏请皇上派暴昭等为采访使赴北平暗访，昨晚暴昭密奏便已到京。"

"哦？"派暴昭采访北平方孝孺也知道，林嘉猷得以跟随，亦有其举荐之力，"暴尚书密奏，皇上可有发与二位？"

"当然。不过皇上倒也没说什么，只是让我们参详便是。"黄子澄一边回答，一边目视齐泰。

齐泰会意，从坐榻旁的箱中拿出一个小匣子，里面正放着一本奏本，他拿给方孝孺道："据暴昭所言，燕王似有广结民心、滥施恩惠之事。"

方孝孺细细将奏本看了一遍，末了方合上道："暴尚书所虑不无道理，燕王广收民心至此等地步，其心或不可测亦未可知。不过……亲王在藩国之内施些恩惠，也是正常之举。且藩王毕竟乃朝廷所封，其宽于待民，也是彰显朝廷恩德。燕王得百姓赞誉，朝廷亦说不了什么。若以此降罪，不但燕王不服，百姓心中亦会轻视朝廷。"

众人一时无话。燕王若因得民心而被怪罪，那朝廷岂不成了颠倒黑白，昏庸无道？这正是齐泰、黄子澄为难之处。值此朝廷与燕王相互猜忌之时，明知燕王此举或别有用意，自己偏偏还挑不出理来，连制止都不能。

齐泰不由升出一阵无名火，自定削藩议以来，周、齐二王被除，其余诸藩莫不噤若寒蝉。本是顺风顺水之局，唯独面对这个燕王，自己总有种使不上力的感觉。想硬削，皇帝与黄子澄、方孝孺等人均觉不可，自己孤掌难鸣。如今好不容易弄出个暗访劣迹，以正削燕之名的办法，本以为可一举成功，哪知这暴昭北上一趟,劣迹没查到,却查出燕王爱民如子!想到此处,齐泰便气不打一处来。

正当齐泰、黄子澄均感无计之时,方孝孺却突然笑道:"二位无须如此,暴尚书虽未访出什么罪证,但我观其奏疏,却发现一个可乘之机!"

这奏疏他二人看了几遍,均未发现有什么能用之言,方孝孺怎么一下看出了门道?齐泰、黄子澄顿时一怔。但方孝孺虽带着笑容,言语中却并无戏弄之意。二人遂马上端正坐姿,洗耳恭听。

"二位大人可有注意奏本中所提刘璟会葛诚一事?"方孝孺问道。

两人俱一时莫名其妙。此事他们也都看了,无非是刘璟交结燕府属官,葛诚对其语焉不详,含糊其词。这葛诚摆明是受了燕王指示,与刘璟虚以尾蛇,与寻燕王劣迹又有什么关系?

方孝孺见二人不解,便接着道:"暴尚书采访北平之意,燕王必然心知肚明。燕王自是不愿被削,因而不能在暴尚书等人面前落下把柄。这葛诚身为长史,乃燕府臣属之首,他若一心向着燕王,见刘璟时必然慷慨陈词,尽言燕王的好处。要是与采访官员语焉不详,虚与委蛇,岂不是徒让朝廷觉得其心中有亏,进而燕王也有不轨之举?以燕王之精明,岂会命葛诚如此做派?依我愚见,葛诚之举绝非燕王授意。看其表现,必然是知晓燕府些许内幕,欲待举报,却又怕燕王知道。欲隐瞒不报,又怕他日燕王行什么不臣之事,自己难免遭受池鱼之殃。刘璟一加试探,他心中更加犹疑,所以顾左右而言他!"

听完方孝孺之论,齐泰、黄子澄顿时恍然大悟,没想到这么一个"语焉不详"之中还有如此奥秘!齐泰一拍桌子道:"方先生慧眼独具,一语道破其详,吾二人所不能及也!"

但黄子澄还是摇了摇头:"只是,葛诚毕竟没有坦白!仅以含糊其词,可定不了燕王的罪!"

"就算他坦白,定罪也不可能仅凭这一面之词!"方孝孺缓缓分析道,"其实朝廷削燕决心已定,葛诚是否举报无关紧要。此人之用,非在当下,而在朝廷动手之时。有他相助,可知燕王虚实。所以,对他不需急于一时。只需接下来咱们对燕王步步进逼,他必然心神大乱。等火候一到,不需我们特地去说,他为免遭池鱼之殃,自会知道该如何抉择!"

黄子澄道:"那这火候……"

"火候,那就看尚礼的了!"方孝孺转过头对齐泰道,"接下来尚礼可以练兵、备边为名,进驻北平四周,并找理由将朱棣的燕山三护卫逐步削减。如此一来,燕王就是只猛狮,也被朝廷关进了笼子。至于区区葛诚,见此情状,自知燕藩被削不可避免,到时候只要朝廷略施小威,其必幡然醒悟,何愁其不跳出来举报?"

齐泰笑道:"好说,过几日我便进宫面圣,请陛下下旨!"

见方孝孺三言两语便抹去了暴昭奏折的不利,黄子澄心情大好,遂一把拿起桌上茶杯对二人道:"今日一宴,收获良多。我三人忠心为国,苍天必定相佑。只要除了诸藩,朝廷再无内患,希直革旧鼎新也无隐忧。我等此番便以茶代酒,共饮此杯,愿我大明蒸蒸日上,国运永昌!"

北平,燕王府密室。

朱棣的脸色阴沉得十分吓人。就在不久前,朝廷连发调令,北平布、按、都三司掌印全部换人。工部右侍郎张昺任北平布政使,山东按察使陈瑛平调北平,而都指挥使一职则由河南都指挥佥事谢贵接任。

这三人朱棣先前都不熟悉,待上任后略一接触,除了陈瑛还较好说话外,张、谢二人均是表面恭敬,骨子里冷淡。且他们私下还派人打探燕府动静,摆明了就是朝廷派来对付自己的。

正当朱棣为北平官府被朝廷控制而忧虑不已时,新年一过,大同又传来惊天消息:大同参将、中府都督同知陈质参劾代王朱桂品行暴躁,虐害军民。朝廷得奏,马上将朱桂废为庶人,囚禁于大同代王府内。尽管朱棣也曾听说这位十三弟平日做事有些出格,但他在如此敏感之时被削,朝廷又岂是为了惩戒这么简单?紧接着,朝廷诏旨又下,重申亲王不得节制文武吏士。朱棣是又惊又惧,无奈之下,只得称病不出,暗中召集三子与诸位心腹,日夜筹谋应对之策。

但这应对之策又岂是那么好想的?接连数日,大家绞尽脑汁,却都觉得无计可施。今日密议半日,又是无果而终。正当朱棣叹气之际,朱高煦终于忍不住大叫道:"父王!还想什么,索性反了算了!"

"胡说!"朱棣吓了一跳,喝道,"逆子,你想我燕府被满门抄斩么?"

在场的其他人也都纷纷变色。虽然这里是密室,在场的也都是燕王最亲近之人,绝无泄露之虞,可这样的话一经出口,仍让大家觉得坐卧难安!

朱高煦却丝毫没有被朱棣的喝骂吓倒,反而越发激动道:"父王,事情明摆着,朝廷这回不会放过咱们了!眼下那个谢贵、张昺天天在城内收买人心,再拖下去,北平就是朝廷的了?"

"北平本来就是朝廷的!你我都是朝廷的臣子,是朱家的子孙!"朱棣起身大喝，"再敢说谋反二字，我先斩了你这个逆子！"

见朱棣这么说，朱高煦只得闭嘴，但一脸不服却依然毫不掩饰。

方才讨论之时，道衍一直缄默不言。待朱棣呵斥完朱高煦，道衍又隔了许久方叹气道："二殿下之言，确实孟浪了些。只是眼下局势确实凶险。谢贵、张昺已经接管北平军民事务，留给王爷的时间已经不多。若王爷再不拿出对策，等到朝廷斧钺加身，王爷就是想拼死一搏，恐怕手下也已无可用之人了！"

"大师之意我明白！"朱棣伸出一只巴掌，阻止了道衍，然后略一思忖深吸一口气道，"我已经想好了！明日上奏朝廷，请陛下允我进京！"

"什么！"朱棣此言一出，满屋之人无不瞠目结舌，就连道衍也面露诧异之色。大家均不可思议地望向朱棣，似乎都以为这位王爷是说错了话。只见他一脸肃然，一双眸子深沉如水，透射出一片冰寒……

第五章

武英殿建文问案　金陵城君臣离心

申时，伴随着散衙的钟声，洪武门外的朝廷大小衙门前热闹起来。众官吏处理完一天的公务，此时纷纷走出衙门，骑上马驴骡子等座驾，相互拱手道别归家。

徐增寿没有即刻回府，直到右军都督府前的白虎街稍稍安静，他才踱出大门，上马往大功坊方向行去。

到家后，他将官服脱下，正自斟了杯茶欲饮，一个家丁便慌慌张张地跑来禀道："四爷，大事不好了！"

"何事如此惊慌？"

"回……回四爷话！"家丁口齿都有些不利索了，"四小姐方才怒气冲冲地提了把剑出去，说……说要去找皇上算账！"

"砰"的一声，徐增寿手中茶杯落地，他一把抓住家丁大声道："你个狗才胡说什么？小心我割了你的舌头！"

徐增寿待下人一向亲和，家丁从未见他如此态度，好一阵方缓过神来，哭丧着脸道："小的没有胡说，小姐出门时一副怒气冲天的样子，口中还念念有词道'非……非把炆哥哥一剑刺个窟窿'，这可不是要去找陛下麻烦么？"

家丁话音方落，徐增寿顿觉手脚发凉，好一阵方怔怔道："她……她为何要刺陛下？"

"这……这小的就不知了。"

"都是小女的错！"一阵嘤嘤声从门外传进，玉蚕已眼带泪光走了进来。她勉强行了个礼，旋抽泣道，"方才与四小姐叙家常，她忽言许久未见二姐，甚是挂念,小女一时忘了国公爷和大人的嘱咐,便把代王一家被陛下囚禁之事跟她说了。小姐一听,当场就急了眼,提了剑便出去了。因还没到散衙时候,国公爷、膺绪老爷和大人您都未回府,咱们一帮子下人拦不住她,因此她便闯了出去!"

"唉……"徐增寿当即一跺脚。原来代王朱桂的王妃是徐达第二女。前些天,建文削代藩,囚朱桂于大同王府中,代王妃自然也免不了一起身陷囹圄。徐氏三女皆是亲王正妃,朝廷厉行削藩之际,徐家自然处境尴尬。偏偏魏国公徐辉祖又一向尽忠王事,对朝廷削藩竟也坚决支持。两重因素交汇一起,他便以长兄和魏国公身份告诫家人务要谨言慎行,与亲藩划清界限。

徐膺绪为人无主见,一向遵长兄之命是从;徐增寿顾及时局不妙,为着家族考虑,便也答应下来。而对于徐妙锦,因其素得几个姐姐喜爱,与代王妃也是姊妹情深,不管是徐辉祖还是徐增寿,都恐其得知二姐被囚,一怒之下蛮横心起,惹出什么乱子。因此徐家上下皆对徐妙锦暂时隐瞒此事,想过了这阵风头再想办法开解。十多天下来,徐妙锦被蒙在鼓里,倒也太平无事。谁知竟在今日东窗事发,惹出大祸。

"她什么时候出的府?"徐增寿问道。

"大约半炷香之前。"

"还来得及!"徐增寿倏地起身,迅速将公服穿起匆匆冲出房门。走到大门口,徐辉祖与徐膺绪正散衙回来,徐增寿粗略将情况一说,二人也是大惊失色,三兄弟遂一起拨马回返,直往皇城奔去。

就在徐家三人心急火燎地往皇宫赶时,紫禁城午门之外已是闹翻了天。

话说徐妙锦怒气冲天地从大功坊出来,一路直奔西安门。西安门守卫一见是她,便不加阻拦。但到了西华门外,却就生了岔子。

徐妙锦是马皇后的手帕交,又和建文从小一块打闹,凭着与帝后二人的交情,她要入宫从来都是畅行无阻。可这一次,西华门当值的内官却死活不放行,连帮她传话都不肯。就在徐妙锦要发作时,御用监少监王钺溜了出来。

"王钺!"徐妙锦作色一喝,"你带的好奴婢,连我也敢阻拦么?"

"四小姐息怒!"王钺赔着笑脸道,"皇后娘娘正去太后处请安,恐见不了您!"

"我不见娘娘,我要见皇上!"徐妙锦板着个脸道。

王钺瞅了一眼徐妙锦腰间的宝剑,略一顿道:"敢问四小姐,您求见皇上做什么?"

"你管得着么？"徐妙锦白了他一眼。

王钺嘿嘿一笑道："并非奴婢要阻拦。只是陛下尚在外朝理事，四小姐要见陛下，需得将欲请之事详细说来，奴婢才好转告皇上。见与不见，自由皇上决断！否则私闯外廷，可是违反宫禁的！"

王钺就着规矩说话，徐妙锦倒也无可反驳。略一沉吟，她抬头冷冷道："那依去跟皇上说，他无端囚我二姐和二姐夫，我要找他讨个公道！"

"果然是这事儿！"徐妙锦话音方落，王钺心中就一咯噔。其实建文就在后宫里，根本没到外廷理事。他之所以敷衍，完全是遵照旨意。

自削代藩后，建文生怕徐妙锦进宫走马皇后的门路，横生枝节；更怕这位蛮横小姐来找自己晦气，说不清道不明之下大吵大闹，徒给自己惹不痛快。因此，削藩的当天，他便给王钺下了道旨意，近段时间不许放徐妙锦进宫。

建文下道旨意就完，可王钺要阻止她，就要费好些功夫。本来，王钺是想着虚与委蛇，在不得罪徐妙锦的情况下，把这只小刺猬安安生生打发回去了事。谁知她不但来势汹汹，腰间居然连剑都配上了，而且直接挑明了是为二姐出头而来，这下让王钺觉得事情棘手了。

思忖半晌，王钺有些明白了：今日之局，要想装聋作哑，将徐妙锦糊弄过去已不可能，可要放她入宫更是万万不可。别说建文事先有交代，就是皇上没说，他也不敢将此般模样的徐妙锦带进宫去，谁知道这位姑奶奶会惹出什么事儿来？思来想去，王钺心一横，索性直言道："皇上已有明旨，近期徐四小姐无旨不得入宫！请您体谅奴婢难处！"

王钺不这么说倒罢了，他这一说，徐妙锦得知是建文有意不见自己，顿时怒上加怒，当下也不搭话，径直便朝西华门内硬闯。

王钺这下慌了神。若就让徐妙锦这么闯进去，谁知道她会折腾出什么动静来？情急之下，他大声一喝道："众侍卫守住宫门，胆敢擅闯宫禁者就地擒拿！"

号令一出，把守西华门的侍卫上直军兵士纷纷拔刀，将徐妙锦挡在门前。

徐妙锦虽横，但也不傻，见上直军这副架势，她知道在这里讨不到好了。她眼珠一转，便急中生智，咯咯一笑道："咿呀，好侬个王钺，对一个区区弱女子也犯得着摆这大排场？"

你哪里是弱女子？你分明就是一只母老虎！王钺心中狠狠骂着，面上却不卑不亢答道："职责所在，奴婢不得不如此，还请四小姐见谅！"毕竟徐妙锦与帝后关系不一般，王钺也不敢对她太过分。

"好！"徐妙锦将手中马鞭放下，声音转柔道，"不闯也行，不过我进宫一场，就算没见着炆哥哥，总得让他知道我来过吧？你去跟炆哥哥说一声，他要真不见，你再回来告我，我便打道回府如何？"

"皇上早有明旨，无须再禀，还请小姐先回，今日之事奴婢过后自会跟皇上提起。"王钺生怕中了徐妙锦的调虎离山之计，自己一走开，这位横小姐便要强闯入宫。没了自己坐镇，这些小内官和侍卫们拿捏不住分寸，到时候不管是被她闯入，还是阻拦时刀枪无眼伤着她，都是一件大麻烦事。

见王钺一副公事公办之态，徐妙锦气咻咻道："咿呀，真是宫门深似海。你们这帮狗奴婢，竟连声儿都不让皇上闻得！"

虽仍喋喋不休，但徐妙锦气焰已消了许多，王钺心中有些得意，呵呵一笑道："非奴婢不通人情，只是皇命在身，不得不遵旨行事。其实莫说小姐，就是您家国公爷来，只要皇上不愿见，那也是无法可想的。除非敢去午门外敲那登闻鼓，否则任凭在宫外叫破天，奴婢也不敢违旨放行！"

登闻鼓！徐妙锦眼光一亮，也不再搭理王钺，径直离了西华门，一路向南，竟朝午门方向奔去！

王钺一愣，随即反应过来，自己得意忘形竟把登闻鼓给提了出来。这登闻鼓一般官员是不敢敲，可徐妙锦是什么人？天下哪有她不敢做的事？搞清楚状况后，他悔得恨不得当场就给自己一大耳刮子！无奈话已出口，收也收不回来了。情急之下，王钺只能一跺脚，跟着徐妙锦的背影飞快追去！

登闻鼓的来历源远流长。早在晋朝时，晋武帝司马炎便在宫外悬置登闻鼓，允许百姓击鼓鸣冤，直接向朝廷申诉。其后，这一制度也被沿用。朱元璋登基伊始，便设登闻鼓，由都察院监察御史与六科给事中等言官轮班值守，一有冤民申述，皇帝必须亲自受理。如有官员胆敢拦阻，一律重罚。

不过登闻鼓虽有奇效，但实际应用却不多。首先是皇帝自己受不了。天下之大，即便是太平盛世，冤假错案也是数不胜数。若冤民都跑来击登闻鼓，那皇帝也不用做别的事了，只管当个判官便是。因此，登闻鼓便设到了紫禁城的午门之外。紫禁城是宫城，外头还有一道皇城城墙，如此便把黎民百姓拦在了外头，连登闻鼓的影子都见不着。

百姓是挡住了，官员却是进得皇城的，他们有机会接触登闻鼓。不过官员也不击鼓，因为若要击鼓，除非有紧急军情，剩下的都必须有天大冤屈才可。而且饶是如此，击鼓也得先担上个惊扰宫禁的罪名，其结果很可能是冤屈不解，反倒罪加一等。久而久之，登闻鼓也就成了摆设，每日午门处人来人往，但从未有人想到要多瞧它一眼。但登闻鼓毕竟未废，科道言官也依然轮班值守。

此时已近傍晚，入宫奏事的官员已走得差不多了，午门外只有些内官与侍卫上直军兵士。徐妙锦甫一出现，便引起了一阵骚动。原来午门直接通向紫禁城外廷，外廷是处理国政之地，而徐妙锦却是女身，即便她要进宫，也不能到外廷转悠。见徐妙锦径直向门前行来，众兵士和内官均面面相觑，均不知这姑娘要做什么。

直到她拿起鼓槌，众人方如梦初醒。有人要击登闻鼓，而且击鼓的还是个妙龄少女！一时间众人大哗，呼啦啦一下子便围了上来。

不过众人看似把架子拉得很大，等真到徐妙锦身边，却都又止住了步。胆敢阻拦击鼓者，一律从重处罚！这些兵士和内官整日在午门当差，这一点都是一清二楚，谁都觉得一个小姑娘击鼓太过儿戏，可谁也不敢将她拦下来，一些认识徐妙锦的也只能是暗暗替她担心。王铖气喘吁吁地跑了过来，见此情景吓得魂飞魄散，连连叫苦，可碍于严律，也只能在一旁哀求，却万万不敢上前拦阻。

徐妙锦得意了，见片刻前还神气活现的王铖此时吓得满脸苍白，心中充满报复的快感。她娇哼一声，提起鼓槌便要上前，忽然人圈中传来一阵清朗的叫声："且慢！"

徐妙锦杏眼一瞅，只见一个身着绿色公服、年二十六七岁的官员挤出人群，拦在她的面前。

"侬是何人？"徐妙锦略带挑衅地问道。

"兵科给事中程济！"官员一脸正色答道。

"给事中？"徐妙锦虽是名门千金，但还真不知道给事中到底是个什么玩意。虽不识官职，但官服的等级她还是知道的。程济一身绿袍，胸前绣着一面鹌鹑补子，徐妙锦瞧了，当即不无轻蔑地一哼道，"八品小官，也配拦本小姐？"

"品佚虽小，却是职责所在！"程济脸稍一红，旋恢复正色道，"本官按制值守登闻鼓，姑娘要击鼓，本官依例还要问得一二！"

"侬要问什么？莫非想阻我击鼓？"徐妙锦冷笑道，"侬莫非不知阻拦击鼓是重罪？"

"本官不敢阻拦姑娘！只是朝廷派我等科道言官值守登闻鼓，便是要问清击鼓者所诉冤情，以便记档留存。击鼓者若是无事生非，有意扰乱宫禁，本官也好据此参劾！"

"参劾？我又不是官员，你能参我？"徐妙锦咯咯笑道，之后想了想又道，"也罢，我便告诉侬，本小姐不满皇上无端囚禁我二姐和二姐夫，今日得向他讨个公道！"

"敢问姑娘，您二姐和二姐夫是何人？"程济刚从四川岳池州教谕升任兵科给事中，到京赴任未满一月，徐妙锦在京城官员中可谓无人不晓，可他却是懵懵懂懂一无所知。

"咿呀，这侬都不知？"徐妙锦头一扬道，"我二姐便是中山王第二女；二姐夫乃太祖高皇帝第十三子，代王朱桂！"

"啊！"程济一声惊呼，这下才搞清楚这眼前少女的身份。不过程济不但未生怯意，心中反倒生起熊熊怒火。原来程济也是个热血男儿，先前虽一直在蛮荒之地担任教谕，但也存了颗经济天下的雄心。藩王势大，威胁朝廷，这点他看得一清二楚。建文继位后，朝廷渐露削藩之意，程济看在眼里，也是十分赞成。在短短数月内程济数次上书朝廷，极言藩王之祸害，这与庙堂君臣之意倒是暗合。正巧，当年方孝孺在汉中当教谕，知道程济这个人，便顺势将他擢为兵科给事中。程济入京，遂拜入方孝孺门下，追随老师还有齐泰、黄子澄等朝廷大臣，在削藩、改制等事中劳心出力。代王被囚，正是朝廷削藩之又一大成果，程济为此欢欣鼓舞。不想今日这徐家小姐竟吃了熊心豹子胆，居然用击登闻鼓的方式来为代王喊冤，竟还说什么要向朝廷讨个公道！

程济不了解徐妙锦，在他看来，豪门千金纵然骄横，也绝不会行此乖张逆举。她此般作为，必是受他人指使。而指使她的不是徐家兄弟，就是剩下的燕王、安王两个姐夫。念及于此，程济怒不可遏道："登闻鼓乃国家重器，岂能由你肆意要弄？代王之囚，乃朝廷大计，你一个女儿家焉能置评？速速归去倒也罢了，再敢放肆，本官必参你长兄治家不谨之罪！"

"什么？"程济动怒，徐妙锦更是火冒三丈，她最讨厌的就是"女子不如男"之类的话。在她听来，程济之言明摆着说她是个女人，不配击这登闻鼓，这简直就是赤裸裸的侮辱！激愤之下，徐妙锦一把将程济撩开，提起鼓槌便直上前。

程济没料到这位娇小姐竟也会动手，猝不及防之下被撩得脚底间趔趔趄趄，几欲滑倒。站稳身子后，程济又气又急，一时不暇多想，伸手便是一抓。只听得"呀"的一声，程济定睛一瞧，顿时满脸通红，他竟一下抓住了徐妙锦的如葱玉手！

明代男女大防十分严格，徐妙锦又是大明第一名门的千金，程济这番动作无疑是大大的无礼！徐妙锦的手被一陌生男子握住，白皙的瓜子脸顿也羞得通红。偏偏程济还是个呆子，只知木在当场，竟也忘了赶紧松手。徐妙锦见其如此，更是又羞又恼，当即抬起握着马鞭的右手，照着程济就是一鞭。鞭声响过，程济的左脸顿留下一道血痕，手也终于松开。

就在程济尚在愣神时，徐妙锦狠狠瞪了他一眼，一言不发扭转过身子，直冲到登闻鼓前，顿时，雄浑的鼓声响彻紫禁城的上空。

听得鼓声响起，王钺一跺脚，气急败坏地向宫城内跑去。而就在同时，徐家三兄弟也赶到了午门前。见徐妙锦把登闻鼓击得震天响，三兄弟顿觉头晕目眩。好一阵后，徐增寿才最先反应过来，他上前一把将徐妙锦手中鼓槌夺下，苦笑道："妹子，你这次可闯大祸了！"

……

两炷香工夫过去，王钺一溜烟儿从宫里跑了出来，见着徐家三兄弟在场，他干笑一声道："皇上已破例在武英殿召见徐四小姐，三位大人来得正好，都一起进宫见驾吧！"

徐妙锦是万事不惧，昂首便走。

王钺忙追上道："小姐请把剑卸下！"她略一沉吟，便把所佩越女剑解了递给他。

王钺接过又道："还有马鞭！"

徐妙锦眼珠一瞪，拿起马鞭朝王钺晃晃道："此鞭乃太祖爷爷在世时亲赐予我，凭甚交侬？"说完，哼的一声便扬长而去。徐家三兄弟大眼对小眼，俱都作不得声，只得耷拉着脑袋跟上。

徐家兄妹行礼之时，建文一脸铁青之色。他最怕徐妙锦得知代王夫妇被擒，头脑发热来找他麻烦。可怕什么来什么，徐妙锦不但来了，还以这种最激烈的方式见驾。登闻鼓一响，整个紫禁城都惊动了。建文就是再不情愿，也只得移驾接见。亏这徐妙锦还真是懵懂到家，头一次进外廷，堪生出了新鲜之感，路上东张西望，走马观花般看稀观奇，一时竟把见驾的目的抛到了九霄云外。进了武英殿，她更是左顾右盼，口中还不时发出啧啧之声，末了对建文一拍手道："咿呀！这外廷和后宫就是不一样。光瞧这武英殿，可就宽敞极了！我看娘娘的坤宁宫也没这气派！"

一语既出，徐家三兄弟尽皆傻眼，连建文也是哭笑不得，片刻之前的满腔怒火倒也因这番表现而被冲散不少。一旁的王钺则没皇帝和勋臣们的耐力，他一个忍将不住，“扑哧”一声直笑了出来，忙又用手捂住。

“够了！”好一阵，建文才稳住情绪，他脸一板冷冷叱道，“你这丫头也太放肆了，连登闻鼓都敢敲！你说，你有何等冤屈？”

“啊！”徐妙锦这才想起自己此行的目的。见建文拉下脸，她也把头一扬道，“我要为二姐和二姐夫鸣冤！”

“住口！”建文还未说话，徐辉祖已先怒斥，“朝廷决策，你一个姑娘家焉能置评？擅击登闻鼓，已是不赦之罪，还敢胡言乱语？”

对大哥，徐妙锦可不敢像对程济那般顶撞，不过她既然鼓起勇气闯宫，当然也不会就这么稀里糊涂完事。只见她小嘴一噘，道：“大哥说得没道理，登闻鼓本就是为受冤之人设的。如今我二姐和二姐夫无辜被擒，我当妹妹的替他们击鼓鸣冤，本就是天公地道！这又犯了哪门子王法？”说到这里，又小声嘀咕道，“侬还是大哥呢，他们被抓侬连句公道话都不敢说，就只知道训我！”

“你……”徐辉祖一时结舌。他之所以不帮代王夫妇说话，一来是值此微妙之际，他身为徐家之主不得不谨言慎行，以免惹祸；更重要的是，他本身就对藩王势大充满忧虑，对朝廷的削藩之举实是内心赞同。

可徐妙锦却想不到这许多，在她心里，只有姐妹间的骨肉之情，只牵挂深陷囹圄的二姐。她完全不能想象，一向关爱自己的二姐会有一天成了炆哥哥的阶下囚！想到这里，她又伤心又气愤，转向建文嚷道：“我二姐和二姐夫怎么惹着侬了？侬要把他们给关起来？”

建文皱起了眉头，他明白眼前这个人可不好打发。若是大臣，无论品佚再高，建文以皇帝之势，怎么着也能把他给压下去。可徐妙锦不同，这个小丫头根本就不懂国家大事，心中只知道那份亲情，跟她讲大道理根本就说不通，何况自己也不可能把削藩之念堂而皇之地公布于众。而且她是个女流，还一向称自己为“哥哥”，若真摆皇帝派头，建文也觉得有仗势欺人之感，传出去对名声也不利。想来想去，他也没什么好说辞，只得含糊应对道：“代王品性暴躁，屡次殴打下人，有辱皇家颜面，朕身为天子，自当管束！”

“胡说！”徐妙锦一瞪眼道，“二姐夫暴躁，那先帝在时怎么不罚他？侬一当皇帝，他就暴躁了？分明就是侬找借口要陷害他！”

“朕何曾找什么借口？”建文不悦道。

徐妙锦见建文敷衍应付，心中更怒，当即脱口而出道：“侬不要狡辩！元旦时我去鸡鸣寺进香，庙里香客曾说，皇上连擒诸位皇叔，是忌惮藩王势大，要寻隙削藩！今日侬又擒了我二姐夫，不是找借口除他又是什么？"

此语既出，徐家兄弟顿时大惊，齐刷刷跪倒道："臣妹捕风捉影，妄议朝政，请陛下恕罪！"

其实建文意欲削藩，天下人都心知肚明。只是藩王镇守四方乃太祖所定，若明言削藩，则是违反太祖定制，这个罪名建文可承担不起，一旦藩王借此闹事，朝廷也不好应付，故而从来都是只做不说。朝臣们怕惹着皇帝，也都识趣不提。徐妙锦当着建文和三位哥哥的面将此事堂而皇之地说出，无疑是大大的犯忌，因此众人都是惊骇不已。

建文一拍御案，喝道："你太狂妄了，竟敢离间皇室，简直是无法无天！"骂完，又转对徐家三兄弟气汹汹道，"你等身为其兄，平日不加管教，竟由着她这般胡作非为！徐家可还有家教？"这次建文是真动怒了，他再容忍徐妙锦，也不能让她坏了削藩大业。

徐家三兄弟已是汗如雨下，跪在地上吓得大气也不敢出一口，只是连连叩首。徐妙锦本不怕建文，但见三位哥哥吓成这样，又见建文脸色铁青，心中不免也忐忑了起来。

场面顿时僵持住。建文冷眼盯着殿下四人，脑子却在飞速转动，他现在想的是要如何处置这些人！

首先要处罚的便是徐妙锦。以往在后宫，徐妙锦怎么耍赖犯横，建文都可以付诸一笑。但这里是外廷，此番她又是通过击登闻鼓的方式见驾，这样事情的性质就变了。若不处罚她，那等于间接说明自己对削藩之事理亏，待这四兄妹出去，就算徐家三臣识趣不提，可凭着徐妙锦口无遮拦的性子，不到三天就能把今日之事传遍京城。果真如此，不管是对自己的名声，还是对削藩大业都大大不利！

可若真要严惩徐家兄妹，建文也觉得颇为棘手。首先，徐妙锦今日虽是要性子胡来，但击登闻鼓鸣冤，这本就是朝廷定下的规矩，仅凭此重罚她也说不过去。而更重要的是，徐妙锦不过一介女流，如真要重罚她，那徐家三兄弟肯定逃不掉管教不严的连带之责。凭着对徐妙锦的了解，建文相信她的莽撞是率性而为，应不至于出自徐家兄弟授意，而三兄弟此时的战战兢兢也更加印证了这一点。既如此，若此时罚徐家兄弟，他们表面虽是俯首认罚，但暗中会不会有意见就难说了。徐家乃大明第一名门，其势力不管在朝堂还是军中都可谓是盘根错节，而正在进行的削藩以及即将推行的改制都与徐家有着极大的关系。若仅因徐妙锦之胡闹就让徐家三兄弟心生怨恨，那可就大大不值得了。毕竟，自己年纪轻轻甫登大位，行的又是更易国本的大事业，朝局稳定可是第一位的，犯不着为点小事就把徐家兄弟生生逼出怨气来。当然还有一点，就是对徐妙锦，建文打心眼儿里也实在有些下不了手。

“魏国公！”思虑一番，建文做出决定，“你带四妹回府严加管教，从今日起，无旨不得出府！”

“啊！”徐家兄弟齐声轻呼，脑中不约而同地冒出这样一个念头：这处罚也实在太轻了！本来，按徐妙锦今日的举动，三兄弟均以为建文会狠狠处罚她，而他们这几个当哥哥的也难逃池鱼之殃，但不料最后却仅仅是个“妙锦不得出府”，这让三人大感意外。徐家三兄弟中，徐增寿脑子最灵光，他稍一琢磨便明白了这道圣旨中蕴含的意思：在皇上眼里，徐妙锦此番闯祸实与平日里的斗嘴嬉闹无异，而所谓的“责罚”，仍不过是他与徐妙锦间的私人“恩怨”罢了，与整个朝政无干！磕头谢恩之时，徐增寿心中还暗暗想：皇上对四妹到底是与众不同，若换我等，做今日这等行径，恐早就被罢官降罪了！

徐家三兄弟喜出望外，徐妙锦却是大大不依。她天生就是个好动性子，一日不出门溜达，便觉得浑身都不自在。此番建文之言，竟是要将她软禁在家中，这还不把她活活憋死？她一跺脚，立时就要争辩，建文又道：“若你等管教无方，则由朕做主，立寻夫婿，择日出嫁！往后自有夫家教训！”

建文“出嫁”二字方一出口，徐妙锦立马就想到了李增枝！去年建文首提将她嫁给李增枝，就把她当场吓得哭了鼻子。看今日这架势，自己惹恼这位皇帝哥哥之程度远超上回，要再争个你长我短，没准儿他一怒之下就真“乾纲独断”，把自己终身拍板定了！想到李增枝那贼眉鼠眼之样，徐妙锦便有一种说不出的恶心，她可不敢拿自己的终身幸福去赌！

终于，徐妙锦软了下来。她呆立半晌，最后恨恨地瞪了建文一眼，气嘟嘟便甩手而去。徐家三兄弟暗自好笑，也忙告退。

进得家门，徐家兄弟在客厅坐下。徐妙锦将身上裘衣脱下，刚要回自己房中，徐辉祖严厉的声音便响了起来：“给我回来！”

这喝声要是出自徐膺绪或徐增寿，徐妙锦理都不理便扬长而去，但对于不苟言笑的大哥，徐妙锦却不敢太过放肆。愣了半晌，她终调转身子，扭扭捏捏地折回坐了，只是眼珠子却直瞄着窗外天空，摆明了满腹不愿的样子。

“你这个丫头啊……”徐辉祖指着她的额头，一副恨铁不成钢的样子道，“你可知今日惹了多大的祸？擅闯宫禁,乱敲登闻鼓,还妄议朝政,哪条罪名不够杀你头的？你真是不知天高地厚!"

"杀什么头？炆哥哥不也未追究么？大哥紧张什么？"徐妙锦瞄了一眼大哥,没好气地答道。

徐膺绪在一旁忧心忡忡道:"妹子不可这样想,我徐家与藩王关联颇深,这'削藩'二字,绝非我等可说出口!今日皇上虽未重罚,但或对我徐家猜疑亦未可知!尤其是你少不更事,又是女娃,皇上是否会疑心你我兄弟有意教唆,妄图阻挠削藩？若真如此,徐家危矣!"

"二哥杞人忧天了吧？小妹是什么人,皇上还不知道？"徐增寿将椅旁桌上的茶杯端起,小抿一口,眼瞅着徐妙锦笑道,"咱们这位徐四小姐,生来就是自以为是的性子,她若不想做的事,别说我们,就是皇上他亲自相逼,恐也难以如愿。再说了,谁都知道小妹心中不藏事,就这种人我等敢去唆使？"

"话是这般说不错,可不知皇上是否也这么想？他若想岔了,那我徐家可就大祸临头了!"徐膺绪仍是思虑重重。

"皇上没有想岔!"徐增寿放下茶杯,举止从容地道,"皇上若认为是我等唆使,那今日之事必不可能轻易了结。仅不许小妹出府,这与其说是处罚,倒不如说是捉弄更为贴切!至于嫁夫云云,就更是玩笑戏语了!由此可知,皇上仍如往常一样,视小妹如自家妹妹。而皇上之所以能依然如故,则必是因其内心亦不认为四妹蓄意挑拨朝政!既如此,我徐家何祸之有？"

听徐增寿分析完毕,徐辉祖和徐膺绪均松了口气。然与徐膺绪仅仅感到庆幸不同,徐辉祖心中还多了一份百感交集。他一直是赞同削藩的,还屡次进言为削藩出谋划策。但因为徐家与藩王的特殊关系,他始终得不到建文的真心信任,其建言多也是泥牛入海；反而,齐泰、黄子澄暗中还对他颇有猜忌,这让他时常感到憋屈。今日,因徐妙锦的放肆举动,他甚至不得不揣测建文是否疑自己亲近诸王,反对削藩,这使一向尽忠王室的徐辉祖更觉伤心。郁闷之下,他心中不由升起一阵无名火,遂对徐妙锦斩钉截铁道:"先前倒也罢了,此番陛下既有旨意,可再也由不得你要性子!从今日起,你不得出府一步!若有违反,我必执行家法!"

见徐辉祖下了死令,徐妙锦又气又急,却无计可施,到最后也只是起身将椅子狠狠一推,气鼓鼓地往自己的书房走去。

"小妹还在生气？"刚进书房坐下,一声笑语从后飘至,徐妙锦不看也知,说话之人是四哥。

徐增寿在她旁边坐下,温颜笑道:"你也莫生这老大股气。今日之祸你闯得太大,只受禁足之罚已是万幸。大哥之举,说到底也是为你好!"

徐妙锦斜眼道:"我没气大哥,我是气侬!"

"气我?"徐增寿有些丈二和尚摸不着头脑,"我又哪惹你了?"

"我是嫌侬丢人!"徐妙锦一脸鄙夷状道,"今日在殿上我替二姐和二姐夫说话,你怎么在旁边一声不吭?二哥一向胆小,大哥也和几位姐夫合不来,他们不帮二姐夫也就罢了,可你以往都和几位姐夫亲亲热热的,怎也和他们二人一样?亏我平日还以为侬也是侠肝义胆,真到姐姐、姐夫受难,侬就只知道想着自己!"

徐妙锦语如机锋,徐增寿听罢,脸上顿显尴尬之色,好半天方辩解道:"我哪有只顾自己?只是你一见皇上便提削藩,这可是大大地犯了忌讳,我哪还能多费口舌?"

这话也有道理,徐妙锦遂不再继续出言责难。不过顿了一顿,她又问道:"那侬说,皇上可真想削藩?"

"你怎么还提这个?"徐增寿吓了一大跳,忙阻止道,"你刚才没听二哥说么?我家与藩王关系太深,此事虚实难测,你切勿再提才好!"

"我才不愿提呢!削藩不削藩的,我也不懂。我只是觉得二姐可怜!以前在家时,二姐最爱带我出去玩了,现在却被囚了起来!"徐妙锦说着说着,神色一黯动了感情,眼中顿时泛起了泪光。

徐增寿也是一阵黯然。不过他不愿在徐妙锦面前再提藩王之事,因此只是摇头不语,一副无可奈何之态。

"咿呀!"忽然,徐妙锦一声尖叫,抓起徐增寿胳膊道,"若炆哥哥真要削什么藩,那大姐岂不是也坐到火炉上了?大姐夫在藩王中年纪最长,他会不会也被炆哥哥抓起来?"

徐增寿默然不语。对建文的心思,他自是洞若观火。朱棣乃诸王之首,又久领大军,威望素著。这次削藩,无论从哪方面看,朱棣这个燕王都属必削之列。只是对不通世事的徐妙锦,这话却又如何能说得出口?

"四哥,侬说啊?大姐和大姐夫是不是也会跟二姐他们一样?"徐妙锦不知徐增寿内心忧虑,仍拽着他的袖子焦急地催问。

"小妹不要问我!"徐增寿轻轻将袖口从妙锦手中挣脱,苦笑一声道,"过几日你自己去问大姐夫吧?"

"去问大姐夫？"徐妙锦不解道，"他不是在北平么？我怎么问他？"

徐增寿望着窗外，良久方叹了口气道："你大姐夫已上奏朝廷，要进京祭扫孝陵。今日早朝，陛下已亲下圣旨，准其入京！不出意外的话，十日之后，你就可以见到你大姐夫了！"

经历一场倒春寒，京城的天气又转好了，过了二月初二龙抬头，拂面的东风已是温暖怡人。这一日，三山门外的码头前人潮涌动，一应卤簿仪仗依次排开，礼乐锣鼓也敲得震天作响——燕王朱棣的车驾渡江进京了！

燕王进京之事早已轰动京师。当初看到朱棣自请进京祭扫孝陵的奏本时，建文差点没把眼珠子给掉出来。眼下三王被削，燕王更是被朝廷视为首要大敌，他此时要求进京，而且还将三个儿子悉数捎上，实在是让建文摸不着头脑。在将奏本完完整整看了两遍后，建文马上召齐泰、黄子澄、方孝孺以及刚被升为都察院左右都御史的景清、练子宁等一众心腹商讨对策。众人得知燕王竟自请入京，也都是惊诧万分，半天没回过神来。

过了好一阵，几位大臣才展开热烈的争论。齐泰与景清反应最为激烈，认为此乃燕王自投罗网，而且连三位儿子也一同带来，朝廷正好借此机会将其一网打尽，至不济也得悉数扣于京师；黄子澄和练子宁则大惑不解，实在不理解燕王怎么会选在这个时候进京。他们怀疑燕王不过是有意试探朝廷态度，一旦朝廷准奏，他便立马兴兵作乱。因此练子宁建议立发密旨给张昺、谢贵等人，严加防范；方孝孺则从道义角度出发，认为燕王以祭扫名义请求入京，朝廷亦无理由拒绝，不如先准了他。若其真敢入朝，则再审势而动，亦不为晚。

建文也是一阵迷糊，他实在搞不清这位四叔葫芦里究竟卖的是什么药。不过有一点是肯定的，要是燕王真敢来，无论从哪方面看，自己也是占了主动。经过一番讨论，建文终于下旨，准燕王近日进京。同时，他又连发密旨，令河北各地严加戒备，以防燕王作乱。

待到燕王车驾渡过淮河后，建文君臣方最终确信，燕王这次是真的要过来了。尽管仍拿不准燕王的真实用意，但朝廷还是在最短时间内做出了安排。这一日清早，安王朱楹等皇室亲族便在江边迎候。不过朱棣却并未回城中的燕王宅邸，而是在京中招摇过市，直把偌大个金陵兜了一圈，方从聚宝门出城，绕上钟山孝陵祭扫太祖。

一路之上，城中士民扶老携幼，一瞻这位胆大如斗的燕王的风采。舆驾路过大功坊时,徐府外面鼓乐震天,徐妙锦的心也被撩得直痒痒,想冲出去瞅瞅大姐夫的气派。无奈还没走到二门,徐辉祖那张阴沉的脸便把她挡了回来。朱棣上得钟山,带着朱高炽三兄弟在孝陵大哭了整整一个下午,极尽哀悼之情,直到天色已黑方才回城。

按制,亲王入朝当日应宿于奉天门外东耳房,于次日早朝见驾。燕王车驾一进皇城,御用监少监王钺便将朱棣与朱高炽等人引至耳房内歇息。王钺乃建文亲近内官,本是被派来暗中打探消息的,朱棣对此心知肚明。王钺见朱棣不像别有举动的样子,也便放了心,最后笑道:"王爷父子此番入京,不光皇上,连太后她老人家也是欣喜万分。明日入朝仪罢,皇上要请王爷父子去晋见太后,还请您老人家事先有所准备!"

"那是自然!"朱棣乐呵呵地道,"听说太后喜好吃北平的马牙松和苹婆果。此番进京,本王特地各带了四筐,明日便送到慈宁宫里去!"

"承蒙王爷如此挂心,太后得知必定欢喜!"王钺又是一躬,再应付几句,遂宽心告退。

待王钺走远,朱棣的满脸笑容逐渐凝固,过了半晌方哼了一声,冷冷将门关上。

明初常朝之地为华盖殿。不过今日燕王进京,百官便先于华盖殿行礼,后随同建文一起赴奉天殿,待燕王到此处行入朝仪。这日凌晨,朱棣便已换好了觐见时应穿的亲王衮冕服,与三个儿子一起在耳房等候。过了一阵,建文驾临奉天殿,百官按班侍立完毕。引礼官便来迎燕王进宫见驾。朱棣等人随引礼官进了东角门,沿御道登上丹墀。

丹墀上的王座早已设好,朱棣径直就座,朱高炽等人也已于拜位上站定。此时礼乐奏响,按制,朱棣与朱高炽等人将行四拜之礼。

然而意外发生了!只见朱高炽等人仍面北而跪,循规蹈矩行了四拜之礼。但朱棣立于拜位,竟只作了一长揖,却是不拜!

丹墀两旁顿时一阵骚动。京中文武早已对朱棣进京充满疑惑,认为这位亲王此来纯属自找麻烦。而今燕王不仅来了,居然还登殿不拜,这不是无罪找罪,等着建文收拾么?此时殿外官员个个目瞪口呆,不可思议地看着眼前发生的一切,对燕王的大不敬之举惊诧不已。不过按照制度,朝官四品以上方能进殿侍立,站在丹墀上的都是些五品以下小官。其间虽不乏都察院御史与六科给事中,但此刻也都只顾吃惊，竟是没反应过来。

位于朱棣身后的朱高炽三人此刻也是胆战心惊，父王此举同样大大出乎他们意料，几个人实在不明白父王到底在想什么。但他们也不敢多说，只管自顾自地按制行礼。

待礼行毕，内赞官战战兢兢地走了出来。他也被朱棣的不敬之举吓了一大跳，无奈此时建文并未发话，他可不敢乱了规矩，便只得小心翼翼地将朱棣从殿东门引至御座之前，方如蒙大赦般退下。

此时又到了跪拜的时候，礼乐声响。若在平时，此刻燕王应带诸子跪下致朝拜之词，行一拜之礼。但只见朱高炽三兄弟倒是跪了，立于最前的朱棣仍是不拜，口中也不念什么"钦诣皇帝陛下朝拜"的套话，依旧只一长揖，随后便自顾自站了起来。

方才朱棣在外不拜，殿内官员因都面北而立，虽听得有些外头骚动，因不能违礼回头，因此尚不知情；此刻朱棣于大殿之内仍是如此，百官都看得一清二楚。这殿内官员都是四品以上，其中不乏王公贵戚。他们不像殿外小官那样恪于礼制，任何时候都不敢违反。众人见此情景，个个震惊不已，一时间打眼色的、交头接耳的纷纷出来，大殿之上顿起"嗡嗡"之声。

瞧见燕王于殿外不拜，建文便大吃一惊，简直怀疑自己看错了，一时之间竟没有反应。此时朱棣于御座之前仍是不跪不贺，大违礼制，且一副傲然之态，这简直是赤裸裸的挑衅！建文已气得满面通红，竟一时说不出话来。

"陛下，燕王登殿不拜，目无君上，臣请陛下问燕王大不敬之罪！"殿下站出一官，持笏板大声奏道。

"你是何人？"建文尚未发话，朱棣却扭过头来冷冷问道。

"监察御史曾凤韶！"曾凤韶正声答道，"殿下登殿不拜，无人臣礼，臣身为今日侍班御史，职在纠劾，岂容殿下此般举止！"

"一个小小七品御史，也配在本王面前撒野！"朱棣冷哼一声道，"今日本王有家事与陛下说，用不着你这等下官在此聒噪！"

曾凤韶毫不畏缩，一身正气道："此处乃奉天殿！洪武二十六年定制：诸王来朝，于殿上主君臣礼，于宫中主家人礼。殿下身为朝廷臣子，于此处应行跪拜之礼，奏君臣之事；若要说家事，待到便殿处行完家礼，王爷自说便是，岂能在此逾越！"

见曾凤韶如此，朱棣一阵恼火，不过他不想与其再做口舌之争。朱棣此番冒险进京，又于今日行此大不敬之举，实是另有深意，目标所指正是建文本人，此时再与这个御史争论下去实是无益之举。念及于此，他不再理会曾凤韶，转身对建文道："非是臣不敬陛下，臣之所以不拜，实是心中不平！"见建文一言不发，朱棣接着道，"臣此番进京，便是要问陛下，是否要将我皇室长辈斩尽杀绝方才安心！"

朱棣一问，四座皆惊！众人这时方才明白，这位燕王此次入朝，根本就是存了挑事儿的心，竟当面向建文发难！

齐泰见朱棣如此嚣张，早已是怒不可遏，此时又见朱棣连出惊人之语，竟敢当面指责皇上有意屠戮亲族，不禁又惊又气。他本是性格急躁之人，此时再也隐忍不住，当即出班大声道："王爷怎可如此？你身为臣子，不拜君王，已是不敬！而今又无端指责皇上，更是以下犯上！皇上仁爱孝悌，何时生过杀戮之心？殿下言此大逆之语，可知该当何罪？"

朱棣见是齐泰，心中顿生熊熊怒火，恨不得一剑把他刺个透心凉，当即咬牙笑道："该当何罪？这话该是本王问你！你身为九卿大员，本应辅佐皇上，多行仁义。奈何你这小人竟心怀叵测，整日蛊惑圣上，实是韩侂胄、贾似道之流，也配立于朝堂之上？"说完，朱棣又面向建文激动地说道，"陛下，五弟何罪？七弟何罪？十三弟又有何罪？此三王均乃太祖亲子，陛下亲叔！陛下素来仁爱，怎能受奸佞蛊惑，陷诸叔于囚牢之中？"

"王爷此言好没道理！"黄子澄见朱棣一口一个奸佞、小人，心中也是十分恼火，"周王、代王心怀不轨，齐王暴虐，均是罪证确凿！三王之罪，朝廷早已布告天下，皇上乃天下之主，岂能徇私废公？"

黄子澄与齐泰二人乃削藩主谋。朱棣心知若不将他二人问倒，不但此番冒进是徒劳无功，就连自己也会被扣上不敬之罪名。略微一想，他冷笑道："朱有爋十岁小童，便知父王谋逆？你等奸佞仅凭一面之词便构陷亲王，也敢说是罪证确凿？齐王进京，本为祭奠先帝，此乃儿臣尽孝之举，你等怎能以此为契，蛊惑圣上扣拿亲叔？代王谋反，更是无稽之谈，你等可在代府抄得一件物证？今日你说三王有罪，便把罪证拿出来看看！"

这诸王之罪，本就只是个削藩的由头，若要往实了究，还真不好说出口，黄子澄一时语塞。

齐、黄二人与朱棣争论之际，方孝孺一直冷眼旁观。此时见黄子澄被问住，他觉得有必要挺身而出，想了一想，他沉声道："王爷此话差矣！国有国法，三王过错,自有朝廷命付有司按律处置。王爷身为藩王,自当谨守藩臣之礼。藩国以外之事,实非王爷所该过问!"

"你是何人?"朱棣面带疑惑问道。方孝孺在洪武年间一直为京外小吏,朱棣倒没见过他。

"臣翰林侍讲方孝孺。"方孝孺不卑不亢地答道。

"原来你就是方希直!"方孝孺名满天下,朱棣岂会没有听过?略一思忖,他突然笑道,"方先生乃理学名臣,只是方才的话本王听来,却是极没道理!"

"小臣不知有何无理之处,还望殿下赐教?"方孝孺有些愠怒,他方才之言本就是据理而言,却被朱棣斥为无理,他实在无法接受。

朱棣却是气定神闲,侃侃说道:"洪武二十二年,太祖改大宗正院为宗人府,以二哥为宗人府令,三哥与本王为左右宗正。其后两位皇兄相继薨逝,先皇与皇上均未命人填补其位,如此说来,本王便为宗人府之首。今齐、代二王均为宗室,方先生说朝廷命付有司,那可有命付宗人府?若命付宗人府,本王身为掌印,又为何未参与定罪?既然宗人府未预其间,那又叫何命付有司,按律处置?"

朱棣一语道毕,方孝孺目瞪口呆。原来这宗人府设置后,一应要职皆由亲王掌领。但亲王们各在藩国,又哪顾得着宗人府之事?其后秦、晋二王相继去世,这藩王掌领宗人府的职责便也名存实亡。不过朱棣眼下将此事重提,方孝孺却也反驳不得。毕竟朱棣的右宗正是太祖亲命,而藩王之事于宗人府确实是管得着的。此时齐泰、黄子澄二人已是满脸通红。原来他二人谋削齐、代二王时操之过急,莫说宗人府,就连让建文发道敕旨命诸王议罪的程序都给免了,因此正被朱棣抓住把柄。

朱棣见他三人无话可说,心中暗喜,又转对建文哽咽道:"陛下,父皇在世之时,多以友爱孝悌训诫儿孙,极重亲族人伦之道。陛下昔日多受太祖教诲,怎可因一二外臣不实之言便加害亲叔?如今父皇尸骨未寒,陛下便连黜三王,先帝得知,在天之灵又岂能安?这又岂是尊重先皇之道?何况长兄如父,臣身为诸王之长,明知诸王冤屈,又岂能不为他们申冤?今日之事,实乃臣心不能平,陛下若要因此降罪,臣无话可说,是谪是囚,任由陛下处罚!"

方才一番唇枪舌剑,自己倚重的三位大臣竟都被问倒,建文一时乱了方寸。现在朱棣向自己发难,他一时之间实不知该如何应付。建文本就不是个意志坚决之人,削藩过程中也时有犹疑,唯恐一旦逼迫太过,会落得个残害亲族的名声。幸而齐泰、黄子澄二人时常劝谏,坚其心志,这削藩大计方能一步步走到今天。眼下这位四叔端起长辈架子，口中左一个先帝、右一个父皇，抬出太祖来责备自己，建文实在是无法作答。况且，朱棣虽明着说任由自己处罚其登殿不拜之罪，却又偏偏摆出一番因为弟弟打抱不平而义愤填膺的架势，如果真因此而降罪燕王，自己岂不成了不听忠言而残害亲叔比干的商纣王？

建文说不出话，朱棣却毫无退却之意，睁着一双虎眼一副不说出个子丑寅卯誓不罢休的样子。建文被朱棣瞪得心中发毛，无奈之下只得干笑一声道："四叔远在北平，于朝中之事或许不太清楚。诸王之罪，并非空穴来风，朕亦屡次辨查，实是确有其事。四叔为诸王大兄，关心诸弟自是本分。殿前失仪也是护弟心切所致，朕岂能怪罪？而齐、代二王之事，事先未知会四叔，实是朕一时疏忽，违了规制。朕也不是不明事理之人，便先就此事给四叔赔个不是了！"

皇帝竟公然向藩王认错！一时间文武百官无不大惊失色。齐泰听得建文此言，忙大声奏道："陛下，燕王殿前不拜，是为大不敬之罪！岂能置之不问？至于齐、代二王之事，实乃臣之疏忽。臣受陛下之命，审理两案，其间所有过错，俱臣办事不力所致，臣甘愿受罚。但陛下切不可将二者相混淆，燕王之罪实不可不问，请陛下按律处置！"齐泰一直视燕王为朝廷心腹之患，今日他拼着自己受罚，甚至齐、代两案推倒重审，也要把燕王拉下马来。

"齐大人这话就不对了！"朱棣还未说话，位列右班的后军都督府左都督王宁却先站了出来道，"此事本乃皇家内务，如今陛下都已说了不问罪，你身为外臣，怎能一再相逼，强要陛下处罚亲叔？天家之事，自有天子决断，何劳你操这心？"王宁是太祖第六女怀庆大长公主的驸马，他的话对于此类皇家事务还是很有分量的。

齐泰见王宁一副阴阳怪气的样子，气得肺都要炸了，当即骂道："王宁，你素来勾结燕王，今日又颠倒是非，到底是何居心？"

"勾结燕王？"王宁一下也火了，当即回敬道，"当年太祖屡次训诫，命亲族之间务须和睦友爱。本驸马也是皇亲，秉太祖教导交结藩王有何过错？莫说我，就连这朝堂上的诸位勋戚，又有几位不与藩王交往的？此都是太祖所倡，为何到你嘴里就成了勾结？"

"众卿不许再争！"御座上一阵响声，建文已拍案而起。齐泰与王宁二人相互一瞪，方默默归班就位。

建文此时已搞明白了，这四叔进京，名为祭扫孝陵，实则蓄意生事。今日之局，燕王已占了上风。若再争论下去，不但主张削藩的大臣要吃亏，就连自己也下不来台。计议已定，他果断打断争执，强作威严之状扫视群臣一圈，才对朱棣柔声道："四叔友爱之心，朕已悉知。四叔不愧为我朝之贤王！今日朝堂之事权且罢了，此刻还请四叔随朕进宫，一叙亲情。"

朱棣见建文并无为三藩翻案之意，心中未免有些失望。不过他是个知进退的人，今日自己势压群儒，成功地将削藩之策定性为佞幸奸计，已是将公论拉了过来。而建文降尊纡贵，亲自道歉，更显自己之正确。有此收获，已不枉自己冒险一场。而且，在朱棣的计划里，今日之举不过是给建文的一个下马威罢了。接下来，他还有更厉害的后手，看建文如何接招！

终于，朱棣再也不摆皇叔架子，而是带着三个儿子行了稽首大礼，方恭恭敬敬地回道："臣遵旨！"

第六章

燕王进京揽乾坤 建文借力定风波

　　魏国公府位于南城大功坊内，因徐达死后追封中山王，京师百姓亦通称其为中山王府。这一日中山王府前的街上鼓乐齐鸣，刻着太祖御笔亲书"大功"二字的牌坊下，世袭魏国公徐辉祖、中府都督金事徐膺绪与右府左都督徐增寿兄弟三人并肩而立，一起迎接徐达之婿、燕王朱棣的到访。

　　方过巳时，燕王的舆驾便已远远行来。朱棣头戴乌纱折上巾、身穿红色盘领窄袖袍，标准的亲王常服打扮。朱高炽、朱高煦、朱高燧三兄弟依次跟随其后。待车舆停下，徐家三兄弟便欲行礼，朱棣伸手虚为一托，随即笑道："三位内弟何必兴师动众，倒让为兄觉得生分！"

　　徐辉祖却并未领情，只是淡淡说道："王爷乃亲王，我等身为臣子，虽有亲戚之分，却不能忘朝廷礼节。"说完也不等回话，直接行了见亲王之礼。

　　燕王登殿不拜之事早已传遍京师，朝野上下可谓说什么的都有。徐辉祖此番言论，无疑是暗讽燕王无人臣礼。朱棣微微一愣，又岂能听不出来？一时场面顿显尴尬。

　　徐增寿见朱棣僵立不动，赶紧出言打圆场："大哥这就不对了！姐夫此番是来叙亲情，又不是办公差，何需如此郑重。"说着，他笑嘻嘻地对朱棣一让道，"还请姐夫移步！"

　　朱棣见徐增寿出面解围，遂一笑将心中恼怒掩过，昂首入府。

　　进府后，朱棣并未入主厅，而是直奔徐家家庙而去。在那里，他以女婿的身份恭恭敬敬地向徐达夫妇的神主牌位行了一跪三叩之礼，朱高炽三个也跟着一阵跪拜。待行完礼，一行人才返回主厅。

待回主厅坐下，朱棣又堆起满脸笑容，对几位内弟嘘寒问暖。徐辉祖对燕王前日之事十分不满，本想借着机会对这位姐夫旁敲侧击一番。可此刻朱棣有意避开公务不谈，尽拣着亲情话题相叙，他虽心中有结，但也不好强言。过了好一阵，徐辉祖见时辰已差不多，便起身笑道："饭菜现已备好，还请王爷移步！"众人经他一说，方觉时候不早，便一起向餐厅走去。

上桌之前，却又是一番折腾。朱棣是亲王，又是徐家兄弟的姐夫，他自然是坐上首。但这下首之位如何坐，徐家三兄弟与燕王三子却又是一阵推让。按身份，燕王三子都是皇族，应比徐家高贵，徐辉祖便请朱高炽等人坐在下首上位，而朱高炽等人却坚决推辞。他的道理也很简单：徐家三人皆为其舅父，自当位列其上。众人你推我劝，闹了好一阵子，直到朱棣发话，命两拨人分左右而坐，不分高下，方才了此局。待众人坐定，朱棣忽开口问徐增寿道："四妹今日不在么？怎未见她出来？"

徐增寿尚未答话，徐辉祖已先插口道："回王爷话，是臣不让她过来。妙锦一介女流，不便出迎贵客！"

朱棣听了心里一阵窝火。本来他只是随口一问而已，但不让徐妙锦出面，这徐家摆明了是像招待普通外客一样对待自己父子四人，又哪有半分亲家的意思？徐膺绪满脸尴尬，徐增寿暗暗摇头，朱棣一看便知，此必是徐辉祖一己之念。而他满口的"王爷""臣下"，更是清楚地透露出对自己发自内心的冷漠！

场面顿时冷清下来。就在朱棣琢磨着如何应付徐辉祖时，屋外忽然传来一阵女声："咿呀！大姐夫今日来我家，为何不先告诉我，连吃饭也不让我知晓？"说着，一个影子闪进屋来。众人一瞧，正是徐妙锦！

徐妙锦的出现让徐辉祖大感意外。他本已严令家人，不得告知她燕王造访一事，谁知还是她得知消息赶到前厅来。

朱棣却是大喜，他当即招招手道："这便是四妹吧！四年未见，竟已出落得这般水灵！方才还和辉祖问及你，这说曹操，曹操便到了，岂不是很巧？"

"还是大姐夫记得我这个妹子！"徐妙锦嘟着嘴道，"我这三个哥哥，把大姐夫要来的消息瞒得死死的。若非我逮着徐得问了个究竟，还以为是平常外人到我家来呢！"

徐得是徐增寿的贴身家奴，徐妙锦一说完，徐辉祖便朝他一瞪眼。徐增寿倒也泰然，只是哈哈一笑道："妹子既然来了，就快入座吧，咱们肚子可都饿得直叫了！"

按辈分，朱高炽等三人都是妙锦的外甥，此时便起身让座。徐妙锦却只一摆手，从旁边抬了把椅子坐到下席直对朱棣处，方没好气地道："左右也就是蹭你们一顿饭吃，还兴这些虚礼干什么？快上菜吧！"众人闻言一阵哂笑。

　　说话间，菜便上来了。明初物资匮乏，太祖朱元璋又是讨饭出身，更是身体力行讲究节俭。正所谓上行下效，官场之上也多讲究"筵不尚华"。此宴虽是中山王府所设，却也算不得奢侈。不过毕竟是招待亲王，筵上虽无山珍海味，金陵土产倒是一应俱全，打头一道主菜便是名满京师的清蒸花鲢。这花鲢实是鳙鱼，乃徐府自家塘内所养，头大身微、鳞细肉腻，其味鲜美无比；其后的湖池莲藕，其状巨如壮夫之臂，却干脆无渣；烤板鸭外酥内嫩，皮脆肉滑；就连个清炒水芹，亦是初春上品。以上均为金陵名菜，朱棣父子久在北方，哪里吃得到这等鲜嫩美味？一时俱都频频举箸，大快朵颐。

　　菜过五味，下人们又端来主食，正是京师流行的面点小吃：馄饨汤、状元豆、桂花酒酿小元宵等，这使久别金陵的燕王父子过足了家乡瘾。

　　酒足饭饱后，朱棣笑道："许久未尝金陵美味，今日得几位弟妹款待，得以一饱口福，实是快事。"

　　"酒席是他们几个摆的，和我可没半点关系。我和侬一样，都是来沾光的呢！"朱棣话音方落，徐妙锦却用帕子拭拭樱唇，阴阳怪气地一阵哼哼。徐家三兄弟，尤其是徐辉祖听了越发窘迫，只得一阵干笑。

　　众人又是一阵哂笑，朱棣忽然像想到什么，问道："前段日子增寿给你大姐去信，说妙锦妹子这几年师从高人，练得一身好武艺，去年还在卢妃巷救下一名官妓，一逞侠义英豪，可有此事？"

　　"咿呀！四哥告诉大姐夫了？"徐妙锦兴奋叫道。她本就以侠女自诩，从教坊司人手中救下玉蚕是她平生最得意的事迹之一。此时朱棣问起，她顿时来了精神，也不管这位姐夫爱不爱听，当即眉飞色舞地把当日情景复述了一遍，末了还意犹未尽道，"当时若不是四哥拦着，我非打得那几个狗差役满地找牙！"

　　"哈哈哈……"朱棣大笑道，"教训得好！此等恶奴，正需你这等侠肝义胆之人去管教，别说只是吓吓他们，就是抽上几鞭也是应该！"

　　"侬也这般想？"徐妙锦又惊又喜。一直以来，对她练习武艺，即便是平日里最亲近的徐增寿也都是不置可否，至于其他家人就更不用说了。而她推崇的任侠仗义，在徐辉祖他们眼里，说白了就是这位刁蛮丫头无事生非，四处滋事的借口而已，只是拿她没办法，只能由着她罢了。家人的不以为然，让徐妙锦常生出受挫之感,心中甚为憋屈。今日朱棣不但不说她有失名门千金的体面,反对她的举动大加赞赏,徐妙锦欣喜之下,竟生出得遇知音之感,当即得意地对着徐辉祖哼道,"大哥当日还说我无女儿家模样,怎么样,王爷大姐夫可说我侠肝义胆来着,侬这下无话可说了吧!"

她特地点出"王爷"二字,自是借朱棣的身份来给自己撑腰,由此可见,她平日可没少受徐辉祖聒噪,此番一朝得势,顿时扬眉吐气。朱高炽等人见她如此,心中暗暗好笑,徐增寿也不禁莞尔,只留下徐辉祖说也不是,不说也不是,面色甚是尴尬。

朱棣以前与徐妙锦接触不多,这几年间更是少闻她音讯。今日相聚,见其纯真之余又带着几分率直,言行做派毫无矫揉造作之感,反倒显露出几分巾帼风范,心中顿时大感惊奇,当即脱口而出道:"虎父无犬女,妹子颇有老泰山遗风,若是男儿,必为我大明一员虎将!"

"真的?"徐妙锦闻言大喜,竟把椅子搬到朱棣身旁坐了,一把拽住他的袖口说,"那大姐夫带我去北平吧!下次出塞,我也披挂上阵和侬一起杀鞑子!"

"这……"朱棣一时语塞,他不过随口一赞罢了,哪知道徐妙锦这小妮子却异想天开至此,居然想到这么一出!

"放肆!"就在朱棣茫然无措时,徐辉祖的话帮他解了围,"出塞击胡,国之大事,你一个小姑娘瞎扯些什么?"

"我哪有瞎扯了,我确实是想打仗嘛!"徐妙锦不服气地咕哝道。这位小侠女倒确实是英雄心性,以前她窝在京师这太平世界里也不过是小打小闹,逗点小能耐罢了,此番见着以沙场武功闻名天下的大姐夫,且又受其以家父徐达相比之语的激励,她顿时像发现了另一片天地,竟对万人敌的功业萌发出了前所未有的冲动。

"好了好了!"就在徐辉祖训斥之时,朱棣已想到了脱身之法,他呵呵一笑道,"妹子巾帼不让须眉,不过出塞击胡就免了,此乃国之大事,可不是想打就打得了的。何况你就是真要从军,也得皇上首肯才是,我这个大姐夫可没这能耐私自带你出征!"

徐妙锦这下无话可说了。她现在被建文下旨软禁,连中山王府的大门都出不了,至于出塞击胡,更是天方夜谭。不管什么时候,建文也不可能让她去上什么沙场,这点自知之明她还是有的。

不过徐妙锦的垂头丧气并未维持多久,朱棣接下来的话马上又让她振奋起来："待过两年，你可请准皇上与几位哥哥来北平走上一遭。河北兵马，素来是枕戈待旦，演习比武也是常事。若你真有兴趣，我这个做姐夫的到时就破回例，让你在校场上畅意一回！"

"咿呀！"徐妙锦蹦起三尺高，一双大眼睛忽闪着对朱棣道，"侬不要骗我哦？"

"哈哈哈！"朱棣爽朗地大笑道，"我带兵多年，一诺千金，你尽管放心！"

"那我一定得去北平！"徐妙锦喜笑颜开，不过过了半刻，她忽又不无遗憾地嘀咕道，"可这校场比武终比不上出塞杀鞑子来劲！"

这一下，不光是朱棣和徐辉祖，连一旁的朱高炽兄弟都傻了眼，心想这个小姨也太不知天高地厚了吧，真把沙场搏命看作女儿家荡秋千捉迷藏了？

"有了！"就在众人发愣时，徐妙锦忽又想起什么，再把朱棣衣袖抓起，一个劲地摇道，"大姐夫，侬给我讲讲当年出塞杀鞑子的事吧！哥哥他们只会说爹爹当年的老皇历，我听得耳朵根子都起茧了！"

徐妙锦的要求一个接着一个，来事的本领称得上是无以复加。素来威风凛凛的燕王也彻底没辙了，只能报以苦笑道："都是些陈芝麻烂谷子的事，有甚好说的？"

"不嘛！"徐妙锦当场不依，"就讲九年前四哥和侬一起出塞的那次。四哥那回好没出息，一出塞就犯了病，只能窝在帐中，连鞑子影儿都没摸着，我要听侬带兵杀虏的那段！"

话一说完，徐增寿便羞得满脸通红。原来洪武二十三年，朱棣率明军出塞讨伐鞑靼，当时刚在朝堂上崭露头角的徐增寿也奉旨从征。可他是南方人，又是头一次出征，到北方后水土不服，一出塞便因喝了脏水染上疟疾，只能在帐中休养。徐增寿虽然没有上阵，但在帐中也是抱病参与谋划，为朱棣的大胜贡献了不少良策。但身为将军上阵拉稀，这说出来无论如何也不好听。徐妙锦毫无心机，咋咋呼呼地当着他的面儿便抖搂出来，把这位素来潇洒倜傥的徐四爷羞得恨不得找个地缝钻进去。

不过对朱棣而言，徐妙锦这番略带撒娇的请求倒还是起到了效果。沉吟一番，他终于将当年那场让自己扬名海内的大捷娓娓道来。

洪武二十三年二月，北元丞相咬住与平章乃尔不花意欲南侵。朱元璋得报，诏令晋王朱棡和燕王朱棣抢先一步，分别自太原和北平主动出击。谁知西路的晋王方出雁门关，便忌惮鞑靼势大，一路拖延不进。而在东路，朱棣慷慨誓师，兵出古北口,一路北上搜敌。经过一番侦察,终探知乃尔不花屯兵于迤都。其时西路军久久不至,正巧天公又不作美,竟下起了漫天大雪,一时众将都慌了神,连久经沙场的副帅——颍国公傅友德也建议休整待进。值此关键时刻,方过而立之年的朱棣意气风发道:"昔李愬雪夜袭蔡州,出其不意,一战功成。此番大雪,敌必不备,正利我军进剿!"在朱棣的坚持下,东路军孤军疾行,朱棣亲率五百轻骑为先锋,竟神不知鬼不觉地赶到乃尔不花驻地。两军接近后,朱棣派已归降大明的北元全国公观童前往劝降。乃尔不花得知明军赶到,顿时欲逃,朱棣当机立断,将五百骑士散开,顺风大呼以做疑兵,乃尔不花以为明军大部已到,又架不住观童苦劝,一时惊疑不定。就这样拖延了一两个时辰,待傅友德率主力赶到,众军将迤都团团围住,鼓噪将进,乃尔不花见大势已去,终不得已归降。这一仗,朱棣有勇有谋,兵不血刃大获全胜,捷报传入京师,顿时满朝轰动。正是这一仗,燕王的赫赫声名传遍海内,朱元璋从此看他也胜过其他藩王一筹。

朱棣叙说的语调十分平和,仿佛这场大捷与己无关似的,但在徐妙锦听来,却是惊心动魄。尤其当听到鞑子欲逃,而朱棣只有五百骑诈为疑兵时,她竟忍不住惊呼道:"咿呀!侬就五百骑,若鞑子偏不信邪,赶在大军杀到之前硬要突围可怎么办?"

"那也只好和他们硬拼到底了!"朱棣淡淡答道。

"那多傻呀!人家好几万口子,侬就五百人,哪拼得过他们?"

"那你说该如何?"朱棣微笑着问道。

"当然是逃了!"徐妙锦想都不想就答道,"先和大军会合,再找鞑子算账!"

"可若是逃,那鞑子必然北遁。大漠茫茫,要再找到他们可就难了!"

"那也比硬拼强!"徐妙锦头摇得跟拨浪鼓似的,"若大军未到,侬便被鞑子杀了,那多不值啊!"

"妹子错了!"朱棣的语气忽然严肃起来,脸上充满了坚毅,"我率师出塞,既已遇敌,自当竭力获胜!我若坚持不退,即便阵亡,只要大军赶至也可将鞑子一网打尽,如此亦不枉一死。为将帅者,当以胜为先,岂能顾及一己之性命而生畏惧?何况我乃太祖亲子,大明藩王,岂能因惧鞑兵之势而退?太祖昔日驱逐鞑虏,恢复华夏。我身为朱家子孙,宁死不可辱没皇室威名!"

徐妙锦呆住了!她在京中接触过无数的勋臣武将,也与好些亲王打过交道,但像朱棣今日这般豪情,她却从来未曾见过。大明亲王的骄傲,大军统帅的职责,为国尽忠的豪情,一往无前的勇气以及坚韧不拔的决心,统统在这位姐夫的身上展现得淋漓尽致，并让她产生了有生以来的由衷震撼！这就是英雄么？徐妙锦心中忽然产生这样一个疑问。不错，这就是英雄！很快，她便在心中给出了答案。朱棣的坚毅、从容、果敢以及豪迈，都与她想象中的英雄一样。而他那副历经风霜洗礼的沧桑面庞以及颔下潇洒飘逸的长髯，更与豪气冲天的英雄形象十分契合。一时间，徐妙锦的心被触动了。再看朱棣时，她的眼中已充满了敬仰，而能让她产生敬仰的，之前也只有已过世的朱元璋和徐达。

在朱棣的左下首，徐辉祖也感到震惊。与徐妙锦的尊敬和仰慕不同，徐辉祖感到的是一阵深深的忧虑，甚至些许不安。他忽然想到，这样一个坚韧不拔的统兵亲王，会屈服于朝廷的威慑吗？果真会对削藩之举俯首认命？若他心中不愿，以他的实力，以他的坚毅，以他的能耐，以他的威信，他到底会做出什么惊天动地的举动来？徐辉祖觉得背心发凉，心中对朱棣的戒备也更深了一层。

"好了！"终于，朱棣打断了徐家兄妹的沉思，"今日得见诸弟妹平安，我十分快慰。时候不早，我便就此告辞了！"

"咿呀！"徐妙锦一吓惊醒过来，意犹未尽地道，"大姐夫这就走了么？我还想再听侬讲故事呢！"

这话惹得大家都是一笑，朱棣乐呵呵地道："姐夫值得夸耀的本钱也就这么多了，哪还有那多可供吹嘘的？"

"那姐夫就不再过来了么？"徐妙锦忽然产生一种怅然若失的感觉。

朱棣想了想道："若再前来，就是辞行了。不过到清明时我想去岳父墓前祭扫，不知到时妹子和诸位弟弟可愿同往？"

"大姐夫祭扫家父，我兄弟岂有不同往之理！只不过……"徐增寿一听忙答，随后他望了徐妙锦一眼又苦笑道，"只不过四妹恐就不能同行了！"说完，他便把徐妙锦擅击登闻鼓，惹得建文大怒，禁其出府的事说了。

朱棣听完，先是一愣，后忽放声大笑道："妹子果然是巾帼英豪，竟敢击鼓鸣冤！不过正所谓父女情深，女儿祭扫家父，本也是人伦孝道，皇上纵有旨意，也拦不到这上头。到时候妹子便与我一起吧！"

"咿呀！"徐妙锦一拍手，又惊又喜地叫道，"姐夫真能带我出府？"她受禁足之令已有一月，这段日子熬下来，可把这位活泼好动的徐四小姐给憋坏了。

徐辉祖却是大惊，当即出言阻拦道："这只怕不妥吧！皇上……"

"皇上若要过问，就说是我的意思！"不待徐辉祖说完，朱棣便不容置疑地打断了他，"我大明以孝治天下，皇上若真连女儿祭父也要阻拦，那就请他先治我唆人违旨之罪吧！"

朱棣的眼光冷如冰霜，徐辉祖心中顿时一惊，嘴唇嚅动两下，最终把话又咽了回去。

朱棣父子告辞时，徐辉祖兄弟欲送至大功坊外，朱棣坚决推辞，只让他四人送到大门。待到门口，三兄弟皆作揖恭送，徐妙锦又拉起朱棣衣袖依依不舍道："大姐夫务必记着，去祭扫家父时定要将人家带上哦！"

"那是自然，哪能忘了妹子！"朱棣闻言大笑，当即痛快应诺。随即对大家一拱手，乘舆而去。

待燕王舆驾走远，徐家兄妹默默回返。徐增寿慢慢踱着，忽然心念一动，脑子里顿时蹦出一个疑惑：这小妹一向是女儿身子男儿性格，与人说话，自称从来都是个"我"字。可方才与姐夫辞行，她口中怎就娇羞羞地冒了个"人家"出来？想到这里，徐增寿不由一凛，直呆呆立在院中，许久没回过神来。

建文这段时间的心情是每况愈下。燕王进京已有十余日，本来按照事先设想是先让朱棣父子进得京师，然后再寻机扣之。哪知这燕王一入京师便于殿前生事，满腔悲愤似的为藩王求情，并直指建文不念亲情，从而一举获得了众亲贵的同情。朱棣一招得势，却又得寸进尺。这段时间，这位入朝藩王上蹿下跳，从安王朱楹、韩王朱松、沈王朱模等年纪较小尚未就藩的弟弟到临安大长公主、怀庆大长公主等姐妹，以至于魏国公、曹国公、武定侯等功勋大臣，竟被其一一走访了个遍。所到之处，无论主人家是真心接待，抑或虚与委蛇，甚至暗加嘲讽，朱棣全部以礼相待，一团和气的模样。经过朱棣近似完美的表现，朝廷舆论风向顿生变化，针对削藩的微词一下子多了起来，赞附燕王之声也是大起。

"陛下，三位大人已经到了！"乾清宫答应长随马骐的一声轻唤，将建文从沉思中唤醒。

"让他们进来吧！"建文收拾心绪，下达了旨意。

"是！"马骐一溜烟儿跑了出去，不一会儿，齐泰、黄子澄与方孝孺三人进入殿内。

"三位爱卿！"待三人行完礼，建文苦笑着指着案牍上堆成小山似的奏本道，"这里面又有十来道本子，全是帮四叔说话的，朕该如何做？"

三人皆面色沉重，这段时间他们的日子也不好过。每日上朝，右班的武臣勋贵频频出击，拐弯抹角地为燕王造势，对削藩一议暗加嘲讽；至于出了宫，那就更不得了。眼下京城坊间已经传遍，说齐泰、黄子澄为邀圣宠，不惜构陷亲藩，以为晋身之阶。这种传言自燕王进京之日起便已出现，最近已呈愈演愈烈之势。齐、黄二人听了又急又怒，偏偏还无从辩解。毕竟，他二人确实是因着削藩才被建文委以重任。当此燕王主动进京，大表忠心，成功引得士民怜悯的当口，你说削藩之议全是出自一片公心，又有几人能信？贸然反驳，只能是越描越黑罢了。而且一旦闹大，没准儿连建文都会被扯进来，成了百姓口中的冷面君王，这就更让齐、黄投鼠忌器，只得强自忍住。

"擒虎不成，反遭虎噬！臣等谋划不周，有负陛下所托！"沉默良久，黄子澄首先一声哀叹。局面发展到今天这个地步，已由不得他不投子认输了。对于此次燕王入京，黄子澄一开始便存了这样一番认识，觉得燕王不过是虚张声势，试探朝廷态度罢了，他不可能值此敏感之际自投罗网。关于这一点，齐泰、方孝孺等也都或多或少有同感。故而，在议准燕王进京之事时，朝廷的主要布置，都放在防备燕王一旦得知朝廷准奏，即刻起兵造反上头。到燕王真的入京，大家才又匆忙调转枪头，开始商讨如何与其正面交锋。然而直到此时，大家还都以为，朱棣进京主要还是向建文摇尾乞怜，希望以亲情感化帝心，以保燕藩无恙。为此，齐泰还屡次激励建文，望他坚定心志，不要被燕王一番哭天喊地乱了阵脚。哪知道高一尺魔高一丈，这燕王竟一不哭鼻子二不抹眼泪，而是明修栈道、暗度陈仓，打着替弟弟申冤的幌子，并借勋戚之力，在朝野间成功地掀起一股为藩王，尤其是他燕王鸣不平的汹涌呼声，意图使建文迫于物议而不得不就此罢手。此等手段既强势，又巧妙。其强势便在于建文年轻望浅，齐、黄、方等股肱重臣也都是新进未久，对勋戚们的这阵言论攻势，他们很难强行压制。而说其巧妙，则是此番朱棣孤身入京，可谓是命悬一线，随时有被建文扣下的可能。处此险境，朱棣却出乎所有人的预想，竟然反守为攻，刚一入朝便在殿上将了建文一军，其后又连连出招，把削藩大计描绘成残害亲族的暴行，更把建文君臣架到了道义的火炉上炙烤。若建文这时敢对朱棣动刀子，那他暴君的名声可就担定了，黄子澄等一帮削藩干将也逃不掉助纣为虐的骂名。这种局面，是建文君臣始料未及的。有了公论的保驾护航，即便建文对这位四叔有着天大的不满，也不敢再打"扣于京师"的主意。

"奸诈小人！"齐泰终于忍不住，愤愤骂道，"为保一己无恙，不惜有意挑拨朝堂纷争，并大肆污蔑陛下，燕王的无耻也真是千古少有了！"帮燕王造势的多是勋臣，而五军都督府的武职多由勋臣把持。朱棣这一闹，朝中本就不睦的文武关系由是更加恶化,并已逐渐显露出党争的苗头,这让齐泰等人又气又急。

"其实这勋臣滋事也并非全为燕王。他们早就心怀不满,燕王此举,不过是给他们寻了个由头,两方人一拍即合,互为奥援罢了!"齐泰方骂完,方孝孺便干笑一声,颇有些几分无奈地接过了话头。

他这么说也是有缘由的。其实勋臣们之所以为燕王造势,也都有着自己的算盘,建文命方孝孺改革官职已有数月,眼下已将进入施行阶段。尽管方孝孺等严格保密,但世上没有不透风的墙,这改制的具体内容也逐渐透了出来。在他的改制方案中,最重要的便是提升文官品级和权力。大明朝以武开国,明初武官地位远胜文官,太祖所封勋臣也多是武将,文官受爵者不过六人。后来朱元璋连兴大狱,屡削功臣。文职六爵中除了诚意伯刘伯温外,其余五爵均因故被削。而武臣虽也屡经屠戮,仍有许多世爵得以延续。眼下五军都督府的各种官职,多为开国武勋之后人担任。这群世家子们袭着先人爵位,又占据要职,根本不把文官放在眼里。而文官们饱读经史,又岂能打心眼儿里瞧得起这帮不学无术的家伙?如今太祖升遐,建文登基,一上台便大兴文治,所重用的齐泰、黄子澄、方孝孺等人都是文臣。建文之举固然讨了文官欢心,却让武官们大为不满,大明基业是马上打下来的,凭什么让这些手无缚鸡之力的人来指点江山?

按方孝孺改制的内容,文官品级、权力将会大增,武官勋臣们闻得消息,更是愤怒不已。不过以前因有皇帝撑腰,勋臣们虽是暗怒,却不敢明言。此番燕王进京,直指削藩不当,勋臣们暗地里大都欢欣雀跃。削藩与改制乃建文两大要政,削藩若是黄了,皇帝与文官们必然威势大减,这改制失败也就是早晚之事。即便燕王不能一蹴而就,只要他把削藩这汪水搅浑,使建文身陷其中不能自拔,那改制多半也会无疾而终。正因为如此,勋臣们方会如此积极地煽风点火,为燕王大肆吆喝。对勋戚们的这点小九九,执掌改制的方孝孺自是看得一清二楚。

"心机何其工也!计谋何其毒也!"将思绪理清后,建文产生了一种深深的挫败感,同时也萌发出一股强烈的恐惧——正如齐泰所言,这位四叔的权术机谋,实在是太可怕了!

"陛下,勋戚阴附燕藩,蛊惑视听,应加以严惩,否则不足以儆效尤!"齐泰恨恨道。对勋戚们的煽风点火,他早已是怒不可遏,尤其是王宁这个驸马都尉,更是一马当先,继奉天殿上为燕王帮腔之后,又到处联络勋戚对削藩大加诋毁,闹腾得十分来劲,齐泰对他恨得牙直痒痒。

"严惩?"建文一怔,旋又望了望御案上的那一道道奏疏,苦笑着摇了摇头。

对这帮唯恐天下不乱的勋戚,建文何尝不是恨之入骨?何尝不想将他们一网打尽,但这可能吗?眼下舆论已十分不利,若在这节骨眼再拿勋戚开刀,朝局顷刻间就得大乱!而更可怕的是,勋戚可不比文臣,这些人都是将门出身,不仅在京中把持着五军都督府,就是天下卫所将校,也与他们多有关联,势力可谓盘根错节。眼下藩王与朝廷已是貌合神离,要再把勋戚给得罪了,那万一有藩王举事,他恐怕连忠于皇室的军队都找不出几支!贸然施惩,只能把他们逼到藩王那边,将自己变成名副其实的孤家寡人!燕王之所以想利用勋戚为自己张目,勋戚之所以敢于勾结燕王,与天子暗中较劲,其根本原因就在这里!如今这帮人气势已成,别说对整个勋戚集团,哪怕仅对一个招人嫌的王宁,建文也是无从下手。何况燕王还在京中,天晓得他会不会再来次登殿不拜,"仗义执言"?

"难啊!"建文心中长叹,这是他登基以来面临的最大一次挑战,稍有不慎便是朝局大乱,纷争四起。如此错综复杂的形势,如此诡谲棘手的困局,让年轻天子的心中生出一种茫然无措之感。到底要怎样才能化险为夷,将这忧患泯于无形?他一时也没了主意。

"陛下,何不借力打力?"就在建文无计之时,方孝孺口中蹦出这么一句。

"方先生所言何意?"闻言,建文忙问道。

"陛下!"方孝孺一躬身,娓娓分析道,"当下之困,皆由燕王而起。然燕王孤身进京,所依凭者,亦不过勋戚之力而已。若能将勋戚的声势压下去,那燕王便是孤掌难鸣!谅也不至于再掀什么大浪!"

"此间因由,朕岂不知?可勋戚现今物议汹汹,若朕强禁其言,恐适得其反!"建文仍是眉头紧锁。

"陛下勿急,且听臣说完。臣观勋戚所言,皆是指桑骂槐,明指臣与齐大人构陷亲藩,暗里却是对陛下颇有微词。既如此,若陛下出面,自不能泯流言于无形!臣等去劝,更是自取其辱!"方孝孺也明白,建文不是朱元璋,他还没那本事,可以三下五除二地将勋戚一举慑服。而自己这帮文官,早就成了武官勋戚们的众矢之的,妄想出头那更是自找罪受。

建文淡淡道:"爱卿言之有理。只是既是这样,那你所言之力又从何来?"

"臣所言之力,非在陛下,亦非在臣等,而正在勋戚中!"方孝孺沉声道,"皇上可有注意,这纷至沓来的陈情奏疏中,却缺了几个关键之人?"

建文眼光一亮,忽然意识到了什么,当即略带惊喜地道:"爱卿是说……"

"不错。"方孝孺眼中熠熠生辉,"这几人皆勋戚中最显贵者。纵然王宁等人来势汹汹,但此数人却一直未有一词陈上,其间深意岂不耐人寻味?若臣料得不差,他们对燕王与众勋臣之举恐是不以为然,其心亦是忠于陛下。只是碍于大势不愿明言反对,以免徒招人怨,而陛下也没有要他们相助,故乐得装聋作哑而已。既如此,陛下何不稍加暗示,让他们出面安抚众勋戚。以此数人之威望,只要尽心而为,必能化戾气为祥和,消祸患于无形!"

方孝孺的话一说完,众人心中均是豁然开朗。所有勋戚的奏本,建文都已发给几位心腹重臣阅览,此时稍一思索,齐泰与黄子澄的脑袋中顿时冒出三个要员的名字——驸马都尉梅殷,魏国公徐辉祖,曹国公李景隆!

梅殷是太祖第二女宁国大长公主的驸马,其人恭谨而有谋略,素得朱元璋信任,在一众驸马中威望最高。朱元璋晏驾前曾密召梅殷,将建文托孤给他。此等皇亲,其忠诚自是毋庸置疑的。而徐辉祖和李景隆则是京中仅有的两个公爵,位列勋臣之首。若他三人能出面,那帮世袭的小爵爷,大半都能妥善安抚下来。即便有个别不服,有这三人镇着,应也再掀不起大浪。

"朕怎么把他们给忘了!"建文一拍额头道,"梅驸马是托孤之臣,李景隆擒拿周藩十分利落,也必和朕一条心。至于这徐辉祖……"说到这里,建文露出几分犹豫之色,"不瞒诸位爱卿,数日前徐辉祖还进宫见朕,言燕王之心不可测,需多加提防!此次勋戚发难,徐家三人也均未有片言附和,按理应是忠于朕的。但是徐家毕竟是四叔的亲家,关系非比寻常,且改制一事,对徐家也颇有波及,其内心究竟如何,朕实不能确定!"

对于徐家的真实态度,三臣与建文一样,也都觉得扑朔迷离。而他们还有一层顾虑就是,若徐家暗中实向着燕王,那建文再贸然示意其出面压制勋戚恐就大大不妙了。若让燕王和勋戚得了消息,有了准备,到时候梅殷和李景隆下不来台倒还是其次,关键是建文的束手无策也就彻底暴露在了他们面前。搞清楚皇帝色厉内荏的底细,那这帮人还不赶紧趁热打铁,把朝堂搅个天翻地覆?

但抛下徐家也不妥。就眼下而言,徐家对稳定朝局太重要了。魏国公是开国勋臣之首,徐家在朝中、军中的人脉和声望也是首屈一指。即便有李景隆这位曹国公出面,但若徐辉祖态度游离,那些勋臣也未必就会心甘情愿地买账。

"陛下!"思忖再三,黄子澄忽猛一抬头,一脸笃定道,"臣以为徐辉祖可以托付!"

"哦?"建文一睐黄子澄道,"黄爱卿认为徐辉祖可信?"

"可不可信,臣不敢断言。然臣可确定,徐辉祖绝不会坏陛下之事!"黄子澄冷静答道。

"此话怎讲？"

"陛下！"黄子澄一拱手道，"以臣推断，魏国公密奏及徐家兄弟在燕王事中箴言至少可以表明，他们绝不像王宁那般死心塌地党附燕王。而陛下所虑，无非是徐家首鼠两端、暗作骑墙之望耳！至于魏国公进宫密奏燕王种种，陛下也是顾及他此举不过是迷惑圣听，暗为己留一自保之道而已。不知臣所言可准？"

黄子澄的话说得很露骨，但建文仍微微点了点头。

见建文点头，黄子澄信心大涨，说话的声音也大了起来："其实陛下无须忧虑！即便徐家果真骑墙，那又如何？骑墙者，左右逢源，两不得罪而已。陛下将此事透于魏国公，以他之精明，岂不知其中干系甚大？岂不知走漏风声，会给陛下带来天大麻烦？果真如此，以其骑墙之心性，纵不愿为陛下效劳，又岂敢把消息透露出去？一旦泄露，陛下定会把他恨到死处，那他将来又能讨得到好？臣敢断言，陛下暗示魏国公，至不济也就是做一徒劳之功罢了，绝不至有泄密之虞！"

"好见识！"话音方落，齐泰洪亮的声音便已响起，"不错，只要徐家不是铁了心跟燕王走，皇上便不怕他们暗作小人！"

建文也是恍然大悟。黄子澄这一番关于骑墙的分析可以说是精辟入髓，他听了顿有茅塞顿开之感。不错，朕不怕他首鼠两端！想到这里，建文的眼光亮了起来。

"而托付徐家，陛下还可得一利！"就在建文欲出言相赞时，黄子澄的话音又起，"陛下交代之事，魏国公若尽心办了，那他十有八九是忠于陛下的。相反，若其暗中推诿，则其骑墙观望之态显露无遗，陛下便可暗中戒备，以防其生患！"

"好！"建文一拍御案，霍然而起道，"黄爱卿言之有理，便依方先生之计行事，梅驸马与魏国公自由朕来说。至于曹国公，黄爱卿你与他相熟，便由你去带话吧！记得点到为止，莫要说得太过！"

"臣明白！"黄了澄干净利落地答道。

殿内的气氛一下活络起来。这段时间，朱棣犹如高手出招，把建文逼得节节败退，狼狈不堪。如今，建文总算也寻到条妙计能够扳回一城，心中顿觉舒畅不少。不过很快，方孝孺的一句话，让建文的好心情又无影无踪。

"陛下，勋戚之事可了，然燕王该如何处置？燕王在京日夜交结权贵，任由着他下去，朝中恐永无宁日啊！"方孝孺满怀忧虑地说道。

大殿瞬间又恢复了沉默。不错，这个让人头痛的燕王仍在京中。他的存在对建文君臣而言可谓如芒在背,谁都不知道这个满肚子权谋的亲王会再耍出什么手段!

"希直先生认为该如何处置?"建文问道。

"择日陛辞,令其归藩!"方孝孺一字一句给出了答案。

"啊!"齐泰大吃一惊,当即叫道,"不可!燕王狼子野心,实乃当代之刘濞,此番若让他归国,必是放虎归山,后患无穷!"

"不放又如何?"方孝孺苦笑一声道,"莫非齐大人还想着扣他?你可有想过,燕王不走,这借力打力又如何行得通?众勋戚为一己之私,本就不愿轻易收手,纵梅驸马与魏、曹二公出面,靠的不过是自家的一点脸面罢了。只是三人之脸面对付众勋戚或还好使,可若有燕王在,又能派上什么用场?若让燕王继续滞留,其必会暗中奔走,意图重整旗鼓。一旦其出面相阻,众勋戚后有倚持,又岂会偃旗息鼓?到那时我等又如何应之?"

"这……"齐泰一时语塞。其实他也明白,眼下能平安稳住朝局,对建文来说已是万幸了,要扣留燕王根本就是不可能的。而方孝孺的一番分析,更是把齐泰心中那点"暂且拖延,以待时机"的念想击得粉碎。由此看来,此时的燕王已成了一股祸水,尽快引出京城,朝廷才能获得安宁。

但即便知道后果,齐泰仍不甘心!燕王进京,这可是千载难逢的良机!若就这么让他回去,谁知将来还有没有此等机会?

"也罢。四叔滞留京师,终是朝廷祸患,便令他归藩罢了!"终于,不待齐泰再言,建文已阴沉着脸做了决定。尽管心中也颇为不愿,但当此形势,他也没有别的办法可想。

"陛下且慢!"就在事情已成定论之时,方孝孺忽然又想到什么,忙开口阻止。

"希直先生有何言?"建文略为奇怪地问道。方才说放燕王的是他,可这时出言相阻的又是他,建文有些糊涂了,"莫非你又认为四叔不该放!"

"非也!非也!"方孝孺摆手道,"放燕王归藩,实乃当下不二之选。然则臣却想到了个法子,可让燕王归若未归!"

"什么个归若未归?方大人莫打谜语,径直说便是!"齐泰是个急性子,已迫不及待地出言相催。

方孝孺看了齐泰一眼,呵呵一笑道:"其实说来也简单。眼下陛下欲放燕王,又怕其从此不可制;欲待不放,其滞留京师又是祸患。既如此,我等不妨择其中而取之,放燕王归藩,其三子却可暂留于京师。如此既可堵那些勋戚之口,又可钳制燕王,使其不敢为逆!如此岂非两全其美!"

建文眼光一亮。方孝孺之言,说白了就是要扣人质在手,燕王就这三个儿子,只要三子在京,燕王纵是想反,也不敢轻举妄动。沉吟半晌,建文又将目光瞄向齐泰。

齐泰放眼一瞅,见建文和黄子澄都不无期待地望着自己,便明白他们也都认同方孝孺之言了。对燕王归藩,齐泰始终心有不甘,但他也明白,方孝孺之言,虽算不上什么一劳永逸,但也是眼下唯一可行之举了。想了一想,他说道:"方大人之计确是稳妥,只是其三子又有何名目相留?"

方孝孺哈哈一笑道:"这倒容易。五月初十乃太祖一年忌辰,眼下已是二月中旬,陛下可下道敕旨,命其三子留京以待太祖小祥。如此扣上三个月不成问题。三个月之后,视其情况再做计较。"

朱棣这段时间一直借太祖定制说事儿,把建文压得喘不过气来。如今以祭太祖为名留他儿子,倒也是以其人之道还治其人之身,而且还不怕他挑出理来,也可出口闷气。念及于此,建文心情顿时大好,随即笑道:"三个月时间可做许多事情。便依希直先生所言,朕这就下旨给钦天监,令其挑选吉日,让四叔陛辞!"

建文元年的清明节是二月十九。春分后,上天连赐几场温雨,滋润的大地草木翻绿,万物吐故纳新,一幅春和景明之象。按习俗,京师百姓也纷纷在这段日子里出城扫墓祭祖兼带踏青春游,金陵郊外顿时热闹非凡。

清明节一大清早,朱棣便带着朱高炽几个与徐家兄妹一起,来到了太平门外的板桥村,给葬于此处的中山王徐达扫墓。

徐达是大明第一开国元勋,其墓地规制之大,也为天下臣民之首。墓园里松柏苍翠、树木森森,神道两旁石马、石羊、石虎、文臣、武士等石雕亦是一应俱全,虽远比不上太祖的孝陵,但也是庄严肃穆。到了徐达墓前,朱棣等人跪拜叩首,除草添土,焚楮锭次,周胝封树,忙活了半日方完。

祭扫罢,众人便开始进食。自唐以后,清明节与寒食节已合二为一,此番朱棣等人所食,也都是所携之瓜果冷蔬,聊以充饥罢了。

食物虽简,但春日郊食也别有一番情趣。在熙攘都市里待惯了的天潢贵胄们难得享受这一日清新安逸,俱都心境颇佳。而众人中,最开心的自非徐妙锦莫属了。

府中禁足月余，徐妙锦差点没被生生憋出病来。此番得朱棣之助，终有出府机会，她兴奋得几天几夜没睡着。不过她虽得以出府，但毕竟有建文禁足之令在，为掩人耳目，也不敢做得太过分。出城路上，一贯骑马的徐妙锦被徐辉祖生生安置在被遮得严严实实的马车中，并严令其不得挑帘张望。祭扫之时，又是一大堆礼仪，她当然更加不敢胡来。直到进食，气氛终于活络，徐妙锦才如释重负，开始活蹦乱跳起来。

"玉蚕姐，把我那画着'百蝶闹春'的大风筝拿来！"胡乱往嘴中塞了几块糕饼，徐妙锦便迫不及待地直起了身子。

"父亲墓园内岂可嬉闹？"徐辉祖赶紧制止。

"呵呵，放风筝本是清明习俗。四妹心性好动，由着她放便是，祖弟何必计较这许多？"朱棣微笑一言，便将徐辉祖的训斥化于无形。

"姐夫说得是，四妹闹上一闹，父亲地下瞧见，也能少几分寂寞！"徐增寿也笑着帮腔。

朱棣和徐增寿一唱一和，徐辉祖终于不说话了。徐妙锦见状大喜，朝他噘噘小嘴，随即喜笑颜开地从玉蚕手中接过风筝，欢呼雀跃地跑开去。

待徐妙锦跑远，徐辉祖端起酒杯对朱棣笑道："相聚未久，姐夫便要归国。此番一别，恐又得数年方能相见，弟不甚遗憾，此番便借这杯水酒，为姐夫践行！"说罢，他头一仰，将杯中酒一饮而尽。

朱棣淡淡一笑，也将杯中酒喝了方道："镇守藩国，乃亲王本分。虽有别离，但也非不能再见，祖弟切勿伤感。此次进京，得见诸弟妹无恙，为兄也便安心。待回北平告诉你姐姐，也让她多少缓得些思念亲人之苦！"

朱棣与徐辉祖欢声笑语，看似亲密无间，但二人心中都清楚，他们之间已结下了大大的梁子。

此番进京，朱棣妙计迭出，成功地把朝局搅了个七荤八素。本来，他琢磨着声势上的火候已差不多了，接下来应该再接再厉，直接逼迫建文罢免齐泰、黄子澄，去掉他削藩的主要臂力，从而化解藩国危机。谁知，就在朱棣纠合勋戚，准备对二人发起弹劾时，梅殷与徐辉祖、李景隆三人一齐出面，在勋戚间大肆招安。梅、徐、李三人乃勋戚之首，他们的半道杀出，让朱棣一时措手不及。而此时齐泰、黄子澄等人也放出风声，言陛下对勋戚的举动很是不满。得知皇帝已有恼羞成怒之势，而三位勋戚之首也明确站在建文这边，这下许多勋戚心中便犯了嘀咕。毕竟，他们之所以支持燕王，本也是为自家利益着想。如今眼瞅着风向不对，若再闹下去，很可能就偷鸡不成蚀把米了。权衡之下，除王宁等燕王死党尚在坚持外，其余大半勋戚便借梅、徐、李招安之机顺梯下台，不声不响地退出了燕王的同盟。就这样，几日前还是风起云涌的朝局一转眼便万马齐暗，留下个朱棣孤掌难鸣，好不尴尬。

一个十拿九稳的得胜之局，就这样生生被建文扳了回来，朱棣的气恼可想而知。本来，就这样也不算太坏，反正他此番进京已成功赚得天下同情，纵不能完全改变削藩之策，但至少也牢牢把道义握在手里，如此也不枉此行。朱棣倒不像方孝孺所想，准备再在京师搞什么再次串联，一击不得，他已盘算着请辞归藩，再寻他法。可就在这时，建文颁来一道圣旨：燕王择日陛辞，三子暂留京师，以待太祖小祥！

接过圣旨，朱棣犹如吃了个苍蝇般难受。他一直以亲情为名寻建文晦气，没想到建文也依葫芦画瓢来对付自己。

进了一趟京，捞了个好名声，又折了建文脸面，却让三个儿子沦为人质！一笔账算下来，朱棣也不知道是赚了还是赔了。不过事已至此，他也是无计可施，不认也不行了！

但是认归认，对造成这种局面的罪魁祸首，朱棣却无论如何也不能释怀。逼宫失败，败就败在三位显赫勋戚手上。而这三人中，最可恶的就是徐辉祖！与无直接瓜葛的梅殷和李景隆不同，徐辉祖是自己的内弟，是三个儿子的大舅舅！就算你对藩王无好感，就算你与我朱棣不太合得来，可就凭着这份渊源，你不帮我也就罢了，但你也没必要如此卖力地拆我的台啊？此次三人安抚勋戚，徐辉祖的表现是最为积极，这就让朱棣更加忌恨。不过他素有城府，尽管暗中已把徐辉祖恨到死处，但表面上，仍是兄弟情深之状。

"这离陛辞不是还有几日么？大哥和姐夫怎这早就喝起践行酒来了？"就在二人虚情假意之际，一旁的徐增寿插话道，"姐夫回北平后请转告大姐，三位外甥暂居京师，做弟弟的一定尽心关照。待太祖小祥后，我便奏请皇上，让他们早日归藩，侍奉大姐！"

徐增寿说完，朱高炽等人忙起身答谢，朱棣也哈哈笑道："那就有劳寿弟了！"

燕王三子为何留京，在座诸人都是心知肚明。以建文扣为人质的用意看，即便太祖小祥过了，他三人也不会如此轻易就回到北平。徐增寿明知如此，却主动挑起话头，承诺助三子北返，这让徐辉祖听了很不痛快。

不过很快他也就释然了。徐增寿在洪武年时曾数次出入燕府，与燕王关系颇为不错。对此，一直对朱棣颇为警惕的徐辉祖也一度颇为不满。此次受命安抚勋戚，徐辉祖忌着这层关系，一开始并未知会徐增寿，直到后来瞒不住了才坦言相告。本来，徐辉祖以为他会出言阻拦，哪知这位四弟犹豫再三后，终是未置一词，也就默认了他的举动。经此一事，再联系到徐增寿从头到尾都未参与王宁他们的滋事之举，徐辉祖顿时对这位弟弟大为放心。认为他虽无可能协助朝廷削燕，但至少出于保全徐家自身着想，也不至于与燕王有所勾结。此时他之所以主动要助三子脱险，想来也是因着先前未阻拦自己安抚勋戚而心生愧疚，觉得对燕王不住，才有这番补偿举动。且上奏云云，最终还是要建文决断，他这么说，多半也还是安慰之言，绝无可能是真要去助燕王。想到这里，徐辉祖顿时转忧为喜，这位四弟若果真能识时务，不暗通燕王，则无论是对朝廷，还是对徐家自身，都是大大的幸事。

又叙谈一阵，直到时辰差不多了，众人方唤回徐妙锦，起身回城。

数日后，朱棣在奉天殿朝见建文，行陛辞之礼。相较于上回的面红耳赤，此次这对叔侄却是一片欢声笑语，气氛无比温馨。不过朱棣心中明白，自己虽得一时占了上风，但皇帝削藩之意并未改变，自己走后，建文仍很有可能压制勋戚，再推削藩。而就建文而言，他已经亲眼见识了燕王的过人本领，心中更加忌惮。这位年轻的皇帝明白，朝廷和燕王摊牌的日子已经越来越近了。

第七章

北平府风起云涌　南京城释质北还

五月初十是太祖高皇帝一年忌辰。这一日燕王府上下尽皆缟素,朱棣与王妃徐仪华二人率永安、永平等郡主及袁容、李让两位仪宾来到位于寝殿右侧的王府宗庙,面对太祖灵位行祭奠之礼。

朱棣行礼时眼泪滚滚而下,在他的带动下,宗庙内一片哀号之声,气氛十分哀戚。他之所以如此悲痛,一方面是孝子哭父的应有之义,更重要的却是为自己前途惨淡而伤心不已。

两个月前,朱棣入京谒陵,借机纠合贵戚向建文施压,虽未获全胜,但也好歹把这位大侄儿逼得手忙脚乱。本来,在朱棣看来,有了这场教训,建文纵不就此收手,停止削藩,至不济也会把步伐给缓下来,给自己留下转圜之机。哪知建文看似柔弱,在削藩一事上倒至为刚强。自己方一离京,兵部便接连下令:前府都督佥事耿瓛练兵山海关;都督徐凯练兵临清;擢锦衣卫指挥使宋忠为都督,以备边为名,率边军三万屯兵塞外重镇开平,并从燕府护卫中选兵跟随。宋忠到北平后,将燕山三护卫精锐抽调一空,全拉到塞外充作己用。

这些还不算完。紧接着,齐泰又以京师骁兵缺乏训练为由,将朱棣手下大将、胡骑指挥观童调往京师。观童是北元全国公,洪武二十二年归顺明朝,其人骁勇善战,甚为朱棣倚重,此番调离,摆明是要剪燕王羽翼。就在观童进京的同时,兵部行文又至,驻扎北平的永清左右两卫分别移驻彰德、顺德。永清两卫久随燕王,也是燕王嫡系,齐泰将他们调走,自是怕朱棣仗其谋反。

建文连连出招,燕军军力已被抽调一空,且此时北平四周也被朝廷军队所控,燕工几成光杆。

朝廷诸番调动,朱棣是又惊又怒,他有些后悔,不该当时一时冲动让三子跟随入朝。本来,当初在密谋进京施压一事时,道衍便对此举极不赞同,只是他认为既然要赚取舆论同情,便需显得真心诚意方可。三子不至,很容易被削藩大臣抓住把柄,这样一来自己的道义优势就大打折扣。而如今看来,这招棋却是弄巧成拙,此时后悔已来不及了。从宗庙出来,朱棣命诸位女儿侍候徐王妃回宫休息,自己则带了袁容、李让两位女婿至东殿议事。

当朱棣踏进殿门时,袁容、李让两个女婿,张玉、朱能、丘福三位武将与道衍已经奉命在殿内等候多时时,同在殿内的还有王府阴阳官袁忠彻。朱棣方坐下,马和便进殿禀道:"葛长史在外面请见,说有急事要禀告王爷!"

朱棣一听急事,便觉心惊肉跳。朝廷送达的各类文书,向来由葛诚负责处理。葛诚说有急事,估计又是对燕藩不利的消息。

果不其然,葛诚一踏进殿门便道:"王爷,朝中又生大事!"说完拿出一份刚到的邸报,一旁站着的马和忙接过呈给朱棣。

朱棣接过一看,原来又发生了惊天大事:先前湖广道监察御史弹劾湘王朱柏伪造宝钞、虐杀百姓。朝廷得报,派人至荆州问罪。湘王见建文削藩之刀已砍向自己,而他一内地藩王,无兵无势,也无法反抗朝廷,无奈之下,竟愤然闭锁宫门,阖府自焚!这也是削藩以来第一个毙命的藩王。建文得报,认定湘王必有不轨才畏祸自尽,竟给其谥了个"戾"字!

朱棣将邸报仔仔细细看了个遍,气得肺都要炸了:这个弟弟年方二十,平日温文尔雅,是兄弟间有名的敦孺文士。就这样一个温顺亲王此番竟落得如此下场,死后还被冠以污名!朱棣脸上顿露一道凶光,正欲发作,但发现葛诚在场,顿又忍了下来。

葛诚自打朝廷削藩以来,就一直心神不宁,朱棣看在眼里,知道他是怕燕王一倒,跟着遭池鱼之殃。与护卫武将皆由亲王选拔不同,藩府文官都是朝廷指派,上任之前与藩王毫无瓜葛,所以心向朝廷也不足为奇。虽然这并不能代表葛诚就会在这个关头背叛燕王,但对他有所防范,则是在所难免。

略一停滞,朱棣调整好情绪,敛色一叹道:"不想柏弟竟至如此!"

朱棣读邸报之时,葛诚一直在下面偷偷窥其态度。见朱棣先露怒色,继而又平息下来,顿知其对自己有所戒备。正在沮丧间,又听朱棣说道:"你若无他事便先退下吧,本王近来身体不济,竟有油尽灯枯之感,此番还要让忠彻卜上两卦,测测本王阳寿。"

袁忠彻是名道袁拱之子。袁拱洪武年间曾入燕府,深得朱棣信任。他归返山林后,其子忠彻便被朱棣留于府中。袁拱乃阴阳大家,忠彻子承父业,玄学也是十分了得,时常在燕府中占卜相面,朱棣便以他为借口打发葛诚。

葛诚知道这是要支开自己。作为王府文官之首,自己却不能介入机要,虽然葛诚早就心中有数,但在这种覆巢之下焉有完卵的情况下,燕王却仍将自己摒弃的做法,却不能不激起他的逆反之心。

当然,不管心里怎么想,这里肯定不是显露之处。摁下心中的愤慨,葛诚恭敬行礼出宫。

葛诚的身影方从殿外大门消失,朱能便"扑通"一声跪倒在地,沉声道:"王爷,朝廷无道,竟逼死湘王,此等行径实让我等心寒!如今北平四周皆为齐、黄爪牙,殿下已渐成笼中之鸟,若再无动作必将被奸佞所害!还请殿下痛下决心,早作决断!"

朱能说完,其他人也一溜儿跪了下来。丘福激动地说道:"我等久随王爷,忠贞不贰。只要殿下一声令下,末将二话不说,立将谢贵、张昺之流剁成肉末!"众人纷纷各表心志,齐声相劝,场面甚是激昂。

朱棣此时心乱如麻。经过数月来的接连祸事,尤其是湘王自焚,他已对建文不抱任何希望。他知道用不了多少,朝廷的削藩大刀便会架到自己脖子上。朱棣半生戎马,又岂能就此束手待毙?但他方被众臣说得心中火热,却又似遭冷水一浇,一下子凉了下来:三个儿子还在京师,自己反旗一举,三个儿子岂不是立马人头落地?朱棣只有这三子,他不可能置他们于不顾。

众人见朱棣本来神色激昂,却又突然颓然下来,心中也明白了原因:三子不归,燕王如何能反?一时间大伙儿垂头丧气,殿内一片沉寂。

过了好一会,道衍方抬头缓缓道:"世子与两位郡王均质于京师,于我燕藩实如骨鲠在喉。眼下太祖小祥已过,王爷可奏请朝廷放三位小王爷归来。"

朱棣尚未回话,袁忠彻已苦笑道:"小祥不过是一个由头而已。眼下皇上正在谋燕,又岂会放诸位小殿下返燕?只怕奏章一上,齐泰等人便会再找个理由相留,等到燕藩削了也回不来。"

朱能却道:"成与不成都得一试!依臣之见,王爷不妨上一道奏章,说自己身染沉疴,欲让三子归家侍奉。父疾子归,亦是天理人伦。王爷已称病数月,朝廷又有什么理由不准?"

"嗯,成与不成都得一试!其实皇上虽掐了王爷咽喉,但他自己日子也不好过。湘王被逼自焚，亦出其所料，如此惨事，皇室之间岂无怨言？且上月方孝孺更改官制，六部尚书均升为正一品，文官势力大涨，朝中勋贵必然不满。今削藩出了乱子，他们焉能不乘机兴风作浪？如臣所料不差，如今齐、黄、方等人必为朝中勋戚嫉恨，就是皇上也免不了遭人腹诽！王爷此时只需添上一把干柴，朝堂之上必然狼烟四起。而我等正好火中取栗，赚得三位殿下出来！"

道衍一番分析，让本满脸愁云的朱棣一时精神大振，兴冲冲地问道："依大师所见，我又该如何添这把干柴呢？"

道衍微微一笑道："若是王爷自己去添，那岂不是授柄与人？要成此事，须借他人之手。"

朱棣眼角一跳，他当然明白这个他人是谁。不过此人至关重要，除了道衍和一干子婿，饶是朱能、张玉等心腹爱将，他也从未露得半点口风。此时他也不点破，只颔首道："也罢，此事由我亲自布置！"

朱棣与道衍一番哑语，殿内的文武僚属们皆云山雾罩。不过大家都久随燕王，什么该问什么不该问自是懂的。作为燕王女婿，李让心中自是有数，遂沉着道："既然父王有计救三位殿下，那此事可暂且搁下。只是北平这边，眼下张昺、谢贵气焰熏天，城中诸卫皆落入其手。父王若没有准备的话，真到万一之时，恐将措手不及！"

"让儿之意，我当如何？"朱棣目光深邃地问道。

"尽快将城中诸卫兵权夺回来！"

"如何夺法？"

"随谢贵前来的都指挥使张信，洪武十五年平定云南时曾与家父同在一营。攻打大理段氏时，家父曾在战场上帮他挡了一箭。后来云南平定，家父回京，张信随黔宁王镇守云南，往来极稀，所以这段渊源外人均不知晓！"

"还有这回事？"朱棣有些意外，不过想了想仍摇头道："就算有过命的交情，但这毕竟是大事。这个张信再怎么念旧情，也绝不会因此帮咱们！"

李让笑道："父王说得是。其实所谓旧交，不过抛砖引玉罢了。接下来咱们可在军中再布置布置，定能让其心猿意马。只要他心意已动，就有反戈的可能！"

朱棣一阵沉默，过了良久方抬起头道："你可有十足把握？"

"十成肯定没有，但若处置得当，六七成应无问题！"

又是一盏茶工夫过去，朱棣终于下定决心道："也罢，便由你一试！"

"是！"

"还有！"朱棣又嘱咐道，"此事操办时需仔细掂量，万不可图谋不成，反露了马脚！"

"父王放心，儿臣知道该怎么做！"李让干净利落地一揖答道。

金陵，紫禁城。

武英殿内，齐泰、黄子澄与方孝孺三位大臣眉头紧锁，脸上不约而同地挂满了忧虑。三人面前的殿内小丹墀上，建文也是一副愁眉不展之态，望着御案上的几道奏本沉吟不语。

"三位爱卿意下如何？"良久，建文终于发话了，"太祖小祥已过了十来日，燕王三子的乞归奏本已上了两道；四叔也上疏称病，乞子北归；再加上朝中勋戚现是舆情沸腾，朕实无理由再扣三人不放了！"

"勋戚居心叵测，妄兴物议，可恶至极！"齐泰愤愤骂道。早在太祖小祥之期届满之前，齐泰便为建文续扣朱高炽三人想好了办法——装聋作哑，对燕王父子的乞求归奏本一律留中。如此，怎么着也能再拖一两个月。眼下针对燕王的各项布置已将就绪。再过两个月，朝廷便可从容下旨削燕，到时候朱高炽他们再哭天喊地也是枉然了！可没承想，就在这节骨眼儿上，刚老实了没几天的勋戚们又出来搅局！而更让齐泰感到愤怒的是，除了为燕王三子陈情外，勋戚们这次还趁势向黄子澄和他发起了猛烈攻击！

"勋戚们之所以闹事，实与改制不无关联！"相对于齐泰的愤愤，方孝孺倒甚为冷静，"改制对勋戚利益触及颇多，他们心中自是不满，先前虽强行压制，但终不能让其心服。有燕王在外掣肘，朝廷想再推进便会有所顾忌，此间关联，勋戚们必已摸得一清二楚。何况前些日湘王自焚，陛下名誉也多少有损，勋戚们择此时机发难，陛下纵是不肯，恐也不好拒绝。"

建文听得连连点头，这正是他眼下的难处所在！

建文当然不愿放三子北归。若在先前，他会敷衍拖延一番，继续将三人扣下便是。只是前些日湘王自焚，朝中舆论大哗，弄得建文十分被动，他也没料到削藩竟会削出个亲王自焚出来。尽管为着削藩大局着想，他强行将此事压了下去，但毕竟也落了个"残害亲族"的名声。就在昨天，建文给太后请安时，太后还提起此事，劝他不要行得太过，免得既伤了亲情，又落得个坏名声。

太后那边，建文还可以糊弄，而勋戚们的诘问就不好应付了。前日早朝，王宁又跳了出来当廷弹劾齐泰、黄子澄心怀异志，残害亲王，请建文严治其罪。王宁本就是个二杆子性格,此次改制也让身为后军都督的他很不高兴。一些勋戚早就存了生事儿的心,见王宁出手便一哄而上,目标直指主持削藩的齐泰、黄子澄,将什么"逼死皇叔""构陷宗藩"之类罪名一股脑儿地全扣到二人头上。众人之所以选择向齐、黄发难,除了如方孝孺所说逼建文放燕王三子北归,使燕王这个外力得以伸展自如外,更重要的是,此二人虽非改制主谋,但亦为建文股肱,他二人要倒了,文官声势便会大减,到时候再想办法整垮方孝孺,改制一事便就付诸东流了。

"奸贼可恶!"齐泰又忍不住痛骂。其实削湘一事,虽由齐泰与黄子澄一手经办,但他二人也从没打算把湘王往死里整。可天晓得这湘王到底是胆小还是刚烈,居然一闻风声便来了个阖宫自焚,这下便把齐、黄搞得措手不及、灰头土脸。如今勋戚拿湘王说事,齐泰、黄子澄纵知他们是摆明了来惹事,也只能哑口无言,欲辩无词。

"恐不止闹事这么简单!"方孝孺冷冷道,"湘王之死已有一段日子,当初死讯入京时,也没见勋戚闹出这么大的名堂。怎么待到燕王三子乞归,便成了满朝沸腾,非议四起?这其间缘由,岂不耐人寻味?"

"依希直之意,此乃燕王暗中操纵?"建文忽然惊觉。

"燕王推波助澜自是无疑,勋戚们甘愿为其张目也在情理之中。上次燕王进京,勋戚们便鼓噪而上,大肆攻讦陛下。臣事后想来,以当时勋戚声势之猛,若无事先预谋,仓促间恐难聚得如此之力,更难让众人如此齐心,能成此举必是蓄谋已久。此次勋戚选中燕王诸子北归之时抬出湘王一事,并万众一心,将矛头对准齐、黄两位大人,更显其早有预谋!只是臣有一事不解,就是此事由何人经手操办?"说到这里,方孝孺一顿,再沉声道,"燕王纵然威望素著,与勋戚交结颇深,然其当时远在北平,正所谓鞭长莫及,进京前便亲自出面交结勋戚,更是绝无可能。而从其刚一进京,勋戚便闻风而动推想,这撺掇勾结也不可能是其在进京以后才开始着手,必有人事先为其张罗。"

"不错!"黄子澄似也想明白什么,忙接着道,"燕王三子自留京以来一直深居简出,少有与人接触。锦衣卫对他们日夜监视,也未曾发现什么异举。如此说来,此番勋戚躁动,也绝非由燕王三子出面促成!"

"朝中有内奸!"一时间,君臣四人的脑海中不约而同地闪过这个念头。不错,没有事先的计划,勋戚们怎么可能如此齐心?其举动又怎么可能如此一致?朝中必有人暗中为燕王张罗,帮助他们!

"此内奸必也是勋戚中人，否则不足以挑动成事！"方孝孺接着分析道。

"莫非是王宁？"建文君臣脑海中同时冒出王宁的名字。这两次勋戚生事，就数王宁闹得最欢，次次都充当出头鸟。仅以表现看，王宁最有可能跟燕王一条心。

不过很快，大家又同时觉得不太可能。王宁归心燕王不假，可他这人逞能斗狠倒是在行，耍阴谋使手段并非他的长项。最重要的是，内奸通常都是躲在暗处煽风点火，有哪个会傻乎乎地把自己摆到台面上引人注目呢？

可若不是王宁，那是谁就更不好说了。燕王是太祖亲子，又当了十几年的亲王，朝中勋戚与其交好者数不胜数。亲近的如魏国公徐家，三兄弟都是燕王内弟，武定侯郭英都与其交情不错，甚至连建文认为最可靠的曹国公李景隆和驸马都尉梅殷，当年和燕王也都颇有交往。即便抛开勋戚不说，就是普通大臣和燕王有过交结的也不在少数。如果仅凭与燕王有交情，便怀疑其是内奸的话，那朝堂上的右班武臣中有一大半都脱不开嫌疑。

"查！"齐泰龇着牙蹦出这么一句，"但凡为燕王张目的，一个一个往下查，直到找到那个为首者！"

"必须查！"黄子澄也恨恨地附和道，"若仅传个话透个消息倒也罢了。此人暗中挑拨离间，纠集勋戚向陛下逼宫，实是居心叵测，歹毒无比！不查个明白，朝廷难得安生！"

建文一阵苦笑，齐、黄之话倒是快意，但他明白这根本就是不可能的。为燕王张目的人有多少？勋戚一大半都或多或少地参与其间，果真一查那还了得？眼下勋戚们已成了一堆干柴，如再去惹他们，顷刻间就能激起熊熊烈火。

明察不行，暗访呢？思忖再三，建文仍摇了摇头。齐泰对勋戚这个圈子内的事或许不太了解，而他却是一清二楚。像鼓动舆论这种事，虽免不了得有心设计，但其实不需要太多组织。勋戚们早有滋事之心，缺的只是一个由头而已。在这种情况下，蓄谋者只需在勋戚间聚会时，于酒酣耳热之际发发牢骚，并"不经意"地将使皇帝难堪的诸般小伎俩以"听闻""据说"为名头加以提及，顷刻间便能得到一帮酒徒们的共鸣。其后，这股子坏水便能一传十、十传百地迅速在整个勋戚圈子里流淌开来，成为大家心照不宣的秘密。贸然暗访，不但无可能查出结果，反而会打草惊蛇，更让众勋戚感到愤怒和恐慌，进而引发更大的祸患！

"漫天撒网，必将激起祸端！盲目查访万万不可。"方孝孺也不认同齐泰和黄子澄的办法，紧接着他拿出了自己的建议，"陛下可密令曹国公多加留意，待有了线索,再行查证不迟!"

"慢慢查访,那得查到什么时候?"齐泰愤愤道,"现在朝中勋戚吵翻了天,若再不寻出这个吃里爬外的家伙,燕王三子又哪留得住?"

"齐大人说得有道理!"齐泰一说完,黄子澄忙对建文道,"眼下此奸鼓动勋戚,所图无非是为燕王三子而已!既如此,陛下何不反戈一击,索性大张旗鼓地搜寻内奸?只要缇骑大出,在京中造出声势,那勋戚们纵有不满,也是人人自危,奸贼本人必也会收敛起来。没了勋戚鼓噪,燕王三子如何能回北平?只要能扣住燕王三子,便叫勋戚们怨恨也是值得!"

"不错!绝不能让奸人得逞,扣住燕王三子,朝廷便立于不败之地!"齐泰当即附和。他本就是刚烈之人,黄子澄这种针锋相对的想法很符合他的性格。

方孝孺与齐、黄二卿各执一词,且各有道理,建文一下也没了主张。

"二位大人为何一定要扣燕王三子?"就在建文犹豫间,方孝孺冷不丁来了这么一句。

"方先生这是何意?"齐、黄万没料到方孝孺会有此问,一时惊讶不已,"燕王三子在京,则燕王不敢谋反。这其间道理,难道方先生不知?"

"孝孺固知这些!"方孝孺目光炯炯道,"只是敢问二位,朝廷有何名目继续扣他们?"

"这……"齐泰和黄子澄一时哑了口。现在湘王自焚,他们两个负责削藩的大臣已饱受指责,若再强扣燕王三子不放,那勋戚也必会借此机会大做文章。到时候物议汹汹之下,皇上恐也招架不住,只能将他们两个罢官免职,以平物议。

齐泰和黄子澄当然不想丢乌纱帽,何况值此关键时期,二人去职就意味着削燕乃至整个削藩的失败。更有甚者,勋戚一旦得势,方孝孺的改制也是前景黯淡,连建文那本就不多的威势也会再遭重创,那结果很可能就是满盘皆输!想到这一层,齐泰和黄子澄的额头都冒出了冷汗。

见齐、黄神色,方孝孺微微一笑,转而对建文道:"陛下,依臣看,再强扣燕王三子必使朝局大乱,对削藩大业也是不利。与其如此,皇上不如索性将计就计,放燕王三子北返,使燕王放开手脚,早日举事!"

"什么!"建文惊得几乎要从椅子上跳起来。若只说放燕王三子以平物议,那建文虽不情愿,但心中也明白这其实也是没法子的事情。可这促燕王谋反又从何谈起?一直以来,燕王谋反就是压在心头的一块大石,让他始终投鼠忌器,不敢强行削燕。而今方孝孺却说要促燕王谋反,这话建文听来简直就是石破天惊!

一旁的齐泰、黄子澄也是把嘴巴张得老大。

好半天建文回过神来，咽下口唾沫，干巴巴地问道："方先生所言何意？这将计就计又是什么意思？能否说得明白些？"

方孝孺又一笑，从容不迫道："臣猜想陛下一直不敢削燕，原因无非有二：其一，燕王一旦举事，朝廷措手不及；其二，燕王与周、齐诸王不同，其有大功于国，威望素著，平日又小心谨慎，少有过失，朝廷削之无名！"

"不错！"建文点头赞同，但紧接着又道，"这与迫燕王谋反有何关系？"

"大有关联！"方孝孺锵锵道，"原先陛下登基未久，故对燕王自然是投鼠忌器。然正所谓此一时彼一时也，眼下北平城中七卫皆握张昺、谢贵之手，宋忠、马宣、余瑱、耿瓛、徐凯等将皆拥大兵，屯于北平四周。朝廷与燕王，可谓是强弱已分。故投鼠忌器一虑，已不复存在！"

"可师出无名奈何？"黄子澄紧接着问道。

"此正是臣请放燕王三子之目的所在！"方孝孺眼中寒光一闪，沉声道，"皇上抚治天下，一举一动皆为万民表率，自需端言正行，所作决议，必须与正道相符。既如此，凭着燕王的大功，只要燕王反状一日不明，朝廷便一日不能削燕。此间因由，陛下与二位大人应都明白！"

建文默默点头，方孝孺的话正说中了他心中的隐忧。别看齐泰整天闹哄哄地不断向北平派兵，但真到要建文强行下旨削燕的那一天，他还真不见得敢下这个手！天下悠悠之口，再加上史笔如铁，这两条朱元璋或许可以不在乎，但根基浅薄且又深受孔孟熏陶的建文却无论如何也不能无视。

见建文点头，方孝孺信心大涨，继续大声言道："其实不仅陛下与二位大人，就是燕王对此也是清楚得很。如今他表面上一副乞怜之状，以博取天下公论，暗中却鼓动京中勋戚，为其在朝堂上争鸣，而朝廷却碍于大义对其无可奈何！若长此下去，天下民心必倾向燕王，就是朝堂之上，勋戚也会声势日隆，对陛下生胁迫之心！故臣请放归燕王三子，便是要使燕王尽快谋反！只要燕王反旗一举，其不轨之心便昭然若揭，大义名分便也落到朝廷这边。到时候再行削燕，便是上顺天意、下应民心，正所谓师出有名耳！"

原来如此！方孝孺说完，建文心中豁然开朗——放燕王三子北返，促燕王谋反，以正朝廷削燕之名！这果然是难得的连环好计！正可谓塞翁失马，焉知非福。原先他一直以为放燕王三子是绝对赔本的买卖，但现在听方孝孺一说，这其间其实也隐含着莫大的好处！

"只是北平军马尚未完全就绪,若燕王即刻造反,恐也会惹上麻烦!"齐泰突然插口道。经方孝孺一说,他也觉得放燕王三子北归可行。但若果真如此,朝廷与燕王兵戈相见就在所难免了。齐泰是兵部尚书,到时候要在用兵方面出了乱子,那他的罪过可就大了,故而不得不有所小心。

"齐大人勿忧!"方孝孺笑道,"从皇上下诏到三子陛辞,再加上北返路上花的时间,这么算下来,三子到北平怎么着也到六月了。就算燕王即刻举事,朝廷也还有近一个月的时间,齐大人尽可借此时间准备!"

一个月时间不算太充足,但抓紧一下也够用了,再说燕王一见到三个儿子就举事的可能性也不大。想了一想,齐泰点点头,不再说话。

"先生果是好计!"建文夸了一句,忽然又道,"可若放了三子,可四叔仍不反,那又奈何?果真如此,朕岂不是赔了夫人又折兵?"

"燕王不会不反!眼下四王被削,朝廷削藩之意已无所隐瞒。燕王乃枭雄之姿,岂会坐以待毙?仅以其二月进京的表现看,此人是铁了心抗拒削藩!一旦山穷水尽,他必会拼死一搏!"说到这里,方孝孺话锋一转,幽幽道,"当然,为防其继续隐忍,皇上还需用些别的法子迫其尽快举事!"

"什么法子?"建文赶紧问道。

方孝孺却未直接回答,而是转而问建文道,"昨日西平侯沐晟送来的奏疏,陛下可有留意?"

"沐晟奏疏?"建文先是一愣,片刻后马上反应过来,"先生之言,莫不是要杀鸡儆猴?"

"不是杀鸡儆猴,是杀鸡逼猴!"方孝孺眼中精光一闪,沉着道,"逼得这只猴子心惊胆战,不得不狗急跳墙!"

"好一个杀鸡逼猴!"建文大声一赞,心中也终于做出了决定。他霍然而起,对三臣朗朗道,"就依方先生之言!先放三子北归,继而杀鸡逼猴!这次定要逼得四叔不得不孤注一掷,一举鼎定削燕大势!"

"圣上英明!"这一次,三位大臣齐齐躬身。

"内奸一事,交由曹国公暗中排查!"

"是!"

"还有一点!"建文想了一想,又嘱咐道,"逼燕王谋反一事,可暗中告与张昺和谢贵,使其有所准备。至于其余人等,切勿泄露半分!"

"臣等明白!"三人赶紧应答。

待三人告退，建文想了想，遂令摆驾坤宁宫。两日前，太子朱文奎偶感风寒，皇后已派人来说了几次，他忙于应付勋戚，一直没工夫过去。今天事情好歹告一段落，怎么着也得抽时间看看儿子了。

到达坤宁宫，马皇后出来接驾，建文一瞧，她身旁还站着一个粉衫少女——不是徐妙锦却又是谁？

"你怎么过来了？"建文一愕道，"不是命你无旨不得出府么？"

"是臣妾传她进宫的！"马皇后生怕建文责罚徐妙锦，忙解释道，"奎儿最喜欢妙锦，此番卧病在床，臣妾便斗胆让她过来看看，也让奎儿高兴高兴！"

马皇后借朱文奎病势为徐妙锦开脱，可她却丝毫不领情，瞪着建文便气鼓鼓道："姐姐扯什么奎儿，我出府本来就是光明正大，不怕这皇帝老爷说三道四！"

"朕没下旨，你就出府，还说是光明正大？"建文奇道。

"当然是光明正大啦！"徐妙锦嘴一撇道，"侬不是说无旨不得出府么？那便是说，有旨就可出府了！我今日是得娘娘的懿旨出府，可有违侬之令？反正侬又未说这旨仅指圣旨，那便只要是旨就行了。对不？"

建文气得干瞪眼，这丫头一肚子诡计，连这也能生拉硬套地说出个理来！

见建文无言，徐妙锦更觉得意，继续胡吹乱侃道："不光是懿旨和圣旨，就连亲王的令旨，不也算旨么？就算侬和娘娘都不下旨，我待安王姐夫到府里时要道令旨，照样能出得门来，是不？"

"好了好了！"建文啼笑皆非。他虽然禁了徐妙锦的足，不过那都是好几个月前的事了，这么长时间过去，那点子恼怒也早就烟消云散。此刻再见到她，又听到她那"头头是道"的胡言乱语，建文不但不恼，心中反倒觉得有些亲切，呵呵一笑道，"就算你说的对行不？也罢，朕错怪了你，便跟你道个歉。从今日起，无论什么圣旨、懿旨、令旨，统统作废，你爱出府便出府，无人拦你了！"

"咿呀！"徐妙锦惊喜地大叫，其实她嘴上虽犟，但心中还是有点小小忐忑的。此刻建文不但不怪罪，还把她的禁足令给撤销了，被憋屈了许久的徐妙锦顿生囚鸟脱笼之感，当即喜笑颜开道，"这还像个皇帝样儿！"

建文哂笑不已，遂携着马皇后与徐妙锦一起进宫。

寝宫内，小文奎熟睡正酣。经过太医们的精心诊治，这位小太子已经恢复如初。

得知儿子无恙，建文心情大好。出得寝宫，三人到花厅坐下，又絮叨了会家常,建文拿起热茶欲饮,徐妙锦突然对他道:"问你个事,你是不是罚了乾清宫里一个叫马骐的小答应来着?"

建文一愣,半晌方想起来:前天晚上,他连夜批阅奏章,发现茶杯已干,便唤殿外的内官进来添水。当时正巧是这马骐当值。因着时近三更,马骐耐不住睡意打起了盹儿,皇帝连叫几声都没答应,这下便闯了祸。

明初内官地位十分低下,朱元璋以历代宦官祸国为戒,对阉人十分严苛。建文饱读史书,深知宦官之害,因此在此类事上也秉承太祖风格,内官稍有过错,便施以严惩。马骐当值偷睡已是过失,正巧那两天勋戚连连滋事,惹得建文心情十分恶劣,一时便发起火来,把马骐杖责二十,贬为浣衣局火者。

"谁跟你说起这的?"回忆起来后,建文又问道,"莫非你这妮子连朕宫中的事也要管?"

"还能有谁?马姐姐宫里的管事马云呗!"徐妙锦看了一眼马皇后道,"这马骐是马云的亲弟弟,他遭了难,人家当哥哥的当然要想法子求情喽!"

"他也该找皇后,怎么寻到你头上了?"建文又问。

"还不是你架子大规矩多!"徐妙锦哼哼道,"你在宫里立下这么多规矩,这也不准那也不行。马姐姐被你管得服服帖帖,哪还敢干涉你宫里的事儿?"

建文闻言一笑。为防后宫干政和内官乱政,明宫确实立下了诸多严规。即便贵为皇后,头上也有一大堆规矩压着,对皇帝所作决定少有置喙。不过这些规矩大都是朱元璋在世时立下的,他不过是萧规曹随罢了。

"皇后都不敢管,你就敢管啦?"建文笑着抿了口茶,不无揶揄道。

"我不是管,是帮人求情!"徐妙锦坐直了身子,一本正经道,"不就是当值打个盹么?三更天的,谁没个睡意?我平日没到二更就眼皮子打架了。何况就算那个什么马骐当罚,也不至于这么狠吧?浣衣局是什么鬼地方?整日里搓衣洗被,暗无天日呢!你的太子犯病,人家马云在坤宁宫累死累活地照应,你却在乾清宫罚人家弟弟,这算哪门子道理?再说了,那马云也够可怜的,心里憋着事儿,想找皇后姐姐求情又不敢,方才躲在暗处抹眼泪,幸亏被我瞧见,才给问了出来。你也晓得,我最见不得不平事了,既然这事被我撞见,你又正好过来,那我当然得出这个头!"

徐妙锦叽叽喳喳说了一大通,建文半天才回过神来。搞清楚缘由后,他稍一琢磨,也觉得是这么个理。本来也没多大个事儿,何况方才叙家常时,马皇后还夸马云照顾太子尽心。既如此,如此严苛地对他弟弟还真有些说不过去。

"那你说,马骐应该如何处置?"建文笑眯眯地问道。

"让他去弹子房给奎儿做泥丸子去吧!虽不是什么体面活儿,但总比什么浣衣局强得多!"徐妙锦眼珠子溜溜一转,为马骐想到了去处!

"行!"建文一点头笑道,"难得你徐四小姐开口求朕,朕自当照准!"

"奴婢谢皇爷隆恩!"花厅外,马云正竖着耳朵探听屋内消息。见建文开恩,他激动之下,忙滚驴儿样爬了进来,对着建文便是一顿猛磕头。

"你不用谢朕!"建文大手一挥道,"要谢便谢这徐四小姐!"

"谢徐四小姐!谢徐四小姐!"马云又对徐妙锦连磕几个响头,好一阵方喜颠颠地退下。

见建文放过马骐,马皇后心里也十分高兴。其实马云一开始便是来求她,只是重罚内官是建文的一向风格,且马骐又是乾清宫的人,马皇后生性胆小谨慎,故有些不敢向建文开口。今日徐妙锦进宫,两人闲谈时,她随口将此事说了,并把自己的难处一并道来。不想这丫头古道热肠,竟自个儿逮着机会向建文求情,还一举获准。更妙的是,徐妙锦绝口不提自己这茬,反说是因她多嘴才得知详情。如此,既解救了马骐,安抚了马云的心,还免了自己两下犯难。马皇后顿时对她刮目相看,这小丫头瞧似迷糊样,有时候却也心思玲珑着呢!

就在马皇后对徐妙锦暗自赞许之时,建文又开口道:"今日奎儿康复,朕心甚慰。眼下时日不早,朕便在坤宁宫用膳吧!"

"咿呀!不行!"建文话音方落,徐妙锦便叫道,"我都和马姐姐都说好了,今日一起在坤宁宫用膳的。"

"那一起用不就得了!"建文有些莫名其妙。

"谁要和侬一起用?"徐妙锦一翻白眼道,"侬不是定了规矩,先帝三年丧期内只进稠粥素食么?侬自去尽孝心,我可受不了这份活罪!侬莫要和我们一起!"

建文哭笑不得,其实他此刻心情不错,便想着晚上留宿坤宁宫,用膳只是这颠龙倒凤的前奏而已。徐妙锦一个云英未嫁的黄花闺女,又哪知这其中门道?想都不想便将他往外赶。

建文一瞄马皇后,只见她脸色微红,颇有几丝尴尬。他心中好笑,对马皇后道:"也罢,朕就不打扰你们了。待妙锦妹子用完晚膳出宫,朕再来坤宁宫与你说话。"

徐妙锦莫名其妙地道:"有什么话这时不能说吗?还非得瞒着我不成?"

马皇后闻言,羞得耳根子通红,头也深深埋了下去。建文哈哈大笑,起身一甩袖子便出宫去了。

用完晚膳，徐妙锦告别马皇后出宫，行至坤宁门，马云不知从哪溜了出来，一见徐妙锦便大伏于地道："小姐菩萨心肠，救得奴婢弟弟，奴婢永生不忘小姐恩德！"

"咿呀！"徐妙锦一叫道，"快起来，先前侬不是谢过了么，此刻再跪个什么劲？"

马云四处一瞅，见周围并无他人，便起身对徐妙锦小声言道："奴婢此来，不光是谢恩，也是想报答小姐！"

"报答我？"徐妙锦奇道，"我救人也就救了，哪图侬什么报答？"

徐妙锦虽这么说，但马云却是一脸诚恳道："奴婢虽是个阉人，但也知滴水之恩当涌泉相报！奴婢知得一事，与小姐家或有大关联，想来小姐也颇关心。今日小姐义救奴婢之弟，奴婢无以为报，愿将它告诉您！"

徐妙锦见马云说得郑重，心中大奇，便问道："何事？"

马云将徐妙锦引至墙角，轻声道："奴婢知小姐素重亲情，上次代王妃被囚，小姐便与陛下闹得很不开心。而此次奴婢耳闻，皇爷恐将削燕。燕王妃是您大姐，恐也难免被波及。小姐若关心燕王妃，还需请她多多小心！"

闻言，徐妙锦心中大惊。自湘王自焚后，京中盛传下一个被削的恐就是燕王。徐妙锦虽不能出府，但偶尔也能从下人处听到些风声。不过上次因着代王之事，她擅击登闻鼓，已惹了天大麻烦，此时她虽担心朱棣与大姐的安危，但也不敢再肆意胡来。而且，她数次就燕王之事问三哥和四哥，他二人皆说此乃一派胡言，不足为信，她也就只得尽量往好处想了。却不料今日救了个没见过面的马骐，却从马云口中得知这么个天大消息。

"侬怎晓得这些？"徐妙锦强捺心中惊慌，问道。

"这都是马骐在乾清宫当差时听到的！前些日，皇爷曾几次召齐大人、黄大人还有方学士密议，说的就是削燕之事。当时马骐就在殿外当值。我这弟弟天生是个顺风耳，便也多少听得了一些。本来这些事与我兄弟无关，奴婢纵有天大的胆子也不敢外泄。只是今日小姐施以厚恩，奴婢就算担着天大的干系，也要将它告与小姐！"

徐妙锦内心震动不已。马云久在马皇后身边当差，是个厚实之人，他不会也犯不着骗自己。既如此，那他的这番骇人之言必就属实了！

皇上要削燕！徐妙锦顿时觉得头晕目眩。她一向把亲情看得比天大，虽说自己出生时大姐便已到北平,二人从未谋面,但每逢自己生辰,她却从来不忘从北平捎上份贺礼过来。就凭这一点,她对大姐便充满了好感。

除了大姐,还有大姐夫!自打几个月前燕王进京那次后,徐妙锦每每想起这个大姐夫,总有一种特别的感觉。每想起大姐夫的英武豪迈,想起他的坚毅从容,她心中便怦怦直跳。这种感觉说不清道不明,自己也不甚了了,但每当念及,总会久久不能释怀。有时候,徐妙锦甚至隐隐觉得,在她对燕王的那份忧心中,大姐夫的分量或比大姐还要多上几分。

"四小姐!四小姐!"就在徐妙锦茫然失措时,马云的声音又响起来,"奴婢知道的就这么多了,四小姐千万不要泄露给外人,更不要告诉皇爷和娘娘,否则奴婢必将性命不保!"

"哦!"徐妙锦一愣,终回过神来,望着马云略显紧张的脸郑重道,"放心。我心中有数,绝不会害侬!"

"谢小姐!"见徐妙锦这般,马云放下心来,旋即匆匆告辞。待马云走远,徐妙锦又呆立半晌,方怔怔地向外走去。

回到家中,徐妙锦还在想马云的话,徐增寿便已推门进来。

"妹子,今日进宫收获如何?可有见得陛下?"徐增寿嘻嘻笑道。

见是四哥,徐妙锦眼中忽然一亮。方才她一直在想如何救燕王夫妇,却一直无计。徐增寿一向聪明过人且与自己又是最好,何不将此事与他商量一下?而且她还知道,这位四哥以前与大姐夫是莫逆之交。虽说建文削藩后,他已与大姐夫拉远了距离,但相比大哥和三哥,他与大姐夫还是颇为亲近的。跟他说,即便最终无结果,也绝不会给马云乃至燕王多添什么麻烦。

"四哥,我跟侬说个大事,侬听了千万莫要告诉别人,可以不?"

"妹子但讲无妨,四哥肯定为你保密!"徐增寿笑眯眯道。

徐妙锦整理好思绪,将从马云处听来的话转述过来,只隐去马云与马骐二人不提。

徐增寿原以为徐妙锦不过是有些女儿家心思要说,但听着听着,他脸上的笑容逐渐消失了。待她说完,徐增寿思忖半晌,方冷冷地道:"此事真伪难辨,万不可信!"

"咿呀!此事是我从炆哥哥身边内官那听的,怎会有假?"

"不对!"徐增寿断然摇头道,"事到如今,我也不瞒妹子了,朝廷中关于削燕的风声是日甚一日。我徐家与燕王关系非同寻常,值此之际,皇上必对我们心存顾忌。宫中规矩甚严,内官有几个胆子会无缘无故跟你说这些?此事十有八九是皇上透过你来试探我徐家。若我等中计向北平报信,则必将大祸临头!"

"不会有假!"见四哥不信,徐妙锦心一横,索性将前因后果也说了,末了道,"马云因要报答我,才透了这层消息出来!"

徐增寿这才相信徐妙锦所言,不过饶是如此,他却仍是不吭一声。

"四哥!"徐妙锦急得要命,"都火烧眉毛了,侬快想个办法啊!"

"我能想什么办法!"徐增寿终于说话了,不过语气间却充满了无奈,"皇上要削燕,我能怎么办?徐家已处在风口浪尖,我再与燕王暗中通信,一旦被外人得知,其后果岂堪设想?"

"那侬就忍心让大姐和大姐夫蒙难?"徐妙锦这下是真有些生气了。在她眼中,四哥一直是个敢于担当之人,何况他与燕王又私交甚笃。依她看来,仅凭这两条,四哥无论如何也会帮燕王一下。却不曾料他如此熊包,一旦涉及自家,便就变得畏畏缩缩。

"侬怕我不怕,我自个儿去和高炽他们说!"见徐增寿仍埋头不语,徐妙锦又气又恼,当即冒出这么一句。

"妹子你疯啦?"徐增寿惊奇地望着她,"你知道他们府邸周围有多少锦衣卫么?你今日过去,明日陛下就会认为我徐家暗通燕王!"

"那又如何?到时候我一人做事一人当,不信他炆哥哥会杀了我!"徐妙锦大感失望,当即恨恨道。

徐增寿望着徐妙锦,目中流露先是吃惊,继而慌张,最终却成了无奈。良久,他一声长叹道:"罢罢罢,你要传便传吧!是福是祸,都是我徐家气数!"

徐妙锦听得,哼的一声便要出门,不料徐增寿又叫道:"且慢!"

"侬又要拦我?"徐妙锦回头愠道。

"我拦得住你么?"徐增寿苦笑一声道,"不过三位外甥如今身陷囹圄,你去传信也无用,没准儿还会害了他们!"

"那怎么办?"

徐增寿舔舔嘴唇道:"眼下高炽他们已上疏乞归,朝中勋戚也多有上奏陈情。若无意外,这几日皇上便会令他们陛辞。按规矩,北返之前,他们三个应来我们家中道别。到时候妹子抓住机会,将消息暗中透露给他们,如此神不知鬼不觉,不比你直接过去强了许多?"

徐妙锦稍一思索,觉得这确实是个好办法,遂又一哼道:"就知道侬有办法,早说不就完了？何必扭扭捏捏！倒叫人瞧不起！"

徐增寿望着徐妙锦，良久方摇摇头，转身出门去了。

两人定计后的第三日上午，朱高炽兄弟于奉天殿陛辞。下午，三人又来到中山王府，向三位舅舅道别。在徐家的践行宴上，徐辉祖苦口婆心地劝三人要谨守臣道，回北平后务必与朱棣一起专心侍奉朝廷。

吃完午饭，徐家兄弟与朱高炽、朱高煦在花厅叙话，徐妙锦便拉着年纪稍小的朱高燧去西花园嬉耍，徐辉祖与徐膺绪不疑有他，便任凭二人去了。在西花园中，徐妙锦将建文即将削藩的消息透露给了朱高燧。朱高燧闻言大惊，当即牢记于心。戌时，燕王三子告辞，徐家三兄弟送至大门前，朱高炽三人作揖毕，便登车出城去了。

第八章

朱棣装疯瞒朝廷 张信骑墙观时局

朱高炽三兄弟返回北平，朱棣喜出望外。晚上，他难得地在后宫设家宴为三位儿子接风洗尘。筵席上，朱棣一反往日严肃，与众人谈笑风生，一副欢快之态。因知父王难得开心，三人为免扫其兴头，也不约而同地将徐妙锦密报暂搁下不提，只专拣好话奉承。一顿晚宴从酉时二刻开始，直近亥时方散。朱高炽等人旅途辛劳，此时也觉得乏了，朱棣遂命他们各自回宫早些歇息。

第二日朱高炽一觉方醒，已是日上三竿。待他洗漱完毕走出房门，王景弘已在外面候着。一见王景弘，朱高炽便埋怨道："你怎不早些喊我起来？我久未回府，今日一早便应去给父王和母亲请安，这都什么时辰了？"

王景弘忙答道："世子爷这可是冤枉奴婢了。昨日您一回宫，王妃紧接着就吩咐奴婢，说三位小殿下一路辛劳，今日便免了这虚礼，让你们睡个踏实！"

朱高炽这才放下心来，随即笑着说："其实也没完全踏实。昨晚不知怎么了，隐约觉得有鹅不停地叫，倒让我心烦意乱了一阵子。王府里什么时候养鹅了？"

王景弘却没立马答话，而是先张望一下，方凑到朱高炽耳根子前道："眼下风声越来越紧，朝廷削燕恐怕也就在这几月了。王爷从京里回来后，便暗中命人于后宫打炼铁甲，以备不时之需。因打铁声音太大，道衍师父便让王爷在后宫中又养了这一大群鹅，以免被外人察觉。如今我燕府上下，对外都称王爷病后好吃鹅肉，世子爷出去也别说漏了嘴。"

朱高炽听了心中一凛，也不说话，直往朱棣寝宫走去。

到寝宫门前，正巧碰着副承奉黄俨。一问之下，才知道父王一个时辰前到太液池去了。

太液池始建于金朝,在元代时成为皇宫的内湖。当年燕王就藩,朱元璋为节省民力,令其勿新建王府,而以元代旧宫为府,朱棣遵旨照办。元代皇宫规模宏大,燕王府虽只占其一部分,但也规制惊人,太液池也被囊括进去不少。太液池在元时为皇室游玩专用,湖光山色,景色十分怡人,燕台八景之一的"太液秋波"便指此处。

朱高炽走到太液池旁,正与朱高煦和朱高燧撞个正着,他们也是来寻父王的。三兄弟聚到一起,找了个小答应一问,才知道父王在池中琼华岛上的山顶凉亭。

琼华岛也是燕台八景之一,名为"琼华春阴",全岛由泥土堆积而成,到处点缀着太湖石,岛上有小山一座,上面遍植松柏。朱棣就藩后,在山顶建了个小凉亭,夏日里经常过来乘凉,一览湖光山色,倒也十分惬意。朱高炽等人无心览景,只沿着阶梯一路而上,快到山顶时,便隐隐听到有人吟诗:

> 苍山突兀倚天孤,翠柏阴森绕殿扶。
> 万顷烟霞常自有,一川风月等闲无。
> 乔松挺拔来深涧,异石嵌空出太湖。
> 尽是长生闲活计,修真荐福迈京都。

朱高炽听得一愣。这诗倒甚为熟悉,正是金末名道丘处机的《琼华岛七言诗》,但吟诗的声音却甚为陌生。一望两位弟弟,朱高燧也是一脸茫然,朱高煦却是哼了一声道:"不晓得父王又从哪寻来些莫名其妙的酸腐文人!眼下朝廷的刀都架到咱父子脖子上了,他老人家还有兴趣找人吟风弄月!"

朱高炽一笑,也不应声,继续往上爬。待到山顶,一阵凉风拂过,三人顿觉神清气爽。放眼一瞧,前方凉亭内聚着三个人。除朱棣外,另一个是道衍,还有一位却是头戴黑色万字巾、身穿天蓝色直裰袍的文士。不过此人正背对着他们,看不清面孔。

"儿臣参见父王!"不暇多想,三兄弟疾步走进凉亭,向朱棣躬身行礼!

朱棣今天看上去气色不错。待三兄弟站起,他正要说话,却听朱高炽突然失声道:"哎呀,你不就是那天给我测字的金先生么?"

朱棣先是一愣,继而顺着朱高炽的眼光瞧去,见他竟是朝着旁边那位蓝衣文士说的,心中顿时大奇。

蓝衣文士见朱高炽如此，却是微微一笑，不慌不忙地一揖道："金忠见过世子！数月不见，世子别来无恙乎？"

见金忠如此从容，朱高炽一怔道："原来你早就知道我是谁？"

金忠一笑道："小人于看相略有心得，世子爷气度非凡，小人怎会不知？只是当日世子有意不露身份，小人自也不便说破。"

"这是怎么回事？炽儿莫非见过世忠？"朱棣忙在一旁问道。

朱高炽见父王问话，忙将那日见金忠之事说了，末了道："本来准备再找时间去金先生处请教，结果一入京师便是数月，不想今日竟在父王处见着。"

朱棣哈哈一笑，便把金忠之事与朱高炽说了。原来朱棣见朝廷屡谋削燕，自是暗中防备。入京前，朱棣密令道衍寻访智谋之士。金忠在北平数载，与道衍也有往来。道衍屡次与其交谈，发现其学识渊博，不但通晓阴阳，对兵法战阵也是十分精熟，于是暗暗称奇。朱棣既有交代，道衍便将金忠引荐。经过几次长谈，朱棣对金忠也是大为赞叹。朱棣手下有袁忠彻这等玄学大师，倒不稀罕金忠的阴阳之术；真让他看重的，是金忠对兵事的精通。这个相士于三略六韬无一不晓，说起武侯阵法、李卫公阵法也是头头是道，并有独到见解。燕府能人不少，却正缺这么一位熟悉兵事的谋士。经过几番试探，金忠也表示愿意效忠，朱棣便将其引为腹心。眼下乃多事之秋，朱棣不便直接将其任为属官，便以国士待之，时常密召其进府议事。

朱棣说完又笑道："世忠乃饱学之士，尤其熟于兵法。你素不好兵事，现既与他相识，正可让他多多指点。"

"父王说得是。以前便想着拜金先生为师，只是进京耽搁了，眼下先生入了燕府，儿臣自当朝夕请教。"朱高炽说完，便向金忠一揖。

金忠忙还了一长揖道："世子才学俱佳，小人岂敢当您师父？只是世子平日有什么记得不清的，小人查缺补漏勉可效劳。"

朱高炽与金忠你谦我让，忙活得不亦乐乎，旁边的朱高煦见了却一阵腻歪。他平日最烦的就是这些文士，此刻见这个金忠被父王信任，又与朱高炽有旧，心中更是不爽。正欲说话，忽然山下传来一阵急促的脚步声。众人循声望去，却见王府承奉内官马和慌慌张张地跑了过来。

"王爷，出大事了！"马和跟跟跄跄地跑进亭子，把几张薄纸奉到朱棣面前，上气不接下气地道："王爷，京师邸报，岷藩被削！"

"什么！"马和话一出口，在场众人皆大惊失色，先前的轻松气氛瞬间散尽。

朱棣一把夺过邸报，打开一看，双手随即又不由自主地抖了起来。

原来就藩云南的岷王朱楩与世镇云南的沐家向来不和。西平侯沐春死后，其弟沐晟袭爵。沐晟见朝廷削藩日急，便抓住机会将朱楩平日诸多不法之事搜集到一起，扎扎实实地参了他一本。朝廷得报，便将朱楩废为庶人，就地收押。邸报上登载的，正是沐晟参朱楩的诸般罪行以及建文的诏旨。

"丧心病狂！"看完邸报，朱棣当即狂哮，这已是第五位被削藩王了！尤其这一次，距离湘王自焚尚未满两月！想到建文的霹雳手段，朱棣愤怒的同时，也感受到了沁骨的寒意。

"父王！莫要犹豫了，起兵吧！不然下一个就轮到咱们了！"朱高煦突然冲上前大声喊道。

"你胡说什么？"朱棣一听，马上出言斥道。

"儿臣没有胡说！"朱高煦脸涨得通红，急匆匆地把徐妙锦的密报说了，"皇帝谋我燕藩之心，四姨已说得明明白白！若再不举兵，怕是就来不及了！"

没有什么可犹豫的了！徐妙锦的密报，已将朱棣内心深处隐藏的最后一丝幻想也击得粉碎。如果说就在片刻之前，他还在奢望建文能放他一马的话，那眼下，他已不得不接受这个残酷的现实——朝廷与燕王之间，已再无丝毫余地了！

"世忠，你怎么看！"朱棣阴沉着脸问道。

金忠默然半晌，方抬起头冷冷吐出八个字："匹夫无罪，怀璧其罪！"

"世忠先生也认为只剩举兵一途？"朱棣尚未答话，朱高炽已紧张地问金忠道。

"世子！"金忠淡淡一笑，对朱高炽一拱手坚声道，"但眼下不可举兵！"

"啊……"金忠话一出口，朱高炽兄弟俱是一惊。事情都到这分上了，他怎么还说不可举兵？莫不真要让大伙儿束手就擒？朱高煦性急，当即愤愤道："人家拉屎都拉到咱头上了，为何不能举兵？"

与三位儿子的惊诧莫名不同，朱棣倒是颇为冷静。他望着金忠足足半晌，方淡淡道："敢问世忠，为何不能举兵？"

"举兵自是必然，但不是现在！"金忠断然答道，他望了望朱棣，只见他面无表情，显得十分镇定。金忠略有些诧异，不过也不暇多想，只是转而问朱高炽道，"敢问世子，您陛辞出京之时，可曾闻岷藩被削一事？"

"未曾闻得！"朱高炽略一思索，肯定答道。

"这便是了！"金忠一拍手道，"若以常理论，皇上能放三位小殿下北归，绝不可能是出其本意,必是受物议之迫,不得不为之耳!然则皇上既恪于物议而放诸位小殿下,那又为何你们刚一出京,他紧接着又悍然削除岷藩?虽说燕强岷弱,两者远不能比,但毕竟同为宗藩,皇上也无道理如此前后不一!"

金忠说得有道理,父王在朝中的能量自然远远胜过岷王。可如果仅是为了平息朝中对削藩的物议的话,皇上也没道理刚一放过自己三人,紧接着又去寻岷藩的晦气。想到这里,朱高炽抬头问道:"莫非朝廷削岷,其实还另有隐情?"

"请世子思之,若我等未得徐四小姐密报,仅从三位殿下北归和岷藩被削二事看,您认为我燕藩应有何举动?"

朱高炽稍一思索,脸忽然变得雪白。过了好久,他方讷讷道:"莫非,莫非皇上是要……逼我等谋反?"

"不错!"金忠冷冷一笑道,"若以常理度之,皇上既放了三位殿下,便意味着他眼下还未决议削燕。而朝廷紧接着又削岷藩,这又意味着皇上并未以湘藩之事为鉴,削藩国策仍是坚定不移!削藩不变,暂未削燕,这两事合在一起,无非是要透出这么一层意思,便是朝廷迟早会削燕,只是眼下时机尚未成熟而已。而三位殿下又平安归来,使燕王又无后顾之忧。敢问世子,朝廷这一连串举动是何用意?"

"既断我燕藩后路,又留一可乘之机,使燕藩趁着朝廷尚未准备妥当,赶紧谋反!"强捺心中惊慌,朱高炽哆嗦着给出了答案,不过很快他又产生了一个新的问题,"从四姨密报可知,皇上削燕已是箭在弦上,那他为何还要逼我们谋反?燕藩谋反,对削燕岂不是更加不利?"

"自是想把屎盆子扣在本王身上!"金忠尚未答话,朱棣却已忍耐不住,恨恨道,"分明就是他不念亲情,肆戮宗藩,却想让本王担这不仁不义的罪名!"

"王爷说得是!"金忠接口道,"王爷有大功于国,又无过失落于旁人之手,朝廷削燕实是师出无名!既如此,不如索性逼王爷谋反。只要王爷主动谋反,那便是前汉之吴王刘濞,朝廷便可名正言顺地削除。而如今北平城内七卫皆入张、谢之手,城外更有大军环伺,反观王爷亲军不过万余,正是寡不敌众!皇上必是看中了这一点,认为即便王爷谋反,也会立刻覆亡,所以才这般有恃无恐!"

"其谋何其工也,其心何其毒也!"朱棣愤愤骂道,自己一个大明亲王,却生生被朝廷逼至穷途末路。

"皇上之计是否阴毒姑且不论,只是王爷既已明白,自不能落入圈套!"金忠言道。

"世忠觉得本王该如何做？"朱棣继续问道。

"回王爷！"金忠一拱手朗朗道，"皇上想逼燕藩主动谋反，我等却不能上当。我燕藩起兵，必须是在朝廷有旨削燕之后，如此才能彰显朝廷之无情，昭示我燕藩起事是迫于无奈！"

朱棣重重点了点头，道义对他来说太重要了。藩王起兵对抗朝廷，这本身就是谋逆！若无充足理由，很容易就被扣上一顶"犯上作乱"的帽子。建文为了名正言顺地削燕而处心积虑，他朱棣更要为理直气壮地起兵费尽心机！占据大义，他不仅能在与建文的口水仗中游刃有余，在将来招抚旧部的过程中也会起到十分重要的作用。

想到这里，朱棣不能不深深感谢徐妙锦。若没她的密报，自己很可能在惶恐之下匆忙起兵，这可就正中了建文的下怀。

"父王！"朱高煦的话打断了朱棣的沉思，"现在该怎么办？难不成就坐等朝廷下旨削燕？"

朱棣略一思忖，冷冷道："岂能坐以待毙？马上令李让、袁容再次出城，加紧联络各地旧部。一旦举事，他们便是本王最大的助力！"

"是！"

"城中诸卫也要悉心招抚，切记不可让朝廷耳目侦知！"

"是！"

"传令朱能，将八百死士调入王府，引为奇兵！"

"父王英明！"

交代完事情，朱棣转对金忠微微一笑道："世忠心思缜密，果然是王佐之才！今日本王总算见识了！"

"谢王爷！"金忠一躬身，毕恭毕敬地答道，他明白朱棣这寥寥数语意味着什么。如果说以前朱棣信任他，多半还是因为道衍的大力推荐的话，而今天，他已用自己的表现获得了朱棣的认可。忽然间，金忠想到方才自己言眼下不能举兵，朱高炽他们都惊讶不已，连道衍都有些诧异，可燕王却镇定自若。莫非他早已算到其中利害，只是有意借此机会考校自己？念及于此，金忠又抬头望向朱棣，希望从他的脸上窥得些端倪。

不过朱棣却没有给金忠猜测的机会，此刻他正手扶栏杆，面无表情地望着山下的一池碧波默然不语。直过了好久，他才深吸一口气，一脸阴沉地狠狠言道："你既不仁，莫怪我这皇叔无义！你想削我，我偏要看看你有没有这番能耐！"

就在燕王暗中蓄力的同时，形势也急转直下。在谢贵的引诱下，燕山左护卫百户倪琼投靠朝廷，并将其上司于琼、周铎平日挑拨下属，预谋造反的种种劣行悉数抖搂出来，张昺、谢贵立即驰奏朝廷。建文得报大喜，当即下旨将这二人诛杀，并下旨严斥燕王。朱棣接过敕旨大惊失色，竟当着一干文武属官的面晕了过去。第二天，王府传出个惊人消息——燕王疯了！

往后几日里，北平府内出现了一幅百年难遇的奇景——朱棣竟成天披头散发，口中大呼小叫，跑到市集里撒野撒泼。这位昔日威风凛凛的统帅如今神色失常，在街上逮着谁就一阵傻笑，饿了拿起货摊上的食物便往嘴里塞，渴了便找到水缸将头伸进去一阵猛吸。北平的官吏市民见此情景，都是一阵目瞪口呆。大家开始均是不信，后又半信半疑。当他们见到朱高炽兄弟一把鼻涕一把泪地跪在朱棣面前，求父王回府，却被他张牙舞爪地一阵乱抓时，众人不信也得信了。

张昺也被朱棣的突然失常搞得很疑惑：燕王的疯病到底是真是假？他冷眼旁观了数日，却是越看越糊涂。想来想去，他觉得不能再这样坐视下去。这一日，他将谢贵拉上，二人一起进了燕王府，明为请安，实则是要亲探燕王疯疾之真伪。

张昺在端礼门外将名帖递进，过一会便出来一群内官，打头的便是承奉马和。他向二人作了一揖道："王爷如今身染大疾，只能在寝宫接见外臣，两位大人请随我来！"

张昺道了声谢，忙与谢贵一起跟在马和后面。半路上，张昺微声问道："马公公，王爷之疾可有好转？"

马和苦笑一声道："倒不像先前一样出府乱跑，可身子仍是忽冷忽热，精神也依旧恍惚，却不知是着了什么魔！王妃这两日眼都哭肿了，太医们药开了一堆，可就没一丝好转的迹象。"

张昺干笑一声，便不再说话。

方进寝殿暖阁门，一阵热浪扑面而来。张、谢二人一眼望去，不由吃了一惊：眼下正值六月，暖阁内坐榻前却放着个大火炉，炉中火炭烧得通红，朱棣竟被一件厚厚的狐裘衣包裹得严严实实，口中还念念有词道："好冷！好冷！"

朱棣疯了也就罢了，可张、谢二人却是正常人。这三伏天的待在满是热气的屋内，立刻大汗淋漓。不过他二人是来探疾的，自没有退出去的道理。待两人跪下行完大礼，却不见燕王叫他们起来，张昺只好自行问道："殿下身体可是好些了？"

朱棣翻了翻白眼，嘴中不知咕哝了一句什么，便忙又把身子向炉前凑去。

张昺、谢贵面面相觑，均不知朱棣说啥。无奈之下，张昺只得大声再道："王爷，臣张昺与谢贵来探望您啦！您老如今身体可好？"

这时朱棣似乎是听见了，他又转过头来，咧嘴一笑道："好，好！你叫张昺？本王明天便来找你，你把弓箭备好，本王让你见识百步穿杨！"

张昺一愣，正欲再说什么，朱棣却伸手一招道："来！来！天气冷，到炉子这边来暖和暖和！"

张昺都快热得晕了，恨不得找块冰给吞下去，又哪里还敢往炉子边凑？他扭头一看，谢贵也已是热得汗流浃背，官服都已被沁湿。他实在忍不住了，便胡说一通道："见王爷无恙，臣等也安心了。臣二人还有公务要处理，请王爷准臣等先行告退！"

朱棣仍没理他，自顾自地围着炉火一阵猛烤。张昺与谢贵一刻也不想在屋里多待，忙又叩首完毕，逃命似的退了出来。匆忙之间，他们谁也没有注意，朱棣脸上忽然浮出一丝冷笑。

出了殿门，一阵凉风吹来，二人顿觉神清气爽。世子朱高炽正守在殿外，见他二人出来，便苦笑一声道："二位可见过父王了？"

谢贵抹了把汗道："王爷这病也太怪了，大热天的居然冷得直打哆嗦！"

朱高炽垂泪道："城里有名的医士都来瞧过了，均束手无策。自从那日陛下的斥责诏书到了王府，父王便成了这样。听府里韩医正说这可能是因受惊吓过度，以致丧了心智！"

"不想王爷竟病至此！"张昺来之前尚对朱棣病情半信半疑，此时见他这个样子，倒还真有些相信了，"世子可是要侍奉王爷？为何一直守在殿外？"

朱高炽尴尬一笑道："我也想进殿侍候，可这身子实在是耐不住热，只得在此待着，看里头有事儿再进去。"

张昺一瞅朱高炽这白白胖胖的身子，自知多此一问，遂也干笑一声，又寒暄两句后才与谢贵告辞而去。

方才进府时是马和亲自领路。如今出来时马和早已不在，便换了另一个小内官。走到承运门外耳房时，葛诚等一众王府长史司的文臣正好迎面出来。

王府文臣多是朝廷选派而来，张昺在朝中多年，这其间便有几个认识的。众人见了他，忙纷纷过来行礼。张昺与众人寒暄一阵，却发现葛诚一人游离于外，目光直视自己，他不由心中一震。

葛诚的身份张昺是知道的，此人名为燕府长史，实为朝廷密探。此时他如此反常，明显是有话要和自己说。张昺心念一动，因自己暂时脱不开身，便寻个机会向谢贵使了个眼色。

谢贵是武将，又一直在京外做官，与众人并不熟悉，因此刚才一直坐下旁边石凳上歇息。他见张昺跟自己作色，先是一愣，随即又顺着他目光往葛诚方向一看，顿时心领神会。他随即起身，踱到葛诚身边道："葛长史一向可好？"

葛诚笑嘻嘻地大声道："劳烦谢将军挂心，谢将军客气了！"

其他人见他二人一阵没油没盐地瞎侃，以为他们也就是简单地套交情，也无人注意。葛诚寻了个当口，忽然低声疾速说道："燕王无病！"

其实葛诚对燕王发疯一直都心存怀疑。当日中官宣读建文斥责圣旨时葛诚也在场，朱棣当场晕倒，葛诚不由吃了一惊。他当长史也有好几年了，对朱棣还是比较了解的。在葛诚看来，这位燕王心机深重，性格坚毅沉稳，实是枭雄之姿。这样的人会被一道圣旨给唬倒，他打死也不信。谁知紧接着又传出个更离奇的消息——燕王居然迷了心智！葛诚得了消息，立马进府请安，却被朱高煦一把拦住。葛诚据理力争，好不容易方见了朱棣一面。其后再要求见，却全被各种理由挡了回来。葛诚回去后百般思索，又联系到燕府近段时间种种离奇动静，他心中终于有了个基本认识：尽管不能完全断定，但是朱棣之病，十有八九是伪装而成。想透了这一层，葛诚不但没有丝毫高兴，心中却生出更大恐惧。值此风声鹤唳之时，朱棣行如此极端之举，甚至不惜将自己声名毁得一干二净，他究竟打的是什么如意算盘？想来想去，葛诚觉得只有一个可能——燕王有极隐秘的事瞒着朝廷。而这存心欺骗背后……念及于此，他不寒而栗。

葛诚从没想过追随燕王造反。毕竟他本身就是朝廷派来的，身份决定了他不可能被朱棣引为腹心，这段时间燕藩的各种密议他也都没参与。就凭这个，葛诚就没理由追随朱棣。

可不追随的话又不行。朝廷制度，亲王犯事，王府官需连坐受罚。葛诚是王府文官之首，燕王要是真举兵，就算他侥幸逃回南京，也难逃株连之罪。

当然，也不是没脱罪的可能。张昺到北平后，多次对他暗加笼络，甚至透露只要葛诚愿意效忠朝廷，将来齐泰便能上奏免他罪责。

齐泰作保，这根救命稻草葛诚当然得抓住。不过葛诚也清楚，想要齐泰兑现承诺，自己必须有价值。也就是说，必须在朝廷削燕一事上立下功劳。

葛诚一介文官，又不可能接触军事，所以也只能在紧盯燕藩动向方面派上用场。现在燕王装疯拖延时间，而朝廷却不知其详情，真是他立功之时。

只是，这时候的葛诚已经没有办法通知张昺他们了。自打朱棣发疯后，葛诚便再也出不了燕王府，他走到哪，四周也总有人跟着。葛诚忠于朝廷，急于揭穿朱棣的阴谋，让朝廷将其削位夺爵。但他也知道，只要告密之事泄露出去，朱棣会怎么样尚且不说，自己肯定是死无葬身之地。葛诚再急，也不能拿自己的性命开玩笑，因此他一直隐忍不发，只在暗中寻找机会。如今碰到张昺、谢贵，葛诚便寻此良机，暗中将消息透了出来。

谢贵闻言浑身一震。他正目一瞧，葛诚仍是笑嘻嘻之态，似乎刚才的话不是从他嘴里出来似的。谢贵心中一紧，脸上忙露出笑容大声道："葛长史谦谦君子，末将钦慕已久。改日有空，我当略置薄酒，请长史到府中一叙。"

从燕王府出来，张昺随谢贵回到北平都司衙门，都指挥佥事张信已在门口接着，三人一起来到衙门后院的书房商议。

谢贵一进书房，便马上将葛诚的话说了，张昺听了沉吟半晌道："此事关系重大。燕山护卫蓄谋造反，陛下已经下旨斥责燕王。依我看来，燕王必是知朝廷不日即将削燕，故施此伎俩以拖延时间，密谋造反！"

张信却显得有些不以为然，他皱眉道："大人之言固然有理，但以我所见，燕王若真要反，那早便反了。如今他军权全无，护卫亲军中的精锐也被宋总兵调去开平。现北平镇守军共有七卫，外加城外屯田军，兵力将近五万；反观燕山三护卫，不过万余而已。此时燕王装病，会不会仅是想借此避祸，以逃脱朝廷责难？"

张昺不悦道："你这话却没道理。燕山护卫意欲谋反，现已是证据确凿，朝廷也已有处理。若燕王无反意，他手下护卫亲军又岂敢行此悖逆之事？如今朝廷削燕之意已明，我三人乃天子亲选，负责北平削藩之事，此时自当将燕王之伪直陈朝廷，请陛下下旨削除燕藩！"

张昺这么说是有原因的。作为朝廷削燕干将，他也知道建文迫燕藩谋反的意图。为此，他与谢贵二人挖空心思，好不容易逮着了个燕山护卫蓄谋造反的证据，并大张旗鼓地抖搂出来。原以为见事情败露，燕王不反也得反。哪知燕王先上了道自辩奏疏，说护卫谋反乃下属所为，他本人毫不知情，继而便发起疯来！得知燕王是装疯后，张昺在恨燕王狡诈的同时，也对迫其谋反失去了信心。此时他已决意直接上书朝廷，请建文明旨削燕！

建文迫燕谋反一事，张信自始至终都不知情，此时见张昺这么坚决，他也不敢再争,便低头不言。

谢贵见气氛有些尴尬,遂笑道:"此事自当由皇上圣裁。只是北平与京师相隔千里,朝廷决断亦需时日。其间我等尚须布置妥当。否则削燕诏书一下,燕王若真反了,我们岂不是措手不及?"

张昺点头道:"谢都司说得是。城中七卫已在我手,现可再将城外屯田军调入城内。一旦朝廷削燕诏下,我等便调大军包围王府和护卫军营,到时候燕王即便有通天本领,也是无能为力!"

张信犹豫一下,嗫嚅道:"大人计议甚妥。不过如今宋忠屯开平,马宣屯蓟州,耿瓛屯山海关。大人何不付手书与三将,唤他三人同来,则北平之局更是万无一失!"

张昺一笑道:"你的想法的确妥当,不过他三人都是朝廷所派,没有皇上敕旨或兵部行文,我与谢都司也不好直接相招。何况朝廷若真决议削燕,必会令他们赶赴北平,此事就不劳我们操心了。"

其实张昺此举也有着自己的小算盘,宋忠等部虽也职在削燕,但是并非他与谢贵的下属,若让他们现在就过来,必分削燕之功。退一万步说,即便燕王勇武异常,自己五万人马也不可能一触即溃,往最坏处想,顶多是两军对峙。只要自己守住北平,到时候再向宋忠求援,同样能将燕王碎尸万段,断不至坏了大局。

见张昺已下决断,谢贵遂道:"既如此,我与张信负责统兵,至于上奏朝廷之事,就有劳张大人了!"

三人议毕,各自散去。张信回到家中,马上关紧房门躺到榻上。

"怎么办?怎么办?"双眼望着天花板,张信口中喃喃,大脑紧张地思考着。

一个多月前,张信被李让暗中一番陈情,并痛陈建文上台以来,对勋贵武官的打压,请他暗中相助。

对李让父亲的当年恩情,张信铭记于心,但对造反这种大事,他当然不敢轻易答应。

朝廷富有天下,拥兵百万,粮饷充足,且占据大义名分;而燕王纵然骁勇,但毕竟只是一藩之主,跟他造反,能有几分活路?这是不用多想就能明白的事。

不过燕王也不是好惹的。张信到北平后,谢贵就把整顿北平军卫的任务交给了他,由他具体负责清除燕王在军中影响之事。可好几个月下来,燕王在军中的声望之高,大大出乎其之所料,别说这些镇守军中将校大多由燕王亲自简拔,就是普通士卒对燕王也是充满好感。这样一支队伍，想在短短数月就跟燕王撇清关系，几乎是不可能的事。贸然动手，只会引发军中大乱，甚至祸及自身。

张信深感此事扎手，他曾试探性地跟谢贵提及，将期限放宽些，但换来的却是他的劈头训斥。张信知道，谢贵之所以如此，是因为朝廷削藩之期逼近，而这是无法改变的，所以根本不会给他转圜。

这让张信感到了恐惧。朝廷根本不知道北平军卫的实情。在朝廷看来，就算北平军卫心有愤恨，也最多就是不顶用罢了，反正外围还有朝廷的大军，天下更是在朝廷之手，就算北平军卫因此陷入大乱，凭其他军队照样能戡平动乱。

可站在张信的立场看，北平军卫如此态度，真要燕王举兵，他们多半会群起响应。就算最后朝廷能平乱，在此之前，他张信也早就被剁成了肉饼。就算侥幸得脱，将来朝廷也不会放过自己这个无能之将。

张信本就对朝廷一肚子怨气，这时候当然不能当这个冤大头。所以对李让的拉拢，他虽然并未答应，但也没有拒绝。他选择的是一个自认为最合适的办法——见风使舵。

张信并不打算揭发燕王，更不敢同燕王翻脸，但同时他也和张昺、谢贵保持紧密的联系。张信的如意算盘是——燕王爱怎么折腾便怎么折腾，军中也好，布、按、都三司衙门也好，你随便煽风点火、挑拨离间，我视而不见听而不闻，只要你别直接让我出面就行。而在朝廷这边，我则继续当我的削燕干将，巡查、整军等事照做不误，绝对不露丝毫反相。如此，则可居间观望，真到削燕那一天，若朝廷强，自己就跟朝廷，反正燕王手上也没自己的把柄；可若燕王势大，那自己也就只能卖了张昺、谢贵，死心塌地跟燕王走。

打定主意后，张信顿时释然。这段时间里，他从早到晚忙得脚不着地，看似为整治北平诸卫费心费神，但实际上这些都是表面功夫，其目的仅是为给张昺、谢贵看罢了。而暗中，张信则密切关注着北平城内朝廷与燕王之间的实力消长，以决定自己的最终选择。

经过这段时间暗中观察，张信心中大致有了答案：北平城内，由北平都司所辖的七个镇守卫中，有一大半已暗中归心燕王，其余的也多是游离不定，真正铁心跟朝廷走的只是极少数。镇守卫所大半降燕，再加上没被宋忠带走的那部分燕山三护卫，燕王实际上已拥有北平城中的近八成兵马。

强弱已分，朝廷在北平城中的实力远远不足。搞清楚状况后，张信的心也开始倾向燕王。尤其在今日，当张信试探着要张昺调开平、蓟州、山海关兵马支援北平时,不知就里的张昺居然一口回绝,这就让张信更坚定了自己的选择——没有外援,谢、张怎么可能是燕王对手?

张信起身,换上一套早已准备好的寻常百姓衣服,准备悄悄去燕王府报信。可就在推开门前的一刹那,他又犹豫了。

还没到最后时刻!张信忽然想到,现在张昺只是上奏而已,朝廷是否即刻削燕还不一定。若暂时不削,那局势就还有变数,朝廷便仍有可能派兵增援北平。即便马上削燕,谁知齐泰会不会心血来潮,亲自下令将宋忠他们调到北平?若果真如此,自己急急报信,就等于把退路给封死了。万一到时候朝廷大军云集北平城内,势力压过燕王,那自己可真就是追悔莫及了。

想到这里,张信推门的手又缩了回来。略一思忖,他重新换了衣服回到榻上坐了——等,继续等!等到朝廷与燕王图穷匕首见的那一刻,自己再作决定不迟。

"来啊!"张信一声大呼,一个苍头跑了进来。

"传话给厨房,赶快上饭。吃完了老子还要巡营!"

"是!"苍头一躬身,立刻跑了出去。

望着苍头的背影,张信的脸上露出一丝得意的笑容。

第九章

侄皇帝明旨削藩 叔亲王兴师靖难

张信并没有等太久。

自打放燕王三子北归后，建文便翘首以盼，只希望燕王即刻谋反！可等来等去，北平却毫无动静。待到倪琼投靠朝廷，抖搂燕山护卫不法之事，建文认定燕王这次必不会再忍，连忙急谕张、谢加强戒备。可哪知燕王不但不反，还一下成了疯子，这下建文就傻了眼。待到张昺的奏本一进紫禁城，建文便立召齐泰、黄子澄、方孝孺密议。三人均认为燕王装病，实是心中有鬼，其意无非是想借此机会向天下显示朝廷残忍无情，有意迫害宗藩，以使皇上惮于物议，不敢削燕。而最近，朝中勋戚也又不安分起来，建文已接到了好几份弹劾张昺、谢贵构陷燕王的奏疏。事情发展到这个份上，建文终于也和张昺一样，对这种争夺道义的把戏失去了耐心。尤其是倪琼所奏燕山护卫异动一事，更让他产生警觉——这么拖下去，燕王会不会借此时机，不断暗蓄实力？权衡之下，为防夜长梦多，建文终于决定对燕王动手。

削燕毕竟是大事，即使是强削也同样是要理由的。正巧此时朱棣派其手下护卫百户邓庸进京奏事。在建文的授意下，齐泰将邓庸抓了起来好一番拷打，终于得到了张玉、丘福等人蛊惑护卫兵将，欲行不轨的罪证。此前倪琼之事，朱棣硬推说是属下末官所为，他本人并不知情。而如今张玉、丘福皆为燕王心腹，这罪证便可坐实。当邓庸口供摆在建文面前时，年轻的天子立即拍板，命内官携旨赶赴北平，会同张昺、谢贵逮捕燕府官属。同时，建文还在暗中下了一道密旨给张信，命他寻机将朱棣擒下。

两道圣旨一起进了北平，此时北平驻军尚在调动。张昺与谢贵一经商量，觉

125

得还是稳妥为好，遂将圣旨暂且扣下，赶紧整顿城中兵马，并将城外屯田军加紧调进城内，准备跟燕王摊牌。对于北平周围的宋忠等部，张昺虽未完全隐瞒他们，但也有意拖延，准备待除燕的前夕再发手书，使他们在自己动手之后方能赶到。如此既保证了削燕首功不落于旁人，又给自己留下转圜余地。

张昺的小算盘打得噼啪响，可张信却早已是同床异梦。在得知张、谢决意抛开宋忠等部独自操刀后，张信心中的最后一丝犹豫也荡然无存。经过彻夜思考，到第二天天快亮时，他终于下定了决心。这位建文派来的削燕干将穿上便服，趁人不注意偷偷溜出了府，又悄悄地来到了燕王府西面的遵义门前。

张信求见的时候朱棣刚刚起床。当黄俨一阵小跑过来，将这位北平都指挥佥事求见的消息禀告他时，朱棣立刻意识到形势有变。只不过张信之前一直没有明言归附，而且现在朱棣尚在"抱病"，万一张信不是来归附的，被他识破了真相，或者这厮本就是借此机会来试探自己，到时候是杀了他还是放了他呢？此时朱高炽、朱高煦、道衍和金忠四人正聚在燕王寝宫，朱棣将这个犹疑抛出，道衍想了想道："张信之意，眼下确实难以确认。他既然前来，王爷不见也不好。依贫僧看，王爷不如先装病在床，且看他说什么，再做决断。"

朱棣一想，这也确实是个办法，便点头道："就照大师意思办。"随即他又对众人道，"你们也别退下，都到屏风后面躲起来，一起听听他怎么说。"

张信在王景弘的带领下进了寝宫。到了床前，他见朱棣眼睛半闭，一副有气无力的样子，心中不由一阵好笑。他跪下行完礼，便直接说道："臣有急事禀告殿下！"

张信说得再诚恳，朱棣却又哪敢轻信？听张信说完，朱棣却是一阵哼哼唧唧，半天说不出个整字来。张信见状，忙说道："殿下勿要再装病了。臣今日前来，是要投效殿下。您有什么心事，尽可告知臣。"

朱棣心中一惊，嘴上却哆哆嗦嗦道："本、本王确实有病！"

张信见他如此，苦笑一声道："这都什么时候了，王爷还信不过臣！前些日葛诚已将'燕王无病'四字透给了谢贵。如今他二人已得圣旨，正调集兵马，不日就要对王爷下手。王爷便装得再像，恐也难逃此劫！"

朱棣内心已是惊骇至极，他早就对葛诚有所怀疑，今日张信毫不犹豫便将此人点出，朱棣两相印证，心中已是有几分信了。

不把你逼到绝路，你终不会信我！张信见燕王不语，一咬牙竟将建文密旨递到朱棣床头，方朗声道："这便是皇上命臣擒拿王爷的密旨。王爷要是还效忠朝

126

廷的话,那不管您真病假病,现请起身跟臣回去。若王爷已欲举兵,那继续装病又有何意义?还请起身说话!"

朱棣看到密旨已是目瞪口呆,张信竟连擒拿自己的密旨都掏了出来,他又岂能再存怀疑!朱棣一骨碌坐了起来,对着张信便肃容一揖道:"金事救我一家,恩同再造,请受我一拜!"

张信见朱棣施礼,忙跪下磕了三个响头方道:"王爷信得过臣,实乃臣之福气。臣何德何能,岂敢受殿下大礼!"

此时众人也从屏风后绕出,道衍笑道:"张大人一片忠心,可鉴日月。王爷有此等良将相助,实乃上天相佑!"

朱棣命朱高炽亲自搬来一张凳子,硬让张信坐了,才温言道:"天不亡燕,遣恩公前来救我。此番逃得大劫,他日必涌泉相报!"

张信终于得到朱棣信任,心中也是一阵轻松,见朱棣感谢,他忙连道"不敢"。略歇一会,张信便徐徐道来,将张昺、谢贵的各项举措详细说了,末了方慷慨道:"王爷功勋盖世,且素来忠义;可惜朝廷无道,竟视您如仇敌;齐泰、张昺等小人妄图谋害王爷,以为晋身之阶。臣武人出身,素敬英豪,实不忍见殿下无过受难,故前来报效,愿随王爷歼灭丑类,重振纲纪!"

张信说得唾沫四溅,朱棣也是连连颔首。其实朱棣也猜到这张信之所以最后选择燕藩,八成是看到了自己在军中的势力。不过在如此险恶环境下,他能毅然投靠,却也十分难得。何况他还带来了许多有价值的线报,这就更要好加抚慰了。

朱棣与张信说话间,朱高燧、袁容、袁忠彻以及张、朱、丘三将也相继受命赶来。众人见朱棣与张信谈笑风生,先都是一愣。待朱高炽解释完毕,大家均是又惊又喜——惊的是建文终于向燕王举刀;喜的是张信确乃诚心投效,燕王反击起来自是占尽优势。

见心腹均已到齐,朱棣一抬手,众人顿时鸦雀无声。此时的燕王一扫伪装多日的颓废之色,只见他神色冷峻,目光如炬,威严地扫视了众人一眼道:"方才张金事所言,你等也都听见了。如今朝廷既要逮我官属,又要擒拿本王,不出数日,燕藩便要大祸临头。你等都是本王最为亲信之人,处此危境,各位有何见解?"

张信见周围均是燕府要人,知朱棣已将自己视为心腹,心中不由一热。他当即跪下,大声奏道:"朝廷无道,奸佞横行。王爷乃皇室长辈,岂能坐以待毙?只要王爷下定决心,臣甘为内应,钳制张、谢,以效犬马之劳!"

张信都已表态，其他人哪能落后？众臣子纷纷跪下，一个个义愤填膺道：

"朝廷昏庸无道，王爷当兴师问罪！"

"杀进京师，剐了齐泰、黄子澄！"

"狗皇帝残害亲族，王爷岂能容忍？"

"反了他娘的，王爷自己当皇帝！"

……

大殿之上吵吵嚷嚷，众人各表心志，齐心劝谏。道衍见众人越说越不像话，不由暗自皱眉。他向一旁仍未发言的金忠瞧去，正好他也一眼望来。四目相对，两人顿时心神交会。待众人闹完，道衍一揖奏道："事已至此，王爷已是退无可退！齐泰、黄子澄蛊惑君王谋害亲藩，殿下应奉天举义，兴靖难之师，清君侧，正朝纲，荡平朝中奸佞，辅佐圣上！"

听得道衍之言，朱棣当即暗赞一个"好"字！道衍虽也是劝反，但其意却高明了许多：起兵的名义只能是靖难，而不是造反；目标是也是朝中"奸臣"，而不是建文本人！以臣反君，有违纲常，必然会招致天下唾骂；只有打出清君侧旗号，方能占据道义，师出有名！

事已至此，朱棣终于不再遮遮掩掩，他走到剑架前，"嗖"的一声拔出宝剑，决绝道："齐泰、黄子澄心怀叵测，欺天子年幼，内挟君王，外陷宗藩。一年之内，四王被废，湘王遭害，本王亦将遇不测！眼下奸佞当道，弄权祸国，大明江山几至不保！我身为太祖亲子，宗室长辈，岂能坐视祖宗基业沦丧？本王心意已决，今将效周公辅成王故事，传檄天下，大兴义师，讨伐奸臣，奉天靖难！"

在张信叛附燕王的第三天，张昺与谢贵终于动手：城外，开平宋忠、蓟州马宣已调集兵马，正向北平进发；城内，都指挥使余瑱率都指挥同知李濬、陈恭统兵一部将燕山三护卫困于军营内。张昺、谢贵亲率两万大军，与张信一起，将燕王府围了个水泄不通，燕府的体仁、端礼、遵义、广智四大门前均被木栅栏堵住。

在万事俱备后，张昺命人将逮捕燕王府官属的圣旨用箭射进府内。张昺此时的如意算盘是：朱棣若遵旨照办，则燕藩羽翼皆去。自己拿下官属后，再让张信宣读逮捕燕王的第二道密旨，朱棣便唯有束手就擒；若朱棣抗旨不遵，顽抗到底，那时自己一声令下，两万大军一拥而入，除非他燕王有上天入地之能，否则照样逃不出自己的手掌心。

王府内，朱棣已是万分紧张。他虽带兵多年，见惯风浪，却从未遭遇如此险情。以前他是塞王，统率河北诸军，每次出塞都有十来万人跟着。那时候打仗，自己怎么说也是恃强凌弱，鞑子纵然凶狠，论实力却远不如己。可如今张昺大兵压境，而府内只有朱能临时调入的八百勇士，强弱之比太过悬殊，这不能不让朱棣提心吊胆。现在他的唯一指望，就是自己的计划能够顺利实施。

就在张昺、谢贵等得不耐烦时，王府端礼门终于打开，燕府承奉内官马和走了出来，在张昺面前一揖道："王爷已遵旨将诸位属官悉数绑了，现请二位大人进府查验。"

"殿下既然遵旨，何不将人犯一并送出，还需本官进府去拿？"张昺骑在马上呵呵一笑，他不是傻子，此时进府，要是被朱棣阴了怎么办？

马和听了却是一声冷笑道："大人架子未免也太大了些！朝廷虽逮了燕王府属官，可并未削王爷爵位！我家王爷现仍是亲王身份！大人您不过一个朝廷命官，就算是钦差，要拿人总也得自己动手吧？难道还要我家王爷亲自领人出来不成？"

见马和针锋相对，张昺先是一愣，继而一想不由得暗暗叫起苦来。

原来张昺给建文的奏疏中，是建议建文明旨削燕，但建文发过来的谕旨却与他事先设想大有不同。当初建文计划迫燕王主动谋反，自是希望把动静闹得越大越好；可如今形势颠倒，成了朝廷强削燕藩，建文的心思也随之大大转变。燕王有大功于国，且威望素著，仅凭着几个低级护卫武官的供词而削燕，本身就十分牵强。何况建文知道这个四叔是个坚毅之人，若他也来个阖府自焚或者拔剑自刎，那即便最后朝廷获得成功，自己也将面临滔天的责难。建文不怕燕王举兵，但他却生怕这位四叔宁死不从！一个湘王自焚，已把建文整得狼狈不堪，他可不想再削出个亲王自尽的事来！为了稳妥起见，他给张昺、谢贵的明旨只是抓捕燕藩臣属。只有待燕王羽翼皆除时，再由张信宣读削燕密旨，擒拿燕王本人。到时候燕王孤家寡人一个，就是想弄出什么动静也来不及。

建文在紫禁城中纸上谈兵倒也完美，可到张昺执行时便出了问题。按建文明旨，只是抓捕王府臣属，并未提要削燕。这么说来，除非拿出张信密旨，否则朱棣仍是大明亲王！这朱棣素来威风惯了，如今逮其属官，对他已是莫大羞辱，再叫他主动将手下送出，他当然不会答应。

密旨此时当然不能拿出，想了一想，张昺决定和谢贵一起进府：一来建文敕旨中写明了命他二人逮捕官属，此事他们责无旁贷；再者此时府外尽是官军，燕王已是瓮中之鳖，不信他还敢玩花样；何况马和于大庭广众之下，当着众军之面让他进府，自己若推托不敢进，面子上又怎下得来？传出去人家又怎么看自己这个削燕主将？

张昺将目光挪向谢贵，谢贵也是微微点头。于是他不再犹豫，扭头对张信大声道："本官与谢都司进府拿人，你先在外头守着。若我二人一个时辰还不出来，你便自行处置！"张信本就是建文派来统兵打仗的。张昺此语一是跟他做个交代，同时也是有意说给马和听见，让他燕府莫施诡计。

张信早已投了燕王，此时见二人上钩，心中暗喜，忙抱拳道："属下得令！"

张昺遂与谢贵下马，在马和的引领下进府。

刚一进大门，后面便传来呵斥之声。张昺回头一看，他二人的亲兵已被门卫拦住，不准入内。

谢贵脸色一变道："马公公，你这是何意？"

马和却仍是一副不卑不亢的语气："大人明鉴，这里是燕王府！按大明典律：官员进王府，侍从一律不得跟从入内。大人也是朝廷大员，怎么连这都忘了？"

张昺和谢贵当即语塞。这规矩确实是有，他们还真不能挑出刺来。无奈之下，二人只得狠狠瞪了马和一眼，甩手继续前行。

走了一会，张昺顿觉不对：马和带他们走的路是去往承运殿的。承运殿乃王府正殿，通常只有遭逢大事，或在元旦、冬至等大节时方才启用，平日里燕王召见臣属都在东殿。张昺随即停步道："马公公是不是走错了，王爷不是应在东殿么？"

马和随和一笑道："王爷因被陛下问罪，十分惶恐；二位大人又是朝廷钦差，奉旨拿人，所以王爷便改在承运殿接见，以示尊重！"

马和的解释倒也说得过去，二人便不再多言。一过承运门，两人便见王府官属全部双手反绑，跪于道旁。

葛诚与燕山中护卫指挥同知卢振也被缚了双手，混在人群中一并跪着。葛诚乃建文亲自招安，卢振则是谢贵费了九牛二虎之力挖过来的燕山护卫大将，倪琼告密之事便是他一手策划。他们并不知道已被张信卖了个干净。方才受缚之时，二人仍暗自高兴：只要出了王府，自己便是削燕功臣了。张昺、谢贵放眼望来，二人均回以期许之色。张昺见他二人如此作色，便也放下心来，只道朱棣已是吓破了胆儿，不敢再忤逆朝廷。张昺心中一片得意，便与谢贵一起登殿，晋见这位马上就要成为阶下囚的大明亲王。

离上次晋见不到一月，朱棣却显得更加苍老。他有气无力地偎在王座上，左手勉强挂着一根龙头拐杖，似乎就像一片即将飘落的残叶。见二人行礼，朱棣苦笑一声道："二位请起，如今本王可受不起这礼！"

二人见朱棣不再装疯卖傻，只道他已黔驴技穷，在皇帝的无上权威下俯首认命。张昺微微一笑，安慰道："王爷不必忧心。此番王爷幡然悔悟，主动逮捕官属，忠心可表。臣回京后，定将今日之事如实奏上。皇上仁爱之主，必会顾及亲情，宽恕殿下。"

张昺此时心情大好，却倒过来一番假慈悲。

朱棣心中冷笑，嘴上却气若游丝："本王已是油尽灯枯，经此番大难，估计也无几日好活。只望皇上能放过三个犬子，让朱高炽他们各袭爵位！"

张昺见朱棣都这样了还想着让儿子袭爵，更是暗暗好笑。他正欲再说，狗儿已抱了个西瓜过来。

朱棣一笑道："天气正热，两位大人必也渴了。这瓜刚从井里捞出来，二位先趁着凉意吃几块，再办正事不迟。"

狗儿见朱棣发话，便将西瓜剖了，递了一块给朱棣，又将剩下的用个剔红托盘盛了，端到二人椅旁桌上。

张昺谢贵此时早已对朱棣放下了心。见朱棣闷着头专心啃瓜，二人遂道声谢，便也各拿瓜欲吃。

忽然，王座前传来"啪"的一声。张昺、谢贵抬头一看，不由大惊失色：朱棣却将手中之瓜怒掷于地，人已霍然而起。眼前的朱棣哪有半分行将入木的颓态？只见这位燕王怒发冲冠，一脸杀气，两只眼睛死死地瞪向二人。

"中计！"张昺、谢贵二人脑中同时浮出相同念头。正在此时，殿后忽然传出一阵狂笑，朱高煦带着一批侍卫冲到殿前，面目狰狞地望着二人。张昺、谢贵转身欲逃，可殿门已被张玉率亲兵堵住，众人各举刀剑，将二人团团围在殿中！

朱棣将龙头拐杖猛掷于地，厉声喝道："你等党附齐泰、黄子澄，蛊惑圣上，无端陷害本王。今日本王当替天行道，杀尽你等奸佞，以正纲纪！"

张昺惊骇已极，手指朱棣大叫道："燕贼！你竟敢谋反？"

"是靖难，不是谋反！"朱棣断然道，"本王杀的便是你这等奸臣！"

张昺鼓起勇气，咬牙冷笑道："不管你是谋反还是靖难。现两万大军在外，你此番杀得我等，不出片刻张信便会进府平叛！到时候玉石俱焚，王爷又逃得过此劫么？"

张昺说罢，朱棣却哈哈一笑，随即咬牙狞道："这就不劳两位费心了。张金事忠义无双，早已归于本王麾下。你等能收买葛诚、卢振，本王就不能有张信相助

131

么？"

张昺、谢贵目瞪口呆！朱棣却不再理他二人，而是转对众将道："还等什么？给本王杀了这两个奸贼！"

众人早已等得不耐烦。见燕王下旨，张玉、朱能双双挺身而出，一刀一个，两颗圆滚滚的头颅顷刻落地。

朱棣冷冷瞄了一眼，随即喝道："将葛诚、卢振拉上来！"

方才朱棣一翻脸，袁容便将二人扯到殿外等候。此时燕王发话，四个膀粗腰圆的力士将两人提小鸡似的扔到殿中。

朱棣恨极了这两个背叛自己的逆臣。此时见两人带到，他一双虎目似能喷出火来，过了好久方恨恨道："本王待你二人不薄。你等竟敢忘恩负义，背主邀荣！今日之事，你等可还有话说？"

卢振此时肝胆俱裂，趴在地上连连磕头，口出却已吓得说不出话来。葛诚已知自己被张信出卖，今日必死，悲愤之情溢于言表，索性破口大骂道："燕贼，我乃朝廷命官，岂能视你这逆贼为主？皇上乃天下共主，麾下精兵百万，强将如云；你纵能猖狂一时，只要天兵一至，必难逃灭族之祸！"

葛诚骂声不绝，一旁的朱高煦肺都气炸了。他刚一骂完，朱高煦不待朱棣指示，提剑便是一顿猛刺，葛诚被戳得满身窟窿，当即气绝。

杀了葛诚，朱高煦怒气未消，又从朱能手中夺过大刀，将地上的卢振劈成两段，方气喘吁吁地向朱棣道："父王跟他们磨叽什么？这种王八蛋一刀砍了便是！眼下时间紧迫，还请父王下令，让儿臣等杀出府去！"

这一语将朱棣从愤恨中拉了回来，此时燕王心腹均已到齐。朱棣扫视众人一眼，威严地说道："该如何做，事先已有计较。众将现各司其职，杀出王府，剿灭乱贼！"

"是！"众人慨然应诺。

当日深夜，燕王府端礼门前却是一片通明。就在白天，这里刚刚发生过一次哗变。当时朱高煦从燕王府杀出，将张昺、谢贵扔到众军面前，一时广场上大军顿时大哗，紧接着，张信带着几个亲兵趁几个谢贵心腹不备，将他们一举击杀。形势骤变之下，原北平守军立即反水，而剩下的少数朝廷嫡系则被扫荡殆尽。接下来，朱高煦等人又四散出击，将北平九门全部接管，到日落前，整个北平城已悉数落到燕王手中。

现在，数千燕军将士列阵举火，将宽阔的广场照得犹如白昼。等会，燕王便要在这里誓师。

正门前方，道衍、金忠与北平布政司参议郭资、按察司副使墨麟、金事吕震等归降文臣齐列于左，张信、李濬、陈恭、唐云、张玉、朱能、丘福等武将身披铠甲，威风凛凛地齐列于右。

一阵响鞭过后，朱棣在朱高炽、朱高煦、朱高燧及一众内官簇拥下登上端礼门城楼。此时他头戴玄表朱里九旒冕，内穿青领褾襈裾素纱中单，外套青衣纁裳九章衮，其余的蔽膝、玉佩、大带、大绶、袜舄亦皆一应俱全，正是最为庄重的亲王衮冕行头。

众人见燕王登楼，齐齐跪下，山呼道："大王千岁、千岁、千千岁！"

士气可用！见将士们斗志昂扬，朱棣也是激动万分！待众人山呼完毕，他望着城楼下的一众文武官员、燕军将士大声说道："本王乃太祖高皇帝、孝慈高皇后嫡子，国家至亲，就藩以来，一直循法守分，此为众将士所共知。然今上宠信奸佞，残害骨肉，已削夺五王，又及于我，其行何其暴也！封建诸王，藩屏天下，本乃皇考所创，为我大明万世不易之制，岂能随意撤夺？此必为奸佞蛊惑陛下所致！本王身为诸王之首，与此等奸邪不共戴天，今将兴师靖难，以正朝纲，挽我大明狂澜于既倒！特立誓与此，君侧不清，绝不罢休，宗庙神明，昭鉴予心！"

一席道毕，朱棣戚然泪下，痛哭失声。

楼下众人早已是铁了心追随燕王。此时见朱棣动情至深，亦纷纷动容，有些兵士竟也跟着落下泪来。

朱棣见众人如此忠心，心中十分满意，正欲再言，忽然楼下左班队列中跑出一人，大声哭道："王爷乃陛下亲叔，万不可谋反啊！"

此言一出，众人顿时大惊。朱棣见有人搅局，先是一愣，随即气塞胸肺。他向下一望，竟是王府伴读余逢振！

余逢振先前与众人一齐被绑于承运殿外。张昺、葛诚等人当庭被杀，他一时竟吓得傻了。醒悟过来后，他当即失声痛哭，直欲自尽。幸亏朱高炽平日与他要好，派王景弘等人将其牢牢看住，方保住他一条小命。哭完后，余逢振便一言不发，一副痴痴呆呆的样子，倒也不再吵闹。朱高炽见状，便也就放了心。眼下燕王誓师，北平城内文武均列班麾下，余逢振先前安安静静，朱高炽只道他已回心转意，便将他也拖了过来，谁料他竟会这时候出来闹场？

只见这余逢振大哭于地，双拳捶胸道："张昺、谢贵谋害王爷，现已受戮；王爷此时应上奏陛下，禀明其奸，岂能兴兵谋反，行此大逆之举？太祖在天之灵若

133

知,岂不怪罪殿下？望殿下三思啊！"

朱棣已气得脸色发青。他扭过头狠狠瞪了朱高炽一眼,只见朱高炽已是一脸灰白,汗如雨下。朱高煦见朱高炽惹下如此祸事,心中早已乐开了花,脸上却一脸怒容,仿佛要将余逢振剥皮抽筋似的。

朱棣尚没想好如何答话,墙下丘福却已忍耐不住,他当即出列将余逢振一把提起,一口浓痰吐到他脸上厉声骂道:"王爷替天行道,你这臭书生竟敢乱嚼舌根子？若再胡言,老子一剑戳死你！"

余逢振早已将生死置之度外,见丘福一脸凶相,反倒破口大骂道:"你这莽夫竟敢蛊惑主上,聚众谋反！必不得好死,遗臭万年！"说完竟回敬丘福一口唾沫。

丘福反被逢振侮辱,顿时气得发狂,当即抽出宝剑,对准余逢振腹部死力一戳,余逢振一声哀鸣,当场气绝!

朱棣坐视丘福将余逢振杀死,不但不加怪罪,心中反暗道解恨。待余逢振尸体被拖下去,他方重理措辞,大声说道:"《皇明祖训》有云:'如朝无正臣,内有奸恶,则亲王必训兵讨之,以清君侧之恶!'本王起兵,乃谨遵祖训,奉天靖难!余逢振忤逆天命,党附奸佞,死有余辜。本王举兵,非为一己私欲,乃效周公辅成王故事,辅佐陛下,保我大明江山!此乃万古忠义之举,你等务须谨记!"

其实朱棣的辩解有很大毛病。实际上《皇明祖训》的真正内容是:"如朝无正臣,内有奸恶,则亲王必训兵待命,天子密召诸王统镇兵讨平之。"朱棣当然没什么天子密诏。他这一减一改,已将祖训彻底改变了。

不过《皇明祖训》是给宗室们看的,这北平城内除了朱棣父子,哪还有其他宗室？道衍、郭资等少数饱学文官虽也知道真伪,但他们又岂会揭穿？众军士本被余逢振说得有些忐忑不安,此时听得朱棣之言,不由豪情大涨,再无顾虑。道衍、张玉等人见气势再起,抓住机会率领全体将士一起跪下,用尽全身力气大声喊道:"追随大王,奉天靖难,赴汤蹈火,万死不辞!"

第十章

墙根处妙锦听声　燕王府小妹传信

　　时近夏末,但老天仍肆无忌惮地向大地倾泻怒火。一连几日暴晒,应天府已变成一座火炉,把百万京师士民烤得几乎喘不过气来。似与炎热的天气相呼应,徐妙锦的心情也是焦灼不安。

　　自打从马云处得知朝廷即将削燕的消息开始, 她就陷入深深的焦虑当中。她无法理解一向宽仁的炆哥哥为何如此不顾亲情,更不能接受大姐和大姐夫步二姐一家的后尘。之前,她担着天大的干系把削燕这一朝廷机密透给了朱高燧,但她自己也不知道,这一消息到底能不能帮大姐夫化险为夷。毕竟,削燕是朝廷的决策,大姐夫知道又能如何? 他真有办法能让炆哥哥回心转意? 对于这一点,徐妙锦心中毫无把握。数十日来,她每日里都暗中祈祷,希望能有奇迹发生,让大姐夫和炆哥哥化干戈为玉帛,不要再生什么乱子。

　　不过事与愿违,形势的发展与徐妙锦的期望截然相反。没多久,建文便下达了擒拿燕王官属的圣旨。通过一年来对削藩的了解,她自然知道这是朝廷削燕的前奏。就在她忧心万分时,北平传来了一个石破天惊的消息:燕王谋反,北平布政使张昺、都指挥使谢贵殉国!

　　消息传开,京城大震。就在朝野上下尚未回过神来时,一个个噩耗又接踵而至——北平诸卫纷纷叛变,蓟州失守,怀来三万大军灰飞烟灭! 紧接着,谷藩陷落!

　　直到朱橞狼狈不堪地渡江回京时, 金陵百姓这才确信——河北已经大乱了。尽管北平与京师相隔千里,战乱也没有波及江南,但金陵街头巷尾仍透露出一丝紧张的气息。城中百姓在对河北局势议论纷纷的同时,也都把眼光对准了坐落于东城的皇宫——朝廷将如何应变？对燕王是剿是抚？大家都在等待着皇帝的抉择。而一些有心计的士民，已从不断飞驰出城的天子和兵部信使及城中京卫营地的日夜喧闹中瞧出端倪，朝廷是不想善罢甘休了！

街头巷尾流言满天飞，大功坊内的中山王府也不平静。燕王谋反的消息传入京师的当晚，徐辉祖便严令家人不许议论燕藩之事，平日无事不得出府，更不准对外人乱嚼舌根，否则一律家法严惩！对于徐妙锦，徐辉祖素知她的脾气，生怕她在这非常之时再惹出乱子，更是专门立下规矩，除非宫中相召，她不得出府一步！

徐辉祖立规时徐妙锦也在场。出人意料的是，她没有提出丝毫异议。这倒不是她被震住了，而是当得知燕王谋反的那一刻，这位大家闺秀已是惊呆了！谋反——这可是杀头罪过！徐妙锦做梦也没想到，大姐夫竟然会做出这种选择！

不过冷静下来后，她细细一想，也觉得这其实是情理之中的事。炆哥哥铁下心要削燕，大姐夫走投无路之下，除了造反还能有什么选择？难道真等着被朝廷擒拿？大明亲王沦为阶下之囚，这种结局连她自己想来都觉得无法接受，那一向豪气冲天的大姐夫就更不会束手就擒了，徐妙锦竟不知不觉地理解了大姐夫的"靖难"逆举。

理解了朱棣，那不能理解的就是建文了。在徐妙锦看来，炆哥哥对藩王叔叔们的悍然削夺完全就是不念亲情，而其手段更可以说是残忍。一年之内，周王徙云南，代王、岷王囚于藩府，齐王扣于京师，湘王则是被逼自焚！如今，他的屠刀又架到了燕王颈上！对此，徐妙锦感到无比愤怒，这不但和他一贯挂在口中的"宽仁"不符，更与她心中的炆哥哥形象大相径庭！

不过与得知代藩被削时不同的是，徐妙锦这次没有去击登闻鼓。有了上次的教训，她知道自己就是闹也不会有什么结果。而还有更深一层原因是，此时的她，已对建文伤透了心。在她眼里，炆哥哥已经变了，他不再是那个斯文有礼的哥哥，而变成了一个不念亲情，凶狠残忍的昏君。尤其是当从玉蚕口中得知，近段时间中山王府周围出现许多可疑之人，恐怕是朝廷派来监视徐家的暗哨时，她对建文更是反感到了极点。想到这里，徐妙锦无比伤感，同时也万般无奈——眼睁睁着炆哥哥误入歧途，眼睁睁着大姐夫被逼上绝路，自己却什么也做不了。每每念及于此，她心中便有一种说不出的难受。这段时间，徐妙锦郁郁寡欢，人虽困在府内，一颗心却早已飘到了北平，她知道燕藩不是朝廷对手，她生怕自己的大姐夫兵败，被朝廷杀头！

"小姐，你看我们拿了什么回来！"就在徐妙锦胡思乱想之时，玉蚕轻柔的声音飘进屋来。她抬头一瞧，玉蚕满脸微笑地望着自己，旁边的景儿手中提着个小篮儿，里面盛着几串晶莹剔透的大葡萄。

"刚从江北运进京的葡萄，水嫩着呢，小姐快尝尝！"玉蚕说着，从篮子里挑出一颗色相较好的葡萄，小心地剥开皮，塞到徐妙锦的小嘴里，"听府里下人说，小姐最爱吃这个。我估摸着这几日该是葡萄上市的时候了，便拉着景儿到街上看看，不想就真买到了。"

"暖风熏得游人醉，直把杭州作汴州！"徐妙锦一边嚼着水润香甜的葡萄肉，一边却阴阳怪气道，"河北都大乱了，运到金陵的时令鲜果仍是一天也不耽搁！"

"呀！小姐还真长进了！"玉蚕掩嘴笑道，"北平离这里三千多里呢，那边再乱，京城又岂能被波及？"

"谁说不波及？"玉蚕话音方落，景儿便插口道，"别的不说，就说这葡萄，往年这时候都卖十文，今日我去买，好说歹说也得十三文。听货郎说，朝廷马上要往河北派兵，渡江的船被征用了不少，江北的东西都运不过来，过几日没准儿还要涨咧！"

"咿呀！"徐妙锦心中一惊，忙问道，"这是真的不？朝廷真要派兵去河北？"

"是不是真的我们哪里晓得？反正城中都这么传罢了。"玉蚕接过话头，"不过方才我回府时，正巧碰着二爷和四爷散衙回来，两人当时脸色都阴沉着呢。四爷见着我，还要我转告你，这几日势头不好，你万万不可私自出府！"

"势头不好？"徐妙锦心中一紧，"他还说了些什么？"

"他没说了！我看二爷和他都心事重重的样子。一进府，四爷就拉着二爷到他书房里去了，看似有什么要事要商议！"

徐妙锦的心骤然一沉。自打那次她要报信给燕藩，而徐增寿却不情不愿之后，她对这位四哥也生了几分瞧不起的意思。这段时间，她有意不理徐增寿，而徐增寿也少有扰她，即便见了也是只叙家常，不谈其他。徐妙锦觉得他是怕自己知道北平情况后，给徐家和他本人惹麻烦，因而越发愠怒，兄妹之间由是更生分不少。此时听得玉蚕之言，徐妙锦敏感地察觉到，二哥与四哥密议之事，十有八九和燕王有关。　若在以前，这种事她直接问四哥便知答案；但如今，四哥一定是顾左右而言他。

可要是不问却也不行。徐妙锦的心已被撩了起来，她迫切想知道燕王的消息，迫切想知道朝廷的态度。尤其是听说，朝廷可能要出兵河北，她就更是憋不住了,觉得必须要将此事探个明白。

"有了!"冥思苦想之下,一个念头从徐妙锦脑中滑过,她眼光一亮,心中顿时有了主意。她将盛葡萄的篮子向玉蚕怀中一推道,"这些你们拿回自己屋去吃,我到西花园去一下。"说完,不待玉蚕和景儿发问,她便拉着二人出了房门,然后自己一溜烟儿去了。

进了西花园,徐妙锦独自溜到一处墙角跟前。这段院墙将王府东部的房屋建筑与花园隔开,墙对面便是徐增寿的书房后窗。见四下无人,她搬来块石头垫脚,然后仗着自己的那点小功夫一跃上墙,然后轻轻顺墙而下,便神不知鬼不觉地落到了徐增寿书房外的花草丛中。此时天气尚热,书房的窗户全部敞开,徐妙锦蹑脚跨过栏杆,猫着身子溜到后窗前伸长了耳朵偷听。

果然,徐膺绪和徐增寿正在房内。他们并未发觉徐妙锦偷听,正在埋头密议着什么。

"四弟!"说话的是徐膺绪,从他充满忧虑的语气中,便知所议绝非好事,"今日陛下下旨,以耿侯为征虏大将军,充任平燕总兵官,率三十万大军北伐,恐怕燕王的末日也不远了!"

"那也未必,燕王既然敢反,必是有所准备。正所谓强龙不压地头蛇,燕王在北平经营多年,根深叶茂,耿侯想要平燕也非易事!"

"燕王不过三四万兵,耿侯则是三十万大军。一时不克,多花些时日总是没问题的嘛!听说朝廷已准备在真定重建平燕布政司和河北都司,布政使放的是暴昭,提刑按察之职亦由其兼任,河北都司掌印则放给了安陆侯。仅从这布政衙门的'平燕'名头看,朝廷是不会善罢甘休了。燕王所据不过北平一域,实力与朝廷相差甚远。纵然燕王骁勇盖世,但终是寡不敌众,其覆亡恐怕是早晚之事!"

房内两兄弟畅言议论,窗外徐妙锦听了却震惊不已。这是她第一次耳闻朝廷对燕藩的布置详情,不料来势如此汹涌,决心是如此之大。暴昭且不说,对于勋臣,徐妙锦还是很熟悉的。耿炳文是朝中硕果仅存的两位开国元勋之一,老资格的功臣宿将,在天下武官中颇有威望。派他出征,足见朝廷重视,而三十万大军更是个了不得的数字,徐妙锦不由为大姐夫的前途担忧起来。

"我倒不关心北平那边!"屋内,徐膺绪又说话了,"我担心的是我们徐家!我徐家与燕王是姻亲。如今燕王谋反,我徐家可就坐到了风口浪尖上!你这几日上朝没留意么?别说文臣,就是右班的勋臣,看咱兄弟的眼神也都怪怪的。至于皇上就更不用说了,这些天咱府外又多了好些来历不明的人,想是锦衣卫的暗哨无疑。"

"疑我徐家自是必然！"徐增寿满不在乎道，"不过也不至于就把我们怎么样！朝中与燕王有关系的多了去，这些皇上心中都有数，绝不至把咱们都给废了！至于多些暗哨那也不稀奇。二月里燕王进京，咱家不也一样被暗哨盯上了吗？到燕王离京时也就撤走了。现在是燕王刚反，皇上自然会关注我兄弟动态，待风头过去，他见我等安分守礼，必然就放心了。"

"倒也是这个理！"听完分析，徐膺绪似乎安了些心，语气也舒缓下来，"大哥素与燕王不和，我与他交情也一般，你昔日倒与燕王交好，不过自削藩以来也疏远许多，这些皇上不可能不看在眼里。"说到这里，徐膺绪忽然想起什么，"对了，还有小妹！上次燕王进京，我看小妹对他颇为仰慕。她可是一向天不怕地不怕的！这剿燕之事万不可让她知晓，不然又不知闹出什么祸患咧！"

徐膺绪在屋内毫无顾忌地侃侃而谈，屋外的徐妙锦听了却气愤不已。她现在最关心的就是燕王，如今事情已出，两个哥哥只顾保全自身也就罢了，还商议着要瞒住自己！为此，她火冒三丈，右脚不由自主地往墙上一踢。

"谁？"屋内传出急促的喝问声。徐妙锦穿的是绣花鞋，踢到墙上只发出一小声闷响，但饶是如此，仍让屋内听到了动静。紧接着，一阵脚步声传来，显然是有人向窗台走来。

怎么办？徐妙锦往后一瞅，方才翻墙处的那一片茂密花丛映入眼帘。她心思一转，忙蹑脚疾行钻到花丛中藏了起来。

出现在窗边的是徐增寿。他隔窗探望一阵，没发现什么动静，才放下心来，掉过头对里面的徐膺绪笑道："无人！像是野猫瞎跑撞到什么！妙锦这妮子，每次下人要打野猫她都不许。愣是把好好一个宅子整成了猫猫狗狗聚居之所！"

"吓死我了！"里面传来徐膺绪的喘气声，"大哥昨日还又交代，眼下万不可议论燕藩之事。咱们今天私议军政，要被外人知晓，报到皇上那里，恐又惹出麻烦！"

"二哥小心得过头了吧！"徐增寿哈哈笑道，"探子哪进得了魏国公府？就是被下人们知晓，也不敢乱嚼舌根，顶多说给小妹罢了！"

"被她知道那还了得？她又去敲那登闻鼓可怎么办？"

"她连府都出不了，还敲什么登闻鼓？"徐增寿笑道，"何况有了上次的事，皇城各门的上直军哪还能随便放她进宫？"

"也是！我就怕她去为燕王鸣不平，给家里惹麻烦！"

"惹不了麻烦！"徐增寿端起茶杯啜了口茶道，"除非她把朝廷大军的那些动静全带到北平告诉燕王，否则就是出再大的差错，皇上也能饶了她！"

"大军动静？"徐膺绪放下心来，哂笑道，"那些消息连我都不甚了了，她从哪去打探？"

"二哥不知么？"徐增寿将杯盖一扣道，"其实就这三十万大军，其中都颇有水分呢！"

"哦？"徐膺绪来了精神，忙问道，"此话怎讲？"

徐增寿冷哼一声道："齐泰这只老狐狸，在皇上面前把胸脯拍得天响，真到让他调兵时，却不知打了多少折扣！"

"打折扣？这事还能打折扣？他就不怕耿侯参他一本？"

"所以说他是老狐狸啊！"徐增寿将茶杯放下，冷笑道，"他面儿上是给了耿侯三十万人。但二哥你可知道，这三十万大军从何处来？"

"京中、直隶、大宁都司、山西行都司还有山东、河南、辽东兵马！"徐膺绪想都不想就给出答案。按大明军制，凡调兵遣将、运筹方略等均由兵部负责，五军都督府则职掌天下卫所整备、操练以及屯田诸事，此为军权分制之理。然依此制，五府虽无调兵之权，但兵部凡有动作，也少不得须经过五府。徐膺绪也是中府都督佥事，齐泰调何处兵马自然逃不过他的视野。

"二哥说得不错！不过大同乃山西行都司驻地，代藩封国，该地卫所昔日皆归代王所掌。虽说代藩被削，但时日未久，大同参将陈质也非该地老人，他真能在短短数月内便将大同兵马握于手中？我昨日还看到陈质的折子，说大同暗流涌动，局势诡谲。至于大宁就更不用说了，其兵马昔日皆由燕王执掌，这些人能守住大宁不造反就不错了。大宁都指挥使房宽已连上了几道奏折，催请朝廷在五府中遴选得力干将赴大宁助其治军，这岂不是大宁军心不稳，房宽难控全局的铁证？我大明北军，最强的就是北平，其次便是大宁、大同。而由此看来，两地卫所短期内都不可能征发。大宁、大同以下，便是辽东了。不过辽东兵马总数不过三四万人，还要防备鞑子，也派不出多少。至于河南、山东等内地卫所，大都是些屯田军，人再多又有何用？所以，耿侯看似有三十万大军，但真能用的也不过就是随他北上的江南士卒而已。从五府所掌情况看，其总数不过十万出头！"

徐增寿一番分析，徐膺绪听了连连点头。两人虽同在五军都督府任职，但徐增寿是左都督，一府掌印，徐膺绪则不过一个都督佥事而已。且论人脉，善于交际的徐增寿也比他这个生性木讷的哥哥要强得多。所以这些情况，徐增寿知之甚详,而徐膺绪却不甚了了。

　　屋内徐膺绪唯唯,屋外的徐妙锦听了却是又喜又忧。她喜的是,按徐增寿所说,朝廷大军其实并不如外人所见那般强大;忧的是,尽管只有十万出头,但还是比燕藩强了不少,却不知大姐夫能否应付?

　　果然,方过半晌,徐膺绪的声音又响起来:"十万多也够用了。燕王顶多不过三四万人。以三敌一,朝廷还是占尽优势!即便一时不胜,凭这些兵马,困住北平也足够了。只要拖下去,燕王终究是个死局!"

　　"也未必会久拖,我看皇上和齐泰就很有灭此朝食的劲头。不过这却非最主要者,关键是朝廷虚实燕王无从知晓。战事一起,燕王又岂知道朝廷大军的内情?既然不能知己知彼,以燕藩实力便难有胜算!"说到这里,徐增寿又喟然一叹道,"可惜我昔日与大姐夫关系莫逆,如今他遭大难,我却只能袖手旁观,实在于心难忍!"

　　"四弟切莫这么想!"见徐增寿似有些感伤,徐膺绪吓了一跳,忙劝道,"燕王谋反,本就是自作孽不可活。我徐家已被其牵连,你若要助他,我徐家顷刻便有覆巢之患。孰轻孰重,你千万要把住分寸!"

　　"这是自然!"见二哥紧张,徐增寿一笑道,"总不能为大姐一家毁了我徐家偌大的基业,这道理我还是懂的。何况皇上已下旨废大姐夫王爵,开除宗籍。由此可知,皇上与他是不共戴天了!我就是有九个脑袋,也不敢相助燕王啊!"

　　"说到皇上,倒也颇有些意思!"徐增寿爽快表态,让徐膺绪也放下心来,遂接着话头笑道,"我听说皇上虽废燕王爵位,却下了道口谕,说什么沙场之上,万不可伤四叔性命,这又是何意?"

　　"还能有什么意思?一年之内,四王被囚,湘王自焚,燕王被逼谋反,皇上无论如何也摆脱不掉一个'残害亲族'的嫌疑。如今皇上素以宽仁示人,又岂愿担此恶名?如今朝廷占尽优势,燕王覆没不过早晚之事,至于燕王区区一人,杀不杀都不至于影响大局。故而他下这么一道旨意,正是为了体现其顾念亲情,以堵众人之口罢了!"

　　"这不是掩耳盗铃么?"话一出口,徐膺绪便觉不妥,忙把嘴捂住。

　　徐增寿却是一笑,不无揶揄道:"这里又无外人,二哥紧张什么?今日邀你过来便是要说个痛快,还怕我说出去不成?"

　　徐膺绪尴尬笑道:"小心惯了而已,又岂是怕你说?咱兄弟私自嚼舌头也不是一两回了。"

"也罢！待会儿大哥就要回来了。他最忌讳咱们私议燕藩之事，若被逮住又免不了一顿责骂，今日便到此为止吧！"

听徐增寿这么说，徐膺绪也起身道："也好。我先回房，待大哥回来再一起用饭！"说着便就起身出了前门而去。徐增寿收拾一阵，便也去了。

"懦弱自私！"待二人均出门，后窗外的徐妙锦恨恨一骂，也翻墙离去。返到西花园，她越想心里越乱，便径直跑回屋里将门关上，坐在榻上发起呆来。

最开始，徐妙锦对这几个哥哥都气愤不已，尤其是徐增寿，这个曾经与大姐夫最好，又最得自己敬重的四哥，如今却对燕藩避之唯恐不及，那个有担当、重情仗义的四哥不在了。如今在她心中，徐增寿已和畏畏缩缩的懦夫没有任何区别。

鄙视完徐增寿，下一个让徐妙锦愤恨的便是建文。四哥说得对，你都将人逼上绝路了，还假惺惺地说"勿伤四叔"做什么？你既能把湘王叔逼得自焚，又岂会在乎燕王叔的死活？"表里不一""口蜜腹剑"成了她对建文的最新认识！

哥哥们懦弱自私，炆哥哥冷血无情，这些曾最亲密的人如今却都让她感到厌恶。徐妙锦觉得十分伤心，似乎这世间再无人值得她信任，值得她敬仰，值得他依赖。

不对，还有大姐夫！徐妙锦忽然想到了朱棣。大姐夫豪迈、爽朗、敢作敢为，对自己也是无比爱护。朱棣的形象一下映入她的心扉，瞬间变得无比高大、无比清晰。

去北平，去找大姐夫！这个大胆的念头方一冒出，徐妙锦自己都吓了一大跳。不错，普天之下，也就只有大姐夫最值得自己敬爱了。而且，他现在还身陷绝境，随时都有覆亡的危险！想到这些，徐妙锦更觉得自己应该去北平。这不仅是出于心中那一种不可捉摸的感觉，更是出于对燕藩危亡的担忧！就在刚才，她还从四哥那里偷听到了许多朝廷机密，这些都和燕王息息相关，而大姐夫仍蒙在鼓里。按着四哥的说法，若燕王不能知己知彼，必然败亡无疑！回忆起四哥那句坚定的判断，她顿时生出一种不寒而栗的感觉。她不能坐视燕藩灭亡，更不能眼瞅着大姐和大姐夫步湘王的后尘！

就在片刻之间，徐妙锦下定了决心。虽然她从没有到过北平，甚至连渡江的次数都屈指可数，但这并不影响她的决心。哥哥们懦弱，可她不！想到这一点，徐妙锦不仅感到责任重大，更有一种强烈的自豪！自小养成的侠女情怀，这一刻在她心中绽放到了极致！

激动过后，徐妙锦冷静下来。经过一番思考，一个大胆的计划在她心中悄然成形。

第二日吃完晚饭，如往常一般，徐妙锦到西花园玩耍。登上假山顶处的凉亭，一阵微风袭过，她兴致大起，对一旁侍候的玉蚕顽皮地笑道："玉蚕姐，我要练剑了，侬去把我的越女剑拿来好不？"

"这天都快黑了，小姐舞剑做什么？"玉蚕奇道。

"咿呀，天黑怕什么？辛弃疾不是有词云'醉里挑灯看剑，梦回吹角连营'么？我便舞来给侬看！"

玉蚕听了一阵娇笑，不过徐妙锦经常有些奇思妙想，玉蚕倒也不奇怪，便答应一声去了。

见玉蚕走远，徐妙锦敛了笑容，从怀中掏出一封信，放到亭内桌上用石压住，然后疾速下山，直奔院子西北角的一处耳房。她的坐骑"雪燕"正拴在房前桩上。徐妙锦也不作声，直接奔进房内。半盏茶工夫过去，她已腰佩越女剑，一身靓妆出来，背上还挎着一个大包袱。

见四下无人，徐妙锦解开拴马绳，小心翼翼地踱到花园北面的便门处。此刻看门的下人正去厨房用饭，门内空无一人。她悄悄打开便门，然后飞身上马，一溜烟儿出城去了。

八月初的幽燕，已稍有几分凉意。不过在习习凉风中，北平城内却到处一幅热火朝天之气象。

随着各路南军的相继败退和周围州县的纷纷归附，曾一度惊恐不安的北平士民稍稍安定下来。在道衍、郭资等人的率领下，北平城内军民被悉数组织起来修葺城墙、打造器械、布置城防，组织操练，忙的是不亦乐乎。尽管大家心中都清楚，朝廷大军迟早会杀到北平城下，但在这一天真正到来之前，人们还是能勉强稳住心思，从容做好手中的活计。

城内一片忙碌之象，燕王府也不平静。这几日，无数飞骑从端礼门驰进驰出，将一个个消息情报带进王府，又将一大堆燕王令旨和密函送往各处。将校也是川流不息，向燕王禀告部属情况、军事布防以及南军动向，并请示用兵方略。耿炳文主力已进入河北，再过两日就能到达朝廷预设的北伐根据之地——真定。

王府东殿内空空荡荡，只有朱棣端坐在王座上，脸色十分严峻。就在片刻前,他刚刚听完派往辽东密使的禀报,而这位密使与之前派往其他地方的大多数信使一样,带回来的都不是什么好消息。

燕王起兵靖难已有一月。这一个月来,朱棣在用兵方面尚算成功,短短时间内便破了南军之围,并将北平、永平二府收入囊中,使军势粗具气象。但在招揽旧部和争取盟藩的道路上,燕王却受到了不小的挫折。

首先是旧部并非尽数归附。在靖难之初,北平府周边诸卫纷纷响应,使燕军兵力迅速扩充到了五万。但到七月底时,随着燕军开始休整,旧部的归附举动也逐渐少了起来。其余各省的旧部就不说了,他们早被各都司衙门管得死死的,纵有反心也不敢轻举妄动了。

招抚旧部还称得上是有成有败,而所谓的盟藩则整个就是镜花水月。在靖难之前,朱棣也曾联络诸位塞王,希望他们能共襄大业。塞王们大都对朝廷削藩愤恨不已,对燕王的拉拢,他们也是频送秋波,暗通款曲。但真到燕王举事之时,局面就彻底颠倒过来了。秦王朱尚炳、晋王朱济熺都是二代藩王,威望不足、根基不稳,根本无力举事;辽王朱植是个异类,他从一开始就坚决效忠朝廷,几日前已受建文之命弃藩归京,将护卫亲军留给了镇守山海关的江阴侯吴高;代、宁二王倒是既有实力也有反意,可在靖难前就先被朝廷囚了,徒唤奈何;谷王朱橞最不是个东西,这家伙一开始说得好好的,可燕军都打到宣府城下了,他不但不响应,还来了弃城而逃。至于更远些的兰州肃王、宁夏庆王,虽消息还未传回,但他们距北平甚远,手下又没几个兵,想来也不可能举事。虽说朱棣打一开始就没对这些弟侄寄予太高期望,但真到确定造反的只有自己一家时,他心中仍颇为沉重。

"举步维艰啊!"朱棣喟然一叹。朝廷的北伐大军就要到了,三十万,光这个数字就足以让自己头晕目眩。如何御敌,直到现在他也没有个明确的方略。强弱悬殊,若无万全策略,其结果可想而知!尽管表面上朱棣仍是沉稳持重,但内心早已焦虑不已。

"王爷!"一声呼唤,黄俨慌慌张张地跑了进来,"王爷,徐四小姐来了!"

"谁?"朱棣一时没反应过来。

"魏国公家的四小姐,娘娘的亲妹子!"黄俨又详细地说了一遍。

"不可能!"朱棣大惊,当即断然否定,"她怎可能来北平?你看花了眼吧?"

"绝没有看错!"黄俨有些急了。前几个月朱棣进京,他也随行侍候,在中山王府见过徐妙锦,"绝对是徐四小姐无疑!奴婢若有认错,甘愿把眼珠子挖出来!

她还说有急事要告诉王爷！"

见黄俨说得笃定，朱棣这才有些信了，忙问道："她人在哪？"

"奴婢安排她在体仁门门房里暂歇！"

"莫非徐府出事了？"朱棣心中猛然一惊，当即二话不说，起身便向外走。方走到殿门口，他的步伐又停滞下来。想了一想，朱棣吩咐道，"你去将她悄悄带来，不要惊动任何人。"

"是！"黄俨答应一声，又问道，"王妃那边，可要派人知会？"

"待本王见了再说！"思忖一番，朱棣又道。

黄俨不再多言，一溜烟儿去了。朱棣愣怔半晌，方匆匆往后苑走去。

"大姐夫！"朱棣刚刚坐下，门外便传来一阵略带哭腔的叫声，随即徐妙锦出现在了眼前。

尽管已有心理准备，但真当徐妙锦出现在面前时，朱棣仍不免吃了一惊。再仔细打量，眼下的徐妙锦与当日在金陵城中时几乎变了个人：只见她上身穿着一件遍布污渍的深蓝色圆领粗布袄，腰束一条几乎已成乌黑的皂色布带，满头的青丝用一块二尺见方的包巾裹起，下身的浅灰色布裙亦是污浊不堪。这哪是一个娇生惯养的贵族千金？这分明是一个刚从田中劳作完回来的农妇！若非那一双仍乌溜溜打转的灵动眸子，朱棣几乎已认不出这个妹子！

"妹子，你怎么来了？"确认是徐妙锦无疑后，朱棣忙将她拉至桌前坐下，倒了杯凉茶给她，方紧张地问道，"到底出了什么事？"

"呜……"徐妙锦痛哭失声。这三千多里走下来，她可谓吃尽了苦头。她从小就未出过远门，一个人独闯江湖更是头一次，这一路走得艰辛无比。一开始，她沿着运河驰马北行，沿途倒也平安。但到了河南地界，她上路前仓促凑的那点盘缠便不够用了，接下来只得风餐露宿，可把这位千金小姐折腾得苦不堪言。而这还不算完，更要命的是，为了抢在朝廷大军前抵达北平，她不能有丝毫耽搁，每日都得骑马赶路。虽说自幼习武，对骑马也算在行，但像这种连日骑行，仍让她倍感煎熬。好在北上官道尚算平坦，而她也心志甚坚，终于在经过二十多日的跋山涉水后赶到北平。此刻，她终于进了燕王府，见到了大姐夫，一时间，欣喜、委屈等各种感觉便都一股脑儿冒了出来，百感交集之下，徐妙锦再也忍耐不住，终于放声大哭。

朱棣立时便六神无主。无奈之下，他只得强捺心中疑惑，先竭力安抚再说。过了好一阵，徐妙锦方勉强止住了哭，抹了眼泪，望着朱棣道："我是来给大姐夫报信的。"接着,她将从增寿处偷听的话原原本本转述出来,末了方恨恨道,"亏你当年和四哥那么好!现如今你被朝廷陷害,他却只顾着自己,一丝忙也不帮!我实在看不过去,就过来给你送信了!"

徐妙锦叙说时,朱棣神色几变,待她说完,他却陷入一阵沉默,过了好久方挤出一丝笑容道:"妹子,你这次帮了姐夫大忙!这些内情足以决定我燕藩成败,姐夫在这里多谢你了!"说着,朱棣庄重起身,对徐妙锦便是一揖!

"咿呀!"见朱棣如此,徐妙锦惊得立马从椅子上跳了起来,"大姐夫这是做什么?我哪当得起你这般大礼?"

"自是当得起!"朱棣郑重道,"南军详情,皆是我多方搜集而不可得的绝密!如今你将它详尽告我,于我而言不下于平添五万精兵!妹子这番情谊,我必永记于心!"

听得"情谊"二字,徐妙锦心中没来由地生出一丝喜悦,过了好一阵方稍显扭捏地道:"我这都是从四哥那偷听来的。至于这些什么内情,大都不过是他自己的见闻和一家之言,也不知准确与否!"

"定无虚假!"朱棣笃定说道。

"咦!"徐妙锦有些奇怪道,"你怎就这么肯定?"

朱棣一愣,随即笑着解释道:"你四哥是后府掌印,地位重要,朝廷军机自难逃过他的法眼。且他又善于交际,在五府中是一等一的好人缘儿,要探听消息更是小菜一碟!这样一个人物,其言又岂会是空穴来风?"

"这倒是!"徐妙锦点点头。不管怎么样,对四哥的才能,她还是十分认可的。不过,她不免又生出怒气,当即不屑地一哼道:"知道再多内情又如何?还不是只敢闷在心里,最多也就跟二哥叨咕叨咕。他当年随你出塞,跟你关系那么好,如今却为了自家富贵,坐视你遭难而不救!这么个哥哥,有天大本事也是懦夫!"

听了徐妙锦的话,朱棣尴尬一笑道:"算了,这也不能全怪他!毕竟我是在和朝廷作对,他是朝廷大员,自然要站在皇上那边。当年与我交往的勋戚多了去了,如今不也都断了交情么?世事便是如此,妹子不必单对他介怀!"

朱棣的话并不能让徐妙锦满意。别人倒也罢了,但对四哥,她从来都是高看一眼的。也正因为如此,当瞧得四哥懦弱做派时,她才更觉愤怒。

就在徐妙锦准备再讲下去时,朱棣却一拍手,随即黄俨跑了进来。朱棣将黄俨召至身边,对他附耳嘱咐几句,打发他去了,遂掉头对徐妙锦笑道:"妹子,你千里迢迢送信,想必吃了不少苦。我已让下人去通知你大姐,咱们这便去她寝宫,让你姐妹二人团聚如何?"

"好耶!"徐妙锦欣喜地大叫。她还未出生,徐仪华便已到北平,两人从未谋面。想到要见大姐,徐妙锦顿时十分兴奋。

当朱棣与徐妙锦走到徐妃寝宫时,她已得了消息,正站在宫门口翘首以盼。姐妹首次相见,又是因着如此机缘,两人当然免不了一阵唏嘘。待欢喜过了,徐仪华见她满身尘土,心中大疼,忙命下人准备澡具,供其沐浴更衣。朱棣见此,遂哈哈一笑先行告辞,并言晚上举行家宴,到时再为徐妙锦接风洗尘。

出了徐妃寝宫,朱棣脸上的微笑顿时被激动之色取代。正在这时,黄俨跑过来,小声禀道:"王爷,遵您吩咐,道衍师父与金先生已至寝宫暖阁相候!"

"好!"朱棣应了一声,随即大步流星向自己的寝宫走去。

进了暖阁,道衍与金忠起身行礼,朱棣也不废话,直接将徐妙锦所言说了,末了兴冲冲道:"此番小妹送信,南军虚实尽落吾手!由增寿之言可知,大宁房宽、大同陈质皆未能控制全局。所谓三十万大军云云,亦不过虚张声势耳!真能迫我燕藩者,仅耿炳文十万余人及辽东偏师罢了!"之前朱棣最担心的就是大同和大宁。虽然陈质与房宽的底细他也多少知道些,但远非甚详。直到这一刻,他才彻底放心。

"辽东不足为虑!"金忠当即言道,"据报,耿炳文之子、原守山海关之都督金事耿璿已被其父招回帐下,现辽东主将吴高乃新近上任,对属下军马尚不熟悉,短期内必不会贸然出兵。即便吴高要西犯北平,中间还隔一个永平府。以辽东兵力,不足以长驱直入!"

"不错!"道衍也道,"只要能破耿炳文主力,此战我军便是胜了!"

三人你一言我一语,心中的南军实力瞬间便下降了一半还有多,有了这层计较,三人的取胜信心也大大增加。稍一思忖,道衍侃侃道:"既如此,我军则可集中兵力与耿炳文决一死战。耿军虽逾十万,但皆是江南士卒,初来乍到,必定水土不服。且河北之地一马平川,乃骑战绝佳之所。我燕军本是天下强军,多次出塞击胡,马上功夫无人能及;反观江南兵马,则素不善骑战。若能与南军堂堂对阵,我军虽少,但胜算亦是不小。"

朱棣颔首道:"不错,一战而定,速战速决,否则拖延日久,各路南军逐渐赶到,我军寡不敌众,则有覆亡之忧!"

"只是臣有一虑。"金忠面含忧虑道,"耿炳文乃开国老将,久经沙场,他岂不知骑战乃我军之长?且大宁、大同眼下虽不敢妄动,但假以时日,军士逐渐归心,他们也未尝不会发兵。以耿炳文之能，此点应看得清楚。既如此，耿炳文大可以坚壁清野、固守待机。只需拖延数月，形势恐会生变，到时候他再集全军之力出战，如此，则我燕藩大事去矣！"

"本王岂会许他久拖！"朱棣虎虎有声道，"待他一进真定，我燕军便主动出击，扫荡河北，逼他出战！"

"若其坚持不出奈何？"金忠当即问道。

"他不会不出！"朱棣自信地一笑道，"耿以数倍之众伐我，可谓占尽优势。仅此一条，他坚壁清野就很难说得过去。若我再破他几支偏师，扫荡河北，耿炳文又岂坐得住？就算他坐得住，朝中必然舆情沸腾。只要物议一起，别说耿炳文，就是齐泰乃至皇上也未必能忍。削藩削出个靖难，皇上已是颜面大损，若再徒耗粮饷而迟迟不能平燕，勋戚必然趁机起哄。故而，皇上肯定会下旨逼耿炳文出兵！"

"王爷怎就这么肯定勋戚会逼宫？若他们不动，我燕藩岂不覆亡在即？"金忠仍然坚持自己的意见。毕竟，这是事关燕藩成败的大事，身为朱棣的心腹谋士，他必须将一切都算计清楚。

"世忠果然思虑周全！"朱棣先是一赞，然后又笑道，"不过你放心，依本王看，到时候勋戚必然有所动作！"说着，他又将目光瞄向道衍。

"不错！"道衍也是微微一笑道，"贫僧以前还有犹疑，但如今也确信勋戚必将发难，我等坐观其成即可！"

金忠见他俩一唱一和，跟打哑谜似的，一时有些云山雾罩，傻傻地看着二人。

似乎看出了金忠的疑惑，朱棣哈哈一笑道："此事说来话长，日后有空再与你细说！眼下当务之急是拟定妙策，将真定外围的南军各部一举荡平。只要偏师尽墨，河北必然大震，耿炳文也将受各方责难，十有八九便就出城。唯其如此，我军才有可乘之机。"

见朱棣这么说，金忠只得把疑虑暂且吞进肚里，转而道："《孙子兵法》有云：'兵之情主也，乘人之不及，由不虞之道，攻其所不戒也。'今敌强我弱，正需兵贵神速；且南军新至，水土不服，必有疏漏处。若要破敌，只需待南军抵冀，立足未稳之际而动，必有可乘之机。然具体如何行事，尚需视耿炳文部署而定，此时放言尚为之过早。"

"世忠言之有理，是本王太心急了。不过方略已定，用兵之事也需早作绸缪。以日程计，南军抵冀亦不过两三日间事。我军应秣马厉兵，一俟有机，即可整装待发。"朱棣想想,自失一笑,转而对道衍道,"还请大师将本王意思传与诸将。只是切莫说得太透,以免走漏风声;但也需使众人心中有数,以防措手不及。其间轻重,还请大师多加把握!"

"王爷放心!"道衍双手合十,身子微微一躬。

商议已罢,朱棣一看窗外,天已渐渐暗了下来,他遂起身笑道:"天色不早,今日内妹过来,本王需设家宴款待,就不留二位了!"

第十一章

耿炳文出师不利 徐妙锦破宅审囚

徐妙锦进入北平后没几日，耿炳文的北伐大军也浩浩荡荡地渡过滹沱河，开进了真定城内。

真定位于北平府西南六百三十里处，北平府失陷后，真定自然就成了朝廷在北方的根据之地，也成为耿炳文的征虏大将军行辕所在。

这次北伐声势着实不小，驸马李坚任左副总兵，都督宁忠为右副总兵，安陆侯吴杰、江阴侯吴高、都指挥使盛庸、潘忠、杨松、顾成、徐凯、李友、陈晖、平安以及耿炳文之子——都督佥事耿璿、耿瓛两兄弟均充任参将。

按事先部署，吴高与耿瓛二人自成一军，驻兵山海关，从东路威胁北平；徐凯与潘忠、杨松两将各率偏师，分驻河间、莫州，其中九千精锐先锋屯于北平府辖地边上的雄县。

按照计划，塞外的大宁都司和大同的山西行都司辖下各部也参与征伐，但因他们军心不稳，现已不得不暂行延期。不过饶是如此，三路兵马仍对北平形成了一个大大的扇形包围圈，对燕藩摆出威逼架势。

耿炳文的这番布置也是煞费了苦心的。正如金忠所料，老成持重的耿炳文在北伐伊始便抱定了拖延固守的心思。耿炳文为将数十年，也曾数次在北军任事，他知道北军铁骑的厉害。尤其是燕山铁骑，更是北军骑兵中的佼佼者。

而如今，这支精锐骑兵已悉数落到燕王手中，这不得不让耿炳文忌惮。原先，他还想着有大宁和大同的铁骑在，且自己兵马又多，不怕燕军强横。哪知直到渡江北上的前一刻，齐泰才扭扭捏捏地跟他说，眼下大宁和大同军心浮动，恐一时半会儿无法调动。

甫闻此讯，耿炳文气得恨不得当场就给齐泰一个大耳刮子。无奈木已成舟，他也不得不认命。在计划中，大宁和大同共有近十万人马参与平燕，其中不乏常年与鞑子作战的精骑。他们的驻足，不仅让耿军兵力大减，战力更是削弱不少。而没了大宁的声援，辽东兵马便成了一支孤军，且其孤悬关外，与真定联系不便，也难以对燕藩形成有力威慑。至于河间的徐凯，他手下的近四万人马都是山东屯田军。这帮人拿锄头刨地倒是在行，舞刀弄枪却生疏得很，耿炳文对他们不抱太大希望。让耿炳文足以依赖的，就是真定和莫州、雄县的十来万兵马了。这些部伍中，有耿炳文带来的江南士卒，也有少许河南屯田军，还有一些是原燕王麾下的北平卫所之兵。将战力、忠诚等各种因素都考虑进去，可以让耿炳文勉强视作精锐的，也就是总数不到三万的京卫，其中两万在真定大营，九千则派驻到雄县。

　　耿炳文知道优势不大，故而他选择拖延，希望拖到大宁和大同兵马整肃完毕，再拉开架势与燕藩决战。但在认定需暂行守策同时，耿炳文心中明白，朝廷不会也这么想。在誓师出征的当日，建文亲往送行，当时虽未明言要耿炳文速平燕王，但其期盼之情却溢于言表。皇帝如此急迫，耿炳文也不能不做出点样子，因此才有了莫州和雄县两支先锋的布置。这两支军马掠过保定，陈于北平府辖地的边缘。耿炳文这么做，除了以此为前哨，利于将来进击北平外，更重要的是摆给朝廷看，免得让人说他不思进取，退避不战。

　　但让耿炳文始料未及的是，他为糊弄朝廷而派出的两支先锋，也正好成了朱棣觊觎的目标。莫州和雄县皆远离真定，所驻军马又不是太多，拿他们开刀正好。依照金忠的方略，八月十四，朱棣亲率燕军主力出顺承门，一夜疾行，于清晨抵达涿州境内的娄桑。

　　娄桑位于涿州西南十五里处，是蜀汉昭烈帝刘备的故里。到达后，朱棣命全军略作休息，蓄养体力，自己则领着徐妙锦向南缓行。

　　徐妙锦今日是要启程南返。本来她刚入北平，一切都新鲜得紧，实在不想这么早就回去。尤其得知燕军要出征后，她更是蹦得三尺高，硬拽着要和朱棣并肩杀敌。她的这股子昂扬斗志让朱棣哭笑不得，只得解释说她私自离京，徐家内部必然闹翻了天，尤其是这北上送信，对朝廷而言是勾结叛逆。北平城内有诸多朝廷耳目，一旦被侦知，徐家顷刻间便有覆顶之患。

　　一开始，徐妙锦还不在乎，她压根儿就不信建文会把自己怎么样。但当朱棣一本正经地告诉她朝廷必然将此事判定是徐家兄弟的撺掇时，她终于有些坐不住了。她再对三位哥哥不满，也不愿他们因为自己受到什么灾祸。终于，在朱棣夫妇苦口婆心的劝说下，她答应回京。不过临走前她也提出个条件，硬要跟燕军一同出发，说是得见识见识大姐夫统领三军的风采。无可奈何之下，朱棣也只得应允，并将她带到了娄桑。

"好了，妹子！"行了几里路，朱棣驻足道，"送君千里，终须一别。从此地往南走不远便是河间，你在那寻船顺运河南下，到山东后再换一次船，即可直达京师！"说完，他又对派去沿途保护妙锦的狗儿、尹庆两名内官道，"如今战事已起，山东、直隶虽非战区，但也不平静。你等路上务须护好小姐，不得有半点差池！"

"王爷放心！"狗儿与尹庆慨然作答。

"大姐夫！"徐妙锦依依不舍地对朱棣道，"此次走了，什么时候才能再见到侬呢？人家很想念侬呢！"她好不容易来趟北平，没待上几天就要回去。想到又要与朱棣分别，心中有一种说不出的难受。这种失落的感觉，甚至比与大姐告别时还要浓上几分。

徐妙锦这番落寞，朱棣看在眼里，顿觉心头猛地一紧，不过他马上露出笑容道："妹子无须伤感。待靖难功成，我必与你大姐一同进京，到时候有的是机会见着。"

"咿呀，你要是靖难成功，帮炆哥哥除了奸臣，那接下来肯定就要进京辅政，我自然可以来找侬玩了！"在北平这几天，上至朱棣、徐仪华，下到朱高炽兄弟和永安、永平两郡主，以至于袁容、李让两位仪宾，均不厌其烦地跟徐妙锦絮叨，说建文受奸臣蒙蔽，方才会行迫害亲叔之逆举；至于奉天靖难，则是为清君侧，正朝纲，辅建文重归正道。她一个小女儿家本不知所谓"靖难"到底是怎么回事，只觉得大姐夫是冤枉的。得知大姐夫起兵的目的是让炆哥哥迷途知返，更是高举双手支持，对燕王靖难也是满怀期待。

"当然，到时候你随时可来寻我与你大姐！"朱棣满脸笑意地说道。

又叙谈一阵，徐妙锦才依依不舍与朱棣挥手作别。一路上，她几步一回头，过了好久方罢。朱棣站在路中，直到三人消失于茫然天地间，他饱经沧桑的脸上方露出一丝苦涩的笑容。

送走徐妙锦，燕军的行动也随即展开。借中秋节之机，燕军趁南军不备，一举奇袭雄县，全歼八千先锋，继而半途设伏，将从莫州匆匆来援的三万南军包了饺子。南军猝不及防，全军大溃，主将潘忠被张玉一举擒获，继而在燕王的亲自劝说下归降。

此股南军一灭，莫州也就空虚了。此时莫州只剩下永清左右两卫，他们本就是朱棣的旧部。当朱棣抵达莫州城下时，永清二卫马上倒戈，开门迎燕军进城。杨松见大势已去，索性也卸甲投降，燕军兵不血刃夺取莫州。

站在莫州城头，望着城墙下欢呼雀跃的燕军将士，金忠淡淡一笑，侧身对朱棣道："王爷，该行下一步计划了。"

朱棣点了点头，随即将目光瞄向了身旁的马和。马和会意，当即下墙上马，直出莫州城门，向保定方向奔去。

当莫州被破，潘忠、杨松降燕的消息传到真定，耿炳文顿时惊得呆住了，随即一股巨大的恐惧感迅速占据了他的心头。耿炳文没有想到，兵微将寡的朱棣竟敢主动出击，找上门来打仗。他更没想到的是，燕军竟然这么快就全歼了潘、杨大军！

雄县、莫州共有近四万人，兵力不可谓不雄厚。且这些兵士都是京卫或镇守卫军，堪称精锐，耿炳文也一直视此二城为自己臂膀，也是他齐攻北平计划中的先锋之师。而燕军能有多少人？除却北平、永平二府及辖下州县的守军，朱棣能带出三万兵马已是撑破天了。可就是这样一支大军，竟在两三天之内就被燕军完全吃掉了，耿炳文更为燕军的骁勇善战惊心不已。

略微冷静下来后，耿炳文迅速在脑海中分析形势：燕军打下莫州，北平以南就只剩下河间和真定了。真定有十三万大军，以燕军的实力无论如何也打不下来，如此看来，他的下一个目标应该是河间。河间只有四万兵马，且都是山东屯田军，燕军要是去打他们，那胜算还是很大的。为此，耿炳文立刻给徐凯发出军令，严令其严加防范，万不可擅自出城。

送走信使，耿炳文稍稍稳定住心神，正思如何扳回局面，外面忽然传来一阵急促的叫声："大帅！大帅！"

耿炳文抬头一望，一个老苍头慌慌张张地跑了进来。

"慌什么慌？"耿炳文眉头一皱，厉声斥道。

老苍头吓了一跳，半晌方定住了神，结结巴巴道："禀大帅，是那个程、程参军在门口求见。小人见他气势汹汹，怕是又来惹麻烦的。"

老苍头话一说完，耿炳文头皮顿时一炸——这家伙怎么又来聒噪？

老苍头口中的程参军便是当日在午门阻妙锦击登闻鼓的程济。在被徐妙锦抽了一鞭子后，程济也因忠于职守引起了建文的关注。此次北伐，程济被任命为参军,他自然是对燕王恨之入骨,因此一到军中便极力主战,与抱着"坚守待机"想法的耿炳文发生了冲突。偏偏程济心高气傲,言辞又一向锐利,见耿炳文不愿进兵,他便左一个"畏敌不战",又一个"老气横秋",毫不避讳地当着众将之面把这位平燕总兵官一阵猛批。耿炳文虽心中窝火,无奈程济是建文亲点的参军,又是方孝孺的门生,也不能把他怎么样。程济见耿炳文说不过自己,于是越发变本加厉地连连发难。

"大帅!"就在耿炳文寻思用什么理由挡住程济时,外面传来一声尖利的喊声。原来这程济竟等得不耐烦,竟自己闯了进来。

耿炳文叹了口气,忙换上一副微笑的表情道:"程参军何事这般着急?"

程济却毫不领情,他见耿炳文仍一副不温不火的样子,立马气不打一处来,冷笑道:"都火烧眉毛了,耿大帅仍是好气度。"

耿炳文心中厌透了眼前这个人,不过却发作不得,无奈之下,他只得耐着性子答道:"程参军说的是莫州之事吧?潘忠、杨松心怀不轨,与燕庶人暗通款曲,害了我数万军士。本帅马上便要上奏朝廷,抄籍其家!"

"抄籍其家?"程济一声冷笑,又出言挖苦道,"败都败了,就是刨了他二人的祖坟又于事何补?数万大军全军覆没,敢问大帅还有颜见江东父老吗?"

耿炳文被他气得胡子直颤,半晌方恨恨一笑道:"本帅自有分寸,用不着你多言。"

"分寸?大帅,莫怪下官没提醒,朝廷的劳军中使不日即到真定。莫州兵败,大帅身为总兵官,无论如何也逃不了干系。到时中使问起,大帅如何作答,还请事先斟酌妥当!"话说完,不待耿炳文答话,程济袖子一甩竟自去了。

程济临走之言,把耿炳文刺了个激灵。他这时方想起来,皇上的中使已在路上,再过几日就要来了!皇上对此次北伐寄予厚望,盼着自己能早日平燕。一旦他知道惨败,又听了程济的胡言,会有什么样的反应?耿炳文不敢再往下想。

"大帅!"耿炳文正心烦意乱,门外又传来一阵洪亮的声音,他放眼一瞧,平燕布政使暴昭匆匆忙忙赶进屋来。

"暴大人为何匆忙至此?"见暴昭满脸大汗,耿炳文忙上前相迎。

"有急事!"暴昭也不寒暄,直接撩起袖子将满脸油汗抹了便道,"方才顺德知府送来急函,中使一行已至沙河,两日后即到真定!"

"怎么这么快!"耿炳文当即大惊。就在前日,他才收到河南都司行文,说中使尚在开封,怎么这么快就到顺德了?

"是快了些！"暴昭寻了张椅子坐下道，"据说中使一行到开封后便突然加快了行程，连过彰德、广平二府地界，连城都没入！"

耿炳文听罢心中一抖：莫非中使已得知莫州、雄县之败？不过转念一想，他又觉得不大可能。就是他也是刚收到败报，中使即使长了顺风耳，也不可能这么快就知晓。

"大帅！"暴昭从老苍头手中接过茶，仰头一饮而尽道，"事情还不只如此。更离奇的是，此次劳军，这中使在中途居然换了人！"

"什么？"这下不仅耿炳文，连一旁的耿璿都惊讶不已——劳军中使中途换人，这在大明朝还真是闻所未闻。

暴昭将身子往前凑了凑道："据河南消息，中使一行到开封府后，皇上派御用监少监王钺追至，随后这劳军中使就换成了王钺。王钺一接任，便星夜往真定这边赶，这其中颇有玄机！"

这王钺是建文最信任的内官，劳军这屁大点事怎劳他大驾？而且还是中途接任！皇上此举，到底是何用意？耿炳文尚在思忖，暴昭沉声又道："若下官所料不差，王钺突然出马，必是圣意有变！他此番前来，十有八九带了圣上的密旨！"

"北伐未满一月，圣意能有什么变？"耿炳文皱着眉头道，"誓师当日，陛下曾亲口允诺不干兵事，一应军务皆以吾令为准，怎么这么快就变卦？"

"大帅有所不知，您北上不久，京中便传出一股风声，说您离京前曾私下言：'燕王兵精将勇，朝廷大军华而不实，平燕恐需缓行。'您也知道，朝廷上下皆认为燕王地不过两府，兵不过三五万，此番三十万王师出征，自当一鼓作气，灭此朝食。故而此言一出，舆论大哗，文武大臣皆纷纷上书，请皇上催促您尽快进兵，以速安社稷。下官料想皇上也有此意，故临时让王钺接任中使，催您进兵。"暴昭是在刑部尚书的位置上被放到河北专职平燕的，在朝中文官圈子里人脉甚广，消息十分灵通。

虽说耿炳文性子孤僻，脑子却一点不迂，暴昭话一说完，他脸色立马就变了。皇帝的心思他很清楚，这位年轻天子恨不得即刻就踏破北平。若朝臣果真群起上书，他十有八九会经不住撺掇，派人催自己进兵。不过细细一想，耿炳文又觉得此事很是蹊跷。所谓私下放言云云自是子虚乌有，可问题是他的方略是怎么泄露到京城的？他八月初才到真定，这坚守待机之策也是在之后才定下，就算有人对此策不满，想用朝廷来压自己，也不可能这么快啊？何况风声这么快就传遍京城，还引得大臣纷纷上疏，这就更不是一般人能办到的了。那是谁又有这么

155

大能耐呢？思忖再三，耿炳文仍无答案，遂问暴昭道："敢问暴尚书，都是哪些人出此言？"

"一开始也就是坊间私下浪言，本无大碍。可忽然间曹国公和黄子澄大人联名上疏，这一下就成了气候！曹国公身份显赫，黄子澄大人又是削藩主谋，他二人一出头，朝中本就有许多以为平燕无须劳神费力的人这下全都站了出来一起起哄！"说到这里，暴昭感到有些惭愧。他心里清楚，朝中叫嚣着速平燕王的多是文官。这些人对燕王谋反之举恨的是咬牙切齿，但偏偏又不了解北平详情，想当然地认为王师一出，燕王朝夕可定。暴昭虽也是文官，但他身在真定，对北平局势可谓一清二楚，自然对这种看法嗤之以鼻。无奈其孤身一人，又不在朝中，对此也是无可奈何。

"黄子澄和李景隆？"耿炳文闻言一怔，心想黄子澄也就罢了，此人职在削藩，又是个书生，此番心急如火也不奇怪。可这李景隆怎么也跳了出来？削藩一事与他毫无关系，我与他素无过节，他为何要鼓动群臣上疏，撺掇皇上催我出战呢？我出不出战和他有什么关系？

"大帅！"就在耿炳文百思不得其解之际，右副总兵将宁忠跟跟跄跄跑进屋来，神色惊惶道，"大帅，方才得报，游击孙严举城降燕，现燕军已进保定府。"

"啊！"犹如一声惊雷，屋内众人呆若木鸡。保定位于真定与北平之间，也是一座大城。它的易帜，将使真定直接处于燕军锋芒之下！

难不成燕军要打真定？耿炳文犯了迷糊，按道理说，燕军根本不具备攻下真定城的实力。不过很快他便清醒过来，眼下最要紧的还不是这些。莫雄惨败、保定易帜，偏偏中使又在这个当口来真定，如何应付中使，才是自己要首先考虑的。一旦中使得知这些，回去再禀告皇上，那自己麻烦可就大了！耿炳文顿觉心慌意乱，他端起桌上的杯子，不料手忽然一抖，茶水全溅落到地上。

在南军上下被莫、雄惨败，保定易帜的阴云所笼罩的当口，朝廷劳军中使、御用监少监王钺渡过滹沱河，进入真定城内。

王钺进城颇费了一番功夫。燕王起事后，北平周围州县的士民为避战祸纷纷弃家南逃，各衙门的大小官吏们也作鸟兽散，而被燕军击溃、失去建制的原南军将士亦乱哄哄地溃亡，这三股人群汇集在一起，形成了蔚为壮观的南逃洪流，其中不少人就奔向真定。

真定虽是大城，仓促间也容纳不下这多溃兵流民。而且北伐开始后，此地大军云集,这就更使得城内混乱不堪起来。莫、雄惨败,保定易帜的消息传开后,一时间整个真定城都乱了起来,不光原先的各路流民,就连不少真定居民也纷纷出城逃难。为避免将恐慌蔓延至中原,耿炳文下令把滹沱河的渡口统统封锁,堵住了流民南逃之路,但这也使得真定的形势更加动荡不安。就在王钺刚下渡船不久,便有一群数百人的难民涌向渡口,欲寻船渡河,引得好一阵骚动。王钺见此情景,脸立时黑得如煤球一般。耿炳文看得心惊胆战,忙又增派三百兵士过来维持秩序,这才将中使一行迎入城内。

一路上,士民哭喊声、叫骂声不绝于耳,耿炳文听了更是尴尬不已。他明白今日这一切,都将通过王钺之口传到皇上耳朵里。而更让耿炳文没想到的是,就在围观中使的人群中,有一个身份特殊的妙龄女子正对这位劳军中使打起了别样主意。而这女子不是别人,正是魏国公家的四小姐——徐妙锦。

本来徐妙锦不应该出现在这里。那日与朱棣告别后,她在狗儿、尹庆的保护下一路南下,准备经运河返回京师。只是刚进入沧州,前方便传来了坏消息——河间府守将徐凯为从山东运粮,将河间与整个山东境内的漕船悉数征用了!

没了漕船,这意味着要想南下必须骑马赶路。徐妙锦北上时已吃够了骑马的苦头,如今却是无论如何也不愿再受这份罪了。主仆三人聚到一起商量,狗儿提了个建议,趁着真定方向尚未开战,三人不妨折而向西,从真定境内渡滹沱河南下,抵达开封后,在那里寻商船顺黄河南下。明初时,黄河夺淮河河道入海,淮河又与直隶境内的运河相通,如果选此条路线的话,这一路下来就只需坐船,再也不用受骑马之苦。

计议已定,三人遂转向真定。谁知棋差一招,就当徐妙锦一行抵达真定城附近时,燕军已攻下莫州、雄县,耿炳文下令将滹沱河沿岸各渡口封锁,南下之路已被堵死。狗儿二人无奈,便建议徐妙锦先返回北平,待打完仗后再计较。谁知徐妙锦得知燕军大胜,一时大为兴奋,竟突发奇想要见识一下大军攻城的场面。她知道大姐夫不会允许自己上战场,便索性决定进入真定府,坐观燕军攻城。

见这位小姑奶奶这么敢想,狗儿二人差点没把尿吓出来。他们倒不怕打仗,但若徐妙锦出个三长两短,他们可怎么向燕王交差?二人立即反对。可徐妙锦已拿定主意,又岂能听他们劝说?昨日下午,三人进了真定府,此时城内已混乱不堪,三人费了半天时间,才花高价找到了个小客栈住下。今日一早,得知朝中有中使前来,徐妙锦更憋闷不住,便出来看看热闹。

待中使一行走过,人群纷纷散去后,徐妙锦略微奇怪地对一旁的狗儿道:

"咦！这个中使好像是王钺！"

"管他王钺还是李钺，和咱们也扯不上关系！"狗儿耷拉着脸，没好气地回道。这小子天生嘴甜，几天下来已和同龄的徐妙锦混得十分熟稔，故而说话的胆子也大了不少。此时他正琢磨着燕王要是知道徐妙锦来了真定，回去后肯定会重罚自己，故而心情十分郁闷。

"咿呀！亏你也是内官，王钺你都不知道？他可是炆哥哥身边的红人！"徐妙锦惊讶地看了狗儿一眼，又自言自语道，"我以前听四哥说过，像这种劳军的事随便派个差不多的内官去念念旨、颁颁赏也就完了。这王钺甚得炆哥哥欢心，可以说是离了几天就不舒坦，怎么会大老远地跑这里来？"

她这么一说，狗儿立刻警觉起来。他脑子一向灵光，此时也琢磨出了不对劲："小姐说得是啊！前些年王爷出兵放马，前来劳军的中使也都是些普通角色，从没见先帝派个贴身心腹过来的！莫非这小皇爷和先帝爷不一样？"

"不对！"徐妙锦想了一想，又大摇其头道，"就算你说得有理，可这王钺也太奇怪了。你方才未瞧见么？一入城，耿老头便和王钺一同往驿馆方向去了！按理说，王钺应先至大将军行辕宣旨，然后再回驿馆，他怎么连这个规矩都忘了？就算他忘了，耿老头怎么也老老实实听他的？"

"会不会是这个王钺知道了莫州、雄县之败，要向耿炳文问罪？"尹庆犹犹豫豫道。

"军中胜负与他何干？再说了，他一个劳军中使有什么资格问耿老头的罪？"徐妙锦当即又是一阵摇头。

三人俱是无语。过了好一阵，徐妙锦忽然娇哼一声道："我看这里头肯定有玄机，咱们得找个机会去打探打探！"

话音一落，尹庆顿时大惊，连忙劝道："小姐不可！中使驻地必定守备森严，这岂是能随便打探的？"徐妙锦来真定已够让他头痛了，他可不想再节外生枝。

"怕什么？不就是王钺么？以往在宫里他没少被我使唤！"这倒不是徐妙锦自卖自夸，她要要起性子，连建文都敢指派，一个王钺又算得了什么？

"小姐说的是在宫里！"尹庆忙道，"您现在可是在真定！若是让他知道您出现在这里，回去再告诉皇帝，那您怎么解释？要知道，您可是偷跑出京的！"

"我就说在京城待闷了，出来看看打仗呗！"徐妙锦仍是满不在乎。

"小姐！"尹庆闻言哭笑不得，"就算您真爱看打仗，可您看哪儿打仗不好，偏偏就来看河北的？若让皇帝晓得您在真定，他会不会据此猜测您来北平了？奴婢也听王爷说过,朝廷现在对您家猜疑着呢!一旦皇帝起了疑心,那您家可就麻烦了!"

尹庆这话说得有道理,建文可是知道她袒护藩王的!这下,徐妙锦又没了主张,一旁的狗儿却忽然郑重道:"奴婢看小姐之言可行!这个中使浑身透着诡异,怕是皇帝又要对燕王耍什么心眼!此番咱们既然撞见,那就要探个明白。"

"对对对!一定要探个明白,可不能让大姐夫吃亏!"徐妙锦小鸡啄米般地点头。想到大姐夫,她的心立刻又坚定起来。

尹庆万没想到狗儿也会附和,一时心中大急,正要说话,狗儿却接着道:"不过小姐与王钺相熟,其他随行内官或许也有认识的,所以万不可亲自出面,此事还是由我和尹庆去办才好。"

听了这话,尹庆方舒了口气,可徐妙锦却急急道:"那可不行!依二人去,一旦被抓,肯定会被杀掉!我去就不一样了,给他王钺十个胆子,也不敢动我一根汗毛!"

狗儿嘻嘻一笑,自信满满道:"小姐放心。奴婢又不会去直闯驿馆,那不是自投罗网么?王钺随从众多,等他们随便哪个落单时,咱悄悄拿下不就完了?不是奴婢吹牛,以奴婢二人的本事,纵然失手,也没那么容易被擒!"

"那也不行!"徐妙锦仍把头摇得跟拨浪鼓似的。要帮大姐夫自就不必说了,劫官差这么刺激的事,怎么能少得了她呢?

见徐妙锦如此,狗儿似乎猜到了什么,遂涎着脸笑道:"小姐放心。奴婢劫住人后也不能在大街上审,肯定得事先找个旯旮的地儿,到时候您去那候着就行!"

"那好!你们去抓,不过抓回来一定要由我来审!"徐妙锦这才动了心,她也明白自己确实不太方便出面。虽不能像那捕快当街拿人,但至少可以做做提刑,倒也不枉自己想出这点子。想到能帮大姐夫一个大忙,她心中喜滋滋的。

"奴婢明白!"狗儿爽快应诺。尹庆略一思忖,也重重点了点头。

狗儿这人平时嘻嘻哈哈,办起正事来却一点儿也不含糊。三日后的一个夜晚,他便与尹庆扛着一个大麻袋来到了城南一座废弃的小破宅子前。轻声唤了几下后,徐妙锦打开门放他们进屋。

为了避免与所擒之人相识,徐妙锦今日用黑纱遮着面部。狗儿两个一进屋,她便埋怨道:"依二人选的什么破地方?这屋了四处漏风,待得难受得紧!"

"小姐体谅!"狗儿将麻袋扔到地上,嘿嘿一笑道,"眼下真定到处都是人,能寻到这里已很不易了。这还是我装了两晚上的厉鬼，才将住在里面的流民们全都唬走才寻到的呢！"

"莫再吹了，知道侬鬼点子多！"徐妙锦展颜一笑，旋即望着那麻袋道，"就是这个人么？"

"就是他！这小子刀架在脖子上还不老实，一张口就要乱叫，幸亏奴婢反应快，一掌将他打晕，这才扛了回来。"狗儿哼哼地说着，抬起脚隔着麻袋便对里面的人死力一踹道，"装甚个死呢！醒来了！"

麻袋里的人被踢醒，又是一阵挣扎，尹庆上前将绑住麻袋口的绳子解开，一个年约十八九岁、身着火者服饰的小内官冒了出来。见着眼前三个黑衣人，小内官先是一惊，随即一双乌溜溜的小眼睛便瞪向了蒙着面的徐妙锦。

"瞪什么瞪！"狗儿照着内官胸部便是一拳，"我家小姐问你话，不老实的话小心你的狗命！"

小内官吃痛，当即一龇牙，不过马上又嬉皮笑脸道："这位兄弟莫这大力，要把小的打背了气，可就什么也问不出来了！"

这小内官身处险境还能这般从容，徐妙锦瞧着不由大奇。见狗儿又举拳要打，她忙阻止了他，凑上前弯下身子对小内官道："侬莫要怕，我们就问侬些事情，侬老实说了，我们便放侬回去！"

之前小内官一直在昏厥中，此时首次听得徐妙锦出声，身子不由一震。不过他马上又回过神来，嘻嘻一笑道："不知小姐要问什么？"

"侬告诉我，王钺来真定做什么？"

小内官又是一抖，随即反应过来，失声叫道："原来你们是燕王的人！"

"臭小子，谁让你这么大声！"狗儿急忙上前扼住他的喉咙。

"兄弟莫要这样，我小些声就是了！"见狗儿一副凶神恶煞的样子，小内官顿时有些发怵。待狗儿松了松手，他方喘了喘气道，"几位不知道么？皇爷专程派中使来劳军的！"

"放屁！"狗儿冷笑道，"给姓耿的颁道圣旨送点皇赏，也用得着皇帝跟前的头号红人出马？"

"呀！"小内官惊讶一叫，这才发现这几个人不简单。稍微一顿，他哭丧着脸道，"几位爷爷奶奶也太高看我了，我就是一个随行侍候的小火者，哪知道中使的事？就算皇爷还有别的旨意，他也不能透露给我呀！"

小内官满脸委屈，狗儿却不吃他这一套，当即又扼住他喉咙，做出一副狰狞之态道："少跟小爷打马虎眼！小爷盯了好几日了，每次中使出入驿馆，你小子都在他身前侍候。如此看来，你就是那个鸟中使的亲信了。他与耿老头谈了什么，你就一点不知？"

"中使与耿帅都是闭门详谈，我又如何知晓？"

狗儿与尹庆对望一眼，遂对小内官冷冷道："实话给你说，你要不老实交代，今日便别想出这个大门！"

见狗儿满脸阴沉，小内官先是一惊，不过旋又恢复了镇定。思索一番，他也是一冷笑道："你也莫再吓唬我。我既然被擒，不管说不说实话都逃不过一死。就算我老实说了，你又能容我安然返回么？既然横竖都是死，我为何要你等好过？不说，好歹也算为朝廷尽忠，总比落个叛逆名声要强！"

小内官一语道毕，狗儿与尹庆都是一愣，这小子还真有几分见识，竟然能想到这一层！

"小姐，您看怎么办？"狗儿转而征询徐妙锦的意见。

徐妙锦一阵默然。其实一开始她并未想到最后会杀人，狗儿他们也有意不提这茬。但此时小内官一语点破，她顿也恍然。确实，要就这么放此人回去，那耿炳文必会全城大捕，自己就算真探得什么有用消息，也会因为耿炳文的改弦更张而变得一文不值。

"呵呵呵……"就在三人彷徨无计之时，小内官笑了起来。狗儿他们正莫名其妙，小内官忽然敛了笑声道，"也罢，我说就是了！"

"什么？"这一下徐妙锦他们目瞪口呆。就在方才自己还拿这个内官毫无办法，怎么这么快他就又要坦言相告了？

狗儿最先反应过来，当即嘻嘻一笑道："这就是了，你痛快些说，我也就给你个痛快，保证你不遭什么罪！"他还以为小内官是因怕受刑，方才转变心思。

"小爷当年进宫的疼都忍了过来，还怕你上刑？"小内官轻蔑地哼了一声又头一扬道，"不过我只和这位小姐说，你们俩都得出去！"

狗儿他们又是一愣，这又是何意？难不成他想劫持徐妙锦？

似乎看出了狗儿他们的疑惑，小内官不屑道："你们放心。我被你们绑得这么牢实，还能对这位小姐怎么样不成？"

"本姑娘还怕侬不成！"狗儿他们尚未说话，徐妙锦却先一哼道，"就依侬，不过侬也放心，只要侬如实说来，我必不伤侬性命！"

"放不放我由小姐说了算，不过还请二位不相干的先出去！"小内官镇定自若地道。

狗儿与尹庆对望一眼，又瞅了瞅徐妙锦，见她一脸坚决，便也不再言声。待把绑小内官的绳子仔细检查一遍，确认没有差错后，他们两个轻轻退出门外。

"好了，他二人都退下了，侬说吧！"徐妙锦找了把椅子坐下道。

小内官望了徐妙锦一眼，忽然扑通一下直直栽伏于地，恭敬道："奴婢见过徐四小姐！"

"咿呀！"徐妙锦嗖地从椅子上蹿起，惊讶地问道，"侬说什么来着？"

"奴婢见过徐四小姐！"小内官字正腔圆地又复述了一遍。

这下徐妙锦听清了，确认无误后，她更加惊慌，忙问道："侬怎知我的身份？"

小内官微微一笑道："奴婢以前在宫中当差，曾跟着皇爷见过小姐几次。今日小姐虽遮了面部，但声调总是变不了的。您一出声，奴婢便觉得耳熟，且您又是一副江南口音，奴婢心中便猜了个八九不离十。再加上您与那两人都问燕王之事，奴婢思索之下，便判定您是徐四小姐无疑！"

小内官解释得甚是详细，徐妙锦听了却心慌不已，自己身份甚为敏感，一旦暴露，必然酿成大祸！

"小姐勿惊！"就在徐妙锦心神不宁时，小内官又说话了，"小姐可知我身份？我就是马骐！"

"马骐？侬就是马云的那个弟弟，乾清宫的小答应？"

"不错，奴婢正是马骐，承小姐相助，现在弹子房当火者！"

乾清宫答应一大堆，徐妙锦以前从未注意过马骐这号小人物。后来虽出手相救马骐，但那也是承马云之请，事后也未见过马骐本人。此时见他这么说，徐妙锦遂上前两步，借着昏暗的烛光一瞧，果与马云颇为相像。当下她心中再无疑惑，随即问道："侬既在弹子房，怎又来了真定？"

"回小姐话，弹子房归御用监管，王钺公公见我还算恭谨，便时常交代些事情，奴婢也都办得妥妥帖帖，甚得他的欢心。此番他出使真定，便把我带了出来。"

"原来如此！"徐妙锦点了点头，遂把脸上轻纱揭了，"侬果真是王钺亲信？"

"亲信谈不上。只不过奴婢还算机灵，他此番出行，想找个火者在身边侍候，便想到了奴婢，也不过是为使得顺手罢了！"马骐三言两语，便将自己和王钺的关系撇了个清楚。

在搞清楚马骐身份后，徐妙锦顿生几分亲切之感。不过很快她又想起此次劫他的本意,忙又问道:"侬既侍候王钺,可知道他来真定所为何事?"

等的就是她这句话!马骐思索一番后轻声道:"回小姐话,王公公前来所为何事,其实奴婢本也不知晓!不过这劳军中使一开始却非是王公公,他是待原先的中使北上后,才受得皇命,带着我前来接任的。"见徐妙锦惊讶,马骐又接着道,"进真定后,他与耿大帅还有暴大人他们密议了好几次,每次我都在门外候着,其间听得一些,像是皇上要他催耿大帅赶紧发兵,争取早日平燕,而耿大帅和暴大人又不赞同。"

"那结果如何?"徐妙锦迫不及待地追问道。

马骐苦笑一声道:"奴婢都是偷听,哪能知道得那么详细?不过到昨日下午那次,耿大帅与暴大人从屋里出来时已是满脸笑容,与前几日愁眉苦脸大不相同!我后来听王公公不经意间说,真定形势复杂,平燕或还多花些时日。交代我收拾行李,后天就要出城!"

"出城?"徐妙锦一怔道,"王钺要回去了?"

"是的!"马骐点点头道,"后天辰时三刻,奴婢一行出西门南返!"

"西门?你们南返金陵,从东面的李村渡过河不是更方便?"

"小姐不知道么?"马骐望了徐妙锦一眼道,"据报,眼下燕王大军已到了无极,离东门不过三四十里地。王公公怕从东门出城被燕王派人给截了,所以改走西门,也安全些。"

原来是这样!听马骐这么一说,徐妙锦心中大概明白了:王钺八成是受炆哥哥之命催耿老头进军。耿老头他们不知用了什么办法,居然把这位中使大人糊弄了过去,恐怕短期内真定大营是不会大举出兵了!

搞清楚了内幕,徐妙锦顿时心中大急,马骐所说,大姐夫肯定还不知道,必须要尽快让他得知详情!想到这里,她恨不得立刻赶到燕军大营。

"小姐,小姐!"就在徐妙锦想着给大姐夫报信时,马骐的声音又响了起来。她抬头一瞧,马骐正满怀期冀地望着自己,她顿时反应过来,这马骐该如何处置?

想了一想,她对马骐道:"侬今日之言,可为我保密不?"

"当然,奴婢绝不泄露半字!"马骐大喜,当即痛快应诺。自打认出徐妙锦身份的那一刻起,马骐便想到了脱身之法。他之所以将狗儿他们支开,再主动坦白,这一切都是为了要打动徐妙锦。与老实本分的马云不同,马骐是个精明人,他一看架势就明白,若是向狗儿他们求情,那肯定是对牛弹琴,这两个武艺高强的燕藩奴婢是无论如何也不会留下隐患的。但徐妙锦不同，从她曾仗义助自己一节可知，这位小姐绝对是个善性人，只要打动了她，自己就有活命希望。

"那好，我放侬回去。不过侬回去后，万不可跟别人提起！"徐妙锦下定决心道。

"小姐不可！"突然，狗儿和尹庆推开门，大步流星走了进来。原来他们二人顾及徐妙锦的安危，一直躲在门口偷听，马骐的话也被他们一字不漏收入耳中。本来见马骐坦白，他二人顿时大喜。但听得徐妙锦要放人，两人立时又大惊失色，连忙闯了进来。

"小姐，此人放不得。若他是蒙我们的可怎么办？一旦他回去后向王钺告发，那后果岂堪设想？"狗儿神情急切地劝道。

"我于他有救命之恩，他此番又坦诚相告。既如此，我等岂能害其性命？"

"可是小姐……"

"不用说了！"徐妙锦不容置疑地说道，"这事就按我说的去办！若他真向王钺告密，那也是我瞎了眼，救了只白眼狼。到时候我一力承当也就是了！"

事情哪有你想得那么简单？狗儿心中暗自嘀咕。不过徐妙锦是主，他二人是奴，她既已决定，那他二人也不好说什么。想了一想，狗儿抽出短刀，架到马骐脖子上，狠狠道："若你敢泄露半字，小爷定将你大卸八块！"

先前马骐强自镇定，是因为胸有定计，此刻既已脱险，那他自也再无强横的底气了。瞧着明晃晃的钢刀，马骐心惊胆战，忙不迭地点头道："小的明白，小的绝不敢出卖小姐……"

待放走马骐，徐妙锦三人也即刻离开荒宅。第二日一大早，他们便赶紧出城，直向燕军营地奔去。

第十二章

四小姐无极送信　燕王爷真定破敌

徐妙锦一行抵达无极时,朱棣正在军帐中和金忠商讨与南军决战事宜。

到进军无极为止,燕军的进展十分顺利。但现在,他们却遇到了一个大大的难题。

当初,耿炳文定下坚守待机之策后,为了防止燕军断其粮道,便将十三万大军一分为二。其中九万在真定城内,四万则由右副将李坚统率,驻扎在滹沱河南岸的李村渡。李村渡位于真定下游十八里处,正好连着北平到河南的官道。耿炳文屯重兵于此,是为了防止燕军从这里过河,进而沿官道南下直扑大名府。大名府是南军粮饷转运之地,不可有任何闪失。

本来,耿炳文的这番布置也是良苦用心。诚然,大军分驻大河两岸,一旦燕军杀至,南军若要出城迎战便十分不利,但他从一开始就没打算和燕军决战。毕竟朱棣只有三四万人,真定则有十三万南军,强弱之比太过悬殊。在耿炳文看来,莫说朱棣没道理来真定,就是他真的来了,只要自己闭门不出,那他也只能灰溜溜地回去。不管是有九万大军镇守的真定城,还是隔河扎营的四万李坚部众,都不是燕军能够强攻下的。

可就是耿炳文的这番用心良苦,却让燕王窥到了可乘之机。还在雄县时,朱棣与金忠便得知了真定南军分兵驻扎的消息。二人当机立断,修改了拟定攻打河间的计划,转而要利用真定南军一分为二的良机,将他们逼到郊外与己决战。十三万南军倾巢而出,燕军能否取胜还真不好说,但若南军分成两部,而燕军只选其一部交手的话,那胜算自然大大增加。

就在朱棣与金忠估摸耿炳文必将出战之时,徐妙锦来到了无极。这小姑娘噼里啪啦地把所得南军内情这么一说，朱棣二人顿时被浇了个透心凉。没想到这耿炳文竟能这般沉得住气，被燕军欺负到家门口都能忍住。最让二人感到意外的是，就连前来催促进军的中使都被他说服！从眼下形势看，耿炳文是铁了心坚守不出。果真如此，形势便对燕王十分不利了。尽管雄、莫兵败，但南军主力并无损伤，对他的包围也仍是坚若磐石！若不能尽快击垮南军主力，那几个月工夫过去，等到大宁、大同等地军队整顿完毕，那朝廷便占据了绝对优势。到时候耿炳文大旗一挥，四方雄兵呼啸而至，他朱棣就是有三头六臂，也难逃败亡之局！

姜还是老的辣啊！朱棣思索半天，也没有什么好办法，只得长叹一声，把期望的目光瞄向金忠。

金忠也是眉头紧锁，过了好一阵，他方面色阴沉地道："耿炳文老谋深算，竟然这般能扛，臣倒是低估他了！"

"难道就无方法补救？"见金忠话中也颇无奈，朱棣的心顿时一沉。

"办法倒也有一个！"金忠缓缓说道。

"快说来听听。"朱棣眼光一亮。

金忠一笑，却不答话，转而问一旁的徐妙锦道："徐小姐，您方才说中使一行明早将出西门，此言可是无差？"

"嗯！没错！辰时三刻！那个马骐亲口跟我说的！"徐妙锦肯定地点了点头。

"如此便好！"金忠冷冷一哼道，"耿炳文能说动王钺，能掩盖莫雄败绩、保定易主，可他掩盖得了中使被杀的事实么？"

"咿呀！"徐妙锦一声惊呼，"莫非你要……"

"不错！"金忠眼中闪过一丝寒光，"只要能在中使出城之时将其截杀，那耿炳文就是想忍也忍下去了！到时候他纵有千般不愿，也必须立即与我军一决雌雄！否则莫说皇上震怒，就是京中言官的唾沫也能淹死他！"

"不可！"金忠话音一落，徐妙锦却忽然大叫道，"王钺不是坏人，侬怎能不明不白把他杀了呢？"

见徐妙锦如此反应，金忠不由一愣，随即哭笑不得地解释道："小姐，如今燕王与朝廷已势不两立，王钺乃朝廷中使，他若不是坏人，难道王爷是坏人不成？杀他就是杀敌，这哪是不明不白了？"

"这……"徐妙锦一时语塞。其实她与建文本身倒没什么大矛盾，不过是看不惯他削燕藩了。尽管到北平之后，她对朝廷与燕王的恩恩怨怨也有了些了解，但也只是笼统听听而已。直到昨日，她才从狗儿要杀马骐的态度中第一次感受到这种你死我活的态势。此时金忠又提出要杀王钺以逼耿炳文，她虽然惊恐，但稍一思索，却也找不出理由反驳。

在徐妙锦的认识中，敌人都是穷凶极恶之辈！而这王钺一直都是勤勉本分，对自己也是恭恭敬敬，从哪方面看，他也不像是自己的敌人啊？徐妙锦左思右想，却怎么也辨不清这其中纠葛，一时陷入迷茫之中。

见徐妙锦满脸迷惘，朱棣微微一笑道："小妹想什么呢？其实这王钺也未必就非杀不可！"

徐妙锦眼光一亮道："大姐夫说的是真的？"

"当然！只需吓吓他就行了。速平燕王乃朝堂众臣的共识，皇上也持此意。然耿炳文却冒天下之大不韪，龟缩不出，已是让朝廷不满；且其连败两场，丧师辱国，其处境必然更加艰难。就算王钺愿帮他说话，可若我在城下施以偷袭，就算不成，王钺必也惊恐不已，进而对耿炳文大为光火。且中使被袭，此事耿炳文无论如何也瞒不住，到时候皇上得知，必然大发雷霆。种种事情汇集一起，耿炳文岂能不被降罪？他若不想身败名裂，唯有速与我军决战，力争求胜以将功补过。只要他出战，我的意图便已达到。至于区区一王钺，其生死又何足道哉？"

"大姐夫英明！"徐妙锦高兴地大叫。能不杀王钺，当然再好不过了。有了这么一个两全其美的结局，她先前的那些迷惘彷徨顿也飞到了九霄云外，对朱棣更是敬佩不已。

金忠思索一番，亦觉得朱棣之言有理，遂也不再坚持己见。不过接下来朱棣的话，却让金忠和妙锦都惊得目瞪口呆。

"我决意明日亲自带马和、狗儿、尹庆三人突袭中使！"朱棣稍作思忖，铿锵言道。

"什么……"徐妙锦和金忠吓了一跳，齐齐出声道，"万万不可！"

见二人异口同声，朱棣不由一乐："但凡上阵，我从来都是冲锋陷阵，此次偷袭怎就不可？"

"王爷乃三军统帅，岂能弃大军而逞一夫之勇？且偷袭中使，一偏将即可为之，又何劳王爷亲自出马？"金忠当即反驳。

"岂是一夫之勇？"朱棣摇头道，"偷袭中使，事关此役成败。我亲自出马，更能让那王钺怒不可遏，从而迫使耿炳文不得不战。若仅遣偏将为之，唯虑耿炳文又巧言令色，糊弄过去。果真如此，则功亏一篑，决战亦将遥遥无期，对我燕军大为不利！"

"即便如此,王爷也不能冒这般大险!"金忠诚恳言道,"中使一行,仅扈从官军便不下百人,再加上耿炳文之护卫亲兵,岂可小觑? 王爷仅率三骑出马,万一有个闪失可如何是好?"

"世忠信不过本王么?"朱棣呵呵一笑,"既为偷袭,便在于出其不意,又哪是倚多为胜? 且我军现在城东,要绕至西门,其间路程亦需十几里,若所携兵马过多,则很难避过南军哨骑。一旦南军得知我部移动,中使又岂敢出城? 故携三骑便可。且如此更能激得中使恼羞成怒,促其出战的胜算也大了几分!"

"这……"见朱棣这般坚决,金忠顿时大急,他瞄了一眼徐妙锦咬牙道,"王爷,四小姐所报固然要紧,然其当时放走那个马骐便已留下隐患。万一马骐利欲熏心,将被擒之事告于王铖可怎么办? 若王铖他们将计就计,在西门设下伏兵来个守株待兔,那王爷此去岂非自投罗网? 马骐心性,我等不能尽知,此类情况,不可不虑啊?"

徐妙锦却丝毫不以金忠之言为忤,她眼下关心的全是朱棣的安危。金忠话音方落,她便连连点头道:"是呢! 大姐夫不要去,万一侬有个三长两短可怎么办?"

朱棣一阵沉默。徐妙锦放走马骐确实是一个隐患,不过他知道这位妹子的性情,故而也不能怪她。不过想了一想,朱棣仍道:"即便那个马骐报信也无妨。真定四周皆是平川之地,要想伏兵也不是那么容易的! 且王铖他们就是有天大的能耐,也想不到我会亲自前往。而若以中使为饵,仅为捕我燕军一偏将,想来耿炳文也不会去担这个风险。如此,事情最坏也不过是王铖改变行程,本王扑个空罢了,万不至于有去无回!"

"王爷……"

"世忠勿要再劝!"朱棣打断金忠的话,不容置喙道,"真定一役,关乎燕藩气运。而迫使南军主力出战,更是我军得胜的关键! 如今耿炳文龟缩不出,我军要想取胜,也只有截杀中使一途了! 事关全局,本王就是担些风险也值得!"

金忠一阵默然,他明白朱棣的脾气,一旦他下定决心,旁人就是磨破嘴皮也是白搭。半晌,他叹了口气道:"既如此,臣便去调度兵马,待明日王爷马到功成后,即刻进逼真定城下!"

"世忠思虑周全!"朱棣衷心一赞。这便是他最欣赏金忠的地方,即便他不赞同自己意见,但一旦无可更改,他也能将后续事宜安排得妥妥当当,绝不会怄气撂挑子。

金忠走后，朱棣埋起头考虑明日偷袭之事。忽然，徐妙锦喊道："大姐夫，明日之战，我也要上阵，和侬一起杀敌！"

"唔……"朱棣一愣，这才发现徐妙锦这小妮子原来还在这里，他呵呵一笑道，"你一个女孩子家做这些干什么？战场上刀枪无眼，万一有个闪失可怎么办？"

"不嘛！"徐妙锦大为不满，当即嚷道，"侬都可以打仗，我怎就不行？我就是要上阵！再说了，我帮了侬这大的忙，侬凭什么不让我上阵？"

这妹子在金陵时就嚷着要驰骋疆场，自己怎么把这茬给忘了！朱棣一拍脑袋。不过话虽如此，真让她上阵那肯定是万万不可的。然而直接拒绝肯定不行，依她的脾气，肯定会闹得天翻地覆。想了想，朱棣开口道："不是姐夫不依你。可你也知道，南军将帅都是朝中大臣，他们哪个不认识你？若你在战场上被他们瞧见，回去奏与皇上，那你们徐家可怎么办？"

闻言，徐妙锦立时泄了气，家人永远是她的软肋，这一点朱棣拿得太准了。过了好一阵，她才一跺脚，心不甘情不愿地嘀咕道："好不容易才碰到有仗打，却又黄了！"

朱棣心中暗暗好笑。不过徐妙锦这么一说，倒让他念起一件事，这妹子要怎么安置？

思忖一番，朱棣说道："妹子，眼下正逢大战，南北往来已经断绝，你再南下路上也不安全。不如这样，你先回北平，待过些日子等路上安静了，我再派人送你回去。你看如何？"

"咿呀……"徐妙锦欢声一叫。她本来就不想回金陵，此时朱棣松口，允她在北平待下去，她当然喜不自胜。不过再一想，她又叫道，"那我在北平，我家里可怎么办？我走之前留的信里，只说是外出游玩，过一两个月就回去的。"

"你那番鬼话，哪骗得了你那些哥哥？"朱棣哈哈笑道，"你一出走，他们便猜到可能是来北平了。前两日增寿来信，专门问你行踪。正好这些日军务繁忙，我没来得及回信，待这仗打完后，我遣人偷偷进一趟京，将你的事告诉他们，也让他们放宽心！"

"四哥来信了？"徐妙锦奇怪地问道，"他不是不和你来往了么？"

"那还不是你逼的？"朱棣微笑着道，"你走得倒是痛快，可是把他们给吓得不轻。皇后好几次派人去徐家宣你入宫，增寿生怕走漏风声，只言你卧病在床，这才对付过去，听说皇后还赐了不少药给你！"

169

"那就送给他们去吃吧！"徐妙锦嘻嘻一笑。没了家里拖累，她就是在北平待上个三年五载也乐意！

"对了！"朱棣想起什么，又道，"增寿来信之事，万勿跟别人提起！"

"为什么？"徐妙锦不解道。

"这你都不懂？要让别人知道他送信给我还了得？万一有言官心怀叵测，说他实际上是暗通燕王，给我传递军情，那他麻烦可就大了！"

"那也是他活该，谁叫他那么势利！"想到四哥那副胆小如鼠的样子，徐妙锦当即一阵冷哼。不过话虽这么说，想到四哥挂念自己，她的气也消了不少。当天夜晚，一队轻骑护送着徐妙锦向北平方向奔去。待她一行走远，朱棣换上戎装，与马和他们一路潜行，悄悄奔至真定西郊潜伏下来。

第二日是个大晴天。辰时三刻，真定西门外旌旗招展，在一众文武和随从的簇拥下，平燕总兵官耿炳文与劳军中使并肩走出城门。

耿炳文今天心情很不错。本来，王钺刚一进城，便得到了莫、雄惨败和保定失守的消息，当时便拉下了脸。其后，程济一番言语，把耿炳文的龟缩功夫描绘得栩栩如生，更使他震怒不已。王钺此来是受了建文的嘱托，要催耿炳文尽快进兵。眼见真定大军龟缩不出，莫、雄四万人马又灰飞烟灭，他岂能不找耿炳文的麻烦？好在耿炳文早有准备，拉上暴昭一起把这位中使大人一阵好哄，又极言燕山铁骑的厉害，好说歹说，总算让王钺的怒火平息了些。随后几天，耿炳文带着王钺巡视军营，所到之处，不是这个军士腹泻，就是那个校官卧床，连安陆侯吴杰都是一副病恹恹之态。直到这时，王钺才对战争形势有所改观。

王钺此来，虽是催耿炳文进兵，但也有代建文检阅三军的意思。如今眼见江南士卒水土不服，他虽然心急，但也无法可想。见王钺心有所动，耿炳文忙又打起了保票，言只需过得数月，待将士们适应了环境，他便亲率大军北上，一举踏平北平。

耿炳文毕竟是开国元勋，王钺虽是中使，也不敢强逼他进军。何况就王钺所见，王师确实问题多多。思来想去，王钺终于松了口，答应回去后替耿炳文说说好话，力争让皇上勿追究莫、雄惨败和龟缩不出的罪过。不过饶是如此，王钺也事先声明：皇上平燕之心甚切，他务须力争尽快进兵，否则拖得久了，皇上也等不下去。

见王钺这般说，耿炳文满口答应，心里想只要你能帮我顶住皇上，那将在外君命有所不受,我好歹也能再拖上三四个月。有了这三四个月的工夫,大宁和大同没准儿就能缓过劲来。到时候再全军出击,他燕藩焉能不灭?

又向外走了一阵,王钺止步对耿炳文拱手道:"也罢,便送到这吧!只是这平燕之事,耿大帅务要加快时日,皇上还等着您的佳音呢!"

"王公公放心!"耿炳文边说话边作了一个地道的长揖。堂堂长兴侯、平燕总兵官却要对一个阉货低三下四,他想着就窝火。无奈形势比人强,如今自己处境堪忧,纵有千般不愿,他也只能忍了!

"王公公一路小心!待回京师,下官再请王公公到醉仙楼畅饮一场!"暴昭也赶了上来,和王钺拱手作别。

"燕军!燕军……"就在三人道别之际,忽然传来一阵喧哗声。紧接着,两旁仪仗军士一阵骚动。王钺扭头一看,顿时吓了一跳:只见四名骑士正势如闪电地飞驰而来!领头的骑士戴银凤翅铁盔,身披方领对襟鱼鳞罩甲,正满脸杀气地冲向自己。

当王钺的身影出现在眼前时,朱棣便知道自己成功了!只要能将这位中使吓得三魂出窍,耿炳文必出战无疑!

五百步!四百步!三百步!就在真定城外一片混乱的当口,朱棣四人已经越逼越近。中使的仪仗卤簿已扔弃在地,随从也开始逃散,王钺等人连滚带爬,拼命往城门逃去。

"亲兵何在,拦住燕庶人!"耿炳文一声怒喝,被惊呆了的帅府亲兵们反应过来。他们都是耿炳文最忠诚的卫士,这时候终于如梦初醒,开始匆匆结阵御敌。

"啊……"

"哎呀……"

伴随着一阵哀号声,官道临时结阵的几个卫士已被长剑刺中,其余的也被铁骑冲得七零八落,四散而逃。

朱棣瞧都不瞧这些虾兵蟹将,只一夹马腹向前猛冲。耿炳文就在眼前,只要杀了他们,那南军必然大乱!到时候别说决战,就连真定城他们也未必能守得住!

不过朱棣终究是棋差一招。帅府亲兵们固是螳臂当车,但也多少阻滞了燕王的攻势。当最后一群卫士被杀散时,耿炳文一伙人已逃过了吊桥。

"快起吊桥!"耿炳文向城头咆哮一声,又继续向城门狂奔。只有进了城,才能算真正地脱离险境。城头的南军得令,手忙脚乱地开始转舵。在连番的惊叫声中,吊桥缓缓抬起。

见吊桥渐起,朱棣忙催马向前,赶在吊桥升高之前,挥剑过顶一划,桥右边的缆绳顿时被割断。跟在后面的马和、狗儿、尹庆相继赶到。马和见缆绳已断了一根,马上赶到左边,将另一根割断,吊桥"啪"的一响,重重砸落在地。

不过就这片刻工夫,耿炳文与王钺已通过侧门进了城。耿炳文的官帽已在跑动中失落,几丝发缕披在面前,其状甚为狼狈。

"嗖!"就在众人惊惶间,一支鸣镝凌空飞至。只听得一声惨叫,一名偏将中箭身亡!

"你等都听好了!"城下传来燕王雄浑的声音,"你等党附齐、黄,构陷宗亲,罪在不赦。此次本王奉天靖难,你等若识天命,则尽早归降,如此还算是大明忠臣。否则,我燕军铁骑必将踏平真定,到时候玉石俱焚,悔之无及!"说完,朱棣狂笑一声,带着狗儿他们扬长而去。

见朱棣嚣张至此,耿炳文气得七窍生烟,当即扭头狂吼道:"快开炮!弓弩手赶紧放箭……"

"燕贼都跑得没影儿了,耿大人再叫又有何用?"一阵冷冷的声音传来,耿璿扭头一瞧,说话的正是参军程济!

耿炳文心头一紧,程济这几日很是闹腾,此番中使被截,性命几至不保,他在这当口说这么一出,无疑对自己大大不利。耿炳文一瞧王钺,只见这位中使已是脸色铁青,一双眼珠子死死盯着自己,摆明了是愤怒到极点!

"王公公!"耿炳文干笑一声,对王钺道,"今日之事,实乃意外,我亦不料得燕庶人竟突然杀出……"

"耿大人当然没料到了……"耿炳文正自说话,王钺已打断他话,"若耿大人连这都能料到还了得?"

"王公公……"

"耿大人莫说了!"王钺冷冷一声,又将耿炳文的话截断,"真定有十三万王师,燕庶人却能仅率三骑便来袭击中使!这便是耿大人的坚守待机?小的一个下贱之人,也没资格置喙耿大人的决策,唯有将真定种种如实转述圣上,他老人家自有决断!"说完,他也不看耿炳文,竟自一甩袖子去了。

耿炳文欲哭无泪!王钺寥寥数语,无疑将他最后一丝希望击得粉碎。莫雄惨败,外加中使城下被袭,这样的消息传到京城,天子的震怒可想而知!到时候别说自己帅位不保,一生英明全毁,就是辛辛苦苦打拼一辈子换来的爵位恐也会被削去！而若不想落得这身败名裂的结局的话，摆在他面前的路便只剩下一条可选……

"报……"就在耿炳文茫然无措之际，一名小校跌跌撞撞地跑上城头，"禀大帅，无极的燕军全部出营，正向真定逼近！"

"啊……"城头的真定文武们一下炸开了锅。这边燕王刚袭完中使，那边燕军便杀向城来，燕王嚣张至此，这该如何应付？刹那间，众人的目光不约而同地瞄向了耿炳文。

耿炳文呆若木鸡，过了好一阵，他方回过神来。将一众属下扫视一遍，耿炳文忽然仰天长啸。

"大帅……"暴昭失声一唤。

"暴大人莫要说了！"深吸一口气，耿炳文黯然道，"传令全军出城，与燕军决战！"

南军开出真定城列阵的同时，朱棣也返回燕军阵中。望着远处逐渐扬起的尘土，朱棣摇头一笑，对一旁的金忠淡淡道："心急则乱！"

耿炳文确实是心急则乱。当初他想着坚守不出，便将自己十三万大军分屯于滹沱河两岸。可现在自己不仅要出城，还得在真定城郊与燕军决战，这就很不妙了。真定城内九万大军，除去病弱及守城部卒，耿炳文只能带出六万人马。面对与胡人厮杀多年，骁勇冠于海内的三万燕军，六万南军的实力其实并不占优势。因此，为了确保胜利，滹沱河南岸的四万大军也必须参战。

可匆忙之间，四万南军要渡河参战也不是那么容易的。滹沱河是河北最大的河流，此时又是初秋，河水十分湍急，渡河颇费周折。而且南军驻地李村渡与在真定东北列阵的燕军相隔并不遥远。一旦贸然渡河，被燕军来个半渡而击，那后果不堪设想。

不过耿炳文毕竟是百战老将，尽管是匆忙出击，他也想好了应对办法。一出城门，他便催促着南军列阵，只想趁着燕军杀到之前，先与他们纠缠在一起。虽说驱使步兵为主的江南士卒去主动攻击燕山铁骑，这无疑会大大增加不必要的伤亡。但只要能缠住燕军主力，李坚部便能从容渡河。有了这四万人马，耿炳文以三敌一，还是很有胜算的。

但耿炳文固然老谋深算，可朱棣又岂是善茬？早在昨日定计袭击中使之后，他便和金忠想好了今日决战的方略。回营后，稍作休息，朱棣便带领着两万余健儿呼啸而出，直向正在闹哄哄布阵的耿炳文主力猛扑过去。而另一边，一名传令小旗调转马头,飞速向后奔去。

当看着燕山铁骑山呼海啸般杀过来时,耿炳文便知道坏事了。南军刚出城不过三四里地,连阵势都未完全展开。此时迎击燕山铁骑,虽说不至于溃散,但也失了先机。

随着一阵刀枪的撞击声,南军与燕军厮杀到了一起。燕山铁骑名不虚传,只见这些骑士手起刀落,顷刻间南军前阵便哀号一片。六万南军中有两万是京卫士卒,这些人平日也号称精锐,但真和由大明北军演变过来的燕军骑兵相比,他们除了装备精良些外,无论是在斗志、武艺甚至协作配合上,都差了不止一筹,至于那些其他地方调来的南方士卒就更不用说了。

不过燕军毕竟人少,两万多人马对阵六万南军,想一击得逞也不是那么容易。经过短暂的慌乱后,南军也稍稍恢复过来,开始紧密阵形,竭力抵御。

耿炳文的中军就在东门吊桥外,不过此时的他倒并不关心眼前的局势。他知道,己方阵势已成,燕军一时要打败自己是不可能的。眼下他关注的,是这支燕军的人数!

根据事前的了解,燕军出北平时总兵力大约在三万上下。眼前这支燕军杀来得太快,他一开始不能估算出其总数,但观察一番后,他已估摸出了个大概:眼前这支燕军人数在两万五千余,不到三万。

搞清楚燕军的实力,耿炳文长长地出了口气。燕军经历莫、雄之仗,实力多少会有所减损,且孤军在外,粮道还需有兵力护守,两万多人,应该是朱棣能拿出的全部兵马了。而且就在前方,"朱"字大旗也正迎风飘扬,这表明朱棣正在军中。如此看来,燕军应再无奇兵对付李坚。

"传令!"耿炳文冷冷下令,"命李坚部疾速渡河!"

"是!"身后旗官一声答应。随即五色令旗中的白旗一阵挥舞,河对岸的哨骑望见,即刻飞驰而去。片刻后,远方李坚大营处便扬起尘土,开始渡河了!

"璿儿!"耿炳文继而对一旁跃跃欲试的儿子耿璿道,"把父帅的三千亲军带上,缠住燕庶人,莫要让他跑了!"耿炳文已望见朱棣正身先士卒冲杀,当即命耿璿上前缠住朱棣,让这支燕军就脱不了身。只要坚持两个时辰,李坚部就可以渡河列阵,到时候前后夹击,大败燕军不成问题。至于自己这边,这两个时辰伤亡固然不小,但耿炳文明白,只要能灭掉燕军,活捉燕庶人,哪怕这六万人马拼个精光,建文也不会怪罪!

"谨遵钧令!"耿璿虎虎有声地一应,随即带着一标人马向阵中驰去。

三千亲军一离开,耿炳文的中军顿时空荡不少。望着远处奋力搏杀的燕军骑兵,耿炳文嘴角露出一丝冷笑:"你等杀吧,看你等能猖狂到几时!只要南岸大军渡河包抄过来,你便得全军覆没!"

　　又不知过了多久,燕军与南军已杀的是难解难分,一身金色战甲的朱棣率着亲军再次向耿炳文中军奋力杀来,却被耿璿拼死拦住。望着大声呼啸的朱棣,耿炳文露出一丝鄙视的笑容!

　　"不对!"忽然,耿炳文似想到了什么,顿时猛打了个寒噤。再转念一想,他额头上的冷汗顿时冒了出来。

　　"快!"耿炳文猛地扭过头,对传令官厉声叫道,"速速传令,命李坚暂缓渡河!暂缓渡河!"

　　传令官赶紧向城头挥旗,城头得令,将一面红色大令旗挥的是呼呼作响。但这一切都来不及了,在战场东面的十余里外,一万余南军士卒已到了滹沱河北岸,左副将李坚的帅旗也已立了起来。而正在城头观战的暴昭和吴杰隐隐看到,一群黑点已出现在东北面的小丘上,正飞速向李坚部方向移去……

　　耿炳文失算了!他忘了在莫州有近万的永清二卫士卒倒戈!永清二卫重归燕藩后,便一直没了消息,真定众人一直以为他们被调回北平了。毕竟,刚刚倒戈军队便立时投入战场,面对的还是朝廷王师,这本身就是不大可能的,而且真定周围的南军哨骑也一直没有发现他们的行踪。所以,耿炳文计算燕军总数的时候,便想当然地把他们排除在外。可就在刚才,看到朱棣精神抖擞向自己中军冲来时,他才猛然意识到:以燕王之身经百战,岂会天真到坐视南岸南军于不顾,却一味与兵力远胜自己的敌人死斗?于情于理,他都应该一击不中,即刻撤兵才是!如此既打了自己个措手不及,也不会有丝毫危险,他朱棣带了十几年兵,岂会不知道这些?故而,当见朱棣毫无退兵之意,却心甘情愿地与耿璿斗得热火朝天时,耿炳文全部明白了。

　　半渡而击!为了防止被半渡而击,耿炳文从一开始就小心谨慎。可道高一尺魔高一丈,自己千算万算,仍落入燕军的圈套。

　　"击鼓!全军奋击,务要击溃燕军!"耿炳文大呼一声,随即冲到一面牛皮大鼓前,提起鼓槌死力敲了起来。震天的鼓声响起,南军将士大声嘶喊,转守为攻,向面前的燕军英勇扑去。耿炳文知道,扳回局面的唯一可能就是尽快将朱棣的主力打退。如此,虽不能算是取胜,但不至于大败亏输,并有可能保得李坚无事。只要李坚这位驸马都尉别战死或被俘,那他就还有机会再次出战,与燕王作生死之决!

可是,耿炳文能如愿吗?

在朱棣主力与耿炳文本阵杀得如火如荼之际,在他们后方七八里开外,朱能与张辅正统领着永清左右二卫,向刚刚渡河、立足未稳的南军右副总兵李坚发起了凌厉的攻势。

永清左右二卫重归燕王帐下后,先是在莫州整编,后又尾随着燕军主力一路跟进,驻扎在了无极东北近百里外的祁州乡间。保定失守后,南军哨骑侦察范围大大缩小,加之朱棣一开始就有意隐瞒实力,命二卫兵马尽择荒野潜行驻扎,如此竟逃过了南军的侦察,成了一支奇兵。昨日商定袭击中使后,朱棣便遣使飞奔祁州,命临时统率二卫的朱能、张辅星夜驰援无极。今日清晨,二卫终于赶到,并在城西的一片密林中隐蔽下来。他们的目标很明确,就是待滹沱河南岸的南军过河,再半渡击之。

当李坚的右副将大旗在北岸竖起后过了半晌,东北方向便传来隆隆的马蹄之声。

朱能麾下的永清二卫有七千人,外加朱棣配给他的一千燕山铁骑,总兵力八千。永清二卫虽比不上燕山三护卫和燕山三卫,但也是大明北军的精锐。而反观南军,京卫全在耿炳文本阵,李坚部尽是南方士卒和河南屯田军,战力勉勉强强。最要命的是,此时南军正在渡河,踏上滹沱河北岸的兵力不过一万出头,且都拥挤在一起,根本来不及布阵。而在他们身后,还有无数渡船载着后继兵马,闹闹哄哄地向北岸靠拢。

冲在燕军最前面的是张辅,紧随他身后的是一千燕山铁骑以及从永清二卫中甄选出的一千五百名轻骑,朱能则率领着五千余步卒快速跟进。眼见前方南军乱作一团,张辅便知此战必胜。两千五百名骑兵,就如两千五百个催命阎罗,给南军带来了致命的冲击!

"速结方阵!"眼见燕军越逼越近,李坚心中大骇。他用尽全身力气咆哮,力图将全军将士拢起来。

但终究来不及了。十余里的路程,对燕骑来说不过转瞬之间。就在南军惊呼着向李坚靠拢时,燕军铁骑已是呼啸而至。

"啊……"

"哎呀……"

燕军铁骑犹如风卷残云般,对惊恐的南军士卒展开凌厉攻势。而没有阵势的依持,南军步卒在驰骋纵横的燕军骑兵面前毫无抵抗力。很快,在一片惨叫声中,南军松散的阵势被轻而易举地击溃。随后,朱能赶来,将已被打散的南军一块一块地蚕食。

李坚焦急万分。可被燕军分割后,他已经丧失了对全军的控制,只能眼睁睁着南军一块一块地消亡。两个时辰过去后,战场上的南军几乎消耗殆尽,只剩下李坚本阵还在苦苦支撑。

"这李驸马倒是个坚毅之人哪!"遥遥听着李坚呼喊,朱能脸上浮出一丝不屑的笑容。此刻其他的残敌已全部肃清,本还在渡河的南军见势不妙,也不顾李坚令旗催促,纷纷折返回去,滹沱河北岸的战场上,燕军已占据绝对优势。

"看他还能硬到几时?"一旁,朱能的副将、张玉的儿子张辅冷冷答道。在他身后两千余骑兵已集结完毕,只待朱能一声令下,他便要飞驰而出,将这股顽敌消灭殆尽。

朱能一笑,却不再说话,只是将手中宝剑向前一倾。张辅会意,举剑高呼道:"攻破敌阵,杀了李坚!"

"攻破敌阵,杀了李坚!"燕军将士齐声高呼。随即,张辅一夹马腹,两千余骑士奔腾而出,排山倒海般向李坚杀去……

真定城外,耿炳文已是心急如焚!

战事已持续了近两个时辰,可燕军仍没有退兵的迹象。耿璿与朱棣交手几次,但就是拿这位燕庶人毫无办法。连城头观战的暴昭都忍耐不住,又从真定城中抽了一万步卒过来参战,可仍不能改变这僵持的局面!尚待在南岸的李坚余部早已来报,言北岸南军大部溃散,右副将李坚被围,可耿炳文却再也调不出援兵来了!

李村渡口的北岸已被燕军封锁,南岸将士强渡必然损失惨重,何况这帮人眼见近万人被燕军割韭菜般除尽,已是吓破了胆。真定倒还是有两万人,可里面有近半是老弱。而且此时出城,万一朱棣还有什么奇兵,把真定也给袭了,那这十三万大军恐怕就真得全葬送在这里了。

可本阵也不能动!经过一番不要命的搏杀,在付出了几千条人命的代价后,先前被动的局面已被扳了回来,眼下己部与燕军正处于僵持的关键时刻,自己就连一个兵也不能抽走。

派不出援兵,但李坚部却不能不救!耿炳文清楚,自己本阵与朱棣主力的僵持不可能持久,只要哪一方获得援兵,便有可能改变整个战场的局势!自己已没有援军,而朱棣还有朱能的八千奇兵!一旦这八千人击垮李坚,挟得胜之势而来,战场的局面顷刻间便会颠倒!

　　"传令三军,全力进击!命耿璿精骑不惜代价缠住燕庶人!"思虑再三后,耿炳文大声向旗官下达了命令。耿炳文知道,朱棣绝不会跟自己死拼到底。即便拿他手头的三万将士来换自己的全部十三万大军,朱棣也是万万不会换的!朝廷没了十三万兵,可以再调十三万来,可朱棣要是没了这三万兵,那他就不用再搞什么"靖难"了,直接自缚进京便是。因此,耿炳文相信,只要再让燕军死上大几千人,那就是把自己的脑袋摆在朱棣面前,他恐怕也没心思来割了!现在,他就是要以命搏命,用将士的鲜血来换时间。他已不奢望能击退燕军,但只要能在李坚崩溃前逼燕军主动退兵,那今日便没输给燕军——反之,若朱棣坚持到朱能赶到,那迎接南军的将又是一场大大的败仗!

　　战鼓齐鸣,号声震天,在耿炳文的严令督促下,南军将士鼓起最后一丝余勇,与燕军展开殊死的搏杀。

　　朱棣此时心中也是叫苦不迭。从两军开战到现在,时间已过去了两个时辰。燕军毕竟人少,面对人数倍于己的南军,长时间搏杀下来,虽然将士们仍然能战,但马力早已经乏了。这两万多燕军大部分都是骑兵,在平原作战,骑兵自然占尽了便宜,但眼下这优势已越来越不明显。尤其是燕山铁骑,因为装甲沉重,战马的脚步也是越来越沉重。一旦失去了速度的优势,那铁骑的威力就降低了大半,面对结阵而战的南军,将蒙受巨大的损失!

　　可朱棣也不能退兵。耿炳文已是杀红了眼,一个劲地缠住燕军猛攻,朱棣手下已有好些部属被南军缠住。此时要是下令退兵,南军必然士气大振,全力猛追。到时候好不容易抓住的战机化为乌有不说,若是耿炳文乘胜追击,自己不折上大几千士卒,压根儿就别想出真定地面!

　　事到如今,朱棣不由有些后悔。早知道是现在这个局面,当初整编永清二卫时就应该多拨几千匹马过去!永清二卫原本就有大部是骑兵出身,只是耿炳文为防备他们,生生将他们派去守城,成了步卒。而雄县一战,燕军缴获了九千匹战马,若将这些马重新装备给永清二卫,眼下李坚恐怕早就被灭了!只是万万没想到的是,李坚居然能临危不乱,硬是在猝不及防的情况下结阵死战,把朱能这支奇兵牢牢牵制住。照这么打下去,只要再拖上一两个时辰,到时候即便朱能杀败李坚赶来,自己最多也就是个惨胜的结局。以燕王与朝廷的悬殊实力对比而言,"惨胜如败"这四个字是绝对没错的。

"王爷,耿璿那小子又上来了!"刚从战团中杀出来歇了一炷香工夫,亲军副统领火真便高声大呼。朱棣抬头一望,远方耿炳文中军处尘沙大扬,耿璿带着帅府亲兵又气势汹汹地冲了过来。在他的带动下,南军将士士气一振,又聚在一起向前进逼。

"狗崽子!"朱高煦一声怒骂,提刀便要再冲,今天他跟着朱棣已和耿璿交了好几次手。按理说,耿炳文的这支亲军也算是南军最强悍的部众,但毕竟不能和朱棣的亲军相比。可耿璿这小子却有万夫之勇,在他的带领下,耿炳文亲军与朱棣亲军几番厮杀,愣是没让燕王父子占到半点便宜。此时见耿璿又来,朱高煦双眼冒火,恨不能立刻将这位还算得上是自己堂姐夫的驸马爷劈成两段!

朱棣也飞身上马,他心中一万个不愿和南军这样消耗下去,可形势逼得他无从选择。

"莫不是就要败在这里了吗?"一个念头滑过朱棣脑海,让这位素来坚毅的燕王也心中一惊。

"王爷……"就在众人欲出之际,火真声音又在耳边响起,不过与刚才不同的是,这一次他的语气十分激动,"您快往后瞧! 朱将军他们来了……"

朱棣闻言,当即勒马回顾,只见右后方远处已逐渐出现了一些小黑点。很快,黑点越来越多,越来越大,黑点正中的大旗也清晰起来。朱棣等人遥遥看着,军旗上面所绣,正是一个硕大的"朱"字!

"呜噢……"燕王亲军中爆发出雷鸣般的欢呼声。朱能他们终于到了,他们终于在最关键的时刻赶到了战场! 他们击败了李坚,扫除了燕军的后顾之忧。

朱棣也是激动万分,不过主帅的身份由不得他像朱高煦、火真他们一样喜形于色。深吸了口气,朱棣中气十足地大声叫道:"朱能已至,李坚伏诛,我军稳操胜券! 众将士随本王上前,击破南军,活捉耿炳文,拿下真定!"

"活捉耿炳文,拿下真定!"三千亲军齐声高呼。朱棣也不待与朱能会合,便率领亲军,先向前方狠狠扑去!

战局顿时骤转。朱能不仅带来了一支生力军,让燕军将士增添无限勇气,也给南军造成了巨大的心理冲击。当看到右副将金光闪闪的头盔被燕军挑于枪尖时,南军最后的心理防线也崩溃了。随之,在燕军的狂攻下,南军不可避免地开始崩溃。先是士卒,继而将校,到最后,连左副将宁忠都阻拦不住,也被溃逃的洪流裹挟着，向真定城方向拼命奔去。

耿炳文目瞪口呆地看着眼前的一切。此刻各部南军都开始溃退，连他的中军都受到了冲击，好在耿璇及时撤回，才稍稍稳定住了局势。不过这也是暂时的，燕军就跟在溃退的南军后面追杀，南军连喘息的机会都没有，只能不停夺路狂奔，向真定城逃命。

"父帅，事不可为矣，撤吧！"耿璇赶到耿炳文面前，急匆匆地喊道。在他身后，燕军已经越逼越近，再过不了多久就要杀到中军阵前了。

"撤？"耿炳文瞅了瞅儿子，心里一片悲凉。此战一败，耿炳文一身英明也就毁了。什么开国元勋，什么长兴侯，此刻全成了笑柄。他一辈子胜仗无数，到老了却遭逢这么一场惨败。他不敢想象，回京后将遭到怎样的羞辱和责难！

"父亲，再不撤就来不及了，赶快回守真定要紧！"望着一脸茫然的父亲，耿璇焦急万分地又催促道。

真定！耿炳文一个激灵，终于回过些神来。不错，一定要保住真定！眼下南军大败，各部溃不成军，若在这个当口让燕军趁机把真定也给破了，那自己可真就是百死莫赎了！打个败仗，死几万人，自己最惨的下场不过是被下狱问罪。若真定失守，那十三万大军必然全军覆没，到时候自己除了拔剑自刎，恐怕再无他路可选，就连家人也难免遭池鱼之殃。

稳住心神，耿炳文终于开始布置撤退。在他的命令下，耿璇率三千亲军回奔真定，将东门牢牢护住，掩护溃军回城。耿炳文则带领着尚未溃退的中军将士列阵徐退，阻滞燕军攻势。

他到底是百战老将，此时虽逢大败，但他临危不乱，成功地避免了兵败如山倒。燕军其实也是强弩之末，虽然仍在追击，但图的不过是痛打落水狗而已。耿炳文稳住中军，一时倒让燕军没有办法。而在真定东门，耿璇的赶回也起到了至关重要的作用。丘福本率着一支精骑趁乱冲进城内，眼看就要破城，但因朱棣主力被耿炳文拦住，丘福后继无援，又被耿璇纠缠，不得已只好退出城来。经过一番争斗，南军在又付出上万条人命的代价后，其余大部人马终于平安地退入了真定城。

当天晚上，无极县城。

经过一整日的奋战，燕军上下早已是人困马乏，不过因着大胜，大家的兴致依然十分高昂。大帐内，朱棣设下酒宴，款待众位奋战归来的主要将领。

待酒过三巡，朱能与张辅对望一眼，拱手问道："请问王爷，此番得胜，所俘将校是否一律诛杀，以震慑南军？"

朱棣一愣，这才想起来还有几十个南军将校等着自己处置。想了一想，朱棣问道："这些人不肯降？"

"宁忠、刘燧等十来人愿降，现已另行看押，然而顾成等数十人坚持不降。"

"可有出言辱骂？"朱棣又追问道。

"有几个骂的，大多只是闷头不言！"

"闷头不言？"朱棣扭头一想，随即微微一笑道，"既然如此，不降就不降吧！传令下去，让他们饱餐一顿，养足精力骂上一宿，明日一早，全部放回真定城！"

"放？"朱能和张辅有些意外。之前攻克怀来时，朱棣毫不手软地砍掉了数十名被俘将校的脑袋。眼下刚过去一个月，当再次面对不降的南军将校时，朱棣不但不杀他们，甚至都不押回北平，而是直接释放，这又是何道理？

似乎看出了二将的疑惑，朱棣呵呵一笑道："士弘和文弼无须疑惑。其实怀来杀俘，真定释俘，这两番处置，本王均有道理。先前怀来宋忠所部将校乃天子鹰犬，所以才被最先派来参与削燕之事。本王对此等人物都手软的话，以后其他将领岂不更加肆无忌惮？反正打败了也没事，天下武将岂不个个争先，都来拿本王身家换功名？这是其一。"

"至于这第二嘛！顾成等人都是从各省征调而来，既非皇上心腹，也非奸臣嫡系，他们伐燕不过是受朝廷之令，不得不为而已！他们之所以不降，也不过是畏惧朝廷势大，且昧于忠君陋见罢了。本王对此等人不杀，便可以为天下武官做个表率，让他们知道本王的好处！待他们回去一宣扬，整个大明的武将都会知道，只要别铁了心追随皇上跟本王作对，那本王也不会将他们往死里逼。到时候两军相见，他们便会多存一番计较，如此我燕军也就多了一分胜算！"

搞清楚状况后，朱能与张辅恍然大悟，对朱棣更加心悦诚服。朱能一拱手道："既然如此，末将这就去安排，索性也将他们松了绑，只多派人在房外看着就是了。"

"正是如此！"朱棣微笑颔首。

待二人告退欲出屋，朱棣忽又想到什么，当即出声道："且慢！本王且问你，这顾成可有出言辱骂？"

二将一愣，朱能转身答道："没有。此人与众不同，倒是酣睡如泥，竟似半分忧心也无！"

"好一个酣睡如泥！"朱棣开怀大笑，末了道，"此人先不能放！顾成是开国老

181

将,昔年在父皇帐下做亲兵,后又长年在云南剿蛮夷,甚有威望。如此良才,若能收之,必为我燕藩一大助力!"

"王爷能劝得顾成?"朱能奇道。顾成常年在云贵,与燕藩素无往来,朱能怎么看他也不像会投降燕藩的。

"士弘有所不知,昔年顾成在父皇帐下做亲兵时,曾受命教我武艺,如此算来,他还是本王的恩师。只是此人谨慎,自本王就藩后就断了往来。只要本王诚心相待,晓以利害,他被说动也未可知!"

朱棣的判断没有错,当他站在顾成面前一番悉心抚慰后,这位在南军中颇有名气的老将也归附了燕藩。朱棣大喜,当即将其送回北平,命其协助朱高炽守城。

接下来的战事平淡无奇。一场大败后,南军损伤惨重,士气跌至谷底,耿炳文也彻底丧失了翻盘的本钱。在几次挑衅、南军皆闭城不出后,燕军遂也不强攻,便启程返回北平。

临走之时,为防南军趁机偷袭,朱棣与金忠带着亲军断后。望着空空荡荡的无极县城,朱棣忽然脸上浮出一丝忧色道:"此番虽得大胜,然皇上必将恼羞成怒,来日再举北伐,南军声势恐更胜今朝!"

金忠心中一沉,不过他马上又洒脱地笑道:"兵来将挡,水来土掩。昔日项王仅以八千子弟兴兵,而终亡强秦。今我燕藩之盛,远较项氏初时,何惧朝廷势大?只是不知耿炳文之后,朝廷将以何人为帅。若仅是章邯、王离辈,则我军胜算就更添了几分!"

"章邯、王离?"朱棣轻声一哼,随即淡淡道,"是李景隆!"

第十三章

得败报建文忧心 再北伐景隆主兵

八月底正是江南最舒适的时节,金陵城内秋高气爽,气候得宜。京师士民纷纷选在这时候外出郊游,一览吴头楚尾的美好河山。即便是待在城内的人也是浑身舒泰,干什么都觉得惬意。

这日下午,建文处理完一天政务,舒服地伸了个懒腰,从闷了一天的乾清宫出来。殿外丹墀下面,一架大凉步辇停于阶前。乾清宫答应长随江保早已在辇前候着,见建文出来,他一溜烟地迎上去哈着腰笑道:"皇爷今日出来得早,可是要回乾清宫么?"

江保和马骐一样,都是建文登基后起用的近侍。不过江保却颇得建文欢心,现已成了宫里仅次于王钺的红人。前段日子建文一时高兴,还说要升他做乾清宫打卯牌子。此话一出口,江保更是容光焕发,在建文面前百倍殷勤。

见江保发问,建文想了一想答道:"不回了,先去慈宁宫看看母后吧!"

"是。"江保干净利落地回了一声,忙又伺候建文上辇。待就绪后,忽然一个小内官匆匆来到江保跟前附耳说了几句,江保神色顿时一滞。

"什么事?"建文眉头一皱。

"兵部尚书齐大人在左掖门递牌子请见!"

"都过了散衙时辰了,他还来做什么?"建文摆摆手道,"有什么事儿,叫他明日早朝过后再说!"

江保看了看旁边的小内官,小心道:"陛下,听这小厮说齐大人很是焦急,说是北边有大事儿,急着要见陛下!"

北边?齐泰身为兵部尚书,散衙后求见且说有大事儿,建文顿觉不妙,赶紧道："叫他到武英殿候着，朕马上就到。"

当建文匆匆赶到武英殿时，齐泰正在大殿内急得团团转。待见建文驾到，他"扑通"一声跪倒于地，声音颤抖地说道："陛下，北平那边坏事儿了！"

建文本就提着颗心，此刻见齐泰这般语态，更是心惊肉跳。他竭力定下心神说道："齐爱卿不要急，有什么事慢慢说！"

齐泰没有回话，他抖索着双手，从袖中拿出一份军报，战战兢兢地递给建文，旋又马上将头垂了下去。

军报内容很是简洁，大致叙述了从雄县被破到真定大败的过程。建文看了两遍，才将军报放到御案上，却是沉默不语。

皇帝不说话，齐泰感到奇怪。他本以为建文会大为震怒，将他这个兵部尚书怒斥一番，却不料这位年轻天子竟如此沉得住气。

等了半天，见建文仍没有说话的意思，齐泰终于忍不住了。他抬起头，小心翼翼地望了建文一眼道："陛下，此番平燕告败，臣身为兵部尚书，运筹不力，请陛下降罪责罚。"说完，他狠狠磕了三个响头，然后心惊胆战地等着建文的回答。

建文又说话了，此时他言语中充满了颓丧："照耿炳文所言，此战官军可谓惨败，连他都已被打得闭门不出，朝廷损失恐是不小，想来北平那边儿又要气焰大涨了！你倒是说说，这平燕之事却该如何为继？"

齐泰见建文只是发愁，倒不像要大肆问罪的样子，心中倒有些奇怪。不过一想之下他顿时明白，耿炳文这份军报颇多隐晦之处，皇上毕竟年轻，且一向又对燕藩轻视，故而虽遭大败，但也没把局势想得过于严峻。

建文虽不甚清楚，齐泰毕竟在兵部干了十几年，心中已是有数。从这一连串的败事到对伤亡数字的语焉不详中，他知道朝廷这次肯定吃了大亏。

耿炳文是齐泰一力推荐的，这次他打了大败仗，齐泰也有连带之过。军报可以含糊其词，但纸终究是包不住火的，过不了几日，王师惨败的详情便会传回京城，到时候建文还会不会这么镇定自若可就不好说了。齐泰心中更清楚，耿炳文之所以先送这么一份军报到兵部，就是要他赶紧想办法，提前给建文一个心理准备，免得他突然得知王师损失惨重，发雷霆之怒。

齐泰当然要想办法，这不仅是为了耿炳文，也是为了自己。想了一想，他又奏道："此军情乃仓促间报来，语焉不详。我军到底败到什么地步，眼下仍不好说。依臣看，陛下不若暂将此事搁下，待耿大帅、暴尚书等人的详细奏本送到再视情况而定，眼下倒是安抚京师人心为上。"齐泰寥寥数语，又不动声色地将话题转到稳定朝局上头,免得建文继续纠缠于兵败一事。只要建文的平燕决心不变,那耿炳文且不说,最起码自己便不会遭受重罚。

齐泰说完,建文一琢磨也对。败都败了,不管败成什么样,自己也无法挽回。兵败之际,最要防范王宁等勋戚乘机兴事。京中勋戚中本就有很多人不想和燕王开战,若让他们占了上风,与削藩一派对立起来,朝廷就先乱了。建文决定听从齐泰的建议,问道:"齐爱卿以为朕当如何应对?"

齐泰见皇帝如此问,心下也是大安,当即道:"兵败之事,早晚朝野皆知。皇上为众臣仰望所系,一举一动可为朝廷风向。臣以为在朝廷定出新策之前,皇上务须沉着应对,无视勋戚诋毁削藩之言,如此方能肃清非议,坚定上下平燕决心!"

"爱卿之意,是要朕在朝堂上继续鼎力支持平燕之论?"

"非也!"齐泰此刻心境已从先前的惶恐中恢复过来,从容道,"皇上平燕的决心不用说众臣也都知道,只是树欲静而风不止,朝中一些勋戚却总不安分。皇上于此兵败之时,若继续公开支持平燕,勋戚们必然会借机生事,到时候还不知道会生出什么祸端来!眼下王师不顺,朝局切不可再生动荡。所以皇上也不必太过厚此薄彼,只需置之不理,着力淡化兵败一事便可。如此一来,勋戚们既知了皇上心意,又无由头发泄,便难以挑唆士民制造谬议,朝局也可得以稳定!"

齐泰分析独到,建文听了也觉在理,但心中却不由生出一丝无奈:自己终究是资望不足。此刻若是皇祖父在位,以他威慑天下的气势,又哪里会有什么臣子出来捣乱?可轮到自己当皇帝,不但藩王要造反,就连在平叛这种天经地义的事儿上,自己也得和大臣们斗心机,这皇帝当得真是让人憋气!

不过憋屈归憋屈,建文终究不是朱元璋。要想把平燕大业继续下去,他就必须得放下身段去妥协,去忍受勋戚们的冷嘲热讽!建文长吸一口气,苦笑一声道:"就如爱卿所言,朕这几日掩耳盗铃也就是了。至于接下来该如何布置,还是等真定的情况明朗后再说吧。"

齐泰以为皇帝的剿燕决心坚不可摧,但听完建文最后一句,心中却感到有些奇怪。不过时下他来不及多想,忙恭敬跪下大声答道:"是!"

……

不出齐泰所料,军报过后没几日,随着真定文武和王铖的详细奏本进京,王师损失惨重的消息便传遍了金陵的每一个角落。几日来,朝堂上纷争不休,大臣们为平燕失败一事吵作一团。王宁带着一些勋戚趁机发难,除了指责耿炳文统兵无方外,更把目标瞄准了一直主持平燕大计的齐泰、黄子澄,对他们的运筹不力口诛笔伐,扬言要追究责任。当然,勋戚所以牵上齐泰、黄子澄,压根不是为什么国事着想。除了对削燕本不赞同外,他们更想要的是通过此事将齐、黄整垮,狠狠打压文官们的气势,进而在朝堂上重新夺回优势。

对勋戚乃至部分武官们的发难,剿燕一派倒还不太在意,他们看重的是建文的态度。只要皇上除燕的决心不变,他们便不怕那帮世家子弟乱吠。

齐泰那日夤夜觐见,自觉已基本弄清了皇上的底。回去一想,他觉得尽管建文那晚最后一句话有些语焉不详,但总的来说,皇上削除藩国,集权中央的决心还没有变。齐泰暗中将这个消息透露给了黄子澄、练子宁、景清等重臣,也让他们吃了颗定心丸。果然,建文对朝臣们的不满置之不理,针对齐泰等人的参劾奏本也一律留中不发。建文的装聋作哑,让本已磨刀霍霍,准备拿剿燕派开刀的王宁等人大失所望,竟有一种拳头打在棉花上的感觉。不过他们也没有更多的办法来逼皇帝就范,毕竟战败的主要责任在真定,而非朝堂。折腾了几日,见朝局仍旧如常,勋戚们只得暂时偃旗息鼓,等待下一次机会。

这一日早朝结束,百官照例各自回衙门署事。齐泰与黄子澄结伴而行,才过午门,江保便气喘吁吁地跑了过来道:"两位大人留步,皇爷召二位武英殿见驾!"

这几日,建文一直没有召见二人,只密令他们商议下一步平燕事宜。二人为了将功折罪,也忙得脚不沾地。到现在为止,二次北伐的谋划已经就绪,但对最关键的主帅人选,两位剿燕重臣却仍没有统一意见。此时建文相召,十有八九是为了此事。于是,齐泰出言问道:"皇上可有召方先生?"

"没有!"江保很干脆地答道,"方大人这几日一直在文渊阁,据说是查阅什么周官礼仪的典籍,要给宫门换古名来着。"

齐泰与黄子澄对视一眼,心中不约而同舒了口气。这几个月来,因削藩、平燕的连番不顺,建文在讨论燕藩事宜时,经常也把方孝孺给叫上。虽说齐、黄与方孝孺私交不错,断不至因此生出嫌隙,但作为削藩、剿燕的主谋,眼见皇上越来越重视方孝孺的意见,他们二人多少也还是有些郁闷。

心中稍定,二人忙整理好衣冠,紧随着江保往宫里走去。

一进武英殿,二人便见建文手拿着一道奏本,一言不发地站在小丹墀上。见他们进来,建文也不说话,只待二人行完见驾礼,不咸不淡地说了声"平身",便自顾自地把手中奏本打开,一屁股坐回御座读起来。

建文不说话,齐泰与黄子澄也不敢出声,只能略弯着腰站在殿中。齐泰是个急性子,一炷香工夫过去后,见建文仍没说话的意思,终于憋不住了,遂一拱手轻声道:"陛下……"

"两位爱卿先看看这个!"就在齐泰刚刚出声之际,建文打断了他的话,接着将手中的奏本递给了旁边侍立着的江保。江保小心接过,将它交到齐泰手中。

齐泰与黄子澄满腹狐疑地打开奏本一看,顿时双双大惊失色只见上面写着——

……燕举兵两月矣,前后调兵不下五十余万,而一无所获。谓之国有谋臣可乎? 经营既久,军兴辄乏,将不效谋,士不效力,徒使中原无辜赤子困于转输,民不聊生,日甚一日。……彼其劝陛下削藩国者,果何心哉? 谚曰:亲者割之不断,疏者续之不坚。殊有理也。陛下不察,不待十年,悔无及也!……幸少垂洞鉴,兴灭继绝,释代王之囚,封湘王之墓,还周王于京师,迎楚、蜀为周公,俾各命世子持书劝燕,罢兵守藩,以慰宗庙之灵。

"陛下,此本何人所奏?"看完奏本,见里面的臣子姓名处已被建文涂去,齐泰当即急急问道。

"何人所奏非爱卿所当知,你只言此策可行与否!"建文淡淡答道,语气听不出是喜是怒。

"荒诞不经! 陛下若纳此策,必将悔之无及!"齐泰当即叫道。

"哦?"建文脸上显出一丝犹豫,"朕倒认为其言未尝不可考虑。自燕藩起兵,王师连连败绩,两月来朝廷损兵已近十万之多,粮饷更是不可胜计。北平狼烟遍地,百姓流离失所,此皆削藩之祸也。今燕藩势力日强,若再兴兵,恐又是战火连连。若拖延日久,朝廷开支必将不堪重负,百姓亦徒受煎熬。故朕思之,若果能如此奏所言,宥诸王之过,劝四叔罢兵归藩,如此朕虽折了些面子,但于天下却大有裨益,岂不比血战不休要强得多?"

建文方说完,齐泰便一跺脚道:"这岂是折陛下面子这么简单? 且不说此策行不通,即便能行,亦只是偷得一时之安,而其祸患必将延绵万世! 如今朝廷与燕庶人已兵戈相见,即便您赦免燕庶人罪过,他又岂会罢兵? 他又岂敢罢兵? 起兵谋反,此乃天下第一罪过,纵是陛下推心置腹,在燕庶人看来,也不过是朝廷的缓兵之计罢了! 朝廷与燕庶人心结已成,燕庶人就不怕将来朝廷再行削夺? 以朝廷与燕藩之强弱悬殊,到时候他又有何把握,能再胜得朝廷? 故以燕庶人身份处境看，其根本无退路可言！臣斗胆问陛下，若您居燕庶人之位，您能与朝廷罢兵修好吗？"

"这……"建文一时语塞。

黄子澄这时候也反应过来，上前附和道："齐大人所言甚是。若果真罢兵释诸王之过，则削藩大业必将付诸东流，朝廷威信也将荡然无存。且诸王一旦得脱归藩，亦不会因此而对陛下心存感激，其必暗蓄实力，以为戒备。如此陛下岂能安心？任其发展下去，将来朝廷与诸藩仍免不了一战，到时候陛下面对的不仅是一藩，而是所有藩王，其局势之败坏将远胜今朝！陛下欲使天下安定，其结果必将适得其反！"

齐泰与黄子澄你一言我一语，建文这才有些明白过来，眼下局势已成骑虎，仗既然已开打，那就是想收手也收不成了。不过他仍有些顾虑，喃喃道："不能罢兵，可征伐又能如何？连堂堂耿侯，拥三十万之众都被击败，燕军何其凶猛也！再这么打下去，能把燕藩荡平么？"

一直以来，建文认为朝廷灭燕不过反掌之事，因此甚少直接过问军务，这两个月他的主要目光放在方孝孺大力推行的改制上，因此对北伐的内情其实不甚了了，但身为兵部尚书的齐泰却是一清二楚。此刻建文提起三十万大军，齐泰的脸顿时一红，不过他马上断然道："陛下勿要气馁。正可谓胜负乃兵家常事，一时之得失本不足道。且耿炳文拥大兵于真定，却先是畏缩不战，坐失先机，以致莫、雄失守，保定降逆。其后又进退失据，匆忙出城，以致李驸马被燕军半渡而击，王师败绩。以臣观之，此次北伐失败，实乃耿炳文指挥无方所致，绝非王师之力不逮。因将帅之失，而断言王师不敌燕军，此失于偏颇矣！"

按理说，耿炳文的这个平燕总兵官还是齐泰一手推荐的。不过此次他确实败得太无道理，短短一个月内，他手下就折了七八万将士，是燕军总兵力的两倍还多。一想到这，齐泰就一肚子火大，再加上建文又畏惧燕军凶猛，以致瞻前顾后想要罢兵，齐泰为坚定建文的剿燕决心，也只能把责任尽数推给耿炳文了。

建文听了齐泰的话，也觉有道理。他虽然不知兵，但也想不通耿炳文怎么会败得这么惨。尤其是真定城下一仗，当时南军总兵力是燕军的三倍还要多，这种情况下都被打得大败而归，那除了耿炳文无能，建文实在找不出别的理由。而且王钺在密奏中，也对耿炳文大加贬斥，这更加深了建文对耿炳文的不满，认定他是年老懦弱，才遭此败局。

"既然是统帅之过，那就换个总兵官吧！"建文这时才把手中奏本放下，向二人说道。

建文话一出口，齐泰与黄子澄双双长出了口气。这句话无疑代表着建文同意继续北伐，那所谓的罢兵修好也总算不提了。庆幸皇帝做出正确抉择之余，二人回想起刚才发生的一切，仍不约而同感到一阵后怕：若果真和燕王修好，那不但国事就此败坏，他二人也将难逃大祸。朱棣打的就是清君侧的旗号，要燕王罢兵，那他二人必然成为朝廷安抚燕王的替罪羊。昔日汉景帝杀晁错以安七国，万一建文效法汉景帝可如何是好？故而，于公于私，他们都万万不能接受罢兵。

不过二人刚刚喘了口气，建文的一句话又将二人问住："那二次北伐，总兵一职非良将不可胜任，二位爱卿心中可有妥当人选？"

"这……"这一次该轮到齐泰语塞了。其实关于二次北伐的总兵官一职，黄子澄早已有了主意，只是齐泰死活不同意，但他又提不出合适的人选，因此在这个问题上一直不能定议。这时建文提起，齐泰一时还不知怎么回答。

直接说无合适人选肯定是不行的，如今建文已经有些心猿意马，这么说无疑会加重他内心的动摇。可说人选未定也不成，毕竟二人已商议了好几天，连主帅这么大的事都没个定议，这无论如何也说不过去。本来齐泰到武英殿前还琢磨着尽量把这个问题含糊过去，过两天再给建文答复。哪知建文一上来就提要罢兵，大大出乎事先所料，以致他不得不将兵败责任全部推给主帅，以坚定建文继续北伐的心志。但是这样也把北伐主帅这个话头带了出来，引起了建文的关注。

皇帝问话，臣自然不能不答。按道理说，建文虽问的是他二人，但齐泰是兵部尚书，此事应该由他先做答。可眼下既然齐泰无言以对，这就让黄子澄心有所动。过了片刻，见齐泰仍垂头不语，他遂上前一步拱手朗朗道："陛下，臣推荐曹国公！"

"李景隆？"

"正是。"黄子澄挺直胸膛，信心满满道，"李景隆天资聪颖，才能超群，擒拿周王一事更足见其智。且其也是皇亲，又素来忠于陛下，派他前往戡乱，必然水到渠成。"

"嗯！"建文思忖一番，微微颔首道，"景隆确实是社稷之才，只是年纪稍轻了些！"

"昔霍去病未及弱冠，便出师漠北，一战名扬天下。曹国公现已年过而立，又岂能说年轻？且当年高皇帝在世时，便对曹国公赞不绝口，此等英才，正当大用！"

"齐爱卿意下如何？"建文又点了点头，转而问齐泰意见。

齐泰顿时犯了难，他不喜欢李景隆。洪武末年，李景隆几次到塞上练兵，每次都传出他为早日成军，以便邀功请赏，故有意滥施暴刑，以致士卒纷纷逃亡的消息。只是当时的兵部尚书是茹瑺，他与李景隆私交甚笃，将这些事迹统统隐匿下来，反而跟朱元璋说李景隆勤勉王事。齐泰时任兵部左侍郎，对这些事也听到过些风声。只是他手上也无证据，自然奈何李景隆不得，但他对李景隆的印象自然也就无可避免地坏了下来。

当然，若仅限于此，齐泰也不至于这么坚决反对他领兵。只不过齐泰在兵部待了十几年，与李景隆打过无数次交道。在他看来，这位少年得志的国公爷虽然满口兵法，也颇得他人赞誉，但实际上却是个夸夸其谈之辈。尤其是他没打过一场仗，却视古今名将如无物，这更让齐泰觉得他华而不实。兵者，将几十万大军交到这样一个人手中，他无论如何也不能放心。

可他虽然不认可李景隆，但这些理由都是其一己之见，并无实实在在的证据，他总不能毫无道理地对李景隆横加指责吧！何况李景隆在朝中也有"知兵"的名声，在右班武臣中排名第二，任其为帅完全说得过去。如今耿炳文兵败，开国元勋仅剩下武定侯郭英。可郭英素来功名不显，最多也不过是独当一面之才，用他为帅肯定不行。这样排下来，还能和李景隆一较高下的就是魏国公徐辉祖了。可徐辉祖乃燕王内弟，齐泰荐谁也不敢荐他啊！如此一看，李景隆任北伐主帅都是当仁不让了。

齐泰偷偷一瞅，建文正目不转睛地望着他，眼中带着期盼之意；再往旁边一瞧，黄子澄也在不停地打眼色。无奈之下，他只得叹口气道："臣无意见！"

齐泰的无意见，在建文听来那就是认可了。他当即起身，兴冲冲地对黄子澄道："便劳黄爱卿先去跟曹国公透个气。明日朕再召其问对，若其果真有意领兵，朕便命他为帅！"建文手里已捏着李景隆的几道请命奏本，所谓征询意见云云，也不过是个必要的过场罢了。

"是！"黄子澄大喜，当即恭敬答道。

商议完毕，齐泰与黄子澄告退。二人从武英殿出来，刚走了不远，齐泰便一把抓住黄子澄颇为不满道："子澄兄为何如此心急？事先不是说好了么，这主帅人选需待我二人再议后方禀明陛下，你为何出尔反尔？"

黄子澄不慌不忙地将齐泰的手拿开，一脸平静地答道："尚礼兄，非是在下出尔反尔。只是皇上问起，你既无言相对，在下又怎能不答？"

"你不说话不就是了！"齐泰气咻咻道，"我知你一向看重曹国公。不过此人好大喜功，非大将之才。以他任数十万大军主帅，万一战败，后果不堪设想！此间种种我跟你说了多少遍了，你却充耳不闻！"

黄子澄一阵默然，对于齐泰对李景隆的评价，他一向都颇不以为然。相反，他对李景隆颇为看好。在李景隆的取舍上，两人已争了好几次，一直没有结果，所以这二次北伐的主帅人选才会一直悬而未决。

正当黄子澄想着怎么回答时，齐泰又说话了："当时不说话，最多让皇上稍稍不满。可若平燕所托非人，你我二人皆负陛下重托！此间轻重，子澄兄你怎会不明白？"

"怎会是所托非人！曹国公智勇双全，这可是太祖爷说的！"黄子澄眉头微微一皱。

"太祖也未必……"

"尚礼兄！"黄子澄一声长叹，将齐泰的话打断。望了望四周，见附近无人，便将身子往齐泰跟前凑了凑，低声道，"其实在下之所以违约进言，实也是情非得已。咱们这位皇上实在是太无主见了，本来仗一开打，朝廷便再无其他选择，可一道上疏便能让他心猿意马。这样下去，削藩大业必会平添波折。"

"这也是没法子的事！"齐泰一阵叹气。对于建文这种开始时一腔热情，一旦遇到些麻烦又手足无措的心性，他也是无可奈何。

"所以在下才要马上将北伐主帅人选提出来！"黄子澄终于说到了关键处，"王师遭此连番败绩，勋戚已是蠢蠢欲动，若再有若干鼠辈倡言罢兵，则削藩大业会骤生变数。主帅人选久久不能决，一则会拖延二次北伐日程，以致夜长梦多，给宵小可乘之机；二则亦会让陛下内心越发动摇，倘若陛下因此更加认定剿燕困难重重，则难保不会受人蛊惑，做出追悔莫及之举。故唯有尽快选定主帅，使二次北伐之事一举落定。一旦木已成舟，那王宁之辈纵有不满，亦不能再兴波澜。如此则朝局得稳，陛下心安，剿燕大业亦可如期进行，故在下才违反与尚礼兄之约，当即将曹国公提出。何况尚礼兄也明白，朝中诸将，无有比李景隆更有资格者。如此，再拖又有何益？"

黄子澄侃侃而谈，齐泰听的是哑口无言。过了良久，他方一长叹道："也罢，你说的也是正理。值此之势，确保二次北伐顺利方是头等大事。唉……"

见齐泰终被说服，黄子澄心中一喜。但见他又怅然一叹，黄子澄忙欲上前劝解。不过齐泰却摆了摆手将他止住，然后苦笑一声道："我只盼这次是看走了眼，曹国公莫要成了我大明的马服子就好！"

"马服子？赵括？"黄子澄一愣，旋即反应过来，当下顿觉好笑，这怎么可能！不过待要再言，齐泰已自往前走了。黄子澄摇头一笑，忙加快脚步跟上。

……

"黄大人慢走！"岐阳王府大门外，李景隆客客气气向黄子澄拱手作别。

"唯望国公爷出师告捷，早日传得佳音！"黄子澄微笑着一边回话一边又还了个礼，才跃身上马，告辞而去。

直待黄子澄的身影消失在街尽头，李景隆方意气风发地转身回府。

刚回书房，李增枝便冒了出来。他大大咧咧地走到桌前坐下，拿起个水汪汪的砀山梨一咬，含糊不清地说道："哥哥，怎么样，我这次没说错吧！只要耿老头一败，这北伐大帅的位置就是你的了！"

李景隆微微一笑，当日与李增枝的一番对话又映入他的脑海……

早在耿炳文北上不久，李增枝便撺掇着李景隆上书建文，催促耿炳文早日决战。一开始李景隆还大惑不解，毕竟此次北伐与他本人毫无关系，他实犯不着去管这茬，谁知李增枝当时便说："观皇上心思，实欲速平燕王。哥哥上疏催战，正合陛下心意。"

当时听完这句话，李景隆便毫不客气地驳道："此次出战，本就甚为仓促，且兵马一时又难以大集，逼耿炳文速战，有失稳妥。纵能一时合陛下心意，但若一朝败绩，反会使皇上怨我冒失，此等话岂能乱讲？"

谁知他的话音方落，李增枝便嘻嘻一笑道："哥哥错矣！王师共三十万，即便只算随耿炳文北上的亦有十多万。燕藩才多少兵？总共不到五万！以数倍之兵伐燕，这一举成功本就是应有之义。若招败绩，那自然是他耿炳文无能，与哥哥之言何干？连皇上都认为平燕轻而易举，又岂会把战败的罪过归咎于哥哥？哥哥不是想北上伐燕，一战扬名么？这就是个大好时机。若耿炳文果真败了，那哥哥正好借此机会请战。若真拖到耿炳文兵精粮足之时，燕庶人就是有三头六臂，也抵不住三十万大军四面合围啊！到时候耿炳文风风光光地得胜还朝，哪还有哥哥你什么事？"

李景隆心中一动，其实这次燕王谋反的消息一传到京城，他便跃跃欲试。虽然贵为曹国公，但这个名头却是靠世袭得来的。李景隆是个心高气傲之人，对头上这顶世家子弟的帽子一直耿耿于怀。他迫切希望像父亲李文忠一样在沙场上建功立业，让人刮目相看。而燕王谋反，无疑给他提供了一个绝好的机会。燕王是天下藩王之首,骁勇善战闻于朝野,若能将他击败,自己必将威名远扬,成为新一代的大明名将。故而,皇上欲"剿燕"的意思方一透出,李景隆便慷慨上疏,并把黄子澄拉上帮腔,希望皇上任命自己为北伐主帅。谁知就在他志在必得之际,内廷却传来风声,皇上采纳了齐泰的推荐,将平燕的重任交给了耿炳文。

消息传来,李景隆大失所望。在他看来,燕王名头虽响,实力却弱,此次伐燕既能借灭他扬名,又不会有失败的风险,实在是千载难逢的良机,却不料被耿炳文给搅黄了。无奈耿炳文是开国元勋、百战老将,资历、威望都在他之上,故而虽然失望,他却也无法可想。但李增枝的这番话,却让他又重新燃起了希望。若耿炳文失败,那按着顺序排下来,下一任的北伐主帅就必定是自己无疑了。虽然徐辉祖也颇有声望,但李景隆绝不相信建文会让他出征。

李景隆心中直痒痒,思忖一番又问道:"可若耿炳文胜了呢?那我岂不空欢喜一场?"

李增枝扑哧一笑道:"哥哥怎么糊涂了?他胜了你也不会损失什么啊!何况他果真得胜,您这番建言便显得有先见之明,皇上自然会更赏识你不是?"

李景隆恍然大悟。耿炳文败,他接任主帅;耿炳文胜,他讨建文欢心。算来算去,无论结果如何,他都稳赚不赔!

现在,结果揭晓,一切都不出李增枝所料,耿炳文果然战败,皇上也果然没有将失败的责任归咎到速战方略上头。而自己也得偿所愿,成为新一任的平燕总兵官!

不过,也不是所有情况都与预想吻合。至少,李景隆之前绝没想到,耿炳文会败得这么惨!在他的事先设想中,耿炳文固然有可能失败,但以王师的绝对优势,就算要败也不过是小败个一两场而已。当时,李景隆还挖空心思地想了好些法子,争取到战事陷入僵持时说动建文,让自己出马。哪知不到一个月,耿炳文就两战两败,十万大军灰飞烟灭,连真定城都差点不保。当消息传回来时,李景隆心中震惊不已——这燕王也未免强得有些离谱了?故而,当从黄子澄口中得到自己将接任主帅时,李景隆虽然兴奋,但心中也隐隐产生这样的感觉——自己会不会是接过了一个烫手的山芋?脸上也露出一丝忧虑。

似乎看出了李景隆的犹疑,李增枝大大咧咧地一笑道:"哥哥是不是怕燕军凶悍?"

被弟弟说中心事,李景隆脸上顿时一红,不过他仍点头道:"不错。燕王三五万兵,却在一月内折了耿炳文十万军马,这着实出我所料!"

"此乃耿老头年老胆怯、进退失据所致,这在朝廷上下已有公论!"李增枝说到这里,话锋一转道,"其实哥哥也不必担心。燕王再厉害又如何,顶多不过三府之地,五万之众。何况经此惨败,朝廷再次北伐时,调拨的兵马必然较上次大大增加。再说了,有耿炳文这个前车之鉴,皇上虽不会认为燕藩难破,但也不至于像从前那般想着灭此朝食了吧?哥哥大可以稳扎稳打,待王师齐聚,再挥师进军。到时候大军齐出,燕庶人纵骁勇盖世,也是回天无力!"

"说得好!"李增枝的分析鞭辟入里,李景隆听在耳中,直是暗暗喝彩,待他说完,他心中的忧虑也扫得一干二净。安心之余,他联想到上次李增枝建议自己上疏,李景隆忽然心思一转,这弟弟怎么突然开窍了?以前可从没见他有这番见识啊?

李增枝却没注意到李景隆的心思,此时他已把手上那个砀山梨啃了个干干净净。意犹未尽之下,他咂了咂嘴,又从托盘中拿了一个梨对李景隆暧昧地笑道:"弟弟这么点见识,已全跟哥哥说了。今晚弟弟在外面还有些事,就不回府中了。"说完,他便起身往外走。

李景隆一笑,他太了解这弟弟了。只要他说外宿不归,那一定又是被哪家青楼的花魁给迷上了。虽说李家乃名门望族,但李景隆早年也是游戏花丛之人,现虽改邪归正,但对弟弟的这点癖好倒也不反感,只要他留心些,别被御史们逮到就行。端起茶抿了一口,李景隆便把方才对李增枝的那点疑惑抛到了九霄云外。毕竟,他马上就要领兵出征,其间要想的事太多了……

"哥哥!"就在李景隆开始考虑明日面圣奏对之事时,李增枝又气喘吁吁地跑了回来,"我说哥哥,你可千万别忘了,咱们可是有约定的。只要你当上了总兵,这参将的位置可一定要给我留一个哦。"原来李增枝也瞄上了燕藩这块"肥肉",想借着平燕这阵东风立万扬名!

"忘不了,你就放心吧!"李景隆又好气又好笑地挥挥手道,"去寻你的乐子,莫再来烦我!"

"方才还认真得跟听曲似的,这半会儿过去就嫌我烦了!"李增枝老大不满地咕哝一句,旋又猴急样儿的一溜烟儿去了。

第二日早朝罢,李景隆被建文召至武英殿问对。殿上,李景隆慷慨请命。建文大喜,当场下诏命李景隆佩征虏大将军印,充总兵官,总领平燕军事。

五日后,李景隆在三山门外誓师,建文亲率文武百官前往送行。在皇帝的殷切期盼之下,李景隆气宇轩昂地登船渡江,向北平方向而去。

第十四章

定兵略大肆其威 袭大宁孤注一掷

七月流火，九月授衣。进入九月，幽燕大地已很有了些寒意。在稍显凛冽的朔风中，刚刚取得真定大捷的燕军士兵们又开始投入紧张的备战当中。京师已传来消息，朝廷的第二任平燕总兵官、曹国公李景隆已渡江北上，正率大军往河北赶来。过不了多久，一场大战即将拉开。

对于李景隆，燕藩上下倒不在意。但他身后的五十万大军，却着实让众人吸了一口冷气。毕竟现在燕军满打满算也不过六万，面对近十倍之众的南军，就算他们都是豆腐渣，也能把小小的燕藩给压扁了。

这些日，燕藩君臣日夜筹谋，但不管怎么排兵布阵，都觉得胜算渺茫。而这种黯淡的前景，也明显打击了大家士气。今日朱棣又和几个子婿商议军事，除了一向天不怕地不怕的朱高煦，无论是朱高炽、朱高燧两个儿子，还是袁容、李让两个女婿都是眉头紧锁，内心忧虑重重。

这种现状当然不能让朱棣满意，他想了想，给大家打气道："大家也无须太过紧张。其实和上个月耿炳文来犯时一样，这五十万不过是个虚数。其中包括真定十万人马，皆为新败之兵；大宁、大同的十多万亦仍不能尽出；其余辽东吴高四五万、河间徐凯四万，皆非强兵；九江(李景隆字)真正能依仗的主力，不过是随其北上的二十余万兵马。"

"父王说得是。"朱高炽应了一声，又话锋一转道，"不过二十万也不少了，而且此次之兵绝非当初耿炳文手下可比。据说皇上下了血本，京中四十八卫，除上十二卫天子亲军外，其余三十六卫大半征发。故此次随李景隆北上大军中，光京卫便有十四万之多。"

朱高炽话音方落,李让又接口道:"仅此十四万京卫,其整体战力便不在六万燕军之下,再加上其余各路南军,朝廷此次北伐实力可谓惊人。且有真定前车之鉴,李景隆也未必会再贸然出击。若其在德州不出,蓄养实力,那这么拖延下去,不光真定败兵的士气可以恢复,就是大宁和大同之兵也有整训完毕的时候。一旦南军各部军势齐振,我们恐就危在旦夕了!"

"趁他们立足未稳,直接去打德州。只要能拿下德州,杀了李景隆,那其余的南军还不都是小菜一碟?"朱高煦倒是无所畏惧,反倒跃跃欲试。

"煦儿勇气可嘉,但此时非攻德州之机!"朱棣仍是淡淡的语气,"虽说南军尚未全军抵达,但眼下德州之兵亦是十万有余!以京卫之能,绝非我军轻易可胜!且李九江初来乍到,必然会选择坚守不出。德州乃兵家重地,墙高池深,燕军又不善攻城,以三四万人马攻敌十万众据守之城,绝无得胜之可能!到时候攻城不成,反堕了我军锐气,实是得不偿失!"

"那怎么办?难道坐等他们来攻?"此时出言的是徐妙锦。真定战后未久,李景隆又接踵而至,她被兵马所阻,无法回京,只能在北平继续待下来。本来,朱棣只是让她陪伴其姐徐仪华,可她偏要参加军议,朱棣拗不过她,只得答应。不过事先已经说好,她只能旁听,不得发声。

本来这个条件徐妙锦是答应的,只是此时听得燕藩即将面临的险境,她一时心中大急,不由破例发声。

见徐妙锦发问,朱棣只微微一笑,也不回答,却另起话题道:"本王决议后日誓师东征,救援永平,讨伐吴高!"

"啊!"此话一出口,朱高炽他们皆面露惊色。原来真定大败后,耿炳文生怕朱棣趁机图谋冀南,便急令镇守山海关的江阴侯吴高率辽东兵马围攻永平,以迫使燕军回兵。在朱棣回北平之初,众将也劝他趁南军大败之机一鼓作气,将吴高歼灭在永平城下,至不济也要把他撵回山海关。对此,朱棣却一笑置之,竟任由吴高围攻永平府,自己却只顾在北平休养,竟一个兵也不出。而如今,李景隆已至德州,河北局势再次紧张起来。值此之时,朱棣却说要出兵援救永平,这自然大大出乎众人所料。燕藩总兵力六万,北平城内不过四万余。若要短时间内击败吴高,朱棣怎么着也得带走三万兵。那这样一来,北平就只剩下万余人马了。尽管德州南军尚未齐聚,但毕竟也已有十万出头,再加上真定十万人,眼下李景隆可以马上调动的兵马就达二十万!虽说李景隆不见得敢贸然出兵,可若得知燕军东征的消息,那他也未必就不会趁机攻打北平。北平是大城,就算墙高池深，可仅凭万余人马，又怎么挡得住南军排山倒海般的攻势？

见众人起身要劝，朱棣一摆手道："我心意已定，你等勿要多言！"说到这里，他忽然露出一丝高深莫测的笑容，"至于原因，到时候你等便知！"

见朱棣这么说，众人虽然不解，但也只好把一肚子疑惑埋进肚子里。毕竟父王敢这么做，就一定有他的道理。对于父王的韬略，一众子婿皆佩服得五体投地。

应付完众子婿，朱棣又扭头对徐妙锦笑道："妹子这段时间就安心待在北平，待李九江果真来攻，我自有一番对决供你观赏。不过你可不准上墙，到时候陪着你大姐坐镇王府便是！"

这话一出口，朱高炽他们听了更是疑惑："既然父王明知李景隆会来攻北平，却如何还敢东征永平，留这么一座空城出来？"

徐妙锦则没有的那么多想法，她见此番出征没自己的份，一张嘴立时噘得老高，刚要再言，房门忽然被打开，黄俨蹑手蹑脚地跑了进来。

"王爷，遵您吩咐，道衍师父、金先生，还有朱能、张玉两位将军都已到东殿等候！"

"哦！"朱棣应了一声，随即扶椅起身，对一众子婿道，"你等也跟过来，为父有话交代！"说完，他便昂首出门，乘舆向东殿行去。朱高炽、袁容等五个子婿忙也跟上。

……

德州，征虏大将军行辕。

此刻，新任平燕总兵官、太子太傅、曹国公李景隆正召集文武部属，举行二次北伐的第一次正式军议。

将德州作为此次北伐的大营，这个建议是由黄子澄首先提出来的。耿炳文兵败后，保定归附燕藩，这便在北平与真定之间形成了一道屏障，真定的战略地位大大降低。德州虽位于山东境内，但它与北平府之间仅隔着一个仍由朝廷控制的河间府。从德州发兵，南军可毫无阻碍地直抵北平城下。且较之真定，江南向德州转运粮饷也更为方便。有这么几层因素，黄子澄的建议甫一提出，就取得了李景隆、齐泰乃至建文的支持。

在没当上总兵官之前，李景隆对这个位置觊觎已久，可一朝就任并开始署事，他便发现这个大帅其实并不那么好当。就在昨天，北平细作传来消息，三万燕军已于五日前兵出东直门，向永平方向开去。

得知燕军东征，李景隆一时犯了迷糊。毕竟自己已抵达德州，在这种时候，朱棣却不顾北平安危，悍然挥师向东去救一个远在四五百里之外的永平，这样的用兵让他百思不得其解。三万燕军出征，那北平就只剩下万余人马了，他朱棣就不怕自己乘虚而入？满腹疑惑之下，李景隆决定将文武僚属聚到一起商议一下燕军此举的用意。

"大帅，还等什么，燕庶人引兵东出，北平城内空虚，此时正应一鼓作气，挥师北上，夺取北平。若再拖延，待燕军回师可就来不及了！"军议一开始，都督佥事瞿能便出班叫道。他是洪武朝老将，袭父职任四川都指挥使。在川期间，他曾随凉国公蓝玉讨伐西番，屡立功勋。朱棣起兵后，建文升他为都督佥事，将他召到京师。此次李景隆北上，他便以参将身份随军出征。瞿能声如洪钟，一副慷慨激昂状，几个热血将军听了杀气大涨，也纷纷上前请战。

李景隆沉思一番道："话虽如此，但燕庶人非等闲之辈，其贸然向东，其中有阴谋亦未可知！"

"管他什么阴谋！"李景隆话音方落，瞿能之子瞿义接过话头道，"眼下德州大营已有十万大军，再加上真定十万，河间四万，仅此就是燕军的四倍。只要大帅一声令下，三地大军聚于北平城下，燕庶人纵有再大本领，也回天无术！"

瞿义与他父亲一样都是个大嗓门，且其年轻气盛，反驳李景隆的意见时更是毫无顾忌地大呼小叫，唾沫横飞，一副不容置疑之态，这让作为主帅的李景隆有些不悦。

"真定乃新败之兵，河间士卒战力孱弱，都不足为凭！"李景隆冷冷道。

"真定之败已过一月，且其大部犹存，岂能不足为凭？何况德州十万大军，仅京卫就八万有余。再加上永平城下的三万辽东军，我军实力远超燕军，正可趁机进击，一举建功！"瞿义丝毫没有察觉到李景隆的不快，仍是一副昂扬之态。

"京卫初到德州，恐水土不服！"李景隆再道。

"属下连日巡视各营，见大部分军士康健如初，并无水土不服之状。"瞿义毫不客气地将李景隆的话驳回，忽然又一哼道，"大帅到德州也有一段日子了，难道没有去营中瞧瞧么？"

李景隆脸色一变，一对剑眉立时竖了起来。如果一开始他与瞿家父子还只是对军略的争执，可到现在为止，瞿能父子的这一连串针锋相对，尤其是瞿义最后的这句话，已让他感受到了轻蔑！

李景隆产生这种感觉也是事出有因，他虽是堂堂征虏大将军、平燕总兵官，但论年龄不过三十多岁，以往虽有练兵经历，但独自领兵却是头一回。这样一个初出茅庐的年轻人就算有着公爵高位，但在讲究军功和资历的军队中其实也无多高威望可言。不过他素来心高气傲，又岂能忍受下属的轻慢？瞿能父子的这番鲁莽，在他看来是对自己的一种赤裸裸的挑衅！而他二人的身份，更让他觉得他们是有意为之！

此次北伐，南军出征将领众多。在这些人中，李景隆内心亲近、认为可以倚重的其实是两种人：一是自己的父亲——岐阳王李文忠的旧属，比如副总兵胡观、参将盛庸；另一种则是像山海关的江阴侯吴高、真定的安陆侯吴杰这样的勋将。在他看来，前者有父亲的余恩，后者平日里本就交情不错。对他们，李景隆确信自己能把控得住。

瞿能父子既非李文忠旧部，也非五府的勋戚，往日与李景隆毫无交情，这样的将领肆无忌惮地对主帅指手画脚，他不能不感到愤怒！

不过李景隆最终忍了下来，毕竟他是主帅，面子上的气度还是要讲的，他不想给人留下"气量狭小"的印象。他强忍怒气，阴沉着脸道："兵法有云：非利不动，非得不用，非危不战。今敌情未明，我军贸然出击，倘有错失奈何？真定之败，时过未久，岂能不引以为鉴？"

李景隆想让眼前这个讨人嫌的家伙赶快闭嘴，无奈瞿义是个一勇之夫，毫无心机，方才又和李景隆争得兴起，且他也确实不太看得上这位从没历过战阵却统率数十万大军的公爵。故而李景隆已明显神色不豫，他却反而头一扬，竟带几分教训的语气道："两军对阵，形势千变万化，为主将者要善于临机应变，如此方能破敌！拘泥于兵书所言，不能变通，那与纸上谈兵的赵括又有何异！"

"混账！"瞿义话音方落，李景隆已破口大骂。在出师北上前，黄子澄就曾与他谈过几次，其间也提到过莫蹈赵括覆辙之类的话。当然，黄子澄说时也带着玩笑的意思，李景隆心中自然是有些不快的，只不过面对的是黄子澄他也说不了什么。可现在一个下属却也拿赵括出来暗讽自己，且还当着满厅文武的面，这叫他如何忍得？他再也忍耐不住，终于拍案而起！

"抗拒上命，扰乱军心！"李景隆给瞿义定下两条罪状，然后深吸口气，"拖出去，斩了！"

"啊！"帐中众人大惊。毕竟瞿义只是发表议论，虽然态度确实谈不上恭敬，但略施薄惩也就够了，谁知道李景隆一上来就要拿他人头祭旗！

瞿义也惊呆了，直到帐外卫士进来，他才反应过来，当即大叫道："我是朝廷三品参将，除非皇上有明旨，可免不可罚，你一个总兵官凭什么斩我？"

见他如此，李景隆狞笑一声，吐出五个字："本帅有黄钺！"

此话一出，瞿义顿时瞠目结舌。

黄钺，始于商周，到魏晋时，凡大将出征，天子时将此物授之，称为"假黄钺"。明朝本无黄钺制度，但此次出征，建文担心李景隆威望不足，又将它从故纸堆中搬了出来，赐给李景隆，并明言除宗室外，皆可凭此先斩后奏！

还是瞿能老练，眼见李景隆搬出黄钺，知道不服软不行了，赶紧上前求道："大帅饶命！小儿浑人一个，胡言乱语，实是该死！但请看在我瞿家三代效忠朝廷的面儿上，饶小儿一命！"

"大帅手下留情！"这时其他文武也反应过来。瞿家父子虽然粗鲁，但为人直爽，在军中还是有些人缘的。眼见瞿义因言获罪，众人也心有不忍，纷纷出言替瞿义求情。瞿义这时候纵然心中百般不服，也只能赶紧跪地磕头。

李景隆其实也并不想斩瞿义。虽说临阵斩将也是整肃军纪的办法，但瞿家父子是靠军功爬上来的，在军中很有些威望，如果真为这么点顶撞的小事就把瞿义斩了，那不但不能肃立自己的威严，反倒有可能让军心涣散。

既然瞿义已经服软，李景隆目的已达到，便也不再坚持，而是板着脸冷冷道："本帅领军，素来讲究令行禁止。大军不可轻出，此事方才已有定见。你不知军事，无端指责本帅定略，乱我军心，本当伏诛。兹念你父子忠于王事，往日略有薄功，且饶你一命，改打军棍六十。下次若再犯，则定斩不饶！"

听得李景隆信口雌黄，瞿义心中早就把他家祖宗骂了个遍。一番请饶后，李景隆大手一挥，两个亲兵昂首上前，将瞿义拖出去受刑。

瞿义离开，大殿里总算安静下来。因着这一番闹腾，一个好端端的军议被彻底搅黄。虽然一众文武仍在当场，但大家已都没了讨论的心思。

扫视堂下僚属一眼，李景隆清了清嗓子，尽量威严道："传令各部加紧整肃，紧守城池，不可轻举妄动。待王师齐聚，再行出兵！"

本来，一开始李景隆也不是完全反对偷袭北平，否则他也不会召集这个军议。但因与瞿义的这番争执，他的立场也被逼着坚定下来，眼下他就是真想攻打北平也开不了口了。

"谨遵钧令！"怀揣着各样心思，众将拱手听命。

一连两日，德州与真定的二十万南军皆在无所事事中度过。第三日一大早，一名飞骑驰进德州城，并带来一个坏消息——九月二十五日，燕军兵至永平。吴高不敢接战,尽弃辎重而逃。燕王亲率轻骑追击,吴高折兵数千,余众仓皇奔回山海关。

"赖大王神威,永平之围得解,臣代全城军民敬谢大王!"永平知府衙门内的庆功宴上,守将郭亮、赵彝举杯高叫道。

朱棣微微一笑,端起酒杯道:"永平得全,实仗二位将军英勇守城之故,本王不可昧功!军中不能饮酒,此番本王便以茶代酒,敬二位将军一杯!"

"岂敢……"郭、赵二人忙又谦逊。

朱棣摆摆手打断了他们的谦辞,正容道:"永平卫指挥使郭亮、同知赵彝忠勇勤勉,率众守城二十日而不堕,其功当赏。郭亮晋升北平都指挥佥事、赵彝晋升指挥使,仍督旧部坚守永平!"

"谢大王!"郭亮、赵彝赶紧叩谢。

待二人谢恩罢,朱棣扫视一眼,见大厅内杯盘狼藉,众将兴致也尽得差不多了,遂道:"天色已晚,今日之宴便到此为止。吴高虽遁,李九江还在德州望着咱们,诸位切不可掉以轻心。待破得九江,本王再与诸位在北平把酒言欢!"

见燕王发话,诸将便起身告辞,一转眼工夫,先前还人声鼎沸的大厅便安静下来。朱棣向身边侍候的黄俨使了个眼色,随即一声不发地走进了后院的签押房。不一会,黄俨便领着朱高煦、金忠、张玉、朱能及丘福五人跟了进来。

待众人坐定,朱棣首先问朱高煦道:"德州方向可有动静?"

"没有!"朱高煦虎虎有声道,"席间刚有探子回报,德州南军仍在休整,并无出城迹象。"

朱棣心下稍安,随即对张、朱、丘三位大将笑道:"此番本王值此南军压境之际出兵永平,想来三位将军心中亦存有疑惑吧?"

张玉三人皆是一愣。正如朱棣所说,当得知要救援永平时,三人皆是百思不得其解。直到出兵前,他们还曾面见朱棣,对这种几乎自杀的行为表示激烈的反对。不过任他们如何劝说,朱棣却只是含笑不语。待转问朱高炽兄弟,他们也是顾左右而言他。无奈之下,三人也只得将疑惑埋进肚子里。

见三人一副洗耳恭听之状,朱棣呵呵一笑,扭头对金忠道:"箭在弦上,已无再保密之必要,世忠便明言吧,也好让三位将军有个准备。"

"是!"金忠微微一躬,随即对张玉他们郑重道,"明日上午,王爷将率军北上,袭取大宁!"

"袭取大宁！"三位将军皆是一惊，显然，这个方略大大出乎他们预料。

见三人惊讶，金忠微微一笑，随即将前后经过详细道来。

原来，早在真定之战结束后，朱棣便料到建文君臣肯定不会善罢甘休，用不了多久，朝廷大军将再次北伐。他虽胜了真定一役，但四面受敌的处境并未得到改变。朝廷据天下之力，实力胜燕藩百倍，一时之败根本不足以让其伤筋动骨。且有了这一次的教训，朝廷下一轮北伐的声势将更为浩大，燕藩面临的攻势亦将更为猛烈。

回师北平后，朱棣与金忠、道衍等人日夜谋划，希望能找到击败南军的良策。但几番讨论下来，众人想破了脑袋，却始终没有办法。在朝廷的绝对优势下，无论燕军多么勇悍，无论燕王如何善战，都不足以抵消两者间巨大差距。

无计破敌，那唯一的办法便是据城死守了。可就算北平是天下坚城，但燕藩兵微将寡，又孤立无援，这么死守下去，纵能一时无恙，其最终也逃不脱败亡的命运。

硬拼不过，死守又难逃败局，在这种绝境之下，要想挫败南军，便只有另辟蹊径。终于，在朱棣几乎感到绝望的当口，道衍想出了一个办法——袭取大宁，夺大宁都司之兵为己用。

大宁号称"带甲八万，革车六千"，是明朝抵御蒙古的一支精兵。大宁兵马昔日长期由朱棣统率，将士久承其恩，若能将他们收归己用，燕藩兵力将猛增。且在洪武年间，蒙古兀良哈部归附大明，朱元璋为此设置朵颜、福余、泰宁三个羁縻卫安置他们，其地点也在大宁。朵颜三卫有数万部众，往日朱棣出塞，他们亦派兵跟随，彼此间颇有交情。若能将大宁军马全数收服，燕军总兵力将达到近十五万之众！有了这样一支大军，他将不惧朝廷任何威胁。

当然，夺取大宁兵马也不是那么容易的。眼下的大宁都司掌印房宽虽是燕王旧部，但这次他却选择站在朝廷这边。这位都指挥使先是以迅雷不及掩耳之势囚禁了欲与朱棣一起靖难的宁王朱权，继而又加紧整肃大宁各部，力图削除燕、宁二王在将士中的影响。房宽的决绝，给朱棣带来了不小的麻烦。

不过麻烦归麻烦，既然大宁对燕藩如此重要，那朱棣就是绞尽脑汁也要将它拿下。经过一番谋划，道衍他们想出了办法。

"出兵永平之前，王爷已派人说动了松亭关的陈亨，他答应归附。眼下马和已前去联络，只要我军一到，陈亨便会打开关门，放我军进关！"将袭取大宁的目的讲述完后，金忠又笑吟吟地道出了此次北上的方略，"一旦松亭关失陷，大宁必将大震。到时候我军长驱直入,王爷已事先派人联络大宁城中诸将,到时候他们亦会倒戈。只要攻克大宁城,擒住房宽,大宁二十卫所便会归于王爷麾下!"

"好啊!"金忠方一说完,丘福便一拍大腿叫道,"大宁八万之众,若能归我燕藩,那还惧他李九江个鸟!"

尽管事先已经知晓内情,但听金忠徐徐说来,朱高煦仍掩不住满脸兴奋。他当年在京师大本堂读书时,便对将门出身却动辄吟风弄月、故作一副儒雅之态的李公子十分看不过眼。每每想到李景隆得知燕藩夺取大宁兵马的惊骇模样,他都几乎忍不住笑出声来。

"不过北平怎么办?"朱能忽然出声问道,"袭取大宁就算顺利,来回也得一个多月。李景隆虽按兵不动,可若其得知我军出塞,必然会趁机攻打北平。眼下北平城中兵力不过万余,如何能抵挡得了数十万南军?"

"士弘将军勿忧!"金忠从容笑道,"我军方一出城,世子便在北平城内征集青壮。燕赵之地,自古民风剽悍,偌大个北平征集两三万精壮还是不成问题的。且松亭关仅陈亨部便有一万多,待我军进城抓住刘理,将他手下人马夺过来,如此可得兵两万。到时候将这两万人马拉回北平,世子手下便有五万大军!北平乃天下坚城,又有五万大军驻守,李景隆纵然倾巢而出,匆忙间又能奈何?到时候他久攻不下,必然师老兵疲,我们再携大宁兵马回师南下,与其决战,正可一举破之!"

"果然好计!"这一下朱能也心悦诚服。

"好了!"见事已说完,朱棣一笑道,"三保过会儿便会回来。按照约定,明日傍晚便是陈亨献关之时。三位将军且各自回营,明日五更造饭,拂晓出征,天黑之前拿下松亭关!"

"王爷……"众人正待应诺,外面忽然传来黄俨的声音,"禀王爷,马承奉回来了!"

"这么快?"朱棣精神一振,笑道,"三保确实干练,唤他进来吧!"

马和面色沉重地走了进来,一进屋他便扑通一下跪到地上道:"王爷,奴婢有负使命,陈亨不愿归附!"

"什么?"房内众人的笑容俱都瞬间凝固。

半晌,朱棣方难以置信地问道:"他事先不是已经答应献关了么?怎么事到临头却变了卦?"

"回王爷,就在今晨,营州三护卫已从大宁开到松亭关,据说是奉房宽之命准备南下与李景隆合击北平。营州三护卫一到,松亭关形势骤转,陈亨心生惧意,便就反悔了!"

"无胆老儿,我一刀劈了他!"朱高煦一声怒吼便要暴起,朱棣一眼扫来,目光中充满寒意,他心中一紧,只得又坐了下来。

屋内一片死寂,松亭关的骤变出乎所有人的意料。眼看苦心经营的计划突然间便陷于破产,众人心中都如压着块石头般难受。

沉默了半天,金忠无奈地摇摇头道:"为今之计,只有先回北平,再谋他法了!"

金忠一语道毕,众人神色均是一黯。大家都明白,所谓再谋他法,不过是自欺欺人的说辞罢了。为此,朱能不由愤愤道:"营州三护卫来了又有什么要紧?只要我军兵临城下,他再趁机发难打开关门,里应外合之下,松亭关照样会落到我们手里。陈亨这老贼白活一把年纪,竟胆小懦弱至此!"朱能素来涵养甚好,在燕军中有儒将之称。但突遭大变之下,他也忍不住有些激愤。

朱棣心中一阵哀叹,他同样对陈亨的临阵退缩愤恨不已。但光愤恨又有什么用呢?松亭关是往大宁的必经之路,且又地形险要,陈亨的违约使燕军袭取大宁的计划彻底化为泡影。

只有退兵了!尽管百般不愿,但朱棣已没有选择。

"其实去大宁也并非定要经过松亭关不可。"就在朱棣要下令退兵时,张玉冷不丁冒出一句。

"啊……"仿佛将死之人抓住一根救命稻草,朱棣浑身猛地一震,又惊又喜地望着张玉道,"莫非老将军还有别的路?"

张玉微微颔首道:"从永平城往东北走不到百里,有一小隘名刘家口。此关筑于燕山之间,两旁皆是陡崖峭壁,关城中有一条小溪贯穿而过,地形极为险要。因关小且道路崎岖,故少有人走。"

"道路崎岖不是问题!"朱棣当即问道,"只是既是隘口,必然有兵把守。老将军亦言此地险峻,仓促间我军岂能攻克?"

"此关狭小,守关兵士不会太多,要攻克倒也不太难。"

张玉话音刚落,朱能便道:"不光要攻克,关键是不能走漏风声,否则大宁一旦有备,再想奇袭可就难了!"

"士弘想得周全!"朱棣点了点头道,"小路崎岖,只能轻车简从,如果大宁得知消息,我军去了没有辎重,也打不下这座城来!"

"有一条小径，可以绕过刘家口，直抵关隘之后。当年臣还在元廷时，曾经走过一回。只是此小径乃往日猎户打猎时所用，极其难行，且离关隘颇近，若行大队人马，必被关内守军发觉。但要选上十来个精干之人趁夜潜行，作堵截信使和溃兵之用，倒也未必就会泄露行踪。"张玉昔年是北元的枢密知院，后来才归降明朝。正因为长年在塞外游弋，故对塞上道路颇为熟悉。

众人的情绪一下被调动起来。若能不动声色地夺取刘家口，那袭取大宁还是有希望的。不过就在众人跃跃欲试时，金忠的一席话却犹如一盆冷水，将大家的热情浇得干干净净："纵能经刘家口袭取大宁，可北平奈何？若无松亭关人马支援，北平城内便只剩下万余老弱及两三万青壮，眼下李景隆拥兵数十万，得知我军出塞，其必倾师围攻北平。仅凭老弱士卒和未经战阵的百姓，世子又如何能保北平不失？"

众人一下泄了气，北平乃根基，燕军将士的家属亦都在城内。若北平守不住，就是燕军夺取了大宁，亦会在顷刻间土崩瓦解。想到这里，方才的那一点点活跃气氛顷刻间又烟消云散。一时间，众人将目光不约而同地投向朱棣。

怎么办？朱棣此刻的内心十分纠结。一旦回兵，袭取大宁便化为泡影，在目前的形势下，这对燕藩简直就是毁灭性的打击！

可不回兵行吗？德州、真定、河间，眼下朝廷已在北平南边布置了二十余万大军，还有十万人马正源源不断地开来。就凭北平城内被挑剩下的万余士卒，外加两三万青壮百姓，能挡得住这如洪流般的南军猛攻？想到三十万大军兵临城下的场景，朱棣便觉得一阵头晕目眩。

兵分两路，分一部分人回去呢？也不行！且不说兵少了回去没多大用处，也不说分兵势孤，燕军未必能打败房宽。即便成功破得大宁城，可这大宁兵马毕竟也是大明王师，就算朱棣能说动他们反抗朝廷，也必须有足够实力降服才行。若再分兵，到时候他也没把握能控制住这支新附兵马。

难道就只回兵一条路可选了吗？朱棣心中一片哀叹。回守北平，以燕军之骠勇，以自己之善于谋划，即便李景隆以十倍来攻，亦足以抵挡一时，守上一年半载也不是不可能。可这之后怎么办？李景隆吃一石粮，粮朝廷可以补两石，他死一个兵，朝廷可以补一双，可北平却是孤城一座！

朱棣闭上眼，一幅令人不寒而栗的场景正展现在他眼前：奉天殿内，自己被五花大绑地按在地上；丹墀上，建文身着冕服，志得意满地望着自己；身旁，李景隆指着自己的脑袋，趾高气扬地说着什么；两旁侍立的文武百官，正用各式各样的目光打量自己这个一败涂地的叛逆,他们的眼神中充满了轻蔑、侮辱、嘲弄、讥讽……

这就是最终的结局吗? 朱棣心中痛苦地呐喊着,他是威震塞外的燕军主帅,是堂堂大明亲王! 他不能接受这样一个悲惨的命运,绝对不能!

内心一番翻江倒海之后,朱棣终于冷静下来。他再次思索自己面对的诸般选择,试图从中找到哪怕一丝能挽救自己的可能!

回兵,必死! 分兵,必死! 那不回兵……忽然,一个设想浮现在朱棣的脑海:若北平能凭一己之力守住呢?

这个想法甫一冒出,朱棣自己都吓了一大跳。但再一思索,他又发现这不是完全不可能的。此时已是九月末,马上就要入冬了。通常,只要挨到十一月,北平便会飘起鹅毛大雪。大雪纷飞之中,即便是燕军将士,其战力也要打折扣,由江南士卒组成的南军就更不用说了。到时候南军恐连出营列阵怕都困难,更遑论攻城? 而且天幸的是,李景隆到现在为止还窝在德州,即便他即刻开始出兵,待大军集结到北平城下,恐也是十月中旬了。只要高炽他们能守一个月,或许还不用这么久,老天便会降下瑞雪,到时候北平就能得救! 就是天公不作美,那时自己没准儿也已收编了大宁军马,再回援北平还是有希望的。

当然,朱棣也知道要北平在十倍之敌面前坚守一月之久,这无论如何难度都太大了些。可问题是要想拿下大宁,他就必须承担这个或让燕藩顷刻间土崩瓦解的巨大风险!

"拿下刘家口,全军袭取大宁!"朱棣冷冷道出了自己的决定。

金忠心中一凛,作为燕王的主要谋主,他也能想到这其实是燕藩唯一的生存之机。但毕竟这个选择风险巨大,当朱棣做出决定,金忠仍感到一阵心悸。似乎为了确定朱棣的想法,他当即又追问了一句道:"王爷心意已决?"

"自然!"朱棣的语气中透着一丝决然,"置之死地而后生。眼下回北平必死,而袭取大宁尚有一线生机。生死攸关之际,我已无退路!"

金忠的眼光中流露出一丝钦佩,当即沉声道:"既如此,请王爷速修书一封给世子,即日起堵死北平各门,征发城内所有青壮,激励军心,准备与南军决一死战!"

朱棣点点头,旋又扫视其余诸人。大家也都明白已无退路,见燕王如此决绝,顿也血气大涨,皆抱拳大声道:"愿随王爷死战!"

……

大宁城外,都指挥使房宽正带着几个亲兵巡哨。

本来照眼下时局,房宽根本不应该出城,即便出城也不应该只带这么几个亲随。只不过自打软禁宁王后,他已经稳住了大宁局势。至于燕军,虽然势大,但只要松亭关不破,他们便进不了大宁地界。

房宽的巡查持续了一整天,把南郊一众哨所全部巡查一遍后,正准备回城,忽然听得东南方向传来一阵轰轰的马蹄声。

东南所对为永平、山海关一线,并非燕藩势力范围,房宽顿时有些奇怪,遂驱马奔上一个小山包,向下一望,顿时倒吸一口冷气——前方漫山遍野,皆是燕军轻骑!

"快,回城!"房宽一边叫着,一边拨马狂奔。只是马儿跑了一天,马力已乏,无论房宽怎样死抽鞭子,终究速度还是慢了下来。等快到城门口时,后面的燕军离他已经不足二里。更要命的是,前方的城门此时已经紧锁。

按道理,眼下离闭门还有一段时间。不过房宽已经来不及想这么多了,当即放声大叫开门。

城头上无人应声。房宽心急如焚,正欲再叫,忽然发现两个大宁军中的北平旧将——和允中、毛整簇拥着一个面白无须的男子出现在城头。同样曾在燕王手下效力的房宽十分熟悉此人,他正是燕王府的总管马和!

"完了!"房宽万念俱灰,身子一滑,直直从马上跌了下来……

第十五章

布城防左支右绌　战北平步步惊心

进入大宁后，朱棣匆匆交代下属安抚城内军民，自己则带着朱高煦直往城中宁王府奔去。

"大兄！"刚到宁王府端礼门前，朱权便尖声一唤扑了过来。这位曾经叱咤风云的亲王已被软禁了好几个月，此时燕军进城，他也终于重见天日。

"十七弟！"朱棣欣喜一唤，随即翻身下马，和朱权抱在一起。

"小弟盼星盼月，总算把大兄盼来了。若非大兄相救，小弟必将被奸人所害！"朱权甫脱樊篱，心中万分激动，说话的嗓音都有些颤抖。

"十七弟受苦了！"朱棣望着神形消瘦的朱权，心中一阵安慰。靖难之初，朱棣欲拉诸塞王入伙，结果其余各王多虚与委蛇，而朱权却十分积极。虽说他行事不秘，被房宽先行制住，但有这份情谊在，朱棣对这位十七弟自然好感大增。此时兄弟相见，他言语间也颇有几分激动。

絮叨了一阵子，朱权的情绪终于平复下来，抹掉泪花一笑道："小弟已在府内备下酒菜，为大兄与侄儿接风洗尘！"

朱棣亦微笑道："此番你方脱牢笼，怎又操持这些琐事？你我兄弟情深，何必讲究这些虚礼？"

"酒菜也都是现成的。房宽这厮虽囚我于府，一应供应还是不缺的。如今大兄前来救我，小弟自当聊表谢意，又何来操持一说！"朱权边说边把身子一侧，做出一个请让之势。

见朱权这般诚恳，朱棣便也不再推辞，遂挽着他的手高高兴兴地进府畅饮。

酒过三巡，朱棣见时机差不多了，便对朱权道："十七弟，此番四哥前来，一来是为救你出苦海;二来,哥哥也是有一事求你相助!"

朱权的眼角蓦地一跳,旋马上又面露微笑道:"大兄与小弟说话,又何用一个求字,但请直言!"

"是这样!"朱棣轻轻叹了口气道,"十七弟这段时间被圈禁于高墙之内,外界之事或有所不知。为兄奉天靖难已有一段日子,上月在真定大破耿炳文,斩获甚多。然皇上受奸臣蒙蔽,不仅不就此罢手,反而变本加厉,又派李九江率兵来战。为兄此番北上,便是想请十七弟相助,率大宁兵马南下北平,与为兄一起破敌。"

朱棣娓娓道来,朱权一直面带微笑恭听。待朱棣道毕,他思索一番便慷慨道:"大兄奉天靖难,乃吊民伐罪之义举,小弟虽不才,亦愿与大兄一道讨伐奸佞,匡扶大明社稷!"

见朱权如此痛快,朱棣当即大喜。他正欲出言赞赏,不料朱权话锋一转,满脸忧虑道:"只是小弟受先皇之封,就国于大宁。此城孤悬塞外,无依无凭,若小弟就此南下,恐藩国被鞑子所侵,小弟又有何面目见先皇于九泉之下?小弟方才思忖再三,却实在不能放心离开。故还请大兄体谅小弟一片苦心,容小弟为大兄暂守这一片疆土!待大兄靖难成功,四海平定,小弟必第一个赴京贺大兄护国大功!"

听完此话,朱棣犹如被当头泼下一盆冷水,半晌,他才挤出一丝笑容道:"十七弟誓全祖宗之地,其志可嘉!然事有缓急,今九江兵临北平城下,为兄危在旦夕。不怕十七弟笑话,若无大宁军马相助,为兄此役恐无必胜把握。若为兄万一战败,靖难大业便将付诸流水,先皇辛苦肇建之基业恐就此落入奸人之手,其间轻重,还望十七弟三思!"

"大兄所言在理。但大宁乃祖宗之地,小弟终不敢轻弃之。"说到这里,朱权眼角一瞄,见朱棣已是满脸冰霜,他忙又满脸堆笑道,"然弟亦不能坐视大兄落败,任由奸臣窃我大明江山!不如这般,今房宽已被擒,大宁境内已无与大兄作对之人。弟可修书一封送至松亭关,将营州三护卫调回大宁城,并劝陈亨、刘真二人归附大兄。此外,大宁城中和允中、毛整二部皆为大兄旧属,此番便也交由大兄带回北平。如此一来,大兄可平添四万大军。以大兄之英明天纵,得此四万人马,亦足以大破九江!弟在大宁亦自殚精竭虑,率所剩兵马尽力抵御鞑靼,为大兄之屏障。如此安排,可谓两全其美,不知大兄意下如何?"

朱棣神色几变,过了好一阵,才皮笑肉不笑道:"十七弟忠心谋国,倒真让我这做兄长的汗颜了！"

"愧不敢当,愧不敢当！"见朱棣并未反对,朱权心下稍安,赶紧举起案上酒杯道,"小弟所言,皆是为保全大明社稷。大兄能加体谅,小弟敬佩万分。小弟再敬大兄一杯,提前祝贺大兄旗开得胜,一举击破李九江！"

朱棣胸中犹如一团熊熊烈火在燃烧,几乎就要迸发出来。不过他终于忍住,只是淡淡一笑,默默将酒吞下肚去。

当天夜晚,朱棣在宁王府内留宿,一干亲卫在靠近宁府广智门的一座小宫室内落脚。进屋坐下后不久,金忠便悄悄地溜了进来。

一见金忠,朱棣便将席间交谈内容说了,末了气不打一处来道:"这十七弟好没道理。当年他应允起兵靖难时倒十分痛快,如今被房宽囚了一次,按理与朝廷的怨仇应该更大了才对,却不想转眼间又变得推三阻四起来,真让人莫名其妙！"

金忠静静地听朱棣发完牢骚,又思忖一番,方淡淡笑道:"其实宁王如此,不仅不是莫名其妙,反而大有深意！"

"此话怎讲？"朱棣眼角一跳,追问道。

金忠先端起茶杯啜了口茶,不紧不慢道:"之前宁王愿响应王爷,是因为大宁尚在其掌握中。有大宁兵马为凭,宁王声势上不仅不输殿下,或许还稍胜几分。到时候靖难成了,宁王实力强大,功勋卓著,自然会和殿下一起入朝摄政,效周、召二公共辅天子之旧例;而若靖难失败,那宁王亦可将责任推给殿下,只言自己是受蛊惑,才有此逆举。宁王若能'幡然悔悟',凭着他'带甲八万、革车六千'的实力,再加上有殿下被逼靖难这个前提在,想来朝廷也不会太过降罪,到时候他仍不失一方诸侯。若见局势不妙,宁王大可以反戈一击,摇身一变成为朝廷的平燕功臣！"

金忠语调平和,朱棣听来却犹如晴天霹雳。看着他目瞪口呆的样子,金忠冷冷一笑又道:"然如今形势不同。宁王被囚于王府之内达数月之久,大宁兵权早已失去。今虽得脱,但救他的却是您这位大宁军的旧主。王爷既来,自然要将大宁纳入靖难大业之中。若宁王此时再行靖难,其实力、地位却远逊当初。到时候靖难功成,宁王亦不过一普通亲王,与之前并无不同;若败,宁王则会为王爷陪葬。此等有赔无赚的买卖,以宁王之精明又岂愿为之？"

朱棣终于恍然大悟,愣怔半晌才冷笑一声道:"不想这十七弟年纪轻轻,倒是一肚子鬼机灵,本王之前倒是小看他了！"

"世人皆称'燕王善战、宁王善谋',宁王就藩不过数载,便能与殿下齐名,自然绝非俗品!"说到这里,金忠又嘿嘿一笑道,"宁王确实厉害,筵席之上,他金口一开便将大宁半数兵马送给王爷,自然也明白王爷绝不可能空手而回。眼下他拼得大出血本,就是要将您这尊大佛安安稳稳地送出大宁,以保得自己安宁。短短时间内便能做出这断臂之举,他也果真当得起这'善谋'二字。"

"事到如今,松亭关二将又岂会听他吩咐?至于和允中和毛整,更非他指派得了的。此番他看似大方,也不过是做空手人情罢了!"朱棣咬牙一阵冷笑。

但愤怒归愤怒,眼下朱棣最主要的任务是把大宁军马带回北平。而这支兵马虽然是旧部,但毕竟后来被划归大宁,如果现在和朱权彻底闹掰,那还能不能让这支军队心甘情愿地臣服还真就拿不准了。而朱权也正是吃准了这一点,才敢不顾朱棣恼火跟他耍滑头。

见朱棣神色,金忠便已明白了他的心思,遂劝道:"鱼与熊掌不可兼得!既然宁王实在不愿,也不便强其所难。反正他并未阻止咱们收编卫军,既然如此,还是不要跟他计较了!"

"不!"朱棣一口回绝。

金忠有些诧异。如果真要逼宁王,万一他犯浑不就范,那朱棣不仅拿他没辙,传出去还会影响军心。在这种情况下,妥协已经是最好的选择。在金忠印象中,燕王是个非常现实的人,对利害得失一向算得清楚,怎么这次就……

"王爷……"金忠想了想,决定还是再劝一下。

不过朱棣却大手一挥,一脸坚毅道:"世忠不要再说了,本王决心已定。这个大宁,我是兵得要,王也要。"

……

接下来的几日里,朱棣兴致大发,整日在宁王府中与朱权饮酒作乐,大叙亲情。席间,朱棣特地提出只带走大宁都司辖下兵马,并征召辖境内的朵颜三卫。至于营州三护卫则仍由朱权掌握,连他本人都可以继续留在大宁。朱权暗中思忖,朱棣的要求虽远超自己的原先设想,但至少没有强逼自己。营州三护卫共近两万人,是大宁最精锐的军队。现在北面的鞑靼正处内乱,境内的朵颜三卫也被征调,大宁并无大的内忧外患。以两万人马虽不足以控制大宁全境,但守住大宁城还是没问题的。朱权也明白,自己讨价还价的本钱不多,能得到这些已属不易。他甚至不无安慰地想,正因为朱棣狮子大开口,才更显其放自己一马乃真心,若他二话不说就答应自己之前的提议,那还真得考虑下这位大兄是否是别有用心了。局势发展到今天,朱权已无当初争夺国柄的念头,能安安稳稳地做个太平王爷已是最好的结果。权衡之后,他终于答应了朱棣的提议。不过,在协助燕军收编大宁军时,朱权也耍了一个小滑头,他只口谕大宁都司诸将归顺燕军,至于手令则坚决不发,他绝不能留下私通燕王的把柄,好在朱棣似乎对此并不在意。如此一来,兄弟二人各得其所,彼此间顿时显出一副兄弟情深之态。

有了宁王的支持,再加上燕王本身的威信,收编大宁军马并未遇到大的困难。为了让这些归附将士死心塌地地跟随自己,朱棣更是放出风声,称事成之后大宁将士皆可回迁内地。大宁将士多是燕赵人士,长年背井离乡,思乡之情十分浓郁。此番见有返乡希望,大家自然欢欣鼓舞。在这种皆大欢喜的氛围下,除松亭关诸部暂无动静外,其余各卫所皆归入燕王麾下。

当朵颜三卫胡骑依照约定赶到大宁城下后,燕军终于要拔营南归了。这一日风和日丽,朱权与朱棣在王府承运殿内畅谈半日,随即手挽手一起登车向南门驶去。

南门外,三万燕军、一万朵颜胡骑以及近三万原大宁军已整装列队。当燕王的车驾驶出南门时,官道两旁爆发出雷鸣般的欢呼声。

朱权此刻心情不错,他数日前已令王府内官携令旨前往松亭关,召营州三护卫回防大宁。只要燕军一走,他就彻底解脱了。于燕王,自己协助他将大宁都司兵马悉数征收;于朝廷,自己在最困难的时候仍没有背叛,且还保住了大宁城。有这么一番"功绩",到时候无论获胜的是燕王还是朝廷,他们都不会为难。至少短期内,自己一方藩王的地位是保住了。

过了一阵,见兄弟情深的戏也演得差不多了,朱权作拭泪状道:"今日与大兄一别,却不知何日方能再见。大兄奉天靖难,为国除奸,小弟本当应舍命追随。无奈大宁乃小弟封地,弟虽不才,终不敢舍先皇之土,眼下唯有暂守北疆。待大兄靖难功成,小弟定当立赴京师,与大兄畅叙亲情!"

朱权这番话说得很是漂亮,只是朱棣听完,不仅未露感动之色,反而诡异一笑道:"十七弟莫要如此,其实为兄于你也颇为不舍。奉天靖难,实为恢复先皇祖制。十七弟若能离开大宁,与我同襄大业,其功业必比守大宁要强得多,先皇在天之灵有知,必也欢喜不尽吧!"

朱权闻言一惊,正欲再说,却只见朱棣手一举,官道两旁忽然传来雷鸣般喊声:"追随大王,奉天靖难,荡平奸佞,匡扶大明……"

朱权脸色大变,惊疑不定地打量着朱棣。朱棣一把拽住他的手温颜笑道:

"十七弟,大宁孤悬塞外,你兵微将寡,万一鞑子来袭,又如何抵挡?我身为兄长,绝不能置你于危险之地,此番你便与四哥同乘此车,共赴北平如何?"

朱棣一早就想好的。一来,虽说他曾经统领过大宁军,但毕竟已隔了好几年。洪武末年以来,大宁兵马的统帅一直是朱权。此番要征召大宁军,若朱权不一起南下,那必然造成军心浮动。不管怎么样,朱权在大宁军中还是颇有些影响力的,最起码在松亭关的营州三护卫就不肯附燕。二来,除了安抚军心,朱棣拉朱权入伙还别有一番用意。自靖难以来,朱棣传檄各地,邀诸王一同起兵,但到现在为止,连一个响应的也没有。舆论将燕王推到了一个十分不利的位置,这种状况让他觉得十分难堪。所以,哪怕只是为了和朝廷打嘴仗时嗓门更大,朱棣也要让朱权去北平给自己撑场面。

但朱棣的这种做法却明显激怒了朱权,在明白自己被耍了后,朱权当即拉下脸来,冷冷道:"大兄如此关切,小弟铭记于心。不过小弟已征召营州三护卫回防大宁,想来明后日便可抵达。有他们在,大宁应可无恙,还请大兄安心!"说着就欲下车。

朱棣岂能让他开溜,立即将他拽住,亲切地笑道:"这两日只顾叙手足之情,忘了告诉十七弟,你派去松亭关的信使中途犯病,正巧被我手下医士撞着,已送到军中疗养。故营州三护卫并未得信,现仍在松亭关待命。到时候还需烦劳十七弟再下道令旨,邀他们与我兄弟二人一起南下!"

"你……"朱权双眼几乎冒出火来,冷笑道,"大兄真要如此?"

这话明摆着就是翻脸的前奏了。眼下大宁军马皆注视着二人,一旦宁燕二王阵前闹翻,大宁军必然大乱。就算到时候朱棣强行将他们控制住,但短期内肯定无法上战场。现在北平正被李景隆猛攻,如果大宁军不能马上参战,燕王必败无疑!

正当朱权思谋着怎么跟朱棣最后摊牌之际,忽然后面又传来一阵喧嚣声。他扭头一看,不禁惊骇异常:大宁城中已冒出冲天火焰,从火势看,已是满城遭焚!而与此同时,南门忽然冲出一队骑士,簇拥着几辆马车直追过来!

"大兄这是何意?"朱权眼中几乎要冒出火来,当即盯着朱棣的眼睛狠狠道。

朱棣微微一笑,向后方一示意。骑士得令,立马闪出一条通路,随即,朱高煦笑嘻嘻地抱着朱权的小世子朱盘烒走了过来。

将朱盘烒接过抱起,朱棣一脸和蔼地对朱权道:"十七弟随为兄一走,大宁再难维持。此城若虚留此处,早晚会被鞑子占据。将来鞑子必将以此城为基,南侵中原。为大明江山计,我索性派人将它焚了,待将来靖难成功,再为十七弟重修一座便是了!"

朱权呆若木鸡。大宁本就是悬于塞外的飞地,一旦鞑子来袭,除了城池,再无任何屏障可以依持。如果大宁城完好,凭着这座坚城以及剩下的营州三护卫的两万兵马,朱权还有把握能守住。但一旦城池被毁,那别说两万,就是人马再翻一倍,也不可能在此地久留。朱棣这么做,就是断了他的后路!

事已至此,大宁已不可能再留,要想继续活下去,除了追随朱棣别无选择。想明白这一层后,朱权只能苦笑一声,垂头丧气道:"大兄关怀甚殷,小弟再不答应,未免就不知好歹了。小弟不才,从此便追随大兄,奉天靖难,匡扶大明基业!"

见这位"善谋"的王弟终于低头认输,朱棣心中顿时大爽。正在此时,远方的广阔天空中忽然飞来一只苍鹰。当至朱棣头顶时,苍鹰盘旋一周,忽然疾速向上拉升,然后径直朝南方翱翔而去。

"王爷!鹰击长空,锋指天南,此大吉之兆!"见得这幅奇景,金忠激动地大叫。

"噢……"三军将士顿时爆发出雷鸣般的欢呼声。

朱棣的脸倏时变得通红,全身的血脉也偾张起来。望着欢呼雀跃的三军将士,他一伸手,潇洒将身上的大氅向后一甩,然后"嗖"地拔出佩剑指向南方,运丹田之气大声喊道:"全军出发,回师北平!"

旌旗招展、号角齐鸣。近八万将士启程开拔,汇集成一股滚滚洪流,向北平方向奔腾而去!

"冲!"李增枝一声高叫后,上万名步卒又大声呼喊着向城门方向扑去。

丽正门城头,燕世子朱高炽紧绷着脸,一言不发地紧盯着呼啸而来的滚滚洪流。在他身旁,顾成一身戎装,双手叉腰,一副镇定之态,只是其眼神间亦难掩一丝忧虑。城墙上,数百名燕军弓手已站到垛口,而更多未有披甲的青壮百姓则抓紧时间把滚石檑木推到垛前,并将火油烧得滚滚冒泡。凸于主墙之外的敌台上,原先放置着十来门盏口将军炮,但他们早已被南军火力更猛的碗口将军炮打得稀烂,朱高炽只得命匠人临时赶制了一些简易的发石机充数。千余军士、不到四千青壮,这就是北平丽正门的全部防御力量。而他们面对的,正是由前府左都督、平燕先锋参将李增枝统领的近六万京卫大军!几次攻防下来,现城头的守军已死伤近三成,城防工事也被摧毁不少。好在仗着北平城高墙厚,燕军也抵抗顽强，硬是没让南军攻上城墙，并把敌人的攻城器械破坏好些。可面对六万大军，这样的抵抗还能维持多久？朱高炽心里也一点底都没有。而北平大小十几座城门，现在都面临着严峻的考验，这更让这位职守北平的燕世子心惊不已。

"世子卧倒！"顾成一声大喝，朱高炽忙下意识地挨着女墙趴下。紧接着，一阵炮子打来，朱高炽只觉得城墙微微颤抖，一发炮子打中了箭楼，顿时砖石飞溅，一旁的内官王景弘一跃扑到朱高炽身上，将其牢牢护住。灰尘落地，空气顿时污浊不堪，朱高炽连打几个喷嚏，赶紧捂住了鼻子。

"这南军的炮子怎么就打不完？"趁着伏地不动的这点空隙，朱高炽心里愤愤想着。仅在丽正门外，李景隆就布下了十六门碗口将军炮，外加一百多门盏口将军炮。在刚到北平城下的那几日，这近二百门火炮日夜作响，愣是把号称固若金汤的北平城墙砸出无数个陷坑。这两天，南军炮火似有些收敛，但每次攻城前，仍会用炮子击上一阵以壮声势。燕军在仅有的二十多门盏口将军炮被对方轰烂后，朱高炽只能等到敌人逼近城壕才命士卒还击。

过了一阵，南军的炮火缓了下来，顾成一琢磨，赶紧向朱高炽猛一挥手。朱高炽会意，忙扶正头盔，在王景弘的搀扶下站起身子。城外，南军已逼近到百步之内，有些跑得快的已开始越壕。朱高炽扬起剑高声叫道："放箭，放箭！"

弓手们隔着城垛中的悬眼将箭奋力射出，数百支箭矢形成一阵箭雨向城外飞去，伴随着几声尖叫，十余个南军士卒扑倒在地。

不过南军攻城步卒上万，十几人的折损根本算不了什么。很快，大部南军已奔到壕前。

北平城壕既宽且深，在前几次攻城中，城壕成为南军最大的难题，并为此折了不少军士的性命。不过经过多次交手，城壕已被填平不少。此时，数百名南军将士四人一组，推着上百架盛满黄土的虾蟆车冲了上来。这种虾蟆车装土入壕后有如伏地之蛤蟆，是填壕之利器，而在他们身后，还有近千人肩扛土袋紧随其后。

"放箭，开炮！"眼见城壕一尺一尺被填，朱高炽心急如焚。不过燕军弓手就两三百名，连日作战已疲惫不堪，射出的箭既乏力道，又缺准头，对南军的影响微乎其微。敌台上本还有几架发石机，见南军逼近，纷纷开始投弹，但没过多会，南军又一阵炮子打来，发石机顿也被打得粉碎。

"噢……"一阵震耳欲聋的欢呼声响起，朱高炽放眼一瞧，原来已有一段两三丈长的壕沟被完全填平。见通途打开，一部南军立马冲过来，向羊马墙逼去，而其他的南军亦士气大涨,有些地段上有三四尺宽的壕沟未填,可南军不想再等,便将用来攀城的飞梯平铺架桥,从桥上跨过了城壕。一转眼工夫过去,已有近千名士卒奔到了羊马墙下。

羊马墙是修在城壕与城墙之间的小隔墙。通常敌军越壕时,守军会遴选敢死之士伏于此,趁敌方刚越城壕,立足未稳之际击之。不过眼下北平兵力十分紧缺,朱高炽早已把各城门堵死,故这道羊马墙处并无燕军。但羊马墙高达六尺,南军要越它还是很需费番功夫的。此地距城墙不到十步,南军攀墙时又难以护身,这下城头的守军便有了杀敌良机。朱高炽一声令下,几百名精壮汉子齐声大喝,举起早已准备好的砖石向羊马墙上的南军砸去。南军猝不及防,一时哭爹唤娘,纷纷又从墙上滚了下来。

城壕外面,李增枝见先锋败退,当即一声怒哼,扭头对身旁的旗官道:"命炮队开炮,将城头之兵压住!"

旗官吓了一跳,忙劝道:"将军,弟兄们已冲到近前,这炮子没个准头,会伤了咱们的人!"

"那就放箭、放弩、放铳!"

"壕前一带都被攻城的弟兄堵住,隔太远放箭,力道不够。"

"甲兵射不死,那些青壮都没披甲,他们也射不死么?"

"可太远放箭,难免有力道不足中途而落,会误伤我军兵士!"

"那怎么办?"李增枝勃然大怒道,"难不成任由燕兵嚣张?管不了这么多了,打仗哪有不死人的,马上令强臂力士放箭!"

"是!"旗官无可奈何地答应一声。

正要下令打旗语,李增枝突然又道:"你再派人去跟杨思美说,让他带三百亲兵到壕前,但凡有退缩不战者,立斩不饶!"

杨思美就是当初被徐妙锦当街抽鞭子的岐阳王府管家,这次李氏兄弟北伐,他作为家将被带了出来,充任亲兵统领。

旗官一愣,犹豫半晌才小心道:"将军,这北平是坚城,守军又有死战之心,要攻下恐非一日之功。自古攻城最难,多需反复拉锯,眼下才攻了四五日,没必要将弟兄们逼得太紧吧?"

"你懂个屁!"李增枝怒道,"我在大帅面前打了保票,三日内必破北平。今天已是第五日,咱们却还在城外头!如今好不容易填平了城壕,要再不能破城,我有何面目去见大帅?"

李增枝心急也是有原因的。确认燕军主力已北上大宁后，李景隆大起德州、真定等地兵马，凑了整整三十万大军，气势汹汹来攻北平，想乘虚而入，一战捣毁燕军老巢。李增枝也是信心百倍，认为打这个近似空城的北平易如反掌，故向李景隆请缨出战，力争将破北平的大功收入囊中。

亲弟弟要立功，李景隆自然是尽力成全，并想方设法为他提供便利，在兵力配置上大加关照。李景隆给了他足足四万人马进攻丽正门，占直接攻城兵力的近三成。而且，四万人清一色的是精锐的京卫！这样显而易见的偏袒，其他将领看在眼里，自然少不了有怨言，只不过不敢明言罢了。李增枝得了便宜，也想凭着这支精兵一举破城。可几天打下来，丽正门没拿下，却折了好几千人！面前这样的惨重伤亡，他心中窝火不已。为了挽回面子，李增枝下定决心今日一战必须破城！而且他心中还有一个顾虑，就是万一被别的将军抢先破城，那打北平的首功也就只有拱手让人了。正是有了这个念想，此时攻势方受小挫，他便生了暴躁之心。

李增枝的命令短期内起到了效果。南军弓手得令，纷纷在百步外放箭，箭雨远远袭来，到城头时已没多少力道，对披甲的军士难以造成损伤，但那些没有披甲的北平青壮却是挡不住的。很快，一些青壮中箭倒地。朱高炽见状，忙叫道："无甲垛卒挂上悬帘，安上悬户！"

青壮们得令，忙将准备好的毡毯、被褥用水浸湿，然后将毡、被两端用绳子系在各垛口处事先安置好的一个木架上；而另一些将士则把浸湿的毡、被覆到一块木板或门板上，然后将其撑到垛口处，仅留一丝缝隙。这种悬帘和悬户既可抵挡敌军射来的箭矢，又不至于挡住守城军士的视线。

而那些披甲的军士则仍拿起弓弩和砖石，对准攀越羊马墙的南军士卒奋力攻击。不过披甲军士有限，随着越壕的人越来越多，羊马墙也陆续被翻越。终于，已有大批军士进入羊马墙内。而在远处，南军的火炮也重新开火，阻止台上守军攻击聚集在城墙根死角下准备攀城的兵士。

在一片喊叫声中，云梯、飞梯、钩梯等攀城器械也运到了墙角下。南军将士蜂拥而上，架起梯子开始搭城。

梯子刚搭上城头的垛口，忽然上空传来一阵竹竿崩裂的声音。将士们下意识地仰头一望，只见一堆东西猛地砸了下来。

"啊！"

"哎呀，我的眼睛……"

一片哀号声响起，一群南军将士发疯似的满地乱滚，先前尚在架梯的一个半大小伙先是疾声厉号，最后竟伸出两只手指，直直往自己眼眶中戳去。众人满脸惊恐地退后，只见他满脸污血，手上竟捏着两颗血肉模糊的眼珠！

"浮篱！城头有浮篱，架梯的当心！"墙下的南军大声惊呼。

原来在昨天晚上，顾成让高炽带人忙活了一夜，在北平城墙上的各垛口处都设置了浮篱。这种浮篱，便是将一块块的竹篱捆于向城垛外伸出的两根竹竿上，再在上面压上砖石和石灰。南军的梯子要想搭城，就必须先搭在浮篱上，竹篱和竹竿哪能承受这些云梯和飞梯的重量？故当然是一搭即垮，到时候上面的砖石和石灰便纷纷塌下，城下搭梯的军士便倒了霉！

"烧得好！"

"烧你个狗娘养的！"

见城下南军哭爹叫娘，城头燕军却大声笑骂。

与将士们不同，朱高炽的脸色却有些发白。这位燕世子一向敦儒修文，虽说因形势所逼不得不上战场，这几日也颇经历了一些厮杀，但像今日这般凶残还是头一回见。

"世子，生死皆是命数。战场之上，切勿为此不忍！"顾成沉稳的声音在耳边响起。

朱高炽一怔，随即投去感激的目光，他现在对顾成佩服的是五体投地。袭取大宁前，朱棣郑重其事地委托顾成与道衍协助朱高炽镇守北平。起先，朱高炽对此还不以为然，一个败军之将，值得父王如此信任么？他又怎能与道衍师父相提并论呢？可当北平防御战开始后，朱高炽立马见识到了顾成的本领。这位老将军久经沙场，对军事非常精熟。几日来，李景隆以二十万之众连番围攻，就愣打不下三万杂牌军把守的北平，这与顾成谋划得当有莫大的关系。就拿刚才那浮篱来说，前几日仗打下来，因着敌方炮火猛烈，墙上原先设好的浮篱折损大半，而南军多是在攀城前就已退兵，朱高炽便觉得浮篱暂时还派不上用场，也懒得再行修补，可顾成却坚持要一夜修好，当时自己还觉得是多此一举，没想到今天就碰到南军越壕搭城，顿时发挥了作用。最难得的是，顾成还懂分寸，知进退。他每次军议，只提建议，绝不插手具体事宜。战场上也只站在朱高炽身旁出谋划策，统兵应战都是由北平诸将去办。这样一来，众人对他也无话可说，并连带对朱棣坚持重用顾成的远见也佩服不已。

"南军又上来啦！"王景弘一声大喊，朱高炽忙从悬眼望去，只见经过一番慌乱,墙角下的南军将士已逐渐恢复秩序,并开始重新组织攀城。浮篱毕竟只能用一次,现在城垛前已无工事,想阻挡南军,只有守军亲自上阵了。

一架飞梯搭起,南军将士举着盾牌,沿阶梯依次攀城。城头军士搬来一杆撞杆,众人齐声发喊,猛推向前把飞梯推了出去,梯上军士连声惊呼,随飞梯直落于地,粉身碎骨。但南军众多,很快又有三十余架登城梯架起。与此同时,又是一阵箭雨飞来,将城头守军压制住,城下军士则抓住时机赶紧登城。

眼见攀城南军越来越多,滚木、礌石也渐不敷使用,朱高炽脸上有些发白。若让南军登上城墙,那以守军实力,是无论如何也肉搏不过的。心念一动,他握紧了手中的剑柄,此时心中所想,万一城破,他便拔剑自刎,宁死也不能受李氏兄弟羞辱。

朱高炽心乱如麻,顾成可没那么多工夫。此时形势危急,也容不得他先建议,再由这位世子发号施令了。眼见一名南军的手已够上垛墙,顾成拔刀上前,一刀将其手指斩断。

"快,投粪炮罐!"顾成刀一横,大声下达了命令。城头军士听令,忙将放在墙角的陶罐举起,对准附近梯上的军士狠狠砸去。

"嘣,嘣……"接连的撞击声响起,粪炮罐准确地命中了攀城的士卒。这种陶罐里装满了熬得半干不稀的人粪、石灰、皂角粉和砒霜,人一沾上,皮肤立刻开始溃烂。没多久,墙外边传来痛苦的叫声。粪炮罐的好处便是方便使用,准头也强。而且只要砸中爬在前面的人,罐子一碎,那跟随在其下头的攀附兵士或多或少也会沾染些秽物,一个罐子能伤一群敌人。经过守军的这番猛掷,各梯上的南军大半都被打中跌落,城头的压力暂时得到缓解。

"把石灰和糠秕都撒下去,快!"顾成继续大喝。

守军们两人一组,将一个个鼓鼓的布袋搬到垛墙上用刀划开,然后倒翻着把四角一提,整袋的石灰和糠秕飞落而下。城墙根下挤满了准备攀城的南军将士,见状四散欲躲,但一时又挤不开,只得赶紧把眼闭上,以免被灼伤眼睛。顾成跑到一盆烧得滚烫的沸水旁,拿起两块湿布垫住手,端起便冲到垛墙处往外一泼,其他兵士见状亦纷纷效仿,顿时墙下又传出大片的哭爹喊娘声。

"把梯子都给老子烧了!"做完这一切,顾成冷冷下达了最后一道命令。燕军将士将沸油浇到尚搭在墙上的各式登城梯上,再将其点燃。伴随着熊熊烈焰,三十余架登城梯化为灰烬。紧接着,趁着城下南军混乱的当口,燕军连发火箭,将南军刚刚搭起来的几座瞭望楼也给烧了个尽。

城外，李增枝望着滚滚升起的浓烟，气得七窍生烟。北平城墙高达三丈有余，一般的登城梯根本够不着。朱高炽为坚守北平，赶在南军杀至之前将城外民居树木一焚而尽。这座瞭望楼和三十几架登城梯是他专门命人将旧器械拆了建的，不想如今却灰飞烟灭！没了这些登城梯，至少三五天内是无法再攻北平了。

"给老子开炮，狠狠地打！"气愤之下，李增枝厉声尖叫。

"将军，打不得了。今天炮打得太多，炮筒都已滚烫了！"旗官看着李增枝的脸色，小心翼翼地说道。

"那怎么办？"李增枝猛扭过头，气急败坏地对旗官叫道。

"将军，要不先退……退兵吧！"望着李增枝狰狞的脸，旗官心惊胆战地道，"看样子，登城梯也没剩下几架，瞭望楼也被焚了。眼下弟兄们攻不上去，只能先退回来。还请将军下令把亲兵们调回来，不然弟兄们进退不得，是要出乱子的！"

"狗屁的乱子！这么多兵攻城，结果连城墙都没上就被打回来，还有脸生乱？什么狗屁京卫，连给鞑子当马夫都不配！"李增枝咬牙骂道。

他话音方落，四周便炸开了锅。丽正门外的这支兵马都出自京卫，连他本人的亲兵，除了几十个家丁外，都是从京卫中甄选的。他这么一骂，无疑将他们都侮辱了个遍。李增枝四周一望，几个偏将都满脸愤怒地望着自己，连其他的普通将士也都是眼中冒火。

李增枝这才意识到说错了话，心中顿时后悔不迭——不管怎么说，他还是要靠这支人马打仗的，这要是传开了去，以后还怎么驾驭部属？正寻思要说点什么来收场，忽然他前方白光一闪，继而轰隆一声，一颗炮子呼啸而来，正好打到李增枝斜前方七八丈远的一个亲兵身上。亲兵连声都来不及出，便被炮子砸了个大窟窿。

原来这是丽正门城头唯一的碗口将军炮。先前因南军炮火厉害，朱高炽命人将它藏了起来。方才李增枝张狂，以为燕军的火炮在炮战中被打烂，故观阵时肆无忌惮地带着亲兵出了本阵，向前挪了百十来步，这就将好进入碗口将军的射程范围。顾成远远瞧着李增枝的军旗不断前移，顿起了偷袭他的主意，他让朱高炽下令将这门炮搬了出来，当即命人点火，谁知却功败垂成。

虽然这一炮虽未打中，却也把李增枝吓得不轻。他脸上青一阵白一阵，顿觉胃里翻江倒海，忙强自将其按捺下去，只望着前方怔怔发呆。

"都督，下令开炮啊！拼着炸膛，也得把燕军的气焰给压下去！"见李增枝一声不吭，旁边的一名偏将忍耐不住，当即大声提醒。

偏将一喊,李增枝方反应过来。再瞧那亲兵尸体一眼,李增枝猛地打了个冷战,颤着嗓子结结巴巴道:"莫……莫打了!传令下去,退兵,退兵!"说完,也不待旁边旗官反应,他已拨转马头,向后一溜烟儿去了。

望着潮水般退去的南军,朱高炽如释重负地出了口气。不过顾成的一句话又让他把心提了起来:"经此一战,仅丽正门这边便又损了四五百人。照这么打下去,只要南军再攻上几次,咱们便无兵可用了。"

闻言,朱高炽满脸愁容。虽然北平仍岿然不动,但兵员减少已是不争的事实。李景隆兵力充足,损个万儿八千也无所谓,可他却没这本钱!眼下北平各门均兵员紧张,城内能提刀扛枪的汉子都已上了城墙,连一个多余的兵也找不出来了。念及于此,朱高炽心中不由一阵焦虑:大宁情势不明,父王的大军不知道什么时候能赶回来。而眼下还是十月下旬,离下雪也还有大半个月。这二十来天内,北平仅能靠现有的兵马维持。可城外的李景隆气势汹汹,以自己手中的这点兵力,能顶得住南军排山倒海般的攻势么?

强捺心中忧虑,朱高炽道:"今日南军攻得猛,只要各门不失,想来接下来几天应不会有大战,到时候再想办法!"其实他能有什么办法?除了希望朱棣快些回师外,也就是祈祷上天赶紧降场漫天大雪下来。只要连下数日大雪,那些主要由江南士卒组成的南军便会战力骤减。

顾成也心有戚戚?见朱高炽这般说,他只是暗自一叹,也不应声,自带了几个亲兵去督导修葺城防去了。

见顾成离开,朱高炽扭头对王景弘道:"咱们也别歇着,这一仗负伤将士不少,现都在城下救治,我得亲去安抚一阵!"

两人刚走到城梯口,道衍带着一帮僧人上墙过来。朱高炽见状,忙起身一揖,问道:"师父,其他各门情况如何?"

"除顺承门和东直门战事仍炽外,其他各大门前的攻防已缓了下来。不过据人回报,李驸马和张将军防守得当,两门应无大碍!"道衍的脸色十分疲惫,本就枯瘦的脸庞此时更是一片暗黄。这几日他领着庆寿寺的僧人为阵亡人诵经超度,还要想方设法鼓舞城中军民的士气,其劳累程度并不亚于坐镇丽正门的朱高炽。

听得顺承、东直门无恙,朱高炽的心情舒缓不少。南军负责攻此二门的分别是都指挥盛庸和平安。此二人虽声名不显,但也是老将。他二人所部攻势之猛仅次于李增枝,并制造了好几次险情。

几天下来,朱高炽也看出些端倪:南军真正厉害的也就是李增枝的京卫主力与盛庸、平安二部,只要将与之相应的三门守住,其他各门一时半会出不了太大问题。

"师父辛苦了。今日丽正门暂安,还请师父回王府统筹全局,顺便跟母亲说声,也让她安心!"朱高炽恭恭敬敬地对道衍道。

"也好!老衲对守城一窍不通,留着也是给世子和顾老将军添乱!"道衍自失一笑道。

道衍这番自我贬倒也不完全是谦虚。虽然他是燕王首幕,朱棣最倚重的谋臣,但其所长却仅是庙算。运筹帷幄,决胜千里,此类谋划无人能出其右,就是朱棣也对他言听计从。但他却从未历过兵事,若说到临机决断,排兵布阵这类战术,那莫说是金忠,就是张玉、朱能之辈他也未必及得上。对道衍的长短,朱棣心知肚明,故他每次议论用兵时,多倚重道衍之意见,但一旦出兵放马,却只带上金忠在身边参谋。道衍也知道自己战术不精,故北平之战一开始,他便鼎力举荐顾成,让这位身经百战的老将协助布防。正是他的识人之明,才促使朱高炽下定决心重用顾成,从而成功稳定住北平战局。

听道衍自谦,朱高炽忙欲说话,忽然城梯处传来一阵急促的脚步声。他与道衍放眼一望,只见一个小内官踉踉跄跄地飞奔上来。

"世子爷,大师……"瞧见朱高炽和道衍,杨庆加快了脚步,待爬上城墙,他一骨碌扑到脚下,颤着嗓音低声道,"大事不妙,彰义门破了……"

"啊……"朱高炽惊叫一声,顿觉头晕目眩,身子也不由自主地一软,几乎就要跌倒在地,道衍和王景弘见势不妙,忙上前一步将他紧紧挽住。

第十六章

彰义门两军死斗 郑村坝南军退兵

彰义门是位于西直门和平则门之间的一座小便门，不在北平九大门之列。因为小，且与东南方向杀来的南军主力相隔较远，因此无论是朱高炽还是李景隆都没把这里当成攻防的重点。燕军方面把守彰义门的是朱高燧，他年纪小，今年不过十四岁。朱高燧虽不像大哥那般文弱，但也与从小在武人圈中厮混的二哥相差甚远。这次之所以让他守这里，也是因为此门狭窄，易守难攻，防起来相对容易。

燕军兵力本就少，还要顾及北平十几个城门，因此分到彰义门的兵士并不多，除了几十个内官、亲兵外，留给朱高燧的就只有不到千人的壮丁了。

本来李景隆也没把这个门当回事，在彰义门前，他安排的是瞿能父子以及从河间调来的三千山东屯田军。

按说，以瞿能的资历完全有资格负责主攻一个大门。无奈当初他父子言语得罪了李景隆，后虽认罪服软，但梁子却已结下。这次围攻北平，李景隆认为成功易如反掌，自然不肯给瞿家父子立功机会，便把他二人打发到彰义门来。彰义门是小门，就是破门，仓促间也涌不进大批兵马，很容易被守军堵上，何况瞿能除了自己的五百亲兵，其余全是上不得台面的屯田军，因此要想立功更是难上加难。

不过瞿能也不是普通角色，对这种明目张胆给他穿小鞋的安排，他虽因前车之鉴不敢反抗，但心中却也憋了一团气：你不是不想让我立功吗？老子偏要立给你看！只要老子第一个冲进北平，这平燕首功任谁也抢不走！

攻城战开始后，瞿能经过几天的试探，已摸清了彰义门的虚实：守将是乳臭未干的朱高燧，守军大都也是未经战阵的北平青壮，而更让他欣喜的是，他找到彰义门的致命弱点——城门。

在南军围攻北平之前，朱高炽便抱定了死守的心思，故北平大小十几座城门全被堵得严严实实。可同是堵门，这里面也是有差别的。城内储备的巨砖大石有限，且南军将至，也来不及大兴征集。而现有的砖石中，大部分还要搬上城墙充作防守之用，故在堵门时，只能优先照顾九大门，像彰义门这样的小门，不仅砖石多为体积较小的零碎物，更要命的是使用了很多柴木。眼下已至冬岁，北平气候干燥，这些巨木堆积在一起，无疑就是一个大大的柴火场！搞清楚这一点后，瞿能心中便有了主意。

今日攻城，瞿能一开始故意放慢步伐，让朱高燧放松了警惕。眼见彰义门平安无事，他更是分出二百青壮，去支援附近吃紧的西直、平则两个大门。哪知道就在彰义门守军皆以为太平时，瞿能突然发力。他事先已从平安处借来四百张长弓，加上原有的百张，让亲兵装备上，齐齐冲到彰义门前，对着城头便一阵猛射。

守军万没料到南军会突然猛攻，一时被打蒙了，个个缩在女墙下头不敢抬头。趁此机会，屯田军按事先部署，将事先准备好的两座壕桥推入壕中，其余众人背负着柴草越壕而过，将它们堆积到彰义门下，并泼上火油。

朱高燧在城头看着，急得心里直冒火。他忙命将士放火箭烧壕桥，无奈南军弓手蓄力已久，此时一发，箭矢连绵不绝，愣是把城头青壮压得抬不起头。瞿能一声令下，百余名弓手搭上火箭直射城门，只见一阵流矢飞过，彰义门便燃起了熊熊烈火。这日又起了一阵西北风，火借风势，一转眼工夫过去便把彰义门烧了个七零八落。待见城门已开，瞿义带着几十名亲兵一声呼啸，飞驰上前，于残烟中穿越了城门洞，彰义门就这么破了。

听完杨庆的简要讲述，朱高炽直觉背脊发凉。这时顾成也已赶来，他一把抓住杨庆急问道："三郡王现何在？南军可已突入城内？"

"尚没有！彰义门小，里面还堆了许多杂物，一时涌不进太多人马。城门一破，三殿下便带人下城，将南军堵在城门口血战。并派奴婢飞马赶来丽正门禀报！"杨庆回道。

"那他可有派人去西直和平则二门请援？"顾成紧逼着又问。

"没有！三郡王严令封锁消息，只派了奴婢一人来丽正门！"

"哎呀！"朱高炽急得大叫，"彰义门离这里这么远，他怎么不就近请援？若让南军突入城内,那可就来不及了!"

"世子勿急,三殿下做得对!彰义门一破,北平的防御就被撕开了条口子,李景隆得报,定会派兵支援彰义门,并会加紧攻城。而北平这边,各门兵力已经很紧张,若此时请平则和西直援军,一来两门守军多半会军心涣散,二来一旦南军加大攻势,此二门兵力不足,必将失守!现北平城内已无余兵,各门当中,也就丽正门兵力最多,援军只能从我们这里出!"顾成看了朱高炽一眼,深吸口气道,"幸亏李增枝已退,请世子赶紧下令派亲兵赶至彰义门。眼下南军进城的不多,且都被压制在城门口,我军需抓紧时机,将其逼出城去。否则一旦李景隆援军赶到,则大事去矣!"

朱高炽这才明白过来,他感激地望了顾成一眼,随即回头大声叫道:"徐野驴!"

"末将在!"一个粗壮的黑脸汉子按剑上前。

朱高炽卸下腰间的佩剑递给徐野驴道:"即刻带上三百亲兵驰援彰义门。若胜,此剑便赐你;若不能驱退敌军,你便拔剑自裁!"这三百亲兵全出自燕山三护卫,是眼下北平城中最精锐的部队,也是朱高炽最后的本钱。

"世子放心!"徐野驴慷慨一应,随即提剑而去。

徐野驴走后,丽正门城头的气氛仍十分凝重。众人眉头紧锁,心中都是忐忑不安。这三百亲兵是彰义门最后的希望,也是北平最后的希望。朱高炽走到垛墙前眺望,前方远处就是李景隆的中军大营。按时辰算,李景隆应已知道彰义门之事了,他的援兵派出了吗?亲兵能否赶在李景隆援军到之前夺回彰义门呢?眼下的他只能默默祈祷,希望朱高燧能守住,希望徐野驴能快些赶到,希望南军能出岔子。

就在丽正门诸人焦虑万分之际,彰义门内已陷入一片刀光剑影中。

朱高燧不是孬种!虽然城门被烧毁,但当破城的危机迫在眉睫之时,这位三殿下却表现出了非凡的勇气和坚定的决心。面对杀入城内的南军,朱高燧不仅没有畏惧,反而与之展开了殊死的搏斗。在他的指挥下,一部分壮丁牢牢守住城墙,以防城外的南军趁机攀城。他本人则亲率内官、亲兵以及三百名壮丁将首先入城的数十名南军压制在城门洞口处,并拼死进逼,希望能将他们驱出城去。

彰义门狭窄,里面还有大量残碎砖石堆积,城外兵马很难大举突入。在一开始时,南军并没有占到太大便宜。但随着时间的流逝,形势逐渐发生变化。

朱高燧手下的燕军以青壮百姓为主,这些人依托城墙防御或可胜任,但一旦陷入白刃战,其劣势便显现无遗。率先杀进城的都是瞿能亲兵,其剽悍在南军中也是首屈一指,领头的瞿义更是有万夫不当之勇。在他们的努力下,南军顶住了燕军的围逼,将城门洞牢牢控制住。站稳脚跟后,南军背靠城门洞列成一个弧形小阵,并一步一步向城内前进。在他们身后,一些南军通过城门洞进入到城内,战场的优势逐渐向南军方面转移。

朱高燧心急如焚,他身边只有三四百号青壮,而城外却有瞿能的数千大军!南军每向城内突进一步,双方对峙的战线便会扩大一分。一旦南军的弧形阵扩展到一定程度,那便难以再将其遏制。到时候只要出现一两个缺口,南军便会趁势突破,将自己这支小队一举歼灭!

事到如今,再想单凭一己之力将南军驱逐出城已不可能,朱高燧适时调整了战法,围逼南军弧阵的燕军转攻为守,尽量拖延时间,以待援兵来助!

可还有援兵来么?眼下北平四面受敌,一旦得知彰义门破,李景隆必然督师猛攻,丽正门纵然兵多,可面对南军重压,大哥又派得出几个兵来?朱高燧向丽正门方向眺望一眼,心中万分沉重。

"呀……"几声尖叫传来,朱高燧放眼一望,心中不由大骇:瞿义手持一柄大朔奋力挥舞,几名青壮中招倒地,周围的青壮也被吓得连连后退,燕军的阵势已被打出了一个缺口!

"快!把这人挡住!"朱高燧急得大叫,身边的亲兵匆忙上前围堵。

"殿下,撑不了多久了,要再没有援兵,南军就要破阵了!"一名偏将焦急道。

"援兵,援兵!"忽然间,一个小内官大声叫道。朱高燧也听到了动静,忙扭头一瞧,果然,后方的大街远处人头攒动,似有一支军队正向此地赶来。

"咦……"朱高燧心中冒出一丝疑惑:他已派杨庆去丽正门请援,但他才走了不到一刻,就是大哥立即派兵要赶来也没这么快才是!而且从方向看,这条大街是通向王府遵义门的,可王府里现在已没有兵了啊!

"杀啊!"援兵中忽然爆出一阵喊杀声,声音尖细而清脆,朱高燧当即吃了一惊,再一张望更是瞠目结舌,来的竟是一支娘子军!而领头女将不是别人,正是自己的小姨徐妙锦!

原来自陈亨变卦后,原定回防北平的两万大军化为泡影,北平局势在瞬间变得万分凶险。危难之际,一向不过问军政之事的王妃徐仪华站了出来,平日里安抚士民,鼓励将士,对稳定北平局势出力甚多。但任凭徐王妃如何殚精竭虑,北平兵力严重不足的事实却让她束手无策。值此之际,一向对战事跃跃欲试的徐妙锦却出了个主意，建议将城内壮妇组织起来，协助守城。她先把这想法跟主持城防的朱高炽说了，却没引起他的重视。

朱高炽不把徐妙锦之言当回事，徐王妃听后却起了意。燕赵自古民风剽悍，北平又是辽、金、元三朝旧都，四百年胡风熏陶，妇女的性子也十分刚烈，其力气虽不比男儿，但远比弱不禁风的江南民女要强。这样一支人马固不能与正规行伍相提并论，但多少也能派上些用场的。有了这个计较，徐王妃便带着徐妙锦走街串巷，劝说妇人应征。

北平多军户，城中妇女的男人许多都是燕军士卒，若北平城破，他们也不会有什么好下场。徐王妃从保自家平安这点着手，并激以大义，再许下重赏之诺，总算也说动了几千妇人应征。她们从中甄选出千余力气和胆子都较大的组成一军，作为缓急之用。今日形势危急，徐王妃虽待在王府，但对城墙上的战事十分留心，见彰义门起火，她赶紧派侍婢前去查探动静，结果正撞到瞿义率部破门。侍婢回话，徐王妃大惊。当时徐妙锦正在一旁，得报精神抖擞，当即嚷着要率娘子军去彰义门。徐王妃思忖，眼下王府的男人都上了城墙，自己虽也是徐达之女，但从小对武事一窍不通，永安、永平两个郡主就更不行了。妙锦妹妹一向好武，素以将门虎女自诩，虽谈不上懂什么军事，但至少比自己要强。按理说，为避免身份暴露，徐妙锦不应该在朝廷将领面前抛头露面，但眼下局势危在旦夕，北平存亡或就在此一举，也顾不得这许多了。计议已定，徐王妃当即命徐妙锦率五百壮妇前往增援。

徐妙锦她们来得正是时候，此时燕军的防线已几于瓦解。壮妇们的到来，不但让燕军将士欢欣鼓舞，同时也激起这些男人们的羞愤之心：堂堂七尺男儿，却要一群妇女相助，这脸面可折得不小！一时间，本已有些心惧的燕军将士又生出无穷斗志，对南军展开疯狂的反击。

战斗又陷入僵持。此时瞿能也进入城内，瞿家父子同心协力，指挥着阵中军士奋力厮杀；燕军慷慨迎敌，死守不退。壮妇们也没闲着，她们舞刀弄枪自是不会，但扔砖掷瓦还是勉可胜任。

在事先的设想中，妇人们是在万一之时上墙掷砖的，此时虽在墙下，但她们仍几人一组，把从王府内搬过来的砖瓦箩筐放到燕军阵后，各自拿起一两块顺手的，趁着空隙向南军掷去。

平地掷石，其威力自比从城墙上向下扔要小了许多。但南军见燕军个个凶神恶煞般，连妇人都奋不顾身，心中难免惊慌，一时间攻势就有些凌乱，本来不断扩张的弧阵也停滞下来。

"谢小姨相助！"徐妙锦正一脸兴奋地领着壮妇们掷砖,忽然耳边传来一阵说话声。她扭头一看,朱高炽正一脸感激地望着自己。

在王府时,徐妙锦得知朱高炽连一个小小的彰义门都没守住,心中十分恼火,来的路上,她还琢磨着要好好教训教训这个仅小自己三四岁的外甥。不过来到现场,她见朱高炽临危不乱,率着手下死战不退,一时很是敬佩,原先的愤怒也消散不少,便哼了一声道:"吃一堑长一智,你下次可要当心些,再要有什么闪失,我这个当姨的定不饶你！"

"我记住了！"对徐妙锦这种以小充大,自认长辈的说话派头,朱高炽心中哂笑不已。不过他也不愿戳穿她的这点小小的虚荣,正琢磨着怎么回话,徐妙锦忽又叫道:"咿呀,南军还没退呢,咱们哪有工夫瞎嘀咕？"

"小姨放心！"朱高炽镇定地道,"我已去丽正门请援。大哥的援兵应该马上就来了。眼下南军已是强弩之末,只待援兵一到,南军必退无疑。"

话音方落,后方又传来一阵喊杀声。徐妙锦回头一望,一群骑士已呼啸而来,徐野驴终于带着亲兵赶到。

援兵一到,战场形势骤转。眼下南军在城门内的兵力总共不到二百,其余部众因城门洞狭窄难行,仍被堵在城外。反观燕军,仅徐野驴所率援兵就有三百。虽都是精锐亲兵,但朱高炽的亲兵自然比瞿能的要强。两方实力差距悬殊,且援兵一到,燕军士气大振。终于,在燕军的合力猛攻下,南军再也招架不住,弧阵不断缩小,已有被逼退出城之势。

"狗日的,援兵怎么还不来？"弧阵后面,瞿义望着狂叫着杀来的燕军,气得破口大骂。

瞿能也是一脸悲愤,彰义门一破,他便派人去李景隆处请援。算时辰,援兵就是爬也该爬到了。本来瞿能算得好好的,援军一到即刻攀城,城头剩下的三四百青壮无论如何也招架不住。可直到现在,彰义门外仍没半点援军影子。当初分派他攻彰义门时,李景隆根本没指望他能破城,连登城梯都只拨给他七八架。而为了烧城门,它们都已被劈成了干柴,在彰义门的熊熊火焰中化为灰烬。眼下援兵不到,城外的屯田军连攀城都不行,只能瞪着眼干着急。

"收缩阵形,再坚守半刻。若援兵不到……"说到这里,瞿能长叹一声,面露苦笑道,"那我们也只能退兵了！"

"退兵？"好不容易破门进城,眼瞅着北平就要到手,却因为后援不至而将功败垂成,瞿义的双眼几乎冒出火来。他又望了瞿能一眼,只见父亲眼中透出一丝无奈。一时间,瞿义似乎明白了什么,胸口顿如被一块大石压着般难受。突然,他将大槊狠掷于地,满腔愤怒地叫道,"李景隆……"

……

当瞿能父子浴血奋战之际,南军中军大帐内,李家兄弟也在为是否增援彰义门争论。

李景隆本不愿看到瞿能破城。不过思虑再三,他仍决定即发援兵。不管怎么说,他是平燕主帅,此时破城在即,他再看瞿家父子不顺眼,也不能拆自己的台。

就在李景隆欲派兵增援时,李增枝走进帐内,得知详情后他大惊,急忙劝阻道:"哥哥,瞿家父子与你积怨甚深,若让他们得势,将来必对哥哥不利!"

"那我又当如何?"李景隆已得知丽正门再败的消息,此时见到李增枝,更是气不打一处来,"我给你的机会还少么?四万京卫还打不下丽正门!我知道你想的是什么!你不就想赚这破城首功么?可你自己没用,怪不得别人。我不能为你那点子前程,坏了朝廷平燕大业!"

李增枝脸一红,紧接着又干笑一声道:"弟弟是未能破城,可这责任也不全在我啊。丽正门是北平主门,朱高炽亲自镇守,哪是彰义门可比的?不信哥哥让瞿能来,他照样拿不下丽正门!"

李景隆冷哼一声,懒得跟他再说,便欲叫人进来传令。李增枝见状大急,忙道:"哥哥且慢!"

"你又要说什么?"李景隆皱眉道。

李增枝走到李景隆跟前,低声道:"哥哥可有想过瞿能破城的后果?"

"不就是立功吗?他功再大,还能比得过我?"李景隆不屑道。

"哥哥错了!哥哥你想,陛下对平燕寄予厚望,今北平一破,燕藩必败无疑。将来论功行赏,瞿能以破城首功必然会大受褒奖,到时候封个侯伯也不是不可能的。瞿家与咱们结下这么大的梁子,若他也成了勋爵,哥哥将来在军中便平添一个劲敌!"

李景隆心念微动,不过想了片刻后,他仍摇头道:"就算他能封侯封伯,又岂能与我抗衡?"

"抗衡自是不能,但掣肘却绰绰有余!平燕功成,哥哥自是大受陛下褒奖,可你已是公爵,皇上还能赏你什么?难不成还能封王?哥哥所得,不过是压过徐辉祖,成为右班之首罢了。可哥哥想过没有,当今陛下大兴文治,文官地位骤升,你纵位高,论宠信却未必及得过齐、黄、方。一旦你再立大功,领袖群伦,文官见之必心中忐忑。他们就不怕你威势太大,使好不容易才得以出头的左班文臣再度被打压下去?先前一个王宁,便把齐泰、黄子澄逼得灰头土脸,他们又岂能容忍一个更厉害的人物出现?既如此,到时候左班文臣必然会再找出个合适的人来制衡你。而瞿能百战老将,在军中威望甚高,今又立下平燕首功,且其还与你有大梁子。这样一个宝贝,文臣岂能放过?一旦瞿能受封入朝,位列哥哥之后,那你就有得憋屈了!"

李增枝侃侃道来,李景隆听得瞠目结舌。过了好半天,他方回过神来讪讪道:"你也未免太耸人听闻了吧!我虽居公爵高位,但素来礼贤下士,在士林中也算有些名声,文官们又岂能害我?"

李景隆虽说不信,但语气已明显透露出犹疑,李增枝见状心中一喜,忙道:"未见得定要害你,但忌惮、压制恐就难免!正所谓此一时彼一时,以前哥哥虽是公爵,但并无大功,故威势有限,且前头还有徐辉祖在,文官自对你印象颇佳。但若平燕功成,大功得立,兼你本又是一等贵胄,那将来天下文武谁能齐肩?到时候不管你愿不愿意,你都是武官勋戚中无可争议之首。文官纵对你印象不错,但出于利益,他们也会给你下绊子!何况话说回来,文官就真对哥哥印象不错么?黄子澄或许与你交好,可齐泰呢?齐泰可一向对你颇多诋毁的。齐泰亦是皇上宠臣,且又是兵部尚书,他若以扬文抑武为由掣肘哥哥,恐怕黄子澄也不会反对!"

李景隆的冷汗一下冒了出来,他只想在平燕大业中一战立威,进而引领朝堂,不想这其中还有这么多纠葛和不测!仔细一分析,李景隆觉得李增枝的话有道理,自己再怎么说也是武人勋臣,文官再和自己要好,也不愿看到自己威势无二,他擦擦额头冷汗道:"那我又当如何?就算没有瞿能,文官也还会在五府中选出别人在掣肘我啊!"

"当然会选!"李增枝断然道,"可人不同,势也不同。若瞿能来,他有威望,也有功绩,关键是他铆足了劲儿和哥哥作对,那自然会麻烦大增。可其他人就不同了。如今开国老将大多已死,剩下的也不成气候,武将要积功立威,机会便只限于这平燕大业中。如今军中大将多是勋臣以及父亲昔日下属,若让他们成此首功,凭着父亲的脸面和哥哥平日的交结,想来他们应不会与哥哥为难。如此,文官再想扶持哪个掣肘哥哥,其难度便可想而知。且再往深了想,倘能使自己人立首功,那哥哥将来在朝堂上的助力便又多了一分!哥哥现在可与文官交好,可名望大增之后,你就愿意对文官俯首帖耳?若将来万不得已要与文官翻脸,哥哥就不该预备些有用的臂膀么？"

"自己人？"李景隆眼珠子一转，冷笑一声道，"你说的这个自己人就是你吧？我没有扶持你么？可你却烂泥扶不上墙，我有什么办法？我总不能把别人的破城之功抢来，强安到你头上吧？"

"哥哥这是什么话！"李增枝脸一红道，"弟弟虽不才，但起码这自己人之称还是当之无愧的吧？再说我又没说要窃他人之功为己有！"

"那你想怎么办？"李景隆的话中不无嘲讽，但细听下来却又带着几丝期盼。

李增枝对哥哥的嘲讽听若未闻，低声阴阴道："不派援兵给瞿能，让他不能破城！这平燕首功，留待来日由我去夺！"

"什么？"李景隆惊异地望着李增枝，半晌方破口大骂道，"你简直是鬼迷心窍，这北平是说破就破的？今日失此良机，来日出了变故怎么办？我是平燕主帅，灭不了燕庶人，别说什么立功受赏，我立马就得身败名裂！你小子想功名想疯了，我可不能拿自己前程给你做赌！"

"哪会有什么变故？眼下燕庶人已出塞，别说攻克大宁是痴心妄想，就是侥幸功成，来回也要一月工夫！除此之外，永平、保定二府自顾不暇，根本不可能增援北平。燕庶人回师前，北平就是孤城一座！我军连攻北平已有五日，今虽未得逞，但敌亦是强弩之末！今日一战，朱高炽仅在丽正门就又折了几百号人。他北平有几个兵？能经得起这等消耗？弟弟担保，只要哥哥在从他部中拨些器械给我，最迟五日，我必下丽正门！"李增枝急道。

"你先前说三日破门，结果五日过去，丽正门仍在燕军手里。现在你又说五日，凭甚要我信你？"李景隆冷笑不止。

"先前三日确是我托大！但今形势不同。哥哥可以不信我，可北平的实力摆在那，燕庶人有多少家底哥哥心里难道没数么？"

闻言，李景隆陷入沉默。的确，北平兵微将寡这一点毋庸置疑。以南军之实力，只要再坚决打下去，北平绝无道理不破。就算李增枝仍没出息，但其他将领也不是孬种，再破他一两个门基本不成问题。而且，方才李增枝的话提醒了李景隆，将来平燕功成，自己要进一步攫取权势，免不了会陷入朝堂之争，故而借着平燕的机会扶持自家势力其实是很有必要的。

"只是瞿能已派人来请援，我若拒不发兵，将来他闹起来怎么办？"李景隆犹疑地问道。城门已破，主帅手中明明有兵却拒不增援，这无论如何也说不过去。这事要解释不清楚，李景隆被扣上个暗地通敌的罪名都不是不可能的。

李增枝眼珠一转,道:"哥哥可否给我讲下瞿能之使请援的过程?"

"就一个传令兵,飞骑入营,直抵我中军帐前!"

"就一个人?中间没有停留?"

"没有。据此人讲,瞿能命其火速求援,故其一路狂奔,直抵中军方停。"

"信使人在何处?"

"还在中军,待我发兵时一起返回!"

"好!"李增枝一拍手,眼中闪过一道犀利的寒光,"既然此使路上未遇他人,那瞿能又如何能证明哥哥收到请援之信了呢?"

"可是这信使……"李景隆说着,忽然明白了什么,他睁大眼睛,颤声道,"你是说要……"

"不错!"李增枝狞笑一声道,"北平乃燕王封国,军民大多附逆。今攻城日急,难免有亡命之徒心怀叵意。此信使孤身一人由城西绕到城南,路上难保不会遇上逆贼,如此哥哥又怎知彰义门破了?"

李景隆不由自主地打了个寒噤,过了好一阵他才回过味来。思虑半晌,他抬起头,凝视着李增枝的眼冷冷道:"你去,把活儿办得干净些!"

"哥哥放心!"李增枝阴阴一笑,转身出帐而去……

没有援兵,瞿能不得不黯然退出彰义门,北平侥幸逃过了靖难以来最大的一次危机。接下来的两日里,南军又展开了猛烈进攻,但燕军誓死抵抗,徐王妃召集的千余壮妇也上墙参战,终于没有让南军得逞。第三日一大早,南军一觉醒来,发现帐外已是白茫茫一片。李景隆飞快冲出寝帐,望着漫天飞舞的大雪,怔得久久说不出话来——建文元年的大雪提前来了。

大雪下了三天三夜。南军士卒不耐严寒,缩在帐中不能出营一步,而北平将士则欢呼雀跃。这段时间里,徐仪华与朱高炽亲自带着城中将士,日夜往城墙上浇水。当大雪停下时,横在南军面前的已是一座滑不溜秋的冰墙!望着重新固若金汤的北平,李景隆欲哭无泪。无奈寒冬已至,南军再无能力发动进攻,战事便由此停滞下来。

而与此同时,燕军主力的铁蹄声已经越来越近了。

郑村坝位于北平以东三十余里处,是北平与松亭关之间来往的必经之路。这里不过百十户人家,若在往常,一到冬天便行人绝迹,显得十分荒凉。而此时漫天飞雪之际,这弹丸之地却成了征虏大将军的行辕,方圆十来里范围内竟驻扎了二十余万南军!

南军驻扎在这里也是没办法。得知大宁失守,大宁军全数降燕后,李景隆差点没晕厥过去。李景隆总领平燕军事,大宁军虽因孤悬塞外无法直掌,但也算是他的下属。大宁易主,宁王以下官兵降燕,这对他来说不啻于当头一棒。而这还不算最坏,更要命的是有了大宁兵马加入,燕军虽人数上仍仅十万出头,但论战力已不在自己之下!而当燕军越过松亭关,回师北平的消息传来,李景隆立刻嗅到了兵败的危险。

江南人耐不得寒,而燕军则都是北方人,刮风下雪对他们的影响相对较小。冬日作战,南军与燕军相比劣势十分明显。故得知燕军南返,胡观、俞渊等帐下将领纷纷请求撤兵,待来春再北上与燕藩一决雌雄。

一开始,李景隆也想撤兵,可当要下令南归的前夕,他又犹豫起来。此次北伐,他开始时逗留不进,直到确定燕军主力北上才大举出兵,想趁机拿下北平。结果一个多月过去,北平没拿下,大宁却丢了,三万燕军也变成十万,这样的战果要报回金陵,皇帝的震怒可想而知。李景隆一琢磨,自己丢失大宁之过,几可以与耿炳文真定惨败相提并论。如今耿炳文已是一生英明尽毁,难不成自己也要步这位开国老将的后尘?

虽说此时退兵,南军主力犹存,来春也可卷土重来,但到时候这平燕总兵官还是不是他可就不好说了!念及于此,李景隆准备一搏!

李景隆思忖:朱棣虽得大宁兵马,但时日尚短。大宁军背弃朝廷,心中必有犹疑,能否坚决追随朱棣亦未可知。如果能挫得燕军锐气,再善加招抚,那他们重归朝廷也不是不可能的。至不济,只要大宁军军心浮动,其战力必大打折扣。而且燕军冬日行军,一路下来必然饥疲不堪,自己完全可以以逸待劳;如果是这样,再加上南军兵力仍是燕军两倍有余,一场仗打下来,自己的胜算还是比较大的。

有了这番想法,李景隆便将北平城下的近三十万大军一分为二,副总兵胡观率着五万兵马继续围困北平,以防城中兵马出来捣乱。李景隆则亲率二十余万主力大军屯驻郑村坝,以待朱棣回师。

李景隆的算盘打得噼啪作响,可当守株待兔开始,他才发现情况完全不是那么回事。得知北平无恙后,朱棣彻底放下心来。为了磨合队伍,收附大宁军心,他先在会州整军,将燕宁二军混编成全新的五军之制。直到十几天后,完成改编的燕军才磨磨唧唧回到塞内。此时,河北大地朔风凛冽,漫天飞雪,燕军将士长年待在北方,已习惯了这种气候,加之又不急于赶路,故一路下来倒也没觉得受多大的罪。可南军就不行了,江南人哪经过这等严寒?虽说是以逸待劳,可寒风中十几天熬下来,南军上下是叫苦连天,每天清晨都有冻死的士卒被拖出营外。李景隆这才有些后悔,不过燕军将至,这时候退兵怎么说也都晚了。无奈之下,他只得祭出军法,以防士卒逃亡。就在燕军越逼越近之际,南军的士气已到了崩溃的边缘。

"王爷,我军已过孤山,郑村坝就在眼前!据探子回报,南军现已出营,正背营列阵,我军是否即刻进击?"飞雪中,金忠向朱棣问道。

朱棣将身上的裘衣紧了紧,笑道:"九江倒也有些胆略。这么大的雪,即便是我燕赵健儿,在野外待久了也有些招架不住,不想他竟还敢出营求战!"

"他这也是没有办法!身为北伐主帅,他坐视大宁丢失,又攻北平不利,罪过已是不小。若再退避不战,使我军平安返回北平,朝堂上定会掀起惊涛骇浪。当初九江在皇上和黄子澄面前打下保票,此番却落得这样个结果,消息到京城,他这个冬天就别想过踏实了。想来想去,他也只能借着我军长途跋涉之际打上一仗,若侥幸取胜,也好跟朝廷交差!"金忠笑着回道。

朱棣的脸色有点阴沉,其实就其本意,他并不想这时候跟李景隆死磕。毕竟大军刚整编未久,这么快就投入硬仗,不太合适。不过他也知道,这事儿自己说了不算。既然李景隆已经横下心要在这里扳回局面,那不把他打得心服口服,自己别想平安返回北平。想明白这一层后,朱棣深吸了口气对金忠道:"既然如此,就传令下去,命三军准备应战!"

"是!"

金忠应了一声,正准备离去,朱棣又叫住了他,想了想道:"跟大家伙儿说,北平就在眼前!打垮李景隆这只拦路虎,大家就能高兴回北平过大年!"

……

郑村坝的荒原上,燕军与南军已厮杀成一团。

燕军的中军位于战线后方一座稍高的小丘上,朱棣与金忠等一众近属文武远眺观战。此时的战事已近白热化,偌大个战场上,到处都是燕军和南军的喊杀声。虽然天空中仍然飘着鹅毛大雪,但大地上却是一片鲜红。

从战局看,两军现在大致旗鼓相当,甚至燕军还微微占据上风。毕竟燕军都是百战精锐,又熟悉北地严寒;南军大都是江南士卒,根本受不了冻,加上攻打北平不克,又被李景隆胡乱治军,士气非常低落,只是靠着人多,所以还能稳住阵线。

按道理说,人数处于劣势的燕军能打成这样,已经相当不错了。但朱棣的脸上却没有半点喜色,原因很简单——这种正面对阵,伤亡实在是太大了!这么打下去,就算最后能击败李景隆,自己的伤亡也会十分惨重,这是他承受不起的。

"王爷,差不多了,开始吧?"眼瞅着燕军将士一个一个落马,金忠有些心疼,忍不住对朱棣出言相催。

"不行,李九江之力尚未出尽,眼下还不是时候!"朱棣脸上也有不忍,但语气仍十分坚决,他侧身向身旁的掌旗官道,"打旗,让煦儿他们把战线往回拉拉,再诱一下李九江!"

"是。"掌旗官应了个诺,随机开始指挥旗手们打旗。金忠再想说什么,但沉吟一番,最终还是没发声——虽然谋划是其所长,但他明白,战场上对局面的控制力和判断力,他与眼前这位王爷差的不是一分半厘。

燕军旗令打出后过了一阵,前方的燕军战线开始出现松动,各阵不再正面与南军缠斗,而是龟缩着缓缓后退。

南军见燕军后退,气势顿时高了几分,开始呼喊着向前进逼。又过了一炷香工夫,南军阵中的喊杀声骤然增大,人影也密集起来。

眼见如此,朱棣把马鞭往前一指,道:"好,九江总算把他看家护院的老本掏出来了!给三保传话,是时候出场了!"

战场左侧的荒原中,马和带着朵颜三卫的三千胡骑策马狂奔。得到燕王传令后,他们便悄悄出发,迂回到战场后方。

马和的目标是南军战场后方的李景隆大营,只要能打进南军中军主营,战场上的南军顷刻间就将土崩瓦解。

按常理说,区区三千胡骑就想偷袭南军大营几乎没有成功的可能,不过朱棣已经没有更多兵力给他了。好在为了偷袭成功,朱棣下了血本,让除了胡骑外的燕军跟南军死死缠斗了两个时辰,在付出巨大的伤亡后,又故意后退,造成力不能支的假象,吸引李景隆把大营守兵派出增援,这才给马和创造出这次难得的机会。

马和心知一身肩负燕军成败,所以也十分小心。得令后,他率军潜行,绕过了好几批南军散落在战场周围的探子,直插南军连环大营的后方,直到离大营不过五六里地时,才被南军哨骑发现。

一旦暴露,马和便不再遮掩,马上发令,率胡骑上马冲锋。这时候南军大营也有了反应，一大批南军匆匆从营中跑出，仓皇列队准备迎战。

马和一边驱马狂奔，一边抬头打望，见南军虽已出战，但阵线十分单薄，尤其是出来的大都是步卒，没有铁甲精骑，想是已被李景隆派到前线增援去了。念及于此，他顿时也放下了心，以三千胡骑的实力要击败南军或许不够，但突破仓促而成的步阵杀入营中，还是不难做到的。

判明敌势后，马和直向李景隆的中军大营冲去。只要拿下中军大营，此战燕军就胜局已定。

"砰砰砰……"就当胡骑冲到距南军不过百十来步的时候，忽然眼前闪过一片火光，马和反应快，赶紧把头一缩，躲过了几颗弹子，只是身后的胡骑就没这份好运，顿时从马上跌落了一大片。

好强的火铳！马和吃了一惊。

火铳在明军配备已经十分普及，每个卫所中都有相当部分的火铳手。但火铳装填麻烦，射速极慢，逢雨天又不能开火。且在当时，火铳皆由工部的匠人所造，匠户地位低下，平日里也只是敷衍了事，造出的火铳废品极多，这些也都无一例外地被装备到军中。故实际上，火铳运用远不如弓弩广泛。

但李景隆的这批火铳却不同。此次北伐，朝廷上下极为重视，齐泰和黄子澄亲自找到工部尚书郑赐，精挑细选了两千支上好的手把铳送到军中。

京卫中素来不乏善射击者，李景隆便专门把他们挑出来独立编为一队，以备缓急之用。此时见燕军突然从后方杀至，李景隆大惊之下，赶紧命火铳手迎击。

本来，明初的火铳威力不大，如果面对的是披甲的燕山铁骑，弹子打到盔甲上大部分都会被挡下来，虽也能造成杀伤，但不至于太过严重。只不过胡骑和正规明军不同，他们从来都不披甲，而且常年生活在草原，无论人和马对火铳，尤其是连片火铳都没怎么接触。此时突然碰到这个电光火石般的东西成片打来，人和马都大为吃惊，故一下吃了大亏。

受火铳惊吓，胡骑势头锐减，尤其是马根本不听使唤，直接掉头返回。马和急得大骂，只能先随大部队退到射程以外。

而随着胡骑后退，明军又完成了下一轮装弹，并且把阵线扎严实了许多。稳住阵脚后，马和又率队攻了一次，但这次效果更差，明军火铳一响，大部胡骑便毫不犹豫地回头撤退。

这下马和心里发毛了。胡骑不像明军那样训练有素，也没有什么军规约束，既然他们对这个火铳阵产生恐惧，那么一时半会儿也不可能消除，更不能强逼他们硬冲。可如果不趁机赶紧破阵，那之前调出去增援前线的南军就会陆续回防大营，这次奇袭也就彻底失败了。

"三保大哥，怎么办？"马和身旁的亦失哈着急地大喊。

马和看着混乱不堪的胡骑，心里一片恨铁不成钢之意。但他也知道，眼下不是埋怨的时候。招呼胡兵们制服战马的同时，马和脑子也飞速地运转着。待胡骑重新归拢，马和当机立断道："走，绕开大营，去打旁边的其他营盘！"

"大哥！"亦失哈赶紧道，"王爷的令旨，是叫咱们拿下李景隆的帅帐！"

"形势有变！"马和冷静地解释，"这个火铳阵一时半会儿破不了，咱们没工夫久耗。去打别的营盘，我就不信，这么好的火铳，李景隆每个营都能配上！"

"可那些小营盘，就是打下一两个，也乱不了南军的心！"

"打下乱不了，那烧呢？"马和抬头看了看被风吹得呼呼作响的战旗，冷笑道，"好大的西北风！咱们去上风口，打下就放火烧，顺着风挨个打！一个两个乱不了，我们就烧他十个八个。这冰天雪地的，南军知道睡觉的地儿没了，看他们还稳不稳得住！"

亦失哈一愣，继而脸上露出惊喜之色。朱棣派马和奇袭李景隆中军大营的目的，无非是要直捣黄龙，扰乱南军军心。现在中军大营虽然拿不下，但只要能多烧几个军营，南军一样得军心大乱。亦失哈大笑一声，跟着马和直接往西面上风口奔去。

马和的判断没有错。李景隆的火铳手是有限的，除了中军大营和周围的几个主要营盘，离帅营稍远些的，不仅没配备火铳手，就是守营将士都没留多少。马和他们没费吹灰之力，就冲进了南军西面角落一个军营。

"烧！"马和一声大喊，燕军点燃早已准备好的火种，点燃了这个几乎已不设防的空营。漫天火光中，一座营寨顷刻间灰飞烟灭。而顺着风势，大火又由西至东，将下一个营盘点燃。

南军见状大恐，所有留守军士不分老弱，纷纷上前灭火。

但燕军又岂是吃素的？在马和的带领下，他们顺着火势跃马杀至，不仅将救火的南军一个个斩落马下，还继续浇油点帐，让火势烧得更快更旺。

眼见冲天烈火熊熊燃起，李景隆脸色顿时煞白一片。寒冬之中，营帐是南军赖以栖息的重要保障。李景隆再傻，也不会天真地以为手下将士们能在这北风肆虐的狂野上露天而眠。反应过来后，这位平燕总兵官焦急地对着望台周围惊

237

惶的将士吼道:"还愣着干什么?赶紧去增援,将燕军逐出去!"

"大帅不可!"一旁的参军刘璟赶紧劝道,"燕军烧营,军心已经浮动。仓促回军,将士们惊慌不说,也必造成阵中空虚。若燕军趁机攻阵,一旦突入阵中,则大势去矣!"

刘璟这么一说,李景隆才惊醒过来,忙问道:"那该怎么办?"

见李景隆颇有方寸大乱之态,刘璟暗中连连叹气,无奈之下,他只得一拱手道:"西边的那些营盘算是保不住了。大帅赶紧派人去把咱们西边的帐篷拆了,断开火势,再派火铳手守住,起码最后还能保住大营以东的部分!"

李景隆欲哭无泪,但眼下也唯有此法,只能赶紧下令。

当南军七手八脚完成了清除工作时,胡骑也已杀到中军大营近前。此时马和已经连破七营,本来想趁着火势,再去中军大营碰碰运气。不过见南军业已有备,不仅易燃之物已被清除,火铳手也已列阵完毕,马和心知大寨不可再图,遂不再犹豫,一拨马头扬长而去。

李景隆虽保住了中军,但近半营寨被毁的消息却极大扰乱了军心。燕军见南军后方火光一起,便立刻发动反攻,而南军无心恋战,差点全线溃败。幸亏盛庸、平安等几个大将临危不乱,率兵顶住朱高煦他们的突击,这才让南军不致崩溃。不过饶是如此,南军依然损失惨重,待回营后一盘点,死伤已然接近三成!

而这还不是最糟糕的。毕竟死的已经死了,只要能把活的保住也行。可问题是,南军的连环大营已被马和烧了将近一半,这天寒地冻的,李景隆又该如何安顿这些征战一天,身心俱疲的败兵?

第二日清晨,朱棣尚在打盹,却被一阵由远及近的马蹄声给吵醒。

"王爷,王爷,大事不好了!"朱棣刚睁开眼,负责监视南军动态的前军副将陈文已冲到跟前,焦急万分地叫道。

"出了何事?"朱棣一骨碌爬了起来。此时其他诸人也都惊醒,纷纷起身。

"回王爷的话,末将监视不利,竟让南军连夜跑了!"

"跑了?"朱棣一阵发蒙,他与金忠谋划多时,昨晚又不辞辛苦率军露宿野外,为的就是毕其功于一役,将这二十万南军全歼于此,可没想到南军竟会连夜脱逃!

南军确实是跑了。昨日回营,李景隆便觉得情况不妙。一方面,燕军实力之强远出其所料。原先他以为大宁军乃受北平燕军胁迫,一旦上战场,纵然不临阵倒戈,至少也会出工不出力。谁知朱棣不知用了什么法子,竟在不到一个月的时间里,让大宁军死心塌地地归附。昨日战时,燕军上下齐心协力,与南军生死相搏,完全没有军心不齐的样子。而另一方面,南军内部也出现了躁动。本来北平不克,南军士气已大受影响。其后为阻截燕军,他们又不得不顶着酷寒,在郑村坝这荒郊野岭里扎营近二十日。南军多是江南人,根本受不了这等严寒。这些天下来,大家对主帅已是一肚子怨恨。而今日一仗,虽战场上未分胜负,但南军营寨却被马和烧了一半。南军可没露宿的能耐,待回营后,那些发现营帐被焚的将士当即起哄,纷纷要李景隆想办法。

事到如今,李景隆能有什么办法?二次北伐事出仓促,他领兵北上时御寒衣物和营帐本就不够。在郑村坝扎营之初,各处营帐便已拥挤不堪,此时想将这些人分流强塞进剩余营帐暂歇都不成。

将士们可不管这些。闹了半天,见李景隆始终闷头不出,将士们终于忍不住了,多日来积蓄的怨气在这一刻爆发出来,纷纷对李景隆破口大骂。更过分的是,百十个愣头小伙子气愤之下竟然强闯中军,欲找李景隆说理。

李景隆本还想着这帮人闹累了便会散去,哪知形势愈演愈烈,众军竟出现哗变的势头,当即大惊失色。情急之下,李景隆当机立断,派出亲兵将十几个为首闹事者当场逮捕,并就地正法,这才将局面稳定下来。

骚乱是压制下去了,可将士们的怨气却并未就此消散。李景隆知道事态严重,忙将一众文武僚属召集到中军帐中商议对策。众人皆认为形势严峻,再打下去,别说取胜希望渺茫,连一败涂地都是很有可能的。最后大家一致认为,眼下唯有退兵,待开春后再行北上。李景隆本也心生退意,见大家意见相同,便不再犹豫,竟于当晚退兵。

"南军二十万之众,退兵岂会悄无声息?你身负监视敌军动态之责,怎连这都没有察觉?"听完陈文的禀报,朱棣十分恼火,当即气冲冲地出言相斥。

朱棣的气愤是有原因的。南军一逃,必然会退回德州窝冬,待开春转暖后再战。到时候没了老天爷的帮忙,兼之南军士气也已恢复,自己再想取胜可就难了。

"臣死罪!"陈文满脸羞愧道,"南军回营后,在营前遍布拒马铁蒺藜,且又游骑四出,使我军探子难以近前。晚上他们退兵时,也曾传出些声响,但末将想南军营帐被毁,军士寒夜露宿,有些骚动也是正常,故一时大意。直到天明,才发现他们竟已抛下营寨辎重,轻装逃了!"

听完陈文的解释，众人一阵沉默。半晌后，金忠方开口道："其实这也不能全怪陈将军。昨日一战，南军虽有小挫，但主力犹存，其实力仍在我军之上！故而谁都没想到李景隆会这么快便逃，毕竟他在郑村坝待了这么久，必是下定决心和我军决战的。至于其轻装而逃就更是出人意料了，二十万大军的辎重，他竟眼皮都不眨就全数抛下，这曹国公不愧是豪门出身，出手真是阔绰！

朱棣这时候也平静下来。听了金忠的分析，他细细一想，也觉得其言有理。其实就是朱棣本人，也没想到李景隆会在实力占优的情况下尽弃辎重而逃。昨晚他交代陈文时，还命他遥遥监视即可，犯不着和南军交手。而从金忠为陈文开脱这一举动，朱棣还嗅出了这么一层意思：陈文是大宁军将，刚归附不久，若因此事将其罚了，难保其不会有怨气，并连带使其他将士生出心结。眼下南军已是逃了，再为此惩罚手下将领，以致将士离心可就得不偿失了。

"也罢！"朱棣大度地一挥手，对陈文微微一笑道，"逃便逃了，世忠说得对，此事也不能全怨你，便是本王也是有责任的。你不必为此自责，且九江虽逃，临走还送了我一份大礼。二十万大军的粮草辎重，够我军用一阵子了！"

陈文本以为此番过失，必会遭燕王重罚，正在提心吊胆之中。此时见燕王不追究，心中又惊又喜，忙伏地叫道："谢王爷不责之恩！臣往后必将惕厉奋发，绝不再重蹈覆辙！"

朱棣含笑摆摆手，将陈文打发去了，方掉头对金忠道："世忠，接下来该如何做！"

金忠想了想道："九江主力既退，那想来北平城下的南军也已撤走。王爷且命各军收拾南军辎重，并遣人回北平通报世子。至于往后之事，待回北平再做商议吧。"

"也只有如此了。"朱棣点了点头。

就在朱棣为郑村坝南军的脱逃而遗憾不已时，北平却传来了一个出乎意料的好消息——原来李景隆退兵时太过仓促，慌乱间竟然忘了通知北平城下的胡观！燕军信使赶回北平时，发现围城的五万南军竟然仍一个不差地待在城外营垒里！

失之东隅，收之桑榆！甫听此信，朱棣简直不敢相信自己的耳朵！在确定没有听错后，朱棣仰天大笑。既然李景隆白白把这么一块大肥肉留给自己，那他要再不照单收下，也就太对不起这位表外甥了。当即，朱棣留下一部分人收拾战场，其余则悉数出动，向北平猛扑过去。

当十万燕军从天而降般出现在北平城下时,胡观差点没吓晕过去。见父王赶到,朱高炽也当即派兵出战。内外夹击之下,南军瞬间崩溃。不到半日工夫,北平城外的南军营垒纷纷告破,大部分南军将士非死即降,胡观仅仅带着万余幸存士卒向真定方向退去。

第十七章

上奏疏宁王挥毫　去肘腋朱棣西征

"宣高巍上殿……"

伴随着一阵尖利的叫声,南军参军高巍迅速理了理衣冠,穿过承运门,又踏着丹陛右侧的阶梯进入燕王府承运殿内。

大殿内,燕王府要员悉数到齐,分列两旁。与往常不同的是,今日殿中央的小丹墀上置了两张主座。左面椅子上坐的是眼下北平的主人——燕王朱棣,而他身旁则是太祖第十七子、宁王朱权。

"臣高巍叩见二位大王,大王千岁千岁千千岁!"来不及多想,高巍赶紧俯首于地,行臣子见亲王礼。

朱权毫无反应,他瞧都没瞧高巍一眼,只是垂着脑袋,漫不经心地把玩着手上的一柄玉如意。

"你就是高巍?"过了好一阵,朱棣发话了,只是语气十分平淡,让人摸不透心意。

"回大王话,臣便是高巍!"高巍也不知道燕王此问之意,只得顺应道。

"高巍……"朱棣托着腮帮子,若有所思地道,"若本王没记错的话,你的文章写得不错,洪武年间做过前府左断事,后来犯事当诛。因你孝敬父母甚恭,先皇免你不死,以旌孝道,可有此事?"

"是有此事,此乃高皇帝恩德,臣感激涕零!"高巍没料到堂堂燕王竟对自己这个小人物也如此熟悉,不假多想,忙躬身答道。

两句话问下来,朱棣语气平和,所问也都是平常之事,高巍本有些忐忑的心也稍微稳了一些。

"你一个孝子文士,不好好在京师待着,跑到李九江军中做什么?既为南军参军,自是我燕军之敌,又为何来北平求见本王?"闲话过后,朱棣总算步入了主题,言语间已带责问之意,不过语气倒不是太严厉。

高巍心一紧,忙答道:"禀王爷,臣充任参军,并非欲与王爷作对。只是想借此机会北上,有话禀告王爷。"

"哦?"朱棣冷冷一笑道,"你有何事?尽管道来。"

高巍直起身子,略微激动地说道:"臣此来不为其他,实乃求大王息兵停战,与朝廷重结旧好,以保天下太平,皇室和睦!"

"怎么个和睦法?"朱棣目视前方,若有所思道。

见朱棣神态,高巍以为他心有所动,不由一阵暗喜,忙说道:"臣斗胆进言,请大王顾念叔侄亲情,就此罢兵!"

"要本王罢兵?"朱棣似笑非笑道,"若罢兵,朝廷又将如何待本王?"

"皇上乃大王亲侄,且天性宽仁,若大王有意化干戈为玉帛,止此兵戈,皇上又岂会再加治罪?臣愿以性命相保,只要大王罢兵,朝廷必会既往不咎,大王亦将福寿永年!"高巍信誓旦旦地答道。

"哈哈哈……"高巍话一说完,朱棣当即放声大笑,笑声中充斥着嘲讽、愤怒与不屑。高巍听了,脸色不由有些发白。

"福寿永年?"方才的平和早已无影无踪,此刻的燕王脸色十分狰狞,"你是什么东西,也配保本王性命?皇帝要是宽仁,要是顾念亲情,又岂会连削诸藩,逼死柏弟?又岂会将本王逼至绝路?你一个白发老生,在家饴子弄孙,混个善终也就是了,却也敢来这里信口雌黄?"

"臣没有信口雌黄!"朱棣的辱骂深深刺伤了高巍的自尊,他当即顶道,"臣之言俱是正理。王爷若能幡然悔悟,尚能保得荣华。否则纵然一时得势,朝廷聚天下之力,终将荡平燕藩,到时候王爷将悔之不及!"

"悔之不及?"朱棣不无戏谑地道,"靖难以来,南军屡战屡败。这就是朝廷的本事?平燕弄成这般模样,你还有脸拿天下之力来唬本王?就不觉得羞耻吗?"闻言,燕王府一众文武顿时哄堂大笑。

高巍气得浑身发抖,他感觉受到了侮辱。但仗打到现在,南军确实没什么拿得出手的战绩。他强忍怒气,尽可能地用诚恳的语气劝道:"燕军再强,亦只是一藩而已。正所谓双拳难敌四手,王爷以武力相抗,终不是朝廷对手,臣恳请王爷能辨清大势,不要再螳臂当车,行此无用之举,还是与陛下重归于好吧!"

"重归于好？"朱棣讥讽道，"本王之前屡次上书，言明只要皇上诛奸臣、正朝纲，本王即愿卸甲休兵，赴京请罪！可结果呢？皇上均置之不理，这就是皇上愿重归于好的态度？你此番要本王罢兵归藩，那好，你可有皇上赦免诏旨？可有齐泰、黄子澄的人头？若有，本王当即单骑进京，请罪阙下！"

高巍哑口无言！他哪有什么诏书、人头？此次前来，他完全是一腔孤勇，想凭一己之力劝服朱棣，皇上从头到尾都没给过燕王一个承诺！因此，他理屈词穷，再也说不出话来。

朱棣当然知道高巍根本不可能有诏书、人头。本来，他都不打算见这个迂腐老儒，和一个两手空空的人有什么好谈的？不过在金忠的建议下，他改变了主意，决定见上一见。

见高巍无话，朱棣头一扬道："你先下去候着，本王有本奏与皇帝，既然你来了，便由你代为转呈，也省得本王再遣使南下。"

朱棣话中语气充满了不屑，高巍感觉到了燕王对朝廷的轻视。他正欲再争，可马和和黄俨已迎了上来，不由分说便将他"请"了出去。

待高巍下殿，朱棣扭头瞅了仍旧心不在焉的朱权一眼，随即将目光瞄向了金忠。金忠会意，随即出班奏道："殿下，微臣以为此次上疏，言语间不妨犀利些，也好让朝廷能够明是非、辨忠奸。"

朱棣点了点头。早在靖难之初，他便曾上了一道奏本，其间言辞诚恳，极尽谦卑，到了声泪俱下的地步，无奈朝廷置之不理。如今，燕军连连获胜，实力今非昔比；南军却连战无功，举步维艰，此消彼长之下，朱棣已多少有了些说硬话的本钱。

不过金忠此时提起这议定之事，并非要再次提醒朱棣不过是以此为引罢了："殿下，此疏意义重大，事关朝廷态度，因此臣等不敢代劳，还请殿下仔细斟酌，亲书其详。"

"斟酌可以，动笔就算了。"朱棣摆摆手回应道，"本王带兵日久，文字上的功夫早稀疏了。真要拿到朝廷，必会被那些左班文臣引以为笑，还是让人代笔的好。"

"若无殿下亲笔，朝廷恐疑我诚意，其效果必然不佳！"金忠听完，故作犹豫，他又看了看朱权，忽然大喜道，"有了！宁王文采，向来冠绝诸王。眼下宁王与大王便是一体，此书由大王授意、宁王手书，送与朝廷，其效岂不更佳？"

朱权打了个激灵，以他的聪明，又岂能不明白金忠这番话的狠毒用心？他被朱棣从大宁挟持到北平,本就是心不甘情不愿之事。故打第一天起,他便小心谨慎,尽量别和燕王发生太多关系,也好留上一条后路。所以今日朱权虽受朱棣"邀请"一起接见高巍,但从一开始,这位宁王便有意态度漠然,想通过此举让高巍明白自己附燕,实受胁迫所致。

可金忠之言,却把他的如意算盘砸得粉碎,这奏本岂是写得的?白纸黑字,一旦送到朝廷,建文必认定自己党附燕逆,到时候就是跳进黄河也洗不清了!

臭算命的,好歹的心计!想到这里,朱权扭头看了看朱棣,他也正好侧目过来。四目交会,朱权心中一凛。朱棣尽管面色温和,眼中却毫无掩饰地透露出期望之意。朱权立刻反应过来,金忠的话,其实就是朱棣的意思。

朱权何等伶俐,他脑筋飞转,马上弄清了形势,眼下人为刀俎,我为鱼肉,想不写也不行了!于是,他苦笑一声道:"不想小弟的那点微末道行,竟能入世忠的法眼。既然大兄不便动笔,那我便勉为其难了。只是言语间若有不谨之处,还望大兄勿怪!"

朱权的痛快倒让朱棣有些意外,他原先以为要好好威逼利诱一番,才能够慑服这位心猿意马的弟弟。大喜之下,朱棣当即起身,对朱高炽兄弟高声叫道:"还不赶紧拿笔墨来?"

朱高炽铺纸,朱高煦磨墨,在朱棣口授下,朱权详加构思,斟词酌句。不到半个时辰,一道近两千言的奏本便已写好:

盖闻天下之至尊至大者,君与亲也,故臣之于君,子之于父,必当尽其礼者,盖不忘其大本大恩也。故臣之于君则尽其忠,子之于父则尽其孝,为臣而不忠于君,为子而不孝于亲者,是忘大本大恩也,此岂人类也欤?

……

想惟太祖高皇帝以诸子出守藩屏,使其常岁操练军马,造作军器,惟欲防边御寇,以保社稷,隆基业于万世,岂有他哉?其奸臣齐泰等不遵祖法,恣行奸宄,操威福予夺之权,天下之人,但知有彼,不复知有朝廷也。七月以来,诈令恶少宋忠、谢贵等来见屠戮,为保性命,臣不得已而动兵,宋忠、谢贵俱已就擒,已具本奏闻,恭候裁决,到今不蒙示谕。齐泰等又矫诏令长兴侯耿炳文等领军驻雄县、真定,来攻北平。臣为保性命之故,不得已而又动兵,败炳文所领军马,生擒驸马李坚、都督潘忠、宁忠、顾成、都指挥刘遂、指挥杨松等。奸臣齐泰揭榜毁骂,并指斥太祖高皇帝,如此大逆不道,其罪当何如哉?十月六日,又矫诏令曹国公李景隆等总兵领天下军马来攻北平。臣躬率精锐,尽杀败之,李景隆夜遁而去。若此所为,奸臣齐泰等必欲杀我父皇子孙,坏我父皇基业,意在荡灭无余,将以图天下也。此等逆贼,义不与之共戴天,不报此仇,纵死不已。今昧死上奏,伏望愍念父皇太祖高皇帝起布衣,奋万死不顾一生,艰难创业。分封诸子,未及期年,诛灭殆尽。俯赐仁慈,留我父皇一二亲子,以奉祖宗香火,至幸至幸。不然,必欲见杀,则我数十万之众,皆必死之人,谚云:一人拼命,千夫莫当。纵有数百万之众,亦无如之何矣。愿体上帝好生之心,勿驱无罪之人死于白刃之下,恩莫大也。傥听愚言,速去左右奸邪之人,下宽容之诏,以全宗亲,则社稷永安,生民永赖。若必不去,是不共戴天之仇,终必报也。不报此雠,是不为孝子,是忘大本大恩也,伏请裁决。

"好!"朱棣看完,当即出言赞道,"十七弟不仅书法好,文笔也是一流,此文有理有据,且又气势磅礴,甚合吾意!"

朱权在这道奏本依旧沿用了燕王一贯的老路,无非大驳建文削藩之策,并将一应责任推在齐泰、黄子澄等"奸臣"身上,请皇帝诛奸臣、复祖制云云。但与以前不同的是,有了连战连捷的资本,此次奏本中的语气与以往迥异。朱权详细列出了燕军半年以来的辉煌战果,这就明显带有恫吓之意了。

"权弟不仅书法好,文言亦如此精熟,以前为兄还真是忽视了!"朱权大肆夸奖一番,接着话锋一转又道,"既然如此,往后我军文告,奏本之类,便尽交由十七弟总理,也算奉天靖难之一大功劳,你看如何?"

卑鄙!朱权心中一阵怒骂,不过脸上却笑道:"既然大兄有命,弟弟又岂能不从?一切任由大兄安排便是!"

时至腊月,转眼就是新年。这一日天空又降起了一阵小雪,为北平的郊野增添了几分诗情。文明门外的长亭里,朱棣正带着一众儿女为即将南下返京的徐妙锦送行。

自打八月里从家中私奔出来,徐妙锦已在北平住了三个多月。这百日间,她经历了有生以来最惊心动魄的时光,也见证了燕军从绝处逢生,逐渐走向壮大的历程。这期间,无数的事让她惊叹,无数的人让她感动。尽管充满惊险,但她却认为这是自己有生以来最快乐的时光。

而在这无数的人和事中,最让她难以忘怀的便是朱棣了。在此之前,她多是从别人的嘴中听得他的英雄事迹，直到北平后，她才真正感受到这位大姐夫有着常人所不能匹及的雄才伟略和坚韧慷慨。这些都让徐妙锦感到巨大的震撼，继而产生无比的敬仰。尤其是回援北平的那天，徐妙锦在丽正门头亲眼看着大姐夫指挥大军将胡观等人打得溃不成军。他那挥斥方遒的英姿，如画一般深深烙在她的脑海中。正是那天以后，她陷入了深深的矛盾和彷徨中，每当面对大姐和大姐夫，她都禁不住感到一阵心慌意乱——对大姐夫的是羞，对大姐的却是愧疚。也正是这种纠结，让一向开朗活泼的她，在朱棣回城后的这段日子里，却变得郁郁寡欢起来。

不过，这一切都结束了。四哥又来了信，言她外出太久，再不回家，宫中恐生疑虑。而此时战事已告一段落，南下道路较为顺畅，故催她赶紧回京。

接到信，徐妙锦先是感到一阵解脱，但很快心中又被失落充斥。她想就此离开北平，摆脱对大姐的愧疚。可真当离开的这一刻到来时，她心中却又充满了遗憾和悲伤。

"好了！"朱棣展颜一笑，将徐妙锦从胡思乱想中拉回，"送君千里，终须一别。今日你大姐身子不适，不能前来，我们便喝了这杯水酒，就此作别！"说完，他端起酒杯，一饮而尽。朱高炽他们也跟着举杯饮尽。

徐妙锦心中一酸，几乎落下泪来。按道理，大姐是无论如何也要在场的。可今日一大早，她却命人传过话来，说自己身体不适，恐不能出城了。徐妙锦听了，顿感到一丝恐慌，是不是大姐知道了什么？但转念一想，她又觉得不可能。自己一直十分小心，绝不可能有半点泄露，故而又坦然起来。

"谢大姐夫！"按捺住心中杂想，徐妙锦做出一副洒脱之态，将杯中温酒喝了，拭嘴笑道，"待大姐夫靖难功成时，可莫忘了妹子的大恩哟！"

"岂敢！"朱棣含笑道，"这数月之内，妹子已两次助我。此恩此情，我终生不忘！"

听朱棣说出个"情"字，徐妙锦端杯的手微微一抖。沉默一阵，她忽然下定了一个决心。

从长亭出来，朱棣亲自扶她上马。趁着跃马的这个间隙，徐妙锦忽然压低声音问道："大姐夫，侬可爱洞庭湖畔的湘妃竹么？"

朱棣浑身一震，愣了半晌方和颜一笑回道："虞帝乃上古贤王，其行止我素来景仰！"

这一回答看似风马牛不相及，但徐妙锦却立马明白了其间蕴意，当即满脸绯红。她迅速掏出一张叠起来的薄纸,塞到朱棣手中,又无限娇羞地望了他一眼方一挥马鞭去了。朱棣将纸摊开,上面写着一首小诗,却是唐人卢仝的《小妇吟》:

> 小妇欲入门,隈门匀红妆。
> 大妇出门迎,正顿罗衣裳。
> 门边两相见,笑乐不可当。
> 夫子于傍聊断肠,小妇哆上高堂。
> 开玉匣,取琴张。陈金罍,酌满觞。
> 愿言两相乐,永与同心事我郎。
> 夫子于傍剩欲狂。珠帘风度百花香,
> 翠帐云屏白玉床。啼鸟休啼花莫笑,
> 女英新喜得娥皇。

风雪中,朱棣脸上的笑容早已凝固,直直愣怔许久,方留下一声长长的叹息……

十二月十六日,燕军西征大同,这是他们早已定下的计划。自从代王被削后,大同的山西行都司兵马落入参将陈质、房昭二人之手,于是北平西侧增加一个劲敌。大同地处边塞,这里的兵马长期御胡,也是明军精锐,这当然不能让燕王放心。

因为囚禁代王,大同军心动荡,暂时还不能直接参与平燕,但总有一天他们会被朝廷彻底驯服。鉴于此,自打起兵始,燕王就一直希望能够找机会西征大同。无奈朝廷的北伐一拨接着一拨,燕军脱不开身,所以迟迟没有下手。现在南军大败,加上漫天大雪,南军主力难以驰援,正是动手的好时机。所以尽管新年将至,朱棣依然率军出征。

这次的西征十分顺利。翻越太行山后,燕军于十二月二十四日抵达广昌。广昌守将汤胜乃代王心腹,见燕军杀至,不战而降。建文二年正月初一,就在家家户户欢度元旦之时,朱棣却风尘仆仆地赶到了蔚州城下。

蔚州位于大同东南三百五十里处,乃山西行都司辖下重镇。一开始,蔚州卫指挥使李诚还负隅顽抗,不过很快就在燕军的猛攻下举旗投降。

蔚州既下,大同便直接暴露在了燕军的兵锋下。陈质知道自己实力不济,赶紧向李景隆求援,告急文书如雪花般飘进德州城内的征虏大将军行辕。

接到急报,李景隆顿时陷入进退两难的境地。一方面,他知道此时不宜用兵。现在出征,大军根本受不了野外的狂风大雪。何况郑村坝一败,辎重丢弃一空,德州城内物资不足,江南的补给也尚未运来,要这么出去,连营帐都难得凑齐。而且大军的士气至今也未恢复,贸然出征,必然会让将士更加不满。

另一方面,尽管面对诸多困难,但李景隆却又不得不出兵。眼下,他正面临着京师的巨大压力。就在不久前,齐泰、黄子澄被罢免。得知这个消息,李景隆大吃一惊。如果朝廷此举成策,那就是要变剿为抚,他将再无将功折罪的机会,回京后必遭严惩。

就在李景隆惶恐不安时,黄子澄的一封密信让他稍稍松了口气。在信中,黄子澄竭力安抚李景隆,表示皇上平燕之心未变,自己免职也只是慢燕之心,兼堵部分勋臣武将之口的权宜之计。但同时,他也对李景隆的失败十分失望。在信的结尾,他要求李景隆尽快剿平燕藩,不得再有闪失。与此同时,建文遣中使到德州传旨,对李景隆久战无功大加斥责,不满之情跃然纸上。幸亏李景隆事先在军报中对损失极力轻描淡写,否则建文知此大败,还指不定要把他怎么样呢!

这一旨一信,给了李景隆莫大的压力,他已经输不起了。无奈之下,德州大军于寒冬中再次开拔,向大同方向扑去。同时,李景隆传令陈质,命其率山西行都司兵马东出大同,对燕军形成夹击。

南军的一举一动,都没有逃过朱棣的眼睛。他可没打算在蔚州和李景隆决战。此次出兵的目的是削弱山西行都司,同时疲惫德州兵马。如今这两个目的都已达到,燕军再逗留就没有必要了。在得知李景隆大军越过紫荆关后,朱棣折兵北上,一路经小五台山、美峪所、怀来等地,从居庸关退回了北平。

南军累死累活地从山东赶到山西,却不料扑了个空。李景隆气得眼冒金星,只得又从原路退了回去。这一去一回,可把南军害了个苦。李景隆又成了众人发泄怨气的靶子,威望降到了冰点。

经此一战,山西行都司实力大损,短期内不可能再威胁北平。而蔚州等地的归降,也进一步增强了燕军的实力,燕王旗下的卫所又多了几个。

在回到北平后,朱棣又迎来了一个好消息——山海关主将、江阴侯吴高被罢免了!

"吾之计得逞矣!"得知这个消息,朱棣心中充满了得意。

这一切都是朱棣的计谋！当日道衍提出清除羽翼之计，但因燕军实力有限，故只能舍辽东而取大同。但辽东与大同一样，都是燕军肘腋之患，辽东实力仍存，将来决战之时朱棣又岂能安心？

不能力拔，便就智取！一番思谋，朱棣将目光瞄准了镇守山海关的吴高。

吴高是辽东军主将，世袭江阴侯。靖难之后，吴高奉旨屯兵山海关，从东路威胁北平。吴高勋臣出身，其妹是被建文废黜的齐王朱榑的王妃！有这些因素在，这位侯爷对削藩平燕自无甚兴趣。其出兵放马，亦不过是食君之禄、忠君之事罢了。到山海关后，吴高一直龟缩不出，仅有的一次围攻永平，还打得勉勉强强，燕军主力一到，他便一溜烟儿逃回了山海关。对吴高这种消极心理，朱棣早已摸得一清二楚。本来，这个人做辽东统帅，对燕军其实是有利无弊，朱棣也犯不着去寻他的晦气，但现在的情况却起了变化。

李景隆是世袭曹国公，在京城时便与吴高关系很好。且吴高之父吴良曾在李景隆之父李文忠麾下，两人关系亦是不错。李景隆继任北伐主帅后，曾数次致函吴高，请其鼎力相助。吴高无论如何也抹不开情面，便加紧整顿军马，准备明年开春后配合李景隆讨燕。山海关内的厉兵秣马自逃不过燕军密探之眼，这些消息悉数被传回到北平。得知情况后，朱棣终于决定要除掉吴高。

西征大同前，朱棣亲写书信二封，分别送给吴高及他的副手——都督佥事杨文。在给吴高的信中，朱棣溢美之词跃然纸上，把他一顿好捧；而给杨文的信中却充满了诋毁与侮辱。待到信件发出之时，朱棣有意将两封信作了调换：给吴高的信"错送"给了杨文，而杨文的信则交到了吴高手上。朱棣的这一手并不高明，但此计妙在它牢牢把握住了朝廷与杨文的心。

杨文是辽东老将，当初耿瓛调往真定后，他本以为下一任辽东主将会是自己，谁知耿炳文却派了个吴高来。而吴高到任后，一味龟缩不战，这更让一心想在平燕战事中建功立业的杨文大为不满，总想找机会取而代之。接到朱棣"错送"的信后，杨文以为抓到了吴高的把柄，大喜之下，他当即拜发奏本，参吴高暗结燕王，并将此信附上，派人直送朝廷。

吴高是勋臣，这样的身份本来就不能让建文君臣放心。当初起用吴高时，齐泰还为此犹豫许久，只不过因着时任平燕总兵官耿炳文的一力保荐，才允其上任。现在耿炳文已兵败失势，待到杨文奏折一上，齐泰震惊之下深信不疑，当即劝建文将其罢免。建文本也不信任吴高，于是便下旨罢其官职，并夺其爵位，徙往广西安置，并令杨文接任其职。

吴高虽不是什么名将，但其人心思缜密，行事谨慎，辽东军在其手下虽无大作为，但也军心不散，战力不减，始终对北平保持威胁。而杨文却不同。此人有勇无谋，又粗鲁贪杯，待属下甚苛，他甫一接任，便把山海关搞得鸡飞狗跳。将士们对杨文大为不满，军心也就涣散下来。由此，本就不算强的辽东军也实力大降，对燕军的威胁大大降低。

　　"今辽东亦暂时无忧，朝廷之四面合围，仅只剩南面一路，王爷先前设下的那步棋是不是也该动了？"得知吴高已被撤，金忠进府在向朱棣贺喜的同时，也出言提醒。

　　朱棣笑容一窒，半晌方露出一丝为难之色道："世忠，本王思来想去，总觉心中不安，要不还是另寻他法吧……"

　　"王爷！"金忠叹了口气道，"臣亦知此计有伤天和，但要破九江，这无疑是最有效之法。若是失败，我燕军亦不损什么，但若功成，则乾坤一举易势。王爷当以靖难大业为重，切勿因小不忍而乱大谋啊！"

　　朱棣沉默不语，从其神情中可见其内心十分纠结。

　　金忠一阵默然，再道："京城那边为此事运筹许久，如今应也已到发动之时，王爷若再不布置接应，到时候事情一败，祸患反而更甚啊！"

　　"然此计太过玄奇，只怕是赔了夫人又折兵啊！"朱棣仍在犹豫，但语气已软了许多。

　　"以眼下形势看，若夫人不赔，兵必折无疑；但若赔了夫人，这兵多半还是不会折的！"金忠想了一想，又略为焦急道，"当断不断，乃兵家大忌，王爷当知！"

　　"你去安排吧！"终于，朱棣艰难地做出了决定。他挥了挥手，随即有气无力地倒在王座上。

　　"王爷……"见朱棣如此，金忠上前一步，欲劝慰几句，却又不知说什么好。愣了半晌，他也只得暗叹了口气，告退而去。

　　第二日清早，几个客商打扮的男子驾着马车驶出文明门，向德州方向奔去。

第十八章

李增枝强掳玉蚕　徐妙锦德州救人

就在燕军与南军各自蓄力，准备生死大战之际，徐妙锦在狗儿和尹庆的护送下，已平安回到金陵。

入城之前，狗儿二人便告辞归去。徐妙锦知道他们不便入京，也不阻拦，只将身上剩下的盘缠尽数赏给他们，便牵着马，晃晃悠悠地打道回府。

徐妙锦的归来，自然在中山王府内掀起了轩然大波。徐辉祖暴跳如雷，将她一阵怒骂之余，更是气得要行家法。她自知理亏，故当大哥责骂时一声不吭，但到听说要挨箧条时她顿时就急了，当即跳得三尺高道："侬要敢打我，改天进宫时我就跟娘娘说去北平了。还说是侬放心不下大姐，才故意放我去的！"

"你……"徐辉祖气得浑身发抖，指着徐妙锦的鼻子半天吭不出声儿来。

"好了！"一旁的徐增寿忙训道，"你这丫头惹下了天大的祸患，害得我们一家为你担惊受怕，大哥教训你一番，你还有脸顶嘴？还不赶紧向大哥赔罪？"

北上期间，徐增寿两次给北平去信，关怀之情跃然纸上。因着这层关系，徐妙锦对他的不满已去掉不少。此时见他教训自己，她虽不尽服气，但也乖乖拉起徐辉祖的手，撒着娇道："大哥，小妹知道错了，侬就莫生气了，也别拿箧条抽我了好不？"

徐妙锦一副小女儿家哀求之态，徐辉祖明知其是假装出来的，但也顿时心软。不过此次她孤身北上实在太过骇人听闻，若不惩戒，无论如何也说不过去。为此，他仍把脸板得死死的，扭头对徐增寿道："你说，该如何处置？"

徐增寿暗中一笑，他明白辉祖的想法：若罚得轻了，妙锦根本不会引以为戒；可若罚得重了，她又必然不服。这小妮子不谙世事，却又胆大包天，什么事都做得出来,要她真在皇后那里说漏了嘴,那徐家可就麻烦大了。

不过徐增寿却没重罚的意思。想了一想,他摇摇头笑道:"这妮子是我家的混世魔王,弟弟又能拿他怎样。依我看,不如仍照以前那般,禁其出府便是!"

"她的足禁得了吗?"徐辉祖断然否决。

"那侬还要把我怎样?"徐妙锦杏眼一瞪。

"好了好了!"徐增寿见他们二人又要争执,忙劝道,"大哥放心,我叫人多盯着她就是了!"

徐辉祖明知此法无用,但也无计可施,只得恨恨道:"你就尽管闹吧,我看你非得把我们徐家闹得败了方才安心!"说完,他便一甩袖子,气呼呼地去了。

徐妙锦对着徐辉祖的背影吐吐舌头,笑眯眯地转过身子想道谢,便四处张望道:"玉蚕姐姐和景儿妹妹呢?我回府半天了,她们怎么不来看我啊?"

徐增寿一愣,随即尴尬一笑道:"你出走的这段日子,玉蚕和景儿也不知所终了……"

"什么!不知所终?"徐妙锦花容失色。

"不错!"徐增寿垂着头,黯然道,"你走以后,她们在府中暂没了差事,你四嫂便将她们收到自己房中当差。过了二十来日,有一次你嫂子命她二人上街买些绸布,结果就一去不返,再无音信。"

"那侬怎不派人去找啊?"徐妙锦一下急了,她与玉蚕她们虽相交未久,但情如姐妹,此刻听得二人失踪,立时心急如焚。

"京师这么大,到哪去找?"徐增寿回道。

"那她二人就没再回来过?"

"没有。"徐增寿的头摇得跟拨浪鼓似的。

见四哥摇头,徐妙锦顿时泄了气,黯然神伤道:"玉蚕姐姐待我甚好,怎么这么快就不见人影了呢?"

"好了好了!"见徐妙锦眼有些发红,徐增寿忙上前安慰道,"兴许她们觉得你已不在,不好意思继续在府里待下去了。所以你也莫太伤心,没准儿她们知你回府,便又返回来侍候你了!"

"真的吗?"徐妙锦闻言一喜,脸上顿时又冒出几分激动之色。

"若非如此,她们又怎会不辞而别呢?"徐增寿笑着安慰。

听四哥这么一说,徐妙锦的心情好转起来,这时才感觉到自己饿了,忙嚷道:"四哥快去叫人开饭,妹妹已经好几个月没吃到咱府里的清蒸花鲢了,心中早惦记着呢！"

"一见你回府，我便让厨房去做了。你是惹祸归来，自然没人给你大肆铺张地接风洗尘，我便让下人直接送到我屋里去了，你到我房里去吃吧！"

"咿呀，好咧！"徐妙锦当即眉开眼笑，缠着四哥便一溜儿向后院去了。

诚如徐辉祖所料，想拴住徐妙锦几乎是不可能的事。虽然徐增寿也确实严格叮嘱家人，禁止她出府乱逛，却不可能阻止徐妙锦应召入宫。没过几日，马皇后便得知了她"康复"的消息，随即一道懿旨下来，召她入宫相见。

在进宫之前，徐增寿千叮咛万嘱咐，生怕她口无禁忌说漏了嘴。好在徐妙锦也知道北平之事是万不能为外人知的，当即一口答应，绝不会泄露半分。进宫之后，她果然十分小心，只拣着女儿家的琐碎事跟马皇后提。马皇后也万未料到徐妙锦这短时间内竟做下如此大逆不道之事，见到她比以前瘦了几分，还以为是久病所致，当即心疼道："你这疯丫头，平日里就没个安分，这次遭场大病，看你以后还敢不敢不老实？"

"哪有什么大病哪！"徐妙锦嗑着瓜子，对马皇后笑道，"不过是气虚体寒，在家静养了几个月罢了！"

"这还不是大病？"马皇后伸出食指，对着徐妙锦的额头轻轻一戳道，"马云上次奉我旨意去看你，回来便说你脸色苍白，病恹恹地窝在床上，一点精神都没有。当时我听了，急得差点没掉下泪来。要不是碍着这身份，我都要亲自到大功坊看你去了。"

"马云见到我？"徐妙锦闻言一愣。她已从四哥处得知"患病"期间，马皇后几次派人去府上探望，但都被徐家兄弟以各种理由挡在卧房之外。此时听马皇后说马云曾见得她本人，徐妙锦一时就犯了迷糊。

"怎么，马云没曾见到你？"见状，马皇后顿时起了疑惑，眼光顿时也瞄向了一旁侍候的马云。

马云见状，忙躬身笑道："娘娘有所不知。奴婢去了几次，徐小姐都在房中歇息，奴婢也不敢打扰，只能隔着窗远远瞧着，故小姐都不知奴婢曾见到她呢！"

"原来如此！"马皇后这才释了疑惑，转而笑道，"看来你这妮子还是患病时最安分。"

徐妙锦听马云这般说，心中更是迷惑，不过也不敢再说什么，忙另起了个话头，把这事给掩了过去。

在坤宁宫待了许久，又与马皇后一起用了午膳，徐妙锦方告辞出宫。马皇后虑着她大病刚愈，便命马云送她一程。刚走出坤宁门，徐妙锦便瞅着个四下无人的机会问道："侬是怎么见着我的呀？"

马云躬身一笑，解释道："奴婢哪曾见过小姐？只是娘娘曾特地嘱咐，定要奴婢亲眼看看小姐身体如何。奴婢无奈，只得这么跟娘娘回话了！"

"咿呀！"徐妙锦低声惊呼道，"那这不是欺骗娘娘么？侬不怕她怪罪呀？"

"这也是没法子的事！奴婢若说每次去见小姐都被拦住，那娘娘得知必然疑心，万一再换别人去探视，小姐的事儿怕就瞒不住了！"说到这里，马云恭恭敬敬地一揖道，"小姐在真定义释马骐，奴婢感激万分，替小姐遮掩亦是理所应当！"

徐妙锦这才明白过来：当初自己在真定放了马骐一条生路，他回京后履行诺言，未泄露自己行踪，却把事情告诉了马云。马云知道她其实是去了北平，出于感恩，不仅没揭穿自己的底细，反而尽力在皇后面前为她遮掩。

搞清楚状况后，徐妙锦对马云兄弟也大生好感，当即谢道："这次多亏了侬，不然我的麻烦可就大了！"

"小姐这是哪里话！"马云忙答道，"奴婢虽卑贱，但也明白事理。小姐先后救奴婢兄弟二人性命，奴婢自当要知恩图报，这谢字却是当不得的。"

见马云如此真诚，徐妙锦更加感动，但也从他之言不再道谢，随即出宫而去。

一出西华门，徐家的几个家奴便迎了上来。徐妙锦知道他们是四哥派来盯着自己的，不过她也不在乎。堂堂徐四小姐想逛逛大街，哪个不长眼的家伙胆敢阻拦？待出了西安门，她招呼也不打，骑着马便往织棉坊方向而去。家奴们果然不敢吭声，只得紧紧跟上。

到了织棉坊，徐妙锦想着年关将至，自己原先的几件漂亮衣裳又在往来北平的奔波中多被磨损，故来这里挑上两匹合意的绸缎做新衣用。按朝廷的规定，金陵城内"百工货物买卖，各有区肆"，而这织棉坊正是各式绸缎花布的制作兼买卖之所。一进坊内，徐妙锦便被大江南北运来的各式缎子迷花了眼，女儿家爱美之心顿被激发出来。一路上，她左瞅瞅右看看，挨家挨铺地精挑细选，一副乐不思蜀之态。

约莫过了大半个时辰，徐妙锦从一家绸布店挑选了两匹上好的彩锦出来，正喜滋滋地准备打道回府，忽然背后却传来一阵惊叫声："四小姐，四小姐，真的是你吗？"

徐妙锦扭头一瞧,见一个脸色蜡黄的少女又惊又喜地望着自己——竟正是徐增寿口中已失踪数月的景儿!

"咿呀!"徐妙锦亦一声惊呼,疾步上前拉住景儿的手道,"景儿妹妹,侬怎么在这里?"

"呜……"见到徐妙锦,景儿情绪万分激动,眼泪如断线的珍珠似的哗啦啦直往下掉。

徐妙锦见景儿如此,知其失踪数月必然历经磨难,又见玉蚕并未在旁,一时心下更急,忙追问道:"景儿妹妹,侬这段日子去哪了,玉蚕姐姐呢?"

一提起玉蚕,景儿更加激动,竟然当街号啕大哭起来。徐妙锦顿知玉蚕情况不妙,心中更是一沉。此时哭声已引得一些闲人侧目,她知此地不宜长谈,遂好好抚慰景儿一番,然后带着她一起回府。

回到家中,徐妙锦斟了杯茶给景儿缓缓喝下,总算让她情绪稍缓了些。随即,景儿抽抽泣泣地把她与玉蚕失踪的前后过程徐徐道来——

原来那日下午,玉蚕与景儿受徐增寿夫人之命,来到三山门外南北货商云集的塌房一带,给府里购买一些从广东贩来的新鲜荔枝。待买好时,天色已经渐黑,两人结伴回城,刚走到北伞巷与三山门外大街交会处,忽然从巷子中冲出两辆马车。马车上跳下几个黑衣男子,领头的不是别人,正是当年抓玉蚕的岐阳王府管家杨思美!

一见杨思美,玉蚕二人便知不好,正要出声求救,杨思美便令手下一拥而上,将她们用绳子缚了,一股脑塞进马车,然后直接向城内奔去。

到达岐阳王府,玉蚕立刻被送到李增枝房中,景儿则被扔到柴房里看管起来。两日后,李景隆誓师北伐,李增枝以参将身份从征。这个花花公子色胆包天,竟置军法于不顾,将玉蚕也一起带上。景儿眼见玉蚕被掳走,一时悲愤交加,但也无计可施。

李家兄弟出征,府中家奴也大都随行,京城府邸内便空荡起来。景儿本不是重要角色,自也没什么人看管她,于是便被她寻了个机会跑了出来。她逃出生天,自然想着要搭救自家小姐。可她在京中无权无势,又能有什么办法?思索一番,她只得返回中山王府,向徐家求救。

岐阳王府位于中城的玄津桥,中山王府则在南城的大功坊内。当时天色已暗,街上已没什么行人。景儿孤身一人,沿着西安门三条巷、里仁街向西转,经过马府街，再过朱雀街、大中街等几条大道，继而拐入小巷，终于到了中山王府后门外的全福巷。眼见王府在望，景儿忙加快脚步，可就在离王府后门不过二三十步距离时，突然又冲出个男子，掏出块手帕对准她的鼻子一捂，景儿顿觉天旋地转，紧接着就什么都不知道了。

待景儿醒来时，已是在一个四面皆是高墙的小院里，身边则站立着两个四十来岁的中年壮妇。景儿哭喊求救，两个壮妇却听若未闻，根本就不理她。其后数月，景儿便被囚在此处。这期间，其衣食供应一应不缺，就是脱身不得，而这两个壮妇整日不离其左右，但一句话也不说。景儿受此折磨，几乎就要发疯，几次寻死，但都被壮妇发现阻止，果真是求生不能、求死不得。

就在景儿几乎就要崩溃时，情况突然发生了变化。就在今日，忽然院门打开，两个男人不由分说架起景儿便走。此时她已被折磨得七荤八素，只能任凭摆布。与上次一样，这次她又被塞进一辆马车。在颠簸了约一炷香工夫后，忽然车子一停，两个男人架起她往外一扔，随即绝尘而去。

景儿没来由地被囚了几个月，连到底是谁做的都不知道，便又稀里糊涂地被放了出来。待清醒过来，她四下一望，见此地正是自己昔日做工的织棉坊。景儿原先做工时租住的房子早已退掉，她甫脱大难，尚是浑浑噩噩，漫无目的地在坊内瞎逛，正巧与徐妙锦撞个正着。

听完景儿讲述，徐妙锦已哭成了个泪人。在为景儿的悲惨遭遇感伤不已的同时，她对李增枝强抢玉蚕的行径更是怒不可遏。想到玉蚕如今深陷李增枝这个淫贼的魔爪，徐妙锦觉得心中有一团熊熊烈火燃烧。她恨不得立即就抓到李增枝，在这个淫贼身上戳几个大窟窿！

"景儿妹妹，侬先在家中住着，我定会帮侬报仇！"徐妙锦咬牙切齿道。

景儿凄道："奴婢这番难遭的是没头没脑的，要报仇也不知道寻谁。只是玉蚕小姐被李家抓住，必然日夜受苦受难，还请小姐无论如何要想法子将她救出苦海。"

"侬放心，玉蚕与我情同姐妹，我绝不会坐视不救！"徐妙锦当即应允。

待安顿好景儿，徐妙锦想了一想，便直接去找四哥。

徐增寿还在衙门里当值，徐妙锦在书房里等了大半个时辰，他才散衙回来。

见妹妹气鼓鼓地坐在自己房中，徐增寿遂开口笑道："今日不是进宫去了吗？怎么回来后却如个受气包似的，莫非被娘娘骂了？"

"四哥,侬总算回来了!"徐妙锦一跃而起,忙拉着增寿的手坐了,旋把今日见景儿之事详详细细地说了,末了恨恨道,"李增枝丧心病狂,竟敢趁我不在,偷偷把玉蚕姐姐抓了。四哥,这次侬无论如何也要帮我出头,不光要救玉蚕姐姐,连这个大魔头也绝不能轻饶了他!"

徐增寿一阵沉默,过了好久方长叹了口气道:"妹子,此事要从长计议!"

"什么!这还要从长计议?玉蚕姐姐被抓时可已是我徐家的人了!四哥侬怎么这么窝囊,被人欺负到头上了还不敢吭声?"本来,徐妙锦去北平后徐增寿对她颇为关心,屡次去信询问近况。回家这几天,他也对这位小妹关怀备至。因着这层关系,徐妙锦对这个四哥又亲近起来。刚才她想着上次玉蚕得救,也有四哥的功劳在,这次李增枝又下黑手,才专门来请他拿主意,却没承想这四哥憋了半天,却畏畏缩缩地说了句"从长计议"。

"妹子你听我说!"见徐妙锦一脸愤怒,徐增寿忙拉着她坐下,解释道,"这次与上回不一样!玉蚕被李增枝所擒,有何证据?难道仅凭景儿一言?第一次救玉蚕时,是在大街上撞个正着,故而李家抵赖不得,可如今玉蚕人迹全无,我们总不能空口白牙就去要人吧?"

"怎算人迹全无?"徐妙锦当即嚷道,"景儿亲眼见着,李增枝北上前把她也带上了,大不了我们去德州要人!"

"就算李增枝北上时果真带上了玉蚕,可他又怎会承认?将军出征,私带女眷可是大罪!何况玉蚕还不是女眷,而是被强抢的民女!若这罪坐实,别说李增枝难逃谪戍,就是李景隆也会被夺职罢官!所以,我们去要人,他们肯定是死不认账!"

"那我去告官,人是在三山门丢的,我去找上元县令和应天府尹,让他们批下文书去德州查!"徐妙锦又道。

"他们敢去查李家兄弟?"徐增寿连连摇头。

徐妙锦气得脸颊通红,当即叫道:"他们不敢查,那我去找炆哥哥!他是皇帝,总不能坐视李家兄弟强抢民女吧?"

"万万不可!"徐增寿吓了一跳,赶紧道,"你若去找皇上,那我徐家危矣!"

"明明他李增枝抢我徐家的人,皇上怎会反倒罚我徐家?"徐妙锦一时大惑不解。

徐增寿叹了口气道:"如今李景隆正厉兵秣马,准备与燕王决一死战。值此关键之时,玉蚕之事若查证属实,朝野大哗之下,李景隆遭池鱼之殃,必然会被

258

罢免，就是皇上也救他不得！大战在即，主帅因罪被免，这可是兵家大忌！何况皇上又对李景隆期望甚高，正指望着他能荡平燕军，你将此事抖搂出来，岂不是不合时宜？就是查证不实，李景隆威望也必大减，对平燕大大不利。在皇上心中，平燕大业与一介民女孰轻孰重，难道你就不清楚？"

"那这和我徐家又有什么关系？我去跟皇上说，他纵然不听，也不至于对我徐家不利啊！"

"当然会不利！"徐增寿断然道，"燕王靖难，徐家身处嫌疑之地，本就该谨慎言行，远离是非。可你倒好，竟在这当口去抖李景隆家的丑事。这让皇上看在眼里，他又会怎么想？他必然会认为是徐家有意搬弄是非，在决战前夕搅乱前方军心。我徐家已处在风口浪尖，若皇上再生此等疑心，则大祸将至矣！"

"那依说怎么办？"徐增寿这也不行那也不可，徐妙锦听得心里大急。

"引而不发，待战事结束再说！"徐增寿想也不想便道。

"那可不行！"徐妙锦当即摇头。她在离开北平前听朱棣说过，两军下次决战，怎么着也得到三月以后，而待到前方战事结束那就更不知道得什么时候了！想到玉蚕现在整天过着暗无天日的生活，她便心急如焚。她既然知道了这件事，就绝不能这么无所事事地坐等下去。

"除此之外别无他法，难道你真要陷我徐家于万劫不复之地么？"徐增寿也有些激动了。

闻言，徐妙锦一下软了下来。她虽然一向任性，但并非不通事理。徐增寿说得有道理，若真把事情闹大，玉蚕能不能救且不说，徐家被皇上记恨却是肯定了的。她再想救玉蚕，也不能拿徐家上下百十口子去冒这个险。

"难道就没有办法了吗？"想到玉蚕的苦难，徐妙锦几乎都要哭了出来。

徐增寿淡淡回道："没有办法，除非……"

"除非什么？"徐妙锦眼神一亮，脸上顿时露出希冀之色。

"除非能不经官府和陛下，偷偷将玉蚕救出。她是李增枝强掳去的，若能派人神不知鬼不觉地将其救出来，那李增枝即便知道是我们做的，也不敢声张。"徐增寿略一犹豫，说到这里，又苦笑一声摇摇头道，"不过这是不可能的。李增枝觊觎玉蚕美色，必然将其严加看管！德州如今戒备森严，李增枝手下亲卫更是不少，想救她谈何容易？何况万一事泄，李景隆顺藤摸瓜牵扯出徐家，那更会引起滔天大祸！"

徐增寿虽说不可能，但徐妙锦听了却心念一动。待再叙了会话，她随即告辞回自己屋,躺在床上沉思起来。眼下德州虽戒备森严,但未必就没有漏洞可寻,何况数十万各路兵马齐聚一地,本身就不可能做到万无一失。当初在北平时,她就听朱棣隐隐约约提到过,说燕军在德州布有不少密探。既然如此,那她为什么不能呢?徐妙锦忽然冒出一个想法:若她亲自去德州救玉蚕如何?

这个念头甫一冒出,她先是吓了一大跳,但细细一想,又觉得未必不可行。虽说南军中认识自己的将军不少,但他们大多身居高位,自己只要乔装打扮,想来被发现的可能性也不大。李增枝掳走玉蚕,想来也不敢声张,必是藏在自己居所之内。只要能找到李增枝的居所,偷偷将玉蚕解救出来便大功告成。当然,潜入将军住所,若被发现必然会被重兵围剿,再想逃脱便难如登天,但她对此却不是太怕。她徐妙锦是什么人?她不仅是中山王的幼女,更是皇后的手帕交、皇上宠爱的小妹妹!这样的身份,她就是失败被擒,李增枝又敢拿她怎样?想到这里,徐妙锦的心已是跃跃欲试。

但要去德州,自然要摆脱几位哥哥的"监视",不过这对她来说不是什么问题,关键是皇后那边。自打"大病初愈"后,娘娘已接连召见了两次,看样子接下来一段日子也少不得还要召自己入宫。自己若去德州,就算是快去快回,也得费上一个多月的时间,这段时间不在,无论如何也得想个托词,莫让她起了疑心。为此,徐妙锦思索许久,终于想到了个办法。

几日后,马皇后再次召徐妙锦入宫。进宫后,她托言大病得愈,想趁着春节将至,去淮西老家祭祖,马皇后自无不允,并对其孝心大加赞赏。待从马皇后处出来,徐妙锦回府收拾一番,又将准备好的信留于徐增寿书房中,随即一溜出府,再次渡江而去。

当徐妙锦进入德州时,这里并未像其想象那般戒备森严。她一打听方知,原来德州将士御寒衣物不够,李景隆无奈,只得行文山东布政司并各州府,在山东境内征集棉服,现正赶上几个州府解送物资抵达德州,人杂货多,故而守备也稍显松懈,这对她来说无疑是个好消息。而据当地百姓说,李增枝在北平之战后被李景隆贬为游击,现负责转运粮饷辎重,其官署设在城西的原德州府税客司衙门。

既然李增枝在城中,那玉蚕必然也在其官署里。知道了确切位置,那接下来的事便好办了。徐妙锦首先赶到城西,找了间偏僻的客栈安顿下来,然后便到税客司衙门周围查看地形。

德州乃南北通衢,在元朝时曾颇为兴盛。大明定都金陵,河北地位骤降,这德州府也就逐渐衰落下来。不过德州税客司衙门乃元时所建,规模仍是不小。徐妙锦围着税客司走上一圈,竟花了一盏茶的工夫。她一琢磨,这玉蚕必然是被囚在后衙,便又重新绕到紧挨着衙门后墙的小巷内,想看看有没有什么破绽。

就在徐妙锦沿着小巷慢慢踱行时,忽然后面传来一阵轻微的脚步声,她心中一紧,握紧了剑柄猛一回头,一个熟悉的脸庞顿时出现在她眼前。

"马和!"徐妙锦失声叫道,"你怎么在这里?"

"小姐噤声!"马和轻声提醒,然后又紧张地前后一望,确信无人在场,方沉声道,"小姐且随我来!"说完,他便扭头向巷旁一间正对着税客司衙门后墙的一个小院子里走去。徐妙锦见他如此,也不再言,忙跟随进院。

院子不大,里面总共只有四间房,徐妙锦随意一瞧,除了主屋,其余各房皆漆黑一片,里面似乎堆满了什么东西。她更加疑惑了,一进屋子便问道:"三保,侬怎会来德州?怎又会在这里?"

"回小姐话,王爷特遣奴婢来德州办事,此院便是燕军在德州的一处藏身之所。方才小姐在此巷中来回游逛,下人们还以为是行踪暴露,故特报知奴婢。奴婢出来一瞧,却没想到竟是小姐您!"

"大姐夫遣你办何事?"一听和朱棣有关,徐妙锦马上又追问道。

"此事事涉机密,未经王爷允许,请恕奴婢不敢相告!"马和一躬身道。

徐妙锦知马和是朱棣最器重的内官,他到德州定是为了机密大事,他既然不言,她也不再追询。而马和却又问道:"小姐不是回京城了么?怎么又来德州了?"

见马和发问,徐妙锦遂将自己此番前来的目的说了,末了皱眉道:"眼下玉蚕十有八九就关在这税客司衙门里,只不过我看这宅子不小,具体她被关在何处却是不知!"

"小姐所说的玉蚕,是否年纪约二十上下?"马和突然问道。

"咿呀!"徐妙锦惊叫道,"正是呢!侬是怎么知道的?"

马和犹豫片刻,回道:"奴婢此来实是为极隐秘之事,本不该为外人所知,但小姐您也不是外人,奴婢便斗胆多说一些。前两日,奴婢曾趁夜跃墙进去过一次,当时探知后衙院子最西面的小厢房处有一个女子,不过此屋周围戒备森严,不仅有数名甲士,门口还守着两个老妇,故奴婢只是远远瞧了个大概,容貌却瞧不清,至于是否就是小姐所说的那个玉蚕就更不知道了!"

闻言,徐妙锦笃定道:"应该就是她了。这税客司衙门现已是李增枝的官署,除了玉蚕,哪还能有别的年轻女子?"说到这里,徐妙锦忽然想起什么,又问道,"莫非侬也是来找李增枝的?"

马和却没有应声,只是低头不语,显然又不愿多说。徐妙锦虽明知马和生性沉稳,且又身负机密,但见他把这种处处防范的做法也用到自己头上,不禁有些生气。恼怒之下,她当即哼了一声道:"也罢。既然知道了玉蚕下落,那我今晚便去救她出来!"说完,便欲出门而去。

马和见徐妙锦要走,忙叫道:"小姐且慢。奴婢斗胆,请问小姐要如何救这位玉蚕姑娘?"

"我自个儿翻墙进去救她!"

"就小姐一人?"

"正是!"

"小姐不可!"马和急道,"这税客司衙门虽不比大将军行辕,但也是戒备森严。小姐孤身一人前去岂不危险?万一惊动旁人,您又如何脱身?"

"此事我自有计较!"徐妙锦又是一哼。本来她也知道孤身救人十分不易,故初撞见马和时,也起了请他相助的意思。但此时心中不忿,她一气之下也不再提及。

"小姐!"马和犹豫一番咬牙道,"小姐孤身前去太过危险,奴婢愿助您一臂之力。"

"侬就不怕误了大姐夫交代的机密大事么?"徐妙锦不无揶揄道。

马和苦笑道:"小姐是主,奴婢是仆,怎敢由主人孤身犯险?若帮到小姐,纵误了差使,王爷知道也不会怪罪;可若奴婢置小姐安危于不顾,到时候王爷必然会勃然大怒,即便使命完成,恐也难逃重责!"

马和这番话说得徐妙锦是心花怒放,尤其是其中说朱棣态度的那段话,简直让她甜到了心窝子里。娇羞暗喜之下,她顿时把之前的那些许不满抛到了九霄云外,当即笑眯眯地点头道:"算侬有见识,那侬想怎么帮我呢?"

"小姐请随我来!"马和微微一笑,说着便开门出屋,向旁边的一间小厢房走去,徐妙锦赶紧跟上。

一进厢房,徐妙锦便见房内已堆满了土,而在前方墙角根处,却有一个三尺见方的大洞。她顿时明白过来,当即拍手叫好。

马和走到洞口,对着里面呼喊一声,过了一会,陆续有几个人爬了出来。这些挖洞人虽然个个满身泥土,但徐妙锦还是认出了其中两人的身份:王景弘和亦失哈。其余三个虽叫不出名字，但也都十分眼熟——他们都是燕王府的内官！

马和一笑道："已挖到对面税务司的后墙脚了，明日便可全部打通。本来这地道是我们潜入税务司用的，不过既然小姐来了，便让您先用来救人吧！"

徐妙锦犹豫道："我救玉蚕姐姐后，这地道必然会被发现，那你们再要进税客司衙门可就难了！"

"小姐无须担心！"马和回道，"后天晚上奴婢一行与小姐一起过去，到时候小姐自去救玉蚕姑娘，奴婢带着王景弘他们去办王爷交代的事儿，如此两相不误。待两事办妥，我们一起从地道返回。这般行事，万一在衙门中出了岔子，互相之间也可有个照应！"

"如此甚好！"徐妙锦满意地点了点头。燕王府的内官皆武艺高强，且精明练达，有他们相助，自己再要救人便容易许多。

接下来，他们商定了相关事宜，徐妙锦便打道回府。

第三天下午，徐妙锦如约又来到马和他们落脚的院子里。此时地道已经打通，他们一直挨到亥时正牌，方一起来到地道前。

燕府内官一共六人，其中地道入口需留一人看守，马和他们所在的院子也需有二人把门。按照计划，马和、王景弘、亦失哈与徐妙锦一起潜入官署。

地道挖得十分巧妙，其出口处在税客司后院墙角处的一棵老槐树后头，因被老槐树的树干遮挡，旁人除非走到跟前，否则根本不会发现。四人进院后借着月光一瞧，见院中有两个亲兵来回巡视，最西面的小厢房里点着烛光，房门外则坐着两个五十多岁的老妇，想来那就是玉蚕的居所了。待看清楚院内形势，马和做了个手势，带着王景弘潜行到院中，然后拿出早已准备好的手弩，对准亲兵的面门便射。只见两支飞矢破空而出，两人连声都没来得及发出，便倒地气绝。

亲兵倒地的声音惊动了那两个正昏昏欲睡的老妇，她们刚直起身欲看个究竟，徐妙锦与亦失哈已飞奔近身，举起早准备好的棒槌一敲，两壮妇顿也晕厥过去。

"谁？"听得外面异响，房内传来一个女子的惊呼声，徐妙锦一听之下大喜，这正是玉蚕的声音。

"小姐快进房，奴婢在门外把风！"亦失哈沉声说道。徐妙锦点了点头，便推门进屋。

徐妙锦　进屋，玉蚕先是一惊，随即惊叫一声，将她紧紧抱住，失声痛哭。

"姐姐小声些，不要让外人听见！"徐妙锦忙出声提醒，让玉蚕收了悲声。

两人分开,徐妙锦仔细一打量,见玉蚕神情憔悴,人也消瘦不少,想是这段日子受了不少的苦,心一酸道:"姐姐,侬受苦了,是妹妹没有护好侬!"

"小姐这是哪里话!"玉蚕凄凄道,"是我自己命苦,命中终有此劫!"

"姐姐,李增枝那厮没有欺负侬吧!"徐妙锦虽不经世事,但也知李增枝是个浪荡子,良家女子落入他手中多半贞节难保。此次来时,她最担心的就是玉蚕被李增枝玷辱。此刻见到玉蚕一副凄凄之态,心中更是焦急,忙出言相询。

"小姐放心!"玉蚕抽抽泣泣道,"被掳的当晚,李增枝忙着北上,一时也无暇管我。待大军北上,他强将我带入军中。到德州后,他几次要强毁我清白。只是我性子刚烈,誓死不从。有一次他逼得急了,我反抗不过,眼看就要被辱,便拔了头上玉簪架到他的喉咙上,这才逃过一劫。经这么一闹,李增枝也不敢再对我用强,便只把我关在这里。"

听完玉蚕叙述,徐妙锦又气又怒,当即恨恨道:"这天杀的淫贼,侬当时就应该用簪子戳死他!"

玉蚕苦笑一声道:"非是我愿留这一条贱命!只是我毕竟是徐府下人,我若刺死了他,恐怕便会惹出天大的乱子。到时候谁会知道其中内情?大家只会认为是徐家指使下人杀他。我一死不足惜,但小姐一家于我有救命之恩,我岂能为一己之清白,给徐家带去祸患?"

"姐姐……"想到玉蚕处此绝境,还念念不忘维护徐家,徐妙锦听得又感动又伤心,一时竟不知说什么好。

"有刺客!有刺客!"

忽然,外面传来一阵惊呼声,徐妙锦闻言一震,这才从感伤中回过神来,忙对玉蚕道:"闲话莫说,我此番来是救侬出去的,咱们快逃。"

院子里的形势已经大变,本在门外望风的亦失哈不知到哪去了,马和与王景弘也毫无踪影。后衙与前衙间的月门洞处,一群亲兵正匆匆赶来,领头的不是别人,正是掳走玉蚕的李增枝!

"快走!"徐妙锦拔出越女剑,拉着玉蚕便往墙角地洞处赶去。后方,亲兵们举着火把赶紧追来。徐妙锦带着玉蚕跑到老槐树旁一瞧,顿时傻了眼:原先的地道口不知怎么被一块大石堵死!她二人一回头,亲兵已追了上来将她们团团围住。

"谁他妈的敢来老子这里行刺?"一阵刺耳的叫声响起,李增枝提着宝剑,气势汹汹地从人群中挤了出来。

身处绝境,徐妙锦反而冷静下来。沉吟一番,她将玉蚕护到身后,出声叫道:"李增枝,侬嘴巴放干净些,瞧瞧我是谁!"

"怎么是个娘们?"李增枝一愣,随即手一挥,几个手持火把的亲兵又走近了些。借着火光一看,李增枝不由大惊,待擦了擦眼,确信没有看错后,他方怔怔道,"徐小姐,怎么会是你?"

"怎么就不能是我!"徐妙锦怒哼了一声,"侬这淫贼,竟敢掳我玉蚕姐姐。今日我便是要救她出去,侬若不想让丑事大白天下,就老老实实放我们出去,否则我跟你没完!"

听徐妙锦这般说,李增枝又仔细一望,才发现她身后那个护着的人竟是玉蚕。心思一转,他便明白了徐妙锦的来意,当下一阵心慌。

"怎么样?"似乎看出了李增枝的慌乱,徐妙锦冷笑一声道,"侬还不让开?难道真要我去炆哥哥那告御状不成?"

李增枝的冷汗一下子冒了出来。方才后院中传来惊呼声,他还以为是有刺客,却没料到是有人要救玉蚕,更没料到救玉蚕的不是别人,正是这徐妙锦。徐妙锦是什么性格他一清二楚,而她与皇帝和皇后的关系,更绝非他李增枝比得了的。想到自己掳女随军的事被皇帝知道,李增枝不由猛打了个寒噤。

"二爷别听她瞎说!"就在李增枝方寸大乱之际,突然一个人影闪到身边,正是岐阳王府管家杨思美。他一双鼠眼贼溜溜地往妙锦身上一瞅,随即轻蔑地一哼道,"徐小姐,你说我家二爷强掳民女随军,可有什么证据?你一个女子,也敢在皇上面前信口雌黄?"

看到杨思美那贼眉鼠眼的样子,徐妙锦心中便生出一阵厌恶,当即冷笑道:"侬这奸奴,竟还敢在本小姐面前露脸?当日那顿鞭子还没挨够么?"

杨思美脸先一红,继而眼中寒光一闪,恨恨笑道:"徐小姐,你莫要张狂。你要告御状,也得有证据才是。否则我家二爷也是朝廷大员,岂由得你一个女流肆意污蔑?"

"证据?"徐妙锦冷笑道,"玉蚕姐姐便是证据。你们今日若放人,我便饶你家二爷一次。否则,我便亲自带着玉蚕姐姐去炆哥哥那陈情,看他信我还是信侬家二爷!"

"小姐这么说,那我们就更不能放人了!"杨思美奸笑道,"不放人,便无证据。可若放了,咱二爷将来岂不是任你揉捏?小姐也是大家闺秀,居然连这点道理都不清楚么?"

"不放人？那你们也得过我这一关！今日我便要带玉蚕走，看你们谁敢拦我！"徐妙锦脸色一变，宝剑一横，拉起玉蚕便向前逼去。

见徐妙锦如此，李增枝心中更加惊慌。若换了是别人，李家亲兵一拥而上，直接拿人就是。可这徐妙锦却不是一般人，刀枪无眼，若真打起来，万一她有个三长两短，别说徐李两家就此成生死之敌，皇上和皇后更不会饶过自己。本来掳女随军已是罪过，若再加上这茬，那真就麻烦大了！李增枝狠狠地瞪了杨思美一眼，原先这事没准还有转圜余地，可被他这一搅和，自己便被逼得一点退路也没有了。

杨思美也神情紧张，此时徐妙锦仗剑不断逼近，李增枝他们投鼠忌器，只得步步后退。若再这么下去，那事情就不可收拾了。这官署分为前后两部分，中间以一道粉墙相隔，中间有一个圆拱形门洞相互连通。后衙乃李增枝居所，闲杂人等不能进入，可前衙却是官吏办公之地。这几天山东各地不断转运物资到德州，前庭那边有大批胥吏挑灯理事。方才后衙进刺客，已引得前衙骚动，若再让他们见到这番场景，那不出三日，李增枝强掳民女从军之事便会传遍整个德州！

形势越来越紧迫，徐妙锦已经逐渐逼到了连接前庭后院的门洞处。若再这么下去，她们马上就要进入前庭了。

杨思美心急如焚，忽然他心思一转，当即敞开嗓门便叫道："徐妙锦，你勾结燕王，竟刺杀军中大将！如今事败被围，你竟还敢张狂？"

听杨思美这么一喊，徐妙锦不由一愣。想到自己前往北平的种种，她不由一阵心虚，当即骂道："我来救玉蚕姐姐，与燕军何干？"

"咣当！"就在这时，杨思美忽然疾步上前，趁着徐妙锦心神不宁的当口，抓住她的右手就是一扭。徐妙锦猝不及防，吃痛之下，握剑的手顿时也松开，宝剑落地。

"快上！抓住她们！"杨思美尖声一叫，身后的亲兵如梦初醒，忙一哄而上，将徐妙锦与玉蚕牢牢控制住。

见徐妙锦就擒，杨思美对着李增枝谄媚地笑道："二爷，小的这手如何？"

李增枝见状先是一愣，随即大喜，当即夸杨思美道："真有你的，你怎知她会走神？"

杨思美得意地笑道："徐家人最怕别人说他们勾结燕王。小的这么一说，不管是真是假，这徐小姐一听之下肯定心慌！"说到这里，杨思美又朝徐妙锦讥笑道，"怎么样，徐小姐？您整日里自诩侠女风范，今日可知道厉害了不？江湖行走，您这个小侠女还嫩了些呢！"

徐妙锦一个心慌，竟被杨思美轻而易举生擒。羞愤难当之下，她连死的心都有了。此刻自己已落入敌手，她忽然又想到马和他们怎么一点动静也没有？难道他们也被李增枝捉了？她又是一阵心急，当即脱口而出道："你们把三保怎么样了？"

"三保，三保是谁？"李增枝不由一愣。马和乃燕府宦官之首，屡次随燕王出征，在南军中也算小有名气，但"三保"这个小名却并不为外人所知，故李增枝一时竟不知其所云为何。

徐妙锦一愣，自知失言，旋又紧紧闭住了嘴巴。

见徐妙锦如此，李增枝冷哼一声，对杨思美道："先将她关到书房里，待我禀告哥哥，再看如何处置！"说完他又瞪了一眼玉蚕道，"贱婢，看我回头怎么收拾你！"

众亲兵得令，自将徐妙锦带到东面的书房软禁，而玉蚕则仍被押回原先房中。李增枝见天色已晚，便想着待明日再向李景隆禀告此事。正在此时，前衙忽然冒出一片火光。

"怎么回事？"李增枝当即大叫。

"二爷！"一个亲兵匆匆忙忙跑过来道，"好像是签押房那边走水了！"

"什么？"李增枝一听急了。签押房内存着许多往来文书符信，要是被全烧掉可就糟了，他当即对身边亲兵吼道，"你们还愣着做甚？赶紧去救火啊！"

亲兵们如梦初醒，忙乱哄哄地往前衙跑。李增枝也心急如火地赶往现场，却被杨思美一把抓住："二爷，小心贼人调虎离山！"

李增枝想了一想，下令道："你带几个人把徐妙锦看住，其余的人都随我去前衙救火！"

第十九章

救玉蚕妙锦陷敌　白沟河乾坤异势

先前刺客闯入,前衙官吏已是惊慌不已,待到签押房火起,众人惊惧之下皆作鸟兽散,只有几个胆大些的还张罗着找盆寻桶,运水救火。待李增枝领着亲兵赶来时,签押房已被烈焰笼罩,他当即气得跺脚,忙又喝止了慌乱中的官吏仆随,将剩下的人组织到一起齐心救火,这才将局面稳定下来。

而就在李增枝救火的同时,几个魅影却趁众人不备穿入后衙,进入玉蚕的房中。

本来,李增枝在后衙是留了人的,但他们都聚在监禁徐妙锦的书房周围,目光也都被前衙大火吸引,根本没注意玉蚕所居的西厢房。玉蚕脱逃失败,还害得徐妙锦折在李增枝手里,正在房中急得团团转,忽见后窗中扑出几个人来,顿时大惊,正欲出声求救,其中一个黑衣人已抢先一步将她口捂住,轻声道:"姑娘莫叫,我们是燕王的人!"

燕王?玉蚕心中又惊又疑。她在中山王府待了大半年,对燕王与徐家的关系一清二楚,而徐妙锦几个月前赴北平报信,曾留信一封说明原委,这信便是玉蚕发现的。玉蚕对燕王自无恶意,此时来者若果是燕王之人,那应该不会是来麻烦的。因此,她惊恐之色稍缓。

见玉蚕情绪已稳定下来,黑衣人遂也放了手,待站定后一抱拳道:"姑娘,我是燕府承奉内官马和,这两个也都是内官。"

玉蚕这时才看清楚,来的三人脸上皆干净无须,说话的嗓音也略显尖利。德州是没有内官的,可见三人并没有欺骗自己。于是,她欠身还了一礼细声道:"不知三位大人此来所为何事?可是要救四小姐么?李增枝把她囚到书房去了,未和小女子关在一起。"

马和沉声道:"四小姐之下落我等已知,然其周围看守严密,仅凭我三人现绝无可能将其救出!"

"那你们……"玉蚕犹疑问道。

马和面色沉重,忽然拱手一长揖道:"在下此番前来,是有一事要请姑娘仗义相助!"

"要我相助?"玉蚕一时更加疑惑。

"此事非姑娘不可!"马和郑重道,"在下亦不瞒姑娘,此次徐小姐来德州救你,正巧与我等相遇。起初,在下亦欲助徐小姐一臂之力。可进府之后,一名手下行事不密,暴露了行踪。如今不仅徐小姐身陷囹圄,连我属下内官亦有数人被擒。徐李两家素来面合心不合,如今得此良机,李家兄弟岂能放过?而且徐小姐孤身入德州,又夜闯军衙,这本就是说不清道不明之事,再加上这些燕府内官,恐怕她勾结燕王,刺杀朝廷大将的大罪顷刻间便就坐实。若果真如此,不但徐小姐自身难保,徐家亦难逃灭顶之祸。"

马和这么一说,玉蚕听得心惊胆战,当即问道:"小女子不过一介女流,能帮得了你们什么?"

"徐小姐被擒,再想救出实是难如登天。如今之计,唯有我家王爷大败南军方能救出徐小姐,并使徐家免祸!故在下斗胆,想请姑娘在两军决战之时,寻机刺杀李景隆。主帅阵中被刺,南军必然土崩瓦解,如此我燕军便可大获全胜!"马和说完,一双眸子紧盯住玉蚕的脸,似乎在判断她的心意。

玉蚕闻言全身一震,继而不可思议地望着马和,良久方怔怔道:"大人未免考虑不周了吧?眼下四小姐被擒,勾结燕王之事顷刻间便发。到时候大战未起,四小姐与徐家便已遭祸,又如何能挨到两军决战之时?"

马和摇摇头道:"姑娘有所不知,如今南军连败,士气低落,李景隆已是步履维艰。而南军之中又多有中山王当年旧属,若此时李景隆便向徐家下手,中山王旧部必然怒不可遏,一旦到了战场上,哗变倒戈也不是不可能的。李景隆为大军主帅,岂会因小失大,置自己于万劫不复之地?故其必是引而不发,待战事结束,其得胜回朝时再下手。"

玉蚕点点头,又思索一阵再问道:"大人说得有理,可小女子还有一事不明。难道南军大败,李景隆被杀,四小姐与徐家就能化险为夷?这其间因果,小女子却是想不明白。"

"其实亦不难明白！"马和微微一笑，"既然李景隆对徐小姐之事引而不发，那么战事未定之前，徐小姐便不会有事。若南军大败，李景隆身死，德州城内必然一片混乱，看守徐小姐之人也多半是闻风散尽，到时候我军遣精干伏于德州城内，趁机一举将其救出，想来亦不是难事。徐小姐得脱回京，这所谓勾结燕王之罪便无凭据，自然也就烟消云散了。"

玉蚕沉默片刻，突然淡淡道："大人这般算计，想来不光是为徐家和四小姐，更是为了燕王吧？"

马和心中一惊，他没料到这弱女还有这番见识！不过他马上反应过来，当即坦然道："姑娘说得不错，不过此乃救徐小姐的唯一之法。正所谓庆父不死，鲁难未已！李景隆不除，徐家和徐小姐在劫难逃！姑娘受徐家大恩，难道就忍心眼睁睁地看着他们受难么？"

玉蚕身子一抖，马和的话击中了她的要害。玉蚕半生孤苦，自家道败落，她被充入贱籍，处处被人欺辱，时时受人白眼，没有半分尊严可言。而像李增枝这浪荡公子更是垂涎其美色，竟勾结教坊司欲强纳其为妾，辱其清白。这浑浊人世中，对她好的，除了不离不弃的景儿，也就是徐妙锦了。徐妙锦心地善良，疾恶如仇，将她从悬崖边上救下，待她同亲姐姐一般。这份恩情，她纵死也不能报。而徐家几位兄弟，个个贵胄出身，身居高位，也都对她以礼相待。徐增寿有一次还偷偷跟她说，待过一阵子，也给她寻个正经人家，让她体体面面地嫁掉。这一切，都让她重新感受到了尊严，感受到了温暖。而如今，眼见徐家大祸临头，她怎能不急，怎能不想相救？

但想救又岂是那么简单？马和虽然未明言，但玉蚕心中一清二楚——行刺李景隆，无论成败与否，自己的结局必然是死。

不过思索再三，玉蚕仍决意答应。她是个知恩图报之人，徐家的恩情她誓死必报。只要能救得徐家，她即便付出生命，亦在所不惜。

"马大人，小女子答应你！"玉蚕淡淡做了回答，腔调中透着几分决然。

马和眼中露出一丝钦佩，他默默从怀中掏出一个小布包，放到桌上摊开，里面露出一个小铁盒。马和拿出把钥匙，将铁盒打开，里面竟放着一把寒光闪闪的匕首。

"玉蚕姑娘！"马和小心将匕首拿出，正容道，"此匕首乃精炼而成，锋利无比，且淬有剧毒，人畜沾之顷刻毙命。小姐借此利器行刺，一旦刺中，李景隆必死无疑！"说完，他又将铁盒盖上，庄重地奉到玉蚕身前。

玉蚕却未即刻接过，而是脸上闪过一丝疑惑道："大人此番前来德州，怎么还带此等利器？"

马和脸上闪过一丝慌乱，不过马上敛去，从容道："小姐忘了么，方才在下说过，此番来德州本为完成王爷交代之要事！此物本为履行使命所用，未料尚没来得及用，便撞上徐小姐。如今救徐小姐乃第一要务，故在下斗胆代王爷做主，将它赠予姑娘！"

马和的瞬间慌乱并未逃脱玉蚕视野，不过她也无意再追问，于是接过收好后道："行刺之事，小女子固不惜性命，但李景隆乃三军主帅，我一介女流，又怎能近得了他身呢？还请大人教我？"玉蚕果然聪慧，她知马和既然能把这件大事托付给自己，便也定有办法让自己近到李景隆跟前。

马和沉思片刻，才小心道："敢问姑娘，你如今仍孤囚一室，是否是因被擒后仍坚贞不屈，李增枝一时无法得手？"

"不错！"玉蚕傲然道，"小女子虽身份卑微，但也宁死不受此侮辱。"

马和脸上露出一丝迟疑，半晌方嗫嚅道："若……若姑娘能忍辱负重，屈身事李增枝，以姑娘之美貌，其必会与你如胶似漆。李增枝乃李景隆亲弟，平日里时常相见，到时候姑娘便可见机行事！"

闻言，玉蚕的脸色瞬间变得一片惨白，她万没料到马和出的竟然是这个主意。所谓屈身，自然是要她顺从李增枝这个淫贼！玉蚕生性刚烈，却要受此侮辱，这样的羞辱她又如何愿受？

马和此时心中也十分复杂，他虽是个宦官，但也知道要玉蚕做此等牺牲是如何残忍。这一瞬间，他忽然生出一些不满，不满燕王和金忠定下这个连环计策，更不满燕王命他来办这个差使！堂堂燕王，怎能用一个女子来换取胜利？不过很快他又理解了燕王和金忠的难处——他们也是没办法啊！强弱如此悬殊，若不使用毒计，又怎能一举扭转乾坤？一个女子的牺牲，不仅能换来整个大局的扭转，也能保得无数燕军将士的性命。做这样的事，虽然不免残忍阴毒，但也是情势所逼，不得不为！

就在片刻之前，马和已面不红心不跳地跟玉蚕说了许多半真半假之言。但这时，他几乎丧失了再诓骗她的勇气，可有些话是必须说完的。他不由自主地垂下了头，用几乎只有自己才能听得到的声音继续道："李增枝贪恋女色，在京中时便是夜夜笙歌。此次北上，他只带了姑娘一个女……女伴，而您又誓死不从。军中本就清苦，这段日子下来，他必憋闷得慌。若姑娘能忍辱从之，其必是日夜不离。到时候姑娘可提议女扮男装,穿上他的亲兵服饰时时伴随,他自然乐从。如此,则大事可图!"

玉蚕已接近崩溃的边缘,当要她屈身李增枝的话从马和口中说出时,她震惊和羞愤之余,下意识的就要拒绝。可当想到徐妙锦,想到徐家,她又开不了口。如果她这一拒绝,徐家可就将万劫不复!怎么办?玉蚕的内心在颤抖,在呼喊,在流血!

终于,她冷静了下来。待马和说完,她呆呆立了好一阵,才凄凉一笑道:"也罢,我本就是个下贱人,受此屈辱也是理所应当。我既已下定决心舍此性命,又何惜这区区肉身? 便依你之言就是!"

玉蚕话音一落,马和心中犹如一块大石落地。沉默半晌,他才喃喃道:"姑娘高义,在下万分敬仰。姑娘放心,待靖难功成,王爷必表告天下,旌您节义,您父亲之冤屈亦可昭雪……"

"莫谈这些……"玉蚕一挥手阻止了马和的话,继而漠然道,"我只问你一事。这李增枝攻打北平不利,现已被发配回德州,成了转运官,你如何保证决战之时,李景隆会把他带在身边? 我可不惜受辱,但我也不愿被白白玷污!"

"姑娘请放心!"马和赶紧言道,"李增枝虽遭败绩,但其功名心却不死。今擒得徐小姐,其必去李景隆处表功。李景隆素来疼爱这个弟弟,上次虽因北平之败而迁怒于他,但这么久过去了,气也消得差不多了。李增枝挟功请战,李景隆顾及兄弟之情,断无不允之理。"

玉蚕沉吟一番,微微颔首,继而一挥手冷冷道:"我知道了,你们可以走了,我想一个人静一静……"

马和心中一酸,不过赶紧又忍住了。他不再多言,只是对身后的王景弘和亦失哈做了个手势,三人拱手对玉蚕行了个齐眉大揖,方一声不吭地出门而去,消失在茫茫夜色中。

待马和他们出门,玉蚕再也忍耐不住,当即"哇"的一声,瘫倒在床上大哭起来……

签押房的火终于被扑灭了,不过李增枝也被折腾得灰头土脸。虽然火势不大,但发生了这种事,仍不可避免地在城中造成了骚动。不一会儿,李景隆便派人过来命他即刻去大将军行辕禀告详情。送走来人,李增枝心中不免有些忐忑。

回德州后,李景隆想着当初若非李增枝劝阻他增援彰义门,现在北平没准儿就已拿下,燕军也已被剿平了,又哪还有后来的郑村坝败逃?念及于此,他便把北平之败的怒火全撒在了李增枝身上,将其贬为游击不说,每次见面还都板着个脸,一副气不能平之态。见哥哥如此对己,李增枝心中大呼冤枉——遏制瞿能不也是为你好么?何况当时你自己也同意了。现在横生变故,你便把气全撒我身上,这又是何道理?不过心中虽这么想,李增枝却不敢当面反驳,只得忍气吞声认了。可此番自己官署着火,不管怎么说又是一场过失,待会儿哥哥还不知怎么骂自己呢!

不过很快,李增枝便镇定下来。眼下他手中攥着徐妙锦这么个"大人物",正好拿来将功赎罪。他心下稍安,忙出门上马,向大将军行辕奔去。

不到一炷香工夫,大将军行辕便到了。这行辕所在原本是德州知府衙门,李增枝在门前下马,直奔议事房,李景隆已满脸铁青地坐在椅子上。

见李景隆神色不豫,李增枝忙抢先一步,把官署着火及徐妙锦救玉蚕被擒之事说了。本来,玉蚕是李增枝私自带来德州的,李景隆并不知情。待李增枝吞吞吐吐地把这事道出,李景隆顿时气得七窍生烟。但当得知徐妙锦闯衙被擒,他脸上的怒意渐渐散去,继而显露出一阵迷惑。

"此事甚是蹊跷!"李增枝一边偷窥着哥哥脸色,一边小心说道,"徐妙锦刚刚被擒,签押房便就走水。这一前一后,实在耐人寻味!"

"不错!"李景隆皱眉道,"按理说,徐妙锦这丫头胆大妄为,敢来德州闯衙救人倒也不稀奇。只是徐家三兄弟不是不明事理之人,他们岂会允许徐妙锦这般孟浪?一旦行迹败露,我完全可以说他们是来德州行刺你。徐家本就身处嫌疑之中,再被扣上军中行刺的罪名,他们就不怕大祸临头?"

"或许,就是徐妙锦自己跑来的,徐家兄弟并不知情?"

"可要说不知情,你这签押房走水又如何解释?难不成世上真有这等巧事?走水一事,必是有人与徐妙锦同谋。其本意是吸引你的注意,以便徐妙锦带着那个官妓出逃!不过她还没来得及逃走,便被你发现异常,故此计未能得逞。可此中有一疑点,她徐妙锦不过一介女流,又能支使得动谁?若无徐家兄弟首肯,她岂能找到这等帮手?但要说是徐家兄弟支使她来做此事,未免又太过骇人听闻,以徐家兄弟之智,即便真有异谋,亦不会行此下策,此事果真是扑朔迷离啊!"

李景隆左说不对右言有异,李增枝听得云山雾罩,过了好一阵才道:"不过徐妙锦在被擒后,曾说出一个人的名字,只是弟弟未曾听过!"接着,他又把"三保"之事说了。

"三保、三保……"李景隆口中喃喃念了几遍，忽然眼光一亮道，"我想起来了，燕府承奉内官马和的小名好像就叫三保。当年我曾邀燕庶人来府中做客，其间便听得他这么叫过马和！"

"哥哥是说，徐妙锦勾结燕庶人？"李增枝又惊又喜。

"这倒也未必，叫'三保'的多得是，怎能凭这二字便断定她与燕府有私？这种证据，拿到朝堂上也未必扳得倒徐家！"说到这里，李景隆一叹道，"如果当时能捉住一两个帮凶，咱们一审便知。可惜你只拿住徐妙锦一人，这妮子打不得骂不得，想从她口中套出点口风可是千难万难。"

李景隆虽然为难，但李增枝却是大喜。他先前只觉得可以在徐妙锦身上做点文章，但具体如何去做却尚未想好。此时听了李景隆这一番话，他顿时有了主意，兴冲冲道："哥哥，管她问不问得出口风？就凭她闯入我官署，就可定她个意欲军中行刺的罪名！仅此一条，便能说她暗结燕庶人。咱们以此为契，扎扎实实地参他徐家一本，到时候必然满朝轰动，徐家就是不倒，从此也将彻底失势。"

不过，李景隆却没吭声。他托着腮帮子想了半晌才摇摇头道："不可！徐家在军中树大根深，就这德州城内就有无数将士是徐达当年的属下，若此时将徐妙锦之事抖出，那天下人都知道我李家要对徐家下手！徐达在世时对军中将士恩惠甚多，论威望亦在我们父亲之上，若让将士们以为我要整徐家，必然会心生怨恨。现在军心已是不稳，我不能再妄兴事端，毁了平燕大业！"

听李景隆这么一说，李增枝顿如泄了气的皮球，半晌方犹有不甘道："那怎么办？难不成把徐妙锦放了？"

"放？"李景隆冷笑一声道，"好不容易她送上门来，咱们岂能白白让这个机会溜走？"

"那哥哥的意思是？"李增枝又精神一振。

"引而不发！"李景隆的眼中闪过一丝寒芒，"眼下战事吃紧，还动不得徐家。待到平燕功成，你哥哥功成名就，到时候再将这个棋子扔出，徐家顷刻间便土崩瓦解，从此放眼大明，我李景隆便是当之无愧的天下第一臣！"

"弟弟提前恭喜哥哥了！"李增枝恍然大悟，赶紧狠狠地拍了拍马屁。

"嗯！"李景隆面露微笑，满意地点了点头，"徐妙锦这事你没有声张，这点做得很对。能有这番见识，看来这段日子你也长进了不少！"

听哥哥夸奖自己，李增枝心花怒放，忙又一阵道谢，继而趁热打铁道："哥哥，小弟蛰伏这段日子也思虑了不少，将来再也不会犯这因小失大之错了！还请哥哥再给一个机会,下次北上时将我也带上吧! "本来拒援瞿能一事李景隆也有参与,不过这时为了讨好他,李增枝也"大度"地把全部罪过揽到了自己身上。

李景隆沉吟一番后道:"也罢,便复你参将之职! 不过你也要当心了,燕军虽然势微,但皆善战之辈。下次你若再犯错,我必不护你! "

"谨遵哥哥教诲! "李增枝连连点头。

"还有! "李景隆忽然脸色一沉道,"你这厮太贪恋女色,私携贱妓随军,这要是走漏风声还了得! 从今日起至平燕功成,你不可再犯此忌! "

"是,弟弟记得了! "李增枝赶紧应诺。

"那个官妓,可还在你那里? "李景隆幽幽问道。

"她一直被我关在后衙! "

"杀了! "李景隆语气阴森森道,"此女不除,终究是个隐患! 万一败露,不仅是你,我都要跟着倒霉! "

"杀了? "李增枝一惊,正欲再争,却见李景隆眼中一道厉光射来,他顿时不由自主地打了个寒噤。半晌,方一咬牙道,"我听哥哥的便是! "

回去的路上,李增枝心如乱麻。一想到要杀玉蚕,他仍感到一阵心疼。李增枝乃色中厉鬼,平生最好就是美女,玉蚕虽是官妓,但其清丽脱俗,天生花容月貌,早把李增枝撩得直痒痒。这样一个天生尤物,自己还没享受便要命丧黄泉,他心中是一万个不愿意。

可哥哥的命令言犹在耳,李增枝不能不服从。何况和一个女人相比,自己的功名前程更重要。权衡再三,他也不得不横下心来。

当回到官署后,想到玉蚕的那妖媚身影,李增枝又舍不得了。突然,一个念头在心中冒了出来:他奶奶的,这般暴殄天物,未免也太可惜了? 就是要杀,也得等老子销魂了才是。李增枝觉得全身发热,便急不可耐地向玉蚕房中奔去。

鉴于上次被玉蚕用玉簪逼喉的教训,此次他已做好了准备,踹开房门便往里冲,准备趁其不备将她制服。可当他进入屋里后,顿时惊得张大了嘴巴——

烛光衬映下,玉蚕身着一袭白衫,满头青丝披于肩后,脸颊上粉黛薄施,竟犹如一个从天而降的仙子! 李增枝见过玉蚕多次,从未见她如此打扮,一时竟看得呆了,整个人木在当场。

"将军回来了! "玉蚕微微一笑,飘然上前,挽住增枝的臂膀,将他引至榻前坐下,然后轻声道,"奴婢为将军更衣! "说着,便躬身半跪下,将李增枝脚上的靴子脱下。

玉蚕的突然变化,让李增枝一时犯了迷糊。他怔怔地低头一瞧,见玉蚕衣衫半解,隐隐约约可见一对玉乳上下耸动,他简直要晕了。这时玉蚕已为他脱下外衣,只见她将李增枝轻轻搂住娇羞道:"将军,可许奴婢侍寝?"

玉蚕吹气如兰,李增枝嗅进一阵女人的体香,直让他意乱神迷。凭着脑中残存的最后一丝理智,李增枝讷讷问道:"你今日态度怎与以往迥异?莫非有所图谋?"

玉蚕脸色一黯,随即露出一丝苦笑道:"奴婢已想通了,这便是奴婢的命。命该如此,终究是逃不掉的。只要将军不为难徐小姐,奴婢愿终生陪侍将军左右。"

李增枝再无疑虑,他猛一转身便将玉蚕推倒在榻上,三下五除二地去掉了她的衣衫。但见佳人玉体横陈,肌肤如雪,两座耸起的雪峰让他心神荡漾。李增枝当即一声狼嚎,猛虎下山般扑了过去。不一会儿,狭小的厢房中便传出阵阵淫叫与痛苦呻吟声……

冬去春来,待到四月,天气已变得十分暖和。此时,在朝廷的鼎力支持和李景隆的再三严令下,京师、直隶、山东、山西、河南乃至湖广的援军相继抵达德州和真定,李景隆手头的兵马又增加到近四十万,再加上驻防在河间等地的部属及大同、辽东两地的偏师,朝廷用以平燕的总兵力已有六十万之众。

有了援兵,李景隆的腰杆子又直了起来。他于德州誓师,再次北伐。

此次出兵,李景隆所用兵力仍以德州、真定两支大军为主。刨去老弱病残以及留守将士,出动兵力总计约三十四万,其中真定大营出兵八万,由武定侯郭英为帅。李景隆则亲率二十六万大军,由德州北上。两军约定在白沟河会师,然后以雷霆之势直扑北平。

南军既动,燕军自然也不能闲着。四月五日,朱棣率众臣祭告天地,随即统领十一万燕军主力南下,并于两日后抵达武清。

到达武清后,朱棣一边向固安方向缓慢行军,一边广派斥候侦察德州、真定方向的南军动向。四月十九日,燕军渡过卢沟河,进入固安县城。与此同时,南军情报也被搜集过来——德州的先锋已抵达白沟河南岸,郭英的真定兵马也已掠过保定,正向白沟河进军。

"绝不能让李景隆与郭英会师!"判明形势后,金忠伸出手向地图上标明"苏家桥"三字的小黑圈处一指,沉声道,"全军加紧进军,两日之内抵达苏家桥。然后兵分两路,一部可以大清河为堑,隔河固守;王爷亲率亲军、朵颜胡骑及三万燕山铁骑奇袭郭英部。真定军马是偏师,战力也差,只要我军出其不意之,必能一击建功。剿灭郭英后,我军再与李景隆决一死战!"

"就如卿言!"朱棣一锤定音。

第二日清晨,燕军再次南下,渡过拒马河后一路南行,终于在天黑之前抵达了位于文安县城以北四十里处的苏家桥。

苏家桥不大,来头却不小,相传是北宋苏洵任文安主簿时所建。按照计划,燕军在此歇息一晚,第二日便要分兵出征。

夜色已深,大地渐渐地寂静下来。白天的行军让大伙儿都疲惫不堪,此时除了巡哨的守夜士卒,其余的将士皆进入了梦乡。明日,还有艰险的征程在等待着他们。

"轰隆……"忽然间,天空响起一连串的惊雷,把大家从梦中震醒。朱棣迷迷糊糊地睁开眼,正咕哝两句欲转身再睡,忽然间脑中一个念头闪过,顿时把他吓了激灵。他当即一跃起身,一旁侍候的黄俨见状,忙拿起一件油衣欲给他披上。朱棣一把将黄俨推开,披头散发地冲出帐外,只见天空已是电闪雷鸣。不一会儿,倾盆大雨便漫天砸下。

"糟了!"朱棣的脸色倏时变得十分苍白。时值春夏之交,正是多雨季节。看样子,这场雨来势不小。明日燕军便要出击,若前方道路被暴雨冲毁,那这场奇袭可就要化为泡影了。这时金忠也冒雨赶来,这位一向气度从容的军师也露出几分焦急之色。君臣二人说了几句,却都彷徨无策,只得眼巴巴地看着上天,祈祷暴雨能尽快停下。

不过他们的希望终究落空了。这场雨大得惊人,顷刻间便将燕军大营浇成了一片泽国。各处营帐纷纷进水,就连朱棣的中军寝帐也是水深三尺。无奈之下,燕王只得在床上干坐到天明。

燕王尚且狼狈如此,其他将士可想而知。大雨直至第二天上午方停,待雨水退去,燕军已是疲惫不堪。更让朱棣沮丧的是,在暴雨的冲刷下,前方道路已变得泥泞不堪,不适合大军疾行。

得知前方道路受阻,朱棣立即召集军议。会上,诸将大眼瞪小眼,个个垂头丧气得说不出话来。良久,金忠才铁青着脸沉声道:"人算不如天算。事已至此,再多想亦无益处。为今之计,只能暂时休整,待天气放晴,与南军决一死战!"

金忠说完,朱棣一声长叹。南军有三十余万,论兵力是燕军三倍,且蓄养多时。以少胜多,这样的仗朱棣在真定城下和郑村坝都有打过。但那要么是趁敌军未集,分而破之;要么则是占了南军不耐严寒的便宜。如今分击敌军已不可能,天气又正暖和,一想要在这种情况下与南军硬碰硬,他心中沉重万分。别说不一定打得赢,就是侥幸取胜,自己手下这十一万健儿又还能剩几人生还?他抬起头眼光穿过帐门,直抵远处。

自得知李景隆出兵之日起,他便一直在等,等那个可一举扭转乾坤的变故发生。可至今为止,南军那边仍毫无动静。尽管朱棣一开始时并没抱太大期望,但眼下他却只能等待,等待那个看似渺茫,但能挽救燕军命运的奇迹!

数日之后,天空放晴,休整完毕的燕军开始向白沟河进发。与此同时,南军也逐渐推进到白沟河南岸不远处,一场决定天下气运的大战即将爆发。

清晨,燕军将士埋锅造饭,一顿饱餐。随后大军开拔,渡过白沟河,向南挺进。而此时李景隆也早已列阵完毕,静待燕军的到来。

为了打赢这场决战,李景隆可谓是煞费苦心。不仅竭尽全力重振军心,甚至还放下身段,重新与那些非嫡系的将军缓和关系。比如瞿能,就在郭英的举荐下得以重新领兵。这以李景隆的性格,放在以前是不可想象的。他之所以如此,也是为了整个战事着想。

决战开始。与郑村坝大战一样,南军亦是背营列成一个巨大的方阵。方阵左翼为武定侯郭英的真定兵马,中军主将是平燕副总兵、李景隆的心腹胡观,而右翼主将则由在北平之战中表现出色的参将盛庸担任。鉴于郑村坝时马和突入营中,犹入无人之境的教训,李景隆亲率七万将士留守,一来是防止敌军袭营,二来也是居后策应,以防不虞。近三十万南军在旷野上连绵十余里,旌旗遮日,鼓号震天,气势恢宏。

李景隆就立在中军大帐前临时搭建的高台上。在他身后,一面木杆大纛旗高高矗立。纛旗上面一幅缎幛,红底黑字写着"征虏大将军李"六个大字。而在大纛下,则摆着一个红木案几,上面供奉的,正是令人望而生畏的黄钺!在战前,李景隆郑重将其请出,以警示全军——今日之战谁敢退后,这黄钺便要用他的血来洗!

"报……燕军胡骑已开始掠阵!"

"报……燕军全军压上,中军激战正酣!"

"报……敌军强攻我军左翼,郭侯阵形稍显杂乱!"

战斗开始后,望楼上的旗官不断挥舞令旗,将李景隆的一道道军令化作旗语打出,并从阵中各旗手打出的旗语中将战场形势译出,反馈给主帅。

李景隆身着一套金光闪闪的战甲,外披一件红色大氅,左手按住剑柄,一脸庄严地站在帅台前。前方远处尘土飞扬,喊杀声直冲云霄,而这一切,皆不能使其动摇分毫。今日之战,不仅事关平燕的成败,更关系着他李景隆的身家性命!此时,他内心已紧张到了极点,但必须保持从容镇定之态,以稳定军心!

"报……三千燕军精骑突入郭侯阵中,看旗号应是燕庶人亲军!"

"嗡……"这次,帅台上的僚属亲将们骚动起来。燕王每战必身先士卒,率亲军驰骋杀敌。这一点,在以前诸次战斗中南军已多有领教。而这一次,朱棣又冲了上来,此时帅台上众人的目光皆聚集到了李景隆身上。

"燕贼突入侧翼,正是天赐我军之良机,请大帅当机立断,下令截杀!"参军刘璟第一个站出来道。

"请大帅当机立断!"其余众人也纷纷进言,其势甚为慷慨,但细听之下亦似都含着一丝担忧。

"便宜瞿能了!"李景隆脸上闪过一丝遗憾,不过很快消逝。他向左前方眺望了一眼,吸了口气冷冷道:"传本帅钧令,西营留守各部全数出寨,增援郭侯。打旗语,命瞿能部突入阵中,力擒燕庶人!"

"是!"刘璟大喜。昨日一战后,刘璟亲眼见识了平安和瞿能的骑战能耐,当时便生出这么个念头,想利用朱棣爱冲锋陷阵这一点,来个擒贼先擒王。于是他连夜找李景隆,费了九牛二虎之力,总算说动这位主帅,将平安和瞿能这两位勇将分藏于东西二营中,并各留下七千铁骑。刘璟已算准,燕庶人亲自上阵除了鼓舞士气外,无非是要打开缺口,而王师中军皆是京卫精锐,燕军难以撼动,故燕庶人带头冲锋,十有八九是攻击实力较弱的两翼,他便要在这里对朱棣下手。

南军西营共八寨,留守士卒近两万,再加上瞿能的七千铁骑,近三万人投入战场,立刻就改变了左翼的形势。南军一哄而上,把突入阵中的燕王亲军与外围呼应的朱能左军割裂开,将朱棣牢牢困在阵里。

"报……燕庶人被陷阵中,燕军拼死救援,均被郭侯击退!"

"报……燕庶人亲军冲出包围,从外阵左侧冲了出去!"

"报……瞿将军奋勇截击,燕庶人与其亲军散离,现身边仅剩数骑!"

"报……瞿将军亲率千骑追击燕庶人,现两者相距不过四百步!"

"报……燕庶人前方五里处便是白沟河,其已无退路。瞿将军命小人飞骑回报,必生擒燕庶人,献俘帐下!"

各种消息纷至沓来,内容五花八门,而帅台上众人的心也随着一个个战报跌宕起伏。直到得知燕庶人上天无路,下地无门,众人这才长舒了一口气。一直紧绷着脸的李景隆也终于缓了神色,他将一直紧捏着的拳头展开,里面已全是汗水。

"瞿将军英勇,这一次燕庶人逃无可逃了!"

"只要擒住燕庶人,燕军必败无疑,今日必要毕其功于一役!"

"听说皇上这几个月是寝食难安,这次捷报传回京师,龙颜必定大悦!"

帅台上,一众参军幕僚皆欢欣鼓舞。他们憋得太久了,几个月来笼罩在心头的阴云即将散开,大家一时间都喜笑颜开。

就在一片欢腾之中,有一个人却显得有些落寞,他便是前军左都督,平燕参将李增枝。

三个月前,李增枝擒得徐妙锦,李景隆让他重回军中。不过自北平一战后,李景隆算是明白了这位弟弟的能耐——使心眼耍阴谋是一把好手,战场上冲锋陷阵实非其强项。因此,此次北上,李景隆一直将他留在身边,名义上是统领主帅亲军,实际上却什么任务也不指派。

李景隆这么安排也有自己的打算:亲军通常是用不着上战场的,因此李增枝也不会和燕军去血战肉搏。但若决战时自己获胜,到时候却可派他们去追剿残兵。到那时敌军已经大溃,李增枝再无能也不至于被人灭了。有了这次出击,李增枝也算是上过战场出过力了,到报功时再徇个私,把他的功劳夸大些,如此虽不能一战成名,但多少也可攒下些资本。

哥哥的这番苦心李增枝也能理解。自攻丽正门不克后,他也清楚自己不是打仗的料,早断了夺取平燕首功,扬名立万的心思。因此也老老实实地跟在哥哥屁股后头,做起这亲兵大头领来。

不过李增枝虽有自知之明,可眼看着瞿能横刀立马,瞿义大显神威,而自己却只能龟缩在营中,这种感觉让他十分不好受,心中也酸溜溜的。

"大人心绪不佳吗?"一阵悦耳的声音飘来,李增枝听了心神一荡,随即扭头嘿嘿一笑道,"哪有?咱是怕那瞿能功亏一篑,让大家空欢喜一场!"说到这里,他趁人不注意,竟拉起说话的那个亲兵的手轻轻抚摸两下,"要是今日能胜,晚上必然大宴。咱们好好喝上几杯,再求仙时岂不更加欢娱?"

亲兵白净的脸上泛出几丝红晕,狠狠瞪了他一眼,不再言语。李增枝和他调戏一番,情绪也转好起来,转而摩拳擦掌地看着远方战场,直想着等会敌兵大溃时,冲上去多取几个首级。

那亲兵见李增枝不再看自己，脸上的笑容顿时散去，继而换上的却是一脸的仇恨和愤怒。

她正是玉蚕。三个月前，李增枝奉大哥之命要杀掉玉蚕以绝后患。然在动手之前，他却动了淫思，欲将玉蚕糟蹋一番再下毒手。哪知玉蚕突然转性，对其曲意奉承，床上也是风情万种，一时便勾住了他的魂。得偿夙愿之下，李增枝更是如痴如醉，顿时把哥哥的命令抛到九霄云外。几个月来，他夜夜与玉蚕同眠，虽在军中，却也觉日子过得跟神仙一般。李景隆誓师出兵，李增枝也要从征，可他又哪舍得玉蚕？而玉蚕也口口声声不愿离开他。于是，李增枝让她女扮男装，换上亲兵服饰，跟随一起出征。玉蚕自被掳到德州，一直被李增枝藏得好好的，别说外人，就是李景隆也没见过她，如此竟瞒了过去。

玉蚕随李增枝北上，自不是为了给他暖被窝。自打出征第一天开始，她便在找机会，要一举刺杀李景隆。无奈李景隆身边守卫极严，一般人根本近不到他跟前，李增枝固然可以随时请见，但也不能带着她。二十余天过去了，玉蚕一直找不到机会下手。眼下南军已和燕军展开决战，若今日还不能得手，一旦燕军战败，那徐小姐和徐家可真就万劫不复了。一想到这，她心中已急得冒出火来。

"报……"就在玉蚕焦虑不安之际，辕门外又驰来一名信使，"报大帅，瞿将军已将燕庶人逼至河堤上，正要擒拿，可燕庶人之子朱高煦突然率兵来援，瞿将军兵力不够，阻挡不住，被燕庶人逃了出去！"

"唉……"帅台上一片叹气声。眼看燕庶人就要束手就擒，可最终还是功败垂成，大家一听之下，不由万分惋惜。

李景隆心中也是一沉，不过他很快又振作起来，扫视了众人一眼大声道："诸位无须惋惜。现在我军形势占优，燕军已近势竭。燕庶人虽逃得一时，但终逃不过败亡之局，这白沟河便是燕军葬身之所！"

李景隆这番话倒也不是凭空瞎吹。此时距开战已过了近三个时辰，南军毕竟人多，且准备也比较充分，又背倚大营，几番苦战下来，已渐渐占据了主动。原先，燕军还凭着骑兵之力连番进攻，但这么长时间不能破阵，他们气力也衰竭下来。

听得李景隆之言，玉蚕心念一动，对李增枝道："大人，你趁这时去慷慨请战，到时候大功告成，你这份鼎定胜局的大功也就到手了！"

"我？"李增枝一愣，迟疑道，"我去请战，哥哥岂会答应？"

"值此关键之时，你当众人之面主动请缨，大帅岂会不允？"玉蚕一个劲地怂愚。

　　"这……"李增枝面露难色，其实他是真有些怕燕军，不敢上阵拼命。

　　玉蚕见李增枝如此，脸上露出一丝鄙夷，轻声一哼道："你每次在贱妾面前，都说什么千军之中取上将首级如探囊取物，怎么事到临头却犹豫了？"

　　李增枝的脸倏地一红。他这人虽然本事不大，但一向最好面子，尤其在女人面前更是把脸面看得比什么都重要。当初他为了逞能，当着玉蚕的面把牛皮吹得震天响，如今却又踟蹰不前，这要玉蚕怎么看自己？念及于此，李增枝心中顿时又羞又愤。眼下燕军确实已露颓势，若此刻率精锐铁骑出击，倒真有可能一举建功！即便不济，也可冲杀一阵再退回来，凭着亲军的战力，应不会有落败之虞。

　　"好吧。"李增枝一咬牙道，"我这就过去请缨！"

　　"我跟你去。"玉蚕心中一喜，忙说道。

　　李增枝一时来不及多想，遂点了点头，抬脚便往帅台上走，玉蚕连忙紧步跟上。

　　见弟弟突然跑到跟前，李景隆不由一愣。正欲发问，李增枝已躬身抱拳，锵锵道："大帅，末将不才，愿率亲军三千攻入敌中，搅乱其阵势，为我军反攻打出缺口！"

　　李景隆一时有点迷惑——不是说好了待大局已定时你再出场么？怎么这么快就跳出来了？不过他很快反应过来：此时李增枝当众请缨，又言辞甚切，自己要断然拒绝恐有不妥。而且弟弟说得也没错，这时候如果能有一支精兵突入敌阵，没准儿还真能起到一锤定音之效。李景隆也明白了弟弟的心思——他是见南军形势占优，想趁此机会立下大功，到时候论功行赏时他的这份首功就逃不掉了。

　　虽然他不太看好弟弟的本领，但他此时能慷慨请缨，倒也不失为英勇之举。何况当着众人，自己也没有拒绝的道理。于是，李景隆大声一喝道："好，本帅六千亲军分一半给你，你需竭力死战，莫负本帅重托！"说到这里，李景隆又一扭头，大声叫道，"拿酒来，我要为李将军壮行！"

　　转眼工夫，一个军校用个盘托了两碗酒来，李景隆拿出一碗递给李增枝，正欲说几句慷慨之词，却见他身后身影一闪，紧接着一道寒光直射过来。

　　李景隆反应极快，他一个后仰栽倒在地，然后就势打滚，迅速向旁边滚动了一丈有余。

　　行刺的正是玉蚕。见一击不中，她捏紧匕首赶紧追上，欲弯腰再刺。李景隆见玉蚕追来，心中大恐，忙抬起脚狠力一踹。玉蚕一门心思向前猛扑，正好被踹中，当即倒地，手中的匕首也就此滑落。

帅台上顿时大乱，所有人都没料到会有人行刺，一时都慌了手脚。李景隆此时已爬了起来，他头顶上的金盔早已脱落，浑身沾满尘土，几缕发丝飘于风中，显得狼狈不堪。稳住身子后，李景隆眸子中冒出熊熊怒火，当即对吓呆了的亲兵们吼道："还愣着做什么？快把这个刺客拿下！"

众亲兵如梦初醒，赶紧抽刀向前。

玉蚕抬头一望，亲兵们已如狼似虎般围了上来。千钧一发之际，她目光一瞥，发现李增枝还呆若木鸡般僵立当场，显然是被这突如其来的变故吓蒙了。她一跃而起，冲到李增枝跟前，拔出腰间佩剑横在其颈上大叫道："谁敢上前，我便与他同归于尽！"

亲兵们的脚步戛然而止。李增枝的身份他们是知道的，一时大伙儿的目光不约而同地瞄向了李景隆。

李景隆脸色铁青。此时他已瞧出这个体形消瘦、声音尖利的亲兵其实是女人，不用问，此必是李增枝掳的那个官妓无疑。想到李增枝色迷心窍，害得自己险些丧命，他气得七窍生烟，恨不得当即下令将玉蚕刺成个马蜂窝。可当看到浑身筛糠的李增枝眼巴巴地望着自己时，他又横不下心来。毕竟，这是自己唯一的亲弟弟！

见李景隆犹豫不决，众亲兵也不敢轻举妄动，只能围成个半圆向着玉蚕步步紧逼。玉蚕也没有办法，只能步步后退，一转眼便退到了奉着黄钺的案几前。

此时局面已渐明朗。虽然亲兵们投鼠忌器，一时不敢动手，但玉蚕深陷重围，被擒只是早晚之事。本来，玉蚕早已抱定死心，一开始就没打算活着出去。可方才刺李景隆不中，他眼下已被亲兵团团保护起来，自己再无机会。想到功败垂成，徐家难逃大劫，她心中悲愤万分。忽然，她觉得后面有什么东西顶着自己，一回头却是那金光闪闪的黄钺，再往案几后一看，南军大纛的旗杆正竖在那里。

玉蚕心思一动，想起自己年幼时，长年在甘肃为官、素好兵事的父亲曾在闲聊中提道："纛乃军之魂，纛倒则兵溃，纛失则军亡……"

一时间，玉蚕忽然有了个想法：杀李景隆是为了帮燕军得胜，若能毁了大纛，南军同样难逃大劫！只要南军大败，李景隆也就完了。此念一生，她的心思顿时活络起来。她又看了看红木案几上的黄钺，忽然把李增枝往前一推，同时扔了手中宝剑，转而双手拿起那把黄钺，直冲到旗杆下，对准后用尽浑身力量一劈！

见玉蚕砍大纛旗杆，李景隆大惊失色，当即叫道："快，快阻止她！"

玉蚕捏着钺柄抽了抽，似乎想再补砍一次，不过黄钺嵌入得太深，凭她一己之力怎么也拔不出来。不过这一击也就够了，此时东风正劲，玉蚕这一砍，已在旗杆上留下一个巨大的裂缝，再加上风势相助，旗杆终于再也矗立不住，"轰"的一声倒了下去。

"天哪！"旗杆一倒，纛旗顿时落地，台上众人见此情景，皆惊得面如土色。玉蚕这时反倒平静下来。她理了理发鬃，从容移步上前，捡起先前扔落于地的宝剑，再轻蔑地扫视面前众人一眼，忽然凄厉一笑，横剑颈前用力一抹，一股鲜血喷涌而出，一代佳人就此香消玉殒！

就在玉蚕倒地的同时，北面远处的燕军阵中爆发出雷鸣般的呼声，李景隆听着先是一震，继而浑身瘫软，一骨碌栽倒在地……

在玉蚕砍南军大纛时，燕军的处境已十分不利。长时间的厮杀让燕军将士的体力消耗十分之大，冲杀之势也缓了下来。就在半个时辰前，前军主将徐忠还被南军大刀劈中，当即被削了四个手指，幸亏丘福及时赶到，暂摄其主将之职，前军才没有崩溃。朱棣也已摆脱瞿能追杀，狼狈不堪地逃回中军阵中。可就是他，也无力挽回渐渐显露的颓势。就在燕军众将心急如焚时，远方的南军大纛竟然倒了！

眼看着南军大纛倒下，朱棣欣喜若狂，他虽不知敌营究竟何故，但也大致猜到此举多半和自己的精心设计有关。纛旗一倒，燕军将士欢声雷动，不待朱棣下令，大家便已重振精神，个个狂呼乱叫地向南军猛扑过去。而此时的南军上下却是惊骇异常，他们不知道究竟发生何事，见己方大纛倒下，众人都以为中军大营被袭，主帅也已凶多吉少，一时间，本来越战越勇的南军似乎一下子被抽干了全部血气，军心顿时大乱。当燕军冲来时，他们再也没有死战的勇气，个个惊慌失措地向后溃亡。顷刻间，战局便呈现出一边倒的态势。

"大帅，大帅……"一阵急促的呼唤声在耳边响起，李景隆睁开眼睛一看，高巍和刘璟两个参军正焦急地望着自己，"大帅，我军已经乱了，大帅快起来看看！"

李景隆支撑着身体爬起来一看，只见前方战场上的局面已经彻底颠转：左翼，武定侯郭英率着残兵向西南狂奔，右翼，盛庸也抵挡不住，正节节败退；中军遭受的攻击最猛，已经乱成一团，数不清的南军正往回狂奔，穿过各寨间的空隙夺路而逃。

"大帅,快想个办法,挽狂澜于既倒啊!"高巍焦急地催促着,眼眶中已带了几丝泪光!

"挽狂澜于既倒?"李景隆苦笑,腔调中已带着哭声,"狂澜已经倒了……"

"大帅,三十万大军啊!"刘璟急得直跺脚。此时营中留守各部也开始了溃逃,只有李景隆的中军大营仍还保持完整,但也出现了骚动。

"大势已去……"李景隆喃喃半晌,忽然直起身子叫道,"快,抛弃辎重,全军撤退!"

"大帅……"高巍和刘璟痛哭失声。

"不要说了,快焚营,撤军!"眼见燕军越杀越近,李景隆不再迟疑,当即红着眼叫道。说完,他急速跑下帅台,骑上战马一溜烟儿从中军大营的后门跑了出去。

李景隆一逃,中军大营顿时大乱。原本尚在惶惶中的将士也不再犹豫,个个丢盔弃甲,撒开脚丫子亡命。至此,大战已彻底演变成燕军对南军的追杀。

燕军的追杀并未费太大功夫。当追到雄县南面滹沱河上的月漾桥时,随李景隆逃亡的十多万南军为了抢先过桥,正乱哄哄地挤成一团。燕军当即发动进攻,南军再次崩溃。一部分南军被燕军毫不留情地杀死,更多的则跳进滹沱河,随即被淹没在滔滔河水之中。李景隆等人已先渡河,见燕军杀至,李景隆魂飞魄散,竟甩下高巍、盛庸等一众文武僚属,单骑奔命。他一跑,其他将领、幕僚也只得各自亡命。被主帅抛弃的北岸南军无处可退,只得卸甲弃械,俯首归降。

当天夜晚,燕军在雄县临时驻营。回首这惊心动魄的一日,燕军众将均有恍如隔世之感。就在今日清晨,燕军上下都有一种被压得喘不过气的感觉,在午后的战斗中,燕军更是一度被逼至全军溃败的险境。而在此刻,一切都已经翻转过来。南军败了,而且败得这么彻底,三十余万大军一日之间便折损大半,燕军取得了前所未有的大捷!尽管疲惫已极,但燕军将士毫无睡意,大家谈笑着、雀跃着,庆祝这场惊天地、泣鬼神的巨大胜利!

一向沉稳的朱棣此时也兴奋不已。作为燕军统帅,朱棣不仅为白沟河一战的胜利感到欢欣鼓舞,更为此战后天下形势的变化而热血沸腾。一直以来,南军虽然屡战屡败,但凭着无与伦比的实力,朝廷仍保持着压倒性优势。在与朝廷的对抗中,燕军只能龟缩在北平周围方圆数百里的范围内,小心翼翼地抵御着朝廷发起的每一次进攻。稍有不慎,便有一朝覆没的危险。

但现在一切都改变了。三十四万大军,即便对于坐拥天下的朝廷来说,也是一个了不得的大数字。毫不夸张地说,这些兵马就是朝廷的元气!

经此一战,这支大军已烟消云散,朝廷自然也就元气大伤!从今以后,朝廷再也没有力量对燕军大举讨伐了,燕军也终于从为生存而战的窘境中解脱出来。在接下来的日子里,他要率领燕军,真正地为靖难,为夺取天下而战!

第二十章

用计谋德州失陷 抗燕军济南遭灾

进入五月后,德州境内一连下了几场小雨,其后数日又是艳阳高照,天气随即热了起来。虽有烈日炙烤,德州军民的心情却如坠入冰窟窿中一般,寒意透骨入髓。就在上月底,朝廷三十四万大军大败于白沟河畔,平燕总兵官李景隆仓皇逃回德州。自打他蔫头耷脑地走进城内的那一刻起,这座鲁北重镇便陷入极度混乱之中。

继李景隆之后,盛庸等人也相继率领败兵退入德州城。三十四万大军虽已不复存在,但这些残兵败将的总数也有七八万之多,加上留守士卒,德州城内仍有十万人马。不过这次的"大军云集",不但没有给德州丝毫安全感,反而把失败的情绪传递到城中每一个角落,并引起了德州士民的巨大恐慌。所有人都知道,燕军马上就要杀过来了。

尽管与北平近在咫尺,但作为征房大将军行辕所在,德州一直十分安全。可现在一切都变了,这几日德州士民扶老携幼,冒着酷暑出城逃难,就连退进城的官军也有不少开起了小差。李景隆连日下令,整顿军纪,但毫无效果。

城西税客司衙门内,李增枝也是惶惶不可终日。白沟河惨败,他可以说负有最大的责任。全军溃败时,他也被败兵裹挟着仓皇逃回。这几日在德州,李增枝心中一直忐忑不安,生怕哥哥一怒之下跟他算账。不过不知道是大哥不忍心拿他开刀,还是眼下局势糜烂,顾不到他这头的缘故,总之这几天来,不仅大哥并未寻他的晦气,连其他将领也都没来。李增枝所住的税客司衙门竟如被遗忘了一般,在这惊涛骇浪中出人意料地平静。李增枝在为暂时无恙感到庆幸的同时,也为这种反常的安宁心慌不已。不管怎么说,自己这次犯下了大错,这笔账迟早是要算的,就算大哥顾念手足之情,将来朝廷追查下来,也必饶不了!一想到这,他心中便直哆嗦。他好几次想去行辕向大哥请罪,也请他帮自己拿个主意,看如何才能逃过朝廷的问责。可每当走到行辕门口时,他又迟疑着不敢进去。要想让大哥原谅自己又谈何容易?何况现在他也是泥菩萨过河自身难保,又有什么办法为自己在皇帝面前开脱?

这一日,李增枝草草用完晚饭,便一个人坐在书房里发呆。之前几个月,这里一直是用来软禁徐妙锦的。可白沟河兵败的消息传回德州后,一群武艺高强的蒙面死士趁乱杀进衙门内,成功将其救出。毫无疑问,这必是燕军所为。想到燕军细作进出自己居所犹入无人之境,李增枝便一阵胆寒——别说将来回金陵后如何被朝廷问罪,就是眼下这德州城能不能守住都还两说。要是德州被破,凭着囚禁徐妙锦的"罪过",自己这条小命恐怕顷刻间就将不保。

"李都督别来无恙乎?"忽然,一阵阴冷的声音在窗外响起。李增枝当即打了个寒噤,一抬头,一个黑衣人已经不声不响地推开窗门翻入屋内。李增枝借着昏暗的烛光瞧了好一阵方认出——来人正是马和。

"是你……"李增枝心中一惊,正出声欲喊。只见一道寒光闪过,马和已欺至身前,一柄锋利的短刀抵住了他的喉咙。

"李都督!"马和冷冷一笑道,"此刻你我二人近在咫尺,你若敢叫,我便一刀划破你的喉咙!"

李增枝的脸色一下变得惨白,忙挤出笑容道:"好说,好说,马公公莫要如此,我不喊便是!"

见李增枝这么说,马和才嘻嘻一笑,将刀收好,又寻了椅子坐下,毫不客气地拿起桌上的茶壶给自己斟了一杯茶,自个儿饮起来。

见马和如此,李增枝也稍稍安心,他脑子也迅速飞转起来:此刻喊人来救是肯定不行的;自己动手反抗,也不是马和的对手。不过由刚才的情形看,马和此来并不是要自己的性命,应是另有所图。为此,他遂一脸谄笑道:"马公公大驾光临,不知有何指教?"

马和呷了口茶,淡淡一笑道:"都督客气了。我一个下人,又岂敢指教您这朝廷大员?实不相瞒,我此番前来,是奉王爷之命为大人指一条生路?"

燕庶人?李增枝心中一震,半晌方讷讷问道:"不知燕庶人……啊不,是燕王殿下有何指教?"

马和将茶杯放回桌上,不经意道:"王爷之意,希望与李都督做笔交易。"

"和我做交易？"李增枝愕然道，"如今我无兵无势，还值得王爷惦记？"

"其实也不是和都督，我家王爷是想通过都督和曹国公做笔交易，希望都督在此间帮着说项。当然，大事若成，将来论功行赏时自也少不得都督那份！"

当听到大事若成四字时，李增枝心中一惊，当即吓得面如土色，连连摆手道："不行，不行，这时候要我去劝哥哥献城投降，他非杀了我不可！"

见李增枝一副如遇蛇蝎般的样子，马和扑哧一笑道："都督想错了，我家王爷可没这想法！何况就算曹国公想降，下面的人也未必会俯首听命吧！"

李增枝脸一红。马和说得没错，连战连败之下，李景隆早已威风扫地，现在德州军中对他愤恨的将士数不胜数。果真这时候下令降燕，城中必将大乱。南军中虽不乏暗中同情燕王者，但也有不少是真正效忠朝廷，一心戡乱护国的。要他们卸甲投降，他们必然挺身反抗，到时候李景隆别说控制全局，能不能保住自己性命都得两说！

虽然听出了马和话中的讽刺，但李增枝也从中知道燕王并未有要哥哥投降的意思。他心中稍安，当即堆出一脸笑容道："还请公公明示，殿下到底要我做什么？但凡能做到的，在下必然从命！"

"既然来找都督，自然不会要你做力不能及之事！"马和嘿嘿笑道，"不过这必然从命，未免答应得太爽快了些吧？我在这里，您自然慨然应允。可待会我一走，谁知您又是何种光景？"

"岂敢！今公公既放我一马，我必竭力效忠。皇天在上，我李增枝在此立誓，若有违反，必不得好死！"李增枝当即把胸脯拍得山响，慷慨发誓。

马和摇摇头，微笑道："都督犯不着立誓。只是在下有一言相告，都督听了，愿帮王爷便帮，若不愿相助，我家王爷也不强求！"

"公公请讲！"李增枝恭恭敬敬道。

马和轻咳一声，理了理思绪侃侃道："白沟河一战，朝廷精锐折损大半。若德州再失守，王师尽没，曹国公纵能亡命回京，也难逃斧钺加身。至于都督您，更难逃罪责！"

闻言，李增枝的冷汗一下子冒了出来，马和讲得有道理。白沟河大败，实乃大明开国以来所未有，其对朝廷的影响更是难以估量！现在德州大营已经乱成一锅粥，燕军一至，保不准会就此崩溃。到那时，自己和大哥就真的彻底完了。即便德州勉强不失，仅白沟河和北平之败，他兄弟俩也不会有什么好果子吃！

见李增枝满脸沮丧和恐慌，马和心中暗喜，但表面上仍不动声色道："不过我家王爷心存慈悲,不欲岐阳王之泽二世而斩,故特派我来给你兄弟二人指点迷津。都督与曹国公若能遵从,不仅荣华不失,还能立下大功,将来之显赫,甚至在岐阳王之上!"

"啊!"犹如一个将死之人抓到了一棵救命稻草,李增枝眼中冒出希冀的光芒,但也蕴含着一丝迷惑:能免遭大厄已是万幸,这更加显赫又从何谈起?

似乎瞧出了李增枝的迷惑,马和从容又道:"白沟河一战后,朝廷从此元气尽丧。现在我军上下众志成城,天下无人能敌。可料想,只要我家王爷挥师南下,不多时便能饮马长江、直捣京城!值此之际,都督与曹国公若能幡然悔悟,助我家王爷一臂之力,将来靖难功成,王爷岂能不论功行赏?而此番统兵北伐之过,也能尽数抹了!"

马和一讲完,李增枝头一个反应便是——这不还是要我们投降吗?不过再转念一想,又不太对。马和已有言在先,不要他们卸甲投降,那他口中的"一臂之力"应就是暗助了。为此,李增枝心中打起了小算盘——白沟河一战过后,就算李景隆根底深厚,又深得建文厚爱,但最多也就是脱得一条小命罢了,李家没落已经在所难免。但若换成燕王登基呢?现在帮燕王留个人情,那将来燕王真的"靖难"功成,自己兄弟也算是"有功之臣"了。若在以前,李增枝绝不会想到燕王能成事。可现在却不同了,就算马和说的"挥师南下""饮马长江"多少有些夸张,但白沟河一仗后,燕王已有资格与朝廷分庭抗礼了,假以时日,燕王打败朝廷也是完全有可能的。

自己与大哥正是造成这种局面的罪魁祸首。想到这茬,李增枝脸上一阵发烧,但他很快又平静了下来。往事已矣,追悔莫及,当下最重要的是给自己兄弟俩找到出路!终于,李增枝心动了。

不过李增枝也不是傻子,马和虽不强迫哥哥率众归降,但他既然开出这么诱人的价钱,那即便仅仅只是"暗助",其索取也必然是十分惊人的。强捺住心中的惊喜和不安,他小心问道:"那燕王殿下到底要我兄弟做什么?"

"其一,徐小姐之事你们应缄口不言,绝不许被朝廷知晓!"徐妙锦被救后已说了在李增枝面前说漏嘴之事,加上其闯税客司官衙时透露的种种诡异,此时朱棣已猜到李家兄弟可能知道她与燕王的关系,故欲堵住他二人的嘴。

"这个可以!"李增枝当即点头。

"其二,德州之地,我军必收入囊中。曹国公若果真欲与燕王修好,则应主动让出。不过城中兵马,你们尽可带走。"

李增枝心中一凛，燕王还是非取德州不可！不过与自己之前所想不同的是，燕王只要城池，并非要这城中残存的近十万将士的性命。有了这一条，李增枝自忖也能说动李景隆。毕竟以德州现在的情况，虽不能说完全无一战之力，但果真要据城抵抗气势汹汹的燕军，那也是凶多吉少。想到这里，李增枝也重重地点了点头。

　　"其三，德州城内现存粮约七十万石、肉干五十万斤，饷二百万贯，另各类器械辎重无算，此皆需小心封存，由我军接管！"

　　"不行！"李增枝断然拒绝。紧接着，他又意识到自己态度有些过火，忙赔着笑脸解释道，"马公公你也知道，凡避敌让城，粮草等物需或携或焚，不能留以资敌，这是兵家之常理。我军退时将这些物事完好无损地留下，将来朝廷必然会认定哥哥暗结燕王。如此之事，我哥哥岂会答应？"

　　"粮饷辎重必须留下！"马和的态度也很坚决，"也不瞒都督，就德州这十万残兵败将，在我家王爷眼里根本不值一扫。他老人家之所以愿放曹国公退兵，为的便是这些粮饷。若曹国公不愿答应，那也好说，待我家王爷一到，两军兵戎相见便是，只是到时候都督和曹国公可别后悔！"

　　听马和语含威胁，李增枝一时慌了神，但留粮饷一事毕竟干系太大，很难遮掩过去，因此尽管他心中焦急，但也不敢轻易松这个口。

　　李增枝不松口，马和也不能轻易让步，毕竟这批粮饷对燕藩来说太重要了。北平土地贫瘠，耕种所得远不能和江南相比，根本不敷当地军民所用，一直需仰仗朝廷接济。而自靖难以来，朝廷已停止向北平调拨粮草。北平存粮虽有八十万石之多，但要供应五万大军和十余万百姓用度，也是日渐紧张。尤其夺取大宁后，燕军又平添十万兵马，粮饷自然也就更加入不敷出，渐成坐吃山空之局。幸亏大宁城内还存着六十万石粮食，郑村坝之战后，朱棣留下其中十万石给仍在大宁屯垦的军户，将其余的五十万石统统运到北平，这才解了燃眉之急，否则燕军可能连这个春荒都熬不过。

　　德州是南军大营所在，粮饷堆积如山，这里的粮食若能搬回北平，那足够燕军将士两年所用。至于德州的那些饷钱，不仅可以用来奖励军士，还可以通过那些大胆的商人，换取北平急需的物资，这都是燕军赖以与朝廷作对的根本。故而，对于德州这座大宝库，朱棣是志在必得。

　　"公公，"一炷香工夫过去，李增枝终于先顶不住了，干笑一声道，"不如这样。这军饷中有一半是缗钱，还有一半都是折算过后的洪武宝钞。宝钞容易携带,我军撤兵时若不携上,那无论如何也说不过去。至于缗钱和其他财货,因转运不易,即便落下,在朝廷那头也能交代。不如咱们便一半一半,宝钞归我,缗钱皆奉送给王爷,您看可以不?"

"那粮草呢?"马和紧逼着问道。

"这粮草与财货一样,转运起来都麻烦得很,非朝夕可以运走,方才公公说贵军五日后兵临德州,那我去跟我哥哥说,于四日后退出德州城,只留些老弱军士焚粮。"说到这里,李增枝嘿嘿一声道,"燕王的本事我已见识了。想来在德州城内潜伏的壮士也不少,待我大军出城,你们再一涌而出夺了取仓,如此你们也得了粮草财货,咱兄弟也好应付朝廷,如此可好?"

"也罢!"马和痛快地一拍手道,"便依你的章程!"

"多谢公公体谅!"李增枝喜出望外,正欲再接着说几句好话,却忽然又想到个问题,顿时面露紧张之色,半晌方讷讷问道,"公公到时候不会害我吧?若我军仓促出城,燕王派军追击可怎么办?"

马和一愣,随即哈哈一笑道:"都督未免多虑了。我家王爷要的是粮饷,既然曹国公愿意合作,我家王爷又岂会再加为难?都督若不放心,届时我军可先遣先锋万余入城,其余之众于五十里之后徐徐而进。如此只要曹国公是真心退兵,则我军即便想追亦鞭长莫及。以万余先锋之力,又岂能在夺取德州之余,再分兵去搅曹国公十万之众?"

李增枝暗自思忖:出城前可广派侦骑探查燕军动静,若其果真按马和之言行事,那十万残兵全身而退还是不成问题的。他顿时再无疑虑,遂笑道:"一言为定,我明日便去跟哥哥说,不过哥哥眼下对我成见颇大,他是否应允,我却不敢妄下定言。"

"话说得透些,他会答应的。"马和自信地一笑。他相信燕王的判断,他老人家对这帮勋戚太了解了。

马和走后,李增枝一个人在书房思索片刻,随即出门上马,直奔行辕。

此时德州城内已是风声鹤唳,一些乱兵趁机闯入民宅奸淫掳掠,有的甚至结伙到大街上公然抢劫。不过李增枝有亲兵护卫,自然一路平安。

行辕附近倒是秩序井然,乱兵再狂,也不至于到这里撒野。李增枝直入宅内,逮了个苍头一问,才知道李景隆一个人待在卧室,并无外人打扰。他心中暗喜,随即直接向后堂奔去。

推开房门,李增枝当场吃了一惊。只见大哥面如枯槁、目光呆滞,犹如一具僵尸般直坐在卧榻之上，平日梳理得十分整齐的头发也是蓬松散乱。这哪还是那个喝一声石破天惊、跺一脚地动山摇的征虏大将军？这分明就是行将就木的不治病夫！

见李景隆这般模样，李增枝心中颇有些忐忑。自逃回德州，他一直没敢来见大哥。他知道哥哥之所以从云端上直落下来，自己负有直接责任。他很怕见面后，大哥一怒之下在他身上捅个窟窿！不过今天不一样。此刻，李增枝自认为已找到了挽回颓势的办法。只要哥哥听自己的，纵然一时失势，将来也能东山再起。想到这里，李增枝鼓足勇气轻声唤道："哥哥！哥哥！"

李增枝唤了几声，李景隆方回过神来。看清面前人后，他微微一愣，随即勃然大怒道："你这孽障还有脸来见我？我恨不得一刀将你劈成两段……"说着，李景隆一跃而起，右手哆哆嗦嗦向榻旁的剑架摸去。

李增枝魂飞魄散，赶紧上前一把将李景隆的手拽住，口中惊慌地叫道："哥哥且慢，且听弟弟一言！"

"你还有什么好说的？"李景隆怒气冲冲道，"我都让你给毁尽了！将来我就等着皇上削爵，等着杀头也就是了！我是死定了，你这孽障也逃不掉！这样也好，我兄弟俩一起奔黄泉，哈哈哈……"

见李景隆有些精神恍惚，李增枝大急，当即心一横，使出吃奶的劲儿把李景隆硬拽到床上坐下，又苦口婆心地劝了好一阵，待他安静了些方道："哥哥！弟弟今日来，就是来救哥哥出此劫的！"

"救我？"李景隆面露疑惑道，"你有何办法可以救我？"

"哥哥且听我说！"见李景隆神志恢复正常，李增枝心中稍安，忙斟酌措辞，将方才与马和的对话内容转述了，末了一把抓住李景隆的手急切道："哥哥，塞翁失马焉知非福。今日哥哥是遭了难，可若果能相助燕王，来日他靖难功成，哥哥便立下大功。燕王论功行赏，哥哥不但能东山再起，便是荣耀更胜往日亦未可知！时来运转俱在一念之间，哥哥务必三思！"

听李增枝娓娓道来，李景隆先是惊讶，继而愤怒，再之羞愧，到最后已是呆若木鸡。待李增枝说完，他愣了好半晌，方结结巴巴地骂道："你……你这小子太过分了，我是堂堂平燕总兵官啊！你竟然要我暗结燕王，你简直是昏了头了，就不怕皇上知道了要我们的脑袋？"

李景隆虽然是骂，但其言辞间并不严厉，李增枝一听便知其心志并不坚定，当下心中一喜，接着道："哥哥错了！只要不泄露风声，谁知道我们暗结燕王？当初耿老头不也是大败？可他回京后也就是个罢官免职，连爵都没被夺！哥哥圣眷远在耿老头之上，在朝中人缘又好，纵然白沟河败得惨些，也不会比耿老头再惨。再说了，即便被夺爵又如何？只要燕王能成事，哥哥失去的燕王也能帮你尽补回来！"说到这里，李增枝话锋一转，幽幽问道，"哥哥说你是平燕总兵官，可弟弟想问你，你又为何来当这个平燕总兵官？难道燕王和我李家有仇？"

李景隆神色一黯，李增枝这话直中要害。其实李景隆和燕王并无过节，在洪武朝时关系还相当不错。他之所以费尽心思捞这个总兵官位置，说白了不过是要借剿平燕王，立下天大军功，从而平步青云罢了。可没承想自己谋虎不成、反遭虎噬，生生造就了一个千古笑柄，念及于此，他悔得肠子都青了。

"哥哥！"就在李景隆心如刀绞时，李增枝的话音又响了起来，"哥哥满腔抱负，难道就甘心从此化为泡影？现今朝廷这边已无哥哥容身之处，可若哥哥愿改换门庭，效忠燕王，将来便能重整旗鼓！如此良机，失之必追悔莫及！"

"一派胡言！"李景隆终于反应过来，当即怒道，"你这狗才可知所言为何？这是谋逆！我们李家是大明的栋梁，世受皇恩，岂能做有负太祖的逆举！"

"谁是谋逆？谁是造反？自古成者王侯败者贼。燕王一旦靖难功成，又岂是叛逆？"李增枝当即反驳，冷笑一声道，"哥哥说不能负大明，不能负太祖，可弟弟叫你负大明，负太祖了吗？燕王是大明亲王，是太祖之子！他成事后，难道天下就不是大明的天下？江山不还是太祖的江山？哥哥你说，你哪点对不起大明，哪点对不起先皇？"

"这……"李景隆瞠目结舌。下意识里，他总觉得李增枝的话有问题，但欲驳斥却又不知从何说起。是啊，朱棣即便赢得天下，不还是朱明王朝的皇帝么？说他另起炉灶，篡夺大明江山，这又从何谈起？他呆呆地望着李增枝，半晌方强自道，"你这是强词夺理！"

"这不是强词夺理，这是确凿无疑的事实！"李增枝知道哥哥的心理防线正在一层层地被撕裂，当即紧逼道，"不管是平燕也好，靖难也罢，说白了就是他们朱家叔侄夺这皇帝宝座，关我们何事？哥哥你是大明的臣子，又不是他朱允炆一人的臣子。只要坐在龙椅上的人姓朱，哥哥便不是变节，更不会对不起太祖！既如此，哥哥又何必为了对朱允炆一人的愚忠，使自己陷入万劫不复的境地？如今天下大势已变，燕王与皇上谁胜谁负已说不准了！若朝廷最后胜出，那倒也罢了。可若燕王靖难功成，那哥哥这片所谓的赤胆忠心，不过是抗拒天命的悖逆之举！到时候国史之上，哥哥不仅不是个忠臣，反倒是个党附奸佞的乱臣贼子！"

李增枝步步紧逼,李景隆的思绪已经彻底紊乱。他觉得增枝说得有道理,但又觉得背弃朝廷,背弃建文实是大逆不道。想来想去,李景隆也寻不到了清晰的答案,一时陷入深深的迷惑。

李景隆意乱神迷,李增枝却镇定自若。几十年相处下来,他已把李景隆内心深处的那些想法摸了个透——在这位醉心宦途的哥哥心中,最重要的只是功名与荣华而已,所谓的忠君报国云云,说到底不过是用来掩饰自己内心欲望的遮羞布罢了。只不过这块遮羞布太过厚实,以至于他自己有时候也被其蒙蔽。而李增枝的那些话,便是要将这块遮羞布彻底撕碎,让所有的欲望都赤裸裸地展现出来。唯有如此,他才能明明白白地看清楚自己的面容,看清楚自己究竟想什么,要什么!而从刚才李景隆的彷徨和犹疑中,李增枝已知道了答案。而李景隆现在的沉默,不过是在彻底放下羞耻心,遵照自己的内心欲望行事之前所必须耗费的一点点缓冲时间罢了。这半会工夫,李增枝十分大度地留给了他。

"燕王未必可信!"半晌,李景隆长吁一口气,哀声说道。

李增枝心中一喜,由这句话可知,哥哥其实已经认同了他的建议,他立即接话道:"哥哥说得是,燕王的确未必可信,但这已是哥哥东山再起的唯一希望!因此,不管其是真情还是假意,我们都只能赌一回!"说到这里,李增枝话锋一转道,"不过我们也要做好防范。与燕王的密约绝不能为外人知晓,至于退兵一事也需详加谋划。无论如何,这残存的十万大军必须保全!"

李景隆点了点头。虽说虱子多了不痒,但全军尽没和残部得脱多少还是有些区别的。若能为下任的平燕主帅保住这十万将士,那将来在朝廷上还有转圜的余地,届时再凭着自己多年来在朝中宫中攒下的人脉,求他们在皇上面前说说情,那官职什么的虽然保不住,但起码一条命还是能捡回来的,他形如枯槁的脸上终于有了一丝喜色。

"四日后出城不可行!"就在李增枝暗中窃喜时,李景隆阴冷的声音又响了起来,"焉知朱老四不会诓我?长途奔袭正是燕山铁骑的拿手好戏,区区五十里,何足以护我万全?"

"那哥哥的意思是……"

"三日后亥时从南门出城,直奔济南,临走前留下五百老弱焚粮!"

"三日后?"李增枝愕然道,"不是说好四日么?"

"不能太信朱老四!"李景隆咬牙冷冷道,"提前一日出城,则可抢得先机。那时燕军离德州尚有百里之遥,即便朱老四有意追杀,亦鞭长莫及。我不能拿这十万将士性命冒险。若再全军覆没，到时候就算皇上有意开恩，齐泰也会千刀万剐了我！"

"可若燕王以此为由，则哥哥违约奈何？"

"拿到粮饷，违约也是不违约。朱老四是个实在人，只要东西到手，他不会怪我的！"李景隆笃定道。

"可事出仓促，仅凭马和他们一帮子人能夺下粮仓么？若其实力不济，粮仓被咱们手下给焚了，或者被城中乱民哄抢一空，那燕王必然震怒，咱们对他的恩情也就没了！"事到如今，李增枝反而为燕藩操起心来，"要不把留守的兵再减些？"

"不能再减，七十万石粮，大大小小十来座粮仓，仅留五百人焚仓已是极致，再少必会被人看出破绽！马和他们能不能守到燕兵进城，那就得看他朱老四的造化了！"

"也罢！"李增枝一咬牙道，"那我们明日便开始准备，三日后起程南下！"

"准备什么？"李景隆眼中寒光一闪，"若万事俱备，那粮草岂有不焚的道理？留着让高巍他们参我暗结燕王么？"

李增枝脸一红，讪笑道："是弟弟糊涂了，那我们……"

"一切如常！"李景隆冷笑道，"也不用整肃什么军纪了，该抢民宅的便由着他们抢，要奸婆娘的便放开了让他们奸，把这德州府搅得越乱越好。三日后正午我召集军议，以军心大乱、燕军逼近为由，传令当晚出城避敌。仓促之下，百事杂乱，来不及精细布置焚粮之事亦是情有可原。将来朝廷追查下来，我最多也不过是个'临机失度'，万不至扯到'留粮资敌'上头。"

"哥哥高见！"李增枝彻底放下心来。只要李景隆这个平燕主帅不遭重罪，那他李增枝再坏也坏不到哪去。待熬到燕王靖难成功，他就可以咸鱼翻身，凭着这穿针引线的功劳重登高位。

三日后，李景隆传令退兵济南。钧令一下，德州城内顿时一片混乱。当晚，德州南门大开，十万将士乱哄哄地跟着李景隆涌出城外，朝济南方向仓皇逃去。至此，南军苦心经营半年之久的德州大营彻底崩溃。

就在南军退出德州后不到半个时辰，潜伏于城内的燕军细作在马和的带领下一哄而起，趁乱打开了德州的北门。紧接着，城外的五百燕军死士杀入城内，不费吹灰之力便将已成惊弓之鸟的焚粮老卒一荡而尽。与此同时，燕府内官亦失哈驱马北上，向五十里外的景州城飞驰而去。

296

当亦失哈赶到设在景州州衙的燕王临时行辕时已是第二日的凌晨。当得知李景隆已提前出城,朱棣从卧榻上一跃而起。紧接着,金忠与朱高煦也已得到消息,急匆匆赶来。一进门,高煦便激动地大喊:"父王神机妙算,李九江果然提前逃了!"

朱棣轻声一哼道:"李九江此人外表宽和,内心狭隘,实是阴鸷小人。他以为凭着几个雕虫小技便能骗过本王,却不知本王早已看穿他的五脏六腑。此番他想金蝉脱壳,却不料已落入罗网之中!"

金忠也笑道:"本以为李九江是纸上谈兵之流,不料连'兵不厌诈'四字都不懂,如此看来竟连赵括都不如。南军这次定是直奔济南,中途必须经过禹城。而经王爷事先布置,丘福与谭渊已率三万燕山铁骑潜至临邑,距禹城不过五六十里。还请王爷速下令旨,命二将即刻出兵。"

"好!"朱棣点了点头,马上又对朱高煦道,"你率一千轻骑即刻去临邑与丘福、谭渊会和,然后立刻率军赶到禹城截击南军!"

"是!"

望着朱高煦离去的背影,金忠长出口气道:"只要二殿下途中不出差池,李九江这回是插翅难飞了!"

"不!"朱棣笑道,"本王只要这十万南军,不要李景隆,到时候没准儿会放他一马呢!"

"放他一马?"金忠闻言不由一怔,"这是为何?"

"你不总说九江是当世赵括么?赵括也有赵括的用处!"朱棣高深莫测地一笑,随即大步流星地出门去了。

八月,济南府。

就在一个月前,从德州逃出的十万南军在禹城遭遇了燕山铁骑的截击,就在战斗的中途,朱棣率朵颜胡骑从后方追至,对南军形成夹击之势。仅支撑了不到两个时辰,南军便土崩瓦解,十万将士或死或降,侥幸得脱的不到三万。李景隆夺路狂奔,仓皇逃回济南城,其余将领自副总兵胡观以下亦皆四散而逃。燕军得胜后乘胜追击,兵临济南城下。

济南是山东首府、连接南北交通的重镇。如今南军连遭大败,主力损失殆尽,长江以北已无军可挡燕军攻势。只要拿下济南,燕军便可以此城为基,席卷山东,进而突入两淮,甚至饮马长江!

济南遭到了燕军狂风暴雨般的袭击，而作为南军主帅的李景隆却进城之后就以负伤为由闭门不出，不愿承担守城之责。

不过大家也没想让他再负责守城的事。连续的惨败，已让李景隆威望丧尽，城内留守文武对这位平燕总兵官已是失望到了极点，他不出来，大家反而舒了口气。经过一番计较，平燕大军中仅存的参将盛庸临危受命，被推举为守城主帅。

盛庸年富力强，精通军事，本就是南军中一等一的人才。只是之前跟了李景隆这么个倒霉的大帅，一身本事无法施展，现在被推举为帅，顿时将潜力全部释放出来。

在盛庸的带领下，南军以两三万残兵败将，再加上仓促募集的万余城中精壮，生生把骄横得不可一世的燕军挡在城下达月余之久。其间燕军用尽各种办法，但就是突不破盛庸布下的防线。

不过，就在众人庆幸济南应该可以守住的时候，形势急转直下。燕军扒开大清河堤，引水灌城。这下盛庸就是有三头六臂，也只能徒唤奈何了！

随着滚滚洪水涌入，以湖光山色、百泉争涌闻名的济南已名副其实地成为一片泽国。尽管守军已将齐川、泺源、舜田三个旱门堵死，但连接大明湖的水门——汇波门却挡不住洪水的攻势。两日下来，城中积水已涨至四尺有余。除南城一带因接着历山地脉，地势较高尚未遭水浸外，城内其他地方已几乎找不到落脚之处。连日来，济南居民除少数登上城中几座小山外，其余纷纷向南城迁徙，舜田门内的街道上到处都挤满了无家可归的百姓。

面对越来越严峻的形势，坚守济南的朝廷官员们莫不心急如焚。这一日下午，以平燕参将、都指挥使盛庸和山东布政司右参政铁铉为首，济南文武要员们齐聚舜田门内的舜祠正殿商讨应对之策。说是满城文武要员，其实也没几个人。德州失守后，济南城内各衙门官员闻风散尽，右参政铁铉已是眼下品级最高的文官。

见众人到齐，盛庸从袖中抽出一张叠好的信纸，轻声一哼道："燕庶人今晨射来书信一封，限我军三日之内开城投降！"说完，他轻轻地将这封劝降信递到坐在身旁的参军高巍手中。

高巍接过信，随即用干涩的嗓音念了起来。信的前半部分并无出奇之处，无非是晓以大义、以形势相劝，继而威逼恫吓而已，这一套对堂内的文武来说毫无效果。畏惧燕军的朝廷官员在其到来之前就逃出了济南城，现留在这里的，都是铁了心和燕军打到底的。尽管众寡之比悬殊,但大家都无退却之意。听得朱棣在信中巧舌如簧,堂上文武皆一阵冷笑。

但当高巍念到信的最尾处时,众人的神情顿凝重起来:"……本王身为太祖嫡子,国之重藩,亦视济南士民为吾赤子,不忍使其没于波涛,故晓谕部属,泺口之堤仅决七丈,未可再过。然若你等执意党附奸佞、负隅顽抗,为天下苍生计,本王亦不得不再掘溃堤,驱水灌城。果至于此,皆你等不识天命之过也。你等若仍一意孤行,则必悔之无及。何去何从,你等需当慎思!"

"燕贼丧心病狂,为一己之私欲竟欲置我满城军民于死地!太祖在天之灵有知,必诛此不孝逆子!"高巍刚一念完,铁铉便咬牙切齿地骂道。铁铉入仕前为国子监监生,深受儒家忠义之道的熏陶,对燕王起兵反抗朝廷的逆举一直愤恨不已。此番见朱棣如此嚣张,竟以满城军民的安危相胁,更是怒不可遏。

"鼎石大人少安毋躁!"盛庸安抚住铁铉后沉声道,"眼下最紧要的是如何应对燕贼灌城暴举。如今城中已危如累卵,若燕军再将溃口扩大,洪水倾泻之下,济南必将遭灭顶之灾!"

"妈的!冲出城去,跟燕军拼了!"

"燕军就驻在对面的历山上。今晚咱们全军出城,趁夜偷袭燕庶人的中军大营,只要杀了燕庶人,燕军将不战自溃!"铁铉话音方落,楚智与庄得两个游击将军便慷慨请战。楚智是盛庸最信任的部属,庄得则是武定侯郭英旧部。白沟河大败,庄得在战场上与郭英部失散,遂跟李景隆逃往德州,后又一路辗转逃到济南,成为盛庸手下仅有的两个将官之一。

盛庸沉默不语,楚智与庄得的勇气虽然可嘉,但他却明白,这出城是万万不可行的。眼下城中兵马只剩两万,青壮亦不到一万之数,且都是连日作战,疲惫不堪。让他们去和燕军面对面地对阵,恐怕一个时辰不到就全军覆没了。至于夜袭也不可行,朱棣的本事盛庸太了解了,他绝不相信这位久经沙场的王爷会给自己袭营的机会。

此时铁铉也冷静下来,思虑一番也提出了自己的建议:"盛将军,可否趁夜从汇波门出城,乘舟偷袭泺口?燕军主力都在历山,泺口守军应不会太多。只要能将溃口堵上,济南亦可得救!"

盛庸沉吟半晌,仍摇头道:"难!且不说城中根本没这么多舟船,即便有,逆洪水之势划向泺口也太艰难。何况泺口虽不比历山,但两三千人马应还是有的,眼下全城兵力不过三万,且多疲惫。以此等弱卒去攻以逸待劳的泺口燕军,必无胜理。到时候不但堵不上河堤,反而削弱了城中实力和士气!"

盛庸这么一说,铁铉也不吭声了,堂内顿时一片死寂。望着门外哗啦啦的大雨,盛庸心头犹如被一块大石压着一般难受。难道老天也帮着这帮逆贼,要把济南满城军民淹死在这里吗?

"要是咱们答应燕庶人呢?"就在众人彷徨无策时,角落处突然传来一个声音。众人一听之下,顿时勃然大怒。再一瞧,一个书生打扮的高瘦青年正一脸镇定地望着大伙儿。

"宋佚,你患失心疯了么?这种话你也说得出来?"楚智第一个跳出来,指着这个叫宋佚的书生破口大骂。

"你也是圣人门徒,岂能提此等无君无父之见?"高巍也愤愤相斥。

盛庸也皱了皱眉头,这宋佚本是济南府学的一个生员,德州失守的消息传到济南,生员们也大都作鸟兽散,而就在这人心涣散之际,宋佚却找到铁铉,主动提出要协助守城。铁铉赞其忠勇,便推荐给了盛庸。盛庸身边正缺参谋之人,随口问了几句,发现这宋佚对兵法还有些见地,临时委了他个参军的职务,可没承想他居然会在这时放出如此谬言。

瞧着众人皆露怒意,宋佚却毫不慌张,只是微微一笑道:"诸位大人误会了。在下只说答应燕庶人,并未说要投降啊!"

"嗯?"众人一时犯了糊涂——答应朱棣,却又不投降,这是什么意思?

"诸位大人!"宋佚直起身子,一拱手道,"在下是想可否将计就计,借此机会,来个一劳永逸!"

"一劳永逸?"众人脸上不约而同地露出疑惑之色。

……

济南城内一片水深火热,历山脚下的燕王君臣却是心情大好。这一日朱棣起了个大早,盥洗完毕后,他带着金忠,在一干亲兵的扈从下兴致勃勃地向山顶登去。

历山乃华夏名山,相传舜帝为民时,曾躬耕于历山之下,因又称"舜耕山"。其山峰峦起伏,山间绿荫葱葱、古木参天,山道两旁的峭壁上还有隋开皇年间开凿的石佛雕像,其状千姿百态、栩栩如生。朱棣等人漫步其间,一览名山美景之余,尚可就着一众名胜古迹畅谈古今,倒也十分逍遥。

走到半途时,朱棣抬头一望,见前方平台处长着一棵大槐树。待到近前,发现此数树干半枯,后于空心中生一幼树,竟成了连体之状。朱棣心念一动,随即扭头对身后一个戎装亲兵笑道："纪纲,此莫非就是秦琼拴马之树?"

"是的,殿下!"那亲兵答应一声,忙加快步子连登几级台阶,待到平台上才舒了口气笑道,"相传秦叔宝曾到历山上给母亲烧香拜佛保佑平安,为表孝心,就把马拴于树上,脱靴赤脚上山。后人遂称此树为'秦琼拴马槐',也叫唐槐。后此连体幼树长出,形如慈母抱子之状,便又称其为'母抱子槐',正好应了秦琼以孝事母的典故。"

朱棣听了,哈哈笑道："你不愧是山东士人,对本地风物倒是耳熟能详!"

回朱棣话的这个亲兵名叫纪纲,是济南本地士人,但一直不得志,遂在燕军到来后投效朱棣,并献上水淹济南之计。因为此事,朱棣大赞其才,本想招其入幕做个随军参赞。不过纪纲却觉得战乱之际最重军功,做个谋臣远不如赚取军功来得实在。权衡利弊,他情愿做个武官。

不过武官也不是说做就能做的。纪纲此人,文武皆有两把刷子,但他毕竟是半道附燕,投效时又是孤身一人,如此要直接到军中任职肯定不合适,且一旦到军中带兵,与燕王之间就隔了几层,关系疏离不说,连出谋划策也不方便。想来想去,纪纲心念一转,便向朱棣请求,请充任其驾前亲兵。朱棣见这个贡生要弃文从武,虽然嗟呀,但也慷慨应允,旋授其百户之职,让他在身边侍候。而如此一来,朱棣更认定其是文武双全,心中愈发器重。

此时见朱棣夸奖,纪纲躬身一笑道："承蒙殿下夸奖。以臣看来,殿下此番到这秦琼拴马之处,倒也是一个祥兆。"

"哦?"朱棣一讶道,"这又是怎个说法?"

"秦琼者,唐宗之大将也!后人之所以在此凭吊秦琼,除因其忠孝无双外,更是因其辅佐唐文皇,荡海内群雄、擒无道太子,进而开创一代盛世之故。今朝中奸佞横行,殿下兴靖难义师,扶正社稷,与当年唐文皇故事无异。现济南破城在即,殿下亦将南下两淮,渡江入朝。值此拨乱反正之际,殿下遇秦琼遗迹,岂非大吉?"

朱棣心中大乐。李世民文韬武略,为千古帝王典范,朱棣对其素来敬仰。而在起兵后,他更暗中将"靖难大业"与当年李世民的"玄武门之变"相提并论。纪纲此时由秦琼说起,将自己比作千古一帝唐太宗,他听了岂能不得意万分?只不过李世民发动"玄武门之变"乃是为了夺嫡,而自己的"靖难"至少表面上还是打着"周公辅成王"的旗号。想到这里,朱棣便只淡淡一笑道："吉则吉矣。不过本王虽敬唐太宗,却未必事事仿效他,你切莫引申太过!"

"是。臣明白！"纪纲忙微笑应道。

两人说话间，一直被拉在后头的金忠也气喘吁吁地登上平台。朱棣与纪纲的对答，他悉数听在耳里。见纪纲顺杆子向上爬，金忠不禁眉头一皱。

金忠不喜欢纪纲，而他之所以会有这种看法，其根源便在纪纲提出的这"水淹济南"之策。毕竟淹城之举，祸延甚广，不光是南军，济南百姓也深受其害，这对于受儒家熏陶多年的金忠来说，情感上很难接受。当然，战事凶危，济南迟迟不克，对燕军接下来的南进战略构成重大影响，所以，这也是没办法的事。

但这个点子由纪纲提出，这就很让金忠意外了。纪纲不仅是士子出身，还是济南本地人士。在乡土观念极重的古代，一个孔孟门生竟然以水淹故乡作为投效之资，这实在太六亲不认了。而且，纪纲倡言此策时，毫无顾忌之色，当时金忠就认定，此人乃利欲熏心、寡廉鲜耻的宵小之辈。虽然出于局势所迫，金忠对淹城本身没有太过阻拦，但对纪纲这个人，他内心却是颇有鄙夷。此时又见他在朱棣面前溜须拍马，金忠顿时厌恶之情更甚，遂上前故意岔开话题道："王爷，再往前走一截，便是'齐烟九点'坊了，那边视野开阔，咱们不如到那歇歇？"

"哦？便依你！"朱棣精神一振，说着抬脚便走。金忠与纪纲对望一眼，遂都紧紧跟上。

走了一段，众人沿着山路一转，一座彩绘牌坊便出现在眼前。牌坊下面有座览亭，朱棣走进去扶栏北望，济南全景便尽收眼底。

此时的济南已成一座水城，洪水不断从大明湖倒灌入城，百姓纷纷登高或往南面躲避。遥遥望得城中惨景，朱棣不由神色一黯。纪纲在旁瞧着，便劝慰道："王爷勿要介怀，此乃兵争所不可避免之事。若城中之人顺应天命，又岂会遭此祸患？"

朱棣听了，叹口气道："话虽如此，然其毕竟是祖宗之民，今因我之故而受此难，本王于心不忍！"见纪纲又要劝，朱棣遂摆摆手，一笑道，"到时候再赈济吧，不说这个了。方才本王听这'齐烟九点'四字，似出自李贺之《梦天》一诗，不知是否？"

"是！"纪纲一躬身，随即婉婉吟道——

老兔寒蟾泣天色，云楼半开壁斜白。

玉轮轧露湿团光，鸾佩相逢桂香陌。

黄尘清水三山下，更变千年如走马。

遥望齐州九点烟,一泓海水杯中泻。

　　念完,纪纲便引着朱棣向外望道,"王爷请看,济南之境,有鲍山、崛山、粟山、药山、标山、匡山,再加上这座历山,众山蜿蜒起伏,如儿孙环列,正所谓'齐州九点烟'也。此诗中之'九'并非确数,泛指山多。清水者,大清河也;而一泓海水杯中泻,亦就是指这大明湖了。李贺之诗,虚玄缥缈,因是夜瞰群山有感,故以半虚半实之手法而作!"

　　纪纲一说完,一旁的金忠几乎"扑哧"就要笑出声来,忙又装咳嗽掩住。朱棣见他如此,遂讶道:"世忠,纪纲所言有误么?"

　　"王爷!"金忠忍住笑道,"此诗是否为李贺夜瞰群山而得臣不知道,但这首诗却绝非写济南群山。所谓'老兔寒蟾',本是嫦娥身边之物,而此诗前四句写的均是梦游月宫之情景。后四句中,'三山'乃指蓬莱、方丈、瀛洲这三座海外仙山;黄尘清水意即沧海桑田,'千年如走马'即仙家之所谓'山中方七日,世上已千年'也。至于第四句,这济南虽古称齐州,但齐州之古意,却并非仅指济南,亦借指中国。诗中之齐州九点烟,乃是指冀、兖、青、徐、扬、荆、豫、幽、雍这九州。纵观全诗,李长吉之用意,乃是借梦游月宫之虚事,从天界冷眼反观尘世,以示人生短暂,世事无常之理。如此意境,又岂是观山览景这么简单?"

　　金忠娓娓道来,朱棣听完便知纪纲之解其实是望文生义了。再一看纪纲,他已羞得满脸通红,便微微一笑道:"世忠所解是正理。然此诗虽非写济南,其间词句却与泉城之景不谋而合,这也是一奇了。世人皆爱家乡,李贺乃一代鬼才,鲁人引其佳作为己邦之荣耀,亦是平常之事。正所谓三人成虎,纪纲亦是鲁人,长年听此以讹传讹之言,自然也就信以为真,此不足为怪!"

　　见燕王从容为自己开解,纪纲心中感激万分,正欲说话,山下却传来一阵急促的脚步声。待来人靠近,朱棣才一看才知是马和。

　　见到朱棣,马和立即跪下,禀道:"王爷,济南派人求见王爷!"

　　终于来了!朱棣与纪纲对望一眼,问道:"来者何人?"

　　"此人自称宋佚,受山东布政司右参政铁铉之命前来请降!"

　　"宋佚!"朱棣迅速在脑海中搜索一遍,发现从未听过这个名字。不过城中来人毕竟是好事,不管他是谁,总之是来投降的!朱棣心中一喜,道,"命他在辕门口等候。再命煦儿、上弘还有张老将军去中军大帐,与本王一起接见!"

　　"是!"马和答应一声,匆匆下山去了。

"也罢！"朱棣呵呵一笑，对金、纪二人道，"人家都说偷得浮生半日闲。不想本王连半日闲暇都享不到，便又要料理这红尘俗世了。"

"王爷哪里话！"纪纲反应快，忙赔笑道，"此人必是来投降的。待济南拿下，王爷再访历山亦不迟！"

"到时候怕就没这工夫了！"朱棣哈哈大笑，也不再多言，出亭下山而去。纪纲与金忠忙也跟上。

待三人回到中军帐中，朱高煦与朱能、张玉已等候多时。见众人到齐，朱棣在帅椅上坐定，意气风发地对旁边侍候的黄俨道："唤那个降使进帐！"

黄俨一阵小碎步跑出，不多会儿，一个三十来岁的年轻文士便垂首而入。

"草民宋佚叩见燕王，大王千岁千岁千千岁！"一进帐，宋佚便大伏于地，毕恭毕敬地从怀中掏出一份降表递呈给朱棣。

朱棣见来人自称"草民"，又是一身生员服饰，不由一愣——铁铉怎么派个平民过来？他心中一阵愠怒，当即看也不看，便把降表丢到案上冷冷道："你是生员，非朝廷官吏，怎能充铁铉之使？"

"回王爷话，草民确乃铁参政所派。天兵取德州后，布政司衙门官吏大都南逃。铁参政有守土之责，需旁人相助，故权授草民历城教谕之职，纳入幕中。因事出仓促，未有正式履职，故无官服。失礼之处，还请王爷恕罪！"

听了宋佚解释，朱棣神色稍缓，但语气仍是不屑："彼既抗拒天命，负隅顽抗，又为何遣你前来？"

"回王爷话，"宋忠满脸诚恳道，"臣等食朝廷俸禄，自当以王命是从。今上为奸人所昧，残害大王，吾等虽知其谬，但恪于圣命，不敢妄开城门以迎天兵。其间委屈，还请王爷明察！"

"那现在怎么又不惧圣命了呢？"朱棣心中冷笑，口中颇有些戏谑道。

"王爷昨日射书入城，晓以大义，我等方知王爷之恩德，亦知王爷奉天靖难，实乃效周公旧例，匡扶社稷的义举。王爷晓谕传开，阖城军民如梦初醒，皆曰应顺应天命，不可再冥顽不灵，故铁参政与盛参将合议，特派草民出城向王爷表明心迹，愿率阖城军民举城归降。"

"得了吧，不就是怕水淹么？直说投降就是，啰嗦一大堆做什么！"见宋佚面不红心不跳地信口胡诌，朱高煦又鄙夷又好笑，当即轻蔑说道。

"煦儿不得无礼！"朱棣脸一板喝止了他，遂又问宋佚道，"盛参将？盛庸？李九江不是在城内吗？怎么成了盛庸主事？"

"回王爷话,李大帅自回城后便卧病在床,现城中军事皆由盛将军主持!"

"哦!"朱棣这才明白过来。前些日济南军民奋勇守城,打得颇有章法,朱棣还纳闷李景隆怎么突然变得"知兵"了,原来是已被盛庸架空。再一想,自攻济南起也确实没再看见"李"字大旗,由此可印证这个宋佚所说并无虚假,于是又问道,"那李九江呢?他也愿降?还是被你们挟持了?"

"没有!没有!"宋佚忙道,"大帅亦愿归降。然其已身染沉疴,不能视事,故降表由铁参政和盛参将领衔。不过大帅说了,待王爷进城,他一定负荆请罪,请王爷责他督师以抗天兵之过!"

"那就不必了!"朱棣呵呵一笑,要不是李景隆领兵,他没准就成了朝廷的阶下囚了。从这层面上说,朱棣感谢李景隆都来不及呢!其实按朱棣本意,他并不想抓住李景隆,不过事已至此,那也只好照单全收了。

待重新将降表拿起,朱棣粗粗扫视一眼,随即点点头道:"很好!既愿归降,本王便宥你等先前抗拒天兵的罪过。回去跟盛庸还有铁铉说,今日本王便下令堵上泺口溃堤,让他们明日打开舜田门,放我军进城。至于他二人并所属官吏,本王亦既往不咎,届时另有封赏。"

"谢王爷厚恩!王爷宽宏大量,济南一城官民感激涕零!只是……"说到这里,宋佚忽然面露犹疑之色,嗫嚅道,"草民尚有两个不情之请,还请王爷应允!"

"哦?"朱棣脸上露出一丝疑惑,"你还有何要求?"

"王爷恕罪!"宋佚又磕了个头,小心禀道,"一个是王爷可否宽限数日,待三日后再进城!"

宋佚一说完,朱棣便皱眉道:"这是为何?你等既然已降,便当即开城门,放我军进城。如今却又拖延,莫非献城之事有诈?"

"其一,是因为王爷命人扒开泺口河堤,眼下城中水深四尺,百姓多有惊恐。若能多待两日,待城中水退,百姓亦可心安。其二,城中守军,虽大多愿降,但仍不乏愚不可及,欲做困兽之斗者。此部军士尚需安抚,否则恐生动乱!"

宋佚说完,朱棣想想也有道理。虽说又要多花费两日,但若能平平安安地拿下济南,倒也不算亏。反正现在朝廷估计还在一片混乱中,要重新组织大军也没这么快。于是,他点点头道:"这一条允了,那第二条呢?"

"这第二条,还请王爷在城门大开之时,亲领大军入城,莫要先遣别将。"

"你这是何意?"朱棣蓦然警觉,当即厉声道,"莫非你等欲谋害本王?"

"王爷误会了!"宋佚马上解释道,"只是先前天兵攻城,济南阖城军民皆奋力抵抗,杀了不少王爷的部属。如今济南虽降,然城中军民仍心存忐忑,怕有天兵不从王爷令旨,届时心存报复之意,在城中烧杀抢掠,故请王爷亲自领兵,百姓方得心安。"

朱棣当即斩钉截铁道:"这个你自可以放心,我军军纪严明,绝不会出现此等情况。"

宋佚却不依不饶道:"草民自是放心,然阖城军民却未必能放心。王爷请恕罪,自您兴师靖难以来,山东全省官员皆言王爷之天兵乃穷凶极恶之辈,凡有破城,皆劫掠一空。此等浪言,自是鼠辈诋毁,然庶民不知其间缘由,故多信之不疑。济南军民前番相抗,亦是惧天兵抢掠之故。此等流言传播日久,深入人心,一时难以消除。唯有请王爷亲自领兵进城,百姓才能放心。毕竟王爷是太祖亲子,大明亲王,必不会行此恶举。"

"混账!"

"胡说八道!"

宋佚这话无疑把燕军所有将领都扫进去了,故他一说完,朱能和张玉便都愤怒相斥。不过宋佚对他们的怒骂充耳不闻,仍自顾自地道:"实不相瞒,如今盛将军与铁参政虽定议献城,然城中仍有不少军民心向朝廷。若不能使百姓心安,他们一旦闹起来,恐怕全城立马就要大乱。此间种种,盛、铁二位大人亦不得不心存忌惮。故唯有将王爷亲自领兵进城之举告知阖城百姓,方能使大家心安,宵小亦不能滋事,如此济南方能保全!"

朱棣一阵沉默。宋佚这话不能说没有道理,济南之所以投降,说白了就是城中军民为了保全他们自己的性命,如果因投降一事而生出大乱,那反而是得不偿失。就在方才,朱棣已看见济南城内已乱成一团,这种情况下,若真有朝廷的死党拒不从命,很容易就在城中闹出大变。故而,为安抚城中民心,而要求自己亲自领兵入城,这个要求也算合理。而且,朱棣还想到,既然济南人是为了自己保命,他们就更不会用这种方式谋害自己。现在燕军实力远超济南守军,破城的可能性还是很大的。一旦自己被害,城外的十万燕军将士岂能不拼死报复?

风险肯定是存在的,但也未必就如自己想的那般骇人。念及于此,朱棣已心有所动了。而且就在这时,朱棣还想到了将来,若不答应亲自进城,那盛庸他们很可能就不会投降。到时候要么就是将济南彻底淹了,在史书上留下千古骂名;要么就是继续强攻,这样损失惨重不说,即便果真破城,恐也要花费许多时日,到那时朝廷各路兵马重新集结,两淮的空虚必被填补,自己好不容易取得的战机可就眼睁睁付诸东流了。想到这里，朱棣终于下定了决心："回去告诉盛庸和铁铉，让他们好生说服百姓。三日之后，本王亲率大军进城！若你等敢心生歹意，我十万天兵在此，必叫济南寸草不生！"

"王爷放心！"见朱棣应允，宋佚心中乐开了花，不过表面仍一片诚恳道，"臣等绝不敢欺瞒大王。三日之后，舜田门内必将黄土铺路、净水泼街，百姓箪食壶浆，以迎大王进城。"

第二十一章

济南城朱棣中计　金銮殿舌战群儒

洪水来得快去得也快,燕军将泺口处的大清河缺口堵上,再又一番疏导,三日后,济南城外已恢复了往日的景象。这一日大雨终于停住,天空万里无云。一大早,舜田门内外黄土铺路,济南士民摆出香案,分列道旁。宋伕带着一干官吏候在吊桥之后,专等燕王驾到。

巳时正牌,燕王的身影出现在济南军民眼前。今天的朱棣未披甲胄,只见他头戴金簪朱缨九缝乌纱帽,身着一袭红领褾襈裾素纱中单,外套一件领褾襈裾绛纱袍,下身则是一件红裳,正是亲王皮弁服的装束。之所以如此,一来是示以怀柔之意,二来皮弁服是亲王受朝拜之用。此番进城,虽无正式朝拜场合,但百姓沿路山呼还是少不了的,穿这身行头受贺亦显庄重。

“大王千岁,千岁……”待朱棣走进,在吊桥后路中央侍立的宋伕带头大伏于地,道路两旁恭候的城中耆老士绅也纷纷下跪,向燕王山呼行礼。

朱棣骑在马上满意地点了点头,随即左手虚抬,命众人平身,旋即问道:“盛庸与铁铉为何没来!”

“回王爷话,此番献城以曹国公为首。然其重病在身,行动不便,只能在都司衙门口恭迎殿下,盛将军亦率军中武官在那里恭候。至于铁参政……”宋伕把手往后一指道,“王爷请看,那位便是铁参政,正率本省官员在门后恭迎!”

朱棣抬头一望,果见门洞后一个三品文官服饰的官员正虔诚地垂首而立。在他身后,还稀稀拉拉地站了几十个官员,想来便是城中官吏了。朱棣遂不再多说,只轻夹马腹,气宇轩昂地向城门行去。

朱棣的马一动,宋伕便闪身让到一旁。他一瞧朱棣身后的是二十个内官,再后则是燕王的仪仗,至于持械的军士,已与燕王隔了有十多丈远。见这架势,宋佚心中暗喜——仪仗军士看似威武,其实都是些绣花枕头,而燕府内官虽然名声在外,但此刻他们手中只有一柄拂尘,同样不难对付。按捺住心中狂喜,宋佚忙小跑几步,到燕王马前为其引路。

迤逦而行的队伍中,马和与狗儿就紧跟在朱棣的马后。与朱棣不断向路旁士民微笑致意不同,二人的目光却充满了警戒与防备。昨日金忠特地找到他们,命他们进城时务必提高警惕,以防守军使坏。马和与狗儿在内官中武艺最佳,今日便有意安排他们在朱棣近前,一向随身侍候的黄俨反而排在了队伍的后头。

两旁的"千岁"呼声直冲云霄,士民纷纷跪伏于地,看起来并没有什么差池,但细心的马和却发现了一丝不对。按理说,有资格在门外迎候燕王的都应该是城中的士绅耆老,年纪应该不小。但这群人中,二十来岁精壮汉子倒占了近半数。他心中一凛,随即瞄向狗儿。正好狗儿也侧眼望来,四目相会,两人立刻把心提到了嗓子眼。

"臣山东布政司右参政铁铉,率阖城官民恭迎燕王,大王千岁千岁千千岁!"就在马和二人惊疑不定时,前方传来一阵洪亮的喊声。原来是铁铉已带着济南大小衙门的各级官吏跪伏于地,向燕王行参见大礼。

既然铁铉等人跪地行礼,行进中的朱棣便需停步,待命其平身且抚慰后方可继续前行,这是上官必须遵循的礼节。狗儿正奋拉着脑袋想着是否有诈,不料朱棣突然止步,倒让他打了个趔趄,身子顿往前倾。好在狗儿武艺高强,情急之下忙将右脚伸出半步,用力朝前方一蹬,旋将身子稳住,不过他的头受到影响,顿时向上一仰。

狗儿这一仰,却让他吓得三魂皆散、七魄尽丧。朱棣正上方的门洞顶部是一个长条状的槽缝,槽缝里隐隐可见一块巨大的插板!

悬门!狗儿立即反应过来,情急之下疾步上前,拽住燕王坐骑的尾巴,用尽吃奶的力气向后一拉。马突然吃力,不由自主地向后退了半步。

正是这半步救了朱棣的命!就在朱棣向后稍挪的当口,头顶一阵巨大的"吱"声传来,随即,插板猛地砸下,正中马头。马头部被削,当即倒地毙命,朱棣猝不及防之下,也跟着狠狠地摔倒在地。

眼见朱棣就要命丧当场,却最终棋差半着,一旁的宋佚当即急得直跺脚。不过他很快反应过来,立刻大声呼道:"大家快上,擒杀燕贼!"随即从怀中掏出一把匕首,冲到尚倒于地的朱棣跟前,向其背部狠狠刺去。

"呀！"在周围人的惊恐声中，匕首穿透了朱棣的外袍和中单，但奇怪的是却没有血流出来。宋忠一愣，随即发现燕王在皮弁服内还套着一件金丝软甲。

"奸贼！"宋忠一声怒骂，拔出匕首欲割其颈，但这时马和已经赶到，他大脚一抬，把宋忠踹到旁边，赶紧将朱棣扶了起来。

此时朱棣满脸尘土，头上的乌纱帽已经脱落，发髻也有些松散，几缕发丝飘在面前，显得十分狼狈。不过，这并不影响他从惊恐中恢复。他抬头一瞧，那些原先跪地山呼的上百士民中，已有半数手持匕首猛扑过来，而一些年长的耆老或许是不知情，乍逢大变下个个吓得面如土色，四散而逃。而自己这边的仪仗军士已有好些倒下的，内官们虽武艺高强，但手中无兵器，只能就着一柄拂尘勉力招架。

"马上退兵！"朱棣拔出腰间佩剑，大喝一声，便率众人向外杀去。前方十余丈外便是吊桥，只要过了吊桥就安全了。

"快起吊桥！"就在这时，舜田门城头传来一声大叫。朱棣方逃出门洞，回身仰头一望，原来所谓陪李景隆"迎驾"的盛庸，正一身甲胄立在城头，满脸怒容地望着自己。

"吱……"在铁链的拉动下，吊桥缓缓抬升。朱棣见状大急，一旦吊桥拉起，自己就成了瓮中之鳖，想逃也逃不掉了！

忽然，吊桥停住不动了。这一下无论燕军还是南军，皆都面面相觑。

盛庸见吊桥突然停住，也是神色大变，马上扭头大吼道："怎么回事？"

"将军，好像是卡住了！"半晌，一个校官战战兢兢地答道。

"混账！"盛庸勃然大怒。

瞬时的惊愕过后，朱棣已经反应过来。此刻吊桥刚拉起不久，桥面只是稍稍倾斜，他深吸了一口气向前疾步飞奔，竟直跑到桥头处，然后凌空一跃，正好落到了城壕外侧。燕军将士正被拦壕外，见燕王越壕成功，忙七手八脚地架起盾阵，簇拥着他往后方退去。

燕王既已得脱，剩下来的战斗也就失去了意义。趁着南军颓丧，马和、狗儿和黄俨等十来个内官和仪仗军士也仗着武功跳到壕外，最后，南军的收获不过是二十个内官和仪仗军士的尸体而已。

盛庸精心准备数日，甚至连建文的"禁杀"诏旨都置之不顾，就是为了一举击杀朱棣，从而彻底扭转天下大局，可最终却功败垂成。望着燕王远去的背影，盛庸气得脸色发青，口中直哆嗦个不停，一句话也说不出来。

这时铁铉也登上了城楼，他见盛庸一脸阴沉，叹了口气安慰道："将军，胜败乃兵家常事，勿要太过介怀！"

"唉……"良久，盛庸发出一声长长的叹息，神色也仿佛苍老了十岁，"事已至此，多说无益。鼎石兄还是赶紧知会军民上城，燕军恐要大举猛攻了！"

……

回到历山大营，朱棣已气得浑身发颤。今日要不是狗儿机警，他已被舜田门内的插板砸成一摊烂泥！再回忆片刻前那惊心动魄的打斗，他眼中喷出熊熊怒火，当即咬牙道："马上传令丘福，命他将泺口大堤统统扒开，本王要将济南奸民全部淹死！"

"王爷！"金忠苦笑一声劝道，"今日大雨已停，济南内外洪水也已退尽，纵然再掘大堤，恐怕也无前番之效了。"

"那就全军猛攻！"朱棣破口大骂道，"总之一定要打下济南，本王要亲手将铁铉和盛庸这两个王八羔子碎尸万段！"

见一向稳重的燕王竟有些气急败坏，金忠知他是愤怒到了极点，此时再劝，无异于自讨苦吃。想了一想，他只得苦笑一声，躬身应道："遵命！"

在朱棣的严令下，燕军又将济南团团包围，展开了猛烈攻势。但前几次的挫折，在消磨了燕军斗志的同时，也大大提升了济南军民反抗的勇气和决心。从五月底到八月，十万燕军耗时数十日，却始终无法攻破济南城。

这一日下午，在经历了又一次的失败后，负责主攻的朱能、张玉还有丘福垂头丧气地赶到历山下的中军大营。一见朱棣，张玉便惭愧万分地道："末将无能，有负王爷重托。"

朱棣叹了口气，迟迟不吭声。几个月的拉锯下来，朱棣先前的豪气和怒火已都被耗得干干净净。现在，他的心中只剩下无尽的焦虑和难以抑制的惆怅。

形势已经很明显了，白沟河大捷带来的高昂士气已经耗尽，连曾经的南下良机也已消逝无形。就在兵困济南城下的这段日子，朝廷动作频频：监察御史周观阅兵徐州，京师、凤阳乃至闽粤等地的南军也都奔赴淮北，时刻准备北上山东；而在北方，辽东杨本也出兵山海关，再次包围了永平。显然，朝廷已从最初的震惊和慌乱中恢复过来，并逐步开始反扑。

随着局势的不断恶化，朱棣早已没有了南下两淮、饮马长江的"宏图大志"，但要放弃济南，他却仍心有不甘。且不说济南给他留下的羞辱印记，就是这座城市本身对他也有莫大的意义。只要拿下济南，那燕军便可以此城为根基，进则威胁淮北、退则将广袤的河北大地尽收囊中。可若拿不下济南,那燕军将不得不退回北平,白沟河决战后所取得的战略优势就将化为乌有。望着面前的三位大将,朱棣愣怔许久,末了方露出一丝苦笑,无可奈何地摇头叹道:"往日我燕军每每以弱抗强,却战无不胜;不想这次恃强凌弱,却久攻不克!奈何?时运不济乎?"

朱棣话音一落,三位将军更加羞愧难当。一旁侍立的朱高煦终于忍不住了,当即"扑通"一声跪到地上,激愤地叫道:"父王,再给儿子一个机会,儿子一定将铁铉和盛庸的头给您取来!"

朱棣仍是一阵沉默。过了好久,金忠突然开口道:"王爷,臣有一言,不知当讲不当讲?"

"世忠但讲无妨!"朱棣以为金忠找到了解决的办法,眼中顿时闪出喜悦的光芒。

金忠苦笑一声,躬身道:"正所谓强弩之末,势不可穿鲁缟也。我军顿于城下近百日之久,将士们早已生了厌战之心,强行驱使,反而招怨。而徐州南军即将北上,我军若再滞留,恐有两面受敌之忧。既如此,王爷又何必担着冒天下之大不韪的风险,而非下济南不可?依臣看来,不如索性就此退兵。"

"退兵?"朱高煦大叫道,"济南城这帮贼子,阴谋暗算父王。此仇不报,我等还有何面目回北平!"

"此仇当然要报!"金忠应了一句,然后又话锋一转道,"但兵家之争,需着眼全局,而不能为一时恩怨所惑。此次出征,我军全歼李景隆德州大营,已是功德圆满,区区济南,一时不克又何足道哉?如今朝廷元气大丧,即便驱兵再来,其势与之前也不可同日而语。往后战与不战,主动权在我而不在朝廷。故臣请王爷暂且班师休整,待军心复振,再寻机南下,届时莫说济南,就是放眼山东、两淮,又有谁能挡我军之锋?至于济南文武坑害王爷之仇,待靖难功成,随时可以清算,又岂在此一日?"

朱高煦又要争辩,不过朱棣却一伸手将他拦住。

朱棣的脸色十分阴沉,他不是计较私人小怨之人,金忠关于报仇的说法,他是认可的。但要退兵,是将他心中最后一丝侥幸彻底浇灭!济南,这是南北通衢,兵家重镇!取之,靖难大业就已成功了一半。眼见煮熟的鸭子飞走,他心中岂能舍得?可不舍得又能怎么样呢?现在它就在眼前,可自己却只能望城兴叹!摒弃所有不切实际的想法后,朱棣其实也清楚,城打不下可以再打,"奉天靖难"名声却万万倒不得!这城下的十万燕军更没必要为了自己的一时不舍,而无谓地去冒阴沟翻船的危险!

感情与理智交织在一起,朱棣一时间心乱如麻。难以抉择之下,他摇头一叹,又问纪纲道:"世忠之言,你以为如何?"

纪纲心里一百个不想退兵。这几个月来,他绞尽脑汁谋划献策,可以说是费尽了心血。只要济南告破,将来论功行赏,他纵不能与上阵杀敌的大将相比,但这份运筹之功是跑不掉的。若按着金忠的意思退兵,那这几个月来的殚精竭虑也就成了白忙活。可他也不敢反驳金忠,这时若要坚持攻城,别说拿不出有力的说法,万一最后还是失败,那么今日强劝反倒会让朱棣生出不信任之心。权衡利弊,纪纲只能咽下口唾沫,无奈道:"臣亦觉得先生说得在理。"

朱棣不再言语,他望着远方的济南城,满脸的怅然和迷茫。就在他心乱如麻之际,辕门外又驰来一名飞骑。朱棣直目一望,却是随朱高炽镇守北平的王景弘。

见到朱棣,王景弘飞身下马,也顾不得满身尘土,直接从怀中掏出一封信跪呈道:"王爷,道衍师父有信呈上!"

"哦?"朱棣应了一声,接过信封打开,里面却是一张素笺,在阳光的照射下,笺上六个黑色的大字十分显眼——兵老矣,请班师!

朱棣手一松,素笺飘然落地。再遥望济南城一眼,他苦笑一声,沉重万分道:"传本王令,各军停止攻城。休整一晚,明日班师……"

八月十六日,怀着深深的遗憾,朱棣率领燕军班师。燕军一走,济南全城欢声雷动。铁铉与盛庸马上开始反攻,德州守将陈旭连夜出逃,德州旋被南军收复。同时,真定城内的平安、吴杰也趁机出兵,北平境内诸多州县又复归朝廷所有。此次退兵后,燕军所据仍不过北平、保定、永平三府,地盘较白沟河大战之前并未扩大多少。

燕军返回北平城的同时,李景隆也灰溜溜地回到了京师。

就在一年前,李景隆慷慨誓师,率大军北上平燕。出兵之日,建文为李景隆举行了隆重的出征仪式。为示器重,建文除赐通天犀带与象征天子威仪的黄钺外,还御笔亲书"体尔祖祢忠孝不忘"八字。当时,李景隆气宇轩昂、豪情万丈,一副要"踏平匈奴、封狼居胥"之势。而让他万万没有料到的是,仅仅一年过去,当再回到京师时,他竟会是这副惶惶如丧家之犬般的模样。不用想也知道,自己即将面临排山倒海般的滔天责难! 而这一切,都让李景隆感到不寒而栗。

李景隆并未像其他渡江进京的官员一般,从西面的三江门进城。就在昨晚,已先期逃回京师的李增枝派人渡江来告,言国子监与应天府学的一干士子已相互约好,今日一大早便堵在三江门外,欲将他这位一手葬送朝廷数十万大军的草包大帅撕成碎片。

得知消息,李景隆吓得魂不附体。他赶紧乔装打扮,于今日清晨从城南的通济门溜进城内,成功逃回了戒备森严的岐阳王府中。

回府后的李景隆依然惊魂未定,就在他进府后不久,建文的亲信内官江保便过来传旨,命他明日必须上朝,不得推延。

送走江保,李景隆恍恍惚惚地回到书房,顿时如烂泥一般瘫倒在太师椅上。什么征虏大将军?什么世袭曹国公?这曾经令世人炫目的权势与荣耀都已彻底离他远去!如今的他犹如一片飘落的残叶,在寒风中瑟瑟发抖。明天的早朝,很可能就是他的死期!李景隆感到极端的悲凉与绝望。

"哥哥,我回来了!"就在李景隆战栗的当口,李增枝风风火火地跑进屋来。与已成惊弓之鸟的哥哥相比,这位同样是大败而归的李家二爷倒没那么多忧色。禹城大败时,李增枝与李景隆在乱军中失散,慌乱中不得不向南逃亡。就是这一逃,反而救了他的命!其时南军全线崩溃,大小将官纷纷弃阵而逃,就在这大家夺命狂奔的当口,李增枝却在东昌府辖下的茌平县止住了脚。在这里,他重新立起平燕参将的大旗,收编溃亡逃兵,几日下来又聚齐了上万人马。此时燕军正铆足了劲围攻济南,对相隔不到百里的李增枝置之不理。李增枝遂带着这支残兵一路南下,历经千辛万苦回到了金陵。

当李增枝回到金陵时,胡观等一干子败将已先期逃回。照理说,遭此大败,逃亡将领自不可能有好下场。可此次逃将实在太多,朝廷纵然震怒,却也是法不责众。何况李增枝还收容了一支残兵回来,这与那些孤身逃亡回京的将军们相比,反倒是颇有"功绩"了。因着这些缘故,李增枝虽仍难逃罢官噩运,但也没受更多处罚,只领了个"待罪听勘"的处分。

再见到李增枝,李景隆心中如倒了五味瓶般百感交集。他之所以落到今天这个下场,这个弟弟可以说是难辞其咎。正是接二连三地信了李增枝的花言巧语,才有他在北平城下铩羽而归;有他在白沟河倒纛兵溃;有他上燕王大当,放弃德州坚城后在野战中的中伏崩溃!如今自己命悬一线,这个罪魁祸首反而已逃脱了责难,念及于此,李景隆恨不得一刀将他劈成两段!

可李景隆终究无法下手,这不仅是因为李增枝是他的亲弟弟,更重要的是,眼下这个弟弟是他活命的唯一指望！自己脱难后，李增枝在勋戚宗室间来回奔波，四处找路子托人情，为的就是保全他的性命。这些，李景隆在渡江前均已知晓。就在方才回府后，夫人便告诉他，说二弟一大早便匆匆出门，去宁国大长公主府上求情，希望让老驸马梅殷出面，保他一条性命。

"增枝，怎么样了？梅驸马可愿为我说话？"见李增枝拿着个茶壶对着嘴猛灌，李景隆心中急得如热锅上的蚂蚁。本来，他还想着大事临头有静气，可见李增枝只顾喝茶却半天不吭声，他便再也"静"不下去了，忙不迭地出言相询。

李增枝终于将茶壶中的水一饮而尽，抹了抹嘴巴，脸色一黯道："梅驸马答应下午进宫，在皇上面前作保。"

"啊！"李景隆惊喜一叫。梅殷虽也是勋戚，却是朱元璋临终前唯一的托孤之臣，在皇上心中极有分量。他若愿出面具保，自己活命的希望顿时大增。

可李景隆很快就发现不对劲，这么个天大的好消息，弟弟脸上怎么并无喜色？他心中"咯噔"一下，顿又慌乱起来。

果然，李增枝苦笑一声道："哥哥，梅驸马虽愿作保，但据他所说，朝中文官皆欲置哥哥于死地！皇上本就深恨哥哥坏了大事，要是文官再不依不饶，他也无把握说服皇上。"

"皇上也要杀我？"犹如一个晴天霹雳，李景隆浑身顿时颤抖起来。

"难说！"李增枝摇头一叹道，"弟弟这段日子天天往几位大长公主府里跑，请她们到太后那去求情。靠着父亲在世时攒下的情面，她们都有意帮这个忙，也说动了太后！据她们说，太后跟皇上提了此事，请他放哥哥一马……"

"皇上可有答应？"李景隆的心提到了嗓子眼。

"皇上一开始不大愿意，只是后来抹不开太后还有各位大长公主的情面，态度便有所松动。"

"苍天保佑！"听到这里，李景隆已是一脸激动。

"哥哥，我还没说完呢！"见李景隆一脸兴奋，李增枝苦笑一声，嗫嚅道，"皇上虽有意开恩，但文官们却不依不饶，尤其是那些主张平燕的大臣，更是言哥哥'丧师辱国''万死难有其过'，非要皇上杀你不可。皇上的性子你也知道，一向耳根子软，又对那帮子文官言听计从。经这帮奸人一撺掇，顿又犹豫起来。故梅驸马跟我说……哥哥这条命保全与否，其实还在两可之间。"

李景隆的心顿又堕入冰窟窿里。他了解这位皇帝，虽然太后、大长公主都是血肉至亲，但后宫不得干政，她们的话其实作用有限；梅殷倒是勋戚大臣，但涉及国事时,建文却更加依赖文官们的意见。就拿自己来说,本和梅殷差不多,也是远支皇亲外加高爵勋臣,与建文关系也不错,但当初自己欲出征北平,却还是要通过黄子澄的举荐方能如愿以偿。想到这里,李景隆的心忽然一跳——黄子澄呢?他与我关系莫逆,又是皇上最信赖的文臣,若他能帮我说话,我活命的希望岂不大增?为此,他一把抓住李增枝的手问道:"你没去找子澄先生吗?他的话皇上最听得进去,有他作保,其他文官又能奈我何?"

"哥哥,别提这位黄子澄了!"李增枝却只是一哼。

"子澄先生怎么了?"李景隆先是一愕,继而略一丝思忖,略带犹疑道,"莫非他恨我兵败,不愿相助?"

"若仅是不帮忙倒也罢了!"李增枝恨恨道,"哥哥可知他得知兵败之信后做了什么吗?"

"做了什么?"李景隆愈发惊疑。

"此人竟作诗讥讽哥哥,并散布于朝堂市井间,让人广为传诵。"

"什么?"李景隆犹如五雷轰顶,当即惊得目瞪口呆,半晌方讷讷道,"子澄先生岂会这样对我?"

"怎么不会?"李增枝咬牙切齿地道,"现在京师都传遍了!别说朝臣和士子,就是青楼里的歌伎都已背得滚瓜烂熟。"说到这里,李增枝似犹怕李景隆不相信,当即冷笑一声诵道——

> 仗钺曾登大将坛,貂裘远赐朔方寒。
> 出师无律真儿戏,负国全身独汝安。
> 论将每时悲赵括,攘夷何日见齐桓。
> 尚方有剑凭谁借,哭向苍天几堕冠。

听闻李增枝将诗背完,李景隆已是一脸惨白,他万万没想到,一向视为知己,在朝堂上同气连枝的黄子澄竟会在自己身败名裂之际落井下石!屈辱、羞愧、恐惧还有对黄子澄的愤恨等种种感觉交织在一起,让李景隆本已脆弱不堪的心灵再次遭受到前所未有的摧残。呆坐许久,他大喝一声,满脸通红叫道:"奸贼焉能如此……"

"此人乃世之巨奸!"见李景隆暴怒,李增枝接着又道,"哥哥你想,就算你兵败引得朝臣愤怒,可他又何以至此?哥哥昔日与他乃交情颇深,就算他恨你误国,可也没必要赋诗相辱吧？就是齐泰,也没有这等恶举！"

"你的意思是……"李景隆似悟到了什么,一双眸子顿时瞪地斗大。

"不错!他是想让哥哥给他背黑锅!"李增枝眼中寒光一闪,幽幽道,"哥哥出任平燕总兵官,本是黄子澄一力保举。此番兵败,他自也要负连带之责,皇上愤恨之下也会迁怒于他。此人为免失圣眷,故有意赋此诗,并流传出去,自是为了让天下人将罪过全推在哥哥一人身上,而他却开脱得干干净净。"

李景隆心乱如麻,凭着对黄子澄的了解,李景隆并不认为他有这般歹毒心机。但此刻听了李增枝的这些分析,却也觉得不是没有道理。而联想到自己如此被千夫所指的处境,李景隆更是惊恐莫名,对黄子澄的恨意顿时占了上风,当即一拳砸向桌面咆哮道:"黄子澄阴鸷小人,我必不饶他。"

"不错,此仇不报,我兄弟誓不为人!"见李景隆发火,李增枝也愤愤相附。

李增枝一副义愤填膺之状,李景隆却软了下来。待怒气出尽,他想到黄子澄这般相辱,对自己无疑是雪上加霜。明日朝堂之上,自己恐是凶多吉少。念及于此,他惨然一笑,旋即哽咽道:"算了,还奢谈什么报复?我已是千古罪人,明日上朝,只等引颈就戮便是了!"

见李景隆潸然泪下,李增枝急忙道:"哥哥何必如此,这事情没准儿还有转圜之机呢!"

"还能有什么转机?"李景隆已万念俱灰,连头也不抬呜咽道,"满朝文武,天子最信的就是齐泰与黄子澄。齐泰素与我不和,如今黄子澄也要置我于死地!如此我岂有活路!"

"有一人或能救哥哥!"

"谁?"犹如一个将死之人抓到一棵救命稻草,李景隆猛然抬起了头,眸子中放出希冀的光芒。

李增枝却不应声,只把眼光投向窗外。李景隆正疑惑间,门外便传来一阵大笑之声。紧接着,一个头戴四方平定巾、身着右衽深蓝色大衫的英俊男子飘然而入,朝李景隆拱手一揖笑吟吟道:"一别经年,曹国公别来无恙乎?"

眼见男子从容进来,李景隆当即张大了嘴巴。他诧异望了李增枝一眼,方一下从椅子上蹦起,不可思议地对着来人叫道:"徐增寿!怎么是你?"

"怎就不能是我?"徐增寿淡淡地反问一句,旋走到桌子旁坐下微笑道,"在下此番来访,便是为救国公爷脱此危局。"

"你?"李景隆咬牙切齿着道,"就凭你与燕庶人的交情,如今能独善其身就不错了。还帮得了我？再说了，我有什么值得让你帮的？我这次是死定了，就算不死，也得免官罢爵，这辈子前程已经完了，你还指望着我能东山再起报答你么？"

"哥哥，你莫急嘛，先听徐都督把话说完啊！"见李景隆这种态度，一旁的李增枝忙出言劝道。

徐增寿也是一笑道："国公爷不要自轻自贱。在下既然前来，自然就是有救你的办法。"

"哦？"李景隆望着徐增寿的脸，心中充满了疑惑：徐、李两家虽同为勋臣之首，但建文即位后，徐家因与藩王，尤其是燕王的姻亲关系，已逐渐失势；相反他李景隆却日益得宠，势压徐辉祖，隐隐成为天下贵胄之首。因为这层关系，徐、李两家虽明面上未断绝往来，但暗地里早已貌合神离。现在他李景隆身败名裂，徐家正应幸灾乐祸才对，又怎会好心帮助自己？而弟弟李增枝怎又会相信徐增寿，并把他引到家里来？李景隆几乎下意识地就要拒绝，可话到嗓子眼他又犹豫了：徐增寿这个人他还是知道的，生性稳重，从不信口开河。他既然放言能救自己，说不定真有办法。现在自己已是命悬一线，又何必将这个机会拒之门外？念及于此，他心中又活络起来。不管怎么样，且先听他一言，再做计较亦不为晚！

"你有什么办法？"重新调整好情绪，李景隆冷冷问道。

徐增寿一笑，当即凑到跟前把腹中想法说了，末了道："国公爷照我的话去做，虽官爵未必得保，但性命肯定无忧！"

听徐增寿说完，李景隆顿时心念一动，但思忖一番后，仍颓然摇头道："没用的，这玩意就是哄人的把戏。当年太祖要杀大臣，又哪曾因这劳什子开过恩？我犯下此等大罪，无论如何也难逃一死。"

"国公爷错了，太祖是太祖，今上是今上。若在洪武朝，你自然难逃一死，可换了当今皇上却就未必。不妨告诉国公爷，这段日子我在朝中，也揣摩了些今上的心思。依我看来，是否赐你一死，皇上心意本在两可之间。无奈士林清议汹汹，齐泰、黄子澄他们又不依不饶，皇上架不住这舆情罢了。只要国公爷照我说的去做，届时我自能步步为营，逼皇上饶你一命。"徐增寿嘿嘿笑道。

李景隆怦然心动，瞪了徐增寿好一阵，突然问道："你不会是在诓我吧？"

"国公爷这是什么话？我冒着被圣上猜忌的风险好心好意助你脱难，你却这般狐疑，岂不让人寒心？说句不中听的话，国公爷现在已只剩下半条命，我要想害你，明日早朝跟着起哄便是。如此不仅不招皇上猜忌，还顺带着讨了那干子文官的欢喜！"说到这里，徐增寿拂袖而起道，"国公爷既然不相信我，那我就此告辞。明日华盖殿上，国公爷自求多福就是了！"

"徐兄请留步，请留步！我家哥哥不是这意思！"见徐增寿要走，一旁的李增枝急忙拉住他的手，又埋怨道，"哥哥你也是！增寿兄弟好心好意来帮你，你怎能这般疑他？"

李景隆也反应过来，徐增寿可是眼下他活命的唯一指望。他心中一慌，忙也起身赔笑道："寿弟不要动气，我是方寸已乱，一时口不择言。冒犯之处，还请多多包涵。"

"国公爷言重了！"见李景隆服软，徐增寿方重新回身落座。看着李家兄弟满脸惶恐的样子，他呵呵一笑道，"其实我也明白，徐府与李府往日里有些过节，故国公爷见我突然出手相助，心中难免有些疑虑。"

李景隆尴尬一笑道："寿弟这是哪里话。近两年因着公务缠身，与贵兄弟生分了些是有的，但要说过节那绝对谈不上。徐、李两家同为开国世族，岂会因些许小事生出嫌隙？"

徐增寿淡淡一笑，也不说破，只自顾自道："其实国公爷有此疑惑，亦是人之常情。在下之所以出手相救，也有自己的考虑，将来国公爷自然就明白了！"

李景隆心中一抖，嘴唇动了一动，似乎明白了什么，但最终没有开口。

……

早朝时间是卯时，寅时刚过，李景隆便已起身。穿戴整齐后，在一众家丁的护卫下向宫中行去，不多时便来到承天门外。

承天门一直往北，经端门、午门，便可进入紫禁城。不过与往日不同的是，在方孝孺的主持下，这三座门的名字也被纳入改制的范围当中。依周朝旧礼，承天门被更名为皋门、端门改称应门、午门改称端门。此外，宫城内的谨身殿也被改为正心殿。

改名之举，在支持复古改制的官员眼里看来，是改革国家礼法制度的一项重要举措。但在武官甚至一部分文臣眼里，这种改名纯属无事生非。尤其是在朝廷连战连败，燕军日益嚣张的当下，这种更改太祖定制的做法只能给燕庶人留下更多鼓吹"靖难"的口实。

不过关于改制的孰是孰非，李景隆并无心情去关注。他甚至都没有注意到门匾上的新名字，而是直接走到午门右侧的武官列班处等候。

过了一会儿，其他文武百官陆续赶到。见到李景隆，众人均对其投以不同寻常的目光。武官们倒还好些,他们或是同情,或是鄙夷,抑或幸灾乐祸,怨毒的眼神倒不多见。而文臣那边则迥然不同,他们大都对李景隆投以愤怒且仇恨的目光,黄子澄尤其如此。在朝廷的明发邸报上,黄子澄与齐泰已被罢官,但那不过是障眼法罢了,实际上他二人仍保留着品级和散阶,照样上朝。此时见了李景隆,黄子澄顿时神情激愤,只是碍于礼制,暂且隐忍未发,但那一双眸子中喷出的熊熊烈火,却足以将李景隆灼出烟来。

对百官的各式神态,李景隆早有准备。但即便如此,当自己真成为众人瞩目的焦点时,他心中仍不免七上八下,只得把头一垂,龟缩不语。

又过一会儿,宫门打开,百官依次从左右掖门鱼贯而入。今日是普通的常朝,建文在华盖殿视事。百官分别经中左门、中右门走到鹿顶外的东西两侧序班而立。随后,建文驾到,一众内官挥鞭肃静,百官依次行礼。随后,各侍班大臣依次入殿,其他低级官员则继续在殿外面北侍立。

一进殿,李景隆便小心探望着建文的神色。与一年前相比,这位年轻天子已明显憔悴了许多,本就单薄的身子如今更是消瘦不堪,眼眶也深深凹陷进去,想到这都是拜自己的连番大败所赐,他心中顿时一紧。不过李景隆不知道的是,今天的建文至少在精神上已较前段日子好了许多。白沟河大败的消息传回京城后,这位年轻天子好长一段时间夜不能寐,上朝时也是满脸愁容。直到燕军撤退、济南解围的消息传来,他才稍稍松了口气,人也逐渐缓了过来。但与精神头相比,建文的脸色无疑难看至极。自然,这也是因为眼前这位曹国公的缘故。

"李景隆,你办的好差事!"建文终于说话了,不过语气甚为不善。

来了!李景隆心中一震,不过很快便反应过来。他暗地瞄了徐增寿一眼,立刻出班跪伏于地,将头上的漆纱展角帕头取下,满脸惶恐地接连磕头。额头撞在大殿的金砖上,发出"咚咚"的清脆响声。

见李景隆如此诚惶诚恐,建文的心不由一软。但想到那一连串动摇国本的大败,他顿又生出熊熊怒火,冷笑一声讥讽道:"郑村坝、北平、白沟河、禹城!你真败得利落,败得漂亮,你也当真败得起!"说到这里,建文越想越气,当即倏然而起,指着李景隆的额头满腔悲愤地咆哮道,"你可知你前前后后丧了多少将士吗?近五十万!五十万啊!"建文伸出一只巴掌,面色苍白得像一个死不瞑目的僵尸,"你可知这五十万对朕,对朝廷意味着什么?你丧了朝廷的元气,你也配称名将之后?也配当大明的曹国公?"

"皇上……"尽管事先已有心理准备,可当这一句句满含悲怆的话从建文口中说出来时,李景隆的心仍如被针扎了般难受,激动之下,他痛哭失声道,"臣有罪,臣万死难恕其过,请皇上重重责罚……"李景隆一边说一边狠狠地叩首,身前的金砖上很快出现一片血迹。

痛斥过后,建文满腔怒气倾泻不少,心中总算稍稍平复了些。看着李景隆满脸血污,一副惶恐已极的样子,他的心又是一酸。

在登基以前,建文经常到岐阳王府做客。当时的李景隆英俊潇洒,书读得也不错,标准的才貌双全。在注重官员仪表的大明朝,这样的人物当然讨人欢喜,朱元璋一直将他视为不可多得的青年才俊。在皇祖父的影响下,建文对李景隆也十分仰慕,两人关系之好甚至达到让其他勋戚子弟眼红的地步。

亦君亦友,这就是建文私下里对他与李景隆关系的认识。尽管在得知前方惨败的消息时,建文把李景隆恨得要死。但真当这位曹国公惨兮兮地跪在面前,等待处罚时,建文却一时有些下不了手——毕竟是十几年情如兄弟的交情啊,他心中的那份宽仁心性又不合时宜地冒了出来。

不过建文犹豫,文官们却不!对这位误国大将,一众削藩派大臣已恨得咬牙切齿。如今这罪魁祸首就在眼前,他们又岂能放过?

"陛下!"黄子澄一声大喊,随即走出序班,满腔激愤地说道,"李景隆丧师误国,不杀不足以谢天下!五十万大军,国家的元气啊,就被这厮给败没了!臣错荐误国,万死不足赎罪!"言毕,黄子澄竟不顾礼仪,当殿号啕大哭!

黄子澄一骂,将文官们的怨愤撩拨到了极致。立时,他们纷纷出列,将满腔怒火喷向了李景隆。

"坏陛下事者,此贼也!臣备员执法,不能为国家除奸,死有余辜!"御史大夫练子宁高叫。

"此贼不死,难平天地之怒!陛下当明诏斩首,以谢罹难将士亡灵!"齐泰也在怒吼。

"磬南山之竹,书罪未穷;决东海之波,流恶难尽!"

"金玉其外、败絮其中!"

"杀了这个草包!"

文官们纷纷将最怨毒的言语泼向李景隆。练子宁性子刚烈,见李景隆跪地不语,一时怒火攻心,当即欺身上前,扬起手中的笏板向李景隆的头狠狠砸去。

"啊……"李景隆一声惊叫。不过文官们犹不解气,见练子宁动手,竟群起效仿,纷纷围住李景隆好一阵拳打脚踢。大殿之上,顿时一片混乱。

突如其来的变故,让御座上的建文大吃一惊。他知道文官们恨李景隆,但没想到他们竟会愤怒至此。一时间,年轻天子慌了手脚。

文官纷纷撩起袖子动武,武官们看在眼里却是目瞪口呆。他们有的同样鄙视李景隆,有的却暗中同情,还有的见文官嚣张至此,一时竟生出兔死狐悲之感,但不管是何等想法,值此之际,却没一人敢做仗马之鸣!

徐增寿也冷冷看着眼前发生的一切,不过与表面上的面如冰霜不同,他心中却兴奋不已。他早就料到文官会找李景隆的麻烦,但没想到他们会不顾体统地群起殴之!不过这正是他想要的。文官们越激愤,对他接下来的计划就越有利。而李景隆的表现,也正合乎他的期望。就在昨天,徐增寿郑重告知李景隆,今日无论面对何等责难,只能老老实实地照单全收。看到李景隆打不还手骂不还口,一副惨兮兮之状,徐增寿自觉把握又增大了几分。

终于,暴风骤雨般的拳脚伺候结束了。徐增寿一眼望去,李景隆已经是鼻青脸肿,身上那件绣着大独科花的绯色盘领右衽袍子已被拉得稀烂,腰间的玉腰带也被扯落,左脚上的皂靴也被人拽下来扔到了一旁。再望建文,这位年轻天子虽仍一脸阴沉,但眼中却露出几分不忍之意。

是时候了!徐增寿心中一动,当即蹀步出班,上前将李景隆从地上扶起,随即眼中寒光一闪,对一干气犹不平的文官道:"曹国公虽有罪,但尚未问谳,皇上亦未下旨发落,你等身为朝廷官员,在朝堂上公然侮辱国家大臣,成何体统?臣请陛下整肃朝纲,穷究黄子澄、练子宁带头扰乱朝堂,侮辱大臣之罪。其余参与人等,亦应究其不恭之罪!"

"什么!"犹如万里晴空中突然响起一声霹雳,一众文官被徐增寿的话惊呆了。大殿上顿时出现了一阵短暂的沉默。但很快,文官们便惊醒过来,随即展开了疯狂的反击——

"徐增寿,你敢包庇李景隆?"

"李景隆罪不可恕,应千刀万剐,打他还是轻的!"

"你是何居心?"

对文官们的指责,徐增寿充耳未闻。而他接下来的话,更是石破天惊:"臣还奏请陛下免曹国公死罪。恕臣直言,李景隆虽丧师辱国,但究其实,并非他不欲破燕,实因他无此才干罢了。心有异,自不可恕;但才所不能胜任,则情有可原。曹国公虽有大败,但并无诛心之过,皇上素以宽仁治臣,又何必非欲置李景隆于死地不可呢?"

建文心念一动，对李景隆，他一直都存着一份恻隐之心，而一干皇亲国戚撞木钟说情之后，他就更加心存不忍了。只是李景隆之罪实在太大，就这么饶过他，于情于理都说不过去，文官们更不会罢休。可听得徐增寿为李景隆开脱，又眼见他一副惨不忍睹之态，建文犹豫之心犹是更甚。

　　就在建文彷徨之际，徐增寿却话锋一转，望着黄子澄冷冷又道："当初举荐者不能详查其能，强推其登总兵官之位，如今兵败，却反做义愤填膺状，欲置其于死地。如此作为，是想将兵败之责推到他一人头上，而自己蒙混过关？"

　　"你……你血口喷人！"黄子澄气得身子直抖，两张嘴唇哆嗦着道，"我举荐失当，自当领罚！然李景隆之罪天下皆知，不杀不足以平众怒！"

　　徐增寿脸上露出一丝讥讽的笑容，口中不无揶揄道："那敢问黄大人，你自认当受何罚？你已经罢官，接下来是谪戍还是下狱？该不会又是做做样子，仅夺个品侠散阶什么的，照旧当你的朝廷大臣吧？"

　　黄子澄的脸一下涨得通红，他望着徐增寿，似乎要把他吃了一般。半晌，他才强压怒火，冷冷笑道："徐大人也未免太小看人了？我荐人失当，致朝廷招此惨败，当受重罚。"

　　"受何罚？"徐增寿紧逼不放。

　　就李景隆的这番滔天罪过，真要按律处罚，自己也免不了连坐伏诛。不过黄子澄早已抱了必死之心，因此并未受徐增寿要挟，而是傲然一笑道："无非是受死罢了！"

　　"如此说来，只要李景隆受死，黄大人也愿连坐伏诛？"

　　"当然！"黄子澄毫不犹豫地答道。

　　好！徐增寿心中大喜——他等的就是黄子澄这句话。当即，徐增寿撇下黄子澄，直转身向建文一揖，一脸正色道："李景隆、黄子澄误国误君，罪大恶极。为平众怒，臣请陛下将他二人处以极刑！"

　　"啊！"徐增寿此话一出，顿时满堂皆惊！就在方才，他还一力陈情，要保李景隆的性命。可片刻工夫过去，他却又改弦更张，要置李景隆于死地，所有人都被这一幕惊呆了。李景隆更是睁大了眼睛，难以置信地望着这个昨日还信誓旦旦要救自己的"恩人"！

　　"不过……"就在众人瞠目结舌之际，徐增寿镇定自若地一笑，又把话锋一转道，"太祖曾亲赐岐阳王铁券，券上明文有记'持此券者，本人犯法免死二，子孙犯法免死一'。李景隆乃岐阳王嫡子，自当受铁券之护。此次虽犯死罪，却可以铁券抵命！不过黄大人似乎没有铁券吧？既如此，恐怕您就只有独自上路了！"

众人如梦初醒，岐阳王府有铁券，这事本来众所皆知。不过洪武朝时，朱元璋铁血治臣，功臣即便有铁券也保不得性命，所以大家也都没把这东西当回事儿。但建文朝不同，建文没这个气魄，更没这份威势。而对文官而言，倘若他们一开始便一哄而上，以雷霆之势逼得建文将李景隆的死罪定下，那时生米煮成熟饭，即便徐增寿拿铁券说事，他们也可以借口圣命已下，再循洪武朝之旧例，从而置之不理。可刚才众人只顾着打李景隆解气，却没来得及请建文定罪。此时徐增寿抢在定罪之前将铁券抛出，又把黄子澄诱得和李景隆绑在了一起，这样一来，别说建文本身就不大可能对铁券视而不见，就算他真敢置铁券于不顾，但情势发展到这份上，李景隆若死，黄子澄无论如何也要抵命，这让建文如何答应？

徐增寿的话一出口，黄子澄的脸便瞬时憋成酱色，他张张口想说话，却不知说什么好。他万没想到，徐增寿居然如此处心积虑，一步步地给自己下套，愣是在大庭广众之下和自己演了一出请君入瓮。悔恨之下，他恨不得找个地缝钻进去。

黄子澄激愤难当，御座上的建文反倒一阵轻松。本来他就不太想杀李景隆，徐增寿这么一搅，倒给了他一个顺势而下的台阶。但很快，建文心中又是一凛：徐增寿为什么要救李景隆？他徐李两家不是不和么？

不过建文已没时间多想，大殿上，百官正眼巴巴地望着他。略一思忖，建文沉下脸冷冷道："二位爱卿不要再争了。朕已有定见，罢李景隆总兵官、太子少傅之职，收征虏大将军印，回家闭门思过！"

"啊！"大殿上一阵惊呼，就是徐增寿和李景隆，也都诧异地睁大了嘴巴。总兵官、征虏大将军都是将帅出征时所授的临时军职，军事一结束，无论胜负都会去职，故撤掉乃情理之中事。但除了这两样，建文竟只免了太子少傅这个常授官职，并没有夺他的爵位！这也就是说，李景隆还是大明的曹国公！处分如此之轻，让所有人都难以置信！

"皇上……"黄子澄焦急万分地大喊。

"朕意已决！"建文这次十分果断，立刻阻住了黄子澄的劝谏，不由分说地道，"李景隆之事到此为止，众爱卿退朝回衙门署事！"

"万岁万岁万万岁！"见皇上不容置疑之态，众人纵有千言万语，却也只能咽回肚子。

出宫的路上，百官恪于礼制，尚不敢放肆。可刚过端门，人群中顿时炸开了锅。李景隆大难得脱,早已抢先一步溜之大吉,众人遂将焦点聚集到了徐增寿和黄子澄身上。不过黄子澄已气得满脸铁青,连路都走不稳了,大家也不敢惹他。徐增寿倒是依旧潇洒从容,一众武官遂一窝蜂地将他围住。

"徐老弟,今日殿上大展神威,不愧是中山王的虎子啊!老王我佩服佩服!"左府左都督王佐大笑着凑了上来。他性子直爽,对文官早就看不顺眼,又与李景隆关系不错,方才眼见徐增寿出头,心中赞叹不已,一上来便大大咧咧地一阵猛夸。

"是啊,徐都督今日可给咱们武人长脸啦……"

"那个黄子澄整日里趾高气扬的,今天却被呛得差点背气!哈哈……"

"平日里听朝天宫旁的张五十七说三国,讲到孔明舌战群儒那段,咱还不明白究竟是个啥场景。今日一瞧,徐都督可不就是孔明吗?"

"……"

众武官你一言我一语,生生把徐增寿给捧到了天上。其实武官们之所以如此,倒也不都因为和李景隆关系好,或为攀附徐增寿。自建文朝以来,文官权势高涨,武官江河日下,大家心中都憋了一口气。尤其是燕王叛乱后,朝廷屡战屡败,文官们纷纷把兵败的怨气撒在武官身上,动辄对他们大加责难。如今的朝堂,武官基本上发不出声音。今日徐增寿一鸣惊人,三下五除二把黄子澄收拾得狼狈不堪,众武官在旁边瞧得,也觉出了一口鸟气,故有意趁捧徐增寿之机,再好好把那帮子文官羞辱一番。徐增寿被围在中间,几次想挤开人群却不得脱,只能哭笑不得地"受贺"。

"好了!"就在众武官兴高采烈之际,人群后面忽然传来一声大喝。大伙儿一瞧,魏国公徐辉祖正一脸阴沉地站在那里。

"哎呀,国公爷,您老还没走啦?"见徐辉祖脸色不善,王佐第一个反应过来,忙嬉笑着寒暄一声,一溜烟儿去了。众将亦如梦初醒,亦"哄"的一声作鸟兽散!

"大哥!"徐增寿整整被挤得有些凌乱的衣冠,干笑一声道,"这帮大老粗,弟弟也拿他们也没办法。"

"我不管你这些,下午散衙后立刻回府,我有话问你!"徐增寿似有几份愠怒,但旋又收了。说完,他也不待徐增寿回话,自一甩长袖去了。

徐增寿一愣,旋又满不在乎地一笑,也缓缓而去。

第二十二章

乾清宫建文择帅　德州府盛庸谋敌

退朝后，方孝孺没有和百官一起出紫禁城。自改制以来，他把署事之所从皇城外的翰林院搬到了左顺门边上的文渊阁。今日早朝的种种情事，方孝孺悉数收入眼底。不过自始至终，他都一言未发。他回想着刚才发生的情景，也对徐增寿的反常大惑不解。当他回到文渊阁值房内坐下，欲将此间种种想个明白时，江保忽然跑了进来。

"方大人！"江保先是一揖，然后恭敬地禀道，"皇爷召您去乾清宫见驾！"

"哦？"方孝孺应了一声，随即问道，"公公可知陛下召我何事？"

"这个……奴婢不太清楚。"江保摇了摇头。

见江保如此，方孝孺自失一笑——建文家法甚严，江保岂敢妄言政事？于是他微笑道："知道了，劳烦公公带路！"

"回大人话，奴婢还要去传茹尚书，还请大人自己前去。"

还要叫茹瑺？方孝孺又是一阵疑惑。茹瑺是兵部尚书，皇上传他，难不成要议兵事吗？可议论兵事，怎么不叫齐泰呢？不过方孝孺无暇多想，忙应了一声，整整衣冠便昂首出门而去。

到了乾清门前，方孝孺正要进去，便听后面传来一阵小步急跑声。他转身一看，正是兵部尚书茹瑺赶来了。

"良玉！"方孝孺一笑，称着茹瑺表字道，"皇上又非急召，你何以匆匆至此？"

"希直兄已经到了？"茹瑺拿出块帕子将头上的热汗擦了，随即笑道，"我料想皇上召见，多半是为了兵事。眼下河北糜烂，皇上忧心如焚，咱们做臣子的得恭谨些，免得皇上心急！"

对茹瑺的解释，方孝孺只是淡淡一笑。他知道茹瑺之所以"恭谨"，其实是另有原因。

茹瑺非等闲大臣，此人少怀大志，聪颖好学，十六岁由贡生拔入国子监，吏部试居第一。入仕后，茹瑺官运亨通，历任承敕郎、通政使，到洪武二十三年，年仅三十四岁的他已官拜右副都御史，署兵部尚书，第二年实授，位列九卿。太祖在世时十分喜欢茹瑺，时称其为贤人君子，颁他"中外一人，中流砥柱"铁券丹书，并赐"绳愆纠谬"图章一枚，下旨在其老家衡山城南门外建贡元坊一座。这样的恩宠，在没有开国功勋的文官中可谓首屈一指。

不过月满则亏，茹瑺方过而立便身居高位，正是志得意满，做起事来未免独断专行。他又与勋戚藩王走得近，这便引起了众多文官的不满，其中便有黄子澄、暴昭。建文登基后，茹瑺调任吏部尚书。调令刚下，暴昭便参劾其为官不廉，黄子澄亦附和检举。此时建文正思谋削藩，也不想让这个与藩王交好的重臣在朝中碍事，索性打发他去河南做了布政使。布政使比尚书低了整整两级，茹瑺一下从云端跌落，自是郁闷异常。

可是时来运转，随着燕王作乱，王师连战连败，时任兵部尚书的齐泰难辞其咎，在汹汹物议中被罢免。茹瑺又被调了回来，重新放到了兵部尚书的位置。经此波折，茹瑺回京后战战兢兢，对建文也是满怀敬畏之心。故而建文一召，他便心急火燎地往宫里赶。

方孝孺在洪武朝时不过一介小吏，与茹瑺谈不上有什么过节。不过自入朝以来，他一直与齐泰、黄子澄同气连枝，故也不好与茹瑺走得太近。略一思忖，他便笑道："也未必就是兵事，或有他事要询我二人也未必！"说完，他也不再多言，只作了个"请"的手势，与茹瑺联袂入殿。

建文在御书房，两人一进书房便撩起袍角要跪。建文正在伏案批阅奏疏，见他们二人进来，遂搁下笔淡淡道："平身。"随即指了指案前的两张紫檀木凳子。两人会意，小心翼翼地就着凳子边缘坐下。

"两位爱卿！"建文轻轻吁了口气，望着方孝孺道，"此番召你们前来，是为商议平燕主帅一事。李景隆已被罢免，平燕军事以谁为首，还需早作决定。"

尚礼他们真的失势了吗？虽然已有心理准备，但见建文果然是议军事，方孝孺心中不免仍是一惊。开战一年来，随着败报的不断传回，不仅朝野对齐泰的不满之情甚嚣尘上，就连建文本人暗中对他也颇有微词。方孝孺就是在这种情况下，被建文逐渐拉着参与到兵事中来的。虽然建文对齐泰的信任不如当初，但每议军机也都会征询他和黄子澄的意见。这一点即使是在李景隆兵败郑村坝，他二人迫于舆论被罢官之后也未改变。可此番皇上却未召齐泰与黄子澄问计，而是换上了茹瑺，这是否说明皇上对他们的恩宠不再？如今的朝堂局势波诡云谲，若他二人果真倒台，削藩派文官将遭受重创，那些本就不想打仗，现在愈发被燕军吓怕了的勋戚们更是会一哄而上，逼建文与燕王讲和，到那时，局势就真不可收拾了。方孝孺愈发心惊，略一思忖，他一欠身试探道："陛下，臣身在翰林，对五府武官不甚了解，主帅人选，可否征询齐泰的意见？他久在兵部，对将军们也熟悉些。"

方孝孺话音方落，旁边的茹瑺顿时眼角一跳。齐泰确实在兵部多年，可他待得更久，而且是现任兵部尚书。方孝孺当着他的面这么说话，茹瑺听在耳里岂能受用？不过他也是经过波折的人，自知圣眷和方孝孺全不能比，故虽心中恼怒，但脸上却一片淡然。

"不必了！"建文摆摆手道，"李景隆刚刚回京，朝野正是舆情沸腾。此时再叫齐泰和黄子澄进宫，外间恐又多非议。黄爱卿今天早朝被徐增寿气得不轻，先生待会出宫后去一趟他府上，代朕善加抚慰！"

方孝孺松了口气，从建文的态度中，虽不能判定他对齐、黄二人仍恩宠如初，但至少没到圣眷已逝的地步。只要齐、黄不倒，朝政便不会发生根本逆转。念及于此，他暗自出了口气。不过他又马上意识到，刚才试探建文的话对茹瑺无疑是一种失礼，这事又没办法直接道歉，想了一想，方孝孺又对建文道："陛下，臣对武将人选确无见识，还是听茹大人的意见吧。"

"哦？"建文眼中闪过一丝失望的神情，转而对茹瑺道，"爱卿心中可有妥当人选？"

茹瑺已憋了一肚子火，方孝孺对自己视若无睹的那些话就不说了。就以职分论，他是兵部尚书，涉及选将的事应以他的意见为主，方孝孺顶多从旁参赞罢了。可建文一上来就先问方孝孺，反把他晾到一边，联想起当年太祖对他言听计从，茹瑺心中顿时一酸，几乎要落下泪来。调整好情绪，茹瑺对建文一欠身，恭敬禀道："回陛下，现济南虽得保全，但燕军依旧势大。反观王师，接连大败之下，实力大损不说，士气亦是堪忧。值此之际，平燕总兵官一职应由位高望重者担任，如此方能迅速稳定军心。故臣建议，以武定侯郭英为帅，统领各路王师，不知圣上意下如何？"

"郭英不行！他虽是开国老将，但廉颇老矣。白沟河一战，若他不溃，我军也未必会败。"茹瑺话音方落,建文便断然否决。说到白沟河那场惨败,他的火气又冲了上来,声音也高了几拍,"何况郭英本就不是什么大将之才,当初皇祖父之所以封其为侯,多半还是看在其姐总摄六宫的面子上。他在真定碌碌无为,独当一面尚且不足,又岂能再担任主帅?"

见建文如此评判郭英,茹瑺心中一阵苦笑:郭英确实不算名将,但带兵还是有章法的。至于白沟河一败,当时大纛在关键时刻突然倒下,这种事就是要怪也只能怪李景隆,与郭英何干? 不过眼见建文动怒,茹瑺也不敢硬争,无奈下只得咽了口唾沫又道:"既然郭英不可,那按资历排下来就应是安陆侯吴杰了。吴杰亦是将门之后,又兼着河北都司掌印,由他担任也合适!"

"你就只知将门吗?"建文忽然一声冷笑,语含讥讽道,"都说茹爱卿与勋戚们私交甚笃,看来确实不假啊!"

"皇上明鉴!"茹瑺大吃一惊,忙从凳子上蹦起,一骨碌跪倒在地颤声道,"臣只是就事论事,绝不敢掺杂私情。"

方孝孺也吃了一惊,他明白建文这是火气上头,一时冲动浪言,也忙起身跪下道:"茹尚书之言皆为公心,与私谊无关,皇上明察!"

见茹瑺一副惊慌失措之态,建文顿时也知自己孟浪了,遂不好意思一笑道:"二位爱卿快快请起。朕方才念及白沟河大败,一时动了心火,茹爱卿莫要介意。"

"是!"茹瑺这才稍稍安心,待起身后,才发现背上已被冷汗浸湿。

"接着说主帅之事吧!"安抚了茹瑺,建文又接着自己的思路道,"前两次选帅,皆以高爵勋将充任,但无论耿炳文还是李景隆都深负朕望! 朕看这帮子勋臣是过惯了锦衣玉食的日子,早就忘了本分! 尤其是李景隆,身为曹国公竟败得这么惨! 如今局势糜烂至此,皆此辈之过也!"建文越说越火,右手紧握成拳,狠狠砸向御案,一脸愤然道,"此次再选主帅,绝不能仅看资历官爵,当唯才是举,如此方能救社稷于危难!"

"那陛下的意思是……"方孝孺试探地道。

"盛庸!"建文一脸坚决道,"济南一战,乃开战以来王师首胜,其中盛庸与铁铉居功至伟,亦足现他二人之忠义和本事! 国难思良将,朕欲命盛庸佩征虏大将军印、充总兵官,总领各路兵马;铁铉晋山东布政使,参赞军务! 二位爱卿意下如何?"

盛庸在朝廷主力全军覆没的情况下,以一支残兵守住济南,硬是让所向披靡的燕军望城兴叹,这样的战果,对已被连番惨败惊得手足无措的朝堂诸公来说无疑是久旱逢甘霖,而盛庸也在一夜之间成了建文和所有支持平叛的官员心目中力挽狂澜的英雄。方孝孺也对这位不久前还名不见经传的将军充满了敬佩,以盛庸为帅,他亦觉合适,只是心中还有一个顾虑,便道:"陛下,盛庸现在不过是一个都指挥使。而各路王师中,主将资历和官爵大多远在其上。贸然任其为帅,他人会不会不满?"

"他们也配?"建文轻蔑地说道,"他们要有本事,也胜燕军一回给朕瞧瞧!一个个都只会打败仗,有什么资格对盛庸说短较长?"

"话虽如此,但盛庸毕竟资历太浅,位分太低,怕指挥不动其他将领……"

"那好办!盛庸坚守济南,其功本就该重赏。朕明日一齐下旨,封盛庸为侯!至于爵名……"建文扭头想了想道,"盛庸以守济南获封,便名'历城侯'!此诏一下,盛庸便也是勋臣。"

"如此最好!"方孝孺这才放下了心。

"茹爱卿,你的意思呢?"见方孝孺称善,建文又问茹瑺。

茹瑺心中却又是一阵苦笑。建文长年居于深宫,方孝孺又是个整天拿着书卷的儒臣,他们对世道人心虽不能说是一无所知,但也是知之甚少。盛庸确实有才干,这点茹瑺也承认,重用亦是情理中事。但凡事皆需有度。茹瑺在洪武朝当了八年的兵部尚书,对军队再熟悉不过。军中最讲资历,盛庸原先不过一个默默无闻的正二品都指挥使,即便封为侯爵,但其资历不足,也很难让那些老资格的将军服气。尤其是吴杰这种世袭侯爵,突然要听一个原先还是自己下属的总兵大人指派,他们没有想法才是怪事!建文和方孝孺以为封个侯爵就能解决一切问题,可在他眼中这简直就是梦呓!在茹瑺看来,盛庸最合适的位置应该是副总兵官。至于总兵,必须要由勋臣担任方可。

不过茹瑺虽满肚子反对,但也不敢说出口。方才建文已给他扣了一顶"攀附勋戚"的帽子,这顶帽子意味着什么,他可是一清二楚。这时要再坚持以勋戚为帅,建文一怒之下,再把他打发回开封也是有可能的。何况,茹瑺心中还有一丝怨气:反正这事是你和方孝孺两人弄出来的,而且看样子也不大信任我!既如此,我又何必强惹你们不痛快?到时候盛庸干得好,我身为兵部尚书,也少不了一份运筹帷幄之功;要干得不好,那是你们识人不明,要怪罪也怪不到我头上!念及于此,他干巴巴一笑,淡淡道:"臣唯圣命是从。"

茹瑺这话往实了追究,其实就是不赞成不反对——没态度。不过在建文看来,他这便是附议了。见两位大臣都赞同,建文脸上终于露出一丝笑容,当即一拍手道:"好! 朕意已决,明日便下诏册封盛庸,命其统领平燕军事! "

"吾皇圣明! "怀揣着不同心思,两位大臣一起应命。

说完正事,建文忽然觉得十分疲惫。近一年来,这种感觉已越来越明显。他摇摇头,一挥手道:"你等道乏吧! "

茹瑺跪地行礼,遵旨告退。方孝孺叩完头后想了想,却没有起身。建文闭目沉思一阵,睁开眼发现方孝孺仍在场,遂问道:"先生还有事要奏吗? "

"陛下! "方孝孺犹豫一番,道,"臣尚有一事不解……"

"先生是说李景隆吧? 你是想他万死难辞其咎! 朕能饶他性命已是殊恩,又岂能再保留爵位? 可是……"建文打断孝孺的话,无奈地一叹道,"朕也有苦衷啊! 军中勋戚势力盘根错节,如今朝廷连遭惨败,元气大伤,值此之际,难保他们中有人会生出二心。这些人即便不敢公然谋逆,但心猿意马恐是难免。李景隆与军中将帅渊源颇深,朕饶他不死,还保他爵位,便是冀他能知恩图报,替朕镇住那帮将军! 过几日,朕便会派人去把这层意思透给他! 李景隆打仗是不行,但他至少还是忠心的,眼下勋戚中果真忠心于朕的又还有几个呢? "

方孝孺这才明白,建文并不是全因徐增寿的紧逼才对李景隆开恩,其中还另有一番深思熟虑。搞清楚状况后,他当即伏地一叩道:"皇上见识高远,臣佩服之至! "

建文凄然一笑。他为了平乱累死累活,而五府中那帮世受国恩的勋戚们不但不慷慨请缨,为国除奸,反而时不时在暗中鼓动物议,希望朝廷与燕逆媾和! 每每思及于此,他都觉得心寒,方孝孺所说的这番见识,他其实是半点也不想有,可他又不得不面对这个现实。为了防范这些朝中隐患,他必须要弄"帝王心机",即便明知李景隆"坏了大事",可他也必须得用这个罪臣去掣肘那些勋戚。看着跪伏于地的方孝孺,建文突然有些后悔——如果当初不那么心急,不在削藩的同时厉行改制,那勋戚们恐也不会与自己貌合神离吧? 不过现在说这些已经晚了,覆水难收,即便立刻停止改制,也挽不回勋戚们的心,反而会搅乱朝堂,使自己陷入内忧外患的绝境! 因此,建文将退思收回,淡淡对方孝孺道:"先生去吧,给盛庸和铁铉的诏书要拟得漂亮些! "

"是! "方孝孺又重重磕了个头。

方孝孺告退,屋子里便又空荡起来,建文将目光扫向御案,右上角正叠着一堆勋戚们保李景隆的奏本。建文随手拿起几本,最上面的正是徐增寿昨日所呈的保本。看到徐增寿的名字,建文眼前又浮现出今天早朝时的情景——徐增寿为何要死保李景隆呢?建文托着腮帮子,苦苦思索起来……

建文君臣在乾清宫商议军机的同时,中山王府内已经闹翻了天。徐增寿突然出手,李景隆逃脱大劫的消息在最短的时间内传遍了金陵的大街小巷。玉蚕当初的侍女景儿已重回中山王府,今日正得闲外出。在路上景儿听得此信,震惊之下立刻赶回府,将这个骇人听闻的消息一五一十地说给了她现在的主人——被软禁在府的徐妙锦。

当初徐妙锦孤身前往德州,继而被李增枝擒获,秘密"软禁"了好几个月。直到白沟河大败的消息传回德州,她才被马和等人趁乱救出。脱难后,徐妙锦从马和口中得知了玉蚕已被李增枝糟蹋,后又在白沟河自尽的消息,当场便哭晕了过去。她醒后,便将一腔怒火发泄到了李增枝身上,并连带恨上了包庇弟弟的李景隆,当时便要留下来为玉蚕报仇。马和好说歹说,才把这位徐小姐稳住,将她安安稳稳地送回了京师。

徐妙锦又一次不辞而别,徐辉祖的震怒可想而知。此番回府,就连徐增寿也不敢再为他说话。在挨了二十篾条后,徐妙锦被严严实实地看管起来,再也不能出府半步。她虽然挨了打,但火辣的性子却丝毫未减。在府中,她日思夜想的就是要替玉蚕报仇。先前李增枝逃亡回京,她得知消息后便欲出府报仇,无奈家人看得紧,几次欲偷偷出府都被发现,只能徒唤奈何。此时得知徐增寿竟然为李景隆开脱,火冒三丈之下,她当即要强闯出府,去右军都督府找徐增寿问个明白。

好在景儿见徐妙锦如此,忙一把拉住她道:"四小姐不可莽撞。奴婢也不过是道听途说,是否属实尚没个准。何况咱们徐家一向和李家不对付,四爷凭什么无缘无故要救那个李景隆?您听奴婢一句话,等三位老爷回来,问个明白再做计较不迟。您就这么闯出去,真要到了衙门里一问是讹传,那四爷的面子如何下得来?倒是奴婢百死莫赎了!"

听了景儿的话,徐妙锦想想也是,只好强耐着性子等三位哥哥散衙回府。

好不容易挨到申时二刻,就在徐妙锦等得不耐烦时,景儿一溜烟儿跑回房中焦急说道:"小姐,三位老爷都回来了,现都在四爷书房聚着。"

"咿呀!"徐妙锦闻言身子一抖,当即将手中吃了一半的蜜橘扔下,大步流星地向徐增寿书房方向走去。

待到房门前,徐妙锦才发现不对劲,大哥满脸愤怒地坐在上首,二哥则一脸忧色地望着四哥。徐增寿没有坐,而是站在房中央,因他背对屋门,故徐妙锦看不清楚他脸上神色,但从其傲然而立的姿态上,便知他并无愧疚。

"四哥!"徐妙锦也不管三七二十一,放开嗓子尖叫一声,便直直闯进屋内。一进门,她便一把抓住增寿的袖子,仰着脸急急问道,"侬是不是在朝堂上救了李景隆?"

"你来做什么?"徐增寿尚未及答话,徐辉祖便脸一沉道,"这里没你说话的份,赶紧回屋去!"

"凭什么?"徐妙锦白了大哥一眼,又紧盯着徐增寿道,"侬说,侬有没有救李景隆?"

"大哥,妹子来了也好,反正这事也和她有关,便让她在这听吧!"见徐妙锦逼问,徐增寿丝毫没有惊讶之色,反而微微一笑将大哥的怒意从容化解。

"和我有关?"徐妙锦一时没明白话里的意思。

徐增寿看了她一眼,镇定自若地说道:"不错,李景隆是我救的!"

"什么?"徐妙锦失声大叫,就在来之前,她还想着景儿或许是听错了,四哥怎么会救李景隆呢?可当四哥亲口说出这话时,她惊呆了。在确认没有听错后,她颤声问道,"为什么?侬为什么要救李景隆?侬不知玉蚕姐姐怎么死的么?"

"方才大哥也正问我来着。"徐增寿轻轻拍拍徐妙锦肩头,温言道,"四哥这么做,正是为了我们徐家!"

"为我们徐家?"这一下不仅是徐妙锦,就连一直在旁边愤愤听着的徐辉祖和徐膺绪都绕不过弯儿来。好一阵之后,徐膺绪方怔怔道:"李景隆一直想找机会整治我们,他遭难应是我徐家之大幸才是?你怎么反要救他了?"

"二哥只知其一不知其二啊!"徐增寿一声长叹,苦笑着解释道,"小妹擅闯德州、行刺军中大将,此等天大罪过,李景隆却把它压了下来,二哥以为是何故?"

"当时李景隆正筹备与燕军决战,自不愿因招惹我徐家而使军中动荡,故引而不发呗!"说到这里,徐膺绪忽然明白了什么,当即讶道,"莫非……"

"不错!"徐增寿接过膺绪的话头道,"两日前,李增枝找到我,要我出面保李景隆。他扬言若李景隆被处极刑,便将妙锦军中行刺一事抖出,并以此为由,参我徐家勾结燕王!"说到这里,徐增寿无奈地望了徐妙锦一眼,"妹子,你说我能怎么办?我愿救这千夫所指之人么?我岂不知这么做会惹恼了齐泰、黄子澄,会让皇上猜疑?但为我徐家满门,为兄不得不如此啊!"

"我都已经逃出来了,李增枝手中没证据,凭什么说我去过德州?"徐妙锦仍在诘问,但口气已明显软了下来。

"没有证据?"徐增寿豁然睁目,咄咄道,"你说回濠州祭祖,在娘娘那边我兄弟也是这么应付的!可祭祖需要数月之久?就算要,可你去濠州数月,当地官府岂能毫不知情?只不过娘娘不疑,故没派人去查罢了!若李增枝将此事抖出,宫中随便遣一内官去濠州查问,立刻就会知道你在撒谎,届时我们如何自圆其说?"

"这……"徐妙锦无言以对,脸上的愤怒也随之消弭无形。

"大哥,二哥!"见徐妙锦被问住,徐增寿转而对他俩道,"此事之所以未跟你们商量,只因为弟弟想着万一事泄,后果弟弟均一力承担,不会波及二位哥哥!不想竟让你们误会!"

徐膺绪被说服了,徐辉祖将他的解释细细品来,也没觉得有什么不对。只是四弟为保全徐家其他人而一力扛下此事,倒让他有些诧异。半晌,徐辉祖一叹道:"也罢,你用心良苦,我是错怪你了!"

"二位哥哥和妹子不怨我就好!"成功地化解掉兄妹们的怒意,徐增寿心头一阵轻松。这时他才觉得自己渴了,一瞅自己的茶杯正放在桌子上,遂不客气笑道,"大哥,弟弟站了这么久,也该可以坐上一坐,喝口茶润润嗓子了吧!"

想到徐增寿如被过堂般站在房中回答自己喝问,徐辉祖不禁有些不好意思,尴尬一笑道:"四弟哪里话,这是你的书房,你当自便!"

徐增寿又瞅向徐妙锦。她此时已原谅了徐增寿,但一向骄横的性子又使她拉不下脸来道歉,只得把头一侧到旁边哼哼道:"侬要喝便喝,关我何事?"

徐增寿闻言一笑,当即微微仰头,将杯中茶水一饮而尽。

晚饭仍是徐家兄妹同进,吃完饭,徐妙锦和徐辉祖自行离去,徐膺绪与徐增寿对弈一局后也起身告辞。随后,徐增寿到西花园闲逛一会,慢慢踱到了徐府后门前。正好,他的心腹徐得从外面回来。徐增寿也不吱声,只打了个眼色,随即转身往园中假山处走去,徐得亦一声不吭紧紧跟上。待登上山顶的凉亭,徐增寿四下一望,方沉声问道:"事情办得怎么样?"

"回四爷话,见到李大人了!"

"哪个李大人?大的还是小的?"

"小的!大的奉旨闭门思过,不敢出来!"徐得将身子凑到徐增寿跟前,压低嗓音道,"李大人跟小的说,这次多谢四爷救他大哥,他兄弟俩感激涕零。"

"我懒得听这些废话!"徐增寿不耐烦地摆了摆手道,"李景隆呢?难道他就没有表示？"

"有的！李大人给小的透话，说他哥哥亲口说了，将来四爷您若真用得着他，他一定在所不辞！"

"李景隆是个聪明人……"徐增寿脸上终于露出一丝满意的笑容。

建文册封盛庸的诏书在五日后抵达山东，此时已是深秋，齐鲁大地已可感受到阵阵凉意。不过与天气截然相反，山东军民的热情却是日益高涨。燕军退兵后，盛庸重建德州大营，原先败亡各地的溃军也重新聚拢起来。而朝廷从江淮等地征集来的五万援兵亦陆续赶至，德州大营的军力又恢复到了十万有余。此时南军虽不复昔日之盛，但与守济南时的窘状相比，已有了大大改观。

盛庸充平燕总兵官、封历城侯的诏书一下，山东士民欢欣鼓舞。济南一战，盛庸名声大震，在百姓中的威望也疾速攀升。在刚经历了战乱之苦的山东百姓眼里，这位新晋的大将军才是护佑齐鲁大地的合适人选。盛庸自己也是激动万分，他万没想到皇上竟如此信任自己，一下擢升到如此显要的位置。

这一日，盛庸与从济南赶来的新任山东布政使铁铉一起，在德州的校场内检阅新征募的士卒。在盛、铁二人的瞩目下，场上军士们精神抖擞，刺砍劈削皆有章法，喊杀之声直贯长空。铁铉看在眼里心中大慰，当即笑道："这些汉子均是新募未久，竟这么快便初具气势！此次大帅招募了两万新兵，加上他们，德州现在又有了十三万军马。有此大军，我们也足以和燕军一战了！"

"坚守德州倒是够了，但要出战仍远远不足！"盛庸淡淡一笑道，"济南城下虽挫了燕军锐气，但其实力并无损失！如今燕军总数恐已有十五万之多，能外出作战的亦超十万之数，且皆是百战精锐！要想像当初那般大举北伐，一两年内恐无可能！"

铁铉神色一黯，不过他很快又笑道："这也无妨，我军虽屡遭重创，但朝廷聚天下之力，实力胜过燕军百倍。只要咱们能将燕军钳制在北平境内，假以时日，必又能聚起百万之师，到时候再攻北平不迟！"

"鼎石兄说得不错！"盛庸亦打起精神道，"我已命河间徐凯部移师沧州。沧州毗邻运河，乃北平与德州间的要冲之地。只要守住此城，便能与我德州成犄角之势。真定那边，兵部已调晋南的潞州、宁山等卫移师增援，现兵力亦恢复到近十万，足以抵御燕军。只要德州、真定不失，燕庶人便冲不出北平！"

"徐凯移防沧州的事我也听说了，沧州虽处要地，但只是一州城，小且不说，城防也年久失修。徐凯部虽有四万之众,但多是屯田士卒,战力不强,能守住这残缺之城么?"铁铉不无忧虑地问道。

"鼎石兄勿忧。我已命徐凯在原先老墙外再筑一新墙。只要城墙建成,就不怕他燕山铁骑!"

见盛庸这么笃定,铁铉这才放下了心。

······

不过盛庸终究还是失算了!十月十五日,燕军突然出击,直扑沧州。徐凯接战不利,索性弃甲投降,四万大军全军覆没。

败报传回,德州顿时大震。盛庸立即判断局势,全歼徐凯部后,燕军并未就此北返,反而继续南下。这就表明朱棣是想趁势攻破德州,一举打破南军的包围。此时德州尚有大军十余万,人数与燕军大致相当,但以战力论则远远不及。于是,盛庸立即下令据城死守。济南一役,盛庸已看清燕军的致命弱点——不善攻城。当初燕军携白沟河大胜之势,尚不能打下危如累卵的济南,如今德州大营尚有十万大军,只要不傻到出城对阵,又岂会战败?念及于此,他已定下了此战的基调,坚守不出,待燕军力竭而返!

可接下来的情况,却让盛庸以下所有文武都大跌眼镜,燕军赶到后,却瞧都不瞧德州城一眼,竟是全军南下,直向山东腹地而去。

燕军的诡异之举,让德州的官员们一时都摸不着头脑,朱棣这是要干什么?他就不怕自己断他归路?他就不怕德州这十万人马趁机北上,捣了他的老巢?但很快,一个个惊悚的消息传至,德州官员逐渐慌了手脚。燕军一路南下,至临清,破馆陶,继而分兵杀向大名。

大名位于东昌府以西,是北平境内最南之府。在这里屯着三十万石粮草,这都是盛庸重建德州大营后,兵部从山西、河南等地转运过来充作军用的。燕军抵达,运粮军一哄而散,劫掠一番后,燕军将无法带走的二十余万石粮食一焚而尽。

当大名粮草被焚的消息传回,德州的气氛更加紧张。德州城内本无太多存粮,而燕军又深入冀南鲁西,阻断了直隶与德州间的粮道。若燕军持续在山东扫荡,那德州大营的十万军士可就得喝西北风了!一时间,德州文武顿时分成了两派,以楚智、庄得为首的将军们主张趁燕军滞留山东,一举杀向北平,拼他个鱼死网破。而铁铉、王度则从求稳的角度出发,认为北平难以攻克,不如命真定大军移师德州,聚集全部力量堵住燕军的归路,来个关门打狗。两帮人各有道理,莫衷一是,盛庸亦无主张。

而就在德州文武吵得不亦乐乎时,一个更加骇人的消息传来,燕军夺大名粮草后重新折而向东,陆续攻克东阿、东平。随后,燕军驻兵汶上,前锋直指济宁。

济宁位于山东省最南端,再往南就是直隶了。此时的直隶,除了徐州、淮安以及中都凤阳等要地尚有些军力外,其余各州府的驻军大都增援给了盛庸。若燕军突入直隶,很有可能就此越过淮河、饮马长江!盛庸再也坐不住,当即召集军议,与众文武僚属商议对策。此时参军高巍已回京师,参加会议的除盛庸、铁铉外,只有宋佚、王度两个文职参军以及楚智、庄得以及葛进三个新晋的参将。

"燕军驻师汶上,兵指江淮,诸位有何良策可以应之?"征虏大将军行辕的正堂内,盛庸神色严峻地望着面前的一帮文武,沉声问道。

"下官并不以为燕军会南下!"宋佚略一沉吟,拱手道,"燕军若要南下,所图绝非江淮,而是要渡江犯阙。可如今我德州十三万大军在后,真定亦有十万兵马云集,燕军后顾有忧;二来,北平与京师相隔三千里,中间皆为朝廷疆土,燕军无根据之地,如此孤军袭远,岂非自取败亡?燕军既要南下,必须先取根据之地。先前燕庶人围攻济南,其意便是如此。可眼下济南仍在我手中,放眼两淮,淮安、徐州、凤阳等重镇亦有驻军,绝非轻易可破。以燕庶人之精明,岂会看不透这些?既然他明知南下会进退失据,又岂会自投罗网?故下官愚见,燕庶人此次南下,其实是醉翁之意不在酒也!"

宋佚侃侃而谈,众人的思绪也随之清晰起来。待他讲完,铁铉便道:"宋参军的意思是,燕庶人此举实为围魏救赵?"

"不错!"宋佚眼中精光一闪道,"现在燕军已逼近济宁,若济宁失守,其便可以威胁直隶。直隶一旦遭兵,京师必然大震,届时朝廷定会急令大帅南下。而这段日子燕军沿南北官道大肆劫掠,所破之城,皆尽力捣毁城墙,就是要让我军南下时无所依持。真到那一步,燕庶人根本不用学孙膑设伏桂陵,直接驱众与我堂堂对阵就是。以两军战力论,若真要野外决战,我军必无胜算!"

"奸贼可恶!"铁铉一拳头砸向身旁木桌,震的桌上杯中茶水四溅,"不敢攻城,便用这种奸计逼我出战!"

"兵者,诡道也!"宋佚笑了笑道,"既然咱们看穿了他的奸计,那不就范便是。只命各州府严加防范,待他闹够了,回军时咱们再设法破之。"

宋佚话音方落,一旁王度突然说道:"江淮乃京师屏障。燕军兵犯江淮,朝中岂不恐慌？到时候一道催兵圣旨过来，我们能稳坐钓鱼台么？"

"将在外，君命有所不受！"宋忕眉头一皱道，"既然已知燕庶人使诈，直接把内情禀明朝廷便是！"

"朝廷又岂会因你一面之词而拿京师安危作赌？何况……"说到这里，王度又把眼光瞄向盛庸，意味深长地说道，"以大帅处境而言，恐怕是不受也得受啊！"

盛庸身子一颤，王度虽未明言，但其中蕴意他却知晓。所谓将在外君命有所不受，虽称得上一说，但也要分人分场合的。于私处说，他不过是一新晋总兵官，资望甚浅，根本没资格抗拒朝廷旨意。若坚持不出兵，很容易被人理解成龟缩怯战。盛庸骤然显贵，朝中有一大拨人嫉妒眼红，到时候他们随便撩拨一下，鼓捣个"拒绝勤王"的大逆罪名出来，那别说皇上会龙颜大怒，就是世人的唾沫星子也能淹没了他。退一万步说，就算朝廷仍信任他，可军中呢？军中武将也不乏对他的擢升颇有微词的，到时候他们便会以此为契机大加贬损，引得将士们看轻了他。果真如此，就算朝廷继续让他当这个总兵官，自己也没办法再指挥大军了。

"皇上毕竟是明理的，只要咱们把利弊分析清楚，他岂不能看清燕庶人之真意？"宋忕也露出一丝犹疑，不过仍强自争辩。

王度看了看宋忕，又瞅了瞅盛庸，过了好一阵方表情复杂地一笑，口中缓缓迸出八个字："君无主见，臣心难测！"

这一下不光盛庸，就连铁铉也明白了其中含义。半晌，铁铉方黯然地道："子中说得有理。燕军在山东还好说，可一旦他们进了直隶，朝廷……要让朝廷听信我们，难啊！"

盛庸也是一叹，他可以在军事上与朱棣斗智斗勇，但对于波诡云谲的朝堂他却无能为力。

"其实……"就在众人束手之际，王度又说话了，"我军也不是全无胜算。"

"哦？"盛庸闻言一震，眼中迸发出惊喜的光芒，"子中莫非有其他办法？"

"或战或守，哪有什么他法可想？"王度嘿嘿一笑道，"燕庶人不是想逼咱们出兵吗？咱们出就是了。"

"出兵？"盛庸一听之下大失所望，"堂堂对阵，我军恐胜算不大！"

"岂止是胜算不大？"王度摇摇头道，"简直是毫无胜算！"

"那你还……"盛庸有些迷惑。

"大帅！"王度深吸口气道，"下官有一计，大帅依此出战，或可大败燕军！"

"子中请讲？"盛庸精神又是一振。

王度微微一笑，扫视众人一眼，沉声将自己心中想法说了。话音一落，宋佚便一拍巴掌叫道："这法子不错，只要行踪隐秘，胜算还是很大的！"

"不错，反正横竖是要打，不如就用王参军的法子！"

"燕庶人狂妄自大，以为咱都是软馍馍，咱正好给他个教训！"宋佚叫罢，楚智和庄得两个参将也连声附和。

盛庸没有说话，他望了望铁铉，脸上露出一丝忧色。铁铉明白他的心意，半晌方叹道："此策虽好，但需真定军马相助。真定大营归吴侯统领，他……"

铁铉的话没有说完，但众人却都已明白过来，随即堂内又陷入一片死寂。说来说去，终究绕不开了那个令盛庸难堪，却又无法回避的问题——盛庸爬得太快，招人嫉恨。

自打盛庸一跃成为历城侯、平燕总兵官以来，不仅是朝中，就是在军中也引起了一帮将军的眼红和不满。坚守济南的功劳足以让建文将北方战事全盘托付给盛庸，但在那些老资历将军眼中，却远不足以使他们心服口服，这一点在徐凯身上已经得到了印证。自打盛庸命他移师沧州，重修城墙以来，这位都督便心有不满，认定盛庸是无事生非，借此机会在他面前立威。他却嫌寒冬筑城太过辛苦，一直磨磨蹭蹭，直到盛庸限定的日子过了，墙也仍未筑好，这才给了燕军可乘之机，导致沧州四万大军覆没。

徐凯不过是个都督衔的将军，而此次盛庸要"讨扰"的却是安陆侯吴杰！

盛庸与吴杰是有"梁子"的。本来，吴杰以为李景隆、郭英回京后，这下一任的平燕总兵官会是自己，谁知建文却把它给了盛庸，他只得了个副总兵官！

得知自己屈居盛庸之下，吴杰当时便勃然大怒！作为一个勋臣，吴杰自觉尊严受损，对这位新任上司毫不客气。盛庸几次送去私信，言辞颇为亲切，可吴杰均置之不理，一个回复也没有。而对盛庸的军令，吴杰也是阳奉阴违，敷衍了事。郭英罢免后，真定兵马由吴杰统领，在他的主导下，真定大营虽名归盛庸统属，但实际上却自成一体，平燕总兵官的军令在这里大半不能落实。

吴杰瞧不起自己，盛庸自然也明白。可他资望太浅，在军中势力也有限，实在拿这位世袭勋臣没办法。此次王度之策，需真定方面鼎力协助，万一他不搭理可怎么办？

"我给暴方子大人去信，让他劝劝吴侯！他是刑部堂官出身，在朝中也颇有威望,他开口的话,吴侯或许会卖这个面子!"铁铉沉吟半晌道。

"暴昭也管不了吴杰!"盛庸摇摇头道,"军务皆由吴侯统管,他若不听,暴大人一介文臣,又能有什么办法?"

"他不敢不听!"宋忠一咬牙道,"他不就瞧着大帅封了侯爵当了总兵官心中不服么?可他要有本事,当时怎么不来救济南?大帅只管下令,口气尽可严厉些,他若不遵,便是违抗军令。到时候我们一起上奏,请皇上治了他!"

"子中之计说到底也是个险招,必须真定那边配合得严丝合缝,方有可能成功。若大帅以总兵官之势压之,吴侯就算明面儿上不敢违抗,但心中只怕更加嫉恨。到时他只要暗地里动下手脚,随便找个理由慢上半拍,那咱们拿他没办法倒是其次,最要紧的是这十万大军,很可能会因此死无葬身之地。"铁铉的话说得大伙儿悚然变色,但细细一想,确实也很有道理。

堂内顿又是一阵沉默。不知过了多久,最先献计的王度方幽幽道:"若咱们甩开吴侯呢?"

"哦? 你是说?"盛庸疑惑道。

王度微微一笑,口中吐出两个字:"平安。"

第二十三章

穷计谋真定奇兵　失庙谟东昌惨败

滑口是东昌府东南三十里处的一个小镇,镇南紧挨着大清河。因其不靠官道,平日里也算不得繁华。不过,现在这小小的滑口却是车水马龙、人声鼎沸。昨日,朱棣亲率燕军主力渡过大清河,在滑口扎下了大营。很明显,他们将从这里出发直奔东昌,去迎战盛庸所统率的十万大军。

五更刚过,燕军便埋锅做饭。当远方的地平线刚刚露出一丝晨曦时,燕军将士已踏着清晨的朝露,向东昌方向开进。

行军的途中,朱棣可谓神采飞扬。到现在为止,一切都按照他的设想进行。在劫大名粮草、继而扫荡鲁西南、威胁直隶后,一直龟缩不出的盛庸不得不走出了德州,经故城、武城、临清,一路尾追到了东昌府。东昌不大,论坚固也远不如德州,城防也在之前被燕军破坏大半,南军将很难依赖坚固的城防与燕军对峙。将盛庸引出防御坚固的城池,这正是朱棣这次突入山东腹地的意图。现在目的已经达到,盛庸将不得不在鲁西平原决战,以燕军的实力,与兵力大致相当的南军较量,又岂有不胜之理?

与朱棣的神采奕奕不同,与他并辔而行的金忠却一直皱着眉头。燕军的进展十分顺利,但正因为顺利,反而使他心中有些不安。

"王爷!"想了一想,金忠扭头对朱棣道,"臣心中有几个疙瘩,还请王爷开解。"

"世忠且说!"朱棣勒了勒马缰,将速度放慢了些,对金忠笑道。

"王爷,臣所疑有二。其一,我军扫荡鲁南,实为引诱德州出兵。盛庸非等闲之辈,他真就看不出来? 如果他已知晓,又为何如此轻易便上套?"

"这不是在北平时就已算计好了的么？纵然盛庸明白，可朝廷未必清楚。我军一旦突入淮北，朝廷惊慌之下，必然会逼盛庸回师南下！"

"话虽如此，但我军尚未抵直隶境内，盛庸何以匆忙至此？且据京师谍报，朝中尚未有命盛庸回援的旨意！"

"这不难解释！"朱棣一笑道，"若我军突入直隶，京城舆论必然大哗。盛庸资望甚浅，如何应付得了这些物议？故其明知挡不住我军南下，索性便提早出兵，将战事控制在山东境内。只要我军不入淮北，朝中便对他无可指责，若其侥幸得胜，将来论起功来也光彩！"

"倒也是这个理。"其实金忠心中仍有疑惑，但苦无根据，只得换了个话题道，"其二，盛庸岂会不知一旦出了德州，必然不是我军对手？他即便不得不出兵，但至少也应该聚集全部兵力与我军决战！可眼下东昌只有德州大营的十万之众，并无真定军马，如此决战，盛庸焉能不败？"

"这……"朱棣眨眨眼，忽然不无得意地一笑道，"真定大营不会出兵了！"

"啊？"金忠不由一阵愕然。

"本王忘记和你说了！"朱棣呵呵一笑，解释道，"本王命煦儿出征时，特地命纪纲随从。当时你正和先锋攻略滑口，没在本王身边。到清河后，纪纲携本王亲书孤身潜入真定，见到了吴杰！"

"见到了吴杰？"金忠惊讶地张大了嘴巴，"王爷信中怎么说的？"

"信倒无甚稀奇，无非是晓以大义，劝其归降罢了！"

"吴杰不会降的！"金忠大摇其头道，"他是侯爵贵胄，一家上百口子都在金陵。要是这么平白无故地投降，得不偿失不说，皇帝也会诛了他九族！"

"他自然会不降！"朱棣阴冷一笑道，"那封信只不过是存个侥幸之念，吴杰不从也无所谓。要紧的是下头，本王还叫纪纲带给他一个口信！"

"王爷怎么说？"

"本王劝他暂不出兵，并承诺只要他按兵不动，将来靖难功成，本王绝不计其抗拒天命之过，并另有重赏！"

话说到这里，金忠已经完全明白了：勋戚和藩王的关系本就说不清道不明，加之朝廷改制抑武，这帮贵胄对建文的忠心实在有限得紧。如今天下大势扑朔迷离，朱棣捎给吴杰的这句话，实际上是个他吃了颗定心丸——只要他不出兵，将来自己获胜，他吴杰也不会因此获罪，照样是荣华富贵享之不尽。而且，盛庸骤然显贵，他自然也是一肚子火。拒不出兵，不但给将来留了个退路，还能整死盛庸,这种一举两得的好事,吴杰就是傻子也知道如何抉择。

朱棣对勋戚的心理一向把握得十分精准,这在对付耿炳文和李景隆时都有充分体现。他既然这么笃定,那金忠也不好再说什么。接下来,众人埋头赶路,终于在晌午时分赶到了东昌城外。此时,盛庸已得到消息,全部十万大军出营五里,两军立时摆开了阵势。

燕军中的朵颜胡骑首先出击,他们骑术精湛,来去如风,南军稀疏的箭雨对他们的伤害微乎其微。一转眼工夫,朵颜胡骑已距南军大阵仅二百步之遥。

此时的南军按照六花阵的七分法,共分为前、左、右、后、左虞候、右虞候以及中军共七个部分,其中中军主阵四万,六小军各一万。与六花圆阵不同,这六花方阵是让六支小军各自列成矩形,将盛庸的中军围在中间。而矩形的布阵,使直面敌人的前军、右虞候军两部战线较为扁长,阵形也略显单薄,眼见胡骑如狼似虎般杀至,一些南军将士出现了骚动。

"点火!"当朵颜胡骑冲到阵前约百步时,庄得与葛进几乎同时大喊。两军中各有一队步卒迅速趴到地上,拿起火石使劲擦着什么。

"轰隆……"一连串雷鸣声震天响起。燕军将士惊奇地发现,在离南军阵前百余步远的地上,竟发生了大面积爆炸。

"地雷炮!"眼见前方人仰马翻,朱棣在短暂的惊骇过后,已第一时刻反应过来。尽管火器在大明军队中已不稀奇,但地雷炮的使用倒真不多见,朱棣也只是昔日与一众兄弟在凤阳练兵时见过一次,而这么大规模的地雷炮爆炸更是第一次见到。一时之间,他有些不敢相信。

这确实是地雷炮。盛庸花了两天时间,在预设战场的前方埋下了数百颗地雷炮。这些地雷炮都是陶罐制成,里面填有火药,并用竹竿套上火线,一直埋到南军阵前。当朵颜胡骑冲近时,南军点燃火线,随即将各个陶罐爆炸粉碎。陶片飞溅而出,直接打到胡骑身上。而胡骑身上最多只有一件皮甲,根本挡不住陶片的锋芒。待硝烟散尽,上百名胡骑已倒在了血泊当中。

"噢……"南军阵中爆发出一阵欢呼。这批地雷炮,是盛庸和铁铉将济南、德州的所有火器工匠集中到一起,不分昼夜地花了七日时间做成,此时果然建得奇功。

朵颜胡骑长年居于塞外,平日里只知游牧骑射,连手铳火炮都很少见到,对这种能使地面直接炸开的地雷炮就更是闻所未闻了!一时间,原本凶神恶煞般的勇士们个个面露惊骇之色,生生在南军阵前停了下来。叽里呱啦的一阵呼叫之后，他们竟拨转马头朝侧后方逃去。

"唉……"眼见朵颜胡骑败下阵来，朱棣脸色一沉，随即对身后的旗官道，"传令推弩车上去，世忠代本王坐纛指挥，本王率亲军冲阵，待局面打开，你便挥大军压上！"说完，朱棣马鞭一挥，带着一众亲军向前方奔去。

旗兵挥舞令旗，二十架弩车便向南军战线的中央推进，在他们后方百步外，是朱棣亲自统率的三千亲军。

南军没有弩车。白沟河大败和德州失守后，器械都已被李景隆丢弃一空，眼下的南军不光技不如人，就是器械也落后许多。弩箭射程远，所以燕军很安全地推进到了弩车射程之内。

"停住，准备发箭！"指挥弩车的是中军右副将何寿。待已逼近到距南军约莫两百步时，他下达了命令。士兵们得令，纷纷把弩车停好，操纵车上的床子弩向敌军瞄准。在他们身后，朱棣和他的亲军已是厉兵秣马。只待南军阵形松动，便要呼啸而下。

南军这边也有了反应。见燕军弩车上前，南军前方两阵的前排兵士从身前的地上提起了一面面巨大的木盾，将身体牢牢护住。

何寿嘴上露出一丝冷笑。燕军弩车上的三连发床子弩乃精工所制，矢大如凿，两百步内发射可连穿数人！区区一面木盾，又岂能挡得住？

"嗖！嗖！"二十张床子弩一齐发射，六十支八尺弩箭破空而出，直向南军飞去。只听得一连串嘣嘣之声响起，何寿的眼睛顿时睁得老大，绝大部分弩箭嵌进木盾，但都没有射透！

"噢……"南军阵中又爆发出雷鸣般的欢呼。原来盛庸知道燕军未携火炮，故在出兵前特遣数千精壮军士，把德州城外老坟上的桦树悉数砍尽，将所得桦木统统做成三寸厚、八尺高的木盾。桦木本就结实，加之有足够厚，便能挡住弩箭强攻。

见弩箭亦未能伤南军半分，朱棣的脸上顿时一片铁青。这两次攻击都只是前奏，无论得逞与否都不影响全局，但燕军攻击连番受挫，却使本有些紧张的南军官兵士气大涨，这绝对是他始料未及的。朱棣心中怒意更炽，当即一夹马腹，带着三千亲军向南军猛扑过去。

南军中军大阵的最中央，盛庸与铁铉正站在临时搭建的望楼上鸟瞰全局。见朱棣的帅旗移动，盛庸的眼中闪过一丝喜悦的光芒，他当即大声下令道："命前阵勿要阻挡，只管结阵自保，放燕庶人进来。"

其实不用盛庸指示，前方的南军早已准备就绪。六花阵本分内、外两层，阵中七军皆自成一体。本来，为确保中军大阵无恙，周围的六小阵应互相策应，抵挡来犯敌军，但此次，庄得的前军和葛进的右虞候军却对气势汹汹杀来的燕军视若无睹，只在巨大木盾的掩护下龟缩自保。燕军一时无法破坏巨盾，索性便从两阵中央的缝隙直突向前，朝中军大阵杀去。而此时，南军中军阵形也出现松动，竟让燕军连破几道防线，直让朱棣杀到了腹心。

朱棣带着马和、狗儿等一众内官冲在最前面，见眼前的南军四散而逃，他正暗自高兴。忽然后方"啊呀"一阵惊呼响起，朱棣回头一看不由大惊——在身后四十余步外，南军忽然拉起了几道绊马索，几十个亲军骑士猝不及防，顿时栽落马下。

"杀燕贼啊……"就在朱棣惊愕间，震天般的喊杀声已四处响起。朱棣举目四顾，当即惊得张大了嘴巴——此时的南军中军阵形已发生了巨变。前方百余步外，约五千南军健卒聚集在盛庸所处的瞭望楼下，而在两侧远方，则有更多的南军步卒结成一个个小圆阵，相互策应着向自己步步逼近。最要命的是身后，在用绊马索掀翻了几十个燕军骑兵后，南军步兵在大盾的掩护下一拥而上，将原先被撕开的缺口重新堵上，把大部分燕王亲兵堵在了中军阵外。此时的南军中军战线，已由最开始的矩形变成了环形，除五千人马聚集中央，保护盛庸等主将外，居于外围的三万多将士则逐渐缩小阵形，一步步地将朱棣他们压缩在阵中！

"不好！"燕军本阵中，金忠发现朱棣大旗被淹没，顿时明白其中了盛庸埋伏。不过金忠并不太惊慌，朱棣所率都是燕军精锐，南军想吞掉他们没那么容易。只要自己本阵压上，凭着燕军的整体战力依然能够打败南军。而且由于朱棣这么一搅，南军阵形已然松动，此时再全军出击，胜算更大。

"本阵将士准备出击！"金忠传下指令。

"军师，你看！"就在将士们蓄势待发之时，一旁的小内官忽然往西南方指。金忠顺其所指望去，一名哨骑正由远及近而来。骑兵的背上插着两支箭矢，一看就是被人射伤的。

"南……南军！"还没到阵里，骑兵便支撑不住了，他大声喊出发现的敌情后，便一骨碌从马上跌下来，倒地气绝！

虽不过寥寥数字，但哨骑的话却让所有人大吃一惊。南军不都在前面吗？怎么后方也有南军？

金忠内心也是惊骇不已，他马上掉头瞭望，不多时，地平线上便冒出一大群黑点,真是一支大军!

"中计!"金忠身子一软,几乎从马上栽了下来。而在南军那边,瞭望楼上的盛庸和铁铉早已远远瞧得,当即欣喜若狂地击掌大笑。

这支突然出现的兵马果然是南军,而且人数不少,马步共计四万有余,领军的也不是别人,而是真定大营中仅次于吴杰的第二号人物——参将平安。

当初白沟河大败后,平安随郭英逃回了真定。其后郭英被罢免,吴杰统领真定大营,平安便归于吴杰麾下。吴杰原先是河北都司掌印,说白了就是个坐纛将军,平日里只负责真定府的防御。而平安是百战老将,又久随郭英出战,在真定的将士中威望甚高。有了这层缘故,真定大营虽归吴杰主持,实际上平安的影响却可与他分庭抗礼。

燕军扫荡山东腹地,威胁直隶,盛庸不得不出城追击。面对敌强我弱的不利形势,王度设计以真定军马为奇兵,希望他们能隐匿行踪增援,在两军激战正酣之际抵达战场,对燕军形成夹击,从而一举奠定胜局。但是,吴杰一直对盛庸阳奉阴违,为防吴杰抗命不遵,王度在让盛庸给吴杰下令的同时,又命使者暗中携带了一封密令给平安。结果不出德州诸人所料,吴杰一接军令便满脸愁容,继而支支吾吾顾左右而言他。使者见吴杰犹疑,遂将盛庸密令交给平安,希望他能听盛庸之令出兵。

平安乃洪武朝老将,以前便与盛庸关系不错。二次北伐时,他二人都在李景隆麾下,彼此间也多有配合。且与吴杰这帮勋臣出身的将领不同,平安是一心忠于朝廷的,当盛庸在信中万分诚恳地请他相助时,平安当即慷慨应命。随后,平安借口偷袭北平,将所部四万大军带出了真定。出城后,平安折而向南,一路经顺德、广平、大名三府,一直到达大名府南四十里处的南乐。在那里,平安折转向东,进入山东境内,抵达鲁西的朝城县。一路上,平安昼伏夜出,专挑小道行军,走得十分小心。朱棣以为真定即便出兵,也只会就近从威县一带入鲁,却没料想他们居然兜了这么大个圈子!

抵达朝城后,平安侦知燕军已北上东昌,便也领兵出发,一路风餐露宿,在东昌东南五十里外的莘县境内扎营,并与盛庸接上了头。此时燕军主力已到滑口,盛庸准备迎敌,并命平安疾速赶到东昌。平安一路疾行,终于在朱棣身陷重围的关键当口赶到了战场!

"变阵!变阵!"在经历短暂的惊骇后,金忠声嘶力竭地大喊。现在的燕军本阵正对北面的盛庸,而平安却是从侧后方杀至,若不赶快调过头来,恐怕这剩下的六万将士都要被杀得干干净净。

燕军本阵出现骚动。真定南军的出现，不仅让燕军将士措手不及，更加剧了他们心理上的恐慌。就在燕军急匆匆变阵之际，四万南军已逼近到了燕军阵前。平安一马当先，领着三千精骑直闯阵中，所到之处燕军人仰马翻，立时陷入混乱。

"燕军本阵乱了，弟兄们步步为营，把燕庶人擒下！"南军大阵的瞭望楼上，盛庸已兴奋的满脸通红，挥舞着拳头对着楼下的南军将士放声大喊。

"活捉燕庶人！活捉燕庶人！"负责包围燕王亲军的南军将士此时也齐声高呼。

朱棣此时的处境十分危险，他的三千亲军有大半被隔在了盛庸中军的环形阵外。在更外围，南军小阵也正对同样陷入阵中，正拼命向朱棣靠拢的张玉和朱能两部加以围堵。由于平安的意外出现，燕军的六万大军已被死死绊住。仅靠张玉和朱能的兵马，不仅难以冲破南军防线，被反噬都是有可能的。

朱棣感受到了死亡的威胁，他把身边的亲兵集中起来，不断地左突右冲。如此打法，一方面是为了阻滞南军的四面紧逼，另一方面是试图找到一个薄弱环节冲出阵去。可冲了几次，不但没能打开缺口，燕军的活动范围却被压缩至方圆不到三里的范围内。随着时间一点一滴地流逝，亲军将士中不断有人落马，跟随在朱棣身后的亲兵仅剩下不到六百。

在又一次突围受挫后，南军的包围圈已缩小到仅仅方圆二里，剩下的燕军将士已全部被压缩在一个仅两丈高的小土堆周围。趁着两军各自调整阵形的当口，马和焦急地向朱棣道："王爷，这么下去不是办法。南军人多，咱们得拼上一把，尽全力和外面的援兵会合！"他的左臂已中了一箭，虽然有铠甲保护，但箭头仍嵌入肌肤，胳膊已被染得通红。

朱棣内心也十分焦急，不过身为主帅，他却必须保持镇定。马和的建议实际上是劝他改变前几次一击不中，退而另寻他处的试探打法，下定决心拼死一搏。若成功，自然可以杀出重围，可若再不得手，自己深陷南军阵中，便再无侥幸之理。之前朱棣一直不肯孤注一掷，是希望朱能或张玉能冲破南军包围，将自己营救出去，可面对越来越严峻的形势，朱棣知道完全寄希望于援兵已不可能，只需一个时辰，现在剩下的转圜空间也会被吞噬殆尽，到时候自己就再无反抗之力，他觉得必须尽快找出对策。

"号手还剩几个？"忽然间，朱棣扭头向马和发问。

之前朱棣说话皆声如洪钟，此时却出乎意料的微弱，马和差点没听清，愣了一愣方答道："带出来十个，已有四个死了，还剩下六个！"

朱棣没有应声。之前的突围虽然盲目，但也不是没有收获，至少他已经判定，包围圈南面的南军实力最为雄厚。在一个时辰前的那次向南突围中，朱棣看到前方"庄""葛""楚"三面大旗，这也就是说，盛庸已把手下仅有的三个参将全调到了包围圈的南面。当然，这样的安排并不奇怪，因为张玉的中军就在南线包围圈之外，此部实力最为雄厚，所以也是朱棣最有可能选择突围的方向。相反，从东北方向攻阵的朱能实力较弱，故那边的防守相对薄弱。

朱棣举目四望，此时天色已经黑了下来，天空中正刮着凌厉的北风，呼啸着扫过凄凉的战场。略一思忖，他压低声调对马和道："选几个胆大精干的出来，待会冲到南军阵前，吹号让张玉加紧进攻！记着，一定要冲到南军阵前再吹号。"

"要从南面突围吗？"马和赶紧发问。

"从东北突围！"朱棣的话音十分阴冷，"你率三名号手守在最后，待大队离开后再冲到南面。记着，吹完号，你便单骑折回，追上大队！"说这话时，朱棣有意将"单骑"二字咬得特重，他相信马和会懂他的意思。

马和打了个寒噤，立刻就明白了朱棣话中的含义。尽管天色漆黑，但马和还是能清晰地感受到朱棣那双特有的重瞳中投射出来的凌厉光芒，他不敢怠慢，拱手道："奴婢明白，请王爷放心！"

"去准备吧，一盏茶后，本王率军突围！"朱棣拍拍屁股起身，下达了最后一道旨意。

"遵旨！"马和赶紧应答。

一盏茶工夫很快过去，朱棣下令向东北方向奔驰而去，随即南军大鼓再次震天响起。待大队离开，四名飞骑却单独驰往南面，待跑到距南军枪阵不到三丈的地方，其中三人忽然吹响了号角。

此时北风正烈，战场上鼓声又响，正反方向朝东北飞驰的燕王亲军只闻得呼呼风声和咚咚鼓声，并未听到号角作响。但正在下风口与南军僵持拉锯的张玉却顺着风隐隐听到了号声。他精神一振，随即高声叫道："儿郎们，王爷向咱们这边杀过来了！大家加把劲，接王爷出来！"说完，他便奋勇向前突进。

吹完号，马和随即准备撤退，这时一阵箭雨袭来，马和早有准备，举起盾牌挡住，其他三名号手则有二人中箭身亡。趁着第二波箭雨未到，马和与剩下的赶紧拨马调头，向东北方向飞奔。南军为保持阵形，并未追赶，便由着他们去了。

两人跑了不久，便隐隐看见亲军后队的身影。马和突然一勒马缰，将马止住。跟在身后的号手一愣，随即也停了下来。

"大人，大队就在前头，怎么不跑了？"号手奇怪地问道。尽管看不清脸，但从略带青涩的嗓音可知，这个号手还是一个半大的孩子。

"唉！"马和暗中叹了口气，随即缓缓扭转了马身。

"大人……"号手刚又出声，忽然眼前寒光一闪，一支短箭已经刺穿了他的喉咙。号手甚至来不及发出声音，便一骨碌从马上栽下。

马和不由自主地闭上了眼睛，但只过了片刻，他便拨马回转，毫不犹豫地向燕军队伍追去。

当马和追上大队时，燕王亲军正与南军杀得难解难分。

朱棣的选择收到了意想不到的效果。东北角攻阵的朱能本是为策应张玉而来，故手下仅有五千燕军轻骑和三千朵颜胡骑。正因为不是主攻，朱能反而稳扎稳打，只求最大程度吸引敌人。而经过一段时间的观察，盛庸也逐渐看透了朱能的心思，也发现朱棣的突围方向基本都在南线，他遂把重心放到了抵御张玉上头。原先用来对付朱能的左、后、左虞候三个小军阵中，除左虞候军直面朱能全力抵抗外，其余二阵都不约而同地将精锐抽调到了南线，中军环形大阵中，南线的兵力布置也最为雄厚。盛庸的计划是，只要张玉部覆没，燕王基本上就可以说是瓮中之鳖，届时可以尽快抽调出部分兵马增援正与金忠死拼的平安。毕竟，盛庸是平燕总兵官，他除了要生擒朱棣，更希望趁此机会把那附逆作乱的十万"叛军"一网打尽。

此时天色已经完全漆黑，朱棣把全部残存亲军聚到一起，又形成一个攻击性极强的小锥形阵，借着夜色向东北方向狂扑过去。燕王亲军是燕军精锐中的精锐，且对朱棣忠心不二。此时朱棣抱必死之心，其他人亦是慷慨激昂。因此，这数百骑士虽然人数不多，但战力却是惊人的强悍。东北面的南军本和朱能杀得旗鼓相当，此时朱棣发疯般地从背后杀至，众人一时慌了手脚。一番冲杀下来，包围圈竟被打开了一个缺口。朱棣一伙趁势冲出，与在外围与南军小阵鏖战的朱能部合到了一起。

"王爷回来啦！"眼见朱棣脱险，朱能又惊又喜，当即振臂大呼，燕军将士也是欢呼雀跃。待到朱棣入阵，朱能忙集合残军，与朱棣一起向东北方的往平方向撤退。南军追了十来里，因天色已暗，终不敢久追，便收兵归阵。

眼见朱棣仓皇逃去，盛庸遗憾之余，遂把所有的怒火发泄到了仍陷于阵中的燕山铁骑头上，当即厉声下令道："把那个老匹夫的铁骑围起来，一个也不要放过！"

张玉陷入了绝境。此时的燕军本阵，正与平安部来回拉锯，一时无力救援张玉；而朱能他们的撤出战场，使张玉不得不独自面对南军本阵将士的围剿。张玉情知不妙，可天色渐黑，他不知道燕王已经冲出包围。抱着宁死也要救出燕王的念头，张玉率着手下的铁骑与盛庸大军拼死厮杀。

好汉终究不敌人多，尽管燕山铁骑骁勇盖世，但面对近十倍于己的敌军，他们接连不断地倒下，转圜空间也逐渐被压缩。很快，张玉所部被截为两段，副将郑亨统领的后卫被南军挡在了外面。郑亨没张玉那份执拗，见实在势不可为，他只得改弦更张，转而掉头突围。

郑亨很幸运，南军的目光都集中在张玉身上，经过艰苦搏杀，郑亨率着近千残军冲出了南军的包围。但他的离去，也使张玉失去了最后的支援，这位戎马一生的老将无可挽回陷入绝境。

一千、五百、三百。在几次冲杀过后，张玉身边只剩下了上百亲军。数万南军层层叠叠地列成一个巨大的包围圈，将他们困在方圆不足百丈的狭小空间内。

"将军，箭已经射光了，咱们怎么办？"身后传来一个声音，张玉扭头一看，发问的是亲将脱脱迷失。

张玉苦涩地一笑。脱脱迷失是他还在北元做枢密知院时收下的奴隶，降明后也一直跟随。这个魁梧汉子性格爽直，二十年来一直对他忠心耿耿，可如今，他却将这位忠仆带入了绝境。

"脱脱，你带着剩下的儿郎们降了吧。盛庸是朝廷大将，他不会为难你们的！"

"我们投降，那将军你呢？"

"我？"张玉此时已经翻身下马，望着步步逼近的南军，他摇摇头一脸凛然道，"我身受王爷厚爱，事到如今唯死而已，岂能降敌？"

"将军不降，我也不降！"脱脱迷失当即叫道，"长生天在召唤我，我和将军一起去见他！"

"我也不降！"

"老子也不降，大不了跟将军一起上路！"

脱脱迷失的无畏带动了其他亲兵。这些人都是张玉从军中精心选拔出来、久随自己的勇士，眼见张玉决意赴死，他们也毫不犹豫地慷慨高叫。

"好！"张玉也大受感染，"马革裹尸，男儿大幸。这茫茫旷野，便是我热血汉子的归宿！"

盛庸此时已赶到军中，眼见张玉视死如归，他不由微微一叹。作为军人，他赞叹张玉的豪气，但作为敌人，他必须要将这个名震河北的悍将置于死地。尤其是在刚才，张玉还一箭射死了他手下最骁勇的参将楚智。

"放箭！"盛庸手一挥，冷冷地下达了命令。

万箭齐发，如蝗般的箭雨从四方飞至。脱脱迷失中箭气绝，其余亲兵亦接连倒地。到最后，被亲兵们护在最中间的张玉也被乱箭射中。盛庸放眼望去，张玉那身威武的精铁战甲已被十余支箭矢刺穿，鲜血沿着箭杆向外流出。在生命的最后关头，张玉艰难地举起右手，将已有些歪的帽盔扶正，旋又望向盛庸，嘴角浮现出一丝难以言喻的冷笑。半晌后，只听得"扑通"一声，张玉魁梧的身子终于栽倒在了地上。

"大帅，把他的心挖出来，祭奠楚将军！"确认张玉已死，葛进恨恨地向盛庸提出了建议。楚智与他久在盛庸麾下，情如兄弟，不想今日却被张玉一箭射杀。想到楚智死时的惨状，葛进心痛之余，也将满腔怒火倾洒在了张玉身上。

盛庸没有吭声。葛进见状，遂自顾自地从腰间抽出一把匕首，咬牙切齿地向张玉的尸体走去。

"且慢！"当葛进扬起匕首就要戳下时，盛庸阻止了他，"张玉杀楚智，非为一己私怨。战场之上，武人丧命乃平常事，何以冤冤相报？"

"大帅……"葛进万分悲怆地放声大叫。

盛庸却没有再理他，将目光从张玉尸体上收回。他一招手，亲兵将坐骑牵至，他一跃上马，返身离去，风中飘来他的最后一句话："收兵回营，张玉尸身留给燕军！"

就在张玉身亡的同时，燕军本阵与真定援军的较量也分出了结果。平安奔袭而来，一开始占得先机。但燕军毕竟人多，且是百战精锐。经过来回拼杀，燕军已由最开始的猝不及防，继而变为旗鼓相当，最后已隐隐占了一丝上风。此时已过二更，经过三四个时辰的战斗，本来战力较弱的南军已疲惫不堪，平安遂下令向东昌城撤退。

东昌一战，打破了燕军不败的神话。战后，南军士气大振，盛庸的威望又升到了一个新的高度。待重回德州，这位平燕总兵官雄心勃勃，准备乘胜北伐，一举踏破北平。在经历了无数次惨败后，大明朝廷终于迎来了期盼已久的春天！

永乐大帝

② 盛世华章

云石 著

长江出版传媒 长江文艺出版社

目 录

第一章

四小姐设计擒贼 李增枝口吐实言

胜了！终于胜了！当东昌大捷的消息传回京师，朝廷上下顿时成为欢乐的海洋。这是开战一年多来第一次取得重大军事胜利，在这段日子里，朝廷官员，尤其是赞同削藩的文官们已经遭受了无数次打击，承受了难以想象的压力。如今，所有阴霾似乎都在一夜之间烟消云散。文官们兴高采烈，争先恐后地向皇上进献贺表。一些原本对平燕颇有微词的勋戚武官们也改变了立场，转而大唱赞歌。

最开心的自然是建文。尽管在随后的军报中得知燕军最终逃脱了官军追击，但大破敌军的辉煌战果仍让他喜不自胜。

在一片弹冠相庆中，有一个大臣显得十分落寞，他便是兵部尚书茹瑺。捷报回京，建文欢庆之余，首先就是让齐泰、黄子澄复职。齐泰回归兵部，茹瑺迅速被边缘化。这几日朝廷连连下令，河南、江淮等地的镇守卫所悉数北上，大批的粮饷、辎重也从京师装船，源源不断地向德州运输，而这一切都是建文与齐泰、黄子澄商议后的决策，茹瑺不过是在大事已定后被告知一下而已。他十分愤然，但又敢怒不敢言，只能郁郁寡欢。

这一日，茹瑺如往常一般散衙回府。刚到府门口下马，一个家奴打扮的人凑到近前一揖道："茹大人，我家老爷在江东楼备好酒席一桌，敬待大人捧场。"说着，恭恭敬敬将一张名帖奉上。

"你家老爷？"茹瑺看这个家奴有些面熟，但一时又想不起来在哪里见过，遂面露狐疑地将名帖接过。一看之下面色一变，隔了半晌方喃喃出声道，"是他……"

……

阳春三月，万物复苏，江南大地上的绿草也渐渐冒出了尖儿。与春意盎然的节气相同，京中士民的心思也被撩拨起来。这几日，钞库街、武定桥一带，无数公子少爷们蜂拥而至，将十里秦淮烘托得热闹非常。

这一日傍晚，钞库街上最负盛名的翠烟楼前来了一位衣装华丽的贵客。守在门口的老鸨儿远远瞧着，当即堆起满脸笑容迎上去道："哎哟李二爷，都一年多没瞧着您了咧！自打您去了河北，后来就没了音讯。前两个月，听客人闲谈时说您哥哥已被皇上赦免，咱还想着您也没事儿了，可左盼右盼，就见不到您过来，还以为您老把咱们都给忘了呢！"

"我这不是来了么？"贵客趁机在老鸨胸前抹了一把，一脸淫笑道，"萧烟儿还好么？可有把老爷我忘了？"

"您还有脸提？"老鸨啐了一口，哼道，"您这一走就是一年，烟儿日思夜盼，人都憔悴了。就上个月，烟儿还抽抽搭搭地跟我提起，说您最后一次来时还答应送她个金簪子来着，敢情您是反了悔，所以就撇开不理她了！"

"哪能呢？"贵客当即一叫道，"老爷我是什么人？还差个破簪子？十个咱也不眨下眼睛，快，带我去见她！"

"您这边走！"老鸨从来客怀中抽出身来，笑着一让，然后扭动着腰肢向内院走去。

这位贵客不是别人，正是李增枝。李增枝因兵败白沟河，故背了个"待罪听勘"的罪名在家闲居，倒也一直十分谨慎。不过盛庸取得东昌大捷后，建文大喜之下，重新重用剿燕派大臣，连李景隆也时来运转，恢复了太子太傅的官职，李增枝自然也不用再"待罪听勘"。虽然前军左都督的官职未复，但他仍以闲散大臣的身份位列朝班。先前落魄时，李增枝为了避祸，不得不收敛形迹，如今他也算是囚鸟出笼。又忍耐了两个月后，李增枝实在憋不住，终于再来秦淮河寻欢作乐。

待走到后院，早有一个二九少女迎了上来，当即一声嘤呼，直扑到李增枝的怀里。李增枝只觉胸口一团火直往上冒，忍耐不住，一把搂住少女直接往旁边的房中奔去。老鸨嘿嘿一笑，随即将门带上离开。不一会，房中便响起呻吟声……

一夜风流，到了第二日拂晓，李增枝方从温柔乡中醒来。这一日正值朝休，李增枝本欲再风流一阵，不过转念一想，现在他毕竟是刚刚起复，凡事还需谨慎些好，故盘算着趁天没亮透赶紧回府，如此也不惹眼。计议已定，他遂又在少女身上摸索一阵，待过完了瘾，才恋恋不舍地离去。

待李增枝从翠烟楼出来，天空已隐隐露出肚白。他从武定桥上过了秦淮河，正欲顺着东牌楼、贡院街打道回府，忽然前方过来一辆堆满木桶的板车。因推板车的人身形娇小，又是一副民妇打扮，他只当是起早收粪水的，倒也没太在意。可当板车与他交身错过时，那个民妇忽然从车上掏出一个大木棒，疾步冲了过来。李增枝察觉后面一阵疾步声，正转头欲瞧，后脑勺便已挨了一棒。待他醒来时，已身处一片荒木丛中。

李增枝左右一扭，才发现自己早已被捆得严严实实。他心中大恐，一抬头发现两个少女正一脸愤恨地望着自己。此时天色已有些亮了，李增枝定睛一瞧，当即大惊。这两个女人，一个是自己当初强抢的玉蚕的侍女景儿，而另一个竟是徐府的四小姐——徐妙锦！

"徐妙锦，你要怎样？"待意识全恢复后，李增枝浑身战栗，当即吓得大叫。

"侬这淫贼，害我玉蚕姐姐，还想逍遥法外？皇帝哥哥不杀侬，那是他没长眼睛！我今日要替天行道，为玉蚕姐姐报仇。"

原来徐妙锦早就想杀李增枝，只因怕牵连家人，一直不敢动手。东昌大捷后，李增枝兄弟相继起复，徐妙锦得知，再也按捺不住心中怒火，遂每日与景儿乔装到岐阳王府外晃悠，刺探李增枝的行踪。昨日傍晚，李增枝从府中出来直奔翠烟楼，徐妙锦她们一路尾随。确信李增枝又要嫖宿后，徐妙锦心生一计，竟装扮成运粪车的民妇，一早便躲在中山王府的后院中，并派景儿在李增枝回府所必经的东牌楼一带晃悠。东牌楼就在中山王府的西门外，待李增枝出现，景儿即刻回报，徐妙锦当即趁李增枝不备一举将其擒获。

当"报仇"两个字从徐妙锦口中说出时，李增枝已彻底明白她接下来要做什么，惊恐之余，他当即尖声叫道："你敢！我乃朝廷一品大员，你敢私自杀我，朝廷必诛你满门！"

"叫什么！侬睁开狗眼看清楚，这是什么地方？这里是聚宝山，早就出了聚宝门了！荒郊野岭的，谁会一大清早来这里？我就是杀了侬，又有谁知道是我杀的？"徐妙锦怒目说到这里，又是一声冷笑道，"侬李家兄弟折了十多万京卫将士的性命，现在这京城内外恨你们的人多得是，我这也算是为这些孤儿寡母报仇了！到时候朝廷就是追查，也疑不到徐家头上。"经历了德州一事后，徐妙锦也成熟不少，此番她如此设计，也是深思熟虑后的结果。在荒郊野外诛杀李增枝，还真是一点娄子也没有。

"小姐，跟这淫贼有什么好说的，直接杀了就是！"一旁的景儿早已是满腔怒火,眼见杀死玉蚕的仇人在此,她恨不得将其碎尸万段。

此时的李增枝已吓得浑身筛糠,他想反抗,可手脚都被捆死,想动也动不了。眼见徐妙锦逼至眼前,那寒意凛冽的匕锋让他肝胆俱裂,当即撂开嗓子大叫道:"那个玉蚕不是我强抢来的,是徐增寿主动送我的!"

"什么!"李增枝此言一出,犹如一个晴天霹雳把景儿和徐妙锦震得花容失色。

过了一会儿,徐妙锦方回过神来,当即冲上前给了李增枝一个耳刮子骂道:"淫贼,那日明明是侬家杨思美在三山门外抢人!侬死到临头,还要诬陷我四哥,看我不一剑戳侬个大窟窿!"

徐妙锦是真动了气,一直封着的越女剑也抽了出来,作势便要往李增枝身上捅。

见她如此,李增枝知道稍有延迟就要命丧黄泉,遂急切道:"我没有说谎,你听我解释!"

见李增枝一脸惶急之色,不似作伪,徐妙锦心中顿时一个咯噔,剑锋也停滞下来。稍一沉吟,她宝剑一提指着李增枝的喉咙道:"好,若有半点虚假,本小姐必将侬碎尸万段!"

"我不敢说谎!"李增枝哭丧着脸,将前后经过细细道来——

当初耿炳文兵败,建文以李景隆为平燕总兵后官。诏旨一下,李景隆喜出望外。他明白,只要打败燕藩,他就将超越徐辉祖,成为大明第一勋臣。接诏后,他调兵遣将,为北伐作准备。

打虎亲兄弟,上阵父子兵。李景隆当上总兵后,李增枝也被封了个参将。得此任命,李增枝喜出望外。在他看来,燕藩根本就不堪一击,此次北伐,取胜是铁板钉钉的事。待平燕功成,不仅哥哥从此威势无二,他也可在这场战争中大捞一把军功,从而洗刷掉"膏粱子弟"的恶名,一跃成为建文新朝的中流砥柱。

而就在李增枝筹备出征时,忽然徐增寿派人前来下帖,请他到醉仙楼一聚。

收到请帖之时,李增枝有些诧异。毕竟徐李两家已形同陌路,不知道这时候找他干吗。

不过李增枝很快就恍然了:眼下李家受皇帝宠信,眼瞅着就要平步青云。徐增寿当初在官妓一事上得罪他,现在多半是要赔罪!

想象着徐增寿诚惶诚恐、摇尾乞怜的模样,李增枝心中也不由大爽,于是欣然赴宴。而果不出其所料,席中,徐增寿频频举杯,外夹着甜言蜜语,把李增枝捧得晕头转向。李增枝在勋戚间一向名声败坏,如今得此殊遇,感觉自然大好,对徐增寿的不满也由此化解不少。

酒过三巡,徐增寿端着酒杯凑到已是醉眼蒙眬的李增枝身旁,一脸讨好道:"增枝老弟,你我同为元勋子嗣,情如兄弟,以往虽有些芥蒂,但大都只是误会。今日愚兄设此薄宴,便是向老弟赔个不是,还请你莫要将往日种种记在心上,看在愚兄这番诚心上,徐李两家从此化干戈为玉帛如何?"

李增枝与徐增寿其实并无大梁子,所谓的过节无非是一些面皮子上的小事而已。此时眼见徐增寿如此低三下四,李增枝的内心已是舒畅到了极致,几乎就要点头答应下来。但他生生忍住了,嘿嘿一笑道:"四哥言重了,徐李两家同为朝廷擎天之柱,岂有交恶的道理?往日那些不对付过去了也就过去了,我与哥哥岂会放在心上?"

见李增枝如此爽快,徐增寿顿时一喜,正欲开口说话,李增枝又接着道:"只是这徐李两家和睦嘛,其实我兄弟内心一向敬重徐家,可你家那四小姐……"

"妙锦一女儿家,懵懂无知,贤弟不要和她一般见识!"徐增寿忙道。

李增枝却仍摇头不语,只攥着手中酒杯来回把玩。

徐增寿明白李增枝的意思,眼珠一转又压低声音赔笑道:"贤弟,妙锦的脾气你也晓得,要她一时半会儿转过性子,想来也不容易。不过当初在卢妃巷她确实折了贤弟脸面,不如这样,由愚兄做主,将那玉蚕送与贤弟,权当替小妹向贤弟赔罪,以消此芥蒂,不知贤弟意下如何?"

"哦?"李增枝眼光一亮。那玉蚕的美色,他是觊觎已久,其后被徐家救去,他仍是念念不忘。没想到徐增寿竟会开出这样一个赔罪的"价码"!想了一想,他又犹疑道:"你将她送我?你家妹子知道了那还得了?"

"这有何难?"徐增寿脸上露出一丝奸笑,"明的不行,来暗的就是了!妹子现卧病在床,明日下午,我让内子打发玉蚕去三山门外采办些果蔬,就说是给妹子开胃,她岂有不去的道理?到时候你便派人在三山门外守着,把她绑回去不就结了?"

"又是当街抢人?"李增枝吃了一惊。

"贤弟放心,我自会拿捏时辰。待她们采办完时,天色已暗,正好动手!三山门城门郎林谓,还有西城兵马指挥刘辉都是先父亲兵出身,我去跟他们打个招呼,届时把巡捕、兵丁都调开,正利于你行事!"说到这里徐增寿笑道,"贤弟此番北上伐燕,军中必然清苦,带一个清秀小厮随身侍候起居,想来也在情理之中吧？"

李增枝怦然心动,思忖一番后终于点头道:"既然哥哥如此盛情,那弟弟就却之不恭了。"

见李增枝终于答应,徐增寿心中大喜,当即举杯道:"好!从今以后,徐李两家一消旧怨,共扶大明社稷!"

"干!"两只酒杯干脆地碰在了一起。

接下来的事,徐妙锦与景儿早已知晓。

听完李增枝的叙说,徐妙锦和景儿都呆若木鸡。隔了半晌,徐妙锦才怒骂道:"一派胡言!侬死到临头,还敢污蔑我四哥!"

"不错!你要真与我徐家和好,为何还要扣押我家小姐?"景儿也跟着附和。

李增枝知道此事太过骇人听闻,徐妙锦她们一时不可能相信,忙接着道:"小姐请听我说完!我与徐增寿所谓修好,仅是官场上的逢场作戏;可他徐增寿送玉蚕给我,根本就不是想和李家修好,而是另有所图!"

"另有所图?"徐妙锦已听得云山雾罩,脑中直犯迷糊。

"这也是我事后才明白的!起初我也以为徐增寿将那个玉蚕送给我,只是见我李家得势,怕将来遭报复而已,后来才明白,完全不是那么回事!"李增枝苦笑一声,脸上露出一丝复杂的表情,"那玉蚕一开始死活不从,到后来却突然转性,对我曲意顺从,待到白沟河决战时,她却突然跳出来刺我哥哥,以致我军惨败!"

"那是玉蚕姐姐要救我,才忍辱让侬这淫贼糟蹋!"想到玉蚕为自己所做的种种,徐妙锦心痛之余,眼中又冒出熊熊怒火。

"自是为了救小姐,可又不完全是!"见徐妙锦如此神情,李增枝生怕她一怒之下将自己杀了,忙加快语速道,"是燕王的人让她这么做的,并以此为挟,换取他们救小姐出来!"

"什么?"见事情居然还牵扯到燕王,徐妙锦心中更惊,当即追问道,"侬有何凭据?"

"凭据自是没有,不过从我后面的遭遇中便可推测出来,"李增枝顿了顿,又接着道,"玉蚕一介女流,就算想救你,又岂能想到阵前刺我大哥这一出戏?而她刺我大哥不成,继而又砍倒纛旗,以致我军惨败,燕王趁此机会将你从德州救出!小姐你想,若玉蚕不受燕王唆使,他们岂能有此默契?"

闻言,徐妙锦心中一震,她一直对玉蚕不杀李增枝,却转而刺杀李景隆之举心存疑惑,只是一直没有详细梳理罢了。此刻听李增枝说来,其间确实透着太多古怪。

　　"而白沟河一战后,马和又来找我,要我劝哥哥退出德州,并将粮饷留给燕藩。当时马和说燕王已答应,只要我们放弃德州,将来靖难功成,必保我兄弟二人无恙。此时我军惨败,天下形势已变,我与哥哥商议后便答应了燕藩的条件。谁知燕王不守信用,在禹城设伏截击,以致我军全军覆没!"

　　"这是侬自作自受!"徐妙锦怒斥道。

　　"不错,这是我自作自受。只是接下来的事情,小姐怕是想不到了!"李增枝接着道,"禹城大败,世人皆以为我孤身脱险,实则当时我在逃亡途中被朱高煦生擒,后来马和赶到,传燕王令旨将我放了,并叫我在茌平收集溃兵。我遵其意照办,这才收罗了万余人马带回京师,将功补过,使朝廷免处重罚!"

　　听到这里,徐妙锦已是瞠目结舌,半晌方怔怔道:"大姐夫为什么要放侬回京师?"

　　"他是要我,还有我哥哥暗助燕藩!"李增枝垂头丧气道,"白沟河一败,朝廷元气大伤,燕王也想夺取天下。他看中了我李家在朝中和军中的势力,希望我们能待在京里暗中助他。而且在放我之时,马和还偷偷跟我说,待我家兄弟回京,自有人来联络我们,为我兄弟在朝堂上开脱!小姐你可知那个联络我的人是谁?"

　　"谁?"

　　"你四哥徐增寿!你可知你四哥为何会拼命在朝堂上为我大哥脱罪?因为他一直都是燕藩在朝中的内奸!他救我们徐家,便是听燕王之命要保住我们李家这支势力。只要哥哥这次不死,那不仅欠他一个天大人情,而且从此就和你四哥,还有燕王绑在了一起。将来你四哥要他做什么,我家哥哥又岂敢不从?"

　　"咿呀!"徐妙锦失声一叫,她万万没想到,李增枝竟然说四哥是燕藩的人。半晌,她才回过神来怒喝道,"侬撒谎!四哥已经跟我解释过,他救李景隆是因为侬去找他,威胁他说若不救李景隆,侬就咬出我去德州的事!"

　　"我哪里敢咬他?是他主动找的我!我都说了,他是燕藩的人。既然如此,我兄弟和燕藩的交易他自然都一清二楚。我若出来咬他,且不说无凭无据,就算成功,他死前再把我兄弟出卖德州的事抖搂出来,那不仅我哥哥完了,就是我也难逃死罪!他若见死不救,我哥哥纵然被朝廷处死,可他念及兄弟之情,为保我一命,也未必就把他徐增寿攀出。再说了,当时我哥哥是九死一生之局。我又不是神仙,怎就知道他徐增寿竟有逆天之能,连这种案子都能给翻过来?有这两处计较,你说我何必冒着把自己搭进去的危险去招惹他?所以,这都是燕王一早就设定之计,先放我回来,并给我机会收罗溃兵,将功补过;继而再把救我家哥哥的办法告诉徐增寿,让他在朝堂上救我哥哥一命。从今以后,我李家就是燕藩的人了!"李增枝哭丧着脸说到这里,舐舐干枯的嘴唇,"说了这些,小姐也该明白那个玉蚕是怎么回事了吧?从一开始,那玉蚕就是徐增寿故意扔在我身边的一颗棋子。若我没料错,小姐去德州多半也受了他的怂恿。你孤身救玉蚕,自然不可能成功,而我兄弟肯定也不敢贸然杀你。到时候,燕藩的人再偷偷找到玉蚕,让她临阵刺杀我家哥哥,以换取他们救你脱险。当初擒你时,我衙门内突然起火,想来就是他们的设计。那时候我忙着救火,又要遣人看管你,根本就无暇顾及玉蚕,正好给了燕王的人机会,要不然那女人怎么突然变了性,愿意伺候我了?正因为发生了这些事,这才有了接下来的白沟河大败。这之后,咱兄弟陷入绝境,只能被燕王一步步牵着鼻子走,终于把朝廷的本钱赔得精光!事到如今,就连咱兄弟也和他徐增寿成了一条绳子上的蚂蚱,只能听他和燕王的吩咐。"

"哐当"一声,徐妙锦手中的宝剑掉落于地,起初因怒气涨得通红的脸颊此刻已是一片惨白。过了好半天,她猛地摇头道:"我不信!这都是侬的狡辩!"

"我如今命在旦夕,哪还敢诓小姐!密谋劫持玉蚕之事,是我亲自和徐四哥商量好的,后面在德州的事,虽是推测,但想来也差不了多少。小姐要有不信的地方,只管去问你家四哥!"李景隆解释一番,又可怜巴巴道,"小姐,我该说的都说了。其实杀玉蚕的真不是我,这都是徐四哥,还有燕王他们串谋好的啊,我只是被算计罢了!"

徐妙锦没有再吭声,李增枝兄弟贪生怕死,他们为了保全性命投效燕藩她并不感到奇怪。而徐增寿的诸般作为,徐妙锦听了虽然震惊,但冷静想来,却也并无疑点。而且听了李增枝的话后,徐妙锦将自己的经历一对照,立时发现了两个可相印证之处:当初从景儿口中得知玉蚕被劫后,她曾经去找徐增寿问计,他的回答便只有去德州强行劫人一法。虽然当时徐增寿也说了此事甚险,但自己听后却动了心思,虽不能说是受此言怂恿,但说受他启发倒也不为过。而更关键的是在德州,当时怎么就这么巧碰见马和?而且那时他也正在打税客司衙门的主意,还挖好了地道?最重要的是,自己进入玉蚕房中后,明明有亦失哈在门外把风,怎么会突然间就没了人影,还把李增枝给招来了?而且自己被擒时,燕藩诸内官也没有现身相救，只是放了把火。想到这里，她的心顿如坠落到了冰窟窿里。她已隐隐感到，李增枝的话是真的。

突然，徐妙锦猛一弯身，从地上捡起宝剑，对准李增枝的胸膛厉声问道："李增枝，侬北上后，景儿从侬府中逃出，侬的家丁是否又将她捕了回来？"

"她？"李增枝一愣道，"这事在德州时家人就有来书，说这婢女趁人不备，打伤了几个下人，从后院逃了出去。后来他们也曾有追，但没有追上。因为我要的是玉蚕，对这婢女倒没上心，便回书命他们不用管了！"

"你瞎说，我逃的时候，根本就没有打伤你家下人。当时后院里一个人也没有，我抓住机会就逃了。"一旁的景儿立刻反驳道。

"不是你打伤的？"这下轮到李增枝发蒙了，"可当时家人来信，确实是有三个下人被打晕了啊？我还在纳闷，你一个弱女子怎能有这番能耐！可要是这样，他们又是谁打伤的呢？"

徐妙锦皱起眉头开始沉思：景儿说是顺利逃出，李增枝却说有几个下人被打晕。两相矛盾之下，那结论只有一个——打伤下人的其实另有其人。而那个人——想到这里，她已经有了答案。

徐增寿！对！只有徐增寿！李家兄弟出征后，岐阳王府守卫松懈，徐增寿借着机会遣人暗中打伤李府家奴，制造出机会让景儿逃脱，而景儿逃出来后，又只能回中山王府，这时徐增寿再偷偷将其擒获。并一直秘密看押到自己回京，直到逛街那天，再将她扔到织棉坊，让她与自己相遇，从而使自己知道玉蚕被李增枝所擒之事。自己得知玉蚕落入李增枝之手，必然会火冒三丈地去找徐增寿问计，他再因势利导，让自己跑去德州救人。而在德州，马和他们早已准备就绪。待自己到后，他们先将自己带进税客司衙门与玉蚕相见，继而又故意走漏风声，并将地道出口堵死，使自己束手就擒，并以此为挟说动玉蚕委身李增枝，在战事开始后寻机刺杀李景隆，从而一举改变了白沟河大战的形势。这个圈套布局缜密、环环相扣、阴毒至极！作为布局者，不仅一开始就将玉蚕的清白和性命算计在其中，就连自己这个徐府四小姐也成了其中的一颗棋子！而这布局者不是别人，正是自己的四哥——或许还有远在北平的大姐夫。

徐增寿和燕王！将他们和这个阴谋牵连在一起，徐妙锦不由一阵头晕目眩。这两个人，一个是最信任的四哥，而另一个更是她一直视作英雄且芳心暗许的意中人。可就是这两个徐妙锦心中最为亲近的男人，竟为了他们的"功业"，用最为奸险的算计，设下如此恶毒的圈套，她觉得整个世界都崩溃了。

徐妙锦眼色漂移，神情中已带着癫狂，一旁的景儿看在眼里不由大惊，忙将她扶到一边找了块石头坐下，急声劝道："小姐，你莫听这淫贼乱讲。四老爷多风雅的人，岂会和他狼狈为奸？依奴婢看，咱们不如回家找四老爷问个明白，省得中了这淫贼的奸计。"

景儿劝了半晌，徐妙锦方回过神来。听了景儿劝说，她不由一阵苦笑。景儿与她徐妙锦不一样，在这盘所谓的棋局中，景儿不过是一颗小小的棋子，没有像她那样发挥穿针引线般的重要作用，所以对其中详情也不甚了解。故听完李增枝的话后，徐妙锦基本上已经信了，而景儿还是半信半疑。

不过景儿的话也给了徐妙锦一丝希望，如果李增枝是在撒谎呢？她不由有些激动。

"嗯，回去问四哥！"刹那工夫，徐妙锦做出了决定。尽管理智已经告诉她，李增枝之言应该是真的，可在内心深处，她仍期盼着有奇迹发生。毕竟从感情上说，她实在不能接受一向敬仰的四哥还有大姐夫是那种心狠手辣、口蜜腹剑的奸毒之人！她希望徐增寿能给她一个合理的解释，将李增枝的这些"污蔑"全部推翻！

"小姐，那这个淫贼怎么办？"景儿指着被捆成麻花似的李增枝问道。

"他……"徐妙锦将眼光瞄向李增枝。

李增枝浑身一抖，带着哭腔叫道："小姐，该说的我都说了，事情经过你也知道了，您姑奶奶就行行好，饶我一命吧！我还不想死啊……"

李增枝如烂泥一般瘫倒在地，口中哀号不止。徐妙锦看在眼里，心中又恶心又鄙夷。不过经过刚才的异变，她已失去了杀李增枝的兴趣，摇摇头道："罢了，将他扔在这里，任他自生自灭吧！"

"谢小姐不杀之恩，谢小姐不杀之恩！"见徐妙锦终于放过自己，李增枝如释重负，忙扭着身子趴到地上一顿猛磕。

不过徐妙锦已没工夫搭理李增枝了，此时的她，心思早已飞到了城中的中山王府。她需要徐增寿给她一个解释，一个能让她信服的解释。只有这样，才能让她保持住内心的安宁，使她不至于陷入绝望的沼泽和深渊！

可是，徐增寿能给她一个满意的解释吗？

日上三竿，徐增寿终于大梦初醒。这几日五军都督府忙得热火朝天，就在上个月，燕军在经历短暂休整后又重新南征，而朝廷这边，在经历了东昌大捷后也是信心高涨，平燕总兵官盛庸率德州大营倾巢而出，真定的吴杰也率兵出城，约定合击燕军。前几日军报传回，燕军已兵至夹河，盛庸正督军前往迎战。

虽说决战远在千里之外，庙算也都是兵部之事，不过作为右府左都督，徐增寿也没落到清闲。这两日，年轻的天子精神抖擞，连召五府都督们入宫讲解战事。虽然徐增寿身份敏感，但这种纸上谈兵于军事并无关系，只不过是为了过瘾而已，因此建文也没有特地避开他。昨日，徐增寿与王佐等几个武官陪建文讲到午时初刻方才打道回府。连日的折腾，饶是他身强体壮，也给累得够呛，便趁着今日朝休好好休息一番，舒缓舒缓心情。

盥洗完毕，徐增寿走出卧室，徐得已在外面候着。徐增寿见着他，遂问道："大哥与二哥呢？"

"回四爷话！"徐得恭恭敬敬禀道，"一大早宫里就来话，说今日凌晨又有军报送到，盛大帅五日前已在夹河与燕军遭遇，皇上急招几位老爷入宫分析战局。因四爷您昨日午夜方回，故皇上特地交代，今日就不用您过去了。"

"哦？"徐增寿脸色一变，忙问道，"战况如何？"

"这个小人哪里晓得。"徐得干笑一声。

徐增寿陷入沉思：五日前两军遭遇，那结果现在应已出来了，只是尚未送到京城而已。自盛庸迎击燕军以来，每日都会有战报送至。这也就是说，最迟这一两日内，夹河决战的战况就会传至京师。东昌一战后，燕王之前取得的优势已基本上化为乌有，现在两军大致上应该是势均力敌。这也就是说，夹河决战将再次决定天下气运：南军若胜，则燕藩纵不至于败亡，也会重新回到开战初期左支右绌的境地；相反，若燕军获胜，南军好不容易扳回的局面又将被彻底扭转。想到这里，徐增寿有些发急，他迫切想知道此战的结果。不过眼下消息未至，他纵是望穿秋水，却也只能无可奈何。他按捺住心中焦虑，慢慢踱到西花园的池塘边，望着一池春水怔怔不语。

"四哥！"忽然一阵叫声传来，徐增寿吓了一跳。扭头一看，徐妙锦已怒气冲冲地闯了过来。

"呵呵！"徐增寿露出一丝亲和的笑容，"谁又招惹我们徐四小姐了？说出来，四哥帮你出头！"

"侬不要装腔作势！"徐妙锦怒哼一声，打断了徐增寿的调笑，"我有事问侬，侬要跟我说个明白！"

"什么事？"徐增寿感到有点不对劲，脸色也变得正经。

"侬是不是和大姐夫暗中勾结,故意把玉蚕姐姐送给李增枝糟蹋,然后又逼她在白沟河刺杀李景隆?"

"什么?"犹如一个晴天霹雳,徐增寿当即被惊得面如土色。愣了半晌,他才反应过来,立即语含怒意斥道,"胡说八道,你从哪听来这些谣言?"

"侬不要骗我了!我什么都知道了,是李增枝告诉我的!"徐妙锦气咻咻地说完这些,又把今日凌晨劫持李增枝,从他口中得到的消息复述了一遍,末了盯着徐增寿的脸狠狠道,"侬还有什么话好说?"

徐增寿的脸色变得十分难看,他没有立刻回答徐妙锦的话,而是转而将目光投向湖面,足足呆滞了有一盏茶工夫,才缓缓转过身子冷冷道:"李增枝说得没错,玉蚕是我送给他的!"

"啊!"尽管内心早有准备,但徐增寿的回答仍让徐妙锦震惊万分。就在回府的路上,她还一直抱着侥幸,甚至内心中还产生了这样一个连她自己都没有察觉的想法:只要四哥矢口否认,那她即便不能完全排除疑虑,也愿意去相信他的说辞。毕竟,她实在不想把一直敬爱的四哥与这种奸邪恶毒之流联系在一起。

可是事与愿违,徐增寿没有狡辩,反而痛快地承认了。这一下,轮到徐妙锦不知所措了。面对徐增寿的回答,她一时竟不知道该作何反应,只呆呆地立在那里。

"不仅玉蚕是我送的,就是当初你偷偷去北平,也是我在暗中操纵!"徐妙锦已是心如刀绞,徐增寿不仅不去安抚,反而却接着竹筒倒豆子,把她不知道的也尽数讲出,"耿大帅北上之前,我与二哥曾在书房密议。当时我故意事先在玉蚕面前走漏些风声,好引起你的好奇之心。那次你在窗外偷听,其实我一清二楚,只是装作不知,就是你引起异响,我也只当是野猫作祟,在二哥面前遮掩过去,其目的就是把朝廷大军的动态透给你知,然后引你去北平!"

"侬怎知我定会去北平?"徐妙锦的神志已经陷于迷乱,只讷讷问道。

"妹子,这么多年我还不了解你吗?"徐增寿苦笑一声道,"自打前年燕王来我们府上,我便察觉你对他有意。而你这人又一向是非分明,兼又生得一副古道热肠的性子。大姐夫无罪受难,危在旦夕,你知道了岂能置之不理?"

"可为什么是我?"徐妙锦此时眼中已饱含泪光。

"只能是你!"徐增寿的语气中稍有几丝无奈,"当时燕王刚反,朝廷有无数暗探盯着我们兄弟,就连大哥也把我看得死死的。我若派下人北上,就算不被朝廷抓住,也会被大哥知晓。大哥一向忠于朝廷,得知此事,必然和我翻脸。只有你，一来不会引起朝廷注意，二来即便大哥知你北上，也只当是瞎胡闹，万想不到你是去传递军情！"

"真是一番好算计！"徐妙锦终于稍稍稳定住了情绪，听得徐增寿这番叙说，她不由一阵冷笑。

"妹子，你不要这么说！"徐增寿摇摇头道，"我与大姐夫是什么交情，你又不是不知道。当初你不知道我暗通燕藩时，不还骂我不顾亲情吗？其实我与你一样，都是一心在帮大姐夫。只不过你在明面上，我是隐于暗中罢了。说到底，我们是殊途同归！"

"谁和侬殊途同归？侬暗中帮大姐夫，我无话可说。可侬怎能把玉蚕送给李增枝那淫贼！"徐妙锦已是气得浑身发抖，指着徐增寿的鼻子哆嗦道，"侬早就将这一切都算计好了，然后一步步将玉蚕姐姐逼上绝境。四哥，侬好狠的心肠，好毒的心机！"

"妹子你高看我了！"徐增寿又恢复了那副波澜不惊的表情，他往前踱了几步，到一张石凳前坐下才淡淡道，"我还没那份能耐能一开始就把这一切都给算计清楚。当初送玉蚕给李增枝，只是因为当时燕藩要北征大宁。而得知燕军北上，李景隆必然会大举进犯北平。我想着玉蚕定被李增枝糟蹋，而其又必是满腔怨恨。故待到李景隆围北平时，燕王可从城中遣人找到玉蚕，劝其当时便在军中行刺。只要能刺伤李景隆，北平短期便无大碍。不料玉蚕生性刚烈，李增枝一直不能得手，只得将其留在德州，故北平城下行刺之事顿成泡影。至于后来白沟河之事，只是因势利导而已。塞翁失马，焉知非福。玉蚕白沟河一刺，对燕藩之效用竟数倍于之前设想，这或许就是天意吧！"

"狗屁的天意！"徐增寿这种看似漫不经心的态度更加激怒了徐妙锦，她当即冲到跟前双手抓住他的衣襟叫道，"侬就是丧心病狂！"

"这是情非得已！"忽然，徐增寿倏地挺身而起，眸子中闪烁着犀利的光芒。他一把将徐妙锦的双手架开，咄咄问道，"妹子，你可明白四哥的苦衷？不用奇谋，大姐夫区区一藩又岂能是朝廷对手？你不是对大姐夫有意吗？既然如此，难道你忍心看着他兵败被擒？靖难之路遍布荆棘，若没有牺牲，岂能有成功的指望？《司马法》云：正不获益则权，权出于战，不出于中、仁！你一向好读兵书，应该明白这其中的道理！"

徐妙锦瞠目结舌，此时她眼中的徐增寿已不再是那个通明事理，且又一身正气的四哥，而变成了一个为达目的不择手段的阴鸷小人。当这个认识进入脑海时,她觉得对整个世界的认识都颠覆了。什么仁义礼智信,在徐增寿的这番作为面前都显得那么苍白,那么可笑!

泪水,如断线的珍珠一般,顺着白皙的脸颊潸然落下,徐妙锦的内心似被针蜂扎了无数个眼,正在源源不断地向外冒着鲜血。过了一会儿,她睁开眼睛望着徐增寿那张曾经无比熟悉,现在却又无比陌生的脸庞,好像突然想到什么,急切地问道:"侬说,这些毒计,是侬想的,还是大姐夫想的?"

"一开始是我布的局。郑村坝之战后,燕王审时度势,又有所更易,这才有了德州之事。"徐增寿非常痛快地给出了回答。

"侬是说,故意叫李增枝擒我,然后再让玉蚕姐姐刺杀李景隆,这些都是大姐夫想出来的?"徐妙锦说话的嗓音已有些颤抖。

"不错!"徐增寿的回答依然干脆。

"我不信,我不信,我不信……"徐妙锦口中发出绝望的呼喊,脸色也一下变得惨白无比。

徐增寿眉头一挑,冷冷道:"你若不信, 自可再赴北平去找大姐夫问个明白!"

"去北平?"徐妙锦闻言心念一动。不管怎么说,这些都只是徐增寿的一面之词,这其中关于大姐夫的种种是否完全属实呢?她心中又浮出这样一丝期盼。甚至,她还生出这样一丝幻想:即便真如徐增寿所说,燕王在这些事中扮演了不光彩的角色,可他没准儿也有不得已的苦衷,这其中或许另有隐情也未尝可知! 这种种因素交织在一起,徐妙锦觉得有必要再去一趟北平。事到如今,她已经看清了徐增寿的嘴脸,她实在不愿意相信,自己心仪的大姐夫也会和徐增寿一样,有这等阴暗狠毒的心肠!

"侬愿意放我走?侬就不怕我一出府就直接进宫?"徐妙锦望着徐增寿,狐疑道。

徐增寿一阵沉默,良久,他方抬起头,用深邃的目光望着徐妙锦,口中幽幽地吐出两个字:"随你!"

徐妙锦不再说话,她转身离开花园,直奔卧房而去。小半个时辰过去,当徐妙锦换好装束出现在王府大门前时,徐增寿已守在那里,在他身旁,则是他平日的坐骑"草上飞"。

见徐妙锦一声劲装,徐增寿淡淡地叹了口气,将手中的马缰递给她,压低声音道:"你的'雪燕'上次丢在了德州,此番再赴北平,路途遥远,这匹'草上飞'亦是千里良驹，你便驾它去吧！"

徐妙锦此时面如冰霜，她冷冷地看了徐增寿一眼，一言不发走上前将"草上飞"牵过，随即翻身上马，狠狠地一抽马鞭。骏马吃痛，当即发力向街口跑去，只留下一片扬起的黄沙。

直到徐妙锦的身影消失不见后许久，徐增寿才怅然若失般转身回府。

一进书房，徐得已在里面等着。徐增寿面色一沉，赶紧将门窗关好后问道："事情办得怎么样？"

"妥了！"徐得沉声答道，"小人已带人将景儿扣在西花院花房里。"

"可有走漏风声？"

"没有！"徐得肯定地答道，"小人先将她诓到假山下面，趁她不备一棒子砸晕了，前后均无人察觉。只是花房非久居之地，过不了多久就会被人发觉。还请四爷示下，是不是尽快将她转移到您在建安坊的外宅里去？那边的下人都是您的心腹，不会走漏风声。"

"嗯！"徐增寿点点头，"这事你去办，千万别让人看见！"

"小人明白！"徐得答应一声，顿了一顿，又略显担心地问道，"四爷，只是小人有点不明白，您为何要诱四小姐去北平。眼下河北正打得一塌糊涂，万一这路上要出点岔子……"

徐增寿神色一黯，半晌方无奈地摇摇头道："这也是没法子的事。继续留她在府里，怎保得她不会一时昏头，跑进宫把这事告诉皇上？就算她本不打算说，可她那性子又是藏不住事的，万一不小心抖搂出来，也会不可收拾。"

"也是！"徐得也无奈地一笑道，"四小姐这性子……不过话说回来，这两年她经历这些事，人也历练得精明不少，应掂量得出轻重。不管怎么说，您毕竟是她四哥，就算她再恨您，想来也不至于胡说。"

"不怕一万，就怕万一！"徐增寿断然道，"如今她对我成见太深，不是轻易解得了的。就算她不在外面胡说，可谁知道她会不会告诉大哥和二哥？二哥倒也罢了，大哥可是刚直之人，又一向忠于皇上。若让他得知我外联燕藩，十有八九会大义灭亲。"

"只是小人还有一虑，此番激她去北平，也不过是缓兵之计。若她再从燕王那里确认玉蚕的事，恐怕会失望更深。到时候她再回来，四爷您可怎么劝她？"

"她回不来了！"徐增寿冷冷道。

"回不来？"徐得诧异地望着徐增寿。

徐增寿阴冷地道："你赶紧收拾一下,下午就出城渡江,一定要赶在小妹之前找到燕王。见到燕王后,让他无论如何将小妹扣住,绝不能放她回京!"

"是。"徐得答应一声,正准备出门,徐增寿又将他叫住。

徐得回过头问:"四爷,还有什么吩咐?"

徐增寿的脸色十分阴郁,顿了顿道："那个景儿留着终是个祸害,万一走漏风声,我们定然死无葬身之地。待会儿你出城前,先将其……"说到这里,徐增寿手一抬,做了个"杀"的手势。

徐得不由自主地打了个寒噤。看着徐增寿坚定的表情,他犹豫片刻后一咬牙道:"是,小人马上去办……"

待徐得出屋,徐增寿的神情终于缓和下来。他走到书案前坐下,正想着如何跟两位哥哥解释景儿"失踪"一事,忽然外面又传来一阵嘈杂声。

"四爷,四爷!"徐增寿正错愕间,一个苍头急匆匆跑了进来道,"四爷,宫里的江公公来了!"

"哦?"徐增寿一惊,不是已经说了自己不用进宫么,怎么又派江保来了?难不成徐妙锦骗了自己,去宫里把自己暗通燕藩的事揭发了?想到这里,他身子一软,差点从椅子上滑到地上。不过江保既到,也容不得多想。按捺住心中不安,徐增寿赶紧出门相迎。

刚走到仪门,江保已小跑过来。一见徐增寿,他便急匆匆道:"徐都督,有旨意!"

徐增寿一听,心中更慌,忙将江保迎至台阶上,自己站在台阶下面北而跪。

"传皇上口谕,着曹国公李景隆,长兴侯耿炳文,兵部尚书齐泰、茹瑺及各府都督即刻到武英殿见驾!"

"遵旨!"听到不是独独召见自己一人,徐增寿这才知道自己刚才想岔了。舒了口气,他站起身子问道,"江公公,皇上为何这么急召见我们?"

"唉!"江保一跺脚叹了口气道,"北边坏事了。方才军报送至,四日前王师在夹河大败,盛大帅损失惨重,十四万大军伤亡近半,余众已退回德州。"

"啊……"徐增寿一声惊呼,燕军果然赢了,而且赢得如此迅速,战果如此辉煌!一时间,他内心乐开了花,不过当着江保的面,他却不能表露心思,忙做大惊失色状道,"这是怎么回事?前两日军报上不是还说此战必胜无疑吗?"

"详情咱家也不清楚,好像是说盛大帅与吴大帅的配合出了问题,真定兵马未如约赶到!"江保似乎无心多说,只草草应付几句又急着道,"其余的都督都已在宫里了,咱家还要去通知几位爵爷和尚书,徐都督还是赶紧进宫吧!"说完,他也不多待,忙作了一揖便转身匆匆去了。

待江保离开,徐增寿脸上的惊色已消逝得无影无踪。低头沉思片刻,他脸上露出一丝不易察觉的笑容,转而大声对一旁的家奴道:"赶紧的,把常服拿到书房,我要更衣进宫!"

"是!"家丁们答应一声,一溜烟地向内堂跑去。

第二章

武英殿君臣定计　乾清宫惊闻叛情

夹河惨败的消息犹如一盆冷水，将因东昌大捷而信心暴涨的建文君臣一下子浇了个透心凉。没过多久，败报再次传至。闰三月初十，燕军与吴杰部战于藁城，燕军携夹河大胜之势猛攻，南军被打得落花流水，十万大军损失过半，余众仓皇逃回真定。至此，燕军彻底扭转了东昌惨败以来的颓势，再次将战争的主动权牢牢掌握在手里。与朱棣的意气风发相对应，建文则重新陷入深深的痛苦与恐慌当中。

这一日早朝罢，方孝孺和茹瑺被建文留了下来。待众官走出华盖殿，建文木然半晌才满脸愁云道："两位爱卿随朕去武英殿，有事商议。"

方孝孺与茹瑺对视一眼，各自心照不宣。夹河大败后，朝堂上要求与燕藩罢兵媾和的呼声重新高涨。而作为削藩的主谋，原已复职的兵部尚书齐泰和太常寺卿黄子澄又一次成为众矢之的。无奈之下，建文只得再次将他二人罢免。与上一次罢官不同的是，现在朝廷面临的形势更加严峻，他二人的罪责自然就更加深重。因此，建文一道诏旨将两人贬出了京城。

齐、黄虽走，但燕王却丝毫没有媾和的意思。藁城一战后，燕军趁势扫荡河北，一路攻州取县。朝廷派了几拨使臣北上，欲求燕王罢兵归藩，可事到如今，他又岂会买账？一两个月下来，和谈毫无成果，而北方各府州县的告急文书却源源不断地飘进京城。

既然议和不成，那接下来就只有打了。齐泰被免，建文在兵事上不得不倚重茹瑺，此时独召二人，不用想就知道是要商议军机。

果不其然，进武英殿后，建文挥手命众宫人退下，只用江保侍候着直奔议事阁。方、茹二人尾随进屋,建文命江保将房门紧闭,随即叹了口气道:"藁城败后,燕军连破顺德、广平、大名三府,现已突入山东境内。如今真定、德州两大营伤亡惨重,自保不暇。前日军报,燕军已攻破济宁。此城一破,燕军或将突入淮北,若再有闪失,燕军或将饮马长江!如今局势危在旦夕,如何应对,还需尽快拿个章程出来!"说完,他将目光瞄向了茹瑺。

茹瑺心里却十分不是滋味。当初东昌大捷后,他曾劝建文见好就收,抓住这个难得的喘息之机养精蓄锐。可当时的建文却因为大胜而信心大涨,把他的话当成了耳边风。其后燕军再次南下,建文和齐泰又不顾他的劝阻,下令盛庸和吴杰主动出击,这才有了后面的大败。

当初不把自己的忠言当回事,如今局势糜烂了才让自己来收拾残局,这算哪门子事儿?茹瑺心中颇有些愤愤不平!不过,他毕竟是兵部尚书,皇帝既已发问,他不能不答。正思谋如何应对时,门外却传来一阵急促的脚步声。

"皇上,兵部送来紧急军报!"江保刚将门打开,一个小内官便奉着一个本子急声叫道。

一听是紧急军报,建文和二位大臣均脸色一变。江保赶紧将军报呈上,建文一把抓过军报打开一看,当即惊得面如土色——燕军破济宁后,阴遣轻骑南下,一举攻破了沛县!

沛县是朝廷囤积粮草的重镇,这里囤积了二十五万石军粮,不日就将运往德州。燕军轻骑突至,守军猝不及防,当即大溃,所积粮草被一焚而尽!

"这可怎么办!这可怎么办……"好一阵工夫,建文方缓过劲来,一时慌得六神无主,"这可是德州半年的口粮啊!盛庸刚遭大败,又粮饷不济,还撑得住吗?"

见建文方寸已乱,方孝孺忙劝慰道:"皇上勿惊。德州大营尚有存粮,足以支撑数月。只要燕王退兵,粮道随即便可打通,到时候再从京师调粮……"

"可四叔能退兵吗?"建文的语调中已带着几丝哭腔,"眼下燕军就要侵入直隶、渡江犯阙了!"

"不至于此。"茹瑺反应过来忙道,"燕军孤军突入,纵能入直隶,也不可长久。以燕庶人之奸诈,不会行此无益之举。为今之计,是要尽快将燕军赶出山东。只要山东无恙,德州粮道便可畅通,局面便还可支撑。"

"爱卿可有办法?"建文闻言精神一振,眼中冒出希冀的光芒。

见建文如此沉不住气,茹瑺不由暗暗摇头,无奈之下只得咽了口唾沫道:"请陛下即刻下旨,命大同房昭即刻领军东出紫荆关,威胁北平。"

"大同？"建文沉吟一番，摇头道，"仅房昭恐还不够。代地先前被燕军攻过一阵，实力大损，顶多不过派出三四万人马，尚不足以撼动燕军！"

"三四万人，再加上真定、德州之兵也足够了！山东之地，距北平亦有千里之遥，何况中间还有德州挡着，燕军运粮也不容易。陛下可命房昭出紫荆关后游弋于北平与德州之间，堵住燕军粮道。仅凭北平一军之力必难以突破，燕庶人非回师不可。如此一来，纵不能将燕庶人赶回北平，逐出山东还是可以的。"

茹瑺的分析有理有据，建文和方孝孺听了也是连连点头。化解了眼前的危机，建文的心绪也稍稍好转。正好江保从外面奉了杯茶过来，他接过啜了一口，又忧心忡忡道："逼退燕军只是权宜之计。眼下河北王师折损大半，几无再战之力。此番逼退燕军，他下次仍可再来，如此反复，莫说山东频遭蹂躏不可避免，就是德州、真定也终将不保！"

建文一语道毕，茹瑺和方孝孺均是神色一黯。建文之意是要补充河北兵力，可自开战以来，王师连遭败绩，损兵已达数十万之巨。饶是朝廷富有天下，也渐渐力不能支。尤其是这次的夹河、藁城大败，又折十万人马，这几乎是朝廷用来征战的最后家底。如今放眼黄河以南，除了云南尚有十余万大军，就连京师也抽不出多少剩余兵力了。可云南之地百夷杂居，叛服不定，又毗邻番邦，需有大军镇守方能维持，不到万不得已绝不能轻调。所以，茹瑺这个兵部尚书实际上已是巧妇难为无米之炊了。

"陛下，可命房昭改隶吴杰麾下，以增河北实力！"思忖再三，茹瑺提出了建议。要想继续维持对燕藩的钳制，就必须加强真定和德州的兵力。而房昭已是茹瑺能想到的最后一支生力军。

建文苦笑一声道："折了十多万，才补这三四万，又如何够用？"

茹瑺眼中闪过一丝犹豫，试探地问道："那恐怕就只能调山西、关中、陇上等地的卫所之兵了。平燕以来，只有这几个卫所没有大调，兵力尚还充足。"

"不行！"茹瑺话音方落，建文便断然否决，"秦、晋、陇三省皆近边塞，各卫需谨防鞑子侵袭，不可轻动。"

茹瑺一阵默然。防备鞑子倒也不假，但实际情况是这三省地面上，还有一堆未被削除的"塞王"！燕藩谋反后，迫于形势，朝廷也不敢再厉行削藩。眼下，西北三省尚有秦、晋、肃、庆四位亲王在藩。开战之初，朝廷强燕藩弱，四位藩王自然老老实实；可现在局势骤转，燕藩已渐露强势。以眼下形势，调四王亲军护卫，那无异于逼他们造反；可若调镇守卫所，三省中朝廷兵力空虚，那这四王也很有可能见机起事。

道理茹瑺都清楚，但他心里仍有些不舒服。他倒不是对否决调西北三省驻军有意见，而是不满建文对自己的回答。在茹瑺看来，建文之所以避重就轻，还是从骨子里对自己不信任！琢磨着皇帝的话，他不无嫉妒地想，若仅是方孝孺一人在场，或者再加上齐泰和黄子澄，皇上一定会坦诚地说出心中的全部想法！

茹瑺的心中千回百转，建文和方孝孺却没有丝毫察觉，他二人的心思全都在河北局势上头。沉吟一番，方孝孺抬头奏道："陛下，臣倒有一个法子或可暂解河北兵力不足之忧！"

"哦？"建文眼光一亮道，"先生快快讲来！"

"是！"方孝孺躬身一揖，侃侃道，"臣自参预兵事以来，对各地卫所亦颇有关注。据臣所知，现在两淮尚有镇守卫所二十有余，总兵力达十万之多。依臣之见，不如从彼处调七八万士卒北上，如此德州、真定军势可以复振。"

"调两淮之兵北上？"方孝孺说完，建文眼中露出一阵犹疑，"两淮之地为京师北方屏障，如今河北连连大败，燕军军势日强。若其再次南下，突入直隶，那时朝廷无兵抵挡，京师岂不危险？"

"不会！"方孝孺自信道，"先前茹尚书也说了，燕军孤军突入，纵能入两淮也不可长久。只要我们守住德州、济南，那即便燕军南下亦无落脚之地。没有根基，燕军必然军心涣散、将士疲惫，且有德州截住粮道，他们的军粮也成问题，届时自然会退兵！所以，只要山东不再败，那京师绝不会有任何危险！"

"可若山东再败呢？一旦德州大营再败，那长江以北将无兵可挡燕军之锋，此策不周全。"建文摇摇头。

"是不周全。"方孝孺痛快地承认，但又无奈道，"这也是没办法的办法！要想守住德州和真定，只有这一支兵马可调！"

建文皱眉不语，稍稍一想，他便知道方孝孺说的是实情。但两淮实在是太重要了，这里无重兵把守，那几乎就是为燕军敞开了通向京师的大门。只要燕军突破德州的阻挠，那便可畅通无阻地直抵长江！而对于德州，建文心里确实也没有底。夹河一战后，建文对盛庸的迷信也破灭了。虽然他找不到合适的人选替代盛庸，但要让他再相信盛庸不败的神话，那也是不可能的。

似乎看出了建文的疑虑，方孝孺沉声道："陛下，其实河北之事无须过多担心。朝廷要短期内剿灭燕藩已无可能，当今之计，唯有一方面将燕藩钳制在北平境内，以防其坐大；另一方面则抓紧收拢流散溃兵，重新整练军队。只要进展顺利,快则一年,慢则两载,朝廷至少可再练出三十万大军。有此计较,德州、真定以及济南只要坚守不失便可。三城不失,燕军纵然南侵也不能持久,终究还是要退回去。而且有两淮军马支援,我军虽无力与燕军争雄,但守住城池还是不成问题的。"

"嗯!"建文听了,觉得有些道理,终于下定决心道,"也罢,就这么拟旨!"

"遵旨!"方孝孺拱手领命。

交代完毕,建文眼光一瞥,遂问茹瑺道:"茹爱卿,朕的安排如何?"

茹瑺心中已是老大不爽。方才建文与方孝孺你一言我一语,把用兵方略一股脑儿全部敲定了,而他这个兵部尚书却连一句话都插不上。直到最后,建文才想起来征询自己意见,他岂能再加置喙?不过茹瑺虽有不满,但兵事毕竟是其职责所在,对方孝孺的计划他也有自己的想法。略一沉吟,茹瑺挤出一丝笑容对方孝孺道:"希直之策不可谓不佳,但我有一虑,若燕藩孤注一掷,绕过德州不攻,而坚持南下京师,届时两淮空虚,朝廷靠什么抵挡?"

"孤注一掷?"方孝孺一愣,随即笑道,"这绝不可能。北平与京师相隔三千里,中间皆是朝廷地盘。燕军孤军南下,路途遥远,粮饷也接济不上,如何能够久持?"

"可若燕藩就这么做了呢?"茹瑺丝毫不让,紧逼问道。

方孝孺一怔,随即心中生出一丝不快。在他看来,燕军完全没可能在没有根据地的情况下如此长途奔袭,茹瑺这么说,倒有些抬杠的意思了。不过既然他提出问题,方孝孺也需有个答复,略一沉吟便抬头从容道:"若果真如此,反倒更好。朝廷只需守住凤阳、徐州、淮安三处,燕军便无可依凭之基。从北平到淮河前后两千余里,待燕军突入江淮时,其势早已竭了,到时候朝廷再前发京师之上十二卫亲军迎击燕军,后起德州、真定全部人马尾随而下,同时,淮安、凤阳、徐州三镇所剩兵马亦群起而出,对燕军四面合围。以燕藩实力,燕庶人最多能带出区区十万人马,而朝廷总兵力不下三十万,何愁不能取胜?"

"白沟河一战,曹国公也有三十余万,可照样一败涂地!"茹瑺冷冷一笑,又把方孝孺的话顶了回来。

方孝孺闻言一窒,随即断然驳道:"江淮不是河北,不可相提并论。其一,燕庶人在河北经营多年,而且有北平作为老巢;而江淮则是朝廷地盘,燕藩在此没有根基。其二,燕军杀至江淮,至少也需数月,届时已是师老兵疲,其斗志不可同日而语。其三,燕军孤军深入,与北平联系断绝,粮饷不可能持久。届时我军不必急于与燕军交锋,可先倚江淮三镇以及淮河、长江粮道天堑,与其长期相峙。要是燕庶人聪明,趁早退兵倒也罢了,若其执迷不悟,那我则可待其粮尽时再集大军决战。就算燕军骁勇异常,可当他们饿得前胸贴后背时,可还有力气上马提枪?果有那么一天,我军正好一举剿灭燕庶人,鼎定胜局!"

"好!"方孝孺一说完,建文便击掌赞道,"就是这个理,朕巴不得燕庶人能一意孤行,也好给朕一个一举扭转乾坤的机会!"

见方孝孺与建文如此坚定,茹瑺遂不再说话,只是心中忧虑却未散去。待从武英殿出来,茹、方二人顺着天街走到新端门前,方孝孺遂拱手告辞,穿过左顺门,回文渊阁拟旨。茹瑺出午门后,家奴牵马过来让他骑上,接着又一路向南,从新皋门出宫。路上,茹瑺心事重重,骑在马上皱眉不语。待出了皋门,他突然对牵马的家奴道:"往右边走!"

"往右?"家奴一愣,随即回道,"老爷,不是回兵部吗?该从长安左门出去啊!"

"去右军都督府!"茹瑺阴沉着脸迸出六个字,随即咬紧了牙根……

与茹瑺告辞后,方孝孺回到文渊阁,将刚才商定的诸般事项草拟成诏旨,随后又交给尚宝司用印。因是紧急军务,他十分上心,亲自督促尚宝司卿立刻将诏旨拿到内廷,在内宫尚宝监处盖好了印这才放心返回。他在衙门内吃了午饭,随后处理了一阵公务,直到申时正牌才散衙回府。

刚到家门口,门前照壁后突然闪出一个乞丐模样的男子,直冲过来大声叫道:"恩师!恩师!"

方孝孺吓了一跳,回头看这个乞丐却不认识,遂问道:"你是何人?"

"恩师!"乞丐此时被方家下人架住,全身动弹不得,只是带着哭腔喊道,"恩师,我是程济,我是程济啊!"

"程济?"方孝孺一愣,忙上前两步定睛一瞧,不由大吃一惊——果然是程济!只是他此时全身衣着破烂不堪,脸上也满是泥污,乍看上去不仅不像个风雅文士,完全和个叫花子一般。

方孝孺忙一挥手命家人放开程济,接着上前抓住他的胳膊道:"你不是殉国了吗?怎么又活过来了?还变成这般模样?"

这程济原是方孝孺派到真定大营的参军,耿炳文兵败后,他又改归吴杰麾下。藁城大败,真定大军土崩瓦解,当时程济也在军中。据吴杰传回的军报,程济已经阵亡,方孝孺得知后还伤心了好一阵子,却不想几个月后又出现在他眼前。

眼见恩师一脸关切,程济心中百感交集,当即痛哭失声道:"恩师,一言难尽啊……"

方孝孺见程济惨兮兮地痛哭,心中顿也一酸,遂安慰道:"回来就好,回来就好。想来你这一路也经历了不少磨难,且先回为师府中梳洗一番,喝两口热汤再细细道来不迟!"

约莫半个时辰后,程济盥洗完毕,接着又一口气吃了三大碗米饭,将席上的鱼肉一扫而空,这才恢复了些人色。酒足饭饱后,程济忽然跪到地上,面容急切地禀道:"恩师,学生有要事禀告!"

"哦?"见程济如此,方孝孺也吃了一惊,遂放下筷子道,"何事?"

"禀恩师,学生在河北发现右府左都督徐增寿暗结燕藩!"

"什么?"方孝孺闻言大惊失色,手中筷子也"咣当"落地。他当即起身,一脸惊讶地问道,"你这是如何得知的?"

"学生亲眼所见!"程济坚声答道。

方孝孺浑身一震,他立即离席将门窗关上,又回身将程济从地上扶回凳子上坐了,一脸郑重道:"你把这前后经过详细说来!"

"是!"程济拱手一揖,随即拉开了话匣子——

那是两个多月前发生的事。藁城一战,南军被打得大败,各部四散而逃。混乱中,程济与吴杰失去了联系,不得已被乱军裹挟着向南方仓皇亡命。原本,程济想着待局势平稳便返回真定。可燕军却丝毫没有收手的意思,一路向南攻城略地。程济逃到顺德,燕军也攻至顺德;程济逃到广平,燕军又杀到广平;待程济狼狈不堪地逃进大名府时,燕军也踏入大名境内。无奈之下,程济只得继续南下,准备逃入河南境内再做计较。

经过几日的奔波,程济在一个大雨滂沱的下午逃到了老岸镇。此地位于大名府南端,再往南百里便是黄河。当逃到老岸镇时,程济的几个扈从亲兵都已失散,他也饥寒交迫,实在走不动了,只得在镇外一个废弃的小庙内暂歇。

枯坐在残破的小庙内,望着空空的四壁,程济心中说不出的悲凉。藁城大战的失败,他应该是有责任的。当时吴杰根本就不想出兵,是他一心想雪夹河惨败之耻,拉着暴昭强迫吴杰将大军拉到了藁城。此战过后,真定大营也元气大伤,程济又悔又恨,几乎要落下泪来。

就这么枯坐了许久,外面的骤雨终于停了。又过了半晌,他才反应过来,现在还不是自怨自艾的时候。大名府城随时可能被破，到时候燕军很有可能继续南下，自己必须抓紧时间继续南逃。想到这里，他又拖着疲惫的身躯准备继续赶路。

就在这时，庙外隐隐传来一阵马蹄之声，程济立刻紧张起来。

马蹄声越来越近，程济急得如热锅上的蚂蚁。想跑是不可能了，现在唯一的办法便是赶紧找地方躲起来。就在这时，角落处的一堆稻草引起了他的注意。来不及多想，程济马上钻进稻草堆中将自己掩藏起来。此时的他不停祈祷，希望这些人千万不要进庙。

不过他马上就失望了。很快，一阵脚步声由远及近，一个尖厉的声音在厅内响起："今日实在不走运，好不容易遇见你，却被一场雨浇了个透！"

这个声音不男不女，像是从宦官嘴里发出来似的。程济一听，心中更加惊慌。这里是河北，朝廷派往真定监军的内官已在藁城阵亡，这个人若真是宦官，那必定是燕王那边儿的。想到这里，他大气都不敢出一口，全身一动不动，生怕引起这些人的注意。

又一个声音响了起来，这次是个正常中年男子的嗓音："呵呵，马公公受累了。其实在下也能找到大营，何劳您亲自迎接！"

果然是燕府内官！但同时，另一个疑问也在程济心头泛起——这男人又是谁？他与这个内官跑来这儿干什么？稍一思虑，他又是一惊，据他所知，燕府中只有一个内官姓马，那便是燕王最信任的马和！若此人是马和，那究竟是什么人能让马和亲自出马迎接？想到这里，他悄悄地将身前的稻草拨开一个小缝，紧张地向厅中望去。只是厅中站着说话的两人均背对着自己，一时看不清面容。

将外衣脱下，马公公又说话了："岂敢当'亲自'二字？上次见面时，便约好这段日子再过来。可不想正赶上我军南下，大名这条路乱得很。王爷怕你有闪失，便派我和狗儿他们潜到南面儿来接你。"

"承蒙王爷挂心！"男子又赶紧说道。

"好了，不说这些了！"马公公一挥手道，"快把衣裳换了，咱们得赶紧回去。王爷急着知道京师消息，这是大事！"

"是！"男子连连应承几声，又笑道，"朝中这段日子热闹着呢，我家都督已与勋臣们商量好了，一定要逼皇上罢兵！"

京师！朝中！都督！马公公！这两人你言我语，程济是愈听愈惊！这到底是怎么回事？就在这时，中年男子转过了身来，程济定睛一瞧，差点儿没叫出来：这不是徐得吗？

当年在京中做官时，程济和徐增寿打过几次交道，对他这个心腹家奴也有印象。虽然离开京师已近两年，但此时一见面，他仍一眼就将徐得认了出来。

徐增寿勾结燕藩！不用多想，程济立刻便得出了结论。如今燕藩与朝廷是死敌，徐增寿是朝廷的左都督，而他的心腹居然在这里和马和接头，并和燕王暗通信息。程济怒火中烧，难怪燕军每次都能占得先机，他恨不得立刻把徐得绑回京师问罪。不过这时候出去，不但抓不住徐得，反而当场便会被马和杀掉！就是性子再急，他也不会做这种飞蛾扑火之事。

过了一阵，两人都换好了衣裳，马和呵呵一笑道："如今我军又胜了一场，估计用不了多久河北便全是王爷的了。下次你再过来，这里便安全多了！"

"哪还有下次？"徐得笑道，"如今朝廷败得都不成样子了。照这么下去，王爷的靖难大业指日可成！下一次小人定与我家都督一起，在京师恭候王爷大驾！"

"哈哈哈……"徐得的话让马和很受用，他大笑一阵，便转身向外走去，徐得也随即跟上。不久，外面又传来一阵马蹄声。

待马蹄声远去，程济从稻草堆中爬了出来。走到门外，他狠狠地向北面"呸"了一声，随即转过身子匆匆向南奔去。

当程济说完时，方孝孺全身已被汗水浸透。半晌他才回过神来，用审视的目光瞪着程济的眼冷冷问道："你说的可全都是实情？"

"绝对是实情！"程济一脸正色道，"此皆为学生亲眼所见，若有半分虚假，学生愿受大辟之刑！"

"无耻之徒！"方孝孺一拳砸向桌面，杯中的茶水被震得四溅。他这句话当然不是指责程济，而是骂那个吃里爬外、出卖朝廷的徐增寿。削藩以来，这个徐增寿表现得十分恭谨，一副已与燕藩恩断义绝的样子，把建文和方孝孺他们都给骗了过去。

"恩师，咱们该怎么办？绝不能让徐增寿这个奸贼再逍遥法外了！"见方孝孺相信了自己的话，程济迫不及待地问道。

略一沉吟，方孝孺猛然抬头，一脸坚毅道："此事事关重大，非为师可以做主。你收拾一下，马上随为师进宫，将此事的前后经过再详细向皇上禀告一遍。如何处置，待请示陛下后再做定夺！"

"遵恩师钧命！"程济抱拳一揖。

当方孝孺走进乾清宫暖阁时,建文正在用晚膳。见他进来,建文放下筷子道:"先生这般急着见朕所为何事?那几道敕旨不是已经发了么?"

"陛下!"方孝孺跪下行了礼,沉声道,"臣带了一个人进来,请陛下赐见。"

"谁?"建文问道。

"程济!"

"程济?"建文觉得这个名字有点耳熟,但一时又想不起来在哪听过。

见建文疑惑,方孝孺遂又道:"就是当年在午门外阻拦徐四小姐击登闻鼓的那个兵科给事中。后来他改任翰林编修,又派到真定大营做了参军!"

"哦!"建文这才想起来,不过他很快又道,"朕记得先前吴杰报过来的藁城阵亡官员名录中好像有他的名字,怎么,他还活着?"

"是,藁城战败时,他与吴侯失散,吴侯以为他阵亡了,现已回到京师。"方孝孺顿了一顿又道,"程济有一秘事,要奏与陛下!"

"哦?"建文一愣,随即道,"那便唤他进来吧!"

不一会儿,程济便踏进了暖阁。因方孝孺已说明是秘事,建文遂屏退内官和宫女,只留江保一人在暖阁内侍候。如今的江保已是建文身边仅次于王钺的心腹内官,即便这种机要场合,建文也常命他随侍。

"皇上!"进入暖阁后,程济跪倒于地,"嘣嘣嘣"磕了三个响头,接着又把与方孝孺说的话重新跟建文讲了一遍,末了一脸愤怒道,"陛下,这徐增寿世受国恩,不但不奋发报效,反而暗结燕藩,其心可诛,还请陛下严惩!"

与方孝孺一样,在听完程济的话后,建文也惊得目瞪口呆。在确信程济之言非伪后,建文倏地站起了身子,双眼通红地对江保喊道:"马上传朕旨意,擒徐增寿来见!"

"陛下暂且息怒!"见建文激动,方孝孺忙出言相劝,又用眼色阻止了江保才道,"陛下且听臣一言再定夺不迟!"

"先生且说!"建文对方孝孺一向尊重,见他如此,便稍稍按捺住了心神。

方孝孺并未直接回话,而是把眼光抛向了程济。程济明白这是恩师要与皇上商议机密大事,自己不宜在场,忙向建文行礼告退。

待程济退出,方孝孺方对建文一拱手道:"敢问陛下,为何要捉拿徐增寿?"

"这还有什么缘由?徐增寿出卖朝廷军情,又在朝中鼓动勋戚闹事,此等奸恶之辈,岂能不加以严惩?"早在削藩开始后,建文就一直觉得朝中勋戚中有内奸,为此他还曾特地派李景隆暗察,但一直没有结果,后来也就不了了之。此时谜底终于揭开,建文岂能不怒发冲冠?

"臣冒昧!"方孝孺仍是十分冷静,"敢问陛下,您下旨捉拿徐增寿,又有何证据?"

"程济之言,岂不能为证据?"

"程济空口无凭,且又是孤证,何以服人?何况当年程济在午门冒犯徐四小姐,也算是和徐家有了过节。仅凭他的一面之词,如何能定徐增寿的罪名?"

"管不了这么多!徐增寿勾结燕藩,祸害朝廷甚深,此等内奸不除,如何能剿灭燕藩?"想到徐增寿暗传军情,前几次大败他多少都脱不了干系,建文心中更是恨极,当即厉声道,"朕倒要看看,朕要杀他,朝中谁人敢阻!"

"陛下不可!"方孝孺耐心解释道,"罪状不彰,而诛军府掌印,这必在朝中引起轩然大波。到时候不但勋戚们不服气要闹事,就是军中那些中山王的旧部也会心怀不忿。如今北疆战局已是步履维艰,皇上万不可意气用事,再使将士离心!"

方孝孺这么一说,建文一下子冷静下来。仔细一想,他不得不承认方孝孺之言有理。现在朝廷上下已经是人心涣散,实在是经不起折腾了。

"还有!"见建文心有所动,方孝孺忙趁热打铁道,"以程济之言判断,徐增寿在朝中已经营有年,前几次勋戚闹事,他就是暗中主谋。此等人物,在右班武臣中必然颇有威望,皇上突然杀他,那些武臣会不会就此心存忌惮?平燕大业少不了武臣们出力,万不可在这关键时候寒了他们的心啊!"

"这……"建文一下哑了。对于武臣,建文是又恨又无奈。他恨的是这帮武官不仅不和他同心协力,反而成天在朝中煽风点火,对剿燕指手画脚;而之所以无奈,则是因为不管如何,这战争终究得由武人去打,建文虽然信任文官,可总不能派这帮手无缚鸡之力之辈去和燕军搏命吧?

"那先生觉得该怎么办?难道就这么放任不理吗?"半晌,建文终于再次开口,不过这一次,他的语气间充满无奈和悲哀。

"当然不是!徐增寿勾结燕藩,必须伏诛!但要杀徐增寿必须有十足证据,将这案子定成铁案。如此,不论是勋戚,还是军中的徐达旧部都无话可说!"

"那先生说说,如何定成铁案呢?"建文眼光一亮,赶紧问道。

方孝孺沉稳道:"今日程济之言绝不能外传,皇上表面上仍需装作未知,只在暗中派精干缇骑暗中监视徐增寿。徐增寿既为燕藩走狗,必然会再有动作,届时我等逮着机会让他抵赖不得。如此,既除了奸细,又可确保朝堂和军中不生波澜!"

建文沉吟一阵,点点头道:"便依先生之计。先生下去后一定要嘱咐程济,让他千万不可走漏风声!"

"臣明白!"方孝孺深深躬下了身子。

方孝孺告退后,暖阁内又安静下来。江保从房外招来一群小内官,手忙脚乱地收拾被建文掀翻在地的碗盘。望着满屋子忙碌的内官,建文忽然感到一丝莫名的悲凉。这是为什么?难道自己对不起徐增寿么?自己明知道他与燕王的关系,可还是让他一直待在右府左都督的高位上,甚至让他参与一部分军政!可就是这样,还是不能收住他的心,他居然利用自己的这份信任,暗地里使心眼、下绊子。

这时,地上的杂碎物都已收拾干净。建文回到榻上坐下,江保从外面端了一碗冰糖莲子羹进来轻声道:"皇爷,刚才的膳您刚用到一半就把桌子掀了,奴婢特地叫御膳房又熬了一碗冰糖莲子羹,您多少吃一点填填肚子,也消消火气。"

建文接过莲子羹盛了一勺放进嘴里,突然又将碗放下,对江保颇为伤感道:"你说,难道朕之德行就这么不堪吗?"

"皇爷何出此言?人心隔肚皮,皇爷的心得放宽些,为这些人气坏身子就不好了!"江保一边给建文扇着扇子,一边毕恭毕敬劝道。

"朕是不得不动气啊!记得以前徐辉祖跟朕提起过,说他这个弟弟一向心志坚定,又与燕王交情深厚,如此坚决地与燕藩断绝关系不合常理。当时徐辉祖还暗中劝朕要防着点,不要让他参与太多军事。只是那时徐增寿言之凿凿,说他与燕藩再无瓜葛,朕见他情真意切也就信了,谁知他却是在骗朕!朕就是想不明白,这同为中山王后人,徐辉祖是忠心为国,这徐增寿怎么就会暗中出卖朕?一个娘胎出来的人,怎么会有这天壤之别?"说完,建文又生出一肚子无名火,当即端起案上汤碗,一仰头将碗里的羹一饮而尽。

"皇爷!"江保将建文手中的瓷碗接过,又递上一条手帕给建文拭了嘴方幽幽道,"就这徐家兄弟的事儿,奴婢倒有个想法,就是不知道对不对!"

"唔?"建文诧异地望了江保一眼道,"什么想法,你说说看!"

"皇爷,奴婢想的是这徐家兄弟该不会是串通好了,脚踏两条船吧!"江保阴着嗓子说道。他平日颇得建文信任,此时便产生了个"为君分忧"的心思,想通过这番谏言,让皇上对他刮目相看。

"什么？"建文的目光一下扫到江保脸上，"你这话是什么意思？"

建文一顿逼视，江保顿觉有点儿心虚，忙把头垂下，过了好一会儿方继续道："这也是奴婢的一己猜测，这徐家两兄弟一个效忠皇上，一个勾结燕藩，该不会是想两边讨好，保住他们家的荣华富贵吧？燕贼谋逆，天下大局不明，若陛下胜了，这徐辉祖仍是公侯自不必说；若燕贼胜了，徐增寿必然大获重用。到时候不管怎么样，徐家总是荣华万世，富贵不绝。况且真到秋后算账之时，得宠的那个再为另一个求求情，那么即便是站错了边也没有性命之忧，这样岂不是大大划算？"

"啊！"江保的话让建文听得目瞪口呆，他从来就没想到这一点，顿觉背脊发凉。过了好一阵，他方回过神来。

"你怎会想起说这些？"恢复正常后，建文脸上露出一丝若有若无的笑意，语调平和地问道。

江保一直紧张地关注建文的神态，他不知道自己这番话是否合建文的心意。见建文发问，他忙一躬身，用极尽谦卑的语气回道："奴婢也是看皇爷疑惑，故随口说了个陋见。至于是否说到点子上，还请皇爷斟酌！"

"朕是得斟酌一下！"建文若有所思地答道。

又过了一阵，建文忽然一笑道："你之言倒也不无道理。没承想你一个内官，竟也有这番智虑！"

见建文夸奖，江保心中一喜，忙恭敬地答话道："皇爷谬赞！奴婢只是尽己所能，为皇爷分忧！"

"尽你所能为朕分忧？"建文听了却是冷哼一声，脸色骤变道，"太祖管教内官的祖训你可记得？"

"啊！"江保闻言，顿时如五雷轰顶，人也立刻瘫倒在地。他此时才明白过来，这马屁拍到了马蹄子上！

"把祖训背出来！"就在江保惶恐时，建文不依不饶，厉声喝道。

江保已是浑身筛糠，建文的大喝又把他吓得一激灵，过了好一阵，他方用颤抖的声音背道："太祖祖训：内臣不得干预政事，预者斩！"

寥寥数语，江保念出来时已是肝胆俱裂。他知道这几个字对眼下的自己意味着什么。建文对内官向来严厉，即便是寻常过错也绝不轻饶。自己今日一时犯浑，竟犯下妄议朝中大臣的滔天大错。按照建文的一贯做派，自己将面临最严厉的惩罚！

果然,建文丝毫没有怜悯的意思:"你既知祖训,又何敢离间君臣?历代阉宦祸国者比比皆是,想不到今日又出了你这奸贼!来人啊,将他拉出去杖毙!"

　　马上,两个强壮的内官推门进来,提起江保便往外走。

　　"皇爷!"江保知道若就这么出去,自己便再无生理,因此也是用尽全身力气大声呼喊,"奴婢一时糊涂!求皇爷看在奴婢这两年恭谨侍候的分上,饶奴婢一条小命啊!"

　　建文眼中闪过一丝不忍。平心而论,江保这两年做得还是很不错的,也深得他的欢心。若真就这么将其杀了,他多少也有点舍不得。但略一犹豫后,建文仍决定杀他,防微杜渐的道理他打小便明白。宦官干政,开始时都是一些小事,由于君王的宽纵,到后头便酿成大祸。四百年强汉、三百年盛唐,最终都亡在宦官手上。建文不想因自己的一时心软,毁了大明万代的基业!

　　眼见建文沉默不语,江保已是魂飞魄散,此时他已被拖到门槛边儿上。惊恐之下,江保撕心裂肺地哭喊道:"方才可是陛下要奴婢说的,是陛下您要奴婢说的啊……"

　　建文闻言一震,他刚才倒确实是说过这句话。

　　若是换了朱元璋,江保的话只能让他更加愤怒。但建文是个饱读经书的人,凡事据理而行,这个信念在他脑海中根深蒂固。

　　"把他带回来!"建文再次下令。

　　执法内官得令,又把江保提到建文面前。此时的江保已哭成一个泪人儿,浑身颤抖不止。不过从建文方才的话中,他已知道自己逃过了此劫。此时的熊样儿,一半是惊魂未定,一半也是他有意装出来的,以换取皇上的怜悯。

　　"朕是叫你说,可是朕却没要你构陷大臣!"死死瞪了江保一眼,建文声色俱厉道,"你是什么东西,也配妄议朝政?朕看你是鬼迷心窍,自寻死路!"

　　"是,陛下教训得是!"江保趴在地上,磕头如捣蒜。

　　"念你侍朕尚算恭敬,此次也非有意犯错,便饶了你这条狗命!以后给朕记清楚了,说话做事时别忘了自己的身份!"思忖一番后,建文做出了处置江保的意见。

　　江保心中一喜,脸上仍是一副惶恐之态:"是!奴婢明白,奴婢再也不敢对外廷之事多说一句!"

　　"知道就好!"建文哼了一声又道,"不过死罪可免,活罪难逃!你今日之错必须加以严惩,罚杖责三十,乾清宫的差使也不用干了,去宝钞司当个下等火者！"

"啊！"江保一声惊呼。宝钞司是内宫二十四衙门之一，这个司名字取得挺好听，实际上却是污秽不堪，专门负责为宫里人制造粗细草纸。江保先前的职位是乾清宫打卯牌子，任此职之内官负责随朝奉剑之事，可谓风光无比，现在却要去给人做草纸，这个反差也未免太大了。

"怎么，你还不满意？"见江保发愣，建文冷冷问道。

江保打了个寒噤。不满意是肯定的，可此时若还不赶紧谢恩，自己的小命立马不保。无奈之下，他一骨碌趴倒在地，用全身力气呼道："奴婢岂敢？奴婢谢陛下不杀之恩！"

处理完江保，建文心中依然烦闷。略一沉吟，他起身走出暖阁。见皇爷出来，在门外守候的内官和都人忙凑了上来，建文看也不看他们一眼，只冷冷吩咐道："摆驾坤宁宫！"

第三章

太严苛内官投燕 搏天命孤师南下

当建文的銮驾行到坤宁宫门口时,马皇后领着太子朱文奎以及马云一帮子内官迎了出来。建文处罚江保之事,马皇后已经知晓,知道夫君心情不好,她也愈发小心谨慎。见马皇后等人行礼,建文伸手一虚扶,随即牵住朱文奎的小手道:"父皇几日没过来,奎儿可有淘气?你弟弟呢?怎么没一起出来?"

"回父皇的话!"朱文奎扬着脑袋答道,"母后教导,儿臣不敢放肆。母后说傍晚外面风大,怕弟弟出来着了凉,就让他待在房里了。"

见太子举止合礼,回答也是有板有眼,建文满意地点点头,遂不再说话,直牵着他一起进宫。

待进入宫内,皇后的贴身都人英儿已抱着三个月大的朱文圭在暖阁门口跪候。建文走进暖阁,在窗边的榻上坐下,然后从英儿手中将朱文圭接过,脸上露出慈爱的神情,抱着儿子一阵好哄。

朱文圭是懵懂婴儿,根本不知道眼前之人就是至高无上的父皇。而建文也完全没有哄婴儿的技巧,只顾又摸脸蛋又捏鼻子,不一阵竟把朱文圭惹得哇哇大哭起来。

建文哄小儿时,马皇后在一旁坐着。朱文圭一哭,她立时慌了神儿,忙从建文怀里抱过一阵好哄,又嗔道:"陛下老不来看圭儿,他哪还认这个父皇?"

朱文圭出生未久便赶上夹河大败,建文当时忧虑不安,实在没工夫顾及这个儿子。后来国事堪忧,他更是焦头烂额,几个月下来,见这个亲儿子的次数扳着指头都能数得过来。此时马皇后嗔怪,他也只能尴尬一笑。

不过愧疚归愧疚,过了好一阵,眼见朱文圭仍哭个没完,建文就有些不耐烦了。本来他心情就不好，此番来坤宁宫也是想通过这天伦之乐缓解烦乱心绪，谁知小儿竟然闹出这茬。眼见建文越来越焦躁，马皇后也急得满头大汗，这时候一旁的马云小声说道："娘娘，二皇子也许是饿了，奴婢拿些奶子来吧？"

闻言，马皇后才如梦方醒，本来之前便到了喂奶的时辰，只是听说建文要来，便赶紧准备接驾，把这件事给忘了。

"嗯，你赶紧去！"马皇后忙点头道。马云得旨，遂蹑着脚退到暖阁外头，过了一会儿，便拿着一个精致的银制小壶进来。马皇后一示意，一个都人忙将朱文圭抱了过去，马云找了个瓷碗将奶子倒出，然后拿了只汤匙一口一口地喂起来。

朱文圭开始吃奶，房间内顿时安静下来。马皇后腾出手，又见建文脸色已稍稍好转，便小心问道："那个江保犯了什么大事，惹得陛下如此生气？"江保平日很是机灵，也颇讨马皇后欢喜。今日他突然被罚，马皇后不知其因，便随口这么一问。

建文哼了一声道："这个阉货，竟敢妄议朝中大臣，朕不杀他就不错了！"

一听关系朝政，马皇后忙闭紧了嘴巴。

马皇后不说话，建文也不说话，一时间气氛变得有些尴尬。过了好一阵，马皇后才无话找话道："前几日徐都督的夫人进宫来，说再过几日便是母后的千秋节。她想探听一下，今年是否要进宫朝贺。"

原来下个月是吕太后的生日。按制，这天一众命妇应进宫朝贺。不过自燕王起兵后，国事不顺，去年吕太后便下懿旨免去了当年的朝贺之礼。至于今年如何办，到现在宫中还没有消息出来。

"哪个徐都督？"建文疑惑地问道。

"还有哪个？就是中山王府的徐增寿啊，他们家一向和皇家亲近。今年宫中迟迟没个消息，外面的命妇都不知该不该准备贺礼，便推举他的夫人进宫来问臣妾。臣妾又哪做得了这个主？"

马皇后不提还罢，一提徐增寿，建文当即怒意大炽，气冲冲说道："别提这个吃里爬外的家伙，谁知道他们安的什么心，你以后不许再召见徐家的人！若他们还有脸进宫，就给朕统统轰出去！"

"陛下这是怎么啦？"见建文突然发怒，马皇后吓了一大跳，过了好久方嗫嚅道，"中山王是大明的功臣，怎么陛下对他们家生了这么大怨气？"

"什么功臣？老子是功臣，儿子是奸贼！"建文一双眸子都快要冒出火来，他也不管马云这个内官在场，便直接对马皇后道，"你知道么？徐增寿身边的那个徐得,竟跑到河北去见四叔手下的马和。那个马和你以前也见过,是四叔最亲信的内官。他们俩搅在一起,你说徐增寿想做什么?"

建文说话时,马云一直在旁边给朱文圭喂奶。一听建文说徐家暗结燕藩,他立刻想到自己兄弟与徐妙锦的关系,心中不由一紧,手中的汤匙也停在了半空中。这时朱文圭正张大了嘴巴等着吃奶,却见汤匙半天落不下来,他当即扬起小手便是一拨,马云猝不及防,拿汤匙的手被朱文圭打中,一匙奶子竟直直泼在了朱文圭的脸上!

"啊!"朱文圭一声大叫,马云的脸颊一下被抽干了血色——他明白,自己捅了个马蜂窝!

果不其然,建文的脸一下变成了猪肝色。江保和徐增寿的事已让他满腹不爽,马云不早不晚偏偏就在这个当口犯错,这无疑给了皇上一个发泄怒火的"良机"。狠狠瞪了马云一眼,建文眼光一寒,厉声道:"来人啊,拉出去乱棍打死!"

"陛下!"马皇后正手忙脚乱吩咐下人拿水给朱文圭擦脸,听得建文下此杀手,顿时吃了一惊。这马云是她的亲信内官,为人一向恭谨,此次虽犯了过失,但朱文圭毕竟也没受什么伤,在她看来,将马云严斥一顿也就罢了,谁知建文竟会拿出"杖毙"的章程来!一时间,她也顾不得照看朱文圭,转身对建文道,"这马云也就是一时失手,陛下又何必发这么大火呢?"

"一时失手?"建文冷哼道,"朕看他就是故意的,这帮子阉货没一个好东西!"

"他哪有故意的胆子?"马皇后赔着笑脸道,"这人跟了臣妾几年,平日里办事还是挺麻利的,今日却不知中了什么邪。好在圭儿无事,不过是奶子浇了脸,洗洗也就干净了,陛下何必跟一个内官计较呢?"

要在往常,马皇后这么一说,建文就是有天大的怒火也会平息下来。不过今日建文心境确实糟透了,尤其是方才放了江保一马,他自觉破了太祖的规矩,心中愈发不爽。但君命已出,却又无法收回来,只能将怒火撒到马云身上。不过毕竟是皇后开口,他也不能完全不给面子。略一沉吟,建文狠狠地瞪了马云一眼,鼻子里粗气一呼道:"看在皇后求情的分上,便饶了你这条狗命。不过你等天生就生了颗蛇蝎心,此番也不能就这么便宜了你!你和江保一样,领三十棍子,滚到宝钞司当火者去!"

马皇后一怔,虽然建文已饶马云不死,可她仍觉得这种处罚太重。不过此时她也猜到,马云这是遭了江保的池鱼之殃。皇上的性子她最是清楚,建文此时正在火头上,她要再劝谏,肯定会被他认定为得寸进尺,到时候不但马云保不住,自己也可能挨一顿训斥。马皇后叹了口气,转而对马云道:"你这奴婢,愣着做什么?还不赶快谢陛下不杀之恩?"

马云生来就是个老实本分人,刚才听建文要杀自己,他一时吓傻了,瘫在地上半天没反应过来。此时马皇后开口,他才恍然惊醒,忙如之前的江保一般趴到地上一阵叩头,随即失魂落魄地被执刑的内官如拧小鸡一般提了出去。

处罚完马云,暖阁里的温馨氛围也被驱得一干二净。建文本想晚上留宿坤宁宫,但此时已心思全无,一瞧马皇后,她也是意兴阑珊。于是二人只拣不着边的话闲聊一阵。亥时一到,建文便起身,径自回乾清宫去了。

……

西安门内大街南侧是内宫诸监衙门所在。此时已近三更,皇城内万籁俱静,可弹子房后面的一间小屋内却不合时宜地传出阵阵哀号。借着昏暗的烛光,弹子房管事牌子马骐正拿着一块沾湿的白布,小心翼翼地擦拭着马云背上渗出的斑斑血迹。

昨日被打完棍子后,马云便被两个小火者小心翼翼地抬到了宝钞司。宝钞司的管事牌子吴三与马骐相熟,赶紧通知其过来料理。马骐到后,痛哭失声,只哀求吴三网开一面,让他将马云带回自己房中照料。吴三心软,便睁只眼闭只眼地答应了,马云这才从脏兮兮的宝钞司火者房搬出来,住进了相对干净舒适的弹子房的单间。

一番痛楚过后,马云身上的血垢总算被擦拭干净,马骐拿出一个小瓶,将里面的金疮药粉均匀地倒在伤口上,方擦了擦汗道:"好了!幸亏没伤到筋骨,休养几日,等结了痂就无大碍了!"

"哪有休养的福分!"马云哭丧着脸道,"明日一早就得去宝钞司做草纸,要是误了时辰,被人检举到皇爷那,哥哥这条命就保不住了。"

"不会的,吴三和咱兄弟俩都还算对付。明日我再过去跟他说说,让哥哥你多休养几日,他岂有不答应的道理?只要他不说,下面哪个小火者敢不长眼到皇爷那去嚼舌根子?"马骐劝慰道。

听马骐这么说,马云稍稍安了些心,但只片刻却又嘤嘤泣泣地哭了起来。

马骐一声叹息,他明白这位哥哥的心情。马云是个树叶落下来都怕砸着脑袋的人,平日不求飞黄腾达,只求把主子侍候舒坦,从而可以平平安安过此一生。也正是因为勤勉且无欲无求,所以他受到皇后的宠信,成为坤宁宫的头号内官。本来，就这样下去，马云的这点子小念想也不难达成。可人在屋中坐，祸从天上来。昨晚这一个不小心，正撞在了怒意正炽的建文的枪口上，以致被贬为制作草纸的最卑贱火者。这种一下子从云端跌落谷底的心情，马骐设身处地一想也觉得心酸，落泪道："咱兄弟怎么就这么命苦。皇爷他在外头有火，与咱们何干？凭什么每次都往咱们身上撒气？"

马骐本也是乾清宫的答应，先前建文因削藩不顺，抓着个由头将他暴打一顿，大手一挥贬到了浣衣局。联想到自己的这份悲惨往事，不由得不感伤。

"弟弟你也别太伤心了！"见自己的经历触动了马骐的心思，马云黯然半晌，反过来安慰他道，"这就是命，谁叫咱们都是阉人呢！咱们这种人，从进宫那天起就注定是受糟践的！"马云这么一说，倒又把自己心头那份儿痛给揪了出来，竟也跟着马骐掉了两滴泪。

"什么命？我哥俩成天尽心尽力，哪一件事儿不是办得熨熨帖帖？可只要稍出些岔子，便被皇爷往死里整！上次是我去浣衣局，这次是你到宝钞司，都是鸟不拉屎的鬼地方！咱哥俩就是有错，也犯不着罚得这么狠吧？他这硬是要把咱往死里逼呀！"马骐恨恨地说到这里，怨气更盛，直接提着鹅公嗓子叫道，"他朱允炆在外廷满嘴仁义道德，回到宫里却视咱们如猪狗！咱们虽是宦官，可也是爹生娘养，凭什么被他这么糟践？"

马骐自打进弹子房后，日夜想着有朝一日能东山再起，而他唯一的指望就是在坤宁宫当管事牌子的马云。本来，马骐还指望着过个几年，等皇上彻底忘了自己，再让马云在皇后那边撞撞木钟，给自己安排个体面差事从头再来。可现在马云也遭了难，他最后的希望也就此破灭，不禁对建文恨到了死处。

"你不要命啦？"马云吓得魂飞天外，忙不顾伤势撑起身子，一把将马骐的嘴捂住，急急斥道，"你怎么能这么说话？你知道这是什么地方？要被外人听见，咱们兄弟俩都得没命！"

马骐此时也觉得刚才太冒失了，不过他仍是怒意难平，只是压低声音，不服气地说道："这皇爷确实不是个东西！我上次出使真定，听人说燕藩的内官都极受燕王器重，燕王待他们也好。再看咱们，天天走路都怕被叶子砸头，却仍逃不过这般下场。都是龙子龙孙，燕王和皇爷简直是一个天上一个地下！"

对马骐的这个说法，马云也深有同感。但嗟叹过后，他只是苦涩一笑道："谁叫咱们摊上这么个主人呢？同人不同命，你我不认也得认啊！"

"认什么认？就皇爷这德行早晚都被燕王给灭了，咱还不如投奔燕王得了！"

马骐一言既出,自己也吓了一跳。一望马云,他也是惊诧地望着自己。四目相对,过了好一阵,马骐狞着脸憋出一句:"哥哥,在这里混着也是等死,要不咱们投北平去吧?"

"什么?"马云惊得一下站起身子,两只眼睛不可思议地望着马骐,当即压低嗓音喝道,"你疯啦,燕藩可是叛逆!"

"什么叛逆?"马骐不屑道,"燕王败了才是叛逆,燕王要是胜了,那叛逆就是皇爷!成者王侯败者贼,自古都是这个道理!"

马云有些心动了,但想了想仍摇头道:"那也不成!咱们和燕藩素无交情,又无丝毫功劳在手,燕王凭什么收留我们?"

"你们没有,我有!"门外忽然传来一个声音。

马家兄弟吓得一个激灵,马云大喝一声:"是谁?"

"怕什么,是我!"房门被推开,江保的身影闪了进来。此时的江保完全没了乾清宫掌印牌子的风光,浑身上下全是纸屑,手上还捏着一卷做到一半的草纸。他望着魂不附体的马家兄弟,脸上露出一丝狞色,"我有燕王想要的消息,你们带上我,咱们仨一起去北平!"

江保和马家兄弟的到来让朱棣大为意外,尤其是江保带来的朝廷抽江淮之兵填补河北空虚的消息,直接解开了最近一直困扰他的一个疑惑——南军军力的底细。

自藁城之战后,德州、真定两个大营基本上处于瘫痪状态。几个月下来,燕军席卷河北,更是将南军打得七零八落。按理说,经过这么多次惨败,纵然朝廷富有天下,也应该油尽灯枯了。可最近几个月,朱棣明显感觉到南军实力又大有恢复。尤其是数月前房昭侵入北平境内,曾扎营于易州境内的西郎山。为彻底剪除这支大同势力,朱棣曾率大军围攻,当时真定方面为救房昭,曾派出三万大军增援。尽管最终真定的援军被打退,但朱棣也暗中吃了一惊——以真定之实力,怎能在如此短时间内恢复过来,并派出三万大军?先前因燕藩探马够不到江淮,京师那边的徐增寿也久无消息,所以他对江淮等地增援河北的情况不太了解。现在,疑惑终于解开,原来建文为了消灭燕藩,已经把家底都掏了出来,连京师屏障都给撤了。

"除两淮之外,皇上可有再派援军?"待江保将军情介绍完,朱棣琢磨一阵后又问。

"没有！"江保肯定地答道，"按着皇爷和方先生的话，当今天下，除了两淮，已再无其他军马可派！先前，方先生也想着用沐侯爷的大军。但因云南太过遥远，当地夷人叛服不定，所以不敢轻动。"

"哦！"朱棣应了一声，遂陷入一阵思索。

就在这时，道衍突然抬起头，眼中射出一阵精光道："据你所说，方孝孺调直隶卫所北上，是要遏制我军，为朝廷收集溃兵，整练士卒，重整旗鼓腾出时间。此言当真？"

"此为小人在一旁亲耳所闻，绝无虚假，皇爷当时也已采纳。但小人当日晚间便被贬到宝钞司，其后有无变化就不知道了！"说到这里，江保想了一想，又笃定地点点头，"不过皇爷对方先生一向倚重。自齐大人、黄大人被罢黜后，对他更是言听计从，想来变易的可能性不大！"

"嗯！"道衍点点头，遂转而用目光向朱棣示意。

朱棣会意，遂对三个内官道："你等投我燕藩，其心可嘉，尤其是江保，更立下了大功，本王来日必会重赏，你们先行退下吧！"说完，他又示意马和领他们出去。

江保等人听命叩首，随着马和离开。待三人出门，朱棣随即问道："大师可是有什么想法？"

道衍双手合十向朱棣行了一佛礼，却不正面回答问题，而是反问道："王爷，您以为这个江保之言有几分可信？"

朱棣想了想道："十分不敢说，但八九分应是有的。真定和德州兵力确实颇有恢复。除江淮、淮北一带，确实想不出朝廷还能调何处卫所之兵。"

"王爷，您觉得江保被贬之后，朝廷军略可有更改？将来又可有更改之可能？"

"绝无更改！朝廷军事，我等虽不知其内幕，但从其动作中也能窥得一二。两相比较可知，朝廷近期确实是按江保所说布局。至于以后嘛……"朱棣自信地想了想道，"除非我与盛庸再次决战，以致河北局势生变，否则一两年之内更改的可能性微乎其微。毕竟，朝廷眼下已无平燕之力，唯有恢复元气，方有可能再战！"说到这里，朱棣一怔，"莫非大师觉得此中有异？"

"非也，贫僧之所想与王爷无二。"道衍淡淡一笑，"贫僧刚才细思之下，突然有了一个主意。只是此计之成败，与南军布局干系甚大，故需确认江保之言无差，方能说出！"

"哦？大师有何妙计？"

"其实也是一步险棋！"道衍呵呵一笑，突然话锋一转道，"不知王爷可还记得三个月前我军攻彰德之事？"

"当然记得！当时彰德闭门不出，我军一时奈何不得，便弃城而去。"朱棣有些奇怪，"这与大师的妙计有何关联？"

"此次攻城与臣之计无关。臣只想问，王爷可还记得彰德守将赵清的那张纸条？"

朱棣想起来了。当时，燕军刚刚在沛县烧了南军粮草，接着趁势西出大名杀向彰德，彰德守将是都督金事赵清。燕军赶到后，他出城打了一阵却不敌，遂躲进城内龟缩不出。见赵清死守，朱棣软硬兼施，一面指挥大军攻城，一面遣使入城劝降。使者进入城内，赵清倒也招待得客客气气。只是当使者提出要他举城投降时，赵清便托他给朱棣捎了一张纸条，上面写——"殿下至京城日，但以二指许帖召臣，臣不敢不至，今未敢也！"

当使者将这句话传给朱棣时，朱棣一笑置之，仍旧攻城不误。随后，因彰德久攻不下，燕军便转战他处，他也把这件事忘得一干二净。此时道衍怎么提起这一茬来了？

见朱棣疑惑，道衍含笑问道："王爷，事到如今，您再想这纸条，觉得它到底是真是假？"

"当然是假的喽！"朱棣尚未回话，一直没说话的朱高煦便在一旁插口道，"当时我也在，这赵清打不过我军，又怕我们攻城，就拿这张破纸条诓父王。只不过咱们本来也没打算拿下彰德，这才放了他一马。"

"二郡王这么想就太简单了！"道衍轻轻摇摇头道，"贫僧当时虽未在现场，但听人说后略为思之，却觉得此纸条中之言大有深意。这赵清之言，其实是真亦假来假亦真！"

"什么是真亦假来假亦真？"

"大师说明白些，咱们都被绕糊涂了！"

……

道衍的话说得朱能、丘福等将领云山雾罩，纷纷迫不及待地出言相催。只有朱棣一言不发地端坐位上，若有所思般静待下文。

"所谓真亦假者，是若我燕藩靖难失败，那赵清自然不会认账，即便朝廷知道了这张纸条，他也大可推脱称为保彰德而施的缓兵之计，正所谓兵不厌诈，朝廷当然不会怪他；相反，若我军靖难功成，那即便赵清开始时果真只是要用其缓我军攻势，届时亦会忙不迭地解释为早已有归附之心，这就是假亦真了。真真假假虚虚实实，一切依时势而定，这就是赵清写这张纸条的如意算盘！"

"大师之意，赵清其实是心中犹疑，欲以我燕藩与朝廷相争的最终结果来决定其之态度。不知我所言可对？"朱棣问道。

"不错！其实不止是赵清，这也是当下南军绝大部分将军的想法！"道衍面容镇定，锵锵有声道，"朝廷要将士们与我燕藩厮杀，却又搞什么改制复古，扬文抑武，军中诸将瞧在心里，岂无怨言？而偏偏王爷一向以武扬名，重视武功。两相比较之下，除盛庸等少数几个齐、黄死党外，恐怕绝大部分将军们心里早就倾向于王爷了！只是朝廷势大，又占据着大义名分，将军们虽有反心，却又有所顾忌，不敢轻举妄动，故而不得已只能听由朝廷驱使。可若王爷一举攻破京师，鼎定胜局，那他们又岂会继续与燕藩为难？到时候想必会踊跃来投，天下传檄可定！"

道衍讲完，朱棣浑身一震。又思索了半晌，他沉着脸挤出一句话道："大师之意，是要我军趁直隶和京师空虚，一举渡江，杀入金陵？"

"不错！"朱棣把话挑明，众臣皆面露惊诧，唯道衍纹丝不动，镇定自若道，"今天下大势，我燕藩如日中天，朝廷已呈不支之势。然百足之虫死而不僵，集天下之力，朝廷完全可以在一两年内重整旗鼓，届时我燕藩又将陷入困局。当今之计，唯有趁朝廷元气未复，一举将其击垮，这才是我燕藩取胜的唯一之望。天幸皇上自毁长城，将两淮屏障撤去，以致京师门户大开，这便是天赐之机。若我军略过德州、真定，长驱南下，一路直扑金陵，试问朝廷还有何力可以挡之？"

"略过德州，直扑京师？"道衍的话让众人吃了一惊。跳过德州、真定南下的事，燕军不是没有干过，但那时大多只是在山东作战，最多也不过抵达淮北。而道衍之意，则是在没有剪除背后敌军的情况下长驱三千里，直抵朝廷的心脏金陵！而且还是在德州、真定两大营实力有所恢复，总兵力仍有十余万之众的情况下！如此孤军深入，一旦有失，全军几无生还可能，众人都被道衍的大胆想法惊呆了。短暂的沉默之后，大殿内立即展开激烈的讨论。

"这样做太险了，孤军深入，一旦战事不顺可怎么办？"

"就算直隶空虚，可京师还有上十二卫，长江天堑和金陵坚城也不容易攻破！"

"上次突入淮北，是为了引诱德州的盛庸，这次却是要打京师，其艰难不可同日而语。而且前次东昌一败，我军班师路上被南军连连偷袭，差点都回不来。

这次要是去打金陵，一旦受挫，形势要比东昌时更惨！"

朱能、丘福乃至最尊重道衍的朱高炽都纷纷发言，不约而同地表达了他们的担忧。金忠则暂未吱声，似在权衡其中的利弊得失。倒是一直对道衍有些不以为然的朱高煦反而跃跃欲试，想到打下金陵，推父王坐上天子宝座，他眼中顿时迸发出狂热的光芒。

面对眼前的众说纷纭，道衍却丝毫不为所动，只如老僧坐定般，平静地听着众人的慷慨陈词。待大伙儿议论得差不多了，他方冷静地说道："诸位所虑不无道理。但兵法云，'兵之情主速，乘人之不及，由不虞之道，攻其所不戒也。'今皇上与方孝孺断定我军不会南下京师，尽遣两淮驻军北上，我们偏反其道而行之，这便叫乘人之不及，攻其所不戒。至于孤军深入，看似危险，其实不然。如今两淮已无经制之师，即便朝廷临时招募义勇，也是些乌合之众，守城还勉勉强强，野战根本不值一提。我军此战之目的在直取京师，既如此，直隶城池要也无用，无须去攻。既不攻城池，义勇即便募成，于我等也无任何威胁。"

"可还有京师的上十二卫！"金忠插口道，"盛庸和平安也不会闲着。就算他们一开始时不敢轻举妄动，可随着形势逐渐明朗，必然倾巢南下。届时京师十二卫再出，则我军将南北受敌。退一步说，纵京师不出兵，有盛庸、平安掣肘，亦难越过淮河、长江两道天堑。"

"世忠之虑有理。一旦我军真入两淮，河北南军必然南下追击。不过……"道衍话锋一转，微微笑道，"如此一来，德州、真定的南军便也就出了城。盛庸既然要追击我军，则我军大可以在直隶与其决战，全歼河北南军的大好机会岂不就有了么？"

"啊！"金忠失声一叫，恍然大悟道，"大师之意，莫非是明修栈道，暗度陈仓，再以南下之名，邀盛庸决战？"

"世忠只说对了一半！"道衍含笑道，"此次南下，若朝廷和盛庸坚认我军乃诱其出战，拒不出兵的话，那我们便直扑京师，以朝廷眼下军力，根本无法抵挡。可若彼等幡然醒悟，判明我军意图，则我们便改弦更张，在江淮歼灭河北南军主力。只要盛庸之军尽丧，即便届时我军力竭，不得不班师北归，所得亦为不小！"

听道衍这么说，大家终于略有些心动，不过质疑之意依然存在。毕竟这种孤军深入，实在是太骇人听闻了些。过程中稍有不慎，便是万劫不复。

朱棣也有此虑，所以迟迟不开腔。道衍见状，想了一想道："王爷，请问您可知近年征战，我军耗粮几何？现北平存粮又剩几多？"

"啊？"道衍这一问与之前的话题八竿子打不着，朱棣听了不由一愣，半晌方回过神来，略一思索便答道，"去岁拿下德州时，曾从李九江那里缴获了六十万石存粮，当时已统统运回北平，记得当时北平本身尚存四十万石存粮，加上屯垦所得及四方购买，共有一百二十万石有余。后来连续用兵，存粮消耗不少，尤其是今年出兵长达七月之久，其间虽有从南军中劫掠，但大部分还是靠北平存蓄。仅此一项，所耗费者当在四十万石，加上去年征战所费及北平守城将士所耗，现仅军中已用了近六十万石，再加上支应北平、大宁百姓和军户之用，共用粮七十万石，所存者应为五十万石左右！"这些情况还是前几日刚回城时朱高炽向他禀报的。当时朱棣因车马劳顿，人十分疲惫，只强打精神听了一遍便回宫歇息，没想到他居然还记得！

道衍接着问："王爷既知我燕藩存粮数目，当知我燕藩目前之窘境！"

"窘境？"朱棣有些丈二和尚摸不着头脑——如今燕藩形势一片大好，哪来的什么窘境？

道衍叹了口气道："自靖难以来，江南再无粮草接济北平。这两年多来，除了北平、大宁百姓和军户屯垦所得外，我燕藩最重要的粮草来源便是劫掠南军所得，尤其是大宁、德州之克，我军所得颇丰，这才使我军得以支撑至今！"

"啊……"道衍这么一说，朱棣立时便有些明白了，当即脸色一变道，"师父的意思是……"

"臣是要告诉王爷，如今我燕藩虽然军势大振，但其实粮草已逐渐枯竭！"道衍深吸口气沉声道，"北平素来贫瘠，大宁就更不用说了，此两地屯垦所得有限得紧。而劫掠南军粮草，虽有大宁、德州之例在先，但此为可遇不可求之事。且自盛庸为帅后，于粮草十分谨慎，屯粮之地多选在大名、沛县。此二地均距北平较远，中间还有真定、德州隔阻，我燕军即便劫了他们的粮草，也只能取其少数，供一时之需，大部分都无法带回，只能就地焚毁。而德州、真定虽然存粮较多，但此二城却非轻易可以攻破。如此说来，王爷再想靠劫掠获取大批粮草已无可能。而我军眼下总数近十五万，每日即便枯坐城中，所耗粮食最少也需一千三四百石之多，而若出战，以十万军计，将士每人每日最少需耗粮二斤。十万人便是二十万斤，一月下来便是五万石；另留守士卒每月也要耗费一万二三千石，两者相加，再把供应百姓、军户的算上，每月便是近七万石！而我燕藩眼下存粮总共不过七十万石，如此算来，王爷若再像今年这般征战一次，那明年这个时候，咱们燕藩就真得坐吃山空了！"

朱棣这下动容了。其实粮草的问题一直是燕藩的软肋，只是燕军运气好，两次夺了南军的大粮仓，这才能支撑到今天。但道衍说得对，上天不可能永远眷顾燕藩，以眼下的形势，再想一次性从南军手中夺几十万石粮几乎是不可能的事，而燕藩又没有其他足以支持军用的粮草来源。这也就是说，最多一年半，燕藩就将陷入断粮的绝境！

内心做出决定后，朱棣的脸上恢复了一贯的从容，他威严地扫视了众人一眼，沉声道："因粮于敌，亦为我燕军所擅长。以我昔日之弱，尚能掠取大宁、德州粮草；今我燕军兵精将勇，锐不可当，突入直隶富庶之地，何愁劫不到粮食？故……"说到这里时，朱棣从椅子上骤然而起，双手按住案几，加重语气坚定道，"本王决定，便依道衍大师之计，即日开始暗中准备，待新年一过，即挥师南下，直扑京城！"

初夏的淮北，天气已经渐渐热了起来。这一日晌午刚过，灵璧县南面的官道上，一支大军正护卫着数千辆粮车娓娓向北而行。从队伍所打的旗号看，这正是朝廷平燕参将平安的人马。烈日炙烤下，将士们的衣服被汗水浸湿又晒干，贴在身上显得皱巴巴。

队伍最前头是一个三十来岁的青年将军，走了一阵后，他热得实在难受，待仰头将葫芦樽里的最后一滴水饮尽后，便拨马折返疾奔一阵，终于见到一个五旬老将的身影。待两人靠近，青年将军将葫芦樽扔到一旁，面色恳切道："大帅，天气太热了，这么急着走下去，将士们中暑的怕会不少。反正灵璧也就三十里路了，就先找个地方歇歇，待凉快些再赶路也不迟啊！"

被唤作大帅的正是平安，而青年将军则是南军参将葛进。听了葛进的话，平安左右一望，见身旁的亲兵们也都可怜巴巴地望着自己。他心头一软，几乎就要答应葛进的请求。但话到嘴边，最终还是咽了回去。

平安何尝不想让将士们歇息？可是他实在不敢啊！回想起这几个月来的经历，平安犹如做了一场噩梦，直到现在还心有余悸。

四个月前，刚返回北平不久的燕军在经过短暂休整后，又顶着凛冽的寒风再次出征。这一次，燕军置德州、真定于不顾，直接突入山东境内，并从鲁西平原一路南下，向直隶方向扑去。

燕军再次寇鲁，河北的南军却并未出兵。一来，两淮驻军的北上，虽然使河北南军实力有所恢复，但毕竟与夹河之战前不可同日而语。面对来势汹汹的燕军,别说本就心猿意马、后来又被燕军彻底打怕了的真定吴杰,就连德州城内的平燕总兵官盛庸也不敢轻易出城迎战。而且,在盛庸看来,燕军此番前来,无非又是效当初东昌之战前的故技,欲引诱河北南军主力出城而已。

时过境迁,如今南军已没有与燕军再次决战的实力,而且盛庸也不相信朱棣会重蹈东昌之败的覆辙。反正放眼南方,无论是济南,还是直隶境内的徐州、凤阳以及淮安等重镇,都有充足的兵力驻守,燕军想攻克也不是那么容易的。有了这层计较,他便打定主意闭门不出,由着朱棣折腾。在他看来,燕军即便突入直隶,也站不稳脚跟,迟早还要乖乖撤回北平。于是,盛庸在移文淮安,嘱咐梅殷严加防范后,便只命河北各路军马养精蓄锐,待来年开春后再作计较。

不过接下来形势的发展,则大大出乎盛庸所料。燕军进入淮北后,犹如蛟龙入海,不但没有北返的念头,反而愈发折腾得痛快。正月二十七日,燕军兵临沛县,守将王显自知不敌,马上开门投降,县令颜伯纬自尽。三日后,燕军兵寇徐州。三月,燕军撤徐州之围,继续南下,抵达淮北腹地的蒙城,直接威胁中都凤阳。

直到蒙城失守的消息传来,盛庸才感觉有些不对劲,此次朱棣似乎不是冲着他的德州大营来的。

不过此时盛庸想出兵也来不及了。沛县失守、徐州被围,河北南军的粮道再次被掐断。而且沛县还存着不少原打算供应德州的粮草,如今也全落到燕军手里。此时正值春荒,山东各州府也没有多少存粮,失去粮草支援后,仅凭德州现有的存粮,南军根本无法大举南下。无奈之下,盛庸只得一面行文山东各州府抓紧征集粮草;另一面又传令真定,命平安火速领兵南下增援。

南军这边手忙脚乱地调整部署,进入淮北的燕军也没闲着。攻克沛县时,燕军获得了八万石粮草,后来又打下了宿州,两地所得粮草足够数月之用。得知河北官军南下,燕军以逸待劳,先在淝水之畔击退平安,继而又打跑了从济南千里赶来增援的铁铉。

本来,若仅于此,那南军的形势也不至于太坏。燕军赖在直隶境内不走,朝廷已明白其有可能渡江犯阙。震惊之下,建文只得从京师仅剩的上十二卫亲军中抽出一半,组成三万大军,由前军右都督何福率领北上;同时,魏国公徐辉祖也率舟师从海路运粮七万石至山东。徐辉祖到山东后心急如焚,在麻湾登陆后立即将粮草交与前来迎接的胶州知州,让他派人运去德州,他则率着随船跟来的一万浙军驰援淮北。而此时,随着天气渐热,燕军将士耐不住高温,水土不服已愈发明显。在接下来的小河之战中，平安抖擞精神，仅以本部四万兵马，竟与比他多一倍还不止的燕军打了个平手。随后，徐辉祖和何福相继赶到，三支大军会师后，与燕军大战于齐眉山，两军旗鼓相当，谁也压不倒谁，战局遂僵持下来。

战事呈胶着状态，这对燕军无疑是不利的。这里毕竟是朝廷的地盘，燕军出征日久，士气已逐渐衰颓。而且由于南军的英勇作战，燕军并未实现"各个击破"的战略构想。而且南军的上十二卫更是朝廷的最强精锐，燕军的优势正在逐渐缩小。

可就在这时，一件令人意想不到的事情发生了！在战事的关键时刻，建文竟下了一道敕旨命徐辉祖火速率军回京！

得知徐辉祖南归，朱棣当即喜出望外。而稍一思索，他便明白了建文的心思，有徐增寿这么个刺猬梗在面前，建文无法消除对徐家人的猜疑。

徐辉祖的南归瞬时改变了战场的形势。南军不仅实力受损，心理上的打击更是十分沉重。何福、平安不明就里之下，对皇帝的举措大为不解，心情也颇为沮丧。更坏的是，因为两军皆是匆忙上阵，所携粮草不多，此时他们也逐渐陷入断粮境地。无奈之下，两人商量一阵后，遂一起撤兵，到灵璧城内坚守，以待朝廷粮草接济。

回想完这段经历，平安又回头打量了一下身后的粮车。三万石粮，从数量上看确实算不得多，但对几乎断炊的灵璧来说至关重要。只要再拖延一段时间，盛庸的德州援军便会赶至。到时候三军会师，不说全歼敌军，至少将燕庶人逼回北平还是有可能的。

"大家加把劲！"暗自鼓劲后，平安气运丹田，向全军将士大声叫道，"灵璧就快要到了。待进了城，咱们再放宽了心休息！"

话音刚落，前军队中便出现一阵惊呼。平安极目一眺，远处逐渐出现一片黑点，他立刻反应过来，这是燕山铁骑！

"大家不要慌！"眼见将士们出现骚动，平安立刻抽出宝剑大叫道，"按事先布置，列方阵迎敌！"说完，他又对还在跟前的葛进叫道，"马上回前队，压住阵脚！"

"是！"葛进也立刻打起精神，对着平安双拳一供，随即催马前去。

燕军在距南军约两三百步时停了下来，显然是在整肃队形，准备冲阵。此时南军阵形已排列完毕，四万将士结成一个巨大的中空方阵，将粮车护在阵中。见己军布阵完毕，平安心中稍安，遂又大声呼道："大家不要怕，灵璧就在眼前，何都督得知燕军劫粮，必会出城来援。咱们稳扎稳打，一定能平平安安返回城中。"

说话间，战斗便开始了。燕山铁骑都是百战精锐，其冲锋之势锐不可当，不过平安这边也不是吃素的。这四万南军大都是跟随平安征战多年的老军，战力在南军中都是一流。燕山铁骑几次冲阵，都被他们挡了回去。

几次交手过后，平安心中突然冒出个疑惑——据他所知，燕军此次出兵总数将近十万，经过数月的转战，刨去死伤及掉队者，现在能战之兵应该还剩八万左右。而眼前这股子燕军不过三万之数，其中铁骑最多一万。如果燕军是要劫粮，应不会只派出这么点人才对！

"该不会是去灵璧城外截击何都督的吧！"当平安将心中疑惑说出，一旁的偏将立刻作了解答。平安一听之下心顿时揪了起来——自己手中这批军粮至关重要，所以一旦得知自己遇劫，何福十有八九会出城相救，难不成燕庶人是项庄舞剑？

"大帅，下官看了一阵，这燕军好像也没有拼死猛攻，倒是更像在游斗，这又是何意？"说话的是礼部左侍郎陈性善。自得知徐增寿暗通燕藩后，建文对五府将帅都存了戒心。此番何福北上，建文派了一堆文官跟随，名为参赞，实则监视，陈性善便是其中职衔最高者。此番南军外出征粮，需与各州府衙门交涉，为方便行事，何福便把陈性善派了出来。

"游斗？"听了陈性善之言，平安又远眺一阵，发现燕军还真有这个意思。他愈发觉得自己刚才的判断有理——灵璧只有三万上直军，何福出援最多能带上一半，如果被剩下的五万燕军截击，那是必败无疑！

"传令各部不要与燕军纠缠，保持阵形，缓缓前进，向灵璧进发！"此时平安已有计较，如果何福中道被围，那也是无法可想，此时自己不可能分兵去救他，只能摆开阵势，全军缓缓前进。若赶到时何福尚在，自己自能救他出来；若何福战殁，至少自己的四万人马可以退回灵璧。只要灵璧不丢，军粮不丢，那即便何福援军全军覆没，战局也还是有希望的。总而言之一句话，现在绝不能在这里和燕军纠缠。

南军以步兵为主，原先固守原地，阵势十分坚固，此时要在战斗的同时向前推进，则必须加强前阵的兵力，以逼退燕军。在平安的指挥下，后阵的一万名将士有一半被抽调到前阵去打开道路，左、右两翼也有松动，这样粮车周围的防御便显得单薄起来。

战斗继续进行，南军毕竟人多，虽然推进缓慢，但前进的步伐却一直未停止。不过奇怪的是，随着南军大阵的移动，燕军的战术也逐渐起了变化，原先燕军是半纠缠半游斗，看似凶狠，但实地里并不拼命；而到这时，他们却一反方才之犹疑，个个拼命向前将南军缠住。

"何都督果然被围！"燕军的死战更加坚信了平安的判断，他一咬牙叫道，"亲兵全部冲到前头去，杀一道口子出来！"

平安的亲军有近两千人，全是重甲铁骑。在保证阵形完整的前提下，调这一支强悍的机动骑兵上前杀出一条血路，至少能加快己军推进速度，救出何福的可能性也就更大一分。

平安的亲军一直拱卫在粮车周围，此时听得将令，遂撇下粮车集中到一起，向燕军阵中突进。果然，铁骑的冲击使燕军阵中出现一阵骚乱，原先凌厉的攻势也渐渐缓了下来。平安在阵中看着，满意地点了点头，正要指挥大军趁热打铁，忽然右后方传来一阵隐隐的马蹄之声……

怎么回事？平安脸上露出一丝疑惑——燕军不都去围何福了吗？怎么后方还有敌军？就在平安恍惚间，马蹄声越来越明显，一支铁骑从右后方远处的小丘旁冒出，气势汹汹地杀了过来。而领头的一员小将一身银色钢甲，身后的大旗上绣着四个黝黑大字——高阳王朱！

"中计！"平安脸色大变，他原以为燕军的目标是何福，直到这时才反应过来。那其实是朱棣设下的套，其真实目的是自己的粮车！是灵璧七万大军的三万石救命粮！举目四顾，平安发现，护卫粮车的部队已有将近一半调到了前阵，正和燕军缠杀在一起，粮车周围的护卫军阵已只剩下薄薄的一层。

眼见燕军铁骑越来越近，连朱高煦头盔上飘扬的小旗都能隐隐看清，平安惊骇之下肝胆俱裂。挡不住的——他立刻做出了判断，只得立刻大声呼道："舍弃粮车，向前阵靠拢，重新结密实方阵！"粮车已经保不住了，当务之急只有尽可能地保住将士们的性命。至于粮食没了怎么办，那也只有天知道了。

燕军冲了上来，他们并没有攻击已结成紧密方阵的南军，而是将早已准备好的火把肆无忌惮地扔到一辆辆装满粮食的大车上。随着熊熊大火冲天燃起，南军的最后口粮也在火光中逐渐化为灰烬……

平安一败，灵璧顿时陷入断粮绝境。无奈之下，总兵何福率上十二卫强行突围。但此时的南军哪有斗志，在燕军的步步紧逼下，南军连战连败，最终彻底瓦解。

而随着上十二卫的崩溃，朝廷最后的精锐也随之损失殆尽。接下来，燕军势如破竹,攻下泗州,继而强渡淮水,一举洞穿由盛庸匆匆南撤后临时布置的淮河防线。

淮河失守,长江以北便成通途,此时燕军气势如虹。五月十七日,燕军先锋抵达扬州。见燕军杀至,扬州卫指挥使王礼不战而降。

扬州乃江北第一重镇,它的丢失在沿江诸城中产生巨大影响。随后,高邮、泰州、南通州等地守将也纷纷归降,趁这个势头,朱棣又一举拿下仪真。

得到仪真后,燕军于江岸扎营,并集战船于江上往来穿梭,旌旗遮天,一时京师大震。建文无奈,只得派宗室中德高望重的庆成郡主前往燕军营中求和,许以中分天下,但遭到已胜利在望的朱棣的断然拒绝。

建文四年六月一日,燕军再次出战,打败驻军浦子口的盛庸,拿下了长江北岸最后一个要塞,盛庸渡江南逃。当日,右府都督佥事、水军统领陈瑄率舟师归附燕王,朝廷用以守卫长江的水师也落到燕王手中。

六月三日,金陵一带阳光普照,万里无云,燕军于瓜洲誓师,一举跨过长江天堑。此战燕军气势如虹,南军再遭惨败,主帅盛庸落荒而逃,朝廷拱卫京师的最后一支军队也就此覆没,镇江失守。六月八日,朱棣挥师西进,突入京畿,至龙潭扎营。在经过了长达三年的艰苦奋战后,燕军终于杀到了金陵城下,朱棣距最后胜利只剩一步之遥!

第四章

建文怒杀徐增寿　谷王叛开金川门

建文四年六月初九，再过四天便是大暑。

这几日，金陵烈日高照，将整个城市炙烤得如火笼一般。与晴朗天空迥异的是，京师士民的心头被一层浓浓的愁云笼罩。如今，燕王的大军已杀到龙潭，不出意外的话，几日后便要攻城。自大明开国以来，金陵已经有三十多年未遭兵戈了。大战在即，京师士民又岂能不胆战心惊？

不过，同样是提心吊胆，不同身份的人揪心的程度也有深浅之分。对于普通人而言，他们虽然担心，但并不太过畏惧。毕竟燕王不是胡人，而是大明亲王、太祖亲子。不管他进京是何目的，但至少不会行烧杀抢掠、屠戮百姓的暴举。而且据那些从北方逃回的溃卒和民夫所言，燕军的军纪还是很不错的。有了这层计较，百姓们多少还能镇定，只要身家无恙，那至于坐上皇位的是叔叔还是侄儿，又与升斗小民何干？

可官员们则不同了。自打燕军全取江北、誓师渡江以来，京师的官员们便陷入极大的恐慌之中。他们都是朝廷的官吏，建文削藩之时，这些官员不管是出于真心，还是迫于时势，大都附和了建文的方略，至不济也是缄默不言，极少有为藩王们说话的。如今燕王翻过身来，又岂能放过建文？又岂能轻易放过这些"不忠之臣"？这几日，朝中大臣纷纷上书请求外出募兵勤王，实际上是想早日离开这个是非之地。在他们看来，燕王的胜利已不可阻挡。出于名节考虑，这部分大臣不愿效忠犯上作乱的燕王，但也不愿给建文陪葬。

最坐卧不安的便是建文本人了，如今他已有大祸临头之感。眼下，他正在武英殿议事阁内召见自己的心腹——文学博士方孝孺，希望这位股肱之臣能想出奇计,挽狂澜于既倒。

与建文一样,方孝孺的神情也非常憔悴。自打齐泰、黄子澄被贬后,方孝孺便成为建文唯一倚重的心腹。他既要负责改制,又要操心与燕军的战事,这让他觉得心力交瘁。不过方孝孺看似文质彬彬,实则是个心志坚毅之人。他知道国事日下,因此愈发不敢有丝毫马虎,一直勉力顶着。直到前几日终于支撑不住,累倒在文渊阁值房里,才不得不回家休养。现在燕军已渡过长江,局势万分危急,他在家心急如焚,无论如何也躺不下去了。正好建文此时相召,于是他便又强拖着孱弱之躯进宫来了。

"京师城高壕深,天下无双,燕军插翅也难飞进来,陛下请勿太过忧虑!"见建文一副惶恐不安之态,方孝孺忙给他打气。

建文一声苦笑。京师城防确实是天下第一,但这丝毫不能让他感到安心。今时不同往日,燕军连长江天堑都轻易过了,这一道城墙果真能挡住他们的步伐吗?

建文的颓唐让方孝孺大为心急,其实他也知道眼下的形势,城墙的确不足以为凭。但事到如今,他们都已无退路。无论如何,此时必须让建文先振作起来。如果连天子都怯了,那就真的万事皆休了。

"陛下,城中尚有军士数万。请陛下下旨将城中军户无论老少悉数征召,另将百姓之中青壮遴选上城。如此一来,可得守军二十万,足以抵御燕军!"见仅凭激励无法奏效,方孝孺想了一想,便拿出了方案。

建文闻言稍有振作,但思虑一番后,他仍是轻叹摇头。京中的经制之师已消耗几尽,之前为挽救危局,他连锦衣卫中负责仪仗的大汉将军们都调上了战场。眼下城中所谓的军士,除了剩下的不到两万上直军外,其余大都是从北方逃回的败卒。这些人早就被燕军吓破了胆,再强驱其上阵,战力必然大打折扣。而军户皆是老弱,百姓更是不通兵事,他们都不是燕军对手。更何况,经过三年耗费,武库司的刀枪箭弩几都用尽,即便募得新军,朝廷也拿不出军械来装备这些人马。

"陛下!"眼见皇上萎靡不振,方孝孺终于忍不住,竟不顾礼仪一把上前抓住建文衣角,呜咽道,"陛下务必振作!如今城中已是人心浮动,若连陛下都已夺气,那大家还如何守城?事态紧急,陛下必先坚定心志,方能统驭众人,以抗燕军啊!"

建文听了浑身一震,方孝孺这番失仪倒将他从萎靡中激了回来。确实,若天子都绝望了,那京师还有守住的可能吗？不可放弃,无论如何也要坚持到底！建文心中暗道。

"先生说得是,朕不该如此！"建文将跪在身前的方孝孺扶起,又强打起精神道,"当年盛庸以数万青壮尚能守住济南,朕还有二十万人马,又何尝挡不住燕军！"

"皇上英明！"见建文态度转变,方孝孺忙继续打气,"这几日外出募兵的大臣不下数十位,想来用不了多久,四方卫所便会群起勤王。只要咱们坚守数月,到时候天下兵马齐聚京师,燕贼的末日便就到了。"

建文闻言又是苦涩一笑,其实他心里也清楚,这些大臣说是募兵,但绝大多数都有去无回。之前他之所以一概照准,一来是心境沮丧,二来也是存了个聊胜于无的想头。毕竟,这里面没准儿还是有些忠臣的。虽然现在京师周围已没有经制之师,但他们能募到些义勇也是好的。

"此外,还请陛下再拟手诏数道,封藏于蜡丸之中,在城中招募敢死之士带出,奔赴湖广、四川、云南等地。此三省尚有不少卫所,且楚、蜀二王和西平侯一向忠顺陛下。他们接诏,必会提兵前来！"方孝孺又建议道。

"准！"建文当即应允。这一招虽是远水解不了近渴,但也比坐困孤城要强。建文既已振作,自然要用尽所有办法。

一连数策,建文均已采纳,方孝孺心境稍安,此时便觉得有些累了。建文看在眼里,忙尴尬一笑道:"朕先前心神不宁,竟忘了爱卿尚在病中。既然大事已定,爱卿先回去歇息吧！"

建文的关慰让方孝孺心中滚过一阵暖流,他忙跪下道:"谢陛下,臣还坚持得住！"

看着骨瘦嶙峋的方孝孺,建文心中不由一阵难受。他命人拿了碗参汤给他喝了,又过了一阵才继续道:"先生,朕还有一事,想征询你的意见。"

"陛下请讲！"一碗参汤下肚,方孝孺苍白的脸上终于显出一些血色,中气也稍足了些。见皇上相询,他忙又打起精神,洗耳恭听。

建文犹豫片刻,才小声问道:"先生,你觉得朝中武官靠得住么？"

方孝孺闻言心中一震,这句话确实触中了眼下京中的一个大问题。

建文推动改制,扬文抑武,勋臣武官们的利益自然大受影响。他们不仅对方孝孺等文臣颇为不满,就是对皇上也颇有微词。这些情况,方孝孺心知肚明。

若是平常,不满也就是不满而已,虽然在战场上这些武将多少有些消极,但起码在京城还是安分的。

可如今不同了。燕军近在咫尺，燕王又统兵多年，对武将颇为照顾，他们会不会在这个关键当口倒向燕藩？前几日的陈瑄便是前车之鉴。若非这个水师总兵率全军投降，燕军渡江又岂能如此容易？文官虽忠，但带不了兵，把守各门的都是武将。他们若反了，那朝廷可真就彻底完了。想到这里，方孝孺不由打了个寒噤，沉吟再三才道："陛下所言确有道理，非常之时，务须谨慎。"

"那先生有什么办法？"建文听方孝孺也这么说，愈发印证自己的疑虑，心中更为焦急。

"眼下朝中文官已被分派驻守十三门，陛下可再遣心腹内官充作监军，对武官们也是个震慑！"

"不行！"建文稍一思考，旋即摇头否决，"事关重大，仅凭内官又岂能震得住武将？他们手上统着兵，真要开门，宦官如何阻拦得住？"

方孝孺一阵默然。建文说得有道理，这种情况下，武将若真要反，一般人还真没办法。要想确保不出现反叛之事，除非把这些五府将官们尽皆换下，由忠于皇帝的文臣们亲自领军。但若真如此，那城也不用守了。

直到这时，建文才有些后悔。若当年没那么冲动，不将剿燕和改制同步进行，而是采取逐一推行的方略，又岂会让武将们在关键时刻离心离德？这些武将不仅在平燕战场上态度消极，造成了诸多不该有的失利；眼下还成了直接威胁朝廷、威胁自己的隐患。

"陛下，臣有一策，或可消弭隐患！"就在建文悔不当初之时，方孝孺又说话了。

"哦？先生有何良策，可速速道来！"犹如发现了一根救命稻草，建文眼睛一亮，急匆匆地问道。

"如今城中尚有谷、韩、沈、安、唐、郢、伊七王。陛下可命他们与诸将一起把守重要城门。亲王们身份贵重，必能号令军士，压制诸将。有他们在，再加上文臣、内官，武将们纵有反心，亦会有所忌惮，不敢轻举妄动！"

"遣诸王守城？"建文皱眉思忖片刻，方犹豫道，"这怕不妥吧！谷王年纪稍大，又曾出镇一方，他统兵倒还说得过去；但郢、伊等王都尚未行冠礼，更不习兵事。让他们守城，岂不是儿戏？朕即位以来，厉行削藩，自韩王以下，诸位叔叔都没有赴藩。他们若心怀不满，岂不同样坏事？"

改制针对武将勋臣，削藩则直接把亲王们得罪了。谁不希望当一方诸侯？谁希望困在京城做个闲散王爷？若论对建文的怨气，亲王们未必就比朝中武官勋臣小。

"皇上言之有理，但臣之策却能保他们不反！"见建文疑惑，方孝孺遂将胸中算计道出，"臣请亲王登城，不过是借其威势，而非让其统兵。把守城门，自需武将出力。但亲王身份贵重，虽不直接掌兵，却能震慑诸将。若武将尽心，亲王则只需居中督战；若武将心存歹意，上面有一位亲王压阵，谅他们也不敢轻行不轨。何况即便武将谋反，只要有亲王坐镇弹压，下面的人也不敢乱来，如此可保京师无恙！"

"好计！"方孝孺刚一说完，建文便击掌相赞。说白了，这便是互相钳制之法，亲王有势无兵，将领有兵无势。二者缺一，想反都是不可能的。

"既如此，朕这便下诏命诸位叔叔上城！"建文下定决心。直到这时，他才终于感觉到一点点安心。

……

从乾清宫出来，方孝孺刚回到翰林院掌院值房坐下，程济便匆匆跑了进来。见方孝孺在场，他忙大声叫道："恩师果然在这里！学生刚去您府上，您府上人也不知道您去哪了。学生便想着您或许在衙门里，竟然真就撞见了！"

程济是个急性子，一出声便跟连珠炮似的。方孝孺本已疲累，且因国事的缘故心情十分低落，此时程济一喊，倒让他吃了一惊，好一阵子才缓过来。

定下神后，他看了看程济道："你不是在定淮门吗？军情紧急，怎么擅自回来了？"

程济回京城后，继续做他的翰林编修。燕兵渡江后，京师危急，文官们大都被派到十三门协助守御，程济被分到西面的定淮门。

"恩师！"程济抹了抹脸上油汗，急匆匆道，"学生在定淮门看见徐得了！"

"什么？"方孝孺一惊，忙问道，"就是徐增寿的那个家奴？"

"就是他！"程济凑到跟前道，"就在方才，学生从定淮门城头向下望，见徐得正骑着一头骡子从旁边的便门出城了！"

"糟了！"方孝孺闻言脸上大变。自得知徐增寿暗通燕藩后，建文已暗中加强了对他的监视。不过出乎意料的是，自打那时起徐增寿似乎断绝了和燕藩的往来，徐得也没有再出京城。徐增寿突然偃旗息鼓，使建文和方孝孺收集证据、然后明正典刑的想法就此落空。不过随着燕军的南下，徐增寿在勋戚武官间的走动却稍显频繁，这一点曾让建文颇有疑虑。但他身为右府掌印，世家勋臣，在五府勋戚间走动多些也属正当,迫于时局,再加上也没有证据表明徐增寿行不轨之事,为避免触怒勋戚,建文也不敢拿他怎么样,只得暗自隐忍。可是今日,徐得居然又再次出城。这个节骨眼出城,肯定没什么好事,八成是徐增寿和朱棣勾搭上了!眼下京师危如累卵,若徐增寿选在这当口闹点儿事出来,那朝廷可真就大难临头了!饶是方孝孺谦谦君子,此时也是大急,当即对程济吼道:"蠢猪,你怎么不把他截住?"

"恩师!学生不过是一个参军,连匹马都没有,又如何拦得住徐得?"程济略有些委屈,他不仅是参军,还是文官,是方孝孺的门生。方孝孺推行改制,激化了文武矛盾,更把勋臣武将们得罪了个遍。程济作为他的拥趸,自然也不招武将的待见。他这个参军一无亲兵,二无军权,除了暗中监视武将动态,什么正事儿都做不了,又岂能拦得住已出城门的徐得?

"你确定没有看走眼?"想了一想,方孝孺问道。

"绝对没有!"程济十分肯定地回道。

方孝孺一阵沉默。徐得出京,很有可能是去找燕王,而他肯定又是受徐增寿的指使。至于为什么选择从西面儿的定淮门出城,其实也很好解释:燕军在北城方向,北面儿的仪凤、钟阜、金川、神策等门都盘查甚严。定淮门位于华严岗与古平岗两座小山之间,门内算不上繁华,门外更是荒凉。且位于西城,不直接面对燕军,盘查相对较松。

"他出去多久了?"方孝孺又问道。

"快一个时辰了。"

方孝孺一阵沉吟,随即抬起头正容对程济道:"此事十分重要,徐得八成是去找燕庶人了。若我料得不差,他回来还会走定淮门。这样,我从锦衣卫抽几个人给你扮作家仆。你一定要盯好了,待徐得回来,立刻将其擒拿!"

"是!"程济干脆地答道,他早就把吃里爬外的徐增寿恨到死里,此时总算可以动手,他感到十分快意。

见程济一番咬牙切齿之态,方孝孺有些不放心,又嘱咐道:"此事一定要密,万不可让定淮门诸将知道。待徐得走到回龙桥一带时,再下手擒拿。"

方孝孺心思缜密,他知道徐增寿与五军都督府的武将们关系不错,眼下是多事之秋,没准儿这些人中有些已被他收买。若徐得之事一泄,徐增寿可能即刻造反,如此就坏事了。回龙桥是由定淮门进城后的必经之路,此处人烟稀少,离定淮门也有一段距离,在这里下手,被发现的概率最小。

"恩师放心！"程济深感责任重大,面色坚毅地答道。

"还有,抓住他后切勿声张,直接带到我府上审问！"方孝孺生怕消息走漏,尽管私自审人有违律令,但此时也顾不得这许多了。

"学生明白！"

六月初十的晚上,徐增寿一夜未眠。昨日下午,他派徐得出城见朱棣,结果到现在也没有回来,这不得不让他感到忧心。

自打江保北上向朱棣袒露详情后,徐增寿便知自己已经暴露,不过对此他倒不太担心。毕竟建文手中没有证据,如果强行逮捕自己,必然会在武官中造成极大震动。现在朝廷处境不妙,前线投燕的武将一个接着一个,建文如果不傻,就不会在这种时候向自己动刀。

当然,小心还是难免的。不过自从燕军打到长江北岸后,徐增寿便又活跃起来。本来,建文派了一个锦衣卫百户盯住徐增寿,不过随着局势的变化,燕王渐有杀进京师之势。徐增寿抓住机会,用一千贯外加未来的指挥金事之职成功将这个百户买通,从而又开始在五军都督府中搞起了串联。

受大局的影响,本就不老实的五府将军们早已是心猿意马。徐增寿借燕军得胜之势,没费多大功夫便拉拢了一大批人,水师总兵陈瑄的倒戈便是他的得意之作。燕军渡江后,所有人都知道朝廷大势已去,因而更加积极地附和徐增寿。

现在,燕军已到金陵城外,眼看靖难大功就要告成,徐增寿也开始为燕军破城做最后的准备,可谁知就在这节骨眼上,出城联系燕王的徐得却未如期归来。

当然,徐得未归也不一定就意味着暴露。毕竟燕军已至金陵城下,各门盘查甚严,他一时进不了城也是有可能的。而且即便徐得真被逮了,也不用太过担心。这个下人只负责传信,对城中诸将之事并不知情,因此建文不可能从他口中撬到投降将领的确切姓名。至于自己他也盘算好了,建文也不会冒着惊动众将的风险痛下杀手。

建文剩下的日子一个巴掌都数得过来了,哪怕他下旨将自己监禁,用不了几天,燕军也会成功将自己救出。经历了牢狱之灾,只怕燕王的感激之情还要更甚几分。

盘算完毕,徐增寿心中有了底。此时已是六月十一日的寅时,他洗漱完毕,又穿戴好衣冠,随即出门上朝。

赴华盖殿的路上，徐增寿隐隐觉得不对。首先，程济便怒目而视，一副恨不得将他吃掉的样子。虽说程济与自己不睦众所皆知，不过今天这般模样又比往日明显许多。

进入华盖殿后不久，建文驾到，众臣赶忙跪地行礼。

今日的朝会主题是商议守城。只是眼下金陵城内兵力有限，再加上军心涣散，无论如何也商议不出个妥善的章程。

等到李景隆结结巴巴将窘境一一道出，文臣个个面如土色，有些胆小的甚至发出了细微的呜咽之声。

朝臣们沉痛的情绪影响到了建文，其实他对守城也没太大信心。想到数日之后这江山或将易主，自己也即将沦为阶下之囚，他一时也忍耐不住，痛哭失声。

就在提袖抹泪之际，建文不经意间发现徐增寿竟毫无表情地站在那里。瞅见此人，他心中顿生一股怒火。

就在昨天上午，程济在定淮门等到了徐得。按照事先的计划，他不动声色地将徐得绑了，直接送到方孝孺府上。方孝孺虽是儒臣，这时也顾不得斯文，一上来便命番役上刑。

徐得一开始还不招，可当番役们将刑罚用上后，他便撑不住了。不过让方孝孺失望的是，关于密谋的内容徐得无论如何也说不出来。

无奈之下，方孝孺只得将徐得知道的事情整理成供词，让他画押之后，进宫呈给建文。

看到徐得的供词，建文恨不得立刻就将徐增寿碎尸万段，不过在方孝孺的劝说下，他终于冷静下来。尽管不知道徐增寿暗中做了什么，但他明白这多少会与守城将领有关。若在往常，建文自然是要彻查到底。可如今一旦把此事揭开，那些暗中降燕的将帅们很可能成惊弓之鸟，没准儿立刻就开城投降了。不过建文毕竟年轻，此时朝堂上一片哀号，再看到徐增寿时，满腔悲愤便化为深深恨意。

"徐增寿！"建文发出一阵怒吼，殿中众人顿时一震，哀鸣声戛然而止。大伙儿用惊疑的目光看着徐增寿，不知皇上要做什么。

徐增寿也是一惊，他立刻意识到徐得肯定被抓，而且已经招了。不过他已有所准备，此时虽然内心惊恐，但面子上仍强作镇定，垂首不语。他已打定主意，不管皇上说什么，他就是一言不发，先把这关熬过去再说。

见徐增寿不语，建文愈发怒不可遏，厉声骂道："你这个吃里爬外的东西，北伐开始，你便与燕庶人暗结，出卖朝廷。如今你又里外勾结，妄想助燕军进城。朝廷待你不薄，你却如此狼心狗肺！"说着，他从袖口抽出供词，一把掷给丹陛下侍立的王钺道，"给朕念！"

王钺展开供词哆哆嗦嗦地念了起来，殿上百官先是狐疑，继而惊愕，当王钺将供词念完时，文官们已是群情激愤！

"逆贼！"大理寺丞邹瑾首先发难，他疾步上前，抓住徐增寿的衣领便是一拳。紧接着，监察御史魏冕上前一脚，将猝不及防的徐增寿踹倒在地。

"打死他！"

"杀了这个两面三刀的小人！"

……

在邹瑾和魏冕的带动下，文官们的怒火被彻底激发出来。紧接着，程济和御史大夫练子宁、礼部尚书陈迪、监察御史牛景先、衡府纪善周是修等大小官员一哄而上，把徐增寿揍了个鼻青脸肿。

打完徐增寿后，众人还不解气，不知是谁又叫道："要不是李九江这厮，朝廷岂会落到如此地步，不能让他跑了！"

一石激起千层浪。众人怒火未平，再次一拥而上，围着李景隆又一顿拳打脚踢。

众官打得解气，一旁的方孝孺却焦急万分。建文一喊徐增寿的名字，他便知不好，可要阻拦也来不及了。继而，百官围殴徐、李二人，更是让他感到事态严重。若真让徐、李二人被文官打死，那其他武将即便无反心，也会因愤恨文官转而投降燕王。方孝孺忙向建文示意，让他赶快阻止。

建文也没料到会成这种局面，见方孝孺一脸焦急之态，他马上大喝一声道："都给朕住手！"

皇帝发怒，群臣虽犹不解恨，也只得听命罢手。建文一眼望去，李景隆脸上瘀青，冠帽已被扯下；徐增寿更惨，额头和鼻孔已流出血来，公服也被扒光，躺在地上一副哼哼唧唧的样子。

"当廷闹事，成何体统？把徐增寿收入内官监牢中，听候处置！"建文恨恨骂道。不过他也不想处罚打人文官，毕竟他们都是忠心的，而且徐增寿实在可恨。

处置完徐增寿，建文又对李景隆道："曹国公要从大局着想，今日之事切勿介怀。"

"是！"李景隆带着哭腔答道。

此时，建文感到心力交瘁。不过他仍强打起精神，用恳切的语气对众人道："朝廷危在旦夕，众卿务必和衷共济，万不可再自相猜疑！"

"遵旨！"不管是真心抑或假意，文武众臣仍是齐齐答应。只是，恐怕建文也不清楚，这种表面上的毕恭毕敬到底还能持续几时。

散朝后，气急败坏的李景隆和谷王朱橞一起骑马直奔金川门。一进箭楼，李景隆便寻了个小阁间，然后咬牙切齿地对朱橞道："王爷，不能再耽搁了，马上派人给燕王送信，请他赶紧攻城！"

燕王一渡江，李景隆便知江山易主已成定局。等到他被起复领兵，徐增寿立刻找上门来，要他配合献城。

对于献城，李景隆没有半点心理障碍，甚至还十分积极。这位曹国公明白：当年在德州虽然"帮"过燕王，但那不过是形势所迫。现在燕王进京在即，甭管他是真靖难，还只是拿着这个当幌子，反正等他进入京城，这大明的江山就是他的了。到那时，仅凭自己那微不足道的"功劳"根本不足以在新朝立足。要想保住自己的荣华，甚至东山再起，他必须拿出够分量的"功劳"，以证明自己的价值。

什么样的功劳才足够分量，当然只有献城。只要能将把守的金川门打开，那他李景隆就是无可置疑的靖难功臣。将来论功行赏，他的名字妥妥地名列前茅！

不过，要开金川门仅他一个人还不行。毕竟在他头上，还有个谷王朱橞。

本来，李景隆还琢磨着当年燕王举兵，这朱橞不但不响应，还举家逃回了京城。有这么份心结，怕他不会轻易就范。孰料稍一试探，朱橞便一口答应，爽快得让他都觉得吃惊。

原来朱橞早就急得像热锅上的蚂蚁。当年他弃藩南下，本是想四哥靖难绝无成功可能，所以还不如顺从朝廷，保一生平安。孰料才短短三年，四哥竟然越战越勇，打到了金陵城下！

一旦燕王进京，保不准就要清算自己当年的背弃之过。念及于此，他悔得肠子都青了，成天就琢磨着怎么能够将功补过。本来，他还想找机会试探下李景隆，孰料这个曹国公跟自己是一个心思，大喜之下，二人立马勾结到了一起。

今日朝议，朱橞并未参与，但朝堂上的那些事他已听闻风声。

徐增寿的那些隐晦事，朱橞之前已从李景隆口中得知。此次他突然被押，这让朱橞大吃一惊，可见建文已对城中武将谋反之事颇有察觉。不过就建文的处置看，他应该还不知道具体的谋反人员，但过两天就不好说了。一旦建文用刑，而徐增寿又受不住尽数招了,那这些与徐增寿勾结的武官很有可能会被一网打尽。朱橞倒不担心自己,毕竟他是朱棣亲自招揽的,徐增寿也供不到他头上。但若李景隆这帮人都被一锅端了,那他将孤掌难鸣!此刻,朱橞也觉得应该抓紧时间赶快让燕王进来。只要燕军进了城,自己的迎附大功就算坐实了。

"不错,此事越快越好!"朱橞当机立断道,"马上去把王佐喊来,咱们把献城之事妥善商议一下,然后派人去龙潭一并禀告四哥。"

本来王佐的防区不是金川门。不过就在昨日再赴燕营之前,李景隆借口金川门位置重要要兵部把王佐调来。兵部尚书是茹瑺,他自然是心照不宣。有了王佐,朱橞他们的力量自是愈发强大。

不一会,李景隆便将王佐领到。三个人关上门嘀嘀咕咕了半天,终于敲定了献城一应事宜。紧接着当天傍晚,朱橞的心腹内官吴智换上百姓衣裳急匆匆向龙潭方向奔去。

六月十二日,金陵下起了瓢泼大雨。久旱逢甘霖,这本是一件喜事,不过在建文看来,这场暴雨似乎在昭示他末日的到来。上午,燕军启程开拔,从龙潭一路西行,直至龙江扎营。龙江在京师的外廓之内,离外城已是咫尺之遥。而这时,他千呼万唤的勤王兵马却仍不见踪影。建文不知道的是,那些携带蜡丸密召出城的人都被燕军游骑截获,短期内不可能有勤王军马前来了。

晚膳是在坤宁宫进的。马皇后虽在后宫,也知道外头形势不好。见建文满脸愁容,善解人意的她想尽法子逗夫君开心,不过建文又哪笑得出来?草草吃完,建文撇下妻儿,独自一人走进了奉先殿。

当太祖朱元璋和孝康皇帝朱标的画像出现在建文面前时,这位年轻的天子忽然生出一种物是人非的感觉。三年前也是盛夏,也是在这里,他曾庄重地向祖父和父亲禀告其将出兵讨伐燕逆的决心。当时他踌躇满志,坚信王师一出,不费吹灰之力便可让燕藩化为灰烬。可三年征战下来,不仅他剿平燕藩的梦想未能实现,反而朝廷却变得风雨飘摇,皇位也岌岌可危了。跪在大殿中央的蒲团上,他想起这段不堪的经过,一时不由泪如雨下。

难道自己错了吗?建文内心痛苦地呐喊着。他只是想削除藩国割据隐患,使天下真正尽归朝廷所有。作为一个天子,他这种想法有什么错?而复古改制,也是要一扫太祖时期的弊政,创造一个安定祥和、繁荣富强的大明盛世!

可如今,改制让武将离心离德,削藩更把燕军逼到了金陵城下,他心中犹如被针扎一样难受。他不明白,事情这么会成这样;他更不明白,自己怎么就走到这般绝境。他终于忍受不住，竟号啕大哭起来。

"皇爷！皇爷！"王钺一直守候在殿外，听到建文的哭号声，他顿时大惊，忙隔着门焦急地劝道，"皇爷您莫要如此悲伤，金陵城坚固无双，且勤王兵马也会相继赶到，到时候一切都会好起来的！"这话说得连王钺自己都觉得不可信，到最后他也忍不住鼻子一酸，再也说不下去了。

殿内的哭声停了下来。半晌后，随着"吱……"的一声响，奉先殿的殿门被打开，形容枯槁的建文走了出来。望着满脸关切的王钺，建文似哭似笑地支吾一声，随即又发出一阵长长的叹息，才有气无力地登上乘舆返回乾清宫。

时间到了建文四年六月十三日。一大清早，李景隆便已起身。今天，是他们和燕王约好献城的日子。在燕军到来之前，他要做好准备，确保这场大戏万无一失。

进入金川门城楼没多久，谷王朱橞和都督王佐也随即赶来。按照事先部署，李景隆昨日下令把守金川门的全体文武于今日巳时二刻到城楼议事。实际上，他要在这里将这帮人全部收服，以免在献城之时生出祸端。

过了一会，文武官员陆续到齐。按规矩，众人向谷王行礼。礼毕，李景隆便朝坐在堂上的朱橞望去，朱橞微微点头，他遂走到堂中，对大家道："诸位肃静，本帅有话要讲！"

所有人都蒙在鼓里，还以为李景隆要部署防御事宜，忙屏住呼吸洗耳恭听。

李景隆脸上还留着前天挨打的瘀痕，此时为显庄重，他又竭力摆出一副威严之态，显得十分滑稽。按照早已打好的腹稿，他提起中气大声道："今上宠信奸臣，不念亲情，构陷诸王，上天震怒。燕王秉太祖遗训，奉天靖难，现已兵至龙江。正所谓成王失道，周公辅之。燕王进京，乃顺天意、应民心之义举。我等身为朝廷命官，大明之臣，自当竭力相助。本帅已与燕王说好，今日便要迎天兵进城，诸位务须鼎力相赞。事成之后，燕王自有犒赏！……"

"奸贼！你竟敢背叛皇上，你不得好死！"就在李景隆喋喋不休地长篇大论之时，左班队中忽然传来一阵怒吼。

"谁在这里放肆！"李景隆脸一红，随即大声斥道。

"户科给事中叶福！"一位青年绿袍官员昂首出列。

"八品官？"李景隆瞧了瞧叶福胸前的鹌鹑补子，当即冷哼一声道，"国家大事，岂容你这种微末小官置喙？"

"位卑不忘忠君！你身为朝廷大员，居然背负皇恩，党附逆贼，还有脸在这里蛊惑众人？"叶福毫不畏惧地反叱，随后又大声疾呼，"诸位，我等受陛下厚恩，切不可听这奸贼胡言！大家一起把这个奸贼绑了，交给皇上论处！"

没有人吱声。叶福举目四望，前方，谷王护卫拔出了刀；两侧，王佐的亲兵已将众人夹在中间；背后的门槛外，李增枝不知什么时候冒了出来，正带着一帮亲兵狞笑着向堂内张望。

谷王和王佐也反了！叶福当即明白过来。弄清楚状况后，他满脸悲愤地向朱橞骂道："你身为亲王，竟也党附逆贼。九泉之下，太祖必不饶你！"

"混账！"朱橞一拍案几，怒声喝道，"来人哪，把他给我砍了！"

两个谷王护卫提刀向前，叶福自知不免，当即一声大哭道："陛下，臣为您尽忠了……"只听得"嘭"的一响，他已是脑浆迸出，血光四溅。

"还有谁敢不服？"望了一眼血泊中的叶福尸体，朱橞不屑地"呸"了一声，紧接着又拉下脸恶狠狠地对众人道。

叶福的惨状让众人都吓呆了，再瞧着谷王因狰狞而扭曲的脸，大伙儿一时噤若寒蝉。过了一会，不知谁喊道："臣愿追随殿下，迎接燕王进京！"

"臣愿追随殿下！"

"臣也愿效忠燕王！"

……

不多时，所有人都已表态归降。毕竟，这里面大多都是武官，他们本就对建文毫无感情，当然犯不着去拼死尽忠。而不多的几个文官，也被叶福的遭遇吓破了胆。如今大势已去，他们又哪敢再说一个"不"字？

眼见众人归附，朱橞满意地点了点头，正欲再说什么，忽然门外远方传来一阵呼声。

"王爷，大哥！"李增枝滚葫芦样儿跑进来，兴奋喊道，"燕军到了，燕王到了！"

"好！"李景隆精神大振，他整了整衣冠，继而对朱橞一揖，然后大声对众人叫道，"诸位随殿下和本帅下城，敞开大门，迎'天兵'入城！"

……

就当朱橞和李景隆在金川门威慑众臣时，奉天殿内，建文正亲自审问徐增寿。

自华盖殿揭穿徐增寿通燕之后，建文便十分担心，怕此举会打草惊蛇。本来,他准备昨日便招徐增寿来审,只是当时忙着布置城防,故又拖了一日。今天,他实在忍不住了,便把徐增寿提了出来。

徐增寿的脸色十分苍白,不过精神倒不算太差。得知建文竟是在三大殿之首的奉天殿审自己,他顿有种不祥的感觉。思虑再三,他打定主意死不开口。反正通燕之事铁板钉钉,那还不如什么也不说,这样或许还能让建文少些怒气。

建文今天头戴五彩十二缝覆表黑纱帽,身披一件全素绛纱袍,这是只有在朔望视朝、降诏、降香进表、四夷朝贡朝觐时才穿的皮弁服。如此郑重装扮,建文是想彰显威仪,以震慑徐增寿这叛臣贼子。只不过如今的他,已经瘦弱得快皮包骨了,庄重皮弁服套在身上,不但不能显出威仪,反而多少还显得有些外强中干。徐增寿刚进殿内,建文眉头顿时一紧,两只眸子似要冒出火来,愤恨地瞪了许久咬牙道:"徐增寿,你还有何话说?"

徐增寿跪在地上,把头死死埋着,一句话也不说。

"朕待你不薄啊!"不知怎么的,一时间建文的言语中竟有几分伤感,"你以前便与燕庶人勾勾搭搭,这些事朝中谁人不知?若是换了别人,一俟燕庶人谋反,即刻便将你下狱了。可朕呢?仍相信你之所言,相信你与燕庶人已断绝往来,仍让你位列朝班,当你的左都督。可你都做了些什么?你竟然不辨是非,暗中勾结燕藩,与朝廷为敌!你说,你可对得起朕?可对得起你一生忠谨的父亲?可对得起太祖高皇帝?"

徐增寿心一颤。平心而论,建文对他还不错。直到程济告密前,建文还曾数次询问他军务事宜,足见还是比较信任他的。此时听得建文痛心疾首地连连发问,他不由感到一丝羞愧。

不过这羞愧也仅是一瞬间而已,很快就被他按压下去。面对建文的诘问,徐增寿不无鄙夷地想:要不是你不顾亲情,要不是你不给人活路,燕王又岂会举兵造反?你要能耐大,把燕藩一举剿灭倒也罢了;可你偏又无能,以天下之力扫一藩,反被人家打到金陵城下。如今,燕王逼宫在即,你无计可施,便拿我出气,这又算哪门子本事?就算我传了些情报出去,可若你真是个精明强干之主,就算有一百个徐增寿,你也能把燕藩轻易剿灭!不管怎么说,燕王不过是一域之主,而你手上握着的是整个大明江山!说到底,你建文不仅不是个明主,反倒是个不通世事、毫无治国本领的无能之君!想到这里,徐增寿心中彻底释然,从私心考虑,自己当然愿燕王继位;而从公心考量,仅以八百勇士举兵,继而连战连胜,如今即将问鼎的燕王,毫无疑问比眼前这个孱弱青年强得多。大明由燕王主掌,必会比在建文手中强上百倍！至于所谓的叛逆,所谓的阴谋篡位,那又算得了什么？

当然,建文不可能知道徐增寿此间心思。见他不吱声,建文还以为他心中有愧,不敢作答。骂了一阵,他又记起今天提徐增寿前来的目的,便作色道:"说！你遣徐得出城,是何目的？"

徐增寿不答。

"五府之中,可有人暗结燕藩？"

徐增寿不应声。

"你是不是早和四叔串通好了,要将京师献给他？"

徐增寿仍不言语。

建文感到胸堵气闷。其实,他一开始就预感今天问不出什么结果。本来,建文已下定决心,只要徐增寿不招,便大刑伺候。不过此时的他已是心烦意乱,瞧着像木头般钉在金砖上的徐增寿,他感到十二分的厌恶。建文懒得再上刑了,他只想快点让这个人从眼前消失,好让自己舒舒畅畅地透出一口闷气！

"来人,将他带回去！"建文烦躁地挥了挥手,做出中止审问的决定。

两个锦衣卫走上来将徐增寿双臂一抓,直向门外拖去。就在他即将被拖出殿门之时,建文又不经意地扫了一眼,正好,徐增寿也迎面瞄来,两人的目光顿时交汇在一起。

徐增寿的目光十分深邃,也十分阴冷,建文不由打了个寒噤。突然,他反应过来,这徐增寿之所以一言不发,是压根就没打算再和自己说话！燕王就要进城了！自己就要完蛋了！此时,在这位燕王内弟眼里,自己已是一个活死人！一个即将被赶下宝座,变得猪狗不如的活死人！而他徐增寿只要熬过这最后几日,便能一飞冲天,成为新朝的天字第一号功臣！

"卑鄙！无耻！"建文被激怒了,这种巨大的心理反差让他心中燃起了熊熊火焰。温文尔雅不见了,文质彬彬不见了,此时的建文犹如一只落入瓮中,即将被猎人捕杀的猛兽！望着眼前这个为虎作伥的饿狼,他再也无法保持冷静,他要报复！哪怕这一切都是徒劳,他也要在猎人到来之前,让这只阴险的恶狼粉身碎骨！

建文拔出了腰间的宝剑,这柄剑是他今天特意带上用来增加威势、震慑徐增寿的！而在这一刻,它却成了用来发泄胸中悲愤的最好利器！

"朕杀了你……"建文欺身上前,对准徐增寿的胸膛便是一剑。伴随着一声尖利的惨叫,鲜血从徐增寿身上激射出来,将建文干净的龙袍染得通红！

徐增寿做梦也没有料到,这个优柔寡断、仁弱不堪的天子竟也会如此疯狂,竟也会如此歇斯底里。他不可思议地望着建文,眼中充斥着惊异、憎恨、轻蔑,还有那深深的遗憾和不甘。终于,徐增寿魁梧的身躯倒到地上,几番抽搐后,一动也不动了……

"把他扔出去!"建文红通着眼,狠狠地下达了旨意。

"噢……"就在这时,西北方向忽然隐隐传来一阵欢呼之声。

"怎么回事?"建文惊诧地失声道,"出了什么事?谁在喊?谁在喊?"

没有人回答,殿外的内官和锦衣卫都一脸不知所措,万分紧张地向呼喊声传来的方向探望。

"快去探听消息……"建文声嘶力竭地叫道。

王钺飞奔出去。建文心慌意乱地走到丹陛上坐下,此时的他,似乎感觉到了一丝不妙……

"陛下!陛下!"伴随着一阵惊恐的叫声,王钺和程济连滚带爬地跑了进来。

"到底怎么了!"建文声音颤抖着问道。

"陛下!"程济跪倒在地,带着哭腔回道,"曹国公打开了金川门,燕军进城了……"

"噗……"一口鲜血喷涌而出,建文双眼一黑,紧接着双腿一软,竟直直瘫倒在地……

第五章

龙江密议善后事 军中倚马登极诏

金川门城楼内，朱棣端坐在主座上。两旁，金忠等燕藩文武，还有朱穗、李景隆等一班降臣正恭恭敬敬地弯腰侍立，静待训示。

李景隆此时心中惴惴不安。本来，他打开金川门已是大功一件，可就在燕王舆驾进城，众人跪地叩首的当口，协守金川门的监察御史连楹忽然跳出，竟欲行刺燕王。

当然，连楹的图谋没有成功，燕王的护卫们立刻把他踹倒在地，随即将其剁成了肉泥。但李景隆看在眼里，却是胆战心惊。他是金川门主将，献城时手下居然有人行刺，他生怕朱棣因此怪罪，进而迁怒于己。

不过朱棣似乎并未把这小小的行刺放在心上，此时的他，正沉浸在巨大的喜悦当中。

进城了！终于进城了！当厚重的城门缓缓开启时，他明白自己已经成功了！在经历了一千多个日日夜夜之后，他终于重新踏进了这座巍峨雄伟的大明京城！不同于以往的身份，如今的他已是这座京城的主人，是大明王朝的主人！天下，在这一刻，终于被收入囊中！

金忠等人也十分激动，他们为靖难大业呕心沥血、披肝沥胆！现在，这一切的付出都有了最终的回报，他们岂能不感慨万千？他们岂能不欣喜若狂？

当然，眼下还没到欢庆的时候。城内尚未完全控制，作为天下核心的紫禁城仍在建文手中。与朱棣一样，金忠他们也压抑着激动的心情，静待最后的佳音。

"大兄！大兄……"伴随着一连串欢快的叫声，朱棣被废黜的两个弟弟——周王朱橚、齐王朱榑连蹦带跳地进入殿中。

朱棣一进城,马上命纪纲去接朱橚和朱槫。朱橚本被关在云南,当燕军南下时,建文又把他押回京城。四年的囚禁,已将朱橚昔日的那股子张狂劲儿磨得干干净净。当纪纲等一干人冲入府中时,与外界隔绝多时的朱橚还以为是建文派人来杀他了,竟与妻儿一起瘫倒在地,哭成了一摊烂泥。纪纲暗自觉得好笑,忙向朱橚表明身份,并将燕王邀他去金川门的令旨传达。

得知眼前的军人是燕军,朱橚当即狂喜。他一跃而起,飞也似的去见救自己于水火之中的四哥。走到鼓楼处,正好张辅护送着朱槫赶到。两人遂并辔而行,高高兴兴地向金川门走来。

见到两位弟弟,朱棣也十分高兴。见朱橚和朱槫身形消瘦,头上也添了许多白发,他一时也是感慨万千。没多久,韩王朱松、沈王朱模、安王朱楹、唐王朱桱也相继赶到。众弟弟围着朱棣"四哥""大兄"叫个不停,倒让他应接不暇,好一阵忙活。

"弟弟们受苦了!"安抚完众人,朱棣感慨道,"先帝在时,我天家何等和睦!这几年允炆无道,各位弟弟日子都不好过。如今哥哥我进京,必不让你们再受委屈!"

"一切仰仗大兄!"众亲王作揖称是。这些人对厉行削藩的建文没有好感,朱棣进京,他们心中都十分乐意。而其中周王和齐王境遇最惨,此时朱棣说起,他们更是一把鼻涕一把泪,将建文的"暴行"好一顿揭露。而一旁的李景隆则从"允炆"二字称呼中摸出了些门道,不由暗自点了点头。

"好了!"待众人说得差不多了,朱棣挺身而起,不无嘲讽地说道,"想来紫禁城也快拿下了,诸位弟弟便随我一起进宫'面圣'吧!"

"是!"众人忙不迭应答。

走出城楼,朱棣一行正欲下城梯,忽然,宫城方向冒出浓浓黑烟。朱棣一惊,抬眼望去,浓烟越来越大,渐渐地火光也冒了出来。

"不好!"朱棣心中忽然想到什么,他左脚一跺,焦急地喊道,"快!命城中各路兵马赶紧进宫灭火,务要保护好皇上!"

当日夜晚,龙江燕王中军帐内。

京城已经全部落入燕军手中,但朱棣的脸上却丝毫没有兴奋之色。他紧锁着眉头在帐内不停地来回踱步,有时又心不在焉地望着京城方向,似乎在等待着什么消息。和他一样,金忠、纪纲也是心神不宁,一副忧心忡忡之态。

下午,朱高煦已带人进入紫禁城,并迅速将奉天殿的大火扑灭。但接下来一件令朱棣大惊失色的事情发生了！他们搜遍内宫，愣是没发现建文的影子。消息传来，朱棣当即下令大搜皇城，活要见人，死要见尸！一个下午过去了，皇城被翻了个底朝天，可就是没找到建文，这下朱棣觉得事态严重了。别人找不到也就罢了，建文要是不见踪影，那麻烦可就大了。而且不仅是建文本人，就连太子朱文奎和马皇后也没见着，只找到一个嗷嗷待哺的二皇子朱文圭。为着这个事儿，朱棣连晚饭都没吃，一直在金川门等消息，但直到天色全黑仍一无所获。无奈之下，他只得先返回龙江，留下朱高煦和朱能等一班人继续搜查。

"殿下！"见朱棣一脸愁容，金忠出言劝慰道，"奉天殿不是找到一具死尸么？依臣看，那很有可能就是皇上！想来皇上是走投无路，只好阖宫自焚了。"

"难说啊！三保他们审问宫里内官，说是大火之前有人看见一女子到了奉天殿，远远瞧去似是马皇后！"朱棣叹了口气道。

就在下午，丘福从被烧得一塌糊涂的奉天殿中扒到了一具烧焦的尸体。当时尸体已经全身焦烂，衣饰也都烧光了，判断不出身份。若内官之言属实，那这具尸体很有可能就是马皇后。

"应该不会！"金忠略一沉吟，当即摇头道，"以常理度之，若是皇后一个人自焚，那地点应在后宫，最有可能的地方便是坤宁宫。古往今来，哪有皇后在外廷正殿自焚的？她去奉天殿，那只有一个理由，便是皇上召去全家自焚！既如此，奉天殿内最少也应有两具尸体，这明显与丘福他们所发现的不合。依臣看来，奉天殿中的尸体必是皇上的。奉天殿乃国家重地，既然京师告破，皇上无路可走，那他完全有可能独自在此殿自焚。这等死法，也符合天子身份！"

金忠分析得很有道理，朱棣听了心头稍宽。

朱棣倒不怕建文自尽，若建文真的选择自尽，他反而是求之不得。毕竟他是打着"靖难""清君侧"的旗号起兵的。若真把一个活蹦乱跳的建文摆在面前，那他还得傻眼：要是废了建文，那岂不是自打嘴巴？岂不是自己承认起兵是为了篡位？可要是不废，难不成他还真学周公辅成王，继续把这个大侄儿供在皇帝宝座上？

其实，眼下他最担心的便是这位皇帝侄儿逃了出去！如今京师虽破，但天下并未完全归附。近处，凤阳孙岳、淮安梅殷都还屯着兵马，盛庸也正在江淮一带召集溃卒，一副死战不休的架势。远处，江南各省并未经历战事，他们会不会真心归附，现在亦未可知。若建文真的逃了出去，再找个地方重举大旗，那没准儿顷刻间又能聚起百万大军。若这种局面出现，那这场靖难之役的最后结局还真不好说。

正当朱棣心情稍放松些时,纪纲又说话了:"金长史之言固有道理,但也存着疑点!"

"什么疑点?"朱棣的心又提了起来,忙出言问道。

"疑点有二!"纪纲伸出两根手指头道,"其一,若奉天殿死的真是皇上,那皇后去哪了?太子又去哪了?皇后一介女流,太子也不过七岁。没有皇上,这对母子想凭自己之力逃出宫去,实是难于登天。宫外到处是我军将士,他们又能逃到哪?其二,据臣推断,皇上逃脱,而皇后在奉天殿自尽倒也不是不可能!皇后这一死,正好可以混淆视听,让殿下以为皇上举火自焚了,从而保护他平安逃走。此为李代桃僵之计,太子失踪也可印证此点。至于二皇子,他毕竟不是储君,且年纪太小,喜欢哭闹,逃亡路中无法照料,故仓促之间,皇上只能将其抛下,以保自己和太子无恙!"

纪纲不愧是老谋深算,此番推断同样合情合理,且比金忠之议还略高一筹,这下朱棣的心又开始怦怦直跳起来。

"王爷,狗儿回来了!"就在帐中诸人忐忑不安时,黄俨在帐外轻轻禀道。

"哦?快叫他进来!"朱棣忙道。

狗儿蹑手蹑脚地跑了进来,不待他说话,朱棣先急急问道:"怎么样?宫里可有发现?"回龙江前,朱棣派狗儿和马和一起在宫里整理各类物事。见他连夜跑回来,他以为有了什么新情况。

"王爷!"狗儿神情很沉重,"奴婢到女官尚宝司清查宝玺,发现竟少了三方!"

"什么?"朱棣失色叫道,"少了哪三方?"

洪武年间,朱元璋共铸了十七方宝玺,外加建文三年铸成的"凝神之宝",一共是十八方。宝玺是天子权力的象征,皇帝下发各类诏旨必用相应宝玺着印。此物遗失,顿让他觉得不妙。

"回王爷话,少的是'皇帝奉天之宝''制诰之宝''敕命之宝'。"

朱棣心中"咯噔"一下,脸色也随即变得十分苍白。"皇帝奉天之宝"乃唐宋传玺,祭祀时用,于十七方宝玺中排位第一;而"制诰之宝"和"敕命之宝"是颁发诏旨和敕旨所用,亦十分重要。它们的丢失,再和建文的下落不明联系起来,愈发让在场之人心惊。

"会不会……是宫中混乱时,下人们把它们偷走了?"金忠吞吞吐吐地问道。

不过从其犹豫的神色中可知,他对这个想法也颇不自信。

"不可能!"朱棣想都不想就答道,"此物乃邦国重器,宫人偷它们也换不到钱财,且一旦暴露,还会株连九族。宫中值钱东西多得是,谁会不要命拿这个?"

金忠不说话了。此时所有人心中都明白,既然下人不拿,那拿的便只有主人了,这三方宝玺便是建文逃出京城后的身份证明,也是他号令天下的凭证!有了它们,建文便可重新召集兵马,与朱棣再决雌雄!

事情发展到这一步已经比较清楚了,尽管建文的下落仍然存疑,但从眼下掌握的情况看,他出逃的可能性比他在奉天殿自焚要大上几分!

"他若真逃了,又是如何逃出去的呢?"朱棣皱着眉头喃喃道。

燕军一进城便直扑皇宫,朱高煦顶多也就用了不到两炷香的工夫,建文这么快就能反应过来?这么快就能易服出宫?这期间,他至少得安排皇后到奉天殿举火自焚,再拿上三方宝玺并且带上太子。这么多事情,外加出宫出城,他两炷香工夫就完成了?朱棣怎么也想不明白。

"殿下!"就当朱棣仍在费力想象建文脱逃的过程时,一旁的纪纲打断道,"眼下不是猜测皇上死活的时候了,您必须要有所动作!"

"做何动作?"纪纲的话把朱棣从冥思苦想中拉了回来,他微微一愕,随即问道。

"防备皇上东山再起!"纪纲嗓音深沉地说道,"纵然皇上生死不明,咱们也得预先做好准备。否则若皇上真还活着,咱们很有可能措手不及!"

朱棣一下反应过来。纪纲说得对,防患于未然,在当前的形势下尤为重要。

"你觉得本王该怎么做?"恢复常态后,朱棣立刻打起精神,目光炯炯有神地射向纪纲。

"首先,马上派兵守住沿江各渡口,堵住北上之道。"纪纲似早有准备,当即侃侃而谈,"眼下朝廷所剩兵马唯江淮最多。凤阳孙岳、淮安梅殷乃至盛庸和仍在山东的铁铉,这几个人手上仍有不少兵马,且素来忠于皇上。皇上若想东山再起,最大的可能便是去投奔他们。"

"不错!"纪纲话音方落,金忠便附和道,"除了北上,还得防备皇上溯江向西。湖广的楚王、四川的蜀王,甚至云南的沐晟,他们先前可都是支持朝廷的,皇上也有可能去找他们。"

"两位说得有理!"金忠话音一落,朱棣立刻出言赞同。随即,他将狗儿招到跟前轻言数语,狗儿一点头,然后向外奔去。

"其次是什么？"打发完狗儿，朱棣又回过头问纪纲道。

"其次便是给皇上发丧！"

"什么？"朱棣一时没反应过来，略为奇怪地问道，"眼下他生死不明，咱们就这么发丧岂不冒失？万一他没死，那咱们岂不是闹了个大笑话？"

纪纲一脸正容道："这绝不是冒失，而是必须之举。殿下请想，皇上若没死，那您接下来该如何自处？是登基自立呢？还是继续搜寻皇上呢？还有，若皇上万一冒了出来号召天下兵马勤王，那殿下该如何应付？"

面对纪纲的一连串追问，朱棣无言以答，这确实是他还没有想过的。

"所以，"纪纲沿着自己的思路继续道，"给陛下发丧是最好的选择！如此一来，等于向天下说明皇上已经死了！即便他再冒出头来，咱们也可以说此乃奸人冒充，到时候真的也成了假的。没有名分，他又如何号令天下？"

"这般做虽无不可，但多少有些欲盖弥彰！若他真把'皇帝奉天之宝'带了出去，凭此宝下发敕旨，我们又如何辩驳？"朱棣皱眉道。

"那宝玺是假的！退一万步说，就算是真的也是下人带出去，落到了奸人手里！"就在方才，纪纲还有理有据地证明建文拿了"皇帝奉天之宝"，可此时却将其先前之话推翻。

不过朱棣已经听明白了，纪纲说了这么多，意思只有一个——无论如何也不能承认建文出逃。毕竟，他是大明天子，纵然被打败，也不能改变这个事实。若真的让他逃亡了，而且继续以皇帝身份号令天下，仍会对自己造成莫大威胁。因此，要想摆脱这个隐患，办法只有一个，就是让他死亡。当然，这种死亡最好是肉体上的。但若不能做到，那便让他在名分上死亡，让他丧失对朝廷、对官员、对天下百姓的影响！如此虽差强人意，但也聊胜于无。纪纲先前说建文出逃，是说给他听；而此刻讲建文已死，则是让他说给天下人听。天下人信不信是一回事，但他必须将这个说法定下来！有时候，掩耳盗铃，欲盖弥彰也是必须之举！

"以何名目使其升遐？"朱棣面色阴冷地问道。

"我军进京，皇上羞愧难当，自感无颜再见王爷，只得阖宫自焚。"

"尸首呢？"

"奉天殿那具便是！"

"如此便可？"

"还需暗中封锁消息，禁止任何人谈论皇上下落。同时，殿下哀悼不已，亲自为天子发丧，并布告天下！"

朱棣不说话了，过了好一阵方扬起冷峻的脸颊为阴郁地说道："便依此策，一应事宜都由你去办！"

"臣领旨！"纪纲干净利落地答道。

金忠在一旁听得纪纲处置，心中也佩服不已。尽管他并不喜欢此人，但他不得不承认，有些时候，纪纲的深邃心机对燕王大有裨益。

"不想一场大火竟惹出这么大的麻烦！"朱棣稍显烦躁地嘀咕道。在进京前，他把所有会出现的可能都想到了，唯独没有料到这位皇帝侄儿竟能不翼而飞！

"王爷，还有一事，眼下看来得加紧办了！"金忠忽然沉下嗓子道。

"何事？"

"王爷要抓紧时间赶快登基！"金忠一字一句郑重说道。

"登基？"朱棣闻言一怔。当然，进京前朱棣便已做好了登基的准备。靖难三年，好不容易取得最后胜利，他自然不可能还让建文占着御座。但眼下金忠让他赶紧登基，倒让他有些犹豫。

朱棣明白金忠的意思。眼下建文不知所终，自己登基为帝，可以起到稳定人心之效。正所谓天无二日，国无二主，一旦自己在紫禁城坐上宝座，那即便建文复出，天下官员也得好好考虑一番。从南下之前的分析看，天下文武，大都是坐观他与朝廷成败的。此时大局已定，他已占了京师，占了皇城，若再正式当上大明天子，那便把名分也给占住了。既然名分和实力都已具备，不出意外的话，绝大多数文武都会看清形势，站到他这边来。

虽然马上登基有着莫大好处，但朱棣也还有着好些顾忌，毕竟，他是打着"靖难""清君侧"的旗号起兵的。不管私底下怎么说，但他一直是以"周公辅成王"的面目出现在世人面前。如今刚刚进京，他便急不可耐地登上皇帝宝座，那天下人会怎么想？后人又会怎么看？在他们看来，这种匆忙毫无疑问地彰显了他蓄谋夺位的野心，而这场"奉天靖难"，实际上是一次彻头彻尾的"篡位"逆举！如此一来，他苦心经营的正义形象很有可能毁于一旦！后世史家的笔下，他也难逃一个"篡"字！朱棣是个要脸面的人，想到千年之后落得这么个名声，他后背不由一阵发凉。

朱棣的犹疑金忠尽数看在眼里，他也觉得仓促登基后患无穷。可是，眼下的难题若不能解，又何谈千秋之后的名声？要是因这些犹疑而横生祸端，甚至将大好局面毁于一旦，那岂不是成了天大的笑话？为了迅速收拢人心，为了稳定天下局势，他认为马上登基是眼下的不二之选。

"殿下！"思忖一番，金忠又找到了另一个理由，"眼下梅殷、盛庸他们还在江淮。皇上若真外逃，很有可能去找他们。殿下虽封锁长江，但也只能锁得一时，日子久了，皇上仍有可能成功北上。倘使殿下迅速登基，那大明便只有您一个天子。梅殷、盛庸再忠于今上，但毕竟是大明之臣，他们若不从您，便是大明的叛逆。有这番计较，江淮传檄可定！可要是拖延日久，一旦皇上到了江淮，那梅殷他们肯定会继续拥护。到时候王爷即便登基，也免不了战祸连连！如今我军虽占得京师，但毕竟只是孤军。若让盛庸他们有了名分，继续与我军为难，那天下恐又生变数啊！"

金忠这话说得很实在，朱棣浑身一震。如果大明只有自己一个皇帝，那盛庸他们不降也得降。可要是建文真跑到江淮，那盛庸他们肯定是铁了心打到底。如今胜局已定，他不想在大功告成之后再生祸端，更不希望大明的内战继续下去。毕竟，这锦绣江山已是他的了。

经过一番艰难抉择，朱棣终于下定了决心。鱼和熊掌不可兼得，既然名声和帝位只能选一样，那还是只有先把帝位握在手再说了。至于名声，只要将来励精图治，开创一个太平盛世，那后人再回首时也会充满赞誉的吧？当年的唐太宗，不就是靠着"贞观之治"的美名成功洗刷掉了"玄武门之变"的叛逆名声吗？

"你下去后妥善安排！"朱棣一咬牙，下达了这道改变大明命运的令旨。

"臣领旨！"金忠心中狂喜，忙俯首应道。

"还有什么事吗？"朱棣略显疲惫，这一天他经历了极大的兴奋、极大的紧张、极大的焦虑和不安，此时终于有些倦了。

"臣这里还有一事！"纪纲从袖中拿出一张纸道，"遵殿下令旨，臣已拟定奸党名单，共计二十九人，还请殿下一览。"

"念吧！"

"是！"纪纲答应一声，随即展开名单念道，"前太常寺卿黄子澄，前兵部尚书齐泰，礼部尚书陈迪，礼部侍郎黄冠，文学博士方孝孺，御史中丞练子宁，大理寺卿胡闰，大理寺丞邹瑾，户部尚书王钝，户部侍郎郭任、卢迥，刑部尚书侯泰、暴昭，工部尚书郑赐，工部侍郎黄福，吏部尚书张紞，御史曾凤韶、王度、谢升、尹昌隆，宗人府经历卓敬、修撰王叔英……"

这份名单几乎将朝中左班要员一网打尽，六部尚书除了茹瑺，其他全部名列其中。这些人有的深受建文信任，一手策划削藩，有的则是在削藩、剿燕的过程中发表了对诸藩，尤其是对燕藩的不利言论，而还有一些纯属跟风，但因位高

073

名重,也被列在其中。

纪纲念时语调轻松,金忠却听得心惊肉跳。刚一念完,他当即跳出来,焦急地对朱棣道:"陛下,人数太多,若全部处置,有伤天和,也损了朝廷元气啊!"

"金先生这话就不是了。"纪纲一脸不以为然道,"这些人俱是证据确凿,罪大恶极之辈,不诛不足以正人心!再说若留下他们,日夜诋毁殿下英名,那岂不是养虎为患?依我看,这还是少的,还有在靖难之中顽抗王师者,如铁铉等辈,更应株连九族!"

金忠气得直哆嗦,他知道按这张名单株连下去,立时便会掀起一场滔天大狱!这么多人被杀,天下文气大丧不说,朱棣的恶名算是背定了。金忠知道纪纲心狠,也不想再和他争,转而把目光瞄向了朱棣。

朱棣沉默不语。若论其本心,他对这帮支持建文削藩、改制的文臣毫无好感,其中的齐泰、黄子澄等辈更是应碎尸万段!纪纲说得对,留下他们性命,任由这些人天天诋毁自己,那还了得?

不过要说全杀,他也觉得没有必要。毕竟,这里面还是有些人才的。打天下当然是靠武将,但将来治理国家,还少不了能干文臣的辅助。以前他是藩王,只管带兵打仗就成;可现在他即将登基,当然要为接下来的治国施政着想。稍作甄别,留一些愿意降附的可用之才对国家也有好处。至于那些不降之臣,留着也是祸害!至于屠戮朝臣,他连篡位之名都担下了,还在乎这点名声?

权衡已毕,朱棣做出最后的决定:"郑赐、黄福、王钝、尹昌隆四人已在金川门归附,他们的罪便免了。其余人等,除了齐泰、黄子澄两个首恶不赦,其余只要愿归附,亦一律赦免。"

金忠听罢,大大松了口气,忙衷心地称赞道:"王爷英明!"

"臣领旨!"尽管心犹不甘,但朱棣的决定是不能更改的。咽下一口唾沫,纪纲也俯首遵命。

"不过……"就在这时,朱棣忽然用阴冷的声音说道,"凡不降之人,一律弃市,其亲族也要从重处置。本王要让天下知道,胆敢违逆天命者是何下场!"

金忠心又一紧,他明白燕王这是要杀鸡儆猴,让那些尚首鼠两端的官员们看清形势,赶紧归附。"从重处置"四字,无疑意味着一场血雨腥风,那些不肯归降的建文旧臣,以及他们的亲族将面临最严厉的惩罚。尽管金忠心有不忍,但他也明白,正所谓乱世用重典,这种霹雳手段是让天下官员归心的最佳选择。他额头冒出一阵细汗,心中对燕王的敬畏,顿时又加深了一层。

......

龙江中军帐的密议结束后,金忠连夜赶往城内,找到了丘福和周王朱橚、曹国公李景隆。一番密谋,几人将劝进的程序正式敲定。第二日正午,朱橚、李景隆和丘福率全体皇族、文武官员赶往龙江,劝朱棣顺应天意,早继大统。自然,朱棣立刻表示拒绝。六月十五,丘福、朱能率燕军诸将再次劝进,朱棣仍然不允。六月十六日,周王朱橚、齐王朱榑、谷王朱橞等一干亲王赴龙江三劝。按礼,三劝之后,朱棣便可顺天应人,继位为帝了。不过为了显示自己非"贪念皇位",朱棣仍又是装腔作势,严词拒绝。

不过金忠他们早有准备。在燕王第三次拒绝之后,众亲王、勋戚以及归附朝臣、燕军将领一哄而上,拿出一副不达目的誓不罢休的架势,硬"逼"燕王继承大统。

终于,在众臣的"固请"之下,燕王"难弗众意",总算"勉为其难"地答应了登基的要求,一时间龙江大营"欢声雷动"。按燕王的令旨,登基的日子定在明日,也就是六月十七日。

答应登基的当晚,朱棣在龙江中军大帐召见部分归降的翰林词臣。

此次召见,目的是为了起草登基诏书。尽管事出仓促,诸事从简,但登基诏书还是马虎不得。一俟登基,这诏书就要立刻传送天下,让那些在靖难之役中作壁上观的地方文武早日效忠新君,尽可能快地确立朱棣的天子地位。军中众臣多是武将,仅金忠和纪纲勉强算得上是半个文人,因此这道诏书还得照老规矩,由翰林词臣们来拟。

燕军进城,京中武将基本上全数归降,文臣中虽有不少自尽或逃逸的,但也有很多人投附了燕王。这并不难理解,如今形势已变,燕王成功问鼎,文臣们要想继续位列朝堂,就必须认清现实。朱棣是朱元璋的儿子,他登基为帝,大明依然是大明,群臣纵然改奉新主,却依然是为大明效力,也不会得到"贰臣"的坏名声。既如此,大家又何必要为建文殉节,白白葬送性命呢?再者,对于建文剿燕,很多人也不过是秉承上意,望风景从罢了,和朱棣本人倒谈不上怨仇。因此,在朱棣"降者一律留用"的招揽下,一批文官就此改换门庭,投入新任天子的麾下。仅翰林院,归附新主的便有翰林修纂胡靖,国史馆编纂官杨士奇,编修杨子荣、杨溥,待诏解缙等人。此时,除杨子荣因疾未到外,其他人已被统统招来,为起草这道至关重要的登基诏书贡献心力。

除了这些归附之臣,受召之人中还有一位十分引人注目,他便是建文的股肱大臣,翰林院掌印、文学博士方孝孺。

燕军进城时,方孝孺正卧病在床。作为建文的心腹重臣,他的府邸自然成为燕军关注的重中之重。方孝孺还没来得及自尽,燕军便冲进府将他抓了起来。此时朱棣要起草登基诏书,便想起了他。按制,登基诏书应由翰林掌印起草。朱棣登基,已有诸多的名不正言不顺,因此在这细节方面还是十分留意。而且他还存了这样一个心思:方孝孺是建文的股肱重臣,又是名满天下的理学大儒,这道诏书要是能由他来起草,无疑会让自己的这个皇位分量大增,更对那些仍忠于建文之人起到表率作用。因此,尽管知道方孝孺很难妥协,但他还是打定主意,力争将这个建文名臣拉到自己这边来。

方孝孺受建文知遇大恩,且又深受礼教熏陶,当然不愿归附燕王。在被"请"来之前,他已打定主意绝不屈服。待进得帐内,诸臣皆俯首,唯独他一言不发,冷冷地打量着眼前这个犯上作乱的"燕庶人"。

朱棣对方孝孺的倨傲早有预料,既然已打算招降,朱棣也不介意他的态度。待众臣行礼毕,朱棣离座走到他面前做出一副亲切神色道:"本王仰慕先生多时,今日得以再见,不胜快慰!"

看着眼前这个装腔作势的亲王,方孝孺又悲又恨。作为建文之臣,他对朱棣的怨恨已到了极点,可恨又有什么用呢?如今大势已定。仗着战场上的胜利,仗着无数内奸的策应,这个曾经犯上作乱的奸贼如今已摇身一变,即将成为大明天子!想到待自己恩重如山的年轻天子,他再也压抑不住心中悲愤,竟当廷号啕大哭起来。

方孝孺的大哭,让朱棣心中暗喜。在他看来,这一番大哭似乎是方孝孺与过去诀别的征兆!他相信只要自己降尊纡贵,诚心招揽,这个建文重臣还是有可能改换门庭的。毕竟,他没有直接参与削藩、没有直接参与剿燕;毕竟,他也是大明朝的臣子!

"先生无须太过悲伤,本王此番进京,不过是效法周公辅成王罢了。"朱棣温言抚慰。

听朱棣说法,方孝孺突然止声。他以仇视的目光瞪向朱棣,恨恨道:"周公辅成王?说得好听?成王如今何在?"

"陛下已经在奉天殿自焚了!"朱棣一窘,干巴巴地一笑,又喟然一叹摇头无奈道,"陛下何必如此?其实不知为叔之心啊!"

朱棣这番做作,方孝孺看在眼里愈发觉得恶心。他冷笑一声,继续问道:"既然你自诩周公,那成王死了,为何不立其子?今二皇子文圭尚在,当立其为帝!"

你也太不识好歹了吧!如今大势已定,还逞这口舌之快又有什么意思?方孝孺连番逼问让朱棣无言以答,他心中顿时升起一股怒火,对方孝孺的厌恶又增加几分。不过为了那道登基诏书,为了招揽建文旧臣,他仍耐住性子道:"国赖长君,这个道理先生岂能不知?"

"国赖长君?"方孝孺斜眼瞟着朱棣不依不饶道,"那好,如今吴王、衡王、徐王俱在,他们都是孝康皇帝之子。既然要立长君,那就请你把他们招来立了吧!"

吴王朱允熥、衡王朱允熞、徐王朱允熙都是朱标之子,论血缘,他们与建文最近。

方孝孺此话一出,朱棣立时火冒三丈。很明显,这个夫子就是铁了心和他抬杠,硬要将他这层虚假的面纱给揭开!若说一开始朱棣还有心招揽,此时他已经彻底明白:这方孝孺就是块又臭又硬的石头,已打定主意为建文尽忠了!

在无言以对的同时,朱棣顿时生了杀心。论本意,朱棣并不欣赏方孝孺,在他看来,方孝孺主张的恢复井田、恢复周代礼制等举措,纯粹是异想天开,完全不是脚踏实地的治国之道。因此,他早就认定这位名满天下的理学大儒,其实不过是个迂腐先生罢了。之所以还要招揽,不过就是借其名头,一来给自己皇位贴金,二来收拢天下人心,其作用也就仅限于此而已。可此番他不识好歹,当着一干翰林文臣的面将他的面目揭穿,这让朱棣有一种被羞辱的感觉。作为战无不胜的燕王,作为即将登基的大明天子,他岂能忍受一个腐儒的污蔑?

不过朱棣还是忍了下来,顾及方孝孺在士林中的名头,他实在不想因此而坏了自己名声。思虑再三,他决定再给方孝孺一个机会,尽量平和道:"此乃本王家事,先生是外臣,便无须过问了吧!"

"家事?"方孝孺冷哼一声,反唇相讥道,"天子无家事,这个道理你不懂?既然你说是家事,那你当什么皇帝?速速滚回北平去!"

"混账!"朱棣厉声痛骂,他终于愤怒了。自打进城以来,他还没受到过这般侮辱。尤其是自己就要登基,就要成为大明天子了!在这种时候,这个方孝孺还敢如此辱骂自己!他胸中有一股怒火正在熊熊燃烧,恨不得立刻就把方孝孺剁成两截。

杀方孝孺是肯定的。如果这种人都不杀,那天下还不知有多少张嘴会在背后诅咒自己,堂堂大明天子岂能容这般宵小肆虐?若真饶了他,那自己还怎么当这个皇帝?还怎么治理这个天下?他朱棣可不是什么善男信女,他必须要让全天下人都知道,反抗未来的大明天子是什么下场!

杀是要杀,但今天可千万不能杀。明日自己就要登基,今天晚上再杀人抄家,传出去是什么名声?尽管朱棣现在就想把方孝孺砍了,但为了明日的登基仪式,他不能不先强忍下这口气。

"把他扔出去严加看管!"思虑再三,朱棣做出了决定,"待齐泰、黄子澄等首奸落网后,再将他们一起处斩!"

方孝孺在帐内咆哮时,众人早已不耐,此时见朱棣下令,尹庆与亦失哈立刻走上前来按住方孝孺的胳膊便要往外拽。方孝孺也不知哪来的力气,竟一把将他二人推开,冷冷看了朱棣一眼,旋一甩袖子傲然出门。

"沽名钓誉之徒!"望着方孝孺逐渐消失的背影,朱棣怒意未平地狠狠痛骂。过了好一阵,他才略略将心情平复,转而对着一直在帐中侍候的几个翰林阴森森地道,"你等是不是也与这腐儒一般,认为本王登基乃图谋篡位?认为朱允炆才是你等之主?"

帐内一片寂静。方才那一幕,几个翰林瞧在眼里,早已吓得战战兢兢。方孝孺是翰林院掌印,也是这些小词臣们的顶头上司。此刻燕王愤怒到了极点,天晓得他会不会一怒之下殃及池鱼,把他们也归入方党?

"殿下!"就在众人尽皆缄口之时,一个中气十足的嗓音忽然从翰林队伍中响起,"方氏之言,并非臣等心迹。微臣以为,或子或孙,俱乃太祖后裔;或叔或侄,都是大明之君!"

"哦?"朱棣眼中一亮,这句话太对他的心意了!话中蕴含之意,正是他想让所有人明白的道理。只要大家忠于朱家,忠于大明,这就够了。因为,从明天开始,他便是大明的天子!忠于大明,忠于朱家,便是忠于他朱棣!

"刚才的话是谁说的?"朱棣抬头问道,能言简意赅地讲出这番道理之人,毫无疑问是个人才。而且是个明事理、识时务,对自己大有帮助的人才!

"回殿下,是臣说的!"一个三十四五岁、脸色白净的绿袍官员站了出来。

"你是哪个?"朱棣并不认识眼前的官员。

"臣翰林院待诏解缙!"与其他官员或多或少带着几分惶恐不同,这个中年官员一脸镇定,回答的语气也毫无畏缩之感。

"解缙?"朱棣略一思索,忽然露出一丝笑容道,"本王想起来了,你二十岁便高中进士,是个大才子啊!先帝在时,你曾上过万言书,直陈时弊,并献上《太平十策》,里间尽是定国安邦之道。本王还记得,父皇与你说过'朕与你义则君臣、恩犹父子'的话,是不是?"

解缙没想到,长年在北方戍边的燕王竟对自己的事如此了解。一时之间,他不免有些激动。不过很快,解缙又恢复了平和的神色道:"臣身为大明之臣,自当为国家尽心。"

"你是个忠臣!"朱棣用肯定的语气说道,"记得你上万言书时,正值太祖整治胡惟庸奸党。当时满朝文武人人自危,无一人敢直言时弊,唯独你敢直言。就冲这份胆气,本王就十分佩服!"

解缙心头一热,当年直言之事,他一直引以为傲。只是时过境迁,别人早就将这番壮举忘了。不想这位燕王竟记得如此清楚,而且还加以褒奖!一时间,他对朱棣的好感大增。

朱棣仍在回忆解缙的往事:"本王记得你上书后,先帝颇为赞赏,只是觉得你年少气盛,故让你父领回,说你乃大器晚成之人,待回家读书十年,再起复大用。"说到这里,朱棣看了看解缙身上的公服,略为奇怪,"如今十年早就过去了,你怎么还是此等末职?"

解缙神色一黯,朱棣的话让他感慨万千。他二十岁便高中进士,登第不久,他又受太祖赏识,并以父子相比,这更是少有的恩宠。当时京中文武,皆以为此人必将大获重用。虽然后来太祖嫌他轻狂,命他回家读书,但也许下了"十年大用"的诺言。解缙回家后,秉承太祖之命刻苦治学,只待十年之后重回朝堂一展宏图。不料过了八年,京师传来噩耗,太祖龙驭上宾!得知消息,解缙痛心疾首。一方面,他感激朱元璋赏识,为他的去世而伤心;而另一方面,解缙也为自己的前程忧心不已。"十年大用"之语是朱元璋说的,可现在他不在了。建文会不会认这句话?他会不会像先帝一样赏识自己?这些解缙都拿不准。为了前途,解缙几经考量,终于借哭陵之名进京打探消息。

谁知刚到京师,事情便发生了变化。解缙才高八斗,本就是个名士性子,且他又年少登第,受皇帝赞赏,而这一春风得意更让他平时颇为狂放,也就引起了许多同僚的不满。太祖在时倒也罢了,建文继位后,一些看不惯解缙的人便站了出来弹劾,说他母亲去世不去安葬,便跑进京师要官;又说他不顾父亲年已九十便上路进京,违反人伦之理。参劾的奏折送到建文那,这位年轻天子又是极重孝道的,当即便下旨将解缙贬为河州卫小吏。

解缙兴冲冲而来,谁知竟遭此大劫,犹如五雷轰顶。无奈之下,他只得另寻门路,找到了昔日赏识自己的董伦。董伦此时已是礼部右侍郎,较受建文信任,他便在皇帝面前大赞解缙之才。建文也是文人，而且耳根子软，见董伦极力荐举，便免了对解缙的处罚，但也只给了他一个翰林院待诏的职务。

待诏是九品小官。在朱元璋口中，解缙是留给子孙用的经世大才。而如今太祖驾崩，建文却只给了解缙一个九品芝麻官，这让他如何忍得？不过解缙纵有千般不愿，也不敢抗旨不遵，只得到翰林院坐班，这一坐便是四年。

听完解缙的叙述，朱棣心中便起了计较：这解缙名闻京城，又是父皇看中的，论才华，自是无可挑剔。说到品德，解缙弃父母于不顾，一心进京要官，倒也确实有亏。不过朱棣在用人方面向来豁达，正所谓"学成文武艺，货与帝王家"，人人皆有仕宦之心，解缙不过是心急了些，这也不是什么大不了的事。用人之道，不过是取其长而弃其短罢了，哪有什么十全十美之人？

而除了人才难得，还有一个原因也让朱棣对解缙颇有兴趣。他刚刚对方孝孺下了狠手，要是能把解缙擢升起来，对激励士人倒是大有用处。方孝孺名闻天下，杀他，肯定会让许多读书人愤恨。自己即将登基，将来治国还需读书人辅助，不可让他们对自己太过不满。解缙名声也不小，以其之才完全有能力取代方孝孺。自己如能重用他，会在很大程度上抵消处死方孝孺带来的恶劣影响，让天下士人对自己重拾信心。不仅是解缙，还有这些归降的文臣都要遴选重用，以确保天下文风不丧，确保大明人才济济！

计议已定，朱棣一笑道："本王看你才学不错，允炆号称文治，却又弃你不用，反而去用方孝孺这等腐儒，实在可笑至极。既然你是父皇生前看重的人才，这登基诏书便由你来拟吧！"

解缙平日也起草过一些不重要的诏旨，像登基诏书这样的重要诏旨应由翰林院掌印学士来拟，此刻方孝孺已被打入死牢，但比他职位高的如胡俨、胡靖等人都在，让他越过这些上司来起草登基诏书，这无疑是大大的恩宠！解缙眼见朱棣满怀期许地望着自己，一时间不由心神激荡，他似乎已看到了新任天子的信任与器重，看到了自己即将展开的锦绣前程！万分激动之余，解缙当即全身伏地，干净利落地磕了三个响头，大声答道："臣领旨！"

笔墨随即奉上，解缙思索一番，旋即笔走龙蛇。待其放下笔，朱棣随即拿过，只见宣纸上洋洋洒洒道——

奉天承运皇帝，诏曰：

昔我皇考太祖高皇帝，龙飞淮甸，汛扫区宇，东抵虞渊，西踰昆仑，南跨南交,北际瀚海。仁风义声,震荡六合,晊爽阊昧,咸际光明。三十年间,九有宁谧;晏驾之日,万方嗟悼。煌煌功业,侔于汤武,德泽广布,至仁弥流。

少主以幼冲之姿,嗣守大业,秉心不顺,崇信奸回,改更成宪,戕害诸王,放黜师保,委任宦竖,淫佚无度,天变于上而不畏,地震于下而不惧,灾延承天而文其过,蝗飞蔽天而不脩德,祸机四发,将及于朕。

朕为高皇帝嫡子,祖有明训"内有奸恶,王得兴兵讨之",朕尊奉条章,举兵以清君侧之恶,盖出于不得已也。使朕兵不举,天下亦将有声罪而攻之者,少主曾不反躬自责,肆行旅拒。朕荷天地祖宗之灵,战胜攻克,捣之于坝上,歼之于白河沟,破之于沧州,溃之于藁城,鏖之于夹河,辖之于灵璧,六战而已不国。朕于是驻师畿甸,索其奸回,庶几周公辅成王之谊,而乃不究朕怀,阖宫自焚,自绝于宗社,天地所不庇,鬼神所不容。事不可止,乃整师入京,秋毫无犯……

诸王大臣谓朕太祖之嫡,顺天应人,天位不可以久虚,神器不可以无主,上章劝进,朕拒之再三而不获,乃俯狥与情,于六月十七日即皇帝位。告于中外,咸使闻知。

"好!"朱棣看完,满意地点了点头。解缙的确是心思玲珑,他极言建文失德无道、倒行逆施的同时,又巧妙精辟地把燕王问鼎这种篡位行为描绘成继承太祖法统,顺天应人的正当之举,这很对他的胃口。待再检视一遍,他将诏书递还解缙道,"就是它了,你退下后再仔细誊抄一遍!"

"是!"对于自己的文采,解缙有着十二分的自信。但得到新任天子的亲口赞赏,仍让他暗喜不已。

解决完登基诏书的事,朱棣心情也好了很多,他一脸微笑地对下面的翰林词臣们道:"还有一事,需你等斟酌。本王登基后,该用何年号为宜?"

新皇登基,改元自是必然之举。方才解缙得到夸赞,众人心里已羡慕得直痒痒。此时又获得一个在燕王面前露脸的机会,大伙儿又岂能轻易放过。一时间,词臣们搜肠刮肚,一心想要取个好年号,以取得燕王的欢心。

一番议论,事情总算有了结果。翰林词臣之中,胡靖职位最高,于是他出班奏道:"禀殿下,臣等商议,认为可用'永清'二字。王爷登基为帝,大明必然蒸蒸日上。'永清'者,便是海晏河清,永享太平之意。"

"永清,永清……"朱棣喃喃念了几句,随即笑着摆手道,"不妥,不妥!永享太平倒是要得,可这海晏河清,则稍显空泛,还是取个实在的意思为好。本王称帝,非为一己私欲,实为我大明能够做到'斯民小康',百姓永享康乐。既如此,本王倒觉得可用'永乐'二字!"

朱棣说完,胡靖等人倒是没说什么,解缙却突然咋咋呼呼张口道:"不可!"

一语既出,众人皆是一惊。按朱棣的解释,"永乐"二字也很吉祥,并无不妥之意。何况这还是燕王亲自定的,解缙一上来就斩钉截铁说"不可",这让燕王的面子往哪摆?纵然你解缙已得宠,可此举也未免太冒失了吧。

朱棣也是一愣,不过他倒没不高兴,而是奇怪地问道:"为何不行?"

解缙此时也反应过来——自己这话说得也太突兀了,不过话已出口,也收不回来。尴尬一笑后,他小心解释道:"回殿下,这'永乐'二字,十六国时前凉的张重华曾用过;宋时方腊造反,也用过这个年号。张重华凉州土酋,方腊一介草寇,此二人之年号,殿下再用恐有不妥!"

朱棣恍然大悟,不料这么简简单单两个字,里头竟还有这么大的名堂。而更让他没料到的是,这解缙对经史竟如此熟悉,这种犄角旮旯里的东西他也能信手拈来。想到这里,朱棣对解缙的喜爱又加深了一层。

不过思虑再三,朱棣还是决定用"永乐"这个年号,他哈哈一笑道:"区区张重华和方腊,又岂知斯民小康?又岂能永享太平?本王乃天下之主,又岂在乎这等小人之号?还是用'永乐'二字吧,本王要让天下人知道,什么才是真正的'永享康乐',什么才是真正的'天下太平'!"

"是!"这一次解缙可不敢再顶了,忙和众词臣一起恭恭敬敬地附和。

待解缙等人退下,已是六月十七日的凌晨。尽管夜已深,但朱棣仍毫无睡意。天明他便要登基为帝了,经过了千难万险,他终于得到了梦寐以求的皇帝宝座。从此,他便要号令天下,便要抚御四方!想到这里,朱棣便激动得不可自持。一定要做一个威震八方,一个创立千秋功业,与秦皇汉武、唐宗宋祖相媲美的千古一帝!直到未时将过,他才暂时将诸多杂念抛下,迷迷糊糊睡去。

第二天一大早,朱棣从睡梦中醒来。洗漱完毕,他便对身旁侍候的马和与黄俨道:"把本王的衮冕服拿来!"

离开北平南下时,朱棣预料到可能会问鼎,事先便把亲王衮冕服捎上。本来,天子登基应有专门的皇帝舆服。不过朱棣是仓促即位,一时间也凑不齐这些,只好用亲王之服勉强对付了。

没一会儿,马和与黄俨便将衮冕服拿来。一展开朱棣便觉得有些不对,这并不是他的那套。再仔细一看，衣上绣着日、月、星辰、山、龙、雉六种图纹；而下裳上也同样绣着虎、藻、火等六种图案，一共是十二种。这是如假包换的皇帝舆服！

朱棣瞪大了眼睛，惊喜交加地问道："从哪找到这个的？"

黄俨嘻嘻一笑道："奴婢知殿下即将登基，便连夜派人去宫里尚衣监一番翻箱倒柜，总算找到件太祖爷当年用过的衮冕服。奴婢想殿下和太祖爷身材仿佛，便就奉了上来。"

"难得你有心！"朱棣微笑着夸奖道。黄俨不会武功，不能像马和那样驰骋疆场，为他建功立业。但他人够机敏，且十分细心，所以朱棣一直对他很是宠信。今天，这个心细的内官又为他做了一件大好事！

穿上这上玄下黄的衮冕服，朱棣顿时容光焕发。黄俨的眼力不差，这套衮冕服果然与朱棣体形十分相配。兴奋地来回踱了几步，朱棣忽然想起什么，遂对马和一笑道："只可惜王妃不在此。她这几年担惊受怕，如今总算也有了个好结果。对了，王景弘昨日不是来龙江了吗？让他赶紧收拾回去，把这好消息告诉王妃，也让她尽早放心！"

"王爷！"马和躬身笑道，"破城当日，二郡王就已请了王爷令旨，将捷报传回北平，眼下信使已快到北平了！"

"哦！我真是喜糊涂了，竟忘了这茬。"朱棣一拍脑袋，想了一想又道，"那王景弘从北平赶来所为何事？既然昨日就到了，怎么一直没过来见本王？"

"这……"马和脸上露出一丝迟疑，"是王妃有件私事，要他过来禀报王爷。只是奴婢想着王爷马上就要登基，怕搅了您的兴致，故自作主张将他拦了下来。"

"何事？"听得马和如此做法，朱棣不由一愣。

见朱棣追问，马和神色一黯，半晌方跪到地上嗫嚅道："王妃要王景弘告诉王爷，说是上月下旬，妙锦小姐得知王爷兵临长江，已是心灰意冷，遂命下人在府内后苑搭了个小佛堂，已经……"

"已经什么？"朱棣脸色一变，颤声问道。

"已经……已经皈依佛门了，决意终生不见殿下！"

朱棣脸色瞬间变得苍白无比，片刻前的喜悦早已消逝得无影无踪。

跟徐增寿闹翻后，徐妙锦从金陵赶到了朱棣军中。当时她已尽知朱棣与徐增寿之间的勾当，正是满心的恼怒悲伤加愤慨。一见面，她便对朱棣展开了连番逼问。朱棣虽已从徐增寿的信中得知徐妙锦的来意,但真当面对这个来势汹汹的"内妹"时,仍羞赧得哑口无言。见朱棣无言以对,徐妙锦对他的最后一丝幻想也破灭了。绝望悲愤之下,她当即抽出宝剑,欲将这个表里不一的大姐夫一剑刺死。

徐妙锦的疯狂举动自然不会成功,当然朱棣也不会把她怎么样,但亦不可能放她回京,于是便派人将她送回了北平,交由王妃看管。其后朱棣继续征战,其间也数次从北平前来奏事的内官中得知了些徐妙锦的情况。据内官们讲,一开始时徐妙锦悲愤异常,谈起他时也是恨意满腔。直到最近一两个月,在王妃的安抚开解下,徐妙锦的情绪已稍稍好转。虽然她仍对朱棣愤恨不已,但不再像先前那般闻到"燕王"二字便拍案而起。而且,在王妃的精心安排下,徐妙锦逐渐对朱高炽四岁大的儿子朱瞻基产生了兴趣,成天与他腻在一起,脸上也逐渐有了几许笑容。得知这些,朱棣长舒了口气。对这个曾经直爽纯真,却被自己深深伤害的小妹,他产生了深深歉疚,其内心深处还隐藏着一丝难以言喻的感觉。也正因为如此,尽管他心志坚毅,为了靖难大业可以用尽一切狠毒手段而面不改色,但对利用徐妙锦一事,他无法做到释怀。

本来,朱棣还想着等徐妙锦气稍缓些,自己再多加安抚,或许她就可以释怀,却不承想,她竟选择了出家!

一个二九年华的青春少女,却自愿从此与青灯古佛相伴,徐妙锦做此决定,可见其内心有多么伤心绝望。而决意终生不见自己的言语,更是显出了她的悲愤与决然。而正是这句话,让朱棣心中那点隐藏的心思就此落空。他不仅再也无法弥补自己的过错,同时,已然滋生的那股情愫也终究再无可能。想到这里,他一时竟黯然神伤。

"王爷!王爷!"黄俨的叫唤声将朱棣从百感交集中拉回了现实,"王爷,已是卯时正牌了,二郡王和金先生他们都在辕门外候着,等着陪您进城登基咧!"

朱棣一抬头,马和已将玄表朱里的冕冠奉了过来,冕上那十二条光彩夺目的玉珠串子象征着它至高无上的地位——只有皇帝之冕,才能缀之以十二旒!朱棣立刻意识到自己即将登基,即将成为天下的主宰,他又激动起来,点了点头。马和立刻上前将冕套在他的发髻之上,并系好带子。待一切准备完毕,朱棣双目直视前方,深吸了口气沉声道:"走,出门!"

"是!"马和与黄俨齐声一应,遂一左一右将朱棣双手搭好,气宇轩昂地走出了帐门。

中军大帐与辕门不过二十丈距离,出得辕门,一辆金光闪闪的天子大辂停在正中。大路两旁,朱高煦以下,金忠、丘福、朱能、张武、李彬、火真、王真、郑亨等一众燕藩僚属皆着朝服,庄严地侍立两旁。在他们身后,则是由五千名燕军将士组成的仪仗扈从。见朱棣出来,他们立时爆发出雷鸣般的呼声。

"众将士平身!"待欢呼声止,朱棣含笑下达了旨意。

"是!"五千个声音整齐喊出,其势冲天贯日。

朱棣满意地点了点头,随即登上大辂。当他在辂亭外站稳后,朱高煦与金忠对眼一望,遂同时一撩袍角率领全部文武跪倒在地,用尽全身力气大声叫道:"臣等恭贺陛下荣登大宝!"

远处,旭日越过山峦,缓缓升上了天空——新的一天来临了。

第六章

金忠进言定决心　忠彻献计助世子

二月的江南，青草已渐渐露出了尖头，但在三千里外的塞北，却感觉不到丝毫的春意。凛冽的寒风夹杂着漫天的冰雪肆意呼啸，将塞外的苍茫大地染成一片雪白。宣府与开平之间的荒漠原野上，几乎看不见人畜的踪影。自洪武年间在塞外设开平卫以来，阴山以北的方圆数百里内已名义上纳入大明版图。虽说荒原无险可守，退出塞外的残元势力仍然时来袭扰，但至少在冬天他们还是安分守己的。至于戍守边疆的汉族军士，更不会在这个大冷天里外出。只有等到开春后，无数装满粮饷辎重的武刚车才会被民夫们推出塞上的德胜关，在大批明军将士的护送下，为开平屯守的将士输送补给。

风雪直到晌午方停，当阳光从厚厚的云层中射出后，大地总算感受到了微弱的暖意。这时，官道旁的一片乱石中突然出现了一丝异动。在一块底部深深向里凹进去的巨石下方的洞中，竟传出一阵奇怪的响动。紧接着，一堆稻草和一块脏兮兮的油布从洞里被扔了出来。待稻草扔得差不多了，洞口处竟然出现了一个男子的身影！

此人身材不高，体形也略显消瘦，下颌处的胡须也十分杂乱，显然是多日未打理。头上的发髻也有些松散，看上去十分邋遢。而最让人感到恐怖的是，男子左右两边的脸颊上竟都各有一大片红褐色疤痕，明显是沸水烫伤所致，看上去十分恐怖。

"呜……"似乎很久没有见到如此温煦的日光，初出石洞的男子显得有些兴奋，口中也发出欣喜的呼声。只是若在旁人听来，他的嗓音实在太过沙哑，若不仔细分辨，倒像在哭咽似的。

在阳光下站了一会,男子找了块石头坐了下来,左手伸进怀中摸索一阵,掏出几个已经发霉的窝头,然后狼吞虎咽起来。

就在男子埋头啃窝头时,官道的远处隐隐传来一阵马蹄之声。男子闻声一震,继而一跃起身躲到道旁的一块大石后面,小心观察着远方的动静。

马蹄声越来越响,很快,官道上已出现一队明军骑士的踪影。待再近些,连骑士们的铠甲都已能看清。这队骑兵人数不少,足有三四百之众,与长年戍边、全身上下遍布风尘的明军巡边戍骑不同,这些骑士个个鲜衣怒马,看上去十分精神。

不一会,马队离男子藏身的巨石只有十余丈远了,他甚至已经可以看清骑士们的面容。待马队越过巨石时,男子全神贯注地向队伍中来回打望,似乎在搜寻什么人的踪影。

很快,他的目光聚集到了一个青年骑士身上。此人头戴貂皮鞑帽,外套一件对襟罩甲,里面是一件橙红色的裋褐,腰间则别着一柄长条形的铁刀。当男子看清刀柄上的银十字护手和包着鲨鱼皮的刀鞘后, 他终于确认了这个骑士的身份,当即心中一顿狂喜。

"哦……"就在青年骑士的坐骑行过巨石的一刹那,男子高呼一声,双手向天挥舞着从巨石后头冲了出来。

"有刺客,保护殿下……"男子的出现让骑士们大吃一惊。很快,青年骑士身边的一个内官便高叫出声,两侧的骑士纷纷下马拔刀,向男子冲了过来。

眼见对方如临大敌,男子却恍若未觉,只管向官道上狂奔。很快,两名骑士冲到身前,不费吹灰之力将他擒住,并死死按在了地上。

"呜……"尽管全身被死死按住,但男子却仍未安分。与一般刺客不同的是,男子并未做任何抵抗和挣扎,口中呜呜作声,似有什么话要讲。只是他本来就嗓音沙哑,方才被按到地上时,又吃了一大口灰土,此时再发出声来,就更显得含糊不清,让人听不清他究竟在说什么。

"王爷!"见刺客已被制服,青年骑士身旁的内官又道,"刺客已经擒住,如何处置还请王爷示下!"

"刺客?"被唤作王爷的青年骑士望了望男子,不屑地摇摇头道,"不像,哪有这么弱不禁风的刺客?此人手中无刀,侍卫们亦未找到暗器,如此做派,岂会是来行刺?"

"嗯嗯!"听得骑士这么说话,男子激动得连连点头。

“此人倒像是有话要和本王说！”见男子这般，青年骑士愈发坚信自己的判断，当即大手一挥道，“将他带过来，本王要亲自审他！”

“是！”听得王爷下令，按住男子的两名侍卫忙答应一声，遂将男子从地上提起，押到青年骑士跟前。

“你是何人，来寻本王何事？”望着男子丑陋的脸，青年骑士心中一阵恶心，说话的腔调也带着几分鄙夷。

丑男子并不在乎青年骑士的态度，他脸上忽然浮出一丝古怪的笑容，但旋即敛去，只轻咳一声清了清嗓子后道：“请二殿下即刻以堕马受伤为名，请旨返回京城！”

“什么？”青年骑士脸色一变，当即厉声喝道，“哪里来的奸贼，竟敢在本王面前胡言乱语？看我不割了你的狗头！”

青年骑士的威吓，丑男子置若罔闻，只是冷哼一声，加重语气道：“二殿下，你若不听我言，用不了多久，春和殿就是世子的了！”

“啊！”青年骑士浑身一震，望着丑男子让人生厌的脸，竟半晌说不出话来……

永乐元年六月，北京，此时离靖难之役结束已过去整整一载。北平城在承受了长达三年之久的战火洗礼之后，也迎来了属于自己的春天。

根据新任天子的旨意，大明恢复两京制，北平于永乐元年二月正式升格为行在，改名北京——这是洪武初年一度用于开封的旧名。北平府改称顺天府，北平省更名北直隶。与之相对应，京师金陵称为南京，应天府名称不变，原先的直隶改名南直隶。同时，朝廷在北京设立行部与行在后军都督府，负责北京军政事务。

两京制的确立，对北京的影响无疑是相当巨大的。虽然与前元大都相比，行在的地位仍稍低些，但较之之前的一省首府，已不可同日而语。

伴随着地位的提高，北京也以惊人的速度繁华起来。三年征战，造就了大批靖难功臣。一朝登基，永乐自也不吝爵禄之赏，他们统统被授予要职，其中不少还受封为公、侯、伯等爵位。靖难功臣大都出自北平，虽然现在他们许多人已迁居南京，位列朝班，但仍有不少留在北京，负责行在事务。天子行在，权贵聚集，又岂会荒凉？一年间，北京城内万千豪宅拔地而起，四方商贾蜂拥而至，旧都再次焕发新颜。而可以确信的是，不久的将来，朝廷还会在这里大兴土木，营造宫室，北京再现辉煌指日可待。

就在北京城以朝气蓬勃的姿态迎接着日新月异的变化时,其核心所在燕王府内却仍是一片波澜不惊。先前的燕王与王妃都已住进了南京的紫禁城,成为大明的皇帝与皇后。眼下,这座潜邸的主人是昔日的燕世子——当今皇长子朱高炽。此时,他正坐在琼华岛山顶凉亭的石桌旁,望着满池碧波,一副心事重重之态。

"殿下,金先生来了!"

王景弘一声尖细的呼唤,将朱高炽从无尽遐思中唤醒。他一愣,忙端正坐姿正容道:"快快有情!"

"臣金忠叩见殿下。"不一会儿,金忠气宇轩昂地走来。一进亭,他便跪倒于地,行了一叩之礼。

"先生快快请起!"朱高炽忙起身将金忠从地上扶起,引至石凳上坐了才道,"我素以师礼事先生,岂能受此大礼,倒是折杀我了!"

金忠坐定,掸掸袍角上的尘土一笑道:"天地君亲师,君在师前,臣行礼本是应当。何况前日敕旨抵燕,陛下召臣回朝述职,今日特来向殿下道别,自当以君臣之礼奉之。"

闻言,朱高炽神色一黯。金忠要回南京的事他早已知晓,只是此刻亲耳听其说出,一时间仍有股说不出的落寞。

金忠是去年九月回的北平。当时大局已定,永乐遂履行诺言,大封靖难功臣。金忠在军中参赞多年,居功至伟,这封官的事自然少不了他。本来,论对靖难的贡献,金忠完全当得起一个爵位。不过自太祖大封开国功臣以后,大明便有了一条不成文的规矩:无斩将破敌大功者不得封爵。金忠是文臣,虽有随军出征,但只负责运筹谋划,因此虽然功大,却终究也没有像丘福、朱能那些武将一般受得爵位。

不过,永乐也没有亏待这位劳苦功高的军师。在大封武将之时,金忠也由正五品的燕府长史擢为正三品的工部右侍郎。金忠并未到工部当值,而是被直接派回北平,协助仍在北平留守的朱高炽。现在刚过了不到一年,永乐又一道敕旨将金忠召回南京。奇怪的是,此道圣旨中永乐命其尽快返京,但用意却只字未提。乍接到这样一道奇怪敕旨,饶是金忠聪明绝顶,一时间也有些丈二和尚摸不着头脑。但他也不敢有丝毫耽搁,便赶紧交接了手中事务,即日就要启程。

对金忠的突然离开,朱高炽心中其实十分不愿。一来,他与金忠师徒情深;二来,如今的他急需金忠这样一位智谋无双,又与自己情深义厚的师父从旁襄赞。

朱高炽眼下的处境并不好,作为太祖亲封的燕藩世子,当今天子的嫡长子,从礼法上说,他是东宫的不二人选。可是父皇登基已有一年,母亲也正式册封为后,可他的身份却仍是个不尴不尬的皇长子。自靖难成功以来,他日盼月盼,指望一道旨意召他回京。可父皇一直以北京为北方重镇、天子行在,需皇子坐镇为由,让他继续留守。更让他感到不安的是,今年以来,朝中文武大臣乃至周王已连上三道奏疏,请天子早立太子以定国本,可父皇却一直敷衍搪塞,就是拖着不办。尤其令他惶恐的是,父皇在回应大臣的敕旨里竟还有"长子智识未广,德业未进,储贰之位,岂当遽承"的话。什么叫"智识未广"?什么叫"德业未进"?说白了就一句话,自己不合父皇心意。每念及此,朱高炽莫不胆战心惊。现在,连唯一可以倚重的金忠也要离开,他伤感之余,对前途也更生一股悲凉之感。

朱高炽的心结,金忠心知肚明。今日前来,他也有一肚子的话要和这位学生说。待王景弘将茶煮好奉上,金忠一挥手,内官都人们便蹑手蹑脚地退到山下,他便将身子往朱高炽这边凑了凑,轻声道:"臣冒昧,敢问殿下心意究竟如何?"

朱高炽正在端茶,闻言右手顿时一抖,滚烫的茶水从杯中溅洒到手上,引来一阵钻心的疼。他掏出手帕,将水渍擦了,强忍着痛干笑道:"先生此言何意?"

"眼下并无他人,您又何必讳言?如今储贰之位空悬,殿下身为嫡长子迟迟不能继位,莫非您对此真无意乎?"金忠紧逼着问道。

朱高炽一阵默然。一直以来,他与金忠对这夺储之事都是心意相通,但像今日这么直白倒是第一次。而他也明白,这是最后一次与金忠当面密谈,接下来这位师父就要回京履职,再见面时,东宫之事恐就成定局了,故其才会捅破这层窗户纸。

虽然明白金忠是要自己表态,可他却不知道该如何作答。本来,对这太子宝座他于情于理都是当仁不让,可眼下的形势,父皇却对他多有不满,反而宠爱次子朱高煦。朱高煦能征善战,靖难中又屡立大功,这些都是自己比不了的。何况朱高煦久在军旅,与武将们关系甚笃,可以轻易获得那些燕藩旧将们的支持。父皇的江山是靠武力打下来的,有这样一个武功赫赫又深受燕藩旧将拥戴的二弟在,他虽然占据名分大义,但也没有多少把握。于是,朱高炽一声苦笑摇头道:"天意难测,如之奈何?随波逐流,由着他去吧!"

金忠万没想到,朱高炽竟是这个态度,一时有些发急:"殿下岂能这般想?正所谓事在人为,岂能稍有挫折便听天由命?再说了,何为天意?立嫡立长,这才是千古不变之天意！殿下身居嫡长之位，本就已天命在手，又何来难测之说？"

闻言，朱高炽一阵默然。金忠知道，朱高炽虽然心地仁慈，但有时懦弱了些，尤其是在面对他那个威武盖世的父皇时。不过金忠也明白，相比那个粗暴鲁莽、不可一世的朱高煦，眼前这位大殿下无疑更适合做一国之君，这也是他鼎力支持的原因之一。

眼见朱高炽不语，金忠遂冷笑一声道："若臣所料不差，殿下如此犹疑，八成是担心争储不成，反招祸患，故存了退避三舍，以免其祸的念想。不知臣所言可是？"

被金忠说破心思，朱高炽的脸顿时一红，尴尬一笑道："先生果然好眼力。我是想兄弟阋墙，既伤亲情，又祸国家。父皇既然中意二弟，那我去位让贤也未尝不可。昔泰伯让位于季历，方有七百年姬周。我若能效法先贤，倒也不失为一千古美谈。何况储贰之位事关国本，我身体孱弱，贸然窃此重器，恐亦非好事，不若仅为一闲散亲王，逍遥一生，也无不可。"

"糊涂！"话音一落，金忠却勃然大怒，当即拍案而起。朱高炽从未见他这般态度，惊讶之余顿时也张大了嘴巴。

"殿下之言有三大谬！"金忠大声道，"其一，殿下说皇上中意高阳王，臣不知此言从何而来。陛下虽未许立您为太子，可也未说要立高阳王。四个月前，陛下还下旨命高阳王赴开平备边，若其果真属意高阳王，又岂会在此时命其离京？"

朱高炽浑身一震——对啊，父皇如果要立二弟，自当会留其在京网罗势力，又岂会将他打发到开平那个塞外孤城去？想到这里，他心中不由一动。

"第二，殿下说愿效法泰伯避位让贤，可高阳王果真贤乎？"金忠深吸了口气冷冷道，"高阳王自小顽劣，此在燕藩时便人所共知。长大以后，其又混迹于行伍，不读经书。像此等人为将尚可，于治国安邦却一窍不通，使其位居东宫，将来继承大统，岂是国家之福？"

"先生这话偏激了吧。二弟读书虽然差些，但也不至于如此不堪，何况父皇在藩邸时常说二弟似他。以父王之文武全才，能说出此等话来，二弟文治功夫也未必差到哪去。"

"所谓似者，有形似，有神似。昔皇上不过一藩王，平日只干军事，不涉民政，故文道上虽有修为，但并无建树。高阳王行伍打磨多年，要在作为上效仿皇上并不难。但如今陛下已为帝王，经济天下的本事又岂是一介武夫效法得了的？若高阳王果真有此能耐，陛下何以犹豫不决？所以，昔日之高阳王与皇上最多只是形似！"

"是这个道理。"听过金忠分析，朱高炽信心大涨，精神也明显振奋许多。

"敢问先生，这第三谬为何？"

"其三谬者，臣是笑殿下做了个黄粱美梦。殿下想做闲散亲王，安乐一生，可纵览群史，殿下见过几个废太子得以善终的？殿下乃嫡长子，身份几近储贰，即便主动放弃，高阳王又岂能安心？以其凶狠心性，一旦今上驾崩，恐怕他第一件事就是将您一家处死，以绝后患！"金忠冷哼一声，顿了顿又道，"昔隋炀帝夺杨勇太子之位犹不知足，继而勾引母嫔，事发后又杀父弑兄，今高阳王之阴鸷狠毒几近杨广，就算他不敢杀父，但弑兄却未必做不出来！"

金忠这么说是有原因的。朱高煦不仅在靖难战场上杀人不眨眼，就是天下太平后也没收敛性子。永乐登基伊始，为了巩固政权曾连兴大狱，严惩不肯归附的文官，而朱高煦正是这场大清洗中的急先锋。朝中不肯归附的绝大部分都是文臣，而他一向对文臣没好感。加之在洪武朝时文臣没少在朱元璋面前参朱高煦，一度对他受封郡王都造成了影响。虽说最后有永乐相护，他并未受到什么惩罚，但这份梁子算是结下了。此番朱高煦主持清洗，那更是旧账新账一起算。在他变本加厉的搜捕和拷打下，那些建文忠臣及其家属都受到了极其残忍的虐待。这一点，不仅让归附的建文旧臣惊恐不已，就连永乐也觉得有些过了。前番命他去开平，也有让其避避风头的意思。

正所谓乱世用重典，清洗不归附的建文旧臣是震慑人心、迅速稳定局面的最有效办法。金忠对此心知肚明，故他当时并未阻止，但对朱高煦的这种残忍行径，他却看不过眼，并一直耿耿于怀。

听了金忠的话，朱高炽满脸通红，不过仍然犹疑道："二弟岂会和隋炀帝这等暴君一般？"

"殿下又怎能保证不会？"金忠一哂道，"依臣看，高阳王此人狼子野心，不比杨广少得半分。只不过高阳王张扬，而杨广得逞之前则多隐忍罢了。"

此时，朱高炽不说话了。细细回想，二弟确实一直骄横太过，平日里目无自己这个兄长也就罢了，还毫不避讳地透露出取而代之的野心。在战场上他虽然骁勇善战，但同时嗜杀的名声也一直相伴，当初靖难时，他曾不顾父皇的再三戒令，将四千俘虏一律坑杀。此等心性，倒确实和杨广无二。想到这里，他不由打了个寒噤——若二弟果真是杨广，那自己岂不就是那杨勇？他不敢再往下想。

"先生说得在理，我确实糊涂了！"沉吟再三，朱高炽肃然起身，一脸正容地朝金忠深深一揖。

金忠长吁了一口气,他之所以费尽心机软哄硬吓,其目的就是要让朱高炽坚定心志。否则他在前面冲锋陷阵,一回头这位正主撂了挑子,那可真就是猪八戒照镜子——里外不是人了!

"既然殿下心意已决,那臣岂能退缩。"金忠双手一拱郑重道,"殿下放心,此番回京,臣必竭尽所能为殿下请命。臣拼得这条性命,也要保殿下入主春和殿!"

朱高炽一愣,随即明白过来,金忠早已下定决心,要全力助自己夺储!想到金忠这般情重,他心头顿时一热,当即一撩袍角跪下哽咽道:"先生恩德,我没齿不忘!"

"殿下快快请起!"金忠大惊,忙将朱高炽扶起,"京师那边,臣自会代殿下张罗,唯望殿下在北京一定要小心谨慎。值此关键时期,万不可出岔子,授人以柄!"

"先生放心,我晓得……"

"宣工部右侍郎金忠进殿!"伴随着一长串尖利的叫声,金忠整理好衣冠,恭恭敬敬地走入乾清宫暖阁内。

"臣工部右侍郎金忠叩见陛下,吾皇万岁万岁万万岁!"一进殿,金忠马上俯跪于地,恭敬行礼。

"世忠来啦!你与朕又何必客套,快快起来!"一个久违的洪亮声音传来,金忠心头一热,忙又叩了个头,方抬脚起身。

"赐座!"洪亮的声音又响起,旋即,一个小内官端了个红木圆凳过来放到跟前。

金忠又道谢一番,才小心坐下。待坐稳后,他这才抬起头仔细打量一年未见的大明天子。

朱棣今天穿着一身金黄色的天子常服,腰间束着一条镶满金玉琥珀透犀的束带,显得十分精神。

"呵呵,世忠一年未见,似乎有些发福了!"金忠正打量着,永乐已先开口。这时,乾清宫打卯牌子马云端了一小盘碎冰过来,永乐用镊子夹了一片放到嘴里,又指着盘子道,"拿去给世忠用,他进宫路上走了半天,想来也是一身汗,正好给他降降火!"

"谢陛下!"金忠忙又起身道谢。

这片刻工夫，永乐又赐座又赐冰，言语间也嘘寒问暖，他听了心里暖乎乎的。待用了片冰，金忠放下镊子，接着永乐的话笑道："托陛下与大殿下的福，臣这一年在北京养得心宽体胖，若陛下再晚两年召臣，臣恐怕连上马都得费番功夫了。倒是陛下，虽然精神还好，只是身子似乎比靖难时还瘦了几分。"

"是啊！"永乐叹了口气，摇摇头苦笑道，"这做皇帝竟比出兵放马还累上百倍。自打朕登基以来，竟没一日睡得超过三个时辰。你道朕精神不错，其实这都是强撑着！国家百废待兴，朕就是旰衣宵食，仍嫌时间不够，这身子能不瘦吗！"

见永乐满腹牢骚，金忠不由暗暗好笑。正想着顺着永乐的话头拍几句马屁，他忽然心念一动，随即一叹道："皇上说得是，要是身边有人能分担一二，陛下也不至于劳累至此！"

永乐眼珠一转，随即笑骂道："好你个世忠，真会见缝插针，看来这一年炽儿没白养你！"见金忠欲张口，永乐忙摆手阻止道，"今天不谈这个，你我君臣二人一年未见，朕索性也偷得浮生半日闲，与你醉上一遭！"

金忠讪讪一笑，又看了看沙漏方道："陛下赐宴，臣自是感激无尽。只是眼下刚进酉时，用晚膳未免早了些吧？"

"不早了！"永乐揉了揉干涩的眼睛道，"早朝过后，朕便在这里批阅奏本，午膳也忘了吃。你一来，朕便觉得饿了，正好借此机会你我二人小聚一番。"

"不想陛下辛劳至此。"金忠叹道。

"习惯了，以前在军中不也是这么熬过来的吗？"永乐倒是一副无所谓的样子，又指着金忠略略凸起的小腹打趣道，"哪像你这般，甫一富贵，便已是大腹便便了。"

说笑间，御膳房已将晚膳送了进来。因永乐晚上还要批阅奏本，所以上的都是些温火膳，酒也都是些水酒，但金忠仍十分激动。以前在军中，两人啃一块干粮的事也没少干。不过今时不同往日，现在永乐已贵为天子，待自己仍一如既往，金忠岂能不感动莫名？这些普通的家常菜式，在他的眼中却远胜于一顿饕餮大餐。

用完膳，永乐还要批阅奏折，金忠遂告退出宫。待走出灯火辉煌的乾清宫，一阵凉风吹来，金忠的脑子清醒了些。仔细回想起方才永乐召见的经过，金忠忽然生出一丝疑惑，皇上怎么一件正事也没跟我说呢？

在之前接到的圣旨上，皇上催其速回之意跃然纸上，甚至连期限都有注明。按道理，这要么是皇上有拿不定主意的大事要和他商量，要么就是有要事让他去办。可无论是哪一种,都是迫在眉睫的急务。可刚才召见,虽然皇上亲切之情溢于言表,却丝毫不涉及政务,这就让他犯了迷糊:总不能是皇上想和我聊天,才这么急着召回的吧?

金忠百思不得其解,无奈之下,只得揣着满腹心思打道回府。

金忠的府邸位于中城延龄巷内,原是建文朝礼部尚书陈迪的旧宅。建文覆亡后,陈迪拒绝归附,被满门抄斩,宅子被朝廷收回赐给了金忠。不过金忠在这里没住几日便回了北平,故宅子一直空着,只留了几个下人看门。金忠骑马回到府前,管家老张七便迎了上来,牵住马缰满脸堆笑道:"老爷可回来了!小的和游驴子听说老爷回京,一早就在巷子口候着,后来才知道老爷直接进宫去了。游驴子还埋怨小的老糊涂,应该一大早就到三山门外码头接着,说老爷是三品大员,怎能连个迎接的家人都没有,就这么孤零零进城呢!"

老张七与游驴子都是当初金忠入燕府后,永乐拨给他使唤的下人,后来金忠入京,就将他们召到京师府邸做了正、副管家。老张七年过半百,头发已经花白,但手脚仍极麻利,脑袋也机灵,就是嘴皮子有些啰嗦,以前金忠还有些不喜欢。不过一年未见,再听到这熟悉的聒噪,他反而生出几分亲切。

"这一年我不在家,你等也辛苦了。"金忠边下马边笑道,"你还是这么多话,小心老爷我一不耐烦将你逐出家门。"

"小的就是死也不出金府大门的!"老张七憨厚地笑道,"老爷一向对咱下人厚道,哪能为这点子小毛病就赶小的出府?要是俺话多惹老爷烦,那以后少说些就是了。老爷是大人物,成天想的都是天下大事,咱也该有这份机灵,不能搅了老爷的心思……"

"好了好了,刚要少说些,这就唠叨上了。你这张嘴要能管住,江水都能倒流了!"金忠又好气又好笑地摆摆手道,"不说这些了,我也累了一天了,赶紧命下头烧水。"

"老爷可是要沐浴?打天黑起这水一直就烧沸着,澡盆子也都备好了,不过老爷现在怕是用不成。"老张七回道。

"为何?"金忠正准备进府,闻言便停住脚步问道。

"回老爷!"老张七答道,"尚宝司序班袁大人来访,已在花厅等了快一个时辰了。"

"尚宝司序班?"金忠一愣,随即笑道,"原来是袁忠彻啊!他来了么?那我可不能怠慢!"说着一撩袍角,昂首入内。

一过仪门，袁忠彻爽朗的笑声便传了过来。金忠跨进房门笑道："静思兄，何事笑得如此开心？何不与我分享一二？"

"世忠兄回来了！"见金忠进门，袁忠彻也起身笑道，"你是大忙人，一回京就入宫，把老弟我晾在府里不理。正好游驴子过来要找我相面，我便给他瞧瞧。"原来游驴子和袁忠彻都是燕府老人，以前也都熟稔，故彼此倒也随便。

"相面？"金忠踱到桌旁坐下，望着一旁侍立的游驴子笑道，"老爷我也是相士出身，为何不来找我，反倒舍近求远去找袁大人？"

游驴子没料到金忠会这么一问，一时不知如何作答，只憋红了脸"嘿嘿"笑着。倒是一旁的袁忠彻不管那么多，只笑道："还不都怪世忠兄你一张臭嘴，往日里给下人看相，见谁都往坏里说，大伙儿都怕找你。"

金忠一愣，不禁哑然失笑。当初他在灯市口打着"天下神算"的幌子给朱高炽测字，此事后来经狗儿这长舌头一渲染，顿时轰动燕府，燕藩僚属和下人们纷纷来寻他看相，金忠实在不胜其扰，也不想落个"方伎之士"的名声，影响燕王对自己的印象，故见了谁都往坏里说三分，久而久之大伙儿都不敢来寻他了。他哈哈笑道："看来我这毒舌头太过了，连家奴看相也得另寻高明，只不知你看这游驴子面相如何？"

"我不比你好到哪去！"袁忠彻哈哈笑道，"你曾说游驴子这辈子都是奴婢命，他求我看他下辈子。我一瞅也就比今世略强，能当个小商贾，虽然衣食无忧，但还是贱籍！"

"能吃饱穿暖就不错了！"游驴子在一旁老实巴交地嘿嘿笑道，"小的也知道自己没贵人命，只要能太太平平地过，十辈子商贾也乐意！"

"知足常乐，你明白这一点实属难得！"金忠指着游驴子笑道，"其实命虽天定，但人力亦可易之，这袁大人之父乃我大明第一名道，你好好巴结巴结，他一高兴，回头请他父亲大人给你改改气运，虽不能让你下辈子大富大贵，但做个富家翁还是可以的！"

"真的？"游驴子一听顿时大喜，忙凑到袁忠彻跟前作揖道，"袁大人大慈大悲，回去见得令尊一定要帮我求求，他老人家法力无边，吹口气都能让小的受用三生！"

"行了行了！"袁忠彻哭笑不得地挥挥手道，"这事我记下了，你赶紧去给我弄一桌子菜来，再上两坛好酒，我要与你家老爷痛饮一场！"

"好咧！"游驴子一吆喝，屁颠屁颠地跑了出去。一转眼工夫，三荤三素六大盘菜便被端了上来,并随菜带来两坛陈年绍兴花雕。

金忠刚在宫里用完膳,此时倒不太饿,只陪着袁忠彻喝了点小酒,其间聊聊这一年间彼此经历的诸般流水事。谈着谈着,便扯到了此次稀里糊涂回京一事上头。两人关系莫逆,故金忠也不瞒他,遂把心中疑虑说了,末了道:"陛下心急火燎地召我回京,回来后却又跟没事人似的,这其间究竟为何,我始终揣摩不透,总不成是让我回工部当值吧?"

见金忠满腹疑云,袁忠彻只是一笑,将杯中黄酒小抿一口道:"就知道你会有此惑,其实我今日正是为此事而来!"

"哦?"金忠眼光一亮,"此话怎讲?"

"皇上召你回京,其中大有深意!"袁忠彻从盘里夹了一颗小豌豆,放到嘴里不紧不慢地嚼着道,"世忠兄请想,当今天下,以何事最重?何事最急?"

"你是说招抚流民,屯垦复耕?"金忠疑惑道。

袁忠彻一哂道:"恢复民生自是要务,但朝廷这一年里已多有布置,接下来只需按部就班、循序渐进便可。此事急也急不来,虽然重要,但已谈不上急迫!"

"那就只有立储了!"金忠说出了心中的另一个猜想。

"不错!"袁忠彻放下筷子沉声道,"东宫事关国本,今上登基已有一载,而太子却迟迟未立,此等局面若再延续,不仅天下流言四起,就是朝中也会生出动荡,弄不好还会闹出党争。今年以来,群臣和诸王已连上三道奏疏,请立太子,皇上虽全部驳回,但也知此事迫在眉睫。此番突然召你回京,必是和立储有关!"

"照你这么说,莫非皇上已有意立大殿下为太子?"听到这里,这个念头突然在金忠脑海中冒了出来——他是满朝皆知的"世子系",若皇上果因立储一事召其回京,那目的只有两个——向自己问计或者让自己为世子造势。而不管是哪一种,十有八九皇上已倾向立朱高炽。否则,又何苦让自己急匆匆赶往京城?

"世忠兄果然机敏,不过未免太心急了些!"袁忠彻淡淡一笑道,"皇上若果真已属意大殿下,那直接暗示朝臣再上奏一次,然后顺水推舟就是。此等水到渠成之事多你一个不多,少你一个不少,何必非要召你回京?"

"那这又是……"听袁忠彻这么一说,金忠顿时又有些糊涂了。

"世忠兄久在北京,对朝中情况不甚了解,故一时也想不明白!"袁忠彻压低了声音,"其实你的话只说对了一半,还有一半却说得过了!"

"此话怎讲?"金忠洗耳恭听。

"皇上心意确实已发生改变,正向大殿下靠拢,但是否就立他为储却仍在权衡之中。"见金忠仍不明白，袁忠彻遂耐心解释道，"要想讲明白此事，首先要明白皇上的心意究竟如何。朝中大臣皆以为皇上拖延立储，原因是他老人家心中属意二殿下，而恪于大殿下的嫡长子身份不敢妄动，其实大错特错也！"

"大殿下是嫡长子，又是太祖亲封的燕世子，入主东宫本是顺理成章之事。但自元旦以来，群臣与周王接连三次上疏劝立太子，陛下却始终搪塞。由此可知，陛下对大殿下并不满意。"

"皇上膝下仅有三子，三殿下年纪最小，且素无出众之处，自无可能继统。那这么算，能取代大殿下之位的就只有二殿下。二殿下能征善战，在靖难中又屡立大功。相较于大殿下之文弱多病，皇上宠爱二殿下也是自然。不过话说回来，毕竟太子之位事关重大，皇上也是明君，绝不会凭一己之好恶而一意孤行。而二殿下虽然善战，但品性顽劣暴躁，对朝政更是一窍不通，这些短处，皇上也都看在眼里。"说到这里，袁忠彻不屑道，"朝臣皆一叶障目，以为是立嫡立长的礼法框住了皇上心意。其实今上是何等人，他以八百壮士起兵，短短三年便问鼎天下，此等威势，便是太祖也未必抵得上。他若铁了心要立二殿下，区区礼法又算得了什么？天下人说三道四又算得了什么？何况二殿下还有丘福他们这帮燕藩旧将的拥戴！皇上之所以久不能决，实在于二子各有优劣，皆不尽合其心意，这才是他拖延立储的真正原因！"

袁忠彻一席话，金忠听在耳里，犹如醍醐灌顶。一直以来，他也认为永乐不立储是因为心向朱高煦的缘故，此时听了他的分析，才搞清楚真实的原因。

"摸清楚皇上的心思，那接下来的事情就好解释了。"袁忠彻接着道，"就本心论，陛下最想找一个和他一样的文武全才当太子。但症结在于，他膝下只有三个皇子，能当太子的又只有这两位，他老人家别无选择。一开始，陛下没看透这层，或者看透了内心却不愿承认，故一味拖延。但日子拖久了，东宫一直空着也不是办法，只得认清现实，找一个相对适合的人选立为太子。而两人之间，大殿下虽然文弱且过宽仁，但至少知书达礼。在皇上看来，将来若由他继承大统，就算不能有太大作为，至少守成还是不成问题的。而二殿下则不同，其凶顽暴躁，又生性好斗，毫无治国理政之才。让此等人当太子，将来继承大统，皇上又岂能放心？两者权衡，大殿下自然要胜出一筹。所以，我说他老人家心意已偏向大殿下！"

"原来如此！"金忠拊掌一叹，但旋又问道，"可照你这么说，那皇上就应该直接立大殿下为储啊？为何依旧犹豫不决？"

"人非草木，孰能无情？"袁忠彻摇摇头道，"陛下虽贵为天子，但毕竟也是人啊！是人就有喜好厌恶。二殿下英武过人，皇上喜欢他也不是一天两天了，其又在靖难中屡立大功。有了这些因素，想让皇上完全抛弃私念又岂能轻易办到？"

金忠一阵默然，半晌方喟然一叹道："静思果然洞悉人心，一番分析使我茅塞顿开。"

"世忠兄谬赞了！"袁忠彻谦逊一笑，又继续道，"既然判定了皇上的心意，那他为何急召世忠兄回京，也就有了解释。"

"还请静思明言。"

"这还要从朝局着手。当今百官之中，两位殿下各有支持者。二殿下这边，是以丘福为首的燕藩旧将。二殿下久在军旅，与诸将关系非同一般，何况其以武功闻名，武人对他也亲切，有此因素，他们自是支持二殿下。而拥戴大殿下者主要有三，"袁忠彻伸出三根手指头，"一是诸如我与顾成这般当初协助世子留守北平的旧臣，只是我们人数太少，功绩地位也不能和丘福他们比，难成气候。二是归附的建文朝旧臣，他们大都是文官，本就不喜欢尚武嗜杀的二殿下，何况皇上登基后二殿下亲自主持清洗，其间杀戮太多，归附的建文旧臣对此敢怒不敢言，但在立储一事上必然会站在大殿下一边。其三，则是李景隆、茹瑺、王佐这几个。他们开金川门迎天兵入京，也算是靖难功臣了。不过二殿下素瞧不起李景隆，丘福他们更是不把这些曾经的手下败将放在眼里，平日百般羞辱，逼得他们只能另寻靠山，想通过立储一事攀上大殿下这根高枝，以在朝中站稳脚跟！"

"那在静思看来，这两派孰强孰弱？"听完袁忠彻的分析，金忠紧接着问道。

"平分秋色。燕藩旧将乃永乐朝之根基，个个位高权重，与皇上关系也密切，说话分量当然更重；文官虽是建文旧臣，地位声势不能和燕藩旧将比，但他们是士林领袖，把控天下舆论，再加上有我等世子旧臣和李景隆他们几个迎附勋贵支持，两方基本势均力敌！"袁忠彻不加多想就给出了答案，"皇上不愧为圣主，今年一开春便将二殿下打发去开平，这便是有意要保持朝堂均势，如此方能兼听则明。否则二殿下身在京师，朝中舆论难保不会偏向他。且若由着他日夜在御前侍奉，皇上也难免受其影响。"

"照你这么说，皇上此番召我回京，岂不是有意要破此均势？"金忠心中一喜，似乎已有些明白了。

"不错！"袁忠彻眼中闪过一丝精光，沉声道，"你本就是世子一派主将。此番回京，世子一方必然声势大涨。而且靖难之役，你始终随军参赞，地位形同军师，是眼下唯一能够压制燕藩旧将的文官。皇上明知如此,却选在这个节骨眼将你召回,其意不问自明!"

金忠眼前豁然开朗,不过稍加思忖,他又提出了另一个疑惑:"皇上既然倾向于大殿下,又急召我回京,照理说应是有所指示,为何方才召见时,他老人家却只字未提?"

"皇上这叫欲言又止!"谈话间,袁忠彻已将满桌子菜扫了个精光,他不慌不忙掏出手帕擦擦脸上油汗,又呵呵笑道,"他老人家既然急着召你,自是要拿你派上用场。只是舍次就长,毕竟有违陛下的私心。待见到你时,他念及二殿下的功劳,故又于心不忍,缄口不言也是有的。当然,也有可能是陛下本就不想明言,留着就让你自个儿揣摩。咱们做臣子的,也得体谅陛下的难处,何必硬要他老人家亲口讲出来呢?"

金忠再无疑惑,再回想一番,他愈发觉得袁忠彻的分析在理。看着眼前这个一身道袍的老友,金忠心中不由惊叹连连——一直以为他仅是相术出众,不想其对人心的揣摩也到了炉火纯青的境界。亏得他推崇老庄,对宦途不太在意,否则凭着这份能力,飞黄腾达不在话下。

"世忠兄为何如此看我!"见金忠一双眼睛睁得老大,袁忠彻不由"扑哧"一笑道,"可是觉得士别三日当刮目相看乎?"

"非也!"见袁忠彻打趣,金忠也是一笑,"只怪我往日眼拙,竟不知你还有这等读心的本领。"

"此事不足为奇!"袁忠彻摆摆手道,"我本就是方伎之士,擅长就是相术。所谓相术,名为相人,实则相心。唯有读懂人心,知其品性心境,方能测其来日祸福。否则仅凭面相,真能窥得其前程命运乎?"

"至理之言!"金忠至此佩服得五体投地,"想我往日亦以相术闻名,但未通此理,今日听静思心得,倒叫我惭愧无地!"

"世忠兄无须惭愧,其实你同样善于相心,不过着眼之处不同罢了。我之相心,在于相个人之品性,所相不过一人一事;你之相心,却在于据形势变幻而推理,所相者虽不及于具体人事,但可包罗万象。故你可赞襄陛下统帅三军,我却只能做些旁门左道。以此而论,我之相术与你倒有万里之遥了!"袁忠彻大笑道。

"静思折杀我了!"金忠知其自谦,也是一笑,又转过话头道,"相术要义,你我改日再谈不迟。眼下最要紧者,是如何为大殿下张目。照你的推论,皇上虽有意于大殿下,但仍有犹疑,万一我行止不当,反会坏了大事!"

"不错!"袁忠彻也敛了笑容,正色道,"眼下我们虽占了上风,但其中也不乏变数。依我之见,你接下来一是要制衡丘福等武官。其二,就是借你的声望将支持大殿下的各方势力统合到一起,造出声势,促使陛下尽快将立储之事定下来。只有行了册封嘉礼,此事才算敲定!"

金忠沉吟一番道:"联络各方倒是没有问题,只是仅靠营造声势,真能让陛下下定决心么?"

"所以还需你做第三件事!"袁忠彻接着又道。

"何为第三件事?"

"寻贵人相助!"

"寻贵人相助?"金忠一愣,随即眼中透出一丝疑惑,缓缓道,"莫非你是要我去几位娘娘那里撞木钟?"

"你想到哪儿去了?"袁忠彻哂笑道,"若要走后宫的路子,我这方伎相士不比你个外臣方便?再说了,后宫不得干政,就是皇后娘娘在这件事上头也是搭不上口的,其他几个贵妃就更不消说了。"

"那你要我寻谁?"金忠皱着眉头道,"要说贵人,除了娘娘们,那就只有三殿下了。可这事陛下哪会听他的?而且他一向与二殿下走得近。"

"世忠兄这就是一孔之见了!"袁忠彻起身,踱到房间角落的面盆架旁,拿了条湿毛巾抹了把脸,扭头笑道,"所谓贵人,并非仅指与圣上关系亲密,像皇后和三殿下他们,纵然是圣上至亲,但立储一事,本非其所能过问,贸然求他们插手,纵然得允,也必然会引起皇上反感,如此反倒不美!"

"我明白了!"金忠幡然醒悟道,"静思说的贵人,是要身份恰到好处,有资格在此事上头一抒己见,而且他的话能入圣上之耳。"

"不错!"袁忠彻回到桌旁,提起袍角重新坐下,一本正经道,"既然立储是国家政事,就需从朝中大臣入手。眼下文武重臣中受圣上倚重的有好些个,但大多与你和丘福这般,与两位殿下渊源颇深,且早就摆明立场,此时再进言也不过是老调重弹,想影响陛下最终决断恐怕不易。但若能寻得地位超然,与此事利害关系不大,且深受陛下信任者暗中相助,或可起到不期之效!"

"地位超然,无关利害且受陛下信任……"金忠口中喃喃自语,脑海里迅速将朝中大员梳理了一遍,倏地一抬头道,"那自然非姚广孝大师莫属了!他跟随陛下多年,陛下一向以师礼敬之,凡有进言莫不听从。而且他是出家人,于尘世了无牵挂,地位超然也是符合的。如此人物,若能得他相助,皇上必无不允!"

金忠口中的姚广孝便是道衍。道衍追随永乐二十载,是当年燕藩第一重臣。靖难之役时,道衍运筹帷幄,又协助世子坚守北平,为燕藩的最后胜利立下了汗马功劳。永乐登基后大封功臣,头一个想到的就是道衍,特地下旨命他还俗受封,并赐名"广孝"。不料道衍竟是范蠡、孙武一般的人物,虽有建功立业的抱负,但对爵禄并不热衷。靖难成功后,他自觉功成名就,就萌生隐退之意。故到受封之时,道衍虽接受了"姚广孝"的这个俗名,但对爵位官职却一概不受,也不蓄发还俗。永乐无奈,只得授他太子少师的虚衔,命其随朝辅政。道衍虽名为文官之首,但仍保持着出家人的身份,上朝着公服,下朝便仍穿僧衣,也不住永乐赐的豪宅,只在京城内的承恩寺挂单寄宿,即便在朝堂上,他也只偶尔就国计民生发表看法,而绝不介入任何纷争。对道衍的这种做法,永乐大为不解,但拿他没办法,只得由他去了。

听得金忠口中冒出姚广孝的名字,袁忠彻先是一笑,继而无奈地摇摇头道:"若能劝得他出山自是最好。不过这位太子少师如今已是大隐于朝,就是皇上亲自出面,他也不会在立储上头吐露半字。"

听袁忠彻这么说,金忠回想起这一年来听闻的道衍做派,也觉让他出马不大可能,顿时气馁下来,不过仍犹有不甘地咕哝道:"也不知他怎么就成了这样。真要说起来,大殿下往日也多承他教诲,而且在靖难时他二人又同舟共济。凭着这份香火情,就算他不站在咱们这边,但偶尔说上两句好话总是可以的吧!"

"这你就别指望了!其实道衍师父是聪明人,他一个得道高僧又何必再为这红尘俗世劳心费神?"袁忠彻一哂,继而又喟然一叹,忽然压低了嗓音颇有些阴郁道,"说句不中听的,如今道衍师父已是功成名就,且已年过七旬,膝下又无儿女,无须为后人操心。故而,只要他不问世事,将来无论谁做皇帝,史书上必然有他的巍巍英名。可若他再羁縻红尘,尤其陷入争储这种成王败寇的死局中,万一自己押错了宝,新君一登基,保不准立刻就会往他身上泼脏水,把他的功绩一抹而光也是有可能的。道衍一生所愿,就是想建不世之功,为万世景仰!如今他宏愿已了,那又何必再画蛇添足呢?"

听得袁忠彻以此等阴暗心机分析姚广孝,金忠起先有些不快,但继而深思下来,他也不得不承认说得有道理。道衍虽是出家人,但毕竟在红尘中做下惊天大事,由此看来,他其实也六根未净,存那么点小小私心也是有可能的。

明白姚广孝内心的隐秘后,金忠一时竟生出几分感慨,功名利禄迷倒多少男儿,连姚广孝这种人物,表面上视爵禄如粪土,其实也暗藏着些许私欲,最终还是离不开一个"名"字。由人及己,金忠也不由想道:自己之所以拼命拥戴朱高炽,除了他继承大统确实有利于国家,其实也和两人私交甚笃不无关系;若有朝一日让朱高煦继承了皇位,那自己和家人恐怕也命运堪忧吧!

见金忠感慨万千,袁忠彻知其心思,不由暗自好笑。待他感叹得差不多了,方淡淡道:"世忠兄莫只顾着嗟叹人心,还是红尘中事要紧!"

"唔!"袁忠彻这么一说,金忠方从遐思中回到现实,尴尬一笑道,"一时想远了。只是既然道衍师父不肯出山,那这'贵人'相助又从何谈起呢?"

"道衍师父自是贵人中之最佳者,但也未必就是唯一。"袁忠彻口中迸出这么一句。

"莫非静思还有其他人选?"金忠一时有些惊讶。在他的印象中,地位超然且能够对皇上决策产生重大影响的,除了姚广孝已找不出第二个人来了。

见金忠诧异,袁忠彻得意地一笑道:"若无其他人选,那我提这'贵人相助'岂非白费口舌?"说到这里,他顿了一顿郑重道,"不过此人心思敏捷且不羁得很,绝非一般人可以说服,这也是我专程来找你的原因。要想劝得此人相助,非你世忠兄亲自出马不可!"

见袁忠彻说得如此玄异,金忠好奇之心顿时大起,立即问道:"是谁?"

袁忠彻微微一笑,也不答话,而是将食指伸进酒杯中蘸了蘸,然后一笔一画在桌上写下一个人的名字。

"是他?"看清楚水渍显出的字迹后,金忠先是一愣,半晌方似有所悟地点了点头。

第七章

求大治永乐问策 谋东宫金忠布局

与往常一样,寅正刚过,解缙便从梦中醒来。离上朝还有一段时间,不过他怎么也睡不着了。通常,这时候解缙便平躺在床上,无边无际地胡思乱想。而想得最多的,就是自己这一年来梦幻般的经历。

一年前,潮水般的燕军呼啸着冲进了京城,曾被视作叛逆的燕王摇身一变,成为新任大明天子。登基后,为了迅速稳定局势,永乐对不肯归附的建文旧臣痛下杀手。在那段惊心动魄的岁月里,解缙亲眼看见了一幕幕人间惨剧,见证了一场场腥风血雨。齐泰、黄子澄、方孝孺、景清、练子宁、铁铉、暴昭、陈迪……一个个曾经名闻海内的天子重臣,在短短旬月间悉数命丧黄泉,成了建文朝的殉葬品。在那段充满刀光剑影的日子里,解缙就像一只无助的小鸟,躲在角落里心惊胆战地打量着这个面目全非的世界。他彷徨,他迷惘,他惊惧,他恐慌。尽管已经归顺新天子,但身处这场平生未见的大清洗中,他也忍不住担心这沾满冤魂血迹的大刀会不会突然砍向自己。

不过这一切终于过去了,随着不降旧臣的纷纷毙命,京城终于恢复了宁静。接下来,永乐开始按照自己的意思重建这个已经千疮百孔的朝廷。

首先便是恢复洪武祖制。建文在位时,方孝孺主持改制,朝廷制度多有变更,现在永乐登基,自然将其统统废黜。

抹去建文朝的痕迹后,下一步就是封赏了。随着一道道诏旨颁下,燕藩旧臣顺理成章地鱼跃龙门,成为大明王朝的新贵。淇国公丘福、成国公朱能、成阳侯张武、泰宁侯陈珪、武安侯陈亨、同安侯火真、镇远侯顾成、隆平侯张信……但凡为靖难大业立下汗马功劳的燕军大将,无一例外地被封以高爵,并迅速把持了五军都督府的要职。李景隆、茹瑺、王佐、陈瑄等在最后关头出卖建文的迎附大臣们也各有升赏，李景隆特进光禄大夫、左柱国，名列百官之首，王佐、陈瑄分别受封侯爵，连茹瑺这个概不封爵的文臣，也被破例授了个忠诚伯的爵位。靖难功臣们皆大欢喜，那些"顺应天命"的文臣也不赖。郁新、夏元吉、蹇义、宋礼、刘俊、郑赐、黄福……只要是不和新朝死磕到底的文臣，永乐都大度地予以重用，并授以六部九卿的要职。一番任命过后，庙堂面目焕然一新，朝廷在最短的时间内重新走上了正轨。

与郁新、郑赐这些在建文朝时便已位居部院堂官要职的朝廷大员不同，解缙在归附永乐前不过是个从九品的翰林院待诏。按正常情况，在这场权力瓜分的盛宴中他虽不能说完全没份，但也最多只能分到些残羹冷炙。虽说在起草登基诏和议定年号时，解缙幸运地夺到了彩头，但因之前自己级别实在太低，故他也没有抱太大希望。在他看来，能连升三级，混个正八品的翰林院五经博士，就已经是最好的结果了。

不过事情的发展大大超乎解缙所料。登基未久，永乐便颁布诏旨，在左顺门旁的文渊阁设置内阁，陆续简拔黄淮、胡广、杨荣、解缙、杨士奇、金幼孜、胡俨七人入阁参与机务，并各有擢升(胡靖之"靖"为建文所赐，永乐登基后恢复本名胡广；杨荣本名杨子荣，永乐为其更为现名)。这七人皆是才华出众的翰林词臣，其中解缙排名第四，被授予正六品侍读之位。三个月后，永乐再次下旨，解缙晋侍读学士、从五品，位居内阁之首！

短短四个月，解缙从一个从九品待诏连升八级，一跃成为从五品的侍读学士，其擢升之快，在归附的建文旧臣中首屈一指。而且，侍读学士是翰林院之职。按制，翰林院以学士最尊，其下依次是侍讲学士、侍读学士。眼下学士和侍讲学士二职皆空缺，解缙便以侍读学士身份充任翰林院掌印，成为名副其实的士林领袖！

突如其来的擢升，饶是解缙阅尽沧桑，一时也有些懵懂。待回过味儿来后，他顿时被巨大的喜悦和兴奋所笼罩。连升八级，执掌翰林，这固然是一大喜事，但更让他动心的却是内阁这个新鲜的事物。内阁乃永乐首创，不但洪武朝，就是历朝历代也从未有过这个衙门。按照永乐的谕旨，内阁职在参与机要，也就是辅佐皇帝处理国政，这可是宰相的职权！虽然皇帝的意思也很明白，阁臣只是顾问，并无决策之权，但一想到能够协助皇帝做出决策，进而对天下大政产生影响，解缙仍激动得不能自持。

解缙二十岁入仕,年纪轻轻便被太祖视为天下奇才,其才具绝非寻常官宦可比,"经济天下"正是其一生抱负所在。只是一朝成名之后,解缙却长期郁郁不得志,十几年宦海沉浮,到头来只混了个九品末官,残酷的现实一度让他伤心乃至绝望。可是如今一切都不同了,永乐天子赏识自己的才华,并委以辅政重任,这犹如一片甘霖,落到解缙几近枯涸的心田里,让他重新热血沸腾。解缙感谢永乐的器重,他下定决心要用全部的才华和忠诚报答,辅佐这位皇帝开创一个千古未有的富强盛世,让他和自己都名垂青史!

"喔喔喔……"就在解缙心潮澎湃的当口,窗外隐隐传来公鸡叫鸣之声。他伸了个懒腰,慢慢从床上爬了起来。一名婢女早已在门外候着,听得屋内声响,便轻轻推门而入。

热水洗脸,青盐拭牙,一切都如往常。待盥洗毕,解缙草草进了早餐,然后穿上绣着小杂花纹的青色盘领右衽公服袍子,随即精神抖擞地出门而去。

早朝于辰时在华盖殿举行。通常,此类常朝所奏都是已议定好的四方之事,并无甚紧要之处,解缙作为内阁之首,对内容已事先知晓,故不必太过关注,只需循规蹈矩旁听便可。散朝后,百官各自回衙门署事,解缙和同为阁臣的侍读黄淮却故意放慢脚步。未多时,乾清宫打卯牌子马云便小步跑过来道:"两位学士请留步,皇爷召你们到乾清宫见驾!"

自设立内阁以来,七位阁臣经常随驾侍候,其中又以解缙和黄淮二人最受器重,几乎每日都会被永乐唤到身边问事,两人对此也都习惯了。听马云传旨,解缙与黄淮对视一眼,只道声"遵旨",也不再多说,遂向后宫走去。

二人刚跨进乾清宫御书房的门槛,永乐便面带微笑地在案后招手道:"不必行礼了。朕于一事颇为不解,召你二人前来解说!"

"是!"解缙、黄淮二人忙一躬身,一阵小碎步走到近前。

永乐拿着一本发黄的书,指着其中一页道:"朕读这《水经注》,其中《江水篇》记着:'江水又东,迳广溪峡,斯乃三峡之首也。峡中有瞿塘、黄龛二滩。'可朕记得,瞿塘乃峡名,是三峡中之首峡,此广溪峡何来,你等可知?"

永乐说完,解缙与黄淮皆是一愣。《水经注》虽不是经史,但也是地理学的集大成之著,以解、黄二人之博学早已是读得滚瓜烂熟,可永乐一问起,二人却怎么也记不起来。过了半天,黄淮方嗫嚅答道:"回陛下,臣等不才,却不知《水经注》中竟有此节?"

"哦?"永乐有些奇怪地应了一声,随即把手中之书递与二人道,"书中写得明明白白,你等可是记错了？"

黄淮把书小心接过,解缙忙凑过头来。待读完永乐所指之章,黄淮仍是稀里糊涂,解缙却似心有所动。他从黄淮手中把书拿过,又仔细翻看一遍,眼中突然冒出喜悦的光芒,欣喜地奏道:"陛下,这《水经注》似是北宋绝本,陛下从哪儿找到的？"

"哦？"朱棣有些意外道,"前些天宫里人清理文楼,从旧书堆里扒出来的。近年苏松一带水患频繁,户部尚书夏元吉奉旨治水,至今尚无佳音。朕每思之,心中颇为忧虑,便找了此书出来,看看关于河道的记述中有无可鉴之处。你怎知此乃绝本？"

解缙小心地将书摊开递到永乐手中,然后指着其中的书页道:"陛下请看,此书乃雕版所刻,从版式看,用的是四周单栏。此种版式唯在宋初行过一阵,后多用左右双栏或四周双栏。宋初距今近四百载,所流传已不多,而靖康之祸后,中原涂炭,金人毁我华夏文物无数,此类雕版更是愈发稀有。且宋以后,《水经注》迭经传抄翻刻,错简夺伪十分严重,臣所读便有好几版,但从未记过广溪峡一段。故臣敢说,此十有八九便是北宋绝本,即便当今世上仍有幸存,也必十分稀少！"说到这里,解缙又一躬身,恭恭敬敬道,"此书成于宋初,应未经后人矫改,极有可能便是郦道元之原著。陛下竟能于不经意间寻得此等珍稀,实乃后人之幸也！此书再现,于地理之学大有裨益,此全赖陛下慧眼独具之功！"解缙借着讲解此书来历,一边展示了过人的才学,一边又好好拍了下永乐的马屁。

永乐龙颜大悦,当即大笑道:"大绅果然是学通古今,连刻板都知晓得一清二楚！当今天下第一才子,朕看非你解大绅莫属！"

"陛下谬赞,臣岂敢当此殊荣？"得到永乐这么大的夸奖,解缙心里当即乐开了花。不过他肚子里的货还不只这些,谦逊过后,他又信心十足道,"陛下刚才所说广溪峡,臣也想起来了！"

"哦？"永乐用欣赏的目光瞧着解缙道,"你可知其来历？"

"是！"解缙神采飞扬地答道,"臣读唐诗,阅得杨炯曾于天授元年作有《广溪峡》《巫峡》《西陵峡》三首。其中《广溪峡》一首开头为:'广溪三峡首,旷望兼川陆。山路绕羊肠,江城镇鱼腹……'而到肃宗朝时,诗圣杜甫又作《大历三年春白帝城放船出瞿塘峡久居夔府将适》一首,于此处首次见瞿塘峡之名。既然广溪峡为三峡之首,那出白帝城,自应进广溪峡,而杜甫却题'放船出瞿塘峡'。由此推之,瞿塘峡应就是广溪峡。而以瞿塘峡之名所以流传于世,或是杜甫之名太盛,后人因其诗之故,反而以瞿塘名峡,而广溪峡之名倒是无存了。不过杜甫从何处得'瞿塘'之名,却是无考。"

解缙说完,不仅是永乐,连一旁的黄淮也不得不由衷佩服。一样的翰林词臣、内阁同仁,解缙博闻强记,皇帝随便一问,他便能引经据典,侃侃道来;而反观自己,却只能瞠目结舌,一句也插不上口。自愧弗如之下,黄淮心里多少也有些酸溜溜的。

"解爱卿今日之言,着实让朕开了眼界。"永乐却无暇关注黄淮的感受,只自顾自地感叹道,"朕素以好读书自诩,然经今日一事,方知自己竟是井底之蛙!"

"陛下过谦了。《水经注》不过是杂学,诗词更是雕虫小技。陛下乃天子,自当以经史为重,此类旁门左道,不学亦无不可。"解缙这话一半是为永乐开解,一半倒也是发自内心。虽然他是什么书都读,但就其本心,从来都是以经史为重。在这位胸怀天下的大才子眼中,只有经史才是一展抱负的根本,至于诗词等技,他虽然精通,但从没把它们当过正学。

永乐笑了笑,又扫视了手中的宋版《水经注》一眼,忽然心中想起一件事来——

上个月的初六是太祖高皇帝的忌辰。这一日,永乐遵礼部议定之礼,先至奉先殿祭祀,后又率文武百官亲诣孝陵。待从钟山上下来,他命朝臣各自回衙署事,只携太子少师姚广孝一道进宫。二人到御书房坐下,永乐挥手屏退下人,一本正经地望着姚广孝道:"少师,朕近来心绪杂乱,有诸多烦闷事,却不知何以开解,还望您不吝赐教!"

姚广孝正在啜茶,闻言遂将茶杯放下呵呵道:"陛下素以孝悌闻名天下,此值高皇帝忌辰,故心有不宁,这也是人之常情!"

"此自不假!"永乐知姚广孝是奉承,只浅浅一笑,旋敛了又道,"然朕之所以烦闷,实为心中迷惑。朕登基已近一载,其间虽不能说是宵衣旰食,但也称得上勤勉。然回首这一岁中作为,朕所做者无非是稳定朝纲、恢复民生等临时之举,虽然必要,但均非长久之策。如今时过境迁,国家已百废初兴,接下来大明的路该怎么走,朕始终没有个定见。今日在皇陵享殿对皇考画像叩首时,朕心中实为不安,寻思若不能打理好这大明天下,将来九泉之下恐无颜面见皇考。念及于此,朕愈发觉得应有所打算。正所谓纲举方能目张,今大明当以何略为纲,还请大师教朕!"

永乐娓娓道来，姚广孝一直默然静听。待他述毕，姚广孝仍迟迟不语，良久方眼光一闪，不无揶揄道："陛下何以有此虑？当初奉天靖难，便是为了恢复洪武祖制。既有言在先，萧规曹随就是了！"

永乐脸一红，自失一笑道："自是以洪武祖制为准！然祖制虽佳，亦有不尽详备之处，若能在其上有所增益，使之更加有利于国家，也是善莫大焉。何况朕身为继任，自当百尺竿头更进一步，将太祖基业发扬光大！若仅是墨守成规，那未免太过庸碌，绝非贤君之道，太祖在天之灵亦未必欢喜，不知师父以为然否？"

姚广孝会心一笑，尽管永乐话语间遮遮掩掩，但他立刻就明白了内中的深意。

姚广孝追随永乐二十年，早已将他的内心揣摩透彻。在他眼中，永乐虽然城府颇深，但其实是个心气极高、志向极远、欲望极强之人。当燕王时，他便是亲藩中的翘楚，功业远超其他兄弟；如今做了皇帝，他自然也不甘为一平庸之主。尽管永乐口口声声说遵从洪武祖制，但姚广孝清楚，以休养生息为宗旨的旧制根本无法满足永乐的欲望，无法满足他的雄心！只有奋发有为，建立不世伟业，才是他内心的真实渴望。何况他还知道，永乐这个皇位来得有些名不正言不顺，若无所作为了此一世，将来少不了被人腹诽，留下个"篡位"的骂名。要想改变这种结果，唯一的办法就是做一个大有为之君，打造一个冠绝古今，足以为万世楷模的辉煌盛世，如此方能堵住天下悠悠之口。而这，绝不是一个与民休息就能做到的。

当然，永乐绝不能否定洪武祖制，至少表面上不能。这不仅是因为祖制乃太祖高皇帝所定，照章遵行乃孝子应有之义。更重要的是，当初永乐就是以建文背离祖制为名起兵靖难，进而夺下这锦绣河山。否定洪武祖制，就是摆明了告诉天下人，所谓奉天靖难实乃欲盖弥彰，他永乐内心所觊觎的，一直都是这顶金光闪闪的皇帝冕冠！

但表面上不能，并不代表内心不想。洪武祖制已成为横在永乐面前的一大阻碍。要想有所作为，要想缔造永乐盛世，就必须开拓进取，就必须突破洪武祖制的限制。尽管永乐口口声声只要什么"有所增益"，但姚广孝已经明白，永乐其实是想从根本上改变这个在他看来已不合时宜的洪武祖制，改变这个已在大明推行了三十多年的国政大纲。眼下他所为难的，只是废除旧制后如何举措方能实现心中理想，以及如何使这改制之举不给人留下话柄而已。这，就是永乐今天召他进宫的真实用意！

姚广孝陷入沉思。自永乐朝建立以来,他便逐渐淡出了权力的核心。这一来是他自觉功成名就,二来也是他年事已高,不愿再为俗事羁縻。但他毕竟是实际上的靖难头号功臣,在那场决定天下命运的战争中扮演了至关重要的角色。他这样的人物要想完全与红尘断绝往来,实在太难了!何况,姚广孝也明白,自己的千秋功名,全系于永乐一身。永乐若真缔造出一个辉煌盛世,那他就是大明朝的房玄龄、杜如晦;而若永乐果真无所作为,只在后人心中留下个"篡位"印象,那他姚广孝在史书上的评价,也不会比李斯、杨素之流好到哪去。如此一来,他毕生的心血反就生生铸就了一个笑柄!念及于此,姚广孝觉得也应该再帮永乐一次,为他指出一条明路。

不过尽管心有所动,他也不愿在此事上太着痕迹。一直以来,自己已不问世事,但永乐一直没有放弃请他再度出山的想法。正所谓盛情难却,每每面对皇帝或明或暗的邀请,姚广孝虽坚持不为所动,但心中亦难免有所愧疚,他不想因此事给永乐一个自己尘缘未尽的印象。思忖再三,姚广孝从椅子上起来,却是一言不发,只缓缓地走到书案旁,拿过一张宣纸放到案上。

"先生这是要做什么?"永乐见状有些奇怪,遂要凑上前看。

姚广孝摆了摆手,阻住了永乐,随即转过身,提笔在宣纸上一阵挥毫。待写毕,他小心地吹干墨迹,方将纸折好递到永乐手中,躬身行了个佛礼,微微一笑道:"贫僧一时有感,作了一副对子,还请陛下御览!贫僧年老体衰,无法久侍御前,先请告退,还请陛下勿怪!"说完,他便转过身悠然而去。

望着姚广孝离去的背影,永乐怔了好一会,方将手中笺纸重新展开,只见上面工工整整地写着一副对联——

　　昭中华文明藻海内升平
　　纳万国冕旒显朝圣仪方

对联上方,还有一个四字横批——

　　慎言笃行

永乐看了,先是一阵沉思,继而似有所悟地点了点头……

此时,永乐将那日姚广孝留下的句子又重新默念了几遍,旋即将目光对准面前的解缙亲切道:"解爱卿,朕心中一直有个想法。这天下古今事务,多散载于各类典籍之中,篇帙浩繁,不易检阅。朕身为天子,处理天下事务,每有疑难之处想查阅典籍竟这般费事,如此怎能不出差错?为天子者,当博览群书,通晓世间万事,才能治理好国家。所以,朕想悉采各书所载事物,依《洪武正韵》隶事,这样查考、检阅便如探囊取物,岂不方便许多?爱卿学识超凡,通阅古今,朕想命你为监修,从翰林院、国子监选些才学好的士人出来,将经史子集,百家之书,以至于天文、地志、阴阳、医卜、僧道、技艺之言,勿加择别,俱聚到一起,备辑为一书,以供朕参阅,你以为如何?"

永乐说话时,解缙一直洗耳恭听。待他说完,他已明白,皇上竟是要将古往今来的所有书籍收集到一起,编一部规模空前的类书!

编辑类书,自曹魏时编《皇览》开始,历朝历代多有做过。建文年间,方孝孺也曾受建文之命于武英殿南廊设馆,修纂《类要》一书,只是后来燕军进京,此事便不了了之。此刻永乐提出修类书,倒也算不上新鲜。但所有类书,无论规模多大,总会有个限数,且免不了删减增益,有所选择。可按皇上的意思,竟是要将天下所有之书全数尽录,这就太了不得了。

古今类书,以宋太宗时编撰的《太平御览》为最,全书共五十五部、一千卷。可照皇上的意思,解缙粗略一估,恐怕连一万卷都不止!皇上将这么一件前无古人的盛典交给他去编,是对他的才华欣赏到了极致!一旦该书编成,作为监修,他必将和此巨作一起名扬天下,成为万世敬仰的硕儒文宗!

万世师表!解缙立刻想到了这个老词。这种事他以前不是没想过,但也就是想想而已。尽管他也自信才华当世无人能比,但成就远没到独步古今的地步。可现在,这个机会来了!

不过激动过后,解缙冷静了下来。沉吟许久,他抬起头道:"开国升平,修纂盛典,历来为帝皇右文稽古之雅事。欧阳文忠公曾言:'窃以右兴文化,乃治世之所先;著录藏书,须太平而大备!'而今天下太平,正是修典之时,陛下气魄之恢宏,更是古今未有。此书之辑,必为华夏千古未有之盛事。臣微末之能,竟能蒙陛下垂青,担此重任,实是惶恐无地!只是陛下明察,若将天下之书辑至一处,未免繁缛纷杂,纵然精华俱在,但杂流也难免充斥其间。尤其是一些旁门左道之说,与经史背离太甚,于治国更是毫无裨益,至于佛、道等学,于经世亦无大用。因此臣斗胆进言,可否收录之时略加甄别,择其不善者而弃之?"

111

他说这番话也是经过权衡考量的。古往今来，无论是修史编典，莫不要讲究个遴选甄别，从未听说过不加甄选便一股脑儿全收录的。之所以如此，一是要将旁门左道之类的杂流摒弃在外，避免所修典籍鱼龙混杂；二来也是出于为尊者讳的考虑。永乐说要勿加择别，这也就是说无论正谬与否，俱都收录其中，这种编修类书的方法解缙可谓是闻所未闻！这万一要是收录妖言惑众的进来可怎么办？想来想去，他觉得还是循规蹈矩，按着历来修典的传统路子来做比较踏实。而且他还隐约猜到，皇上之所以要编这本类书，除了要彰显文治之外，或许也是想通过此盛举洗刷"靖难"所带来的恶名。

不过解缙之言并没有起到作用，待他说完，永乐不以为然地否决道："爱卿过虑了。有益无益，朕自会判断。为人君者，若连书之益损都判断不出，还如何治理天下？何况诸般杂学，纵然不能引为正道，但也未必百无一用。其间或有可取之处，若能择善而习之，于天子亦是有所裨益，弃之不录，岂不可惜？何况古今之书，失传者不计其数。作者泉下若知自己一生心血无存，岂不痛心？且于国家也是一大损失。朕将它们收集起来，妥善保存，也是一桩善举！"

"可是陛下……"

"爱卿不必再劝，你之心意朕心里清楚。不过此事朕意已决，就按朕的话去做吧！"

话说到这个份上，解缙也不便再多说了。一年多的近身随侍，他对永乐的脾气已十分了解。何况从永乐的话语中，他已隐隐听到了一丝不悦之意。若再争下去，永乐不满之下将监修换人，那他就欲哭无泪了。

"是！"解缙躬身领命，不过尽管嘴上答应，他在心里仍打定主意要按自己的想法来修。他又不是傻子，万一触动了今上的那块禁脔，天晓得他还会不会如此大度从容？

不过解缙的这点小九九永乐并不清楚。见他应允，永乐十分高兴。接下来，君臣又就修书之事讨论许久，直到过了酉时，两位侍臣才告退出来。

之前在乾清宫时，永乐叫黄淮拟诏给北京行部尚书洛金，命其加紧从山西迁移人口充实顺天府。待出乾清门后，黄淮遂撇下解缙，急匆匆地去文渊阁誊写诏旨。解缙此时无事，便一个人晃晃悠悠地顺着甬道往外走。刚行到中左门前，前方遥遥过来一人，待走近了解缙才看清，来者正是工部右侍郎金忠。

见金忠过来，解缙先是一愣，随即赶紧往右手边挪了几步，站到道旁侧身拱立。这是洪武朝时定下的官场礼仪，凡低品官员路遇高位者，需让道侧避。解缙虽是内阁之首,但论品秩不过从五品,金忠却是正三品的工部侍郎,两人之间有了足足五级之差。

本来,内阁阁臣地位超然,解缙又极受永乐宠信,平常莫说侍郎,就是尚书也不敢受阁臣们的退避之礼。但文官们不敢受,并不代表靖难功臣们不敢。自永乐朝建立以来,丘福、火真这帮勋贵自恃功高,大都不把归附的建文旧臣放在眼里。解缙虽说是内阁之首、皇帝身边的红人,但与这些追随皇帝打江山的功臣们仍不能比。为避免惹麻烦,解缙平日里但凡撞见燕藩旧臣都是小心应对,绝不敢落下半点把柄。对这位刚从北京回来的金忠,他并不了解,但既然是战火里摸爬滚打出来的靖难功臣,那他自然不敢有丝毫怠慢。

金忠走到近前,突然停下脚步对解缙一笑道:"解学士可是从乾清宫出来?"

解缙没料到金忠会和自己搭讪,先是一愣,继而忙一小揖客气地笑道:"回金大人话,方才皇上召臣絮叨些文章之事。"

"解学士何必如此客气?"金忠呵呵笑道,"内阁七学士海内闻名,解学士更是文坛翘楚,我已是景仰多时。无奈先前多在北京,故一直未得亲近。此番奉诏回京,我正欲借此机会多多请教,还望学士莫视为外人。"

阁臣中,只有解缙的官职是"侍读学士",其余皆是侍读、侍讲、检讨等职,不过因这七人皆才华横溢,又充任机要之职,故时人统称他们为"内阁七学士",以示尊敬。

解缙见金忠语气如此亲切,一时心中大为疑惑。因不知金忠葫芦里卖的什么药,他仍是客气地一笑,小心回道:"金大人智谋无双,早已名满天下,下官何德何能,岂当得起'请教'二字?金大人若有事垂询,下官必尽心竭力,为大人效劳。"

解缙说完,金忠微微一笑道:"'垂询'二字我是当不得的,不过我倒果有一事相求,还请学士莫要推辞!"

"大人请讲!"

"是这样,我乃宁波人。年少时曾患过一场大病,因当时家贫,无钱就诊,以致病情加重。当时家母为救我性命,曾不远千里从宁波一路乞讨至京师,到灵谷寺向佛祖请愿,求佛祖慈悲为怀,救我一命。说来也巧,待家母请完愿返回宁波,我的病竟然不治而愈。按理说,此事过后我应到灵谷寺还愿,以谢佛祖救命之恩。不料命运多舛,其后我代兄赴北平从军,一去就是十余载。上次进京,因百事芜杂,一时也没工夫过去。如今既然入朝回京,自不可再有耽搁。我想趁明日去趟灵谷寺，一来是了还心愿，二来也借此机会一览这座江南名刹之风光。"金忠说到这里顿了顿又道，"我初到京师，人生地不熟，解学士在京中多年，熟知金陵景胜，不知可否屈尊陪我前往？"

金忠说完，解缙眼中闪过一丝不易察觉的迷惑。金忠的话自然是托词，求自己当向导更是胡扯。灵谷寺就在钟山下头，满南京城谁不知道怎么走，还用得着叫自己带路？他这么做，就是要找机会和自己套近乎。可是他为什么要和自己套近乎呢？无论身份、地位还是和皇帝的关系，他都远胜过自己。他如此费尽心机与我攀交情，用意何在？

似乎瞧出了解缙心中的疑惑，金忠呵呵一笑，抢先解释道："其实也不仅仅是要学士替我引路。一来，学士之才学名满天下，我是想借此机会向学士讨教；二来，前几日面圣时，皇上特地提起，说我虽精于兵家之学，却乏于经史。如今天下太平，我位居左班，不可不精通经史，因此命我多向内阁诸位学士求教。既然陛下这么说，加之我也有此意，故才借此机会邀学士一游。"

听金忠这么说，解缙心中疑惑稍解。而且金忠连永乐都抬了出来，那他就更没有理由拒绝了。想了一想，他遂笑道："既然大人如此抬爱，那下官岂能推辞，唯大人之命是从便是。"

"好！"金忠一拍巴掌，欣喜道，"那就此说定。明日巳初，我于聚宝门前相候。"

"岂敢让大人相等！"解缙忙一欠身道，"明日下官自当恭候大人大驾！"

第二日是个大晴天，辰正刚过，解缙便出门赴约。

因是私人约会，解缙今日未着官服，而是头戴一顶黑色万字巾，身穿一袭天蓝色的宽白护领直裰，腰间用玉带钩系着一条丝绦腰带。出门后，他骑上自家的小毛驴，优哉游哉地向南行去。

方到聚宝门，他便见金忠已在那里等着。金忠今日也是士人装扮，服饰与解缙无二，只是头上戴着一顶遮阳用的圆顶大帽。见金忠先到，解缙暗道一声惭愧，忙迎上前连声致歉："下官来晚了，罪过罪过！"

"无妨，我亦是刚到！今日非公事，大绅不必如此客气。若不介意，你我二人互称表字即可。"金忠微笑着摆摆手，接着又扬扬手中缰绳道，"时辰不早了，还是边走边说吧！"说着，便一跃骑上座驾。

解缙这时候才注意到金忠今日并未骑马，而是和自己一样只骑了头驴。一时间,他心中涌过一丝暖流。

解缙的感动也是有原因的。明初崇尚节俭,朝中文武皆不准乘轿,只能以坐骑代步,但这坐骑有高下之分。若是功勋贵戚,朝廷显宦,自然是骑马出行,而一般小官小吏就没这份财力了。

解缙以前只是从九品待诏,永乐登基后,他虽擢为翰林院掌印,但论品级也不过从五品而已。五品的官员,一年俸禄不过一百来石。在米珠薪桂的南京,这点俸禄连头骡子都养不起,因此他通常只能以驴代步。平日里,眼见着那些靖难勋贵鲜衣怒马招摇过市,而他只能用头驴子将就,这其中滋味着实让这位天子红人不太好受。金忠也是靖难功臣,朝廷显宦,以马代步对他来说自然不成问题。不过今日相约,他专门骑驴,这自然是对他的尊重。而这种来自燕藩旧臣的尊重,也是解缙这个归附文臣从来未感受到的。

有这么一层因素,解缙对金忠的好感顿时又增了几分。他当即应了一声,两人并辔而行,出了城门,沿着秦淮河一路向东,直朝灵谷寺而去。

灵谷寺是江南一大名寺,其前身为南朝时所建之开善寺。开善寺原先位于钟山南麓,大明开国后,朱元璋挑中钟山南麓的独龙阜修建孝陵,便将开善寺搬到了紫霞洞南。后来,朱元璋仍嫌开善寺离孝陵太近,影响风水,便再次下旨将古寺迁至十里外的今址。出于安抚,朱元璋以巨资扩建庙宇,赐名"灵谷寺",并亲书"天下第一禅林"。

有了"天下第一禅林"这块太祖御笔亲题的金字招牌,灵谷寺的香火自然旺盛。很快,这里便成为善男信女礼佛的首选之地。金忠从未到过这座江南名刹,一路上解缙将沿途风景一一详述,让他大长见识。

进了灵谷寺后,二人先到大雄宝殿进香叩头,金忠又捐了一张一百贯面值的宝钞作为功德,算是了了当年心愿,随后便出殿四处游览。灵谷寺内风景秀美,名胜众多,从无量殿到万工池,再到志公塔、八功德水、梅花坞等,二人一路品评游览,倒也十分逍遥。待到时辰差不多了,金忠遂笑道:"大绅想来也饿了。听说这里的深松居颇有名气,昨日相约后,我便遣下人来定下一个雅间,此时咱们去那里吃个便餐如何?"

经过半日同游,解缙与金忠已熟稔很多,不像起初时那么拘谨。金忠话音方落,解缙便一笑道:"世忠兄还真是客气。这深松居的斋菜名闻京师,引得多少公子富商趋之若鹜,其价可是不菲。这等金贵菜肴看在世忠兄口中也就是个'便餐',实让我汗颜不止。"

解缙这么说倒不仅是打趣,这深松居的名头确实不凡。灵谷寺迁到现址后,僧人数量大幅增加,据说已达到千人之多。这么多僧人,平常吃喝拉撒便成了个大问题。为解决僧人的饮食,灵谷寺便专门建了个"积香厨",而"积香厨"制作的斋菜则非常考究,有"鲜香味美,清爽适口,镂目裁云,色彩悦目"之美誉。平日里,前来拜佛游玩的香客中不乏达官显贵,他们品尝斋菜之后,均是赞不绝口,留下诸多诗文雅句,一般香客见此更欲尝试。随着慕名而来的食客越来越多,灵谷寺的僧人实在无法全部招待,于是有人出谋划策,建议以"积香厨"为源,开一片素菜馆,公开向游客出售素食,也可给寺里带来收益。僧人们几经商量后,便以"深松居"为名开起了这家素菜馆。经过食客的口口相传,深松居声名日隆,但凡赴灵谷寺礼佛的香客,莫不要到深松居大吃一餐。于是,深松居的素菜愈发精致,而这价格自然也就水涨船高了。

"大绅说笑了。其实深松居之大名,我在北京时便听过多次,只是未有机会品尝,一直引以为憾。"金忠嘿嘿一声,压低声音道,"不瞒大绅,我今日来灵谷寺,虽是为还愿,但也有一半是为了这深松居之美食而来。我非圣人,如今难得回到这江南花花世界,纵然不至于迷恋烟柳,但此等大快朵颐之事又岂能错过?"

金忠这么一说,解缙也是一乐,其实他对深松居的佳肴早已慕名已久,无奈囊中羞涩,一直没能享这个福分罢了。今日金忠主动请客,他岂有不应之理?一番说笑后,二人便高高兴兴地直奔深松居而去。

一进门,二人便来到早已订好的二楼临窗雅座。小半炷香工夫过去,各式菜肴便被陆续端上。

深松居果然名不虚传,这里的斋菜不仅精致爽口,连做法都是一绝。出家人不沾荤腥,但深松居的厨子巧夺天工,将各类素料合在一起,做成肉菜样式,令人难辨真伪。像素鸡腿、炸黄雀、脆皮烧鸭等,若非事先知晓,就是吃进肚里,也不知道竟是素食。一尝之下,二人均是赞不绝口,紧接着便频频动箸。席间,解缙兴致大发,把酒当歌,笑论古今,引得金忠连声赞叹。

待酒饭吃得差不多了,解缙抹了抹嘴巴笑道:"今日着实让世忠兄破费了,若换作我这个穷翰林,恐怕三个月俸禄搭里头都不够。"

"大绅不必谢我!"金忠也放下筷子,对着解缙微微一笑道,"其实我亦只是借花献佛,要说这餐饭的东家,实是另有其人!"

"哦?"解缙眼角一跳,脸上笑容顿时敛去,眼光中透着疑惑问,"是何人所请？"

金忠掏出块手帕擦了擦嘴，望着解缙哈哈一笑道："我还在行在时，大殿下便敬慕大绅才学，一直有意结交。无奈其身在北京，无缘相见，故深以为憾。此番我南下履新，临走前大殿下特地交代，要我代向大绅致意，我才借此礼佛还愿之机，邀大绅单独一聚！"

果然是宴无好宴！金忠话音方落，解缙脑中便闪过这么一句。他当然明白这时候朱高炽"结交"自己所图为何，而金忠作为"世子党"，此番费尽心机将自己邀出，自然也是为世子做说客而来，他心中顿时一咯噔。

不过解缙心里虽然惊疑，面容却一如平常。略一思忖，他嘿嘿一笑道："不想微末之学竟能入大殿下法眼，倒着实让我受宠若惊了。不过……"解缙似笑非笑地对金忠道，"既然世忠兄大费周章请在下到此，想来也不仅仅是转达大殿下的抬爱之情吧？"

解缙的话说得如此直白，倒是大大出乎金忠所料，顿了好一会儿，他方才笑道："大绅果然爽快。既然如此，我亦实话实说。此番邀大绅兄前来，是受大殿下所托，有一事相求。"

"我一介末官，无权无势，大殿下有何事用得着我？"解缙忽然察觉到刚才的话说得有些不对头，当即又把话锋一转，扮起迷糊来。

就不信大绅你真不明白！金忠却不容解缙装迷糊，他嘿嘿一笑，又一脸郑重道："那我就直说了。眼下东宫之位久悬，大殿下身为嫡长子，对此志在必得。无奈高阳王以军功为凭，亦存此非分之想，以致陛下久不能决。值此之际，希望大绅能以国家社稷为念，助大殿下早登储位，以定国本、安人心。"

闻言，解缙没有吱声。过了片刻，他缓缓起身，慢慢踱到窗台边，望着窗外默然不语。

太子之争，早已闹得满城风雨。对此，解缙不可能一无所知。不过一来他是建文旧臣，如今又整日随侍御前，身份特殊不便发言。二来，也是最重要的，永乐从未在此事上征求过内阁的意见。内阁的职责是参与机要，以备顾问。既然天子不问，那他也不好直接进言。而且他也十分清楚，立储这潭水可不是那么好蹚的。一旦掺和进去，那可是身家性命！古往今来，大臣因牵扯争储而身败名裂的例子不绝史书，解缙对此早已是耳熟能详。而且永乐对此事也讳莫如深，他揣摩不透皇上的态度。在摸清皇帝心思前贸然加入任何一方，都将给他带来极大的风险！

一番斟酌后，他决定回绝。因为此事风险太大，他在朝中尚无根基，犯不着为此得罪有燕藩旧将鼎力支持的二皇子。万一朱高煦入主东宫，那他捏死自己比捏死一只蚂蚁还要简单！

　　可就当回绝金忠的话到嘴边儿时，解缙又犹豫了。话既已说到这份儿上，那他已被逼进了死胡同——要么答应要么拒绝，不可能有第三条路可选。可一旦拒绝金忠，那就意味着与世子一派分道扬镳。将来朱高炽夺储失败倒也罢了，可他一旦成功入主东宫，那即便不会因此与他过不去，也几无可能对他有什么好处。想到这里，解缙顿时有些后悔，不该一时兴起道出朱高炽结交自己另有深意，以致让金忠抓住话头，直接摊牌。要不是自己卖弄这点小聪明，或许眼下还能够含糊其词地遮掩一下。可现在，他必须做出选择！

　　其实就本心论，解缙内心是倾向朱高炽的。无论从哪方面看，敦儒修文，仁厚和善的朱高炽都要比粗莽好斗、以厮杀为乐的朱高煦更讨文官喜欢。让朱高炽入主东宫，不论是对国家社稷还是对文官们来说，都比朱高煦要强得多。可是，朱高炽当太子的好处是所有文官均沾，若自己介入其中，风险却相当大部分要由他独自来扛，这种风险和收益的巨大差异，让他实在不愿意出这个头。

　　"大绅！"就在解缙左右为难时，金忠的声音又从身后响起，"世子尊儒重道，世所共知。其若能入主东宫，定将在朝中大力倡导文治。以大绅之才，若能逢得此世，必如蛟龙入海，前途不可限量。"

　　解缙浑身一震，金忠这番话虽然绕了个弯，但其间蕴意仍不难理解——这其实是世子派对自己的承诺！一旦入主东宫，那自己将从此成为太子倚重的心腹重臣，在朝堂上将得到世子势力的鼎力支持！

　　获得世子系的支持，金忠的许诺一下把中了解缙的命脉。他虽然才高八斗，但也生性狂放，天生一副舍我其谁的派头，尤其好捉弄人。这样的性格，在官场上本来就不太吃得开。他早些年的落寞，其实也和这种不讨人喜欢的性格不无关系。永乐登基后，解缙虽一飞冲天，但狂妄性格仍旧不改，虽然对着靖难功臣他不敢放肆，但与文官相处时却没有顾忌，因此人缘一直平常。对此，解缙其实也心中有数，但就是改不了这脾气。

　　官场中没有人缘，也就意味着没有势力，这对仕途来说无疑是不利的。他之所以有如今的地位，说白了完全是靠着永乐本人的宠信。可圣眷一物，说是最为有效，但其实也最不可依持。谁也不知道皇上的心思究竟如何，万一有一天圣眷不再，那很有可能一下从云端跌到谷底，甚至永世不得超生！每念及此，他也不无隐忧,只是无法可想罢了。

可现在机会来了! 只要自己出手相助,就将获得世子系的支持! 朱高炽一派,包括了像金忠、顾成、张信这样的靖难功臣,而且一旦夺储成功,他的势力必将大增,到时候那些眼下只能算是倾向世子的文官很有可能向东宫靠拢。这样一支以太子为首的势力,在朝廷中的影响无疑是十分惊人的。哪怕自己一时忤逆圣意、失了圣眷,只要太子支持,那终究会有重新出头的一天。而往更远了想,无论永乐对自己如何,他总有驾崩的一天。到那时,朱高炽以太子身份承袭大统,自己就是拥立功臣。天下大功,以拥立为最,这是千古不破的常理,想到这里,解缙终于心动了。虽然有风险,但权衡得失后,于公于私他都觉得值得一搏。

"世忠兄!"解缙缓缓转过身,幽幽地问道,"我不过微末之才,世子果真如此看得起我?"

"当然!"金忠毫不犹豫地答道,"世子曾私下与我提起,言大绅兄才比子建,可惜先前时运不济,乃至蹉跎许多岁月。如今虽蒙圣上赏识,得以入阁参与机要。但以你之才,绝非区区顾问可以局限,一俟磨砺成熟,便可百尺竿头更进一步,出则布政一方,入则为六部卿相,此皆大绅兄可以胜任!"

其实,朱高炽欣赏解缙的才华倒也不假,但远远没到金忠说的这个份儿上,至于布政使、大九卿之类的承诺,那更是他用来笼络解缙之言。不过金忠这话也不全是忽悠,毕竟他也不是那种视国家名器如儿戏的小人,在他看来,解缙也确实当得起这些要职。至于这些许诺到底是不是世子亲口所说,那并不重要。以眼下的形势及金忠与世子的关系,他答应的事,世子断没有不认的道理。

又是一阵沉默。解缙眯着眼睛,一眨不眨地盯着金忠的双眼,似乎想从中看穿他的五脏六腑。金忠面不改色,坦然面对着解缙的目光。过了许久,解缙才面无表情地吐出几个字:"敢问世忠兄,世子要我如何助他?"

金忠暗自舒了口气,从这句话可知,解缙心中已经答应了。微微一笑,金忠仍从容不迫道:"无须大绅特地做什么。只是有朝一日,若皇上就立储一事向你垂询时,还望大绅兄能秉公直言!"

听了金忠回答,解缙也放了心。他最怕的就是金忠要他趁着随侍御前的机会在皇帝耳边旁敲侧击。以永乐的性格,自己如果这么做,他必疑自己和世子派暗中串联,其结果很可能是吃不了兜着走。如果仅就是在永乐垂询时一抒己见,那其实就算金忠不来找自己,他凭本心也是乐意推举朱高炽的!

"既然世子如此看得起臣,那臣岂能推辞?"解缙一挺胸,肃容拱手道,"烦请世忠兄转告大殿下，只要圣上有意相询，臣必竭力推举大殿下入主东宫！"

　　金忠终于露出满意的笑容。解缙的加盟，使他手上又多了一副重重的筹码。接下来他要做的，就是召集同道，在明处为朱高炽全力造势了！

第八章

巧进谏首辅定议 谋易储汉藩布局

八月十五是中国传统的中秋节。两天前，永乐大发雅兴，邀翰林院词臣们于中秋当晚入宫共度佳节，其实，他这么做有深层用意。

去年中秋节时，正值天下大搜齐、黄奸党，京师内外一片肃杀，大家都生活在惊恐不安中，也没人有这度节的心思了。而现在战事已经结束，新君登基已有一年，所谓奸党也被肃清得差不多了，正是四海祥宁，天下一统。永乐便有意挑这个时候，命词臣们吟风弄月，打造一副君臣同乐的和睦景象。

中秋佳节，本应是合家团圆之时，不过接到诏旨时，翰林院自解缙以下，均是喜形于色。皇上不陪皇后和三皇子，不挑靖难功臣，不选九卿大员，却单单让翰林词臣陪侍，这无疑是天大的荣耀。陪侍人选有限，内阁七学士自然名列其中，其他的则只能由解缙遴选。经过一番周折，编修杨溥等十余人幸运入围。

中秋当日，所有入选词臣均早早在文渊阁候着。戌时二刻，乾清宫管事牌子江保过来传旨，言陛下已在乾清宫前的丹墀摆下筵席，命众人进宫侍候。于是众人忙整理好衣冠，一起穿过甬道，从乾清门入宫登殿。

宴会正式开始。永乐居中，解缙、黄淮等人分坐左右，其他人则依次往下围成个半圈。不多时，月饼和一应糕果酒水被奉上来，君臣们把酒当歌，欢声笑语，倒也十分快活。

不过好景不长，就在君臣其乐融融间，天空一片云飘过，将皓月遮掩起来。永乐见状，遂叹了口气侧身对解缙道："看来你我君臣运气不佳，难得一聚同乐，却被一片云挡了兴致。"

"陛下勿忧，白日里尚是晴空万里，想来此云也待不了许久，不多时必会云散月出！"解缙忙作开解。

闻言，永乐忽然心念一动，脸上浮出一丝笑容道："话虽如此，但若在此坐等，岂非无趣至极？朕倒有个念头，素闻你善于诗词，你说这云遮皓月不会太久，不如便以月为题，凡过一盏茶工夫便吟诗一首，直至云散为止，也算为大家寻得一乐如何？"

一听这话，解缙一下子傻了眼。一盏茶工夫，他虽身为词臣之首，吟诗作赋自不在话下，但皇上这要求也未免太高了。若乌云一个时辰不散，那他便得吟出十二首诗，且首首都得和月有关。便是李白再世、杜甫重生，也难有这般本事！

他眼巴巴地瞅去，只见永乐一双眸子也正瞧向他，神色间颇有几分戏谑之意。很明显，皇上这是拿他寻开心，故意出此难题。

解缙苦笑一声，恭敬地回道："皇上之意甚善。不过臣才疏学浅，若真是一盏茶便吟一首诗，那便掏空脑袋，一时间也想不出这多好句来。"

"不行！"永乐摇头，"都说你才高八斗，不下子建，赋几首诗岂是问题？今日定要一展文采方可！"

"对对，大绅兄不可推脱！"

"学士快领旨吧，咱们都等不及了！"

永乐话音一落，一众词臣立刻也跟着起哄。原来解缙这人诙谐风趣，平日里经常理出些奇思妙语寻诸位同僚开心。众人被他捉弄多了，都憋着一口气也想捉弄解缙一回。无奈解缙才思敏捷，别人纵绞尽脑汁，也想不出难倒他的办法。今日永乐亲自出马，专给解缙设局，众翰林闻之莫不解气，想趁此机会让素以才学自负的解缙也江郎才尽一回，也好出出平日之气。

见君臣一起起哄，解缙自知不免，不过一盏茶一首诗那是肯定不行的。略一思忖，他嘻嘻一笑道："既然陛下要考校诗词，臣身为侍读学士自是不可推脱。不过在座的都是翰林词臣，不如让大家一齐参与，如此可好？"

"依你之意，是要依次吟诗，逐个品评？"

"非也！"解缙道，"臣倒有个主意，既可考校诗词，还可打发时辰，且又高雅风流，陛下可否听之？"

"哦？是何办法？"

"依臣愚见，今日君臣同聚一乐，莫如效法魏晋风度，设'流觞曲水'之局，若摊上谁，谁便以月为引吟诗一首。咏不出，则自罚一杯。此等罚酒作诗之法，高逸雅致，有如阳春白雪，正合今日宴会之意！"

解缙讲完，永乐果然来了兴致。所谓"流觞曲水"，便是选择一风雅静僻所在，文人墨客按秩序坐于潺潺流波的曲水边，一人置盛满酒的杯子于上游使其顺流而下，酒杯止于某人面前即取而饮之，再趁微醉或啸吟或援翰作出诗来。魏晋时，文人雅士喜袭古风之尚，整日饮酒作乐，纵情山水，清谈老庄，游心翰墨，作流觞曲水之举。而其中最著名的一次，当数晋穆帝永和九年三月三日的兰亭修禊大会，书圣王羲之与当朝名士四十一人于会稽山阴兰亭排遣感伤，抒展襟抱，诗篇荟萃成集，由王羲之醉笔走龙蛇，写下了名传千古的《兰亭集序》。自此以后，"流觞曲水"名声大振，成为历代文人诗会时的最佳之选。

"此法倒确是名士风流！"永乐赞了一声，又皱眉道，"不过此处并无溪涧，却又如何设此'流觞曲水'之局呢？"

"这不难！"解缙眨眨眼笑道，"所谓'流觞曲水'，不过取其意境罢了，倒也不必完全依照古法。陛下可取一饰物，再命内官背对诸人击鼓。鼓声一响，则诸臣便将饰物传于下一个，依此类推，直至鼓声停，此时得饰物者，则罚酒一杯，再遵圣命吟诗一首。如此，岂不比臣独吟好得多？"

解缙解释"流觞曲水"玩法时，永乐与众翰林皆满怀兴致洗耳恭听，而待他说完，词臣们先是一愣，随即爆出一阵哄笑——

"哪门子的流觞曲水，这不就是击鼓传花么？"

"还以为是阳春白雪，说到底也不过是下里巴人的寻常把戏！"

"又被这解大绅给耍了！"

……

永乐也笑得合不拢嘴。解缙云山雾罩一通，激得大家心驰神往，最后说破才发现竟是普通游乐之法。不过他这点子也不错，击鼓传花确实比让他一人干巴巴作诗要有趣得多，遂笑道："虽是解缙要滑头，但此也不失为一乐事。便照其所言，行这'流觞曲水'之法吧！"

不一会儿，几个小内官便抬了面小鼓过来。永乐命江保负责击鼓，接着将腰间一块玉圭取下道："用这玉圭作花，直至云散天开为止。到时再于所赋诗中择一最佳者，朕便将此圭赐给他！"

恪于身份，永乐不便与臣子一齐游戏，便只在一旁瞅着。一声鼓响，击鼓传花正式开始。只见众人一个接一个，将玉圭依次传下去。有的翰林没想好诗，生怕到时出丑，因而玉圭一至，忙塞给下一个；而有人才学精通，此时已打好腹稿，欲在皇帝面前表现，因此便故意磨蹭，将玉圭拽在手里许久，才依依不舍地递给下家。鼓声时快时慢,时促时缓,而众词臣也是神态各异,举止不同。永乐看着兴起,也是十分快活。忽然间,鼓声骤停。众人放眼一瞧,玉圭正牢牢握在解缙手里!

"哈哈哈……"永乐放声大笑,打趣道,"解缙,是福不是祸,是祸躲不过!你绞尽脑汁,想出个什么流觞曲水,可到头来还是你头一个赋诗!如何,这番可逃不过了吧?"

解缙望望手中玉圭,无可奈何地笑道:"既然被臣撞上,那只能献丑了!"

"这才痛快!"永乐一笑,"此时天空无月,你便以'中秋不见月'为题,赋诗一首。若作不出,则加罚美酒三杯。"

先前解缙提议之时,只说以月为引赋诗,不过永乐见他中招,故有意加了难度。好在解缙已有所准备,只见他不慌不忙地将杯中酒一饮而尽,趁着微醉来回踱步思索一番,忽然回身对永乐一揖道:"回陛下,臣有了!"

"哦?快念出来听听!"

解缙微微一笑,娓娓吟哦——

> 吾闻广寒八万三千修月斧,暗处生明缺处补。
>
> 不知七宝何以修合成,孤光洞彻乾坤万万古。
>
> 三秋正中夜当午,佳期不拟嫦娥误。
>
> 酒杯狼藉烛无辉,天上人间隔风雨。
>
> 玉女莫乘鸾,仙人休伐树。
>
> 天柱不可登,虹桥在何处?
>
> 帝阍悠悠叫无路,吾欲斩蟆蛙磔冥兔。
>
> 坐令天宇绝纤尘,世上青霄粲如故。
>
> 黄金为节玉为辂,缥缈鸾车烂无数。
>
> 水晶帘外河汉横,冰壶影里笙歌度。
>
> 云旗尽下飞玄武,青鸟衔书报王母。
>
> 但期岁岁奉宸游,来看《霓裳羽衣》舞。

"好诗!"解缙刚一吟完,侍讲杨荣便出声相赞。待得道出,他发现永乐尚未评价,遂自知失言,顿时窘得满脸通红。

不过永乐倒没在乎杨荣的失仪,方才解缙一吟完,他心中也是暗暗赞叹,正欲开口,却被杨荣抢了先。顺势之下,他便存了考校杨荣的心思,遂微笑道:"杨爱卿觉得此诗好在何处?"

杨荣见永乐问起,忙起身恭敬答道:"此诗气魄宏大,雍容典雅,可谓难得之佳赋。尤其是最后'但期岁岁奉宸游,来看《霓裳羽衣》舞'一句,尽显一派盛世气象,与当今天下之势不谋而合。臣说它好,便是由此感而发。"

杨荣的评断十分精准,而这"盛世气象"更让永乐听了十分舒畅。他眼珠一转,遂笑道:"解缙拔了头筹。不过云仍未开,这玉圭归于谁手,尚未可知。"说完,永乐将玉圭拿过,递给右侧的黄淮,"此番便从你这头开始!"

接下来继续传圭。不过有了解缙一篇佳作在前,此时众臣心思又起了变化。一些词臣自忖敌不过解缙之诗,便索性不想再争,接过玉圭便赶紧转手出去。只有杨荣、杨士奇等几个气度从容。

不过待到鼓停,众人一瞧,这玉圭又放在了解缙手里。这一下,不仅解缙,就是黄淮他们也都揣起了这个心思:皇上该不会是专找解缙的吧?

其实他们想得对了,在击鼓传花之前,永乐便做了手脚。击鼓的江保虽背朝大家,但其他内官却正对朝臣。其中一人事先得了嘱咐,只要传到解缙,便一动脚,此时江保便赶紧停击。永乐素知解缙才气纵横,今日本就有意刁难刁难他。虽然解缙搞出这个"流觞曲水",但永乐却不愿失此一乐,故仍耍个小手段,逼得他不得不连番出场。

见玉圭又落到自己手上,解缙自失一笑道:"不想今日竟有这般运气,竟是欲罢不能!"

"这也是你的造化!"永乐强忍住笑道,"既然又摊上,便再献一首上来。不过此次不用赋诗了,便吟一首长短句吧。仍以'不见月'为题,不过此番需效仿子建,七步之内,必成一词!"

现在所有人都知道皇上要考解缙才华,大家都屏住呼吸,静待下文。

解缙将玉圭交还永乐,随后略一思索便笑道:"皇上既已下旨,臣便吟一阕《风落梅》吧!"说完,他迈开步子,边踱边吟——

嫦娥面,今夜圆。下云帘,不着臣见。
拼今宵,倚阑不去眠。看谁过,广寒宫殿。

"奇才!奇才!"这一次永乐不得不由衷赞服,"解爱卿实乃我大明第一奇才也！如此佳句，竟旦夕便成，朕这般可是服了！"说着，他将玉圭递向解缙，"接下来也不用比了，这玉圭便赐予你！"

解缙满心欢喜地正欲接过，永乐忽然手一缩道："不对，你词中有云'拼今宵，倚阑不去眠'，竟是非要见这明月不可！既然如此，那朕便要看看，你这股子狂气可否让老天也服！咱们便在这里坐着，若月真得以复明，这玉圭便赐你。若仍不见月，你不仅不能得圭，还得自罚酒，以惩失敬于上天之罪。"

此言一出，解缙立时瞠目结舌——他哪能知道月亮的阴晴圆缺？不过永乐既然这么说，他也无可奈何，只得坐观天象变化。

"陛下！变了，变了，月亮出来了！"就在解缙没奈何间，杨荣一声呼喊引得众人齐齐抬头。只见天空中，云已逐渐飘散，月亮竟真的逐渐露出了真容。

这一下解缙大乐，当即对着永乐一揖道："承蒙上天眷顾，陛下的玉圭臣可是拿到手了！"

瞅着解缙竭力按捺心中喜悦，却又忍不住喜笑颜开的样子，永乐又好气又好笑，随手便将玉圭往他身上轻轻一扔道："小子侥幸，竟得贪天之功！"

解缙将玉圭从怀中拿起，又小心收好了，才嬉笑着回道："说到底都是陛下抬爱，才能容臣凭雕虫小技受此厚赏！"

"你明白就好！"永乐哈哈大笑一阵，却又忽敛了笑容，突兀一问道，"解缙，你可知昨夜宫中有喜事吗？就此吟首诗吧！"

解缙闻言一愣，随即明白这又是皇帝在考他。略微一想，他嘻嘻一笑道："陛下所言喜事，可是有娘娘生产？"

"正是！"永乐答应一声，旋又急声道，"你莫要拖延，立即吟出诗来！"

"是！"解缙起身一揖，随即张口道，"君王昨夜降金龙……"

"是有了孩子，不过生的是个女儿。"解缙正要按着自己的思路往下吟，永乐又横生难题。

"这……"解缙一愣，随即脑筋一转，"化作仙女下九重！"

"好！"此句一出，本在屏息静听的词臣中顿时有人叫好。通过一个"化"字，将生男改为生女，可谓巧妙自然，天衣无缝。

见自己出的难题转眼间便被化解，永乐心中亦对解缙赞叹不已，不过口中机锋却丝毫不变，当即又叹了口气道："可惜刚出生便告夭折。"

"料是人间留不住。"

"朕已下旨将她扔到筒子河里去了。"

"翻身跃入水晶宫。"

"妙极！妙极！"当解缙将最后一句吟完，丹墀上顿时一片叫好声。此次永乐的出题极为突然，到半途时又连生转折，兼之以君王威势重压，臣子要想在这极短时间内应对得宜可谓极难，而解缙却能临危不乱，三下五除二便将永乐的刁难从容化解，这份才学和机敏不得不让人佩服得五体投地。而这连番问对，也将诗会的气氛推入高潮。

永乐十分开心，看着眼前这位三十来岁的白面书生心中不禁惊叹，此真上天赐朕之奇才也！念及于此，他心中又是一动，一个隐忍了很久的想法顿时冒了出来。

"今日之宴甚欢！"永乐用起身的方式结束了臣子们的喧闹，望着大家因兴奋而有些涨红的脸，他微微一笑道，"方才解缙所赋之诗，朕已命人记下，将来宣扬出去，必能名闻天下。而今日之会，亦将传作一千古佳话。时辰不早，众爱卿尚需回府与家眷一叙天伦，此刻便与朕同饮此杯，以为此宴之终曲如何？"

"是！"由解缙、黄淮领头，众词臣忙端起酒杯，与永乐一起将杯中美酒一饮而尽。

待饮完酒，众臣行礼恭送圣驾。就在永乐前脚跨入宫门之际，又突然回头道："解缙随朕进来！"

"是！"解缙忙一答应，随即跟随着永乐的脚步跨入乾清宫。

进得殿门，永乐直奔东暖阁。待到榻上坐定，他扭了扭身子对紧跟进屋的江保道："去拿两碗醒酒汤来。"

"是！"江保答应一声，旋闪出暖阁门外，一转眼工夫，又用一个剔红托盘端了两碗热汤进来。

永乐接过一个汤碗，仰头一饮而尽，随即擦了擦嘴，对在面前侍立的解缙道："喝了再说话！"

解缙不敢多说，忙低声一应，随即将另一碗汤喝了。见解缙饮罢，永乐使了个眼色，江保忙端起托盘退出门外，并将房门轻轻关上。

暖阁内只剩下君臣二人，永乐微微皱着眉头，一副心事重重之状。解缙见状，心中狐疑，也不敢贸然开口，只得垂着脑袋小心站着。

不知过了多久，永乐猛一抬头，似乎已下定决心，再望了望眼前的解缙，深吸了口气缓缓道："大绅，可知朕今日为何要设宴召你等入宫么？"

听得永乐以表字称自己，解缙不由微微一愣。永乐自登基以后，因身份变化,已甚少称臣属表字。别说解缙这等归附文臣,就是燕藩旧属,除非是金忠、朱能这种极亲密之人,否则平常见了也都是直呼其名。此刻永乐突然以表字称呼,倒让他有点不习惯。

不过皇帝问话,解缙无暇细想,忙一躬身含糊答道:"想是陛下见如今天下一统、四海升平,故借此佳节邀臣等进宫,一则君臣同乐,二则以示普天同庆之意。"

"倒也确实为此,但并非全部。"永乐嘿嘿一笑,话锋一转,语气中略含几分忧郁道,"其实朕是有些不愿与皇后还有燧儿待在一起啊!中秋佳节,本是合家团聚,共享天伦之际。若见着皇后还有燧儿,难免又会想到另外两个……"永乐说着又轻轻叹了口气,喃喃道,"炽儿与煦儿,他二人着实让朕伤脑筋,朕实在不想在这大喜之日坏了兴头!"

来了!永乐说完,解缙心中倏地一紧。自打在深松居与金忠商定后,他就一直小心翼翼地寻找时机。这段日子以来,京城表面上虽是风平浪静,但暗地里大皇子和二皇子两派都在摩拳擦掌。这一切,他确信永乐全都清楚看在眼里。随着形势愈演愈烈,他愈发坚信皇帝不可能继续置若罔闻。果然,皇上再也坚持不住,想让这一场明争暗斗做个了结。而同样不出解缙所料的是,在这个关节点上,皇上想到了自己。

"大绅,朕有一事问你!"就在解缙胡思乱想之际,永乐的话音又飘了过来,"朕自登基以来,东宫之位久悬,外间多有非议。非朕昏庸,不知储贰事关国本,需早做决断。实是朕深知此事于社稷干系太大,若所择非人,其祸不可估量,故一直万分谨慎,冀为大明选一千古明君,以造福后世。然今朕之三子,高燧年小,不说也罢。高炽乃嫡长子,昔又蒙先帝亲封为燕世子,这太子之位按理来说本应归他。然其生性太仁柔,又体弱多病,以其为储,朕一则恐其寿命不永,二来还惧他重蹈建文覆辙。而高煦身体矫健,又英武过人,颇有朕之武风。但其自小好武厌文,性格又过于急躁,听不得人言,兼之废长立幼,于礼亦是不合。思来想去,竟没一个全符合朕之心意,以致久不能决!"说到这里,永乐无奈地摇了摇头,长叹一声,"难啦……"

这番话与其说是在征询解缙的意见,倒不如说是在抒发心中的郁闷。素来沉稳果决的永乐也如此言语不搭,足见此事困扰之大。

不过永乐的这种困扰对解缙却是有利无弊。自答应金忠后,他早就把两位皇子的各自优劣分析了个透,对于如何说服永乐也是成竹在胸。如今机会已至,他又岂能错过？整理好思绪，解缙向前跨出一步，双手一拱道："陛下说难，臣倒是觉得一点都不难！"

"哦？"永乐略有些惊讶地抬头望了望解缙，然后不无期待道，"为何不难？你仔细说说……"

"陛下！"解缙镇定自若道，"臣以为陛下之于此事，已是误入迷途。陛下想为大明挑选一个千古明君，可既为千古明君，必也是千年一遇。此等人物本就是可遇不可求。陛下强以此等标准要求未来太子，又岂不是缘木求鱼？"

永乐一阵默然，良久方艰难道："大绅之言甚是。既如此，那你以为此二人谁更适合？"

"大殿下！"解缙想都不想就给出了答案。

朱棣见他说得如此爽快，先是一愣，半晌方道："你为何这般笃定？高炽与高煦，不是各有优劣么？"要以私心论，永乐对朱高煦的宠爱要更多一些，因而对解缙立刻排除他有些不服气。

解缙知道最关键的时刻到了，心中也不由发紧。他深吸了口气，略微平复了下心境，方斟词酌句道："各有优劣不假，但既是选立太子，那便要从天下大局考量。大殿下虽则仁弱，但其待人处事皆有条理，绝非如建文一般糊涂乖张，肆意妄为。以大殿下为储，将来一朝为帝，虽未必会如陛下一般心存高远，但做个守成之君还是不成问题的，断不致误了国家社稷。而二殿下则不同，其虽能征善战，但于治国之道几无修为，且其为人又颇自负，如此即便有贤臣辅佐，亦不能保证他能从谏如流。若以他为储君，将来君临天下，恐我大明会有隋炀之祸！"

隋炀之祸！解缙这四字评语太过骇人，永乐一听之下不由倒吸口冷气。不过待平静下来后仔细一想，他也不得不承认解缙说得有道理。他太了解二儿子了，朱高煦素来任性，往日要他做事，他爱做的就做，不爱做的即便接下也会敷衍了事，加之其又是一副舍我其谁的脾性，任谁都不放在眼里。除了自己，就是他的母后也难管住他。这样一个人当储君，将来做大明天子，他会不会效法杨广肆意妄为，永乐心里还真说不准。

"可高炽毕竟体弱，万一他将来天命不继奈何？何况即便是守成，亦需存进取之心，否则便如逆水行舟，不进则退。而朕观他似乎不是刚强坚韧之人，以其为储，朕担心他将来遇有难事，只知一味隐忍。若果真如此，宵小必生轻慢之心，进而忧患渐起。长此以往，社稷虽不至一朝败亡，但也会久病成痼，终至不治！"

永乐说得忧心忡忡，可当他道毕，解缙却只是轻松一笑道："陛下多虑了。若立大殿下为储,臣担保不会出现此等情状!"

"为何?"

"好圣孙!"解缙眼中精光一闪,沉声道,"有一好圣孙,可保大明三代平安。"

"好圣孙……"永乐一愣,随即眼中冒出一丝惊喜的光芒。

当看到永乐欣喜的表情时,解缙知道自己成功了。因为他抛出了绞尽脑汁想出的撒手锏,而这道撒手锏则准确无误地把住了永乐的脉搏!

解缙的撒手锏就是朱高炽的嫡长子——朱瞻基。朱瞻基生于洪武三十一年。他出生不久就赶上建文削藩,燕藩靖难。当时永乐可谓是焦头烂额,日夜生活在紧张之中。在这段充满刀光剑影的日子里,俊俏可爱的小瞻基成了永乐排解愁绪的开心果。也正因为如此,永乐对这个孙儿总有一股特别的关爱之情。而朱瞻基也着实争气,打小便聪明伶俐,显示出过于常人的天赋。而朱高炽因过于文弱,不招父王喜欢,也有意照父皇的模子来培养这个儿子。在细心的教育下,朱瞻基不仅把唐诗宋词背得滚瓜烂熟,甚至小小年纪就学会了打拳,这让永乐这个当爷爷的喜得合不拢嘴。就在几个月前,刚进京的金忠还跟他提起,说年仅六岁的朱瞻基已嚷着要骑马射箭了!

有这么一个孙儿,永乐欣慰之余,时时又生出这样的期许——虽然孙儿年纪还小,但看眼下的势头,只要培育得法,将来定成大器!

解缙没有见过远在北京的朱瞻基,但永乐对这个小皇孙异乎寻常的喜爱他却从金忠等燕藩旧臣口中数次听及。与金忠等人随口一说不同,他却在这个六岁孩童身上动起了心思。在他看来,永乐在朱高炽与朱高煦之间更宠爱后者,这一点是永乐本人的私心,也是朱高炽立储的一大梗阻。要让永乐下定决心选择朱高炽,就必须要改变这一不利局面。

直接打压是不行的,皇帝的私情,解缙一个外臣无从置喙;想让半生戎马的永乐打心眼里接受这个连马都不会骑的大殿下,他自忖没这份本事。但朱瞻基的出现,却让他看到了希望。

永乐宠爱朱瞻基,且这种宠爱甚至在二子之上。而朱瞻基是朱高炽的亲生儿子,在争储一事上,他们是合为一体的。只要能将朱瞻基直接引入争储当中,那朱高煦在私情上的优势就会化为乌有,看清这一层,解缙精心准备了一整套说辞,就是要在这个至关重要的时刻派上用场,完成对朱高煦的沉重一击!

果然,继眼中流露出惊喜后,永乐的脸上也露出了开心的笑容。解缙按捺住心中的兴奋,继续道:"皇长孙天资聪颖,有太祖与陛下之风,此正圣君之资也。

若能得名师精心调教,将来必成大器。陛下既有此等佳孙,又何愁大明将来积弱?即便大殿下仁弱,但有圣君相继,朝廷再行开拓亦非难事!"顿了一下,解缙悄悄瞄了瞄永乐,见其连连点头,遂放心地按照自己的思路继续道,"至于太子体弱,此亦不必多虑。陛下春秋正富,届时大殿下即便不豫,长孙也已成年,断不致有主少国疑之虞。如此看来,以大殿下为太子,于我大明其实并无大弊!"

解缙将朱瞻基抬出,三下五除二便将朱高炽的所有劣势统统抹去,此等李代桃僵之手法运用得炉火纯青。其实朱瞻基不过是个六岁小童,虽然眼下看起来资质颇佳,但将来如何其实谁也说不准。可解缙吃准了永乐宠爱朱瞻基,故坚信一定能蒙混过关。

解缙的猜测十分正确。如果说永乐对朱高煦还有些许不满意的话,可对朱瞻基,他却是完完全全地宠爱与欣赏。而之所以有这种超乎寻常的感觉,既得益于朱瞻基的聪颖,也与祖孙间那种与生俱来的亲密感情不无关联。

永乐挺身而起,在狭小的房间内来回踱了几圈,旋又猛地坐下,淡淡地对解缙道:"时候不早了,你道乏吧!"

"是,臣告退!"解缙也不多说,一撩袍角跪下,干净利落地磕了个头,然后轻轻退出门去。尽管永乐并没有道出他的想法,但解缙已从他的神情中清楚地知道了答案。

出得殿门,解缙孤身站在空寂的丹墀上,深深吸了口气。半晌,他抬头一望,天空中圆月高悬,繁星点点,好一个绝美的中秋之夜!

……

当年十月,永乐首次向内阁透露,欲立朱高炽为太子。

永乐二年正月,皇帝下旨,召皇长子朱高炽、皇二子朱高煦进京。

永乐二年三月二十八日,周王朱橚进颁《九章》,朝中大臣再次上表,请立皇太子。这一次,永乐终于应允。

永乐二年四月四日,皇长子朱高炽受封为皇太子;皇二子朱高煦封汉王;皇三子朱高燧封赵王。持续了近两年之久的国储之争,至此告一段落。

按照洪武初年修建时的布局,南京外城城墙以内,被划分为东、西、南、北、中五个区域。其中东城是皇宫和朝廷五府十八衙门所在;北城多用以驻军;西、南、中三城则为坊市,京城士民和达官贵人皆居于此。在中城西安门外大街往北一些,坐落着一座占地甚广的宅院——汉王府。

汉王府原是归德侯陈理的府邸,陈理是元末枭雄陈友谅的嫡子。陈友谅当年雄踞江汉,气势十分之盛,后来鄱阳湖一战,其被朱元璋击败,身中流矢而死。陈理在武昌投降,被朱元璋带回应天,于此大宅幽居。因陈友谅在世时曾自称汉王,故京城士民通称陈理家为汉王府。再后来,陈理一家被送往朝鲜安置,其府邸便就空置下来。永乐册立太子后,将陈理旧宅赐给朱高煦,作为其在京城的王府。

这一日中午,汉王府前的大街上扬起一阵由远及近的马蹄声。门房小内官跑出来一瞧,一群身着飞鱼服的锦衣卫缇骑正奔驰而来。待到府前,领头的骑士翻身下马,将缰绳扔给前来迎接的内官后问道:"王爷可在府中?"

"回纪大人的话,王爷用完午膳,现下正在书房与史复先生叙话!"小内官答话的语气十分恭敬。他之所以如此,并不是因为来者官服上绣着三品武官的虎纹补子——这种级别的官员,王府内官见得多了!而是因为眼前这位是汉王最为倚重的铁杆心腹,锦衣卫指挥同知纪纲。

自打投效燕藩后,纪纲便开始了飞黄腾达之路。济南一战,纪纲的计策虽然未被采用,但仍得到了永乐的赏识。其后,他一路升迁,到靖难后期已官至燕王府纪善——这是金忠曾经的位置!靖难功成,永乐大封旧部,纪纲属于中途投效,又没有直接军功,自然不可能封爵。但永乐也不亏待他,针对其果敢狠辣、善于揣摩人心之秉性,授予他锦衣卫指挥同知之职,将其纳为天子鹰犬。纪纲倒也没埋没这个角色,这一年里他屠戮不归附的建文旧党,追查逃亡的建文旧臣,为新朝的稳固立下了汗马功劳。

不过纪纲为人心狠手辣,干的又是周兴、来俊臣之流的营生,这等人物自然不讨朝臣欢喜,那些建文旧臣对他更是又恨又怕,暗地里恨不能生吞其肉;而作为靖难功臣的金忠,也对其深恶痛绝。金忠和建文旧臣都是朱高炽那边的人,纪纲既然不招他们待见,为寻求靠山,自然而然就和朱高煦搅和在了一起。当初争储之时,纪纲暗中没少给朱高煦造势,无奈最后仍功败垂成。不过,尽管朱高煦没当上太子,纪纲却深知其势力,认定这位汉王才是唯一能庇护自己的大树,故一直坚定地站在他这一边。也正因为这份坚定不移的"忠心",朱高煦对他愈发宠信,并视之为头号心腹。

听得内官答话,纪纲答应一声,遂撇下一众随从,大踏步进府而去。守门的侍卫们也不阻拦,任其畅通无阻直入府内。

待进书房,朱高煦却不在里面。纪纲逮着个婢女一问,方知其已和那个史复进了西园。纪纲遂又折而向西,待穿过几扇月门,一个巨大的花园便出现在眼前。

汉王府西园原为旧汉王府内的一片荒地,朱高煦入主此宅后,将其开辟出来,挖池修山,种上名贵花木,供闲暇享用,并取名为"煦园"。当纪纲站在月门口伸头一望时,发现朱高煦正与一个面蒙黑纱的黑衣青年文士对坐在池塘对面竹林下的一个小石桌旁,另有两个小婢女拿着蒲扇,站在他们身后轻轻扇风。

纪纲从池中央的木桥穿到对岸,这才看清二人是在下象棋,见此情景,他不由微微一笑。此时,棋局正到最紧要关头。朱高煦见到他,只是指了指旁边空着的石凳,示意他坐下,旋又目不转睛地盯向了石桌上的棋盘。至于一旁的黑衣文士则纹丝不动,似乎就没发现有人前来一般。

见黑衣文士对自己视若无睹,纪纲心中稍有几分不快。不过他并未说什么,而是把目光投向棋局。一看之下,纪纲不由微微一怔。此局由朱高煦执黑、文士执红。而这棋面上,黑子已只剩下一车一马三兵,连相也残了一个;而反观红子,则尚有二车一炮五卒,相士也都齐全,正围着朱高煦的老帅猛攻。朱高煦左支右绌,已渐成不支之势。纪纲观朱高煦下棋次数不少,虽见其偶有失利,但也都是小负,像被欺辱成今日这般倒从来没有过。朱高煦又抵挡一阵,虽未有再折子,但终究不能挽回局势,遂把棋局一推道:"不料你竟如此厉害,不下了,不下了!"

文士微微一笑,也不说话,只把左手一挥。旁边的小婢女会意,忙把桌上棋盘收起,然后又端上一盘切好的水梨。朱高煦拿起一块死力啃了一口,含糊不清道:"史复,你从哪里学来的本事?本王浸淫此道多年,从未输得这般彻底。"

被叫作史复的文士不紧不慢地从托盘内拿起一块梨,将脸部黑纱撩起到鼻下,张嘴小嚼一块,待咽下后,方用嘶哑的嗓音淡淡道:"若论棋力,在下不仅不胜殿下,反而还稍逊几分。殿下之败,败在太过心急。"

"哦?"朱高煦忙问道,"此话怎讲?"

史复仍是一副不慌不忙之态:"对弈者,棋力固然重要,然心境亦是成败关键。殿下一开局便咄咄逼人,太过急迫,在下既察觉,遂不动声色,明为防守,实则在暗中布局。待二十余回合过后,在下万事俱备,则行引君入瓮之计,将王爷右路车马俱诱过河界,继而以主将诱之,使您欲罢不能,最终陷入在下预设的圈套之中。试想,若殿下一开始不急于求成,而是步步为营,稳扎稳打,试问以在下之能,又岂能在这区区四五十回合内便轻易得胜?"

史复娓娓道来,朱高煦听得连连点头,而一旁的纪纲听着,回味之余却觉得其不仅是在说棋,似乎还隐含着其他用意。

果然片刻后,史复向后一挥手将侍立的两名婢女屏退,继而沉着道:"其实处事亦如下棋,若一味心急,欲速则不达。殿下此次争储失利,便是吃了心急的亏。"

史复一提争储,朱高煦脸上顿时黯然。五个月前,永乐正式立皇长子朱高炽为太子,他满腔的期盼终究化作泡影。这样的结局,不能不让这位战功彪炳的二皇子大失所望。这几个月来,他一直生活在此次失败的阴影当中,人也愈发暴戾。幸亏这位新收的奇人史复从旁反复开导,才使他总算有所恢复,心情也逐渐好转了些。

想到这史复,朱高煦不由又回忆起一年前他们塞外相遇的场景……

当时,史复把形势说得十分严峻,朱高煦听在耳里,不由得不胆战心惊。不过最终,他没有采纳史复的建议——毕竟赴开平备边乃父皇旨意,若突然回京,必然引起父皇不满,而且当时朱高炽也不在京城,而是在北京留守。思虑一番后,他仍去了开平,而这史复也被其带到开平秘密看押。

可接下来事情的发展却一一印证了史复所言:朱高煦一走,朝中二皇子一派失去主心骨,顿时成了一盘散沙;丘福等人武将出身,只知一味摇旗呐喊;纪纲虽有智谋,却地位不高,难以服众。待到金忠回京,为朱高炽拉拢势力,邀集人心,世子系的势力迅速壮大。到后来,形势对朱高煦越来越不利,纪纲几次送密函给朱高煦,催其尽快回京;朱高煦也屡次上书,甚至谎报患病,可就是不能换来永乐的敕旨。最终,在金忠等人的努力下,永乐结束了犹疑,立朱高炽为太子,对储君宝座垂涎三尺的朱高煦只得到了一个亲王爵位……

不过正是这番经历,使朱高煦对史复刮目相看。尽管此人来路不明,而且面容被毁,看上去让人恶心,但他仍将其纳入王府,做了一名清客。不过近几个月来,史复除了安抚自己,并未就夺储之成败作任何评价。今天他突然开口,直言自己夺储的失误,这又是什么意思?

似乎看出了朱高煦的疑惑,史复淡淡道:"在下今日之所以言此,是有一事要问殿下,不知您对东宫大位可还有念想?"

朱高煦眼角一跳,半晌方脸一沉冷冷道:"想又如何?不想又如何?"

"现殿下心境已平,若不再想这储位,那将来安心当这汉王倒也不失为富家翁。既如此,在下这个清客再无用处,也犯不着再留在这里耗殿下的钱粮!"说着,史复又话锋一转,"若殿下雄心未泯,仍愿与当今太子一争高下,那在下愿竭尽所能,助殿下一臂之力!"

史复言毕,朱高煦眼中闪过一丝精光——这太子之位,他怎能不想?今日之太子,就是明日之皇上!一生争强好胜的他做梦都想坐上那把虬龙盘蟠的宝座,吃喝等死的闲散亲王,绝不是他所能满足的!

不过很快朱高煦的目光又黯淡下来,半晌,他垂头丧气地叹道:"想又有什么用?如今大位已定,我就是有意,父皇也不会废了大哥再立我!"

"谁说不能?"史复不屑地一笑道,"秦汉以来,太子能继承皇位者不过十之五六,其余四五成中,被废者又占了近一半。今日这春和殿是他朱高炽占着,可谁又能保证明日不另归他主?"

"你是说……继续争?"一旁的纪纲听到这里,忍不住插口发问。

"这要看殿下是否愿意。"史复答了一句,又把目光投向朱高煦。

朱高煦托着腮帮子想了半晌方抬起头,一双虎眸死盯着史复的脸道:"我若再争,胜算几何?"

"那得看殿下如何动作。"史复没有直接回答,而是就夺储失败展开了分析,"前番夺储,殿下有三大失策。其一便是心急,殿下过早显露出了争夺太子之意。纵然大皇子不济,可他毕竟是嫡长子,也是高皇帝亲封的燕世子,你与他比,名分上已逊了一筹。正所谓名不正则言不顺,殿下以次子之位,却觊觎太子宝座,这有违礼法;偏偏殿下当时太过骄狂,以致物议汹汹不说,陛下心中也会有不好的想法。"

"其二,王爷当年在京中屠戮太过!"说到这里时,史复的语调突然提高了几分,脸色也有些涨红,不过他很快平和下来,"当初天兵进京,王爷奉今上之命捕杀齐、黄逆党。本来此事王爷照皇上的意思处置也就行了,可您却变本加厉,诸多不该杀之人亦被您杀了。如此一来,那些建文旧臣必然暗中愤恨。他们不敢怨皇上,便把这份恨意转嫁到您的头上。到争议立储时,建文旧臣均站到了大皇子一边,这便是殿下当日种下的恶果。"

这点说完,不光是朱高煦,就是纪纲脸上也有些挂不住。当初滥杀所谓"奸臣"时,他就是急先锋。在他们看来,那帮建文旧臣杀了也就杀了,没什么大不了的,此刻史复旧账重提,语气中颇含责备之意,他二人听了心中老大不满。不过史复说得也有道理,后来那么多文官支持朱高炽,除了其本人脾性外,他们招人记恨也是一大主因。

"那这第三条失策是什么?"朱高煦不想就此事继续纠缠下去,遂又再问。

"其三便是北上开平！前两项失策，足以影响到陛下决策。但若殿下仍在京中，一来可以凝聚势力，二来朝夕随驾，对圣意多少会有影响。可惜殿下当初不听在下劝说，若能毅然返回京师，陛下纵一时疑惑，但一段时日后也就过去了。而殿下则可联络各方势力，并以威势压制不满，那即便金忠回京，其作用也十分有限，断不致出现其后局面。"

史复逐个分析完毕，朱高煦与纪纲俱是沉默无言。良久，朱高煦才沉着脸道："就算你说得对，可如今大局已定，大哥已是太子，纵然我汲取教训，恐也为时已晚。"

"不晚！"史复断然道，"在下之所以说这些，不是让殿下追悔往昔，而是希望殿下能有所领悟，接下来能戒骄戒躁。如此，在下才有信心助殿下夺占东宫！"

"听你这么说，你有把握将大哥从太子宝座上拉下来？"朱高煦从这段话中琢磨出了点味道，脸上顿时露出惊喜的神色。

"若谋划得当，并假以十年之期，在下所言必然成真！"虽然隔着黑纱看不清史复的脸，但从语气中仍不难听出其信心。

"十年？太久了吧？"朱高煦是个急性子，一听要这么长时间，他不禁有些焦躁。

"必须十年！"史复毫不犹豫道，"如今大位已定，再行废立，岂是旦夕可成？王爷若连这点耐性也没有，那趁早打消这个心思，安安心心做您的藩王！"

朱高煦有些灰心，不过稍稍一想，便明白史复说得在理，遂一咬牙道："也罢，本王便卧薪尝胆，熬上十年！"说完这句，他又赶紧追问，"先生说要谋划得当，此话怎讲？还请细细说来！"

史复见朱高煦认同了十年之期，便知其心志甚坚，心中也是一安，旋道："殿下要做三件事。第一，剪除太子羽翼！如今大殿下已是太子，朝中支持者众多，势力远非昔日可比。有这些'太子系'在旁聒噪，殿下想要夺储，可谓千难万难。即便届时陛下有意易储，恐也会因为朝中反对而不了了之。"

"不错！"史复话音方落，朱高煦便咬牙切齿道，"若不是金忠这臭算命的在京中捣鬼，大哥也未必就能当上太子。还有那个解缙，也不是什么好东西。"

金忠回京后拉拢文官、压制靖难名将，直接打破了原先胶着的局面，使舆论逐渐向朱高炽一边靠拢，最终对太子之位的归属产生重大影响。每想到这里，朱高煦就恨得牙直痒痒。而解缙中秋当晚与永乐密谈的事，也通过值夜内官传到了三皇子耳里，后来他又告诉了朱高煦。虽然值夜内官并不知道解缙与永乐说了些什么,但从当时解缙隐约显露出支持朱高炽的立场,以及那日后父皇态度的逐渐转变中可以推测,这位内阁首辅绝没有说自己的好话。有这层计较,朱高煦已把这位名动天下的大才子恨到了死处。

不过他这番怒骂,并未换来史复的共鸣。待其情绪平复些,史复方冷冷道:"如果殿下眼中所谓剪除羽翼,是指对金忠、解缙之辈的话,那在下劝殿下还是趁早收手,否则十有八九是偷鸡不成蚀把米!"

"你说什么?"史复这番话太过尖锐,一下刺激了朱高煦敏感的神经,只见他青筋暴起,双手紧握成拳,怒目而视。

史复却对朱高煦的愤怒视若无睹,他一伸手将茶壶提起,又拿了一个杯子给自己倒了一杯茶饮下,方淡淡地说道:"殿下可曾有想,当今所谓之太子羽翼,大体可分为哪几类?"

"这……"朱高煦一时结舌。若要问哪些人是"太子系",他想都不想就能说出一大堆名字,可要将这些人分类,他倒从未想过。

朱高煦的无语,早在史复预料之中。他将茶杯轻轻放回桌上,不紧不慢道:"依在下所见,太子羽翼可分为三类。一者,是金忠、顾成、袁忠彻这类燕藩老人。他们或在靖难时协助太子镇守北平,或与世子有别样交情,故自然而然拥护太子。本来姚广孝也算一个,不过这老秃驴还算识时务,靖难后便大隐于朝,不问俗事,如此倒也是殿下之幸事!"

"二者,便是革除朝归附的文官!"所谓革除朝,便是指建文一朝。永乐登基后,将建文朝的痕迹彻底抹去。建文朝改称革除朝,建文年号也被革除,改为延续洪武年号,官修史书中的建文元年至建文四年成了洪武三十二年至洪武三十五年,朱允炆也从名正言顺的大明天子沦为不伦不类的"建文君"。

顿了一顿,史复又道:"归附文官中,又可分为外臣与内阁阁臣。以品级论,外朝十八衙门的大小九卿皆贵于阁臣,但其与内廷疏远,说到对皇上的影响,反倒不如七个阁臣。"

"除燕藩旧臣与归附文臣外,第三类支持东宫的便是那几个迎驾功臣了。"史复冷笑一声,颇为不屑道,"李景隆、王佐、茹瑺、陈瑄,此四人一个率水师投诚,助陛下过了长江;三个打开金川门,放陛下进了京城。若论功劳,他们较淇国公、成国公亦不逊色,陛下也似乎待他们不错。李景隆就不说了,王佐、陈瑄也都封了侯,就连茹瑺这个文臣都捞了个伯爵。只不过此四人不是燕藩旧臣出身,进不了靖难功臣们的圈子,却又因献城一事被归附文臣暗中鄙视,以致两头不讨好。他们几个除了陈瑄比较老实外，其余三个都鼎力支持太子，其目的就是要抱住太子的大腿，以便在朝中站稳脚跟！"

史复娓娓道来，费了老大功夫才把这所谓之"三类"掰扯清楚，朱高煦早已不耐烦，待他一说完便嚷道："你说这些乱七八糟的有啥用处？管他哪门哪类，只要和本王作对，都必须剪除！"

"臣敢问殿下如何剪除？"史复咄咄逼人道，"譬如金忠，在靖难中立下大功，又深得皇上信任，此等人物，敢问殿下如何除之？参劾？排挤？抑或刺杀？若说以罪参劾，莫说其无罪，即便有，陛下也不信；排挤就更不用说了，放眼朝堂，谁有这能耐去排挤金忠？至于暗杀，若果有此事，恐怕陛下第一个想到的凶手就是殿下您。争储不成，挟私怨刺杀朝廷重臣，这事要是传开，殿下您不但争储无望，恐怕连这亲王爵位都保不住了！"

"还有那解缙。此人虽官不过五品，但才华盖世，在士林中声望极高，又深受皇帝宠爱，圣眷之隆甚至在许多靖难功臣之上。殿下想剪除他，又谈何容易？"

闻言，朱高煦目瞪口呆，豆大的汗珠从额头流下，半晌方讷讷道："照这么说，这剪除羽翼岂非梦呓？"

"非也！"见朱高煦此番表情，史复眼中闪过一丝得意，旋又敛了道，"此事绝非梦呓，但要分轻重缓急。"说到这，他把刚才放到一旁的棋盘端回桌子中央，重新摆好后道，"殿下请看，这储君之争，其实就是两军对弈。一开始，双方隔河试探，所冀图者不过对方之一二小小破绽。待局面打开，则可深入敌境，展开厮杀。待优势更甚，则可相机歼其双车。待双车一亡，对方便已是穷途末路，纵然主攻者不再紧逼，亦只有投子认输。遍观太子羽翼，其中燕藩旧臣便如双车，其实力最强，若一开始就想将其擒获，基本没有可能。而解缙这些文臣则就如马、炮，其隐伏于阵中，虽不能像双车一样纵横捭阖，也算是游刃有余，想一举擒拿同样难上加难。故殿下想打开局面，必然只有从小卒着手，在其身上找到破绽。待灭掉一二小卒，敌方防线出现漏洞，随后再节节深入，最终形成摧枯拉朽之势，如此大业可成！"

看着史复这般摆弄，朱高煦有些明白了，当即眼光一亮道："照你所说，李景隆他们就是这些无名小卒？"

"不错！迎驾功臣看似风光，但实际上就如小卒一般，转圜余地极小。李景隆之辈虽想依附太子，但太子毕竟刚立，连政务都没来得及接触，想要庇护他们尚无此实力。至于文臣，因对他们开门投诚一事颇有腹诽，故也乐得见他们倒台。

而最重要的是……"史复把双眼一眯，轻声道，"陛下已有罢黜他们之意！"

"嗯？"朱高煦颇有些意外，"不见得吧！就在上个月，刑部尚书郑赐、吏部尚书蹇义还有朱能他们接连上书，弹劾李景隆心怀叵测、图谋不轨，皇上却轻描淡写地一笔带过，只拿了李府几个不法下人，对他并无任何处罚。由此看，陛下对李景隆还是很信任啊！"

"这只是表象罢了。"史复一哂道，"李景隆毕竟是元勋之后，也算是靖难功臣，而且他如今位居百官之首，岂能因成国公他们一次参劾就倒台？不过在下正是从此次皇上的处置当中，窥得其心中真实想法。"

"此话怎讲？"

"殿下请想，以李景隆今日之显赫地位，何人胆敢参他？而且看所参劾之罪名，郑赐上书中说他'包藏祸心、不守臣节'；蹇义和成国公的联名奏本中，更是直指其'心怀怨望、密造奸谋'，这都是谋逆的罪名。若李景隆圣眷优渥，他们岂敢如此说一个当朝太子太师，世袭曹国公？"

"那也未必不敢！"纪纲冷冷插话道，"成国公朱能久随陛下，在靖难功臣中排名第二。他就是说了，李景隆又能如何？"

"成国公自是不怕，但蹇义与郑赐呢？他二人不过是二品尚书，而且都是天兵进京以后才归附的建文旧臣。以他二人的身份怎敢对李景隆下此狠手？他们就不怕李景隆记恨在心，将来报复？还有，既然李景隆被冠以谋逆大罪，那于情于理皇上都应该彻查。若果有其事，自当降罪李景隆，可若是子虚乌有，那蹇义他们就是诬陷。诬陷当朝第一大臣谋逆，此乃大罪，就算皇上不会因此降罪成国公，但严惩郑赐、蹇义总是应当吧？可结果呢？连他二人都毫发无损，一桩本应是天大的案子就这么消弭无形，如此又岂是君王驭下之道？"

史复抽丝破茧、徐徐道来，朱高煦恍然大悟，当即兴冲冲道："你是说朱能他们参劾，其实是出自父皇暗中授意？"

"倒也未必是陛下授意。成国公在靖难中战功赫赫，李景隆乃其手下败将。就这样一个草包人物，如今却反而位居其上，他心中必然不满。至于蹇义、郑赐就更不用说了，这些建文旧臣恨透了李景隆这种吃里爬外的小人，逮着机会自然要把他往死里整。他们每日上朝，与皇上接触较多。或许是从言谈中察觉了陛下对李景隆其实并不以为然，故才有了这个想法，合起伙来公报私仇。不过，这也更加证明陛下内心是厌恶李景隆的！"史复忽然有些奇怪地望了朱高煦一眼，"殿下对此一无所知么？成国公不是一直是殿下这边的么？这诸般内情，他就一点也没透露给您？"

朱高煦一愣，随即尴尬一笑摆摆手道："本王这段日子不是一直闭门谢客么？朱能几次过来本王都没见，上朝时又众目睽睽，哪有机会说起这些？再说，本王也没料到此事会和争储有关联。"

朱高煦这么答话倒也是实情，但不是全部。朱能与丘福不同，他虽与朱高煦关系莫逆，但平日里也与朱高炽处得不错。而且朱能为人谨慎，当初两位皇子争储时，他虽然也有表态支持朱高煦，但也不过是随波逐流罢了，与丘福那冲锋陷阵式的死忠全不能比。也正因为如此，朱高煦在争储失败后对朱能很有点意见，关系也不像以前那么亲密了。

史复从朱高煦的尴尬中窥得了些端倪，但他并没有多说什么。他投效不过一年，虽然这位汉王对他比较器重，但还称不上倚为心腹。"汉王系"内部错综复杂的关系，朱高煦并没有对他讲得明白，而他也无意过问。待想了想，史复撇开这个话题，一摆手道："也不管这闲杂事了。总而言之，李景隆这座花哨牌坊如今已是危如累卵，只要殿下一推，必然轰然倒地。李景隆一倒，接下来茹瑺他们也不会有好下场。迎驾功臣垮台，太子便先折了一翼！"

"不错，就拿李九江下手！"朱高煦右手握拳，狠狠砸向桌面，转而问纪纲道，"记得前些日你说过，在追查建文奸臣下落时曾发现李增枝在湖广私下索贿，此事可有实证？"原来永乐登基前后，不少建文忠臣四散而逃，他们流落江湖，仍时刻心怀故主，并大肆宣扬永乐"篡位弑君"的事迹。纪纲自就任锦衣卫指挥同知以来，一直在追查这些人的下落。

"实证倒没有，但事情确凿无疑！"听得朱高煦发问，纪纲当即答道，"自去年李增枝任职湖广都司以来，短短一年内便蓄田数千亩，仅佃户便多达上千。据查，李增枝到湖广后，时常召昔日参与北伐的南军旧将到其衙中，名为过问军务，实则暗中索贿。若遇不从，则以其当年对抗燕军之旧事相胁，诬为齐、黄奸党。众将畏其权势，莫不倾囊相贿，使其所得颇丰。此事臣手下暗访中多有耳闻，但因与建文奸党一事无关，故没有仔细查证！"

"只要有这回事就行，没有实证也无所谓！"史复的语速忽然变得有些急促，阴阴笑道，"殿下可把此事透给陈瑛，他最讨厌朝中这帮归附的建文旧臣。只要让他逮着，肯定会把李家兄弟往死里整。陈瑛执掌御史台，有闻风奏事的权力，就算查出来是子虚乌有，他也无须担责。"

史复口中的陈瑛是都察院的左都御史。洪武朝时他曾任山东按察使，建文削藩时把他平调到北平,命其暗中搜罗燕藩谋反证据。谁知陈瑛到北平后被燕王暗中收买,对朝廷敷衍了事。陈瑛的行径后被黄子澄得知,当即告知建文将其夺职下狱,一关就是四年,直到永乐登基才把他放了出来。为表彰其昔日归附燕藩的"功绩",永乐任其为都察院左都御史,专职纠劾百官。陈瑛蹲了四年大狱,出来后对建文旧臣恨得要死,加之又急于捞取政绩,故整日里寻那些建文旧臣的晦气,短短一年,就有十余文臣因其弹劾受罚。纪纲这两年来也没少整治建文旧臣,因着这个缘故,陈瑛与他走得比较近,并通过纪纲与朱高煦勾搭到一起。

"便就如此!"听史复提起陈瑛,朱高煦不假思索地拍板,旋又对纪纲道,"此事便由你去办。让陈瑛费点心思,多网罗些其他证据,争取把他兄弟俩一举扳倒!"

"是!"纪纲忙拱手作答。

"第二件事,则是殿下不能就藩。"把第一件事议定后,史复继而提出了第二项主张。

"不就藩?"听到这里,朱高煦不由一愣。大明制度,亲王成年后均需赴藩国就任。朱高煦是汉王,封国在云南,眼下虽暂未赴任,但也是迟早的事,他不禁犹疑道,"这恐有违制度,而且你方才还说不可露出夺储之意。拒不就藩,大哥他们更要说三道四了。"

"说三道四也只能由他。"史复断然道,"殿下必须在京城。一旦远离庙堂,那还谈什么夺储?"

"史先生说得对!"纪纲也插口道,"这也是没办法的事,太子他们要说便说,只要皇上点头就行。皇上一向宠爱殿下,此次立储,他又内心有愧,只要您在他面前多求上几回,想来他一定能答应。"言及于此,纪纲想了想又补充道,"就藩与否事关根本,殿下无论如何也要留下,否则一切都是空谈!"

"嗯!这事我去和父皇商量,想来他也不至于迫我太甚。"朱高煦点了点头,随即又道,"那这第三件事是什么?"

"这第三件事最为重要,也是得以让陛下最终下定决心行易储之事的关键所在!"史复说到这里时加重了口气,"殿下必须要有所作为,以获皇上赏识。若仍像以前那般自甘沉沦,那就算太子失德,皇上也不会把东宫大位交到您手上!"

"先生说得对!"朱高煦沉吟半晌,蓦然起身,神情坚定道,"从明日起,本王便进宫面圣!"

"恭喜王爷重振雄风！"见朱高煦总算精神复振，史复心中大慰，当即起身相贺，"不仅仅明日进宫，王爷还要抓住一切机会随侍御前，如此才有机会！"

"本王明白！"朱高煦郑重地点了点头。

三事说毕，气氛顿时活络不少。又闲叙了一小会，史复便作揖告退。

回到卧房，史复没有直接休息，而是躺在榻上望着天花板发怔。经过几个月来的劝导，他终于成功唤起了朱高煦消泯许久的斗志。但他明白，仅就于此还是远远不够的。方才的交谈中，史复有意回避了一个重要的问题，那就是如何才能让朱高煦俘获圣心，并将此转化为促使永乐下定决心更换太子的重要动力。之所以如此，是因为他心中也没有明确的想法。不过史复知道，这正是他接下来要面对的重要难题。他必须要找到这个突破口，这样才能成功将朱高煦扶上太子宝座。

"有所作为，有所作为……"史复口中喃喃，脑海里则飞速地运转着，一个模糊的想法时隐时现，史复想将它抓住，但又觉得云山雾罩。就这样思考了不知多久，他终于累了。不一会儿，卧室里响起轻微的鼾声……

而就在史复告退离去的同时，煦园内，朱高煦和纪纲也正窃窃私语着……

望着史复逐渐远去的背影，纪纲心里很不是滋味。早在靖难时，他就是朱高煦的左膀右臂，时常为这位王爷出谋划策。但这半年来，朱高煦却越来越依赖这个浑身透着古怪的丑陋男子。

史复对外的身份只是个清客，平日里也不显山不露水，甚至王府长史司的一些臣属都不知道煦园里还有这么一号人物。但作为汉王的心腹，纪纲却对他在朱高煦心中的地位十分了解，这让纪纲感受到了威胁。

不过纪纲也非愚钝之人，史复的确智谋超群，有他出谋划策，朱高煦东山再起必然顺利许多。纪纲和他们是一根绳上的蚂蚱，若真使朱高煦放弃史复这个绝佳谋主，那对他其实也没什么好处。

打压史复是必须的，但又千万不能太过，这分寸一定要把握准了。纪纲思忖许久，才回过身皱着眉头道："王爷，此人太过怪异，恐非善类！"

朱高煦刚在史复的开解下复生夺储希望，心境正是大好。听得纪纲此言，他先是一愣，随即满不在乎地一笑道："能人嘛，神神道道些也是正常。"

"或许吧！"纪纲不置可否地支吾一声，"只是他来历不明，终不能让人放心。"

"你不是已派人调查他的身世了么？可有什么结果？"

"没有！"纪纲眯着眼，一副若有所思状，"他自称是真定府新乐县人，听口音也确实是真定那边的。但臣几次派人去新乐暗访，却并未探听到半点关于他的事迹。"

朱高煦想了想道："三年靖难，真定不知遭了多少次兵灾，老百姓死的死逃的逃，籍册都毁于战乱，你查不出什么也是正常。"

"话虽如此，但臣终究不能放心。"纪纲忧心忡忡道，"此人入王爷幕中已近两载，然其一不受钱财，二不要美姬，连王爷几次许下封赏之诺，他都一笑置之，竟毫不在意。如此无欲无求之人，臣实不知他为何要投靠王爷。难不成他也和姚广孝一般，只为建一番功业，图的仅是个青史留名？"

听得纪纲这么说，朱高煦不由一乐，半开玩笑道："若果真如此倒也不错。不过是史官多画几笔的事，有什么不划算的？"

"臣担心他效忠王爷，是另有所图！"纪纲却毫无嬉笑之色，只是一脸肃容道。

闻言，朱高煦脸上的笑容顿时凝固。来回踱了几圈，他顿住脚步，满脸阴沉地望着纪纲，最后吐出四个字："此人有用！"

朱高煦将"用"这个字的发音咬得尤其重，纪纲听后，心中大石顿时落地，脸上闪过一丝得意的笑容，旋又敛了，沉声道："臣明白！"

第九章

武英殿永乐宏愿 再拓疆郑和使西

秋去冬来,转眼已近岁末。这一日,天空中刮起了凌厉的北风。早朝结束,百官刚移步出华盖殿,立刻就感受到了空中的寒意,遂加快步伐向皇城外的官衙走去。不一会儿工夫,天街便已变得空空荡荡。而就在百官回衙取暖之时,一位年约三十出头、身着绯红色葵花胸背团领衫、头戴乌纱帽、腰缠犀角带的英俊内官却从西华门方向缓缓走进宫来。

这位内官便是当年的燕王府承奉马和。永乐登基后,大封靖难功臣,马和虽是内官,不可能封爵,但也因功被授以内官监掌印太监之职。同时,永乐特赐其"郑"氏之姓,以彰其在郑村坝决战中火烧南军连营的大功,故马和从此改名为郑和。

明代制度,在内宫共设十二监、四司、八局,以管理宦官,合称二十四衙门。而二十四衙门中,十二监地位较高,掌印者称为太监,正四品衔,其余依次为少监、监丞等。不过同为正四品,根据职责分工不同,十二监的地位差遣也各有不同,且随时代变化各有升降。而在明初时,负责管理宫人的内官监则是其中最为重要者。郑和既为内官监太监,换句话说也就是明宫内官之首。

今天一大早,郑和就到了西华门,专等永乐下旨召见后才进得宫来。按道理说,内官作为皇帝家奴,本不用像外臣一样走这些繁琐程序。不过,此时的郑和还有一个特殊的身份——回京复命的朝廷使臣。原来四月间,因倭寇从海上侵犯苏、松,永乐遂遣郑和为使,出海诏谕日本国主源道义(室町幕府第三代将军足利义满,明人不知日本有天皇,误将把持国政的幕府将军认作国王),命其约束国内浪人,勿犯大明疆土。郑和东渡扶桑,圆满完成了皇帝交代的任务,于数日前乘船抵达松江府太仓港，眼下是入宫缴旨。

郑和沿着天街走了一段，前方忽然有一个人迎面而来，他抬头一看，来者正是太子太师、曹国公李景隆。

待认出来者，郑和忙止住脚步，略整理下衣冠，随即侧身闪到一旁。待李景隆靠近，旋躬身一揖恭恭敬敬道："奴婢郑和，见过国公爷！"

"唔？"李景隆似乎一直没看见前方有人，听到人声顿时吃了一惊，待看清是郑和后才道，"原来是三保啊，好些日子未见，你到哪里去了？"

听得李景隆之语，郑和先是一愣，随即暗暗好笑。他出使日本，还是李景隆在朝堂上首提倡议，得到永乐许可后才有此行。如今他东渡归来，奏本前几日就送到了京城，邸报也已将消息登出，李景隆身为朝臣之首，怎么连这也不知？

"回国公爷话，奴婢刚从日本归来，此番是入宫缴旨来着！"

"哦……对对对，你是出使日本去了，我都差点忘了！"李景隆露出一副恍然大悟的表情，连声说到这里突然又想起什么，脸上竟露出一丝神秘的表情，"三保，听说你此次出使收获颇丰，日本国主源道义已答应遣使入朝纳贡，不知可有此事？"

"是有此事。源道义慕我天朝威仪，不仅承诺缉拿海寇，还答应明年遣使入京！"这些事郑和早已在给皇上的奏本中详细道明，自也无必要隐瞒。不过让他略觉奇怪的是，李景隆怎么突然想到要问这些，而且看起来还颇有些急切。

"这是大好事啊！"就在郑和疑惑间，李景隆忽然大叫一声，只见他满脸欣喜道，"洪武朝时，太祖屡招日本纳贡，无奈此夷偏居海外，不识教化，竟抗命不朝。其时太祖愤怒，本欲兴兵讨伐，但因国家方立，百姓急需休养，遂置之不理，但终为一憾。不料二十年后，你再次东渡，不仅命得日本缉捕海盗，还说得它遣使入朝纳贡，如此岂非大功？"

"此皆是陛下仁德所致，奴婢一介末臣，岂敢忝居此功？"郑和实在不知道李景隆到底要说什么，口中敷衍，心中却愈发狐疑。

"不管怎么说，这也是大功一件！"李景隆把郑和拉到一边，脸上露出一丝亲切的笑容，"三保，此番你进宫复命，皇上必然龙颜大悦。届时若他老人家要下旨奖掖，还望你别忘我当日举荐之功啊！"

原来如此，郑和恍然大悟。李景隆之所以如此客气，甚至不惜纡尊降贵讨好自己，原来是想从此次招抚日本的功劳当中分一杯羹！

按理说，此次自己招抚日本成功，确实有赖于李景隆之前的举荐，他要分功也是理所当然的。可问题是这日本又不是鞑靼，它不过是一海外小番，即便招抚成功，又能有几分功劳？以他李景隆的身份，何至于对这点微功念念不忘，竟不顾体面来求自己？郑和又略为奇怪地望了望李景隆，却见这位曹国公也正满脸的期盼又略显焦虑。见此情状，郑和稍一思忖，顿时恍然大悟——李景隆快倒台了！

早在郑和出海之前，朝中便有好些显贵参劾李景隆。而此番东渡归来，他一上岸便立刻就把出海期间的邸报翻了个遍。从七月以来，朝中大臣接连弹劾李景隆，尤其是最近一段时间，朝中百官纷纷上书，对李景隆及其党羽胡观等人展开了猛烈的抨击。九月，锦衣卫指挥同知纪纲、潘谞参李景隆私掳北京良民之子阉为火者。十月，刑部尚书郑赐、左都御史陈瑛参李景隆、耿炳文衣服器皿僭饰龙凤，以帝王自居。十一月，陈瑛再次发难，直指挂左都督衔实任湖广都指挥使的李增枝向属下大肆索贿，凡不从者皆诬以为齐、黄奸党，李景隆身为其兄，不仅不加制止，反而大肆纵容，并分享其利。

弹劾的奏章一道接着一道，永乐虽仍都置之不理，但从朱批中越来越多的申斥可知，皇帝对这位迎驾功臣的态度已大不如前。由此，郑和知道李景隆在朝中已是步履维艰。再联系到刚才他的恍惚神情，郑和甚至可以猜到，这位勋臣已被逼到了悬崖边上！如今，他正惶惶不可终日，疯狂寻找能挽救自己的稻草。于是，倡议招抚番邦这种原本微不足道的功劳，时下在他眼里也变得弥足珍贵！

兔死狗烹，鸟尽弓藏！不知怎么的，郑和脑海中突然冒出这两句话。不管怎么说，李景隆之于永乐还是有功的。要不是他打开金川门，靖难能否成功还真不好说。而且在永乐登基后的这两年里，他也算是忠心耿耿，可最终仍逃不掉卸磨杀驴的命运。想到这里，他心中不由产生一丝怜悯之情。

不过很快，郑和便意识到这种想法是要不得的。他与李景隆非亲非友，其结果如何与他并无相关。而且作为永乐最信任的内官，他不能质疑主上的任何决定，也没有资格质疑。更何况，他也是燕藩旧臣，当年还亲自参与了对李家兄弟的陷害和拉拢。而在此期间李景隆所展露出的种种卑鄙下作，更让他十分鄙视。对这样一个龌龊小人，他实犯不着抱以任何同情。想到这里，郑和心中的怜悯一扫而光。再看李景隆时，他的眼光中只剩下一丝冷漠与淡然。

"国公爷放心！"郑和淡淡一笑，"此次入宫，奴婢必当提起您当日倡议之功！"

"如此甚好！如此甚好！"见郑和答应得痛快，李景隆竟有点欣喜若狂的味道,全然没有察觉到这不过是这位太监的随口敷衍。乐了半晌,他终于平和了些,随即感激地拍了拍郑和的肩膀,才转身离去。

望着李景隆的背影,郑和叹了口气,随即也转过身子朝武英殿走去。

一进武英殿议事阁的门,一股暖意便扑面而来。郑和定眼一瞧,永乐正盘腿坐在窗前榻上,一旁还侍立着一个亲王服饰的青年男子,那便是汉王朱高煦。

在进京之前,郑和就已听说朱高煦一改早先闭门不出的态度,近几个月来成天围着永乐晃悠,此时见他在场自也不奇怪,赶紧跪下向这父子二人行礼。

待行完礼起身,永乐尚未开口,朱高煦便在一旁嘻嘻笑道:"三保来得好。父皇正心气不顺,如今你出使归来,正好讲讲东瀛见闻,也让父皇高兴高兴。"

郑和闻言一愣,忙对永乐欠身恭敬道:"不知皇爷因何事不豫?"

永乐没有说话,因为这位大明天子今天确实不太高兴。几日前,解缙将修纂好的录韵类书呈上。当时永乐粗粗一览,见此书类别清晰,缮写工整,甚至配有精美插图,心中十分高兴,当即赐名《文献大成》。不过这几日来,他细细翻阅,却发现里面内容中有诸多未备之处,尤其是子、集二部,甚为简略,诸多方技、杂学典籍俱被摒弃在外,就是经史,也发现很多删节之处,与修书之初衷相差甚远。想起当初跟解缙商议修书时,自己还特地强调:"凡书契以来,经史子集,百家之书,至于天文、地志、阴阳、医卜、僧道、技艺之言,备辑为一书,毋厌浩繁。"不料皆被当作了耳旁风,这让他很有意见。这个解大才子,也未免太自以为是了些。永乐心中暗想。今日早朝,他专门提出此事,虽未明言解缙不遵圣命,但对《文献大成》的不满之情却溢于言表,并当廷下旨,增补太子少师姚广孝、刑部侍郎刘季箎,与解缙同为总裁,在《文献大成》基础上再行增益。经此一事,永乐心中本已不快,再加上陈瑛他们再次参劾李景隆兄弟,并抛出了李增枝在湖广勒索属下的证据。对于群臣参劾李家兄弟,永乐早有准备,其中也不乏默许的成分。但当一份份湖广武官的证词摆在面前时,永乐仍然发自内心地感到愤怒。纪纲见时机已到,又趁机抛出了锦衣卫查得李家在京畿私购庄园,并违反律令大肆采买奴婢的证据。两相汇集之下,永乐终于勃然大怒,立刻下旨赴湖广锁拿李增枝,并头一次当着百官的面严斥李景隆,这才有了他出宫时的失魂落魄。经这么一闹,永乐的心情自然是好不起来了。

不过虽然心境不佳,但郑和只是个内官,永乐犯不着跟他提这些。想了想,他一笑摆手道:"也无甚好说。三保来得正好,朝廷准备在直沽设一军卫,然关于此卫之名,朕与煦儿商议许久,却一直未有定见,不知你可有主意?"

郑和见永乐转换话题，遂也不多说，转而就着永乐之言思忖一番，才抬头笑道："奴婢亦无好点子。不过既然直沽设卫，何不就以地名之？"

"这个不好！"朱高煦接过话头，"方才本王亦持此见，不过父皇以为此卫之设，目的是为拱卫行在，名字还是要彰显威仪才好。'直沽'二字，一看便知是荒野滩涂之名，太过粗陋，不宜采纳。"

"彰显威仪？"郑和又埋头陷入沉思，过了半晌，他忽然眼光一亮道，"皇爷、殿下，奴婢有一名或可适用。"

"哦？"永乐与朱高煦闻言都精神一振，遂问道，"何名？"

"天津。"郑和信心十足地给出了答案。

"天津？其意何解？"

"天津者，天子津渡也！昔靖难时，陛下屡次南下，皆由直沽渡过运河，此正所谓'天子津渡'。以此名之，威仪气势尽显！"

"好！天子津渡，三保聪慧，便用它了！"定下天津之名后，永乐赞赏地望着郑和道，"三保能文能武，还善于邦交斡旋，实在是不可多得的良才！"他忽然话锋一转，又不无惋惜道，"可惜你是个内官。若非如此，必将是我大明一栋梁之材！"

"内官"二字让郑和也是神色一黯，不过他很快调整好了心情，笑道："奴婢一介阉宦，岂敢当皇爷'栋梁'之美誉？文武全才更不敢当，所谓邦交斡旋，亦是皇爷谬赞。此次出访成功，全赖大明声威，皇爷洪福。若无我大明之富强，皇爷之仁德，东瀛岛夷又岂能重归教化？"郑和一面惶恐推辞永乐的夸奖，一面又不动声色地把话题引到出使日本这件新建大功上，如此既显谦逊，又点出自己功绩，这份玲珑心思实在运用得炉火纯青。

永乐对郑和的回答十分满意。突然，他想到什么，遂从榻上起身兴致勃勃道："你说到出使日本，倒让朕想起一件事。来，朕与你瞧一样东西！"

郑和一愣。本来他以为永乐接下来会提到此次出使的奖赏事宜，这样他不仅可以为随自己历经波涛的下属讨赏，同时也可顺带提出李景隆的倡议之功，还他那份举荐之情。不过永乐似无言此事之意，郑和遂也只有按下不表，随永乐和朱高煦向内里走去。

武英殿的议事阁十分宽敞，阁内还有几个小间。永乐踱了几步，待走到最里头的一个小间门口，方停下脚步向一旁侍候的江保一努嘴。江保会意，将门推开，永乐扭头对高煦和郑和笑道："你等随朕进来！"

朱高煦与郑和对视一眼，先后跨进屋内。只见这屋室不大，但采光却非常之好,只是正对窗的一面墙壁,却用厚厚的幕布遮挡起来,看不清其后究竟是何物。待几人站定,永乐一挥手,江保忙上前将幕布拉开,一幅巨大的地图顿时显了出来。

"《大明混一图》!"朱高煦与郑和同时惊叫出声。此图乃洪武二十二年,朱元璋亲命兵部会同翰林院、鸿胪寺、行人司以及钦天监等诸多衙门合力绘制。图中地域东至日本,西及撒马尔罕和天竺,北抵漠北,南达占城、真腊,天下疆土莫不囊括其中。更妙的是,图中山川河流描绘得十分详细,城镇也都用白色记号标出,连西域都不例外! 论规制之宏大,可谓天下第一!

"不错,《大明混一图》!"永乐点点头,又背过身对着地图仔细端详一阵,方回过头对着郑和微笑道,"此图如何?"

"精细详备,可为古今之冠!"

"不错!"永乐笑着赞了一声,又望着图良久方侃侃道,"自朕登基以来,陆续遣众中官出使外国,以召诸番来朝。其中你与黄俨去了东洋的日本、朝鲜,侯显去了西域,尹庆几个最远,乃赴西洋之柯枝、古里等国,那已是古天竺国的地界了。之所以如此,朕是觉得既为天下之主,那即便海外蛮夷亦是朕之赤子,不应任其陷于洪荒,故遣使召其来朝,赐其衣冠、正历,教习礼仪,使之沐我华夏之风。纵观四夷,今东洋诸国,朝鲜、琉球早已归附,日本虽一度冥顽,但在你悉心招抚下,亦生归化之心。然西洋情形与东洋迥异,西洋番国众多,兼又路途遥远,自古便与中国联系不多。像旧港、真腊尚还好些,但到柯枝、古里、锡兰等就鲜有往来了。记得你还跟朕说过,锡兰往西,更有默伽国,乃回教圣地。此等大国,我大明君臣却几乎闻所未闻,岂非憾事? 前番朕遣尹庆等出使西洋,便是出于抚远之意。然其等虽出,但据先期回朝的中官讲,西洋诸国对大明了解甚少,有些孤陋寡闻者甚至以为我中华仍受蒙古欺凌。虽经使者解释,其多愿意通好,但敬意却是不足,其中竟还有将我大明视作普通外邦对待的,真是岂有此理! 朕已决意,命工部加紧建造大船百艘,并组建一支舟师,载宝货出航西洋,招谕远夷,扬我大明威仪!"

明初以南海渤泥国(今文莱)为界,其东称东洋,其西称西洋。

听完永乐的话,郑和和朱高煦又是一阵惊呼,他们从不知道皇上心中还存着这等想法! 郑和立即回忆起来,早在一年前,皇上便下旨命湖广、浙江、江西等省改造海运船近两百艘,并在南京龙江等地大建船厂。当时圣旨中给出的理由是因为运河淤塞,需走海路运粮至北京,但现在想起来,如此大规模的造船建厂,或是另有深意,皇上早就在暗中筹谋,只是一直未明说罢了。而再回味刚才永乐的话,郑和心中顿又生起一阵迷惑:照永乐提及西洋诸番时的语气,似有恼火它们轻视大明的意思,而组建舟师,这就是要兴师讨伐了。可皇上的言辞中又明确提及载宝货出使西洋,如此说来,便是要招抚了。结合之前皇上招抚西洋的言语,郑和想想,觉得皇上还是想着要遣使通好的。可寻常出使,犯得着如此大动干戈,还专门组建一支舟师护航么?皇上这种不同寻常的举措,让郑和一时犯了迷糊。

"三保在想什么?"见郑和一副冥思之状,永乐微笑着问道。

郑和忙收敛心神,把心中疑惑道出,末了道:"出使番邦,通常数百人、十余艘船即可。纵需携带赏赐,似也不需这多海船。尤其是组建舟师,此更是用兵之举。奴婢恐这般出访,所到之处必引发震动,蛮夷惊恐之下,以为王师欲伐其国亦是有可能的。如此,则有失皇爷招抚之本意。"

"哈哈哈……"听了郑和的疑惑,永乐突然放声大笑。郑和与朱高煦面面相觑,一时不知其意。半晌过后,永乐走到《大明混一图》正对面的一张椅子前坐下,望着身旁侍立的郑和笑道,"三保所言不无道理。不过朕此番之遣使抚西,却与往日大有不同!"想了想,永乐又特地补上一句,"与历朝历代都大有不同!"

"哦?"郑和惊奇地应了一声,"敢问皇爷,这大有不同是为何意?"

"此次出使,所达绝非一国一域,而是遍及西洋各国。"永乐突然显得有些兴奋,脸也有些发红,"西洋万里海疆,邦国何止百千?朕要把它们一一访遍,并引至中华朝贡,如此规模,岂是三五海船便能做到?此外,既然要招谕万国,自然免不了赏赐,蛮夷皆重利轻义之徒,赏赐少了怎么能行?给百千番邦的赏赐加在一起,恐几十艘宝船也装不下!既有如此多宝船,自需舟师护航,否则海路万里,难免会被海盗所劫,且番邦夷人中必有利欲熏心者,亦不可不防。再者,西洋诸国往日与中国甚少往来,难免会夜郎自大,不知井外天阔几许!朕遣一庞大舟师前去,也正是让它们开开眼,知道什么叫天朝上国,好收了那份轻视我大明之心!唯其如此,招抚一事方能事半功倍。自古招抚夷狄,莫不是恩威并举。施恩方能化之,使生仰慕之心;立威方能制之,使有敬畏之意。朕虽不欲对西洋用兵,但耀兵还是免不了的,否则如何使其敬服来朝?故以舟师同行,势在必行!"

永乐侃侃而谈,郑和和朱高煦却越听越惊。他们倒不是对永乐的"恩威并举"有何异议,而是对这位天子的万丈雄心感到震惊!原以为不过是招抚柯枝、古里、锡兰几个大点的番邦就行了,谁知永乐胃口竟如此之大!西洋有多少番国？不算小的,光叫得出名字的就几十上百。这一个个招抚下去,那可要花多少功夫？而且照永乐的设想,这种规模的出使,海船最少也得上百,人就更多了,恐怕得小几万！小几万号人,百余艘舰船远航西洋,这花费岂是了得？纵然他俩不管户部,可粗略一算耗费,也不由都倒吸了一口凉气。

郑和暗中计算一番,咋舌道:"皇爷,这出使一趟西洋,若以海船百艘、员二万,来回一趟用两年工夫来算的话,仅这造船和人员开支,耗费怕就要上百万贯,再加上所携宝货,这就更是骇人了。仅为使西夷纳贡,便花费如此之巨,是不是有些铺张了？"

"铺张？"永乐反问一声,忽然眨眨眼笑道,"不仅不铺张,而且太少！你之所计,不过一次之耗费。而朕可从未说过只出使一次便罢！朕已说过,遣使西航,最终是要到你口中的默伽国。这默伽处西天极远之地,连《大明混一图》上都未标载。像此等远番,岂能一次出航便能抵达？朕看至少也得三四次。而且使其等受抚纳贡以后,朝贡便成为常制,这就更非区区几次出使便可了结的了！所以……"永乐挺身而起,双目炯炯有神地望着郑和和朱高煦道,"出使西洋,一经开始,便成我大明一项既定之策,以后每隔数年,便会出洋一次,永不停止！"

"啊！"朱高煦与郑和目瞪口呆！出使西洋成为常制,永乐的这种想法,完全超越了他们的想象,也是历朝历代所从未有过的！自古以来,华夷之交往,都是中国居于主位,定期遣使访国的不是没有,但那多是番夷主动前来,朝廷只要循例颁发赏赐便可。像永乐这般大建使团,配以庞大舟师定期出使,可谓是闻所未闻。而且照永乐口中的规模和频率,此举必将成为国库一项长期而沉重的负担！而最让他俩不可理解的是,永乐如此劳师糜饷,所图又究竟为何？难不成仅就为了拉几个万里之外的荒服小夷到南京入朝纳贡？

见郑和与朱高煦俱都露出疑惑的目光,永乐呵呵一笑道:"朕知道你等所疑为何。朕给你等讲个典故吧！三保,朕考一考你,何为周礼之'五服'？"

郑和的经史学问虽不能和士大夫相比,但也还是不错的。稍加思索,他便给出了答案:"《国语·周语》有载:夫先王之制,邦内甸服,邦外侯服,侯卫宾服,蛮夷要服,戎狄荒服！此所谓'五服'也！"

"那'五服'之中,孰为华夏,孰为夷狄？"

"甸、侯、宾三服为华夏,要、荒二服则为夷狄！"

"'五服'何以区分？"

"礼乐文教之深浅！以甸服最盛,侯服次之,宾服再次,至于要、荒二服,则为文明所不及之域！"

"三保说得不错！"永乐对郑和的回答十分满意，又转脸对朱高煦道，"煦儿，朕再问你，楚、越二国受周天子册封伊始，当属何服？"

朱高煦的学问没有郑和扎实，听得父皇发问，他搜肠刮肚了好一阵子方答道："芈楚虽自诩帝高阳之苗裔，但其国地处南蛮，风俗与蛮夷无二；至于越国，在当时则就是彻头彻尾的蛮夷了！如此说来，此二国受封之初应该归于要、荒二服！"

"那到东周时呢？"

"虽然已受册封，但仍保留许多蛮夷陋习，当时中原各邦也不视其为中国。如此说来，应当是介于宾服与要服之间。"永乐接连发问，朱高煦心虚之下愈发紧张，话音都有点颤抖。

"楚越旧地，秦汉至隋唐又如何？"

"秦汉以后，南方渐沐王化，风气已与中原趋同，已可归于侯服或宾服！"

"那宋元及至本朝呢？"

"宋元时，南方之繁盛已超过中原，尤其是我朝定都南京，江东人文荟萃，为海内之冠，已是名副其实的甸服！"

"煦儿回答得好！"永乐点了点头，用赞赏的眼光望了朱高煦一眼，略带惊叹道，"没想到你近来文道功夫颇有长进啊！"

见永乐点头，朱高煦如释重负地长舒了口气。其实他回答的这几个问题远没有郑和的难，不过他一向被人视作武夫，此番能回答上来，已足够让永乐刮目相看。这还多亏了这一年来与史复的相处，朱高煦耳濡目染之下，也多少长进了些。尤其是近几个月，为了重夺皇储大位，他也开始读些经史，故而学问进步更快。此刻听得父皇赞叹，他喜上眉梢，面上仍谦虚道："儿臣才疏学浅，父皇谬赞实不敢当！"

永乐含笑点头，转而精神抖擞地说道："你等解得甚好。楚、越本蛮夷之邦，不属中国，然经数千年熏陶，终成华夏渊薮！何以如此？文化之功也。用中华文化教化蛮夷，使之弃陋俗，习礼仪，莫有能抗拒者！这又是为何？盖因华夏文明乃天下之冠，而夷狄虽愚昧，亦能辨别善恶，亦有趋利避害之心，此乃人之本性！故只要能沟通蛮夷，使之见识我上国风华，并持之以恒，久而久之，其自然会由蛮夷涅槃为华夏！今之西洋岛夷，便是当初之楚越，朕之出使西洋，便是要效当年的周天子册封南蛮。虽一时不能见全效，但随着往来渐繁，其终会逐渐成为中华子民,到那时,彼等要服、荒服之地,就将进为宾服、侯服,最终与楚、越一般,成为我中国一部,此便是所谓的'化夷入夏'!"

永乐说完,朱高煦与郑和皆震惊不已。他们万万没有料到,这下西洋竟包含着如此宏大的战略,竟隐藏着如此深邃的目的。按照永乐的意思,他这是要继三代与汉唐之后,掀起新一轮华夏文明扩张浪潮。不过,在惊叹于永乐的雄心壮志之余,朱高煦和郑和心头却各自产生了不同的疑虑。

"父皇!"朱高煦首先发言,"父皇若要取西洋,直接发兵去讨不就得了?反正岛夷也不是我大明对手,又何必文以教化这么麻烦?要这帮蛮夷变成华夏,那得花多少年时间?"

"少则百年,多则千年!"永乐不假思索地给出了答案,但又一笑解释道,"自古化夷入夏,方法无非二途:其一是先纳土收民,然后继以教化。此法好处在于迅疾直接,教化得好可在短短数十年内克尽其功。但坏处也很明显:移风易俗,本非轻易可以办到,稍有过激,则会激起夷狄反感;而且变革若由华夏强行推动,因对夷狄心意难以把握,故很难拿捏好这其中分寸,一旦产生矛盾,又容易演化成华夷之争,进而惹出祸端。果至于此,中国受其拖累不说,若无足够力量镇压,其结果很可能是夷狄纳而复叛,一番辛苦白费。而第二种办法则是先以文化之,待其风俗与中华趋同,再或以兵收之,或蛮夷主动要求入夏。此等做法一大好处便是入夏过程乃潜移默化,不易激起族争。

"就下西洋而言,因西洋岛夷自古与我华夏往来甚少,要使其短期内便化夷入夏,势必会滋生祸端。且西洋与中国距离甚远,古时几乎无法抵达,即便今日,船只往返也少则需一年,多则需两三载,耗时太长。既如此,一旦岛夷反叛,朝廷难以调兵镇压。所以对待西洋,只能用第二种方法,循序渐进,徐图化之。此举虽慢,但是稳妥。周天子之所以不取楚、越,而行册封,也是因为当时南北交通不畅,且朝廷力有不逮的缘故。待到数百年之后,南北交通畅通,楚、越亦承沐王化日久,风俗与中国无异,秦、汉二朝携一统之势收土纳民,便就水到渠成了。今之西洋,就是当年之楚、越,故朕也只能效法周天子,先将其册封,以为外藩。假以时日,海船必然会比现在更加坚固,航速也更快,加之当地华夏风气也已成气候,届时朝廷再收土纳民,便就轻而易举!"说完这一句,永乐想了想又郑重补充道,"不过这第二种方法也有坏处,就是时间较长,且此期间,华夏之于夷狄之教化需一脉相承,若一旦中止,则夷风复炽,开拓大业很有可能就此半途而废,譬如西域,虽汉、晋、隋、唐都有经营,但是时断时续,文化不得以彰,以致千年之后，其仍未融入华夏。鉴于此，朕才要将下西洋定为常制。尤其是开头几次，务须频繁，以使我华夏风气尽快在当地扎下根基，其后数百年或可缓之，但亦不可断。否则朕一番心血，必将付之流水！"

朱高煦这才明白过来，继而对父皇的深谋远虑敬佩不已，再看永乐的目光中，景仰又更多了一分。

郑和也颇受触动，但他想了想后仍道："皇爷志存高远，不过奴婢仍有一事不明。如今我大明幅员万里，海内富庶繁盛已极，而西洋诸岛隔着万里大洋不说，其地也荒僻贫瘠。像此等无用之地，值得我大明耗费如此之巨么？"

"三保这话问得好！"永乐微微颔首，随即深吸了一口气道，"想当初黄帝之时，中国民不过数千，地不过中原一隅，其势不可谓不弱。然四千年以后，我中华已是幅员万里，子民亿万，繁荣昌盛举世无双。朕问你，华夏为何能有此局面？"

"这……"郑和稍一踌躇，旋答道，"奴婢以为靠的是两条，一为内修德政，外兴文化；二为化夷入夏，拓土开疆！"

"不错！"永乐点点头，紧跟着又问，"但若仅修德兴文，而不行同化开拓之事，我华夏能繁衍至今么？"

"不能！"郑和毫不犹豫地做出了回答，"疆域子民，亦为国家强盛之基。若只修内政，那纵然富庶，国力也终究有限。譬如周之繁荣，远胜戎狄多矣，但若其不行封建开拓事，而仅固守西岐旧地，那幽王之后，便再无中国；汉若不一统华夏，也无实力抵御匈奴；再者如五胡乱华，若无汉、吴、西晋开发江南，永嘉南渡便不可行，那只怕等不到孝文改制，杨隋勃兴，我华夏文明便已消亡了。"说到这里，郑和眼光一亮，叫道，"奴婢有些懂了。开发蛮荒之地，虽一时有损国力，但一朝功成，其收获却百倍于当初付出。我华夏正是靠着不断开发荒域才得以繁衍壮大，而这繁衍壮大，又倒过来保护我中国不受夷狄欺凌，保护我文明不致被野蛮摧毁！"

"三保能举一反三，着实难得。"永乐笑着夸奖了郑和，旋将目光瞄向《大明混一图》中位于真腊下方的广阔海洋处，似在憧憬着大明的未来，有些激动道，"今之经营西洋，一如历朝历代经营楚越巴蜀。在华夏经营楚越巴蜀之前，其亦是瘴疠不毛之地。为将其纳入华夏，历朝历代俱都耗费无算。但一朝功成，我华夏所得却是万代之利！再看今日之江南、湖广、四川，已取代中原、关中，成为我华夏繁盛之根本。我等坐享其利的同时，难道不该感念先人的先见之明么？"

经过永乐的开导，郑和大致明白，但心中仍有一点点小疑惑未能解开："不过西洋毕竟与南方不同。其多为岛屿，土地有限；且与中国隔着重洋，往来交通终不能与内陆相比；以奴婢看来，这等地方即便入夏，也未必就能如江南、湖广一般，成为华夏未来之根基。"

"岛屿倒是无妨。我华夏以农耕立国，只要那里适宜耕种，与我国力有所增益便可。至于你所言之根基……"永乐忽然一顿，接着道，"朕倒以为，若至非常之时，其倒未必不会成我根基所在！"

"非常之时？"这下不光郑和，就是一旁的朱高煦也疑惑不解。

"朕是从宋室之亡中得到的教训！"永乐的神色忽然有些凝重，"方才你曾言，道德文化与疆土子民同为华夏富强之根基。宋室亡后，蒙元继其正朔，然元室出身戎狄，不知文化之于国家之用处，故其不仅不尊孔孟，不习教化，反对我璀璨文明倍加摧残，致华夏千年诗书典则、礼仪人伦几近毁灭，道统几至于绝，此诚为我中华开天辟地以来之最大浩劫也！先帝曾言胡人无百年运，故疆土子民沦陷，最多百年可复；可文化道德之沦丧，则或千年难补。朕之所以要修《文献大成》，便是想以朝廷之力尽可能地挽救道德文化，但也只是亡羊补牢，那些百年中已消亡之学说、经典乃至于工匠技艺，现都已无法复得。朕每思于此，便觉痛心疾首。痛定思痛，朕悟得一理，便是凡事预则立，不预则废。自古中国外患，都源自北狄，万一有朝一日朝廷衰微，胡患再起，那不仅我大明，甚至我华夏又会有覆亡之忧。为避免重蹈覆辙，朕不得不未雨绸缪，为我大明，也为我华夏寻一条退路！"

"所以陛下选定了西洋？"郑和这时已基本上明白。

"不错，就是西洋！"永乐的语调变得有些沉重，"胡虏骑射无双，远非汉人可及，故三代以降，中原屡遭胡虏蹂躏。南方虽多山川丛林，但若华夷弱强之比太过悬殊，那其亦不足为凭。当年金人屡次侵入江南，元人更是追至崖山，尽灭宋室。而西洋诸岛与中国相距万里，中间又隔着大洋，胡虏骑射再强，也只能望洋兴叹。昔蒙元横扫海内，铁骑所到之处无人能敌，但一旦乘舟出海，却先败于日本，后败于南海。以致强之蒙元，尚不能灭至弱之岛夷，那若将岛夷换作我大明，要隔海自保岂不更有把握？故以西洋为退路，万一中土沦丧，我大明便可退避西洋，以延续宗庙社稷，保存道德文化。待到胡人气数已尽，我则可卷土重来，再图中兴。退一步说，即便届时大明已无能力复国，但只要中土道统再续，那西洋至少可以将所保存之道德文化反哺新朝，果如此，我华夏复兴就将事半功倍，而朕作为肇始者，也算为天下做了一件大好事！当然，这只是以备万一。下西洋最主要的目的还是为了化夷入夏,以拓疆土,增我大明国力。此外,大功告成之后,彼等蛮夷从此亦可尽享文明,于他们亦是好的!此等既利己又利人之举,朕身为天子,又何乐而不为呢?"

一个看似微不足道的下西洋,竟蕴含着如此深邃的道理。听完永乐的讲述,朱高煦和郑和先是震撼,继而深深为永乐之眼光和见识所折服。郑和向永乐行了个齐眉大揖,心悦诚服道:"皇爷高瞻远瞩,圣虑深远,纵历代贤王亦难企及。奴婢得以随侍圣主,承蒙教诲,实是三生有幸!"

郑和的马屁拍得恰到好处,永乐听在耳里觉得十分受用。他哈哈一笑,旋又话锋一转,笑着对郑和道:"三保,可知朕为何与你说这些?"

"嗯?"郑和一愣,继而想想也是。汉王倒也罢了,自己不过是一个内官,此等国家大计,皇爷又有何必要跟自己提及?他想了一会,却仍没明白,只得小心回道,"敢请皇爷明示!"

"还记得当年的郑村坝之夜么?"永乐笑吟吟道,"当日朕便答应过你,若有朝一日出使西洋,也必会派你同行。朕此番便是要履行当初之诺言,只不知你可否愿意?"

"啊!"郑和惊喜一叫,能到默伽朝圣,是这位色目后裔的一大理想。突然间发现夙愿达成有望,他不由激动不已,当即一撩袍角跪下磕了个响头,"奴婢愿意。若能出使西洋,奴婢愿为一班碇民夫!"

"堂堂四品太监,岂能只做个班碇手?"永乐哈哈大笑,"朕是想以你为巡洋正使,统领使团出使西洋各国。"

"以奴婢为正使?"郑和一愣,忙惶恐道,"奴婢一介黄门,岂能担此重任?"

"这有何不可!"永乐只当他谦逊,仍笑呵呵道,"你本为色目后裔,精通回语,对西洋也有所了解,再者有了此番东渡经历,再出使西洋也是轻车熟路。"

"回皇爷话,奴婢于西洋风物是有所了解,但也不过略知一二罢了。且照皇爷设想,下西洋规模宏大,路途亦十分遥远,远非出使日本可比,奴婢一个内官,恐难谋划应对得宜。何况……"郑和仍是一脸惶恐,稍一犹豫干笑一声又道,"此次出使,与往日不同,随使团同行的尚有舟师。奴婢是宦官,不得统兵,这是我大明祖制,还请陛下另选贤能。以奴婢之才,最多也只能为一副使,于一旁襄赞便可。"

郑和解释完,永乐一愣,随即哑然失笑道:"你倒想得很周全,不过朕早有计较。西洋风物等等,你不甚了解,朝中文武更是一无所知,到时候多备向导通事便可。至于难以谋划应对得宜更是笑谈，你随朕多年，能耐本事朕早已熟知，这一点上朕信得过你。至于统兵一事嘛……内官的确不能统兵。不过朕只是命你为使，至于舟师，届时朕自会在五府中甄选精明能干者为帅，这个你就不必操心了。三保，这巡洋正使人选，朕也是斟酌了许久，想来想去，你谨慎厚重，精明能干，又是燕藩老人，派你去朕最为放心。"永乐想了想，又起身拍着郑和后背大笑道，"且朕虽有意于西洋，但对默伽这极西之域的大国却无想法，只欲与其通好，以便将来能和睦相处。你既为回回出身，将来与默伽交往时亦更便利！"

得知皇上如此器重自己，郑和顿时萌生出一种发自内心的感动。而永乐最后的这一段话，又将其心中最后一丝顾虑打消。虽然他早已汉化，也认同了孔孟圣教，但毕竟对回教旧情难舍。方才得知永乐下西洋用意，他虽也振奋，但心里却仍有些忐忑，生怕将来大明与默伽发生冲突。但现在，这种疑虑终于不复存在了。

待将永乐的话再仔细回味一遍，郑和已是心潮澎湃。作为前元贵族的后裔，郑和从小便胸怀大志，建一番功业是其最大的梦想。不料后来骤变横生，郑和家族败落，自己也被掳入宫中成了一个阉人。坎坷的命运使他不得不认清现实，将这份理想深深埋进心底。原以为，自己一生便就如历代宦官一样，在深邃的宫中劳碌一世，最后带着这身残破皮囊，默默无闻地归于黄土。可命运的转机出现了，他跟随了燕王，并受到这位王爷的器重和信任。郑村坝一役，他临危受命，成了一名驰骋疆场的将军；后来，燕王承继大统，成了天子，自己也被任命为堂堂天使，昂首挺胸出使番夷，担负起招抚蛮夷的重任。这些经历，虽不能与那些朝中重臣相比，但对于他一个阉人来说，也足够荣耀终身，对此郑和亦觉知足。可现在，居然会有"万世留名"的机会摆到面前，想到自己亦能够名列正史，以美名传世，他又岂能不激动万分？

"皇爷放心，奴婢必将尽心竭力，肝脑涂地，不负皇爷重托！"郑和便跪倒在地，郑重地做出了回答。

"嗯……"永乐满意地点了点头，旋又将目光转向朱高煦，出声唤道，"煦儿……"

"唔……"朱高煦还沉醉在永乐描绘的宏伟蓝图中，此时听得父皇发问，他先是一愣，继而赶紧躬身道，"儿臣在！"

永乐郑重道："西洋迢遥万里，领兵之职，必须是可靠之人方能胜任。你素与五府中人相熟，便为朕荐几个合适之人过来！"

听了永乐的话，朱高煦先是一愣，随即脑筋一转，不由暗暗叫起苦来。

永乐虽然未有明言，但话中意思却十分明白：所谓可靠之人，那自然就是指跟着他起家的燕藩旧将。可这帮燕藩旧将朱高煦是知道的，马上征战，他们个个都是好手，但要说到统领舟师，别说他们中间没人在行，就连粗通水性的都找不到几个。永乐即位后，曾经指派好几个靖难功臣充任水师统领，可这帮人莫说出海，就是在江上，一个浪打来也是双腿发软。前两年走海路运粮去北京，永乐原意是想用燕藩旧将为总兵，可他们个个避之唯恐不及，最后永乐无奈，只得由当年渡江时献舟归附的平江伯陈瑄充任。北上运粮不过是近海航行，便已被燕藩旧将视若畏途，真要是统领水师远航西洋，那他们还不哭爹喊娘？最关键的是，燕藩旧将大都与他关系莫逆，是他在朝中立足的基石所在。让他去办这种赶鸭子上架的得罪人差事，这不是拆自己的台吗？朱高煦干笑一声道："父皇明鉴，要说靠得住，那自是燕藩的老人无疑。不过他们大都没出过海，水战更都是门外汉。让他们统领水师远赴重洋，万一误事可怎么办？"

"这个无妨！"永乐却不以为意道，"下西洋也不是旦夕便要成行，先把人选定下来，这段日子抓紧学习便可。真到出发时，朕也会从闽粤直浙等地水师中挑选精干者辅佐。而且此番出洋，主要还是招抚番夷，舟师不过是为郑和他们护航，以防万一。何况首次出航，也只为熟悉西洋情况，并不会走得太远，正好给他们一个历练的机会。"

见朱高煦欲又劝，永乐一摆手道："你无须多说，这里间的难处朕心中有数。不过朕已下定决心要在西洋干出一番大事业，可放眼当今朝廷，善驭舟船的就一个陈瑄，他既要给北京运粮，还要防备倭寇，再让他出使西洋，这如何忙得过来？朕意已决，为长远计，必须尽快培养出几个'浪里白条'来。如今五府中无事武将太多，早该放他们出去做事了。你需细心查访，待寻到合适的可多晓以利害。他们也都是久随朕的老人，如今又深受国恩，坐享高爵厚禄，岂有不为国出力的道理？"

永乐说得轻巧，朱高煦听在耳中却直叫苦不迭。可为难归为难，话说到这份儿上，他也不敢再争，否则父皇就得怀疑他有意推诿了。无奈之下，朱高煦只得强咽口唾沫，苦笑一声道："既然如此，儿臣领命便是。只是这事急不得，寻访劝说都要费功夫，还请父皇将时限定得宽泛些。"

"嗯，这是自然。"见朱高煦答应，永乐心中十分高兴，又扭头对一旁的郑和笑道，"总兵的事已有眉目，使团这边也不能闲着。这两年沟通番夷，使者都是内臣充任,这次又是你当正使,那副使人选便也从宫中选拔。你是内官监太监,内臣皆是你的下属,这人选便由你去挑,务要找些精干之才。至于通事、向导,你可去鸿胪寺和行人司找,朕自会下旨,命他们尽心配合。"

"奴婢领旨!"郑和可没朱高煦那多顾虑,眼见建功立业之机摆在面前,这位三十出头的青年内官神采奕奕,当即拱手领命。

"还有!"永乐想了一想,又补充道,"朕已在龙江建船厂,命工部督造海船,接下来还要扩大规模,你闲暇时也可去那里看看。此次出使路途遥远,船需坚实牢固。你要细心些,莫让工部那帮匠人偷工减料。一旦出海,出了岔子可了不得。"

"奴婢明白,奴婢明日便去龙江!"

"好了!"永乐满意地点了点头,旋露出几分慵懒之色,一挥手道,"照朕所言尽心去办,道乏吧!"

"儿臣告退!"

"奴婢告退!"

怀揣着迥异的心思,朱高煦与郑和一齐行礼告退。

第十章

汉王府密议对策 永乐帝下旨出洋

"下西洋？"汉王府书房内，史复和纪纲听完朱高煦的转述，脸上不约而同地露出惊愕之色。

"不错！"朱高煦愁眉苦脸道，"出使就出使嘛，何必要本王去寻什么总兵参将？一出海便是一两年，中间连个女人都碰不了。除了三保这些个没屌的宦官，哪个愿遭这份活罪？这不摆明了让本王招人忌恨么？"

"这是大好事啊！"史复却没接这茬，他略一思忖，倏地起身满脸激动地对朱高煦一揖道，"恭喜王爷，您夺储大业从此大有希望！"

"啊！"朱高煦一惊，继而脸上露出迷惑之色，"这下西洋与本王夺储又有何关联？"

史复一笑，却不直接回答，而是反问道："敢问前次争储，殿下以为自己败在何处？"

"中了调虎离山之计，被金忠这个江湖术士乘虚而入！"每每回忆起这段往事，朱高煦都按捺不住心中愤恨。

"殿下看得太简单了！"史复摇了摇头道，"金忠之事只是表象，王爷前番之所以失利，其实根子是在于您才具有缺。一直以来，王爷虽以武功闻名，但于文治却毫无见识，甚至连经史诗文都生疏得紧。久而久之，天下人皆以为王爷不过一介武夫，就连皇上或多或少也持此见。正所谓马上得天下，不可以马上治之。今上非昏聩不明事理之人，他纵然对您百般宠爱，但也不敢将大明江山交给一个于治世一无所知之人。正因有此顾虑，皇上才在反复权衡后，终决定立大皇子为储。若殿下果有经济之才，那别说一个金忠，就是十个百个也挡不住您入主东宫！"

史复这段貌似突兀的分析，却让朱高煦心中大为震惊。起初，他觉得此言有伤自尊，因而颇有些恼羞成怒。但思忖半晌，他终于颓然下来讷讷道："事已至此，再说又有何益？"

"前事不忘，后事之师！在下之所以旧事重提，就是要告诉殿下，若您想取代太子，就需在国政上有所建树。否则即便有朝一日太子失位，陛下也未必就放心让您入主东宫。"

"这个可难了！若说武能定国，本王自是当仁不让，可要说到文能安邦，本王那点能耐恐难入父皇法眼。"朱高煦苦笑着摇头，对这一点，他还是有自知之明的。

"殿下必须要在国政上有所作为，此乃夺储之根本所在。若于此道不通，就是把太子羽翼剪除殆尽也是枉然！"史复的语气不留丝毫余地，但见朱高煦面色黯然，他又把话语放柔和了些，"殿下也不必气馁，亡羊补牢犹时未晚。殿下从现在开始多加留心便是，何况有在下与纪大人从旁辅佐，必能使殿下进步神速！"

"那又如何？本王虽然戎马出身，可也知道这理政上头的本事绝非朝夕可以练就。就算本王从此痛下决心多加研习，可在这上头也决然超不过大哥！"朱高煦仍然摇头。

"殿下错矣。殿下对'国政'的理解有所偏差。国政者，国策与朝政也。所谓国策，即为用以治理天下之大政方略；而朝政，则是具体的各类政事。由上述释义可知，国策乃治国之总纲，朝政则是在国策规限以内之具体应用，故二者之间，乃皮与毛之关系。为君王者，若能同时精熟于国策、朝政自是最好，但放眼古今，能有此修为者可谓凤毛麟角，唯唐宗宋祖等寥寥数人而已。然除此之外，华夏果再无贤君乎？非也！才具不如唐宗宋祖之辈，亦不乏大有作为、开创盛世者，观其治国之道，无非在两者之间有所偏重而已。而其所重者为何？便是国策！"史复端起茶杯喝了口水，又舔舔嘴唇继续道，"国策为本，朝政为末。只要固本得当，那打理起朝政来，无论如何也偏差不到哪去！"

"你是要本王在国策上头下功夫？"朱高煦问道。

"不错！"史复点点头，放下茶杯道，"朝政与国策，便如同鱼与熊掌，为帝王者，若能两者兼得自然最好，若不能，舍鱼而取熊掌亦足能胜任。而国策与朝政，对才具之要求大有不同。打理朝政，自需饱学多识，从经史典籍中习得理政之要义。而所谓国策，其实质乃是一条既适应当下之国情，可以大力推行，且又可以

161

起到兴国强邦之效的大政方略,其之制定与推行,着眼点不在经史,而在于时势。这里更看重的是眼光、见识、器具、气魄,与学问的关系其实不大。譬如汉高帝出身不过一亭长,可谓毫无学识,秉性更如同无赖,此等人物,哪里知道怎么打理政事?然后人读《汉书》,不管对其品行有何非议,但说到治国,莫不得由衷佩服。为何?就是因为他为天下制定了'无为而治'这个国策,为四百年强汉打下了根基!再譬如王莽,论学问,其可谓满腹经纶,论对打理朝政之勤勉精熟,亦为古今帝王中之佼佼者。然其一朝称帝,不过十余年,便引得天下大乱,饿殍遍野。何以至此?便是其国策大谬所致!若论打理朝政,殿下不如当今太子,这一点朝野早有定论!但这国策见识上头,殿下与太子孰优孰劣,却尚未见分晓。若能在这方面压过太子,那殿下就具备了取代其承继大统的资格!"

史复这番关于帝王治国的见解鞭辟入里,朱高煦听了顿有茅塞顿开之感。但仅仅这些,却并未能完全解开他的疑惑。他思忖一番,又问道:"照先生的意思,是要本王专注于国策。但仅若是要进献治国方略来获父皇青睐,也非本王之力所能及……"

"在下何时让王爷提什么国策了?"史复毫不客气地打断了朱高煦的话,旋又一笑道,"且不说这国策乃治国之根本,非一般人可以提出。就算殿下真能有所悟,可您又如何保证您的见解能为陛下认可?殿下您应知道,咱们此番议论国策之目的是为了夺储,而非思谋如何治理天下!"

"那你的意思是……"

"支持陛下之国策,并为其保驾护航,以此获得陛下青睐!"

"支持?"

朱高煦还没来得及反应,一直在旁边沉默不语的纪纲却插口道:"要说国策,我大明自开国以来一直秉承的国策便是休养生息。尤其如今靖难方罢,更是要恢复民力,这一点朝野上下皆有共识。就算二殿下支持这一国策,但举国皆如是,又岂能让陛下另眼相看?"

"若是休养生息这种老生常谈,那自然是稀松平常。不过……"史复眼中突然精光一闪,沉声道,"若在下所料不差,我大明国策即将迎来大变。"

"大变?"纪纲和朱高煦皆是一震。

"不错!"史复十分冷静地分析道,"纵览群史可知,但凡以武力得天下之朝,其建立以前必是天下大乱、群雄并起。譬如西汉前有秦末大乱,东汉前有新莽之乱,李唐前有隋末之乱。而正因为战乱导致海内生灵涂炭、民不聊生,到新朝建立之初,国家已是残破不堪,治国者只能采取休养生息之策,以恢复国力。但到国家实力恢复,接下来便很有可能会抛弃休养生息之策,转而变为开拓进取,而此类事,则又多由欲有所作为之君王发动,最为典型者莫如汉武帝。今上心志之高,不在当年汉武帝之下,且大明眼下亦称得上富强。有此二点,皇上定然会改变休养生息之国策,转为开拓振兴,在扩张一事上大显身手。而这次下西洋,便是国策大变的最好证据!”

“原来如此!”朱高煦这才明白,史复之所以在大家谈论下西洋之际突然引出国策,原来是已察觉到此二者之间的关联,并于此中发现了夺储的绝佳机会。再将史复之言细细回味后,他眼中露出狂喜的光芒。

“这只是你的一己推论!”就在朱高煦惊喜之际,纪纲却道,“国策之变非同小可,纵然下西洋有开拓之意,但仅凭此便断定国策有变,未免证据不足。万一皇上并无变国策之意,殿下却贸然迎合,那岂不是马屁拍到蹄子上?”

“仅凭下西洋一事,当然不能贸然下定论。但再将之前的几桩事结合起来看,那皇上改变国策之意图就非常明显了。”史复微微一笑道,“其实之前在下已有此推测,但正如纪大人所说,觉得证据不足,故不敢妄下结论。直到此次下西洋,在下才终敢作最后定论。”

“先生所言是哪几事?”朱高煦赶紧追问。

“第一件是升北平为北京。汉唐时也设两京制,但无论长安、洛阳,都地处中国腹地。之所以如此,便是因京都乃国家根本重地,天下士民仰望所系,若设在边疆,万一失守,于国家震动太大。北平虽为龙兴潜邸,但毕竟靠近边塞,于此设都,有违常理。想当年汉文帝初为代王,其都晋阳亦为边塞重镇,然其一朝为天子,也未有将其升封。由此推之,今上之所以升北平为北京,其意或只有一解,便是想借北京之设,以增塞上军力。一旦时机成熟,其便有可能挥师出塞。宋时之所以将大名府定为北京,不也是为了收复燕云么?”

纪纲皱着眉头想了一会道:“先生之见倒也有几分道理,但仅凭于此便断定皇上经略塞外,未免武断了些!经营北京,也有可能仅是要巩固塞防而已。”

“那再加上限制开中呢?”

“限制开中?”纪纲不由一愣,旋即陷入深思。

所谓开中,是一种重要的盐法。古时盐铁之利甚高,故历代皆将其收归官府专营。通常情况下,商贾若想经营盐业,则需照官府要求,将一定限额粮食运到指定地区的粮仓,向当地官府换取盐引,此节称为“报中”;而盐商换取盐引后,凭盐引到指定的盐场支取相应份额的食盐,此为"守支";取得食盐后,盐商再将其运到官府事先指定的地区贩售,此为"市易"。"报中""守支""市易"三节贯通到一起,便就是"开中"了。

开中的好处,便是通过利用盐商,使官府在保证其盐业收益的同时,还免去了其在各地转运粮草的耗费。虽说如此一来,民间盐价会因此抬高,但总的来说,由于商贾在运输粮草过程中的所有花费都需由自己承担,为减少损失,其无论是在效率还是降低耗羡方面,都要远胜于官府亲自操办。朝廷损失少了,相应的赋税也会有所降低,故天下百姓最终还是会从中受益。而且此法之行,还可有效防止官吏在运粮过程中营私贪赃。有这诸多好处,开中毫无疑问是一大善法。早在宋、元之时,开中便被两代朝廷广泛采用,明朝建立后亦沿袭此法,输粮的目的地则主要是各边疆行省,以供军需。不过到今年年初,开中之法有一大变。当时北京诸卫粮草短缺,为保障行在供应,永乐下旨,悉停天下输粮换盐,只在北京一地保留开中。

"朝廷每年北运的粮草足以供应军需,就算这两年增设了几个卫所,那也只需让江南多转运些便可,何至于要改革盐法这般大动作?而且限制开中后,江南每年转运的粮草却丝毫未少,区区北京一地,用得着这么多粮食么?故在北京大规模屯粮,其目的只能是一个,就是皇上有意经略塞外!"

"听你这么一说,此二者之间的确有些关联。"纪纲点点头又问道,"只是去年时,鞑靼知院阿鲁台拥立鬼里赤为君,并去元朝国号,重称可汗。由此可知,蒙古已彻底放弃重回中原之妄想,当时朝廷也遣使谕之通好。看这光景,皇上对漠北应该用的是怀柔之术,不像要起兵戈的样子啊!"

史复摇摇头道:"这不过是一时权宜罢了。此次鞑靼之所以自去元朝国号,多半是因为要与瓦剌争雄,故不愿招惹我大明。一旦阿鲁台击败瓦剌,一统漠北,其是否还会恭顺就难说了。古往今来,凡一统漠北之胡虏,有哪个不南侵中原的?皇上在塞上多年,深知胡人习性,对此怎会心中没数?只不过靖难方罢,北疆凋敝,朝廷同样需要时间休养生息,遂就顺水推舟罢了。不过这两年来,阿鲁台势力日涨,已有渐压瓦剌之势。朝廷虽不愿轻启战端,但也要未雨绸缪。再过几年,待北疆恢复得差不多了,鞑靼那边也很有可能已经一统漠北。到时候别说阿鲁台多半不会守诺,就算他果无南侵之意,皇上也未必会放过他。"

"不错,漠北一统,则中原难安;漠北分裂,则中原安宁,历朝历代莫不如此。以父皇之志,绝不会允许一个强盛的鞑靼出现!"朱高煦点了点头笑道,"这下本王已有些信先生之推断了！"

"还有第三点！去岁以来，朝廷屡次遣使出山海关，至奴儿干地区招抚女直各部，并授各首领指挥同知等职，将其地纳入大明，这更是开疆拓土的最好证明。"

"先生说得对。"朱高煦一拍巴掌，兴冲冲道，"本王明白了，只要本王坚决拥护开拓国策，父皇便会抛弃往日成见，重新视本王为传人！"

"正是如此！"史复微笑着点了点头。

"可若太子也赞同开拓呢？"纪纲却冷冷又道，"现在太子已经入主东宫，在国储之争中占据了主动。只要他也赞同开拓国策，那王爷即便附议也是枉然！"

"太子不会赞同！"史复毫不犹豫地回答。想了一想，他又郑重其事地补充道，"他不仅不会赞同，还会坚决反对！"

"你怎就这么肯定？"纪纲毫不客气地反问。

史复伸出右手摸了摸鼻翼，嘿嘿一声道："太子敦厚、宽仁、孝悌，学问也不错，但生性懦弱，气魄不足，由此看来，其应是个墨守成规之人。这种人物，守成尚可，要说开拓进取，则绝非其所乐意。而且……"史复脸上忽然露出一丝诡谲的笑容，"纪大人也是贡生出身，岂不知始皇帝与公子扶苏之事乎？"

听了史复的话，纪纲思忖一番，顿也心有所悟：公子扶苏对秦始皇的开拓之道颇不认同，最终被贬往军中，失去了唾手可得的太子宝座。当今的太子朱高炽果真与扶苏十分相似，而永乐无论是在性格、志向，还是治国套路、手法上，都与当年的秦始皇几乎一样。照这么说，一旦永乐更易国策，朱高炽倒真的很有可能步扶苏后尘，到时候朱高煦就可趁机取而代之。纪纲不再疑惑，他动了动嘴唇，正欲出言赞同史复之议，忽然一个念头划过脑海，再一细想，他不由大惊失色：秦始皇讨灭六国，一统天下后不仅不休养生息，反而继续南征百越、北击匈奴，并大肆征发百姓修驰道、建陵寝、筑长城。反观当下，也是战乱方止，天下亟须休息，而永乐却也是不待生息便积极开拓——图谋西洋、经略漠北、营建北京！这诸般举动，简直就是当年始皇的翻版！始皇的开拓大业，最终弄得国力殆尽，天下凋敝，秦朝二世而亡，根子便在于此！如今永乐原样照搬，那大明的将来……纪纲不由打了个寒噤。

"纪大人在想什么呢？"史复的声音又飘了过来。纪纲一抬头，史复正似笑非笑地望着自己，那张遍布疤痕的脸让他感到一阵恶心。他忽然想：史复明明预料到了开拓国策可能导致的严重后果，却仍力劝朱高煦鼎力支持，这其间意图何在？他史复又想从中得到什么？顺着这个思路再往下想，纪纲浑身猛地一哆嗦，难不成他想当赵高？他要将朱高煦硬扶上皇位，再将其玩弄于股掌中，进而把持权柄，号令天下？联系到这个人的神秘身世和这两年来的怪异行止，他愈发觉得很有可能！

奸贼……纪纲悚然变色，欲破口大骂。可话到嘴边，他又生生把它吞了回去。证据在哪里？仅凭一己之猜想，便贸然攻击汉王最信赖的谋主，这后果何等严重！万一咬不死史复，被他怀恨在心，将来在朱高煦面前挑拨离间，那自己的靠山可就不稳了！而且还有一层顾忌让纪纲更加无法开口——支持开拓国策，乃是汉王赖以夺储的最重要法宝！果真放弃，朱高煦将几乎完全丧失成为太子的可能。若果真是那样，将来朱高炽继位，自己这个党附汉王，且又为文官所嫉恨的锦衣酷吏必将死无葬身之地！他无奈地发现，自己必须附和史复。即便这个提议包藏祸心，可为了自己的身家性命，他也只能支持到底。

"史先生言之有理！"咽下口唾沫，纪纲无可奈何地点了点头。再看史复的丑脸时，纪纲的感受已不仅仅是恶心，而更加有一种毛骨悚然的感觉。

"便照先生之言行事！"朱高煦却没纪纲那么多心机，此时的他已完全被史复说服。想到取代朱高炽大有希望，他已激动得几乎不能自持。

"还有一点！"史复似笑非笑地望了望纪纲，又扭头对朱高煦道，"此次变更国策，动作太大，又太迅疾，皇上为免天下震动，很有可能是只做不说，这就更为殿下提供了可乘之机。只要殿下能对陛下亦步亦趋，他老人家由是更会认定您见识不凡。"

"本王明白！"

"可这总兵人选怎么办？皇上还要殿下找个总兵出来的。"就在朱高煦兴奋得血脉偾张之际，纪纲一番话，却给他浇了盆冷水。

与支持改变国策相比，挑选总兵的意义当然要小了许多。但国策之事毕竟是远虑，而挑选总兵却是亟待解决的近忧。

"史先生可有办法？"冷静下来后，朱高煦将期盼的目光投向史复。

史复皱眉不语，半晌方抬起头，叹了口气道："这的确是件得罪人的差事。皇上要用燕藩旧将，他们却又畏惧波涛。殿下周旋其间，想要两全其美难啊！"

见史复无法，纪纲又想了想，也觉无计可施，遂道："要不索性回了陛下，就说寻访不到便是。燕藩旧将不愿出海，这皇上也是知道的。他老人家自己都无计可施，殿下又能如何？直言相告，大不了落一顿埋怨，省得到时候两头不讨好。"

"史先生以为如何？"朱高煦又问史复。

史复想了想道："还是先试试吧，殿下且先不要提皇上有意起用旧部之事，只到各位靖难勋臣处走一遭，探探他们口风，或有人愿意也未尝可知。若是不成，咱们再做计较。反正这总兵也不是即刻就要选定，过段日子还是不行再回复也不迟。如此一来，殿下也算是尽了心，比直接回绝好多了。"

"也只有走一步算一步了！"朱高煦点了点头，旋又笑道，"反正也不是多大的事，只要拿定这开拓国策，不愁扳不倒大哥！"

"正是此理！"史复也微笑着附和，露出一丝奸笑，"过了几日，下西洋的事就会传开。而今战乱方止，朝廷各项开支又大，国库正紧张得很。这节骨眼儿再下西洋，太子肯定会出面反对，文官们也必是舆情汹汹。此等情势，正是殿下大显身手，为皇上出力的大好时机，殿下可一定要把握住了。"

"本王明白！"朱高煦露出一丝得意的笑容……

果不出史复所料，筹备下西洋的消息一经传出，迅速在千步廊两侧的五府十八衙门掀起波澜。五军都督府的动静倒还小些，武官们所担心的只是得到那茫茫大海中去受苦受罪，而文职的大小九卿衙门则不然了。永乐为了避免将来蛮夷得知实情后心生疑虑，故从一开始就有意隐瞒下西洋的最终用意，对外宣称此举仅为招谕岛夷。然而当此国家战乱方息、朝廷用度浩繁之际，这种为图虚荣而大耗公帑的理由自然无法服众。消息传开当天，各相关衙门的堂官们就吵翻了天。

户部尚书郁新的反对态度最为激烈，而且理由也很充分：靖难三年，北直隶、山东受兵灾最重，战乱结束后，两省已是十室九空。近两年来，朝廷一直在招纳流民复垦，而在生产恢复之前，官府必须供应衣食农具。仅此一项，开支便以百万贯计。此外，为充实行在人口，朝廷从山西、河南二省向北京大举移民，安置他们同样需要大笔钱粮，行部和北京布政司已几次来文，请户部急拨款项，这份开支也是耽搁不得的。再者，另一位户部尚书夏元吉正在苏州治水筑堤，眼下已到最要紧时分，他那里要的银子更是一分都不能少。这几项加起来，得花多少银子？耗多少粮？再加上接下来营建北京的开销，这花销就更不得了了。此时筹备下西洋，采购宝货，建造海船，还有使团和军队的开销加在一起，户部立刻就得拿出三百万贯。这笔银子他不是没有，但一旦掏出去，户部的家底也就空了。万一这几个月里再出个天灾人祸，他这个"大司农"就只能干瞪眼。

户部闹腾得欢,工部也没闲着。工部尚书黄福已为营建北京、协助苏松治水两件事忙得焦头烂额,龙江船厂的事没多少工夫顾及。得知还要再增造海船,他当即就急红了眼。

　　户部管钱粮,工部主营造,与下西洋再有关联的就是兵部。兵部是金忠管着,他对下西洋本身并不反感,而且他久随永乐,深知其心意,也隐约察觉此中蕴含之意,对此还颇为赞许。但他不明白的是,眼下朝廷许多难处明摆着,皇上为何要挑这时候行此大手笔?有了这么层计较,在接下来的廷议中,他便与郁新、黄福三人一起,成为文官反对下西洋的急先锋。

　　尽管对文官们的反对早有准备,但舆情如此汹涌,甚至连金忠也提出质疑,这多少有些出乎永乐意料。下西洋毕竟干系太大,饶是永乐再乾纲独断,也不能在这种事上对群臣的意见置若罔闻。眼瞅着这事儿就要告吹,朱高煦忽然跳了出来对下西洋之盛举大加赞赏,并慷慨言道:"凡鼎盛之世,必万国来朝。今圣君在上,国富民强,招抚岛夷,正当其时……"

　　朱高煦一出头,一些与他交好的大臣也都跟着站出来附议,这一下就把文官的声势抵消不少。两方人吵吵闹闹好几日,谁也占不了上风,永乐遂命择日再议。

　　廷议过后,永乐思虑数日,遂召金忠进宫叙话。君臣嘀嘀咕咕了小半日,待出得宫来,金忠便再绝口不提反对之事。紧接着,郁新也被召到武英殿。针对户部公帑不足的问题,永乐当即拍板,其中八十万贯由内库支付。而且永乐还特地命人拿出浙西、苏松一带地图指给郁新道:"夏元吉治水已近大成,只要水患一止,明年江东就能平添万顷膏腴良田。仅此一项,朝廷岁入就能增加百多万贯,足抵下西洋开销。"郁新拿了内帑,又亲眼确认了即将增加的进项,再加上永乐一番劝导,他终于也闭上了嘴巴。

　　安抚住了金忠和郁新,带头反对的文官就只剩下黄福。黄福的圣眷本就一般,偏偏他又和东宫走得近。朱高煦见状,遂趁着永乐要压制文官舆论的机会,唆使左都御史陈瑛参了黄福一本,指其不恤工匠。永乐接奏,虽未治黄福之罪,但也顺水推舟将他调往北京,接替刚刚犯事被诛的洛金,充任行部尚书。而其留下的工部尚书一职,则由机敏练达,且一向唯皇命是从的礼部左侍郎宋礼接任。

　　下西洋与户、礼、兵三部关系最大,之前也是它们闹得最凶。如今三部尚书都改了口风,其余文官纵有异议,也成不了气候。

　　经过一番苦心,永乐自觉统一朝中意见已不成问题,遂雄心勃勃地准备再次召集廷议,将下西洋一事一举敲定。孰料就在举行廷议前夕,先前前往杭州为《文献大成》收集典籍的解缙返回京城。得知下西洋之事后,他当即上疏反对,并在奏疏中言道:"今国家百废方兴,百姓嗷嗷待哺。值此之际,陛下当以民生为重,将有限之公帑用之于海内。若为一二远夷大肆耗费,而罔顾国计民生,此与隋炀丝绸裹树以迎番人又有何异……"

解缙的奏疏言辞犀利,甚至把隋炀帝都抬了出来,永乐看得是大光其火。而就在这时,太子朱高炽也上疏陈情,言下西洋于朝廷损多益少,请三思而行。

一个是储君,另一个则是内阁之首、天下士林领袖。这两个人出面劝阻,出使西洋顿时又添波澜。思忖再三,永乐先把朱高炽叫到乾清宫,将之前一直没有告诉他的下西洋真实用意和盘托出,并趁机观察他的态度。

与史复判断相符,这位体弱多病的太子虽然宽仁敦厚,但并不是个锐意进取之人。当从父皇口中听得这一统海疆的宏图伟业后,他的第一反应不是振奋,而是倒吸了一口凉气。他对待外夷的态度一直是"在德不在力",信奉的是"内修德政、四夷来朝"的教条。在他看来,这种周期极为漫长的开拓成败难料且不说,首先朝廷就极有可能不堪重负。身为大明的太子,他心里对这种损多益少的举措极不赞同,不过他也不敢直接反对。最近二弟十分活跃,对朝政也颇为上心,他看在眼里,心知其或是贼心不死,仍觊觎着太子宝座。而二弟在下西洋一事上是坚决站在父皇这边的。对这个二弟,朱高炽心中一直有所戒备,他不想让父皇觉得自己不如二弟。而且就在几天前,金忠还专门到春和殿提醒他万万不要在这事上和皇上唱反调。尽管金忠未明言其中原因,但他郑重其事的态度不能不让朱高炽有所顾忌。计议再三,朱高炽避开图谋西洋是否值得这个关键问题,只借口眼下形势不宜,婉转建议父皇暂缓施行。

太子的态度让永乐有些失望,不过以太子的仁柔性格和谨慎态度,有此顾虑亦不足为奇,好在他也没有直接反对。思虑再三,永乐命他回东宫安心读书,暂勿过问国事,便就这么把他打发了。

太子毕竟是自己儿子,永乐处理起来相对容易,可解缙就不然了。对他,永乐既不能如对太子般置若罔闻;同时又因为解缙性格狂放,为防走漏风声,永乐也不放心将"化夷入夏"的目的坦白相告。两难之下,他只有召解缙入宫,仅就着"万国冕旒朝中华"以及"怀柔远人、教化蛮夷"的虚文一番说道,希望能通过自己的苦口婆心感化解缙,让这个颇有名望的"刺头"闭嘴。

谁知解缙先是恭恭敬敬地聆听圣诲,末了却把头一扬起起道:"敢问陛下,华夏、夷狄之利,其各轻重几何?"仅此一句就把永乐噎得半晌说不出话来。问倒了永乐,解缙犹嫌不过瘾,出宫便找了一帮子青年翰林拟了一道洋洋数千言的《请止出使西洋疏》,然后转交通政司递呈内廷。疏中引古据今,直言出使西洋于中国一利十弊。此疏一上,满朝轰动,并很快就传到坊间,一时间大江南北物议四起,天下士子大都附和解缙之见。事情发展到这份儿上,饶是永乐再坚毅过人,也不敢强推其策,局面顿时陷入僵持,筹备下西洋的进度也缓了下来。转眼到了年底,甘肃突然传来一个惊天消息,一时将朝中君臣的眼光全吸引过去。

永乐二年十月二十五日,西域帖木儿率二十万大军东征中国。帖木儿以元室传人自居,发誓要灭亡明朝,重建大元。月余过后,甘肃总兵宋晟方得到消息,而此时帖木儿大军已在路上。宋晟一面加紧防备,一面飞书驰报南京,请朝廷立即调兵增援。

帖木儿帝国乃西域大国,帖木儿更是一代枭雄,此番其举国东进,对大明之威胁可想而知。消息传至,朝廷大震。永乐当即下旨,暂停出使西洋一应筹备事宜,并着兵部急调四川、关中等地卫所赶赴甘肃。同时,户部粮饷亦紧接装船,准备向甘陇调运。工部匠人也开始日夜赶造兵械,大明一时被紧张氛围所笼罩。

前番下西洋,燕藩旧将不愿经历波涛,个个推三阻四。而此番对阵强敌,他们却是义不容辞。一时间,五府诸将纷纷请战,兵部衙门更是昼夜人流不息,为谋划迎战事宜殚精竭虑。

朝中文武忙得是人仰马翻,汉王府内,朱高煦、史复一帮人也没闲着。此番帖木儿来势汹汹,接下来的两军交锋便是事关国家兴亡的决战。此等大战,总兵官之职必由威望素著的大将充任。而遍观朝中众将,能担此重任的唯有淇国公丘福、成国公朱能二人。丘福现任行在后军都督府掌印,在北京防备鞑靼,自然不可能抽身;朱能虽在朝中,但近年来屡生大病,身体大不如前,也不适合领兵。至于其他人,独当一面尚可,统率数十万大军,恐难以胜任。因此,史复欲让朱高煦亲自出马,并趁此机会扩大在军中的影响。只要军队能死心塌地归附,有朝一日即便太子登基,他朱高煦也能轻而易举把皇位给夺过来。

书房内,史复揣着手炉端坐于暖榻之上,缓缓将建议道出。朱高煦尚未说话,一旁的纪纲便面露犹疑道:"亲王领兵?这陛下能答应么?他老人家自己就是以亲王身份率兵靖难,取而代之的。有这个前车之鉴,他岂能再留此隐患?而且就陛下登基这两年的作为看,他虽表面善待诸位藩王,但暗地里是颇为戒备的。就在前年,他便寻机连削代、岷二王的护卫亲军。由此可知,陛下心中十分清楚藩王之弊,未必会让二殿下再次掌军。"

"缇帅说得有理!"纪纲已升任锦衣卫指挥使,史复也以"缇帅"称之,略一思忖,他将怀中的手炉扔到一边重重点头道,"不过在下看可以一试。眼下朝廷的难处摆在明处,丘福不能抽身,朱能是个病夫,其余诸将又没一个能挑大梁的。陛下虽然武功盖世,但今时不同往日,也不便亲征。如此算来,偌大个大明可以统领西陲大军的,也就只有王爷了。王爷在靖难时屡建奇功,才能为诸将敬服,而且您又与北平旧将关系莫逆,再加上亲王身份,领兵出征绝无不能服众之忧。依在下看,只要王爷出面请缨,不用说燕藩旧将定会鼎力支持。有武将的拥护,此事就成了一半,再加上朝中也确实无人可派,没准皇上就此破例也未可知!"

"哦……"

就在朱高煦被史复说得心潮澎湃,正跃跃欲试之际,窗外却隐隐传来一阵欢呼之声。紧接着,汉王府的侍卫总管周宣便风风火火地赶来。一进屋,他便一脸喜色道:"王爷,方才甘肃军报进京,帖木儿东进途中暴病身亡,西虏已撤兵归国了!"

"啊?"周宣的话一说完,屋内三人皆面面相觑。

半晌,朱高煦一挥手打发周宣出去,旋望着史复和纪纲自失一笑道:"这老戎酋死得也真是时候,让本王白生了一番雄心!"

"不过也无所谓!"纪纲轻松笑道,"反正殿下也没损失什么,白费了些心机罢了。"

与纪纲和朱高煦的从容不同,史复却似想到了什么,当即眉头紧锁。过了片刻,他忽然脸色微变道:"不好!"

"不好?"朱高煦被史复弄得有些迷糊,"何事不妥?"

史复皱着眉头道:"这西域一退兵,朝廷外患遂解,皇上缓过劲来,必重提下西洋一事。这领兵将领人选一事至今仍没有着落,万一陛下问起,王爷将何以应之?"

"不见得吧?"纪纲一听也一愣,不过仍心存侥幸道,"前番文官气势汹汹,不是已经让皇上把这事缓下来了么?"

"只是暂缓罢了。就是帖木儿东寇消息传来时,皇上给工部的旨意也只是暂停建造海船而已!"史复摇了摇头,叹了口气道,"没料到皇上招抚西洋之志如此之坚,这么多事遇到一起都不能打消他的念头。"

"你不了解皇上。皇上这个人一旦下定决心,便是撞上南墙也不会回头。当年靖难时便是如此,否则也不可能杀进京城,入继大统!"纪纲一脸无奈,说到这里,想了想又转过来劝慰道,"王爷也不用太过忧心。就算没西房的事,至少解缙他们仍会反对,此事能否成行仍需两说,就是能成,也不是一时半会的事。王爷还有时间,可徐图他法!"

"恐怕没多少时间了!"史复眼神一黯道,"而今之局势,较数月前已然迥异。去岁冬天普降大雪,可以预料,今年天下粮食必然大收;而山东、直隶等地经数年屯垦,现已从靖难兵灾中恢复,不需官府再赈济粮草,朝廷又少了一大笔支出;此外,前段日子在下翻阅邸报得知,夏元吉治水已近功成,苏松、浙西一带万顷滩涂从此尽成良田。仅此一项,朝廷每年便平增百万贯的进项,足抵下西洋诸般开支。朝廷开源节流俱有成绩,天下虽不能说是海晏河清,但也算得上府库丰盈了。有此等好局,皇上又有何理由放弃招抚西洋?"

史复一件接着一件,说的都是有利于国计民生的好事。可朱高煦听在耳里,却件件晦气。半晌,他方讷讷道:"既然如此,那本王明日回禀父皇,就说无人应征得了。"

"反正这次王爷在推动下西洋一事上出力甚多,这些皇上都已瞧在眼里。就算在游说将帅上头有所缺憾,也影响不大。"纪纲也赞同此议。

"话是这么说,不过既然皇上把这事托付给了殿下,那还是有个交代得好。毕竟,这也是殿下办事才干的一个体现!"史复想了一想接着道,"就眼下形势看,想把统兵将领全寻齐是不可能的。但殿下至少得请出一位总兵,这样在皇上那边就说得过去。至于副总兵、参将等等,就只能由皇上亲自点将了。"

朱高煦思忖半晌,点点头道:"也唯有如此!不过本王看难,也只能是尽人事、听天命了……"

事情的发展又一次与史复预判不谋而合。没过几日,永乐再次下旨督促有司加紧出使西洋的筹备速度。尽管解缙等部分文官仍然反对,但眼见外患消弭、太仓的钱粮储备也日趋见涨,他们的声音顿时弱了许多。没过几日,夏元吉回京述职,永乐将他召入宫中一番长谈,出来后这位立下大功的户部尚书也表示支持下西洋,再加上朱高煦的鼎力支持,朝廷舆论终于被扭转过来。

永乐招抚西洋的雄心日益见涨,这边负责游说将领的朱高煦却不顺利。随着下西洋日期的日渐迫近,统兵人选却仍无着落。而且此时,关于这次舟师统领必须由燕藩旧将充任的消息也逐渐从宫中透了出来,这一下五府那些靖难功臣都慌了神,莫说当着朱高煦的面推三阻四,就连原先支持下西洋的立场也变得模糊起来。燕藩旧将是朱高煦的根基所在,他们心存不愿,他也不敢强逼。

这一日下午,朱高煦从永康侯徐忠那里回来,直接换了身衣裳便走进了煦园。正值阳春三月,被无数名贵花木点缀的煦园显得春意盎然,一派和谐温馨之象。无奈朱高煦满腹心事,眼瞅着这人间胜景却生不出一丝一毫的心思。史复正戴着个草帽独自在园中池塘边垂钓,眼见朱高煦过来,他遂丢了钓竿起身道:"殿下回来了?徐侯爷怎么说?"

"还能怎么说?"朱高煦找了块石头坐下,悻悻道,"本王刚一开口,徐忠便流泪,说他老母正卧病在床,膝下又无子女,只得自己每日在床前侍候。本王去他母亲房外一瞧,果真如其所言。既如此,本王还如何开得了口?都不敢多待就出来了。"

史复面朝朱高煦坐下,干笑一声道:"其实在下也早料到是这结果。只是这在京的靖难功臣也有好几十号人,居然找不出几个愿为陛下和王爷分忧的,倒令人扼腕叹息啊!"

"他们也就是不愿出海,若是在陆上征战,倒绝无二话。"朱高煦有气无力地为这帮将军分辩了一句,忽然又话锋一转道,"不过也不是全无人愿担此重任。"

"哦?"史复有些诧异地望了朱高煦一眼,"有人愿往?殿下为何从未与在下提过?"

"提也无用!"朱高煦苦笑一声道,"成国公朱能和新安伯张辅就愿意去。可朱能连年患病,眼下虽已初愈,但仍是孱弱得紧。就这模样,哪经得住海上风浪的折腾?何况朱能乃父皇心中头等爱将,他老人家绝不会允其出海。张辅是张玉的儿子,当年在靖难中也甚英勇,父皇还夸他是霍去病来着。不过张辅毕竟才三十出头,以前虽多有出征,但都是跟在朱能麾下,连独当一面的经历都没有,让他当总兵官肯定不合适。若当副总兵或者参将,可这总兵官又定何人?"

"既然如此,那接下来王爷该当如何?"史复平静地望着朱高煦,淡淡地问道。

"算了,不找了!"朱高煦一伸懒腰,叹了口气道,"父皇已催了几次,本王不能再拖。明日本王便进宫,禀明皇上无人愿往。那时父皇要责要怨,也只能由他了!"

听朱高煦这么讲,史复露出一丝犹豫,但过了半会儿仍开口道:"在下有一人,或可供殿下斟酌!"

"你有人选?"朱高煦诧异地望着史复道,"那你为何不早说?"

"这也是前几日刚琢磨出来的。"史复嘿嘿一笑,"而且此人领兵有违祖制,陛下未必会允,故在下一直撂下未提。只是今日殿下已别无他法,在下便不妨提出,供殿下斟酌。"

"闲话少说,速速道来!"朱高煦早已心急不耐,忙出言相催。

史复微微一顿,遂将心中人选说了,朱高煦听罢,稍一思忖,随即大摇其头道:"这哪成?这不仅是有碍纲纪,更是犯大明的祖制,父皇一准儿不会答应。"

"若是寻常之时,自是没成的道理!可眼下不是朝中无人么?这事若是摆在洪武朝,连想都不用想。不过换作今上,在下倒觉得也未必是不可能之事。反正殿下如今也无他法,纵然不成,至少也不会有坏处!"史复呵呵一笑,忽然又压低声音道,"而且此人若果真因此当选,自然会对您心存感激,如此殿下也算在后宫埋下了颗棋子。自赵王去北京后,殿下便与后宫隔绝了许多,若能将他拉过来,于殿下大有裨益。"

朱高煦一愣,继而想想也是,遂点头道:"也罢,权且一试!"说完,又赶紧对史复道,"你再好好参详参详,想一套好说辞出来,本王才好在父皇面前开口。"

"这是自然!"史复答应一声,随即又陷入一阵深思……

作为宗藩亲王,朱高煦按制只需三日一朝,不过永乐寝居理政的乾清宫他随时都可以去。这一日早朝过后,永乐与一干朝臣在武英殿商议了半天政事,直到晌午方起驾返回乾清宫。一进宫门,便见朱高煦在里头垂首候着,遂笑道:"煦儿有好几日未进宫来了吧?可是又病着了?"

朱高煦上前几步,伸手将永乐刚脱下的外衣接过,赔着笑脸道:"儿臣每日都有进宫,不过这两日父皇太忙,故一直没有见着。倒是母后那边,时常都去的。"

"原来如此!"永乐边往暖阁里走,边笑道,"这几日朝中事多,南边的占城国遣使进京纳贡,并诉安南又侵略其国,请朝廷主持公道;山西迁到北京的移民又到了一批,亟待朝廷拨钱粮安置;还有就是下西洋的事,据兵部报,此次出航所需船只、官兵已调集完毕,正向太仓还有福建的长乐两处港口集结,还请朕下旨给苏州、福州等府,需得抓紧供应一应军需,以备使用。这些可都是耽搁不得的……"说到这里,永乐似乎想起什么,扭头问道,"挑选将校的事办得如何了?再过几个月就要出航,这领兵人选需及早确定,抓紧时间赶赴军中熟悉军情。这事不可再拖,三保已跟朕说了好几次了。"

朱高煦心中一紧,忙笑道:"回父皇话,儿臣已有了主意,正欲跟您说咧。"

"哦?"听朱高煦这么说,永乐以为事已办妥,遂笑道,"好!朕还怕那帮老油子个个推三阻四不肯应征,想着要亲自出马,不料最终还是被你给说动了!"永乐心情大好,见朱高煦张口欲言,遂一伸巴掌阻止道,"此事且先放下,朕也饿了,你陪朕用膳,边吃边讲。"

"是!"见永乐这般说,朱高煦只得按捺住心中不安,跟着踏进暖阁。

此时已是未初,御膳房的午膳早已备好,待永乐回到暖阁的榻上坐下,内官们即刻将膳食传了上来。朱高煦定眼一瞧,却是三菜一汤——一道清蒸江鲥、一小盘金陵烤板鸭、一份清炒豆芽,还有一碗小白菜豆腐汤。他从内官手中接过盛满米饭的碗递给永乐,自己又拿起一碗才笑道:"父皇私下里依旧是自奉甚简,若往外头说,怕谁也不信您老人家平日里就只吃这些,竟较一般大臣都还差呢!"

永乐夹了口菜,和着饭往嘴里扒了两口道:"碰着宴会,铺张些倒也罢了,那毕竟关系着朝廷脸面。若只是平日便餐,朕虽为天子,但也就只一张嘴,能吃得下多少?当年做藩王时出兵放马,连日吃冷食也是平常,如今这三菜一汤,较之彼时不知好了多少,还有什么不知足的?"

"父皇说得是,儿臣以后也当以节俭为念!"朱高煦忙一脸郑重地附和。这位王爷一向大手大脚惯了,不过既然永乐扯出了节俭之道,那他不管内心是否以为然,表面上肯定是十分赞同的。

"也不是要一味节俭,该有花销时也无须心疼,否则攒得万金又有何用?唯于自身要严苛些,否则容易养出奢靡之气。齐家治国平天下,其实都是此理。"永乐教诲了一番,又把碗中米饭一扫而光,接着喝了一大碗汤,觉得肚子饱了,遂放下碗筷道,"说正事吧,有哪些愿担此重任的?说来朕斟酌斟酌,看看是否合适。"

"什么?无人愿往?"当朱高煦嗫嚅地咕哝出一句后,永乐大感意外,半晌方道,"你方才不是说有主意了么?"

"儿臣是说有了主意,可儿臣没有说北平旧将愿出海啊!"朱高煦忙起身下榻,双手垂于腹前恭敬站好,小心道,"父皇刚才是误会了,儿臣之意其实是另有人选。儿臣近日访遍诸位勋臣,好话说尽,但仍无人愿意应征。儿臣想来也是,我燕藩旧将都是戎马出身,莫说出海,就是江上泛舟也没几个不犯晕的。让他们出海,一来实在强人所难;二来他们即便答应,也是满腹牢骚,到时候未必会尽心履命;三来虽同为领兵,但水师与马步三军却大不相同。眼下出海之期已近,强命这些马上将军统驭水师,他们一时间也未必可以胜任。思来想去,儿臣觉得莫如照着父皇所定标准另寻高明,找几个既忠心又有能耐,还能踏实办事的岂不更好?结果儿臣寻着这个思路去想,真就有了合适之人。"

"是谁?"永乐眯着眼问,从表情看,他对朱高煦的这番改弦更张倒也不是毫无兴趣。

永乐的神情,让朱高煦稍感安心,遂沉声道:"关于其余人选,儿臣尚无定见,但总兵官一职,儿臣斗胆举荐郑和!"

"三保?"永乐本斜偎在宽大的榻上,听朱高煦之言不由一愣,随即坐起身子道,"三保已是巡洋正使,怎么能再任总兵官?"

"并无不可!"朱高煦赶紧接过口道,"依儿臣看来,以三保兼领水师,至少有四大好处!"

"哪四个?"

"其一,三保也是燕藩老人,随侍父皇多年,以其为总兵官,忠心上是肯定没得说。

"其次,三保虽非朝廷军将,但靖难中亦多有随征,郑村坝时还有孤军焚营的壮举。以统兵才干论,其未必就在寻常武将之下。且三保去年刚出使东洋,在海上奔波数月,也算经历过了风涛。在这一点上,比那些五府都督都强得多,让他出使也算是人尽其才。

"再次,三保本人愿意出海,并冀此建一番功业。有此等雄心,何愁其不能尽心竭力?较之于咱燕藩旧将的牢骚满腹又胜出许多!

"最后,则是从下西洋之目的考量。此次出使,其手段在于招抚。然蛮夷不识教化,其间难免有忤逆者。若遇此等情事,则免不了要耀兵立威,以为震慑。然其震慑一法,若行得浅了,恐声威不够,蛮夷未必肯服;可若行得深了,其就算因着畏惧一时称臣,但内心必生愤恨,甚至因此而生冲突,如此既伤天和,也有违父皇怀柔之道。故海外用兵,如何权衡轻重缓急,实为一大难题。而观我燕藩旧将,多是行伍出身,上阵固然勇猛,但于这抚夷韬略却并不精熟。万一处置时失却分寸,激出乱子,岂不大糟?而若换作三保则不同。三保为人稳重练达,又长年处理内廷诸般杂事,这掂量轻重、消弭纷争的本领自是没得说。而且前番他东渡日本,一举让素来不朝的倭夷称臣纳贡。虽说这是父皇声威所致,但其居间斡旋的功劳亦不可没,'抚夷有方'可谓当之无愧。让他兼领水师,一旦有变,其可统筹全局,相机应对,想来不容易横生意外。何况在这用兵上头,三保还有一优势,就是以其为帅,可免文武失和。父皇您想,纵然出使西洋是以三保为首,然北平旧将皆为高爵勋臣,岂会把他一个内官放在眼里?平日无事倒也罢了,一旦与蛮夷发生冲突,三保说不能用兵,这些公侯老爷真能听他的么?此皆儿臣一己愚见,还请父皇斟酌。"

朱高煦语如连珠,一口气说了一盏茶的工夫,才将心中想法悉数道出。这四点好处是史复斟酌了几日才提炼出来的精华,他原封不动地复述出来,希望能说动父皇。

听完朱高煦的分析,永乐的面容一丝表情也无,不过从其右手中指不断轻扣桌面的动作可知,这位大明天子心中已起了不小的波澜。

史复果真不是凡品,他的这番说辞经朱高煦之口道出,给永乐的心理带来极大的触动。一直以来,对于是否起用燕藩旧将,永乐内心深处也是颇为矛盾的。燕藩旧将十分不愿出海,这他心中一清二楚。可作为皇帝宝座的最重要基石,永乐又必须让他们担起统领天下各路军马的担子。眼下大明军中,马步之精锐基本上已由北平旧将掌握,但沿海各地乃至护卫南京的长江舟师,则仍都由陈瑄等一干建文朝旧将控制。永乐倒不是不信任这些归附的建文旧将,但若要把整个大明水师统统放到他们手中,他也不能完全放心。他们当年能背叛建文,焉知将来万一之时不会再背叛自己?虽然明知出现这种情况的概率微乎其微,但永乐心中仍有些不安,因此必须加强自己的力量。

只是永乐也没料到,这些在陆地上生龙活虎的老部属们一听出海却个个都似打蔫儿似的,死活也不愿意。想想也是,这帮人都已官居一品,爵封公侯,有了这些高官厚禄,谁愿到海上去吐个七荤八素地换个功名?何况在这帮靖难功臣眼中,这种为使团护航的事也没什么功绩可言,远不如去塞上和鞑子叫阵来得痛快。

想用的人都推三阻四,这样的局面让永乐很为难。为此,他也生出许多不满,甚至想硬逼这帮老部下们就范。不过他也明白,强扭的瓜不甜,何况下西洋对他而言意义重大,绝不能因为军将人选坏了大局,故才指使朱高煦居间游说,谁知最后也是徒劳无功。不过朱高煦却将功补过,另推出郑和,这倒让永乐有些意外。听了他的分析,永乐仔细一想,倒也颇有几分道理,郑和在许多方面都符合兼领这支水师的标准。但是很快,他心中又产生了巨大的犹疑。

"三保是内官。"结束了长久的思考,永乐终于咕哝出这么几个字。

听得父皇此言,朱高煦先是小舒口气,但很快心中又是一紧。父皇没有说郑和不堪重任,这表明他对这个内官的军事才干还是颇为认可的,这也在史复预料当中。但这"内官"二字,却清晰无误地点出了此事上的最大阻碍。

自古以来,宦官把持权柄以致国家覆亡的例子数不胜数,故明智之君绝不会让内官参与朝政。明朝建立,朱元璋更是立下"严禁内官干政"的铁律,晓谕后世子孙必须遵行。

永乐绝非昏君,他自然知道宦官之弊。虽说在靖难时他曾大批起用燕藩宦官从军作战,但从来都只将他们独编作一队以为奇兵,并不付以兵权。唯有在郑村坝时为形势所迫,才让郑和领了一次兵,但完事后又立即将兵权收回,绝不留后患。如今时过境迁,郑村坝的紧迫情势早已不再,当年的燕王也摇身一变成了大明天子,身份的变化使他对宦官的任用不得不有所顾忌。虽然登基后他多次委派内官为使出使番国,但只要是涉及把持权柄的差事,他绝不让宦官涉足,更别说统领百艘战船、上万水师这样的要职了。让宦官掌握兵权,万一他们挟兵权覆雨翻云,反过来威胁朝廷乃至皇帝,那将如何应付?有这么一层顾虑,永乐对让郑和充任总兵官自然是心有抵触。

朱高煦知道最关键的时候到了。在之前的商议中,史复与他皆认为郑和的宦官身份是促成此事的最大障碍。为此,他们也是斟酌许久,准备了一大段说辞。但最终能否如愿说服永乐,他们也都是心中无底。朱高煦的心顿时绷紧,只强作镇定一拱手道:"父皇,事有经,亦有权。眼下朝中无人,下西洋又箭在弦上,若因将帅之事以致拖延,岂非舍本逐末?值此关键之期,父皇应当机立断,大胆突破旧规。否则以朝中形势,一旦拖延日久,未必不会生变。若果如此,恐就因小失大,得不偿失了。"

提起朝局,永乐顿时心念一动。虽说下西洋最终得以成行,但朝中的反对意见却并未就此化于无形,只不过因为自己的强势大家不得不缄口而已。一旦统兵人选久不能决,以致日程延期,保不准立刻又有一大帮子人趁机出来反对。对此,他也不得不有所顾忌。

思忖一番,他皱着眉头道:"三保为人信谨,对他朕自是放心的。只是宦官领兵的先例一开,万一后人比仿效尤,必将后患无穷。汉唐殷鉴历历在目,朕不可不慎啊!"

永乐虽仍摇头,但朱高煦却从其语气中听出松动之意,忙趁热打铁道:"以往出使番夷,扈从军马亦均归正使总领,无非是规模较小罢了。此次下西洋亦是出使,不过因着声势浩大,父皇才有所顾忌,但论其本质,其实与以往并无二致,不知儿臣所言是不是?"

听得朱高煦分析,永乐想想也是,遂轻轻点了点头。

"既同为一理,那父皇又何以畏惧物议?去东瀛时带得兵,下西洋为何就带不得了?舟师出海又不是打仗,朝臣凭什么嚼舌头?"朱高煦提高声调说到这里,略略一顿又继续道,"至于宦官祸国,此固为国家一大患,但依儿臣观之,在下西洋一事上头,两者却并无实质冲突。"

"这话怎么说?李唐后期,宦官借把持神策军之利,进而操纵朝局,甚至连皇帝废立都由其决定。唐代之亡,半在藩镇半在宦官,此史家之公论,你莫非不知?"永乐一惊道。

"儿臣岂能不知?但水师不是神策军。"朱高煦赶紧解释,"这支水师再强,但也上不了岸,论威胁与马步三军全不能比。而且下西洋虽有万余水师同行,但其远在荒域,如何能像唐代神策军那般影响朝局?所以儿臣以为,父皇可下一道敕旨,宣明宦官之任总兵官仅限于海路出使,凡中国地面,绝不允许阉人领兵,并以此为成例,后世必须遵从。这样一来,既方便了出使西洋,又免了宦官把持军权之虑,如此岂不甚好?"

又是一阵沉默。朱高煦虽然巧舌如簧,但永乐一听便知此建议与太祖禁令肯定是背离的。不过照此法行事,宦官即便领兵,也对朝廷产生不了什么威胁,这与"防止内官擅权祸国"的初衷并不冲突。但不管怎么说,果真让郑和当总兵,起码是违背了洪武祖制。

当年永乐以"维护洪武祖制"为由兴兵靖难,登基后自然不可能改口,故面上他都坚定不移地宣称要遵从洪武祖制。但在实际治国过程中,他并不是个食古之人。相反,作为一个欲有大作为的皇帝,他有一套方略和计划,自不可能被陈规束缚,如今正暗地里逐步推行的开拓国策,便是一项事关国本的重大改革。让郑和充任总兵虽然违制,但永乐只要下定决心,祖制对他而言并非什么不敢逾越的雷池。只是他心中隐约仍有些不安,总觉得照此处理,保不准会留下什么隐患。

"父皇!"不知沉思了多久,朱高煦的声音在耳边响起,永乐一愣,随即从遐想中回过神来。

吸了口气,永乐开口问道:"过了多长时间了?"

"已经小半个时辰了!"朱高煦小心应答,同时双脚不自觉地抖了几下。方才永乐呆坐枯想，朱高煦既不敢动又不敢吱声，直站得两腿发麻。

"哦！"永乐支吾一声，随即活动了下身子，又起身走到窗边，向外凝视许久，方回头郑重道，"你这法子不错，便让三保把舟师兼领了吧。"

"父皇圣明！"朱高煦一听，立刻喜上眉梢，赶紧躬身作答。

第二日，永乐便颁下圣旨，以内官监太监郑和为总兵正使，率船出使西洋。既以内官充任总兵官，那手下属将也不可能再用位居公侯的靖难名将。一番权衡后，永乐以御马监太监王景弘为副总兵，司设监少监张谦等为参将，与郑和一道出使。王景弘他们都是燕藩老人，本已都被授以副使之职，既然郑和兼任总兵，他们便也都跟着领了军职。

诏旨一下，郑和等一干内官欢天喜地自不必说，燕藩旧将免了海上波涛之苦，也都个个暗自庆幸。文官们虽有腹诽，但眼见皇上态度坚决，也大都闭上了嘴巴。只有解缙不识时务地上疏反对，但孤掌难鸣。

而在这场出使西洋的朝堂纷争中，最大的受益者就是朱高煦了。将水师交给郑和，首先燕藩旧将们长舒了口气，进而对汉王心怀感激；至于内官方面，以前朱高煦在燕藩时对待内官的态度很是一般，但此番举措大大拉近了内官与他之间的距离。除了王景弘是太子心腹，郑和一向谨慎外，其他获得任命的内官看汉王的神色都含着几分感激之情，这为他将来在宫中扩展势力打下了良好基础。而最为关键的是，朱高煦在永乐心中的地位明显提高。这不仅因为他成功完成了永乐的托付，更因为之前他在开拓进取上头表现出来的坚决赞同的态度，让永乐在欣喜惊叹之余更生出父子同心之感。"不料煦儿竟有如此长进"，当这十个字从父皇口中说出时，他喜得差点笑出声来。

就在众人都欢天喜地之际，谁也没有察觉到授予郑和总兵官之职，这个目前看似十分合理的决断，却不经意间开了一个极坏的先例——明朝内官从此摆脱了"不得干政"的祖制，开始参与朝廷重大国事。

大明永乐三年六月十五日。

这一日，太仓州上空万里无云。天还没亮，太仓阖城士民便倾巢而出，直奔海边的刘家港。今天，朝廷出使西洋的船队将在此扬帆起锚。太仓人千百年来从未见过如此大的场面，岂有不瞧稀奇的道理？可是，尽管早有耳闻，但当士民们登上港口周围的小丘，目睹到这支古今第一船队的真容时，仍不免都倒吸一口凉气。

这是一支多么庞大的船队啊！港口内，林林总总停泊着二百余艘海船，它们大小不一、样式各异，所有舰船的桅杆上都挂满了色彩鲜艳的旌旗。船上，身披崭新甲胄的军士，还有衣着光鲜的官员们都在甲板上列队站立，个个精神抖擞，气宇轩昂。一阵海风吹过，无数旗帜迎风飘扬，显得威武无比。

　　"这些都是什么船啊？"小丘上，百姓们瞧得稀奇，顿时七嘴八舌地议论开来。

　　"这你都不知道？往下瞅，离岸最近的这几十艘是粮船和水船。"

　　"再远些的那是马船，是运载马儿和辎重用的。"

　　"胡说，马船又叫马快船，是两军交锋时用来冲锋的。你往远处看，最外面几艘都比其他的船要窄，那才是马船。"

　　"那两边上的呢？就是列成直队的那两支？"

　　"那当然是战船喽，你没见那船上都装着炮么？"

　　"那是战船？真大呀，从没见过这么大的。"

　　"没见过世面！这战船长六十六丈、宽十八丈，是咱大明水师的精锐，每艘上头都装着十几门碗口将军炮呢！"

　　"乖乖，咱大明这么厉害？能造这么多大战船？这恐怕有五六十艘吧？"

　　"六十六艘！我老弟便在其中一艘上做火长，威风着呢！其实这还不算最大的，看见中间那几艘大船不？那都是坐船，是将军们用的，将来番邦的贡使们还要坐它回大明呢！"

　　"那最中间那艘呢？那艘最大的？"又有人指着船队中央一艘巨大的舰船大声发问。

　　"那是郑大帅的宝船，没看见桅杆上头那'郑'字大旗么？那是主帅大人的宝纛！他老人家的船是船队中最大的，能容下上千人呢，光碗口将军炮就装了二十四门！"

　　"上千人？我的天！自打盘古开天，还没有过这么大的船吧！"

　　"开天辟地头一回！"

　　"咱大明真威武！"

　　……

　　一众百姓叽叽喳喳，越聊越兴奋，小山头上到处人声鼎沸，一片喧闹之声。

　　"轰隆隆………"一阵炮响过后，所有人都安静下来。大家的眼光不约而同地瞄向码头前的天妃宫。就在刚才，大明船队的主帅郑和一行进入天妃宫，朝拜这位所有出海人共同信奉的至尊天神。现在炮声既响，应是朝拜结束，船队就要起航了。

郑和出来了，只见他头戴嵌金三山帽，身着簇新蟒龙袍，腰系玲珑白玉带，脚穿文武皇朝靴。三十多岁的汉子，显得无比精神，无比俊朗。在他身后，王景弘、张谦等一干副使及军中稗将紧随而出。一眼望去，他们个个都意气风发，人人都神采飞扬！

"参见大帅！"见郑和出宫，岸上千余将士齐声大喊！

"参见大帅！"远处，船上的两万余官兵、船工亦放声高呼。

郑和的眼角一下湿润了。眼前的一切，都让他沉醉，让他感慨，让他激昂！他不再是云南晋宁的那个懵懂小娃，不再是深宫大内的卑微内官。如今的他，已是两万多士兵和船工的最高统帅，是招抚西洋的堂堂钦差总兵正使！他手下有着华夏有史以来最强大的水师，他将率领他们漂洋过海，开创一项前无古人的千秋伟业！

"登船！"郑和一声大呼，率先登上了摆渡小舟。片刻后，他已在自己的宝船之上。紧接着，岸上的千余官兵各乘小舟，向宝船靠拢。

待所有军士上船，郑和一挥手，司旗官奋力挥旗，近百艘战船上的碗口将军炮一起点火。

"轰……"数百门火炮齐冒黑烟，巨大的轰鸣声震天响起。海鸥受到惊吓，尖叫着飞向蓝天。岸上，尽管所有百姓都已事先捂上耳朵，但仍被震得脑袋嗡嗡作响。

郑和岿然不动。待硝烟散尽，他走到船头最后，面向岸上军民庄重地行了一个齐眉大揖，然后大手一招，用尽全身力气喊道："起锚扬帆，出使西洋……"

第十一章

太大意陈王授首 征安南张辅统兵

三月的中国仍处在晚春时节,但在广西南面的安南却已进入夏季了。安南夏季经常是大雨瓢泼,数日不停。这一日傍晚,安南北部山区的官道上忽然出现了一支明朝大军。因暴雨方过,狭长的山路泥泞不堪,本应昂首阔步的兵士们只能埋着头小心迈步,行进得十分艰难。队伍中间,一个约莫二十岁的年轻人正骑在一匹羸弱老马上,缓缓前行。

正行军间,一个身着明朝三品文官常服的中年男子骑马赶到年轻人驾前拱手道:"陈王,再往前七八里就是芹站了。将士们走了一天,已经疲惫不堪,今晚咱们就在芹站歇了吧?"

"到芹站了么?"年轻人抬头向前方瞅瞅,随即温颜一笑,操着生硬的汉语道,"下了一整天雨,将士们都被淋湿,也该歇下来换身衣裳了,便依薛少卿之言。"

"是!"文官答应一声,随即调转马头向队伍前方奔去。

眼见文官离去,年轻人微微一笑,又抬头望了望两旁的山川。此时天色已黑,道路两旁的景色大都已被夜色掩盖,但在火光的映衬下,巍峨的山体仍依稀可见。而从陡峭的岩壁可知,两旁的高山都十分险峻。

"终于回家了!"年轻人自言自语一声,继而深吸一口气,苍白的脸上露出欣喜的笑容。

这位被称作"陈王"的年轻人名叫陈天平,是原安南陈朝顺宗国王陈颛的嫡孙。这一次,他是在南京接受了永乐的正式册封,回安南承袭国王之位。

说到这安南国,其间还有一段故事。安南位于云、桂二省之南,毗邻南海。秦朝时,始皇帝于此地设置象郡,将安南首次纳入中国版图。汉武帝灭南越国,重取南疆,在此处设交趾郡,从此时起近一千年间,安南一直为中国疆土。五代时,中原大乱,南汉高祖刘龑派兵攻入交趾,赶跑了镇守当地的静海军节度使曲颢,将地据为己有。然南汉暴虐,交趾百姓不堪忍受,纷纷起义反抗。其时,交趾土豪吴权趁势而起,打败南汉军,并称王自立,从此安南脱离中国,至永乐时已有近五百年。

大明开国之初,安南尚是陈氏王族当国。可不久陈朝内乱,国柄逐渐落到权臣黎季犛手上。其后,黎季犛连杀三代陈王,并尽戮陈氏王族,于建文元年灭陈自立。窃得王位后,黎季犛犹嫌不足,遂改名胡一元,自称舜帝后裔,将安南改名为"大虞",自号大虞皇帝,并依葫芦画瓢,仿效明朝设五府六部衙门,竟在这一亩三分地里当起土皇帝来。后来,胡一元将皇位传给儿子黎仓,并改其名为胡汉苍,自己则做了太上皇,仍把持安南国事。

安南虽在五代后独立建国,但仍一直是中国藩属,安南国王历来皆由中国册封,否则即非正统,根基自然不稳。于是,胡一元遣使奉表到金陵,诡称陈氏宗族已绝,胡汉苍为陈朝明宗国王的外孙,请朝廷封其为安南国王。使者入京时,正值燕藩靖难,当时的建文帝被燕军逼得焦头烂额,哪有工夫管他那点破事儿,于是便搁下不理。

数年后靖难结束,永乐君临天下,遣使赴安南通告新天子登基之事。胡一元抓住机会,让胡汉苍复遣使者到京师朝贺,同时再次请封。永乐命礼部讨论此事,礼部认为事关重大,安南情况不明,不可听信一面之词,还请详加考察。于是永乐命行人杨渤前往安南,调查胡汉苍奏章真伪与安南民意。谁知这杨渤是个纨绔子弟,一到安南便被胡家父子的金钱美女收买,竟与胡氏勾结到了一起。回京后,杨渤上奏言胡汉苍所说俱是实情。于是,永乐便命礼部郎中夏止善等人前往赍诏,册封胡汉苍为安南国王。

谁知到了永乐二年七月,一位名叫裴伯耆的安南老臣跑到了南京。他自称陈朝旧臣,言胡一元尽戮陈氏王族,篡位自立,且在位多行暴政,安南士民多受其害。他此番前来是欲效法申包胥,请天子主持公道,为陈氏复国。裴伯耆还带来了胡氏父子在安南僭越称帝,欺骗大明朝廷的消息。

裴伯耆的到来犹如一声惊雷,立刻便在朝堂上引起波澜。就在永乐君臣疑惑之际,寮国宣慰使多刀歹竟送来了陈朝顺宗国王之孙陈天平。原来胡一元屠戮陈氏时,陈天平幸免于难,辗转逃到了寮国境内。寮国国小力弱,惹不起胡氏,

184

便把陈天平送到大明,让他自请天子相助。

裴伯耆声泪俱下,陈天平言辞恳切,大明君臣顿时犯了难。此二人身份是否属实?其言又究竟是真是假?因真伪一时难辨,解缙便出了个点子,请永乐权将二人妥善安置,待安南使臣前来再行对质。

永乐三年元旦,四方藩臣遣使进京朝贺天子,安南自也派使臣前来。大朝仪毕,永乐当着安南使臣的面突然唤出陈天平。安南使臣见着陈天平,一时惊骇莫名。陈天平仗天子之威,当廷斥责众使臣助纣为虐。使臣们无言以对,唯叩首请饶。至此,安南谜团真相大白。

胡一元篡位窃国,欺骗朝廷,甚至还不守臣节,僭越称帝。如此做派,永乐自然愤怒不已。而就在这前后,占城国王占巴得赖亦遣使入朝,言安南屡侵占城,请朝廷主持公道;广西思明府土司黄广成也上书朝廷,言安南侵占思明府辖下禄州、西平州等地。多重因素汇至一起,永乐终于对胡一元不再容忍。

不过此时大明军事重心在北方,又要遣使下西洋,朝廷不想在安南再动刀兵。于是,永乐遂派御史李琦、行人王枢颁诏安南,严斥胡一元不法情事。胡一元见天子斥责,便遣使臣阮景真入朝谢罪,言愿退还所侵明朝疆土,并迎陈天平回安南为王。

既然胡一元服软,永乐遂也就借坡下驴,不再追究其往日罪责。元旦过后,朝廷下诏,册封陈天平为安南国王,并命广西行营调兵五千,护送其归国。同时,朝廷又封胡一元为世袭顺化郡公,所属州、县皆作其食邑以为安抚。陈天平得朝廷册封,又有王师护卫,遂不再怕胡一元,只一门心思归国继位。眼下,他已进入安南境内,距国都升龙也越来越近,欣喜之下,他自是心舒体畅。

又走了不到一个时辰,大军终于抵达芹站。芹站说是城,其实就是一个小镇而已。陈天平和随行的明朝大理寺少卿薛嵒,左、右副将黄中、吕毅等一干文武聚在一起吃了顿便饭,便各寻小屋歇息,其他将士则找着块干净地方一骨碌便躺倒在地。走了一天山路,大家都累坏了,不多时,小镇上空便响起一片鼾声。

"轰轰轰……"就在万籁俱静间,忽然一串炮声震天响起,把明军从睡梦中惊醒。众人慌慌张张地聚到一起,朝两旁高山上一看,不禁大惊失色:只见连绵山脉上已冒出无数支火把!火光衬映下,万千黑影闪烁其间,竟有大军埋伏。

"中伏,保护陈王!"薛嵒最先反应过来,他一声大呼,忙站到陈天平身前,几个亲兵也惊慌失措地抽出了刀。

就在明营一片鸡飞狗跳之际,伏兵已是呼啸而下。片刻后,左边山上传来一阵呼喊声:"交出陈天平,否则死路一条!"

"放屁!"黄中大怒,骑上马便跟吕毅道,"走,随老子杀出条血路!"

薛嵓急忙大叫:"将军且慢,保护陈王要紧啊……"

众人一回头,顿时吓得魂飞魄散。不经意间,本是胡一元派来迎接陈天平的安南使臣黄晦卿不知什么时候冒了出来,将一支锋利的匕首横在薛嵓颈间。身旁,另几个安南使臣也一拥而上,把陈天平牢牢挟持住。

"谁都不要动!"黄晦卿用汉语厉声叫道,"我安南本不敢犯大明王师,唯取陈天平一人!但你等若敢妄为,便恕在下无礼!"

"奸贼!"吕毅一声怒骂,当即提刀向前,要救天平与薛嵓出来。

"嗬……嗬……"就在明将与黄晦卿对峙的当口,前方道路上冲来一支骑兵。只见他们飞驰而过,道上明军尚未成阵,根本无法抵挡,只得四下散开。

安南骑兵也不杀明军,只直冲到阵中。就在黄、吕二将惊愕的当口,骑士们已将陈天平及安南使臣提至马上。黄晦卿见大功告成,也将薛嵓向前一推,翻身上马,众人随即调转马头呼啸而去,只留下一众明朝文武,目瞪口呆地立在当场……

片刻后,芹站左侧山冈上,陈天平狼狈不堪地被两个力士拖到一员安南武将跟前。

安南武将对着陈天平仔细端详一阵,放声大笑道:"不错,正是此儿,总算落到老子手里了。"

陈天平惊惧交加,大声骂道:"胡杜,原来是你这狗贼!陈氏待你不薄,你竟这般狼心狗肺!"

"住口!"胡杜狞着脸叫道,"臭小子,死到临头还敢胡言乱语,看本帅将你斩成两段!"

此时陈天平已从惊惶中恢复过来。他放眼四顾,漫山遍野全是胡氏士卒,数千明军已被压制在芹站内动弹不得。他自知不免,遂咬牙冷笑道:"你也莫高兴太早!你如今袭扰王师,截杀本王,已犯下滔天大罪。天子得知,必兴大军来伐,你与黎家父子就等着受死吧!"

"哼!王师不王师,自有大虞皇帝去操心,反正本帅今日就要取你的狗头!"胡杜怒哼一声,手起刀落,陈天平的头颅便滚到了地上。

胡杜擦了擦刀上血迹,将陈天平的头颅提起,递给一名偏将收好,随即又向山下瞅了一眼,遂哈哈大笑道:"大事已了,撤兵,放明人回去喽!"

待安南军离去，黄中忙遣军士上山搜寻。不一会儿，陈天平的尸身便抬到众人跟前。望着已没了脑袋的尸身，众人面面相觑，半天作声不得。过了好一阵，黄中方对薛嵓讷讷道："薛少卿，陈王已死，您看接下来该如何处置？"

"如何处置？"薛嵓满腔悲愤地瞪了黄中一眼，忽然仰面朝天，放声狂笑，其声凄惨无比，黄中等人听得俱是心中发毛。

忽然，薛嵓的笑声戛然而止，哑着嗓子道："事已至此，唯有上疏朝廷，请皇上定夺！"

"那……还请少卿写个奏本……"

"写奏本？我奉皇上之命护送陈王归国，不想被奸人挟持，竟误了陈王性命，我还有何面目回南京？"薛嵓惨笑着说完，倏地上前抽出黄中腰间宝剑，横于颈间一划，只见血光飞溅，便倒地气绝。

"薛大人……"黄中失声一唤，径直愣在当场。过了半晌，他才反应过来，又望着薛嵓怔了半天，他终一声哀叹，垂头丧气地对身边亲兵摆摆手道，"将薛大人与陈王尸身收好，全军北返归国……"

"狗贼，竟敢欺辱朝廷，骗杀藩王，朕必将其碎尸万段……"武英殿内，永乐愤怒的咆哮声震天作响，黄中和吕毅的奏本已被他撕碎，撒得满地都是。

"蕞尔小夷，屡屡作恶在先，今又袭击王师，掠杀陈王，其罪罄竹难书！请陛下明旨讨伐，臣愿为军前先锋，誓擒胡一元父子以献阙下。"说话的是新近升封的新城侯张辅。他今年三十二岁，天生一副国字脸，身材魁梧，像极了其父——靖难中战殁的燕藩大将张玉。张辅是燕藩嫡系、名将之后，靖难中也屡立战功，加之其年纪尚轻，永乐对他可谓是青眼有加，有意将其栽培成一代名将。此次安南杀陈天平的消息入京，永乐勃然大怒，立即召心腹重臣前来商议对策，张辅虽然资历尚浅，但也被召了过来。

"什么胡一元？是黎季犛！一个蛮夷也敢自诩虞舜之后！"永乐愤愤骂了一阵，又喘了几口气，才使心境平缓了些。听张辅说兴兵讨伐，他略一思忖，又红着眼睛问同在殿中的金忠、朱能，还有内阁阁臣杨荣道，"你等以为如何？"

"自当讨伐。"朱能果断作答。他今年不过三十七岁，按理说正是当打之年。只是进入永乐朝以来，他屡次犯病，身子骨已大不如前，看上去竟比大他十岁的永乐还要老上几分。不过朱能虽身体多病，雄心壮志却丝毫未泯，见永乐问起，他毫不犹豫地表明态度。

"臣亦赞同两位将军之见！"金忠略一思忖，也给出了答案，"安南之罪罄竹难书，若不讨伐，朝廷威严何存？眼下郑和正出使西洋，若朝廷在此事上头无所作为，海上番国得知，还有谁会敬慕中华？"

"嗯……"金忠的想法与永乐不谋而合，他满意地点了点头，又问杨荣道，"杨爱卿，你意下如何？"

杨荣在阁臣中素有知兵之名，见皇帝发问，他想了想道："讨伐自无不可。但眼下朝廷正在筹备营建北京，加上下西洋，开支已然不小。故此番出兵，必须速战速决，否则国库恐有不支。"

"嗯，确是此理！"见四位心腹大臣都赞同出征，永乐顿也下定了决心，但随之而来的一件事却让他犯了难——谁来当总兵官？

去年应对帖木儿东侵，朝廷在大军主帅人选上就一度犯难。此番出征安南，兵力也该在十万以上。这样一支大军，总兵官当然得大将担任。朝中能让永乐放心的大将唯有朱能，可他又是个病夫，虽然眼下看似病愈，但气色已差了许多，要把他派到安南那个瘴疠之地去，他心中有些犹疑。

"陛下！"似乎从永乐的犹疑中窥得了些端倪，朱能心中一急，忙拱手道，"臣愿领军十万，三月踏平安南！"

"士弘……"永乐脸上露出一丝犹豫，"你大病初愈，这身子……"

"臣已经大好了！这几年养病，已把臣憋得浑身不自在，早就想出兵痛快痛快了。"朱能一挺胸膛，唯恐永乐不答应，忙又坚声道，"臣是武人，干的就是刀尖上舔血的营生，早已把生死置之度外，陛下切勿为臣担心。"

朱能这么说，本是想坚定永乐心志，但永乐听在耳里，却愈发觉得不吉利。沉默再三，他又转问金忠他们道："以士弘为帅，你等以为如何。"

金忠的心中飘过一丝犹豫，他与朱能关系不错，对其身体状况也十分了解。眼下的朱能经连番大病，已经伤了元气，身子十分虚弱。这种情况，最需要的就是静养。因此，他不希望朱能领兵。但是，金忠又意识到另一个严重的问题：眼下朝中无大将，朱能若不能出马，那下一个人选很可能就是汉王。最近两年，汉王在国政上头颇有长进，深得永乐赏识，风头已渐在太子之上。再让他领兵南征，一旦得胜，那威望更是不得了。而且让汉王领军，他岂能不在军中安插亲信，大肆培植势力？一旦他在这十万大军中树立权威，那太子恐怕连做梦都不得安宁。犹豫了老半天，金忠仍拿不定主意。

"臣以为成国公乃不二人选！"就在金忠犹豫间，一个沉着的声音在耳边响起,杨荣首先站出来支持朱能。

听得杨荣之言,朱能顿时大喜,而金忠心中却是一惊。他侧眼瞧向杨荣,正巧杨荣也瞄过来,四目相对,金忠从杨荣的眼中看到了一丝坚毅。一瞬间,金忠便已猜到这位兼着东宫詹事府的内阁阁臣与自己的想法一样。但与自己的犹豫不同,杨荣很快做出了决定——支持朱能,以遏制汉王!

见杨荣做出了决定,金忠的心顿也开始倾向于支持朱能。毕竟,从全局考量,遏制汉王无疑更为重要。虽然朱能身体堪忧,但也只有让他冒一次险了。因此,金忠也拱手道:"臣亦赞同成国公领兵!"

见此,永乐将目光投向了张辅。张辅并未参与皇子之间的纷争,也没有金、杨二人之顾虑。他深知朱能现在不宜领军,故想出言反对;但他也明白,朱能为人好强,秉性亦颇坚毅,他既已主动请战,其心志之坚绝非轻易可以撼动。正两相为难间,朱能忽然猛一扭头对着他狠狠一瞪。张辅见状,唯有苦笑一声拱手道:"回陛下,臣愿追随成国公,誓擒安南黎酋!"

"好吧!"既然朱能竭力请战,三位重臣也都表态支持,那永乐也不好再说什么,只得点头道,"既然如此,此次出征便以士弘为帅。文弼文武双全,乃大明未来之栋梁,此番正好随士弘历练。"

"遵旨!"朱能与张辅双双大喜,忙跪下领命。

"安南也是天南大国,此番出征不可草率!"永乐思忖一番,又对二将补充道,"依朕之见,王师可分为东、西两路。东路为主军,从京师、两广、湖广等地抽调精锐卫所组成,士弘与文弼分为主、副帅;西路则用滇、川二省及贵州都司部属,以西平侯沐晟为帅。沐家世镇云南,滇军亦常年与南蛮作战,派他们攻伐安南更加轻车熟路。你们二路分从滇、桂二省出兵,在安南境内汇合,然后齐力攻其东、西两都。方才杨荣也说了,此次南征必须速战速决,你等需一往直前,切不可携带拖延。军略大致如此,其余具体谋划及属将、参军人选,你二人可与世忠一起斟酌妥当,再报由朕定夺!"

"是!"二将与金忠齐声答应。

……

第二日,永乐诏告天下,痛斥安南黎氏恶行。随即,一道道圣旨和兵部行文自南京发出,南中国被调动起来,无数军马沿着水、陆通道,浩浩荡荡地朝与安南交界的广西凭祥进发。五月,南征将帅任命颁下——

成国公朱能佩征夷大将军印，充总兵官，总领南征军事；西平侯沐晟佩征夷副将军印，任左副将军，统领西路军马；新城侯张辅为右副将军，随朱能于东路出征；丰城侯李彬、云阳伯陈旭为左、右参将；清远伯王友、都指挥同知程宽、罗文、佥事朱贵为神机将军；都指挥同知毛八丹、朱广，佥事王恕为游击将军；都指挥同知鲁麟、佥事王玉、指挥使高鹏为横海将军；都督佥事吕毅、都指挥使朱英、同知江浩、佥事方政为鹰扬将军，都指挥佥事朱荣、同知金铭、刘塔，佥事吴旺为骠骑将军，俱充偏将，参与征讨；文官方面，兵部尚书刘俊、大理寺少卿陈洽等朝廷大员亦随军参赞。

　　仅从出征文武官员名录便知，永乐此次是下定决心，不灭黎氏誓不罢休。东路武官自朱能以下，十有八九都是随永乐南下夺位的靖难名将，西路沐晟也是勋臣。文官中，刘俊是兵部尚书，陈洽是大理寺少卿；其后不久，原先因罪被罢免的北京行部尚书黄福亦起复从军。两个尚书外加一个大九卿衙门的佐贰堂官，南征大军的参军分量之重可谓大明开国以来所未有。而东、西两路兵马加在一起，总数亦有二十万之多。

　　同时，为确保南征顺利进行，永乐又敕谕鞑靼知院阿鲁台，尽力安抚，以保边塞无恙；另命广东都司遴选精锐士卒六百渡海远赴占城，协助其抵御安南；正在南海一带的郑和也接到敕旨，分舟师一部游弋于安南沿海，以为威慑。

　　万事俱备后，七月十六日，南征大军在南京誓师。这一日风和日丽，江面上百舸争流，旌旗蔽空，鼓角齐鸣，永乐亲率文武百官赴龙江为三军践行。翰林学士解缙高声朗诵气势磅礴的《讨安南黎酋檄》，永乐亲将壮行酒递至出征将帅手中，众将皆豪情万丈、一饮而尽。待仪式结束，朱能与张辅率众将告辞登舟，在雄壮嘹亮的军乐声中，扬帆而去。

　　永乐四年十月，南京。

　　转眼间已经入冬，距朱能誓师出征已过了整整三个月。这一日早朝结束，永乐同往常一般乘辇来到武英殿。待入殿中坐下，永乐随手翻了翻御案上的奏本，突然开口问在身边随侍的司礼监太监黄俨道："今日没有士弘的军报么？"

　　"没有。"黄俨一边笑着答话，一边从端茶过来的小都人手中接过茶碗，转递到永乐手中，"皇爷给成国公定的是五日一报。奴婢记得最近的一道是两日前送到京城的。照此推算，下一份军报要后日才到呢！"

"哦！"朱棣答应一声，旋将手中茶碗端道嘴边，轻轻吹开茶沫，小啜一口继续道，"上次军报中，说是大军已快到柳州了吧？"

"是的！"黄俨躬身应道，"奴婢记得皇爷当时还夸士弘将军日期安排得好来着，说照此速度，到凭祥时正好是十一月，那时安南气候舒适，正好进军。"

"嗯！"永乐点了点头道，"士弘是个精细人。冬日里南京飞雪漫天，安南却正是温暖如春，这时南征，中原健儿也能适应。要换作夏天，只怕仅瘴气就会折我许多将士……"

永乐与黄俨有一句没一句地闲扯，大约过了一炷香工夫，顿听得外面的小内官叫道："皇爷，户部夏大人已奉旨在殿下等候！"

"他来了么？让他进来！"永乐吩咐一声，遂放下手中茶碗，将身姿摆正，旋对黄俨道，"你先退下吧。出去后到通政司传旨，但凡有士弘的军报、奏疏，不分时辰，立刻送进宫来。"

"是。"黄俨答应一声，旋一揖告退。他刚一出殿门，户部尚书夏元吉便躬身走了进来。

夏元吉，字维喆，今年四十一岁，江西德兴人，洪武年间以国子监监生身份入仕。虽非科举正途出身，但他颇具才干，尤善度支，并因此受到朱元璋赏识，到洪武末年时，他已官拜户部右侍郎。燕王进京，夏元吉归附新主，不久便升任尚书，与郁新同掌户部。永乐二年，夏元吉与太子少师姚广孝同赴苏州赈济灾民，其后又留在当地治水。其间，他疏壅滞、修堤浦、浚沟洫、治桥梁，用一年多的时间成功解决了困扰朝廷多年的浙西、苏松一带的水患难题，将万顷盐碱地变为良田。去年八月，郁新因病去世，夏元吉奉调回京，独掌户部。入朝后，夏元吉见朝廷筹建北京、整顿边防、出使西洋，大事是一件接着一件。为保证开支，经过仔细思量，他一改郁新仅靠"节流"的做法，提出"裁冗食，平赋役，严盐法、钱钞之禁，清仓场，广屯种，以给边苏民，且便商贾"的主张，想方设法为朝廷开辟财源。政策施行短短一年，户部进项平添近三百万贯。而这笔新增的财富，也为永乐的宏大事业提供了坚实保障。凭着这份卓越政绩，夏元吉大获永乐青睐，一跃成为天子心中的股肱重臣。

虽然手握天下财赋，这位时当盛年的"大司农"却十分消瘦。尤其在苏州治水期间，夏元吉每日监守工地，历经风吹日晒，皮肤被晒得如酱汤一般黝黑。若不是身上那件绣着锦鸡图案的绯红官袍，任谁见了也不会以为此人竟是堂堂的正二品户部尚书，倒更似乡下农夫一般。

"臣夏元吉叩见陛下！"一进殿，夏元吉便干净利落地跪地行礼。

"朕的桑弘羊来了！"永乐呵呵一笑，伸手一虚扶道，"爱卿免礼平身。"

"谢陛下！"夏元吉锵锵一应，旋起身肃立。

"可知朕召你前来所为何事？"永乐含笑问道。

夏元吉也微微一笑，回道："臣既为司农，陛下召见，自是为太仓里的那点物事！"

"哈哈哈……"永乐开怀大笑。

夏元吉为人精明、办事干练，但绝非不苟言笑之辈，平日里举止做派，倒有几分魏晋遗风，而这也颇对永乐的胃口。笑罢，永乐指了指眼前的一堆奏本道："前两日兵部尚书刘俊送来奏折，言再过十余日南征大军便到凭祥。届时进入安南境内，战线拉长，钱粮调运便艰难许多，需尽快调集完毕，以便随军携带。而据凭祥知县李庆青奏：眼下凭祥坡垒关内所储钱粮，仅足支应东路大军所用。而此番南征，云南粮草有限，西路八万将士所需耗费，亦有小半需从广西支取，这些都要随东路军一道运至安南。以随军携带三个月粮草计算，这里面的缺口尚有五万石。眼下进兵迫在眉睫，粮草若仍不至，恐有误事之虞，对此你可有打算？"

"回陛下！"夏元吉不慌不忙道，"一个月前臣便已行文广东布政司，命其在肇庆、高州二府征粮六万石，前日广东布政司回文至京，报粮草已征集完毕，只待运发。臣遂于昨日与兵部会揖，商定由兵部即刻发文，着广东都司衙门派兵运抵凭祥。据臣估算，眼下成国公一行尚在柳州、南宁，及至凭祥，恐已是十余日之后。待大军抵达，休整、改编尚需时日。如此算来，待大军出征，已是一月之后。高州距凭祥不过数百里，粮队日夜兼程，最慢二十日也就到了，断不至于误事。"

"嗯！"永乐满意地点了点头。云南本省粮草不敷使用，这是两个月前才发现的问题。当时永乐还十分焦急，生怕耽搁了军机，不料夏元吉竟这么快就将漏子补上，这份能干让他十分赞赏。

"皇爷，皇爷……"永乐正想着嘉勉夏元吉几句，忽然外面传来黄俨焦急的呼喊声，"兵部尚书金忠、通政使赵彝紧急求见，说南征大军出了大事！"

"什么……"听得此言，永乐与夏元吉都是一惊。这时黄俨已推门进来，永乐当即变色道，"出了何事？"

"奴婢不知！"黄俨干巴巴道，"奴婢刚出左掖门便撞到他们，二位大人只说有事，让奴婢赶紧进来禀告。"

"那他们人呢？"永乐赶紧追问。

"还在左掖门候着。皇爷不下旨，他们进不来。"

"那还等什么，赶紧去传朕旨意，叫他们来武英殿见驾！"永乐大声叫道。

"是！"黄俨答应一声，滚驴样儿向外跑去。

殿内的气氛一下子凝重起来。金忠和赵彝都是重臣，他们如此急迫，无疑是有惊天变故发生。可南征尚未开始，大军都还在国内集结，这时候能出什么乱子？难道安南先发制人，主动出击？抑或自家兵马因故哗变？在等待二臣赶来的这段时间里，永乐的心中七上八下，就连一向举重若轻的夏元吉，也显得有些心神不宁。

"陛下……"金忠和赵彝几乎是冲到武英殿的。一进门，二人便一骨碌跪下，金忠手中拽着一份军报，双眼饱含泪水，嗓音颤抖道，"禀陛下，新城侯急报，成国公行至柳州时突发旧疾——薨了……"

"什么？"永乐头皮猛地一炸，当即霍然而起，直冲到金忠面前将军报夺过一瞅，整个人立时呆若木鸡！

"陛下，陛下……"见永乐如三魂出窍般僵立当场，金忠等人不由大急，忙连声呼唤。

过了半晌，永乐方缓过神来。他茫然无措地扫视众臣一眼，捏着军报的手突然一松，口中发出一腔悲鸣："士弘……"

永乐四年十月二日，靖难元勋、征夷大将军、成国公朱能于军中暴卒，终年三十七岁……

凭祥，坡垒关，南征明军东路大营。

小小的凭祥县现在已聚集了十五万明军。从凭祥县城到与安南交界的坡垒关，到处都是明军军营。若按常理说，这样一支大军屯驻于此，莫说地面，就是空气中也会弥漫着肃杀之气。但眼下，从这漫山遍野的军帐中透出来的却是淡淡的哀伤。十余天前，南征统帅，成国公朱能暴毙，这给明军将士的心理造成了巨大的冲击。尽管右副将军张辅立即接过统兵之权，并率随行的京卫将士加快行程提前到达凭祥，但饶是如此，也不能完全安抚住军心。毕竟，出征在即主帅暴毙，这无论如何也不是个好兆头，军中甚至已有流言产生。对此，军中一干大将、参军皆忧虑万分。这一日上午，张辅又召集所有要员齐聚中军大帐，商议军情。

帐内的正中间依旧摆放着总兵官的虎皮帅椅，不过却没有人坐上去。朱能已经去世，但他总兵官的职务并未正式撤销，张辅虽接过兵权，但也不过是暂领而已。究竟谁是下一任征夷大将军，还需等待皇上旨意。眼下，张辅只是在帅椅旁另设一张木凳，作为自己的临时帅椅。

虽是军议，但张辅召集的人却不多，只有两位参将——丰城侯李彬、云阳伯陈旭以及刘俊等几个参军。而从他们黯然的神情中，便知朱能之死同样对这些要员造成了不小冲击。

张辅心中也十分难受。与刘俊等几个文臣多是忧心南征前景不同，张辅是打心眼里感到悲伤。他追随朱能征战多年，二人情如兄弟，这位大哥突然英年早逝，他岂能不悲痛万分？只是张辅很快就意识到自己的责任。南征在即，主帅暴毙，作为东路大军的副帅，南征明军的右副将军，他根本无时间哀悼亡者。相反，他必须马上挺身而出，用尽一切办法稳定军心。一旦士气随朱能之死坠入谷底，那此次南征的前景就真的堪忧了。

这段日子，张辅显得坚毅沉着，整日穿梭于各营之中，有条不紊地处理着大小军务。也亏得他的努力，明军上下虽不能说已走出阴影，但士气较朱能刚逝时已大有好转。只是，随着出兵日期渐渐临近，而朝廷那边却迟迟没有消息，大家又不免焦虑起来，不知到底是否如期出兵。如若出兵，眼下张辅虽权领南征军事，但论职务不过是右副将军，位置尚在西路军主帅、左副将军沐晟之下。出现这样的权职错位，东、西两路军如何协调？可若延期，又没有征得皇上和兵部的同意。诸多事情交织一起，使此次南征的前景显得愈发扑朔迷离。

"张将军，要不将这出兵日期暂缓一下？反正朝廷的敕旨再过几日也就到了。待圣意传到，再遵旨行事，如此也稳妥些！"说话的是右参将、云阳伯陈旭。他也是燕藩旧将，与张辅关系不错。眼下形势不明，他觉得还是要等一等好。

"不错！"丰城侯李彬也接着道，"朱大帅骤薨，这是谁也没料到的。消息传回南京，朝廷会不会改变方略亦未可知。万一皇上决意暂缓南征军事，我们这边却先出了兵，那麻烦可就大了。"

陈旭与李彬皆建议暂缓出兵，张辅听罢，顿时陷入深思。原定的出兵日期是后天，眼下朝廷旨意迟迟不到，的确让他为难。

靖难时，李彬和陈旭是父亲张玉的麾下部将，他们绝不会坑自己。而他们缓兵以待旨意的建议也算是循规蹈矩，果真照此行事，自己不会有任何风险。这些张辅自然十分清楚。但是，他心中却另有一番计较。

出兵的日期一早就已定下，并已传谕全军。眼下突然说暂缓，那对士气的打击太大了。朱能之死，已使军心动摇，自己费了九牛二虎之力才勉强稳住局面；

如果接下来因此使进兵延期,军中必然流言滋生。到时候如果朝廷明确南征方略不变,再出征时大军的锐气顿也被夺了许多,对接下来的战事也十分不利。

再一个顾虑就是西路军。西路军原定五日后出兵,眼下正集结在云南境内的蒙自。如果自己暂缓出兵,且不说两地相隔遥远,未必来得及通知沐晟。即便信使及时赶到,也是西路军出兵前夕了。临时改变计划,西路军士气受挫不说,沐晟也未必会同意。就算最后沐晟不得已暂缓,他也必然对自己心生不满。东、西二路互为奥援,双方主帅出现龃龉,这当然不是好事。而且眼下自己仍是右副将军,在沐晟之下,让他纡尊降贵屈就自己,这就更不合适了。

最后,张辅心中还隐藏着一丝不能为人知的忧虑,那就是暂缓出兵对自己前途的影响。从出征前永乐的态度以及调兵遣将的阵势看,这位大明天子踏平安南的决心是坚不可摧的。虽然朱能之死使其骤生变数,但以他对皇帝的了解,皇上绝不会因主帅骤死而改变计划。因此,朝廷最后的决断很有可能是计划不变。

既然仍旧出兵,那总兵官人选必须立刻定下。以目下的形势看,下一任总兵官只能从自己和沐晟当中选。论资历、论当前军职,沐晟都要优于自己。但自己是燕藩嫡系,更受永乐信任。最重要的是东路军才是南征主力,西路军只是偏师,让沐晟接任总兵官,那他就必须到凭祥来就任,这在目前这种情况下是绝不可能的。所以,不出意外的话,朱能的位置将由自己接任。

知道自己是下一任南征总兵官,那接下来的问题就来了:作为一名资历较浅的新任统帅,他必须尽快在军中树立自己的威信,这不仅关系着征讨安南之役,也关系着自己以后在军中的地位和影响。而为帅者,杀伐果断、敢于担当无疑至关重要。自己若一味地小心谨慎,稍遇难事就要请朝廷旨意行事,这样的主帅如何让将士们敬服?而且戎马出身的永乐也不会喜欢这种畏畏缩缩的将军。若在皇帝和将士们心中留下这种印象,那他以后还有何前途可言?张辅胸怀大志,一心要做卫青、霍去病这样的千古名将,他绝不能允许这种自毁前途的事情发生。想到这里,他下定了最后的决心。

"不等了!"张辅右手握拳往桌案上狠狠一砸,随即坚声道,"出兵日期既定,不便轻易更改。正所谓将在外君命有所不受,此事便由本将军定夺。日后朝廷若要怪罪,本将军一力承担!"

"不错,军机瞬息万变,出兵之日不便更易!"

"后日出兵,全军皆知,贸然更改影响太大!"

195

"安南辱我大明甚矣,朝廷绝不会因小失大!"

张辅一说完,刘俊等三个参军亦纷纷附和。这三个人之所以如此坚决赞同出兵,除了考虑到延期带来的不利影响外,心中多少都存着些自家的小九九。刘俊是兵部尚书,但兵部还有个尚书金忠。有这样一尊大佛横在前头,满朝都把他刘俊当成了摆设。因着这层关系,他才自请从军参赞,就盼着在征讨安南的过程中攒些军功,以摆脱在朝中的尴尬处境。而黄福和陈洽更惨,他们都是因罪被免职之人,因着出征安南才得以重新起复。他们最怕延期延出一堆事端,甚至到最后使南征一役不了了之,那样他们将无功可立,仕途也就走到头了。

李彬和陈旭本也不反对出兵,只是担心张辅惹上麻烦,眼下见他勇于担当,加上三位参军尽皆附议,二人遂也不再多劝。

出兵仪式在军议后的第二日举行。坡垒关关城以北有一块空地,平日是戍边将士们的演武场,张辅将誓师的地点选在这里。这一日大清早,关城到演武坪一带沸腾了。总旗以上的将校都配上了马,刀枪晃动,战马嘶鸣。数万明军聚集在演武场上,等待出征的炮响。

三声炮响,张辅与李彬、刘俊等一干文武要员出现在会场。见主将抵达,数万大明健儿一起振臂高呼,其声直贯云霄。见大军士气尚可,张辅满意地点了点头,随即驭马走到早已搭建好的帅台前,下马登阶上台。

按照事先布置,帅台中央立着一根约莫两丈高的旗杆,杆顶端挂着一面鲜红大纛,纛上用黑丝线绣着一个硕大的"张"字。旗杆旁边是一个香案,案前则铺着一块蒲垫。张辅走到桌前,双腿跪在蒲垫上面北望天拜了三拜,随即站起,转身面向众军。这时,一个亲兵牵了头油光水亮、高大精壮的黄牛过来。所有人的神情都肃穆起来——红祭大典就要开始了!

本来,在最初的计划中,今日誓师是没有红祭这一项内容的。不过确定按期出兵后,张辅临时决定加一出杀牲祭天的大戏,希望以此鼓舞士气,激发将士们的血性。

见黄牛带到,张辅沉着的大手一挥,随即十个赤膊军汉走到黄牛跟前,二人一组用手捉住牛的四只脚,前面两人,一人捏住一只角。只听见牵牛的兵丁一声大喊,十个人齐心一掀,黄牛顿时翻倒在地。牵牛的壮汉迅速从腰间拔出一把短刀,对准黄牛的喉管猛地一刀,鲜血从喉管喷出。同时,一个亲兵立即上前用铜盆将血接住。

见黄牛已死,亲兵遂起身,将血盆递到张辅面前。张辅一脸郑重地双手接过,随即转身走到旗杆面前,将盆高举过顶,默默念叨几声,再将盆中鲜血倾洒于地。待最后一滴鲜血也没入黄土,张辅将铜盆奋力掷到地上,随即猛地转身,右臂紧握成拳,振臂高呼道:"荡平安南,活捉黎酋……"

"荡平安南,活捉黎酋……"将士们被这一套庄严的仪式震撼了。短暂的沉默过后,大家爆发出雷鸣般的呼喊声。

就在这万众一心、群情振奋之际,一匹快马从演武场北面飞驰而来。待跑得近了,马上的人顿时高喊道:"圣旨到,新城侯张辅接旨!"

圣旨到了! 一时间,帅台上的众要员皆是一惊。不过很快大家就反应过来,张辅上前将颁诏行人迎到帅台上的香案前,自己随即领着一干文武要员望北跪下道:"臣张辅接旨!"

奉天承运皇帝,诏曰:

征夷大将军、成国公朱能前日骤薨,今南征大军无帅,情势危殆……右副将军张辅乃名将之后,秉性稳重,才堪大任。特命继掌三军,佩征夷大将军印、充总兵官,总领南征军事。你需惕厉奋发,早日率军破敌,勿可有负重托。钦此!

"遵旨!"张辅大喜。值此出兵前夕,朝廷任命终于下达,自己总算摆脱了副将领兵的尴尬身份,这对自己、对整个南征大军来说都是一个天大的好兆头!

接过圣旨,张辅站起来整整衣袍,再次转身南面而立。此时的演武场已是一片沸腾,大家皆面向张辅放声大呼:"大帅! 大帅!"

张辅被"大帅"的称呼激得豪情万丈。从这一刻开始,他再也不是一员偏将,而是统领二十万将士的堂堂统帅! 朱能的溘然薨逝,在让他在失去了一位兄长和益友的同时,也给他带来了绝佳的机遇。现在,他要用全部才能去为大明讨平叛逆,使自己成为国家柱石、一代名将!

张辅跃上骏马,抽出宝剑,尖利的剑锋直指南天。与此同时,他气运丹田,蓄积全身力量吼出了成为总兵官后的第一道军令:"全军开拔,出征安南!"

第十二章

破多邦黎朝陨天 求内附耆老上疏

洮江是安南境内的一条著名河流,发源自云南蒙化,经临安府境流入安南,其间与众多支流汇合,到安南中部平原时已是一条波涛汹涌的大河,而安南的东都升龙便在洮江的南岸。黎季犛篡了陈氏王权后,屡对中国不敬,心中自也不安,日夜担忧明朝兴师问罪,故花大力气在洮江北岸的隘口处修筑了一座坚固的隘城,取名为多邦。多邦隘城城墙高大,城下挖有深壕,壕内遍插荆棘。黎氏父子在此布下重兵,作为抵御明军的坚固堡垒。而眼下,张辅正站在多邦城外的洮江河畔,望着奔腾的江水沉思不语。

明军进入安南已两月有余,应该说这段时间张辅的仗打得还是相当不错的。一入敌境,明军便接连破关斩将,并一举突破安南的外围防线,跨过白鹤江。黎氏父子没料到明军进展竟如此神速,大惊之下立即倾全国之兵,依托宣江、洮江、沱江几条天堑,伐木筑寨,层层设防,并于沿江广置木桩,征发国内所有船只排列在桩内,所有江口,概置横木,严防明军攻击。

不过安南毕竟是小国,国力、军力远不能和明朝相比,加之黎氏父子乃篡位自立,称帝后又横征暴敛,激得安南境内民怨沸腾。明军打着为陈氏复位的旗号杀至,安南军民皆欢欣鼓舞,纷纷倒戈。东路明军没遇到太大的抵抗就连破数道防线,饮马洮江。同时,沐晟的西路军也顺洮江而下,与张辅形成夹击之势。眼下,横在明军面前的障碍只剩下多邦,只要拿下多邦,黎氏的气数也就到头了。

不过多邦也不是那么好攻的。明军打了几次,安南军的表现均十分顽强,为避免大的伤亡,张辅遂命攻势暂缓,待左副将军沐晟赶到后,再与西路军合力破城。

"大帅,沐帅的大军已至十里外,马上就要过来了。"一阵叫声在张辅耳边响起,他扭头一瞧,刘俊正一脸喜色地走来。

"哦?沐侯爷到了吗?赶紧回营,准备迎接!"张辅精神一振,说着便匆匆向营中走去。

一个时辰过去后,伴随着三声炮响,中军辕门大开,张辅率着李彬、刘俊等一干东路军要员走了出来。沐晟早已在门外头候着,见张辅亲自出迎,他赶紧加快步子,上前相见。

"沐晟拜见大帅!"一见面,沐晟便一拱手,对着张辅行了个大揖。

"这如何使得,沐侯爷快快请起!"见沐晟如此,张辅赶紧上前要扶他起来。沐晟乃开国元勋、黔宁王沐英之子,世袭西平侯,沐家奉皇命世镇云南,地位形同一方诸侯,他的礼张辅还真有些不敢受。

张辅要扶,沐晟却不为所动,仍强自将礼行毕方起身笑道:"大帅是一军统帅,沐晟仅为副将,今初次会面,自当行礼参拜,此乃军中纲纪,岂能骤违?"

听得沐晟这么说,又见其面容诚恳不似作伪,张辅心中一块大石顿时落地。这几日,他最担心的就是两军会合后他们的关系。他俩同为侯爵,但论家世、地位、资历、年纪,他都要逊于沐晟。甚至在朱能暴逝之前,沐晟的军职也较他为尊。有了这些因素,张辅生怕沐晟心有不服,进而生出龃龉。不过今日一见,沐晟竟丝毫不介意屈居自己之下,这样的结果,自然让他喜出望外。

见张辅面露欣慰,沐晟心中也很是满意,他今日之所以如此,其实大有深意。沐家在建文朝时曾鼎力支持削藩,当时沐晟甚至亲手策划了岷藩之削,其后燕王靖难,建文一度将被废黜的周王押送云南交由沐家看管。沐晟揣摩上意,百般折辱周王,将这位落难的金枝玉叶关在一个不见天日的小黑屋里,连饭食供应都是有一顿没一顿。沐晟此举,无非是想讨好建文。谁知世事难料,燕王最后居然杀进京城当了皇帝。消息传至云南,他立刻就傻了眼。无奈之下,他只得赶紧进京请罪。好在永乐既往不咎,大度地饶恕了沐家罪行,仍命其镇守云南。沐晟庆幸之下,从此也愈发小心谨慎。此番南征,朱能暴死,张辅继任总兵官。尽管之前沐晟连张辅的面都没见过,但他却很快摸透了其中玄机——虽说论资排辈自己远胜张辅,但这个比自己还小几岁的将军却是实打实的靖难功臣,又是皇上精心栽培的朝廷栋梁。这样一个人物,远非他这个有"前科"的勋臣比得了的。有了当年的教训,沐晟再也不敢托大,反而下定决心一定要好好协助张辅,早日平定安南。

"沐侯爷请！"两人寒暄罢，张辅侧身一让，做出一个请的手势。

"岂敢，岂敢，大帅先请！"沐晟慌得连连摆手。

张辅见状，遂呵呵一笑，当即牵过沐晟的手，二人联袂向中军大帐方向走去。

望着二人的背影，黄福捋捋颚下胡须，意味深长地对身旁陈洽和刘俊轻声道："久闻云南沐侯爷面相敦厚，腹中却颇有韬略。今日一见，果然名不虚传！"

"识时务者为俊杰！"刘俊微微一哂，随即跟着两位主帅的步伐向内走去。黄福与陈洽相视一笑，亦快步跟上。

待进入中军大帐，气氛便肃穆起来。张辅的帅椅在帐内正中，旁边则是沐晟的座位。众人肃揖毕，两位主帅落座，张辅简要介绍了东路军两月征战，尤其是近几日攻打多邦的形势，末了问道："现黎酋父子屯重兵于多邦，我军佯攻数次，感觉其心志甚坚，竟欲据此城与我决一死战。如此形势，沐侯爷可有破敌良策？"

"这有何难？"沐晟一笑道，"他要决战，我等应战便是。眼下朝廷二十万大军齐聚于此，何惧安南那点蛮兵？"

"蛮兵战力自不如我军。不过黎氏经营多邦有年，其坚固在安南可谓首屈一指。强行攻城，恐颇费周折。"

"多邦算什么坚城？若在安南，这多邦也确实是个重镇了。可与咱大明相比，其恐连一普通府城都不如。此番我从云南带了几百门火炮，加上大帅这边的，总数在千门以上。千门火炮齐鸣，何愁轰不塌多邦城墙？"沐晟仍是一脸不在乎。

沐晟瞧不上多邦也不完全是托大。盖因明初时，安南、朝鲜等华夏藩属虽也号称一国，但实际上都极为贫瘠。其所谓之城池，其实大都只是以木为栅，围上几圈罢了。就拿这安南说，除了为抵御明朝而专门修建的多邦，就只有作为昔日唐朝安南都护府所在的交趾——也就是现在东都升龙，才勉强有道城墙，就连黎氏的老巢——西都清化，也不过就多围了几道木栅栏而已。这样的城池在见惯了中原大城的明军将领眼里，简直就跟山大王的土寨子一般。而即便是多邦和升龙，其城墙也不过是用夯土筑成，并未砌以砖石，高度、厚度、坚固度都不能与中原城池相比。

沐晟所提的火炮轰城，与张辅事先设想不谋而合。而他之所以专门停止攻城以待沐晟，很大一部分原因就是要等他从云南运来的那些火炮，于是便道："轰城自是必然，不过即便城墙塌毁，里头却还有大批蛮兵。蛮兵不经打，但人数却多，且齐聚于此，若要激战，恐免不了多有伤亡。"

"那也是没法子的事。既是打仗，哪有不死人的？总之能全胜就好！依我看，此战不应太顾忌伤亡，当一不做二不休，全力合围多邦，一条生路也不要给蛮子们留。除非投降，否则他们只有丧命一途。"沐晟目光一寒，冷冷地说出了心中方略。

闻言，张辅不说话了。沐晟此法，完全是要把安南军逼上梁山，使他们不得不做困兽之斗，而如此一来，虽说明军获胜问题不大，但伤亡无疑会大大增加。

张辅倒不是怕折损将士，毕竟多邦一战事关南征成败，有所伤亡自然是无可避免的，只是沐晟这种态度让他有些不安。照他这种说法，竟似丝毫不以伤亡为意。

似乎瞧破了张辅的心思，沐晟一笑道："大帅莫非觉得我太不顾惜将士们的死活了？其实大帅错了。我之所以如此，实在也是没办法。多邦一战，我军必须不惜性命全歼敌军，否则即便得胜，也将后患无穷！"

"哦？此话怎讲？"张辅一愣，随即问道。

"大帅是北方人，对南方这些蛮夷或不太了解。"沐晟此时已无笑意，而是一脸正容道，"蛮夷力弱，不足以抗衡中原，故其作乱，多是啸聚山林，隐匿乡野，依地势与王师周旋。王师自北来，地理、气候皆不适应，语言、风俗亦不相同，倘不能一举破敌，拖延下去必将深陷泥潭不能自拔。今黎氏举全国之兵屯于多邦，此天赐我军之良机。只要我军能在多邦全歼其军，则黎氏覆亡便成定局。可若因着顾忌仅求取胜便可，那一旦其主力逃脱，即便我军取得多邦，也将留下祸患。届时黎氏父子率军遁入乡野山林，王师就将陷入欲剿不得、欲罢不能之窘境，大功告成亦将遥遥无期。强攻多邦虽损失不小，可比起将来在那些瘴疠山林里兜圈子，却不知好了多少。"

沐晟一讲完，张辅便就明白他说得在理。其实他也非常担心，一旦灭掉安南朝廷，黎氏父子会横下一条心来跟他打游击。与这种严重后果相比较，多邦城下纵然死伤大些也是十分划算的。

"大家怎么看？"张辅又转身征询部属的意见。

"沐侯爷说得对。此战至关重要，绝不能有漏网之鱼。"

"破城为下，全歼敌军方是上策。纵是黎酋要做困兽之斗，那也顾不得了。"

"将士们的伤亡将来报知朝廷优恤即可，眼下却是聚歼要紧。"

"不要走围三阙一的老路了，直接四面合围，让蛮子上天无路、遁地无门。"

……

众文武要员七嘴八舌,也都赞同沐晟之议,张辅遂不再犹豫,当即霍然起身道:"好,便依此议。诸位下去后抓紧准备,两日后正式攻城。此战务必要全歼城中蛮兵,生擒黎氏父子,毕其功于一役!"

"遵令!"众人慨然应诺。

两日后的清晨,明军将士全数出营,千门火炮也都按照事先布置被分别安放在多邦西、北两大门之外。随着张辅一声令下,各式火炮齐声作响,无数炮子朝多邦城头倾泻而去。

张辅在北门督战,他的前方摆着一百五十门碗口将军,再前面一些则是四百来门火力较小的盏口将军。近六百门火炮的威力,足以让北门守军头晕目眩。在炮子的持续轰炸下,多邦城墙被砸出一个又一个大坑,部分墙体也出现崩塌迹象。张辅见形势不错,心情大好,正欲跟站在身旁的参军刘俊说上几句,忽然后方传来鹰扬将军朱荣的叫声:"大帅倒地!"

张辅一惊,当即下意识地扑倒在地,旁边的刘俊也跟着趴到地上。就在二人倒地的同时,一颗炮子打到距他们右前侧不到三丈的地上,当即砸出一个大坑。

"这是怎么回事?"炮击过后,张辅从地上跳起来,望着前方正指挥炮队的清远伯王友大喊。王友此时也惊呆了,扭头望着张辅,半晌作不得声。大明射程最远的火炮是碗口将军。明军攻城时,张辅为避免安南火炮还击,故特地参照其射程把位置又向后挪了十丈。可没想到刚才安南一炮,竟然几乎打中自己。

"大帅,此炮的确是从城头打过来的,我刚才看见了城头的火光!"朱荣这时也跑了过来,上气不接下气道。

明军顿时大哗,安南蛮夷小邦,其火炮射程竟然比明军还远!一向以王师自诩的将士受到了极大心理冲击,本来排列整齐的军阵也出现了一阵骚动。

刘俊也爬了起来,他是文官,所以没有披甲胄,而是穿着鲜艳的二品红色官袍。刚才一卧倒,全身都沾满了泥土,看上去十分狼狈。听了朱荣的话,他来不及掸去身上尘土,赶紧向张辅提出建议:"大帅,要不先退后一些,小心蛮子又发炮!"

张辅脸色铁青,不过他很快镇定下来,并判断形势:此炮在之前的战役中从未出现,今日开战以来也只响了这一次。由此可知,安南虽有此利器,但数量必极为稀少,并不足以扭转战局。但刚才这一炮却对将士们的信心造成了极大的影响,眼下当务之急是要尽快稳定军心。

"将所有火炮瞄向城楼,把它给我轰塌了!"稍一思忖,张辅果断地下达了军令。说话间，又有一发炮子打来，不过此次张辅没有再倒地躲避，而是岿然不动立于当场。炮子准头不够，离张辅老远便偏离了方向。

"大帅，还是先往后退一下吧！"朱荣一脸担心地上前相劝。

"不！"张辅大声拒绝了朱荣的建议，并向身旁亲兵道，"搬把椅子过来，本帅就坐在这里，等着你们将敌炮轰烂！"

见张辅这么说，众人尽皆失色。刘俊本也想劝，但见其面容坚毅，也只能禁口，转而催促王友赶快开炮。

明军开始调整炮口，并向刚才开炮的北门城头方向瞄准。这期间安南军又打了两炮，但都未能击中张辅。待到准备开第三炮时，明军火炮已调整完毕，王友一声令下，全部火炮一起开火，多邦北门的城楼轰然坍塌，那门火炮也终于停止了攻击。

见敌炮被打烂，明军大阵响起雷鸣般的欢呼声，张辅再次下令继续发炮轰城。过了小半个时辰，北门左侧的一大段城墙再也经受不住连番炮击，终于塌陷。

见城墙坍塌，张辅从交椅上一跃而起，伸出右手向前一指。顷刻间，号角声四起，火光冲天，明军得令，如山呼海啸一般，向多邦城冲杀过去。

明军打前锋的是都督佥事黄中。黄中在芹站殁了陈天平，回国后被革职拿问。朝廷决意出兵后，由广西行营总兵韩观作保，又把他与吕毅从狱中提了出来。黄中脱得牢笼，将害自己入狱的黎季犛恨到死处。此番攻城，他主动请为先锋，要第一个杀进多邦，将黎家父子千刀万剐！

"都给老子上！拿不下多邦，你等和爷一起受死！"黄中提着把大刀，恶狠狠地大叫。在他身旁，大批明军各背一土包奔到城壕前，将其奋力掷下，不一会儿，丈余深的壕沟便被填满。

"登城！"见通途打开，黄中狂叫一声，将头盔一扯而下，带着亲兵从坍塌处向内猛突。

安南军开始抵抗。不过刚才的炮击已让他们吓破了胆，而且此时城墙已近半塌，抵御起来也十分费力。一群安南兵爬上已被炮子砸得几成废土堆的残墙，刚扔下几块砖木、射出了几支弱矢，明军便冲到了跟前。

都指挥蔡福一马当先，他一边向前一边连声大喝，手中大刀连连挥舞，立刻将面前扫出了约一丈宽的空地。在他身后，明军将士接踵而上，顷刻间便打开了第一个口子。

一击得势,接下来就顺畅多了。在明军的奋力猛攻下,一个又一个口子被撕开,其余没塌的城墙也被接连突破,安南军的抵抗越来越无力,终于,半个时辰后,多邦北门被明军攻陷了。

　　见城门开启,张辅长剑出鞘,大声呼道:"大明健儿,随本帅进城!"说完,便一夹马腹,飞驰而出。

　　"进城!进城!"左右骑士已齐声高呼,汹涌澎湃地向多邦涌去。

　　张辅进城不久,沐晟那边也打开西门杀入城内。此刻,安南守军在金吾将军梁民献、蔡伯渠的统率下也分兵迎上,与明军展开激战。

　　巷战进行得十分激烈。城内的守军倒是十分顽强,由于明军已将所有外逃路口悉数堵死,他们走投无路之下,只要不想投降,唯有拼死反击。一时间,多邦城内的每一间房、每一条街,都成了两军厮杀的战场,无数的明军和安南兵操持着各式兵器,近身肉搏在了一起。

　　"大帅,象兵!象兵!"张辅正在督军奋战,忽然前方传来一阵骚动,紧接着,都指挥同知朱广的声音响了起来。

　　张辅一望,他所在的大街前方,几只大象在象奴的驱使下正攻了过来。明军突逢此庞然大物,一时有些慌乱,只见象鼻左右甩动,几个兵士猝不及防,被卷向半空。象背上的弓手也接连放矢,不时有明军中箭倒地。

　　"慌什么!"张辅一声大喝,将朱广骂得回过神来,"马上把画像拿出来蒙到马上!"原来进安南前,张辅便料到黎季犛将用象兵作战,因此事先做了一批蒙马套,并让画师将其全画成大象模样,以迷惑战象。

　　朱广被张辅骂得一愣,随即羞得满脸通红。他只一抱拳,马上折马返回。不多时,前方骑兵所乘战马皆被画像蒙身。

　　战象见着被蒙身的战马,还以为是自己的娇小同类,顿时愣住,明军抓住时机,连放飞弩,将象奴纷纷射杀,一时局势稍缓。

　　"神机将军罗文何在?"张辅高声大叫,一名偏将即刻闪到身前。

　　"率神机铳手上前,向战象开火!"张辅大声下令。

　　"是!"罗文一拱手,转身向前跑去。不多时,战象前方十余丈处已有三百名神机铳手严阵以待。

　　"点火!"罗文一声大喝,三百铳手齐齐点火。

　　战象皮糙肉厚,火铳伤不了它,但大象天生害怕火光和巨响。三百支神机铳同时开火,耀眼的火光和震天的响声混杂一起,战象顿时受惊,纷纷掉转方向向后狂奔而去。只见一片血肉横飞,紧随战象之后的安南兵顿时一片哀号。

"冲!"张辅提声大喝,率众骑士沿着战象打出的通道向城中杀去,其余明军亦是士气大振,俱举械大呼,奋勇向前,多邦守军连挫之下,终于再也抵挡不住,纷纷四散而逃。

经过一整天的厮杀,直到太阳快落山时战事才告结束,多邦落到了明军手中。战斗的最后时刻,梁民献、蔡伯渠合兵突围,张辅锲而不舍,一路围追堵截,终于在伞圆山下将他们擒获。经此一战,安南军主力尽数覆没,连战象也被明军缴获了十二头。唯一美中不足的是,在城陷之前,黎氏父子见势不妙,率着所谓的"侍卫上直军"冲破了明军堵截,向老巢清化逃去。

接下来的日子里,明军的进展十分顺利。第二日,张辅亲率大军沿洮江而下,直扑安南东都升龙。明军到时,多邦兵败的消息已经传开,升龙守军遁得无影无踪。在升龙百姓的欢呼声中,张辅兵不血刃进入了这座安南都城。紧接着,十二月十八日,丰城侯李彬的偏师攻克西都清化。至此,虽然黎氏父子仍然在逃,但他们苦心经营的大虞国已宣告瓦解。随后张辅坐镇升龙府,一方面遣诸将领军,追剿黎氏残部;另一方面,以安南归附土官为招谕人,出外招降州县,安抚百姓,兼寻访陈朝王室遗族。安南在历经暴政和战火之后,终于逐渐恢复了安宁。

冬去春来,转眼间永乐五年的春节到了。安南虽是番邦,但毕竟曾属中国,历法上亦与华夏相同,故也有过年一说。今年升龙府的春节,却与往年都不一样。胡氏败亡,压在百姓头上的大山已消失得无影无踪,加之张辅也有意拉拢人心,不惜拨出大批米肉供给百姓,更引得这座京都一片欢腾。除夕当晚,张辅命明军舟师在升龙城北的洮江上点燃五色烟炮,引得阖城百姓纷纷前往江边观看。当前所未见的绚丽火花在江上绽放开来,观景的人潮中爆发出雷鸣般的欢呼声。这一刻,所有升龙百姓都相信,在经历了无数个动荡不安的日夜后,饱经磨难的安南国将迎来期盼已久的太平。

春节当日,张辅率全体明军文武要员及归附的安南土官、耆老一起,一大清早就来到洮江畔。大家面向南京方向行三跪九叩大礼,遥祝大明永乐天子圣体康健,福寿万年。礼毕,张辅与沐晟回到位于升龙东门外的征夷大将军行辕。两人刚在中军帐内坐下,外面便传来一阵聒噪声。

"怎么回事?"张辅刚端起一杯热茶欲饮,闻声便将目光投向沐晟,正好沐晟也望过来,从其一脸茫然中可知,这位副帅对此亦不知情。

正在这时,新近归附的安南土官莫邃走进帐内躬身一揖,操着生硬的汉语禀道:"禀二位大帅,安南士绅、耆老千余人齐聚门外,叩请二位大帅降尊接见。"

"千人请见?"张辅与沐晟吓了一跳,均丈二和尚摸不着头脑。顿了好一阵,张辅方怔怔问道,"其来所为何事?莫非有王师不守军纪,骚扰百姓?"

"大帅误会了!"听张辅这么问,莫邃连连摆手,继而跪倒在地,从袖中掏出一道本子高举过顶,满脸庄重地大声禀道,"我安南士民联名上书,愿举国重归中华,请大明天子恩准!"

"什么?"张辅和沐晟大吃一惊!张辅起身走到莫邃跟前,将折子接过一看,却是一道《安南士民诚请内附大明表》——

> ……安南本古中国之地,其后沦弃,溺于夷俗,不闻礼义之教。幸赖圣朝扫除凶孽,军民老幼得观中华衣冠之盛,不复庆幸!咸赖复古郡县,庶几渐革夷风,永沾圣化。邃谨同耆老等人具表文一通,以达下民之请!

张辅将表文看完,稍一思忖,旋大声喝道:"莫邃,可是你欲献媚朝廷,故有意胁迫士绅上得此表,以邀一己之赏?"

"下官冤枉!"听得张辅责问,莫邃一愣,随即脸色涨得通红,大声道,"此议为城中耆老所倡,乃是安南士民之意,唯请下官代为呈上而已。下官乃安南人,受朝廷之命招抚士民,又岂敢矫行百姓不愿之举?今耆老名宿皆在外,大帅若不信,可另遣通事问个明白,若果有强迫事,下官甘愿伏法!"

张辅一阵默然。莫邃此话讲得情真意切,而且千余耆老名宿都在辕门外,他就是想矫造民意也没这个胆子。张辅颜色稍缓,伸手一虚扶道:"原来如此,是本帅误会了,莫大人快快请起!"

"谢大帅!"莫邃叩了个头,遂站起身子,旋又拱手正容道,"归附华夏一事,两位大帅看似唐突,实则非也。我安南自古便为中国之土,唐后方自立一国,然士民百姓一向仰慕中华。前番黎氏无道,于国内横征暴敛,士民早已苦不堪言。幸得天子明察,遣王师亡此逆朝,我安南举国上下莫不欢呼雀跃。今胡朝已亡,安南无主,士民愿重入华夏亦是应有之义。还请朝廷念我等华夏遗民一片拳拳之心,允安南内附中国,再沐中华圣风。如此,安南幸甚!"

莫邃说话间,张辅已回帅案后坐下。听得此言,他当即摆摆手道:"你等心意本帅已知。然此次王师南征,只为剪除暴虐,绝非图占安南其国。本帅出征前,天子曾命大学士解缙作《讨安南黎酋檄》,其中明言待亡黎氏伪朝后,当寻陈氏遗族,重立其国。此檄现已传遍天下,朝廷岂能出尔反尔?故此表本帅绝不能受,你且将其收回,并将本帅之意带与门外耆老士绅,命其各归其里,勿得再有此意!"

"大帅!"见张辅这么说,莫邃一时急了,立即再争道,"朝廷檄文,安南士民早已熟知。然我等之所以行此举,绝非要朝廷言而无信,而是顺势而为。朝廷欲重立陈王,可陈氏一族早已在黎逆篡位时被屠戮殆尽。唯一幸存之陈天平亦在芹站被杀。朝廷欲访陈氏遗族,却不知从何访来?若世间再无陈氏,那安南重归中华,岂不是顺理成章?"

"这……"张辅一时语塞,莫邃这番话倒也确实在理。自入升龙以来,他遍遣归附土官寻访陈氏,但至今仍无一丝音讯,由此更加印证了陈氏族绝的说法。若果真陈朝王族皆没,安南士民再自请归附,朝廷顺水推舟接受也不是说不过去。想到这里,他的立场有些软化,不过仍道,"你之言也不无道理。然虽坊间皆言陈氏已绝,但其毕竟是百年王族,枝繁叶茂,或有旁支侥幸得脱亦未可知。眼下朝廷刚开始寻访陈氏,你等便上表内附,本帅若答应,那世人岂不以为朝廷明为陈氏复国,实则欲并安南疆土?朝廷德泽天下,岂能受此污蔑?故你等之请,本帅断不能受。"

张辅虽仍拒绝,但莫邃却从其话中听出了端倪,当即面露喜色道:"如此说来,若果真陈氏寻访不得,那朝廷便可允我国内附了?"

"此非当下可言者,先仔细寻访陈氏,其余待寻访过后再说!"张辅想了想,又补充道,"即便寻访不得,安南归属亦需由朝廷裁决。本帅不过一总兵官,此等大事非我可以做主!"

"便遵大帅之言!"莫邃见张辅松口,立即爽快答应,随即欲作揖告辞。

"且慢!"见莫邃要出帐,张辅忙又叫住他,从帅案上将那道《安南士民诚请内附大明表》拿起递给他道,"把表先拿回去!"

"这……"莫邃面露犹豫,"此表是耆老士民诚心所上,即便眼下不宜递呈朝廷,但还请大帅暂且留下,否则一旦退回,恐寒了大家的心!"

"没有此理!"张辅将头摇得跟拨浪鼓似的,"此表所请,大违朝廷初衷,本帅绝不能留之。你且先收回,将来若果寻不得陈氏,再做计较不迟。"

"大帅!"这时,一旁一直默不作声的沐晟忽然说话了,"此表即是万民所上,那还是先收下吧。王师眼下客居安南,不宜让百姓尴尬不是?"

"这……"听沐晟这么说,张辅先是一愣,继而隐隐觉得有些不妥,欲再争论,忽见其拼命向自己打眼色。见沐晟如此,他只得先捺下心中疑惑,转对莫邃道,"也罢,权且放在本帅这里。将来若果真访得陈氏,则将其烧掉。如此安排,你看如何?"

"可以!"莫邃眼光一亮,当即应下,喜滋滋地出帐而去。

莫邃的身影一从帐中消失,张辅立即问道:"景茂兄,你为何要我受此表文?你难道不知此疏一接,或会引发百姓误解么?"经过一段时间的相处,张辅与沐晟的关系已十分融洽。虽然台面上仍呼以军职,但私下都以表字互称。

见张辅发问,沐晟高深莫测地一笑,却不直接作答,而是问道:"文弼,我问你,平心而论,你是愿意寻得陈氏遗族为其复国,还是愿意应莫邃等人之请,使安南归我大明?"

张辅一愣,随即道:"这我倒没想过。再说安南未来如何,自有朝廷做主,我辈武人只管领兵作战便是,何必管这许多?"

沐晟微微一笑。这段时间下来,他对张辅已颇有了解。这位靖难功臣虽然年轻,却是个极有分寸之人。在战场上,张辅杀伐果断,睿智勇敢,是一名难得的帅才;但只要涉及政事,除非皇上亲自交代,否则他绝不轻易涉足。此次进升龙后,一应招谕安抚之事,名为张辅牵头,实际上他全都交给黄福、陈洽等一干文官去办,自己只是约束士卒不扰百姓而已。张辅之所以如此,当然不是因为他才干不够,而是他明白事理,绝不越雷池半步,免得朝廷疑他有非分之想。也正因为张辅的这份谨慎,永乐才愈发对他另眼相看,有意要将其培养成栋梁之材。

不过虽明知张辅谨慎,但在安南归属一事上头,沐晟却有自己的想法。稍一思忖,他继续道:"且不说陈氏复国与安南内附对朝廷的影响,我只问一句,你可知此二者之不同,于你我功业上头会有多少差别?"

"这话怎么说?不管它安南如何,咱们战功就这么多,朝廷论功行赏,难道还有差别不成?"张辅应了一句,继而又疑惑道,"景茂兄,眼下我们虽灭了伪朝,但黎酋父子仍然在逃,你现在就提封赏,是不是太早了些?"

"黎逆已是穷途末路,改日我二人出兵追剿,其必束手就擒,不足为虑。而且你也误解了我的意思,我这里指的是功业,不是朝廷封赏。"沐晟一摆手,继而将身子凑近了些,压低声调道,"陈氏复国与安南内附,你我功业会有天壤之别!"

"此话怎讲?"张辅身子微微一震。

"文弼,若将来是陈氏复国,那此次南征意义何在?不过是我天朝上国护佑屏藩的应有之义罢了,有啥功业可言?待到陈氏复位,王师归国,天下又有几人会记得此番征战，史书上又能落下几笔？"沐晟目光一闪，淡淡地说到这里，稍稍一顿又继续道，"可若安南内附则就不同了。安南是华夏故土，若是经此一战，将这偌大安南重新收归中国，那我辈就是立下千秋功业的大功臣。到时候青史之上，此次南征必被大书特书，你我二人也将名垂千古！"

沐晟徐徐道来，张辅内心无比震撼！不错，助一区区藩王复国，又算得哪门子功业？可若能收复华夏故土，那将是何等辉煌！二十五年前，就是这个沐晟的父亲沐英，追随颖国公傅友德收复云南，从此扬名海内，不仅获得生封侯死封王的殊荣，还得以在死后配享太庙。与安南相比，云南算得了什么？虽然它脱离中国的时间比安南早，但毕竟在元代就已回归中国，而这安南却是从五代一直割据至今。想当年，沐英不过以副总兵身份出征云南，尚能留巍巍英名；自己以总兵官之尊，亲率大军收复安南，其功业将远在沐英之上。而且，安南回归中国后，后世但有提及此地，谁能不追忆他张辅？谁能不敬慕他今日功劳？张辅一向看淡爵禄，但对功业却十分向往。成为万世景仰的名将，正是其毕生最大追求。而今机会就在眼前，难道就此白白错过？

不过兴奋过后，张辅仍冷静下来，深吸了口气摇头笑道："就算我愿安南内附又如何？此事非你我可以决定，终要由皇上做主！"

"皇上乃不世雄主，即位以来一直颇思振兴。这几年来，皇上几次遣内官亦失哈赴黑龙江一带招抚女直诸部，广设羁縻卫所，其开拓之志已是满朝皆知。如今安南主动请附，他老人家又岂有不愿意的？至于陈氏嘛……"沐晟高深莫测地一笑道，"虽说朝廷有言在先，要寻陈氏后人继任王位。可这陈氏后人能否访得，却还不得落到你我二人头上？"

张辅惊讶地张大了嘴巴，半晌方失声叫道："难怪你要留下莫邃的奏表，你是想……"

"文弼，千古良机就在眼前，你可千万不能犯糊涂啊。再说了，陈氏族绝的说法可不是大明传出来的。他安南举国上下，包括已经死了的陈天平，还有那个尚在南京的裴伯耆都这么讲。所以，这就是公论。就算果真访得陈氏后人，那也必是宵小冒充。这一点上，朝廷绝对占理。不过……"沐晟打断张辅的话，嘿嘿一笑道，"既然今日已收下奏表，那想来莫邃他们肯定也访不到陈氏后人了！"

沐晟说得眉飞色舞，张辅听得目瞪口呆。待沐晟讲完，他愣怔许久，方动了动嘴唇，似乎想要说什么，但几番犹豫最终把话咽了回去……

就在张辅与沐晟密议之际，莫邃也走出了行辕的大门。在门外，千余士绅耆老正翘首以盼。当莫邃将两位主帅的决定宣布以后,大家虽对明军主帅未当场答应他们的请求颇有遗憾,但得知内附奏表已被收下,大伙儿仍感到十分欣慰。随后,在莫邃的劝说下,众人终于不再聚集门前,喧闹一阵后各自散去。

待众人散尽,莫邃也命下人将马牵来准备打道回府。就在他准备上马之际,一个瘦小的身影由远及近,急匆匆向这边奔来。莫邃定睛一瞧,来者却是自己的旧友,眼下同样已归附明朝的水尾县土司陶季荣。

看清来人,莫邃便弃了坐骑,重新回到地面站住,满脸笑容地亲切叫道:"陶兄怎如此惊慌?你前几日不是已回水尾老家了么?这么快又回升龙了?"

陶季荣却是面色铁青。待跑到莫邃面前,他来不及抹掉脸上热汗,一把抓住莫邃袖口道:"我是专门赶回来找你的!"

"找我?找我何事?"莫邃一愕道。

"阻止你鼓动大伙上表奏请北属!"陶季荣气咻咻地答了一句,随即又一叹道,"不料仍是晚了一步!"

"什么?"莫邃脸上的笑容顿也僵住。半晌,他方反应过来,赶紧向左右张望,待确信周围除了自家家兵外再无旁人,方小舒了口气,旋将身子往陶季荣跟前凑了凑低声道,"陶兄,此地不宜多言,你我边走边谈。"说完,他不由分说地一把抓住陶季荣的胳膊,拽着他便往与明军行辕相反的方向疾走。

本来,莫邃是打算顺着东门外的官道直接回城中府邸,但此刻陶季荣突然出现,他便只得绕着升龙的城墙,专挑人少的地方走。待行了一阵,见周围已无行人,他才松开拽着陶季荣的手出声问道:"陶兄,你为何要阻我?"

陶季荣的右臂被莫邃拽得酸疼,正用左手在那儿揉捏,听得莫邃发问,他当即撂下胳膊一跺脚道:"老莫,你糊涂也!安南虽曾北属中国,但风化一直与华夏有异。尤其近五百年来独立为国,早已自成一体。我若一旦北属,汉官、汉人势将接踵而至,明习、明律也会照搬进来,两者岂能不起冲突?到时候恐怕又是不尽的纷争,安南事中国则可,入中国则万万不可啊!"

"陶兄,你这话就不对了!且不说安南算不算得上华夏故土,然就其北属这千年而言,其间也未见有太多不臣之事!至于风化云云,中国的广西、云南以前不也是蛮夷之地?如今不也纳入华夏?又哪里有什么天无宁日了?中国治边蛮之地,向来是官制、土制并行,也未见得就伤着安南了。且中国风华远胜安南,中原且不说,就是那广西南宁府,不也比升龙强多了?所以,北属中国,对我安南终是利胜于弊!"莫邃当即驳道。

闻言,陶季荣苦口婆心道:"自始皇帝将广西纳入中国,这一千六百年来死了多少人?打了多少仗?那云南的南诏、大理国又是怎么来的?它中国再行王道,没有兵戈之威,这些蛮夷之地能顺顺当当纳入华夏?安南百姓多为越族,与汉人并非一类。若是自治,纵然施政有所差池,百姓亦能忍受;然若汉人施政有差,只需二三宵小稍加挑拨,便就激成华夷之争。北属中国,纵能汇入华夏,至少也需数百年,其间汉越之争不可避免,到时候不又是血流成河?这个道理,你难道就不明白么?"

莫邃耐着性子听他说完,末了却是一声冷笑,反问道:"北属中国,安南会乱,可不北属安南就不乱了么?"

"你这话是何意?"陶季荣疑惑地问道。

"陶兄,我问你,眼下局势,若再立陈氏,送王师北归,安南可得安宁?"

陶季荣微微一想,随即摇头道:"不能!黎逆余孽未净,各地土司拥兵自重,陈氏根基已毁,纵再立一王,也难震慑四方。君弱臣强,届时必然是反贼四起!"分析完之后,陶季荣又急切道,"可我们只需请王师留下镇守便是,也未必就要北属啊!"

"我们开口他们就留?"莫邃冷笑一声,"二十万王师屯聚安南,这是多大一笔开支?你若要请王师留守,别的不说,就这军需供应,把咱安南国翻个底朝天也拿不出来!可若要中国自己负担,那要是讨伐黎氏伪朝倒还说得过去,可若只为保个外藩,朝廷又凭什么花这么大笔钱?"

"这……"陶季荣一时语塞,不过仍强自道,"也未必是要全军,仅只留得一部驻守亦可!"

"一部?"莫邃嘿嘿一笑道,"陶兄忘了去岁芹站之事了么?少许王师,顶什么用?"

"那也不能北属!"陶季荣有些急了,"就算将来再起纷争,那也是我安南自家的事,可若北属,千百年后,世间哪还有我越族?"

"化夷入夏,沐文明之风,多少人求之不得呢!你当方才那千余士绅都是我强押过来的么?"莫邃一声冷哼。

"总之我绝不能答应!"见说不过莫邃,陶季荣有些恼羞成怒,一时也动了气。

莫邃不说话了。本来,若是寻常人反驳,他完全可以置之不理。可这陶季荣不然,在已归附明朝的安南土官中,就数他二人最受张辅器重,他若铁了心拒绝北属,不仅归附土官内部会生乱子,就连张辅也会怀疑他的内附之请是别有用心。想到这里,莫邃忽然话锋一转道:"陶兄,我问你,你家如今在水尾境况如何?"

"你问这做什么?"陶季荣不由一愣。

莫邃淡淡道:"据我所知,你家现在是风光无比。就你回家这段日子,水尾数百顷良田已归入你家人名下,可有此事?"

陶季荣脸色一红,不禁有些愠怒道:"是又如何?黄尚书已命我权知水尾县事,这数百顷田也是他答应赏给我家,以嘉我归附大明之功。难不成莫兄以为我趁火打劫,私抢民田?"

"陶兄你误会了,其实我与你一样,现整个南策州都已由我掌管,我受的田比你还要多上好些呢!可是……"莫邃忽然声音一沉,"我问你,在王师进安南前,你我可有这些好处?胡朝不提也罢,就是陈朝时,你我也不过是一普通富豪。莫说在安南国,就是在自家地界也算不上头等人物,岂能与现在相比?你一门心思要陈王复位,可别说陈氏已绝,就算有幸免者,可咱们又凭什么要扶他?他陈氏当国时也没给咱们什么好处不是?"

陶季荣不吭声了。很明显,莫邃的话戳中了他的要害,而莫邃抛出的诱惑还远远不止这些:"陶兄,且不管这几许良田,就只说咱们自己。以前你我是何等人?这升龙府内可有你我位置?可现在呢?眼下的安南国,除了明朝人就数你我二人最尊,此等荣光,你以前可有想过?你以后还想不想要?若王师北撤,陈氏复位,他会否像张大帅、沐大帅那样器重咱们?何况他陈氏这个王位能不能坐稳还得两说呢。一旦入了中国,朝廷虽会派汉官前来,也必然要重用我安南人。安南人中,你我最得张、沐二侯器重,届时自会成土官之首。此等大好前程,难道你就甘心不要?难道你就真想像过去那样回土尾当你的小富家翁?就算你愿意,到时候安南大乱,你这富家翁能不能长久都不一定呢!"

莫邃说完,陶季荣已是汗如雨下。半晌,他方讷讷道:"可就算北属,也不能保证安南一定不乱啊,要是仍出乱子怎么办?"

"怎么办?"莫邃目光一寒,伸出手向前方遥遥一指道,"谁敢生乱,那就是下场!"

陶季荣顺着莫邃手指方向极目一眺,不由自主打了个哆嗦。原来,他二人边走边谈,不经意间已走到了升龙的南门附近。而在南门外,有一座由数千人头堆砌起来的巨大"京观",这是张辅拿下升龙后,将阵亡的胡朝士兵头颅割下特意筑成的,其目的就是要震慑那些企图负隅顽抗之人。经过十余日的风吹日晒,那些头颅已开始腐烂,上面遍布蛆虫,并露出森森白骨。虽然隔着老远,但陶季荣仍能感受到扑面而来的阴森气息。

见陶季荣面色惨白,莫邃得意地一笑道:"王师可不是黎逆的乌合之众,一旦北属,谁要还敢滋事,那就是反抗朝廷。到时候有王师征剿,何愁叛逆不除?"

陶季荣终于被说服了,他远远望着那座"京观",默然许久终一咬牙道:"也罢,北属就北属,反正也不是头一回了!"

"这就对了!"莫邃一拍手,正欲夸陶季荣几句,却忽听他又道,"可这北属毕竟只是我一厢情愿,若朝廷不准奈何?毕竟王师南征的檄文里说了,是要复陈氏王位的。"

"朝廷会准的!"莫邃自信一笑,又补充道,"只要我们找不到陈氏遗族,朝廷就一定会准。"

陶季荣又是一震,直盯着莫邃的脸许久,才面如土色道:"你要阳奉阴违?张大帅和沐大帅就在升龙,你瞒得过他们吗?"

"无须瞒过他们!"莫邃笑嘻嘻地将方才进帐递表的事与陶季荣说了,"张大帅虽然拒绝,但沐大帅却收下了奏表,这不就是暗示我切莫当真寻到陈氏遗族么?"

"可张大帅才是总兵官,他得知沐大帅收表之内情后,要坚持反对又怎么说?"

"他没有反对!我出帐后,大帅必问沐帅缘由。得知内情后,若其反对,必会马上派人将奏表退还。可是……"莫邃胸有成竹,笑着摇摇头道,"眼下已过去了大半个时辰,却仍无人前来退表,陶兄你说这是何意?"

陶季荣缓缓低下了头。又过了许久,他方艰难地将头抬起仰望天空,口中发出一阵长长的叹息:"安南国终矣……"

第十三章

现良机安南光复 忤圣意解缙离京

当张辅、沐晟寻访陈氏后人不得，以及安南自请内附的表疏送进南京时，距明军从凭祥坡垒关出征才仅仅过去四个月，区区一百二十余个日夜。在这么短的时间内，明军不仅消灭了嚣张一时的黎朝，夺取安南大半国土，更成功邀获民心，使百姓主动请附。接下来的几日，刘俊、黄福等参军的奏本也相继抵京，这些奏本也异口同声言陈氏遗族确未寻得，安南的内附之请也是发自本心，张、沐二帅并无丝毫强迫。看到这些上疏，永乐龙颜大悦，收复安南，取回这片丢失千年的汉唐故土，这是多么辉煌的事业，是多么彪炳的功绩！从安南再次成为华夏疆土的那一刻起，他也必将因此功载史册，名垂千古！自暗中改弦更张，厉行开拓以来，永乐一直希望能有所收获，以证明自己决策的正确。而现在，一个绝好的机会就这么不经意地到了眼前。

没有丝毫犹豫，永乐立即下旨，将安南内附奏表登载邸报，并传谕内阁及六部衙门，就是否接受安南内附斟酌意见。不出其所料，接下来的一段日子里，百官纷纷上书，莫不对此事大加赞同。兵部尚书金忠尤为激动，在奏本中声情并茂写道——

> 自唐季以降，中国国势渐衰，四夷轻慢之心日甚，及至崖山一役，正朔败亡，文明沦丧，海内不闻礼教达百年之久……幸得太祖高皇帝驱逐胡虏、重续道统，华夏由此得以再兴……陛下践祚以来，惕励奋发、治世有方，国力蒸蒸日上。及至今日，国家之盛已为数百年来所未有。当此之际，安南自请内附，此正上天感于陛下勤勉，赐我中国重现汉唐荣光之千古良机也！陛

下当领而受之，并以此为契，多行德政，再造千古盛世！若果得如此，太祖并华夏历代英主泉下得知，亦会由衷欣慰……

"这个世忠，把收复安南比得跟汉武破匈奴一般，看来他家确实被蒙元残害匪浅！"乾清宫御书房内，永乐翻阅到金忠的奏本，不由一笑，难得对身旁随侍的杨荣打起趣来。

杨荣也是一笑道："金大人祖上乃宋室遗臣，其家百年来受尽蒙人欺凌，故欲振兴华夏之念较旁人更为急切，这也是人之常情。不过若果真能收回安南，也的确是国朝一大壮举。自三代以降，凡大有为之朝，莫不于疆土上有所开拓。如今我大明国势虽隆，但所得疆土皆承自元朝，与汉唐相较仍有所不及。安南虽是中国旧地，但毕竟丢失已久，虽然宋、元二朝都有讨伐，然终未能光复。如今我朝若能将其收回，也算得上是开拓了。经此一举，我大明之功业，纵不及汉唐，也不遑多让了！"

其实对于这道自请内附表乃至张辅他们的奏疏，杨荣始终存着一丝疑虑，担心这是这帮人揣摩上意弄出来的矫篡之举。不过一来他没有证据，二来张辅和沐晟都是重臣，他不能轻易得罪，三来便是他久在御前，早已察觉到永乐正不声不响地更改国策。而光复安南，与皇上积极开拓的国策是完全符合的。有了这些计较，他自然就不会再将心中担忧道出。当然，对于拓土开疆，一向热衷兵事的杨荣也是发自内心的赞同。也正是因为在开拓进取方略上持积极态度，他这两年越来越受永乐器重，虽然在内阁中他年纪最轻，排名也只是中流，但论圣眷，已隐隐有压过其他阁臣之势。

"拿回区区一个安南，也能让大明及上汉唐？杨荣你不要拍朕马屁。本来朕未曾想要光复安南，不过既然陈氏族绝，安南又自请归附，那朕自也没有不受的道理。"听得杨荣夸赞，永乐笑着摆了摆手，又指着案上堆得小山高的奏本道，"群臣的奏疏朕都浏览完了，皆言安南当复，没有持异议的。既如此，这事便就这么定了。黎氏父子虽已是冢中枯骨，但毕竟尚未就擒，故收复安南的诏书暂时还不能下。不过可以做些准备，安南州府设置、文武官员任命等都要事先拿出意见，到时候随诏书一并下达。还有这诏书也得提早斟酌，光复安南是我大明一大壮举，诏书要写得花团锦簇、气势磅礴，否则无以彰此伟业！这拟诏人嘛……"永乐扭着脑袋想了想道，"还是让解缙来写吧。文采风流，他还是无人可比的。"

听到解缙的名字，杨荣心中不由一紧，随即小心回道："陛下，解大人现正重修《文献大成》，怕一时抽不开身，不如叫黄淮大人代拟如何？"

"无妨！"永乐瞟了杨荣一眼，"修书那边还有姚少师和刘季篪二人坐镇，少他一个碍不了多大的事。再说这不是急务，眼下要紧的就是这道光复安南的诏书。据昨日军报，张辅已开始督军追剿黎逆残部，说不定哪日擒获贼酋的急递就送进了京城，到时候朝廷要立刻将收复安南的消息诏告天下，如此才更振奋人心。这诏书着他先拟个草稿，完了送进宫来，朕还要亲自斟酌，来回不知要花多少功夫，此事耽搁不得！"

"是！"见皇帝之意甚坚，杨荣不敢再说什么，只得答应一声，随即行礼告退。

从乾清宫出来，杨荣的双脚犹如注铅般沉重。想到永乐交代的旨意，他的心顿时回到了几日前的那场争论中……

数日前，永乐在早朝时下旨命内阁及六部官员就安南归附一事拟本陈述意见。待散朝后，杨荣一脸兴奋回到文渊阁值房，抓过一份草纸就开始撰文。杨荣一向主张开拓，对这种收复华夏故土的好事自然举双手赞成。而且作为名声在外的"知兵"阁臣，他在运筹南征一事上出力甚多，安南真能回归大明，于他事业名声也增色不少。因着这些念想，他关起门来花了足足一个时辰的工夫，写了篇洋洋数千言的好文，对收复安南大颂赞歌。待写完后，他又看了几遍，仔细修改毕了，方誊好准备递交御览。就在大功告成之际，突然值房外传来了一阵敲门声，紧接着，解缙一脸愁容地闪了进来。

见解缙进来，杨荣起身相迎，呵呵一笑道："大绅兄，你怎么来了？"

解缙干笑一声，也不说话，直接走到书案左侧的方桌旁寻了张凳子坐下，才淡淡道："勉仁，这安南内附之事，你怎么看？"

"当然是鼎力赞同喽！"杨荣挨着解缙坐下，提起桌上的茶壶给他倒了杯茶，不假思索道，"拓土开疆，自古便是大好事。何况此次是安南土民自请内附，朝廷收下是顺理成章。就是皇上，说是让咱们上疏陈见，但心里其实已是同意了。"

"哦？"解缙仍是面无表情，只支吾一声，"你怎知皇上同意？"

"嘻！大绅你不是人精么？怎个今天都没察言观色？"杨荣嘻嘻一笑道，"皇上素来讲究威仪，朝会上少有喜形于色的，可今日早朝，他老人家从头到尾一直都面带笑意，这意思不就明摆着了么？"

"或许是吧！"解缙显得有些黯然。

杨荣这才感觉到解缙有些异常，遂奇道："大绅兄，你莫非反对收复安南？"

解缙面露苦笑，也不作声，只从袖口中掏出一本拟好的奏本默默递给杨荣。

杨荣接过打开一看，顿时不由大惊失色——

　　……安南虽中国旧地，然素叛服不定。自唐季以降，更割据自立达五百年之久，其间士不尊孔孟、民不识礼仪，风化与华夏已然迥异。圣人云：中国入夷狄，则夷狄之。此正所谓也！朝廷若允其内附，纳其疆土，仅教化蛮夷一项便耗费无算，且需经年维持。且其间但有举措失当，土人必滋事生乱，此蛮夷豺狼本性也。果如此，朝廷必将身陷泥沼不能自拔，军力折损且不论，钱粮损耗又岂有穷？臣观当今天下，北有鞑靼虎视眈眈，西有帖木儿贼心不死，加之朝廷下西洋、垦辽东、抚女真、建北京，此间耗费何止千万？大明虽富，民脂民膏终有定数。若罔顾国力滥行开拓，必致民生凋敝，百姓困苦，开拓之举亦终后继乏力。故臣恳请陛下以华夏苍生为重，勿为一己私欲，而行力不能及之谬举。

　　　　　　　　臣翰林学士兼右春坊大学士、内阁解缙顿首。

　　看完这道奏疏，杨荣已是汗如雨下。他一瞅解缙，见其神色漠然，当下心中更急，立即合上奏本道："大绅，你当真要将此疏上达天听？"

　　"自然！"解缙面无表情地点了点头。

　　"你可知此疏一上的后果么？"杨荣一把抓住解缙的手道，"恕我冒昧，你眼下圣眷已大不如前，皇上早对你颇有微词了。如今你再上这么一道疏，皇上看了肯定龙颜大怒，你就不为自己的前程想想么？"

　　杨荣这么说是有原因的。这两年来，解缙在编纂类书、出使西洋等重大国策上头屡次与上意相左，惹得永乐大为不满。而且解缙还颇执拗，即便圣意已决，他仍固执己见。像修纂《文献大成》被永乐批了一顿下令重修后，他却依然故我，好几次都和同为修纂的姚广孝、刘季篪二人发生争执。下西洋一事上他更加过火，郑和的船队都已经出海了，他却仍在同僚间大谈此举浪费公帑，于国家无益。此话传进宫里，永乐听了大光其火，立刻给他下了个"恃才傲物、狂妄自大"的评语。从此，解缙虽仍在内阁任职，但永乐已几乎不在国事方面征求他的意见，除了修纂《文献大成》外，只有在起草重要诏书时才想起这位名满天下的才子。此番，永乐命内阁六部讨论收复安南事宜，本意不过是因为兹事体大，即便圣意已定，也需征询臣下意见，以示开明而已。且不说诸位大臣大都赞同收复，即便不赞同，此时也应体察上意附和一通了事，谁知解缙竟出此惊人之言！这道奏疏要是呈上去，皇上不勃然大怒才怪呢！杨荣素与解缙交好，实不愿其因此徒惹祸端。

"大绅，安南自请归附，足见其士民已心向华夏！你疏中言其将拖累大明，恐缺乏根据！"见解缙毫无反应，杨荣又道。其实他对安南归附到底是不是自愿还有疑惑，不过此刻他只能顺着张辅他们的话说，否则更难劝服解缙。

"不然！"解缙摇摇头淡淡道，"自古以来，夷狄朝秦暮楚之事屡见不鲜。仅安南而言，由汉自唐，哪朝哪代里它没有叛乱的？但有叛乱，中原朝廷都不得不遣重兵，耗巨饷以平乱，而最终结果都是治标不治本，老实一阵子后又故态复萌。故此类蛮夷之地，收之无益，反成中国拖累，倒不如任其自生自灭！"

"可眼下安南是愿服不愿叛，以后的事谁说得准？若将来朝廷治理得当，由此将其戾气化为祥和亦未可知！"杨荣反驳道。

"几无可能！安南天高皇帝远，哪是说得当就能得当的？千百年来，中原朝廷哪个没在它上头下大功夫，又有哪个最终成功了的？到头来不还是竹篮打水一场空？前事不忘，后事之师。勉仁兄，我大明凭什么就能成历代所不能之事？"解缙又是一叹道，"其实我亦非不思进取之辈。若仅就是收复安南一事，我亦赞同朝廷不妨一试。只是现在朝廷的摊子铺得太大了，又是下西洋，又是在黑龙江拓土，将来还要营建北京，再往后没准儿还会与鞑靼交兵，这哪一件不需费倾国之力？这么多大手笔集到一起，咱大明有这么大能耐么？当年始皇帝不也是连兴大举，可结果如何？愣是把偌大个中国掏了个底朝天，以致二世败亡。"

解缙这番话说得颇重，杨荣听后也有些心惊。他走到窗边，望着窗外天空良久才回头一脸坚决道："大绅兄这话说得严重了，我不这么看！"

"哦？"解缙略有些惊讶地看了看杨荣，"那你怎么认为？"

杨荣将解缙拉到椅子前坐下，自己端了张凳子坐到他跟前一脸郑重道："仅就作为而言，皇上诸般举措确有当年始皇帝之风。但若以此断定我大明会步暴秦后尘却有失偏颇。"顿了一顿，杨荣又侃侃道，"行开拓事，需以国力为根本。国家富强，则开拓游刃有余；而若国力不济而滥行开拓，那反会使国家陷入危难。故国力之强弱，是衡量开拓之举是否可行以及程度深浅之关键！这一点，不知大绅兄以为然否？"

解缙默默地点了点头。

见解缙赞同，杨荣微微一笑继续道："既如此，那你我不妨将秦朝与当下做一比较。始皇帝时，四海方归一统，天下亟须生息，始皇帝于此之际，不顾民力，

218

滥行开拓,实为逆天而动,其之败亡,自然是咎由自取。而今日则不同。我大明开国至今已近四十载,其间除靖难三年外,海内一直安定。即便是靖难时,兵祸所及亦不过北方数省,天下大部仍完好无损,与春秋战国时的数百年天下大争全不能比。此乃当下远胜秦朝之一。

"始皇帝时,天下财赋所系不过是关中、巴蜀、中原、燕赵、江淮等地。而放眼当今,江南、湖广已是膏腴之地、天下粮仓,其余辽东、闽浙乃至云贵,亦都有所开发,国家之富庶较秦朝已不知强了多少倍,水陆运输亦方便许多。此是远胜当年之二。"

"勉仁兄的意思是……时势不同!"解缙一点就通。

"然也!"杨荣点了点头,"观今上气魄手笔,确与始皇相似,但今日中国之富强,已远非一千六百年前可比。故同样开拓事,始皇行之,国家不堪重负,但今上行之,则不至于动摇国本!"

杨荣的这番道理是解缙之前从未想过的,待他说完,解缙顿时陷入深思。但过了许久,他仍坚定地摇了摇头。

杨荣不禁愕然。话说到这个份上,就是再倔的人也该想通了,以解缙之聪慧机敏仍固执己见,这让杨荣很不能理解。

"勉仁!"解缙脸色十分阴郁,"此事仍不可行。"

"大绅你怎么如此执迷不悟?"杨荣有些气急。其实刚才这番道理都是他平日随侍御前时,从永乐对开拓之道的解析中悟得。只是因为更易国策有诸多顾忌,故只要涉及开拓国策,永乐一直都是只做不说,只偶尔跟心腹之臣吐露一二。所以杨荣虽在这上头有所领悟,却一直隐藏在心里,从不对人提及。今日解缙执意要触龙鳞,杨荣念着交情不愿其自寻死路,才在这个涉及开拓国策的话题上大费口舌。原指望着以此说服解缙,不料其仍如此冥顽不化。

"勉仁,你所言皆是实情,却忘了最重要的一节。"解缙一脸忧虑地望着杨荣,半晌口中方吐出一句话,"国之力有限,人之欲无穷!"

杨荣一愣,随即明白了解缙的意思。虽然以大明之国力或足以支持当下的诸般开拓之举,但若再加上几件,那就真不好说了。而且永乐登基至今不过五载,便已壮举连出,谁能保证以后他不再出什么新花样?果真如此,就算大明有金山银山,也经不起这种无止境的折腾!想到这里,他眼中闪过一丝慌乱。不过他很快镇静下来,一脸笃定道:"陛下是英主,不会没有分寸!"

"秦皇汉武难道不是英主?可他们身后如何?皇上想有所作为,此不足为奇。

然欲成大事,需厚积薄发。今我大明虽称得上富庶,但尚未至鼎盛。开拓之举纵然可行,却也只能循序渐进,万不可一哄而上……"解缙毫不客气地驳回杨荣的话,一声叹息道,"从这两年的事情来看,皇上未免太心急了些,如此放任下去,国家必将不堪重负。我为朝廷大臣,既然察知隐忧,自当及早制止,以免将来酿成大祸。"

杨荣一阵默然。其实他虽然一直坚决赞同振兴开拓,但也时常觉得永乐过于急功近利了,解缙的担忧和他内心的想法不谋而合。不过杨荣明白,此刻万万不能出言附和,否则就是火上浇油。略一思忖,他转换了一个角度道:"大绅,且不论你所言是否有据。我只问一句,你自以为上得此疏,可起扭转乾坤之效否?"

"不能!"解缙想都不想就摇头道,"安南自请归附,皇上与满朝文武皆认定此乃拓土开疆之千古良机,绝不会因我区区之言便行废止。"

"哦……"这个回答颇出杨荣所料,他惊讶地看了解缙一眼,奇道,"既然你明知无用,又为何仍要固执己见?"

"我不能为一己之安危而置国家安危于不顾。"解缙目光一闪,脸上露出一丝凛然之色,"文死谏、武死战,此忠臣之道也。吾食朝廷俸禄,明知君王行止有差却置若罔闻,如此岂是人臣之义?果真如此,我岂非罔读了圣贤书?"

"可你即便上疏也于事无补,反会招致皇上不满。就是满朝文武,也会视你为昏聩之人。"

"虽千万人,吾往矣!"解缙忽然提高了声调,话语中透露出一丝决然,"既有定见,何惧人言?我绝非和光同尘之辈!"

因着多年的同僚加挚友,杨荣对解缙的为人还是颇为了解的。他知道,解缙虽然在小节上洒脱,平日里也不忌讳奉承拍马、邀讨圣宠等行径,但其内心却仍秉承着一份名士情怀。尤其是对邦国天下事,他虽极度渴望参与其间,以此显达于世,却有着自己的一份坚持,绝不为一己之功名而违背理念和原则。这种坚贞与质朴,是杨荣一向敬服和赞赏的。也正因为如此,杨荣才能忍受解缙平日的放荡不羁、口无遮拦乃至目空一切,成为这位大学士屈指可数的知己之一。而现在,眼见解缙因为这份坚持而将步入险境,甚至有可能就此仕途终结,杨荣无论如何也不愿接受这个结局,他要想尽办法挽救这位才华横溢的益友。

"大绅,你品性坚韧,我自是佩服。然蚍蜉撼树,其志固然可嘉,于事却是无补。"杨荣抓住解缙的手,一脸恳切。见解缙欲又争,他一伸手掌阻止了他的话,"大绅,你欲行孤臣之忠,此非我可以阻拦。但我还有一事问你,你此举究竟是为国家,还是为一己之声名？"

"当然是为国家,我岂是沽名钓誉之徒？"解缙斩钉截铁道。

"那好!"杨荣继续道,"眼下光复安南已是大势所趋,你即便上书反对,亦不可能使皇上改弦易辙,此话你以为然否？"

解缙神色一黯,但仍点了点头。

"既然如此,你即便学历代直臣以死相谏,最多不过将来安南生乱,后人念及往事会赞你一声忠臣而已,于国事却无补。"

"可是……"

"大绅你听我说!若你能暂时隐忍,万一将来安南果真生乱,立时就能显出你的先见之明。而且一旦乱起,朝廷受其拖累,自然会想起你的好处,届时你再挺身而出,进弥补之法也更理直气壮。果真如此,不仅你声望大增,朝廷的损失亦会减少许多,岂不是两全其美？"杨荣坚声道。

"这……"解缙一时陷入沉默。究其实他也不愿上这道奏疏,毕竟此疏一上,他本已黯淡的前程必将愈发无光, 皇上一怒之下把他逐出内阁也是有可能的。他也是红尘中人,哪甘心从此远离庙堂,碌碌一生？ 只不过收复安南大违其意,他不愿为趋炎附势忤逆信念和原则罢了。按照杨荣的说法,虽多少有自欺欺人之意,但的确也不失为一两不相违的变通之法。

"莫非你要我上疏附和收复安南？"沉吟半晌,解缙猛一抬头,皱着眉头问道。

"非也!"杨荣赶紧摇头否认。他知道要让解缙这种拗脾气的人上这种奏疏,那他宁可被罢官也不会答应,"我只是要你隐忍不发,在此事上缄口就可。"

"可皇上已有明旨,内阁及六部堂官必须上书陈见。"解缙又疑惑地追问。

"这个大绅不必担心。待会儿你一出房门便告病回府,待此事过去后再来当值。皇上那边若要问起,自有我去应付!"杨荣一摆手,自信满满道。最近他颇得圣宠,尤其在安南一事上,永乐均会征询他的意见;加之解缙这两年已甚少参与朝政,杨荣有信心在永乐面前将此节搪塞过去。

"也罢……"良久,解缙终于下定决心道,"便依勉仁之言,我只作不知便是。"

……

回忆几日前的对话,杨荣心中十分沉重。以解缙的性格,肯定不会拟这道诏书。他不禁有些后悔,埋怨自己刚才若再争一下就好了,说不定就能说动陛下换人拟诏。不过刚想到这里，一个疑问突然冒了出来：眼下黎逆尚未就擒，就算大局已定，朝廷要诏告天下，正式宣布光复安南，也多多少少得准备一段时间。从这一点上说，这道诏书完全没有必要这么急着起草。可皇上却早早地决议拟诏，还亲点解缙执笔，这里头……犹如一道闪电划过脑海，杨荣一下明白过来：皇上这道旨意，等于是把解缙逼到了台前，让他不得不在安南一事上有个明确态度。

想通这一层，杨荣顿时一个激灵——皇上这般举措，难道他老人家有意罢免解缙？

"勉仁……"杨荣正埋头苦思对策，一声呼唤从前方响起，杨荣一抬头，才发现自己已经走到了文渊阁门口，而面前喊自己名字的不是别人，正是已"病愈"回内阁理事的解缙。

"大绅！"杨荣尴尬一笑，眼神中闪过一丝慌乱。

杨荣的古怪引起了解缙的注意，遂奇道："勉仁你怎么了？莫非犯事遭了皇上训斥？"

是福不是祸，是祸躲不过！杨荣无可奈何地叹了口气道："大绅，我有事与你说。"

进了值房，杨荣随即关上门窗，将永乐的旨意跟解缙说了，末了强挤出一丝笑容道："大绅，听我一句劝，忍一时浪静风平……"

"勉仁不必相劝！"解缙打断了杨荣的话，神色中一片漠然，看不出是喜是悲，"匹夫尚不可夺其志，何况士大夫？这道旨，我是不会拟的……"

"大绅，不过是一道诏书的事……"杨荣赶紧道。

"岂止一道诏书这么简单？此乃皇上给我的最后一个机会……"解缙摇摇头道。

"你想得太多了。"

"勉仁不必遮掩，其实你早已知这里间利害。皇上虽未明言，但已在暗中更改国策，决计开拓振兴，这一点你我都心知肚明。而国策之变非同小可，新国策若要施行，最要紧的便是君臣同心，至少朝局不能因此动荡。我身为翰林院掌印、内阁之首参与机要，不但不助陛下一臂之力，反倒屡持异议，这本就很不合适。加之我又有几分文名，在士林间有些威望，若任由我这等人物横行，不但朝局不稳，士林清议也会对开拓国策不利。有此二条，皇上当然不能容我。"解缙淡淡地说到这里，苦笑一声，"其实陛下待我还是不薄的，事到如今仍留给我一线之机，只要我答应拟诏，他老人家就会高抬贵手。"

"既然你都知道，那为何还……"

解缙摇摇头道："然《中庸》开宗名义：天命之谓性，率性之谓道，修道之谓教。道也者，不可须臾离也，可离非谓道也！今此诏一拟，我便是趋利而弃道，如此可谓君子乎？我身为圣人门徒，绝不行此叛道之举。"

话说到这个份上，杨荣已明白解缙心志坚不可摧。沉默许久，他方苦笑道："大绅，你这又是何苦？"

解缙决心已定，反而有些坦然："我也想好了，当年革除朝时，我不过是九品待诏，之所以能有后来风光，全赖陛下恩宠。既然如今圣眷不再，那被打回原形也是正常。此乃雷霆雨露，俱是君恩也！"

"大绅……"

"子曰：内省不疚，夫何忧何惧？今吾此举，当得圣人之言矣！"解缙大手一摆，阻止了杨荣再劝，旋即哈哈一笑，推开房门飘然而去，留下杨荣百感交集，良久默立……

第二日，解缙拿出原先收藏起来的那道《请罢收复安南议疏》，递交通政司转呈内廷。两个时辰后，宫中传来永乐口谕，着杨荣预拟光复安南诏旨。杨荣接下旨意，立刻去找解缙。可解缙已离开文渊阁，回府去了……

"解缙要倒台了！"煦园书房内，纪纲从朱高煦处听得解缙奏疏内容，当即做出结论。

"你们没见着父皇发怒的模样儿……"朱高煦仍绘声绘色地描述着在乾清宫御书房内见到的情景，"当时他老人家指着奏本中的一段大骂：'解缙竖子，读的狗屁经史！什么叫中国入夷狄，则夷狄之？他怎就不提孔夫子这话前面还有半句是：夷狄入中国，则中国之。断章取义，篡改原意，亏他解缙还是文宗！'说完这话，父皇当即把奏本掷到马云脸上！要不是本王拦着，他老人家差点把御案都给掀了……"作为东宫干将，解缙早就被朱高煦恨到了骨子里，如今他黯然失意，朱高煦自是乐不可支。

史复平静地看着朱高煦，待他闹得差不多了才问道："王爷以为，皇上将如何处置解缙？"

朱高煦不假思索道："最少也是贬出京城吧！"

"为何是这等处置？"

"这还不简单？解缙明着是反对收复安南，但往深里究，其实就是和开拓国

223

策叫板。而且解缙阻挠父皇大业也不是一次两次了，既然此番他先撕破了脸，那父皇肯定不会善罢甘休了！"朱高煦一笑道。

"王爷说得不错！"这两年朱高煦的见识颇有长进，史复对此十分满意，他想了想又道，"不过仅就于此，咱们还不能高枕无忧！"

"这是为何？"朱高煦有些讶异道，"解缙不过是个白面书生，放在父皇身边对本王自没甚好处。可出了京城，还怕他能掀起什么大浪来？"

"王爷想得太简单了！解缙之失，在于其悖逆大势。修纂大典、出使西洋、光复安南，这都是与开拓振兴紧密相关的大事。解缙在此三事上都与圣意有违，这往根子里说就是反对开拓振兴的国策。开拓国策是皇上的治国总纲，解缙身为翰林院掌印、堂堂内阁之首，又是天下士林领袖，这样一个颇具影响的关键人物却在这种大政方略上头跟陛下公然作对，那于情于理，陛下都不能容他继续位列朝堂。"剖析完解缙失势的根本原因，史复话锋又一转道，"然抛开国策之争，解缙才干俱佳、心思敏捷，又是一派名士风度，此皆深受陛下喜爱。陛下之所以能容忍解缙至今，也是因着这份爱才之心的缘故。从这一点上说，解缙现在虽是虎落平阳，但一旦幡然醒悟，在国策之政见上改弦更张，那这番落难经历反倒就成了凤凰涅槃。以他的能耐，想重获圣眷实是轻而易举。"

听史复这么说，朱高煦的脸色顿时沉重起来，当即脱口而出道："解缙会不会改变政见，这可由不得我们说了算。照先生这么说，此人就算在野，也是一大隐患。"

"不错！"史复目光一寒，冷冷道，"所以王爷要趁此良机痛打落水狗，在皇上面前再踹他一脚。只要能让皇上对解缙的厌恶从政见延伸到品性上头，那他就再也没有出头之日！"

"史先生说得有理！"纪纲点点头，但又话锋一转道，"不过要成此算，也少不了得需网罗罪名。可这解缙虽然招人嫌，但平日里一不贪财二不揽权，家人也没为非作歹之事。难不成要像之前整治李景隆那般，给他强安罪状？"

"当然不可。当初之所以能寻李景隆的晦气，是因为皇上也已有意对其下手。解缙虽然失势，可还远远没到李景隆那份上。"史复轻轻摇头。

三人又陷入深思。一炷香工夫过去后，史复抬起头对朱高煦道："王爷，就咱们几个这么枯想，恐是找不到解缙的破绽了。但在下想到一人，若能得他相助，此事或大有希望！"

"是谁？"朱高煦眼睛一亮，迫不及待地追问。

史复淡淡一笑，说出一人名字。

"他？"朱高煦和纪纲不约而同地张大了嘴巴，"你没弄错吧？他也是东宫的人！你让他帮咱们除解缙，这不是与虎谋皮么？"

"他的确是太子的人！不过只要咱们算计妥当，便能让他答应！"史复镇定自若地一笑，继而说出了心中计划。

又是一阵沉默，朱高煦和纪纲都在琢磨此策成算。过了好半晌，朱高煦点点头道："照你的说法，他和解缙倒真是一山不容二虎，本王觉得可以一试。"说着，他又将头扭向纪纲，"老纪，这事你出面比较合适，你可愿做？"

"有何不可。"纪纲牙缝中蹦出四个字，脸上露出一丝狰狞的笑容。

……

三日后的下午，翰林院侍读黄淮在文渊阁当完值，遂出宫骑上自家的小毛驴，沿着西安门外大街打道回府。黄淮的府邸位于中城刘军师桥旁的忠灵坊内，待走到家门口，便见大门右侧的拴马桩上系着几匹高头骏马，管家黄七一脸慌张地迎上来。黄淮翻身下马，边往门内走边问道："门口怎会有马？有客来访么？"

"回……回老爷，有客！"黄七嘴巴都有些不利索了，"是纪……纪大人！"

"哪个纪大人？"黄淮仍是一副漫不经心之态。

"是锦衣卫纪……纪缇帅！"

"什么？"黄淮脚下一个趔趄，差点没摔倒在阶梯上。待站稳了，他立即问道，"他来做什么？"

"小的也不知道。"黄七哭丧着脸道，"他半个时辰前就来了，还带了两个缇骑。小的跟他说老爷还在宫里当值，他却说无妨，然后就径自到花厅里坐着了，说是要等老爷回来。"

黄淮浑身一哆嗦，脸上露出一丝惊恐之色。对他这种归附的建文朝旧臣来说，纪纲简直就是妖魔一般的存在。当年燕军进京，永乐大肆清洗朝堂，黄淮就亲眼见证了无数大臣在纪纲的屠戮下含恨惨死。其后，纪纲执掌锦衣卫，更是扮起了鹰犬的角色，专为皇帝侦刺朝臣行止。有一次，黄淮等几个阁臣相约到解缙家中玩纸牌，激战正酣之际，忽然一阵风吹过，纸牌纷纷飘到窗外，待大伙儿去捡，却发现少了一张。第二日，解缙与黄淮进宫随侍，永乐问他们昨日做了何事，二人如实相告。孰料永乐哈哈一笑，从袖中掏出一张纸牌递给他们，二人接过一看，不由大惊失色，此纸牌竟恰是昨日丢掉的那张，而这正是纪纲阴遣缇骑做的好事。对这样一个阴鸷人物，黄淮是又恨又怕，平日里见了都是躲着走，唯恐被其逮着不是，可他今日怎跑到府上来了？

"老爷！老爷！"黄七见黄淮发呆，不由焦急地轻声呼唤。黄淮回过神来，又思忖一番，仍琢磨不透纪纲的来意。但事已至此，他想躲也不可能，只得强捺心中不安，深吸了口气向内走去。

待走进花厅，纪纲早听得外头声响，已起身等候。见着黄淮，纪纲哈哈一笑拱手道："黄先生总算回来了，纪某已在此恭候多时了。"

"不知缇帅大驾光临，竟让您久候，罪过罪过！"黄淮早知纪纲是个笑面虎，此番见其笑容可掬，他心中愈发惊慌，仍强自镇定地寒暄。

"是在下未先知会便贸然造访，先生何罪之有！"纪纲又是亲切一笑。

黄淮满腹狐疑，实在摸不准纪纲葫芦里卖的什么药，也无心再跟他敷衍，遂干笑一声，做个手势请纪纲重新落座，然后自己也坐了拱手道："恕我冒昧，不知缇帅今日光临寒舍所为何事？"

"黄先生是个爽快人！在下此番前来，确是有事。"纪纲打了个哈哈，突然眼珠一转笑道，"不过眼下已是晚饭时辰。我在此坐了许久，腹中也饿了，黄先生不会连顿晚饭都不管吧？"

"缇帅造访，鄙舍蓬荜生辉，岂有不留饭的道理！"见纪纲这么说，黄淮只得尴尬一笑，便要招呼下人备饭。

"不劳先生费心！"纪纲一摆手阻止了黄淮张罗，"在下来之前已在醉仙楼定了一席酒菜，眼下应已备好。在下派人取来，咱们边吃边聊。"说完，也不待黄淮推辞，便将手往后一扬。站在他身后的两个缇骑当即一躬身，飞也似的向外头跑去。

黄淮见状，只得咽下口唾沫，又无可奈何地与纪纲做嘴皮子周旋。其间，黄淮几次出言试探，欲问出纪纲此番来访的用意。但纪纲滑得跟泥鳅一般，尽挑些不着边的山野逸闻跟黄淮瞎扯，弄得他心中愈发忐忑。小半炷香工夫过去后，两个缇骑又风风火火地跑了回来，每人手中都提着两个大食盒。纪纲见状，遂哈哈一笑，指着花厅中央的八仙桌道："把酒菜都摆到那上头，本帅要与先生小酌一番。"

"是！"二人答应一声，随即走上前开始摆席。黄淮顺眼一瞧，不由微微一愣——这纪纲好大的排场！

只见这菜中打头的一道便是醉仙楼的头号招牌——什锦海味杂烩。此菜是将炙蛤、鲜虾、燕菜、鲨翅等上品海鲜烩到一起，用精厨烹制，味道极其鲜美。仅此一道菜,花费便不下二十贯! 紧接着又是桃花鲊,这是用二月里湖广所产鲊鱼腌制,口感亦是极佳。再接着就是一盘冰鸭,此鸭做法是先一日将鸭煮熟,过一天凝成膏再食用,入口清凉润滑,嫩爽无比——以上都是御宴才有的珍肴! 而其他的菜式也是不凡,什么嘉定鸡、金坛鹅、滇南鸡纵菜、福建西施舌等等,都是一等一的特产,仅运到南京就耗费不菲,连酒都是产自湖广宜城县的极品"竹叶春"! 黄淮自家虽不富裕,但好歹在内阁当值有年,各类宫廷筵席也参加了不少,这么多珍馐美味聚于一席,他却是从未见过。

见两个缇骑忙活得热火朝天,黄淮遂对纪纲冷冷一笑道:"缇帅可真是破费了,这一桌酒席下来,怕是最少也要搭你三个月俸禄进去吧!"

"三个月?半年都不够!"纪纲对黄淮话中隐含的讥讽之意犹若未觉,只潇洒地一挥手道,"今日有事与先生相商,不表点诚意怎么能行?我们且先上席,席间再细说不迟!"

一听有事相商,黄淮心中顿时一咯噔,也无心思再嘲讽纪纲。这时酒席已摆好,纪纲一挥手,两名缇骑便出了花厅,临走时还将大门带上,自个儿昂首挺胸守在外头。

"黄先生,入席吧!"纪纲嘿嘿一笑,做出一个请的手势。

黄淮心中苦笑,却也只能遵其所请,一声不吭地坐到桌旁。纪纲哈哈一笑,紧挨着黄淮坐下。

菜是好菜,酒是好酒,可有纪纲坐在身旁,黄淮无论如何也勾不起丝毫食欲。待胡乱吃了几口,黄淮终于忍将不住,将筷子往桌上一撂道:"缇帅,今日你来寻我,究竟所为何事?"

"黄先生儒雅之士,怎这般焦急?"纪纲悠然一笑,又夹了一口西施舌放进嘴里不紧不慢地嚼碎咽了,方轻轻放下筷子道,"也罢,其实在下今日前来,是有一个锦绣前程要送给先生。"

"你?送我前程?"黄淮满脸疑惑地望着纪纲,不明白此言何意。

"若在下所记不差,先生是洪武三十五年八月入的内阁吧?"纪纲脑袋微微上仰,似在回忆悠悠往事,"当初皇上创立内阁,头一个被简拔入阁的便是您,并授翰林编修之职,比解缙还早了十来天。"

"确是如此。"黄淮随口应和,心中却愈发疑惑。

"如此说来,其实先生才是我大明内阁的第一人! 解缙不过是后来居上,抢了您的位置!"

"你这是什么意思？"黄淮蓦然警觉，神情也立刻严肃起来。

"在下之意，以先生才学见识，不在解缙之下，又是头一个入值内阁，但这几年下来，内阁之首却是他解缙。先生位居人下，难道就不觉得憋屈么？"

"缇帅这是要离间我和大绅么？"黄淮一声冷哼。

"不是离间！"纪纲把玩着手中酒杯，不慌不忙道，"先生论年纪，论资历，论品性，无不高于解缙，才学见识亦不逊色。如此人物，却被他解缙压制多年，在下为先生觉得不值！"

"不劳缇帅费心了。"黄淮再也听不下去，当即拂袖而起道，"我与大绅同僚多年，互为知己，岂会因这区区功名而生嫌隙？缇帅想以此从中挑拨，也未免将我看小了。"

"当真？"纪纲瞄了他一眼，忽然扑哧一笑道，"未见得吧？先生忘了在下之身份了么？身为锦衣卫掌印，在下专为天子缉访天下不法情事，若一点眼力心术都没有，焉能做到今天？先生与解缙到底如何，你我都心知肚明，又何必在此掩耳盗铃？"

"你……"黄淮脸色涨得通红，却是半晌说不出话来。纪纲虽然咄咄逼人，却是一语中的，直接戳穿了他内心的那点隐私。

黄淮对解缙确实一直存有心结。黄淮比解缙大两岁，但中进士却比解缙晚了整整九年。永乐登基之初，他与解缙同获圣宠，一时不分伯仲。不过很快，才高八斗、行止潇洒又生性诙谐幽默的解缙便脱颖而出，成为永乐最喜爱的文臣，并占据了内阁首座和翰林院掌印的宝座。黄淮也是才华横溢，眼见解缙一飞冲天，他心中自然有些不好受。

当然，若仅是如此，黄淮倒也不会过不去，毕竟解缙的才具摆在那儿。但解缙那恃才傲物又好戏谑人的性子却着实让黄淮无法忍受。内阁七学士皆是当世才俊，遇事但有分歧，自然免不了争论。而每当此时，解缙便会挺身而出，高谈阔论，引经据典，为自己的言论张目。解缙学识非凡，口才更是一流，但有论战，那是谁也辩不过他。而其余六学士中，胡俨老成，金幼孜、杨士奇气度沉稳，故都不会强争；胡广和解缙是儿女亲家，自然也就迁就他。杨荣倒是爱争上两句，不过他和解缙一样，都是生性洒脱之人，就算被解缙说倒，也只"嘿嘿"一笑拱手认输，从不往心里去。可黄淮不一样，他素来争强好胜，尤其对解缙又有着一份不服气，总想把他辩倒，以显自己本事。故每有争论，黄淮与解缙总免不了杠上。可解缙是何等人？他既为文宗，岂会被黄淮难倒？往往争到最后，就只见解缙妙语连珠、侃侃而谈，黄淮却理屈词穷、哑口无言。而到这时，解缙又会犯那爱捉弄人的毛病，对黄淮的学识好一番奚落，让其羞愧得无地自容。这倒也罢了，偏偏解缙还口无遮拦，凡有同僚或士林聚会，总把这些事当笑话讲，甚至在永乐那里都不忌口。久而久之，不仅外间对二人评价差距愈大，就是黄淮自己在解缙面前也越来越觉得憋气，但又找不到机会发泄。久郁成疾之下，最终竟成了他的一块心病。

不过心结归心结，此刻当着纪纲的面儿黄淮也不想多说什么，只冷冷一拱手道："这是我与大绅之间的事，与缇帅无关！"

"可眼下有一个大好机会，能让黄先生顶替解缙，成为无可争议的内阁乃至天下士林之首。如此良机，难道先生就不动心？"纪纲将酒杯往桌上一扣，继而将解缙眼下的处境跟黄淮分析一遍，末了道，"解缙眼下已立于危崖边缘，只要再轻轻一推，便就堕入万丈深渊。先生在内阁多年，对解缙的诸般秘事想也知道不少。若能取其中一二有用者告知在下，在下再善加利用，必能让他永世不得翻身！"

解缙眼下的处境，黄淮也心中有数。他也曾幻想解缙触怒永乐而被罢黜，自己便可取而代之，同时也可大出一口气。只不过他也明白，解缙最多不过是与皇上政见不合，就算一时失势，但只要他能绕过这个弯儿来，重夺内阁之首实在是轻而易举！

当然，在内心深处，黄淮也有想在背地里整解缙一把，让他彻底垮台。但他很快又清醒过来，自己不过是一个一无实权二无势力的内阁阁臣，想整解缙，他既没帮手又无奥援，结果只能是自己出面。可一旦自己出手，立刻就会招致士林鄙视乃至皇帝不满，沦为众人口中的无耻小人，那可真就成偷鸡不成蚀把米了。

可现在纪纲提出此事，顿时让他发觉了一丝机会。纪纲是天子鹰犬，由他到永乐跟前去参解缙，那是再合适不过。尤其绝妙的是，纪纲乃锦衣卫掌印，手下缇骑暗探遍布海内，若是他抖出解缙的把柄，天下人皆会以为是其侦刺得来，谁也不会将这事跟他黄淮扯到一起。

想到这里，黄淮的心思立刻活络起来。不过很快，他又想到另一件事，当即心头一震，脸上露出厌恶之色："缇帅此举，想来是受汉王所托，想借此机会除掉解缙，以削东宫之势吧？"见纪纲欲开口，黄淮大手一摆，冷冷道，"缇帅莫忘了，我除翰林侍读外，还兼着詹事府左庶子之职，你想让我做此卖主求荣之事，恕难从命。"

"先生误会了!"纪纲却只摇头道,"今日之事,与汉王无半点干系。在下之所以要除解缙,只为要报自己一箭之仇。"

"缇帅此话何意?"

"先生忘了三年前你们聚会时,他解缙当众辱我之言了么?"纪纲目光一寒,脸上露出几分憎恨之色。

黄淮一下想起来了,永乐二年的十一月初七,是解缙的三十六岁寿辰。当时解缙曾邀翰林院诸位僚属至府上小聚庆生。士大夫聚会,除了吟诗作赋外,也免不得对时政乃至一干朝臣品头论足。当时说着说着,不知怎就扯到纪纲头上。纪纲平日里侦刺朝臣阴事,官员受其陷害者不少,因此一时间大家全部噤若寒蝉。解缙见此,却大大咧咧地一挥手道:"纪纲算个鸟,不过天子的一条狗罢了。我有一对,用其身上却是再恰当不过。"

众翰林本就深恨纪纲,不过畏其势不敢浪言。此番解缙出言痛骂,众人听了大感畅快,顿时大肆起哄,要解缙将对联道来。

解缙也不客气,一杯醇酒入肚,当即一抹嘴笑道——

墙上芦苇,头重脚轻根底浅
山间竹笋,嘴尖皮厚腹中空

解缙此言,无疑是讥讽纪纲不学无术,只仗佞幸得宠。众人听了心中大慰,皆击掌叫好。随后,这句对联便在士林传开,并很快又流至坊间,成了天下人咒骂纪纲的通用之语。纪纲闻知此联,气得七窍生烟,恨不得把解缙扒皮抽筋。无奈他声望隆重,当时又圣眷优渥,故纪纲虽恨得牙直痒痒,却也拿他无可奈何。

解缙作此联时,黄淮就在现场,说纪纲因此对解缙恨极,他丝毫都不怀疑。故想起此事后,黄淮心中疑虑稍减,但仍不能完全安心。

"黄先生!"纪纲一直在观察黄淮神色变化,此时见其面露犹豫,便知其内心信念已是动摇,当即又道,"机不可失,若错此良机,一旦解缙顿悟,那您就再无出头之日了。先生放心,今日之言,出您口入我耳,世间再无第三人知晓。只要先生自己不认,绝无人会料想到是您断送了解缙宦途。至于在下,先生也不必担心。莫说在下不会说,就是说了,以在下的身份和在朝臣中的名声,他们也绝不相信您会与在下搅和在一起的!"

纪纲的话打消了黄淮心中的最后一丝担心,接下来,花厅内陷入一阵死寂。

半晌,黄淮猛一抬头,将壶中醇酒一饮而尽,继而转向纪纲,红着眼恶狠狠道:"仅此一回,此后我与你无任何瓜葛!"

"一言为定!"纪纲爽快答应。

"你要我怎么帮你?"

纪纲一笑,拿起一只筷子指着满桌酒菜,意味深长道:"这宴席自是由在下来摆,不过至于哪道菜合皇上胃口,还盼先生告知一二。"

黄淮紧紧攥着酒壶把手,额头上冒出一层汗珠,半晌方一咬牙道:"这是大绅一次喝醉了酒,不经意间跟我说的……"

片刻工夫过去,黄淮终于讲罢,而纪纲脸上也露出一丝满意的笑容,继而哼了一声道:"难怪当初汉王争不过太子,他解缙也忒狠了,这种话都说得出来……"

黄淮显得颇有些躁动,一张长脸拧在一起,看不清是喜是悲。突然,他霍然而起,指着花厅大门对纪纲怒气冲冲地道:"够了!今日之宴到此为止。我不胜酒力,就不送缇帅了!"

纪纲望望黄淮嘿嘿一笑,也不多说,只起身双手一拱,便推开房门扬长而去。

见纪纲的身影消失在眼前,黄淮长出一口气,突然双脚一软,身子颓然无力地瘫倒在座椅上……

第二日,京中便传出一股流言,言当初立储之时,皇上犹豫未决,遂招解缙问计。解缙当时对皇上言道:二皇子狼子野心,一旦为储,将来大明恐有隋炀之祸。皇上听后,深以为然,故决意立大皇子为储云云。

此流言一出,立时闹得满城风雨,朱高煦立刻入宫,一把鼻涕一把泪地跟永乐道:"解缙辱儿臣太甚!今天下士民,皆以儿臣为冥顽之辈,儿臣名声尽毁,将来如何做人……"说完,又在乾清宫一阵大哭。

永乐本就在立储一事上对朱高煦怀有愧疚,见他这般悲切,心疼之余又有些心虚,只能一阵抚慰,声明绝无此事,好不容易才将他安抚住了。待朱高煦一走,永乐立刻大发雷霆。原来此流言俱是实情,但永乐在与解缙密议完后曾有严令,此事绝不可外泄。此番外间所传,与当日宫中君臣密议内容完全相同,那自然是解缙走漏了风声。想着朱高煦那痛不欲生的模样,永乐自觉父子之情因此大受伤害,心痛之下,遂把愤怒全发泄到了解缙头上。至此,解缙的好日子终于走到了头。数日后,永乐以解缙主持科考有失公允为由,罢其翰林学士兼右春坊大学士之职,黜为广西布政司左参议,将他逐出了南京。

解缙出京后过了十余日，张辅、沐晟再次上书，言寻访陈氏遗族不得，安南士民再请归附。两个月后，安南捷报抵京，在明军的连续追剿下，黎季犛父子山穷水尽，终于兵败被擒，从此朝廷再无任何顾虑。

永乐五年六月初一，大明朝廷诏告天下，在安南故地设交趾布政司，下辖十五府、三十六州、一百八十一县，省会交州府——也就是昔日安南的国都升龙。人事方面，都督佥事吕毅掌交趾都司印，黄中为副；前工部侍郎张显宗、福建布政司左参议王平分任左、右布政使；前河南按察使阮友彰任交趾按察使，安南陈氏旧臣裴伯耆任右参议；行部尚书黄福总领交趾布政、按察二司事务。至此，安南在自立为国五百年后，再一次回到中国版图。

第十四章

扩利源恢复开中　忧亲族徐后憾逝

与后来举世闻名的北京紫禁城不同,始建于洪武初年的南京紫禁城无论是在格局还是在气势方面都逊色许多。之所以如此,一是因为朱元璋对将南京作为大明京城并不满意,在位初期屡有迁都之意,故对皇宫规制不太苛求。二是当时刚经历元末大乱,天下满目疮痍、民力不济,加之朱元璋生性节俭,不愿在宫室上大肆铺张。而最后一个原因,则是受地貌限制。南京地处丘陵,平地有限,别说在城里大肆圈地营建宫室,就连按照历代帝都的传统布局,将皇宫建在城中央都不可能。当初规划时,经通晓阴阳的刘伯温屡次勘访,最终将紫禁城的位置定在了南京的东城。此地背靠钟山,从风水上来说也算得上一块宝地了,但地势却稍显狭窄,建成后的宫城周长不过五里,与之前汉、唐、元等大一统朝廷的宫室相比局促太多,殿宇雕饰方面则更是不如。不过也正是这种简朴,从侧面反映出建国初期朱明皇室崇俭务实的良好风习。

本来,明初宫人不多,紫禁城内的内官、都人加在一起也不过两三千之数,故南京宫室虽较前朝局促,但使用起来照样绰绰有余。可数百座殿宇楼阁聚在这样一个狭小的空间内,带来了一个明显的弊端——憋闷。南京本就是出了名的火炉,而紫禁城内因为空气流通不畅,就更显得闷热无比。故每到盛夏,宫中的奴婢们都多少会有些烦躁,私下里时常有斗嘴事情发生,甚至连严令禁止的斗殴也偶有出现。但是在永乐五年的夏天,就连脾气最暴躁的宫人也都不约而同地收敛了性子,平日里别说横眉竖眼,就是走路也都踮着脚尖,生怕弄出丁点儿声响。之所以如此,是因为这段日子以来,皇后徐仪华的病情愈发严重,已呈不支之象。为此,永乐整日忧心忡忡,见了谁都没个好脸色,大家小心翼翼,生怕在这时触了皇上的霉头,招来杀身之祸。

内廷的宫人谨小慎微,外朝的大臣们同样也心神不宁。自从邸报上明文登出凤体违和的消息后,大家都预感到皇后情况不妙。这几日除了紧要军务,其余政事都尽量由各衙门自行处理。若有实在做不了主的,也都写成奏本递交通政司,再转送到宫城内的文渊阁,由内阁阁臣们斟酌轻重缓急,然后进呈御览。这种全新的奏事流程,也是出自永乐的授意,他现在一门心思都已移到了皇后的病情上头,实在没有太多精力来处理国政,只得出此权宜之策。如此安排,内阁的地位就突然重要起来。偏偏这时《文献大成》的重修又到了最后关头,永乐牵挂徐后病情之余,还特地交代此事不可再拖延,因此,杨荣、杨士奇、金幼孜几个都被抽调到弘文馆查籍阅典,内阁能做事的只剩下黄淮和胡广。两人起早贪黑,忙得脚不沾地仍不能完全应付,一些看似不太要紧的政务也只能暂且搁置了。

这一日午后,户部尚书夏元吉正满头大汗地在签押房内批阅公文。忽然,一道浙江布政司送来的公文映入他的眼帘。此文言秋汛将至,钱塘江河堤急需加固,需抓紧时间招募民夫上堤护坝,请户部急拨钱粮。夏元吉想了想,又从堆积如山的文牍中抽出另外一本,却是三日前湖广布政司递来的,内容与浙江一样,都是防汛护堤急需朝廷拨付钱粮,只不过钱塘江换成了荆江。这种事每年夏秋季节都有,按理说他完全可以自己做主。不过他捏着这两道公文思忖许久,最后将它们收入袖中,随即走出大门径直往宫中而去。

刚走到左掖门外,夏元吉还未来得及递牌子,便见鸿胪寺丞刘帖木儿迎面出来。他眼光一亮,忙上前两步问道:"老刘,你可是去面圣了么?"

"是!"刘帖木儿是汉化的蒙古人,虽然能说汉语,却是北京的口音,于南京官话仍不甚流利。永乐在北京就藩多年,刘帖木儿用当地土话与他交流不成问题,但要与夏元吉等南方籍官员对答就稍显麻烦了。见夏元吉发问,刘帖木儿憋了好一阵,方用半生不熟的南京官话回道,"回夏大人,下官是去面圣。乌斯藏白教尚师哈立麻去年来京,陛下命在山西五台山建大斋,请哈立麻在那里为太祖高皇帝和孝慈高皇后祈福。眼下大斋已成,哈立麻也抵达五台山,特上表道谢。因皇上一向对哈立麻的事特别关心,下官明知皇上心寄娘娘病情,也只有斗胆请见了一次。"

这刘帖木儿南京官话不好,一开口却特别啰嗦,夏元吉费了好大劲才把他的意思弄明白。不过也亏了刘帖木儿话多,从他的絮叨中夏元吉发现了一些门道。这哈立麻是乌斯藏颇有名望的高僧,永乐召其进京,名为敬佛,实则是借此怀柔藏人，所以对他上心也是自然。虽然如此，一道谢表毕竟不是急务，这样刘帖木儿也能成功见驾。如此看来，至少眼下永乐还是有工夫接见外臣的。他精神一振，当即又跟刘帖木儿寒暄几句，旋到门前递牌子请见。

一盏茶工夫过去，一个小内官碎步跑出门来传旨在乾清宫接见。夏元吉听了先是一愣，他与内阁侍臣不同，通常永乐召见他这种外臣都是在武英殿。不过很快他又反应过来，皇上还牵挂着皇后的病情，因此改在内廷召见，这样一旦皇后有什么事情，皇上知道得也能快些。夏元吉心中一紧，也不多说，只加紧脚步跟着传旨内官往内廷走去。

一进乾清宫御书房，永乐的身影便出现在夏元吉面前。与早朝时的强打精神不同，离开了朝堂，永乐再也难掩恍惚与焦灼。夏元吉一眼望去，见他有气无力地半偎在紫檀木椅上，看上去十分疲惫，明显是连日失眠所致。见夏元吉进来，永乐先摇摇手，阻止了他行礼，旋又伸出右手食指朝房中央的一张红木凳子一指。夏元吉会意，只略一欠身，便走到凳子前坐了下来。

"夏爱卿见朕何事？"永乐问道。

"回陛下！"夏元吉起身将那两道公文从袖口中掏出，欠身呈上道，"浙江、湖广布政司相继来文，请户部拨钱一百一十万贯以应秋汛。"

见夏元吉上书，守在一旁的马云赶紧上前接过转递到永乐手中。永乐翻开略略一扫，随即放到面前御案上道："此等民生之事，你直接照往年成例拨付，完了再奏与朕便是，何必专门进宫一趟，莫非户部没银子了？"

"银子自是有的！"夏元吉赶紧答道，"眼下户部尚有公帑八百四十八万贯，旬月后各地赋税也将相继解至，应付浙江等地秋汛开支自然绰绰有余。只不过接下来马上就要入秋，塞上三十万戍边士卒需添置棉衣，另需从江南征集二百万石粮草运到北京供将士们过冬，仅此一项，开支便达近四百万贯。再加上中途飘没耗羡，恐就得五百多万贯。此外，交趾虽已光复，但黎逆余孽仍在顽抗，朝廷二十万大军有一大半要留驻当地，仅供应他们下半年所需，便又要花上近二百万贯。而数月后张、沐二帅就要班师回朝，郑和出使西洋的船队也将归来，届时朝廷自然要大加赏赐，这又是上百万贯的开销。以上种种，再加上重修北京城墙、筹备二次出使西洋以及各种日常开销，至岁末时朝廷还将支出两千万贯之多！"

夏元吉说的都是关系国计民生的大事，纵然永乐心有旁骛，此刻也不得不打起精神聆听。听其说完，永乐略一思忖道："照你计算，今年户部盈余多少？"

"今岁肯定只有亏空，没有节余了。不过前两年朝廷还攒了些家底，靠着这些老本倒不至于不敷开支。但这么下来，到年底户部存银恐就不多了。"

"还剩多少？"永乐蓦然惊觉，身子立时坐直了起来。

"大约可剩下四百万贯左右！"

永乐陷入了沉默。偌大个大明朝国库只剩下四百万贯，这无论如何也太少了些，一旦四方有个风吹草动，朝廷立刻就有可能陷入无银可用的窘境，他倏地抬头对夏元吉道："营建北京之事暂缓，待来年开春后再作计较！"

"陛下圣明！"夏元吉心头稍缓，"不过即便如此，朝廷最多也只能省下两百万贯。六百万贯的存余，还是稍少了些！"

"也刚好足够了！"永乐从御案上的托盘里拿起一条毛巾，擦了擦脸道，"其余各项开支都是免不了的，你不要打它们主意。眼下海内尚算安宁，阿鲁台虽有异心，但凭他目前的实力尚没胆子来招惹大明。只要没有兵争，六百万贯足以保得今岁平安。"

"可是……"夏元吉脸上露出一丝犹豫，嗫嚅道，"或许朝廷还将多出一大笔开支，而且还耽搁不得！"

"哦？"永乐有些不解道，"朝廷今年的大事不就这么几件了么？还能有什么急务？"

夏元吉欲言又止地看了看永乐，过了好半晌才一咬牙小心翼翼禀道："回陛下，历代帝王自登基之日起便要寻址建陵。陛下御宇已有五载，然陵寝之事仍一拖再拖，这实在有违常理。故……故臣斗胆，请陛下即刻派员寻找风水宝地，准备开工建陵！"说完，夏元吉立刻跪伏于地，大气不敢出一口地等待永乐训斥。

夏元吉这话虽说得极委婉，但永乐仍领悟出了其中之意——这实际上是提醒他，一旦皇后驾崩，朝廷要马上修建帝陵，否则皇后梓宫将无以安葬，而帝陵修建无疑又是一笔巨大的开支。永乐倏地站立起身，眸子中射出愤怒的火光。不过他终究平静了下来，毕竟皇后的病情他本人最为了解，眼下的确是到了要考虑身后事的地步了。思忖半晌，永乐一声长叹，身子颓然倒在座椅上有气无力道："你是忠臣，不过建陵也不是一两日就能办成的。仅是选址便要费好一阵功夫，想来前期开支也不会太大！"

见永乐无怪罪之意，夏元吉心中犹如一块巨石落地，再说起话来也顺畅许多："陛下所言甚是。但寻址之事再慢也就只花上几个月而已，何况此事还迫在眉睫。由此看来，建陵的开支或应及早筹备，届时方能有备无患。而且……"讲到这里，夏元吉想着既然话已说开，索性不再顾忌，"陛下恕罪，万一娘娘不幸大行，这凶礼自然不能马虎。若隆重的话，前后花费恐也要几十万贯。如此一来，国库恐就愈发空虚了……"

"朕拨内帑治丧，不用户部掏一文钱。"永乐本就对皇后之事暗自伤心，此番听得夏元吉左一个大行右一个凶礼，他明知其是一片忠心，但仍忍不住急火攻心，竟有些失态地拍案大叫。

夏元吉吃了一惊，旋即面露苦笑道："臣死罪，只是此等事不得不预作绸缪。皇后乃天下之母，倘有不幸，哪有让皇上用内帑治丧的道理？何况几十万的开销，内帑恐也……"

"唉……"永乐一声哀叹，旋又摆了摆手，示意不怪罪夏元吉。待重新坐下后，永乐端起茶杯喝了一口凉茶，心绪平静了些才精疲力竭道："说吧，你有何应对之法？"

永乐一旦平静，思绪便又恢复了往日的缜密和周全，他知道这个户部尚书在度支上头是绝不会黔驴技穷的。他既然敢来找自己，那除了诉苦外自然也有应对的办法。

果然，夏元吉欠身一揖，随即正容道："臣有一策，或可缓国用不敷之虞。"

"说吧！"永乐淡淡道。

夏元吉毫不犹豫道："解除开中限制，朝廷立可节省大笔钱粮。"

"恢复开中？"永乐一愣，随即陷入沉思。

自永乐二年限制开中以来，北京的粮草已增加不少，但边疆各地因为没了盐商输粮，这粮草转运之责又落到官府头上。如此一来，不仅中间损耗猛涨，百姓的徭役也因此大大增加，输粮各省的布政司对此叫苦连天。无奈北京乃天子行在、塞防根基，地位重要，朝廷为了它也顾不得这多了。

"恢复开中，万一北京粮草再度不济奈何？"斟酌再三，永乐提出了疑问。

"不会。经数年开中，北京各仓的存粮已大大增加，现已有两百万石之多，只要无大战，仅此便够行在卫所一年之用。而且如今移民北京也已结束，十余万农户已屯垦有年，朝廷不仅不需再接济他们，反可从中收取赋税。再说永乐二年郑和出使日本后，倭患已有所缓解，陈瑄船队再从海路运粮，其折损亦有所降低。凡此种种，足以保证开中限制解除后，北京粮草仍足以供应所需。"

夏元吉的理由不能说不充分，但永乐心中仍隐藏着一份忧虑。盖因夏元吉之判断，均是建于北方无大战事的基础之上。可眼下形势，鞑靼国师阿鲁台自永乐三年迎立元室后裔本雅失里为可汗以来,这几年势力猛涨,已渐呈一统漠北之势。鞑靼盘踞漠北,大明虽强,一时也鞭长莫及,故永乐对阿鲁台一直采用羁縻之策,屡次遣使宣诏,希望将其招安。不过对于朝廷的招谕,阿鲁台却态度暧昧,既不接受,也不断然拒绝。对此,永乐一直心怀警惕,担心其是暗蓄实力,说不定什么时候就会再度侵犯。而且在永乐的认识中,也绝不会允许一个统一的漠北出现,否则大明将面临重大威胁。要是鞑靼真成了大气候,就算它暂无南侵之意,大明也肯定要出塞讨伐。从现在的情况看,这一天已不太遥远。

无论是鞑子南侵,还是明军北征,这都将是一场举国大战,北京作为塞防根本之地,没有足够的粮草储备肯定是不行的。有这层隐忧,永乐对解除开中限制不能不有所顾忌。

见永乐久久不语,夏元吉不禁有些发急。其实他也知道永乐的担忧,但他也没有办法。今日他之所以不合时宜地见驾,力陈当下度支艰难,甚至敢于不忌讳地提出皇后驾崩一事,其最终目的就是要借这个机会说服永乐放开对开中的限制。

自永乐继位以来,大明海内升平,朝廷岁入年年递增。但这位天子心气极高,大手笔是一个接着一个,导致开支也是节节攀高。夏元吉执掌户部,一方面要为永乐的开拓大业保驾护航,另一方面也得确保朝廷不至于入不敷出,这里间的艰辛可想而知。这几年下来,这位户部尚书看似气定神闲,对种种开销都能从容应付,但背地里却已是焦头烂额,恨不得一个铜子掰成两半花。幸亏夏元吉生性好强从不服输,加之其对永乐的开拓振兴也发自内心地赞同,否则的话,他早就撂挑子不干了。

理财之道,说白了无非就是开源与节流。几年下来,开源的办法基本上被夏元吉用尽,再想增加赋税几无可能,只能在节流上下功夫。而恢复开中则是眼下他所能想到的唯一可以大幅减少朝廷开支的方法。若此策不能施行,夏元吉真不知道接下来他这个户部尚书该如何做下去。因此,他又拱手道:"陛下,当初限制开中是因为北京粮草吃紧,且当时朝廷外患也只限于漠北鞑靼,其余地方纵有些损失,但无碍全局。可如今形势不同。征讨安南,滇、桂、粤、川等地存粮已消耗大半,急需补充。而眼下交趾刚复未久,蛮夷多有不服,十余万大军屯于彼地仍需朝廷粮饷接济;还有甘肃,虽说帖木儿暴毙,但西陲仍不可掉以轻心,朝廷十万将士屯于陇上、河西,一应粮草亦需从中原转运。此二地之输粮若能易之以开中,则朝廷仅今年后几个月便可省下近六十万贯支出,往后每岁更是可省下近一百五十万贯。如此不仅解了营建帝陵的燃眉之急,还可成为朝廷的一项长久之利。至于北京,粮草已十分充裕,即便将来有不虞之需,只要撑过两三年,朝廷缓过劲儿来,再行增益不迟,断不至于碍了大局。"说到这里,夏元吉复跪倒于地,一脸恳切道,"臣知陛下忧心鞑靼,然当下国用已近告罄。为长远计,还请陛下隐忍一时,只要过了这一段,臣保证能让北京粮仓丰盈,不会让将士们饿着肚皮与鞑子厮杀!"

素以长袖善舞著称的夏元吉竟哀求般陈情,永乐悚然动容之余,也清楚地意识到国用确实已到了十分紧张的地步。他不再犹豫,当即拍板道:"也罢,便依爱卿之议,朕明日便下诏恢复开中。"说完,永乐话音转柔温言道,"维喆速速起来,你一心为国,朕岂能让你为难?"

"谢陛下!"听得永乐答应所请,夏元吉转忧为喜,正想接着说几句奉承话,忽然暖阁外传来一阵由远及近的脚步声。

"皇爷,马骐求见!"殿门外传来马云的急促叫声,声调中带着几丝颤抖。

"啊……"永乐脸色一变,倏地从椅子上蹦了起来,"马上进来!"

"皇爷……"马骐滚驴样儿爬进房中,一骨碌扑倒在地,满脸惊慌道,"娘娘突然大口咯血,咯完就晕了过去……"

"什么!"永乐双脚一软,差点瘫倒在地,忙伸出手撑住御案站稳了惶急问道,"现在怎么样了?"

"不晓得!娘娘一晕,太医院韩院使便进去抢治,奴婢就赶紧过来报信了!"

"那还啰嗦什么?赶紧备辇,摆驾坤宁宫!"永乐一声暴喝,也顾不上已惊得面如土色的夏元吉,当即一个箭步冲出御书房,直向殿外奔去……

当朱棣心急火燎地赶到坤宁宫时,这里已是一片慌乱。太医院院使韩公茂正领着几个御医在暖阁内急救,室外的内官和都人们步履匆匆地端药送水,脸上布满惊慌之色。永乐看在眼里,心中一沉,欲待进室探望,又恐扰了御医们诊治,只得心神不宁地在暖阁槅门外搓着手团团转。

不知过了多久,只见暖阁槅门打开,韩公茂满脸疲惫地踱了出来,永乐将他一把拽住焦急地问道:"怎么样?皇后可有醒来?"

"回陛下,娘娘已经醒转,然因太过疲惫,现又睡过去了。"

听得徐皇后已被救醒,永乐心头一块大石顿时落地,脸色也舒缓许多。长吁了口气,他又问道:"照你这般说,皇后的病情有转机了?"

韩公茂没有吱声,只是把头深深垂了下去。

见韩公茂如此，永乐刚放下去的心顿时又提了起来："怎么？仍有反复？"

"陛下恕罪，恐怕不只是反复这么简单！"韩公茂苦笑一声。

"什么？"永乐的脸一下变得惨白，半晌方怔怔道，"此话怎讲？"

韩公茂左右一张望，随即将永乐引到一僻静处方一骨碌跪下眼角含泪道："陛下，娘娘久染沉疴，已是病入膏肓。此番虽侥幸脱险，但也只是回光返照。若臣所料不差，娘娘这次怕是凶多吉少……"

"啊……"永乐犹如五雷轰顶，整个人顿觉天旋地转，几乎就要跌倒。

韩公茂见状，忙起身将他扶住，惊慌道："陛下！陛下一定要挺住，一定要挺住啊……"

"朕晓得！"永乐强自稳住心神，将搀扶自己的韩公茂轻轻推开，又突然一把抓住他的肩膀道，"公茂，你实话跟朕说，皇后这次治好的把握究竟有多大？"

"怕是……百中无一。"

永乐浑身一震，随即又哆嗦道："那你再说，皇后还能撑多久？"

"恐怕……恐怕就这几日了。"

永乐紧拽韩公茂肩膀的手颓然无力地松开，眸子也瞬间变得一片茫然。突然，他猛地一转身，疾步走到暖阁门前，推开房门便冲了进去。

一进暖阁，一股浓浓的药味便扑面而来。两个都人正站在皇后卧榻前的纱幔内侍候，见永乐进入，忙要跪下行礼。永乐一摆手制止了，随即头往后一摆。二人会意，忙蹑起脚尖轻轻退出阁外，并将房门小心带上。

待都人退出，永乐上前两步撩开纱幔，沿着卧榻的边缘轻轻坐下，然后用充满爱怜的眼光瞧向发妻。

徐仪华睡得十分安详。长期的病痛折磨已使她完全不复往日的丰腴，展现在永乐面前的，是一个面容惨白、瘦骨嶙峋的躯体，曾经乌黑亮丽、梳理得一丝不苟的长发，而今也变得枯黄蓬松，看上去凌乱无比。永乐与徐仪华结发二十余载，二人相濡以沫、举案齐眉，夫妻间的感情十分深厚。眼见深爱多年的发妻已近油尽灯枯，永乐心头一酸，竟忍不住哽咽起来。

永乐的哭声惊醒了徐仪华，她睁开眼见丈夫满脸泪痕，不由惨然一笑，轻声嗔道："陛下豪气盖世，怎也有落泪的时候？"

"啊……"听得徐仪华出声，永乐先是一惊，忙拭了脸上泪痕，强挤出笑容温言道，"梓潼，你醒了么？是朕不小心，搅了你安睡。"

"无妨的。"徐仪华也露出一丝微笑道，"陛下来得正好，臣妾也正有话要跟您说,要是错过了,以后怕就没有机会了。"

"什么没有机会了,你瞎说什么?"永乐忙握住徐仪华的手道,"刚才朕问过韩公茂了,他说你这病看似凶险,其实是无碍的,疗养一阵子便能康复。公茂自打咱们到北平就藩时起就是燕王府的医正,这么多年他的医术你也是知道的。他既说了没事,你就一定能好!"

"皇上莫要哄臣妾。臣妾的病自己心中有数,这次肯定是扛不过去了。臣妾德浅福薄,幸赖陛下不弃,此间情分纵九死亦难报答。今大限将至,臣妾心中有些话憋了许久,须当趁此机会与陛下一吐为快。若是话语未尽而阴阳永隔,臣妾必死不瞑目!"徐皇后微微摇头道。

听得徐仪华这般说,永乐心中愈发悲苦,待欲再劝,却见她虽气若游丝,但神情却颇坚毅。遂暗自一叹,强笑道:"也罢,咱们夫妻好久未在一起了,趁这闲工夫说说体己话也好。"

见永乐答应,徐仪华展颜一笑,旋伸出手指头指向房门。永乐一愣,随即会意,当即叫进来一个小内官,命他去端碗参汤。小内官得令赶紧跑了出去,不一会儿又端了碗热气腾腾的参汤回来。永乐接过瓷碗和汤匙,亲手一口一口喂着皇后喝了,末了掏出手帕给她拭了嘴笑道:"如何?精神可有好些?"

一碗参汤下肚,徐皇后苍白的脸颊浮出少许血色,说话的声音也稍大了些:"臣妾来日无多,然心头仍有三件事放不下,还请陛下成全。"

"什么来日无多,梓潼莫要……"永乐仍要劝解,徐仪华已摇摇头阻止了他,"其一,臣妾之弟徐辉祖当年不明是非,屡屡忤逆陛下,后来遭到报应,实是罪有应得。然其虽有大错,但本性绝非奸邪,所犯罪过亦不过是一时愚昧所致。如今事过多年,其整日闭门思过,想来也早就悔了。臣妾斗胆,请陛下看在臣妾的面子上放他一条生路。臣妾不敢奢求复其爵位,只要能解除幽禁,让他能像普通百姓一般,臣妾也就心满意足了。"

当初永乐兴师靖难,徐家兄弟中老四徐增寿暗中帮助永乐,结果在燕军进城前夕被建文击杀。而徐辉祖则一直坚决站在建文一边,并率军讨伐当时还是燕王的永乐。直到李景隆打开金川门,建文败局已定,徐辉祖仍率家丁在大街上与燕军激战,失败被俘后仍拼死不降。永乐登基后大封靖难功臣,徐增寿虽已身死,但仍被追封为定国公,并由其嫡子徐景昌袭爵;而对这个死心跟自己作对的大舅子,永乐则愤恨到了极点。虽然因为徐皇后的关系,永乐最终未将其处死,但仍下旨夺其魏国公爵位,将其圈禁家中。

徐辉祖是因反对永乐靖难而获罪，但徐仪华与徐辉祖毕竟是亲姐弟。弟弟遭此大难，她这个做姐姐的心中岂能好受？平日里，徐仪华恪于祖制不得不缄口，但如今她已是快入土的人了，心中的顾忌自也少了许多。

听爱妻提起徐辉祖，永乐不由一阵默然。徐辉祖虽曾经和自己作对，但这毕竟已是陈年往事。这么多年过去，他心中的愤恨已减轻了不少，而且现在他的江山已坚如磐石，对这些所谓"齐黄奸党"也犯不着像当年那样戒备。而且永乐还知道，徐辉祖被幽禁多年，已抑郁成疾，现在也是卧床不起，即便再放出来也活不了多久了。关于徐辉祖病重的事，他一直瞒着徐仪华，此刻眼见她一脸乞求地望着自己，永乐心中的寒冰终于融化了，当即点头道："你放心，朕不仅会放他出来，还会复其魏国公爵位。"

徐仪华面露感激之色，当即欲起身致谢。

"躺下，快躺下！"永乐忙轻轻按住她。

"谢陛下厚恩！"徐仪华温颜一笑，但脸上很快又浮过一丝忧色，"这第二件放心不下的，便是炽儿和煦儿的事！"

永乐身子微微一抖，又笑道："他俩能有何事？"

"皇上无须瞒臣妾。"说到这里，徐仪华忽觉一口气接不上来，连咳了几声。永乐见状，忙将床脚前的一个银痰盂端起，徐仪华撑起身子吐了几口痰，方颓然无力地躺下苦笑一声，"臣妾虽在后宫，但对外间的事还是知道些的。自打炽儿立了太子，煦儿便一直不服气。这两年他跟在陛下身前，本不该管的朝政也多有涉足，这些臣妾都看在眼里。皇上之所以不让他就藩，还允许他干政，其实也是因炽儿仍多有不合您意之处，故藏着个再行废立的念想，不知臣妾说得是不是？"

永乐脸一红，垂下脑袋默然不语。正如徐仪华所说，永乐确实对朱高炽很不满意。自永乐二年立太子至今，这三年朱高炽连生了几场大病，有一次还差点性命不保。当然，若仅就于此，永乐纵有忧心，也断不至起这废立的念头。但最让他感到不满的是，朱高炽的治国理念与他相距太远。譬如前番出使西洋和营建北京，朝中大臣本就对此二事多有异议，朱高炽以太子身份提出异议，无疑使他们大受鼓舞，并由是掀起一阵反对浪潮，给永乐带来了巨大的压力。永乐恼怒之余，也从中察觉到朱高炽对更改国策之举似乎并不赞同。由此他不得不再次担心将来太子即位后，会不会将开拓振兴的国策彻底颠覆。果真如此，那他一生心血必将付之东流。

而与太子不同，朱高煦在国策上的立场和态度却颇合永乐心意。不管是下西洋、营建北京，还是后来的收复安南，他都旗帜鲜明地表示支持。而经过几年磨炼，永乐感觉朱高煦在议论国事时也越来越老练，其见解时常与自己不谋而合。而与以前的莽撞粗鲁不同，近年这个儿子的脾气也温顺不少。有了这个比较，永乐有时候甚至有些后悔，悔不该当初让朱高炽入主东宫。若眼下再让他选，即便抛开个人感情，他也觉得朱高煦或许更适合做太子。尤其是前几个月贬解缙出京一事，朱高炽又站出来坚决反对，这倒让永乐心生疑虑，怀疑当初解缙之所以力挺他为皇储，是暗中受了这位大皇子的好处。尽管永乐对此并无证据，但他既有了这份猜疑，那朱高炽在其心中的形象无疑又大大降低。正因为如此，永乐当时不仅严命其闭门思过，还一怒之下再次将解缙从广西复贬到了交趾。最近几个月，永乐即便有事吩咐太子，也只通过吏部尚书蹇义去东宫带话，父子俩竟是一面也没见过。要不是还有个十分讨永乐喜爱的皇长孙朱瞻基，朱高炽这个国储之位究竟能不能坐到现在还真不好说。

　　见永乐迟迟无语，徐仪华猜到其心中所想，心中有些激动，遂用尽全身已所剩无几的力气抓住他的手道："陛下，炽儿有不合您心意之处，此节臣妾早已知晓。但无论是炽儿还是煦儿，都是臣妾骨血，臣妾实不愿他们任何一人横遭大难。这东宫之位，本不由臣妾一个妇人插嘴。但臣妾恳请陛下将来无论结果如何，一定要给失意者一条活路，万不可让他没了好结果。历朝因夺储丧命的皇子数不胜数，臣妾实不愿此等惨剧再发生在他们几个身上。若果如此，臣妾纵在九泉之下，亦难瞑目！"说着，徐仪华愈觉悲怆，一时竟失声痛哭。

　　徐皇后一哭，永乐也觉凄然。他就三个儿子，虽然在宠爱上头有所偏差，但从没想过要置谁于死地。徐仪华这一席话也给他提了个醒：此事若处理不好，那不管最后是否易储，这几个儿子总有一个会没好下场。他不禁打了个寒噤，当即沉声道："梓潼放心，朕定会拿捏好分寸。"

　　永乐虽说得坚决，徐皇后却一点也不能放心。皇子争储，自古都是你死我活。就算永乐本人能善待失利者，可等到他大行西去，新君会如何对待自己的兄弟，那就只有天知道了。不过如今她已是将死之人，能做到的也只有这些了，只得按捺住心头不安道："陛下能有此言，臣妾便安心了！"说完，她又是一阵猛咳。

　　皇后的话勾起了永乐的心事，让他一时心烦意乱，眼见妻子气色越来越差，永乐忙替她将被角往上拉了拉，关切道："梓潼且先歇着，剩下的事我们下次再聊！"

"不！今日再不尽言，臣妾恐就再无机会了！"徐皇后虽已气喘吁吁，但态度却十分执拗，她觉得有些气弱，遂道，"陛下您靠近些！"

永乐叹了口气，将耳朵送到徐皇后嘴边。徐皇后附耳嘤嘤数语，末了道："这第三件事，陛下一定要答应！"

听了徐皇后的话，永乐脸色忽然一红，半晌方难堪地一笑道："梓潼你想哪去了，朕绝无此意。"

"陛下，臣妾这么说绝非是为一家私利……"徐皇后摇摇头道。

"朕知道！"永乐略显慌乱地打断她道，"你听朕说，你的病总是要好起来的，这些乱七八糟的事就不要想了！"

"臣妾陪侍多年，陛下内心的想法臣妾岂能不知？臣妾早就看出来，陛下对她其实是有意的，只是从来不说罢了！"徐皇后凄凉一笑，见永乐欲辩解，她摇了摇头阻止道，"臣妾不是好妒之人，更非不通情理。若陛下果真无意，臣妾亦不会强配姻缘。只是陛下既然有心，她也有意，如此又何必强作陌路？若说以前是碍着臣妾，可如今臣妾即将离去，您就再无任何顾忌了……"

"梓潼莫要说了，朕的确心中有意，但更多的却是愧疚。当年……"永乐一声长叹，又沉默良久，方摇了摇头道，"往事就不再提了，她怕是早就对朕恨之入骨了吧！何况她已出家，还谈何姻缘？"

"不能这么说！"徐皇后一脸平静，"毕竟那时您也是为形势所逼。这么多年过去，她纵然有恨也该烟消云散了。何况她虽已遁入空门，却一直是带发修行，如此看来，她应是无奈大于心死，未必真已看破红尘。您若不好开口，待她进得宫来，由臣妾出面开解，想来还是有成算的！"

"梓潼，此事容后再议，你说了这许久，不能再强撑着了。"徐皇后满怀期待，永乐听了心中却五味杂陈，不知如何作答。正巧，这时卧室外隐隐传来一阵喧闹之声，永乐立刻挤出一丝笑容，又扭头往后看了看皱眉道，"何人在此喧哗？简直没有一点规矩！梓潼你先歇着，朕出去看看！"说完，他不待徐皇后作答，便匆匆起身出门去了。

出得暖阁，永乐轻轻将门关上，随即对着门外侍候的几个小内官怒道："何人如此大胆，竟在殿内喧闹？不知道皇后需静养么？"

几个内官吓得大气不敢出一口，过了半晌，马骐才战战兢兢道："回皇爷，是太子、汉王两家子，还有几位长公主和公主。他们听得娘娘晕厥，都急忙赶了过来，正巧皇爷在与娘娘叙话，他们不敢擅闯，都在正堂里候着呢！"

永乐听了当即脸色一沉，也不说话，直接向外走去。待到正堂，他放眼一望，不由微微一愣。

此时的坤宁宫大堂，几乎聚集了所有在京的近支皇族。站在正中间的是朱高炽和朱高煦。他二人平常聚在一起的时候不多，此番皇后生命垂危，他们才一起赶来坤宁宫，正满脸焦急地团团乱转。在正堂的角落处，临安、宁国、怀庆、大名、福清、南康、永嘉、含山、宝庆等一干长公主，还有安成、咸宁、常宁三位公主，以及太子妃张氏、汉王妃韦氏聚在一起，俱面带忧色窃窃私语。此外，朱高炽的儿子瞻基、瞻埈、瞻墉、瞻垠、瞻墡，朱高煦的儿子瞻壑、瞻圻、瞻坦、瞻垒、瞻域、瞻垶、瞻㙉、瞻坪、瞻墉、瞻埘等也都被带了过来。诸皇孙中，最大的皇长孙朱瞻基不过十岁，最小的朱瞻墡连三岁都不到。除朱瞻基少年老成，肃立不动外，其余的皇孙大都还是顽童心性，虽已被严令不得喧哗，但仍有不少左顾右盼，相互间也挤眉弄眼，看上去甚为滑稽。而最小的瞻墡压根不知道当下发生何事，眼见周围大人俱阴沉着脸一声不吭，模样甚为吓人，他惊惧之下竟然放声大哭，急得一旁的乳母汗如雨下，蹲下身子连连抚慰。

眼见后宫正堂变成集市一般，本就烦乱的永乐心绪更是败坏到了极点，当即大吼一声道："够了，都给朕把嘴闭上！"

怒吼声响起，大家这才发现永乐已经驾临，遂又赶紧一窝蜂跪下行礼。朱瞻墡正哭得起劲，突闻永乐一吼，受惊之下更是放开嗓子大嚎。永乐听在耳里，当即气急败坏地指着一众皇孙对二子吼道："谁让你等带他们来的？皇后还没晏驾呢，你们两家子就急着要来奔丧了么？"

听永乐这么说，朱高炽和朱高煦皆吓得面如土色，也不知该如何作答，只得如捣蒜般连连磕头。那边的一群女人也都吓得不轻，尤其是太子妃张氏和汉王妃韦氏，忙都一骨碌跪倒在地跟着两位皇子一起叩首认罪。

"皇祖父息怒！"就在众人战栗不敢言时，一个清脆的声音在殿中响起，只见朱瞻基双手一拱，一脸诚恳地解释道，"是孙儿们挂念皇祖母病情，才跟着父亲前来。墡弟懵懂无知，还请皇祖父原谅！"

听得朱瞻基此言，永乐这才怒意稍缓，遂一挥手道："皇后暂时无恙，你等无须忧心，就别在这里给她添乱了，都各自回去吧！"

永乐说完，大家不约而同地舒了口气，忙又磕完头作鸟兽散去。看着转眼间空空荡荡的坤宁宫正堂，永乐想着相爱多年的发妻即将逝去，心头哀思又起，一时双眼润湿，几欲落下泪来。

"皇爷,妙净法师来看娘娘了!"就在永乐暗自神伤之际,宫门外传来小内官的通禀声。

"妙净?"乍听这名字,永乐不由微微一愣,不过很快反应过来,这妙净就是徐妙锦。他出家后,以其闺名之谐音为自己取法名"妙净"。

当初永乐登基为帝,派人将徐仪华从北平接到京师册封为后,徐妙锦便和大姐一起回到了金陵。不过返京后,她却未回中山王府家中,而是独自去聚宝门外寻了座小庵,从此便在那里带发修行。这几年间,徐妙锦与青灯古佛为伴,其间也偶尔进过几次宫,但都是直接到坤宁宫看望徐仪华,与永乐却是一面未见。此番她突然过来,回忆起当年的种种,又联想到皇后刚才说的话,永乐心底不由一阵慌乱。过了好一阵,他方收拾好心情,强自镇定道:"让她进来吧!"

宫门被推开一条小缝,徐妙锦闪身进入殿中,如今的她已是二十四五岁的大姑娘了。永乐一眼望去,见她虽是一身缁衣,但依旧是明眸长睫,皓齿朱唇,看上去楚楚动人,尤其是经过岁月洗礼和佛法熏陶,她的神态中早已没了当年的张扬,代之以恬淡和从容,较往昔更添几分风韵。见永乐站在面前,徐妙锦毫无惊异之色,只缓缓驱步走到近前,双手合十略一躬身道:"贫尼见过陛下!"

永乐身子微微一抖,半晌才干笑一声道:"妙锦妹子……"

"世间已无妙锦,贫尼法号妙净。"徐妙锦淡淡地纠正了永乐的称呼,神色一片漠然。

见徐妙锦如此,永乐面露尴尬,嘴角微微一动,却又不知说什么好。

"贫尼闻娘娘不豫,特来相见,还请陛下成全!"徐妙锦又是一躬身。

"当然可以!"永乐忙道,"皇后就在暖阁内,你尽可过去,她见着你……"

"谢陛下!"不待永乐说完,徐妙锦便将他打断,然后复行一礼,旋低头向堂后走去。

看着徐妙锦飘然而去的背影,永乐呆呆地站立许久,最终无可奈何地摇摇头,口中发出一阵长长的叹息……

刚进暖阁,徐妙锦便一扫方才的冷漠,疾步走到徐仪华榻前,拉着她的手颤声道:"大姐,小妹看你来了。"

徐皇后正半坐在卧榻上闭目养神,听得小妹前来,她倏地睁开双目,里间迸发出喜悦的光芒,但片刻后便恢复淡然,只微微一笑道:"小妹,你怕是有一年没进宫了吧?记得上次咱们相聚还是在去年我做寿时。"

"是的!"看着昔日体态丰盈、仪容端庄的大姐,如今已被病魔折磨得形如枯槁,徐妙锦不由得悲从心来,当即哽咽出声。

"傻妹子,哭什么!"徐皇后伸手拂去妙锦眼角的泪痕,笑了笑道,"生死有命,大姐生于名门,嫁入皇室;又蒙陛下宠爱,得以入主中宫,为一国之母,这天下女人的福全被我一人享尽了,还有什么不知足的?今不过早去几年,也没什么大不了的。"

徐皇后说得超然,徐妙锦听在耳里,却觉心中被针扎了一般,眼泪如断了线的珍珠一般哗啦啦直往下掉,只强忍着哭泣道:"大姐侬胡说什么?不过是偶患小疾罢了。人生在世,谁没个三病四痛?安心养养就好了,侬可千万别往歪处想!"

"小妮子,几年过去也知道编着好话哄人了?当年的心直口快劲儿哪去了?"徐皇后扑哧一笑,又揶揄道,"看来你这几年的修行也是瞎费功夫,莫说佛家的诸行无常、生死轮回你没领悟,就连不打诳语的戒条也都忘得干净!"

徐皇后说此话时,语气中捎着几分风趣,徐妙锦听了也是一笑。她也不想再纠缠这生生死死,遂只拣着轻松愉快的话题逗大姐开心。两姐妹絮絮叨叨,说了小半个时辰,见气氛烘托得差不多了,徐仪华话锋一转,拉着徐妙锦的手道:"小妹,方才你进来时,可有遇见皇上?"

一听得"皇上"二字,徐妙锦脸上的笑容顿时窒住,半晌才淡淡道:"见着了!"

"哦?"徐皇后脸上露出一丝期盼,"你可有与皇上叙叙?你们都好多年未见了吧?"

"没有!"徐妙锦冷冷道,"我与他无话可说!"

"唉……"徐皇后眼中闪过一丝失望之色,叹了口气道,"其实陛下心地还是不错的。方才你来之前,他已答应放了祖弟,连魏国公的爵位也一并还给他了。"

"哼!"徐妙锦冷哼一声道,"亡羊补牢,为时已晚!他现在做这人情有什么用?"

"为时已晚?"徐皇后面露疑惑。

见大姐不解其意,徐妙锦先是一愣,继而反应过来,永乐肯定隐瞒了大哥病情。大姐已是病入膏肓,若此时再知大哥亦已病重,其悲痛之下后果不堪设想。她心中一阵慌乱,不过很快便稳住心神,强自镇定地遮掩道:"大哥本就不该被夺爵圈禁!如今被关了几年,再放他出来,难道还要我徐家感激他不成?"

"不能这么说!"徐皇后未再深究徐妙锦话中含义,只摇摇头顺着自己思路道，"祖弟当年只不过是效忠允炆侄儿，虽说迂了些，但以常理论确实也谈不上罪过，这一点不仅是我，就是皇上也是心中有数。"

"那他为何还要这般对大哥？"徐妙锦当即反问道。

徐皇后露出一丝苦笑道："允炆削藩、皇上靖难，这两事哪件是循了常理的？自古皇位之争，都是成王败寇。祖弟跟错了人，最后大局已定时还死顶着不服软，如此皇上又岂能不治他？何况，皇上还恨他害了寿弟……"

"恨他害了四哥？这事怎么说？"听得又扯出了徐增寿，徐妙锦愈发诧异，忙又追问。

"这些事都极隐秘，皇上连我都一直瞒着，我也是从狗儿那里打听到的。"徐皇后咳了几声，一脸黯然，"当年皇上起兵靖难，祖弟认定这是谋反叛逆，故对皇上愤恨不已。而偏偏寿弟又与皇上交情很深，祖弟怕他暗通燕藩，便上书给允炆提醒他要防备寿弟。后来寿弟果然暗助陛下，祖弟虽没有证据，但也从他的一些举动中发现了异常，故又几次上密疏给允炆，请他留意寿弟行踪，而这些密疏都被允炆留着。后来皇上率军杀进京城，三保他们从宫中存档中发现了这些密疏。皇上本就对寿弟的惨死心伤不已，见了这些奏疏后便认定寿弟之所以身份暴露，多少与这些密疏有关。你也知道，寿弟与皇上感情极好，靖难时他又出力甚多。如此一来，皇上岂能不将祖弟恨到骨子里？"

徐皇后幽幽道来，将一段尘封多年的往事打开。徐妙锦作为当事人再回忆起当年种种，心中也是感慨万千。不过自打知道永乐与徐增寿暗中利用自己以来，徐妙锦对他们一直是怨恨不已；加之后来燕军进京，建文一家生死不明，徐辉祖也横遭大难，而口口声声要做"周公"的燕王却摇身一变成了永乐皇帝。在经历了这诸多风雨后，她对永乐乃至对那场靖难之役也有截然不同的认识。现在的她，对曾经无比信任和寄托深情的徐增寿还有永乐，只剩下痛恨和不齿，反倒是对当年以为是残忍绝情的建文和徐辉祖，她却抱以无限同情。此刻再听得这段故事，她仍是怒意填胸，咬牙切齿地冷笑道："成者王侯败者贼，这天道果真不公。"

见徐妙锦这么多年过去仍旧这般耿耿于怀，徐仪华心头顿时蒙上了一层阴影，不过她仍打起精神道："妹子，我知道你恨寿弟和皇上，可当时允炆欺人太甚，他们也是没办法啊！"

"不错。"徐妙锦忽然目光一闪，咄咄道，"当初确实是炆哥哥不厚道在先，皇上要起兵靖难，我无话可说。甚至是他和四哥合起伙来利用我，以他那时的处境也不是说不过去,反正他们这些做大事的人向来都是冷血冷心。可他口口声声说是周公辅成王,为何进京后却自己当了皇帝?最可恶的是,他们利用我也就罢了,玉蚕姐姐何罪?他们叔侄争位与她何干?他们竟阴毒至此,将一个弱女子推入那等万劫不复之境地?如此蛇蝎心肠,他也配为太祖之子?也配当皇帝……"

"妹子……"眼见徐妙锦神情激愤,徐皇后心中愈发焦急,正欲再解释,忽然觉得一阵胸闷,半坐着的身子一下子直直瘫倒在床上。

"呀……"徐妙锦见大姐突然倒下,一时花容失色,赶紧攥住她的手带着哭腔道,"大姐!大姐!侬莫要吓我……"

徐皇后出了几口大气,觉得好些了,遂强挤出一丝笑容道:"妹子你莫慌,我没事!"

徐妙锦方才一时激动,将心中憋了多年的怨恨尽数道出,却未顾及场合,此时想来后悔不已。幸亏徐皇后无碍,她的心才稍稍安了些,不过过激的话却是无论如何也不敢再说了。

徐皇后依旧面带微笑,但心里是一阵悲凉。亲眼见识了徐妙锦的态度后,她知道之前的那份期望是无论如何也不能达成,她心中充满了落寞与遗憾。两人又絮叨一阵,徐皇后轻轻打了个哈欠,脸上露出些许疲态道:"妹子,我有些乏了,你先回去吧。待病好了我再去求皇上,请他恩准我回府省一次亲,到时候你也回来,咱们一家人好多年都没聚到一起过了……"

"嗯……"眼见大姐和大哥都已油尽灯枯,徐妙锦知道那一天是永远也等不到了,她心中顿时一酸,眼眶中热泪几乎就要涌出。不过她最终还是强忍住了,只一欠身道,"大姐侬先歇着,过两日妹子再进宫来看侬!"

"去吧……"徐皇后含笑挥了挥手,慢慢闭上了眼睛。

徐妙锦再也没有见到自己的大姐。第二日深夜,徐仪华耗尽了体内的最后一丝元气,在坤宁宫暖阁内大行西去,终年四十六岁。这位大明皇后贞静贤淑、知书达礼,且恪守祖制,绝不干政。在她死后的数百年内,尽管她的丈夫饱受争议,她却得到历代皇室与士大夫的齐口称赞,被誉为可与唐太宗长孙皇后媲美的一代贤后。

第十五章

定三事二杨显功 海上胜万邦来归

按照礼部所定丧礼，朝廷于徐皇后驾崩次日——也就是七月初五开始辍朝，百官皆素服诣思善门外哭临，行奉慰礼，凡三日皆如是。同时，百官还需在各自衙署内斋宿，直至大行皇后"三七"结束方止。除朝廷官吏外，宗室、贵戚、命妇乃至天下士农工商皆需按不同规制行丧礼以寄哀思。不过就朝廷而言，在徐皇后驾崩头三天后，虽然天子依然不视朝，但各衙门官员已重新开始署事，永乐本人亦开始在宫中处理政务。毕竟偌大个天下，每日都有数不清的事务需要打理，不可能为皇后丧礼而耽搁太久。

七月二十五日是大行皇后"三七"的最后一天。这一日午后，永乐传下谕旨，召内阁阁臣及六部尚书在武英殿见驾。

"三七"尚未结束，朝廷重臣们仍皆身着丧服。因着斋宿，诸位大臣脸上都是胡子拉碴，看上去十分狼狈。同时，由于斋宿期间不能沐浴，大家浑身上下都散发着一股浓浓的汗臭味，闻上去令人作呕。幸亏宫中的内官们早有准备，于武英殿正堂四角处摆放了大量冰盆，并早早地将鎏金铜炉内的檀香点燃，总算将这股子臭熏熏的味道给压了下去。

与众大臣一样，御座上的永乐看上去也十分邋遢，比长期斋戒而神情萎靡的大臣们更甚。遭遇丧妻之痛的他除憔悴之外，更显出几分苍老。与一个月前相比，他脸上的皱纹明显又深了几分，两鬓也增添了不少白发。经过这次重大打击后，一向精神健旺的永乐已不经然间显出了几分老态。

待众臣行完礼，永乐有气无力道："三件事，着你等商议对策！"

几位大臣们各自用眼角交流一番，皆默不作声，只把头垂得。更低，静待下

250

文。

"第一件,前番接交趾奏报,张辅、沐晟已命都督佥事柳升将黎季犛父子押回京师,现正在路上。照日程计算,其应于九月抵京。还有下西洋的郑和,其船队也已返航,预计也是旬月之后回朝。此二者返京时仍处国丧期,朝廷如何举行嘉礼,还需拿出个章程。"

这是礼部的事。永乐话音一落,礼部两位尚书郑赐和赵羾便打了个对眼,随即郑赐一拱手道:"回陛下,此事臣与赵大人已有计较。依臣等愚见,此二事都是在皇后大行前定下的。今皇后已升遐,国丧期间,献俘阙下及论功行赏都不合时宜,莫如便停了这两项嘉礼!"

"不妥。"郑赐方一说完,永乐便摇头道,"献俘阙下,是彰我皇明天威,震慑四方不臣的绝佳之机。现鞑靼气焰嚣张,阿鲁台南侵之心日甚。就是交趾境内,也仍有残敌尚未肃清,且归附土豪中亦有心存不满,意欲滋事者。值此之际,献俘嘉礼不仅不可止,反更需大张旗鼓,让那些宵小们知道朝廷的厉害。还有郑和他们,一出海便是两年,将士们历经波涛,其中艰辛岂为外人知?如今好不容易凯旋,若不能风风光光一回,将士们岂不心寒?"

听永乐这么说,郑赐略一犹豫,随即又搬出第二套方案:"既如此,莫如请陛下再下两道敕旨,命柳升和郑和放慢行程,待国丧期满再进京城。如此一来,既避开了丧期,也全了嘉礼。"

"此策不妥……"郑赐的话音方落,夏元吉便忙不迭地跳了出来,"柳升数千人马,一旦放缓行程,途中难免有扰民之事,且给地方州府带来诸多不便。郑和船队就更不成了,外海本就波涛不定,拖到冬天,海上北风大起,万一出个岔子可就麻烦了!"

夏元吉这番话说的都是实情,却不是他反对郑赐主张的主要原因。他最担心的是柳升与郑和手下人马合计达三万之多,兵马在外的耗费远胜于驻扎营中,这三万人马多在外滞留一天,他就得多掏大几千贯的缗钱,若照郑赐的办法,那郑和与柳升的回京日期将滞后达近两个月之久。仅这一项,户部就要超支几十万贯。虽说朝廷已恢复了开中,可毕竟效果显现还需待一段时日,夏元吉现在已是左支右绌,穷于应付了。别说几十万贯,哪怕只是多掏一个铜子,他也决计不能答应!

夏元吉的难处永乐心中一清二楚,何况他明面儿上的理由也都说得过去。永乐正在权衡,杨荣也插口道:"夏大人言之有理。再说,柳升与郑和已经启程,突然让他们不尴不尬地中途候着也不是个道理,何况郑和船队中还有许多入朝纳贡的番使呢!依臣看,这入京日期最好还是不要变,嘉礼也如期举行。只不过届时陛下和百官仍着深褐色服饰,以示哀悼即可。此二事都是为了大明天下,娘娘一向通情达理,九泉之下得知也不会埋怨陛下的。"

这番话让永乐听了大感舒畅,他赞赏地望了杨荣一眼,旋点头道:"便照杨荣所言行事。"

"是!"见永乐拍板,众人便再无话,随即拱手称是。

"第二件事,"永乐端起茶杯啜了口茶道,"朕之前已答应皇后复徐辉祖魏国公爵位。然爵位乃国家重器,是夺是复,都需有个妥当说法。郑赐、赵羾,你二人看如何处理?"

话音一落,郑、赵二人心中便一咯噔。永乐这话看似简单,但里面所蕴含的意思却十分耐人寻味。徐辉祖因反对靖难而被夺爵,这么多年来他虽被圈禁,但从未上表认错,如果就这么给他复爵,朝廷脸面没处摆不说,关键是这样一来无疑就认定了他当年并无过错,这当然是永乐绝不能允许的。可若要找说法,那唯一说得过去的就是皇后临终恳求,可爵位的剥夺赐予皆为国政,而"后宫不得干政"是太祖定下的铁律,永乐对此也是遵行不二。以此理由诏告天下,一则有毁徐皇后清誉,二来也开启了后宫干政的先例,这也绝不可行。既不能凭空复爵,也不能把徐皇后牵扯进去,还得有一个可以遮掩过去的理由,这事对两位礼部尚书而言无疑太难了。他二人大眼瞪小眼,却束手无策,额头上冒出一层细汗。

"要不……请几个妥当的人出面,劝徐辉祖上道认罪奏表,陛下再顺水推舟,赐还其爵?"直过了好半天,郑、赵二人也没想出好办法,无奈之下郑赐只得硬着头皮应付了一句。不过话一出口,郑赐便觉失言。徐辉祖当年是排名第一的开国勋臣,又是徐皇后的亲弟弟,几位皇子的亲舅舅。以他的身份,要是愿意低头认错,永乐早就把爵位还给他了,何至于拖到今日?如今这徐辉祖已病入膏肓,这种情况下想让他俯首认罪,岂非梦呓?

永乐并未说话,不过从其表情可知,他对郑赐的回答并不满意。不过他也明白此事十分棘手,他也是斟酌许久仍无妥当办法,才将其交由诸位重臣讨论。此时见两位礼部尚书无计可施,他遂将目光投向其他大臣。

众人皆垂首不语,大殿内一阵沉默。过了好久,就在永乐略显失望之时,一个清冷的声音响起:"陛下,臣有一策不知使不使得?"

"哦?"永乐循声望去,却是内阁阁臣、左中允杨士奇。

"杨爱卿有何妙策,快快说来。"这杨士奇虽也身在内阁,但平日主要是负责国史修纂,同时肩负教导太子之责,于政事上头插手不多。此刻他却有妙法,倒让永乐有些意外。

"是!"杨士奇作了个揖,随即侃侃道,"复徐辉祖之爵,无非是为延续其脉尊荣,使大行皇后泉下得以安息。然其当年党附奸佞,且一直不思悔改,若贸然复爵,反而会给朝廷和大行皇后惹来麻烦。依臣之见,不若将复爵一事放一放,反正徐辉祖已身染沉疴,待其亡故,陛下再命其长子徐钦袭魏国公之爵。至于理由嘛……就说当年中山王有大功于国,不应无嗣。如此一来,既延续了其脉嗣享,可避免因此事而折损朝廷脸面,也不违反大行皇后遗愿。"

杨士奇话一说完,永乐心中立时大悦。虽说徐家眼下还有一个徐景昌袭着定国公的爵位,但那是靠着徐增寿在靖难中的"卓异"表现赚来的,与徐达并无直接关系。以延续嗣享为名,命徐钦承袭魏国公爵位,这是一个很好的理由!

"杨爱卿之策极好,此事就这么定了。"永乐毫不犹豫地做了决定,他又望了一眼杨士奇,眼光中充满赞赏。这个书生平日里不吭不响,没想到也是一个机敏通达的干才。

一下子解决了两道难题,永乐的心情颇为好转,枯黄的脸上也浮出了几丝少见的笑容:"还有第三件,就是帝陵的事!"

说到帝陵,大家马上又打起了精神。徐皇后已死了二十多天,尸身早已大殓。由于帝陵未建,眼下棺椁仍停在后宫大善殿内。这段日子来,朝官们议论最多的就是帝陵的选址,但奇怪的是永乐对此却只字不提,这让大家都丈二和尚摸不着头脑。此刻永乐总算提及此事,一旦陵址选定,那接下来就要马上开工建设。帝陵修筑事关重大,且又牵涉衙门众多,殿内大臣几乎个个都脱不了干系,故大家此刻都洗耳恭听,不敢有丝毫疏漏。

不过永乐接下来的话,却让殿内除了金忠以外的所有人都大吃一惊:"大行皇后头七过后,朕已命姚少师和袁拱道长前往北京,为朕甄选一块上好的吉壤。"

他话音一落,众人脸上都变了颜色。历代帝王陵寝,莫不是在京师附近择址修建,像本朝的开国皇帝朱元璋,其孝陵便坐落在南京城外的钟山南麓。永乐却说命姚广孝和袁拱去北京选址,这太不合常理了。虽说当今天下实行两京制,但北京毕竟只是一个行在。永乐这种举动,无疑透露出这样一个信息——大明将来极有可能迁都!

迁都北京。这种说法从北京升格为行在的那一天起便没有平息过,尤其是朝廷加紧督促营建北京宫室的那段日子里,此类传言更是甚嚣尘上。不过在百官看来,北京毕竟是辽、金、元三朝旧都,受胡风熏陶达四百年之久,将其作为华夏正朔的京师并不合适。而且,北京地处边塞,一旦鞑子突破塞防,北京立刻就会遭受兵灾。在这种危险地方建都,对整个大明来说都是十分危险的。因此,虽然迁都的传言一直未止,但大伙也都只是私下猜疑罢了,从没有人想要把它摆到朝堂上。今天永乐将帝陵定在北京的话说了出来,诸位大臣立刻就意识到迁都绝非坊间流言,而是皇帝内心的真实想法。如此一来,大家就不能再无动于衷了。

在场的五位内阁阁臣以及六部的八位尚书中,除兵部尚书金忠和户部尚书夏元吉,其他大员们连北京的地面儿都没到过。在他们看来,南京虽不能算建都的最佳之选,但至少文华鼎盛,又处腹心之地,无论是从安全,还是诗书礼仪的氛围来说,都比那个被异族统治四百年之久的北京要好。还有一点,这些阁臣和尚书都是清一色的南方人,他们无论是从语言、气候、风俗还是内心感觉来说对北京都不习惯。因此,此刻除金忠、夏元吉等少数几人神色如常外,胡广和黄淮等大多数人都面露忧色。

小声议论了一阵,吏部尚书蹇义首先站了出来。他是重庆府人,话音中带着一股浓郁的川味:"臣斗胆问陛下,金陵龙盘虎踞之地,适合筑陵的吉壤应不难寻,不晓得陛下为啥子要去北京选址修陵?"

"朕与大行皇后在北京多年,早已习惯了那里的山川草木,故欲建陵于彼处!"

永乐的话并未给出明确的答案,蹇义听后依旧满怀疑虑,不过他也不敢再问。他这个人虽然办事干练,但有一个毛病——生性比较懦弱。每每面对这位不怒自威的大明天子,他总有一种心惊胆战的感觉。

"可陛下出生在南京,二十一岁才至北京就藩。金陵本乃陛下家乡,在此地建陵方合常理啊?"蹇义虽然缄口,郑赐又出言相询。不过无论是蹇义还是郑赐,试探时都十分小心,绝不将建陵一事与迁都扯到一起。毕竟,建陵北京也不意味着将来一定就会迁都。而且迁都事关重大,眼下虽迹象明显,但皇帝故意闭口不谈,这样一来大臣们虽满腹疑惑,但在明面儿上也只能是跟着装糊涂。否则事情一旦揭开,那必然天下震动。万一因此违背了永乐的本意,那麻烦可就大了。

"郑卿家错了吧?"永乐淡淡地说道,"朕的家乡是凤阳,不是南京。"

"这……"

郑赐被窘得一窒,正思忖着如何再接口,永乐已一摆手道:"此事朕早已决定,眼下姚少师他们已抵达北京,就无须再议了。朕之所以提及此事,是命你等抓紧时间准备。一旦吉壤选定,建陵相关事宜便需马上展开,届时各有司需恭谨办差,断不可延误工期!"

"是!"见永乐已经乾纲独断,众人纵有天大疑惑也只能埋进肚子里,怀揣着各样心思拱手听命。

三事议定,永乐感到一阵轻松,他扫了众臣一眼,突然想起什么,遂问胡广道:"朕命内阁议大行皇后谥号,而今可有结果?"

"有的!"胡广赶紧躬身答道,"经臣等商议,宜用'仁孝'二字以谥。据《周书·谥法》:'续义奉功曰仁、慈民爱物曰仁、克己复礼曰仁、贵贤亲亲曰仁;慈惠爱亲曰孝、协时肇享曰孝、五宗安之曰孝、秉德不回曰孝。'大行皇后一生品行,堪称万世楷模。'仁孝'二字,当之无愧。"

"仁孝……"永乐低声反复念叨几次,点点头道,"不错,唯此二字可以谥。待百日丧期满,朕自当告祭天地,行册谥之礼。"

一说到徐皇后,永乐不由得再一次悲从心来,眼眶中又感觉到一丝潮润,他赶紧忍住了,随即调整好坐姿,竭力保持威仪地一挥手道:"事已议毕,你等便道乏吧。朕方才所言,你等需牢记于心,下去后恭谨办理,不可有差池。"

"是!"众臣齐撩袍角,行礼告退。

接下来的一个多月里,朝廷仍遵照丧礼按部就班地打理着一切。转眼间到了八月底,一道奏本送进紫禁城——出海达两年之久的郑和船队终于圆满完成了首航使命,现已平安返回了刘家港。

郑和的归来,使因徐皇后之死而有些消沉的永乐大为振奋。嘉礼结束后,郑和与王景弘二人便奉旨直奔乾清宫,永乐已在那里等着他们了。

一进乾清宫书房,郑和与王景弘便跪地叩首。永乐笑吟吟地待他们行完礼,便命一旁侍候的马云端了两张凳子过来一指道:"坐下再说!"

"奴婢岂敢?皇上面前岂有奴婢的位子!"见永乐这般,郑和与王景弘俱吓得赶紧摆手。他们这么说也不是谦虚,虽说他二人在船队中是威风八面的正、副总兵,但回到南京,他们仍不过是内官而已。不同于朝中大臣,内官只是皇帝家奴,自没有在御前落座的道理。

255

永乐却毫不在意："无妨,今日是说出使之事,你二人仍是朝廷的正、副总兵,不需循内官例。"

永乐虽开了口,二人仍是不敢,又辞了好一阵,实在推脱不过了,才扭扭捏捏地就着凳子边缘坐下。

待二人坐定,永乐仔细端详他们一番,方抚髯笑道："黑了,也瘦了。三保是色目后裔,原本肤色比宫里的都人们都还要白上几分,如今再一看,都快赶上朕了。王景弘就更不用说了,黑得似条泥鳅,瘦得像只精猴,想来这两年也吃了不少苦吧?"

听永乐这么说,二人都是一笑。郑和谦恭地一拱手道："承蒙陛下看重,使奴婢有幸统军出海,耀威异域。此等殊遇,奴婢二人万死亦不能报,些许艰难又何足道?可惜出使之前,娘娘还特地召奴婢二人去坤宁宫,言语间多有抚慰。此番在西洋,奴婢二人也搜集了好些稀罕物,想着回宫后献给娘娘讨她老人家欢心,可没承想……"说着,郑和鼻子一酸,几乎涌出泪来。

永乐也是神色一黯,半晌方叹了口气道："你等有这份心,皇后泉下有知亦觉宽慰。眼下梓宫还停在大善殿,待你等安顿好了,自可过去祭奠!"

"是!"郑和与王景弘急忙答应。

想到徐仪华,永乐便觉一阵心伤。他不想沿着这个思路继续下去,遂岔开话题道："出海两年,你等必受尽波涛之苦,朕心中有数。虚文就不说了,接下来朕自有奖赏。此番召你等来,便是想听你等说说出使诸番其间情事。之前虽屡有奏报,但毕竟太过简略,且多支离破碎。今日你等莫嫌繁琐,将前后情况详细道来。"

听永乐这么说,郑和与王景弘忙打起精神,将此次首航西洋的前后经过详细道来。这两年航行中,郑和船队先后造访了南海的占城、旧港、暹罗、满剌加、苏门答剌等,并进入西洋,最远抵达了古天竺地域的古里及其南面的锡兰岛。每到一地,郑和皆晓谕当地土酋,传达大明招抚之意,并慷慨赐下无数宝货。土酋们得了宝货,又亲眼见识了郑和船队的威风,莫不踊跃拜服。这一次回航,郑和船队中便捎上了好几个夷国的入朝贡使,在奏凯嘉礼上,他们也身着朝廷赐予的华夏衣冠,遵循着刚刚从鸿胪寺礼官那里学来的华夏礼仪,行了标准的三跪九叩大礼,让永乐十分满意。

尽管永乐已特地交代不嫌繁琐,但郑和他们终不可能真将两年内所有经历悉数道出,否则三天三夜也难说尽。但饶是只拣紧要的讲,二人也絮絮叨叨说了近两个时辰。待二人道罢，永乐思忖一番，抬头道："听你等这般说，四夷对我华夏还是颇心悦诚服的喽？"

"心悦诚服也不尽然！"郑和老老实实答道，"我大明使者衣冠华丽、礼仪肃谨、气度雍容，此皆使诸夷折服，由此对中华心生仰慕自是有的。不过依臣看，他们更喜欢奴婢等带去的宝货。诸如丝绸、陶瓷、茶叶等，在西洋列国中都是难得一见的奇珍。蛮夷地处荒远，那些夷酋见着宝货眼都绿了，自然对中国心生向往。因此，奴婢看其之所谓心向中华，其实也有不少贪财好货的成分。"

听了郑和的回答，永乐先是一愣，继而哈哈大笑道："你倒坦诚。蛮夷不识礼仪，贪财好货乃是本性使然，此自古皆如是，不过这也没什么要紧的。虽其眼下更看重我中华宝货，但交往久了，自也会受我文明之熏陶，进而知书达礼，明辨是非。圣人云：'见利思义。'待他们承沐教化后，自然也就懂这个道理了。"

"皇爷所言甚是！"郑和附和一声，又笑道，"不过除了利，他们能归顺中华，也是兵威所致。奴婢所幸船队中仅长四十四丈、宽十八丈的大船便有六十二艘之多，可谓是体势巍然、巨大无比，为西洋列国所未曾见。莫说古里、锡兰等偏远小邦，就是占城这等近海藩属，见之亦惊骇不已，纵使心有不满，看到这等巨舰，心中也都怯了，自然是望风拜服！去岁奴婢到那锡兰国，本来其夷酋还疑奴婢等欲犯其土，故出来迎接时带了一大帮蛮子兵。结果待见着我大明军容，愣是把他吓得半晌说不出话来，当即就答应遣使入朝！"

"这是当然。自古华夏治夷，莫不是恩威并施。夷狄豺狼之性，若仅以好言慰之，反会将我中华看轻，甚至心生歹意都是有的。故此番出使西洋，虽本意只为招抚，但也少不得耀兵异域，让这些未见世面的远夷知道我大明厉害，否则如何慑服不臣？"言及于此，永乐话锋一转又道，"不过耀兵只是手段，只要其愿臣服，无论是出于仰慕抑或畏惧，朕都当以礼待之，优容有加。毕竟招抚蛮夷，当以收心为上。"

"皇爷说的是正理，奴婢二人处理番务时也一直秉承这个目的。"王景弘笑着答道，"反正我王师一不并其土，二不掠其民，只不过是叫这些土酋入朝称臣而已，他们又有什么好怕的？何况还能得这许多实实在在的好处！所以待我们将道理说明白后，这些土酋莫不欢欣鼓舞，立刻就答应遣使入朝了！"

听了王景弘的话，永乐只淡淡一笑。恰在此时，一个小内官端着一碗热气腾腾的汤粥走了进来。永乐见着不由一怔，随即扭头问一旁侍候的马云道："朕没有传膳啊？这是你吩咐的么？"

马云还未及回话，郑和已接过口笑道："回皇爷，是奴婢交代下面做的。碗里面这物什为大明所未有，是奴婢从海外带回来的，请皇爷品尝。"

"哦？既然是番邦的稀罕物，那朕便尝尝！"永乐哈哈笑着，他接过瓷碗，往碗里一瞧，见内里的汤中夹杂着许多银白色的胶状之物，看上去晶莹剔透，有些像剁碎后熬制的银耳。待用汤匙舀了一匙送入口中，顿觉此物细腻爽滑、软润可口，较银耳要好吃得多。

"好粥！"永乐当即一赞，又问郑和道，"此为何等珍馐？较普通汤粥鲜美得多。"

"谢皇爷夸奖！"见永乐夸赞，郑和也十分高兴，"此物名叫燕窝，是奴婢的下属在满剌加发现的。奴婢等行至满剌加时突遭大风，当时一艘战船被吹到了荒岛上，船上食物大都被刮进海里，将士们食物短缺，遂于岛上寻找，不经意间在一峭壁上发现此物。据随船的当地向导说，此物名为燕窝，乃雨燕所筑之巢窝，人亦可以食用。将士们闻之，便拿来煮食，不想却极为鲜美。"

"燕之巢窝？"听了郑和描述，永乐顿时奇道，"这个也能吃？"

"是的！普通燕巢都用禾草、泥巴与燕之唾液混合筑成，自然没法入口。不过这种燕窝，是金丝燕用唾液混合绒羽所筑，是可以食用的。只不过做法较为繁琐，需经过浸泡、除杂、挑毛、烘干等多道工序，方能有此成品。"郑和解释道。

"原来如此！"永乐恍然大悟，继而啧啧道，"仅这燕窝成形就十分不易了。且此类燕巢大都筑在峭壁，采摘更是艰险。由此看来，即便在南海，此物也是十分金贵吧？"

"是的！等闲人家肯定消受不起，都是当地土酋才偶尔享用。其实此次满剌加使臣入朝，也带了些燕窝作为贡品，这些贡单上都有写明的，许是皇爷没有细看。不过这碗燕窝却是奴婢与景弘购得后，细心挑选了孝敬皇爷的。"郑和笑道。

"你二人倒是有心！"永乐笑笑，随即将碗中燕窝一扫而尽，擦了擦嘴道，"果然美味，比莲子羹好吃多了。既然满剌加还有进贡，那便再挑些送进宫中，其他的便赐给京中诸位大臣们，让他们也尝尝这海外佳肴。"

"是，奴婢回头便叫人去办！"

吃完燕窝，永乐的气色红润了许多。接着，郑和与王景弘又你一言我一语，专讲一些西洋各国的奇风异俗，譬如爪哇国男女皆惜其头，若旁人以手触之，则必拔刀相向；锡兰国土人巢居穴处，男女皆赤身裸体，如兽畜之形，却不以为耻；古里国人奉牛为神明，每日清晨洗面毕，便取牛粪灰调水，搽涂其额并两股间各三次,为敬佛敬牛之诚等等。

永乐听得哂笑不已,待二人将逸闻说得差不多了,他又饶有兴致地问道:"对了,那个海盗头子是怎么抓到的?据说此人横行南海十余载,当年先帝还专门下旨命广东水师出海捉拿,可仍让他逃了,不料最终竟落到你等手中。此间经过,也说来给朕听听!"

永乐口中的海盗头子名叫陈祖义,广东潮州府人,明初时举家移居南海,后聚众为寇,在海上大肆劫掠,往来船只莫不深受其害,甚至连占城等国入朝的贡船都曾被他劫过。此番郑和下西洋归航途中,将其一举擒拿,押解回京。

听皇上问起,郑和当即一笑道:"此番能擒拿陈祖义,还多亏了一位漂泊南海的前宋遗臣大力相助!"

"哦?"永乐一听顿来了精神,当即问道,"前宋遗臣?姓甚名谁?又是如何相助?"

"皇爷莫急,且听奴婢慢慢叙说。"郑和躬身一揖,随即娓娓道来——

这一年四月,郑和船队出使锡兰、古里等国归来,抵达旧港后便在当地修缮舰船,采购食物,只待东南信风一起,便扬帆归国。

旧港古称三佛齐,早先便与中国有往来。洪武末年,爪哇国王满者伯夷遣兵攻灭三佛齐旧国。然三佛齐土人不满满者伯夷残暴,纷纷起兵反抗,旧港顿时大乱。因旧港与中国交往多年,当地亦有不少华夏移民,此部百姓为保身家,遂拥立广东南海裔华人梁道明为头领,据旧港北部一隅以抗爪哇。梁道明豪侠重义,各地华人纷纷来投,七八年内便聚集了数万子民。永乐三年,朝廷闻知旧港还有这么一个华人小邦,便遣使携敕书前往招安。梁道明接旨,遂率本姓族人北上入朝,留陪臣施进卿统驭当地部属。梁道明一族漂泊异域多年,北归后见中华已然大治,便生了落叶归根之心,遂请准朝廷举族回乡安居。而此时郑和船队已准备启程出使西洋,永乐遂命郑和出使西洋途中再赴旧港,招谕当地华民。郑和领命出海,但当抵达满剌加时,闻知旧港再次大乱,海盗陈祖义率众占领旧港大部,并自立为王,拒绝朝廷招安。郑和得报,勃然大怒。然其时朝廷正征讨安南,郑和麾下大部分战船都已调至安南海域,实无余力顾及旧港。无奈之下,郑和只得暂舍陈祖义,往南海他国招抚。待安南战事结束,郑和又需抓紧时间,借着信风赶紧向西出航,遂又一次将旧港之事搁下。直到此次回航,郑和才率大部船队特意赶到旧港,抚慰梁道明旧部之余,也是有意威慑陈祖义。

此时的旧港，较永乐三年情况更为复杂。旧港城已完全被陈祖义占领，施进卿被驱赶到了旧港以西与阿鲁小邦相近的荒域。陈祖义在占领旧港后野心愈炽，正欲发兵彻底剿灭施进卿，幸亏郑和大军及时赶到，才暂时将局面稳住。不过因陈祖义的缘故，郑和船队也无法进入旧港，只得暂时在与苏门答剌国与旧港交界处的一处港湾栖息。

这一日，郑和正与王景弘在码头边的宝船上品茗议事，一个亲兵推门进来道："禀二位大人，旧港头领施进卿求见，现正在码头相候。"

"哦?"两人闻言精神一振。郑和返回苏门答剌后便召施进卿前来，不过两人所在海港虽同处一岛，但中间有大山相隔，陆路往来不易，施进卿一路耽搁了好些时日，这才赶到郑和军前。

郑和与王景弘对视一眼，遂起身整理好衣冠吩咐道："将仪仗卤簿摆开，我与王大人下船亲迎。"

待郑和与王景弘走下宝船，一个满脸虬髯、高大魁梧的中年汉子立刻迎了上来，当即跪倒于地，双手互搭行了个标准的叩首大礼，激动道："华夏遗民施进卿，叩见二位天使！"

"施头领快快请起！"郑和眼中闪过一丝惊讶，说着便上前两步，亲手将施进卿扶起。

"谢二位天使！"待起身后，施进卿又是拱手一揖。

这下郑和听清楚了，脸上再次露出诧异之色，这施进卿说的居然是杭州官话！

杭州官话，是江浙方言中的一朵奇葩。当年汴京陷落，宋室南迁杭州，并将其升格为行在，改名临安，从此这临安府便成了南宋事实上的京城。杭州原本通行的是吴语，然南宋朝廷自高宗皇帝赵构以下，君臣皆是由汴京逃难而来，他们用的仍是标准的中州话。故从那时开始，杭州本地方言便发生了变异。在南宋延续的一百五十年里，吴语与源自中原的中州话互相影响，逐渐形成了新的杭州官话。

杭州官话虽然曾为南宋朝廷官方用语，但毕竟现在距南宋灭亡已过了一百多年，其影响力自也大不如前。而南海华夏移民多来自粤、闽二省，他们通用的是广州白话、客家话、潮州话或者闽南话，至于说杭州官话的，郑和还是第一次见到。

似乎瞧出了郑和的疑惑，施进卿将胸脯挺直，脸上浮出一丝骄傲之色，锵锵道："二位天使，在下乃大宋遗臣之后。"说完，他便将家世娓娓道来——

　　原来这施进卿祖上乃北宋禁军中的一员偏将。北宋覆亡后，施氏先祖追随当时的康王，也就是后来的宋高宗一路南迁，最终在杭州落脚。其后一百余年，施家历代均在禁军中任职。及至宋恭宗德祐二年，蒙元南侵，南宋覆亡在即，右丞相陈宜中、驸马杨镇等护卫益王赵昰、卫王赵昺逃出临安，当时施进卿的曾祖父施青便随驾扈从。随后，元兵攻克临安，掳宋恭宗北上，陈宜中、陆秀夫、张世杰等南宋文武在福州创立行朝，拥立赵昰为帝，改元景炎。不久元军杀入福建，赵宋行朝向广东逃亡，当行至潮阳一带时，施青因长途跋涉，水土不服，终于一病不起，不得已只能在当地养病。

　　过了一年多，施青的病好得差不多了，便欲再西进寻找行朝踪迹，不料刚行至惠州，噩耗传来，宋军与元军在崖山决战失利，张世杰横剑自刎，丞相陆秀夫携少帝赵昺投海自尽，大宋至此彻底覆亡。

　　听闻此信，施青当即号啕大哭。然此时天下已落入蒙元手中，施青一心复国，后听得有赵宋宗室流亡至吕宋，遂渡海寻找宋室遗孤。到吕宋后，施青寻访赵氏多年却一无所获，遂在南海诸岛间流离，最后到当时的三佛齐国定居，至今已百余年。

　　施青虽流亡异域，但仍以华夏遗臣自居。南海华人多用闽、粤方言，但施青在入乡随俗、学习南方方言之余，也坚持教导子孙学习杭州官话，以示施氏一族不忘故国。在施青的影响下，施氏历代子孙皆通晓杭州官话，及至施进卿时亦然。

　　听完施进卿的叙说，郑和与王景弘皆肃然起敬。半晌，郑和双手一拱郑重道："施头领一族忠义盖世，本使钦佩之至！"

　　"岂敢！"施进卿忙还了一大揖，"先祖在世时，念念不忘的便是驱逐胡虏，恢复汉家正朔。大明重振华夏，先祖泉下得知，终可瞑目。在下虽流落蛮邦，但亦秉承祖志，时刻以华夏子民自居。今有幸得遇天使，纵死无憾。"

　　"施头领言重了！"见施进卿如此忠义，郑和心中亦十分高兴，遂一把挽住他的胳膊道："码头不是说话之地，施头领且随本使上船叙话。"

　　待进了船舱，三人又寒暄一阵，施进卿突然郑重道："二位天使，在下回旧港后，听人说陈祖义已答应归顺朝廷，不知可有此事？"

"是的！"郑和轻松地笑道，"召你来之前，本使亦遣人送书与他。据使者回报，陈祖义已幡然悔悟，答应归顺朝廷……"

"假的，他在使诈！"不待郑和说完，施进卿便断然道。随后，他才发觉失礼，忙又慌慌张张站起身子，"在下鲁莽，还请二位天使恕罪！"

郑和与王景弘先是一愕，继而露出惊疑之色。略一思忖，郑和伸手一虚扶沉声道："施头领请起。你说陈祖义使诈，不知有何根据？"

施进卿重新坐下道："前段日子在下率众去渤泥国易货，听当地相熟的人说，陈祖义也遣人到了渤泥国，说是欲与其联手一起打劫大人的船队。渤泥国王不敢答应，其才怏怏回去。"

"有这等事？"郑和闻言一惊，随即道，"不对吧？本使下西洋之始便曾造访渤泥国，当时其国主已答应归顺朝廷。若果有此事，那他为何不知会本使？"

施进卿苦笑一声道："强龙不压地头蛇。大明虽强，但毕竟相隔遥远。而这陈祖义横行南海十多年，早就把各国打怕了。此番若知会了大人，您又未能将其剿灭，那等您回朝后，陈祖义岂能罢休？权衡利弊，渤泥国也只能是佯装不知，两不得罪！"

郑和一阵沉默。陈祖义两年前曾悍然拒绝招安，而此番却答应得十分爽快，这种巨大的反差本就让他有所疑虑，而施进卿的这番话更让他心中不安。不过，郑和也不能完全相信施进卿。在他的船队抵达之前，陈祖义和施进卿还是死对头，为争旧港已打了好几次，焉知这个施进卿不是编个故事，借自己之手除掉宿敌？本来旧港之主是谁郑和并不在乎，只要他忠于大明，受朝廷册封即可，何况陈祖义也算是华夏后裔。眼下陈祖义已答应受招安，他若再贸然攻伐，一旦查实其并无反意，那麻烦可就大了。到时候不仅皇帝和朝中大臣不会放过自己，南海各番国得知详情，也有可能认定大明招抚番夷，其真实目的是要吞并各邦。若果真如此，那他可真就闯下滔天大祸了。

见郑和不语，施进卿知其犹豫，遂又道："大人，请问这陈祖义是不是言其手下不愿归顺，故无法率众前来，还请大人率船前往，以借朝廷水师之势威吓部属？"

郑和闻言一愣，随即道："确是如此！他说他手下为寇多年，无拘无束惯了，故不愿受朝廷招安。本使看来，这倒也不是说不过去。"

"这便是此贼的狡猾之处！大人有所不知，旧港城北临大海，南距大山，西为千年老林，东则遍布沼泽。各处船来，唯有先至淡港，入彭家门里，系船于岸，再换小船入港内,方能至其国。两位大人若去招安,大船不得入其国,若乘小船驶入,一旦被其锁住出口,则成瓮中之鳖!"施进卿冷笑一声道。

施进卿一说完,郑和与王景弘皆大惊失色。思忖半晌,郑和倏地起身,双手一拱郑重道:"多谢施头领告知详情,否则王师将遭重创!"见施进卿又欲谦逊,郑和一摆手阻止了他,"然此事干系重大,于陈祖义是剿是抚,本使尚需与众同僚商议后方能决断。还请施头领先上岸歇息,如果要进剿,届时还需请您鼎力相助!"

"尽忠王事,乃我辈本分。届时大人但有驱使,在下敢不从命!"施进卿忙跪下又磕了个响头,方恭敬告退。郑和二人将他亲送到船舷,目送他下船后才转身回舱。

待回到舱内,郑和关上舱门,随即问王景弘道:"施进卿之言,你以为是真是假?"

"我看多半不假。陈祖义突然归附,本就不合常理,而且其要求与施进卿所料不谋而合。由此可见,其必不安好心,竟敢打朝廷的主意!"王景弘又感慨道,"幸亏这施头领忠义,否则我等贸然前往,必中陈氏奸计!"

郑和淡淡一笑没有吱声。施进卿有这等家世,说他忠义倒也不假。不过在郑和看来,仅仅这份忠义,绝非是其愿意帮助自己的全部原因。自打朝廷水师出现在南海后,爪哇畏惧大明之势,称臣纳贡之余,也暂时退出了对旧港的争夺。眼下这旧港一国,刨去势小力弱的蛮夷小部落,成气候的便只有施进卿与陈祖义这两部华人。只要自己出手剿灭陈祖义,那施进卿便自然而然地成为旧港之主。也正是因为看清楚此点,这施进卿才会如此急于劝说自己剿杀陈祖义。

不过虽看穿了施进卿的私心,郑和倒也不以为忤。只要施进卿能效忠大明,那让他做这个旧港之主也没什么不好——何况施氏一族的百年经历,也使郑和觉得此人可以信赖。

现在只剩下一件事,就是证实陈祖义是在诈降。这一点不搞明白,那即便施进卿再好,郑和也不敢送他这个顺水人情。不过郑和既已起意,那判明陈祖义心迹也非难事。与王景弘商议后,郑和以他二人的名义写了封密札交给陈祖义。信中,郑和对陈祖义的幡然醒悟大加赞赏之余,也以商谈招安事宜为由,命其隐匿行踪前来拜会自己。郑和的想法是:若陈祖义敢独自前来,那其之归顺是否出自真心尚不好说;若其推脱不至,则可断定其先前所谓归顺云云皆为信口雌黄。届时自己便可名正言顺出兵剿杀,也算为南海诸国除了一大害。

不出郑和所料，密札送到，陈祖义果然支吾搪塞，最后只遣一心腹携信前来。信中，陈祖义罗列诸多不能前来的理由，最后仍坚请郑和率军前往旧港城。郑和览信后，心中顿时有了底，当即不动声色地再修书一封命来人带回。书中，郑和言及信风已至，朝廷船队将借风势北返，无暇再至旧港，只命陈祖义约束手下部属，待朝廷水师再使西洋时再行招安。

送走来人后，郑和与王景弘立招施进卿上船，三人在船舱内嘀咕了整整一夜。五日后，郑和船队扬帆起锚，向北驶去。

郑和船队一离开，旧港局势顿时又波谲云诡起来。没过几日，施进卿属下一艘装满方货的商船途经旧港海域，理所当然地被重新活跃的海盗劫下。而此次施进卿一反往日的忍气吞声，竟督率麾下水师气势汹汹地向旧港城杀来。

施进卿的反常，倒让陈祖义大感意外。起先，他还怀疑施进卿是有明军水师撑腰，故龟缩港内不出，只遣小船冲到外海探查情况。过了几日，小船回报，未发现明军水师踪迹，只不过施氏水师较往日多了好些火炮，应是郑和北返前所送。陈祖义得报，胆子顿时大了起来。以实力论，陈祖义麾下战船不下百艘，海寇亦有两万余，且都是在海上厮杀多年的亡命之徒，远远超过不足万人的施进卿。此番施进卿仗着新得了些火炮便想反戈一击，他又岂能咽得下这口气？

陈祖义知道施进卿已归顺大明，但眼下郑和船队已经北归，就是想插手也鞭长莫及。计议已定，他再次遣人出海打探，在确信郑和已然北返后，他倾巢而出，将在旧港外游弋的施家水师打得大败而逃。而在施氏退兵后，陈祖义仍不依不饶，继续率军一路追击。他觉得只要能在郑和下一次出使西洋前攻灭施进卿，到那时即便朝廷愤怒，最终也只得承认现实。退一万步说，就算郑和有意为施进卿报仇，可自己届时已全领旧港，实力大增之下，也不用怕大明水师。陈祖义一路紧咬施氏水师不放，一直追到施进卿驻地的水寨之外。陈祖义抵达后，随即督率手下猛攻水寨，施进卿率众拼死反抗。几次攻防下来，施军的炮子也消耗得差不多了，陈祖义见状愈发志得意满，只要彻底打败施军，整个旧港便是他的囊中之物了。

这一日的夜晚，旧港外海风平浪静。经过数日攻防，施进卿已明显是强弩之末。陈祖义命属下尽早安歇，只待天亮后再次攻击。而就在万籁俱静间，一支船队却悄悄地包抄到了陈祖义水师的后方。

这支船队不大，一共约有船四十余艘，而率领他们的不是别人，正是大明巡洋总兵正使、内官监太监郑和！

原来郑和鉴于旧港城易守难攻，便与施进卿一番密谋，定下了引蛇出洞之计。随后，郑和率领船队以归国为名，大张旗鼓地扬帆北上。而当走到满剌加海域时，郑和将船队交给王景弘统率，自己则带了四十艘精锐战船折返南下，回击陈祖义。

本来，陈祖义对郑和杀回马枪也有所防范，其围攻施进卿之余亦派遣好些哨船在旧港大岛与满剌加之间来回游弋。不过魔高一尺道高一丈，郑和为隐匿行踪，一路上昼伏夜出，采用星辰定位法，并借助之前出航时绘制的牵星图样及海屿水势山行图，成功避开了满剌加沿岸星罗棋布的暗礁及海盗哨船，终于神不知鬼不觉地赶到了战场。而直到此时，陈祖义仍如在梦中懵懂不知。郑和一身戎装，神采奕奕地从望台上远远看去，只见前方陈祖义船队一片死寂，寥寥几支火把闪烁摇曳，显然对自己的到来没有丝毫察觉。见状，他冷哼一声，扭头对一旁的副使张谦道："命各船列阵，准备炮击！"

"大帅，夜间布阵，仅凭月光肯定不够，需举灯笼以为联络。一旦举灯，敌寇必然察觉。现我军舰船不过四十艘，刨去水船，能战者不过三十五六，而敌船之数则在百艘以上。一旦交兵，未必有全胜之算。依属下愚见，莫如等天明之后再战，到时旧港内的施进卿也会出来相助，如此似更为稳妥。"张谦犹疑道。

"不！"郑和摇摇头自信道，"我军虽少，但皆是大船，战力远超海寇。何况待到天明，敌寇察觉后必然严阵以待，彼时再战反而不美。且据阴阳官言，明晨或有阵风，届时船体颠簸，火炮准星更差，反不如此时开火，打他个措手不及！"

见郑和如此自信，张谦遂不再吭声，只命旗官打起灯笼，指挥各船列阵。郑和船队出海两年，战阵早已演练得炉火纯青。此番旗语大出，各船火长立刻指挥舵工开始操舵，水手和民梢们也开始奋力摇橹。不一会儿，十二艘战座船便驶到郑和座船之前，呈人字形面向前方摆开。同时，左右两翼也各有十艘马快船列成队形，四艘体形较小的战船则布于船队尾翼，以为警戒。至于剩下的几艘粮船和水船，则都聚集到郑和座船周围形成卫幕，保卫主船安全。此阵乃郑和船队航海时的通用阵形，但有交战，以此阵迎敌，则各船可互通声气，进退如一。先前因为要隐匿行踪不能举火，故郑和冒险舍弃此阵，只命各船首尾相望，列单纵队潜行。而此时已无隐匿必要，自然需要恢复常制。

郑和这边一举火，前方的海盗便就察觉。而明军的突然出现大大出乎陈祖义所料，猝不及防之下，海盗立刻陷入一片混乱。直到郑和列阵完毕，海盗仍在仓皇整军。见己方前卫距离敌船已不过里余，郑和下令停止前进，接着"嗖"的一

265

声抽出佩剑，向前方稳稳一指。旗官见着，立刻将指令化作灯语打出，只听"轰轰"一片作响，海盗船队中便传来一阵惊呼之声。

开炮的是十二艘前卫战座船。此类战船每艘上头皆配有二十四门碗口将军，上百门大炮一起开火，其威力之大可想而知。海寇们虽横行南海多年，与南海诸国也交过无数次手，但那些番邦小国之水师又岂能与郑和的船队相比？只见明军战船火炮齐鸣，无数炮子呼啸飞来，海盗战船本就不算坚固，此刻又无准备，被明军一阵炮击之下，顿时更加混乱。一时间，一些胆小的便开始驱船脱离战场，剩下的虽欲结阵，但在明军炮击和溃散船只的双重干扰下，无论如何也列不成阵形。

短短半个时辰，已有十余艘海盗舰船被击中覆沉。直到此时，他们才稍稍缓过劲来。在陈祖义的指挥下，二十余艘艨艟和海鳅被放了出来。这些小艇上各装载数十军士，他们仗着船小速快，硬是在明军炮火的缝隙中杀出一条血路，向前卫的战座船逼近。

与此同时，明军两翼的马快船也杀了出来。此类战船身形狭长，船头犹如尖刀状，它们的参战极大限制了海盗小船作用的发挥。马快船上的明军将士人手一门手把铳，望见敌船上的海盗便打，不一会儿，几艘海鳅上的人便被打得精光。艨艟船体边缘有女墙相护，海盗们龟缩墙内，只从悬眼往外放箭，明军一时奈何他们不得。不过当明军战船杀上时，僵持局面顿被打破。只见无数明军弓手冲上战船甲板，将万千火箭自上而下射向艨艟。一时间，艨艟上的篷、索、帆、板尽皆起火，海盗们再也坚持不住，纷纷跳入海中，随即被明军射杀。

战斗持续了两个时辰，到拂晓时，海盗终于崩溃，尽管陈祖义在三层楼船上狂呼乱叫，但事到如今，再也无人听其号令。一些小船纷纷从两翼出逃，更多的则放弃抵抗，走上甲板向冲杀过来的明军弃械投降。陈祖义见大势已去，无奈之下只得纠集了数艘大船，欲强行杀开一条血路，但很快便被明军大小舰船团团围住。最后，当投海自尽的陈祖义被明军水手捞起，五花大绑地送到郑和面前时，这位曾经不可一世的海上枭雄终于低下了头颅。

经此一战，陈祖义的两万海盗悉数被歼，其旧港老巢闻信后也向明军投降。而此战过后，郑和水师的威名传遍南海，列国欢呼海盗覆没之余，对大明亦更加敬服。按照约定，郑和将旧港治权付于施进卿，作为其充当诱饵的奖赏，并答应回朝后为其请封。略事休整后，郑和在旧港的欢呼声中扬帆起航，追上王景弘的主力大部，一道北返归国……

待郑和述完，永乐回味良久，方一拍双手展颜笑道："此贼横行海上多年，终被你等所擒，正应了'天网恢恢，疏而不漏'一语。从此以后，南海再无祸患，你等为天下做了件大好事！"

"此全赖陛下洪福！"郑和赶紧奉承一句，又问道："如今陈贼已押解至京，如何处置，还请陛下示下。"

"弃市！"永乐毫不犹豫地迸出两字，又冷哼一声道："此等恶贼留在世上何用？朕自会命刑部赶紧定谳，年底前务必将他明正典刑，届时所有入朝番使都会前往观刑。"

郑和立马明白，皇爷这是要借此机会邀远人之心。南海番国受陈祖义祸害多年，让他们的贡使亲眼见到此寇伏诛，无疑会使他们感恩戴德。当然，这其中也隐隐包含着威慑番夷的意思，他赶紧道："陛下圣明！"

"还有那个施进卿，身居荒服心向大明，不愧为华夏子民！既然他已全有旧港，又建此大功，那朕也不能亏待于他。便依其所请，于其国设旧港宣慰司，以施进卿为宣慰使！"

"是！"郑和大喜。

"好了！"永乐一望窗外，发现天色已黑，遂笑道："你与景弘刚刚回朝，便被朕召进宫说了这许久，想来已累坏了吧？赶紧道乏，回去歇息吧！"

"谢皇爷！"郑和与王景弘赶紧起身行礼。

"对了，二下西洋的日期你二人都已知道了吧？"当郑、王二人一只脚已跨出御书房的门槛时，永乐的话声又把他们召了回来，"三个月后便要再次出海，你等莫要懈怠，歇息几日后还需抓紧时间早做准备！"

"是！"郑和二人齐声应诺，随即起身道乏。

郑和二人走后，永乐想到一下西洋的大获成功，顿时心头大慰。他走到书架前，抽出一本《诗经》翻到《小雅·北山》一节，那句家喻户晓的诗文映入眼帘："溥天之下，莫非王土；率土之滨，莫非王臣。"

自朕起，诗中所言，将不再仅是虚文。将书放回原处，永乐满脸坚定地想。这一夜，他睡得十分酣甜……

郑和一行进京过后不久，都督金事柳升也押解着黎季犛父子抵达京城。相较于郑和的招揽番使入朝，黎季犛父子被解入京无疑更加令人振奋。为此，朝廷再次举行奏凯献俘嘉礼，规模之大远胜于郑和还朝。当黎季犛父子被五花大绑地引至午门前,向五凤楼上端坐的永乐皇帝跪下请罪之际,那些曾经在安南胡朝威胁下惶惶不可终日的南海番国的使臣们, 此时莫不生出白云苍狗之感,他们再看永乐的目光中,则更多了几分敬畏、几分拜服。而大明的赫赫威名,也在这一刻达到了新的高度!

第十六章

议北巡汉藩密谋 固储位太子应变

经过三年的编纂,《文献大成》终于大功告成。修成后的《文献大成》共二万二千八百七十七卷,目录六十卷,一万一千零九十五册,三亿七千万字,凡天文、地理、人伦、国统、道德、政制、名物、奇闻异见以及日、月、星、雨、风、云、霜、露和山海、江河等一律收载。全书分门别类,辑录上自先秦、下迄明初的典籍八千余种,大凡经史子集与道释、医卜杂家之书均予收辑,并加以汇聚群分,其详备前所未有,乃华夏第一巨作!

类书辑成,永乐览之大悦,并亲自作序。永乐五年十一月十五,永乐率百官勋戚驾临奉天殿,总裁姚广孝、刘季篪率一众修纂官员正式进书,永乐郑重受之,命藏于文渊阁,并诏告天下:

> 朕嗣承洪基,缅想缵述,尚惟有大混一之时,必有一统之制作……乃命文学之臣,纂集四库之书,及购募天下遗籍,上自古初,讫于当世,旁搜博采,汇聚群分,著为奥典……用韵以统字,用字以系事。……包括宇宙之广大,统会古今之异同,巨细粲然明备,其余杂家之言,亦皆得以附见。盖网罗无遗,……名之曰《永乐大典》。

从此,《文献大成》便更名为《永乐大典》。

在进呈《永乐大典》的大礼上,朱高炽与朱高煦均一身吉服序班观礼。与朱高炽的发自内心的喜悦不同,朱高煦对这部皇皇巨著丝毫提不起兴趣,只能强作笑脸跟着一众臣僚一起山呼拜贺。大礼结束,永乐于华盖殿设宴奖掖一众修纂官员,朱高炽欣然作陪,朱高煦却借口身子不爽,请辞后径直打道回府。

回到汉王府,朱高煦便直接走入煦园,见史复在几个人侍候下,优哉游哉地坐在池塘边的石桌旁温酒赏梅。

"史先生好兴致!"朱高煦挥手让下人散了,自己在石凳上坐下,拿过一个酒杯斟满酒,随即一饮而尽。

史复看着朱高煦把酒喝完,微微一笑道:"在下本想着王爷最快也得午后才会出宫,便生了偷得浮生半日闲的念头。却不料方到此坐下,您就回来了。"

"看来本王扰了你的兴致。"朱高煦也是一笑。

本打算独自喝酒,史复此刻未蒙面纱,朱高煦看着他布满伤疤的脸,顿时一阵反胃,忙扭头装作观景赏梅:"都是些酸儒,本王和他们聚在一起有什么劲?早早回来,也落得清静!"

这几年在史复的参谋下,朱高煦在朝政方面颇有长进,但史复也清楚,这些其实都是无源之水无本之木,并无太多真才实学为基础。一旦没了自己这个谋主,这位亲王的本事绝不比十年前高明多少。故而,他建议朱高煦尽量少与那些博学鸿儒们聚在一起,理由是一旦谈经论道,朱高煦要么不能开口,要开口则极有可能露馅,遭人耻笑。朱高煦也知道自己的斤两,对史复之言遵行不二。几年下来,虽说大家并不认为这位汉王已有满腹学问,但至少也赞同他在明晰事理方面还是很有长进的,永乐亦持此观点。这对这位曾经以"粗鄙无文"而闻名的王爷来说,已十分难得。此次永乐设宴,参加者皆是编纂《永乐大典》的饱学之士,席间免不了对此类书大加议论。到时候大家引经据典、纵论古今,他朱高煦却插不上嘴,那未免就太尴尬了。更重要的是,朱高炽这位学富五车的太子爷也出席宴会,朱高煦就更不希望以自己的寡闻来衬托东宫的"博学多识"了。因此,史复笑道:"善藏拙、知进退,王爷能做到这点,已较往日练达许多。"

"如此便是练达?"朱高煦有点哭笑不得,又摇摇头道,"又不当吃又不当喝的,也不知父皇花这多功夫修这书有什么用?"

"皇上志存高远,欲比三代贤王,有此等举措亦不足为奇。"两人正叙话间,一阵洪亮的声音从背后响起,他俩回头一看,纪纲已笑着走了进来。

"也不仅仅是藻饰太平这么简单!"史复兴致不错,笑着接过口道,"一开始时还不觉得,如今再回过头看,其实一部《永乐大典》除了向世人彰显煌煌文治外,也多少有着借此体现华夏文明之盛,诱使番人对中华心生向往之意。内圣然后外王,故修纂大典其实也是文以教化之一种,对化夷入夏、拓土开疆亦有裨益！"

纪纲以前对史复颇不服气，好几次在朱高煦面前给他下绊子。但这几年相处下来，史复却从未有排挤纪纲的意思，对他的讥讽乃至挑衅也都一笑置之。有了这些因素，纪纲虽仍对史复戒心不减，但也不至于像以前那般处处都要一较短长，两人的关系至少在明面上已亲近许多。此刻听了他的分析，纪纲也笑着点头道："嗯，先生言之有理！不过照此说来，太子热衷修典，倒是难得与陛下对外开拓的心思合拍了一回。"

"他也就是瞎猫碰着死耗子！"朱高煦不屑地一哼。几年的历练，已使他较以往稳重不少，不过当着史复和纪纲的面时，他偶尔也会显露几分张狂。

史复望了朱高煦一眼道："确是如此。听说下个月郑和又要下西洋了，这事太子总不会赞同的。"

"那是自然！其实不仅大哥，六部中许多堂官也对这事不以为然，只不过父皇心志甚坚，加上夏元吉、金忠他们几个要员也都迎合上意，其他人也就找不到由头去说罢了。"朱高煦接过话头道。

纪纲笑着道："拓土西洋，皇上这心气也太高了，偏偏这理由还不能摆到明面儿上讲，只能说什么要招抚蛮夷。要不是王爷知道此举的深意，连我都觉得此事荒唐！"

"太子身为国储，绝不会于此等大事一无所知，皇上肯定给他透露过一些内情。就是朝臣们也未必尽蒙在鼓里，只不过他们即便知道，也多半不会赞同，毕竟此举太过惊世骇俗。皇上为不使番夷惊疑，又不愿将此事摆到明面儿上讲，这样一来旁人便没办法直言相谏，也就只能就着耗费说事罢了！"史复一番轻描淡写，便将太子和朝中文官的心思剖析无遗，又潇洒地一摆手道，"皇上与太子孰对孰错，与我等毫无关系，这些闲话就不用说了。眼下咱们最要紧的就是要好好利用君臣之间，尤其是皇上与太子之间的矛盾，为夺储大业再使一把劲！"

史复此言一出，朱高煦立刻将刚才闲聊时的散漫神情敛去，一脸严肃中又隐隐带着几分期待道："莫非先生有办法在下西洋上再做文章？"

"王爷也太抬举在下了。要想谋划得逞，那除了人算外也得看机缘。如今太子地位不稳，别说他未必还敢出言劝谏，就算强要出头，也不过就是国力不支这类老调重弹，激怒不了皇上。他二人不生龃龉，我等就算想从旁挑唆，也不好下手。"

听史复这么说，朱高煦眼中闪过一丝失望。

史复饶有兴致地看着朱高煦脸上的风云变幻,末了脸色一变,一本正经道:"王爷无须沮丧,其实现在已有一个大好机会摆在眼前。只要王爷能把握住,那不用再行什么挑唆离间的勾当,直接就能把太子拉下马来,将您一举送进春和殿!"

"啊!"听得史复此言,朱高煦又惊又喜,激动地问道,"先生此话怎讲?"

史复心中紧张盘算一阵,觉得确有把握,遂一脸坚定道:"这几年来,王爷在朝政上屡有建树,尤其是您鼎力支持开拓国策,与陛下心意十分契合;相反,太子却过失不断,更是在国策上与陛下分歧严重,这已使得其地位岌岌可危。若在下推测不差,至少在陛下心中您已超越了太子。这一点,不知王爷平日可有察觉?"

朱高煦沉吟一番,点点头道:"先生说得对,这半年来,本王每日都在御前随侍,父皇但有大事也会征询本王意见,却很少召见大哥,国事上头也从不向他问询。如此说来,本王在父皇心中的分量的确已超过大哥。"

"王爷心细如发!"有了朱高煦这句话,史复底气更足,语调也提高了几分,"自来欲更易储君,一则在于帝王心意,二则取决于百官态度。今太子已然失宠,使陛下生废立之心不难,那接下来便是要获取朝臣支持。朝堂之上,原本是太子一系占优,但如今李景隆、茹瑺、解缙等拥戴太子的重臣已相继被黜,东宫声势大减,王爷正可乘虚而入,在朝堂上重夺优势。"

"这个怕是不可能吧!"纪纲本端起茶杯欲饮,听史复这么说,便停下插口道,"李景隆和解缙是完了,可金忠、夏元吉还有内阁那帮酸学究还在,而且都深受陛下信赖,他们可都是铁了心跟太子走的。而今的朝堂都是文官们说了算,咱们再怎么造势,也压不过他们。"

朱高煦本已被史复说得蠢蠢欲动,听纪纲这么一说,顿时如泄了气的皮囊,半晌才恨恨道:"要是丘福他们几个在,也未必就压不住这些文官,金忠这江湖骗子太毒了。"

当年册封太子后,朱高煦赖在京城拒不就藩,永乐也不催他。金忠见状,便以兵部尚书的身份上书,说行在重地需有大将镇守,请将淇国公丘福、安平侯李远、靖安侯王忠、武城侯王聪、同安侯火真五人调往北京。他们这几个都是位高权重的靖难元勋,也是燕藩旧将中与朱高煦关系最为密切的重臣。金忠此举,无疑是要将他们赶出朝堂,以削汉王之势。当时国储已立,永乐虽然默许朱高煦滞留京城,但也不想让他把朝堂搅得一团糟,故顺水推舟把丘福他们改派到行在后军都督府任职。

丘福等一走,附和朱高煦的声音随即大减。如今四年过去,朝中风云变幻,朱高煦重新崛起,而太子的宝座却摇摇欲坠。可就在这易储大业的节骨眼上,被倚为干城的丘福等人却在三千里外的北京,朱高煦是又气又急,嘴上骂骂咧咧,心中恨不得将金忠大卸八块。

朱高煦的愤恨,史复一丝不漏地全瞧在眼里,不过他丝毫没有附和之意。待朱高煦发泄够了,他才从容自若道:"王爷不必忧虑,在下有一策可使朝堂一夜之间变成咱们的天下。"

"哦?"这一次不仅是朱高煦,就连纪纲都张大了嘴巴。如今鞑靼威胁日甚,丘福他们绝不可能回京,而且就算回来,汉王系也只能和太子系分庭抗礼。史复一开口就是彻底压过东宫,而且言之凿凿,这让他俩都大惑不解。

"先生有何计策,请速速道来!"事关夺储成败,朱高煦的心已经提到了嗓子眼,说话的声音都微微发颤。

"前番对付李景隆和解缙,咱们使的是阴谋;而今变动朝堂,咱们就用阳谋!"史复有意卖了个关子,待把朱高煦和纪纲的胃口吊得差不多了,才一字一句道,"王爷可找个机会跟陛下提议,以震慑鞑靼为由请陛下北巡!"

"巡狩行在?"

"正是!朝廷重臣中,要说与殿下最为亲近,说话分量最重的非淇国公他们几个莫属。金忠老奸巨猾,一眼看破此节,故将他们赶出朝堂,此乃釜底抽薪之计。不过金忠他能斩臂,王爷也能将它们重新接起来。只要说动皇上北巡,那朝廷实际上就移到了行在,丘福他们也就能在皇上面前为殿下张目。"史复一脸自信地说到这里,不无得意地一笑又补充道,"天子北巡,朝臣必然要分为护驾与留守两拨。而北京乃边塞重镇,皇上既为巡边,那文官大半都会留京,随行大臣自以武官为主,再加上丘福他们,还有留守北京的赵王,届时行在朝堂上,王爷的势力就能压过太子。王爷的圣眷已在太子之上,又能在朝堂上占得优势,这便是占据了天时地利,易储的机会便就来了!"

史复道毕,朱高煦尚在权衡,纪纲却立刻意识到,这是要和东宫决一死战了。

尽管对摊牌早有准备,但真当把此事搬上日程时,纪纲心中仍怦怦直跳。他有些紧张地望着史复道:"我记得先生当年说过,要行易储,最少也得十年。如今过去不到四年,先生便说时机已到,是不是太急了些?"

"当时在下是有十年之语。"史复呵呵一笑道,"然兵法有云:'势者,因利而制权也!'这三年多来,王爷进步既速,东宫衰微亦疾,形势变化之快已远超当年所料。既然形势大变,王爷已有得胜之机,那我等自不应拘泥于当年陈见。"

"先生说得在理!天赐弗取,反受其咎。如今既有机会,那本王自当一搏。"朱高煦右手握拳,朝着身旁的石桌狠狠一砸。他本来就嫌十年太长,如今听史复这么说,当然大力赞同。

纪纲本也觉得可以一搏,方才不过是一时犹豫。此刻见史复信心满满,朱高煦也点了头,他便也不再犹疑,当即也气势汹汹道:"好,便拉开架势和太子干上一场!不过,天子北巡非同小可。若无充足理由,恐怕难以说动陛下成行!"

"其实不难!"史复笑着应了一声,随即对朱高煦言道,"自永乐元年始,朝廷便下旨在北京营建宫室,其间虽屡有波折,但皇上一直都颇为重视。及至仁孝皇后升遐,其又命于北京择陵,由此可知,皇上心中已有迁都之意。这些,王爷和缇帅以为然否?"

自打在北京筑陵的消息传出后,连京城的贩夫走卒都已知道皇帝有意迁都,何况日日在父皇面前转悠的朱高煦?听史复发问,他毫不犹豫地点了点头道:"不错,父皇在北京就藩多年,于彼处感情深厚。而且北京地处燕赵,自古民风剽悍,在此处建都,于维系我大明尚武之风大有裨益。而且父皇还跟本王提过,自永乐二年撤大宁都司,让其地与朵颜三卫后,大明与胡人之间已无缓冲。一旦鞑子突破燕山,则将直达中国腹地。近两年来鞑靼日强,朵颜三卫受其胁迫,对大明也不像起初那般恭顺,父皇以为既已如此,不如将来迁都北京,取'天子戍边'之意,以内安民心,外慑戎狄!"

"不错!皇上既有意迁都,其对北京的重视自然非同一般。如今距靖难结束已有七载,皇上却一直待在南京,巡视行在亦在情理之中。据北京来报,袁拱老道已在昌平选好了吉壤。陵寝重地,尚需天子亲自勘定。最后,鞑靼之患日甚,北京边防重地,天子应御驾亲临,检阅三军,以鼓舞士气、振奋人心。以上述理由上奏,陛下多半会答应!"史复赞同道。

"好!那本王明日就上奏,请父皇北巡行在。"想到夺储有望,朱高煦满面春风。

纪纲也很激动,不过他的心思缜密,待思虑一番后,一个疑惑浮出脑海:"一旦陛下北巡,王爷自是随行护驾,而太子很有可能会留京监国。自册立以来,太子一直未有机会亲手打理政事,而今得此良机,焉知其不会如鲲鹏展翅,大有一

274

番作为？果真如此，那他就在朝中站稳了脚跟，皇上也会对他刮目相看，那咱们可就是搬起石头砸自己的脚了！"

听纪纲这么一说，朱高煦也冷静下来。太子出任监国，除了可以趁机培植势力外，更意味其地位巩固，他犹疑地对史复道："纪纲说得对，咱们这可是白送给大哥一个出头机会，万一他真成了气候可怎么办？"

"就是要让太子出头，"史复眨眨眼笑道，"要是没这个机会，没准还废不掉他这个太子呢！"

"此话怎讲？"

"刚才在下已言道，王爷已占据天时地利。但要想夺储成功，还缺一项人和。现太子已占据大位，只要德行无失，那皇上就是再不满意也不能行废立之事。而太子为人宽仁敦厚，想让他失德几无可能，故只能在'行止有差'四字上下功夫。"史复侃侃而谈，眼中寒光一闪，"太子最大的失策便是在治国方略上仍信奉着休养生息那套，与陛下的开拓振兴南辕北辙，而偏偏这开拓国策又是陛下最为看重的。不过以前太子与王爷一样，虽有参与政事，但不过是从旁建言，纵然忤逆圣意，但陛下不纳便是，于国事不致有损。但一旦让太子监国理政，在下料定他会将心中想法用于政事当中，这样动静和干系可就大了。届时王爷可在太子处理的政事中逮着几件与国策扯上关系的拿到御前参劾，陛下对太子的不满及对开拓大业前景的担忧必然骤增，如此一来，太子的人和优势也就荡然无存。到时天时地利人和具备，王爷再鼓动朝臣策动废立之事，岂不是水到渠成？"

"好一个天时地利人和！"朱高煦已兴奋得满脸通红，仿佛春和殿的宝座已近在眼前。略一思忖，他一咬牙道："舍不得孩子套不着狼，本王即日便倡此议！"

"不急。御驾北巡牵涉太广，仅是筹备就得花好些功夫。而且此等大事绝非旦夕可以决定，咱们须好好计议，免得那帮文官们瞧出门道横加阻拦，搅了王爷的好事。"史复笑着劝道。

"怕什么？那些文臣们肯定会趁机鼓噪东宫监国，哪能想到这是咱们的欲擒故纵之计？"纪纲大大咧咧道。

你一言我一语，朱高煦一旁听着心头大爽，再也无法压抑内心的喜悦，终于放声大笑……

登基后的第六个元旦，永乐是怀着非常愉快的心情度过的。在过去的一年中，安南黎氏被彻底击败，郑和出使西洋亦凯旋，堪称古今第一巨著的《永乐大典》也修好,这三件大事不仅昭示着开拓振兴的国策初见成效,也象征着永乐的文治武功达到一个新的高度。上午的大朝仪上,当各番邦贺使与文武百官一起山呼,口诵恭贺时,永乐的内心萌发出一股强烈的骄傲和自豪。而这种感觉,让他深深地陶醉和沉迷。

之后没几日,朱高煦便进了乾清宫的御书房。他见永乐心情不错,便趁机抛出了御驾北巡的建议。朱高煦的建言是史复精心准备的,巡视行在、检阅军卫、勘定陵寝,随便哪一条都是正正当当的理由。其中隐约透出的推动迁都之意,更是让永乐心有所动。而且此时提出北巡,时机选择得也相当不错。大明王朝如初升的朝阳,作为天子的永乐也受连番捷报激励,正欲建立更大功业。有了这些因素,他立刻就产生了浓厚的兴趣。

"北巡行在,动静会不会大了些?真要成行,少说也得花上百万贯。朝廷眼下用银的地方甚多,似无必要行此铺张之举吧?"此时杨荣正在永乐身边随侍,这位刚刚晋升为詹事府右春坊右庶子的天子近臣对朱高煦抱有极大的戒心,此刻见他突然提出这么一项重大建议,便本能地怀疑其中暗含了对东宫不利的阴谋,随即出言质疑。

"这哪是铺张?"对杨荣的质疑,朱高煦早有准备,当即一哂道,"道理刚才都讲了。而且眼下国库虽不富裕,但较去年时已好转许多,交趾平定后,朝廷在南边的粮饷开支也省了不少。待到北巡成行时,户部怎么着也有七八百万贯的盈余了吧?拿百十万贯绰绰有余!"

见朱高煦如此积极,杨荣更加疑惑。他在御前随侍数年,经常碰见朱高煦向永乐建言国事。但他论政大都只是迎合上意,对永乐的既定决策予以完善和支持,像今日这般自作主张提出一件大事,杨荣还是头一回见。虽不能断定朱高煦一定别有用心,但他仍出言驳道:"北京有赵王留守,从未生出什么大乱子,陛下去或不去都差不多。至于检阅军卫、勘定陵寝,遣一二大臣去做便可,何劳陛下躬亲?朝廷用银的地方不少,就算有所盈余,也当用在有益之处。"

"这怎么会是无益?"朱高煦哼了一声,"御驾北巡,就算花了些银子也是用在经营行在上。如今鞑靼威胁与日俱增,塞上已是风声鹤唳,父皇亲临北京,对遏制鞑靼、巩固塞防大有裨益。这其间用处,岂是区区百万贯银钱换得来的?"

刚才朱高煦和杨荣争论,永乐听在耳里,觉得他二人说得都有道理,故一时不能决。但当朱高煦把鞑靼抬出来后,永乐顿时心念一动。

自永乐元年以来,塞外的鞑靼迅速崛起,渐有南侵之势。永乐绝不能容忍鞑鞑靼坐大,但朝廷刚刚收复交趾,又要支持郑和下西洋,一时没有余力派兵出塞,故只能采取怀柔之策。

可形势的发展却远超永乐所料。近两年,鞑靼几次击败草原上的另一个强大部落瓦剌,连作为明朝屏藩的朵颜三卫也受其胁迫,渐渐首鼠两端。如此一来,鞑靼对大明的威胁就愈发明显。据漠北传来的消息说,阿鲁台正厉兵秣马,准备南侵中国。

朝廷当然不怕鞑靼,但也不想这么早就和阿鲁台开战。在目前形势下,如何拖延时间就成了摆在永乐面前的一个难题。对此,他思谋许久,可除了遣使安抚以外, 也一直没想出什么更好的办法。可朱高煦的这一番话却给了他一个启发——北京乃边塞重镇,自己以天子之尊御驾亲临,那阿鲁台纵然再狂妄也得忌惮三分。若他因此心生犹豫而放缓南侵步伐,这对大明倒真是一件天大的好事。不过北巡牵涉太广,永乐再强势也不能在这件事上乾纲独断。想了一想,他微咳一声打断了他们的争论,威严道:"兹事体大,非一时可决,待来日上朝再议!"

朱高煦也没打算一次提议便让永乐答应。方才他在争论时,也一直在暗中窥伺父皇神色。从永乐微微颔首的举动中,他断定父皇已对北巡起意,心中便有了数,遂不再多说,只闲叙一阵,便告退出宫。

朱高煦走后,永乐与杨荣议了几件无关紧要的朝政,便也让他道乏。杨荣走出乾清宫,回想刚才的一幕,越想越觉得古怪,于是也不回文渊阁,而是直接往春和殿而去。

杨荣到春和殿书房时,朱高炽正和黄淮、杨士奇、蹇义几个围着火炉叙话。见杨荣进来,朱高炽遂叫一旁侍候的内官搬了张檀木凳子到火炉前,随即笑道:"勉仁快过来坐,元旦过后就没见你影子,还以为你把这春和殿忘了呢!"

尽管朱高炽明显是在揶揄,但杨荣还是吓了一跳,赶紧深深一揖解释道:"臣岂敢!只是这几日陛下使唤得紧,臣每日都是宫门下匙前方从乾清宫出来,故一直未寻得机会拜谒太子。失礼之处,还请太子恕罪!"

朱高炽与杨荣一直很亲密,他也知道杨荣极忙,方才这么说也不过是开个玩笑。见杨荣如此郑重,他倒有些过意不去,但心中又颇为欣慰,招呼贴身内官王三儿道:"还愣在旁边做什么?赶紧把新贡的朱橘拿来,还有如意糕和八宝茶也一并端来。"

朱橘是明时对福橘的别称。福橘产于福建,色泽鲜红、甘美爽口,而且又以福字命名,橘字也与吉字同音,故很受欢迎,是春节时招待来客的必备之品,宫中也不例外。如意糕和元宝茶亦如此,都是为了在新年时博个好兆头。

杨荣在乾清宫一直未进食,此时也觉得有些饿了,便接过托盘拿了几块糕和着茶吃了,又剥开一个福橘拿出几瓣嚼了,才抹抹嘴道:"其实臣此番来是有事要禀知殿下。"遂把方才乾清宫里的事说了,末了又道,"汉王一向少有倡议,此番突然提出北巡,臣觉得有些突然,便来跟殿下通个气。"

杨荣话一说完,书房内立时安静下来。这两年朱高煦气势咄咄逼人,东宫这边的压力已越来越大。在座的大臣听得此言,立刻都开始紧张思考。

"其实这是好事啊!"半晌,蹇义首先开口道,"咱们正可趁此机会请太子主持国政,陛下不可能不答应。只要殿下开始监国理政,就可以在朝中站稳脚跟。"

朱高炽已年过而立,身为国储,他完全应该走到台前开始学习处理朝政。可一直以来,朱高炽都只能从旁建言,从未有机会直接理政,这一点一直让太子系大臣忧心不已。如果能趁永乐北巡之机将太子推上监国的位置,那无疑对巩固朱高炽的地位十分有利。

"蹇大人所言不差!"杨荣皱着眉头道,"且不论北巡于朝廷究竟是利是弊,仅就由汉王首倡来看,这里头就显得诡异。天子出巡、太子监国,这是沿袭千年之制,难道汉王会瞧不明白?他既知晓,又岂会给太子留下这么一个天大的良机?"

杨荣这么一说,房内众人便又陷入沉默。的确,任何一个人倡议北巡都很平常,可唯独由汉王提出就很不合情理。沉思半晌,朱高炽抬头望向黄淮道:"宗豫,你怎么看?"

黄淮心中一紧。这一年来,这位内阁学士已憔悴许多。当初黄淮协助纪纲斗倒解缙,本是想趁机取而代之。孰料解缙出京后,永乐却将翰林学士之职给了胡广。而之后不久,关于纪纲造访黄府的消息在坊间不胫而走,各种流言蜚语皆直指黄淮,认为解缙倒台一事他也有参与。尽管传言并无证据,永乐、朱高炽以及众内阁同僚也觉得纯属捕风捉影,但士林间的非议并未因此而销声匿迹,反倒传出好几个版本,且都活灵活现,对黄淮的清誉造成了十分不利的影响。黄淮猜到这股妖风是纪纲故意放出来的,目的就是为了抹黑自己。可他做贼心虚,也不敢奋起还击,唯有咬牙忍了。只是黄淮本就不是度量恢宏之人,如今偷鸡不成蚀把米,他又气又悔又恨之下,生生被憋出了一场大病。病愈后,黄淮的精神大不如前,此刻听得太子发问,他怔了好一会才有些不自信道:"臣也想不明白,要不……索性走一步看一步？待形势明朗再说？"

黄淮的答案显然不能让人满意，朱高炽遂又将目光投向杨士奇。这几个臣子中，杨士奇最得信赖，且他又一向稳重，朱高炽希望他能从中瞧出几分端倪。

杨士奇低着脑袋，右手不停地捋着颔下胡须，过了许久才抬起头淡淡道："臣亦参不透其中玄机！"

朱高煦眼中闪过一丝失望，正欲再言，杨士奇又道："不过臣倒觉得，宗豫兄所言也不失为应对之法！"

"哦？为何这么讲？"

杨士奇目光炯炯道："敢问殿下，对于北巡一事，您以为陛下意下如何？"

朱高炽稍一沉吟便道："父皇在北京就藩多年，如能故地重游也是一大快事。而且二弟所列理由也都说得过去，以我所料，父皇八成会赞同北巡！"

"不错！"杨士奇点点头道，"汉王持理甚正，又迎合了陛下心意，故北巡一事虽未最终定议，但其已势在必行。既然如此，那我等也无须反对，来日廷议时也点头附和便是。"

蹇义面带忧虑地道："万一汉王包藏祸心怎么办？臣就不信汉王此举完全出自公心，更不信他会白白送给太子爷这么一份大礼！"

"臣亦不信！"杨士奇眉头紧锁，"可至少眼下还看不出汉王图谋！甚至从表面上看，对东宫还有好处。如今形势，敌在暗我在明，唯有以静制动，以不变应万变。"

蹇义当然没什么办法，思虑再三，他只得无可奈何地叹了口气咕哝道："就怕瞧出门道来时，已经来不及了。"

听蹇义这么说，杨士奇也是满脸无奈，遂将目光投向朱高炽。朱高炽也是一脸苦相，只得道："眼下也唯有如此了！"说着，他又对杨荣颇怀期许地道，"勉仁，如今父皇身边，就数你最受信任。接下来你还得多留个心眼，万一瞧出二弟有什么动静，一定要及时来告。"

"殿下放心。"杨荣赶紧郑重应答。一旁的黄淮听着朱高炽之言，心中顿时酸溜溜的，但最终也只是暗中一叹，嘴角浮出一丝苦涩的笑容……

汉王倡议，永乐暗许，东宫也不反对，廷议时北巡一事的通过也就顺理成章了。其后几个月里，朝廷上下就天子北巡一事开始筹备。礼部制定北巡相关礼制，并布告各省；兵部会同五府甄选护驾亲军；户部则筹措粮饷，以供北巡期间种种开销；北京行部亦接连行文朝廷有司，询问接驾事宜……

不过虽然天子北巡事关重大,但毕竟不比征战赈灾,加之永乐亦不想铺张,故筹备起来事情虽芜杂,但并不棘手,用度也不至于太过惊人。何况朝廷定下的北巡日期是永乐七年初,其间有一年多的时间,这样各衙门处理起来就更加游刃有余,并未因此耽搁了日常政务。

转眼间就到了永乐六年的初夏,随着北巡日期的日益逼近,朝廷越发忙碌起来。这一日早朝,礼部议奏北巡合行事宜。朝会结束,永乐又移驾武英殿召见胡广、金幼孜、杨士奇、黄淮、蹇义、夏元吉、金忠、赵羾,以及刚刚接替病逝的郑赐就任礼部尚书的刘观等。君臣议了一个多时辰,众臣僚才告退出来。出了殿门,其他外臣皆从午门出宫,回衙门署事。蹇义一直肩负皇帝与太子之间沟通联络之职,今日所议涉及东宫,他便和胡广、金幼孜两人一起穿过左顺门,在文渊阁外拱手道别,往北走过金水河小桥,向春和殿而去。

蹇义进了春和殿,刚走到书房前,便从里面传来一阵诵读声,他遂先站在外头,伸头往里一瞧,却见皇长孙朱瞻基正侧背对着自己,站在书案前背诗——

> 旻天疾威,敷于下土。
> 谋犹回遹,何日斯沮?
> 谋臧不从,不臧覆用。
> 我视谋犹,亦孔之邛。
> 潝潝訿訿,亦孔之哀。
> 谋之其臧,则具是违。
> 谋之不臧,则具是依。
> 我视谋犹,伊于胡厎。
> ……

去年四月开始,朱瞻基在永乐的亲自安排下正式出阁就学,师从太子少师姚广孝及翰林院待诏鲁瑄、郑礼。几个月后,仁孝皇后大行,姚广孝奉命赴北京勘察陵寝,永乐遂命几位内阁学士暂代姚广孝之职,教授《四书五经》。此刻他背的正是《诗经·小雅》中的"小旻"一节。

蹇义知道这位皇长孙少年聪慧,深受永乐喜爱,此刻侧耳旁听,见其抑扬顿挫、一气呵成,声调中虽仍带着孩童特有的清脆,却隐隐透着一股老成稳重之气,暗想太子一向不受陛下待见,却偏偏生了这么个天资聪颖的皇孙,当真是大幸也!不过当朱瞻基背到最后的"战战兢兢,如临深渊,如履薄冰"三句时,他联想到刚才在武英殿内的计议,心中不由一紧。

朱瞻基背诗时,王三儿正在房内随侍。他站的位置侧对着房门,已先看见了房门外的蹇义,不过朱高炽正在考校朱瞻基,他便没有吭声,待朱瞻基背完,他方侧身跟书案后头低声说了一句,朱高炽遂命朱瞻基站到一边,提高声调道:"宜之大人请进!"

蹇义整了整衣冠,进房向朱高炽和朱瞻基行礼,朱高炽向王三儿使了个眼色,他赶紧端了张凳子到蹇义跟前让他坐了,朱高炽方端直身子问道:"宜之大人刚从父皇那过来吧?听说早朝时议了北巡之事,可是父皇有什么话要跟我交代的?"

朱高炽虽为太子,但一直没有理政,故平常也只是三日一朝。一般政事都是右兼着詹事府官职的内阁阁臣向他禀报,凡有重大朝政且涉及东宫的,则由蹇义过来传达。虽说这种安排符合制度,但明显透着隔阂。尤其是与虽也不能上朝,但日日在父皇跟前随侍的朱高煦一比,这里间的差别就更耐人寻味了。本来朱高煦都能办到的事,朱高炽也没道理不能,但他在朝政见解上与永乐分歧太多,每每他话一出口,永乐便怫然不悦,久而久之,永乐便对他冷淡了不少,平常也懒得见他,这才有了今日的局面。

"回殿下的话,今日早朝礼部议奏巡狩合行事宜,后经武英殿再议,已将此事大体定下,故陛下特遣臣来告知。"蹇义起身说到这里,又咳了一声继续道,"礼部所议,一为巡狩之制,一为东宫监国。此次北巡,扈从马步军共五万,凡有要事及四夷来朝与进表者皆送行在,由皇上亲决。殿下则以监国留守南京,主持朝政,凡内外军机及各藩国急务、有边警,则调军征剿,仍驰奏行在。皇城及各门守卫,皆增置官军。至于其间具体仪制,皇上命礼部再行推敲,现在尚无定论。"

闻言,朱高炽神情一松。对于北巡,他最关心的则是自己能否顺利监国。按理说这根本就不是问题,但如今他在父皇心中的地位江河日下,这就不能不让他有些担心。而且,北巡乃汉王首倡,他一直怀疑二弟会不会是想趁此机会鼓动父皇命他取代自己主持朝政。虽然这种猜测看起来太过匪夷所思,但除此之外,他实在找不到别的理由。前段日子礼部议巡狩之制时,朱高炽整天提心吊胆,生怕朱高煦突然插上一杠子。不过让他感到庆幸又颇感意外的是,朱高煦在这件事上头安分守己,完全没有跳出来拆台的意思。由于摸不清二弟葫芦里卖的是什么药,他即便事先已得知了礼部奏议的内容,但在尘埃落定之前也绝不敢掉以轻心。直到此刻从蹇义口中确认父皇已同意由自己监国,他才长长地舒了口气。不过轻松片刻,一个疑惑立刻又在他脑海中浮现出来,既然二弟不想夺这监国之位,那他倡议北巡又意欲何为?不过这里面的深意他一时半会也想不明白,遂换了话题问道:"行程既已议定,那护驾及留守官员是如何安排的?"

蹇义眼中闪过一丝犹豫,回道:"文官中除臣随殿下留守外,其余五部各出尚书一名护驾,通政司、大理寺、都察院以及小九卿衙门各出堂上官一人,具体是掌印还是佐贰官则待定。五府中也各出都督一名,至于随驾阁臣人选,则由陛下亲决,不在礼部议奏之内。不过,金尚书身子不大好,或许无法北上,皇上有意命兵部左侍郎方宾为替。"金忠这两年身子大不如前,一直是抱病上朝,故不能受车马颠簸。

"二弟呢?他去行在还是留京?"朱高炽最关心的还是朱高煦的去向。

蹇义稍一踌躇,应道:"汉王也北上,锦衣卫指挥使纪纲亦被选中扈从!"

圣驾虽然北上,但一应军国大事仍需由父皇决断,这在礼部议奏中写得明明白白,故六部尚书扈从自在情理中。既然是去北京,那扈从武官选用燕藩旧将也顺理成章。而此次北上最主要的目的便是巡视塞防、检阅军卫,二弟一向跟父皇最紧,又是戎马出身,他跟着去行在就更没什么不对了。至于纪纲,他本就是鹰犬,自然会跟着父皇跑。所有的安排都合情合理,朱高炽遂笑道:"既然父皇做了安排,我遵行便是。只是我虽是太子,但毕竟从未打理政务,此番初任监国,恐还有诸多不适应之处。宜之大人既然留京,届时还请多加指点。"

"臣何德何能,岂敢指点殿下?唯尽心辅佐便是。"蹇义赶紧一揖,随即又抬头望向太子,见其一脸欢喜之色,当即嘴角嚅动一下,似乎要说些什么,但话到嘴边又露出一丝犹豫,最终咽了回去。蹇义的这个细微举动,朱高炽没有察觉,却被一直静静旁听的朱瞻基瞧在眼里。

说完正事,蹇义便告退出宫。朱高炽想着自己即将监国,可以趁此机会一展身手,心中正是兴奋不已。就在他暗自欣喜之际,朱瞻基突然出声道:"父亲,方才儿臣看蹇大人临走时面露犹疑,似乎欲言又止。"

蹇义进房后,朱高炽的注意力便转移到北巡一事上头,几乎把站在角落里的他给忘了。此刻朱瞻基出声,朱高炽先是一愣,继而回忆刚才的场景,遂自言自语道:"难道宜之还有什么不便跟我说的吗?"蹇义因时常受永乐之命到东宫传话,故是外臣中除金忠外与他联系最为密切的。在朱高炽看来,蹇义如果真有什么事,断无道理隐瞒自己。

朱高炽尚在自顾自地思考,朱瞻基又说话了:"或许是蹇大人对北巡有什么想法,但又拿不准,故没有跟父亲说。而且儿臣以前听杨荣师父说过,蹇大人一向谨慎,他又不算东宫属臣,所以比几位学士师父顾忌多些。"

闻言,朱高炽满脸惊讶地看着这个大儿子。他一直流年不利,没有太多心思照顾几个儿子。加之永乐非常宠爱朱瞻基,时常带在身边亲自教导,这就使他对这位嫡长子更缺乏了解。平日父子在一起,也不过是一享天伦之乐罢了,最多像今日这般考校考校诗词。在他看来,朱瞻基虽然一直有神童美誉,但也不过是比一般孩童聪明机灵些,却不料他竟能说出这种深谙人心且洞察入微的话来。一时间,朱高炽对这个大儿子刮目相看。不过,想到这么小的孩子就有这等见识,他惊喜之余,又觉得有种说不出的感觉。

朱瞻基却不知道父亲一时间动了这么多心思,见父亲目不转睛地望着自己,他一时有些慌乱。不过很快他便调整过来,一脸镇定地直面父亲含义复杂的目光。

"你之言似乎有点道理。"朱高炽淡淡作了回答,其实他已信了儿子的分析,却不愿在此事上夸赞。略一思忖,他扭头对王三儿道,"去趟文渊阁,把几位学士都请来。"

"是!"王三儿应了个诺,正要迈步。

朱高炽望了一眼朱瞻基道:"且慢,先将基儿领到他母亲那,再去文渊阁不迟。"

朱瞻基听得几位师父要来,知道是与自己刚才的话有关,遂有意在此旁听,不料却被父亲打发回避,不禁有些失望。但他也不敢违命,乖乖地跟王三儿出了书房,向后殿而去。

朱瞻基刚出书房不久,还不待王三儿去请,胡广、黄淮、金幼孜和杨士奇四人便已推门进来。武英殿议事结束后,他们本就打算来春和殿与太子商议,不过因为永乐特地命蹇义转告议事内容,他们四人未得此命,故有意和蹇义岔开,先回文渊阁歇着。待估摸着蹇义差不多离开了,才一起过来。

与蹇义不同,胡广他们都兼着詹事府的官职,故与朱高炽的关系又亲密些,交谈起来也无须像外臣那般顾忌。朱高炽见他们时,也不必像接见蹇义时那样正襟危坐,而是将右臂放在书案上,稍稍显得随意。

四人行完礼,朱高炽下旨赐座,却先不谈北巡之事,而是把刚才朱瞻基的话转述一遍,末了脸上闪过一丝忧色道:"基儿尚是孩童,却如此世故,也不知是好事还是坏事。"

胡广现在是内阁之首,听太子这么说,顿时笑道:"殿下为何有此虑?皇长孙聪慧过人,这当然是好事啊。"他一张圆脸,又生得白净,要没有颔下那为数不多的几根胡须,便如同一个活生生的弥勒佛。

"这不仅仅是聪慧了,一个十岁小儿便有这等心机,我总觉得过了些!"朱高炽百感交集地叹了口气。

"精细明察,正是帝王之资。"胡广垂首思忖一番,又轻轻地补上一句,"皇上少时也是精明过人。"

朱高炽一愣,随即心有所悟,苦笑一声道:"说得也是。不过我就怕他误入歧途,走了杨广的老路!"

"这个殿下不必担心!皇长孙本就天性纯良,只要教导时能得其法,绝不会重蹈隋炀覆辙!"

"这倒也是。不过这教导之事,也得劳你们几个费心了!"

说完这事,朱高炽又与几个阁臣闲叙几句,遂逐渐进入正题:"宜之大人欲言又止,莫非这北巡合行事宜里头,果真藏着什么不能言道的玄机?"

这也正是几位阁臣来东宫的原因!

端倪是杨士奇最先瞧出来的,其他几个阁臣便将目光对准了他。杨士奇理了理思绪谨慎道:"根据上意,此次北巡,朝中文武都被分成两拨。六部尚书中,宜之大人留京,金尚书也多半不能成行。五府都督也一分为二,随驾者大多是当年北平的旧将,纪纲和汉王也会前往,且北平那边还有丘福他们。此外,还有赵王和淇国公接驾!"

杨士奇的这番话和先前蹇义之言大致相同。不过蹇义算是奉旨传话,永乐只是命他将天子巡狩和东宫监国仪制知会东宫,他又是外臣,虽然心向太子,但也不敢多说,故只是照本宣科。而杨士奇则没这些束缚,便将具体人员安排的情况详细道出,外带还点出了朱高燧和丘福等人。不过就是这么一抽丝剥茧,其意思便就大不相同。

朱高炽也是聪明人,稍一思忖便悟出了其中深意——在朝堂上维护自己的基本上是文官,文官中又以六部尚书地位最高。而六部尚书中最受父皇器重、与自己关系也最为密切的便依次是兵部尚书金忠、户部尚书夏元吉、吏部尚书蹇义三人。如今蹇义铁定留京,金忠也很有可能不能随行,再加上被拆分的左班文臣,北巡期间,东宫在父皇身边的影响将被削弱大半。而五军都督府向来是由燕藩旧将把持,他们大都与汉王有着或多或少的交情。此次北巡,虽说武官也是分为两拨,但这帮子天子嫡系已悉数纳入护驾名单之中,留守南京的人基本上都不是燕藩出身,虽都占着高位,但在父皇心中的分量终究不能与燕藩旧将相比。再算上纪纲和二弟本人以及本就在行在的丘福几个,乃至隐隐站在二弟那边的三弟。一番罗列下来,朱高炽惊骇地发现此次北巡,汉王系人马竟齐聚行在,风头远远盖过自己!

朱高炽的脸色已有些发白,他心中已经明白,虽然天子巡狩和东宫监国的仪制是由礼部议定,但具体到护驾与留守的人选则绝非礼部能决。今日早朝后的武英殿之议,便是说这官员分配之事。而从杨士奇的口风可知,虽为商议,但父皇心中已经有了主意,在此事上并未太多采纳内阁和六部的意见。

说是父皇亲定,但北巡乃二弟首倡,他又得父皇器重,这个结果中肯定掺杂了不少他的私货。事到如今,朱高炽十分确定二弟倡议北巡肯定是针对自己。尤其是现在他处心积虑将汉王系势力聚拢到行在,甚至为此不惜任由自己出任监国,那他的图谋肯定不小。

图穷匕见?一个念头在朱高炽脑海中冒了出来,让他顿时心头一震,但随即一想又觉得不大可能。虽说他和父皇在朝政上分歧严重,但自忖没有什么失德之处,此节上头他相信父皇心中也是有数。通常来说,太子只要不失德,便不用担心被罢黜,二弟不可能不知道这一点。可话又说回来,他若不是想就此摊牌,那不管图谋为何,与白送自己这个监国位置相比,也绝对是得不偿失的。思来想去,朱高炽也猜不出二弟的目的,遂犹疑地问几个阁臣道:"诸位爱卿以为二弟此举是何用意?"

胡广嚅动了下嘴唇却没有吭声。内阁学士都兼着詹事府官职,心底里也都支持朱高炽,但在对待国储之争的态度上却有所差别。在这几个阁臣中,胡广虽然也倾向于东宫,但他更热衷于仕途,不想因支持太子而成为汉王的眼中钉。尤其是解缙被罢免后,坊间传出黄淮曾与纪纲合伙陷害解缙的流言,胡广一听就知道这是汉王的杰作。且不管此流言是真是假,黄淮因此大受打击却是不可否认的事实。经过此事,胡广对汉王的手段忌惮不已,生怕成为他的下一个目标,故有意无意间拉开了与东宫的距离。当然,胡广绝不至于背叛东宫和内阁同僚,但也不想再陷入争储这个泥潭。今天他本没打算来春和殿,只是杨士奇他们三个都要过来,遂也只能跟来。但他人虽来了,却打定主意只随波逐流,绝不提什么建议和谋划。

胡广明哲保身，杨士奇却不然。见朱高炽发问，他沉声道："臣以为，汉王所图非小！"

朱高炽闻言浑身一震，嗓音微微颤抖道："难道他当真要……应该不至于吧？父皇可非昏聩之人。"

"皇上当然不是昏君！"杨士奇十分冷静，"可皇上也绝非寻常帝王！"

朱高炽呆呆地望着鎏金香炉中袅袅升起的青烟默然不语。杨士奇虽未明言，但话里的意思已十分明白。自己于德确实无过，但行止却与父皇南辕北辙，难道二弟真就是要赌这个"行"字？历代废太子中，失德被废者占了绝大多数，但失行被废的也不是没有。西汉的戾太子刘据就是因与武帝在国策上分歧严重，招致武帝反感，最终在奸人的陷害下不得不起兵，引来杀身之祸。

"殿下！"眼见朱高炽面色苍白，杨士奇有些担心道，"这也不过是臣的一孔之见，未必就准。"其实杨士奇这话倒也不全是安慰，毕竟这只是所有猜想中最坏的一种。只是作为朱高炽最信任的东宫属臣，他有责任提醒太子做好最坏的打算。

朱高炽明白杨士奇的意思，却一点也不能安心，毕竟一旦预言成真，他就将面临入主东宫以来的最大一次挑战。而从眼下形势看，他这个太子并无太大胜算，只得强捺住心中恐慌道："即便如此，我等也需未雨绸缪，诸位爱卿以为当如何应对？"

"殿下监国后，朝政上头万不可改弦更张。一应决策，皆当以上意为准，不能给汉王留下任何口实。"杨士奇望了一眼朱高炽又意味深长道，"殿下来日方长！"

朱高炽本来雄心勃勃，准备在监国期间大干一场，但此时此刻，他的满腔抱负已化作春水，不得不转而为自己的生存而战。他苦笑连连，无奈地点了点头。

"仅此恐还不够！"一直没有开口的金幼孜皱着眉头道，"汉王这次下了这么大本钱，绝不会善罢甘休。国事繁杂，殿下就是再小心也难保不出娄子。皇上远在北京，不了解详情，再加上汉王别有用心，小过也能说成大错。到时候殿下与皇上相隔千里，行在又都是汉王的人，想跟皇上辩解都难。殿下在皇上心中的地位已是岌岌可危，能否经得住汉王隔三差五的撺掇还真难说！"

金幼孜这么一说，朱高炽的心一下又提了起来。略一思忖，他抬头问道："你们几个是怎么安排的？"虽然之前武英殿议事时没有涉及内阁，但他知道父皇肯定或多或少地跟眼前几人透过口风。

只要不涉及皇储之争，胡广回答得便甚为积极："看皇上的意思，是命臣与幼孜护驾，宗豫与士奇在京辅佐殿下。"当年的内阁七学士中，解缙被黜，胡俨改授国子监祭酒，杨荣则在上月因母丧回籍丁忧，如今就只剩下房中四人。

朱高炽嘴角动了动，欲说什么，但又没说出口。

金幼孜看到太子的神色，便明白了其中意思，遂道："依臣之见，还是请陛下下旨夺情，起复勉仁。有他在陛下身边，也能为殿下多多斡旋。"

听了金幼孜的话，朱高炽暗自松了口气。自解缙失宠后，内阁中便数杨荣最受永乐赏识，圣眷远胜其他阁臣。如果他能起复，对自己无疑是大大有利。不过如果是自己提出此事，他担心同为阁臣的四人心中不舒服。金幼孜也是随驾侍臣，由他主动提出，也就为自己解一个难题。

朱高炽眼光一扫，杨士奇和胡广都点头认可，黄淮虽露出一丝尴尬，但很快敛去，微微点了点头。他心中有了底，遂道："北巡明年方才成行，勉仁方遇母丧，也不必这么急着回来，待到年底时再墨绖出山也不晚。只是烦请幼孜先给勉仁去一封信，请他体谅我的苦衷。"杨荣圣眷极隆，又以通晓军机闻名，朱高炽料定只要提出夺情，父皇必无不允。不过此事还得杨荣同意，故把游说之事顺手交给了金幼孜。

"殿下放心，勉仁向来顾全大局，只要将局势分说清楚，他必慷慨应命！"金幼孜痛快答应。

商定了杨荣起复，朱高炽情绪稍好了些，但仍是满腹忧愁。他心中明白，在汉王的全力猛攻之下，仅仅一个杨荣能起到的作用终究是有限的。他又将充满期待的目光投向几位心腹大臣，希望从他们那里再掏出一些锦囊妙计。

不过朱高炽终究失望了。汉王费尽心机布下这么一盘大棋，留给东宫的机会已十分有限。杨士奇他们冥思苦想了好半天，也没再找到什么更好的应对之策。朱高炽心知不可强求，只得叹了口气让他们道乏。

待几位阁臣告退，朱高炽起身走到窗前，忧心忡忡地望着窗外乌云，心中沉重万分。

"父亲！"一个清脆的声音飘来，朱高炽回头一看，朱瞻基不知什么时候已走到了跟前，眨着双眼望着自己。

"基儿。"望着自己这个聪慧过人的大儿子，朱高炽一时不知说什么好，只轻轻拍了拍他的小脑袋，嘴角泛出一丝苦涩的笑容。

"父亲所忧何事,不妨说给儿臣听听,或许儿臣也能为您分忧!"

"你?"眼见朱瞻基一副小大人似的模样,朱高炽被逗得一乐,正欲说些什么,忽然一个想法划过脑海,他先是一激灵,再看朱瞻基时,眼中迸发出惊喜的光芒……

第十七章

时局易南北乱起 漠北败明军折戟

转眼便到冬至,朝廷照例举行大朝仪。嘉礼结束后,朱瞻基来到乾清宫,满脸庄重地向永乐提出愿护驾北上,借此机会到塞上历练,以增见闻。

此话一出,永乐先是有些意外,继而龙颜大悦。他一向十分看重这个皇长孙,也一直有心将他培养成一个文武兼备的帝王之才。此次北巡,永乐起初也想过带朱瞻基北上,只是因为太子在京监国,故才决定将他也留在京中。此时朱瞻基自请扈从,且又打着培养武略的理由,他当然没有理由拒绝,当即一口答应。

朱瞻基自请北上时,朱高煦和杨士奇他们几个也都在现场。朱高煦惊诧之余,立刻琢磨出了此举背后的深意。他知道朱瞻基在父皇心中的地位,让这个皇长孙天天跟在御前,无疑会大大阻碍自己的夺储计划。情急之下,他立刻出言反对。只是他虽有意阻拦,却没有能拿上桌面的理由,而杨士奇他们也竭力说了朱瞻基的好处,永乐又已先点头应允,此事遂定下了。从乾清宫出来,朱高煦望着这个人小鬼大的大侄儿,眼中几乎都冒出火来。可最终他也只能一甩衣袖,悻悻然打道回府。

冬至过后没几日便是新年。经过大半年的筹备,北巡的各项准备已全部就绪。正月一过,永乐下诏,以皇太子朱高炽为监国,留守京师。二月初九,圣驾发京师,北巡正式开始。户部尚书夏元吉、礼部尚书赵羾、工部尚书吴中以及新任兵部尚书方宾等朝廷大员护驾。五位内阁阁臣中,除右春坊大学士黄淮、左春坊左谕德杨士奇留京辅佐太子监国外,左春坊大学士胡广、右春坊左谕德金幼孜亦随驾出巡。右春坊左庶子杨荣本已丁忧,此时也被夺情起复,跟随永乐北上。

尽管对重回北京期盼已久,但真当车驾开出南京城时,永乐的心中并不畅快。就在出宫前他刚刚下了北巡前的最后一道敕旨,命英国公张辅佩征虏副将军印、充总兵官,清远侯王友为副,二人率兵赶赴交趾,会同在当地作战的黔国公沐晟,讨伐新近反叛的交趾乱贼。

交趾局势是在最近一年逐步失控的。本来,去年六月,张辅、沐晟率军还朝,永乐当时大行封赏,张辅进封英国公,沐晟进封黔国公,其余南征官吏亦升赏不等。不过,就在张辅、沐晟回京之际,部分对大明心怀不满的安南旧官趁机生乱,并拥立原陈朝旧官简定为帝,改元兴庆,定国号为大越。消息传到南京,朝廷立命沐晟佩征虏大将军印,率军再赴交趾平叛。起初,永乐以为黎氏已灭,这股子乱贼虽僭越称帝,也不过是小打小闹,王师一到自会作鸟兽散。孰料交趾脱离中国日久,当地土民与汉人间隔阂不浅,朝廷收复交趾这两年来,多派汉官赴当地治民,汉官不通当地习俗,处事与土民多有冲突,已埋下了诸多隐患,及至简定一反,竟是应者云集。待沐晟赶到时,交趾已是乱象四起。沐晟东征西讨,疲于奔命,但叛军却越剿越多,到去年十二月十八日,明军与叛军决战于生厥江畔,最后堂堂王师竟然大败亏输,兵部尚书刘俊、都督吕毅殉国,沐晟率残军仓皇逃回交州。

败报传回,朝廷立时大震。尤其是兵部尚书竟战殁军中,这更是大明开国以来从未有过的奇耻大辱。至此,朝廷再也不敢对交趾叛乱以等闲视之。张辅本已受命护驾北上,但既然沐晟平不了交趾之乱,那也只有重新起用这位当初光复安南的主帅了。

就这样,怀揣着对交趾局势的隐隐担忧,永乐在朱高煦、朱瞻基以及一众文武百官和亲军侍卫的簇拥下,乘船渡过长江,浩浩荡荡地向北京进发。沿途,永乐接见地方官吏,探访民情,但见市井兴旺,百姓安居乐业,大明境内一片欣欣向荣之象,他的心情才逐渐好转。就这样走了一个多月,到三月十九日,御驾终于抵达北京。

北京一众大员早已得到了消息。当日一大早,留守行在的赵王朱高燧便领着驸马袁容以及行在后府左都督、淇国公丘福,右都督安平侯李远,都督同知靖安侯王忠,武城侯王聪,同安侯火真,隆平侯张信,行部尚书郭资,北京布政使墨麟等一干行在要员并众官吏士绅赶到丽正门外迎驾。待皇帝仪仗至,众士绅官吏皆跪伏道旁,山呼万岁。朱高燧等几个打头的要员于道中跪候,直至皇帝车驾停下,永乐下车唤句平身,他们才行礼起身,随即一脸激动地向永乐跟前走来。

朱高燧今年二十四岁。自永乐二年朱高炽入主东宫来,他一直奉皇命在北京留守,其间虽也有几次回京师,但都没待几日便又北返,与父皇见面的机会并不多。多年镇守行在,这位年轻皇子已明显成熟许多,虽然身子仍然精瘦,但看上去精神抖擞,一双眸子炯炯有神,里间透射出一股精明强干之气。永乐仔细打量着爱子,微微笑道:"丘老将军屡次在奏疏中夸你精明能干,少年老成。看来你留守行在数年,长进也不少啊!"

"这都是淇国公谬赞,其实儿臣在北京谈不上建树,唯小心恭谨,绝不敢辜负父皇重托便是。"

这时,朱高煦和朱瞻基也一起走了上来,听得朱高燧之言,遂笑道:"三弟莫要太谦虚,父皇这么说,自是你差事办得好。父皇的性子你还不知道,他老人家岂会无缘无故夸人?"

"二哥这么说,弟弟就更惶恐了。小弟虽在北京,但也知这几年二哥在朝中屡进良策,为父皇解了诸多忧难。要说处事,小弟不如二哥多了。"

两兄弟素来一个鼻孔出气,此番二人在永乐面前互相吹捧,一旁的朱瞻基听着,心中说不出的腻味,只是面儿上却犹如平静的池水,看不出一丝波澜。

永乐微笑着听两个皇子说完,又侧身走到淇国公丘福面前,亲切地握住他的手不无感慨道:"一别数年,丘老将军依旧康健,只是发须却都白了!"

丘福今年已经六十七岁了。朱高炽立储后,他被任命为行在后军都督府左都督。行在后军都督府是朝廷设在北京的最高军事衙门,丘福到任后,便担负起总领塞防军事的重任,其后五年内再也没回过南京。今天再见到永乐,听得皇上这么说,丘福赶紧将胸膛挺得笔直,慷慨言道:"臣虽年老,但精神一如当初,骑马射箭的本事更是一日也没落下过。只要皇上一声令下,老臣立可率十万儿郎北出边塞,杀得鞑子片甲不留!"

"好!"丘福的气概让永乐大为激赏,当即大笑道,"不愧为靖难第一名将,老将军就是大明的廉颇,朕的中山武宁王!"

听得永乐将自己与廉颇、徐达相比,丘福心中更加激动,赶紧一骨碌跪倒在地,大声喊道:"老臣愿追随陛下,赴汤蹈火、誓死不渝!"

永乐赶紧将丘福扶起,再勉励一阵,随即又对张信、郭资等人一阵抚慰,末了才大手一挥道:"自打洪武三十五年率军南下,朕已有近八年未回北京。今日重回故地,朕感念万千。闲话容后再叙,你等随朕进城,一起看看这座故城新貌!"

"是!"众人赶紧答应。

"儿臣给父皇领路！"朱高燧侧身一让，说着便上前半步，走到了永乐前头。永乐一笑，随即命内官将御马牵到跟前，飞身上马，气宇轩昂地向城内走去。

尽管已有心理准备，但当进入北京城内后，永乐仍忍不住吃了一惊。与他当年就藩的北平相比，眼前的北京城简直是焕然一新。仅脚下这条丽正门内大街，便拓宽了一倍不止，原先坑洼泥泞的黄土路面也都被夯得平平整整。道路两旁，当年比比皆是的矮土屋早已不复存在，展示在世人面前的大都是二三层的砖木楼阁，上头彩漆鲜亮、雕饰精美，看上去赏心悦目。向前走了没多久，一块巨大的工地出现在面前，永乐记得这里应该是前元的旧宫，而现在，旧日宫室早已被彻底拆除，朝廷即将在原址上建造一座崭新的大明皇宫。待走到大街尽头，永乐停下马来，展现在他眼前的是一大块空地，这里即将修建一座巨大的门楼，待修成以后，它将成为行在皇城的外门！虽然眼下这座外门还未正式开建，但仅从为其腾出的空地规模上看，便远远超过了与之对应的南京皇城外门——洪武门。永乐心中有一种说不出的激动，有一种无法言语的自豪，这一切，都是因为他！是他让这座三朝古都得以凤凰涅槃、浴火重生！随行的官员也看见了眼前的场景，在从迎驾的皇城监造官吏口中知晓了未来皇城主门的规模后，大家愈发印证了之前的猜测——这座北京，才是皇帝心中真正的京城！

北京宫室尚未正式开建，故永乐仍在原燕王府内驻跸。只不过燕王府之名本是藩邸所用，现永乐已为天子，再称之为王府显然不合适，遂通称其为旧宫。旧宫中，王府正殿承运殿也改名为奉天殿，承运门称奉天门，以对应其主人的现今身份，其余各处名称亦有相应更改，永乐北巡期间，便在这座昔日府邸里视朝理政。

既是理政，那除太子不能决的军国大事外，也就是抚慰北京旧部，接见行在士绅，奖励当年支持自己奉天靖难的老北平有功军民等，但这并不是御驾北巡的主要目的。待休整几日，永乐遂领着朱高煦、朱高燧、朱瞻基以及一帮朝廷要员出德胜门，前往昌平县东的黄土山视察陵寝。

黄土山是袁拱几经探访后最终确定的吉壤，永乐之前已在图纸上看过概貌，但亲自前来却是第一回。进入陵区后，永乐举目四望，只见东、西、北三面皆为群山环抱，唯他所在的南面为豁口。而群山之中一个小盆地中，有一条发自北面主峰的小河蜿蜒而下，从他身旁缓缓向南，整个陵区山明水秀，景色宜人。

待上了北面的黄土山主峰，一阵凉风袭来，众人精神俱是一振。永乐再次将陵区俯视一遍，不由啧啧赞道："好地！此山应是燕山分支，来脉虎踞龙腾，悠远有致。东、北、西三面群山环绕，南边却开敞无阻，兼又山林茂密，还有清涧流出，果真是水木清华，龙脉悠远，袁拱好眼力！"

袁拱此时已闭关修行，并未前来，而其子袁忠彻却在现场。见永乐夸赞父亲，他赶紧上前致谢道："其实此吉壤之得，亦非家父一人之功，当初访得此处的，是另有其人！"

"哦？是何人访得？"永乐遂问道。

袁忠彻回过头使了个眼色，一个三十多岁的中年官员赶紧出列，上前行礼道："臣廖均卿叩见陛下！"

"你是道官？"永乐见此人一身青法服，便随口问道。

"回陛下，臣现为道录司右玄义，此乃择定吉壤后，皇上给的恩典。"

"唔！"永乐点了点头，当初定下黄土山陵寝后，袁拱曾上表为属下请功，廖均卿应就是在那时叙功封的官。永乐虽对陵寝上心，但像这种升赏几个末官的小事又岂会记得？故早就将此人忘到了九霄云外，此时问过话，他才想起来。

"朕依稀记得袁道长提过，你不仅通晓阴阳熟知地理，还善于营造，不知可有此事？"

"回陛下，臣于山陵土木确有研习。"廖均卿一脸自信地答道。

见廖均卿竟毫不谦虚地痛快承认，永乐先是一愣，继而哈哈大笑道："好，朕就喜欢你这份爽直！你既选得好吉壤，那干脆将营建帝陵之事也一并做了。便以你为工部营造所所副，专职山陵营建。"

永乐说完，莫说廖均卿，就连袁忠彻都露出惊讶神色。工部营造所所副为正八品，论品佚不过比廖均卿原先的道录司右玄义高出一级。但最主要的是，道录司在明朝是杂官衙门，而营造所隶属工部，所副的品级虽低，却是如假包换的正途。在明朝官场，杂官品级再高，也被士大夫所轻。所以僧道录司中，除了袁忠彻这样的靖难功臣，等闲官员根本就上不得台面，连普通士人都不把他们当官看。廖均卿由杂流入正途，虽品级仍低，但其实际意义却同鲤鱼跃龙门一般！

"还愣着干什么，还不赶紧谢恩？"见廖均卿仍在懵懂中，袁忠彻赶紧出言提醒。

廖均卿这才反应过来，赶紧一骨碌跪倒在地激动道："臣必尽心竭力，不负陛下重托！"

"下去吧！"永乐笑着点了点头，将廖均卿打发了，随即又跟几个内阁阁臣道："'黄土山'之名未免太过俗气，既在此处建陵，那山名还是要改改才好！"

"陛下说得是！"永乐话音方落，胡广赶紧凑上前笑道，"臣来北京路上就琢磨这事来着。既为帝陵所在，则山名亦当气势恢宏，否则无以显天家威仪。臣细思之，或可以'天寿'二字名之，不知陛下意下如何？"

"这名字好！"胡广话音方落，永乐便点头道，"皇帝陵寝所在，'天寿'二字恰如其分，就这么定了。"

定下天寿山名称，君臣又就着山陵地势说了一番风水阴阳，末了永乐向北眺望许久，忽然淡淡道："这里再往北，不过百里就是塞外了吧？"

"是的！"朱高燧便凑到跟前，"黄土……天寿山之北是永宁卫，再往北走就是以前的大宁都司辖地，永乐二年时已赐给了朵颜三卫。"

一提到大宁故地，永乐不由一阵黯然。对这次所谓"赐土"，他一直视为最大的耻辱。尤其是这两年朵颜三卫并不老实，明里对大明朝廷毕恭毕敬，暗中却和鞑靼勾勾搭搭。每念及此，永乐便愤怒不已，觉得自己是拿大宁之土养了三只白眼狼！

本来兴致勃勃的巡查陵寝，却因着鞑子的事使永乐兴致索然。回城的路上，他的心情越发沉重。车驾进入旧宫后，永乐也不返回后苑休息，而是直接将方宾、夏元吉、杨荣以及丘福等几个武将召至东殿议事，朱高煦和朱高燧也跟着一起到了东殿。

"皇上，给臣十万精骑，臣不仅能夺回大宁，就是阿鲁台也都一锅烩了！"一进殿，丘福便慷慨请战。他一直对割让大宁耿耿于怀，且素瞧不起鞑子，早就想给他们点颜色瞧瞧。

听得丘福请命，永乐一时有些激动，这几年鞑靼的势力越来越强，对大明的威胁也越来越大。若照本心，永乐也想遣军出塞，让这帮狼子野心的鞑子好好尝尝厉害，可是眼下不是时候。自交趾乱起，本来已逐渐好转的朝廷度支一下子又紧张起来，若此时再遣军出塞，朝廷很难负担这笔开销。而且对于朵颜三卫，永乐还有一个顾虑，就是他正在积极招揽东北女直，准备在当地设置奴尔干都司，将白山黑水间的万里河山纳入大明版图。眼下朵颜三卫虽首鼠两端，但毕竟未反，若贸然讨伐，消息传到关外，本就心存犹疑的女直各部也会反叛而去，如此一来，多年的苦心就会化为乌有。因此，永乐再恨鞑子，也不能在这上头因小失大。他摇了摇头，叹口气道："阿鲁台不可猝图！就是朵颜三卫，朝廷也不能言而无信！"

听永乐这么说，丘福顿如泄了气的皮囊，垂头丧气地退了下去。不过事情到这里还不算完,永乐又思忖一番,忽然回头对杨荣道:"回城后替朕拟道圣旨给本雅失里,文中可多加安抚,言明朝廷抚恤先朝遗孤之意。"

"陛下!"这下不仅丘福,就是朱高煦和朱高燧都颇为愤然,这已是第二道安抚诏旨了。早在去年,永乐便下过一道含义相似的诏书。按诏书说法,永乐竟承认了本雅失里的元室嫡脉地位。自元廷北遁后,大明对拒不归附的元氏后裔一直是穷追猛打,从未有妥协的时候。本雅失里是阿鲁台的傀儡,如今阿鲁台远未臣服,永乐便明确本雅失里为元室嫡脉,这在一定程度上也就是认可了本雅失里对蒙古各部的统治之权。当阿鲁台再打着本雅失里的旗号吞并其他蒙古部落时,朝廷若要干预,多少就显得有些理屈词穷了。

"你等无须多言!"永乐巴掌一伸,阻止了丘福他们的劝谏,对杨荣继续道,"第二道旨意,给瓦剌三部的头领马哈木、太平还有把秃孛罗,敕封马哈木为特进金紫光禄大夫、顺宁王,太平为特进金紫光禄大夫、贤义王,把秃孛罗为特进金紫光禄大夫、安乐王,以嘉彼等忠顺朝廷之意!"

这一道旨意的意思就很明确了,自然是拉拢瓦剌,使其牵制鞑靼的阿鲁台。

"第三,命成安侯郭亮带兵戍守开平,到任后务须多加小心,严防鞑靼偷袭!"开平位于宣府正北面,自大宁都司内迁后,这里是大明在塞外仅存的据点。万一开平被鞑靼攻破,朝廷在塞外就再无势力。

"遵旨!"杨荣将三道圣旨谨记于心,又默念了一遍,确认无误后,方拱手应诺。

永乐不再言语,只挥挥手命众人道乏。待杨荣他们退下,永乐忽然猛地一拳砸向御案,压低嗓音咬牙切齿地吼道:"三年!最多三年!只要交趾乱平,北京的军备也补充够了,到时候阿鲁台再敢嚣张,朕必让他死无葬身之地!"

永乐用心良苦,甚至不惜忍辱负重,就是要安抚住阿鲁台这只桀骜不驯的塞外孤狼,为朝廷换取喘息之机。但天不遂人愿,到六月时,漠北传来消息,前往鞑靼颁诏的给事中郭骥、指挥使金塔卜歹等人皆为阿鲁台所杀!

消息传开,行在顿时大震。永乐连日召集廷议,命在北京的文武大员商议对策。旧宫东殿上,众臣群情激愤,丘福、火真、王忠等一干武官纷纷请战,嚷嚷着要一举歼灭阿鲁台,以雪此奇辱。

阿鲁台谋杀天使,这是对大明赤裸裸的挑衅和侮辱。永乐内心也十分愤怒,此时若仍忍气吞声,那朝廷的威望将荡然无存。何况经此一事,鞑靼与大明已彻底撕破了脸,就算朝廷不出兵,鞑靼也会随时南下,到时候万里边疆,天晓得鞑子会从哪里袭来？而且逃回来的使团成员还带来了一个情况，阿鲁台最近被瓦刺所败，此时出兵，倒也不失为一良机。永乐几乎就要下定决心，可当他将目光投向夏元吉时，却发现其面带忧色，心中顿时一凛。

"夏爱卿，行在粮草储备如何？足供应大军马上出塞么？"永乐问道。

夏元吉在心中默算几遍，旋拱手道："回陛下，自恢复开中以来，行在粮草供应较往年有所下降，现城中各官仓储量应为一百二十万石，不过到八月时，陈瑄的海运粮船将抵天津，届时又会有五十余万石的江南大米运来。只是从那时起北风渐起，再想从海路运粮便只能等到明年了。不到二百万石粮，抛去今岁行在的供应开销，能腾出来供应出征的不过八十余石，加上宣府、永平、大同等地的存粮，亦不过一百万石之数。塞外不比中原，出征漠北，粮草全需从后方转运，一石粮上去，中途损耗得四五石。以此推算，一百万石粮差不多也就能供应十万大军外加五万民夫五个月之用！"

"我汉人不耐寒，隆冬之前必会班师，用不了五个月。但十万大军未免太少了，鞑子可不是南蛮！海运暂时无法，那从运河转运如何？只要不误期限，先把行在过冬的存粮支取一部分供应军需亦是无妨。"永乐皱眉道。

"这怕是不行！"夏元吉果断地摇头，"会通河过了淮河便多处淤塞，剩下这一千多里仍得走陆路。陆路运粮，损耗且不说，还需要大量人力，仅靠官府之力肯定不够，免不了又要摊派徭役。可眼下马上就要入秋，秋收季节征发百姓，这又如何使得？何况河、淮一带还有秋汛要防咧！"

夏元吉把详情这么一摆，永乐立刻就不吭声了。会通河淤塞是元朝留下来的老大难，自设立行在后，河北对江南的粮草需求猛增，永乐几次想要疏浚运河，无奈朝廷用银的地方太多，且海运也能凑合对付，因此这事就拖了下来，没想到这时竟成了用兵的一大梗阻！

"那朕问你，若以二十万大军出塞，半年为期，你要多久能筹够军粮？"想了半天，永乐又开口相问。

"二十万大军，加上为其运粮的民夫还有护粮兵士，朝廷总共需供应近三十万人的口粮。以此推算，粮食耗费当在二百五十万石。现朝廷在行在和各边镇的粮草储备有一百三十万石盈余，若接下来再省些用，到明春时可剩一百五十万石。至于另外一百万石，则需从江南增拨，可那也只得等到秋汛后了。而且冬日转运，百姓更加艰苦，朝廷免不了又要额外出银犒赏。"

"也就是说，最快也要等到明春？"永乐听完随即又问。

夏元吉正欲点头称是，忽然右班中一个声音响起："哪需得二十万军士？十万人足够了！"

众人扭头一瞧，却是丘福发声。他走到殿中对着永乐双手一拱，瓮声瓮气道："陛下，阿鲁台族中控弦之士顶多不过四五万，纵然骑射娴熟，但俺北京的将士也不是孬种！十万大军出塞，还怕打不过他？"

"不错！"丘福话音刚落，一直没吭声的朱高煦也出班奏道，"行在卫所，大都是曾随父皇靖难的百战精锐。淇国公、同安侯他们更是靖难名将！有此等精兵良将，何惧鞑子嚣张？儿臣愿荐淇国公为帅，同安侯、靖远侯等副之，率十万精兵一举荡平漠北！"毕竟是出巡，朝会没有在京时那么多规矩，朱高煦虽是藩王，也可以每日上朝。

丘福请命，朱高煦举荐，殿内的气氛一下激昂起来。其实他俩慷慨请战，固然有其武人心性之因，但其实里面也都有着自己的小算盘。

于丘福而言，他本就是靖难第一功臣，自张玉、朱能死后，他更是无可替代的天下第一名将。不过因张辅在安南战场大放异彩，他这个第一名将的地位已受到质疑。张辅短短两月便全歼安南主力、攻破安南国都，一年内又擒得黎氏父子、尽灭其国。如此显赫战功，自然为天下瞩目。反观丘福，虽镇守边防重地，却多年来未和鞑子打过一仗。虽说这是朝廷政策缘故，但他也因此武功不显。对此，丘福一直憋着口气，尤其是前几日交趾奏报送抵行在，文中言张辅甫一入交，便在慈廉、广威二州打了一场大胜仗，这下丘福就更坐不住了，自然要急着出塞立功，保住自己的威名。

丘福要争名，朱高煦却想夺利。抵达北京后，他便开始积极推动易储。

不得不说，史复当初的谋算是成功的。行在朝廷中，汉王系臣僚占了绝对优势，他们想方设法地旁敲侧击，极言汉王之好，意图说服永乐行废立之事。永乐本就对太子深怀不满，再经这帮人整日整月地鼓噪，也多少心有所动。而南京那边，朱高炽虽已尽力韬光养晦，其毕竟在治国理念上与永乐相差甚远，一朝执掌权柄，纵然大事上不敢有丝毫忤逆，但涉及普通政务仍免不了有违圣意，而这统统都被朱高煦当作把柄，添油加醋地吹进永乐耳朵里。几个月下来，永乐对朱高炽的失望是与日俱增，甚至在万寿圣节次日还一度怒气冲冲地下旨严斥太子处置朝臣不当，把朱高炽惊出一身冷汗。

尽管收获颇丰，朱高煦仍无法称心如意。每当永乐流露出废立之意时，朱瞻基总会适时冒出来讨巧卖乖。永乐对这个皇长孙十分宠爱，并认定他颇具帝王之资,如果现在把太子废了,那他将来就绝无可能承继大统。有了这么层因素在,再加上杨荣和金幼孜他们竭力斡旋,永乐总下不了废储的决心。朱高煦上蹿下跳,为的就是太子宝座,却不料被朱瞻基这个半大娃娃挡了路,直气得七窍生烟。

按照计划,永乐将于明年春天返回南京,若不能赶在御驾回銮前废掉太子,那他朱高煦就赔了夫人又折兵。有了监国的经历,太子的地位将更加稳固,再想易储便是难上加难。朱高煦整日和纪纲、史复二人筹谋,却总无好法可想,直到天使被杀的消息传来。

此事一经传开,嗅觉敏锐的史复就发现机会来了。他料定永乐绝不可能忍气吞声,便有意让朱高煦谋求统兵之职,借此立下大功,再继而凭功夺取储位。

朱高煦一开始也心有所动,不过稍一试探便发现此路不通。有了靖难的经历,永乐对藩王领兵甚为敏感,朱高煦虽然得宠,但毕竟不是太子,在下定决心易储之前,永乐绝不愿他掌握兵权,以免留下隐患。

既然朱高煦不能亲自领兵,那史复便退而求其次,让他支持丘福领兵出塞。丘福本就是汉王系干将,又是靖难元勋,行在后军都督府掌印。由他领军,不仅顺理成章,而且一旦得胜归来,他们在朝中地位也会再上层楼,届时再策动易储时,汉王这边的分量也会大大增加。退一万步说,就算仍旧易储不成,至少经此一举,汉王对大明北军的控制也更加深一层,如此也可抵消太子监国带来的影响。

丘福和朱高煦放言主战,武官们亦跃跃欲试,连朱高燧都出言附和,永乐本有些动摇的意志顿又坚定起来。北京将士大多都是当年征战天下的燕藩嫡系,论精锐在明军中是首屈一指,装备更是精良无比。故发此十万将士出征,其战力的确不下于二十万普通明军。

不过永乐仍有一个顾虑,此次出塞,总兵人选当然是淇国公丘福。他虽然武勇盖世,但用兵稍显鲁莽,如今年事已高,但这份急躁脾气却一直没有收敛。而且永乐对丘福极力请战的原因也隐约有所觉察,有张辅这样一个光芒万丈的后起之秀,他会不会因此倍感压力,因而急于求成?以前靖难时,朱棣亲自统军,尚可对丘福有所约束;而今命其督率三军深入漠北,若他一旦冒进,那后果就难料了。

"丘老将军!"思忖半晌,永乐抬头道,"此次出塞事关重大,老将军果愿带兵出征?"

"当然！"听永乐发问，丘福赶紧挺起胸膛，满脸坚毅地作答。

"仅发北京十万将士，百日为期，孤军深入突袭，隆冬之前必须南归，此节你可能做到？"

"可以！"丘福的语气毫不犹豫。

"那好！"永乐一拍御案，矍然而起道，"朕便应丘老将军之请，发行在将士十万由你统率，下月出塞出击！"

"遵旨！"丘福大喜，赶紧伏地领旨谢恩。

"且慢！"永乐阻止了丘福拜谢，一脸郑重道，"漠北不比中原，王师孤军深入，凡事需小心谨慎为上。老将军一向勇猛，但此次若要出征务必戒急戒躁，不可有丝毫马虎！"

"臣记得了！"丘福不假思索地一口答应。

"据逃回使者所言，阿鲁台部现在漠北胪朐河游牧。你到胪朐河一带后，若搜得鞑子则战，若未觅其踪则班师，且莫求战心切，反遭算计。"

"臣明白，陛下放心便是！"永乐接连提醒，丘福心中有些不爽，"臣在洪武朝时便两次追随陛下出塞，靖难时又打了无数场仗，这'以戒为固、以怠为败'的道理还是懂得的，陛下尽管放宽心，臣必将本雅失里和阿鲁台擒回北京，献俘阙下！"

丘福说得斩钉截铁，永乐听了却愈发觉得不安。不过已答应以他为帅，此时再改口也来不及了。再说丘福毕竟是靖难第一名将，赫赫战功摆在那，本也无须自己多做提醒，若自己再不厌其烦地嘱咐，反倒伤了这位老将军的心。念及于此，永乐不再多言，此事就此定下。

朝廷既已定议，北京及周边各镇的卫所立即开始准备。虽然此次出塞有些仓促，但北京作为边防重镇，将士一向训练有素；器械、马匹等战备军需也都十分充足。进入七月后，十万大军已集结完毕。

七月初二，永乐正式颁诏，命淇国公丘福为征虏大将军、总兵官，武城侯王聪、同安侯火真为左、右副将，靖安侯王忠、安平侯王远为左、右参将，统十万大军出塞，讨伐鞑靼。

与洪武朝时动辄十数万甚至数十万大军出塞相比，这次十万人马深入漠北，无论是规模还是气势都小了许多。但若往深处看，这十万人马有近半数都是追随永乐靖难的嫡系精锐，其余亦都是极为强悍的边镇戍军。而五位大将中除号称靖难第一名将的淇国公丘福外，其余四人亦都是靖难中立下汗马功劳的名将！这样一支强军，纵然人数比往次少些，但战力仍是天下之最！遣将誓师大礼上，丘福率着麾下将士气壮山河地振臂高呼，饶是永乐统兵多年，也被这种气势深深感染，而一旁的朱高煦则更是兴奋异常。这五位将军都与他关系莫逆，是他在朝中的最强助力！打败鞑靼后，丘福他们的势力必然大增，朱高煦接下来的夺储大计，又将增添一块重重的筹码！

丘福出征后的最初几日，永乐心中还稍有些忐忑。一段时间过去后，他的心境也逐渐平复下来。这期间，永乐专门遣使奔赴军中，晓谕丘福小心进军。据使者回报，丘福对此遵行不二。听此回复，永乐终于放下心来。毕竟，阿鲁台虽说势力强大，但今日的鞑靼早已不是当年横扫天下的大元，想要在堂堂对阵中击败十万精锐明军，那基本上是不可能的事。而且在永乐的设想中，丘福即便没有抓住阿鲁台的主力也没什么，只要他能在胪朐河流域这片漠北最为肥美的草场扫荡月余，鞑靼的夏秋游牧就会大受影响，刚刚崛起的阿鲁台部就会实力大衰，到时候即便内部不出乱子，盘踞在大漠西部的瓦剌三王也不会放过这个良机。此次出征过后，漠北的局势必然发生变化，至少在未来三五年内，鞑靼不会再有实力南侵中原，而心猿意马的朵颜三卫也会认清形势，重新对大明俯首帖耳。

放下对漠北军事的忧虑，永乐的心情就好转许多。过了几日，太子从南京报来个好消息，郑和船队二使西洋结束，现已平安返回刘家港。

此次出洋，郑和船队航行距离更远，除上次的古里、锡兰外，还造访了西洋的加异勒、柯枝等国。航行途中，郑和特地对西洋的山川水文、风土人情细加查访，为下一次向更远的忽鲁谟斯航行做了充足的准备。而且，二使西洋也使大明在海外岛夷中的声威愈壮，早在去年八月，渤泥国王麻那惹加那便在郑和船队第二次造访后受华夏感召，亲自到南京朝见。麻那惹加那是继旧港施进卿之后第二位入朝的番邦国主，而且与施进卿这位华夏后裔不同，这位国王是个土生土长的蛮夷，这样的人物也已感沐圣化，对朝廷无疑是一大鼓舞。当时永乐对麻那惹加那大加犒赏，并亲自封其为王。虽然后来麻那惹加那因水土不服，薨于南京，但渤泥之于大明的外藩地位已由此正式确立下来。此事过后，永乐对郑和愈发器重。此次郑和既已归来，那自当论功行赏，以慰有功之臣了。今日早朝，永乐君臣就对郑和的封赏事宜商讨许久，因郑和、王景弘乃内官，且都官至四品太监，已无可升封，永乐遂特下恩旨，准他二人在同族中各选一子过继为己子，承袭朝廷恩荫。至于其余有功内官将校，亦有相应封赏。最后永乐又特命郑和赶紧修葺宝船，待到十二月时再接再厉，三下西洋。

早朝过后,永乐回到奉天殿后的凉殿批阅奏本。一到案前坐下,跟随北上的司设监太监狗儿便端了杯茶奉上前来。永乐接过茶啜了一口,抬头见狗儿一副苦哈哈之相,不由一笑道:"狗儿,哭丧着脸做什么?难不成被人寻了晦气?"

　　"奴婢天天跟着皇爷,谁敢来寻奴婢的晦气?"狗儿耷拉着脑袋,垂头丧气道,"奴婢只怪自己当初不识皇爷抬举,推了下西洋的差事,否则今日便能像三保大哥一般风风光光,也算是光宗耀祖了!"

　　永乐一愣,随即放声大笑。狗儿在燕藩内官中武功仅次于郑和,靖难时也屡立战功。当初选内官下西洋时,永乐本是想让狗儿和王景弘一起充任郑和的副手。无奈狗儿畏惧波涛,一听得要乘船出海,吓得脸都白了,随即东拉西扯了一大堆理由推辞。永乐见此也不为难他,让他继续留在身边侍候。谁知郑和把这个总兵正使做得风生水起,莫说王景弘,就是张谦这等以前上不得台面的小火者如今也是功绩赫赫,狗儿瞧在眼里,悔得肠子都青了。此番郑和归来,朝廷又大加封赏,狗儿愈发觉得自己目光短浅,心里说不出的郁闷。

　　"这个可怨不得朕!"好不容易笑罢,永乐仍乐不可支道,"当初朕可是给了机会的,谁叫你自己不要呢?朕看你这狗奴婢就是贪图安逸,天生就没发达命。"

　　"奴婢这辈子是没光耀门楣的命了,只做好本分,侍候好皇爷就知足了!"狗儿从永乐手中将茶杯接过,跟着又一阵苦笑。

　　"莫非侍候朕就不能光耀门楣了?"永乐一笑,旋不再理他,处理起案头堆积如山的公文来。

　　摆在公文堆最上头的是昨日刚刚从交趾送抵行在的一份文书。张辅率军入交后,一直在寻求机会与叛军决战。其时叛军得知张辅复来,皆惊恐异常,遂将简定帝推举为太上皇,另寻了一名唤作陈季扩的所谓陈朝王室后裔为帝,改元重光。陈季扩登基后,赶紧打发使者去见张辅,言己乃陈氏后人,按理应承袭陈朝大统,故求上奏朝廷请封。

　　使者赴明军营中求见,张辅得报,赶紧找来沐晟和交趾布政使黄福,三人一琢磨,这陈季扩是真是假谁也不知。即便其果真为陈朝王族,当初朝廷寻访陈氏后人时他不现身,眼下却又跳出来说自己是陈朝后裔,这又是何道理?何况如今安南已回归中国,他此时请封,无疑是要朝廷撤掉交趾布政司。这种事别说朝廷绝不可能应允,亲手光复安南的张辅、沐晟还有黄福更不会答应。而且张辅他们还有个顾虑:当初朝廷收回安南,虽然实际上是为了光复汉唐故土,但表面上却是以陈朝无后为借口的。而陈朝无后的说法,正是来源于张辅他们在奏疏中的凿凿之言。一旦承认陈季扩的身份，那张辅他们不仅有欺君之罪，朝廷痛失交趾之余把怨气撒在他们几个身上也不是不可能的。思来想去，三人一致得出结论：无论这陈季扩是不是陈氏遗族，必须认定其为假冒无疑。因此张辅当机叱斩来使，并立刻出兵平叛。叛军求和不成，无奈只得死战。时贼帅邓景异据庐渡江太平桥，阻断两岸交通；伪金吾将军阮世每率军二万于江两岸大建栅寨，并搜罗各式船只六百余艘横于江上，杀气腾腾地只待明军来攻。明军杀至，正值西北风大起，张辅趁势而动，率云阳伯陈旭等一众部将驭船顺风猛攻。叛军本就势弱，又失了天时，再加上面对的是当年短短两月就剿灭胡朝、一战威震天南的英国公张辅，叛军立时大溃，邓景异、阮世每率残兵脱逃，伪监门将军潘低以下二百官吏被俘。张辅获胜后，督军乘胜追击，同时飞骑向朝廷报捷。

张辅他们关于陈季扩的计较，文书上自然没有提及。但永乐稍一揣摩，仍多少能窥得些端倪。不过他对陈季扩的身份同样毫不关心，他关心的是交趾的归属。张辅的举措与永乐的心思不谋而合，而这一场大胜让他十分满意。

出使西洋、光复交趾，这是大明在开拓振兴国策指引下收获的丰硕成果。再加上海内的安宁富庶以及象征皇皇文治的《永乐大典》，如今的永乐已经明显感受到了强盛的气息！只要丘福再击败鞑靼，横扫漠北，那他便可确信自己统治下的大明已经达到了鼎盛，而作为永乐盛世的缔造者，自己也将功载千秋，成为万世所公认的帝王楷模！

"皇爷！"就在永乐志得意满之际，乾清宫打卯牌子马云小心推门进来，轻声禀道，"二殿下、三殿下还有兵部尚书方宾在奉天门外求见！"

"他们几个一起？难道是漠北有军情？丘福他们这么快就打败鞑子了？"永乐先是一怔，继而想了想，随即直起身子道，"唤他们来这里见驾。"

马云应声出门，不一会，朱高煦、朱高燧还有兵部尚书方宾三个便踉踉跄跄地跑了进来。一进门，朱高煦"扑通"一下跪倒在地，满脸泪水道："父皇，开平急报，漠北大败，我军全军覆没！淇国公他们……被鞑子杀了！"

"什么？"犹如一个晴天霹雳，永乐的心情一下子从云端跌落谷底。看着哽咽不止的朱高煦，他先是呆若木鸡，继而一阵头晕目眩，最终双眼一黑，身子瘫倒在座榻上……

永乐七年八月十五，淇国公丘福率轻兵突进，于中途中伏被擒，后怒骂贼寇被杀，武城侯王聪、同安侯火真、靖安侯王忠、安平侯李远一同遭戮。五将殁后，阿鲁台趁势追击，十万明军群龙无首，被一举聚歼，永乐遭遇登基以来最为惨重的失败!

朝廷没有隐瞒丘福兵败的事实,何况也不可能隐瞒得住。此次阵亡军士有一大半是从行在卫所征发,他们与城中居民有着各式各样的联系,或为亲戚,或为朋友,或为邻居,或为熟人。当晚,城中四处哀号之声,无数军民焚纸燃香,挂起招魂幡,北京城上空蒙着一片阴霾。

文明门内的临时府邸里,汉王朱高煦也是心如死灰。此次死难的丘福等五将都是他在朝中的最大助力,就是那阵亡的十万将士,其中也有好些是他靖难时带过的旧部,是他在军中最重要的根基。他本期望着他们在北征中立下大功,成为自己入主东宫的最重要筹码,可未承想一仗下来,所有老本都赔了进去。从得知丘福全军覆没的消息的那一刻起,他就意识到自己败了,而且败得十分彻底。从此以后,汉王府与东宫的实力对比已发生了逆转,那个曾经近在眼前,看上去触手可及的太子宝座,如今已似飘零的残叶般,无可奈何地雨打风吹去了!

朱高煦身旁,纪纲也是如丧考妣,这场出乎意料的大败同样重挫了这位锦衣缇帅。作为大明的头号酷吏,纪纲这几年下来构陷了无数良直文臣,聚敛了数不清的财宝,气焰无人能及。他之所以能横行海内,令人闻风丧胆,固然是借了皇帝之势,可也与汉王的庇护不无关系。没有汉王这棵大树为他遮风挡雨,那些对他恨得咬牙切齿的文官们早就想蜂拥而上,将他撕成碎片。可是现在,大树根基大伤。虽说汉王本人一时无恙,可失去了入主东宫的希望,他也就失去了掌控未来的能力。一旦永乐驾崩,太子登基,那自汉王以下,所有曾反对东宫的势力都将遭受疯狂的打击!就算太子顾念兄弟之情,但他也绝不会放过双手沾满鲜血的自己。想到文官们仇恨的目光,纪纲已是肝胆俱裂。

与哭成烂泥的朱高煦以及失魂落魄般的纪纲不同,史复显得十分冷静。丘福的惨败也同样出乎他的意料,但事已至此,后悔也来不及了。史复在朱高煦身上投入了巨大的心血,要借着这位王爷实现自己的梦想,他绝不能允许汉王就此一蹶不振。眼下最要紧的,就是要赶紧找到对策,挽救汉王行将崩溃的命运。

"够了!"沉默良久,史复突然一声大喝,打断了两人的哀叹。面对他们惊讶的目光,他冷笑一声道,"事到如今,哭有何用?难道王爷准备引颈就戮吗?"

朱高煦苦笑一声,双目无神地喃喃道:"大势已去,本王能奈何得了?"

"糊涂!眼下殿下还有皇上的宠信,还有汉藩三护卫亲军,五府中也还有大量支持者,何谓大势已去?不过就是败了一阵而已,何以颓丧至此?"史复看着朱高煦颓丧的脸,咄咄逼人道,"能成大事者,莫不是历经艰险才修得正果!殿下连这点心志都没有，又何必来争什么皇储？莫如一早就向东宫摇尾乞怜，求得一富家翁罢了！"

"你……"史复的无礼让朱高煦诧异的同时也有些恼火，但这番话也起到了效果，他总算止住了哀戚。而一旁的纪纲却窥出了些门道，双眼中冒出希冀的光芒，一脸期盼地道，"难道先生有计可扭转乾坤？"

"那得看咱们的王爷还有没有雄心！"史复望着朱高煦，不无轻蔑地道，"若王爷就此自暴自弃，那就算有回天之术又有何用？"

朱高煦眼角一跳，冷冷道："先生不用激将，有什么良策但请直言。"

话虽这么说，但史复一见朱高煦的神色，已知道激将法多少起到了些作用，心中顿时一喜道："请王爷重振精神，来日廷议时请命领军出征。只要王爷能战胜鞑靼，那不但可以重振声威，还可借机重新在军中培养势力，弥补丘福前番惨败之失！"

"领军出征？"朱高煦一愣，随即脸上露出失望之色，"这绝无可能！这几年来，父皇虽对本王器重有加，但即便是在朝堂也绝不许本王直接理政，只能从旁赞襄。朝堂理政尚且如此，何况出兵放马？"

"不让藩王领兵，固然是防患于未然，但凡事有经亦有权。如今丘福已死，朝中威望才干堪当统帅者，唯殿下与张辅二人。然张辅现在交趾平叛，不可能统兵出塞，故只剩殿下可当此任。"喘了口气，史复又道，"当下之患，以鞑靼最大，皇上纵有顾虑，权衡之下也未必不会答应。"

"史先生说得有理，此乃殿下东山再起之最大机会，无论如何都当尽力一搏。"纪纲也跟着撺掇。

闻言，朱高煦沉吟半晌，一咬牙道："便依你所言，明日廷议本王亲自请征！"

"在下倒觉得殿下还是别直接出面得好！"史复想了一想又道，"亲王领兵，毕竟触动了陛下的隐忧。若能稍加变通，效果或许更佳！"

"你的意思是？"

史复"嘿嘿"一笑，走到书案前拿起笔蘸满墨汁，在案头的宣纸上写下了大大的一个"赵"字。

朱高煦见着，脸上露出一丝犹豫道："三弟虽说与本王关系不错，但像这种事，恐怕他未必会答应吧？"

"在下正是要借此机会，试一试这位赵王！"史复脸上露出一丝高深莫测的笑容。

朱高煦仍有些信心不足，藩王领兵毕竟犯着忌讳，如果真能说动三弟出面，无疑比亲自出头要好得多。想到这里，他点点头道："便如此吧。先生且先在府中歇着，纪纲与本王一起去找我那三弟！"

……

就在朱高煦兴冲冲地去拜访朱高燧时，杨荣也借着皇长孙师父的特殊身份直入旧宫后苑，在寝殿见到了朱瞻基。

"小殿下！"将房内下人摒退后，杨荣沉声道，"明日廷议，或将议定对北虏方略。一旦决定出战，殿下觉得这主帅人选会是谁？"

朱瞻基人虽小，但脑袋却机灵得很，尤其是这几年常随永乐左右，心智见识都远较同龄人要成熟。此时见杨荣一脸郑重地提出主帅之事，他稍一思忖，便明白了其中深意，当即脸色微变道："难不成会是二叔？"

"十有八九就是！"杨荣点点头。

朱瞻基脸色沉重下来，他来回踱了几步，忽然眨眨眼笑道："瞻基年幼，此等大事，恐非能计议周全。故师父此来，肯定不是与我商量对策的，而是已有了应对之策。还请师父明言，我照师父所言去做就是了。"

杨荣没想到朱瞻基心思如此玲珑，倒被他说得一怔，继而也笑道："小殿下果有甘罗之才，臣佩服佩服！"随即将心中想法跟他讲了。

朱瞻基仔细听完，连连点头，最后向杨荣行一大揖道："幸赖师父相助，我知道该怎么做了。"

看着这位聪明过人的学生，杨荣也露出放心的笑容。

第十八章

皇长孙锋芒初露 永乐帝御驾亲征

永乐怀着沉重的心思召集了丘福兵败后的首次廷议。明军这次惨败，使大明与鞑靼之间的态势发生了巨大的变化。此战过后，鞑靼气势大振，其余胡部闻得此战结果，其心态亦会发生改变：本就心猿意马的朵颜三卫会愈发与鞑靼暗通款曲；受大明鼓动，一直积极牵制鞑靼的瓦剌三王也有可能因畏惧阿鲁台而就此收敛；而在更远的黑龙江，那些新近归附的女直得知明军漠北大败，也有可能重新叛离而去。一旦鞑靼一统大漠，并成功慑服东北女直，就会对大明产生严重的威胁，整个北方又将回到无穷无尽的战火当中！

"方爱卿！"强捺心中忧虑，永乐沉声问道，"值此危难之际，你可有应对之法？"

方宾闻言浑身一哆嗦，他本是兵部左侍郎，刘俊在交趾殉国后接任其职。虽然已在兵部摸爬滚打多年，但甫为主官，他自知资望不足，故在任上也是小心谨慎，绝不多言。这次北巡，本轮不到他护驾，但另一位兵部尚书金忠突然告病，他这才被永乐带到了北京。丘福北征，方宾负责调度运筹，本还想着趁此机会捞上一功，为自己攒些资历，谁知竟撞上了这第一大败仗，他这个兵部尚书多少也得担个"运筹不力"之责，故心中一直忐忑不安。永乐一发问，更让他胆战心惊。

"回陛下，事已至此，朝廷已无退路。为今之计，只有发举国之兵再征鞑靼，以雪前耻！"方宾尽力按捺住心中慌乱拱手回道。他已算计好了，若朝廷就此罢手，那秋后算账必然得有人来承担十万大军覆没的罪责。虽说这事主要得怨丘福这帮武将，可他们都已成了鞑子的刀下鬼，朝廷再寻替罪羊多半就只能找他这个兵部尚书了。到时候纵然不至于罢官下狱，但这苦熬多年得来的兵部尚书

306

之职肯定被夺。要想自保，唯有兴师再战，如此一来，自己就可以"戴罪立功"，只要能打败鞑靼，也就算将功补过了！

方宾的建议，虽有为前途考虑的成分，但的确是眼下唯一的出路。若此仇不报，那不仅阿鲁台，大漠其他的部族也会从此轻视大明。到时候阿鲁台登高一呼，必然会有无数胡虏应声云集。既然大伙儿有能力到中原这个花花世界烧杀抢掠，那谁还会在荒无人烟的大漠拼个你死我活？一旦出现这种情况，那局势将不可收拾！因此，只要大明没有分崩离析，就得拼出吃奶的劲儿找鞑子兴师问罪。唯有如此，才能打消胡人觊觎中国之心，才能确保中原安宁。这一点，方宾明白，满朝文武也明白，永乐心中更是一清二楚！

"以何人为帅，以何人为将？"永乐紧逼着又是一句。

"这……"方宾一时犯了难。明军这一败，不仅丘福被杀，连带着火真等四人也身首异处，换句话说，朝廷在北京的大将已全部阵亡。将军还好说，五府中还有一些可以独当一面的靖难名将，可这统领三军的主帅就真不好选了。此次兴师，必然声势浩大，而朝中公认有能力统驭数十万之众的就只剩下英国公张辅一人。可他眼下正在交趾平叛，且已到关键时刻，此时将他召回，万一交趾局势因此变得不可收拾，这责任谁又负担得起？左思右想，也没个合适人选，方宾头上顿时冒出一层细汗。

"方卿家？"永乐又开始催问，语气较方才已略有些严厉。

方宾急得像热锅上的蚂蚁，无计可施之下，他只得把心一横沉声道："回陛下，微臣以为放眼天下，可以统驭数十万大军者，唯英国公一人耳！"

"张辅？"永乐尚未及说话，序班中一直未吭声的赵王朱高燧忽然眨眨眼睛笑道，"方大人糊涂了吧？张辅现正在交趾剿贼，这时让他回来，交趾怎么办？这不是顾此失彼么？"

"并非如此！"方宾话既出口，思绪也随之活络起来，当即挤出一丝笑容解释道，"眼下已过中秋，马上便要入冬。即便朝廷定议北征，真要出塞也得等到明年开春了。如今交趾局势已经改观，贼寇主力覆没不过旦夕之事，纵然拖得久些，到年底应也差不多了。到时候英国公班师回朝，再北上履新，时间上也是来得及的！"

"话说得好听！可纵然皆是贼寇主力尽没，但简定、陈季扩二酋能否擒获却是难说！退一步说，即使张辅抓住此二贼，可要铲除乱军顽部绝非数月便可做到。除恶未尽便撒手北归，必将遗患无穷！"

方宾本不善言辞，但此刻已被架到刀刃上，也不得不硬着头皮继续道："其实张辅回朝，实乃势所必然。此番王师战败，接下来若要再征，则必举倾国之兵。以朝廷财力，实无余力同时应付南北两地开战，故无论北征主帅为谁，交趾战事都必须尽快结束。交趾既已休战，朝廷置张辅不用而另选他人也无此道理，何况朝中眼下也无其他合适人选。退一步说，交趾于我大明不过癣疥之疾，鞑靼则是心腹大患，张辅既为眼下朝中无二之良将，则当以其才用于漠北，如此才是正理！"

　　"那也未必！天南与漠北风土迥异，张辅虽为良将，但在交趾日久，讨蛮自是轻车熟路，可要突然出塞击胡，夕间恐非可以胜任。且北征大军自以北军将士为主，张辅往日所驭皆南方士卒，对北军多不熟悉。《尉缭子》云：信在期前，事在未兆。今突命其接任北军主帅，恐有将不识兵，兵不认将之虑！此仅就北征一事而言，张辅亦不当为帅！"朱高炽忽然话锋一转，冷笑着对方宾道，"而且照方大人刚才的意思，那便是说鱼和熊掌不可兼得。难不成方大人是要借此机会，劝朝廷放弃交趾么？"

　　一听此言，方宾吓了一跳。其实自交趾复叛以来，朝野间的确有认为交趾得不偿失、不如放弃的呼声，而且声势还不小。但交趾光复，是朝廷厉行开拓以来所取得的最为显著的成就。若就此放弃，那不仅意味着朝廷之前的巨大投入打了水漂，更意味着开拓振兴这一重大国策的破产。就连永乐本人的威信也会因此大受损伤，将来再难有所作为。有这些计较，别说永乐心志甚坚，就算他优柔寡断，被逼到这一步也得硬着头皮坚持下去。此等情事，若是士子们清谈倒也罢了，方宾身为兵部主官，若也被永乐认定持此论调，那他的仕途就算到头了。方宾又惊又惧之下，一时也不知该如何辩驳，只得眼巴巴地望着永乐。

　　"你既言张辅不宜为帅，那何人可以胜任？"永乐没有理会方宾焦急的目光，只冷冷地继续问道。

　　"儿臣举荐二哥！"经过长篇的铺垫，朱高炽终于道出了自己的目的，"二哥靖难时便多次为父皇之副，武功天下皆知。今丘福惨败，国难将至，二哥身为大明亲王，正当效父皇当年故事，慷慨出塞，为国分忧。儿臣敢以王爵作保，但有二哥出马，必能大破北虏，封狼居胥，彰我皇明之威！"

　　朱高炽话音一落，殿上众人纷纷露出惊异之色。在场文武大都经历过靖难之役，无论他们当年归属于燕藩还是建文，都对藩王领军之弊深有体会。如今让汉王领军，一旦其趁机坐大，将来太子登基又如何控制得了？一时间，除了铁心拥护朱高煦的燕藩旧将外，几乎所有文臣乃至那些不偏不倚的武官都面露忧色。

永乐面沉如水，当年他通过领兵在北军中建立了无与伦比的威望和广阔的人脉，并依靠着这份家底发动靖难之役，最终夺取皇位。可是斗转星移，如今自己身份已经发生了巨变。作为大明的皇帝，他当然不希望别人依葫芦画瓢，把自己当年所做的事再做一遍，即便是深受宠爱的儿子也不行。这几年来，虽然他出于对太子的不满意，有意无意地纵容二儿子，甚至允许他滞留京中、干预朝政，但只要涉及兵权，却绝不许他插手。至少在下定决心废储另立之前不行，这是永乐心中的底线。从这个角度来说，他应该毫不犹豫地驳回朱高燧之议。

但如果撇开朱高煦，现在朝中的确无人可当此任。有了丘福这次惨败，下次出征，明军兵力最少也需二十余万，甚至有可能达到三十万乃至四十万之巨！将这样一支大军贸然交给一个等闲将军，永乐无论如何也不能安心。

在统兵方面，能让永乐放心的只有张辅和朱高煦。可张辅短期内难以脱身，而且正如朱高燧所言，即便不顾交趾战局调他来燕，也未必就适合统兵。北军将领大都出自燕藩，当年也都参加过靖难之役，张辅当年不过是燕军中一普通裨将，资历较浅，后来虽在天南大放异彩，但征讨南蛮远不能与抗击北虏相比，故北军将领一直对交趾将帅眼红且不服。永乐虽然不怀疑张辅的能力，但要让他镇住这帮子骄兵悍将，恐也需要一段时间。

较之于当年不过是燕军裨将的张辅，朱高煦有着天然的优势。他在靖难中光芒四射，而且贵为大明亲王，由他出面统领三军，绝无将帅不和之忧。只是朱高煦为帅，虽可解近虑，却要埋下藩王坐大的远忧。在如何取舍方面，永乐一时陷入两难。

殿上正襟危坐的永乐犹豫不决，殿下垂首肃立的杨荣也是面露疑惑。正如其事先所料，汉王果然是想借着领军北征重整旗鼓，但让他稍感到意外的是，首倡此议的居然是赵王。朱高燧虽然一直在汉王与东宫之间偏向前者，但像今日这般亲自跳出来为他吆喝还是头一回。经过今天这事，将来他与太子面子上肯定会更加不好看。赵王明知如此，又为何还要出这个头呢？难道他真就铁了心跟汉王走到底？他就不怕将来太子登基后秋后算账？

不过很快杨荣便把放飞的思绪重新收了起来。眼下最关键的是这统帅人选，汉王那边已经亮出了底牌，要是不能阻止他出任主帅，那东宫好不容易取得的优势又将化为乌有。杨荣果断地抬起头，口中不轻不重地一咳。

听得杨荣咳嗽，站在序班最前的朱瞻基立刻昂首出班，仰望着小丹墀上的永乐道："皇祖父，主帅之事，孙儿倒有个主意！"

"哦？"永乐有些惊讶。本来廷议除非有特旨，皇族本不当出席。到行在后，不必像在紫禁城时那么多规矩，但也轮不到朱瞻基这个半大的孩子。不过永乐十分器重这个聪慧过人的小皇孙，一直对他精心培养。故当朱瞻基提出也要上朝时，永乐也就一口答应了。不过他的想法也就仅限于让其能直接接触些军国大政，长长学问见识，却没料到这小娃娃居然还有自己的主意。

虽然诧异，但永乐很快便有了定见，不管朱瞻基的主意正确与否，但他既欲言，即便是从培养爱孙的角度说也要给他这个机会。就算他所言不当，也不过是一孩童戏言，对他本人也不至于造成什么不好影响，便哈哈一笑道："难得孙儿小小年纪竟也能为国分忧了，但讲无妨！"

"是！"见永乐应允，朱瞻基信心大振，当即一揖竖声道，"孙儿以为，皇祖父当亲率六师，出塞击胡！"

"御驾亲征！"朱瞻基话一出口，殿内君臣皆是一震。天子出征，自古有之，但那大多是在王朝草创之际，或者国家面临重大危难之时，身为君王为了江山社稷才会披挂上阵，这其中多少都带着些不得已的意味。一旦江山一统，海内升平，天子身负国家社稷之重，便不能再亲冒锋矢，而是端坐朝堂运筹帷幄。譬如太祖当年戎马征战以得天下，但一朝称帝，便也只窝在宫中，老老实实地上朝祭祀、批文下旨，轻易不出京半步。因此尽管大家对主帅人选莫衷一是，但谁也没想到御驾亲征。

朱高煦与朱高燧二人也是大惊失色——这个建议明显是冲着他们来的。若是果真说动永乐御驾亲征，那朱高煦借统兵北征翻盘的希望就将彻底化为乌有。朱高燧反应快，赶紧奏道："父皇虽然善战，但今时不同往日。以天子之尊亲历兵戈之险，万一有所闪失，社稷危矣，天下危矣！"他瞄了一眼身旁的朱瞻基，转又面向永乐诚恳禀道，"基儿年少，不通国家之事，方有此无知浪言，父皇万不可采纳。"

"三弟言之有理！"朱高煦此时也不再稳坐钓鱼台，忙不迭地跳出来慷慨激昂道，"儿臣不才，愿自荐为帅，率王师出征漠北，荡平鞑靼，为父皇分忧！"

"《六韬》云：'故将者，人之司命，三军与之俱治，与之则乱'。主帅合适与否，事关战局成败。"朱瞻基竖起三根手指，侃侃道，"今御驾亲征有三大理由：一则朝廷无合适大将可以领军。二则即便有人担任，亦无出塞经验。漠北风土气候，与中原大不相同,若主帅不识彼处天文地理,则有重蹈覆辙之忧。而放眼当今大明,唯有皇祖父曾统领万军,身经百战。又两次出塞,对塞外颇有了解。故以主帅本身论,没有比皇祖父更为合适者!其三,御驾亲征,三军定然士气大振。鞑靼闻之,则必胆寒。而塞外诸部闻得天子亲出,必不敢再生祸心。眼下我军惨败,鞑靼气焰嚣张,瓦剌、朵颜、女直等部见其势大,多半会对大明生出不臣之心。然若皇祖父亲自领兵,使彼等识我大明决心。权衡之下,他们自会打消投靠鞑靼的念想。如此一来,鞑靼孤立无援,再出兵征讨,则事半功倍。"

朱瞻基此话一出,永乐和朝臣都是微微颔首。的确,仅以武功和对塞外的熟悉程度而言的话,朝中还真没有比永乐更合适的。而皇帝亲征虽然有风险,但对敌人的威慑也是巨大的。

"说得好听!"朱高煦越听越觉得朱瞻基说得有理,但同时也意识到任由他这样说下去,父皇没准真被说动。他急得喉咙冒烟,对着朱瞻基叱道,"你鼓动父皇出征,若胜了那自然好说。可万一父皇有个闪失,那可如何是好?"

"煦儿也太小看朕了吧!"朱瞻基还没来得及作答,御座上的永乐已呵呵一笑道,"朕戎马半生,也算是刀枪箭雨中过来的人,哪能那么容易就闪失了?"

"父皇此言差矣!"朱高煦一反常态,竟毫不客气地反驳了永乐的话,"兵凶战危,战场上的事谁又能说得准?父皇也是久经沙场之人,当知世上从无必胜之战。既如此,父皇一身关系天下气数,岂能亲身犯险?就算父皇不惜己身,但您可有想过,一旦此战失败,您又遭逢不豫,那朝野必然大乱,若鞑靼再举国南侵,试问到时候我大明如何抵挡得住?果真如此,江山社稷将一朝崩溃!父皇务必三思!"

朱高煦这番话说得声泪俱下,永乐听在耳里,不由得也悚然动容。他之言虽然有些耸人听闻,但的确也是不无可能的。如今的永乐已不是当年被逼到悬崖边上、只能孤注一掷的燕王。既然坐在皇帝这个宝座上,许多事便不得不瞻前顾后,不得不谨慎小心,永乐那本被朱瞻基撺掇得有些跃跃欲试的心思又冷却下来。

"皇祖父!"朱瞻基的声音又响了起来。尽管表面上的形势已向朱高煦一边逆转,但朱瞻基仍显得胸有成竹,"其实孙儿正有一言,可解二叔之惑!"

"嗯?此话怎讲?"不仅是永乐,朱高煦和朱高燧眼中也露出疑惑的目光。

"二叔之虑,是皇祖父一旦亲征失败,则将大局崩坏。可即便不是御驾亲征,一旦战败,同样不也是大势已去?丘福惨败,朝廷精锐已经大损。此次出征,兵力

311

当不下二三十万。若复又失利,黄、淮以北,朝廷将无能战之兵,届时即便皇祖父无恙,鞑子又焉能放过此等良机?就连漠北其他各部也会翻脸寇我中华。故此次北征,已是关系我大明气运的生死之战。胜,则天下安定;败,则五胡乱华必然重演。朝廷自当以全力出战,以求必胜。皇祖父武略无双,兼又有皇帝之威,正当亲自领军,以增我军胜算。真要等到鞑子兵临城下时才御驾亲征,就为时已晚了!"

"皇长孙言之有理!"杨荣此时也不再作壁上观,当即昂首走到殿中琅琅道,"皇长孙之意甚明:此次朝廷倾举国之兵再出,若再败,则大明军力尽丧。届时纵有陛下在,亦难遏鞑子南侵之意。由此推之,大明眼下看似平安,但究其实已到了存亡之秋。既如此,便请陛下勿再犹豫,当亲率王师出塞伐罪,以保大明万年之基!"

"不错!陛下当领兵出征!"

"御驾亲征,讨伐鞑虏!"

"天子亲征,保我泱泱华夏!"

……

朱瞻基和杨荣一前一后,分析形势之余也详细阐明了此次出征对大明的重要性。一时间,本属于朱高煦他们的局面又被扳转过来,大殿内众臣纷纷附议,群情一片沸腾。

永乐也十分激动。舌战至此,朱瞻基和杨荣已明显占了上风,而他们之言也将永乐的最后一份顾忌扫开。当"生死攸关"这个词被冠到这次北征上头时,他便知道自己责无旁贷了。威严地扫视了一眼群情激奋的大臣,永乐大手一挥,制止了众人吵闹,然后矍然起身,双目炯炯地望着前方殿外天空,良久方坚声道:"朕意已决,此次北征,朕亲自领军!"

"皇祖父圣明!"朱瞻基第一个跪伏于地,放声高呼。

"吾皇圣明!"夏元吉、杨荣等一干朝臣亦跟着跪下。

"父皇圣明!"朱高煦与朱高燧对视一眼,终也无可奈何地跪倒在地。

永乐满意地点了点头,最后目光落在了朱瞻基身上。今天这个皇长孙的表现简直让他刮目相看,一个半大的黄毛小儿竟有这等深思熟虑,能有这等精辟的见识。当那三点理由一一从他口中道出时,永乐越听越惊,到最后说完时,永乐已经喜出望外!这样一个聪慧机敏、思绪缜密且又器具非凡、目光邃远的皇长孙,简直就是上天赐给大明的一块美玉!这样的孙儿若能承继大统,大明何愁不能创百年辉煌?一个念头在永乐脑海中萌生出来……

在永乐决定亲征鞑靼后的两个多月里,整个北方都陷入空前的紧张和忙碌当中。因是御驾亲征,加之丘福兵败后鞑靼气焰大涨,故此次出征之规模将为大明开国以来所未有。在拟定的计划中,将有超过三十万将士在明年开春后出征鞑靼,加上随军民夫,出塞的明军总数将达五十万之多。为确保必胜,朝廷这次不惜掏空家底,除了交趾平叛、修造天寿山陵寝和郑和三下西洋三事照常进行外,其余诸如营建北京、疏浚会通河等计划被悉数搁置,省下的钱粮统统被拿来供应军需。

随着一道道圣旨和有司行文从北京发出,广宁、山海关、保定、真定、开封、济南、德州、徐州、淮安、凤阳、太原、西安乃至兰州、庆阳、河淮以北各军事重镇的驻军大半被征调,陆续向北京和预定的出师地点宣府聚集。各地官府也开始征发民夫,向北京转运粮草。

行在忙翻了天,南京也没闲着。在监国朱高炽的主持下,京卫精锐由都督谭青统领,浩浩荡荡发往北京,江南各地的存粮也都开始向北京调运。从十月开始,南京江面上的大小船只都被朝廷征用,每天都有无数的兵士和粮草被装载上船,然后渡过长江,经运河向北京方向而去。

在满朝大臣贵戚都为筹措北征事宜忙得人仰马翻之际,朱高煦却显得十分安静。尽管每日朝会他都参加,每次军议他均出席,但自始至终都显得十分漠然,甚至有些失魂落魄,与往日遇事争先的积极做派大相径庭。永乐只道他是哀痛于丘福等人之死,遂也不多加过问,便由着他去了。于是在这场关乎国运的大战筹备过程中,素以军事见长的汉王竟不意间成了一个看客。

这一日早朝结束,朱高煦如往常一般,浑浑噩噩地打道回府。进入大门后,他也不回房,而是直接踱到后院,寻着一张石凳便呆坐下去。此时已经入冬,北京的天气已十分寒冷,后院虽有四面高墙围绕,仍挡不住凛冽的朔风,不过朱高煦对这一切都犹若未觉,只愣愣地仰望天空,任凭寒风吹打着自己。

"王爷!"不知过了许久,一道清冷的声音从身后传来,朱高煦不用回头也知道,说话的人是史复。自打请命领军失败后,史复也是一筹莫展,再无良策出手,朱高煦失望之余,对这位谋主的情分也就淡了。此刻史复前来,他却毫无反应。

史复并不介意朱高煦的冷漠,而是默默地在他身边坐下,过了许久方幽幽道:"难道王爷真以为已山穷水尽?"

"难道不是吗?"朱高煦总算开口了,不过语气中充满了沮丧,"领兵不成,东山再起已成镜花水月。你说说事到如今,本王还有何希望可言?"

史复叹了口气,几年相处下来,他已把朱高煦看透了。当初夺储失败,史复费尽口舌才让他重振精神。丘福兵败后,又是好一番劝说才让他重燃信心。从这两件事上,史复发现了朱高煦的一个特点:平时执拗,遇大事则游移。这一点上,他和他那真正坚韧不可夺其志的父皇有着本质的不同。而在看清这一点后,史复甚至暗想幸亏皇帝并不真正了解这个儿子,否则的话,他恐怕都不会动一下易储的心思!

虽然对朱高煦的性子暗中鄙夷,但史复也从中发现了一个非常重要的好处,若朱高煦真像永乐那般心有主见,那他这个幕僚反而难以控制了。只要能取得朱高煦的信任,他便等同于控制了这只猛虎,就可以按照自己的想法去狠狠地攻击每一个目标。而这,正是史复所想要的。

此时朱高煦一蹶不振,史复必须再次想方设法让他尽快恢复生气。他沉着道:"御驾亲征,的确是王爷的一大憾事。但如果由此认定夺储无望,王爷就大错特错了。"

"此话怎讲?"朱高煦冷冷道。

"敢问王爷,若由您领兵出征,那除了积攒功勋外,还可以得到什么好处?"

"可在北军中重新培育势力,这一节你上次不是已经说过么?"

"那敢问王爷,这军中势力对王爷夺储又有何用处?"

"本想着即便夺储不成,只要有军中支持,那待有朝一日父皇驾崩,本王便可仗其兵势将这靖难之役再演一回!"朱高煦脸上露出一丝阴森之色,随后痛苦地摇摇头,"可如今连这点子念想也都成了泡影。现丘福他们已死,其余将士我虽也可驾驭,但要想让他们支持本王,这怕就难了。若这次能获得兵权,还可以借此机会立威树信、培育势力,不料又成镜花水月。"朱高煦再次回忆起那日朝堂上关于北征主帅人选的争夺,可就在要水到渠成之际,愣是被朱瞻基一个"御驾亲征"的建议给搅黄了。他怒意又起,当即恨恨骂道,"瞻基这个小兔崽子,竟敢给本王下绊子,总有一天本王要将他们父子一锅烩了。"

史复淡淡一笑,摇摇头道:"就算要杀长孙,那也是以后的事。眼下最要紧的就是要夺储,否则纵有万般念想也是枉然!这段日子里,在下将北巡以来的诸般事项又梳理了一遍,从中发现了一个破绽。"

"什么破绽?"

"方才王爷言道手握兵权,是为夺储不成再行兵谏,然此事自当是在陛下驾鹤西去后方能施行。故反而言之,若陛下健在,这兵权之有无其实无关紧要,不知是不是?"

"当然,难不成本王还敢逼宫?"朱高煦没好气地答道。

"那就是了!在下是这样想的,就算王爷得以领兵,那除非能借此机会一举易储,否则短期内兵权有与没有都无甚差别。而就眼下形势而言,由于丘福他们战殁,即便王爷北征告捷,也无法在朝堂上占得优势,加之皇长孙从中作梗,其实之前咱们借北巡行易储之事的计划已成泡影!其次,即便王爷能借北征之机将军中将领收为腹心,但这些军中新贵无论是在陛下心中还是在朝中的地位,短期内仍不能和丘福他们相比,他们的用处至多不过在于帮殿下把持住兵权罢了!其三,当初咱们倡议北巡,不过是想借行在诸将之力。但若没有丘福他们,王爷就不能成事了么?其实也不然。之前在南京时,王爷暗中谋夺储位,又有几次借着丘福他们之力了?"

"你的意思是……"朱高煦心中一动,似乎明白了什么。

史复眼中射出一丝精光,沉声道:"在下之意,是咱们起初本想走条捷径,将夺储大业毕其功于一役。今虽适得其反,但也不过是重新回到原点罢了。至于领军不成,也不过是失了军功而已,王爷较之与北巡之前,没有半点损失!换句话说,只要皇上仍然在位,王爷的境遇就和来行在前一样,仍有大把机会,只不过再无捷径可走罢了!"说到这里,史复有点不好意思笑道,"连番重挫之下,在下也有些乱了心智,好一段日子都恍恍惚惚,直到这几日才渐渐将此道理想清楚。"

朱高煦终于恍然大悟,黯淡的双眼中也终于恢复了些神采:"本王明白了,其实本王夺储的最大优势就是圣眷!只要圣眷仍在,夺储之望便就犹存。所以只要回到十年夺储的老路上稳扎稳打,步步为营,本王就仍有希望!"

"正是如此。不过眼下也有一个隐忧,王爷虽根基未损,但东宫却颇有振兴之势。若不能加以遏制,一旦其羽翼丰满,王爷仍前景堪忧!"只有在用好话让朱高煦振作后,史复才敢将困难道出。

朱高煦心中一沉,他明白史复话中所指。盖因朱高炽虽多有不合父皇心意,却偏偏生了个乖巧伶俐的朱瞻基,大讨父皇欢喜。随着年龄的增长,朱瞻基愈发显出过人之处,尤其是这次建言御驾亲征,直接导致他领兵梦碎。照这种势头发展下去,终有一日将对他构成致命威胁。尤其是前几日的一件事,更让朱高煦感到非常不安。

就在三日前，交趾送来文书，张辅再次取得大捷，一举擒获贼酋简定。此战过后，叛军主力尽没，伪帝陈季扩虽仍在逃，但也是冢中枯骨，被擒是早晚之事。

朝廷为交趾平叛和即将到来的北征战事已经把家底掏得干干净净，得知交趾大局已定，行在上下都大大松了口气。永乐赶紧下旨，在褒奖张、沐二人的同时，将平叛明军一分为二，一半留交征剿余孽，其余则即刻班师以节省开支。而就在商议张、沐二帅的安排时，杨荣突然上奏，建议拜张辅为镇朔将军，充宣府镇总兵官，负责北征大军的粮饷督运，理由很充分：北虏向来为中国第一大患，且无法根绝。这次虽然要御驾亲征，但即便获胜，也难以斩草除根。为长远计，朝廷必须开始培养可御北虏的良帅。而张辅武功赫赫且年纪尚轻，正是其中不二人选，故当趁此机会，将其调来北疆历练。

最初永乐没有打算抽调张辅，不过此一时彼一时，既然交趾已无大碍，那让张辅来塞上历练对朝廷也是极有好处的。于是永乐调张辅至宣府督粮，交趾军务则交与沐晟。

本来夺帅失利后，张辅参不参与北征已与朱高煦没有关系。但接下来朱瞻基的举动，却让这位汉王大感恐慌。永乐方一下旨，朱瞻基立刻就跳出来自请帮办张辅督粮。朱高煦立刻嗅到了不对劲，朱瞻基此举除了是想立军功外，没准还存了趁机笼络张辅的意思。张辅现在是朝中第一名将，若果投入东宫旗下，那无疑是在朝中和军中都给自己增加了劲敌。只是朱瞻基同样持理甚正，永乐也对此举大加赞赏，他明知不妙，也无法反对。

"你言之有理！"朱高煦点点头又道，"但本王如何才能扳回局面呢？"

"办法无非两个，要么制约东宫，要么壮大己身！"

"制约东宫何解？壮大自身又何解？你不要卖关子，直接把办法讲出来便是。"朱高煦有些不耐烦道。

"制约东宫之法，便是殿下自请赞襄张辅督粮！"

"协助张辅？"朱高煦闻言勃然变色。当年他当燕军副帅时，张辅不过是其手下一名普通偏将，即便是现在，他也是堂堂汉王。论战功，他并不逊于张辅，论资历、身份、地位，那远非张辅所能匹及。朱高煦本就是个舍我其谁的性子，要他折节结纳张辅，他或许还能做到，可要他去充张辅的副手，那他无论如何拉不下这个脸！何况这样一来，就等于把他和侄儿朱瞻基摆到了同一层次上，这对他简直就是莫大的侮辱。他狠狠地瞪了史复一眼，怒气冲冲道，"你这是什么鬼话？就是要督粮,也应是本王为主,哪有让本王屈居张辅之下的道理?"

"张辅督粮的旨意已出,要让陛下收回来恐怕不那么容易。而且督粮之职亦牵涉颇广,以皇上的顾忌恐怕也不愿做此决定,仅为副手则就好说得多。太史公云:'君王为人不忍!'殿下既怀大志,便当有雄伟气魄!当下最要紧的是以防皇长孙奸计得逞,若拘泥于一时之荣辱,岂非误了大事?而且……"史复话锋一转,"如今之张辅,不亚于当年之丘福,殿下若能趁此机会收得其心,那将来无论是文斗还是武斗,殿下都稳操胜券!"

"还是说壮大自身的法子吧。"朱高煦摇了摇头,虽然他也明白张辅的重要性,但要去给其打下手,他无论如何也拉不下这个脸。

"所谓壮大自身,便是殿下自请随皇上出征。殿下武功赫赫,能一道出征于军事大有益处。而且皇上虽不愿殿下执掌大军,但若仅是为其副手,想来他还是可以放心的。只是在皇上的眼皮子底下,王爷想借机收买人心可就难了。不过军功和圣眷还是可以捞得些,多少也能抵消些东宫势力大增所带来的影响。"

朱高煦沉吟片刻,抬头道:"就用第二个法子!"

史复暗中叹了口气,以他的本心是偏向于让朱高煦去张辅军中。毕竟不管嘴上怎么强硬,但他在心里明白,丘福之败之于朱高煦,绝对是一个极其重大的损失。若朱高煦能趁着给张辅为副的机会,把这位威震天南的大将收入麾下,那就可以完全抵消丘福之败的影响,汉府又将回到之前全面压过东宫的地位。而第二种方法虽也不无收获,但较之于制约朱瞻基、收服张辅的好处,其实是远远不如的。不过朱高煦生性狂傲,硬要他屈身以事张辅,也实在有些勉为其难。无奈之下,史复只能将遗憾收起道:"既然如此,在下便去为王爷拟自请随军出征的奏本。"

"那就劳烦你了!"朱高煦点点头,站起了身子。此时天空已渐渐飘下鹅毛大雪。他将身上雪花掸落,忽然想到一事,当即喟然一叹,略带些感伤道,"吾固是死而复生,怎奈丘老将军一生威武,到头来不仅身首异处,家人也难逃株连!这老天也当真无眼,竟选在这时候落雪。这冰天雪地的,丘家老小路上又平添了几分艰辛。"

"淇国公家人今天启程吗?"

"午后便走,届时本王和纪纲会去相送。"朱高煦的话音十分沉重。丘福兵败后不久,逃回的溃卒带来了战败的原因。原来丘福是中了鞑子的诈降计,在一个假意投降的鞑靼尚书引诱下,不顾安平侯李远、武城侯王聪的劝阻,抛下主力,只率轻骑出击,以致被鞑子擒杀,并使十万大军全军覆没。

早在丘福北征前,永乐就提醒他需谨慎进军,后来又专门遣使到军中命其不可鲁莽,可没料到他还是犯了冒进的毛病,并造成如此严重的后果。在得知详情后,永乐气得怒发冲冠,当即下旨追夺丘福爵位,并将其家人谪往海南;同安侯火真、靖安侯王忠也被一并夺爵;只有李远、王聪虽也一同遇难,但因他们曾劝阻丘福,故未受追惩,反而追封了公爵。今天便是丘福一家老小启程南下的日子。

对于丘福家人的处罚,朱高煦也曾极力求情。不过此败影响太大,永乐愤恨之下根本不听他劝,再加上文官们也都袖手旁观,故最终无济于事。朱高煦平日虽然目中无人,却对当年亲手传教他武艺的丘福感情甚深。如今见其一家凄凉至此,他心中也十分不好受。

朱高煦一脸哀戚,史复却无半分悲色,反而冷笑道:“匹夫活该遭此报应。”

“你说什么?”朱高煦愤怒地望着史复,眼中几乎冒出火来,“就算丘老将军误了事,但终究是为本王而死。你怎可如此说他?你是活腻了吗?”

史复自入汉府以来,从未见过朱高煦如此作色,心中顿时一惊,赶紧惶恐言道:“在下只是觉得大好机会因他而丧,一时心中恼恨,故而失言,还请王爷恕罪!”

听得史复解释,朱高煦愤意稍缓,但犹不平,气呼呼道:“看在你也是为了本王的分上,这次就不追究了。不过再有下次,本王绝不轻饶。”说完,他一甩袖子,阴沉着脸去了。

朱高煦刚一转身,史复脸上惶恐便顷刻不见。望着他的背影,史复满不在乎地轻声一哼,脸上浮出一丝不屑的笑容……

经过半年的准备,到永乐八年春天,朝廷出征漠北的各项准备已经全部就绪。二月初四,永乐以亲征北虏事诏告天下;六日后,天子车辂在北京士民的欢呼声中驶出西直门,向边塞重镇宣府行去。

此次明军出塞声势之大,仅将士便超过三十万,其中不仅有汉兵,还有归附鞑兵和女直武士,连外藩朝鲜也奉旨征调战马数百匹前来支援。将领方面,此次出塞,永乐亮出了剩下的全部家底:按照部署,王师主力被划分为五军,中军由刚刚随张辅一起赶到的清远侯王友为主将,安远伯柳升副之;左掖主将宁阳侯陈懋,副以都督曹得与都指挥胡原;右掖主将广恩伯刘才、都督马荣、都指挥朱荣副之;左右二哨则分由宁远伯何福、武安侯郑亨督领。此外,都督薛禄、冀中、金玉,都指挥侯镛、陈贤、李文等将"分督精卒,不隶五军"。都指挥金事谭广则统领装备精锐火器的名为"五千下"的神机营充任随驾护卫马队。这诸路大将中,除了宁远伯何福等少数几个是后来归顺的建文朝旧将外,其余皆是当年随永乐征战天下的靖难名将。而永乐本人则在由三千个阵亡将士遗孤组成的名为三千营亲军扈卫下,居中统驭各军。

在宣府休整两日后,数十万明军在永乐的率领下浩浩荡荡地经德胜关依次出塞,并于第二日晚抵达塞外的兴和千户所驻地。

兴和守御千户所直属后军都督府,但其地已处塞外。自永乐二年赐大宁旧地与朵颜三卫后,开平已是朝廷在塞外的唯一城池,现由成安侯郭亮率重兵镇守。兴和位于宣府与开平之间,是连接两地交通的重要堡垒。从此处再往北,除开平孤城外已悉为敌境,也就是说从现在开始,明军将进入战备。在兴和,永乐亲自巡营检阅三军,所到之处将士皆士气高涨,甲胄马匹亦都齐备,永乐看罢心头大安。

因为兵马及粮草辎重太多,故明军的行军速度不算快,每日所行最多也不过二三十里,不过永乐对此却并不着急。多年的塞王经历,使这位马上天子对鞑子的习性有着极为深刻的了解。他明白,在得知自己亲率五十万众出塞的消息后,本雅失里和阿鲁台绝无胆量敢来主动挑衅,而自己若要在这万里大漠中去寻找他们,也无异于大海捞针。因此想要捕获鞑靼主力,只有一个办法——攻其所必救!

鞑子四处迁徙、不建城池,明军要想如在中原作战那般围城打援那是绝不可能的。但其既为游牧部族,则有一个重要弱点——必须逐草而居。尤其是春夏之交时,牧民必须迁徙至水草丰盛之地放牧,使牲畜长够膘,唯有如此,待到寒冷冬季到来,他们才能有足够的食物安然过冬。而那些留下来繁殖的牲畜,也是靠着春夏季节长出来的大量肉膘才能熬过这段困境。而漠北水草最肥美之地,便是草原东北部的斡难河、胪朐河流域。那里水草茂盛,气候适宜,当年成吉思汗便是倚此宝地创建基业,进而一统蒙古,最终横扫天下。

本雅失里乃元室嫡脉,鞑靼的实力亦为漠北各部之最,这两河胜地自然是归他们所有。所以,只要明军能在夏季到来之前抵达斡难河和胪朐河,那于情于理,阿鲁台都会主动上门求战。否则蒙古人心中的圣地任由明军扫荡,那他二人还有何颜面号令漠北?退一步说,就算本雅失里和阿鲁台不在乎脸面,可没了这块沃土,那除非他们有胆量冒着被明军回过头来包饺子的危险,穿越沙漠来到毗邻大明边疆的漠南草原,否则就只有迁到漠北草原中部的杭爱山一带放牧。杭爱山的水草远不如两河丰盛,无法满足鞑靼全族二十余万人所需。若阿鲁台果真这么做,那到冬天时他的部族肯定会因食物短缺和牲畜骤减而实力大损,甚至分崩离析都是可能的。要是最终成这么个结果,那明军便将不战而屈人之兵,永乐更是乐见其成了。

看清楚形势,永乐心中就有了底。故他一开始便抱定了稳扎稳打的宗旨,绝不为求速战而轻率冒进。只不过这样一来,一个问题也就随之而生——明军粮草供应吃紧。

五十万大军出塞,每人每日粮食消耗就得两斤,遇到战事还得另增。而塞外不是草原就是荒漠,根本无法就地取粮,只能从内地转运,这期间艰辛危险且不说,光是耗费就不得了。据夏元吉估算,若要把粮食运到预定的最远目的地胪朐河,即便抛开内地转运的损耗,仅从宣府出塞算起,每十石粮到达明军营中时也只能剩下三石多一点,这还是在沿途未遇鞑子袭扰的情况下。照此推算,明军二月底出塞,六月底班师归国,这四个月内明军所有粮食耗费加在一起少说也得一百七八十万石!

自永乐五年恢复开中后,北京各仓存粮曾一度大幅下降,虽然后来又有所增加,可及至丘福出塞,又把辛辛苦苦攒下来的家底败了不少。直到出征前夕,行在能筹措到的粮食才刚刚过一百万石,尚有七十多万石的缺口,需在大军出征的同时,催太子抓紧从江南调运。

粮草不足,无疑是明军一个巨大隐患,不过永乐却等不及了。如果为此延后出征日期,那班师就得拖到秋季。漠北的秋季可不比中原,八九月时那里就有可能漫天飞雪,明军不耐严寒,到时候必然损失惨重。经过与臣僚多次商议,永乐认为四月底时平江伯陈瑄的海运船便会抵达天津,届时会给明军带来五十万石江南大米,至于剩下的二三十万石,则可即命太子征发京师和南直隶民夫从陆路加紧转运。这样计算的话,只要两路粮食如期抵达,那明军粮食还是勉强够用的。当然,这期间多少存着些变数,但形势如此,朝廷也不得不担些风险。

大军逶迤北行,尽管已尽量聚集,但仍一路绵延数十里,待行了五六日,到三月初六晚上,一群胡人在明军游骑的护送下驶进了天子御营。

来者是瓦剌使臣完者不花与合花帖木儿。在决议讨伐阿鲁台后,为避免瓦剌与鞑靼合流,永乐对瓦剌三王多有拉拢,并颁给诸多赏赐,此番两名使臣是受瓦剌顺宁王马哈木所遣,前来贡马谢恩。

永乐在中军大帐召见二位使臣,其间对瓦剌之忠顺大加褒扬,并照例赐下毡币袭衣。召见结束,二位使臣被鸿胪寺丞刘帖木儿带下歇息。永乐将众臣屏退,唯留下随驾的胡广、杨荣、金幼孜三位阁臣。

待外臣退尽,永乐挥手将帐中的内官也驱退了才问道:"马哈木此时遣人上贡,你等以为是何用意?"

胡广想了一想,犹豫道:"难不成是他见陛下亲征,心生畏惧,故以此举自表忠心?"

永乐一声不吭,只面无表情地把目光投向杨荣。

杨荣眼珠子转了几圈,心中顿有了答案,不动声色道:"光大大人所言不无道理。但微臣以为还有一种可能,便是马哈木派此二人前来打探我军虚实。若见我军声势浩大,其就只是上贡;可若是王师军势不振,马哈木就很有可能会与其余二王一起勾结鞑靼,共谋我大明!"

"不错!"金幼孜也插口道,"夷狄皆见利忘义之辈,自古便对我中华财富垂涎三尺。去年丘福兵败后,鞑靼对瓦剌三王百般笼络。瓦剌见我军惨败,心中亦难免蠢蠢欲动,虽不敢公然叛我大明,但觊觎之意却是与日俱增。这瓦剌使臣早不来晚不来,却选在王师出塞后匆匆赶至,极有可能就是趁机窥探我军实力,以决定下步行止。"

"嗯!"永乐点了点头道,"二位爱卿言之有理,瓦剌三王的确心意难测。若其果真为窥伺而来,那朝廷又当如何慑服其心?"

刚才胡广被两位同僚抢了风头,此时赶紧抢过话头道:"回陛下,自古抚夷之道,无非恩威并施而已。这施恩的事朝廷已做了不少,下一步自然是要耀威了!"

"哦?胡爱卿有何见解?"永乐温言问道。

胡广嘿嘿一笑,随即将想法说了。永乐听完,若有所思地点了点头……

接见瓦剌使臣后又过二日,明军抵达塞外小镇鸣銮戍。永乐下令全军在此暂时休整。同时,御营中颁出一道旨意,明日,也就是三月初九,天子将在此大阅三军。

永乐的三千营特意驻扎在鸣銮戍北门之外,一出辕门便是一望无际的平川。第二日寅时刚过,全体明军将士便起床埋锅造饭。待到卯时,各部按照事先部署在御营外列队集结。御营辕门外的空地上已早早地搭建了一个五丈见方的将台,中央安放着皇帝御座,御座后方竖着龙旗宝纛,猩红纛旗中央用黑线绣着一个硕大的"明"字,在火光的映衬下显得格外醒目。三十万将士以将台为基准,沿其北侧依次列队。尽管天仍未亮,明军人数又多,但训练有素的将士们却有条不紊,随着灯笼的指示和领军将校的口令依次而行,终于在拂晓之前全部列阵完毕。

虽是春末出征,但漠北气候苦寒,前几日还下过微雪,黑夜时的大荒原上冷风肆虐,寒意袭人。没过多久,清晨的朝阳从东方山峦背后升起,给苍茫大地带来第一丝暖意。戈壁滩上,三十万大军队形严整,甲仗齐具,只等天子检阅。辰时正牌,只听得三声炮响,钲鼓齐振,随即御营辕门大开,两队身着飞鱼服、手提绣春刀的锦衣卫飞奔而出,至将台前列队侍立。紧接着又是三十二名内官,他们亦分作两队,各手持一支响鞭,在检阅台两侧站定。随后则是各式仪仗、卤簿,在将台周围按序站好。随后,持鞭内官齐力舞动响鞭,众人肃静,一早便在御营辕门两侧守候的乐官随即奏响礼乐,悠扬的乐声中,永乐在朱高煦及一众随征文武大臣的簇拥下,神采奕奕地走出辕门登上将台。

今天的永乐头戴天鹅翎饰金凤翅,内穿行龙五彩云纹曳撒,外套一件绣着双龙戏珠图案的方领对襟鱼鳞罩甲,两肩处各用黄金甲片遮覆。腰间所配,则为一把金柄长条鱼腹刀。金凤翅的顶端,插着一支蓝底镶红边的小旗,鲜艳的旗帜随风飘扬,将这位方过五旬的盛年皇帝衬托得十分威武。

永乐在将台正中站定,放眼向下一望,只见戈甲旗旄辉耀蔽日,三十万大军绵亘数十里,目光所及,皆是铁甲利刃。他用眼角余光一瞅,只见被以陪同检阅为名拉上台的瓦剌使臣完者不花已脸色微微发白,而另一个使臣合花帖木儿更是眼珠瞪老大,已紧张到了极致。见此情状,永乐暗中一笑,也不多言,只是气度从容地走到御案后坐下。

"日月同辉,威震四方,天子讨逆,我武唯扬!"待永乐落座,朱高煦领着文武大臣走到将台下,齐声山呼。紧接着是将台四周的锦衣卫和内官,再后则是正对着将台的五千神机营骑士,再后则是五军主力,到最后则成了数十万将士的齐声高呼。数十万健儿的呼声聚到一起,犹如雷鸣潮涌,让人闻之惊悚,震耳欲聋!

见完者不花与合花帖木儿已目瞪口呆,永乐十分满意地向后一望,身后旗官会意,随即将手中的一面大黄旗横向三摆,众将士得令,遂收声昂首肃立,方才还喊声震天的戈壁滩,顷刻间又只能听到呼呼风声。

永乐扭过头,对完者不花还有合花帖木儿笑道:"二位使臣以为我大明天兵如何？"

"啊！"完者不花还在震惊中，直到永乐发问，方回过神来，赶紧侧身面向永乐一躬身，用生硬的汉语答道，"王师威武雄壮，实为小臣平生所仅见！"

"如此雄师，放眼天下也无敌手！"合花帖木儿也忙不迭地谦声恭维。

听得二人之言，永乐哈哈大笑，随即又一挥手，黄旗再次挥舞，台下文武官员见着，赶紧分作两班走回到锦衣卫身后按序站立，在将台与军阵间腾出一个宽达三十余丈的空地。随后，台上号笛声起，两千骑士分作两队，从将台两侧的远处喊杀而来，以作骑战演习，继而五千步军又出列演练各式阵法，到大阅最后，黄旗向下一劈，五千神机营骑士转身向后奔腾而去，待驰到阵后开阔处时飞身下马，随即组成三列纵队向远方分次开火。伴随着连绵不断的火铳声，两个瓦剌使臣先是震惊，继而恐惧，最后再望向身旁的永乐的眼光中，已饱含敬畏。

看着瓦剌使臣诚惶诚恐的神色，永乐知道从这一刻开始，他可以心无旁骛地跟鞑靼展开较量了！

第十九章

从军行女人花香 荡大漠汉歌万里

从鸣銮戍出发,明军经凌霄峰、锦水碛、压虏川、金刚阜、小甘泉、大甘泉、清水源徐徐北进。这一路起先还是漠南草原,后来所到之处便再也无草木河流,只剩下大漠戈壁,这便是瀚海了。荒漠行军,其艰难更甚草原,连最起码的水源都难以保障。加之三月时的塞外仍是风雪连天,大漠中昼夜温差也大,这就为大军行进增加了难度。

不过好在洪武朝时明军曾多次出征漠北,永乐本人亦曾两次出塞,对此处地理还比较熟悉。一路上明军专寻绿洲驻军,每到一处都大量补充水源,行军时也是早上开拔,到中午便扎营歇息,尽量使将士和民夫们节省体力。如此布置,大军虽仍不乏艰苦,但至少未觉疲惫。而在行军途中每遇古籍所载之名山,永乐都兴致勃勃地与阁臣加以指点,若遇汉唐开拓时所遗古迹,君臣数人还免不了游览考据,兴致大浓之际,永乐还命他们行些勒石刻碑、吟诗作赋的雅事。

本来,内阁阁臣都是些柔弱文人,随军出塞对他们来说无疑是件苦差事。不过饱学之士大都也喜好游历,塞外风物与中原迥异,这苍茫大漠的奇异风光更是三个阁臣平生所未见,他们虽然劳苦,但也大饱了眼福。而更让他们兴奋的,是此次乃大明天子亲率六师,出塞讨胡。放眼历代华夏帝王,也只有汉武唐宗才有此壮举。三人得以参与此等千古盛举,自觉莫大荣幸,这所谓的旅途艰辛也早就抛到九霄云外了。

有这些风流雅事,再加上隔三差五便举行射猎,这行军途中大明君臣的日子倒也打发得十分惬意。唯一美中不足的,就是明军出发时为了防止后方转运粮草不济,随军携带了二十五万石军粮。这些军粮装载在三万辆武刚车上,由民夫随军推行。武刚车载重虽然超过人背马扛，但太过笨重，在过瀚海时经常会陷入沙堆，这使明军的速度不得不减缓，穿越瀚海的时间比预计的多花了六七日。不过事已至此，永乐也无法可想，只得埋头认了这笔时间账。

过了清水源，大地上沙石渐少，开始逐渐出现青草，这便是说大军已走出瀚海，进入漠北草原了。虽然眼下按时令算已到初夏，但漠北的清晨仍霜气甚寒，每日五鼓出发时，将士们皆需身着棉袄，永乐君臣也是裘衣狐帽裹得严严实实，不过午后便就热了起来。明军依旧是清晨开拔，午后歇息，中间偶尔还休整一二日以恢复体力，等待掉队士卒，就这样一路徐进，一个月间依次路过屯云谷、玉雪冈、鸣毂镇、归化甸、禽胡山、广武镇、捷胜冈、清泠泊、威虏镇、紫霞峰、玄云谷、古梵场、顺安镇，到五月初一下午，一条绵延向东的河流映入大明君臣的眼帘——胪朐河到了！

抵达胪朐河，意味着明军已深入到鞑靼腹心。从这一刻开始，阿鲁台和本雅失里已陷入进退两难的境地。望着前方湍湍流淌的河水，明军将士在短暂沉默后，爆发出震耳欲聋的欢呼声！

永乐也十分开心，他一夹马腹直奔到胪朐河边。驻足望去，大河奔涌而下，两岸群山秀拔，岸旁遍地榆柳。水中沙洲上，芦苇、青草郁郁葱葱长达尺余，好一幅人间胜景。他哈哈一笑，对跟上来的杨荣道：“果然是块宝地，杨爱卿以为如何？”

“臣亦有同感！”杨荣笑着一应，随即头一扬激动道，“不过眼下臣目中所见却非这山川草木，臣所见者乃是鞑子根基所在。两百年前，元太祖便是在这胪朐、斡难二河之地崛起壮大，进而南侵中原，使我堂堂中国遭遇亡天下之痛，华夏千年诗书礼仪惨遭灭绝。然胡人无百年运，待到先帝举义，提三尺剑横扫寰宇，驱逐鞑虏，恢复中华，终使我泱泱四千年文明得以重续。及至今日，陛下奋先帝之余烈，亲率六师深入漠北，竟至蒙古发祥之地，此诚为华夏千古未有之壮举！臣有幸得以追随圣主，亲历其间，心中早已激动万分。此刻在臣眼中，这胪朐河便是我华夏复兴的最好见证！便是我大明远迈汉唐，成为华夏古今第一盛朝的绝佳象征。眼下鞑靼已至绝境，臣唯愿王师早日破胡奏凯，愿陛下成就千古伟业。”

“说得好。”杨荣慷慨陈词，永乐听后也是心潮澎湃。是的，自开天辟地以来，只有大明有此国力得以发五十万之众深入漠北，只有他永乐傲然站立在漠北胡虏的根基发祥之地。西戎灭周、五胡乱华、靖康奇耻、崖山遗恨，辉煌伟大的华夏民族曾经一次次遭受无比残酷的羞辱,但今天,一切都得以洗刷。这一刻,华夏王朝的天子站在了胪朐河畔!而也是在这一刻,他统治下的大明站到了华夏数千年抗击胡虏历史的巅峰,素来胸怀大志的永乐也激动得几乎不能自持。

良久,永乐的心境终于平复下来,沉着道:"鞑子虽至绝境,但毕竟尚未剪除,眼下还未到大业鼎定之时。"

"皇上说得是!"这时杨荣的心也平稳下来,听得永乐之语,他心中更加敬佩,赶紧点头应和。

"不过……"永乐忽然提高了声调,将手中马鞭扬起,向前方胪朐河一指,气势磅礴道,"功虽未竟,威势已极。胪朐河乃蒙古发祥之地,王师既来此,自当更易其名,以彰今日壮举!传朕旨意,从即日起,胪朐河更名为'饮马河',意为我大明王师饮马之所!"说着,他又指向河畔平地,"今晚王师便驻扎于此,赐名'平漠镇'!"

永乐这一路走来,对沿途山川及大军驻地多有赐名,但今日这"饮马""平漠"二名无疑意义非凡,杨荣听得心潮澎湃,当即响亮地应道:"是!"

饮马河再往北便是斡难河,两河之间这块长约千里、宽约三四百里的草场,便是鞑靼春夏游牧之所。明军哨骑侦察范围可达二百里,从现在开始,他们发现鞑靼行踪的可能性就大大增加。

夜幕降临,永乐兴致不减,遂又来到饮马河畔。入夜后的饮马河似较白日温婉许多,皎洁的月光如丝绸般洒在水面上,显得格外柔美。领略着美不胜收的风景,呼吸着略带青草味的空气,永乐似乎忘了这是充满杀机的漠北,一时深深陶醉其中。

"陛下,怎么到河边来了?漠北夜晚天冷,当心着凉!"身后传来一声清婉的呼唤,随之一件大氅披到了身上,永乐回过头,一个貌美如花的少女出现在眼前。

"你怎么也来了?"永乐将大氅紧了紧,温颜道,"是马云告诉你朕在这儿的吗?"

"何需特地来告?"少女略有些羞涩地回道,"往日这时候,陛下都在臣妾帐中,今晚却久久不至,臣妾出帐问过下人,得知陛下在此,便跟着过来了。"

说话的少女是贤妃权氏。徐皇后崩逝后,永乐一直怏怏不乐,已担任司礼监太监的原燕府副承奉黄俨知其心意,遂趁出使朝鲜之机,鼓动朝鲜国王李芳远进贡少女。权妃是朝鲜国属臣权永均之女,彼时年方二八,温娴淑良、知书达礼,且其受家父熏陶,自小熟习汉语汉字,诗词歌赋、琴棋书画无一不通,尤擅吹玉箫,加之又天生丽质,遂被选中进献。一入宫,权妃便大受永乐宠爱,没几个月就封了妃。御驾北巡,权妃也随驾到了北京。此次北征,其余随驾北巡的嫔妃都留在了北京,唯独她被永乐带上随行。

"爱妃既来,便与朕共赏此景。"永乐哈哈一笑,伸手轻轻挽过权妃的腰,与她一起走到河边一块小石头前坐下,"草原夜色,远较中原为美。唯惜此次未带善工胡乐者随军,若能在此奏一曲胡笳,想来更能令听者沉醉!"

权妃拿出随身携带的玉箫道:"要不臣妾吹箫为替如何?"

"罢了!"永乐随口笑道,"箫声虽美,然空灵婉转,此处风大,不便聆听,待会回帐后爱妃再吹不迟!"

权妃沉吟一番,忽然眼珠一转抬头笑道:"既然如此,那臣妾为陛下舞剑。如今王师已深入漠北,不日陛下就将驰骋沙场。臣妾虽一介女流,不能上阵杀敌,但也愿献剑舞一曲,以为陛下增色!"

永乐一下来了兴致,当即笑道:"以前在宫中还不知道,原来爱妃竟也通公孙大娘之技!"

"臣妾岂敢与公孙大娘相比,唯滥竽充数,博陛下一笑罢了。"权妃口中谦逊,身子已站了起来。永乐也随之起身,随即一声招呼,命远处的黄俨将佩剑奉来递给权妃。权妃接过,又将自己身上氅衣脱了,随即找一块草原站定,深吸口气便迎风起舞。

权妃时而轻步曼舞如燕子伏巢,时而疾飞高翔似鹊鸟夜惊。剑锋划过,忽见寒光凌厉,令人心惊,旋又闲婉柔靡,使人神怡。欣赏着眼前这美妙的舞姿,永乐大觉快慰,随之心中一动,吟起杜甫那篇脍炙人口的千古名作——

> 昔有佳人公孙氏,一舞剑器动四方。
> 观者如山色沮丧,天地为之久低昂。
> 㸌如羿射九日落,矫如群帝骖龙翔;
> 来如雷霆收震怒,罢如江海凝清光。
> 绛唇珠袖两寂寞,晚有弟子传芬芳。
> 临颍美人在白帝,妙舞此曲神扬扬。
> 与余问答既有以,感时抚事增惋伤。
> 先帝侍女八千人,公孙剑器初第一。

五十年间似反掌,风尘鸿洞昏王室。

梨园子弟散如烟,女乐余姿映寒日。

金粟堆南木已拱,瞿唐石城草萧瑟。

玳筵急管曲复终,乐极哀来月东出。

老夫不知其所往,足茧荒山转愁疾。

"陛下!"当诗吟完,权妃已收剑走在面前,娇笑道,"陛下怎吟起这《剑器行》来了?"

"为何不可?朕看你舞姿绝佳,饶是公孙大娘再世亦不过如此!"永乐笑吟吟道。

权妃小心翼翼道:"若仅是前半首倒也罢了,这后半首却是诗圣借以怨玄宗皇帝耽于声乐,误了大唐天下。皇上吟此诗,让人听了不好想。"

"哦?"永乐一愣,随即哈哈大笑道,"你想得太多了,朕岂会如唐明皇那般糊涂?孰轻孰重,朕心中一直有数,爱妃不需有红颜祸水之忧。"

"皇上如此说,臣妾就安心了!"权妃抿嘴一笑,继而从黄俨手中接过氅衣穿好。

因着刚才舞蹈,此刻的权妃脸颊微红,额上香汗涔涔,永乐一看之下心中一荡,脸上露出一丝诡笑,附到权妃耳前轻声道:"云鬓花颜金步摇,芙蓉帐暖度春宵。朕虽不能终年沉湎美色,但做一日玄宗却是无妨!"

权妃的脸一下变得通红,赶紧望向不远处的黄俨,待见他垂首肃立,犹若未闻,才又回过头娇羞道:"陛下……"

永乐放声大笑,大手一挥,精神抖擞道:"走,回营!"

是夜,天子寝帐内风光旖旎,春色满床……

在平漠镇休整两日后,明军继续开拔,沿饮马河向东北搜寻鞑靼行踪。沿途经祥云巇、苍山峡、锦屏山,到五月初七日晚,明军抵达玉华峰。

当晚,天空下起蒙蒙细雨。用过晚膳后,永乐与几位阁臣小叙半会,便命他们道乏,自己直奔寝帐而去。

夜色已深,草原上万物俱籁,三军将士大多酣然入梦,而御营左下角的一顶小帐篷内,兵部尚书方宾与几个将官说完明日搜敌事宜后,也准备吹灯入眠。就在他刚脱下靴子准备钻入被褥时,门外忽然传来了亲兵的呼唤声:"大人,薛禄都督来了！"

"啊？"方宾闻言一惊,薛禄所部游骑一直负责斡难河南面的搜寻,这块地面是鞑靼最有可能聚集之所。此番他夤夜造访,极有可能是发现敌踪。方宾的睡意立刻消逝得无影无踪,赶紧穿戴好衣冠,对帐外亲兵道,"叫他进来！"

"见过方大人！"薛禄挑帘而入,他便是当年靖难时在真定生擒驸马李坚的燕军骁卒薛六。靖难中薛六屡立战功,永乐登基后授其都督佥事之职,之后又有升迁,到此次北征时,他已官拜左府右都督。薛六白丁起家,发达后自觉名字不雅,遂改名薛禄。

"薛将军不必客气！"方宾上前手一拱,赶紧问道,"将军此来所为何事？莫非发现了鞑子行踪？"

"不错！"薛禄虎虎有声道,"今日下午,下官手下胡骑指挥款台在兀古儿扎河南游弋时搜得一落单鞑子,擒获后经审讯,发现其是鞑靼大汗本雅失里帐下亲兵。据其供称,本雅失里已与阿鲁台一拍两散,现正率所部在兀古儿扎河与斡难河之间,即将西窜！"兀古儿扎河是斡难河南百里外的一条小河,与更南面的饮马河大约相距三百里。

"本雅失里和阿鲁台分道扬镳？"听得此信,方宾不由大吃一惊。

"据俘虏所说正是如此！"薛禄点了点头,随即将情况详细说来。

原来,得知大明皇帝亲率五十万大军来讨,无论是阿鲁台还是本雅失里都无胆量应战。待明军靠近饮马河时,两人便不约而同想到了逃。不过在逃亡的方向上,二人却发生了冲突。

按阿鲁台所想,是率部族一路向东,到阔滦海子一带暂避,待明军班师后再回。阔滦海子是阿鲁台的老巢,兼又丛林茂密,实在不行还可以躲进深山中。不过当这个计划提出来后,本雅失里却出乎意料地激烈反对,并提出了自己的想法,向西撤退,靠近瓦剌地界,召集马哈木等共抗明军！

本雅失里的计划被阿鲁台断然拒绝。就在去年,阿鲁台还被瓦剌击败,此番他惹恼了明廷,永乐亲率大军来讨,这时候如丧家之犬般去找瓦剌相助,别说马哈木他们极有可能痛打落水狗,就算他们愿意真心结盟,他阿鲁台的地位也会大大下降。阿鲁台苦心经营十多年,好不容易才在漠北傲视群雄。让马哈木他们跟自己平起平坐,他又岂能咽得下这口气？

不过阿鲁台虽然不答应,但本雅失里这次却毫不妥协。其实本雅失里心里也打着小算盘:他虽是元室嫡脉,却受知院阿鲁台控制,对此他一直心有不甘。

此番若能趁明军北征之机促成鞑靼、瓦剌这两大蒙古部族合流，那他便可利用阿鲁台与瓦剌三王的矛盾从容转圜，进而重塑自己蒙古大汗的权威。退一步说，即便阿鲁台不愿西去，他也可以借机摆脱其之控制。离开阿鲁台后，凭着他黄金家族嫡系传人的招牌，只需登高一呼，大草原上自会有无数蒙古部落慕名来投。

见本雅失里突然翻脸，阿鲁台又气又急。若在平常，他有百种方法可以制住本雅失里，实在不行还可以废掉这个傀儡，甚至将他毒死活埋！可是眼下明军大兵压境，这时要对本雅失里下手，部落立刻就会分崩离析。投鼠忌器之下，他也只得尽力劝说，可事到如今，本雅失里哪会再听他的？坚决要向西去。阿鲁台此时已穷途末路，实在奈何本雅失里不得，只得忍痛放弃这面大旗，答应让他西去，而对自己部落中愿意追随本雅失里的，阿鲁台也无法阻拦，只得由他们去了。

黄金家族在蒙古部落中的威望是惊人的。当初阿鲁台吞并鞑靼各部，借的就是本雅失里这面大旗，现在本雅失里要走，许多部民也都愿追随，素与阿鲁台有隙的另一位鞑靼知院失乃干也趁机随本雅失里而去。本雅失里本就有部众过万，再加上这些追随者，一下也凑了四五万人。待分完家，阿鲁台率领剩下的不到二十万部众向东亡命，本雅失里则带着自己的部族沿兀古儿扎河而上，一路向西奔行，不料没走几日便被明军发现。

听了薛禄叙说，方宾稍一沉吟，遂拉上他一起去向永乐禀报。待走到距皇帝寝帐外六七丈时，马云迎上来道："方大人，这么晚了您怎么还过来？"

"马公公，本官有急事要见皇上！"方宾急匆匆说完，伸头向寝帐方向一瞅，见帐内隐隐透出一丝微弱烛光，遂喜道，"看来皇上尚未入眠，还请公公代为禀报！"

"这……"马云脸上露出一丝难色，半晌方犹豫道，"此时打扰，怕不大方便。"

方宾一怔，随即反应过来，皇上肯定又在和权妃行周公之礼。不过军情紧急，他一时也顾不得这许多了，遂道："本官有军情要奏，还请公公通融！"

"这个……"马云又是一阵犹豫，半晌方苦笑道，"皇上之前专门说过，今晚不要打扰……大人你看要不明天再禀？"

见马云如此说，方宾不由大急。他知道这马云木讷老实，皇上也正是看中了这一点才让他在身边侍候，哪知这时候竟碍了事。正焦急间，一旁的薛禄眼尖，瞧得狗儿正领着几个内官从旁边七八步外经过，他心中一喜，赶紧叫狗儿的大号道:"王彦公公,快过来! "

狗儿正带人在御帐周围巡视,听得薛禄呼唤,遂一边往这边走一边笑道:"薛老六,大半夜的你怎么到这儿来了?难不成是打到狍子要送给咱家下酒?"待走近了,借着火光发现方宾也在,狗儿才收起嬉笑之色,一拱手道,"原来方大人也来了? "

"下个屌的酒! "薛禄和狗儿在靖难时几次并肩作战,交情不赖,此时遂也不客气,直接道,"我与方大人有军情要禀报陛下,马公公有些为难,还请王老弟帮忙去通禀一下! "说完,他把狗儿拉到一边轻声道,"我发现了本雅失里行踪。 "

"啊! "狗儿一听,脸色立刻郑重起来,他对马云道,"军情要紧,咱家去见皇上! "

马云见有狗儿出头,心下大安,赶紧领着狗儿向寝帐走去。不一会儿,狗儿走了出来,对在凉风中冻得直哆嗦的方宾、薛禄道:"皇上正在更衣,二位先去中军大帐等候。咱家还要去传汉王、清远侯还有几位学士,且先失陪。 "

方宾和薛禄遂到中军帐中,一盏茶工夫不到,汉王朱高煦、清远侯王友以及杨荣几个也睡眼惺忪地进入帐内,众人寒暄几句,永乐便满脸疲惫地进入帐中。

永乐落座后,众人行礼。接着薛禄将方才所说之话再说了一遍,待他说完,永乐便陷入沉思中。

大约又过了一盏茶时光,永乐抬起头问殿内众人道:"你等说说,这个俘虏之言是真是假? "

"真假难料! "杨荣皱着眉头道,"本雅失里身为元室嫡脉,不甘受阿鲁台钳制,趁我大军压境之际抽身自立,这从情理上是完全说得通的。不过话又说回来,焉知此非阿鲁台之故技?兀古儿扎河距此处近三百里,我军若要截击,则只能遣轻骑前往。而去年丘福便是中了引诱之计身死,保不准阿鲁台是旧瓶装新酒,换个花样再来一次。 "

"照你之意,是谨慎为上,待打探之后再行定夺? "永乐发问。

杨荣微微点了点头。

听杨荣说要谨慎,方宾心中不由有些发急。他和杨荣这些幕臣不一样,前次丘福兵败,按理说他该有连带之责,虽然永乐未加怪罪,但方宾仍觉得脸上无光,总想着趁着此次北征,痛痛快快打两场胜仗,让他赚些运筹之功以弥补之前过失。此份情报若是假的倒也罢了,可若为真,那阿鲁台便已东窜,明军能不能追上还得两说;若追不上,又因延误军机放跑本雅失里,那样虽可以达到削弱鞑鞑靼之目的,但于他这个兵部尚书就无功可言了,他赶紧奏道:"陛下,臣与勉仁有不同之见。依臣看来,无论是真是假,我们都当出兵。"

"哦?方爱卿有何高见?"

方宾整理措辞小心禀道:"回陛下,若此情报为真,那本雅失里必然在加速西窜,离我军越远越好,故若拖延时日,恐就被其逃脱,届时大漠茫茫,再找可就难了!"

"本雅失里不过三四万人,就算放走他又有什么打紧的?咱们只要能削弱阿鲁台不就行了?"听得方宾之言,朱高煦不由插口。

"话不能这么说!仅以实力论,本雅失里自不足为患。但殿下莫忘了,本雅失里可是元室嫡脉,在蒙古诸部中的威望非同小可。当初阿鲁台就是先后拥立鬼力赤和本雅失里两个元室后裔,挟天子以令诸侯,方能坐大至今。此番若本雅失里得脱,那很有可能会被瓦剌三王所迎。若果真如此,瓦剌声势必然大振,届时咱们即便削弱了阿鲁台,但到王师一撤,马哈木他们立刻就会取而代之,成为漠北新主。如此一来,此次北征不仅是为他人作嫁衣裳,还成了前门驱虎后门招狼!"

方宾这么一解释,朱高煦便不说话了,永乐和杨荣想想,也都微微颔首。

见众人首肯,方宾心中镇定许多,接下来的话也愈发流利:"而若情报为假,那我军不仅不用畏惧,反而可以将计就计,将鞑靼一网打尽。陛下请想,阿鲁台部不过二十万出头,刨去老弱妇孺,能战壮丁最多也不过五六万骑。我军若以轻骑两万前往,若是遭伏,则只管扎营死守,再催王师加紧增援便是。而今我军驻地距兀古儿扎河不过三百里,五军主力加快速度,最多五六日便可赶到,到时候三十万主力大军在外,两万轻骑居内,鞑子纵有通天入地之能,也是回天乏术。"

方宾这么一说,永乐眼珠顿时一亮,他想了一想又问道:"此计甚妙!不过鞑子骑射功夫远胜我军,仅以两万轻骑能撑住五六日么?要知去岁丘福也是轻骑突进,结果却被鞑子围杀。万一主力未至轻骑已败,那岂不是偷鸡不成蚀把米?"

"要不再多派些兵吧?三四万骑眼下还是拿得出来的。"朱高煦此时也兴奋起来,插口道。

"不能再多了。三四万骑,鞑子就算想围,见了这阵势恐也不敢了。而且这么多人马集结起来太耗时间,万一本雅失里的确是孤军西窜,那等我军集好再杀到那里,怕就来不及了!"方宾对薛禄呵呵一笑,转而对永乐解释道,"至于轻骑先败,其实不必担忧。今日形势,与丘福兵败时大有不同。去岁丘福之所以败,是因为其仅率五千轻骑突进,又与主力大军拉开了五六百里之遥。而此番我军轻骑有两万,与主力相隔不过三百里。而且我军还有五千神机营,此部皆是马队,又装备精良火器,若将他们也划入这两万轻骑中,到时候即便被围,凭借火器之利,只要弹药不绝,挡鞑子多少天都不成问题!"

"方爱卿说得有理!"权衡一番,永乐拍板道,"无论是真是假,此次我们必须出兵!"

"儿臣愿率军前往!"朱高煦立即请命。

永乐看了看他,呵呵一笑道:"皇儿勇气可嘉,不过这一次由朕亲自领兵!"

永乐此言一出,众人皆大惊失色,方宾赶紧道:"陛下乃一国之君,又是大军统帅,岂能孤身犯险?"

"方爱卿不是说万无一失么?"永乐笑着反问。

"这……"方宾一时语塞,旁边的杨荣赶紧过来解围道,"方大人虽然笃定,但军争从无必胜之局。纵然事先算无遗策,也难保临阵不出岔子。陛下一身关系天下苍生,不必凡事亲力亲为。"

"你等错矣!朕之所以亲自领兵,绝非是图一时之快,而是为保必胜之不得已之举。你等且想,若鞑子果真埋下伏兵,我军却另派他人前往,阿鲁台见了必知朕率大军在后,其胆怯之下极有可能撤围而去。而朕亲自前往则不同。阿鲁台见朕入围,多半会恶从胆边生,想着趁此机会将朕生擒,如此一来则反落入圈套。"永乐说到这里倏地起身,用不容置疑的语气道,"朕意已决,明日亲率三千营、神机营及薛禄、李文二部游骑追剿本雅失里,方宾、杨荣随行参赞。其余大部由煦儿统领,仍按平日速度向兀古儿扎河缓缓靠拢。若朕果被围,则全军快速压上,一举全歼鞑靼!"

自打随征以来,朱高煦一直想着能再次领兵,这次攻打本雅失里本是个绝佳机会,不料永乐却要亲自上阵,他一时颇有些失望,不过听到父皇授其暂摄全军之职,他又精神一振。忽然,一个邪恶的念头从心中冒了出来:若父皇被围,援军未及赶至致使他老人家因此遭难,那他就成了这五十万大军的统帅!待他率五十万大军返回国中,那这空出来的皇帝宝座……想到这里,他不由得吓了一大跳,并很快为这种大逆不道的想法感到羞耻和惭愧。但羞愧之余,尽管朱高煦强力压制,内心深处却已生出一丝蠢蠢欲动,无论如何也驱散不去……

第二日,永乐率轻骑离开大营,前往兀古儿扎河追击本雅失里。永乐走后,朱高煦外表平静如常,内心却如热锅上的蚂蚁!若此去遇阿鲁台伏兵,那自己该怎么办？按事先部署，自己当然是率大军星夜救援，他也不断告诉自己应当这么做。可每想到丘福兵败的打击，想到朱瞻基这个大侄儿来势汹汹，他觉得内心一股邪恶的声音在呼喊，让他坐立不安。就这样过了九天，一个消息传来：永乐在兀古儿扎河与本雅失里遭遇。鞑子见明军突然杀到，猝不及防之下军心大乱，顷刻间土崩瓦解，本雅失里仅率七骑逃脱。

捷报传至，明军大营欢声雷动，朱高煦的纠结也不复存在，总算松了口气。两日后，永乐率军返回大营，稍事休整，明军立即重新开拔，乘胜追击向东逃亡的阿鲁台部。

就在明军继续前进的同时，鞑靼一方也发生了巨变。本雅失里惨败之后，鞑靼人心大乱，阿鲁台本还心存侥幸，此时终于放弃一切幻想，夺路狂奔。而原先追随本雅失里西去的另一位鞑靼知院失乃干在决战中被明军击溃，率残部逃到广武镇一带后，见明军势不可挡，遂有意归降。鉴于此，永乐决定再次分兵，命清远侯王友、广恩伯刘才率所部回师开平，顺路接受失乃干的投降。至于明军主力则继续东进，逼迫阿鲁台主力决战。

不料，永乐关于分兵的设想甫一提出，便遭到了三个内阁阁臣的一致反对。他们倒不是怕分兵导致势弱——以明军的实力和眼下的形势，即便再多分个三五万出去，剩下的对付阿鲁台也是绰绰有余。但几位大臣的顾虑是，若明军继续东进，接下来回师时的军粮就不够用了！

当初计划北征时，朝廷的粮草准备就不充裕。而且因前番举行大阅和过瀚海时的耽搁，明军的北上行程已较预定的拖后了十余日，故军粮已比较紧张。此外，明军在北上途中每隔一段便修筑一座小城，并遗军守之，后方转运粮草时可将部分军粮屯于城内，以供明军返程时使用，这样可以不用将全部军粮送抵千里之外的明军大营，从而减少转运过程中的损耗。可如此一来，也给明军带来一个限制——班师时必须按原路返回，否则仅靠随军携带的军粮很可能不够食用！

自明军追击阿鲁台以来，已向东行进了数百里，再往前走就是阔滦海子。此地已超过了明军预定的出击范围，可据报阿鲁台现在已越过阔滦海子，沿着兀尔古纳河向东北方逃窜。若明军再继续追击，那班师时再按原定路线的话就要多走几百里，届时军中所剩粮食和各堡垒存粮的数量根本不足以支持这么大一支军队平安返回塞内。基于此点考虑，三位阁臣建议永乐放弃追击阿鲁台的计划，仅率部继续在两河一带的草场驻扎一月，这期间阿鲁台若返回，则与之决战,若不来,那便班师回朝。

应该说三位阁臣的建议是合情合理的,只要入了秋,即便明军班师,阿鲁台返回两河草场,留给他放牧的时间也不够了。如此一来,鞑靼冬天仍将不可避免地遭受损失,这也基本达到了此次北征的目标。就连方宾虽然想战,但考虑到追击带来的潜在风险,几经权衡后也对此表示赞同。

永乐同样知道继续追击存在风险。可要就此罢手,他却颇有些舍不得,眼下的形势实在是太好了。本雅失里先与阿鲁台分裂,后又被自己打得一败涂地,如今的鞑靼已是实力大损、人心惶惶,对明军也是十分畏惧。若能趁此机会歼灭阿鲁台,那这几十年来威胁大明的鞑靼部落就将烟消云散!这样的诱惑摆在眼前,他焉能不怦然心动?而若就此罢手,阿鲁台虽然仍将受到严重损失,但未必就会伤筋动骨。待休整几年,他仍有可能恢复过来再次威胁中原。与绵绵不绝的兵祸相比,永乐觉得若果能毕其功于一役,那冒点风险也是值得的。因此,他对胡广几个道:"不如这样,我军仍然东进不变。把在威虏、顺安、平漠等几个近处城镇屯的军粮全部随军带上。另命成安侯郭亮将开平存粮运至大沙窝北的应昌。开平存粮尚有四五万石,届时若缺粮,则命郭亮将粮草运至军中即可。"应昌位于开平以北约二百余里的答剌海子湖畔,是元代重镇。元顺帝北遁塞外后曾一度在此建都,后虽废弃,但城郭犹存,用来临时驻军屯粮还是可以的。

"可开平怎么办?如此一来,开平存粮也就空了,而且四五万石粮也远远不够!"胡广急道。

"命张辅从宣府调拨。眼下已是五月,夏收过后应还有些粮食,足供宣府等镇一时之需,至于各仓中所存陈米则全部征用。此外陆路运来的二十万石江南大米应也快到宣府了,到时候全部转运到开平和应昌。只要应昌屯粮足够,届时再运至军中,大营便不至于缺粮!"

金幼孜皱眉想想道:"若果能如此,倒也未尝不可。只是这其中环节过多,万一出了岔子,咱们几十万大军就危险了!"

"不会有岔子!"永乐挺身而起,双目炯炯有神地望着帐外,一脸坚定道,"良机稍纵即逝,岂能为万一之事而生犹疑?传令后方各部及沿途屯粮军城皆需小心防备,若有差池,朕决不轻饶!"

"遵旨。"见永乐决定,三位阁臣只得应诺,然都面带一丝隐忧。

永乐定计后,明军加快速度越过阔滦海子,顺兀尔古纳河北上搜敌。兀尔古纳河流域已经接近后世被称作大兴安岭的哈剌温山,沿途山路崎岖,丛林茂密,加之夏秋季节暴雨连连，给行军带来不少麻烦。不过明军追得虽然辛苦，鞑子逃得也不容易。阿鲁台已经损失惨重，现在阖族北遁，牛羊马匹是一样也不敢落下，否则这个冬天他就只有喝西北风了。可驱着大批牲畜穿越山林，这速度是无论如何也快不起来。反观明军，虽也携着大批辎重，但汉人的将作之术却无疑要高明许多。一路上明军逢山开路，遇水搭桥，皆都安排得有条不紊，这样速度反而更快。到六月初九，明军抵达群山边缘处飞云壑时，前哨传来消息，阿鲁台已聚集部众，在前方山谷列阵以待。

得知鞑子行踪，永乐精神大振，当即对一旁随侍的杨荣等人道："北虏穷途末路，欲作困兽之斗。你等即刻代朕拟手诏付各营把总，命彼等照预定方略布阵徐进。"

"遵旨！"

杨荣几个刚一应诺，便见永乐已披上战甲，杨荣一惊，赶紧上前道："陛下可是要前往观阵？可命三千营先往警戒！"

"不必！"永乐跃身上马，神采奕奕道，"前方不远便是山谷出口，朕自携缇骑登丘眺视，煦儿率三千营跟上即可！"说完，不待杨荣再言，他便一挥马鞭，飞驰而去。

待奔了七八里，遥见前方已豁然开朗，永乐便知已到山谷边缘，他也不入谷，只翻身下马登上一座小山丘，向下观察战场地貌。

说是山谷，其实这是群山中一块长宽各约十里的盆地，其间遍布草丛，中间还有几条小涧，而鞑子就在盆地的最远端列阵。想来阿鲁台一路亡命，本欲休养一阵，孰料明军旋即追至，鞑子筋疲力尽之下已无力再逃，只得在此决一死战。鞑子皆是马上好手，有此平地，正利其驰骋，阿鲁台选此处为战场，的确比在丘陵中与明军短兵相接要有利。

摸清阿鲁台意图，永乐嘴角浮出一丝不屑的冷笑，自言自语道："漠北平川万里，你不敢应战，如今却想仗这区区十里草场用兵，果真是黔驴技穷了。"

说话间，杨荣等人已气喘吁吁地追了上来，永乐回头看了他们一眼道："便把宝纛竖于此，各部于山下列阵，休整半个时辰后再齐进逼战！"

一阵工夫，明军从各条山路中钻了出来，鞑子见明军杀至，顿时有些骚动，不一会儿，几队轻骑冲出本阵，挥舞着雪亮的马刀狂呼乱叫着向正在布阵的明军袭来。不过明军早有准备，各部队形严整，任凭鞑子叫嚣，皆置之不理，其若欲冲阵，则以如蝗飞矢相阻，胡骑突击不成，只得在阵外来回奔驰。一队胡骑望见山冈上的龙旗宝纛，意欲上前挑衅，不料还未冲上半山腰，朱高煦便指挥着三队神机铳手横插到阵前，一阵硝烟散尽，带头仰攻的百夫长便和十余个鞑子兵倒在了血泊中，剩下的胡骑被这突如其来的电光石火吓得魂飞魄散，不待明军再射，赶紧掉头亡命。其余各队胡骑也都拨马回阵，再不敢靠近明军半步。

不到半个时辰，明军战阵便已列好。放眼望去，二十万大军摆成十来个长条方阵，前后绵延十里。阵中，明军士兵披坚执锐，森森铁甲在日光辉映下如粼粼波光，闪着耀眼的寒芒。

鞑子被眼前的景象深深震慑住了。他们都是轻装骑士，又是以逸待劳，本应趁明军立足未稳之际主动出击。但是现在，任凭大小头领喝骂抽打，他们都一动不动，曾经傲视天下的蒙古武士在面对明军的铁甲洪流时，眼中露出深深的惧意。

山丘上，杨荣望着远方踌躇不前的鞑靼军队，不禁感慨万千道："想当年蒙古铁骑横扫天下，兵锋所指无人能敌。不料区区百年过去，却沦落到临阵不敢出战的地步。臣虽为汉人，但遇此景亦不免为之悲叹。"

"今时不同往日！"永乐双手叉腰望着前方，满脸骄傲道，"阿鲁台不是忽必烈，更不是铁木真！而我大明也绝非苟图偏安的弱宋！想这阿鲁台不过一介中山狼，稍有得志便想重现蒙元荣光，真是痴人说梦。朕今日就要给他灌一碗醒酒汤，让他清楚谁才是天下之主！"

"父皇天纵英才，冠绝古今！"朱高煦赶紧高呼一句。

"煦儿莫要拍马屁。养足精神，待会随父皇冲锋！"永乐回头笑着说了一句，旋不再理他，转而继续观察敌情。此时鞑靼军阵中又起了骚动，只听得一阵呼喊声传来，众人极目眺去，隐隐见着敌阵中的鞑子纷纷放下兵器，跪地向天叩首！

"北虏这是做什么？难不成他们要乞饶？"胡广一愣道。

"他们在祭拜长生天，阿鲁台想借蒙古人的永恒之神来唤回手下的斗志！"永乐冷哼一声，轻蔑道，"莫说长生天，就是把佛祖和玉帝一起拜了，也挽救不了其败亡命运。"

"陛下！"金幼孜突然插口道，"北虏既在拜神，我等正可突袭。莫如命薛都督他们率精骑冲阵，或可一举建功！"

永乐想了一想，大手一挥气势磅礴道："算了！我军大阵与敌相隔六七里，即便突袭成功，一时也接应不上，若耽搁得久了，反而会陷了突击将士。再者蒙古人素敬神明，此时袭扰，万一将其激怒，反倒成全了阿鲁台。如今他已至绝境，非与我一决雌雄不可。只要我铁甲坚阵不乱，北虏纵皆疯狂，亦难逃败亡之局！"

"圣上明鉴！"

又过了一阵，鞑靼军阵仍在闹哄哄地祈祷，永乐看着，忽然脑中灵光一闪，转身对几个阁臣笑道："北虏闹腾，看久了也嫌乏味，莫如你等献一首词，传与三军将士高诵，也不至堕了我军锐气！"

"战地歌词，务须慷慨雄壮，臣等久在帷幄，一时恐难以想到！"胡广干笑着应答。

"也无须你等现作，就将古人所赋道一首合适的便可，有无曲调都无妨。"永乐倒是很有兴趣。

三臣无可推托，便各搜肠刮肚。半晌，胡广先有了主意，遂对永乐拱手道："既为战歌，流传最久者莫如《诗经·秦风》中的《无衣》一篇，不知可以用否？"说完，他便大声诵道——

> 岂曰无衣？与子同袍。王于兴师，修我戈矛。与子同仇！
> 岂曰无衣？与子同泽。王于兴师，修我矛戟。与子偕作！
> 岂曰无衣？与子同裳。王于兴师，修我甲兵。与子偕行！

胡广诵完，永乐想了想摇头道："其意甚佳！然诗中词句，于周时尚算通俗，但及至今日已略显拗口。将士们都是白丁出身，不比你等儒生，一时半会肯定记不住，此首不妥。"

闻言，金幼孜接着道："臣曾读沈括之《梦溪笔谈》，里间有载当年其在鄜延时为士卒所作战歌数曲，皆激壮且朗朗上口，或可撷一用之！"接着，他咳了一声道——

> 先取山西十二州，别分子将打衙头。
> 回看秦塞低如马，渐见黄河直北流。
> 天威卷地过黄河，万里羌人尽汉歌。
> 莫堰横山倒流水，从教西去作恩波。
> 马尾胡琴随汉车，曲声犹自怨单于。
> 弯弓莫射云中雁，归雁如今不记书。
> 旗队浑如锦绣堆，银装背嵬打回回。

先教净扫安西路,待向河源饮马来。

灵武西凉不用围,蕃家总待纳王师。

城中半是关西种,犹有当时轧吃儿。

"不错,正宜壮士歌之!"金幼孜咏完,永乐连连拍手,然后话锋一转,"不过漠北不是西凉,鞑子也非党项,此歌虽佳,但不宜为当下所用!"

"其实不需用前朝旧歌,我大明就有一现成之作!"杨荣沉思半晌,抬头道。

"哦?朕怎不晓得?杨爱卿速速诵来!"

杨荣一笑道:"当年红巾军曾作战歌一曲,以励将士斗志。我大明源自红巾,今又与蒙古人对垒,正可借用此歌,且连曲都不用另谱!"说完,他深吸了口气放声高歌——

风从龙,云从虎,功名利禄尘与土。

望神州,百姓苦,千里沃土皆荒芜。

看天下,尽胡虏,天道残缺匹夫补。

好男儿,别父母,只为苍生不为主。

手持钢刀九十九,杀尽胡儿才罢手。

我本堂堂男子汉,何为鞑虏作马牛。

壮士饮尽碗中酒,千里征途不回头。

金鼓齐鸣万众吼,不破黄龙誓不休!

闻此,永乐的脸顿时激得通红。"莫道石人一只眼,挑动黄河天下反!"一个甲子前,无数华夏健儿揭竿而起,他们借用这首慷慨悲壮的战歌,向残暴腐朽的元朝发出满腔怒吼。韩山童、刘福通、郭子兴,无数英豪为之付出鲜血乃至生命!最终,在父皇朱元璋手中,完成了致命一击!永乐至今都记得,当徐达攻克大都的捷报传回,整个京城都沸腾了!无数士民走上街头,他们手舞足蹈,他们喜极而泣。永乐还记得,就在那个夜晚,年仅九岁的自己和所有兄弟被一齐叫到父皇身边。当他们进入殿中时,惊奇地发现一向坚毅刚强的父皇,此刻竟泪流满面!这一首战歌,将永乐的思绪带回到那个风起云涌的铁血时代,带回到那个光复河山的峥嵘岁月!胡虏被赶走了,但他们阴魂不散,他们幻想着卷土重来!他们要再次将华夏大地夷为焦土,他们要再次将汉家儿女贬为贱民!他们要再次将诗书典则、礼仪人伦毁之殆尽！而他朱棣作为华夏的堂堂天子,有责任用手中的刀和剑,保卫自己的国家,保卫自己的子民！一团烈火在心中熊熊燃起,永乐血脉偾张！

"就是它了！"永乐豪情万丈地传下口谕,"命随军乐人大声领唱,教三军将士同声高歌！给朕唱出气势,让对面的鞑子闻之落魄,听之胆寒！"

> 风从龙,云从虎,功名利禄尘与土。
> 望神州,百姓苦,千里沃土皆荒芜。
> 看天下,尽胡虏,天道残缺匹夫补。
> ……

很快,战歌在山谷上空响起。先是乐官领唱,继而御营亲卫齐唱,到最后成了二十余万将士的大合唱！将士们有的机敏,听两三遍便能熟记;有的稍显木讷,只能断断续续地附和。但不管唱词是否正确,不管声调是否精准,每一个战士的歌声中,都包含着内心的激荡！

这是一首什么样的歌啊！它时而悲壮,记载着华夏文明曾遭受的屈辱;它时而激昂,象征着天朝上国当下的辉煌！数十万人齐声高唱,蕴含着无限感情的歌声汇聚成一波巨大的声浪,向前方汹涌奔去,让敌人惊愕,让敌人变色,让敌人战栗,让敌人胆丧！

远方,鞑子们终于停止了祈祷。他们默默拾起武器,在头领们的驱赶下小心翼翼地向明军奔来。只不过,在经历了胡疆汉歌的洗礼后,他们的脸上再也看不见狂妄,他们挥舞马鞭的手在不由自主地颤抖！

这边,明军同样停止了高歌,他们重新拿起了武器,整理好战甲。但是,与鞑子不同的是,他们的脸上布满了恨意,写满了对战斗的渴望！

山丘上,永乐也翻身上马。望着渐渐清晰的胡骑身影,他眼中闪过一丝凌厉的光芒。待号角响起,他抽出了银光闪闪的佩剑将它高举过头顶,对身后的骑士们厉声叫道:"健儿们,随朕杀虏！"说完,他一夹马腹,向山下俯冲而去！

"杀！"朱高煦与三千营铁骑绝尘而出！

"杀！"二十余万明军齐声高呼,向前迈步逼进！

山谷中,杀声四起,山河气壮……

第二十章

皇太子运粮失期 众大臣竭力补救

自打朱高煦随军出征后，其在北京的宅子便冷清下来。史复无事可做，每日在后院的小花园中莳花弄草，仍与在南京时一般从不迈出府门半步。史复自入汉王幕后一直深居简出，除了少部分汉王亲信，其余亲附汉藩的朝臣，甚至是汉府长史司的僚属，都以为这个整天蒙着面纱的怪人不过是个普通清客，对他并不重视。因此在北京这几个月，除了偶与纪纲相见，史复便周游于园内花丛之中，安享清闲自在。

这一日，史复睡过午觉，又兴致勃勃地来到后花园，命下人搬来一张摇椅，放在墙角一片小竹林中。待将下人统统打发离去，他躺到摇椅上，从袖中掏出一本当时民间颇为流行的《七国春秋平话》，津津有味地阅读起来。

看了大半个时辰，史复觉得有些困了，遂将书放到一边，闭上眼睛准备小睡片刻。刚刚觉得有些迷糊，忽然园内由远及近传来一阵匆匆的脚步声，紧接着，一个急促的声音在耳边响起："史先生，快起来，出大事了！"

史复睁开眼睛，见纪纲正满脸焦急地望着自己。他揉了揉眼睛，漫不经心道："缇帅何以急躁至此？总不能是王师又败了吧？"

"你瞎说些什么？"见史复仍悠然自得地晃着摇椅，纪纲顿时气不打一处来，他上前一把将椅子按住道，"大清河在东阿决堤了，江南北运的二十万石大米被困东平！"

"什么？"史复浑身一激灵，倏地站直了身子，惊讶地望着纪纲道，"大清河决堤？这怎么可能？今夏雨量不丰，北京都好些天没见着雨了，山东离北京不过数百里，那里怎么会发洪灾？"

"天晓得是怎么回事！"纪纲摇了摇头。

"不对啊！前些日山东布政司还报朝廷，言鲁省水利固若金汤，今年夏、秋二汛必能平安度过。山东布政使石执中素有能吏美名，若非有十足把握，断不至于出此大言。既如此，那这堤决得就更不合情理了。"史复虽身处深宅，但纪纲每隔两日便会把朝廷动态汇集成卷送来供其参阅，因此他对时局还是很了解的。

"都火烧眉毛了，还管它怎么决堤的？眼下要紧的是这批大米如果不能按期送到漠北，那皇上和王爷他们就要断粮了。"纪纲边说边急得跺脚。这位锦衣缇帅在外杀人无数却依旧高官厚禄，靠的就是永乐的宠信和朱高煦的庇护。如今这两座靠山都在漠北，若北征大军因粮尽而溃败，永乐和朱高煦或就将步丘福后尘。一旦这种情况出现，那不管将来朝中形势如何发展，他肯定会死无葬身之地。正因如此，一向以冷酷闻名的他才慌了阵脚。

史复却显得十分镇定，他埋头思忖一番，忽然眼角一跳冷冷道："赵王和夏元吉他们可有应对之策？"

永乐北征前，命朱高燧总领行在军务，夏元吉则主持行在政事，此时北京乃至整个北疆的大政，都由他二人掌控。

"夏元吉已传令山东布政司尽快堵住河堤，修复道路，并下令将北京官仓存粮搬出，连军储仓的都已调了出来，准备运到宣府张辅处。赵王亦已派兵前往山东协助石执中。"

"既然他们已有布置，你我坐等消息便是了，何须再劳心费神？"史复淡淡说了一句，又重新坐回到椅子上，悠悠然摇晃起来。

纪纲简直不敢相信自己的耳朵，他不可思议地望着史复，愣了半晌方回过神来，急得大喊道："这怎么能行？城里的存粮早就被充作军用，现在剩下的恐怕连两万石都不够，就算加上通州和天津卫的也顶多不过三四万石，这点米给漠北大军塞牙缝都不够！"

史复仍是一副波澜不惊的模样："能顶一时是一时，赵王和石执中他们不是已经堵堤修路了吗？没准过两天山东那边便把路重新打通了呢？"

"这绝不可能！河水已淹了上百里地，就是现在把缺口堵上，待到洪水过去再把官道修复，怎么也要一两个月。到那时，漠北那边早就完了！"纪纲心急火燎地说到这里，见史复仍无反应，终于逼将不住，一把拽住他的胳膊吼道，"姓史的，你犯失心疯了么？你再不想个办法，待皇上和汉王真的遭难，你我二人都将死无葬身之地！"

"我有什么办法？"史复霍然而起，一双眸子狠狠瞪向纪纲咄咄道，"我又不是天上神仙，能逼退洪水，能变出粮米？"说着，他一把扯下面上黑纱，露出那张狰狞恐怖的丑脸，"我就是个生着张鬼脸的废人！手头一无粮二无兵，你让我怎么救王爷？怎么救漠北大军？"

史复突如其来的暴怒吓了纪纲一跳，他身子也不由自主地退了一步。其实纪纲心里也清楚，就算是诸葛再世伯温复生，碰到眼前这情况也只能是徒唤奈何。他之所以来找史复，是抱了万一之念，希望这位满肚子智谋的汉府首幕能够想出个化解危机的妙策。而当史复也表示无可奈何之后，纪纲已是方寸大乱，再加上他显出这么一副事不关己的态度，纪纲看在眼里，火气上涌，这才有了这番极为罕见的失态。待到史复突然发作，他猝不及防，气势顿被压住，眼中熊熊燃烧的火焰也被浇灭，只剩下一片茫然。

"难道就真的没有办法了吗？"纪纲绝望地问史复，只不过与刚才声嘶力竭的大喝不同，此时他的语气中充满了无奈和绝望。

"没有了！"史复坚定地摇摇头，"眼下你我唯一能做的，就只有听天由命了。"

纪纲痛苦地闭上了眼睛，他没有再与史复说话。默立半晌，他转身挪步，缓缓向院外走去。以前纪纲到汉王府，素来都是步伐矫健、来去如风。而这一次，这位杀人不眨眼的锦衣缇帅，竟少有地看上去有些踉跄。

史复自始至终都未发一言，待纪纲的身影完全从眼前消失，他布满伤疤的脸上忽然浮现出了笑容，嘴里也不合时宜地发出"咯咯"笑声。尽管经过刻意压抑，笑声小得几乎无法察觉，但从他激动的神色中可知，此刻他竟然十分开心。片刻后，史复重新靠回到椅背上，眉心挤成一个"川"字，面露疑惑地喃喃自语道："这堤也决得太是时候了吧……"

正当北京的王公大臣被大清河突然决堤刺激得没回过神来之时，宣府镇内，镇朔将军、督粮总兵官张辅已陷入更大的麻烦之中。

这一日上午，宣府城南军储仓内的空地上，皇长孙朱瞻基正满头大汗地指挥宣府递运所的民夫们搬运粮草。自打接到大清河决堤、江南粮米被阻山东的急报后，张辅便立即下令将宣府所剩存粮全部装车，准备即日运往军中。朱瞻基虽是天潢贵胄，值此危难之际也不含糊，当即主动接下了这个差事。昨夜他一宿未睡，双眼已熬得通红。就在刚才，他还亲自爬上一辆装满粮包的武刚车，在确认绑绳牢固后,遂又要爬下来。一旁的丰城侯李彬见着,赶紧上前伸出双臂相扶,同时说道:"殿下,这已是最后一批了,装完后您便先回去歇着吧,剩下的事交给臣便是了!"

朱瞻基在李彬的协助下轻轻跳回地上,待站稳后,他方从自己的贴身内官李青手上接过一个葫芦樽,仰头将里面的凉水全灌进肚子里,末了撩起袖子一抹嘴道:"眼下的情势,我岂能睡得着?李将军不用管我,我还挺得住!"他说话时一脸疲惫,但神情却颇坚毅。

李彬见他小小年纪便能如此,心中十分敬佩,遂脱口而出道:"有殿下这样的皇孙,实乃我大明之福!"

朱瞻基动了动嘴唇,没有吱声。他少年老成,对人情世故十分熟稔。自到宣府参赞军务后,他抓住这个难得机会,在历练自身的同时也注意与军中将校拉拢关系。他虽贵为皇孙,却丝毫没有金枝玉叶的娇气和派头,与将士们打交道时皆亲和有礼,待人接物的分寸都拿捏得恰到好处。由于表现极佳,加之他乃东宫嫡长子,又深受永乐喜爱,是最有可能继承大统的皇孙,宣府众将亦都乐意与他交往。一段日子下来,除张辅生性谨慎,仍只以寻常礼节对待他外,其余将领自李彬以下,对他的暗中结纳也都欣然受之。像今日李彬这话里,就隐含着将他视为未来君主的意思。若在几天前听到这句话,朱瞻基一定会暗自欢喜,可现在却无心顾及这些,因为此时的他,正陷入莫大的忧虑当中。

朱瞻基当然担心皇祖父和漠北五十万将士。但与其他人不同,除了因运粮被阻可能会给漠北大营带来不测外,他还面临着一个巨大的危机,就是自己的父亲——太子朱高炽会因此受到严厉的惩罚!

北征大军的粮食大半需靠江南供应,而粮食的筹措和北运则由监国太子朱高炽负责。换句话说,从粮食装船渡江的那一刻起,直到运抵宣府张辅军中,这期间出了任何差错,太子都将负全责。尤其是前些日子永乐为追击阿鲁台而临时改变计划,大军归塞时间因此往后一再拖延,这使得本就不充裕的粮草供应更加紧张。可偏偏就在这关键时刻,大清河却决了堤,二十万石至关重要的大米无法按期运抵宣府!得知这消息的第一刻,他便意识到情况严重。若漠北大军因粮草不足而全军覆没,皇祖父也因此丧命,那父亲除了自尽谢罪,已不可能有其他选择。就算到时皇祖父没事,可陷了四十万大军性命,这样的悲惨结果也足以将父亲从太子宝座上拉下来。即便是漠北大军侥幸平安归来,可在这种关键时刻犯下如此大过,以皇祖父赏罚分明的治国手段,父亲同样没有好果子吃。虽说大清河决堤出人意料，可朱瞻基明白，皇祖父震怒之下是不会管这些的。作为在御驾北巡期间代为打理天下政事的监国太子，父亲必须为决堤背负罪责。反复计算后，他惊恐地发现，无论如何父亲这次都在劫难逃！

自北巡以来，东宫一直顺风顺水，尤其丘福几个的死更使汉王府元气大伤，朱瞻基私下里对此还有些幸灾乐祸。可现在，一切都随着泛滥的大清河水付之东流！他虽得永乐喜爱，但他毕竟是东宫的嫡长子，如果父亲因此失位，他也难逃池鱼之殃。他这几日愈发勤于理事，也是想借此多攒些军功，以在皇祖父回朝向父亲问罪时，有更多资本在其中斡旋。

正胡思乱想间，远方驰来一匹骏马。待到跟前，一名帅府亲兵从马上跳了下来上前道："禀殿下、李侯爷，大帅请二位移步总兵府，有要事相商！"

"哦？所为何事？"

"似与漠北有关，不过具体情况属下亦不知。"

难道皇祖父击败阿鲁台了？朱瞻基心中一喜。若现在就得胜回朝，那军粮还是勉强够用的。他赶紧一招手，李彬忙招呼人牵了两匹马过来，他俩飞身上马，一溜烟儿奔出仓场大门，向总兵府方向驰去。

张辅的总兵府设在原谷王府内。靖难之役后，永乐将谷藩迁往长沙，宣府城内的谷王府便空置下来。张辅到宣府后暂无合适宅院作衙门，永乐遂命其暂在旧谷王府内开府建衙。

谷王府的布局与当年的燕王府如出一辙，只是规模小了许多。张辅为人谨慎，征用谷王府后，也不启用承运殿和东殿，平常只在东殿后的凉殿召见属下。朱瞻基和李彬进入凉殿，发现张辅一脸凝重地站在大堂正中的帅案后头，下面则站着十余个宣府将佐。朱瞻基见气氛有些凝重，心中遂是一凛，直接上前走到张辅身旁为自己专设的座椅前，李彬则站到了左列将官的班首。

待朱瞻基站定，众人肃揖，张辅请朱瞻基先坐了，自己方坐下道："今日请殿下和诸位大人前来，是有一大事相商！"说到正事，张辅脸上严肃起来，"就在半个时辰前，成安侯郭亮送来急报，言鞑靼知院失乃干降而复叛，已夺下广武镇，城内军粮二万石全部被劫！"

"啊！"张辅一说完，殿内众人顿时变了颜色。广武镇是明军在瀚海中的一块绿洲上所建的小堡。虽然小，位置却十分重要，是漠北明军与后方之间的交通要道。而且，按照永乐修改后的班师路线，明军在击溃阿鲁台后，将从阔滦海子直奔广武镇，然后再沿原路班师。而根据事前估测，漠北大营所剩粮草并不足以支持这长达千里的行程,届时要靠成安侯郭亮从应昌运粮接济,而广武镇就是郭亮粮队与主力会合的必经之地。如今广武镇被夺,那不仅意味着明军的预定归路被截断,更重要的是一旦粮草接济不上,明军主力就有断粮的危险!

"王友和刘才呢?他们为何不剿灭这股鞑子?"朱瞻基赶紧发问。清远侯王友和广恩伯刘才奉旨接受失乃干的投降,同时也有暗中防备鞑子使诈的意思。既然失乃干复叛,那他们理所当然应率兵征剿。

"据鞑子中的线报称,失乃干攻破广武镇后,转而奔袭王友,王友猝不及防,一时乱了阵脚,现已向北暂避!"

"什么?王友所部不下三万。失乃干有多少人,顶多也就万余男丁!他就这么轻易退兵了?"朱瞻基十分惊讶,想了想又道,"还请大帅赶紧催促王友进兵,一定要赶走失乃干,夺回广武镇。"

"失乃干现仍盘踞在广武镇一带,阻断了应昌与漠北之间的交通,要与王友联络,唯有绕道而行。而且眼下也不知道他们到了哪里,大漠茫茫,寻找起来可不容易!"张辅阴沉着脸说了一通,顿了一顿又道,"王友退兵后并未即刻反攻,或许是已绕道南返也未可知!"

"他怎能绕道?广武镇是预定的会师之地,现在被鞑子占据,那漠北大营怎么办?皇祖父那里的存粮可不多了。"这下朱瞻基再也坐不住了,他激动得小脸通红,"于情于理,王友都当整军再战。否则一旦皇祖父有事,他万死难辞其咎。"

朱瞻基说得慷慨激昂,张辅听着却是一脸黯然。虽然绕道不过是他的猜想,但根据鞑子仍安然无恙地占据广武镇这一情况来判断,王友很有可能这样做了。作为带兵的主帅,张辅大致也能猜到王友的难处:永乐督军穷追阿鲁台,留给王友的肯定多是老弱。他们千里迢迢从饮马河赶到广武镇,必定是疲惫不堪,突遭失乃干偷袭,慌乱之下失了先机,且气势被夺,再聚集起来肯定也是军心惶惶。在无法保证必胜的情况下,王友选择绕道而行也不失为自我保全的一个办法。不过王友此举虽保全了三万部众,却把仍在漠北的明军主力乃至皇帝都推入不可知的境地。漠北大营的存粮绝对无法支撑他们走回塞内,甚至走到应昌都不行。万一粮草不能及时送到,这剩下的四十多万大军就将分崩离析!从这个角度说,王友就算拼光了三万人马也应夺回广武镇,可他却选择了避战!王友两次随张辅南征交趾,二人关系颇为不错。如今他犯下如此大错,张辅内心愤怒之余也生出一丝哀伤。他知道过不了多久,王友就将为自己的目光短浅付出沉重的代价。

王友的去向还是小事,更为要紧的是漠北大军的命运!本来,张辅已致函留守北京的夏元吉,请他以户部尚书、主持朝政的名义向大同、太原乃至开封等地发文催粮。同时,张辅还准备立即派出信使赴漠北大营,请永乐即刻班师。按张辅所想,若永乐接信后立即班师,同时他再将在北疆各省临时筹集到的粮食陆续运至漠北大营,这样或许还能支应大军平安返回塞内,不料这一应急之举也因为失乃干的突然搅局而破产。粮道被断,信使无法北上,就算绕道也会多花好些时日,到那时就算永乐立刻班师恐怕也来不及。何况没有军粮接济,明军只怕还没走到开平就已经瓦解了!

"如果能尽快赶走失乃干就好了!"殿下不知哪个偏将咕哝了一句。

这话却不经意间提醒了朱瞻基,待再一思索,他忽然想到什么,当即对张辅道:"大帅,咱们马上调集兵马,将他赶出广武镇。眼下开平和应昌还有上万兵马,把他们全带上足以与失乃干抗衡。一旦漠北大营覆没,阿鲁台必将气焰熏天。失乃干是本雅失里的人,阿鲁台壮大对他没什么好处,他也犯不着和咱们死顶。只要咱们大兵压境,并许下封赏之诺,多半能让他退出广武镇!如果不成,咱就跟他硬拼,就算不敌也能把他耗得精光,到时候他即便胜了,也在广武镇站不住脚,唯有远遁一途!"

"将士们去广武镇,开平和应昌便空了。那里屯着皇上的救命粮,万一有失怎么办?"张辅随即问道。

"从宣府调兵递补,宣府不够就从行在调!"朱瞻基想都不想就作答。

他的提议很有吸引力,大殿上先是一阵议论,不多时,大半文武官员便点头表示支持,有些武将还露出跃跃欲试的表情。

张辅也有些心动。失乃干降而复叛,多半是受人鼓动,想抓住明军的战略失误给予致命一击,并借此一举树立其在草原上的至高威望。但正如朱瞻基所说,失乃干与阿鲁台也积怨甚深,一旦明军覆没,阿鲁台便会成为最大的受益者,这对失乃干来说是极为不利的。若能抓住失乃干和阿鲁台这两个鞑靼权臣之间的矛盾对他施之以威、诱之以利,让他改弦更张也是极有可能的。实在不行的话拼死一搏也不是没有希望,总比在这里束手无策好。

不过张辅毕竟是百战名将,他对战事的把握远比"纸上谈兵"的朱瞻基要全面得多,思忖再三,他沉着道:"殿下之策甚佳,但也存着几个不妥。其一,且不说开平、应昌之兵能否击溃失乃干,即便能成,粮草耗费也会不小。应昌存粮用以支援漠北大军都嫌不够,若再耗在征战上头,将来就算打通粮道,咱们一时半会儿又到哪儿去找粮供应漠北将士？其二，此次北征，北疆各省军卫都抽调一空，眼下边塞各镇军力不多，就是这剩下的还多是临时征调的贴户（世袭军户家中的候补兵丁，几同于后世之预备役），各卫所的正军都已随皇上到了漠北。若再将贴户调往塞外，万一朵颜三卫趁机发难奈何？若彼攻应昌、开平，则存粮难保，漠北大营必然覆没！若其直接破关南侵，那莫说漠北大营，就是我大明北疆也岌岌可危！"

见张辅质疑，朱瞻基本还有些不服气，待听了这番话，他顿时哑口无言。自永乐北征后，朵颜三卫已安分了很多。但这不过因为畏惧明军势大罢了，绝不代表着他们已对朝廷真心臣服。如今明军出现重大疏漏，整个漠北战局有可能一夜反转！值此关键之时，天晓得这帮兀良哈人会不会再生二心？还有就是盘踞在大漠以西的瓦剌三王在窥此良机后，也保不准会趁火打劫！这种形势下，贸然征发已所剩无几的边塞戍军，的确是风险难测！

"可是皇祖父那里怎么办？难道咱们就只能在这里干等吗？"朱瞻基又出言相询，不过嗓音已有些颤抖，神色中也显出几分惊恐。他虽然早熟，但终究还是个孩子。如今漠北大营危在旦夕，皇祖父身陷绝境，他惊惧彷徨之下心神已经大乱，再也拿不出往日那份镇定和从容。

张辅一阵默然。眼下的局势，他也不可能有什么万全之策，但他必须要为自己的决定负全部责任！不管是漠北大营覆亡还是鞑子破关，任何一种情况的出现，他作为留守统帅都将百死莫赎！

"夏大人来了！"就在殿内众人沉默无言之际，一个帅府亲兵闯进大堂禀道。众人闻言扭头，只见户部尚书夏元吉已进入堂内。

"见过皇长孙、英国公！"夏元吉满面风尘，神色也颇为疲惫，不过眼中仍是精光闪闪，"下官解粮五万石至此，请国公爷派人点验！"

"五万石！"夏元吉此言一出，殿内众人皆是又惊又喜。他们虽不清楚北京各仓存粮的具体数量，但大致也都心里有数。张辅虽发文向北京催粮，但照他预计，夏元吉能解来二三万石就很不错了。五万石虽仍不敷所需，但对他这个正巧妇难为无米之炊的督粮总兵官来说绝对是个意外之喜。

张辅赶紧命亲兵端了张椅子过来。夏元吉虽自称下官，但他与自己的这些属下是不一样的。对这位朝廷重臣，张辅自不可能让他站着跟自己说话。待请他坐下，张辅才笑道："维喆大人到底是管钱粮的行家，这才短短几天便能筹到这多军粮。待陛下回朝，我必为大人请功！"

张辅两次征讨交趾,钱粮开销都仰仗户部调度,其时夏元吉供应十分得力,从未出现短缺和延误,故张辅对他颇有好感。此番夏元吉又在短短时间内给他送来了五万石救命粮,他自然十分感激,这所谓的为其请功也绝非客套,而是实实在在的致谢之语。

夏元吉见包括丰城侯李彬这样的勋贵都站着,自觉不应安坐,几次想站起来,不过朱瞻基此时已走到跟前,硬将他按在椅子上。无奈之下,夏元吉只得略一欠身笑道:"都是为了皇上和北征将士,谈何功劳?其实这粮也不都是从官仓里扒的,其中一半都是临时买的!"

"买?"张辅和朱瞻基都没有明白。

"不错!"夏元吉解释道,"设立行在后,朝廷几次向北京移民。现京畿一带屯垦农户已有近十万之多。前几年朝廷免其赋税,现今他们手中或多或少都有些剩粮。下官放出榜文,以五贯一石的价格向京畿农户收粮,并限期三日。榜文放出,农民日夜兼程将家中多余之粮送往城中,这便有了三万石,再加上各仓剩下的,总算凑够了五万之数。"

"五贯一石?按官价一贯钱换一石米,今年北疆天旱,朝廷又在用兵,粮价高了些,可最多也不过两贯一石。夏大人一出手便是五贯一石,可真是阔气。"一旁的李彬咋舌,他这两天陪着朱瞻基往军储仓跑,对粮米价格也略有了解。

"这也是没办法的事!现在农户手中也没多少剩粮,咱们要得又急,不出高价,一时半会儿收不到这么多。"

朱瞻基对价格并不关心,他感兴趣的是夏元吉买粮的银钱从何而来。三万石米便是十五万贯缗钱,这笔银钱虽然不多,但自北征以来,北疆各省赋税以及府库的存款已被悉数充作军用。夏元吉虽是户部尚书,但毕竟现在是在北京,他有天大能耐也不可能短短数日把南京国库的银钱运过来。

似乎看出了朱瞻基的疑惑,夏元吉呵呵一笑道:"殿下莫要这般看臣,赊粮的事臣是做不来的。臣能拿出这笔钱,其实是截了从征北京将士的饷银。"

这下朱瞻基就明白了。本来,当兵吃粮,自然会有饷钱。尤其是在战时,为了稳定军心,饷银更是会按时足额发放到军士手中。不过此次出征耗时较长,而且所经之地皆为渺无人烟的荒漠草原,将士们就是拿着银子也是没处使。故在出征前,夏元吉和兵部尚书方宾一合计,便奏准永乐,除内地抽调的卫所外,塞上各镇出征将士的,饷银皆直接发至军户家中。夏元吉主持北京朝政,挪用一下自然不在话下。

"这不会惹出乱子吧？眼下朵颜三卫居心叵测，塞上防务同样吃紧，万一军户们不满闹起来，这可是要出乱子的！"朱瞻基有些担心道。

"殿下尽管放心，此次运粮延期，漠北大军危在旦夕。北京军户子弟多有随征，他们家人岂有不担心的？臣把这层道理跟军户们说清楚，并保证将来加倍返还，他们自然也就同意了。"

"原来如此！"朱瞻基点了点头，继而双手一拍激动道，"这是个好办法！不仅是北京，咱们宣府，还有山海关、永平、大同、太原、保定，这几处卫所的饷银都是发到军户家中的。咱们也照搬夏大人之法，挪出来高价购粮，凑足一二十万石不成问题。"

"殿下说得是！"朱瞻基刚一说完，张辅便点头道，"臣立刻便传令各卫，命他们即刻截住饷银就地高价购粮，并兼程运来宣府。"

一个难题迎刃而解，众将都面露喜色。不过夏元吉反倒犯了难：他刚才为了安朱瞻基的心，有意将挪用饷银的事说得很容易，但实际情况远不是那么回事。这件事说白了，便是以朝廷的名义向军户借钱。可眼下永乐本人在漠北征战，监国太子也远在南京，他二人都不知情。夏元吉虽说是奉皇命主持行在朝廷政务，但毕竟只是个从南京过来的二品尚书。他以朝廷的名义挪用饷银，军户们很有可能会担心皇上回来后会不认账。一旦他们拿不到银子闹起事来，那就会生出大麻烦。有了这个念想，夏元吉思索再三后才去找赵王朱高燧，希望这位长期留守行在的亲王出面与他联名发文。

夏元吉本以为朱高燧会一口答应，不料当道明来意后，他却觉得此法从无先例，军户们是否答应尚未可知。眼下局势紧张，万一再惹出什么事来，他担不起这责任。见这位一向直爽的亲王突然犹疑，夏元吉急得直跺脚，可他好说歹说，朱高燧就是不点头。夏元吉无奈，只得转而去求隆平侯张信。张信靖难时曾协助朱高炽镇守北平，永乐登基后他一直在北京任职，丘福死后又接任行在后府掌印。有这样的经历，张信在北京军户中的威望还是不错的。夏元吉求赵王无果，只得将希望寄托在他身上。好在张信痛快，当夏元吉阐明利害后，他当即同意在文告上署名，并亲自到各卫所驻地解释，这样才使得挪用饷银的计划平安施行。

现在张辅要照搬自己的方法，他虽是北平旧将，但毕竟离燕日久，现在刚从交趾赶回宣府没几个月，他的面子在塞上各镇的军户眼中好不好使还真不好说。但话既出口，他也不能自打嘴巴，何况这还关系到张辅的脸面和威严。想了一想,夏元吉对张辅道:"下官能如此顺利,还多亏了隆平侯出面协助。将来朝廷论叙筹运粮饷之功时,还请大帅也给隆平侯也请上一功。"

本来已经说到挪饷买粮,夏元吉却突然把话题牵回到请功上头,还特地点出隆平侯张信。张辅也是久经宦海之人,他稍一想便明白了其中深意,笑道:"这是自然,我督办粮饷,凡于此有功者,我必据实上奏。"说完,他又向朱瞻基试探性地问道,"殿下这几日督装库粮,甚为流利。此次臣与维喆大人挪饷买粮,还想请殿下协助,不知殿下意下如何?"张辅在询问朱瞻基意见的同时,又不动声色地把夏元吉也拉到了一起。

"自无不可!"朱瞻基也已摸清了其中的利害,不过与朱高燧的推脱不同,他对此欣然乐意。

"多谢殿下!"见朱瞻基爽快答应,张辅对他的好感大增,赶紧一揖致谢。自己是督粮总兵官,再加上一个皇长孙,这两个身份在军户心目中的分量就算比不上朱高燧,但较张信应该不逊色了。

解决了军粮短缺的问题,张辅的心情好转了些。不过现在失乃干仍盘踞在广武镇,不能打通粮道,宣府就是筹到再多粮米也无济于事。方才因夏元吉的到来,军议暂时中断,此时张辅便又将议题拉回到打通粮道上头。他先将广武镇的情况与夏元吉说了,末了道:"不知维喆大人有何高见?"

夏元吉刚从北京赶来,本不知道此事,此时听了先是一惊,继而沉吟半晌才抬头道:"眼下广武镇被夺,漠北与宣府交通断绝,北征大军情况如何我等也难以知晓。但下官以为,清远侯退兵后,不管接下来如何举措,总会飞骑报知陛下,届时陛下自有明断。故不若等陛下做出决断后,我等再遵照办理。军议过后,大帅可遣一上将率军先期赶往应昌,并将已筹集到的军粮运到开平的成安侯郭亮处。到时若得知陛下仍走广武镇一线,则遣应昌之军出击,赶在漠北大营断粮前驱走失乃干。届时大帅亦可率宣府军马赶赴开平,以居中兼顾应昌和塞内。若陛下改道,我们知道回军路线后,从开平运粮前往接济即可。此外,还请大帅和皇长孙联名写一封信送给失乃干,对其晓以利害。若其果能退兵,那自是最好不过!"

夏元吉说完,张辅琢磨一番后道:"写信自是无妨,但交通一断,大营现在何处咱们也不知道,又到哪里去寻陛下?至于他老人家的决断,就更是无从知晓了。"

"多派哨骑搜寻!据最近传回的战报,大军已越过了阔滦海子,接下来不管有没有追上阿鲁台，总之不可能走得太远。信使可从广武镇东面绕过失乃干，待过了瀚海后再向北搜寻，总有机会找到大营。"夏元吉想了想又道，"皇上那边肯定也会遣使绕道回来，只要两方有一人抵达，便能知道下步方略。"

"绕道会耽搁时日，万一尚未联络上或未及会师，大营粮草便绝，那可如何是好？"

"每名哨骑配三匹马，都选脚力和耐力最好的，跑死马就换！"夏元吉斩钉截铁道。

其实夏元吉这法子并非万无一失，如果迟迟和漠北大营联系不上，那宣府这边依旧会无所适从。不过，就眼下形势来说，宣府方面可以做好准备，应对可能出现的任何情况。既然没有万全之策，那也只有选择这个次优的办法了。听完，张辅心中有了主意，点头道："我以为可行。并且还需另派哨骑寻找王友部，并携手书，以殿下与我、维喆大人三人名义严饬王友，命其无论如何都必须立刻夺回广武镇，否则严惩不贷！"朱瞻基当即点头表示同意。

"还有，各地远近不一，即便可以挪饷买粮，运抵宣府也会分个先后。眼下漠北大营归期不定，咱们筹到军粮断不可久拖，下官以为届时一俟有粮送至，不需在宣府停留，即刻派兵护送至开平。"夏元吉又补充道。

"好！"张辅点头同意，随即将目光投向了殿内众将，"眼下最要紧的是将城中的八万石现粮运至开平，然后率军前往应昌。一旦失乃干不听规劝，应昌之军便要出击。此事事关陛下和四十万将士性命，不可有丝毫疏忽，你等谁愿前往？"

"还能有谁，当然是末将了！"张辅话音刚落，李彬便抢在众将前面出列，"大帅奉旨督粮，不可擅离，那这前方卖命的活自然是末将代劳了。这在南征时就是旧例，大帅可不能不认账！"

张辅二征交趾时，李彬就在他手下任参将，上阵杀贼甚为得力，领军也颇谨慎小心。此次出塞事关重大，必须以得力之人为将，而李彬则正是这里最让他放心的将军。

"李将军莫非要抛下我了么？"张辅正欲点头答应，朱瞻基突然笑着对李彬道，"自打来到宣府，我便一直随将军学习军务。如今既有战事，我自不能置身事外。"说完，他又对张辅一拱手，一本正经道，"还请大帅准我与李将军一道前往！"

"这……"张辅面露难色。本来，朱瞻基自到宣府以后作为甚佳，对此张辅表面上虽不说，心中却颇为认可。他要攒资历、邀人心，张辅也不反对。不过，这一次情况不同。

李彬此次率军去应昌，很有可能要和失乃干拼个你死我活。鞑子天生善战，以往明军与鞑子交手，为确保必胜，大多数时候都是以多打少。现在李彬手下军马不过万余，仅与失乃干人马大致相当。而且他统领的都是宣府的护粮官军，论精锐远不能和随永乐出征的主力相比，一旦开战，明军其实是略处下风。朱瞻基深受永乐喜爱，未来极有可能继承大统。让他去参加这样一场胜负难料的战事，万一明军失败，那朱瞻基无论是被杀还是被俘，他都难辞其咎。

见张辅为难，朱瞻基有些发急道："此次事关皇祖父身死、大明国运，我身为皇孙，自当为国分忧，还请大帅务必成全。"

话说到这个份上，张辅也不好再加阻拦。而且因着运粮失期之事，东宫已经陷入困境。自己虽不愿蹚这汪浑水，但对朱高炽、朱瞻基这对父子，他还是颇有好感的。

"皇长孙少年英雄，臣敬佩之至。此番随军出征必能激励将士，一举建功！"张辅笑吟吟地松了口。虽然表面轻松，暗地里他已经决定，一旦真要攻打广武镇，他便赶赴应昌取代李彬，亲自督军与失乃干决战。

见张辅答应，朱瞻基开心一笑。接下来，众人又就挪饷买粮和整军运粮出塞等事宜商讨半日，待将各项事宜定下，才各自散去。

五天后，一千五百辆装满粮食的武刚车已全部推到宣府镇北门外，随同李彬和朱瞻基出塞的一万宣府军士也已整装待发。辰时初刻，张辅与夏元吉一起走出总兵府，为出塞大军送行。

北门外，朱瞻基与李彬已等候多时。今天朱瞻基内穿一件绿色裋褐，外套一件绣着织金龙纹的方领对襟无袖罩甲，头戴一顶土灰色貂皮鞑帽，腰间挎着一把装饰着红色玛瑙石的金柄马刀。这套行头，是他自请到宣府军中历练后，永乐特地命人做来赐给他的。其样式、规制完全参照永乐本人狩猎骑射的装扮，连龙纹花式都一模一样，只是在尺码上小了几分。朱瞻基现在都还记得，永乐赐他这身行头时，一旁的二叔眼中几乎都能冒出火来——这可是天子本人才能用的装扮。他领悟到皇祖父此举中包含的期许，因而倍加珍重。加之此行头太过扎眼，容易使将士们感到敬畏，故平日从不穿出来现身。不过今日出征，是为救皇祖父和漠北数十万将士，他这才头一次正式穿上它。

"皇长孙今日英姿飒爽，颇有圣上当年之风！"行礼过后，张辅笑着寒暄。本来他想说的是"颇有天子之风"，话到嘴边又觉得不妥，就临时改了口。

"我不过是从军历练，真要指挥将士杀敌，还得仰仗丰城侯这样的大将。之所以穿成这样，不过是为了激励将士罢了！"朱瞻基知道张辅最担心的就是自己在从征途中对军事指手画脚。毕竟自己虽说是从旁赞襄，但以皇孙身份真要越俎代庖，李彬肯定会阵脚大乱。故借着此番寒暄的机会表明态度，也是让张辅放心。

听了朱瞻基之言，张辅顿时一笑，遂也不再多说。

一应仪式结束，众人拱手告别，朱瞻基与李彬正拨马欲去，远方通往德胜关的官道上突然驰来一名飞骑。

"是狗儿！"朱瞻基眼尖，第一个看清来人竟是随永乐亲征的司直设监太监狗儿，当即兴奋地大喊。

张辅和夏元吉也已看清，一时都激动不已。几天来，漠北大营一直音讯全无，直接导致宣府众人无所适从。狗儿的出现必会带来皇帝的旨意，张辅他们再也不用根据凭空猜想来决定下一步举措。

狗儿已远远瞧得张辅他们，一到近前他便急勒马缰，继而一骨碌从马上滚了下来。张辅他们赶紧围了上来。

"狗儿，是皇上派你回来的吗？大营现在何处？"张辅一脸焦急地问道。

"狗儿，皇祖父是不是已经打败阿鲁台了？"朱瞻基也是连连催问。

狗儿自打受命南返报信以来，一路奔行千里，中途没歇息过几次，待抵达宣府时已是累得够呛。见张辅他们发问，他欲起身回话，但手刚一撑地，便觉体力不支，一下又瘫倒在地，只抬起右手往嘴巴指了指。

张辅会意，马上从亲兵那里拿来个葫芦樽递上，狗儿毫不客气地一把接过，头朝天将樽中凉水一饮而尽，不过他只自顾自地喘气，仍旧不说话。张辅和夏元吉急得没办法，他们这些外臣虽然心急，却也不好死催。一旁的朱瞻基可没这顾虑，上去就是一脚，口中笑骂道："狗奴婢，扮什么辛苦相？赶紧把正事说了，完了爷自会重重赏你！"

狗儿平日往东宫跑得最勤，和朱高炽、朱瞻基父子俩都混得精熟。听朱瞻基这么一骂，他反倒舒坦了，涎着脸笑道："小殿下也太不体恤咱当奴婢的了，狗儿这一路跑了上千里，屁股都被马颠烂了，好容易赶来，结果赏钱没拿到，却先挨了一脚，回头奴婢一定要找太子爷告状！"叫完撞天屈，狗儿长出口气，脸色也变郑重起来，从怀中摸摸索索掏出一张皱皱巴巴的军报，递到朱瞻基手上，"漠北大捷！皇上大胜阿鲁台！"

话一出口，众人皆是长出口气，继而面露喜色。朱瞻基赶紧把军报打开，众人凑上前仔细一瞧，才得知了漠北战斗的详情。

六月初九，漠北明军在兀尔古纳河流域与阿鲁台遭遇。是战，在红巾军杀虏战歌的激励下，明军气势如虹，凭借优势军力对鞑靼发起猛攻。阿鲁台接战不利，仓促退兵，永乐穷追不止，于两日后在长秀川一带再次追上鞑靼主力。此时的鞑子已是人心涣散，闻得明军追至，顷刻间就炸了营。阿鲁台也弹压不住，无奈之下只得忍痛舍弃大批牲畜辎重，率全族向北亡命。永乐见此处已近黑龙江，怕再追下去明军便会断粮，又虑着鞑靼受此重挫，实力必然大减，故终于决定放弃追击。明军遂将鞑靼所遗财货牲畜悉数带上，奏起凯歌归营。

这是宣府第一次得到漠北决战的消息。阅罢战报，朱瞻基和夏元吉均松了口气，脸上露出几丝喜色。不过，张辅却仍是神色凝重。对于这场胜利，他早有预料，眼下他更关心的是皇上对班师的安排。略一沉吟，他便沉声问道："狗儿，据战报所记，陛下是六月十二日开始班师，你又是何时被派回来报信？"

"六月十二日！班师当日，皇上便打发小人出来！"

"你走之时，皇上是否已知广武镇已被失乃干所据？"

"正是要说此事！"狗儿这时精力已恢复不少，随即站起来道，"当日飞骑来报，言失乃干已攻下广武镇，清远侯接战不利，已决定绕道班师。皇上得报大怒，直斥清远侯混账透顶，竟坐视漠北大营粮道断绝。然事已至此，皇上也无计可施，大营粮草不足，无法再走广武镇。经与杨学士他们商议，决定再次改道，转沿哈剌温山西南一线班师。"说到这里，狗儿一拍脑袋道，"何需由奴婢在此啰嗦，皇上还有一道手诏，国公爷一看便知。奴婢跑糊涂了，一时竟忘了这事！"说完，他又是一阵摸索，将永乐的手诏拿出来恭恭敬敬地递给张辅。

张辅接过手诏展开，永乐熟悉的笔迹展现在眼前——

说与张辅：王友昏聩，坐视广武镇沦陷，其罪当诛！今大营粮草几尽，朕料你之兵不足以驱逐失乃干，故决计改道，经永宁戍、通川甸南返。你等接诏后，即起开平、宣府存粮前来接应，不得有误。钦此！

"这就是了！"看完手诏，张辅心中顿时有了底。不出所料，皇上知道粮道断绝后，已决定再次改道。选择从永宁戍、通川甸一线班师，虽然路途艰难了些，但比经广武镇回宣府要短六七百里，这对粮食不足的明军来说无疑是十分重要的。他心下稍安，随即又问道："你出来时，大营粮草还可支持几日？"

"不多了！"狗儿想了想，"彼时大营存粮约六万石！"

"六万石！"张辅的心一下又提了起来，急匆匆道，"这么点粮顶多只够将士们吃十天。今天已是六月二十二，这么说大营眼下已经断粮了？"

张辅话音一落，夏元吉和朱瞻基也都脸色大变。狗儿见他们如此，忙解释道："不至于此！将士和民夫们也都随身带着些干粮，怎么也够对付四五日。而且此次缴获鞑子牛羊不少，实在不行还可以杀了应急。"

"那也顶不了多久。"张辅咕哝一句，转身对身后的亲兵一挥手道，"赶紧把漠北地图拿来。"

亲兵将地图从行囊中掏出，张辅一把抢过扔到地上展开，将手指对准上头的"长秀川"三字，接着缓缓向南移动，待划到"青华原"和"秀水溪"两处地名之间时，才用手指点了点道："大约就是这里了，眼下大营应该就在这一带！"

夏元吉趴在地图上，看了看"青华原"的位置遂道："青华原在应昌西北，两地相隔不太远。既然得知大营行踪，那先前计划便不必再行。大帅可即刻下书给应昌，命将其处存粮赶紧押往大营处！"

闻言，朱瞻基寻思现在自己要做的就是亲自将手头这批军粮火速运往大营。这不仅关系到皇祖父和漠北将士的安危，同时，也只有如此才能将运粮失期的影响降到最低。而且有自己在场，也能尽量为父亲开脱，否则一旦皇祖父得知大清河决堤之事必然勃然大怒，届时二叔再从旁挑唆，皇祖父还不知道会对父亲怎么样呢。因此，他赶紧道："应昌存粮也不多，咱们也赶紧出发，直接送粮去大营！"

夏元吉当然明白朱瞻基之意，他一向支持东宫，此时也赶紧道："臣亦与小殿下同往。"

张辅大手一拍道："也好，你们都去！"

夏元吉掐指算了算又道："既然皇上选择改道，那军粮消耗便有所减少。但饶是如此，宣府和应昌之粮仍嫌不足。"

"差多少？"张辅赶紧发问。

"大约差个三四万石，这还不算进入塞内后消耗！"

"塞内的好办！大军要回宣府，怎么着也还得过上个十天半月，现各地已开始筹粮，我命当地官府加紧将官仓存粮运至宣府。如此一来，待大军入塞时，各地粮队应已抵达宣府了。至于入塞前的缺额嘛……"张辅大手一挥，想了想道，"此次出征时，大军每行十日便建一垒，内里屯粮万余石，并遗一部军士守之，广武镇便是其中之一。今广武镇虽被劫，但失乃干并未继续向南，故从开平到瀚海之间的垒里还有些存粮。我可传书各垒，命守军将所储粮草直接运往开平，待大军到时使用，如此就勉强够了。"

朱瞻基和夏元吉对视一眼，不约而同地点了点头。

"还有一事！"朱瞻基想想，最后对狗儿道，"狗儿，你歇息一阵后还要跑一趟北京，将此事转告赵王，请他早做准备，迎接圣驾回銮！"

"歇什么？奴婢立刻就去北京。"见宣府众人应对有度，狗儿的心也放了下来，脸上又露出其特有的玩世不恭表情，嬉皮笑脸道，"出征前，赵王殿下还说待王师凯旋后，便专门请奴婢到西直门内的'洞庭香'大醉一场。酒席倒无所谓，只是奴婢能获三殿下专请，这可是咱吹嘘的大好资本！奴婢早就心痒痒的，这下正好遂愿！"

听得狗儿这么说，大家又是一笑，这事就最终说定。当天，朱瞻基便和李彬押粮出塞，狗儿则在短暂休息后赶赴北京。夏元吉耽搁一日，在以户部尚书和主持行在朝政大臣的名义给各省府州县下文催粮后，也于第二日骑快马出关，追上朱瞻基等人。

朱瞻基的粮队于六月二十八日在开平东北百余里外的金沙苑与漠北大军接上了头，而应昌粮队已先期抵达。当宣府的救命粮送进大营时，永乐长长地舒了口气。这二十日来，明军先后受到几股鞑子余部的骚扰，虽都被击退，但也因此耽搁了数日行程，使明军粮草愈发紧张，到最后几乎断炊。幸亏紧要关头应昌粮米送到，这才解了燃眉之急。此时朱瞻基携粮赶到，大营终于彻底摆脱了危机。回想起南归途中将士食不果腹的窘境，永乐至今都感到阵阵后怕。

作为运粮救援大营的功臣，朱瞻基、李彬、夏元吉都受到了永乐的褒奖，但与其他人的或高兴或淡然不同，朱瞻基心中却充满了忐忑。尽管江南大米被阻所造成的危机已被弥补，但永乐对这个几乎使明军陷入绝境的重大过失仍耿耿于怀。在祖孙的叙话中，朱瞻基明显感受到了皇祖父对父亲的不满。尽管自己百般讨好、尽力斡旋，但在二叔的挑唆下，皇祖父的怒意始终难以平息。对此，他忧心忡忡，唯有暗中使人向京城报信，叫父亲早做准备。

大军徐徐南行，于七月初二抵达开平。在这里，明军又得到了两三万石的军粮补充，终于可以确保平安返回塞内。

稍事休整,明军于七月初四抵环州,初五抵李陵台,初七抵宁安驿,初八到盘古镇。到七月初九时,巍峨的燕山出现在明军眼前,朱高煦一马当先,往前奔驰一阵,指着前方一座堡垒兴奋地对永乐大声喊道:"父皇,龙门所到了!"

　　过了龙门所,便意味着已进入大明境内。看到龙门所上空飘扬的"明"字大旗时,出征半年,最后又经历了无数艰难困苦的明军将士爆发出雷鸣般的欢呼声。

　　永乐心中也是感慨万千。这半年来,他率大军深入敌境千里,横扫草原顽敌,至此终于大功告成!本雅失里完了,作为成吉思汗的嫡系后裔,他未能挽回祖先的昔日荣光。当他被打得落花流水、单骑逃窜之时,孛儿只斤氏维系了两百年的辉煌已彻底地无可奈何花落去了。阿鲁台也元气大伤,这位曾经几乎一统漠北,不可一世的草原枭雄,在明军的穷追不舍下亡命于深山老林。虽然明军最终未能尽歼其部,但失去了大批牛羊,又错过夏秋游牧之机的鞑靼将在这个冬天伤筋动骨。经此一役,至少十年之内,其无法再对大明疆土造成威胁,长期生活在北虏威胁下的中国将迎来一段富足安宁的岁月。

　　在这一刻,永乐明显地感觉到自己鼎力推行的开拓振兴国策已取得了丰硕的成果,一个崭新的永乐盛世,终于来临!

永乐大帝

③ 万代千秋

云石 著

长江出版传媒 长江文艺出版社

目　录

第一章

皇太子借力打力　汉王府故技重施

朱高炽嗅到了危险的气息。

一个多月前,大清河决堤、粮车被阻于东平的急报送进了京城,他接报后惊得几乎昏厥。他知道这二十万石粮对漠北大军、对父皇意味着什么。接下来的几日里,这位太子急得如热锅上的蚂蚁,不停向山东发旨,命地方官府赶紧堵住缺口。缺口被堵上了,可大水冲毁了官道,一时难以修复,粮队始终出不了东平州城。消息传回,朱高炽急火攻心之下,顿时旧疾复发,卧床不起。太子一倒,留京辅政的蹇义、黄淮、杨士奇等几个大臣一下子慌了神。如今运粮失期,漠北四十万将士危在旦夕,太子又在这关键时刻病倒,万一这两头都出现最坏结果,那大明立刻就会分崩离析。想到这个最坏的结果,几人都不寒而栗,只能暗暗着急。

就在众人几近抓狂之际,北京传来一个消息让大家都松了口气。在张辅、夏元吉的努力下总算又凑了一些粮食,并及时运到漠北大营,四十万将士因此勉强渡过难关,并平安返回塞内。接得此报,众人不约而同地暗道了一声侥幸,又赶紧进宫将这个好消息禀报太子。朱高炽本在病榻上哼哼唧唧,听得此信,犹如吃了一颗强心丸,精神大振之下,病情也随即好转。没过几日,他又可以神采奕奕地视事理政了。

不过朱高炽的高兴并未持续太久。御驾返回行在后,永乐立即给南京发来一道敕旨,除严斥太子运粮延期之过外,还连带着对其监国理政期间的诸般举措颇有微词,不满之情跃然纸上。朱高炽看罢,觉得挨了当头一棒,待回过神,他将敕旨再仔仔细细看了两遍,越看越觉得父皇有老账新账一起算的意思。再细细一想,他又觉得十分委屈:运粮失期,是因为大清河突然决堤;至于监国期间处事急躁、不遵成规等种种传言,那根本是子虚乌有,这多半是二弟在父皇面前煽风点火。不过眼下他也无以置辩,不管怎么说,运粮是自己的职责,中途出了岔子,这屎盆子只能扣在他头上。至于举措不当等鬼话,眼下父皇远在北京,他就是想解释也不可能,只有等御驾回銮再做计较。不过这些都还不是关键,最让朱高炽心惊肉跳的是,他从上谕中觉察到了父皇或已生废储之意。其中"……观你处事,不及你二弟多矣……"一句,让他一连多日都睡不着觉。

怎么办?朱高炽茶饭不思。本来,丘福等人的死曾让他大大松了口气,但这一次变故又将这位本就根基不稳的太子逼到了悬崖边上。他必须扳回局面,但仅凭一己之力,他又始终找不到扭转乾坤之法。

"太子爷,杨大人和解大人到了!"一个尖细的嗓音从门外飘进来。

朱高炽闻言立时精神一振,当即端正坐姿大声道:"请他二位进来!"

槅门打开,两个中年文官出现在眼前。按永乐北巡前礼部议定之制,太子平日在午门左侧耳房视事,逢大事方御文华殿。今天并无大事,但朱高炽却选了文华殿的东厢房召见臣属。之所以如此安排,是因为今天他要召见的是一个十分特殊的臣子——交趾布政司右参议解缙。

解缙于两个月前回京述职,当再看到这位曾经一手将自己推上太子宝座的解大才子时,朱高炽心中十分愧疚。解缙是因为支持自己才招二弟报复,本来,自己应在他落难时帮一把。无奈当时自己也是泥菩萨过江——自身难保,只能眼睁睁地看着这个爱臣被流言所伤,最后被父皇贬到交趾。一个名动天下的大才子被放逐到交趾这种刚刚收复的不毛之地,朱高炽却爱莫能助,只能在形式上多加安抚。之前,他已见过解缙几次,但都是在午门左面的耳房。今日,他有意将召见地点选在文华殿东厢房。此地是东宫讲读之所,解缙任右春坊大学士时常在这里为他讲解《四书》。于此地重聚,表达的是朱高炽仍以师礼待解缙的一番敬意。

虽然朱高炽是一番好意,可对解缙而言更增其伤感。跨入东厢房门槛后,解缙望着四周曾经无比熟悉的陈设,联想到时下自己的处境,只觉得物是人非,不由一阵唏嘘。不过他很快平复了心情,和一道前来的杨士奇上前跪下叩首道:"臣解缙叩见太子殿下!"

"大绅师傅快快请起!"朱高炽赶紧从座上起身将他搀起,又示意杨士奇平身,方温颜道,"师傅是詹事府老人,何必如此客气?"

听太子这么说,解缙眼眶一热,几乎就要涌出泪来。这时王三儿已搬了一把黄梨木座椅过来,朱高炽将他按到椅子上坐了,又让杨士奇在一旁的紫檀木凳子上坐了,自己方回到案后坐下。三人闲叙了会家常,朱高炽忽然问杨士奇道:"宗豫师傅仍告病吗?"

杨士奇欠身道:"是的,说是偶感风寒,这几日一直在家疗养。"

闻言,朱高炽眉脚微微一跳。自打解缙进京那一天起,黄淮就一直称病闭门不出。本来,当初京城盛传黄淮构陷解缙,朱高炽还决然不信。可自那以后,黄淮与人相处时却绝口不提解缙,这反而给人一种此地无银三百两的感觉。尤其是这一次,他不早不晚选在解缙回京期间告病,这更显得做贼心虚。

不过尽管心存疑虑,但理智告诉朱高炽,即便黄淮在解缙倒台过程中扮演了不光彩角色,他也只能揣着明白装糊涂。这不仅是因为证据不足,且无权处置这位只是兼任詹事府之职的内阁阁臣。更重要的是,不管黄淮对解缙如何,但起码他对东宫还是十分忠心的。在朱高煦步步紧逼的当下,为了一个已然失势的解缙而摒弃黄淮这样一位对父皇有一定影响的内阁要员,这无疑是不合算的。他当然有义务为解缙洗刷冤屈,但那必须等到登基之后,更不能因此把他与黄淮的情分搭上。念及于此,朱高炽只能尴尬一笑,对解缙含糊道:"这两年黄师傅身子不好,你不要见怪。"

解缙嚅动了下嘴角,没有吭声。自打得知流言内容的第一刻起,他就知道这是黄淮的杰作。解缙一向心高气傲,对同僚兼好友的暗中陷害,他自然是既气愤又伤心。不过有了几年被谪经历,他为人处世也显得沉稳老练许多。解缙明白,自己在永乐一朝已无东山再起可能。而今唯一能指望的,就是太子有朝一日登基为帝后再起复自己。若现在就在太子面前坦言当年事件经过,那无疑是和黄淮彻底撕破了脸,必然会遭到他的疯狂报复。如今自己远在交趾,而黄淮却身处庙堂,随时可以进出东宫,两人真要争斗,形势对自己明显不利。而且解缙本就心思玲珑,也大致能揣摩到太子的态度和立场。有了这些计较,解缙对黄淮纵有天大的恨意也只能按捺于心,不能有丝毫表露。沉默半晌,他强挤出一丝笑容道:"宗豫正是为国呕心沥血,方至于此。待出宫后,臣便与士奇一道去他府上探望。"

"大绅师傅是真君子!"朱高炽最怕的就是解缙要与黄淮清算,这样他夹在中间必然左右为难。而今听解缙这么说,他心中顿时大安,脸上浮出一丝欣慰的笑容。不过,他心念一动,遂顺着这个话题又叹道,"黄师傅其实是为我所累。自从得知大清河决堤后,他便日夜为漠北之事挂心。直到父皇平安入塞的消息传回,他才松了口气。接着他又担心我遭父皇责难,百思无解之下,终致忧郁成疾!"

解缙何等乖觉!太子刚把话题引到决堤,他就明白这是明说黄淮之病,其实是拐着弯讨教如何挽回运粮失期一事给东宫带来的不利影响。

解缙身居中枢多年,掂量得出此事对太子伤害极大,若处置不得当,东宫因此失位也是有可能的。太子是解缙最后的希望,他当然要竭尽全力助其化险为夷。这几日在京,他便一直在琢磨此事。此时见太子发问,他便不动声色道:"心病还需心药医。宗豫心忧殿下致病,若殿下能平安化解此事,其病自然会不治而愈!"

"师傅有何妙法?"朱高炽见解缙一脸镇定,知其必有应对之策,眼光顿时一亮。一旁的杨士奇也是精神一振。

见太子和杨士奇都满脸期待地望着自己,解缙似乎又找到了当年赞襄国事、指点江山的感觉,说话的声调也高了几拍:"殿下,《老子》云:'祸兮福之所倚,福兮祸之所伏。孰知其极?'运粮失期之于殿下固是一块隐疾,但若能转化得宜,那殿下不仅能抵消其之不利影响,还会为天下苍生做一件大好事!"

"哦?"朱高炽赶紧追问道,"师傅这'转化得宜'四字当作何解?"

解缙脸上露出特有的诙谐笑容,不紧不慢地将自己的想法说了。朱高炽听后将目光投向杨士奇,四目相对,他们不约而同地点了点头……

文华殿密议后又过了几日,解缙便陛辞返回。他走后没多久,一道圣旨便送进南京——御驾定于两个月后,也就是永乐八年十月五日启程回銮。

接到圣旨,南京各衙门开始忙碌起来。皇帝北巡近两年,此次回銮肯定会详细检查各司政事,这是关系到朝中大小官员前程命运的大事,大家岂敢有丝毫马虎?

官吏们忙得热火朝天,朱高炽当然也没有闲着。他一边筹备接驾事宜,一边还要思虑着如何化解危机。尽管解缙已经给他指了一条明路,但这条路究竟是否走得通,又该如何去走,都需要他权衡斟酌。经过反复推敲,直到御驾回銮的日期逼近,他才在一众心腹宾客的参谋下拿定主意。方略既定,朱高炽心头稍安,遂收拾心绪静待父皇回京。

十一月十二日,御驾渡江返京。一大清早,朱高炽便率京中四品以上留守官员来到三山门外码头接驾。永乐离舟登陆,随即登上早已备好的天子大辂,在一众王公大臣的簇拥下返回紫禁城。进宫后，永乐沐浴更衣，随即来到奉天殿受百官朝贺并遣官祭天地、太庙、社稷、孝陵、承天门以及京都祀典旗纛诸神，末了又在奉天殿大宴群臣。君臣们闹哄哄一整天，直到华灯初上，百官叩谢出宫，这御驾回銮的烦琐礼仪才告结束。

作为监国，朱高炽一整天都陪伴在父皇左右。不过刚刚进京，永乐也无暇搭理他。接下来几日，永乐忙着梳理朝政，召见朱高炽也只是问监国之事。直到冬至过后第二天，待早朝结束，永乐才颁了一道旨意到东宫，传朱高炽到乾清宫御书房见驾。

尽管已早有准备，在跨入乾清宫大门的那一刻，朱高炽心中仍忐忑不安。这段时间父皇一直未问他运粮失期之事，但他心中明白，这样一个险些使漠北大军土崩瓦解的大过失，父皇不追责是不可能的。还在北京时，父皇就已将在广武镇避敌不战的清远侯王友削职，若非张辅在一旁苦苦求情，恐怕他这个清远侯的爵位都保不住。王友之过，在于使漠北大营粮道断绝，这与自己运粮失期所造成的后果大致相当。王友既然受此重罚，那自己的罪责想来也不会比他轻。何况就在回京的路上，父皇最宠爱的权贤妃还因病去世。据御医讲，这位娘娘是在随驾北征期间染下的病根，但她在这种时候去世，无疑会使父皇的心境更加败坏。这几日朱高炽托狗儿暗中观察，发现父皇虽表面上强振精神，但私下里情绪却十分沮丧。因此他不得不暗暗担心，生怕父皇抑郁之下连带着把这无名火也发泄到自己头上。

不过，他得到的也不都是坏消息，至少有一件事让他颇为振奋。就在回京途中，父皇将朱瞻基召到跟前，郑重其事地拿出一本亲自编撰的《务本之训》赐予他，并言道："你长于深宫，不知稼穑之艰难。故此番携你北巡，便是为使你历观民情风俗及田野农桑勤劳之事。国用所需皆出于此，为民上者应善加悯恤……"朱瞻基回京后，便将此事禀报，连带着将皇祖父勉励之语也一并道出。朱高炽听后，立刻察觉到父皇话里话外都隐隐把他当储君来看。尤其是"为民上者"四字，更是赤裸裸地表明他老人家已将这位孙儿视作未来的大明天子了。朱瞻基是自己的儿子，他俩的命运不可分割地联系在一起。如果父皇果真属意朱瞻基，那他就绝不可能废掉自己。虽说仰仗儿子这种事让朱高炽多少觉得有些颜面无光，但不管怎么说，得保太子之位不失，这才是最为重要的。朱高炽信心大增，遂深吸口气一脸镇定地进入乾清宫御书房。

"儿臣叩见父皇！"

"平身！"永乐正在批阅奏本，闻声遂抬起头淡淡地应了一句。

朱高炽起身见父皇望着自己，赶紧凑上前笑道："父皇一回京便开始操劳，儿臣看在眼里，实为父皇的身子担心。"

"朕既为天子，岂能因一己之故而荒嬉政事？你虽一向羸弱，但既为储君，也需有为国而不顾身的意识，否则将来如何管好这偌大天下？"

不料一上来就自讨了个没趣，朱高炽正惶恐间，永乐又从案头堆积如山的文牍中抽出一道奏本扬了扬道："你的奏本朕已看过了，写得颇有条理，朕也与各司核实，里间所述俱是实情。看来你监国期间，于理政上头虽有差池，但大体做得还算不错！"

永乐一回京，朱高炽便上了一道奏本，里间详细记述了他监国期间处理朝政的各种举措和思路，亦算作向父皇述职。

朱高炽刚热脸贴了冷屁股，本以为父皇存心寻自己晦气，却不料接踵而至的竟是一番夸赞，这让他大出意外。不过朱高炽也不是傻子，他知道父皇不会轻易放过运粮那件事，此番单独召见，肯定是冲这事来的。与其等父皇说起，还不如自己主动认错！拿定主意，他遂躬身一揖，诚惶诚恐地说道："儿臣岂敢当此赞誉？此次运粮失期，险些误了父皇和四十万将士的性命。这几个月儿臣每思及此，便夜不能寐。今日特向父皇请罪，请严惩儿臣误国之罪！"说完，他一撩袍角跪伏于地，狠狠磕了三个响头。

见朱高炽如此，永乐不由微微一愣。这几个月来，他也一直为如何处理此事而伤脑筋。按理说，运粮失期是飞来横祸，太子本身其实谈不上什么过错。但毕竟此事后果太过严重，四十多万大军险些因此丧生。后虽侥幸得以化险为夷，但若不对督办者严追罪责，于情于理都说不过去。何况江河防汛亦属民政，北巡期间出现决堤之事，朱高炽身为监国本来就难辞其咎。但与朱高煦所期盼的不同，永乐并不打算就此废储另立。朱高炽虽然不尽合心意，但对他的长子朱瞻基，永乐却是一百个满意。这次北巡期间，永乐着意考察了朱瞻基的言谈举止，在他看来，朱瞻基无论是在学问、见识、心智、气度以至于胆魄方面都远远超过同龄少年，与当年的自己相比亦毫不逊色，尤其是在议论国政时所表现出的积极进取态度，与他的开拓振兴国策不谋而合，这让永乐大生后继有人之感。北征结束后，他心中那个将来让朱瞻基继承大统的想法也越发强烈起来。正因为如此，他才花费数月心思，为孙子编写了《务本之训》，其目的便是要将他培养成中兴之君，将开创的永乐盛世延续下去。

既然拿定主意要朱瞻基继承大统,那自然就不可能废掉朱高炽。虽说在永乐心中朱高炽是一个过渡,但他也不想这个儿子成为史家笔下的陵夷之君。在他看来,朱高炽至少应该做到守成,将自己开创的盛世完完整整地传到朱瞻基手中。有了这一层计较,在运粮失期一事上永乐决定严处朱高炽之过,使其将来办事更加勤勉小心。但他又不能敲打太过,一旦朱高炽因此受惊过度,将来变得忧谗畏讥,那就背离他的本意了。

既要处罚,又不能过火,那拿捏分寸就显得尤为重要。偏偏这诸般心思还不能与他人提及,仅凭一己权衡,永乐始终也没找到合适的方法。虽说刚才他一上来就给了朱高炽一个下马威,但接下来该如何继续,他心中并无定见。朱高炽这时候突然主动请罪,反倒让永乐有些措手不及。但不管怎么说,太子的态度还是让他颇为赞许的。听得其言,永乐的心情也有所好转,遂道:"你虽有过,但毕竟是天灾所致,不必自责太多。"

朱高炽等的就是这句话!永乐话一出口,他赶紧接过道:"谢父皇!不过纵是天灾,但儿臣之疏失亦是难宥!这几个月来,儿臣日夜所想,便是能将功补过,使此类情事不再发生。"

其实对于"天灾"的说法,朱高炽心中一直存有疑虑。盖因自永乐即位以来,对水利一直颇为重视,虽然限于财力,一直未能疏浚运河,但对山东境内的河流防汛却从来没有掉以轻心。大清河河堤虽不能说是固若金汤,但抵御一般洪水还是足以胜任的。今年并非洪灾泛滥之年,而这大清河不早不晚,偏偏选在运粮队经过时决堤,而且还正巧是北上必经的东平一段,这事怎么看都透着蹊跷。与东宫属臣分析此事时,杨士奇他们都怀疑是有人暗中捣鬼。不过一来朱高炽对此并无证据,二来在解缙提出的对策中,只有将此事归咎于天灾,方能为接下来的脱罪提供理由。

朱高炽的话刚说完,永乐顿生好奇,当即脱口而出道:"你有何将功补过之法?"

朱高炽重新站起身子,向前两步走到永乐身旁,从袖口中抽出一个卷轴,放到御案上小心展开。永乐凑上前一瞧,却是一张大运河的全图。

"你这是何意?"永乐满脸疑惑地望着朱高炽。

"回父皇,此次之所以运粮失期,除不巧遭遇天灾外,还有一大原因便是会通河淤塞。本来四月底时粮米已装船渡江,若运河全线贯通,不出一月,二十万石大米便可直抵行在。可会通河一段长期淤塞,不得已只得在济宁卸船装车,如此费功夫不说，还耽搁了时日，以致粮队不得不在汛期北上，还不幸遭遇洪灾。经此一事，儿臣想若能打通会通河，使南北漕运畅通，那不仅江南粮饷北运更加便捷，中间损耗亦会减少许多，百姓的徭役也有所减轻，实是功在当代、利在千秋的大有益之举！"朱高炽说到这里，深吸了口气又掷地有声道，"儿臣恳请父皇下旨疏浚会通河，使大明天下真正得以南北会通！"

"南北会通？"永乐没料到朱高炽会把话题引到疏浚运河上头，他先是有些意外，但旋即又陷入深思。

元代时，当时的朝廷曾下大力气开凿大运河，使江南财赋可以通过水运直抵大都，会通河则是其中临清至济宁一段。

大运河虽在元时建成，然终元一世，由于岸狭水浅，不任重载，故每年通过运河输往大都的粮米不过三十万石，远不敷元廷所需，其余都只能通过海运解决。明朝虽定都于金陵，但由于塞外鞑虏未靖，又要经营辽东，每年仍需向北疆大量输粮，途径也与元时无二，仍是海运为主，辅之河运。

永乐登基后，将北平升格为北京，同时大兴开拓振兴国策，积极经营北疆。如此一来，南粮北运的压力更是与日俱增。到了近两年，江南每年需向北京和辽东输送的粮米已达两百余万石之巨。要承担如此庞大的运输量，无论是海运还是河运，都严重滞后。

海运路途险远，漂没甚巨，还受季节限制。自明朝建立以来，倭寇长年侵犯中华，他们登岸烧杀抢夺之余，还时常劫掠运粮海船。永乐登基之初，曾遣郑和出使晓谕日本严捕海盗，源道义遵旨照办。但海盗不受源氏控制，风声过后又故态复萌，朝廷对此甚为头疼，但也没有办法。

海运多舛，河运则更加艰难。洪武二十四年，黄河在原武决堤，会通河由此淤塞。从此以后，南粮北运经水路最多只能抵达济宁，然后在这里卸船装车，再发山东、河南丁夫陆挽一百七十余里，至卫河后再次装船北运。如此费时费力不说，百姓也是苦不堪言。靖难时南军时常缺粮，很大程度上就是因为河运不畅。如今斗转星移，当年的燕王已成了大明天子，这苦果就得由他来尝了。朱高炽将运粮失期的原因部分归咎于会通河淤塞，虽看似有些牵强，但往深了究，也是很有道理的。

瞄了一眼父皇，朱高炽继续道："父皇经营北疆，经略塞外，皆需仰仗江南财赋。此次运粮失期虽是偶然，但也暴露出大明南北之间往来运输存在隐患。而且接下来还要在北京营建宫室，仅就宫殿所用巨木，皆需从湖广大山中取。届时若运河不通，又如何将它们运到北京？"

永乐心中一动，朱高炽营建北京的话提醒了他。不仅仅是运送巨木，在永乐的心里，一直隐藏着将京都迁往北京的想法，并且正暗中步步施行。若有朝一日果真建都北京，那南粮北运的数量还将大有增加。而且，朝廷还于去年正式在黑龙江下游的奴尔干城设立奴尔干都司，将辽东以北的数千里河山纳入大明版图。要开发这片广袤的土地，更离不开江南财赋的鼎力支持。可现在，无论海运还是河运，其规模都已达到瓶颈。

"可若要疏浚会通河，怕是需要不少银子吧！"永乐提出了最关键的问题。其实他何尝不知道打通运河的好处？可是稍微一想便知，这种工程的花费绝对不是小数目。自己的摊子铺得太大，朝廷的日子一直过得紧紧巴巴，所以一想到这里间开支，他心中就直打鼓。

"是不少！儿臣问过工部，据他们核算，仅疏通临清至济宁间的三百八十五里会通河河道，怕就要投入缗钱便不下两百万贯，若再加上筑坝、修渠引水以及治理附近黄、沙等河的费用，总计大约需耗银六百万贯！"朱高炽干笑一声，觉得此数字太过骇人，为让父皇不至于被吓住，同时给自己留下一点转圜余地，又补充道，"当然，这只是初步估算，具体数目还需由精通水利者实地勘察后方能算得，或许也用不着这多！"

朱高炽刚报出六百万这个数目时，永乐已倒吸了口凉气。待他说完，永乐怔了半晌，方咕哝一声道："或许要少，可也或许还要多！"

朱高炽也知道这个数目太过巨大，若不能说服父皇下定决心掏这笔钱，那他所有努力都将白费，于是又道："花费是不小，但收益却百倍于此！"

"哦？你与朕说说！"永乐闻言，又颇有兴致道。

"父皇请看！"朱高炽上前一步，指着案上地图道，"大运河由杭州至通州全长三千余里，其中由杭州至长江一段称转运河，由瓜洲至淮安称南河，由淮安至徐州的黄河运道称中河，徐州以北至天津则为北河，会通河便为北河中一段。而天津再往北到通州张家湾则称通济河。这五段运河中，转运河与南、中二河皆河宽水深，可通大船，通济河现虽狭窄，但其所经之处地势平缓，又有白、卫诸河流经，完全可以借其河道或引水拓宽。唯有北河尤其是会通河一截，自元代开凿时便河窄水浅，且又因黄河屡次改道，故极易淤塞，成为运河的最大梗阻。儿臣想若能在疏浚会通河的同时，将此段河道引水加以拓宽，使之如中河甚至南河一般，那运河运粮能力将大有提高！"

"能提高多少？"永乐紧盯着地图上的会通河一段，发问道。

"每年两百万石！"朱高炽痛快地给出了答案。

"两百万石？"永乐有些出乎意料，他抬头望了朱高炽一眼问，"此乃推测，你可有依据？"

"此非儿臣臆测，乃是刑部司务厅司务蔺芳所言！"

"蔺芳？"永乐似乎听过这个名字，但一时又想不起来，旋皱眉道，"一个九品末职，还是刑部的官，他的话怎当得准？"

"父皇可不能小瞧这个蔺芳。"朱高炽赶紧解释，"他是山西夏县人，从小就生长在黄河边，祖上三代都是河道监工，对水利精通得很。而且他十五岁时曾随父到临清投靠姨夫，对会通河也颇有了解。据他说，会通河一段虽屡淤塞，但若治理得法，完全可以如中河一般畅通无碍。"

"这治理得法作何解？"

"无非是引水、筑坝、建闸等，儿臣不通水利，一时也解释不清！不过宋礼和金纯对他的建议却颇为赞赏。"朱高炽老老实实回答。

宋礼是工部尚书，金纯则是工部左侍郎。此二人皆为工部堂官，且处事严谨，听说他们也都赞赏蔺芳，永乐这才起了兴趣，随即问道："既然精通水利，为何不到工部任职，反倒在刑部做个打杂的末官？"

"父皇有所不知，此人虽精于水利，却是个直来直去的性子。前两年他为刑部广西司郎中，本已定好了要调到工部都水司，结果临走前因秉公办案，将陈瑛的一个侵夺商人财货的外甥打入大牢，这一下就把陈瑛得罪了，结果被逮着把柄参了一本，这才被贬为司务。宋礼一直想要这个人，只是碍着陈瑛。监国期间，宋礼还来找过儿臣，想把蔺芳调去工部。只是蔺芳之罪乃父皇钦定，儿臣不敢自专，故没敢答应。"朱高炽笑着解释。

永乐北巡期间，左都御史陈瑛留守京城期间飞扬跋扈，连参数位建文朝旧臣，已经激起了公愤。两日前，吏部尚书蹇义、礼部尚书吕震、工部尚书宋礼三人领衔，联络了数十位曾在建文朝任职的官员狠狠参了陈瑛一本。朱高炽一向与文臣同气连枝，虽然这次陈瑛并没惹到他，但对这个党附二弟的干将，他也乐得落井下石。

听了朱高炽的话，永乐顿时想起来了，自言自语道："朕依稀记得，当时陈瑛参这个蔺芳的罪名是'心怀怨望，暗念旧主'。"说到这里，他眉角一跳，口中带着几分愠怒，"每次都是这个罪名，朕登基已经十年了，哪还有那多人暗念旧主？陈瑛也有些过分了，连个小郎中都不放过！"

当初陈瑛在建文削藩时曾暗助燕藩，并因此被罢官下狱，永乐登基后，便命他执掌都察院，这里面缘由除知恩图报外，也有用他监视后来归附的建文朝旧臣的意思。而陈瑛也忠实地履行了这个职责，在他的参劾下，诸多文官被冠以"追忆前朝"的罪名罢官削职。这里面或有一二是如其言，但更多的则是掺杂了他以及朱高煦、纪纲等人的私货。而对陈瑛的参劾，起初永乐也是抱着"宁可错杀不可放过"的宗旨一概照准。只不过随着时间的流逝，永乐的帝位越来越稳固，他对建文朝旧臣的猜忌也逐渐消散，取而代之的是希望朝臣们勤勉办事，助自己开创永乐盛世。在这种形势下，陈瑛不知收敛，这就让永乐越发不耐。而这一次蹇义等人之所以联名参劾，也是注意到了皇帝的心态变化，加之他们搜罗的罪状皆是陈瑛在永乐北巡期间犯下的，朱高煦和纪纲都已随驾到了北京，此番就是想为陈瑛开脱也没可能，而这时朱高炽又不失时机地从旁加了一剂猛料，这就更让陈瑛形势不妙。果然，永乐眼光一闪，鼻子里冒出一股粗气，冷哼哼道："要照他这么做，谁来为朕治理天下？"

朱高炽却暗中窃喜。说一个蔺芳，却扯到了陈瑛肆意妄为上头，并获得父皇的认可，这对他来说绝对是个意外之喜。回头一定要给蹇义透个口风，让他们再加把劲。

"改日把这个蔺芳带来，朕要亲自听他讲讲。"永乐的一句话，又把朱高炽的思绪从党争中拉回到疏浚河道的正事上头。

朱高炽闻言又是一振，脸上露出一丝喜色道："父皇是同意疏浚会通河了？"

"此乃利在千秋的益举，朕自不能轻易否定，不过还要看这个蔺芳讲得有无道理。而且最要紧的是要派能员现场勘察，拟出个方案。若确有可行之法，朕也不会心疼这六百万贯！"永乐当然不是傻子，当朱高炽说出能将运河运力提高到两百万石后，他立刻意识到了其中的价值。如果此设想成为现实，那河运基本上就可以取代海运。如此一来，可以确保运粮的安全性不说，效率也大大提高，鲁、豫二省百姓的徭役也会因此大减，这对天下的好处是不言自明的。何况，运河畅通与否还关系到湖广巨木的北运，这也是亟待解决的近忧。

父皇虽仍未答应，但口气已明显松动，朱高炽大受鼓舞，当即兴冲冲地道："儿臣回头就跟蔺芳说。"

"嗯！"永乐点了点头，又对朱高炽笑道，"吃一堑长一智，你能从运粮失期看到疏浚运河之利，这份眼力着实难得。看来这一年多来，你亦长进不少！"

永乐轻飘飘一句话让朱高炽听在耳里犹如天籁之音，他强行压抑住内心的喜悦激动道："谢父皇夸奖！若此事果能施行，儿臣愿亲赴山东，充任监督！"

"此事到时再议，你先道乏吧！"永乐微笑着随口一应，朱高炽也不再言，只恭恭敬敬地行礼告退。

朱高炽走后，永乐重新将目光投向地图，他伸手指向大运河南端，随即顺着图中河道路线徐徐而上，当经过会通河段时稍稍停滞，旋又继续向北，直到末端的张家湾处方停。再将整个地图扫视一遍，他突然颇有些兴奋，在他眼中，这图纸上的黑色曲线，似乎已经变成真实存在的笔直河道，无数装满粮食的漕船，正绵延不断地向北，驶向它们的目的地——北京。

第二日，刑部司务蔺芳便在内官的引领下小心翼翼地进入武英殿。一个时辰后，蔺芳从武英殿出来，转而直奔春和殿。刚走过春和门，便见朱高炽已在丹墀上翘首以盼。蔺芳一边小跑登阶，一边兴冲冲地隔空叫道："太子爷，皇上准了，皇上准了！"

蔺芳是个三十多岁的精壮汉子，对水利甚为痴迷，但性格却稍显木讷，素不苟于言笑，像今日这般喜形于色更是从未有过，想来是永乐对疏浚运河的态度给了他极大的鼓舞。

遥遥听得蔺芳之言，朱高炽心中也是一喜。但他仍维持着太子的气度，只微笑着待蔺芳爬上丹墀才淡淡道："进殿里去说！"见太子如此，蔺芳一愣，这才发觉自己有些失态，赶紧收敛心神，亦步亦趋地随着进殿。

二人进了书房，王三儿指挥着几个都人端来两杯热茶，又奉上几盘蜜饯才小心退出门外，临走前亦不忘将门带上。朱高炽端起茶杯抿了一口，才不紧不慢地问道："你方才言父皇准了，是准疏浚河道，还是准先行勘察？"

"是准先行勘察。"蔺芳这才发觉自己刚才只顾着兴奋，连话都没说周全，不好意思地一笑，顿了一顿再道，"皇上叫臣与工部宋尚书、金侍郎他们商议，拟个详细的条陈，待他老人家看后，若觉可行，便命我等前往山东勘察。"

"嗯！"朱高炽点了点头。父皇的态度与他预想的完全一致，想了想又问道，"这疏浚运河一事你果真有把握？我在父皇面前可是打了保票的！"

说到河工，蔺芳便恢复了一贯的严谨，他沉吟一阵后道："会通河一段虽地势不平，但好在沿途河流不少。据臣构想，只需因势利导，再引水济渠，依地势多设闸口，将全段分为数截，如此一来，每一段皆河宽水平，便可通行大船。当然，具体情况还需臣去现场勘察后方能确定。"

闻言，朱高炽微微有些失望，不过他亦明白蔺芳说的是实话。而且正因为蔺芳的耿直，反倒让他觉得此人实诚，遂道："也罢，你悉心办事，即便不成亦有我担待！"

"谢太子！"蔺芳对太子感激涕零。正是有了这位太子爷，他的一身才学才有施展之机。他暗下决心，一定要治好会通河，报答太子的信任，也为天下苍生做一件大大的益事！

三日后，永乐发下敕旨，命工部尚书宋礼携刑部司务蔺芳赴山东勘察会通河道。宋、蔺二人接旨后准备数日，便顶着腊月的寒风渡过长江，一路向北而去。二人出京后不久，伴随着一场鹅毛大雪，永乐九年的元旦便到了。

这一个新年，可以说是永乐自登基以来过得最开心的一次。与往年不同，今年的大朝仪上，前来朝贺的使臣中出现了鞑靼贺使的身影。自大明开国以来，鞑靼作为蒙元的继承者，与大明从来都是不共戴天，此次鞑靼平章脱忽歹代表阿鲁台进京，恭恭敬敬地以藩臣之礼向大明天子恭贺新年，大明君臣的心理得到了极大的满足。大朝仪结束后，永乐破例命汉王朱高煦陪鞑靼使臣游览京城，让这群来自化外之地的人开开眼界。

朱高煦受命领着脱忽歹一行将偌大个南京城逛了个遍，让他们亲身感受大明的繁荣和富强。直到大年初四，这陪游才算结束。将鞑靼使臣送回会同馆已是夜色朦胧，朱高煦打马回府，刚到王府门口照壁前便遇见王府纪善枚青。枚青见到朱高煦，赶紧凑上前将他扶下马作揖笑道："臣这几日天天进府给王爷拜年，每次都撞着您陪鞑子出游，今日本想着又是白来一次，没料着临走总算见着您了！"见朱高煦面色潮红，满身酒气，枚青又一脸谄笑道，"王爷陪那帮鞑子喝酒了？"

"喝酒？是斗酒！这帮狗鞑子，战场上杀不过咱们，只会在酒桌上逞能。直娘贼的，可把本王喝苦了！"朱高煦口呼白气，边往里走边咕哝。他忽觉胃里翻江倒海，忙走到墙角边"哇"地放声大呕。

枚青眉头微微一皱，但仍强忍着走上前拍着朱高煦的后背笑道："皇上定是知道鞑子好酒，故遣您去陪他们。满朝文武谁不知道王爷是海量？有您出马，就算是酒桌上也绝堕不了我大明威仪！如此说来，您这也算是为国争光了！"

这枚青原是汉王府引礼舍人。朝廷给汉王府长史司配的文职臣属大都是些道学先生，平日里动辄搬出《皇明祖训》、圣人语录约束朱高煦，让这位生性桀骜的王爷心生厌烦。唯独这枚青颇为识相，不仅从不提什么清规戒律，反而想方设法为他的越矩之行寻找借口。一次,朱高煦闲来无事,将府中婢女聚到一起练习马术。可怜这些少女自小便谨守妇德,莫说骑马驰骋,就连马都跨不上去。偏偏朱高煦还不许人相助,不多时,婢女们纷纷跌落马下,摔得灰头土脸。看着她们的百般丑状,朱高煦乐不可支。王府长史程石琼实在看不下去,遂上前规劝道:"王爷乃天潢贵胄,当自重身份,岂能以戏弄女子为乐?"

程石琼一语刚毕,一旁的枚青便嘻嘻一笑,阴阳怪气道:"程大人此言差矣!靖难之初,仁孝皇后即命人传授藩府婢女武艺,及至李九江攻城,皇后命侍婢悉数登墙抗敌,方保北平不失。今王爷命府中婢女操演马术,是效仁孝皇后故事,此为居安思危之理,岂是嬉闹?"轻飘飘一席话愣是把程石琼气得半晌不作声。从此以后,朱高煦便对枚青另眼相看。北巡之前,枚青被擢为纪善,代为主持汉王府事务,此次回京,朱高煦琢磨着将其升为王府审理所正。枚青得到口风,更是鞍前马后、百般奉迎。

朱高煦吐了一阵觉得好受了些,正撩起袖子擦嘴,听了枚青的话,哈哈大笑道:"就你个小儿会说话!不错,这喝酒也是给父皇长脸!好歹本王是回府才吐,那个鸟脱忽歹当场就在讴歌楼吐得一塌糊涂。"

两人说着,便穿过中庭进入花厅。下人们早已准备了醒酒汤,朱高煦接过一仰头喝了个底朝天,旋将碗随手一扔高声叫道:"今晚喝得高兴,此刻也睡不着,便将府中舞伎叫几个来,给本王再舞上两曲!"

"王爷还只顾着酒色声乐么?"一个冷冰冰的声音从门外传进。朱高煦侧目一瞧,面蒙黑纱的史复出现在门口,后面还跟着满脸阴沉的纪纲。

史复是家中清客倒也罢了,纪纲在京师却是自有宅邸的,他这个时候来肯定是有大事发生。朱高煦心中一凛,酒也醒了不少。

"你先出去!"史复冷冷瞧了枚青一眼,用命令式的口吻对他道。

枚青闻言,脸上微微露出一丝怒意,但很快敛去。他明白自己虽然得宠,但靠的不过是奉迎讨好,除了哄汉王高兴以外并无实际用处,故他在汉王心中的地位不可与史复还有纪纲相比,更不可能参与汉王府密议。他侧眼看了看朱高煦,见他果然毫无反应,遂只得暗自一叹,作揖告退。

枚青走后,堂中气氛瞬间凝重许多。纪纲接下来的一句话,激得朱高煦立时从椅子上跳了起来:"就在刚才,皇上已命臣将陈瑛逮入诏狱!"

左都御史陈瑛是朱高煦在左班文臣中为数不多的盟友,而且其执掌都察院,有纠劾百官之权,这样的特殊身份更使其成为对付亲附东宫大臣的一柄利刃。他的垮台,对本已羽翼凋零的朱高煦而言无疑是一大损失。

"难道父皇真要治陈瑛的罪?"朱高煦忐忑不安地问道。这次文官联名弹劾陈瑛,他也早有耳闻。不过这些年来,陈瑛干的就是讦发人的酷吏差事,自然也没少被人参劾,但父皇一直都置之不问,故此番文官虽来势汹汹,但他也认为不过是虚惊一场,并未太过重视,却不料父皇竟动了真招!

"狡兔死、走狗烹;飞鸟尽、良弓藏。陈瑛在皇上眼中不过是用来监视建文旧臣的一条狗,用得着时便百般袒护,如今皇上江山坐稳,自然也就用不着他了!"史复冷哼一声。

自随征漠北归来后,朱高煦便觉得史复有些没来由的懒散,就连要借运粮失期整治太子这样的大事,他也都显得有些意兴阑珊。不过看今天的架势,这位谋主总算又恢复了往日的精明干练,不过神情仍是那么阴冷,说话的调子也让人听着很不舒服。

朱高煦的注意力还放在史复本人身上,而一旁的纪纲听了他的话却不由一阵胆寒。他和陈瑛一样,也是皇上的一条狗。要论咬人的狠劲,他比陈瑛还要厉害几分。万一有一天他也没用了,皇上会不会像今日对待陈瑛一样,将他弃之如敝屣?他正胡思乱想间,史复又开口道:"说此无益,眼下最要紧的是救不救陈瑛?"

朱高煦微微一愣,精神总算集中起来。陈瑛是得力盟友,按道理来说自己是必救无疑的。可作为谋主,史复不说如何去救,而是问救不救,这其中的意思就很耐人寻味了。

略一梳理,朱高煦便明白救陈瑛的两大不妥。首先,文官揭发的陈瑛罪状皆在北巡期间犯下,自己当时在北京,要想替留守南京的陈瑛辩护,这是师出无名。而更让他觉得意味深长的,是父皇处置陈瑛的手法。

像陈瑛这种要犯,关押他的地方无非两处:刑部大牢或锦衣卫诏狱。通常而言,若打入刑部大牢,接下来无非就是由三法司会审问谳,这里头主要是三司官员依律办案,就是皇帝本人也不好直接插手。但诏狱则是由皇帝直接掌管的监狱,既因于此,则必为钦犯,审讯主要由锦衣卫负责,至于将来如何处置,则主要系于皇帝一念,三法司虽也可干预,但影响有限。

锦衣卫都指挥使纪纲是他手下大将,父皇明知如此却将陈瑛打入诏狱,而不是刑部大牢,这实际上就是把审问陈瑛的权力交到了自己手中。这乍看上去似乎父皇有意包庇陈瑛,但实际上若果如此,他完全犯不着捕拿陈瑛,只需像往日那般置之不理便可。父皇之所以这么做，只有一个意思，就是想保护他。

陈瑛为自己剪除了诸多异己，要是交由法司问谳，一直亲附东宫、深恨陈瑛且与自己不睦的刑部尚书刘观还有大理寺卿耿通肯定会穷追不舍，到时候自己十有八九也会受到牵连。父皇不愿此事波及自己，故选择了这样一种方式。

搞清楚了父皇的深意，朱高煦在感激的同时也立时意识到陈瑛保不住了。

想到陈瑛垮台后自己对左班文臣的制约之力大大降低，朱高煦不由一阵懊恼。不过这也是没有办法的事，无可奈何之下，他深吸了一口气正欲说话，史复又开口道："依臣所见，王爷当请皇上开恩，宽宥陈瑛之过！"

"咦？"朱高煦一时有些没反应过来。之前史复的那句话，分明是在暗劝自己放弃陈瑛，可这时他却要自己出面救陈瑛，这又是何用意？朱高煦满脸迷惑地望着史复，史复却将目光投向纪纲。顺其目光望去，朱高煦见纪纲面如死灰，稍一思忖就明白了其中的奥秘。

纪纲和陈瑛一样，同时是父皇和他朱高煦的棋子。身为朝廷臣子效忠皇上那是理所当然，但效忠他则就是另有目的了。而这目的，除了趣味相投之外，很重要的就是为他们寻一座靠山，以便大难临头时自己能出面为他们化险为夷。如今陈瑛遭难，自己若就这么袖手旁观，那莫说眼前的纪纲立刻就会离心离德，那些追随自己的臣僚们也会作鸟兽散，到那时，自己就真成了孤家寡人了。朱高煦心中顿时一惊，赶紧脸色一沉肃然道："史复之言正合吾意，明日本王便进宫，拼得这个亲王不做也要为陈瑛讨个公道！"其实朱高煦绝无冒着触怒父皇的危险为陈瑛争辩的意思，只不过当着纪纲的面，他必须要表明这个态度。至于关上门后跟永乐说些什么，那除了他父子二人外，也就只有天知道了！

朱高煦的表态给纪纲吃了一颗定心丸，纪纲的脸色瞬时好转，思绪也活络起来。略微一想，他便拱手道："王爷慷慨重义，臣佩服之至。然若陛下坚持要严惩陈瑛，臣等当何以应对，还请王爷示下。"

闻言，朱高煦的面色沉重起来。这几年来，他借陈瑛之手做了许多栽赃陷害的勾当，在打击东宫势力的同时也落下大堆把柄在这位左都御史手里。这其中有一些父皇或许知道，但绝大部分都未曾耳闻。现在陈瑛虽身陷囹圄，但还满心期待着自己相救，一旦希望落空，其绝望之下很有可能撕破脸。若这些阴毒之事被公之于众，那他立刻就会成为千夫所指的对象，就连父皇也未必还像现在这般庇护自己。

"纪大人觉得该怎么办？"见朱高煦不知如何作答，史复遂眯着眼睛问。

"想要陈瑛不开口，只有一个办法最保险！"纪纲眼中寒光一闪，抬起右手做了一个"杀"的手势。

朱高煦和史复对视一眼，不约而同地暗中松了口气。其实这是最好的办法，他二人心中也有此念，只不过对着纪纲无法说出口。

史复思忖了一阵道："真到万不得已时，也只能这么办了。只是陈瑛是死是活，那得由皇上决断！"

"那又如何？皇上又不会亲审陈瑛。只要我在提审时把料下足，到时候案卷呈上，不信皇上不勾决！"纪纲满不在乎。

"陈瑛会如缇帅之意？"

"由不得他不配合！"纪纲脸上露出一丝狞笑，"自打皇上恢复诏狱以来，经我手下过的朝廷大员少说也有大几十口子，没听说过谁能熬过咱这十八般刑具的。"

史复沉默半晌方抬起头，眼中露出淡淡笑意："那就劳烦缇帅了……"

"好说！"纪纲一拍大腿便起身道，"今日这一趟没白来，我先回衙门安抚下那头老犟驴，等王爷明日结果！"

第二日，朱高煦进宫面圣。午后，他一脸丧气地回到家中。待走进书房，纪纲和史复已在那里候着。纪纲瞧见朱高煦的脸色，便已知了结果，他也不多问，只是沉着脸一拱手道："臣先去了。"

望着纪纲离去的背影，朱高煦脸色灰暗道："陈瑛这一死，汉王府真是越发凋敝了。"虽然心中已将陈瑛判了死刑，但朱高煦进宫后也确实试探了一下父皇。不过当时父皇一闻陈瑛之名便大发雷霆，他见势不妙，只能赶紧闭上嘴巴。

听着朱高煦的话，史复亦有同感，不过他比朱高煦想得还要远。沉吟半晌，他猛一抬头郑重说道："王爷，您有发现自御驾回銮以来，我汉王府与东宫的势力对比已渐生变化？"

"怎个不知？"朱高煦忧心忡忡道，"本想着借大清河决堤狠狠压一下大哥的气焰，不料他却顺势推出了疏浚运河的方案，借此把这茬遮掩了过去。陈瑛事发后，我汉王府又折一臂，如今看来，东宫势头渐已压过本王！"

"王爷说得对，不过还不止这些！"史复缓缓道，"王爷没有发现么？太子对疏浚运河如此上心，恐怕还是醉翁之意不在酒。"

"此话怎讲？"

"一旦运河打通，盛世气象更显，太子经此一事，声势必然更上一台阶！"史复顿了一顿,幽幽道,"其二,太子首倡此事,又接连举荐经办人选。听说这几日他还上蹿下跳,似乎想亲自主持河工。王爷可曾想过,一旦其得偿所愿,又意味着什么?"

朱高煦一下张大了嘴巴。御驾回銮后,朱高煦已不能再像在北京那般每日上朝参政,而朱高炽的监国也当到了头。按理说除非永乐有旨,其已不必再处理政务,而应退回东宫读书。可而今他却不甘寂寞,借机自请督修运河,这其实就是要延续其监国期间的权职,继续直接主持政事。若朱高炽最终如愿,那他也就从事实上摆脱了北巡之前太子不理政的限制,这种情况一旦出现,定然会对朝局产生巨大影响。天下臣工见此,必认为太子储位已稳,进而归附到东宫旗下,这对朱高煦来说无疑是毁灭性的打击。朱高煦头上冷汗直冒,赶紧问道:"父皇可有制止大哥?"

史复苦笑道:"这得问王爷您自己!您每日进宫,皇上的态度您还不知道?"

朱高煦仔细想想,发现永乐并未曾有指责太子逾越的话语,反而还赞赏他对河工的一些建议。朱高煦越发心惊,气急败坏道:"早知如此,当初就不该倡议北巡,否则他又怎会有出头之日?"

"倡议北巡并无错谬,只是之后形势变化大大出乎所料!"史复感慨一句,又转过话题道,"往事已矣,追悔无益,眼下最要紧的是必须制止此事发生。"

"父皇不加回绝,证明他已默许大哥理政。他老人家有了主意,我们又能奈何?"

"未必是默许!"史复分析道,"皇上若真有意让太子正式协理朝政,那直接下道旨意便是。可迄今为止,皇上并未下旨,甚至连太子几次毛遂自荐他也不置可否。由此看来,皇上还在斟酌。咱们这时候更是要使把劲,万不可让太子主持修河。否则此例一开,我汉王府大势去矣!"

"言之有理!"朱高煦重重地点了点头,"那这劲又该如何使?"

史复将座椅往朱高煦身边挪近些,道:"要成此事,还得再委屈一位老友!"

"老友?"朱高煦面露疑惑,"哪个老友?"

史复阴阴一笑,口中迸出两个字:"解缙!"

"解缙?"朱高煦闻言一愣,"他现在不过是只死老虎,又远在交趾这蛮荒之地,拿他做文章就算成功,又能和大哥扯上多大关系?"

"王爷忘了当年争储之事了吗?就是解缙一席话,才最终使皇上下定决心立大殿下。在皇上心里,解缙与东宫是打断骨头连着筋!"史复笃定地说出自己的判断,继而向朱高煦详细解释,"东宫要除陈瑛,咱们就拿解缙开刀,这叫来而不往非礼也。其次,太子想借着主持河工重新介入朝政,咱们却用解缙让他好事不成。"

"听上去似乎不错!"朱高煦托着腮帮子想了想,"只是和大哥有关联的大臣多得是,譬如蹇义、夏元吉、杨士奇、杨荣,他们都整天往春和殿跑,在朝中的地位也远高于解缙,若能从他们身上入手,效果岂不更好?"

史复一翻白眼道:"话是这么说,不过王爷提的这几位哪一个不是圣眷优渥?没有十足的证据,王爷动得了他们? 而解缙则不同了!皇上心中早已厌透了他,咱们随便逮着个把柄,哪怕似是而非,也能让皇上心生疑虑!"

"有道理!"朱高煦微微颔首。

"还有……"史复啜了口茶又道,"王爷刚才说解缙是死老虎,其实大为不然。依在下看,解缙顶多是虎落平阳,若有朝一日翻过身来,没准会成为王爷的心腹之患哩!"

"你这也太夸大其词了吧?你刚刚说了,父皇深恶解缙。有这么一条,还怕他能翻过身来?"朱高煦有些不以为然。

"他自己翻不了身,却未必不能助太子翻身。"史复轻轻一哼,"王爷可知,前些日解缙回京时住在哪里?"

"他住哪与本王何干?"朱高煦有些莫名其妙。

史复冷笑一声,加重语气道:"番铺营旁,黔宁王府!"

"黔宁王府!"闻言,朱高煦的脸一下子变了颜色。黔宁王是开国元勋沐英的封号,而这黔宁王府现在则是沐英之子、黔国公沐晟在京中的府邸。解缙以前在南京的住宅本是官府所有,他被黜出京后就已收回,此番回京述职,他理应在驿馆寄宿,可万没料到居然住进了黔宁王府。沐晟是何等人?他不仅是开国勋臣,更是大明朝绝无仅有的世镇一方的大将,而且眼下还在交趾平叛,手中握着二十万大军! 这样一个权势熏天的人物,居然愿意让解缙在京中豪宅借宿,这其间的意味岂能简单?

史复望着朱高煦有些发灰的脸,淡淡地说道:"解缙是死老虎,可沐帅在皇上心中的分量还是很重的。万一太子通过解缙跟沐帅搭上了线,那王爷的处境就大为不妙了!"

"应该不会吧?"朱高煦沉思半晌,仍心存侥幸地强挤出一丝笑容道,"靖难时沐晟就押错了宝,差点把命给搭进去。有这前车之鉴,他还敢来蹚争储这汪浑水？"

"就算沐晟不敢，但他也会暗中偏向东宫。若有朝一日太子登基，王爷要将今上的故事再演一回，那时沐晟恐就不会袖手旁观了！"

朱高煦身子一震。一直以来，他心中一直隐藏着一个想法，实在易储不成，那待父皇驾崩后他就依葫芦画瓢，再来一次奉天靖难！而随着形势的越发不利，他对这个最后"撒手锏"的期望也越来越强。

奉天靖难，最要紧的就是兵权！现在明军主力主要分为三部。其中最精锐的当然是戍守边塞的北军。本来，凭着靖难时打下的基础，再加上丘福等人相助，朱高煦在此部中有着相当高的威望。不过随着丘福兵败身死，北军也经历了一次大换血，如今他对这支军队的影响力已大不如前。第二支主力则是驻扎在南北两京的京卫。这部分人马归属五军都督府，直接听命于朝廷，若朱高炽登基，那自然由他掌控，他插不进脚。最后一支明军主力则是在交趾的二十万南征大军。这一支军马主要由滇、桂、粤、川等省兵马组成，他们的统帅则是沐晟！如今交趾乱象丛生，戡乱绝非一日可成，这也就是说，在相当长的岁月里这支军马始终会由沐晟统领。一旦沐晟心向东宫，那将来自己"靖难"时，这二十万大军就会义无反顾地杀向自己！

"解缙不能留了！"本以为解缙被黜至交趾后便不再对自己构成威胁，不料他竟能攀上沐晟这个高枝。辨明其中利害后，朱高煦终于下定了决心。

"不过解缙这篇文章如何作，还需小心斟酌。"朱高煦紧接着说出的这句话点中了要害。拿解缙开刀，既要将他本人打死，又还需和东宫扯上关系，此外还不能牵涉沐晟，这其中的火候一定要拿捏准，稍有不慎就会弄巧成拙。

史复却成竹在胸，他自信地一笑道："臣昨日想了一宿，已找到一个绝佳的法子。"

"哦，愿闻其详！"朱高煦赶紧打起精神。

史复却未直接畅言，而是微微一笑道："王爷可知，前次解缙回朝述职，是何时进京，又是何时离京？"

"这我哪里知道？"朱高煦不由愕然。在今日之前，他一直视解缙为一死人，当然不会关心他的行踪

"还是在下来告诉王爷吧！解缙是于五月初九进京，离京则是在七月二十三。他在京城一共待了七十三天。这七十三日中，解缙多次进宫晋见太子，大清河决堤也正是在此期间发生！"史复顿了一顿，脸上露出一丝诡谲的笑容，"大清

河在东阿县境内决堤,东阿县正归东平州所辖。而东平知州余万言亦和解缙一样,是江西吉水人。他当年升任东平知州,也正出自解缙的举荐。"

朱高煦目瞪口呆——照史复的意思,这是要说解缙与朱高炽勾结故意掘堤堵路,使北征大军断粮,将永乐困死在漠北,从而提前登基问鼎。

太毒了!饶是朱高煦早已见识史复的心机歹毒,但闻得此言仍不由得直起了一身鸡皮疙瘩!此计要是得逞,别说解缙肯定被诛灭九族,就是太子也免不了一死!半晌,他才讷讷道:"你这也太异想天开了吧!大哥和解缙谋逆弑君,这话说得连本王都不信,父皇岂是那么好糊弄的?"

"谁说太子也谋逆了?"史复反问一句,继而哈哈大笑,"臣之意仅是解缙为重回朝堂,故欲让太子提前登基而已!"

朱高煦这才明白,待想了想他仍摇头道:"就算如此,我们也没有证据!"

"何须什么证据?"史复不屑地一笑,"真要能找出证据,连东宫都一锅端了,何况一区区解缙?咱们此次目的不过是为除掉解缙,并以此让皇上与东宫心生嫌隙,从而阻止太子主持河工。至于这两个目的能否得逞,说白了全在陛下一念之间。而在下刚刚说过,皇上对解缙甚为不喜。故哪怕就是捕风捉影之词,只要能戳准皇上心思,十有八九便能成功。"

"你的意思是……"

"故技重施!"史复斩钉截铁道,继而压低声调,将腹中方略倒出,末了嘿嘿笑道,"皇上生性多疑,咱们只要把准这一点,定能见得奇功。"

朱高煦面如冰霜。半晌,他眼中闪过一丝寒光冷冷道:"就这么办。不过虽是重演故技,但也不能原样照搬。这手段上头,还得另下番心思!"

"当然,此事在下早有思谋。上次是在南京,至于这一次咱们就挪个地方,改在东平!东平百姓大半在那次决堤中遭了灾,若真让他们知道是这个缘由,恐怕立时就会闹翻天!民愤一起,解缙更无幸存之理。"史复接口道。

第二章

遭构陷解缙下狱　固东宫金忠出马

元宵刚过，关于去年大清河决堤的流言便在东平境内传开。

"听说了吗？去年大清河决堤，是余知州派人干的！"

"余万言扒开大清河堤，故意让军粮运不到漠北，想困死陛下和四十万漠北大军！"

"余大人为什么要这么干？"

"听说是受解学士指使！解学士被皇上发配到交趾，心中不满，想借着这个机会困死皇上，让太子爷提前登基，他就可以重新回朝堂了！余大人是解学士的同乡，他的官儿又是解学士荐的，所以他要帮解学士出头！"

"不会吧？解学士这么大的学问，怎能做这等事？"

"学问大又怎么啦？这些读书人只要当了官，就都成了斯文败类！"

"天杀的解缙和余万言呦！他们咋能做这种伤天害理的事？这真是草菅人命啊！"

"这些做官的，为了乌纱帽什么事做不出来？咱老百姓在他们眼里连头骡子都不如！"

"你们不要胡说，解学士名满天下，余大人也是清官，他们不会做这等事！"

"直娘贼的，东平都已传遍了，过几天都能传到兖州和济南了，你还敢给余万言帮腔？"

……

流言以最快的速度传遍了东平的坊市乡里。去年大清河决堤，数以万计的百姓家园被淹，直到现在还有许多人无家可归，仍靠官府放赈救济。这些流离失所的人本就情绪不稳，听闻此言更是怒不可遏。一时间，小小的东平州人心浮动，无数百姓涌往州城，要知州余万言出来说个明白。

东平州衙内，余万言听说此事气得当场吐血。因大清河决堤，他已挨了降二级留用的处分，不想事情刚刚过去竟又无端生出这么一件大祸。

待从最初的惊恐中恢复过来后，余万言不得不强打起精神来收拾残局，首要便是要安抚百姓，这件事其实好办，所谓的自己命人掘堤根本就是无中生有，百姓之所以相信，除了愚昧之外也不过是为了一出胸中闷气。余万言自忖平日官声尚可，只要自己放下身段耐心开解，再多开些赈厂放粥，想来能应付过去。真正让他担心的，是如何向朝廷解释！

余万言也不是傻子，稍一思忖，他便明白这种流言绝对不是百姓能编得出来的，而短短数日内就传遍整个东平州，绝对是有人幕后推动。而根据流言内容分析，这幕后之主也不是要对付自己，其目标很可能是解缙，甚至是太子。想通这一点，余万言发现自己卷入一个巨大的旋涡当中，稍有不慎便将粉身碎骨。

余万言知道仅凭自己之力是解决不了这个问题的，他的命运完全取决于朝堂上那两股势力的斗争结果。稳住心神，他赶紧向山东布政司报告，并请布政使石执中将详情代向朝廷奏明。

石执中的加急奏本在四天后送进南京城，通政司点验后不敢耽搁，赶紧直呈内廷。

奏本送进乾清宫御书房时，正是黄淮在御前随侍。永乐打开奏本，先是一惊，待将内容仔细看完后又陷入深思当中。半晌，他才把奏本转递给黄淮，却一言不发。

黄淮见皇上举止怪异，正自纳闷，当将奏本接过一看，顿时冷汗直冒。这肯定是汉王在捣鬼！他心中怒骂之余，一股巨大的恐慌感也油然而生。

"黄爱卿，奏本所言，你以为是真是假？"

黄淮"扑通"一下跪倒于地，毫不犹豫道："陛下，皇太子仁厚孝悌，天下皆知，岂会行此禽兽之举？臣敢以阖族性命作保，东平流言，绝对是无中生有！"

永乐听后，脸上神色总算舒缓了些。他先是点了点头，但紧接着又有些不自信地摇了摇头，自言自语道："总不成是空穴来风吧？"

黄淮闻言先是一怔，随后突然明白过来，其实皇上也不相信运粮失期是太子有意为之。不错，当时朱高炽已据东宫大位，又任监国，儿子朱瞻基也颇得圣眷，从哪方面看都是春风得意。反观汉王那边，因丘福之败已元气大伤。即便抛开个人心性不提,仅从利害得失上看,在这种形势明显占优的情况下,太子也完全没必要做这等狗急跳墙之举。这一点,深谙权谋之道的皇上不可能想不明白。再思索皇上后来的这一句话时,他完全清楚了皇帝的心思。

皇上怀疑的是解缙,黄淮立即得出结论。解缙被谪荒服,心怀怨望,欲借此机会害死皇上,促太子提前登基从而使自己重回朝堂。这样的推论虽然有些骇人听闻,但从情理上倒也说得通。加上皇上性格多疑,又憎恶解缙,产生这样的想法也是有可能的。

解缙是被陷害的!以黄淮对他的了解,想都不用想就知道解缙不可能做此等事。如果此事是汉王在幕后操控,那肯定是项庄舞剑,意在沛公,其目的是要借整解缙打击东宫。

要不要戳穿汉王的阴谋?在看清流言背后的玄机后,黄淮又陷入犹疑当中。既然此事矛头直指东宫,那作为詹事府的右春坊大学士、东宫嫡系重臣,黄淮当然应该反击。但是,通过对皇上态度的揣摩,他已经排除了东宫受牵连的危险,那自己再要出言辩解,就完全是为解缙出头。

自当年陷害解缙后,两人的友谊已成为过往云烟。这次解缙回京述职,太子亲自出面为二人调解。黄淮因内心的愧疚,也有意向解缙道歉。但解缙在太子面前虽不敢说什么,但心中始终不能释怀。黄淮几次拉下脸到黔宁王府递帖子,解缙明明在家,却就是闭门不见,甚至连自己的名帖都不收。经此一事,黄淮彻底明白,这位生性狂傲的昔日老友已恨透了自己,两人终生再无和解之日。想明白这一点,黄淮在越发羞愧的同时,心中也泛起一阵隐忧。

解缙在永乐朝是翻不了身了,但他与太子私交甚笃,曾在最关键的时刻帮助朱高炽登上太子宝座,凭着这份恩情,一旦今上晏驾,太子头一个要起复的就是解缙。届时,凭着过人的才学和名望,以及那份至关重要的拥立之功,解缙的风头重新压过自己实在是轻而易举。真到那一天,他会如何对待自己?每念及此,黄淮寝食难安。

黄淮虽然也饱读诗书,但心胸一向狭窄,由己度人,他生怕今日帮解缙开脱,就是给自己留个掘墓人。

除了担心解缙报复,即便是戳穿汉王阴谋这事也让黄淮颇为顾忌。站在东宫的立场上,他当然能看清流言背后的真相,但从皇上的角度就未必。虽然汉王的势力已不如当年,但黄淮十分清楚,若抛开皇长孙,起码皇上在心里对汉王的宠爱还是远远胜过太子的。一旦将此事与汉王扯到一起,却又拿不出有力证据,那他就成了挑拨皇子关系之人，这个罪名压下来，他的下场绝不比解缙好。黄淮是忠于太子，但他是想借太子之力更上一层楼，而绝非成为其入主乾清宫的垫脚石。因此他更加认定，绝不能贸然出这个头。

"黄爱卿！"就在黄淮心乱如麻之际，永乐低沉的声音又在房中响起，"会不会是有人借机谋一己之利？"

这句话听上去既像怀疑有人幕后捏造谣言，又仿佛在说有人想通过太子提前登基为自己谋取好处。黄淮弄不清永乐所指为何，又不敢多问，只得含糊应道："究竟如何，一查便知。"

永乐没有再问，沉默半晌，他缓缓将奏本放回书案道："你道乏吧！"

"是！"黄淮赶紧答应一声，遂行礼告退。待退到房门口，他突然停下了脚步，稍一踌躇又回过头小心道："若有人谋逆，则必须一查到底，否则后患无穷！"说完，他脸上顿觉一阵发烧，连忙把头垂低，大气也不敢吐一口地等着永乐回复。

永乐仍没有吭声，颇有深意地望着黄淮好一阵方道："朕自有分寸！"

黄淮长吁一口气，如蒙大赦般忙不迭地退出房间。待出了乾清宫，他才发现后背已被冷汗浸湿。

御书房内，永乐半靠在铺着明黄色坐垫的黄花梨木交椅上，双目呆呆地望着房顶横梁，脑子却急速思索着。

平心而论，他对这个充满了诡异的民间流言一直抱有怀疑。但多年的经验使他明白，这也绝不会是空穴来风。至少有一点很清楚，不管流言是真是假，这事最终都牵涉这个皇帝宝座。有了这层计较，他不可能置之不理。

若流言是假，那这幕后的主谋只能是解缙的仇家，甚至是二子朱高煦。永乐很快排除了其他人——此事不光针对解缙，还牵涉到东宫。解缙狂妄自大，得罪的人不少，其中绝大部分都是文官同僚。太子一向甚得文官之心，就是他们要构陷解缙也不会用这种办法，何况万一事发，太子必然会将此人恨到死处。为整区区一个解缙而担如此大的风险，这是殊为不智的。

真是煦儿？永乐心中不由一咯噔。不过他很快又否定了这个想法。他知道朱高煦对东宫之位一直贼心不死，但用这种下作手段他觉得还不至于。在永乐的印象中，这个二儿子一直都是个直来直去的性子，这几年虽然沉稳了些，但这种阴毒伎俩应该还是做不来的。而且在他内心深处，也不愿意把此事和二儿子联系到一起。

不是别人陷害，难道流言是真的？永乐继续思考。虽然他与解缙的接触也不少,但那毕竟是好久以前的事了。自打永乐五年解缙出京以来,他已有四年没再见过这位曾经的爱臣。虽然当年的解缙的确是耿直放逸的名士,但经历了人生的大起大落,尤其是到交趾这个战火纷飞的蛮荒之地,其凄苦悲愤之下性情大变也是有可能的。思及于此,永乐突然想起什么,起身走到椅后的书柜前,从一个堆满盒子的方格中拿出一个小匣子,从中抽出几张笺纸,然后再将匣子锁好放回原处,自己则回到案后坐下,重新审视笺纸中的内容。

这个小匣子是纪纲在三天前送进来的。当初进京称帝后,为防臣子中有暗怀怨望者,永乐命纪纲暗中侦刺大臣私下言行。时间日久,自己帝位渐固,他已不再像当年那样狐埋狐揖,但这缇骑密奏的规矩也并未废止。这次纪纲送来的密报中就有解缙的几篇诗作,之前永乐读后并未觉得有什么不对。不过现在出了流言的事,他再重新看过,却发现了一些问题。

第一首诗名为《怨歌行》,刚看这名字,永乐顿就眉头一皱。再看内容,却是一首长律:

> 弦奏钧天素娥之宝瑟,酒斟流霞碧海之琼杯。
> 宿君七宝流苏之锦帐,坐我九成白玉之仙台。
> 台高帐暖春寒薄,金缕轻身掌中托。
> 结成比翼天上期,不美连枝世间乐。
> 岁岁年年乐未涯,鸦黄粉白澹相宜。
> 卷衣羞比秦王女,抱衾谁赋宵征诗。
> 参差双凤裁筠管,不谓年华有凋换。
> 楚园未泣章华鱼,汉宫忍听长门雁。
> 长门萧条秋影稀,粉屏珠级流萤飞。
> 苔生舞席尘蒙镜,空傍闲阶寻履綦。
> 宛宛青扬日将暮,惆怅君恩弃中路。
> 妾心如月君不知,斜倚云和双泪垂。

永乐默念一遍,只觉词句雍容晓畅、流丽典雅,正是他十分熟悉且喜爱的"台阁体"。

自登基以来,随着永乐的励精图治,大明朝不仅海内富足太平,遣使下西洋的壮举也引得四夷来朝、"祯祥毕集"。在这种国运昌隆的大背景下,文坛诗词亦以赞颂盛世，藻饰太平为基调，文风讲究雍容大方，用词追求华丽隽永，尽显富贵福泽之气。永乐认为此类文风正乃"治盛"之体现，故十分喜爱，并或明或暗地倡导，于是这歌咏称颂更是蔚成风气。而在争献颂辞的万千文人骚客中，又以内阁七学士以及翰林编修杨溥最负盛名，故世人皆称此文风为"台阁体"，称这一干内阁诗人为"台阁派"。解缙作为当年的内阁之首，正是这"台阁派"的领军人物，能有此佳作不足为奇。然与"台阁体"诗作通常所显露的安闲词气不同，此诗却不加掩饰地流露着哀怨和凄婉。这个解大才子，莫不是对这昔日荣华念疯了？永乐暗想。

第二张纸上的诗是一首写上朝经过的五言绝句，内容无甚出格处，永乐扫了一眼便撂在一边。待看到第三张纸上的诗时，永乐顿又瞪大了眼睛。这应是解缙此次回京期间，赴苏州游吴山伍子胥庙时所作：

朝驱下越坂，夕饭当吴门。

停车吊古迹，霭霭林烟昏。

青山海上来，势若游龙奔。

星临斗牛域，气与东南吞。

九折排怒涛，壮哉天地根。

落日见海色，长风卷浮云。

山椒载遗祠，兴废今犹存。

香残吊木客，树古啼清猿。

我来久沈抱，重此英烈魂。

吁嗟属镂锋，置尔国士冤。

峨峨姑苏台，荆棘晓露繁。

深宫麋鹿游，此事谁能论。

因之毛发竖，落叶秋纷纷。

好你个解缙，述职便述职，竟还至吴山悼伍子胥。看诗中所言，莫非你自比子胥，比朕作吴王夫差么？念及于此，永乐不由一阵愤然。

其实他不知道的是，这几篇诗作是纪纲精心甄选的。解缙被黜后赋诗甚多，其中除了以述哀怨的之外，亦不乏心灰意冷、自认天命者。不过它们全被纪纲摒去，专拣这似表不满的几首，与其他不相干的平常之作夹在一起呈上。而像这首悼伍子胥的诗,仔细想其实不过是文人游历时所赋的应景之作,并不一定是借机倾诉不满。只不过在史复的精心设计下,永乐已疑上了解缙,此时再看到这几首诗时,他便不自觉地将解缙与伍子胥牵扯到了一起,顿时就动了杀心。

要不要捕拿解缙?一个难题摆在永乐面前。依着以往的性子,他立刻就要将解缙锁拿进京审个明白。但问题是,眼下除了这莫须有的流言,他并无任何实际证据在手。解缙毕竟是朝廷四品命官,更是享誉天下的士林翘楚,仅凭流言便将其下狱,若审出个所以然来也就罢了,万一要被证明是诬陷,那对自己的名声是极为不利的。更关键的是,此事一旦传来,必有无数宵小受此激励,以阴刺告密为晋身之阶。

若是在以前,以上种种顾虑对永乐而言都不算什么。在登基最初的几年里,他为挖出那些可能心怀怨望的建文旧臣,曾对攻讦告密大开方便之门。但时过境迁,他逐渐厌倦这种方式。最重要的是,在永乐的呕心沥血之下,华夏大地进入了另一个盛世。要将这来之不易的"永乐盛世"维持下去,使自己成为后世之典范,这才是他最重视的事情。那些败坏政风,有损"政治清平"的攻讦告密之风无疑是要清除的。最近他将以搏击发讦为能的陈瑛下狱,便是基于这个考虑。有了这些计较,永乐再考虑处置解缙时,便觉得有些投鼠忌器。

可为难归为难,真要对此事置之不问,他又不能甘心。若流言是真,那解缙就是又一个方孝孺。这样的人不除,终究是一个隐患。再品味黄淮临走前的那句话,永乐越发觉得有理!

"宁教我负天下人,休天下人负我!"永乐冷冷地咕哝了一句。前些年有一落魄文人名罗贯中者写了本《三国演义》,一时在坊间流传甚广,永乐还在做藩王时便曾读过。当时,他便对书中这句曹孟德之言印象甚深。此时再回忆起这话,他似有所悟。

永乐面沉如水地拿起手中笺纸,将其放到身旁烛台前,直将它们烧为灰烬才走到书房门口,对侍立在外的马云阴郁道:"去把纪纲叫来!"

"是!"马云应了个诺,便向殿外跑去。永乐冷冷看着马云逐渐消失的背影,鼻子里喷出一股重重的粗气……

解缙的下狱,对朱高炽来说不啻于当头一棒,而接下来形势的发展更是出其所料。解缙被押解回京后,纪纲亲自监审,木杖、夹棍、脑箍、拦马棍、钉指等各种刑具悉数搬出,轮番招呼。可怜解缙一个书生,何曾经历过这等刑罚?三两下便被打得昏死过去。偏偏纪纲受朱高煦唆使，打定主意要借此掀起一场大狱，又岂能轻易收手？每每解缙晕厥，便被冷水泼醒，接下来又是一轮新的刑罚，如此过了三天两夜，解缙终于扛不住了，不得已屈打成招。纪纲拿到供词立刻进宫面见永乐，永乐得知解缙果然蓄意害己，震怒之下立刻将其定了个斩监候，并按图索骥，照其供词锁拿其"奸党"。纪纲得令，大出缇骑，将大理寺丞汤宗、礼部郎中李至刚、宗人府经历高得旸、中允李贯、赞善王汝玉、编修朱紘、检讨蒋骥、潘畿、萧引高、东平知州余万言等"同党"统统锁拿入狱。一时间，因陈瑛伏诛而有所舒缓的朝廷气氛再度紧张，南京城内风声鹤唳，人人自危。

这一日下午，黄淮、杨荣、杨士奇、金幼孜四人来到春和殿，朱高炽满脸愁容地接见了他们。待众人行礼毕，他强挤出一丝笑容道："能见诸位爱卿无恙，我的心总算好受些。"

这一次朱高煦虽掀起大狱，但为了避免永乐怀疑，他也不敢株连太过，像蹇义、夏元吉还有几个内阁阁臣，他们虽是太子嫡系，但同时又受永乐信任。要说这些人也参与谋逆，永乐是绝不可能相信的，因此未受波及。

早知如此，当初就不该鼓动陛下。黄淮的心情十分难过，他本来只是想借朱高煦之手除掉解缙，谁知最后仍把东宫搅了进来。回想起当日的情景，他悔得肠子都青了。

朱高炽和其他阁臣并不知道黄淮的心思，所想的是如何营救这些落难的大臣。虽说这些大臣地位不高，但人数却不少，任由他们被夺职下狱，东宫在朝堂上的声势将受到严重影响。可是要如何救呢？如今这帮人都被关押在北镇抚司的诏狱，凡看押于此者皆是钦定要犯，其之逮捕、刑讯、处决均皇帝一己决断。要想救出这些大臣，只有两个办法。

首先是打通锦衣卫的路子，在犯人审讯一节上做文章。只要没有确凿供词，永乐也未必会穷追到底。不过有纪纲坐镇，这条路想都不用想。

除此之外，就只能是向永乐求情了。想到这里，朱高炽捏紧拳头，坚声道："明日我便去找父皇阐明原委，请他放过这些蒙冤之人。"

话一出口，几位阁臣都是一惊。杨荣首先站出来反对道："太子万万不可！此案乃陛下钦定，您贸然前往，又当如何进言？"

"此事摆明是二弟有意陷害，我直言便是。"朱高炽的眸中燃着愤怒的火焰。他本是一个仁厚之人，平日甚少动怒，朱高煦屡次相逼，他也只是暗中化解，当面仍是一团和气。但这一次，他确实是出离愤怒，已顾不上和二弟撕破脸皮了。

"如何直言呢？"金幼孜眉头紧锁道，"大绅业已招供，皇上正在震怒中，殿下言此乃汉王构陷，又没有确凿证据，皇上会如何看殿下？要知道，皇上可不认为解缙是冤枉的！"

"不错！"杨士奇也耐心地规劝道，"此事因运粮失期而起，又牵涉东宫臣属甚众，如今皇上嘴上虽不说，但心中对殿下或多或少有了看法，前几日殿下自荐主持河工一事被驳回便是明证！此时殿下再为他们求情，又与汉王兄弟阋墙，这可是有百弊而无一利啊！"

黄淮耷拉着脑袋道："陷害大绅，是为了报复我等请杀陈瑛。而借机株连，则又狠挫殿下气势，还使皇上对殿下心生疑虑。而到现在，大绅他们则成了鱼饵，若殿下不出手相救，则他们必无幸存之理。可若为其出头，圣上定然对殿下疑虑更深。汉王这一招环环相扣，狠毒至极啊！"

黄淮一席话说得朱高炽悚然变色，待细细一想，也果然如此。几个心腹重臣纷纷劝谏，且句句直中要害，他权衡之下，满腔激愤终也消泯无形。"唉……"他颓然地倒在椅子上，口中发出一声无力的长叹。

"太子爷，金尚书来了，现正在春和门外候见！"就在众人忧心忡忡之际，王三儿进来禀报。

金忠！众人皆是一愣。这几年金忠一直抱病，大部分时间都在家休养，已很少过问朝政。他突然造访春和殿，大出众人所料。

金忠今日来访，十有八九是为解缙一事。杨荣首先反应过来，他赶紧对太子道："殿下，赶紧出去迎接！"

朱高炽赶紧起身，向外走了两步，忽然又回头对几位阁臣道："走，大家一起去！"

众人走到春和殿门外时，金忠已登上丹墀。如今的他比靖难时已苍老许多，看上去也有些佝偻，只有那一双眸子仍炯炯有神。见太子等人迎出，金忠躬身行了个齐眉大揖，才呵呵一笑道："臣何德何能，竟敢劳殿下与诸位学士亲自出迎？"

"师傅何出此言？"朱高炽上前将金忠扶起，亲热道，"我是您的学生，这几位学士更是您的晚辈。今天先生造访，我等岂有不迎之理？"

这时候杨荣他们也走上前来，纷纷与金忠见礼，脸上均是一片喜色。值此汉王步步紧逼，东宫人心惶惶之际，金忠这样一位德高望重的靖难元勋前来，犹如一根定海神针，让大家焦躁的心瞬间踏实下来。

与大家寒暄几句，金忠转过头对太子笑道："殿下难道要在这丹墀上与臣叙话么？"

"啊！许久未见师傅，我一时喜糊涂了！"朱高炽脸一红，赶紧一侧身做了个请的手势，"师傅快快请进！"

"殿下是君，金忠是臣，岂有臣先于君的道理！"金忠含笑礼让道。

"今日非朝会，不讲君臣之礼，唯以师徒之礼处之便可！"朱高炽也不相让。

杨荣在一旁瞧着笑道："殿下和世忠先生勿要再争，否则臣等都得在这丹墀上喝凉风了！"

此话一出，众人都是一乐。金忠遂不再客气，由朱高炽挽住左臂，在几位阁臣的簇拥下一起进殿。

众人回到议事阁内围着火炉坐定，王三儿打发几个宫人过来给他们换了茶，又端来一碗热气腾腾的参汤，旋蹑着脚尖退下。金忠将参汤喝尽，脸上添了几分血色，便对太子拱手道："臣刚从北镇抚司过来！"

"哦？"众人有些意外。锦衣卫北镇抚司管着诏狱，金忠去那里，当然是去探望解缙。

诏狱不是刑部大牢，没有天子准许，任你官位再高也不得私入。这些天几位阁臣都想去探望解缙，又怕引起皇上怀疑，故都不敢开口，不想金忠却不避嫌疑。金大人到底是和皇上一道从战火中杀过来的交情，不必像我等这般忧谗畏讥！几位阁臣暗想。

"师傅是去见解师傅吗？他现在情况如何？"朱高炽的声音有点发颤。

"遍体鳞伤，只剩下半条命。"金忠叹息一声，"大绅一见到臣便痛哭失声，言其有负殿下。"

朱高炽神色一暗，沉默半晌才轻声道："我不怨他！"

尽管未身临其境，但朱高炽完全能想象得出解缙落到纪纲手中会经历什么样的折磨。想到曾经笑侃古今的大才子如今沦落到此等境地，他心中亦十分难受，这一句"不怨"倒也出自真心。

金忠微微点头道："殿下能作此想，亦不枉大绅一片赤胆忠心。"

"先生之意是……"杨荣听出金忠此话中另含深意，赶紧出言相询。

"大绅言其害了殿下，纵死亦难瞑目，故在牢中想出一策，冀望以此将功补过，并请臣代为禀告！"

"哦！解师傅如何说的？"朱高炽眼光一亮。

金忠稍理思绪后道："大绅言汉王明为害他，实则欲图东宫。今众臣获罪，殿下蒙遭重创，接下来汉王必将乘胜追击，以博太子之位。殿下若为其等辩护，无疑将落入圈套。且如此被动应对，亦免不了步步失机，受制于人。故而，解缙建议殿下不必理会他们，而应主动出击，将太子地位彻底巩固下来。唯有如此，才能断绝汉王妄想，殿下亦可久安。"

"那大绅的意思是……"

"釜底抽薪！"金忠坚声答道。

"釜底抽薪，这是何意？"朱高炽一时有些不明白。

"立太孙！"金忠一脸沉着道，"今汉王百般邀宠，反复攻讦构陷东宫，其目的无非是想使圣上对殿下心生厌憎，进而废储另立。然若臣等能说动圣上，立皇长孙为太孙，则可一举斩断汉王妄念。若长孙得立，那即便殿下不豫，大明江山亦当由太孙继承。今皇长孙之圣眷较汉王有过之而无不及，就算汉王有信心鼓动皇上废掉殿下，然其还有能耐再除掉太孙？既然太孙不能除，那有朝一日其继任大统，焉能不追究汉王之罪？有此计较，他怎敢再生策易国储之念？因此，只要能策立太孙，那汉王这些年来恃宠易储的设想就将彻底化为泡影，太子的地位也将坚如磐石！"

闻言，众人惊讶得皆张大了嘴巴。立太孙一举，在历朝并不多见，但也不是没有过。远的不说，就是被永乐取代的朱允炆，就是以皇太孙的身份继承大统的。但建文之所以能为太孙，是因为其父朱标英年早逝，而现在朱高炽还活得好好的，却就要将朱瞻基立为太孙，这种父在位而复立其子的做法，翻阅史书，仅有唐高宗李治的太孙李重照这区区一例而已。而李重照的父亲不是别人，正是昏庸懦弱的唐中宗李显。想到这里，几位阁臣不约而同地将担忧的目光投向太子。

朱高炽的脸青一阵白一阵。尽管这几年来，他不止一次借了大儿子的东风，但用这种赤裸裸的方式来确保自己的地位，这是对他的最大伤害，他内心的怒火不可遏制地燃烧起来。

而除了感情上无法接受，即便仅从理智而言，他对立朱瞻基为储也有所顾忌。一直以来，对这个聪慧过人的大儿子，朱高炽是又欢喜又不安。欢喜的是朱瞻基深受父皇喜爱，对稳固自己的太子地位大有好处。可是他无论是秉性、做派、气度甚至相貌都深肖其祖父，而其虽然年幼，但从他平日对一些朝廷事务的粗略见解中发现，其为政理念也与父皇相似，对开拓振兴的国策十分赞同，这让朱高炽十分不安。

朱高炽对开拓振兴的国策一直不太认同。在他看来，父皇虽然雄才大略，但在治国的手法上却太过激猛，如此虽能见奇效，但也给大明带来了严重的内伤。尤其是父皇北巡的这一年多时间里，他在日常处理政务的过程中惊骇地发现，为了实现父皇的诸般"壮举"，天下百姓所承担的赋税已远超定额。按洪武定制，官田每亩每年缴粮五升三合、民田三升三合，但实际情况是，除了云、桂、甘、闽等贫瘠省份，其余各省民田大都亦按官田定额缴粮，而作为朝廷税赋重地的苏杭一带，每亩地所需纳粮已超过一斗！除了赋税，徭役也是比年递增。南平交趾、北征鞑靼、营建北京、修造山陵、经营东北、遣使巡洋，朝廷每一次重大举动，百姓都要承担大量运粮、做工之类的徭役，而且经年不止。仅此次北征，朝廷征发的民夫就近二十万，而且一征就是半年。若再加上因此增加的南粮北调的运输量，北疆诸省以及江南有上百万壮丁不得不放下手中活计，去负担朝廷额外摊派的徭役！而这造成的一切损失，都只能由百姓承受。换句话说，永乐盛世的背后，其实隐藏着黎民百姓的苦不堪言。

天下苦秦久矣！每当看着那一串串触目惊心的数字，朱高炽都不由自主地想起陈胜的这句话。诚然，永乐对百姓的征役远不及始皇，但若长此以往，难保大明不会步暴秦的后尘。

本来，作为太子的他有信心阻止这一切发生。虽然他不敢劝谏父皇，但只要有朝一日顺利登上皇位，他就可以纠正父皇的偏失，转用宽仁的理念治世。可如果朱瞻基也接受了父皇的想法，那他的一切努力终将付之东流！而且，从私心上讲，如果朱瞻基在自己尚在人世便当上太孙，那在史官笔下，他注定将成为转瞬即逝的流星。后人再回顾这段岁月，只会关注威震八方的永乐皇帝以及孙承祖志的朱瞻基，还有谁会记得曾经有一个试图改弦易辙、最后却无果而终的朱高炽？

金忠一直在旁边观察着太子的神情，从他灰白的脸色、愤怒的目光以及微微颤抖的身躯中已经完全明白了他的心思。要太子承受这样的侮辱，简单的劝慰是无法达到目的的。要想说得他忍下这口气，只有另辟蹊径。计议已定，金忠微微一叹轻声道："殿下明鉴，此举亦出于无奈。若非如此，汉王不得死心。其久扰之下，殿下不能安坐其位不说，无数忠良之士亦将相继蒙难。今日是解大绅，明日又不知为何人？如此无穷无尽，纵殿下得保其位，我大明英才亦将穷尽。如此，即便殿下得以顺利践祚，届时又有几人可用？还望殿下从长远计，忍这一时之辱,为大明保几分精气!"

金忠与朱高炽相处相知多年,深知其心,此时他避开太子的自尊心受伤害一节不谈,却从臣属安危入手,一下子便将他死死框住。朱高炽或因一己尊严而拒绝此议,但若涉及这些忠心耿耿追随的臣子时,他就不能不有所顾忌。

果然,朱高炽神色间闪过一丝犹豫。他呆呆地默立良久,方强挤出一丝笑容对金忠道:"且容我思后再定如何?"

金忠没有吱声,转而将希冀的目光投向几个阁臣,希望得到他们的支持。解缙的提议,对稳固东宫地位意义重大,几位阁臣当然会明白其中价值。

杨士奇和金幼孜没有说话。其实他二人也对永乐的激猛治国之法有所担忧,平常虽不敢提,但内心与太子不谋而合。他们知道此举会给大明埋下隐患,故也希望东宫能够地位稳固,却不愿意在此事上开口。

杨荣却是另一种态度。作为永乐最器重的阁臣,他一向对开拓振兴的国策鼎力支持。稍作犹豫,他便一脸沉着道:"殿下,臣读苏轼《留侯论》,里间言及楚汉相争事,有道:观夫高祖之所以胜,而项籍之所以败者,在能忍与不能忍之间而已矣。今殿下之处境,与汉高祖相似,然若无忍辱负重,汉高祖焉能一统天下?以古鉴今,殿下请以汉高祖为例,且置个人荣辱于不顾,如此方能成就大器!"

朱高炽眼角一跳,杨荣的话让他颇有触动。而此时金忠又淡淡道:"皇长孙深得圣心,近又获赐《务本之训》,由此可知陛下之心明矣。殿下既无万全之策,又何不顺水推舟?无论如何,总比这左右为难要好得多!"

我纵可不顾一己之声名荣辱,然大明之千秋基业亦可不顾么?朱高炽心中的那道防线正在一点一点地被突破,无奈地呐喊着。

眼见太子满脸彷徨,一直没有吭声的黄淮突然心念一动,轻轻地吐出一句:"来日方长,尽可防微杜渐!"

黄淮话一出口,金忠和杨荣顿时皱了皱了眉头,而杨士奇、金幼孜却眼光一亮,拱手齐声道:"请殿下以大局为重!"

朱高炽也似乎有所领悟,心中将形势梳理一遍后百感交集道:"为长远计,我效法勾践便是!"

朱高炽这么说,便意味着同意了立太孙之事。这正是金忠此行的目的,他本应轻松才是。不过黄淮刚才的那句话令金忠欣慰之余,心中却有一种说不出的别扭。他扭头看了看杨荣,见他亦是面色凝重。

金忠正忧心间,朱高炽又问道:"师傅,立太孙的事父皇真会允准吗?若错会圣意,我怕会弄巧成拙。"

金忠赶紧把心中那份远忧收起,回道:"依大绅之见,此事有三个难处,若都能解决好,就八九不离十了!"

"哪三个?"

"其一,立太孙毕竟罕有先例。不过陛下本就是不世出的帝王,做事素不拘于成规。他老人家心中早已将皇长孙视为储君,只是未见得想到可即立太孙而已。故若能有人主动捅破这层窗户纸,他老人家应该不会回绝。"

其实解缙关于这事的解释,乃是永乐一直对朱高炽有所不满,尤其怕他将来登基后会更改国策。而若能在有生之年将朱瞻基的皇储地位确立下来,那他就不用再担心自己为大明定下的开拓大计有朝一日会被改弦更张。因这层认识,解缙断定永乐不仅不会拒绝立太孙,反倒很有可能比太子还要热心。

朱高炽微微点了点头表示认可,旋又问道:"那其二呢?"

"其二在于皇长孙自身。皇长孙深得陛下喜爱,又天资聪颖,虽因年幼,学问仍需研习,但从目前的势头看,大成是早晚之事。而此次北巡,其随驾扈从,又到张辅军中历练,对军务也有所了解。有了这些长处,其已初具国储之资。不过……"金忠话锋一转道,"皇长孙的履历中尚缺处事理政一项。毕竟一国之君,理政之才乃是必需。"

"世忠大人也太求全责备了吧!"听了金忠的话,一旁的金幼孜不以为然地笑道,"自古当储君的,有几个是在册立之前就办过事理过政的?就是咱们殿下,若不是赶上靖难,那也未必有机会在入主东宫前就崭露头角。"

"话不能这么说!"金忠一本正经道,"这不是平常的册立皇储,皇长孙若非出类拔萃,又凭什么于太子尚在之时便立为太孙?到时候莫说遭人非议,就是汉王也不会放过这个口实!"

"师傅说得有理!"不待金幼孜再说,朱高炽便一锤定音,继而问道,"那依师傅之意,是要让基儿熟悉民政啰?"

"不错!"金忠点点头笑道,"而且眼前就有个好机会。殿下可奏请皇上,命皇长孙赴山东与宋礼等人同治运河。疏浚会通河乃是当下海内第一大事,若皇长孙得以参与其间,待到功成时,其不仅立下事功,对河政民情也就有所了解。到那时,再推立其为太孙,就不怕汉王他们挑刺了。"

疏浚运河,正是由其首倡,而且里间还包含了他借此继续参与朝政的期望,却不料被朱高煦搅黄了。如今自己主持河工无望,但若能让基儿参与其间,那不仅有利于策立太孙,也算是还了二弟一个脸色。念及于此,朱高炽十分痛快地点头道:"这事好办,我明日便去跟父皇说。这第三条难处是什么?"

"欲成大事,半在天意,半在人为。今皇长孙已尽得天意,那剩下的就是咱们如何下好这盘棋了。"金忠坐得有些久了,腰有些发酸,遂轻轻扭了扭继续道,"眼下咱们要做的就是联络同道,营造声势。一俟时机成熟,便群起上书,力求一举成功!"

"师傅之言甚是!"朱高炽连连点头,完全没了刚才的尴尬,"这些日子咱们又该如何布局呢?"

"布局?"金忠看着已被说得有些兴奋的太子,哈哈一笑道,"这个就不劳殿下费心了!"

"不劳我费心?"朱高炽糊涂了。

"不错!"金忠镇定自若道,"依大绅之见,此事不仅不用殿下插手,而且真到要上书请立太孙时,还需请殿下事先告病,卧床不起才好!"

立自己的儿子,自己出面的确不太合适。而在关键时刻告病,不仅可以避嫌,还可以借自己的"病情"反过来为"早立太孙"提供更充分的理由,这是一箭双雕的好办法。想到解缙身陷囹圄、命将不保,却仍如此殚精竭虑地为自己出谋划策,朱高炽感动之余,也越发觉得心酸。将来登基后,一定要为大绅洗刷这不白之冤,他暗地里下定了决心。

定下大略,接着金忠又与几个阁臣详细商议策立之事。朱高炽不能出面,但这几个天子近臣和士林领袖可免不了要出大力气。众人叽叽咕咕了一个多时辰,眼见着金忠已明显露出疲惫之色,大家才止住话题一起告退。朱高炽将几位重臣直送到春和门外,待大家的身影皆消失不见,他才转过身对王三儿道:"去,把基儿叫到书房来!"

"是!"王三儿应了个诺,向内去。

朱高炽抬头望着渐黑的天空暗想,是要和基儿好好谈谈了……

第三章

勘运河堂官微服　察民情皇孙忧心

残雪暗随冰笋滴，新春偷向柳梢归。

经历了数月的朔风洗礼，齐鲁大地终于迎来了明媚的春光。此时的济宁郊外，冰雪消融，山披绿装，春风和煦，蝶舞花间，好一派人间胜景！

出济宁城东门便是洸河。每年这时，济宁士民便会携亲邀友出城到河畔踏青，今年也不例外。这一日天刚刚亮，洸河畔上便可看见好些人影，待到日上三竿，河堤上放眼望去更是人潮涌动，处处可闻欢声笑语。人们在冰雪寒风中好不容易熬过冬日，现在终于可以将这积蓄许久的闷气一吐而光，换上朝气蓬勃的神态，去迎接又一个生机盎然的春天。

踏青的人群中，有两个中年男子显得有些不同寻常。此二人头戴网巾大帽，身穿土灰色直裰袍子，从装束上看与一般士人无二。不过却有四个头戴平顶巾、身着皂色盘领衫的州衙皂隶威风凛凛地站在他们身后守护。如此气派，寻常百姓一见就躲得远远的，倒让他们耳边少了好些聒噪声的滋扰。

不过尽管环境闲适，眼前景色也美不胜收，但二人的脸上却毫无喜悦之色，反而眉头紧锁。沉默了好一阵，其中一个年纪稍轻的文士侧过身对身旁年约四十的男子拱手一揖道："宋大人，下官预估有误，看来咱们只能再寻他法了！"

说话的正是刑部司务蔺芳，而那位年长男子则是工部尚书宋礼，二人奉皇命来山东勘察运河河道已有月余。这段时间内，二人将会通河以及周围的河流都探访了个遍，结果却大出所料。按照蔺芳事先设想，在疏浚会通河河道的基础上，分汶水一部至寿张与济宁的运河河道中，由此打通位于大清河南面的会通河南段部分。至于大清河至临清的北段，则只需挖开淤泥，拓重修河道即可。但真到现场勘察之时,则发现情况完全不是那么回事。蔺芳早年曾在临清居住,对会通河北段颇为熟悉,所以他治理北段的方案一经提出,便受到广泛认可。但对于南段,他的了解就要稍逊几分,而他洪武二十二年被举孝廉入仕,从此再也未回过山东,此次故地重游,才知道当地地理已与自己在时发生了很大变化。

洪武二十四年,黄河在原武决堤,河水漫过东平境内的安山湖而向东流,于是会通河道被彻底淤塞,许多河段甚至被完全填平。如今再要疏通,费用大大增加不说,而且当初的河道被黄河泥沙填满后,当地百姓又私自在上面排淤垦荒,如今已经成了良田。本来,官府应该过问此事。不过山东人多地少,许多农户本就无地可耕,若强将他们驱走,那这些百姓就会成为流民。因此,当地官府索性睁一只眼闭一只眼,虽未将这些"新田"造册,却比照官田税额征税,百姓对此也已接受,十余年下来已成惯例。现在要重新疏通会通河,这些农民立时就没了衣食。而且按照计划,会通河道也要拓宽,这又要侵占许多良田,这两样加起来,仅会通河道沿线就得多出大几万的农民需要朝廷安排生计。

当然,朝廷完全可以像以前那样,将这些人移往北直隶,充实行在人口。不过经过永乐初年的几次大迁徙,已有好几十万山西、河南、山东的百姓移往北直隶,现在那里的上好土地都被分尽,再要把这帮山东农户移过去,就只能到塞上的贫瘠之地了。想当初派分富饶之地,朝廷都耗费巨资,还免了移民三年赋税,这才使他们得以自食其力。要再将这些运河移民迁到塞上,那朝廷得花上多少银子?

除了耗费外,还有一个大问题就是水源。元代会通河河窄水浅,年运粮不过三十万石,现在朝廷要将运力提高到两百万石以上,这不仅是要拓河道、清淤泥,更重要的是要寻找到足够的水源以资运河。水从何来?无非是周边河流而已。而综合水量、地势以及距离等多种因素,蔺芳认为唯一合适的水源便是汶河。

而汶河又分大汶河和小汶河。其中大汶河出自泰安的仙台岭南,小汶河出于济南府新泰县境内的宫山下,两河在济南府与兖州府交界的徂徕山西合流,经宁阳县北堽城再一分为二,其中干流汶水又再往西南一百余里,抵达汶上;而其支流则是洸河,另向堽城西南向流三十余里,在济宁城外与泗水汇合。元朝初年曾在堽城筑坝,再分汶水主干之一部分流入洸河,以资济宁与徐州之间的南截河道。到至元年间,因北截水量不足,又重新在堽城分流,将一部分河水北调流入济水,再至临清通漳、运二河流入大海,这才保证了元代会通河的贯通。

蔺芳一开始也想采用此法,但问题是汶河毕竟不是大河,水量有限,会通河四百五十多里河道大部仰仗于它,贯通倒是可以做到,但想水量充足可就难了!尤其是东平境内的开河口至大清河这百余里河道,由于地势绵延起伏,想找到合适的通道建引水渠也颇不容易。

纸上谈兵易,临阵破军难。直到亲自参与其间,蔺芳才明白为什么像郭守敬这样不世出的河工大家,修出来的运河也如此中看不中用。不过他已在皇上面前打了保票,现在想反悔也不可能了,何况他也不是那种遇难即退之人。现在他最想的就是抛开元代引汶济漕的旧道另辟他途,使汶河水得以流经会通河全线,并尽量将这花费减下来。

不过要再寻路径,能否成功且不说,勘察的时间肯定会有所延长,这需要重新奏请朝廷。蔺芳不过是个九品司务,并无上奏之权,只能由宋礼代奏,故蔺芳必须先取得宋礼的谅解。

宋礼也是心事重重。本来,他对疏浚会通河也是极力倡言,并希望以此作为一大政绩。只是没料到,他一向视为水利奇才的蔺芳却在这关键之处出了岔子。宋礼本是个急躁刚烈的性子,若在平时,他必然勃然大怒,不过今日反而没有发作。在他看来,事到如今,想抽身也不可能了。与其训斥蔺芳,倒不如多加抚慰,促使他把事情做好。而且蔺芳看上去仍信心十足,这也让他稍觉安心。想了想,他便说道:"事已至此,也只能另寻通途。至于时限,仲文不必担心。我回头给朝廷上奏,请再宽限一两个月,想来陛下不会不允。"

"多谢大人体谅。"蔺芳感激地回道。

"仲文,关于这引汶济漕,若是前元旧道不可用,那你觉得应从哪里过比较好!"

"下官准备这两天再到开河站和寿张转转……"蔺芳正回答着宋礼的话,忽然身后传来一阵急促的脚步声。

二人转身一看,一个头戴四方平定巾、身穿皂色盘领衫的州衙典吏正跑上堤来。待到近前,来人不及抹汗便急声道:"二位大人,潘大人派小人前来,请您二位速回州衙!"

"哦?"宋礼有些意外,"潘知州何事找本官这么急?"

"只说是有贵客造访,具体小人也不知。"典吏老老实实答道。

听典吏这么说,蔺芳有些迷惑,宋礼却突然意识到了什么,遂也不多言,对蔺芳一打手势道:"赶紧回城!"说着便急匆匆地走下河堤。蔺芳一愣,也赶紧跟上。

回到州衙，济宁知州潘叔正便迎了上来，宋礼翻身下马，将一旁从人屏开，压低声音问道："是小殿下来了吗？"

"里头那位不让声张，大人进去便知。"潘叔正抿嘴一笑，又做了个请的手势。

宋礼遂不再说话，只赶紧整了整衣冠，直接向后院走去。蔺芳不知内情，此时又没听着二人说话。但瞅着宋礼神态，便知他要见的人来头不小。不过宋礼只顾着自己入内，也没嘱咐他要不要跟着，蔺芳顿时有些犹豫。

潘叔正瞧着，便上前道："蔺司务也一起进去！"蔺芳听了，这才效着宋礼将衣冠整理好，亦步亦趋跟上。

宋礼与蔺芳一前一后进了后院，一个约莫二十出头的青年男子便出现在眼前。虽然男子身着一袭大户人家仆役常穿的方领对襟罩甲，但嘴上却一根胡须也没有，在京中待久了的蔺芳一看便知是内官。果不其然，宋礼上前一拱手沉声道："请李公公禀告皇长孙，工部尚书宋礼与刑部司务蔺芳求见。"

蔺芳听着大惊，这才明白朱瞻基来了济宁。而眼前这位，正是皇长孙的大伴李谦。蔺芳正揣测皇长孙的来意，李谦已还了一揖，客气地笑道："不用通禀了，殿下命咱在这里候着，只待二位一到，便直接带进屋去。"

"那就劳烦公公了！"宋礼掏出一张五两面值的洪武宝钞递到李谦手里。

李谦一笑，不动声色地塞进袖中道："二位大人请！"说完便转身往内走去，宋、蔺二人也忙跟在他身后。

济宁州衙后院不大，但布局错落有致。据说是因为潘叔正之前的两任知州都是苏杭人士，在当初修缮后院时，亭台楼榭、池塘假山都搬了进来。不过到底是官衙，不敢太过铺张，只是借了江南庭院大致的形，要论雕饰和选料做工上仍远远不如。不过饶是如此，在山东能见到这么一座宅院也是一件赏心悦目的事。自来济宁后，宋礼和蔺芳就住在后院西首的两间厢房里，有时得闲也会出来赏梅观雪，一弄风雅。不过这时，他们却丝毫没有赏景的心思。李谦左弯右拐，带着他们来到西北角一间不起眼的厢房前，才止步回头道："殿下就在里头，二位请进。"

宋礼与蔺芳蹑着脚进入房内，见一个十三四岁的少年正坐在里间炕上，二人赶紧一撩袍角跪下山呼道："臣宋礼、蔺芳叩见殿下！"

"二位大人请起！"蔺芳倒也罢了，宋礼是正二品工部尚书，堂堂九卿重臣，朱瞻基虽是金枝玉叶，但也不敢过于托大，遂跳下炕伸手虚扶，又对外面守着的李谦大声道，"拿两个手炉进来！"

宋礼与蔺芳已经起身。他们举目一望，这才发现这间厢房的确简陋极了，除了一张炕、一套桌椅、一个书架，竟一件家具也没有。

"二位大人刚从河边过来，想来也冻坏了。我这里寒碜，除了这个炕，就连个火炉都没有，只好委屈你们用手炉凑合了。"朱瞻基说完，又略有些不好意思地对宋礼笑了笑。

宋礼闻言当即眉头一皱道："这潘叔正也太不像话了，怎么能拿这地方来给殿下歇息？回头臣一定狠狠参他一本。"

"都说宋大人待人严苛，今日一见果然不假。不过这与潘叔正没关系，是我自己要住的。"朱瞻基哈哈一笑道。

房门又打开，李谦拿了几个手炉进来，身后还跟着工部左侍郎金纯。宋礼两日前已收到永乐的密旨，言皇长孙与金纯一道前来协助治河，此时见到自己的这个副手自也不奇怪，倒是蔺芳又吃了一惊，赶紧又向金纯行礼。

李谦给三位臣子一人一个手炉，又将三张椅子搬到朱瞻基面前，自己才蹑脚出屋。宋礼他们重新落座，朱瞻基道："我与金大人此来的目的想来宋大人都知道了，此次疏浚会通河，是关系到大明千秋之基的大事。我年幼识浅，便想借着这个机会多历练历练，皇祖父与父亲也都允了。只是虑着我年纪小，又碍着这劳什子的身份，明里放出来怕惹得地方官府鸡飞狗跳，所以就让我微服前来，跟在宋大人身边学习便是了。"说着，他又一指金纯道，"不过金大人倒不用隐姓埋名，他是皇祖父派过来参谋治河的。此外他老人家还想着一旦确定开工，立刻就要征调民夫，故又遣了行在后府都督佥事周长过来打前站。周长人在北京，待接了旨再赶过来，恐怕还要过个几日。"

之前接到的密旨中有不得外泄皇长孙行踪的话语，再加上此时他本人的解释，宋礼也就明白了他之所以会住这间偏僻陋室的缘故。不过与简明扼要的密旨不同，朱瞻基说得比较详细，连宋礼都不知道的周长亦将前来的事也都道了出来。待他说完，宋礼再分析一番，越发觉得心忧。

连负责调度民夫的周长都已先派了过来，宋礼明显地感觉到了皇上对疏浚会通河的重视。而且朱瞻基前来历练，还饱含着东宫的期待。现在皇帝、太子以及最有希望成为大明第四任天子的皇长孙都对疏浚运河寄予厚望，宋礼作为监督治河的工部尚书，立时觉得身上的担子有千斤重。

可现在前期勘探便遭遇梗阻，能否顺利开工还未可知。面对皇长孙期盼的目光，宋礼又羞又愧。

"不知二位大人勘察得怎么样了？方案拟定了吗？"宋礼正自为难，朱瞻基偏偏就提到了这茬。

宋礼一愣，正不知该如何作答，一旁一直没有说话的蔺芳已先一欠身，苦笑道："微臣有罪，先前把这事想得太容易了！"接着，他把这期间发现的种种问题详细地解释了一遍。

待他讲完，朱瞻基呆了一半晌，旋将左手摸向腰间的扇袋，掏出一把折扇轻轻地扇了起来。

这折扇又名聚头扇，原出自日本，唐宋时曾一度传到过中原，但流行不广，当时的汉人仍习惯用团扇。待到元朝，两国断绝往来，折扇在华夏大地几乎绝迹。到永乐登基后，郑和出使日本，他又将折扇作为海外方物带回。永乐常在扇纸上题字，然后再赐予臣下。正所谓上有所好，下必甚焉，从此以后，折扇风行华夏，成为王公大臣和士林学子所喜爱的随身之物。洪武朝时，士人出行多是佩剑，而到现在，腰间的剑已多改为装着折扇的扇袋。朱瞻基也深受此风影响，平日总是扇不离身，尤其是思考事情时更喜欢轻摇折扇，就是寒冬也不例外。

不过此时的朱瞻基看似气定神闲，内心却一点也不平静。在出京前，金忠曾找到他，说待今年万寿圣节时，周、楚、辽、谷等藩王将循例进京贺寿。届时他将代表东宫请周王朱橚出面，率领诸王联名奏请皇上册立他为皇太孙。永乐的万寿圣节是两个月后，如果这段时间内疏浚运河进展顺利，对他如愿当上皇太孙无疑是大有帮助的。可没承想刚一到济宁，河工就遇到了大麻烦。

无论如何，也要保证河工顺利进行。稍一思忖，朱瞻基便拿定了主意。他将折扇猛地一合，对蔺芳道："听你所言，当下之难，一在开支，一在水源，我说的是不？"

"殿下所言正是！"

朱瞻基眼珠一转，心中有了主意，当即道："开支的事包在我身上，只要不是三五百万贯的超额，我还是有办法的！"

"真的？"这下不仅蔺芳，连宋礼的眼中都冒出狂喜的目光。临行之前，皇上给他二人交过底，疏浚运河的费用最多不能超过六百万贯。可仅从眼下看，就算找到合适的引汶济漕河道，开支也会逼近八百万贯。二人对此束手无策，只想着将来上书请朝廷增拨钱饷，但又怕皇上不允，不料皇长孙却轻而易举地将它揽了过去。

"殿下，如今朝廷并不宽裕，要想多拿一两百万贯出来，怕也不易吧？"望着朱瞻基略带几分稚气的脸庞，宋礼有些担心道。他生怕这位小皇孙滥打保票，到时候朝廷一个没钱，自己空欢喜一场倒也罢了，皇长孙也因此会受到影响。

朱瞻基似乎并不担心，他潇洒地一挥手道："这是我的事，二位就不用管了，眼下最要紧的就是水源！蔺芳既言元代旧道不可用，那就要另寻河道，那你们准备何时去寻？这事可拖不得，要尽快进行！"

"臣打算过两日便去东平瞧瞧。那里原先有一条沙河旧道，后被淤塞，若能打通，可作为运河水源之补充。至于蔺芳，则准备微服前往开河站和寿张，看能否找到合适路径建渠，将汶河水引到会通河里来。"听皇长孙这么说，宋礼和蔺芳就是有疑虑也只得放下。

"哦？"朱瞻基奇道，"为何要微服前往？"

宋礼苦笑道："殿下有所不知。去岁大清河决堤后，东平、寿张有好些流民，现在还有一部分没有归家。东平是州城还好些，寿张不过是一中县，开河口离县城又远，怕是更不安全。蔺芳虽是钦差，但毕竟只有九品，到那边去排场大了不合适，可要带的人少了，灾民们见着闹将起来，反而坏事，倒不如微服过去，也可少许多麻烦！"

"倒是这么个理！"朱瞻基点点头，忽然脑子一转，兴致勃勃地一拍手对蔺芳道，"既然如此，那我也跟着你一道去。"

"什么？"宋、蔺、金三人吓了一跳，脱口而出道，"万万不可！"

"为何不可？"朱瞻基被他们的态度逗得一乐，"此次我本就是来帮办河工之事，现前往勘察河道正是职分所在！"

"殿下乃千金之躯，怎可亲赴险地？万一出个差池，臣万死难辞其咎。"宋礼一口驳回。

"这个无妨！我的大伴李谦是数得上的好手，有他贴身保护，必然无虞。"

蔺芳也劝道："流民成百上千，真要闹将起来，一个李谦济什么事？而且据潘知州言，大清河决堤后，东平一带白莲教也闹得凶，愚民不晓事，多有依附的。此等邪教一向反对朝廷，要让他们得知殿下行踪，定会心生歹意。"

朱瞻基不以为意道："我出京前，父亲曾特地嘱咐，此次前来山东，除了随办河工外，还需多了解民间疾苦。且皇祖父赐的《务本之训》中，也有命我多察民情风俗与田野农桑之语。既如此，我更当微服前往，借机一观民风，否则便有违皇祖父和父亲之意！"

朱瞻基把皇上和太子抬出来，宋礼和蔺芳只能哑口无言了。一旁的金纯思忖一番后抬头道："既如此，臣便行文兖州府，从任城卫驻军中抽几个武艺好的随行护卫。"

"何必如此麻烦？"朱瞻基有些不耐烦了，眉头一皱道，"此次我本就是微服来鲁，除了这个济宁的潘叔正，其余地方官员都不知道。你一抽调驻军，满山东的人都知道我来了，那便违了皇祖父之意！何况这么一来，我整天被军士和官吏围着，还能看什么民情。"

"可……"

"你们不用再劝！"朱瞻基霍然而起，不容置疑道，"及早准备，明日我便与蔺芳出城！"

"是……"三位臣子互相一对眼，无可奈何地拱手应诺。

第二天一大清早，朱瞻基、蔺芳、李谦三人便乔装打扮出济宁北门，沿运河北上，直奔八十里外的开河站而去。才走到半路，金纯便带着两个宋礼的护卫赶至，好说歹说硬要同行，朱瞻基说不过他，只得让他跟着。于是一行六人一路北行，到傍晚时抵达开河站。

开河站是会通河上的一个拐点，运河从南流经此处后折向西北，经寿张县城后与大清河汇流。众人到开河站后，也不进镇，直接往北五里到达拐口的堤坝上。待登上堤，蔺芳再次仔细观察了水文及当地地貌，又拿出随身携带的图样细细比对，过了许久才轻轻一叹，将图纸重新卷起收好。

"怎么样？"见蔺芳面色沉重，朱瞻基的心也随之一沉，但仍抱着一丝希望发问。

蔺芳摇了摇头道："从汶河引水至此倒是可以，但堽城坝距离太远，恐怕到时候得在汶河上重新寻址建坝。而且汶河水量不沛，还需在附近另寻水源。"

闻言，朱瞻基微微有些失望。昨晚在济宁，他与蔺芳谈了半宿，听他详细阐释了此次疏浚运河的计划。在蔺芳看来，元代引汶济漕旧道已不敷使用，想使运河年运粮量达到两百万石，就必须重凿新引水渠，使汶河水可以大量输送到漕河南段。而这新渠的源头，最好就是这业已建成的堽城坝，如此便可省下一笔再建新坝的开销，可现在这个设想已不可能了。

不过朱瞻基也未太过在意。蔺芳是个痴人，又只是个末流小官，故把六百万贯的定额看得比天还要重。尽管朱瞻基有承诺在先，但他还想着尽量能够省些工钱。朱瞻基则不然,百八十万贯在他眼中实在算不得什么,他关心的是尽快将河工的事敲定,为立储大计增加筹码。本来,他想着若果能用堽城旧坝那也未尝不可。现在此路不通,那便另寻他法便是。他大度地对蔺芳笑道:"朝廷也不在乎多花这点银子,既然堽城坝不可用,那再筑一个就是。至于水源,咱们再细细探访便是。"

听皇长孙这么说,蔺芳心情方好了些,他抬头瞧了瞧天时已接近申正,遂躬身道:"天色已不早了,殿下与金大人累了一天,不如绕道去汶上县城歇着吧!"

"还去什么汶上,咱们直接回开河站找个客栈歇了,明早直接沿河道北上,省得来回折腾!"朱瞻基不假思索道。

"不妥!"一旁的金纯赶紧劝阻,"这开河站已接近梁山和安山,听说那一带最近不太平,有不少盗匪出没。而且开河站只是个小镇,离汶上和济宁都远,万一出点岔子,官府鞭长莫及!"

"能出什么岔子?这开河站难道就不是大明王土?当今太平盛世,哪会有那多强人?"朱瞻基不以为然,说完便头也不回地走下河堤,领着李谦直接向开河站方向而去。金纯与蔺芳面面相觑,只得赶紧跟上。

一进开河站,气象便是一新。开河站本就是这附近最大的村镇,今天又正巧赶着大集,方圆二三十里的人们都涌来了。几人站在镇口放眼望去,这卖小吃的、杂耍的、看相的、唱大戏的应有尽有,每个摊子前都围着一大群人,硬是将整条街塞得满满当当。朱瞻基到底还是个孩子,平日里在宫中循规蹈矩,一朝被放出来,便有囚鸟出笼之感。先前因要办差,所以还强作正经,待看到这民间市井的繁闹景象,他便再也安稳不住了。

大街的正中央是一个露天的小广场,有演杂耍的正在那里卖艺。朱瞻基寻着围观之人最多的一家便钻了进去,待站定一瞧,里头正在表演耍火叉。只见一个瘦猴样儿的青年男子,将一把头部缠满浸油布条的飞叉点燃,随即往空中一抛,飞叉旋转数圈,勾出一道道绚丽的火花,待上升的势头尽了,又跌落下来。眼瞅着就要砸到头顶,男子不慌不忙,往旁边小退一步,用左肩这么一耸,正巧打在飞叉头下方三寸处的木杆上,飞叉受力,又再次腾空,如此循环往复,男子也不断变换方式,一会儿用肩,一会儿用胳膊,再又用背,最后竟是用臀,每一次的力道和着力点都恰到好处。飞叉不停地上上下下,叉头的火焰越来越大,几次都看着要烧到男子的衣衫,但最终一点儿火星也没溅着。朱瞻基久处深宫,哪见过这等好玩的把戏,顿时兴奋得不停拍手叫好。

耍完了火叉，瘦猴儿男子便退下了。随即两个戏班子做工的男人各搬了一块圆形石块到场子中央，又拿过一根看上去十分结实的竹杠，找来绳子将竹杠两端分别绑在石块上。朱瞻基看着，随即问身旁跟上来的李谦道："他们这是在做什么？"

　　"少爷，这是要举双石，军中力士们比武时也常做的。"镇上人多，李谦不便再用殿下称呼，便改称少爷。

　　朱瞻基回忆起去年在宣府军中时，确实也见过类似的道具，不过那些石块每个大都只有四五十来斤，今天看这汉子的石块怕是有七八十斤重，当即啧啧道："看来待会儿出场的定是个大力士来着！"

　　正说着，一个满脸虬髯的敦实汉子走到场子中央。他虎虎有生气地向四周看客抱拳行了个礼，随即屈身握住竹竿两端，直接腿一用力，便将一百多斤重的两块大石头轻易地举了起来。汉子举着双石绕场走了一圈，所到之处，看客莫不大声叫好，朱瞻基也是开心地直拍巴掌。

　　待将双石放下，汉子又一拱手，显然是要说场面话讨钱，这时人群中几个闲汉叫道："光举石头算啥本事？我们要看千斤石！"

　　"对，看千斤石！"看客们也顺势起哄。汉子见此形势，遂憨憨一笑，便就直接仰卧到地上，将双腿伸进双石间的竹竿下头。这时，先前耍火叉的瘦猴儿男子和另一个中年男人走上场来，他们一人一边，竟直接坐在两块石头上面。

　　"这他也能举起来？"朱瞻基见此情景，不可思议地问李谦。

　　李谦也有些吃惊，不过仍面不改色道："少爷只管看便是！"

　　这时，场上已有了动静。虬髯汉子这次再不敢托大，只见他呼吸几次，调整好气息，随即猛一吸气，额头青筋暴起，口中发出一声怒吼，双腿猛用力往上一抬，竹竿承载着两块七八十斤的石块连带两个大小伙子竟被汉子仅用腿力，就往空中升了近一尺！虬髯汉子坚持了好一阵才慢慢松力，将石块放回到地上，整个过程一气呵成，众人皆被汉子的神力所折服。朱瞻基看得也是目瞪口呆，好一阵才缓过劲儿来，口中喃喃道："真猛士也！真猛士也……"

　　表演既已结束，接下来自是讨赏钱了。虬髯汉子从地上爬起来，拍拍身上的尘土，又一拱手道："各位父老乡亲，在下许三，没别的本事，只靠这一身蛮力混口饭吃。今日在此献丑，还请各位看着打赏几个。"说着一个穿着一件脏兮兮的小花袄的半大姑娘拿了一个铜锣出来，与汉子一起来到看客们跟前。

　　见开始收钱，看客们一哄而散，只有几个心善的掏了几个铜子。汉子围着场子走了大半圈,铜锣里仍只有区区十几文,正自心中发急,忽见一身书生打扮的朱瞻基仍气定神闲地站在前头,心知这八成是个有钱又大方的主儿,赶紧加快步伐走到他面前,略一躬身道:"卖艺糊口,还请这位小爷可怜见赏几个!"

朱瞻基从不带银子,听汉子这么说,遂将目光瞄向李谦。李谦会意,遂往袖子里掏,一下便拿出好几张宝钞,但最少也是十两面值的。李谦见面额太大,正有些为难,朱瞻基却毫不在乎,当即随手抽出一张直接放到小姑娘的锣中,又对汉子笑道:"壮士天生神力,流落民间岂不可惜?莫如投军报国,在沙场上厮杀几年,若能赚个功名回来也能光宗耀祖!"

虬髯汉子见眼前少年一甩手就是十两宝钞,正惊得合不拢嘴,此时听朱瞻基这么说,遂先谦卑地一笑道:"谢小爷厚赏!只是这刀枪无眼,真要当兵吃粮,没准儿功名没捞到,就先得命丧黄泉!俺祖祖辈辈都是老实百姓,做不了这脑瓜子别腰带上的营生,也没发家的命,只求能有碗饭吃,俺就知足了!"说完,他便又作了个揖,带着小姑娘继续到别人跟前讨赏去了。

朱瞻基本有招揽之心,见虬髯汉子不愿,便只得作罢。这时他又听着吆喝,遂把此事抛下,兴致勃勃地挤到另一堆人群中。

朱瞻基这一玩便过了小半个时辰,他精神好,在人群中钻来钻去也丝毫不累。只苦了几个臣子,既劝不住这位小爷,又怕出什么岔子,只得拼了老命跟在后头一起挤。李谦和蔺芳一个终年习武,一个整天往河道上跑,还没觉得什么,金纯却是个养尊处优的高品京官,平日里哪遭过这等罪?不一会儿就累得气喘吁吁,实在是苦不堪言。

似乎看出金纯体力不济,朱瞻基终于停了下来。此时他的小脸已是通红,额头上也不住地冒着细汗,遂撩起袖子抹了把脸,伸手往前面不远处的一个戏台一指:"咱们去那里看戏,这个是可以安坐的!"

"少爷!"金纯对朱瞻基道,"天色也不早了,咱们先找个客栈歇着吧,明儿还得接着赶路呢!"

"急什么,看一场再去住店不迟!"朱瞻基说着,便直接走到戏台下面找了个位置坐下来。立时,便有跑堂的过来上茶,又端上一盘瓜子。朱瞻基便嗑着瓜子,兴致勃勃地看起戏来。

台上演的是《李逵负荆》。开河站这块地在北宋时还是梁山泊的湖面,当年梁山好汉的侠义故事在当地广为流传。这出《李逵负荆》为元人康进之所创,故事内容为:恶棍宋刚、鲁智恩冒充梁山好汉宋江、鲁智深掳走酒店店主王林的女儿满堂娇。李逵下山闻知此事，勃然大怒，回山砍倒杏黄旗、大闹忠义堂，指斥宋江、鲁智深玷辱梁山名声。后三人同去酒店对质，方知是歹徒冒名作恶。李逵深悔莽撞，负荆请罪，并协同鲁智深擒获歹徒，将功补过。

朱瞻基看时，正是第三折开场不久，台上演到宋江听李逵说自己抢了满堂娇做压寨夫人，便带着他与鲁智深二人一起前去找那王林当面对质。

这扮王林的老末无论表情还是姿态都演得惟妙惟肖，尤其是发现抱错人后的那一声"呸"，更是让大伙儿乐不可支。李谦站在朱瞻基身后，见状也是一乐道："这老王林也不是好鸟，看他这抱李逵的猴急样儿，就像是想占自己闺女的便宜，结果却抱了个黑脸汉子！"

朱瞻基正在喝茶，听了李谦的话，"噗"地将口中水喷了出来，笑骂道："你这狗奴婢，下面儿都割没了，还想着这等事？"

"奴婢也就是瞎想！"李谦讪讪笑道，"不过奴婢还真想看看那个演满堂娇的旦角儿是个什么模样。"

众人遂又接着往下看，到整个戏快收尾时，李逵和鲁智深将宋刚、鲁智恩两个奸贼捉住，这时扮满堂娇的旦儿果然跟着王林走上台来。朱瞻基一眼望去，顿时眼光一亮。只见这少女皓齿丹唇，眉清目秀，虽然脸上涂了妆粉，但一双大眼睛却闪个不停，煞是明媚动人。

朱瞻基在深宫中长大，美人见得自是不少，但宫中女人大都讲究端庄气度，一举一动都有规矩约束，久而久之也就跟个木偶一般。这个少女论姿色虽未见得是绝佳，但看上去却颇有灵气，就这么一小会儿就让他心神一荡。他伸长了脖子正想多看两眼，却只听得那王林对满堂娇言道："我儿不用怕，这样贼汉有什么好处？待我慢慢地拣一个好的嫁他便了！"说完便拉着满堂娇下台去了。

"唉……"朱瞻基意犹未尽地轻声一叹。

蔺芳本不爱听戏，此时脑子里又尽想着河工之事，虽耳朵里听着戏词，但心里其实并未入戏。皇长孙轻声叹息，金纯和李谦都未察觉，他反而注意到了。他抬头一瞧，只见朱瞻基仍面有惋惜之色，他当即一愣想，这位小殿下该不会是动春心了吧。正思忖着，众票友的叫好传来，原来是戏已经演完了。朱瞻基命李谦去结账，自己随即起身。蔺芳见状，赶紧收起心思紧跟着去找客栈投宿。

开河站的客栈很有几家，朱瞻基走了一阵，在一间名为"同归"的客栈门前站住，指着招牌对金纯笑道："旅客皆是殊途，投宿同归此处，这二字有点意思。想不到这乡野村镇，还有人能想出这么个好名！"

这时客栈门前迎客的伙计已凑了上来,听得言语遂嘻嘻笑道:"这位小爷好学问,一下子就看出了这同归二字的门道。不瞒您说,咱们这店名还很有些来头哩。燕王扫北前,咱山东布政司的铁参议曾路过开河站,晚上就在小店投宿。当时小店刚刚开张,还没来得及起名。第二天他走时,咱们掌柜的就请他帮起个名,他便取了同归! 而这意思也就和小爷您刚才说得一模一样!"

尽管永乐为当年的起兵冠以"奉天靖难"的响亮名头,但在民间,老百姓仍习惯用"燕王扫北"这个不偏不倚的称法来对应那场影响深远的叔侄之争。

听说是铁铉取的名,金纯的脸色顿时一变。当年铁铉在山东誓死抵抗燕军,永乐登基后,将铁铉逮到京城,铁铉当面对永乐痛骂不止。永乐大怒,毫不犹豫地将他处以极刑,并抄家夷族。作为当朝的三品侍郎,金纯对这个"建文奸党"的任何物事都避之唯恐不及,便凑到朱瞻基身边轻轻拽了拽他的衣袖小声道:"少爷,咱们还是换一家吧?"

"为何要换?"朱瞻基却丝毫不介意,"铁铉既乐意起名,想来这店子一定不错,咱们就住这。"

"小爷说得是哩!"听朱瞻基这么说,伙计顿时一双小眼笑得眯成一条线,赶紧一声招呼,两个小厮将他们一行的马牵到后院,他则忙不迭地将朱瞻基迎入店内。金纯见状,也只得摇摇头跟着一起进去。

众人进店后,李谦找到掌柜的在二楼开了几间客房,随即领着两个护卫将随身包袱放进屋。朱瞻基则与蔺芳、金纯在大堂内找了个靠窗户的方桌坐下,立时一个酒保满脸堆笑地跑了过来,边擦桌子边问道:"几个客官想吃点什么?"

"你们这里有什么好菜?"朱瞻基饶有兴致地问道。

酒保见眼前几个都是读书人打扮,衣着虽算不上十分华贵,但放在开河站这等集镇上也算是上等了,遂打起精神巴结道:"客官算是选对了,本店厨子的手,在开河站绝对坐头把交椅,就是放到东平州也是排得上号的……"

"你啰啰嗦嗦干什么?"见酒保自吹自擂,金纯不耐烦道,"只管报菜名便是。"

"对不住!"酒保讪讪一笑,又滔滔不绝道,"小店拿手的菜式不少,有糖醋鲤鱼、九转大肠、汤爆双脆、含羞丸子、汤大玉……"

"汤大玉?这是什么菜?还有那个丸子,为什么要取含羞这个名呢?"朱瞻基有些好奇,遂打断酒保连珠炮似的发问。

不待酒保作答,一旁的蔺芳便插口道:"这含羞丸子是峄县那边的菜式。因为此菜刚出锅时有橘子般大，装盘后便逐渐缩到只有蛋黄般大小，恰似少女含羞。至于汤大玉，则是以虾仁为原料，将其去线后用精盐、料酒、胡椒粉、湿淀粉、鸡蛋清抓匀略腌，再入油锅炸至金黄色捞出，放入烧好的汤中便可。因着菜色洁白晶莹，口感滑润鲜嫩，故取名汤大玉！"

"都说鲁菜是天下一绝，光听这菜名就颇有意思！"朱瞻基赞叹一番，又对蔺芳笑道，"你也算半个山东人，对鲁菜又这么精通，这顿饭就由你来安排吧！"

"是！"蔺芳也不客气，麻利地对酒保道，"来两斤酱牛肉、半斤九转大肠、一条糖醋鲤鱼、一份含羞丸子、一碗汤大玉、一份炒鸡米、一盘糟煨冬笋，店里要有即墨老酒的话，也打两斤过来。"

酒保将菜名在心中默念一遍后便应了个诺，一盏茶工夫之后，便就将酒菜奉上。朱瞻基等人已经饿了，一阵风卷残云后方放下碗，又喝了口酒才笑道："今天在这开河站收获不小。等忙完了正事，咱们再找个差不多的镇子看戏饮酒！"

金纯这时也放下了筷子，听得朱瞻基之言遂笑道："少爷要看戏饮酒，何必要选在这荒蛮小镇？京城不比这里好多了？"

"这可不一样！"朱瞻基大摇其头，"都说南京是文章锦绣地、富贵温柔乡，不过在我看来，还是淫靡之气重了些。那里唱的戏酿的酒都透着一股绵柔意思，反倒不如这北方乡野的凛冽痛快。"

都说皇长孙像当今圣上，看来果真不假，连对这戏曲小酒的看法都与陛下如出一辙。金纯想着又笑道："酒也就罢了，不过要说这戏，乡野小调实在不值一提。就拿刚才那出来说，唱的如何且不论，仅就这里间人物，一群打家劫舍的绿林土匪，竟说成替天行道的好汉，这简直颠倒黑白！这也就是在山东，谁要敢在金陵城里唱，准能定他个蛊惑人心之罪！"

金纯这番话朱瞻基倒有几分同感："不错，像梁山上这些草寇大都是些作奸犯科之人。说是什么除暴安良，但论其手段却是以暴制暴，不仅无仁德可言，而且罔顾法纪。只可惜愚民不懂这层道理，反将他们视作青天！"

这番话说得声音有点大，话音方落，旁边便传来一声娇哼，紧接着一个十五六岁的少女便气冲冲走了过来，指着朱瞻基的鼻子叱道："瞧你这身打扮，就是只会游手好闲的公子哥儿，哪知道咱穷老百姓的疾苦冤屈？你看那梁山好汉，有几个不是被官府逼迫陷害？他们平日里行侠仗义，又哪件不是依着天道？你说百姓们不该敬梁山好汉，难不成还让他们去敬骑在自己头上屙屎撒尿的那些王八官儿么？"

少女的突然出现把在桌的诸人都吓了一跳，李谦和两个护卫立刻起身。朱瞻基本被说得有点发蒙，待看向少女，忽觉有些脸熟，再一细瞧，这才发现她竟就是那个在台上扮满堂娇的少女。他赶紧拦住李谦他们，转而对少女笑道："这位姐姐，我也就是随口一说，未想得这许多，若言语不当，还请恕罪！"

见朱瞻基态度亲和有礼，少女的气稍微平了一些，正欲再说，一个老人已跟过来，却正是先前在戏中扮演王林的老末。他一把拉住少女，又对朱瞻基连连作揖道："小的外孙女不晓事，冒犯了小爷，还请多多见谅！"

见外公跟人道歉，少女怒火又盛，当即道："分明就是这个纨绔子弟瞎说，外公跟他们赔啥罪？"

听少女左一个游手好闲，右一个纨绔子弟，朱瞻基闻言心中也有些恼火，不过他修养极好，此时也不动怒，只淡淡道："瞎说不瞎说，也不是这位姐姐一人说了算，是非曲直自有公论！"

"你说的公论指的是什么？难不成是官老爷一张嘴？"少女冷笑不止。

"所谓公论，自然是一个理字！"朱瞻基不慌不忙地斟了杯老酒，放到嘴边轻轻啜了一口道，"奸人犯事，自应视其轻重交由王法惩治，这才是正理。像宋江等人到处杀人放火，却说是替天行道。然其所依之天道为何？他可说得出个一二？即便说得出，这所谓的天道可有朝廷认可？可有天下百姓画押认同？都没有！既如此，依我看来，他的天道也不过是凭其一己之好恶罢了。他宋江又不是圣人，他认定的就是天道？这其中就没有错谬？就没夹杂着一己私心？若世人都像他们这般，以一己准则来定人间善恶，和则引为同道，不和则掠而杀之，那偌大个天下岂不乱了套？"

"这……"少女没有想过这些，一时显得有些无措，不过口中仍自不肯认输，"那你说的王法又能作数了？王法王法，不都是官老爷一张嘴！他们铁了心要欺压百姓，哪还会管那许多？"

"县官祸民，则告于知州。知州祸民，则告于知府，再往上还有按察司，还有刑部。就是官吏本身，也有吏部和都察院约束着。退一万步说，就算有司皆尸位素餐，其上还有天子，百姓大可以去紫禁城击登闻鼓鸣冤。当今天子圣明，必能为黎民主持公道。"

朱瞻基这番话说得冠冕堂皇，认为足以让这少女哑口无言。哪知那少女却气咻咻道："天子圣明？他要真是圣明，我家岂会沦落到这等境地？我看他就是昏君！"

"胡说！"朱瞻基这下真动怒了。一直以来，永乐在他心中就是神明般的存在。在他看来，皇祖文治煌煌、武功赫赫，古今少有人及，却不料在这民间少女口中成了"昏君"。他几乎就要命李谦拿下这个污蔑君王的"逆贼"，但话到嘴边才想起自己现在是微服出巡，只得强自忍住，转而咬牙冷笑一声道："当今陛下修撰大典，沟通四夷，北驱鞑靼，南复交趾，拓土东北，巡洋海上，功可昭日月，业可盖千秋！这样一位千古圣主，又岂会无道？"

那扮王林的老头见朱瞻基气度不一般，说话又是一套一套的，再加上他们的装扮，越看越像是官宦人家出来的，心中更怕，忙要少女闭嘴。少女却正在气头上，一把甩开老头的手丝毫不惧道："你说的这些俺都不晓得。俺只知道，这几年咱们原先的皇粮徭役一样不少不说，还得帮着皇帝修山陵，给朝廷建北京城。朝廷要在辽东垦荒，咱们得出粮运粮。朝廷要打鞑子，俺们在山东本地运粮不说，还得跟着去塞外。皇帝打赢了，长的是他的脸面，打输了，死的却是俺们这些无辜百姓。俺爹爹两年前被征作长夫，跟着丘将军出塞，结果就死在了漠北，连个尸骨都捡不回来，兴许现在还在大漠上喂狼哩！俺可怜的爹爹呦……"少女越说越激动，不禁哽咽出声，终于号啕大哭。

闻言，老人也动了情，抹泪道："俺那女婿一死，女儿哭了几月也染病去了，只剩下俺这一把老骨头和这个半大妮子，根本耕不动那六亩地。可官府每年的皇粮还不能少，徭役也照样。可怜俺爷俩上天无路入地无门，只得把地卖了缴税。没了地，咱们也就没了吃饭的营生，只得逃了出来。幸亏俺年轻时学过戏，这才没给饿死！"

听了这些，朱瞻基一下子呆在当场。他平日里跟在永乐身边，听惯了大臣们的歌功颂德。在臣子们口中，大明就是千年一遇的承平盛世，海内仓廪丰盈，百姓安居乐业，却不想民间仍有这等悲苦情事！默然半晌，他方强挤出一丝笑容，既安慰眼前这对老小，又像在安慰自己似的说道："朝廷也有百密一疏的时候。你爹爹为国捐躯，按理说应有抚恤，徭役赋税也该酌情减免，兴许是官府遗漏了。你们回老家去找官府说明实情，想来他们会有安排！"

"有啥安排？这位小爷真是打富贵人家出来的，简直不食人间烟火！凡给朝廷抓去使唤的百姓，不管是做工、运粮还是随军出塞，谁能得到丁点儿好处？死了也就死了，又不是军户，朝廷才懒得管你哩！"少女讥讽了一番，随即又向窗外一指气呼呼道，"你自己看看，外头有多少要饭的？不光这小小的开河站，走遍山东，有哪个地方不是这般光景？别说咱们这种家庭，就是没死人的人家，没完没了地做苦工缴重税，久了任谁也招架不住，除了逃出来，还能怎么办？"

听到这里，朱瞻基狠狠地瞪了一眼金纯。此次进入山东后，他便发现沿途流民甚多，待进济宁城，大街小巷更是挤满了乞丐。他为此还问过金纯。金纯解释是因为去年大清河决堤的缘故。当时，他还有些奇怪，大清河决堤虽突然，但灾情其实并不算太严重。如今已经半年过去，怎么还有这么多人流离失所？只是当时他也没多想。此刻听了少女的话，他才有些明白。

这时，老人也接过话头苦笑道："现今这大明天下，怕就数俺们山东最遭罪了。老百姓都说这是因为燕王扫北时，俺们山东人跟燕军打得最凶。待到他老人家坐了龙廷，便用这法子来整治俺们，要报当年的一箭之仇！"

"一派胡言！"朱瞻基又出言驳斥。不过比起先前，气势已弱了许多。他又沉吟半晌，猛地一抬头对李谦蹦出两个字——重赏！说完头也不回，便铁青着脸起身离席，直接回房了。

李谦从袖中掏出一张一百两面值的宝钞，二话不说塞到少女手中，他也不顾这老小二人惊愕的眼神，便和金纯他们一道离去。

一进客房，朱瞻基便"砰"的一声将门重重关上。李谦他们紧随而来，见此情景面面相觑，又不敢跟着进去。金纯官阶最高，脸面自也大些。他便大着胆子轻推房门，小心翼翼地进入房内。只见朱瞻基正满脸阴霾地坐在椅子上，金纯走上前赔着笑脸劝慰道："殿下不要太过忧心，这小姑娘没见识，乱说一气也是有可能的。"

"冷暖疾苦，百姓心里最清楚。这女子虽然言辞犀利了些，说的话却实在，这一点我心里有数。"

金忠拿起茶壶倒了杯茶递到朱瞻基手中道："即便其所言是真，但也仅指山东一省。山东地接南北，又靠近北京，徭役相对其他诸省是重了一些。但要说天下皆是这般，就言过其实了！以全天下论之，百姓的日子还是过得下去的。"

"话不能这么说！"朱瞻基摇摇头道，"山东也是大明之地，百姓受苦，同样是朝廷失职，岂能因其他地方无恙便一带掩过？何况山东自古便是绿林渊薮，若把老百姓逼得太紧，难保不出乱子。你刚刚才听了《李逵负荆》，有这梁山泊的先例，咱们能不警醒点么？"

金纯没有再开口，皇长孙似乎对此事颇为在意，并有要干涉的意思，这让他深感不安。

金纯平日里往春和殿走得也比较勤，此次东宫策立皇太孙，金纯多少知道些内情。此次来山东，临行前太子特地召见，言谈中希望他能辅佐皇长孙将疏浚运河之事顺利完成，他对此心领神会。此时朱瞻基将目光投向山东流民，金纯觉得这有可能会使事情横生变数。

不过要直接劝阻也不妥，如此不仅于理无据，更重要的是皇长孙的性子就和皇上一样，一旦心中有了主意，就是九头牛也拉不回来。想要说服他，只能从其内心入手，让他权衡之后主动放弃。想到这里，金纯小心言道："山东之事确有不当，但殿下使命却不在此。尤其此事牵一发而动全身，一旦殿下介入，很有可能招致陛下不满。"

朱瞻基本就是聪明之人，金纯"牵一发而动全身"的话一出口，他便明白了其中含义——山东百姓之所以贫苦，说白了和五件事有关——南粮北调、征伐漠北、营建北京、经营东北、修造山陵。这前四件都与朝廷开拓振兴国策紧密相连，一旦要将山东之困难摊到台面上讲，那这些朝廷大政就不可避免地要受到攻击，这实际上就是和皇祖父的开拓大业唱对台戏！而最后一个修造山陵更是不得了。天寿山山陵里的工匠有近四成都来自山东，一旦免了他们的徭役，那山陵工期就会不可避免地推迟。现在皇祖母的梓宫还停放在紫禁城的大善殿内，就等着山陵建好后入土为安。这事要是受影响，自己岂不成了"不孝之孙"？

"小不忍则乱大谋！眼下正是关键时期，殿下切不可为一时冲动而坏了大事！"金纯看出朱瞻基神色松动，赶紧又加了把柴。

朱瞻基浑身一震。不错，自己正铆足了劲去争皇太孙，这时候惹皇祖父不痛快，无论如何都是不明智的。他终于软了下来，不过仍强自道："此次出京前，父亲曾命我沿途多探访民情，体会百姓困苦。如今既已察得一弊，我若无所作为，岂不是有违父亲之意？"

他这话倒不是随口强辩。朱高炽决心要将他推上太孙宝座后，特地找他深谈了一次，言语中隐约透露出对父皇治国手段的不尽认同，并希望他趁此次出京的机会多了解民情，以对当今天下有更确切的认识。朱瞻基深受永乐影响，本对父亲的话颇不以为然，但经过刚才这件事后，他的心态发生了一些变化，觉得父亲之见也并非全无道理。此时与金纯争论，他又想到这次谈话，便随即提了出来。

"太子只是命殿下观风，什么时候叫您插手了？太子之意，其实只是要殿下看在眼里。至于作为，那是将来的事，尤其不是在这个节骨眼上。"金纯一句话便将朱瞻基挡了回去，忽然压低声调道，"将来殿下总有一展抱负的一天，但眼下您能做的,就只是将这会通河给治好,这是您唯一的使命!"

……

金纯走后,朱瞻基满腹愁肠地依偎在炕上,吃饭时那个少女哀怨的神情在他眼前摇曳晃动,怎么也挥之不去。尽管已接受了金纯的劝谏,但一想到山东百姓流离悲苦,而自己却袖手旁观,他心中总有一种说不出的罪恶感。

有没有又不触怒皇祖父,又能解流民之困的法子?这个想法忽然在朱瞻基心中冒出来。不过他很快意识到,这几乎是不可能的。不过他仍不死心,仍绞尽脑汁,希望找到这个两全其美之道。不知过了多久,强烈的困意袭来,他终于坚持不住,迷迷糊糊地睡着了……

第四章

山野村暗藏高人　梁山泊皇孙脱险

第二日一早，众人便从开河站出发，顺着运河北上。由于这次要勘寻河道水源，沿途蔺芳不时停下来观测水文，丈量地势，然后又标注在随身携带的地图当中。这一路下来速度极慢，直到三天后才到安山闸一带。这一路泉流倒是找到几个，但都不算大，而适合建引水渠的通路更是一条也没找到。如今路途过半，蔺芳的心情越来越沉重。就是一开始颇为乐观的朱瞻基，此时也有些担心起来。

到安山闸附近时已近傍晚，蔺芳看了看天色道："今天是不成了，还是找个客栈投宿，明天再上堤吧！"

"这荒郊野林的哪有什么客栈？前面就有个村子，还是进去找个体面人家寄宿一晚吧。"朱瞻基笑道。这几日一行人都是在百姓家中寄宿，因他们都是儒生打扮，又舍得给钱，故人家都招待得十分殷勤，虽不如旅舍舒适，但也没遭什么罪。

众人站在村口一看，眼前这村落应有百十来户人家，但一进去才发现，里头竟有将近一半的房子大门紧闭。朱瞻基一行本想找个大户投宿，但把村子逛了一圈后发现都是平矮的土砖房。这一下众人犯了难，若赶去寿张县城，恐怕到的时候城门都关了，可就在这里暂歇，就算找到人家愿意留宿，这种四处漏风的土砖房也太不堪了。好在朱瞻基还算洒脱，当即道："也罢，咱们前两日住的都是地主乡绅的砖房，今天便找个真正的农家寄宿，过过升斗小民的日子。"

李谦和两个护卫人微言轻，这种事轮不到他们插口；蔺芳一直是风里来雨里去，所以也无所谓；唯有金纯出身富贵人家，又是堂堂三品大员，平日饮食起居十分讲究，这几天跟着皇长孙东奔西跑，已把他折磨得够呛，今天走了一整天路,想着要在这种土房里住,不禁暗暗皱眉。不过朱瞻基已发话,他就是有天大的不乐意也只能烂进肚子里,遂道:"方才进村时,我见有一户人家门口还算洁净,房子上的茅草也是新的,咱们便去那投宿如何?"

"甚好!"朱瞻基笑着应了一句,随即众人又往回走。

在离村口还有约莫三丈远处,果然见到一座土砖房,虽然外表看上去有些破败,但不像其他房子那样脏兮兮的,院里的小坝子也收拾得颇为整洁。朱瞻基扬起马鞭,隔着矮墙指向里头房门道:"就是它了,李谦,去叫门。"

院子的木门没有上锁,李谦直接进入院内,众人都在院门外候着。不一会儿,里头传来一个惊讶的叫声:"怎么是你们?"

朱瞻基循声向内一望,不由得也是一愣。站在屋门口的不是别人,竟是三天前他们在同归客栈遇见的那个唱戏少女!

"这可真是巧了!"稍微错愕后,朱瞻基随即走进院内,笑着对少女微微一揖道,"满堂娇姐姐,咱们又见面了!"

少女这时也回过神来,她见众人一脸风尘,顿有些明白,遂道:"你们是要借宿吗?"

"正是!"朱瞻基点了点头,"天色已晚,我等无处栖身,不知姐姐可否容我们在贵宅歇息一宿?"

"何必这么文绉绉的?俺这破房子也称得贵宅?"少女莞尔一笑,又落落大方道,"你是俺的恩公,住一晚怎会不成?"

"恩公?"这个称呼让朱瞻基有些意外,就在三天前,少女还视自己若仇人,不想才这么几天就变成了恩公。

这时,少女的姥爷也走了出来,见是朱瞻基等人也吃了一惊,忙作揖道:"原来是恩公来了,您能借宿,那是俺们三生有幸!"说着,他又数落少女道,"你怎么让恩公在外头站着?赶紧请恩公进屋。"

少女当即脸色一红,随即侧身一让,朱瞻基笑着走进屋子,随即问道:"满堂娇姐姐就住这里?你不唱戏了吗?还有,我怎么就成你恩公了?"

少女一边忙着收拾屋子一边回道:"你这人怎么这么多要问的?这里就是俺家,俺现在也不唱戏了,这恩公……"这时,少女的脸微微一红,扭过头不肯再说了。

朱瞻基正自纳闷,老汉已经跟了进来,搬来几张凳子让大家坐了,笑着解释道:"那日撞见恩公时,俺们正商量着她嫁人的事。当时那个戏班班主的儿子看中了俺家赛儿,想娶她过门。俺们不愿与他们结亲,但又怕开罪班主后把我们撵出来,往后衣食没了着落。正没奈何间便遇着恩公,赏下一百两宝钞,这才有了底气。当晚俺们便辞了戏班,回来便置了两亩薄田,安安生生过日子。却不想刚安顿下来,便又遇见了恩公。"

唱戏在明代是下九流的营生,戏子们籍属乐户,归于贱民之列,地位十分低下。这对老小虽然跟着唱了两年戏,但身份仍是农户。一旦少女嫁入乐户,那终生都将受人歧视,就是子孙也别想再抬起头来。因此,朱瞻基遂哈哈一笑道:"如此说来,我倒是不经意间做了件好事!不错,农耕乃国家之本,务农才是正道,唱戏终究不是正经活计!"

"俺们都是穷苦人家,倒不在乎营生中不中听,不昧良心不违王法就行。只是那班主儿子得了肺痨,他们娶赛儿过去其实是想冲喜。俺就这么一个外孙女,年纪轻轻的就守了活寡,将来日子就没法过了。"

"原来如此!"朱瞻基点了点头,又去看少女,发现她已不在房内。

老人见状遂道:"她给几位恩公做饭去了!"

"哦?"朱瞻基的肚子早已饿得咕咕叫,不好意思笑道,"真是给您添麻烦了!方才听您说赛儿,想来就是这位姐姐的名字了,只是不知老人家名讳?"

"哪里添麻烦,您将她从苦海里捞了出来,她侍候您一顿饭有什么不应该的?"老人忙回了一句又道,"俺叫白英,俺外孙女姓唐,赛儿是她的小名。"

"原来是白大爷!"朱瞻基笑着称呼白英一声,又认真道,"我记得在开河站赛儿姐姐曾说过,你们当初就是因为缴不起皇粮才卖了地。方才听您老说又置办了田地,那岂不跟当年一样了?"

"那时候俺年纪大,赛儿又太小,所以没办法下地。这两年过去,她也可以干些活了。再说……"白英呵呵笑道,"现在赛儿年纪不小了,也到该找个婆家的时候了。只是这孩子从小性子就烈,这两年又跟着俺在戏班子里厮混,名声上不好听,想找个好人家怕不容易。而且,她也一直担心嫁出去后俺没人照料。所以咱们合计了一下,索性再买几亩田,有了家业,将来就可以招个老实本分的汉子上门。这样家里也有了劳力,赛儿也不用受婆家欺负,俺死后也能有个送终的人!"

"啊!"听说赛儿即将嫁人,朱瞻基颇有些意外,随即发出惊讶的呼声。不过他很快察觉到了失态,见坐在一旁的金纯和蔺芳都望着自己,脸微微一红,又挤出一丝笑容遮掩道,"如此也甚好。"

这时唐赛儿从后院走了进来,将一大盘热气腾腾的馍馍和一碟咸菜放到桌子上道："穷家破业，没什么拿得出手的东西。正巧昨天俺买了点麦子回来磨了，恩公要是不嫌弃，将就着凑合一顿吧！"

"如此已不错了！"朱瞻基应了一句，又将目光投向她。

唐赛儿刚在伙房忙活完，刘海上还挂着几滴水珠，一颤一颤的。再配着那双乌溜溜的大眼睛，看上去越发显得俊俏动人。朱瞻基打量了一眼，便心神一荡，又想到白英说她要嫁人的话，心中便没来由的有些失落。

正寻思着跟她再说些什么，唐赛儿忽然一拍额头道："哎呀，还有豆汁粥在锅里煮着咧，俺这就去拿来！"说完抬脚便走。

朱瞻基正望向她的背影，白英又开口道："尽顾着跟恩公说话了，还不知道恩公高姓大名！俺爷俩也好给您立个长生牌！"

"老人家您说笑了，我比赛儿姐姐还要小，哪当得起您立长生牌？"朱瞻基被说得一乐，旋将心思收起，转而用早已备好的说辞应付道，"我叫金基，南京人，家父在朝中为官，这次是奉父命外出游历。"说着，他又指着金纯他们道，"这两位是我家中西席，那三个是家奴。"

"原来是金少爷！"白英早就猜到他是官家子弟，也没太吃惊。

这时，唐赛儿又端着一大碗色白如玉的豆汁粥上来，放好后一抹鬓角笑道："就是这些了，几位恩公慢慢吃！"

金纯几人早已是饿得前胸贴后背，先前馍馍一上来，他们便不住地往肚子里咽口水。只是朱瞻基一直在和白英说话，他们也不敢先动筷子。此时饭菜上齐，几个人便眼巴巴地望着他俩。朱瞻基本还想和唐赛儿搭讪几句，见众人神色便不好再说，只命李谦将在开河站时买的风鸭也拿上桌，大家拿起筷子便吃。白英本想和唐赛儿单独到伙房去吃，被朱瞻基强留在席上。于是，唐赛儿便独自进了后院，她是黄花闺女，不方便和男人同席，众人也不好阻拦。

吃完饭，唐赛儿麻利地收了碗筷，朱瞻基他们则和白英坐在一起说话。聊了一阵，众人的话题就自然而然地扯到河工上头。蔺芳道："少爷，再往北走就到寿张县城了。这一带地势南高北低，要再找不到建渠通路，待过了寿张，即便水渠建成，也引不到梁山这段了。若是如此，就只有放弃汶水，另寻他法了！"

闻言，朱瞻基心中微微一凛，继而面露忧色道："我听宋先生说过，要治会通河，非引汶河之水不可。若寻其他水源，有无合适的且不说，工程耗费怕也不菲！"

白英本在与金纯絮叨民生，听得这话，不由奇道："恩公这次来山东，是要疏通会通河？”

见白英发问，朱瞻基忽然想：这个老头在这一带住了大半辈子，对水文应该颇有了解，没准儿能告诉自己一些有用的东西，遂道："白大爷，恩公二字就不要喊了，我听着别扭，您直接叫我名字就行。其实不瞒您说，家父是当今工部左侍郎金纯。这些年漕运不通，家父一直想奏请皇上下旨疏浚会通河，重新连接南北交通。只是因为他老人家公务繁忙，无暇分身，特命我们来山东考察。"说到这里，他瞄了瞄金纯，又指着金纯和蔺芳道，"这两位先生都是工部都水司的行家。这次来山东其实是以他二人为主，我只是随行学习罢了！"

"原来是侍郎大人的公子！"三品侍郎在南京城或许不算什么，但在这穷乡僻壤那就是了不得的大官了。听朱瞻基自曝身份，白英赶紧又是一欠身，恭恭敬敬地喊了一句。

这边，金纯听朱瞻基突然认自己作老子，差点没从凳子上栽到地上。不过他很快明白了朱瞻基的意思，也讪讪笑道："不错，金大人有意打通运河，特命我等前来勘探。老人家久居于此，想必对周围环境熟悉，故在下想借此机会向老人家讨教一二。"

"小民是什么位分的人，哪当得大人您讨教？"谦逊了一句，白英不由感叹道，"朝廷总算是要修会通河了！自打咱大明开国以来，俺们这里年年都得出壮丁做挽夫，俺年轻时就干了好些年。要真得把漕河打通，俺们小老百姓也就可以免遭这份罪了。"

"不错，疏浚运河，既益国家，又省民力，是利在千秋的壮举。"朱瞻基顺着白英的话附和了一句又道，"只是眼下朝廷也不宽裕，若开河费用过大，国库也负担不起。我等在这会通河周边察看了好一段日子，觉得最佳的办法莫过于引汶济漕，只是这里间有几个难处尚未能解决。若改用他法，开支必然大大增加，朝廷也承受不起。"

"引汶济漕的确是疏通会通河的好法子。"白英点了点头，又问道，"不知公子眼下遇着哪些难处？说出来听听，看老头子能不能给您出个点子？"

朱瞻基本只是抱着万一之念，但见白英神色自若，似乎对河工颇有研究的样子，不由精神一振，随即对蔺芳使了个眼色。蔺芳随即将所遭遇的难题说了。白英听后，将着自己略有些稀疏的胡须想了半天，末了方抬头道："照这位大人所说，现在疏浚会通河，难就难在如何将水引到会通河，不知我说得对不？"

"不错！"蔺芳点了点头。

"这个其实不难办！"白英淡淡地说了一句。

"什么？"朱瞻基、金纯和蔺芳皆是一惊。这几天他们为这事磨破了鞋底，费尽了心思，可就是没有一个妥当的办法，孰料眼前这貌不惊人的老头子竟轻描淡写地说"不难办"。

"老人家这话未免太托大了吧？"蔺芳有些不服气，"我来山东一个月了，汶河与漕河之间来回了几遍，就是没找到一个适合建渠的地方。您觉得不难办，那您说说这引水渠又该如何去修？"

听蔺芳这么一说，白英显得有些惶恐，不过只一瞬间又恢复自信笑道："大人且听老汉慢慢道来。这大运河是前元开的，当初会通河一段，过了开河站河道就向西移，经梁山、安山，从寿张城下往北流入大清河。之所以要选这条路，是因为沿途水源丰沛。像梁山脚下，那时都还是大泊。但从大运河开凿到现在，前后已过了一百多年，这期间黄河几次决堤，这一带的环境已发生了很大变化，像那梁山泊现在连个水洼都称不上了。没了水源，河道当然会淤塞。所以会通河不通，根子便在这里。眼下朝廷要重修会通河，便想着引汶济漕，这点子倒是不错，但大人们要是还想利用先前的河道，那怕是行不通了。一来，旧河道与汶河隔得远，开渠费事；二来也是最要紧的，当时的旧河道穿梁山、安山而过，两旁山丘起伏，要建引水渠，这路自然不好找。"

"啊！"蔺芳的眼睛顿时一亮。在此之前，由于河工经费有限，他一直想的都是利用原先的河道，这样一来可以省下开凿新河道的花销。久而久之，这种思路也就成了习惯，即便后来受到梗阻，他也从未想过要改变运河河道。今日听白英这么一说，他顿时恍然大悟，发现自己的思路在起始处就已经偏离了正确的方向，赶紧又问道，"照您所言，要疏浚会通河，这开河站到大清河一段，非新修河道不可？"

"当然！"

"那这河道修在何处？"

"出开河站后，不要再往西绕道，直接一路向北，穿过安山镇，在寿张城东三十里处的沙湾与大清河汇合。"

蔺芳从包袱中将地图拿出铺在桌面上，照白英所说的路线来回比对几遍，发现这是一个不错的方案。这个办法实际上将这段会通河道东移了五十里，这样就可以避开梁山、安山，从汶河建引水渠至此，中间不会再有山丘阻拦。不过，新开河道费用自然会增加，而且汶河水量不足的问题仍然没有解决。他看后摇了摇头,将心中想法说了,孰料白英微微一笑道:"这有何难?将汶河水全引往新开河道不就可以了么?"

"这怕是不成!"蔺芳仍然摇头,但态度已明显好了许多,先前对白英的不服气已不见踪影,"开河站以南的旧河道也缺乏水源,元时在汶河上建堽城坝,引汶河水入洸河,流至济宁城下与运河汇流,这才解决了其缺水窘境。朝廷这次治理会通河,不仅是要疏通河道,还要拓宽加深,这就需要更多的水源。但汶河水本就不丰,既照顾了济宁南边的旧道,剩下就越发不足,再拿来济新道,恐怕不敷使用。"

"嗯,大人说的确实是个麻烦。"白英点头表示认同,又沉吟一番后道,"不过老汉有个法子,不知道使不使得?"

"白老先生请讲!"朱瞻基迫不及待地发问。不经意间,他对白英的称呼也已发生了变化。

白英笑道:"俺在东平活了几十年,知道这一带地势大体上是西高东低,但里头不同地方也有些差别。据俺所知,开河站往南走五里有一个地方叫南旺,那里地势较高,所以俺当挽夫时就想,要是运河从南旺过的话,可以在汶河上头筑个坝,先把水引到南旺,再在那里建些水闸,将它当作水脊。这样一来,汶河水到南旺后,就可以照着人的意思南北分流,咱们想让它往北多一些,就开北面闸口,要往南流,就开南面闸口。这不比原先把汶河水全调到洸河要好得多?"

"我明白了!"蔺芳眼光一亮,有些激动道,"如此一来,南旺到大清河的河道水源就有了着落!"

"是的!如果还是怕水源不够的话,东平城东有条沙河,先前被淤沙堵住了,要是把它重新疏通,再加上济宁城西马常泊的水,这济宁到大清河的漕河水源就有保证了。"白英和蔼笑道。

蔺芳听完,又将地图看了一遍,忽然一拳头砸在桌面上,兴奋地对朱瞻基道:"白大爷说得对,南旺我去过,确实是做水脊的好地方。那沙河也可打通,这次宋大人去沙河就是考察了!"说完,他又一脸感激地望着白英道,"白大爷,您真就是活神仙!简简单单几句话,在下立时茅塞顿开!"他越说越激动,随即站直身子,恭恭敬敬地向白英行了个齐眉大揖!

"使不得!使不得!"白英赶紧还了一礼,"俺这也就是瞎说,究竟能不能成,还得金公子和几位大人亲自看过后才能定。而且这开凿新河,怕花销也不是小数目。"

蔺芳之前一直紧张费用问题，但在朱瞻基再三担保后，这份担心已减弱了许多。而且此时他已明白，白英所说是眼下想到的最佳方案，所以即便有所超支，那也是无可奈何了。他迅速在脑子里计算了一下，然后对朱瞻基略带歉意地笑了笑道："少爷，若是如此，朝廷开支大约会比预计超出一百万贯！"

"这不是问题！"朱瞻基满不在乎地一挥手，转而对白英笑道，"真是踏破铁鞋无觅处，得来全不费功夫。没承想与白老先生萍水一遇，竟能有如此收获。若此法得行，您便为朝廷立下了大功。待到运河贯通之时，朝廷必有褒奖。"

"俺都半截身子入土的人了，还稀罕什么褒奖？"白英憨厚笑道，"俺只是做了一辈子挽夫，不想让后生们再像俺一样受这份罪。真到会通河打通那一天，朝廷免了山东百姓运粮的徭役，俺也就心满意足了。"

"白老先生大公无私，真高士也！"朱瞻基由衷赞叹。

"你们净只说些中听的！"众人正兴奋间，唐赛儿忽然从连接后院的门后挑帘进来，对着朱瞻基便道，"朝廷修会通河，是不是又要从山东征民夫了？"

听了这话，朱瞻基又是一愣，随即笑道："那是自然！不过此事若成，山东百姓便能从中得到好处，故出工也是理所当然的。"

"得不得好处，那还不是皇帝老子一句话？就算不用再当挽夫，说不准儿官府又把别的活儿给摊上！就像前年，朝廷说不用修北京城了，大伙儿还没高兴几天，结果又被拉去漠北运粮。这回修好了运河后，兴许皇帝老子觉得俺们身上的担子轻了，又重新找个活儿给俺们摊上。要真这样儿，横竖都得做苦力，那还不如不修这运河，俺们也能少遭次罪！"说着，她盯着朱瞻基的脸咄咄问道，"你能保证，会通河疏通，朝廷不会再指派俺们干别的活了么？"

朱瞻基被唐赛儿瞪得有些发虚。的确，自打皇祖父登基以来，朝廷额外摊派给山东的徭役是一桩接着一桩，中间就没个闲下来的时候。就算运河贯通，内地的南粮北调不再需用陆挽，但将来在北疆又有什么动作，难保不会从山东征发民夫。不过仔细思忖后，朱瞻基仍笃定地答道："应该不会了！现鞑靼已经上表臣服，塞外再无战事，无须征发民工。山陵修建也已近大半，完事后便无须再征。要说将来还要额外用到山东百姓的大事，就只有营建北京，不过这最快也是几年后的事了。而且会通河一打通，届时湖广的巨木、苏州的金砖、太湖的花石、江西的陶瓷，都可以直接从水路运抵北京，山东百姓不需再因此受累。"

这回答有鼻子有眼，唐赛儿虽不懂朝廷大政，但听着也觉得有理，遂点点头道："这样的话，这河倒也修得。"

朱瞻基微微一笑,本来他无须向唐赛儿解释什么。但不知为何,他非常希望自己的见解能得到对方的认同。听了唐赛儿这话,朱瞻基叹道:"不料姐姐竟有一副忧国忧民的仁义心肠,倒真与戏里的穆桂英、梁红玉一般!"

"俺哪能和穆桂英、梁红玉相比!"唐赛儿脸一红,又正色道,"俺只是看不惯官府不把咱们老百姓当人,皇帝也是爹生娘养,凭什么他就吃香喝辣,俺们就得做牛做马?"

几番接触下来,朱瞻基觉得唐赛儿虽然有时候言语尖利了些,但都是为百姓着想。这种心肠和见识放到一个女流,尤其是仅比自己大一两岁的少女身上,确实是极为罕见,他对此也颇为欣赏。但是,她对朝廷的不满也未免太重了些,这让朱瞻基颇为不安。

"你在想什么?"少女又说话了。

"我在想姐姐未免把官府看得太坏了些,不过这也是情有可原。待真到会通河疏通,徭役皇粮减免下来,山东百姓就能过上好日子,到时候你也不会再以为天下乌鸦一般黑了!"朱瞻基笑道。

少女扭头想了想,忽然点点头笑道:"也是,起码你这个衙内和戏里唱的就不一样,看来官府里还是有好人的。"

看着少女明媚的笑容,朱瞻基心中又是一荡。不过他赶紧敛住心神,对金纯和蔺芳道:"既已有了办法,咱们也不必再往北走了,明日便返回开河站,先到南旺去瞧瞧。"

"少爷,要不咱们还是先到寿张,从那边绕道东平回去,这样也安全些!"金纯面露忧色。这一次沿运河旧道北行,他起初就不太赞成。盖因自运河淤塞后,沿途已经荒凉许多。而且这两年山东流民太多,许多人迫于无奈,便落草为寇,梁山、安山一带自古便是强人出没之所,万一路遇劫匪,大家的人身安全便无法保证。不过当时朱瞻基坚持要勘察河道,金纯拗不过他,只得同意。此时既然大家已决定放弃运河旧道,那再冒险原路返回就没必要了。

朱瞻基听了,稍微一想仍摇头道:"如此一来,路上又要多耽搁两天。此次勘探费时过长,还是早点把事情定下,我也好回京复命。"

听朱瞻基这么说,金纯微微叹了口气不再说话。蔺芳一直在想着河工的事,听说要马上去南旺,遂对白英道:"白老先生,南旺我虽去过,但谈不上熟悉。既然您对水利如此精通,又熟悉当地,不如与我们同去一趟如何?"

"不错!"朱瞻基听了也道,"这点子是您提出来的,有您老同去,咱们拟出的方案也能更准确些！"

"恩公既然开口，俺自然没二话！不过……"白英看了看身边的唐赛儿犹豫道，"俺这一走，就只有她一人在家，怕有些不方便！"

"这有何难？请赛儿姐姐和我们一道去不就得了。"朱瞻基脱口而出。随后，他又打量了赛儿一眼，眼神中似有深意。

唐赛儿本无所谓与他们同行，不过被朱瞻基这么特意一瞅，她反而生出一丝不好意思，脸也微微一红，赶紧扭过了头去。

正在这时，白英一拍大腿道："就这么办，不知金公子几时上路？"

朱瞻基把目光从赛儿身上收回，对白英道："咱们行期紧，如果白老先生方便的话，那就歇息一晚，明早便启程如何？"

"一切听公子吩咐！"白英点了点头，"既然如此，咱们早点睡，明天的路可不好走！"

当晚，朱瞻基一行便在白英家留宿。白英家小，一共只有三间房，其中厢房留给朱瞻基。李谦肩负保护之职，自然也和他同屋。金纯和蔺芳则住在白英的卧室里，白英则去了后院的柴房。金、蔺本不愿如此，但白英十分坚持，二人无奈，也只得随他去了。至于两个护卫，白英本准备将他们安排在唐赛儿的闺房里，可朱瞻基却死活不同意，最后便跟着白英一起到柴房里将就。

就这么胡乱歇了一宿，到第二日一大早，唐赛儿将家里仅有的一点面粉做了些白面馒头。众人吃过早饭，遂收拾好行装，一起沿原路向开河站方向返回。

事情总算有了眉目，回开河站的路上大家的心情都十分轻松。这几日天气转暖，朱瞻基将出来时的裘衣收起，只穿一袭蓝色直裰袍子，外披一件鲜红的氅衣。因沿途都是当年水泊梁山的地界，故白英一路上兴致勃勃地讲起梁山好汉的故事，朱瞻基听得津津有味，李青和两个护卫更是入了迷。金纯本对此类传奇嗤之以鼻，这时也被白英的精彩讲述打动，饶有兴致地伸长了耳朵。

到下午时，众人已走到梁山脚下，白英介绍道："俺说这水泊梁山，其实指的是梁山、青龙山、凤凰山、龟山四座主峰，还有虎头峰、雪山峰、郝山峰、小黄山等七条支脉。这周围一带旧时都是大泊，宋公明他们便是在这里安营扎寨，替天行道！"

听了白英的话，朱瞻基举目眺望，只见四周群峰峻峭，气势磅礴，不由叹道："果然是个险地！"

金纯看了地形，心中越发不安，这种险峻荒山最适合强人出没，他赶紧道：

"少爷,此处不宜久留,咱们还是加紧赶路吧。"

"何必如此紧张?水泊梁山,其实是后人夸大,当年那宋江一伙,哪能真有戏里那等厉害!后来一个徽猷阁待制张叔夜,发区区五千兵士,便将他们打了个稀里哗啦,这在《宋史》里都写得明明白白。"朱瞻基笑道。

"是不是夸大在下不知,但眼下咱们一行只有八人,哪怕只有百十个草寇,咱们也招架不住!现在山东不太平,难保有宵小之徒欲效宋江故事!"

朱瞻基并不相信真会遇见强盗,但金纯说得在理,他也不好再坚持。于是众人不再观景,直接打马南行。走了一阵,眼瞅着就要出梁山地界,朱瞻基刚松了口气,扭头欲嘲笑金纯过于谨慎,李谦忽然大叫一声道:"少爷勒马!"

朱瞻基一惊,下意识地将马缰往上一提。这时,一块大石轰隆而下,砸在前方不足五丈的地面上。

"杀……"就在众人惊魂未定的当口,道路两旁的山上响起一阵喊杀声,紧接着几十个草寇从山上呼啸而下。

"有贼人,快走!"李谦立刻打马上前,抽出宝剑挡开一支飞向朱瞻基的鸣镝,然后掩护着他往后跑,金纯和蔺芳也赶紧拨马回返。

两名护卫的马本给白英和赛儿在骑,但这祖孙俩没什么骑术,一路慢慢走还勉强能应付,策马飞奔就不会了。李谦见状,又对着护卫大喊道:"上马,带着他们一起走!"两名护卫赶紧重新飞身上马,一行人急匆匆沿着来路退去。

见朱瞻基他们逃跑,贼寇们又是一阵放箭。紧接着,方才砸到路上的大石后奔出一队骑士,队伍前一个满脸络腮胡子的头领一边策马飞奔一边大声叫道:"追,谁杀掉那个披红氅的小娃子,赏钱一千贯!"众贼寇闻言气势大振,狂呼乱叫地驱马冲来。

朱瞻基闻言,心中更惊,赶紧扬起马鞭猛抽。马儿吃痛,顿时加快了速度,他只觉耳边风声呼呼,眼前的景色不断被抛在身后,足跑了一盏茶工夫才勒马停下。待他回头一看,除了李谦,其他人已都不见踪影,便急道:"白老先生他们跑丢了,咱们赶紧回去接应!"

"顾不上了,殿下性命要紧,咱们赶紧跑。"李谦关心的是朱瞻基的安危,此时别说白英和唐赛儿,就是金纯、蔺芳这两个朝廷命官他也管不了了。

朱瞻基却不答应,只板着脸拨马便要回去,李谦正要阻拦,后方传来一阵马蹄声,二人放眼一瞧,四马载着六人飞奔过来,正是金纯和白英他们。

"贼人退了?"朱瞻基驱马上前,紧张地问金纯。

金纯此刻狼狈不堪，胳膊上也中了一箭，鲜血直往外冒，不过没伤着要害。听得朱瞻基之言，他摇头道："没有，咱们的马快，把他们甩开了一截。"

这时，唐赛儿从衣服上扯下一块布，麻利地将金纯的胳膊包扎了道："咱们得赶紧走，他们马上就要追来了！"

朱瞻基赶紧道："那快上马，先逃出去再说！"

"马跑不了了！"唐赛儿叹了口气，随即指了指蔺芳的马，又朝她刚才骑的那匹看了看。原来两匹马都已中箭，加上刚才拼命奔驰，此时已经出血过多，明显支持不了多久了。

现在还剩下四匹马，但人却有八个。这样一来，两人一马倒是可以，但速度将明显下降，这样终究还是会被追上。

"去那里！"唐赛儿指着前方道旁的一片树林道，"那边就是安山，里头林子又大又密，咱们进去，他们没那么容易发现！"

这时后方又隐隐传来马蹄声，众人无路可走，便依唐赛儿之言弃马进山。

进了山林，朱瞻基他们便彻底迷失了方向。好在白英和唐赛儿是当地人，对安山十分熟悉，他们领着众人东穿西绕，仗着林木遮掩一时倒也安全。不过草寇们对这片树林也不陌生，加上他们人多，层层搜进，朱瞻基他们无奈，只得不断往林子深处逃。又过了一阵，众人走到一处悬崖前，这一下大家都傻了眼。朱瞻基低头往下一望，但见谷底深不可测，一股凉风从脚下吹来，激得他立时打了个寒噤，回过头对大家苦笑一声道："看来咱们今天就要死在这里了！"

"还没到那地步！"唐赛儿指向前方十丈远处悬崖边上的一块大石冷静道，"那里往下不到两丈，峭壁上有一个大洞，装得下七八人。洞上头正好伸出一棵老树挡住，从上头往下看发现不了。咱们去那里躲一下，等他们走了再出来。"

此时众人已是山穷水尽，听了唐赛儿的话立刻开始砍青藤，朱瞻基也亲自动手将藤条打结编成绳子。李谦砍了两根藤条拿到朱瞻基跟前，见其他人都在别处忙乎，忽然低声道："殿下，这一下去就算是入了绝境。万一要被发现，咱们就只有束手就擒了。"

"没别的办法了！"朱瞻基耐心地编着藤条，头也不抬道，"事到如今，也只有听天由命！"

"殿下！"见朱瞻基没明白自己意思，李谦有些发急，"奴婢的意思是，这对祖孙会不会串通草寇有意将咱们诱到这里？"

朱瞻基的手一抖，回过头一脸惊愕地看着李谦。李谦沉着脸道："劫匪多只为求财,有哪个是一上来就要置人于死地的?而且刚才咱们逃时,后面就有人说杀掉您赏钱一千贯!殿下您想,若他们不知您身份,岂会贸然开出这么大价钱?而若您身份暴露,那多半是朝中走漏的风声,没准儿是有大人物要趁机取您的性命!"

"二叔!"李谦一说完,朱瞻基立刻想到了朱高煦。他这次出宫极为隐秘,山东这边知道的只有宋礼、蔺芳和济宁知州潘叔正。而朝中除了皇祖父、父亲以及杨荣等几个阁臣,就只剩下李谦、金纯还有二叔了!

父亲还有几个阁臣自不必说,宋礼、金纯一向亲附东宫,蔺芳是受父亲举荐才有今日,至于这潘叔正,虽然未直接打过交道,但他是夏原吉的门生。上述诸人都没可能出卖自己,那剩下的就只能是朱高煦。眼下父亲和朝中文官正在京中为自己大造声势,二叔闻得风声,假绿林强盗之手除掉自己是有可能的。想到这里,他不由心惊肉跳。不过,就算这一切推论都成立,也和白英、唐赛儿扯不上关系啊?

见朱瞻基仍有疑惑,李谦又解释道:"殿下您想,咱们原计划是北上寿张,折回开河站是昨晚临时决定。若此次遭劫是早有预谋,劫匪又怎么会知道咱们今天会原路返回?"

李谦这句话戳中了要害,朱瞻基一下慌了神,赶紧抓住他的衣袖道:"那怎么办?难不成马上把他们抓起来?"

"来不及了!这时候动手,他们只要一喊,外面的喽啰立刻就会听见。"李谦摇摇头又话锋一转,"而且这只是奴婢一己猜测,到底是否真有其事还没个准。就算有,说不定也只是咱们路上被人跟踪,不一定就和这祖孙扯上关系。真要冤枉了他们,一个闹将起来,同样坏事。"

"不错!我看白老先生和唐赛儿都不像是坏人,你肯定是猜错了!"

见朱瞻基这么笃定,李谦有些诧异,不过也没多想,只道:"或许是奴婢错了,不过防人之心不可无!不管他们是忠是奸,咱们都得有所防备!"

这句话说得实在,朱瞻基点了点头又道:"话是这么说,可眼下这形势咱们怎么防备呢?"

"这个奴婢自有办法!"见朱瞻基认可,李谦心中有了底。

这时,唐赛儿和白英各拿了几根藤条过来,李谦遂闭上嘴巴,将所有藤条依次打结,做成一根结实的绳子牢牢绑定在大石上,回头笑道:"这洞只有唐小姐一人下过,劳烦你在前头带路!"

这个要求合情合理，唐赛儿不加多想，顺着绳子就爬了下去，紧接着，在李谦的指挥下，蔺芳、金纯、两名护卫也依次而下，待到崖上还剩他和朱瞻基、白英三人时，李谦忽然轻轻"呀"了一声，一拍脑门道："咱们这么下去，藤绳还在绑在上头没砍，到时候草寇一来就暴露了。再说，没人在上头，到时候谁拉咱们上来？"

这个问题大家都没想到，白英先是一怔，继而不假思索道："那你们下去，俺在这里砍绳子！"

"那您老怎么办？"李谦紧跟着问道。

"这一带地形俺熟。再说俺就一个人，随便找个石缝、树洞躲一下，兴许不会被他们发现。"

李谦微微一笑道："既然如此，那我跟您一起，相互间也可有个照应。"

话说到这个份上，朱瞻基已完全明白了李谦的意思。若白英和唐赛儿暗通贼寇，那最有可能就是先让自己这拨人先下，他们则故意拖延到最后，这样一来，已先下到崖壁洞穴中的他们就成了瓮中之鳖。不过唐赛儿未加犹豫便先头一个下去，这样他们是贼寇的可能性就小了许多。不过李谦还是十分小心，若这二人身怀绝技，有意在下面的狭小洞窟中突然发难，其他人猝不及防之下同样招架不住。所以李谦借着砍断绳索的由头，把白英和唐赛儿分开。这样在洞中就只剩下赛儿一个女孩子，而自己这边不仅有两名护卫，就是他本人也不是吃素的，基本可确保无恙。而李谦则是内官中数得着的高手，有他在，就不怕白英暗中动手脚。

尽管不相信唐赛儿他们会暗通贼寇杀害自己，不过在这种形势下，朱瞻基也必须多留个心眼儿，于是默不作声地观察白英的反应。白英不知道李谦话中暗藏这么多玄机，当即面露难色道："两个人太扎眼了些，被贼人发现可就糟了！"

听了白英回答，朱瞻基的心猛地一沉。李谦则坚持道："必须如此。这帮草寇没找到人，十有八九不会罢休，挖地三尺也是有可能的。您既然熟悉地形，那待会儿找个机会带我走出林子，咱们一起去济宁搬救兵！"

听李谦这么说，白英想想也是，遂点头道："成！待会咱们再往山里走，那边老树多，咱们找个树洞先躲着，待他们大部人马过去，咱们再出去寻救兵！"

见白英答应，朱瞻基的心顿时落地，脸上露出笑容。又交代李谦几句，遂顺着藤绳溜了下去。

李谦与白英对视一眼,将缠在大石上的青藤砍断,扔到万丈悬崖下,随即消失在层层密林当中。

李谦他们一走,山谷中便只剩下呼呼风声。崖壁上的洞窟不大,六个人挤在里头,顿时满满当当。朱瞻基的位置紧挨着唐赛儿,闻着身旁传来的淡淡少女体香,不由得心荡神移。想到刚才对赛儿和白英的猜疑,他又羞又愧,好一阵方平复心情,不好意思地一笑道:"赛儿姐姐,这次连累你们了。"

唐赛儿倒是很平静。借着洞外射进来的少许亮光,朱瞻基看见她轻轻地一抚鬓角道:"这几年山东世道乱,俺与姥爷行走江湖,打家劫舍的事听得多了,就算没今天这回,保不准将来也会碰上,谈不上连累不连累。"

听了唐赛儿之言,朱瞻基越发觉得过意不去,正琢磨着再说些什么,唐赛儿突然道:"我看你不像是个衙内!"

"为什么?"朱瞻基反问。

唐赛儿微微一笑道:"今天这架势,人家摆明了是求命不求财!你要真只是个出来游山玩水的衙内,哪值得这些山大王这么大费周章!"

没想到这个小姑娘年纪轻轻,心思却如此玲珑。朱瞻基心思一转,笑道:"其实我真是衙内,不过此衙内非彼衙内而已!"

"那你到底是什么人?"唐赛儿顿时也来了兴趣,一双大眼睛直盯着他的脸问道。

朱瞻基正琢磨着要不要把身份透露给唐赛儿,突然洞外传来隐隐的喧闹声——贼寇们搜到这里了,大家赶紧屏住了呼吸。

悬崖上,数十个贼人搜寻了一阵没发现任何蛛丝马迹,那个满脸络腮胡子的头领走到崖边向下张望了一阵,狠狠跺了跺脚道:"往山里走,就是把林子翻遍,也要把那小子找出来!"

"大哥!"另一个首领走到他跟前道,"天就要黑了,要不等明天再找吧!"

"放屁!没准儿今夜他就跑了!"络腮胡子骂了一句,"买主可足足出了两万贯,光定金就给了五千贯!这等大买卖,咱们到哪找去?"

小头领咕哝道:"一个半大娃子竟值得了两万贯,看来他来头也不小。俺就怕真要把他杀了,会有人来找咱们麻烦!"

"怕什么!"络腮胡子不屑地笑道,"俺们干的就是绿林营生,还怕惹麻烦?就算是官府派兵过来,大不了咱们另寻山头,两万贯足够兄弟们逍遥好多年了!别在这磨嘴皮子了,带着兄弟们去继续往前走!"

过了一阵,喧闹声逐渐消逝,洞中诸人纷纷松了口气。朱瞻基扭头再看唐赛儿,正巧她也看过来,眼光中充满惊讶,想来被刚才悬崖上的对话震住了。他摸了摸脖子,自失一笑道:"没想到我这脑袋这么值钱!两万贯,啧啧,这买主可真舍得下本。"

"你到底是什么人?"唐赛儿又问道,"该不会是哪家王府的小王爷吧?"

"你将来会知道的!"朱瞻基一笑,避开了这个疑问。经过一段时间的相处,尤其是今天的生死与共,他忽然对这个农家小户的少女滋生出一丝微妙的情愫。虽然双方身份差异巨大,但仍生出了将她带回宫去的想法。本来,他还想将自己的身份告诉唐赛儿,不过刚才的强盗提醒了,他仍身在险境,还不是纠结于男女情事的时候。朱瞻基理了理思绪,问坐在洞里最深处的金纯道:"德修先生,现下咱们该怎么办?"

金纯字惟人,号德修。自出京后,凡有外人在场,朱瞻基皆称其号。金纯听了,想了想道:"有夜色掩护,逃出去自然容易些。不过现在咱们被困在这悬崖孤洞中,想爬也爬不上去,只能等白老和李谦带人来接应!"

"要不我爬上去。这里离崖顶不过两丈,中间凸石不少,爬起来应该不太难!"朱瞻基刚才听了贼寇头领的话,已确定这次遇劫其实是一场有预谋的暗杀。而现在他最希望的就是将这些草寇抓住,然后顺藤摸瓜找到幕后主谋。在他看来,此事十有八九是二叔所为,只要自己拿到证据,到时候回京往皇祖跟前一摆,他就彻底垮台了。

"不可!此事太过危险,少爷万不可以千金之躯犯险!"金纯显然不可能赞同,惊恐地回道。

"不错!"蔺芳也赶紧劝诫,"现在李谦和白老先生已去济宁搬救兵,咱们不妨等等,只要潘知州他们赶来,咱们便能平安脱险。"

"万一李谦他们出了什么岔子呢?"朱瞻基又问道。

"那也得等了才知道。现在咱们就在这里待着,若到明日救兵仍不至,那时再寻他法不迟!"

听蔺芳这么说,朱瞻基才不吭声了。不过他的话却让唐赛儿心惊肉跳,她有些担心道:"俺姥爷他们不会真出事吧?"

朱瞻基一怔,后悔刚才不该说什么"万一"的话,赶紧安慰道:"没事的,你姥爷对这里熟悉,李谦的武功又好,他俩在一起肯定会平安无事!"

这话并不能让唐赛儿放心,不过她也未再相问,只是双眉紧锁,一副忧心忡忡之态。朱瞻基看着她的样子,不由心念一动,遂将手轻轻移过去握住她的纤纤玉手。唐赛儿浑身一颤,惊讶地望了望朱瞻基,见他一脸关切之色,脸有些发躁,想把自己的手抽出来。但一用力,发现朱瞻基握得更紧了。唐赛儿顿时满脸通红,但也没有再抽,只把头深深地垂了下去。

过了一会儿,天色暗了下来,众人将出来时携带的肉干拿出来吃了,又叙了会闲话,便各自打起盹来。经过刚才的事,唐赛儿与朱瞻基之间的距离不经意间又拉近了些,此时她靠在朱瞻基的肩上,睡得十分香甜。朱瞻基借着月光看着她清纯秀丽的面容,越发意乱情迷。不知过了许久,才迷迷糊糊地跟着睡去。

第二日凌晨,众人均在酣梦当中。忽然,崖上传来一阵刀剑撞击的声音。朱瞻基就睡在洞口,立刻惊醒过来,他仔细听了听,将身边的唐赛儿推醒了道:"上头打起来了!"

唐赛儿一个激灵,惊慌地问道:"难道姥爷他们被发现了?"

"不像。听这动静应该是两大拨人在对打。"朱瞻基摇头说着,又看了看外面的天空,回头兴奋地说道,"现在已近拂晓,没准儿是李谦他们搬救兵过来了!"

听朱瞻基这么一说,大家都精神一振。果然,没过多久,崖上的打斗声停止了,紧接着一条藤梯被甩了下来,随之而来的还有李谦的叫声:"殿下,潘大人带兵来了,您请上来吧!"

"啊!"听到"殿下"二字,洞里其他人自没什么,唐赛儿却不由自主地发出一声惊呼。朱瞻基瞅瞅她,也不解释,便沿着藤梯爬上去。其他人也依次攀爬,不一会儿都重新回到了悬崖上。

待大家站定,济宁知州潘叔正走了过来,一骨碌跪倒在地道:"臣救驾来迟,请殿下恕罪!"

"无妨!"朱瞻基潇洒地摆了摆手道,"此处本不归你管,你能带兵前来,已是大大有功!"梁山、安山俱是东平地界,本来要求援也该去东平。只不过朱瞻基是微服来鲁,新上任的东平知州对此并不知情。李谦贸然前往,恐难使人信服,故最后还是舍近求远,去济宁找知道内情的潘叔正。

待潘叔正起身,朱瞻基又问道:"刚才可有逮着贼寇头领?"

"喽啰倒是抓住好些,不过几个带头的却都跑了。臣已派人追捕,但这一带地形复杂,能否抓获他们恐怕难说。"潘叔正露出抱歉的神情。

朱瞻基脸上飘过一丝失望。此次暗杀,小喽啰肯定不会知道内情。若能抓住头领,便有希望从他口中审出幕后主谋。要真是二叔策划,人赃俱获之下,自己告起御状来肯定胜算大增。现在既然首领脱逃,想扳倒二叔可就难了。

"这次你立了功,回京后我会向皇祖父禀明,届时他老人家自有褒奖!"跟潘叔正说了一句,朱瞻基又回头看唐赛儿,见她目瞪口呆地望着自己,不由一笑道,"我也不过一个鼻子两只眼,你这么瞧我做什么!"

唐赛儿被他逗得一乐,不好意思道:"往常也只在戏里见过皇子皇孙,没想到竟真就碰见个大活人,倒像是在做梦似的!"

闻言,朱瞻基哈哈大笑。

这时候,白英也过来行礼。朱瞻基上前扶住他,亲切地问候道:"白老先生受连累了!"

"能给殿下出力,是俺这糟老头子几辈子修来的福分,哪有连累一说!"在济宁州衙见到潘叔正,白英才得知这位"金衙内"竟是堂堂的皇长孙!初听这个消息,白英惊讶得许久合不拢嘴,直到这时见到朱瞻基本人,他仍是难以置信,说话的嗓音中都透着激动。

白英的反应早在朱瞻基预料当中,他淡淡一笑,正欲再说几句嘉勉的话,忽然想到一件事情,旋跟白英道:"白老先生,这次梁山贼寇虽损失惨重,但头领却都已脱逃。他们吃了大亏肯定会记恨在心,万一将来打听到是您带李谦去搬的救兵,难保他们不会找您报复。您家离梁山不远,要是出个岔子可怎么办?"

"这一些草民已经想好了!草民本是汶上人,二十年前才迁到梁山这边。现在既然惹了这些强人,大不了迁回汶上老家。那里与梁山隔了上百里,就算他们将来打听出什么,也找不到草民了。"白英应道。

朱瞻基听了遂笑道:"白老先生也不用忧心。此次您救了我的性命,又为疏浚运河出谋建策,将来皇祖父得知,肯定会大加褒奖。要依我看,到时候您没准不用迁去汶上,反倒要搬去京城呢!"

这话看似开玩笑,但其中却隐含着深意。本来,白英虽立下大功,但毕竟只是乡民出身,加之他年事已高,所以受封官爵是不可能的。通常,朝廷对此类有功百姓的奖励都是赐予綵币,并命当地官府妥善安置,绝无可能迁到京城。不过朱瞻基现在对唐赛儿起了意思,若将来纳她为嫔妃,那白英自然就要跟到京师安住了。可是纳妃一事朱瞻基做不了主,所以此时他不能明确地说出来。

白英听得此言,憨厚地笑道:"俺一个乡野村夫,一辈子都在这山东地面上讨生计,去那京城做什么?能平平安安在这里终老,就是草民最大的福分。"

朱瞻基闻言一笑,也不解释,转而对金纯道:"既已脱险,眼下最要紧的便还是勘定河道。时间紧迫，咱们也不回济宁，直接到开河站暂歇一日，明天便去南旺现场勘察。金大人意下如何？"

这一天一夜的胆战心惊是金纯半辈子都未经历过的，他一刻也不想在这里多待，赶紧点头称是。于是，朱瞻基又对潘叔正道："潘大人，烦请您将所擒贼人押回济宁详加审讯，并留一部衙役随我赴开河站！"

潘叔正赶紧回道："殿下，济宁衙役不多，为保殿下安全，还请允臣行文兖州府，从任城卫调一部军士前来护卫如何？"

经此一事，朱瞻基身份已经曝光，想再不惊动地方也不可能了，而且他也怕贼寇去而复来，遂点头道："可以，你即刻行文，命他们直接赶去开河站！"

"是！"潘叔正应诺，随即找了块干净石头趴在上头开始拟文。朱瞻基他们则站着闲聊，待一切妥当，众人遂在济宁衙役的保护下走出树林，上马向开河站而去。

到开河站之后，朱瞻基歇息半日，到傍晚时，得到消息的任城卫指挥使亲率二百骑兵匆匆赶至，潘叔正这才告辞，率衙役押着俘虏回了济宁。第二日早上，奉旨协办河工的都督佥事周长也终于抵达济宁，并赶到开河站与朱瞻基一行会合，宋礼也从东平赶了过来。

人马齐聚，朱瞻基精神大振，带着大家一起来到南旺。朱瞻基登高一望，见地势果如白英所说，心中顿时有了底。接下来，大家在南旺逗留二日，将当地地理详细描绘成图，又在白英的指引下一路北行，将预计中的新河道全部勘定。到了二月二十日，朱瞻基带着大家精心拟定的治河方案，在蔺芳的陪同下回京述职。

第五章

开运河以工代赈 邀帝心皇孙遗情

南京这边，永乐已得知了朱瞻基在山东遭袭的消息。他所乘渡船刚在三山门外码头靠岸，江保便就过来传旨，命他即刻进宫见驾。朱瞻基跟蔺芳简单交代两句，便带上记载着方案的奏本进宫。

进入乾清宫御书房，永乐已经等候多时。待朱瞻基行完礼，永乐招招手让他走到身前，仔细打量了一遍后笑道："黑了，瘦了，不过也精神了许多。看来这次山东之行，对你磨砺不小。"

见皇祖父这么关心自己，朱瞻基心头一热，随即笑道："皇祖父说得是。这次去山东，孙儿眼界大开，阅历广增，这是在宫中读再多书也读不来的！"

永乐哈哈大笑，亲切地拍了拍他的肩膀道："被梁山贼寇打劫，这种经历当然是书里给不了的！不过你临危不乱、应对有方，最终化险为夷，这份胆略和机敏殊为难得。由此可见，你虽长年居于深宫，却未染颓靡之气，朕甚感欣慰！"

得到这个评价，朱瞻基心中喜不自胜，不过外表仍一派谦恭："孙儿自小便追随皇祖父左右，耳濡目染之下，自然获益匪浅。这次能够成功脱险，说到底还是皇祖父平日教导有方。"

"朕可没教你被贼人打得四处躲藏！"永乐又是大笑，然后又郑重道，"这次遭劫到底是怎么回事？先前山东布政使已有本呈上，但所述甚为简略。你既已回宫，便将这前后经过详细道来！"

"是！"朱瞻基拱手一揖，随即将经过和盘托出。在讲到听见贼寇头领在悬崖边对话这一节时，他尤为细心，连二人的语调都刻意模仿出来。说完后，他便目不转睛地望着永乐，希望从他的脸色中窥出什么端倪。

永乐眉角猛地一跳。在山东布政使的奏报中，只提到朱瞻基勘探途中遭遇草寇，但内情却没有详述。此时听孙儿讲述，他才明白这不是简单的打劫，而是针对他的一场有预谋的暗杀！

这简直是耸人听闻，永乐的内心无比震惊。他在脑海中将可能的主谋搜索了一遍，一个熟悉的名字随即冒了出来。他的心猛一抖，沉着脸问道："你所言可是实情？"

"句句是真，孙儿敢以性命作保！"朱瞻基十分坚定地回答。

永乐脸颊猛地一抽搐，眼中闪过一丝寒光，但立刻又敛去，小声道："看来这世道还是不太平！"

朱瞻基有些迷惑：皇祖父这句话究竟是说山东贼寇猖獗，还是如自己期望的那般另有深意？他正要洗耳恭听下文，永乐却摇摇头道："终究是有惊无险，你下次多加小心就是了！还是说正事吧，河工的方案带来了吗？"

闻言，朱瞻基微微有些失望，不过他很快调整好心情，从袖中拿出早已准备好的本章双手呈上道："带来了，请皇祖父御览！"

永乐将本子接过，又从身后拿出会通河流域的地图铺到书架上仔细查看，朱瞻基则从旁解说，两人议了小半个时辰，永乐才点点头道："河道东移，点子确实不错，工期和工程耗费可有估出来？"

"大约需要半年，前后需征发民夫三十万，开支大约需七百五十万贯！"

"七百五十万？"永乐眉头一皱，"记得那个蔺芳跟朕说最多不过六百万贯，怎么一下超出这么多？"

"当时未曾料到会重开新渠，而且此次改道后要在汶上重新筑坝，这笔开支也少不了。"朱瞻基先解释了原因，后又话锋一转道，"不过即便如此，也用不了七百五十万贯。按照蔺芳的核算，工程本身也就需个六百五六十万贯的样子。"

"那这多出来的一百万贯做何用？"

"是这样！孙儿这次去山东，发现流民甚多。百姓衣食无着、流离失所，此素为国家动乱之源。譬如这次所遇贼寇，其中虽不乏奸诈之徒，但想来也有许多是穷极无奈，不得不做这伤天害理的勾当。按理说，此等流民当由朝廷出面安置。只是若要如此，恐又要花一大笔钱，以朝廷眼下财力，恐难以支应。因此回京路上，孙儿便想不如以工代赈，将此等流民组织起来修运河。如此既可减轻百姓徭役，又可让流民有个活命的路子，以防他们穷极生乱。一百万贯虽然不少，但较之于其他安置之法，就节省多了。此乃孙儿一孔之见，是否妥当，还请皇祖父圣裁！"朱瞻基欠着身子大说一通。

自打上次在开河站与唐赛儿争论后，朱瞻基便对山东民生艰难生出恻隐之心。不过他也明白，山东之所以隐患丛生，根子还在于朝廷剥削太重。但若要减免山东赋役，又会影响到朝廷的整体战略，进而对开拓国策造成冲击。他不想也不敢去触皇祖父的霉头，但也不能对流民之事无动于衷，于是便想到了以工代赈的法子。

像修河这种事，以前都是作为徭役摊派给百姓，朝廷不需支付任何工钱，最多安排个伙食而已。百姓对此虽然不愿，但因有家有业，却也不敢推辞。流民都是家破人亡之辈，没有牵挂，自然也不可能再给朝廷白干活，要组织他们修河，工钱肯定是免不了的，这一百万贯便是支付给修河流民的工钱。这样既稳住了流民，又避开了赋役，朱瞻基自信是两全其美的好方法。

果然，听了孙儿的话，永乐心有所动。其实山东之困，他心中一直有数。只是正如朱瞻基所忌惮的那样，他本人也不敢轻易减免山东的赋役。这些年来，朝廷之所以能在北疆取得诸多成就，无一不仰仗山东的赋役。有这层缘故，永乐只能对山东民生之困置若罔闻。不过在承受了多年的苛捐重役后，山东的民怨的确已到了一个必须正视的地步，尤其这流民滋生，更是成了朝廷的隐忧。

赋役一时半会是不能大减的。虽然漠北军事已告一段落，但山陵还在修建，接下来还要营建北京，这事已搁置了好几年，不能再拖，但流民之患也必须尽快消除。面对这种两难之局，永乐一直没找到好的解决之道。今日孙儿的话，倒给他提供了一个全新的思路。

"你之言不无道理！"思忖再三，永乐又道，"只是疏浚运河工期不过半年，过后民夫没了差事，依旧会沦为流民，如此岂非治标不治本？"

"这个不会！运河一通，不仅漕船，就是商船也会大大增加，到时候这些流民便可改行做船夫或纤夫。总之只要有口饭吃，谁又会再铤而走险呢？"朱瞻基又笑着回应。

实行以工代赈，流民有工可做，同时朝廷也不需再额外摊派徭役。而到运河贯通，不仅给流民开辟了新活路，原先山东百姓应承担的陆挽也就不用了，这其实是变相地减免徭役，山东百姓的日子因此多少会好过一些。这种办法既可以将现有的流民妥善安置，又在一定程度上避免了新流民的滋生，用一百万贯解决这个大麻烦，的确是十分划算的。永乐想到这里，颇为赞许道："《易》云：'引而伸之，触类而长之，天下之能事毕矣也。'你能从河工中寻到改善民生之道，着实难得,这笔银子朕掏了!"

"孙儿代山东百姓谢皇祖父恩德!"虽然未能如愿将遇刺的祸水转嫁给朱高煦,但从永乐口中得到如此高的评价,朱瞻基失望过后总算也获得了些满足。

"明日便把方案付诸廷议。若群臣无异议,过几日朕便下旨正式疏通会通河。至于这具体工程……"永乐将手中本章放回书案,想了想又问道,"你还要赴山东协助宋礼他们督办河工吗?"

"是的!"现在会通河已经成为朱瞻基最大的政绩,他当然要全程参与,将这份大功稳稳当当坐实了,"孙儿愿亲眼见证会通河全线贯通,还请皇祖父成全!"

"你不怕再次遇劫?"永乐笑问道。

"男儿行事,岂能稍遇险阻便半途而废?"朱瞻基先是豪气冲天地说了一句,继而又笑道,"何况孙儿此次也不可能再微服赴鲁。到时候出入有大批侍卫跟着,草寇又岂敢再有觊觎之心?"

永乐哈哈大笑道:"好!你打算何时动身?"

"孙儿准备在宫里歇两天,待皇祖父圣旨一下,便和去山东传旨的中使一道启程。"

"不用这么急!"永乐摆了摆手,忽然话锋一转道,"过几天你五、六两位叔爷爷就要进京,你见过他们后再走!"

所谓的五、六两位叔爷爷指的是周王朱橚和楚王朱桢,朱瞻基闻言一愣道:"各位叔爷爷不是要到皇祖父的万寿节才进京么?"

"朕已命他们两个先到先回,其余诸藩如期在万寿节进京!"

当年永乐以反对削藩为名靖难,但在取得天下后却引之为戒,对藩王暗中防备。每隔一两年,永乐便会召诸王来京住上一段日子,名义上是一叙亲情,实际上是通过这种方法钳制藩王。而在诸王来京的日程安排上,永乐也会有意错开,以防这些兄弟叔侄们凑到一起搞什么合纵连横。周王朱橚和楚王朱桢在诸王中年纪最长、辈分最高,将他们和其他藩王隔开,就是怕这两个藩王牵头惹事。朱瞻基久随永乐左右,此时稍微一想便明白了其中目的。不过他又想皇祖父为何特地要自己与周、楚二王见面呢?难道……

"你五叔爷爷五天后就到,到时候你代朕去三山门外码头迎接。"永乐又淡淡说道。

"啊!"朱瞻基兴奋得都快要叫出来。周王父子与父亲一向关系甚笃,当初父亲与二叔还在为谁当太子争得头破血流时,周王就曾上奏请皇祖父立父亲为国储。现在，父亲正为策立自己为太孙的事大造声势，这次周王进京，明显对他大有好处。皇祖父明知如此，不仅不阻拦，反而特地要自己去迎接周王，这就非同寻常了。虽然以前皇祖父也经常流露出对自己的好感，但这种形势下，用这么明显的方式鼓励自己去和周王见面，这实际上就是对东宫推立太孙的变相鼓励。而这种情况，也只有在皇祖父对二叔心生嫌隙的情况下才有可能发生。皇祖父虽然表面不动声色，但内心对自己遇劫内情还是颇为关注的。朱瞻基愉快地想着，口中恭敬道："孙儿领命！"

"嗯，你先道乏吧，你父母肯定早在春和殿翘首以盼了！"永乐点点头，旋又挥了挥手。

"是！孙儿告退！"朱瞻基按捺着内心的喜悦，恭恭敬敬地退了出去。

待朱瞻基出门，永乐默默坐了半天，方疑惑地咕哝出一句："难道真是煦儿……"

三天后，永乐正式下旨疏浚会通河。又过了二日，朱瞻基在三山门外码头迎到了周王朱橚的大驾。早在从开封启程前，周王便接到了东宫发来的密札，此时又见奉旨迎接自己的竟是侄孙，朱橚顿时也明白了皇兄的心意。二人结伴进宫，永乐在华盖殿设宴款待，兄弟二人大醉一场。休息了几日后，朱瞻基启程北上，协同宋礼、金纯督办河工。

相较于上次山东之行的磕磕碰碰，这一次再赴山东，朱瞻基可谓一帆风顺。工程从三月初开工，仅仅用了不到四个月，会通河南段的新河道便大功告成。六月二十六日，他与上百位大小官员在南旺亲眼见证了汩汩清流从引水渠进入会通河道，这条阻塞了数十年的南北交通命脉，在这一刻终于全线贯通。从此以后，南粮北调的运力将显著提高，朝廷对北疆的控制力也因此大大增强了！

与其他官吏不同，朱瞻基为河道建成欢欣鼓舞的同时，也因为另一件事倍感甜蜜。这几个月里，白英和唐赛儿也全程参与了会通河的建设，朱瞻基与唐赛儿朝夕相处，彼此间的情愫也是与日俱增。虽然一直未曾挑破那层窗户纸，但他内心深处已深深打下了这个爽直少女的烙印。在仪式结束后返回济宁的路上，朱瞻基已下定决心要将唐赛儿带回宫中。

抵达济宁城时已是傍晚。草草吃过了潘叔正的接风宴，朱瞻基一个人返回房中。就在他盥洗完毕，准备上床歇息时，房门被轻轻推开，金纯闪身进来。

"天色已晚，金大人还不歇息？"见是金纯，朱瞻基笑着起身招呼。

金纯却是一脸凝重，走到跟前作了一揖才道："臣有一事，想与殿下一叙！"

见金纯说得郑重，朱瞻基纳闷之余，遂也将笑容收起，先请他到椅子上坐了，又觉得有些闷热，遂打开窗户，才回头道："金大人有何事，但说无妨！"

金纯面上浮出一丝犹豫，继而犹豫地问道："恕臣斗胆，请问殿下对那位唐赛儿姑娘有何打算！"

朱瞻基的心一抖，不自然地笑道："金大人这是何意？"

金纯不依不饶道："臣是想说，殿下是否要将唐赛儿带回京城？"

被金纯直言不讳地戳穿心思，朱瞻基脸色一红，但旋又坦然道："不错，我已下定决心，收赛儿入宫！这次回京，我便向皇祖父和父亲奏明，请他们恩准！"

闻言，金纯的眼中布满了焦虑。本来，他对朱瞻基和唐赛儿之间的种种一无察觉。直到五天前，蔺芳偷偷跟他提起，这才引起注意。这几天，金纯着意观察了二人，果然从中瞧出了端倪，而正是这些让他感到深深不安。今天，会通河已经正式建成，朱瞻基也将在三天后启程回京。金纯生怕这位情窦初开的少年一时冲动，平白生出个晴天霹雳。

作为太子精心挑选的重臣，金纯在协助皇长孙办好河工差事外，还肩负着更重要的使命。他要为朱瞻基成功当上太孙保驾护航，绝不能出现任何差池。故思虑再三，他还是决定前来探根问底，不想怕什么来什么，他最担心的事终于发生了。

"殿下糊涂啊！"金纯摇摇头，一脸忧色道，"您可知此举的后果吗？"

"我当然有分寸！"其实朱瞻基心中也有些忐忑，但对唐赛儿的好感最终让他下定了决心，遂强振精神自信一笑道，"我知你心意。婚姻之事，即便是民间亦由父母做主，何况皇家。不过皇祖父气度非凡，做事从来不拘一格，此事虽有违常理，但亦非背离纲常，想来他老人家不会太过责难。父亲一向宽仁，应也不难说服。"

他这话倒不完全是强词夺理，毕竟他是永乐最宠爱的皇孙，凭着这份优势，没准儿真能说服这位皇帝。至于太子，倒与他话里说得不一样。依照朱瞻基对父亲的认识，他十有八九会勃然大怒。不过他也有自己的算计，父亲从来都不敢忤逆皇祖父之意，只要皇祖父准了，父亲就是天大的不满也只能咽肚子里，顶多也就关上门痛骂自己一顿，剩下的也就无可奈何了。

朱瞻基的小算盘打得噼啪作响，金纯却是苦笑连连："殿下，您可有想清楚，这个唐赛儿出自民间，还混迹于江湖。这等人物，岂能带入宫中？"

"出自民间又如何？我母亲也是小户人家出来的，各位叔王之妃也大都出自民间。至于江湖……"朱瞻基哈哈一笑道，"当年曾祖母不也算是江湖中人吗？太祖不照样与她相濡以沫，相伴终生！"

"这岂能相提并论！孝慈高皇后是滁阳王故人之女，虽非名门闺秀，但毕竟出自良家！这岂是这个唐赛儿比得了的？"金纯有些发急。

"你这是什么话？"听金纯话中有辱赛儿之意，朱瞻基顿时怒道，"难道唐赛儿非良家女子？"

金纯一愣，这才明白自己言语不谨慎，触怒了皇孙。不过话说到这个份上，也由不得他退缩，遂横下心道："殿下莫忘了，这唐赛儿可是在戏班子里待过的人！"

"那是迫于无奈！"

"不管是不是被迫，既然干了这下九流的营生，那她这名声无论如何都好不到哪去！就是寻常百姓还不肯与贱民结亲，殿下乃大明堂堂皇孙，收个戏子入室，这要传出去，皇室颜面何存？"

"这……"朱瞻基面露犹豫，不过仍强辩道，"可她毕竟未入贱籍！"

"世人哪管她有没有入贱籍？何况眼下正是成败攸关之际。所谓树欲静而风不止，就是殿下谨言慎行，还免不了遭明枪暗箭，若再惹出这等事，正好落人以口实。一旦汉王那边借此兴风作浪，殿下名声大毁不说，立储一事也有折戟之忧！江山美人，孰轻孰重，殿下岂能不掂量清楚？"金忠话锋一转，幽幽道。

闻言，朱瞻基打了个寒噤。不错，现在正是最为关键的时刻，这时候传出个私纳戏子的名声，没准儿真会给自己招来天大麻烦。真要是因此错失太孙之位，那可真就欲哭无泪了。何况不说别的，就连最起码的说服永乐，他其实都并无把握。朱瞻基终于冷静了下来，半晌，他方苦笑着对金纯道："赛儿不过是唱了两年戏，又没做什么见不得人的事，何以会如此不堪？"

金纯面如死水，微微摇头道："臣亦知这唐姑娘乃纯良之人。然世风如此，殿下纵然贵为天潢，也敌不过天下悠悠之口！"

"唉……"朱瞻基颓然长叹，心中充满了苦涩与凄凉。良久，他方艰难地对金纯摆摆手道，"我累了，金大人还是先回吧！"

金纯是程朱门徒，素对男女之情嗤之以鼻，但此时看着这个情窦初开的少年难过至此，饶是他铁石心肠也不免心有戚戚。不过他更多的感觉仍是庆幸，庆幸这位皇孙终究还是没有少年轻狂，庆幸自己将他拉回了正轨。金纯不再作声，只默默向朱瞻基作了一揖便悄然离去。他走后，朱瞻基呆呆地站了一会，便如烂泥般瘫倒在床上。而就在这时,窗外的树丛传出一阵细细的抽泣声⋯⋯

第二天日上三竿,朱瞻基才从房中出来。他愁肠满腹地在后花园走了一阵,不知不觉竟来到唐赛儿居住的厢房前。犹豫再三,他推门而入,但眼前的情景却让他大吃一惊:房间被收拾得整整齐齐,所有赛儿的衣饰器物皆已不在。他猛地意识到什么,忙又跑到紧挨着的白英所住厢房内,里面同样是空空荡荡。这时,李谦走了过来,朱瞻基愤怒地抓住他的肩膀叫道:"他们人呢?"

李谦有些胆怯地看了看朱瞻基,嗫嚅道:"回殿下,他们一早就已离开了!"

"为何不叫醒我?"

"金大人有交代,不许打扰殿下,任由他二人自便。"说完,李谦又拿出一支金凤簪,哆哆嗦嗦地递给朱瞻基,"这时在唐小姐房中发现的!"

朱瞻基的心一抖,这支金凤簪是宫中之物,他在一个月前就悄悄送给了唐赛儿。赛儿十分喜欢,一直仔细珍藏,而如今却又退回到了他手中。朱瞻基接过簪子,两行热泪再也憋将不住,终于簌簌流了下来⋯⋯

两天后,朱瞻基黯然告别山东,返回南京复命。当他返回京城时,策立太孙的呼声已经响彻朝堂。而有了这次疏浚运河的大功,他面前已经没有任何障碍。终于,在经过四个月的准备后,永乐九年十月初十,朝廷举行大典,永乐亲自册封皇长孙朱瞻基为皇太孙。至此,东宫一扫缠绕多年的阴霾,大明王朝曾经摇摆不定的前途,也从这一天开始有了明确的方向。

朱高煦有一种幻灭的感觉。

长久以来,他一直沉醉在美好的憧憬中,他希望通过邀获圣眷,兼以倾陷东宫,进而使自己和大哥在父皇心目中的地位发生反转,并最终促使父皇下定决心废储。应该说,这是一条最常见也是最稳妥的易储路子。他为此付出了巨大的心血,也曾取得过不错的效果,甚至几度将东宫逼入进退维谷的境地。无奈天不遂人愿。尽管朱高炽屡次遇险,但最终都化险为夷。而现在,朱瞻基被正式册立为皇太孙,东宫的地位已坚如磐石。血淋淋的事实不得不让他清醒过来,自己这么多年来的努力,已经彻头彻尾地沦为竹篮打水般的闹剧。

认清这一切后,朱高煦顿时陷入癫狂。其后的几个月里,汉王府的内官都人动辄惨遭暴打,每及入夜,后宫自王妃韦氏以下,十余妻妾被轮番折磨得死去活来,整个煦园笼罩在惊恐之中。

见朱高煦如此,汉藩僚属不约而同地群起劝谏,他一概不理。史复、纪纲这样的心腹还好些,其余像那些本就不招他喜欢的长史司官吏话一开口,便被朱高煦一碗酒给泼了回来,落得个狼狈不堪、斯文扫地。就这么闹了上百日,这一天傍晚,当朱高煦又嚷嚷着要安排戏班时,史复实在忍耐不住,拉上纪纲直冲到他面前将酒壶夺下,重重摔到地上恨恨道:"殿下真就想这般自暴自弃下去?"

朱高煦斜着眼望着史复,不屑地冷笑道:"你能扭转乾坤?既然大势已去,那本王不戏酒自娱又当怎的?"

史复胸堵气闷,半晌方咬牙讥讽道:"也是,您也没几年好活了,再不及时行乐,将来怕就只有到阴曹地府中受罪了!"

"混账!"朱高煦将手中酒杯猛掷于地,怒发冲冠地指着史复的脸道,"你这厮好大的胆子,活腻了吗?"

"怕是殿下您活腻了才对!您或许以为就算当不成太子,至少还可以做个太平王爷!可您也不想想,就凭您这些年对东宫干的那些事,一旦太子登基,能大度地一笔勾销?何况……"史复毫不畏惧地反唇相讥,此刻却话锋一转,语音阴冷道,"就算以往种种果可不咎,可您还派人在山东行刺皇太孙,仅此一事,他们也绝无可能让您安度余生!"

"放他娘的屁!"史复刚一说完,朱高煦就劈头盖脸地骂道,"别人不知,难道你还不晓得?我哪有派人刺杀瞻基那崽子?凭什么就把这屎盆子扣本王头上?"

朱瞻基遇刺一事,尽管永乐和东宫都讳莫如深,但世上没有不透风的墙,很快这个消息便传遍了京城。而对行刺的幕后主谋,众人理所当然的猜测是他汉王朱高煦。朱高煦得知此说,气得暴跳如雷,可偏偏又无以置辩,差点活生生地憋出病来。

史复皮笑肉不笑道:"在下当然知道此为污蔑,但百姓却不这么想,朝臣、东宫乃至陛下亦都不这么想。正所谓三人成虎,殿下纵问心无愧,但千夫所指之下,也终究免不了步庞葱后尘。"

一股凉气从朱高煦的脊梁骨中冒了出来。他呆立半晌,方将先前的狂妄之气一敛而尽,转而有些惊惶道:"那我当如何?"

"鱼死网破!"史复眼中寒光一闪口中迸出四个字,顿了一顿又冷笑一声道,"谁说太子一定要皇帝来立?今上的位子不就是强抢来的么?"

朱高煦的脸色有些发灰,他知道史复指的是什么。在之前的通盘谋划中,曾有一招最后的撒手锏,便是在争储失败后积蓄实力,待永乐大行,便重演靖难之役。如今自己一败涂地,想通过朝堂文斗来夺储已经没有可能,那接下来就是要为这拼死一搏做准备。

朱高煦重新坐回椅子上，垂头想了许久，才有些沮丧地摇摇头道："今时不同往日。现在我兵微将寡，就是想学父皇当年，也没那本钱了！"

他说的是实话。这几年下来，他已经完全丧失了对北军的影响，现在的行在后府左都督张信是不折不扣的东宫干将。其余军将，也有一多半是丘福兵败后擢升起来的，朱高煦对他们并无太多恩惠。没有了北军的拥护，他唯一能掌控的，就是手下的三护卫亲军而已。仅凭此就想重演靖难，那简直是天方夜谭！

史复却不以为意，继续鼓劲道："要想靖难，王爷确实力有不逮。但若仅是玄武门之变，则就不好说了！"

"逼宫？"朱高煦的心思活络起来。宫廷政变不同于通常的扯旗造反，并不需要太多兵马，只要能在京中一举鼎定胜局，到那时即便天下文武心有不服，但大局已定之下，也唯有俯首听命。当年的李世民便是靠这一手登上皇帝大位的。就是父皇在靖难中最后的孤军南下，直接攻破金陵，进而慑服天下的壮举，说白了也是这擒贼先擒王的路子。而且要行逼宫，他还有两个非常明显的优势：一是由于他并未就藩，所以汉藩的三护卫亲军也随其一直驻扎在南京；其二，则是锦衣卫是由纪纲把持，这是大明最精锐的军队。从这个角度说，虽然放眼天下自己已日薄西山，但仅就南京而言，自己还有着相当实力。

朱高煦正心有所动，一直没说话的纪纲却先摇头道："京中守卫严密，仅靠咱们这点子人马怕也成不了事！"

"缇帅说得不错！以京卫之力，绝非我等现有兵马可以压制。"史复点点头，又话锋一转，"不过京卫亦非长年驻京。四方一有大变，其便可能被抽调，像之前南征交趾和御驾亲征漠北，京卫都曾大举出动，所以咱们可以等待时机。当然，这段日子咱们也不能闲着，得抓紧时间暗中蓄力。真到图穷匕见那天，咱们的实力强一分，胜算也就大一分！"

"不错，就这么办！"朱高煦一拳狠狠砸向桌面。经过史复的点拨，他已经想通了，与其束手待毙，还不如舍命一搏。

纪纲还有些犹豫，史复睨睨他轻描淡写道："皮之不存，毛将焉附？缇帅难道想重蹈陈瑛覆辙？"

纪纲浑身一震，眼光中迸射出凌厉的光芒，终于他横下心道："也罢，成败在此一举！"

……

从汉王府出来，纪纲欲打道回府，史复却将他拽拖到一个僻静角落处小声道："有一件事，缇帅回去后务必留心查证。"

见史复说得郑重，纪纲顿也正容道："先生所指为何？"

"关于皇太孙在山东遭劫，我总觉得蹊跷。你我心里清楚这事是他人所为，但现在却变成王爷背黑锅。后来我一直在想，就算当时太孙被杀，难道得益的就真是我家王爷？"史复皱着眉头道。

"不错！此事无论成败，王爷身处是非都会被疑。所以就算咱们真有意谋害太孙，也不会用这种拙劣法子。"纪纲点点头，又一叹道，"可惜世人愚昧，不懂这个道理！"

"世人愚昧与否咱们管不着，也管不了！"史复继续着自己思路道，"只是我突然从中发现，似乎有人在背后暗算！"

纪纲脸色一变，想了想道："会不会是东宫自导自演，嫁祸给王爷？"

"我一开始也这么想，但后来又想到大清河决堤之事。当时这堤决得太巧，若是天灾倒也罢了，可要是有人蓄意为之，那就是要置陛下和王爷于死地，且不管成功与否，黑锅都是由东宫来背，与这次太孙遇劫有异曲同工之妙。由此思之，我觉得有人在暗中利用我汉府与东宫的矛盾，冀图坐收渔利。"

纪纲的脸一下变得煞白无比："谁有这么大的胆子？"

"我也不清楚！"史复摇摇头道，"所以我想请缇帅暗中查查，看究竟有没有这个幕后黑手。不能咱们辛苦一场，到头来却给他人做了嫁衣！"

"我明白了。鹬蚌相争，渔翁得利，他想得倒美。要真查出有这么个人，我定让他求生不得求死不能！"纪纲脸色变得有些狰狞。

纪纲走后，史复在院中慢慢踱步，想着可能存在的另一股势力，渐渐的，一个模糊的影子浮出他的脑海……

第六章

共谋利官商勾结　贩盐铁汉藩蓄力

　　三月的金陵,烟雨朦胧,暮春浓艳。这一日又是个阴雨天,聚宝门外的米行大街行人寥寥,一派萧寂。傍晚,就在沿街商铺都要关门打烊之际,一驾装饰华贵的马车在几名骑士的簇拥下从雨花台方向缓缓驶来。待过了菜市口,眼瞅着就要到护城河时,马车突然停了下来,车内的窗帘被挑开,一张尖细泛白的脸露了出来。这时,一个心腹小厮迎上前道:"老爷,聚宝门到了!"

　　车内男子没有应声,他望了望窗外景色,颇有感慨道:"梅实迎时雨,苍茫值晚春。京城富贵繁华地,就是风雨也比那漠北清新许多。"

　　"漠北虽然遭罪,但有钱赚哪!才一万贯的本钱,遭一次罪,五万贯轻轻松松就到手了,大明境内哪有这么划算的买卖?"小厮眉开眼笑道。

　　男子嘴边浮现出一丝得意的微笑。

　　小厮又叹了口气道:"可惜朝廷查得紧,这买卖做不大,也长不了。万一哪天被逮住,抄家都是轻的!"

　　"逮住?"男子笑着用折扇敲了敲小厮的脑袋道,"朝中有人,还怕官府抓?"

　　"老爷是要……"

　　"当然这次只是探路,所以才冒了次险。既然已经证明是笔好买卖,那接下来当然是上贡了!"男子点了点头。

　　"老爷英明!"

　　车中男子淡淡笑了笑道:"这事先别提了。聚宝门快到了,先进城吧。"

　　"是!"小厮应了个诺,又看了看男子身上那套绸布衫小心道,"老爷,这里是京城,咱们不能穿丝绸的,还是找件粗布的换了吧?"

男子眼中闪过一丝愤怒,随即又微微一叹,拉下窗帘更衣。他是商人,纵有万贯家财,论身份却仍是四民之末。朱元璋在世时曾下旨严禁商贾衣绸,尽管这道禁令从诞生之日起就没有坚决执行下去,但至少在天子脚下的南京城,还没有哪个商人敢穿着锦衣绸衫大摇大摆地在街上走的。男子虽对朝廷这种贱视商贾的做法愤愤不平,但也无力抗拒,只能换上普通百姓的粗布衣才进城。

进入聚宝门,马车直奔胭脂巷旁的仙鹤坊,最后在一座看上去有些破败的宅院门口停了下来。男子下车,早已守在门口的一个老奴立时迎了上来,看了看男子的脸笑道:"老爷总算回来了,这一趟可瘦了好些。"

男子一笑道:"这次我出外,也多亏了你操持家业。你的功劳我是记着的,回头去账房支二十贯钱喝酒。"

"谢老爷!"老奴喜笑颜开,赶紧上前欲扶男子。男子摆了摆手,直接提脚登阶进府。

一进府中,景色就是一变。从外面看上去,这宅子虽占地不小,但粉墙早已剥落,大门上的朱漆也都残缺不全,就像一个破落许久的大户人家。但进入院中,却发现里面焕然一新。不仅中庭内遍栽名木,各间房屋也都是雕栏玉砌,极尽奢华。进入花厅,里间早已摆好一张八仙桌,上面摆着热气腾腾的精致酒菜。男子见了食欲大开,立时大快朵颐。酒足饭饱,他又来到浴房,那里澡具早已备齐。男子在两个婢女的侍候下除去衣衫,抬脚进入装满热水的木桶中,顿时全身的毛孔都舒展开来。这时,婢女又走到桶跟前要侍候他沐浴,男子却挥了挥手命她们退出房外。待二人离去,男子便全身蜷入桶内,靠着桶壁想起心事来。

这名男子名叫沈文度,是明初吴中巨商沈万三的独子。当年沈万三家财亿万,号称海内第一富豪。正所谓树大招风,坐拥如此巨富,沈万三也引起了朱元璋的注意。后来朝廷重建南京城墙,沈万三被勒令捐建其中三成,事毕后朝廷仍不罢休,最终籍其家,沈万三也被发配云南,客死异乡。

沈家虽然败落,但毕竟瘦死的骆驼比马大,仅抄家遗漏下的各项财产也足够沈文度几辈子吃喝不尽了。不过身上流着巨商血液的沈文度并不打算坐吃山空,经历了洪武、建文两朝的蛰伏,到永乐即位后,他决定卷土重来。吸取父亲的教训,这次沈文度出山,首先要做的就是找一个坚固的靠山,而他选中的就是令世人闻名色变的锦衣卫都指挥使纪纲。沈文度摸准这位缇帅贪财好色的本性,首先搜集各式奇珍异宝奉上,成功拜入纪纲门下。随后,其又亲自到苏杭搜罗江南美女献上,成功讨得纪纲欢心。而在赚钱的门道上,他则把目光对准了贩私盐。

盐在明朝由官府垄断,商贾要想贩盐,需遵循开中之法,先运粮至官府指定的边塞要地换取盐引,再去盐场凭引支盐到指定处贩卖。不过沈文度却不守这规矩,他仗着纪纲的庇护,又成功买通了长芦盐运司都转运盐使,直接从河间府的长芦盐场取盐,再根据行情运往各地贩卖,所获之利是普通盐商的数倍之多。

不过虽然收获不菲,但贩卖私盐的利润尚需与纪纲以及长芦盐运司的官吏们分赃,这极大地降低了沈文度的收益,对此他一直不大满意。去年年底时,沈文度运盐至大同,在那里结识了一个太原商人,一番交谈下来,他有了新的想法。

大明江山取自蒙元,故从建国伊始,明朝便对北遁塞外的蒙元残部实行严厉的封锁政策,严禁中原与塞外互市贸易,而这其中对蒙古各部影响最大的就是盐铁之禁。

铁乃军国利器,盐则是不可或缺的生活必需品。此二物均非塞外盛产,多需通过与中原互市方可得到。朝廷颁布禁令,这无疑是掐住了蒙古各部的命根子。经过四十多年的封锁,当年元廷北遁时从中原带走的铁制军器已折损得七七八八,盐的情况虽然好些,但也捉襟见肘。

按照漠北千年流传下来的老习俗,但凡草原上得不到的东西,就到中原去抢。可是现在的大明王朝正如日中天,反观蒙古却已四分五裂,无论是鞑靼还是瓦剌,都无实力侵入中原。但盐铁又是漠北各部所急需的,在这种情况下,走私便自然而然地出现了。一些明朝商人与边军勾结,将私货偷运出塞,从牧民手中换回牛皮羊皮脱手,收益之丰令人瞠目结舌。当然,这也要承担极大的风险,万一被官府查获,按律轻则抄家,重则杀头。不过在高额的利润面前,仍有人趋之若鹜。

在搞清了走私的收益后,沈文度便动起了心思。他先到长芦盐场买了一批海盐,然后通过太原商人的路子卖到瓦剌,一下赚了个盆满钵满。刨去给边军的贿赂和太原商人的酬金,他仍有五六倍的纯利。在见识了走私的巨大利润后,沈文度再也不甘在中原小打小闹,他要打通出塞的路子,攫取更大的收益,重现父亲当年海内第一富豪的荣光。

"老爷!"窗外一个声音将沈文度从遐想中拉回现实,"去纪大人府上的人回来了!"

沈文度精神一振:"哦!他怎么说?"

"纪大人说今天天色已晚,请老爷明日午后去别馆相见!"

"唔,知道了!"沈文度答应一声,脸上浮出一丝浅浅的笑容。

第二日中午,沈文度吃完饭便戴上顶万字巾,换上一件天蓝色直裰袍子出府。出仙鹤坊后,他沿着西城墙一路向北,一直走到清凉门内的清凉山下。

清凉山是南京的发源地。东汉建安十六年,吴主孙权迁都至秣陵,在石头山金陵邑原址筑城,这便是这座石头城的由来。其后历经六朝风雨,石头城一直是金陵城西北的望江要塞。到唐朝后,江水改道西移,清凉山不再与长江相接,石头城遂逐渐荒废,转而成为金陵士民踏青觅翠、发思古之幽情的好去处。到明初时,清凉山以石城霁雪、清凉问佛二景闻名天下,引得无数士人香客心向神往。不过,沈文度此番前来绝非赏景拜佛。到山脚下后,他沿着一条青石小路向东侧山林深处走去。左弯右拐了好一阵,一道木门便出现在路中间,门口站着两个家奴打扮的小厮。沈文度上前掏出两张宝钞笑道:"烦请二位通报一声,说沈文度求见老师!"

二人接过宝钞,见是五十两的,顿时眼光一亮,其中一个忙满脸堆笑地作了个揖道:"先生且等片刻,小的这就去禀报!"一盏茶工夫过后,他又跑了回来,做了个请的手势,"请随小的来!"

沈文度随着小厮继续往内走,刚开始时路两旁还都是竹林,凉风吹过,竹叶婆娑作响,让人心旷神怡。待往里走了十来丈,路往左边一拐,一个人工开凿的小湖便出现在眼前。湖面上种满莲花,池中央有一个小岛,上头建着一个四方小亭,周围用纱幔与外间隔开。在靠近路口的岸边上停着一艘小船,显是用来载人进亭用的。

小厮在岸边就止步即道:"老爷就在亭中,请先生屈驾登舟!"沈文度点点头,随即抬脚上船,随手又抛给船夫一串铜子。

不一会儿船到亭边,沈文度离船上岛,随即上前几步走到亭前站定,欠身恭敬道:"学生沈文度求见老师!"

"进来!"里面传出纪纲的声音。沈文度一笑,挑帘入内。

这间亭子不大,陈设也颇简单,只是在亭中放置一张花楠小几。几上摆着一个官窑小胆瓶,瓶中插着水仙,显出几分幽人野客之致。纪纲悠然自得地坐在几后的小摇椅上来回晃荡,身旁则有一个色艺双佳的歌伎用象牙拍板轻轻拍着板眼,婉转低唱着小曲。

"老师果真好兴致!"沈文度呵呵一笑道,"竟一个人躲在这山林美景中悠然听曲！"

"这叫偷得浮生半日闲！"纪纲一笑，随即起身命歌伎将纱幔掀起，随后又让她乘送沈文度前来的小舟离岛，然后才转身随意道，"好久没你消息了，说吧，此来所为何事？"

沈文度见小舟尚未驶远，故不想谈正事，转而将周围景色扫了一眼，对纪纲笑道："老师这山水林间别馆，倒让学生想起王维的那首《山居秋暝》。"

空山新雨后，天气晚来秋。

明月松间照，清泉石上流。

竹喧归浣女，莲动下渔舟。

随意春芳歇，王孙自可留。

闻言，纪纲笑骂道："你一介商贾，学那些儒生做甚？想法子赚钱才是正经！"

这时小舟已走远了，沈文度遂进入正题："学生手头有一笔大买卖，想请老师相助。"接着便将这次走私的事跟纪纲说了。

纪纲听说是向瓦剌走私，脸上顿时变了颜色："你胆子也忒大了，出塞可不比在内地！一旦被抓，娄子可就捅大了！"

"学生明白。可这利润之丰，也绝非内地可比。"沈文度镇静地凑到纪纲耳边，神秘道，"一斤盐运到瓦剌，换回来的牛羊皮可以卖到十三文的价钱！"

"十三文！"纪纲倒吸了口凉气。他长期庇护沈文度贩卖私盐，对盐的价格自然十分清楚。长芦盐运司向制盐的灶户收购食盐，每四百斤才支付一贯钱，划下来平均一斤不过两文半，但经盐运司一转手，到盐商手里时就成了三文半，再到百姓手中时，一斤盐的价格已经变成了五文还要多。由于纪纲的疏通，沈文度直接以两文半的价钱提盐，比普通盐商省了一文。当然，这一文并非沈文度独吞，纪纲和长芦盐运司就要分去五成，但饶是如此，各方所获也十分惊人。纪纲当缇帅这十年一共攒了两百多万贯的家财，其中有差不多一半来自沈文度的"孝敬"。而现在，沈文度将盐贩到瓦剌竟能卖到十三文，也就是说可以凭空多出近十文的利润！想到这么大一笔收入，他顿时心有所动。

"老师！"沈文度继续道，"而且在瓦剌，盐比茶、布都要紧俏，学生这次去瓦剌，见到了马哈木手下的知院脱里迷失，他答应只要学生能多贩些盐过去，其中四成可以直接用金银来抵，而且是照大明官价。"

"什么？你见到了脱里迷失？没有泄露身份吧？"纪纲蓦然警觉，他担心一旦瓦剌头领知道这个商人的渊源，会以此来要挟自己。

沈文度赶紧解释道："老师放心，学生哪能有那么傻？而且像咱们这种敢走私出塞的商人，和官府多少都有些关联，瓦剌对此心知肚明，从来不问来历，否则谁还敢干这营生？"

蒙古是大明宿敌，他们要是盘问商人底细，明朝官吏就不敢庇护走私，那蒙古各部获取中原货物的路子就彻底断绝了。这是显而易见的道理，纪纲一想就懂。

在确认了安全之后，纪纲放松下来。再回忆起刚才沈文度说的瓦剌用官价金银换盐的做法，他的心更加蠢蠢欲动。

明初重农抑商，对金银矿藏的开采限制极严，朱元璋还下旨禁止民间以金银易货。同时，严格限制金银矿藏的开采冶炼，导致中原金银与铜钱的比价偏高。按官价，一两银子换一贯钱。但实际上，市面上要想用钱换一两银，少说也得一贯加上二百文，金的比价比银还要高些。瓦剌用官价折银，这下又凭空多出了好些利润！再加上走私本身的高额利润，这无疑是一笔回报惊人的买卖。想到滚滚而来的雪花银子，纪纲终于坐不住了。

"你想怎么办？"纪纲望向沈文度，眼光中射出贪婪。

"只要老师能助学生通关，其余一切都由学生打理。"

锦衣卫本来就有侦刺鞑子情报的职责，缇骑乔装出塞更是家常便饭。只要将沈文度说成是锦衣卫的密派，边关没有哪个官吏胆敢阻拦。不过话又说回来，既然沈文度找上自己，那他肯定不会是小打小闹，届时随他出塞的必然会是一支庞大的商队。规模一大，难免引人注目，风险自然也就增加了。但想到这其中的巨大收益，纪纲觉得冒些险还是值得的！

"可以！"纪纲下定决心，点了点头道，"不过得每次的量不要太大，免得招人耳目，细水方可长流！"

"学生明白！"沈文度当即点头答应，随即又微笑道，"如此劳烦老师，学生实在过意不去。若买卖顺当，学生愿将每斤多出来的十文拿出一半孝敬老师。"

"六文！"纪纲不容置疑地做出一个手势。

闻言，沈文度脸色有些发白。以前在内地贩盐，他都是把一文差价的一半支付给纪纲和长芦盐运司。这次走私用不着打发盐运司，但沈文度仍按老规矩拿出一半，本想应付纪纲已经绰绰有余，孰料他却狮子大开口。

"你不要嫌多！贩盐出塞非同小可，不出事则已，一旦被人告发，仅凭我是抹不平的。实话告诉你，这六文我只留一半，其余一半得孝敬给汉王。有他在背后撑腰，你这买卖才能做得踏实！"

"也是花钱买个平安！"听了纪纲的解释，沈文度想想也觉有道理，忽然，他又生出个念头，随即试探道，"老师，既然汉王能出面，那咱们索性做得再大些？"

"你的意思是………"

"老师或许不知，鞑子们最缺的不是盐，而是铁！现在瓦剌一心想灭掉鞑靼，急需精铁制兵造甲。运铁去瓦剌，利比贩盐高了一倍还有多。而且脱离迷失说了，如果学生能运铁过去，全部用金银立付……"沈文度的脸色兴奋得有些潮红。

"住口！"沈文度说得眉飞色舞，纪纲却已吓得脸色煞白，赶紧打断他道，"你想钱想疯了？盐不过用于生计，铁可是军国利器！我大明和鞑子是宿敌，要让皇上得知，那就是资敌的罪名！到时候别说你我肯定抄家杀头，就是汉王都有可能夺爵下狱！"

见纪纲说得这么严重，沈文度遂尴尬地笑道："学生也就是一说，老师觉得不妥那便罢了！"

"你回去吧，把你那边的事操办好，汉王那边我自会去说！"纪纲挥挥手下了逐客令，接着开始琢磨起说服朱高煦的办法来。

送走沈文度，纪纲又在亭中思索片刻，随即也乘舟离岛。上岸后，他叫来下人去讴歌楼订了几道菜，又叫了两瓶竹叶春，随即打马前往汉王府。进入煦园时天色已有些昏暗，朱高煦和史复正在竹林里围着石桌对弈。纪纲走上前笑道："夜幕将至，王爷和史先生还不收官么？"

史复抬头，见纪纲身后的两个从人提着酒菜盒子，遂笑着起身道："正准备叫下人准备晚膳，缇帅就上门请客。如此甚好，也省去府里一顿饭钱！"

"堂堂汉王府，还差这一顿饭钱？"见朱高煦已推了棋局，纪纲遂一边寒暄一边张罗着把棋子收起，又见天色渐黑，他遂命人拿来几个灯笼放在周围，再将酒菜摆上石桌，"天气渐热，去屋里吃嫌憋闷，不如就在这里小酌如何？"

自上次史复打气后，朱高煦的心绪也好转了些，此时见纪纲如此热情，遂笑道："便依你！"说着便不客气地拿起一只鸡腿，自顾自地啃了起来。

纪纲拿出三个精致的犀角杯子将酒酌满，递到朱高煦和史复面前，举杯道：

"近来事务繁杂，来王府这边的次数少了，还请王爷不要怪罪。"

朱高煦吃得满嘴流油，举起酒杯和他碰了一下，口中含糊不清道："京中有什么大事？用得着你四处奔波？"

"奔波倒是不必，但糟心事还不少。"纪纲夹起一道菜放进嘴里嚼着，"去年郑和三下西洋归国，带回个锡兰国王叫什么亚麻烈苦奈儿的，说他欲劫我大明宝船，被郑和擒住后押回京请皇上定罪。后来皇上赦免其过，准备趁着明年再次出洋时带其归国。不过陛下又怕此人回国后故态复萌，故叫臣派人多盯着他，看他最近有没有怨言！"

史复听了这话笑道："就这点芝麻绿豆的事儿，也能让堂堂缇帅烦心？"

"这只是其中之一！"纪纲接着道，"关键是交趾和漠北也不太平。交趾那边叛乱不止，英国公和黔国公打了几年，贼寇倒是杀了不少，可为首的陈季扩一直就抓不着，说是躲到深山里去了。他不除，交趾便平定不了，皇上对此颇为忧虑，除命两位国公加紧进剿外，还命我多派番子去交趾协助搜寻。可怜这交趾本是新复之地，风土人情与中原迥异，缇骑虽善于侦刺，但到那种鬼地方能派上什么用场？可皇命又不可违，这几天为挑合适人选，我的头都大了几圈。"

"这倒是个麻烦事！交趾不平，户部每年都要往那里投几百万贯。估计父皇是被夏元吉那钱痨叨咕烦了，这才病急乱投医！不过漠北是怎么回事？阿鲁台刚挨了揍，这么快又不安分了？"朱高煦点点头道。

"鞑靼倒是老实了，但瓦剌却又开始惹事！"纪纲不动声色地将话题引到瓦剌，"两天前，北京那边传来消息，派往朵颜三卫的探子回报，说在那里发现了瓦剌使臣的踪影。估计是鞑靼兵败后，瓦剌想趁机一统草原，故有意拉拢朵颜三卫。皇上得知后，又密命我锦衣卫盯紧兀良哈人，以防漠北生出变数！"

"这瓦剌的胆子也未免太大了吧？朵颜三卫可是我大明屏藩，他们敢来挖墙脚？就不怕重蹈鞑靼覆辙？"朱高煦咋舌道。

"鞑子豺狼心性，有什么不敢做的？而且去年塞外大雪，朵颜三卫牲畜被冻死不少，当时他们上表请求赈济，不过朝廷忙着修河建陵，国库空虚，只得含糊应付过去，想来他们心有不满，故与瓦剌暗通款曲！"史复冷笑道。

"这敢情好！"朱高煦有些幸灾乐祸。自打下定决心要效法唐太宗后，他尽管当永乐的面仍老老实实，但私下里已不再那么毕恭毕敬，"父皇成天就想着他的永乐盛世，最好瓦剌再生出点乱子，让他老人家闹闹心！不过你就惨了，瓦剌要是不安分，你这缇帅睡觉时也得睁只眼望着漠北。"

"也不全是晦气！"纪纲终于找到了由头，"臣这段日子盯着瓦剌倒也有所收获，或许对王爷的大业大有好处！"

"哦？"听说与自己夺位有关，朱高煦诧异之余也集中了精神，"此话怎讲？"

"臣发现了一笔大买卖！"纪纲将沈文度贩运私盐到瓦剌的事说了，只是将每斤盐十文的暴利腰斩成了五文，以掩盖自己从中获得的好处。说完，他精神抖擞道，"现在漠北局势不稳，锦衣卫往漠北的密派必将大量增加。要是能借此机会卖些私盐给瓦剌，收获绝对不小。沈文度说了，只要王爷与臣愿出手相助，他愿每斤出拿三文作为孝敬。臣粗粗算过，只要走上一年，咱们便能坐收三十万贯的红利。臣愿分文不取，全部送给殿下，以为图谋大事之用！"

听说是要向瓦剌贩卖私盐，朱高煦吃惊之余下意识地就要拒绝，但当听到那三十万贯的收益时，他已涌到喉咙眼的话顿又生生咽了回去。

自打那日密议后，朱高煦便下定决心要强夺皇位，而此策得以实行的一大关键就是要内蓄实力。这时，一个难题随即摆到了他面前——没钱！

所谓内蓄实力，无非是招募死士、私购兵甲、收买军心这几招，而这种种离不开一个钱字，这让他伤透了脑筋。

朱高煦是亲王爵位，而且其在靖难中屡立大功，永乐特赐他食亲王双俸，仅每年俸米就高达两万石，额外的恩赏更是数不胜数，所以按道理说他应该不缺钱花。

但这所谓的不差钱，仅是指日常花销而言，一旦要豢养死士，那就远远不够了。何况他生来就是大手大脚的性子，从不吝惜钱财，两万石的俸禄流水般花出，到年底时通常都所剩无几。等到决计要强行夺位后，他命枚青将王府账目拿过来一瞧，发现仅有不到五万贯的结余，这才发觉形势不妙。从那以后，朱高煦在开销上已节省许多，但这也不过是杯水车薪，无济于事。

没有钱，任他朱高煦有满腔宏愿也只能仰天长叹。这段日子，他和史复都在为钱的事发愁，却都束手无策。不想就在节骨眼儿上，纪纲却主动送钱上门，而且一送就是三十万贯，这不由得他不动心。可想到贩盐出塞的巨大风险，尤其是一旦父皇得知后必将震怒异常，他顿时心生畏惧。犹豫再三，他依旧不能决，遂将目光投向史复。

史复将脸上的面纱撩起到鼻下，然后夹了根青菜塞进嘴里慢条斯理地嚼着，许久才放下筷子问纪纲道："这个沈文度靠得住么？"

"不瞒先生，此人这些年能发家致富，多半承我照顾。我有大恩于他，谅他也不敢有二心！"

史复没有再问。虽然纪纲口口声声说自己分文不取，但史复心里清楚，他不过是在信口雌黄，这笔买卖里头少不了他的一份好处。

这些年纪纲在外头做了不少勾当，史复和朱高煦都心中有数，但出于对纪纲忠心卖命的回报，朱高煦不但不阻止，反而还时常在父皇面前为其遮掩，所以他是否从中赢利并不打紧。而从纪纲如此肯定的态度可知，他与这沈文度过从匪浅。既然此这些事都不成问题，那接下来还要考虑的，就是朱高煦介入此事的得失了。

按照纪纲的说法，沈文度只是需要找个靠山助他顺利通过边塞，这事听上去并不难办。但实际上仅就于此，那纪纲根本不需要来劳烦朱高煦，只要他本人下一道手令，放眼天下还没有哪个关隘敢不乖乖放行。而其明知如此却仍找到朱高煦，还拱手送上这么大笔银钱，就是要把他也拉下水。

以朱高煦的身份地位一旦介入此事，那理所当然地会被视作主谋，也会相应承担起最大的风险。

洪武末年，安庆公主的驸马欧阳伦违反茶禁，遣私人贩茶出境，朱元璋得知便毫不犹豫地将其处斩。朱高煦虽非欧阳伦可比，但一旦东窗事发，也少不得会吃不了兜着走。到时候永乐大发雷霆，他被削夺王爵也不是不可能的。

不过干系虽大，可收益也是惊人的。三十万贯，足以解汉王府的燃眉之急，对接下来的夺位大有裨益。斟酌再三，史复对朱高煦道："王爷，在下以为可以一搏！"

"可是……"朱高煦还是有些担心。

"欲行大事，非有大手笔不可！此上天赐王爷成事之资，若仅因一二险阻便推却不受，实自绝之道也！"

听史复这么说，朱高煦终于点头道："好，这事本王应了！"

见朱高煦点头，纪纲心中一喜，正欲再说，史复却轻飘飘地道了一句："不过三十万贯还是太少！"

纪纲一愣，随即反应过来。史复肯定知道自己在价钱上打了埋伏，还想把自己那份赚头也抠些出来。

虽然明知汉王夺位成功自己也会受益，但想到要自己掏钱，纪纲仍心有不愿，但又不好直接回绝，遂佯作苦笑道："也不少了。贩盐不比贩铁，赚头再大也是有限的……"

"贩铁？"史复忽然打断纪纲的絮叨，颇有兴趣望着纪纲，"贩给瓦剌？他们要铁做什么？里头利润大么？"

纪纲对史复的态度有些奇怪，不过仍解释道："漠北不产铁，我大明又禁止互市，所以铁在漠北一直珍贵。再加上现在马哈木一心想攻灭鞑靼，自然急需精铁锻造兵器，开的价钱当然也就高了！"说到这里，纪纲忽然意识到什么，顿时瞪大了眼睛，"先生该不会是想贩铁吧？铁可不比盐，这一旦要被皇上知道，就是王爷也没准儿会掉脑袋。"

"不入虎穴焉得虎子！"史复突然变得有些兴奋，当即对朱高煦道："王爷不是一直在想怎么兵谏逼宫么？在下已经有办法了！"

"什么……你有什么办法？"朱高煦被说得有些发蒙。

"千里之行，始于足下。"昏暗的月光下，史复的脸色显得有些狰狞，"王爷的逼宫大戏，就从这贩铁开始！"

"什么？"朱高煦不可思议地望着史复。

史复阴森森地笑道："这是一举两得的买卖……"

第七章

建汗廷瓦剌背叛 征土蛮化夷入夏

夏去秋来,转眼就到了九月。这日早朝过后,永乐在武英殿与蹇义等人商议京察之事后,回到乾清宫时已近正午。永乐正欲准备传膳,江保便报杨荣求见。杨荣进屋行了礼,随后便嚷道:"陛下,这海答儿也忒厚颜无耻了。"

"他们狮子大开口了吗?"永乐问道。五日前,瓦剌顺宁王马哈木遣手下知院海答儿入朝,名为纳贡,实则窥探朝廷动向,杨荣这几天一直负责与其接洽。

杨荣气呼呼道:"他提了四个请求。第一,其出兵剪灭本雅失里以后,缴获传国玉玺,本欲遣使进献。但虑鞑靼阿鲁台得知后索要,故请天兵除之!"

当初本雅失里被永乐击败,逃到自己的妹夫马哈木处以求庇护。马哈木见明军势大,不仅不敢收留,反而毫不犹豫地将其处死。

"他这是驱虎吞狼,想借朝廷之力为其剪除宿敌!"永乐颇为不屑地一哼。

"其二,其言脱脱不花现在中国,请朝廷还之!"

脱脱不花是北元益宗脱古思帖木儿次子、元康宗额勒伯克之孙。洪武二十一年,大将军蓝玉远征漠北,在捕鱼儿海大破元军,益宗兵败远遁途中被杀,脱脱不花投降朝廷,现被安置在甘肃一带放牧。

永乐冷笑一声道:"自阿鲁台兵败以来,瓦剌野心日益膨胀,马哈木是欲借脱脱不花身份号令蒙古各部。他想得倒美,此事不准。还两个请求为何?一并道来!"

"是!"杨荣答应一声继续道,"其三,其部属伯颜、阿吉失里等从其多年,多效劳力,请朝廷加以赏赐;其四,瓦剌士马整肃,请朝廷赐予军器!"

永乐本还颇愤怒,听到这两点时反而被气乐了,他哭笑不得地对杨荣道:

"这马哈木是不是老糊涂了？拿朝廷的钱物收买人心、壮大实力，再转过头来一统漠北，对抗朝廷！他这点小算盘谁看不明白？真当朕是东郭先生么？"

"陛下不可小觑。马哈木此举看似荒唐，实则是在试探朝廷。一旦被拒，其很有可能借机鼓动部族，挑起边衅！"杨荣沉声回道。

闻言，永乐露出疑惑的表情。两年前出征漠北后，鞑靼势力大损，瓦剌趁势而起，这早在他预料之中。但让他没有料到的是，瓦剌崛起的速度竟如此迅疾。

当初明军虽击败了鞑靼，但永乐并未将阿鲁台逼至绝路，相反最后还有意放了一马，就是为了让他留些实力，以防瓦剌独霸漠北。本来，永乐这制衡之法效果还算不错，北征结束后的两年里，瓦剌虽然强过鞑靼，但优势并不明显。孰料最近不到半年的时间里，漠北形势急转直下，阿鲁台连连战败，渐显不支之态。这突如其来的变化，让他百思不得其解。

不过短暂的迷惑后，永乐迅速回过神来。不管瓦剌军势大振的幕后隐藏着何等玄机，眼下最要紧的是朝廷如何应对，他思虑一番后点头道："你言之有理。鞑子豺狼之性，一直觊觎中国。如今鞑靼式微，瓦剌渐露一统漠北之势，一旦其大功告成，接下来肯定就是南侵中原。不过眼下马哈木最多就是蓄势，在攻灭阿鲁台之前尚无南侵之力。"

"虽是如此，但朝廷亦不可坐视不理。若任由马哈木灭了阿鲁台，再想制衡可就难了。"

永乐点头道："不错！漠北纷乱则中国安泰，漠北一统则中国危殆，此千古不变之理！瓦剌、鞑靼皆非善类，朝廷居于其间，当扶弱制强，使其二部陷于互争不能自拔，如此方能保中原太平！"

见永乐头脑清醒，杨荣顿时放下心来，正欲说话，永乐又道："不过眼下还不能和瓦剌翻脸！毕竟不管马哈木内心如何，至少其表面上仍是臣服朝廷的。大明乃天朝上国，不可无故挑起战端，否则必将四夷震动！"

"那陛下的意思是……"

永乐沉思片刻后抬头道："你下去后代朕拟三道旨意。第一，命成安侯郭亮修葺开平城防，严加戒备。第二，命锦衣卫指挥使纪纲多派探子出塞，密切监视瓦剌动向，一有动静即刻回报。第三，命行人司选人出使瓦剌，晓谕马哈木，便说鞑靼已向朝廷称臣纳贡，与他同为大明屏藩，二部当和睦相处，勿得再启事端！"

杨荣苦笑道："这个……想来马哈木不会听吧？"

永乐笑道："先礼后兵。若马哈木不从，就是违抗朝廷，届时再要征讨，便师出有名！"

"还是陛下想得周全！"杨荣也想明白了其中利害，也是一笑。

永乐这时候却又将笑容敛去，脸上露出一丝忧色，喃喃道："其实朕是真希望马哈木能就此罢手。眼下朝廷刚过了几年好日子，这万一再要出塞，户部那点家底怕是又要用个精光！"

杨荣闻言，心也顿时一沉。去年朱瞻基回京后，向太子和几个阁臣详细讲述了其在山东见闻。据他所言，现在山东百姓的生活已经十分艰难。如果朝廷再要北征，那山东乃至整个北疆的民生将进一步恶化。为此，杨荣对永乐苦笑道："树欲静而风不止。瓦剌若有不臣之意，朝廷也别无他法，唯有以力拒之。"

"希望马哈木能迷途知返吧！"永乐喟然一叹，咕哝出一句连自己都不相信的话……

就在永乐接见杨荣的同时，汉王府内，朱高煦、史复还有纪纲也聚在一起密谋。

史复从果盘里夹出一颗腌制青梅，放进嘴里不紧不慢地嚼着，看似漫不经心地问纪纲道："缇帅，那件事做得怎么样了？"

"顺当倒是顺当，只是总这么下去，皇上怕是会闻到风声……"尽管已近深秋，但纪纲仍然满头大汗，脸上也有些忧色。

"你是锦衣卫缇帅，只要你不报，皇上哪那么容易发觉？而且用不了多久，局势就会大变，到时候王爷的机会就来了。"史复满不在乎地说完，又把目光对准朱高煦。

朱高煦的脸色阴沉得十分可怕。他沉默一阵，猛地抬头问道："闲话勿用再提。我只问你，接下来该当如何！"

"静待其变！"史复微微一笑，随即将心中计划道出。朱高煦听后，重重点了点头……

尽管永乐希望马哈木见好就收，但接下来形势的发展却证明这只是他的一厢情愿。在其后的半年中，坏消息接连传来。首先，瓦剌再次击败鞑靼，阿鲁台率部退往老巢阔滦海子，漠北绝大部分已归瓦剌所有。紧接着，朝廷派往瓦剌的敕使被马哈木强行扣留。而就在明朝君臣对瓦剌的嚣张气焰又怒又忧之际，永乐十一年元旦刚过不久，漠北传来一个惊人消息——瓦剌三王竟拥立成吉思汗嫡孙、元睿宗拖雷第四子阿里不哥的后裔答立巴为汗，重建蒙古汗廷！

未经朝廷许可,瓦剌三王私立黄金家族后裔为蒙古大汗,这是对大明的公然挑衅和背叛。消息传回,满朝震惊。永乐立即召集廷议,华盖殿上,文武大臣分为剿、抚两派,就如何应对漠北形势展开了激烈辩论。

兵部尚书方宾和右春坊右庶子杨荣坚决主战。方宾雄赳赳道:"瓦剌私立答立巴为汗,公然叛我大明。若朝廷无动于衷,女真、朵颜乃至乌斯藏、西域诸夷闻之,必会对我生藐视之心。于情于理,朝廷都当派兵严惩瓦剌之罪,以儆效尤!"

永乐觉得有理,正微微颔首,夏元吉已出班忧心忡忡道:"陛下,出塞非同小可。前次北征,朝廷前后花费不下七百万贯!如今户部度支虽有好转,但一下再拿出这么多银钱,一旦四方有事,国库恐有不敷之虞。而且出塞必又将大量征发民夫,北疆百姓劳苦多年,刚过上几天安稳日子便又再摊派重役,恐会招致民怨!"

夏元吉说的也是实情,永乐听了又有些犹豫。

杨荣见状出班道:"夏大人所言不无道理,但今时不同往日。现下运河已全部贯通,天寿山陵寝也已竣工,朝廷不需在此二事上再耗银钱,百姓相应承担的役作也随之终止。何况会通河贯通后,南粮北调的耗费和徭役也大大减少。由此,今年的户部开支和民间赋役都会有所减少,以上结余足以将出塞军费和徭役抵消许多。"

"杨大人只知其一不知其二,若仅以北疆战事计,那朝廷需要增加的开支和徭役或许是不太多,但如今南方局势纷乱,这上头要花的银子却比往年多许多。现在交趾作乱,张、沐二帅虽屡有建树,但始终不能剿平。只要这仗一直打下去,户部就得源源不断地往里头扔银子。此外,这两年思州宣慰使田琛和思南宣慰使田宗鼎互相仇杀,贵州震动,陛下已命镇远侯顾成率军五万平乱,这又是一笔大开销。有这两件事,天寿山和南粮北调的那点银子早就填进去了,哪还能多出什么结余来?至于徭役摊派,固然不会像上次出征时那般严重,但前几年朝廷对北疆百姓的役使已经太多,现在还在营建北京。若再要被征作长夫出塞,经年不息之下,百姓不堪重负,恐怕会惹出乱子!"

夏元吉苦笑着解释完,朝堂上顿起嗡嗡之声,一些朝臣对夏元吉的说法颇有感触,纷纷站出来表示支持,形势逐渐向主和一方倾斜。

杨荣有点发急,其实他也知道夏元吉说的是实话。作为参与机要的阁臣,他当然不能漠视这个隐患。但问题是现在摆在眼前的,还有一个更大的麻烦。

见御座上的永乐仍在思考,杨荣想了想又沉声奏道:"夏大人所说固是持重之言。然眼下形势,朝廷除了出塞征讨已无他法。陛下,瓦剌重设汗廷、扣留敕使,叛我大明之心已明;而其连破鞑靼、勾结朵颜三卫,渐成一统漠北之势,南侵之力亦已几备。值此情势,若朝廷仍无动于衷,那接下来瓦剌必会南侵中原。放眼万里边塞,到处都是破关之所,朝廷防不胜防。一旦其破关而入,再要与之征战,朝廷花费将远远多于出塞,且百姓也少不了生灵涂炭。故还不如先发制人,趁瓦剌羽翼未满主动出击,如此大明虽免不了受些内伤,但总比将来瓦剌入侵要好得多。"

两害相权取其轻,杨荣的话清晰无误地表达了这样一个观点。这同样是至理之言,想通这其中关联后,又有一部分朝臣加入到主战的行列中。

两方人各有道理,大殿内顿时陷入争论。朝臣们莫衷一是,但都拿不出个妥善的主意。永乐望着殿下争论不休的朝臣,沉着脸一言不语。其实和朝臣一样,他也没有两全其美的办法。

忽然,永乐将目光扫到了朱瞻基身上。自打册立皇太孙后,永乐已允许太子和太孙每日上朝学习政务。不过朱高炽还偶尔发表一下见解,朱瞻基则由于年幼,以往又无处政经验,故这一年来都是只听不说。此时朱高炽虽未表态,但从其神情变化可知他应该是赞同夏元吉的。而朱瞻基则不然。这位皇太孙对身后朝臣们的争论犹若未闻,反而一脸期待地望着自己,似乎有话要讲。

永乐心念一动,随即竖起手掌向外一伸,朝臣们见状,立刻安静了下来。他扫视众人一圈,最后又望向朱瞻基,用鼓励的语气道:"基儿可有什么想法?"

这是永乐第一次在朝议上对他发问。朱瞻基稍稍有些紧张,不过很快便勇敢地直面道:"禀皇祖父,关于这瓦剌之事,孙儿胡乱有些想法,只是不知妥当与否?"

永乐和蔼地笑道:"但讲无妨!"

"是!"朱瞻基答应一声,拱手沉声道,"孙儿以为,无论是剿是抚,都有不尽如人意之处。故孙儿想,可否另辟蹊径,来个不剿不抚,似剿似抚?"

"不剿不抚,似剿似抚?"这个提法引起了永乐的兴趣,"你详细道来!"

朱瞻基一躬身侃侃道:"其实就是请皇祖父北巡行在!天子抵燕巡视边塞,暗含威慑漠北之意,马哈木闻之,内心必然惶恐,其畏惧之下,放弃南侵打算也是有可能的!若果能如此,则一场兵争便可消弭无形。而且,皇祖父到北京还可以震慑朵颜三卫,使其不敢太过亲附瓦剌,就连鞑靼闻之也会士气大振,进而与瓦剌死战到底。"

妙！朱瞻基刚一说完，永乐心中便连连赞叹。既能威慑瓦剌，又能羁縻朵颜，还可以给阿鲁台打气，这的确是一石三鸟的好办法。而且与再征漠北相比，北巡对国力的消耗简直可以忽略不计！

众大臣听了皇太孙之议，也都觉得甚好。夏元吉首先出言赞同北巡，杨荣想了想也表示同意，不过他仍有一丝顾虑："天子北巡，或可威慑瓦剌一时。但马哈木南侵不成，接下来定会调转矛头全力攻伐鞑靼。万一鞑靼就此覆没，瓦剌一统漠北，其实力大增之下将更加不可遏制。而到那时，它肯定还会南下抢掠，此胡人千年不变之习性。真成此局面，朝廷今日之威慑会不会反而成为养虎为患？"

永乐想了一想，摇摇头道："瘦死的骆驼比马大，阿鲁台也算个枭雄，纵然败落，一两年应该还是熬得住的！只要拖过这一阵子，等交趾和贵州平定，朝廷就能腾出手来好好教训马哈木！"永乐的鼻孔里喷出一股粗气，愤愤道，"想一统漠北？也得看朕答应不答应！"

众臣恍然大悟，皇上这是要等瓦剌和鞑靼拼到鱼死网破，然后再坐收渔人之利！大家莫不对永乐的转危为机的高超算计心悦诚服。

计议已定，永乐遂开始布置任务："吏部尚书蹇义、礼部尚书吕震，此番北巡，制度仍效前次不变，由太子留京监国，具体扈从、留守人员布置，由你二人斟酌名单，拟定条陈奏上。"

"遵旨！"蹇义、吕震赶紧出班跪地答应。

"左谕德杨士奇，拟旨吩咐贵州顾成，交趾张辅、沐晟，命他二部加速进剿，争取早日擒获匪首，勘平动乱！"

"是！"

……

朝堂上，君臣为漠北局势议得热火朝天。王府内，朱高煦却正焦急地等待着廷议的结果。自立朱瞻基为太孙后，永乐逐渐有意限制朱高煦对朝政的干预，像应对瓦剌这种大事，放在以前，朱高煦不会缺席，但是今日，他却只能在府里干巴巴地等消息。想到这前后变化，他是又气又怒，而逼宫的决心也越发坚定。

就在朱高煦等得不耐烦时，纪纲终于回来了。从他口中得知廷议结果，朱高煦愣了好一阵才将手中茶杯猛掷于地，恨恨道："这小王八羔子，又碍了我的好事！"

"王爷不必忧心！"史复看着满地的碎瓷淡淡道，"太孙之策，不过是将北征暂缓罢了。鞑靼绝非瓦剌对手，皇上也不会一直纵容马哈木，只要南方局势一缓,二征漠北势在必行!"

"那你的意思是咱们计划不变?"

"当然!"史复坚定地点了点头,"王爷现在要做的,就是请旨前去行在。"

朱高煦面露忧色道:"我当然可以请旨,但父皇未必肯准。这次北巡摆明了是北征前奏,父皇现已对我逐渐疏远,肯定不会想我插手兵事,所以不带我去北京也是有可能的。"

"王爷又何必非要以护驾为名?"史复哈哈一笑,"现天寿山陵寝已经竣工,王爷可以送仁孝皇后梓宫北上为名请旨,皇上又有何理由不准?"

"这倒是,那我明日便进宫面圣。"朱高煦幡然醒悟,当即点头,他又往北面窗外张望一番道,"若果能说动三弟相助,本王大事可期……"

"希望如此吧……"史复也顺着朱高煦眼光望去,意味深长地嘟囔了一句。

永乐十一年八月,贵州思州宣慰司。

这一日上午,镇阳江畔明军大营辕门洞开,从辕门外一直到中军大帐的道路两旁,密密麻麻地站满了精神抖擞、甲鲜胄明的士兵。巳时一到,伴随着三声炮响,八十四岁的大明贵州都司掌印、镇远侯顾成走出大帐,坐到帐门前早已设好的虎皮帅椅上。

辕门外,早有两个人跪伏于地。此时,他们站起身子走到辕门口,然后就向着前方跪下。行了一个大拜之礼后紧跟着就磕了一个头,站起躬身小挪三步,紧接着再次跪下行叩拜之礼,如此往复,一直走到距顾成两丈远处,方止住步伐跪地不起。

看着地上垂头丧气的两个男人,顾成捋了捋苍白的胡须,布满褶子的脸上露出一丝不易察觉的笑容——终于结束了!

这三年来,顾成一刻也没有安宁过。贵州虽隶属云南布政司管辖,然因其地皆崇山深菁,鸟道蚕丛,诸蛮种类,嗜淫好杀,叛服不常,故朝廷一直没有设置郡县,仅在贵阳设了贵州都司一个流官衙门,此外在各地广设宣慰使司,由当地土司世袭自治。但土司皆一方豪强,桀骜不驯,不仅时常反叛朝廷,互相间也动辄厮杀。到永乐八年时,思南宣慰使田宗鼎与副使黄禧交恶,黄禧遂勾结思州宣慰使田琛,欲取田宗鼎而代之。双方大打出手,把黔北搅得天翻地覆。顾成身为贵州都司掌印,自也深受其扰。但他仅是军事长官,并无处置土司纠纷之权,且贵州蛮夷杂居,稍有不慎就会惹出大乱子,因此他也投鼠忌器,无可奈何。直到去年底,田宗鼎跑到南京告状,朝廷终于下定决心平乱。接到圣旨,顾成这才有了底气,他不顾年事已高,大起五万明军直逼思州,几番征战下来,终于击溃蛮兵主力,逼迫田琛和黄禧归降。眼下,这两人已到军前,黔北纷乱局势总算告一段落。

顾成扫视了田、黄二人一眼,冷冷道:"把他们绑了!"话音一落,几个士兵出列,将地上二人捆了个严严实实。

顾成清清嗓子,威严道:"将他二人押进大牢严加看管,待本帅入朝述职时一并押解回京!"

士兵随即将二人押下去,顾成靠在椅背上,长吐了口气。这时,身旁一个文官凑上前愤愤道:"这些土司真好命!想捞好处就作乱,打败了就投降。反正朝廷也不会真杀他们,教训一番终究还是会放回来,继续当他们的土皇帝!这种事要摊在咱们身上,别说活命了,夷三族都是轻的!"

"那也不见得!"顾成随口答道,"说不定这次朝廷就把田琛废了!"

"那又如何?"文官摇摇头道,"就算废了这田琛,接下来的土司还是得从田氏一族中选。如此世袭,朝廷对蛮地难以制约,土司们就算一时臣服,将来时局生变仍会作乱。"

顾成一愣,继而苦笑道:"这也是没办法的事,朝廷决策非你我可以做主!"

文官叹了口气不再说话,顾成也无可奈何地摇了摇头,转而抬起手向旁边做了个手势。一个笔吏模样的人赶紧上前,顾成侧眼望向他道:"文书拟好没有?"

"写好了!"笔吏赶紧回答,随即恭恭敬敬地掏出几张笺纸恭恭敬敬地呈上。

"可以,下去后仔细誊抄一遍,直接发往北京!"顾成接过看了一下,他想了想又道,"再照此拟一道启本,派飞骑送往南京递呈太子!"

"是!"

跟笔吏交代完,顾成起身走出大营,再次眺望了一遍四周的山川草木。再过十来日,他就将回京述职。以他的年纪,从此就将在南京家中终老。从洪武八年调守贵州开始,除了靖难四年,顾成已在这里待了足足三十五年!想到从此就将与这块土地永别,他忽然显得有些伤感。此时,他又回忆起刚才文官说的话,忽然一个念头冒出脑海,能否找一条路子从而彻底消除思州将来再次生乱的隐患?若果能如此,不仅这一回辛苦不至于竹篮打水,而且也算是造福一方,不枉自己镇守贵州半生!精神一振,他随即沿着这个思路冥思苦想起来。

十二日后,贵州都司的报捷送进了北京。这一日通政司是左通政李遑当值,他接报大喜,赶紧进宫禀报。待快走到西宫门口忽然想起,今日一早皇上便率皇室亲族到东苑练武,他又赶紧打马向东。

东苑顾名思义,位于北京皇城东部。在新皇城的规划中,原燕王府被改称旧宫,其地则统称西苑;而紫禁城以东的皇城,则被开辟成骑马射箭的练武之所,名东苑。永乐八年北征结束后,北京皇城的工程便已大规模启动,但截至现在,作为宫城的紫禁城仍在营建当中,不过东苑不需要大建亭台楼阁,故进度较快,到永乐北巡前已经完工。

李遑绕过热火朝天的紫禁城工地,不一会儿就到达东苑门口。这时,司礼监少监海寿迎了上来,李遑从袖中掏出五两面值的宝钞递到他手中道:"烦请公公进去通禀一声!"

海寿没有接,反而先问道:"李大人此来所为何事?皇太孙特地交代了,皇爷难得轻松一次,没有要紧事的话就不要打扰了!"

"海公公放心,绝对是大好事!"李遑把钱塞到海寿手中,又拿出文书扬了扬笑道,"思州大捷,镇远侯剿平乱匪。"

海寿一听,才将宝钞收起笑道:"那不用通禀了,咱家给您带路,直接去见皇爷!"

二人一前一后,不一会儿便来到一个临时搭建的靶场。靶场正前方有一棵两人抱的柳树,这时正有一个小火者爬在树上,拿着蘸着墨汁的笔在上面涂色。靶场中央,皇太孙朱瞻基一身戎装,手持一张长弓正在呼吸运气。

待李遑走到靶场边时,柳树上的小火者已经给一片柳叶上好了色,随即飞也似的跑开。朱瞻基深吸口气,从腰间箭囊中抽出一支雕翎箭,搭到弓上,随即瞄准了七八丈外的那棵柳树。

李遑本想直接走到靶场后面永乐御座前禀报,但见大家都全神贯注地看着皇太孙,遂也就暂时打住。

朱瞻基屏住呼吸把弓拉到满弦,将箭头对准那片涂黑的柳叶,口中叫了个"着"字,利箭飞驰而出,准确地触到了那片窄小的涂黑柳叶!

"好箭法!"永乐从御座站起,大声叫好,两旁的侍卫也雷鸣般欢呼。朱高煦和朱高燧坐在永乐两侧,见父皇这般,遂也都跟着起身叫好。只不过朱高燧还显得从容,而朱高煦则就明显带着敷衍了。

朱瞻基将弓递给走上来的内官,回头走到永乐跟前谦虚地笑道:"孙儿的箭只触到柳叶边儿,当不得皇祖父夸奖!"

"这柳叶本就狭长,你三十步内能触其边已十分难得!"永乐爽朗地笑着,又对朱高煦道,"方才你站的比基儿还近五步,却连柳叶边儿都没挨着,看来你这些年没有上阵,武艺是荒废了不少!"

朱高煦眼中闪过一丝怒火,但立刻敛去,只是讪讪笑着。永乐不再看他,又扭头对朱高燧道:"轮到你了!这些年在行在留守,你这弓马本事应该有长进,看你比基儿如何?"

朱高燧虽已是二十八岁的青年,无奈身形比较瘦小,此时他虽也穿着罩甲,但看上去仍显得威风不足。听到父皇点自己的将,他顿时露出一丝难色。

朱高燧自忖箭术远不及瞻基,故不愿再出场献丑,但父皇既已开口,他不上又不行。正没奈何间,他忽然望见李暹在侍卫人群中,遂叫道:"李大人怎么来了?有事要禀告父皇么?"

李暹本欲待朱高燧射完再上前禀报,此时被他一喊,遂走到场中跪下大声道:"启禀陛下,镇远侯已攻下思州,俘敌三千六百余,田琛、黄禧二贼业已投降!"说着,便将文书拿出高举过顶。

"顾成打胜了?"永乐一听大喜,顿时将朱高燧射箭的事抛到九霄云外。身旁侍候的江保上前将文书接过,永乐打开扫了一眼,随即递给朱瞻基他们几个,"顾成真乃当世廉颇。朕原先以为这仗最快也要打到明年,不料才九月不到,就已大功告成了!"

朱瞻基立即笑道:"孙儿恭贺皇祖父!贵州一胜,您就腾出了一臂,接下来便可放手教训马哈木。"

小兔崽子反应挺快!朱高燧暗骂一句,赶紧也笑容可掬道:"太孙所言极是。前些日海寿出使瓦剌,马哈木还颇倨傲,这次一定要狠狠揍下这老匹夫!"

朱高煦看着满脸喜色的永乐,心中却是一阵酸楚。去年贵州生乱,朝廷对是否出兵举棋不定,最后在朱瞻基的坚持下,永乐最终决定讨伐。当时听说是由顾成带兵进剿,他还巴望着思州的险山恶水能累死这个一直支持东宫的老匹夫。孰料他竟这么快就打了个胜仗!此战虽不大,但朱瞻基却得了个庙算得宜的美名,地位更加稳固。联想到刚才父皇说自己武艺不如当年的话,他觉得全身上下拔凉拔凉的!

永乐无暇顾及朱高煦的神情,他精神抖擞地起身道:"传兵部尚书方宾、户部尚书夏元吉及杨荣、金幼孜至旧宫凉殿议事。"吩咐完,他又习惯性地叫上朱瞻基，不过这时朱高煦、朱高燧兄弟均在场，他稍一犹豫后道，“你等也一道过去！”

众人料到永乐这是要商讨时局，遂也赶紧起身。这时江保已将辇驾招了过来，朱高煦他们依次登辇，在一众内官侍卫的簇拥下浩浩荡荡向西苑而去。

当永乐他们进入凉殿时，夏元吉、方宾、金幼孜三人已在殿内恭候，杨荣这几天一直跟着隆平侯张信在德胜门外的京卫驻营检阅士卒，故一时还未赶来。永乐也不等他，领着大家进入议事阁坐定，正欲开口说漠北的事，忽然司礼监太监黄俨蹑着脚跑了进来，奉上一道奏本道：“皇爷，镇远侯有奏本呈上！”

“不是刚送来文书吗？怎么又有奏本？”永乐有些诧异地接过奏本打开，见里面写道——

贵州都司都指挥使臣顾成谨奏为抚平思州事：

田氏据思州之地五百年，世袭罔替，不服王化，实为盛朝之隐忧也。今田琛虽束手，但根基未除，若再复立其族人为土司，恐仍心存叵测。假以时日，其羽翼再丰，或会重现今日之祸！为思州长治久安计，臣昧死请趁王师压境、田氏衰落之机，革其土司世职，遣流官守其地、治其民，庶几止兵革，化百姓，定思州万世之基！谨具奏闻。

永乐十一年八月二十六日。

阅过奏本，永乐神态凝重起来。他想了想，将奏本递给离自己最近的朱高煦道：“你等传阅一遍，各抒己见！”

众人遵旨依次传阅，随即心中都是一凛。顾成这道奏疏，实际上涉及一个事关国本的重要法制——土司制度。

与中原的流官制度不同，朝廷对地处西南的云南、贵州以及广西等地一直采用一种类似部落自治的土司制度。而这种土司制度的形成，有着十分复杂的原因。

首先，西南大都是偏僻闭塞的荒蛮之地，朝廷势力很难触及。其次，当地风土人情与华夏迥异，子民也大都不通礼仪教化，华夏文明对他们的影响十分有限，而这种文化上的巨大差异，不可避免地导致当地土民与中原汉人之间产生巨大的隔阂，进而引发矛盾和冲突。其三，西南大小蛮夷部落众多，各部都有头领，这些头领世代传承，已有数百年乃至上千年历史。部族头领根深叶茂，在当地颇具实力、威望，朝廷难以剪除。鉴于这些不利因素，历朝历代对这些边远蛮地大都采取羁縻政策，虽名义上纳入中国疆土，但实际上都不直接派流官管辖，而是直接授予当地部落头领官职，然后再通过这些头领代为管辖，这种形式经过多年演化，到元朝时最终发展成为现在的土司制度。

土司制度的形成，对中华民族来说可谓有利有弊。首先，这种以承认割据、放松管制力度为前提的羁縻政策，一方面有效避免了蛮夷的激烈反抗，使大量的荒服蛮地在较短的时间内迅速纳入版图，对华夏文明的传播起到了积极的推动作用；但另一方面，土司出于维护自身利益的考虑，在被迫同意臣服的同时，却又竭力阻止中原文化在辖区传播，以防本族土民在接触华夏文明后心生向往，进而威胁到统治。久而久之，朝廷与土司之间便形成了一种微妙的平衡。土司慑于朝廷的强大实力，一般不敢轻易反叛，但如果朝廷方面施加的压力过大，土司也会利用华夷隔阂煽风点火，发动属民暴乱。对此，历代王朝都颇为头痛，但始终没有一个妥善的解决之道。像这个田琛，虽然被顾成擒获，但其家族在当地的势力和影响却依然存在，而且思州地处偏僻，风土人情也与中原相差甚远。这种情况下，朝廷通常的做法便是教训田琛一顿，待他臣服后再放回去，或者再从田氏族中选出一个听话的人当土司。

但顾成在奏本中却提供了另一种思路。他这是要直接废除在思州延续千年的土司制度，由朝廷在当地设置郡县，派流官直接管理。换句话说，就是朝廷势力将直接进入当地，凭借自身的实力加速推动当地融入华夏文明。

化夷入夏，这是华夏得以发展壮大的重要方式，从这一层来说，顾成的建议与朝廷的方略是相吻合的。但这种强势介入，极有可能激化蛮夷与华夏之间的矛盾，一旦因此导致土民叛乱，那对朝廷而言就是得不偿失了。

果不其然，金幼孜首先就表示反对："化夷入夏，此自为顺天正举。然要推行，还需万分谨慎。化夷之道，最合适的当是春风化雨，润物无声，待到蛮夷知书达礼，尊奉纲常再行收纳，便可水到渠成。现思州上蛮尚不识教化，贸然改土归流，难免招致民怨。依臣之见，暂时还是维持土司之制。不过朝廷可携得胜之势，在当地广设学校，选拔贤能，沟通商旅，以田琛时下处境，料他不敢不允。"

夏元吉也奏道："朝廷好不容易在贵州脱身，若因改土归流再惹出乱子，致使再陷其中不得自拔，那对用兵漠北也极为不利。"

方宾本还有些跃跃欲试，听了金幼孜和夏元吉的话后也打了退堂鼓："思州毕竟只是癣疥之疾，瓦剌才是心腹之患。既然鱼与熊掌不可兼得，那还是舍鱼而取熊掌的好！"

见金幼孜和两位尚书言之凿凿地表示反对，永乐没有吱声，又把目光投向了三个儿孙。

朱高煦现在满脑子想的都是皇位，贵州那点子破事对他毫无吸引力，便随口答道："但凭父皇做主便是！"

朱高燧长年留守北京，对朝中事务少有干预，此时也不置可否。

朱瞻基听了三人的话，也觉得此事风险太大，但顾成一直亲附东宫，朱瞻基不愿打他的嘴巴，遂也缄默不言。

永乐见状遂道："也罢，此事且先放下，还是说漠北的事。两个月前，朕已封阿鲁台为和宁王，当时是想着给他鼓把劲，让他多撑些时候。不过眼下贵州已平，朝廷可以腾出手来对付瓦剌。既然如此，朕打算再派人给阿鲁台传旨，命其养精蓄锐，待王师北上时协同出击瓦剌，你等以为可否？"

朱高燧不解道："父皇，何不让阿鲁台和马哈木再闹上一阵？反正这两个都不是什么好东西，等他们两败俱伤，咱们再坐收渔翁之利不是更好？"

"再打下去，阿鲁台就要家破人亡了。"永乐笑完，又解释道，"瓦剌势力太大，咱们就算得胜，也难将其彻底剿灭。要是现在就让阿鲁台垮掉，待到王师回塞，马哈木他们肯定会卷土重来，那时漠北就真成瓦剌的天下了！既然如此，还不如帮阿鲁台一把，让他留点实力，这样咱们回朝后，他就会和马哈木继续撕咬，朝廷也会居中调停。"

众人恍然大悟，朱高燧笑道："以夷制夷，父皇见识邃远，儿臣钦佩之至！"

"莫要拍马屁！"永乐笑着摆了摆手，"今日说这事便是给你等提个醒，下去后便可开始着手准备北征事宜！"

"是！"众人齐声应命。接下来，大家又就北征事宜商议了一阵，这才告退出宫。

众人离开后，永乐又拿起顾成的奏本重新审视一遍，口中发出一阵微微的叹息。

在永乐缔造古今第一盛朝的宏大构想中，西南地区一直占据着十分重要的位置。登基以后，他一改唐宋时期"来者不拒，去者不追"的放任态度，逐步加强了对西南蛮夷的管制力度。西南土司除了须定期入京朝贡外，其权职亦有严明规定。土司若有违犯，即视为有罪，朝廷虽不至于悍然夺其职，但多少也会施以惩处。十多年下来，朝廷对西南的影响已经明显增强，这都是永乐苦心经营的硕果。不过永乐还不满足，虽然他不奢望能在有生之年看到化夷入夏的大功告成，但希望能形成一套行之有效的定制，后世只要遵循此道坚持推行下去，终有一日可使西南夷与华夏融为一体。而改土归流，无疑是推动这一进程的好办法。而现在思州被王师占领，田氏实力大衰，正是朝廷推行改土归流的绝佳时机。所以看到顾成奏本的第一刻起，永乐便心有所动。

不过永乐毕竟不会急于求成，欲速则不达的道理他还是懂的。尤其是交趾叛乱未平，西南各省的驻军大都赴交平叛，接下来他又要大举北征，有了这些因素，现在越发不宜在贵州惹出乱子。正是基于此点，他才默认了夏元吉他们的持重之言。不过饶是如此，他仍多少觉得有些遗憾。

"皇爷，杨大人到了！"江保在房外轻唤。

永乐抬头看了看房门道："让他进来！"

杨荣蹑着脚进入房中跪下道："臣随隆平侯在城外巡营，接旨后便连忙进宫，不想还是晚了，请陛下恕罪！"

"无妨！"永乐摆手示意他平身，然后问道，"京卫士气如何？"此次北巡，因事先已有出塞打算，永乐陆续调集了近十万京卫扈从北上，他们状态的好坏对接下来的北征有直接的影响。

"士气可用！"杨荣颇有信心道，"刚来北京头两月还有不少水土不服的，不过现在已好多了，臣今日看他们操练都已有模有样！"

"这就好！"永乐点了点头，"刚才朕与煦儿还有夏元吉他们商议，已初定明春出塞，征讨瓦剌！"

"陛下已经决定了？"杨荣有些意外，"不是说要等贵州和交趾的消息吗？"

永乐从身旁桌上拿起报捷，又见到顾成的奏本，顺手一起递给杨荣道："田琛业已投降，思州之乱已经被顾成平定！"

杨荣先将捷报扫了一眼，旋又将奏本打开，待看清里面内容后，顿时一怔。他把奏本合上，恭恭敬敬地放回原处拱手道："思州平定，此自为一大喜事！不过镇远侯所言方略，不知陛下作何打算？"

"刚才已经议过！"永乐将刚才密议经过与杨荣大致说了，末了道，"夏元吉、方宾还有幼孜都觉得不合时宜，朕亦以为然！"

杨荣听了，一时没有吭声。他皱着眉头想了想又问道："那陛下之意是就此罢手，放田琛一马？"

"也只有如此！"永乐无奈地摇了摇头，"思州毕竟只是一隅之地，朝廷犯不着为它担这么大风险。待他解到南京，命炽儿训斥一番，还是放回去息事宁人算了。"

杨荣又是默然，过了一阵他突然抬头道："臣以为，这思州的改土归流其实完全可以推行！"

"嗯？"永乐诧异地望着杨荣，有些不解道，"事有轻重缓急，这一点你怎会不知？万一蛮夷不服生乱，岂不弄巧成拙？"

"陛下误会了，臣虽言可行，却不是说当下，而是要拖上一拖！"杨荣笑道。

"拖？怎么个拖法？"永乐疑惑地问道。

"现在陛下所顾忌者，无非是交趾与北征二事。而北征胜败明年夏秋便可见分晓，交趾虽仍无捷报，但据前向军报，陈季扩已是穷途末路，想来覆亡也不过数月间事，至多不超过一年。既然如此，陛下可命太子告与田琛，就说其之罪当由陛下亲定，然陛下现在北巡，一时不能决，故其只能暂留京师，待陛下回銮后再做处置。如此，便可将田琛拖住。待到明年，如瓦剌、交趾均已平定，那陛下便可从容改土归流，也不怕他蛮子闹事。"

听得杨荣之言，永乐眼光顿时一亮，不过很快又面露犹疑道："这样合适么？土司进京，通常滞留都不过两月。就算是有罪押解进京，是放是惩也都旬月间便有定论，从未有拖延达一年之久的。久留不问，一旦被人瞧出端倪，知道朝廷接下来要推行改土归流，那不仅思州田氏会另立新主反叛，就是滇、黔其他土司，也会趁朝廷无暇他顾之机蜂拥作乱。"

"陛下多虑了。扣留一年，固然没有先例，但天子长期离京，这在我大明同样是没有先例。上次陛下北巡期间并无土司作乱情事发生，所以以天子北巡为由扣留不问完全说得过去。"杨荣耐心解释，随即又嘿嘿一笑道，"田琛虽需下狱，但可命刑部好吃好喝优加供养。如此一来，就更能打消田氏疑虑，让他们以为朝廷仍会像往日那般放任！"

"有道理！"永乐连连点头，随即笑骂道，"想不到你看似道学正经，其实骨子却是张仪一流。"

杨荣被永乐说得有些不好意思，尴尬地笑了笑："事有经亦有权，只要出自公心，有益于国，便效仿张仪亦问心无愧！"

"这句是正理，便依此计。不过听你之言，朕亦有所启发。去年朝廷之所以出兵思州，全因思南宣慰使田宗鼎告发田琛之故。现田宗鼎仍在南京，既然如此，不妨以与田琛当庭对质为名，将他也一起扣了。"永乐嘴边浮出一丝冷笑，"到时候他们在朝堂上互揭家丑,朕就来个一锅端,思州、思南一并改土归流!"

好厉害的皇上!杨荣心中直喊,口中却恭维道:"陛下高明!"

和杨荣一番问对,西南化夷入夏的大门豁然洞开,永乐的心情十分舒畅。他霍然起身,走到一堵被幕布掩盖的墙壁前猛地拉开幕布,一张巨大的《大明混一图》露了出来。永乐抬起头将目光死死盯在瀚海以北的大草原处,这里,瓦剌部落正在迅速崛起,一旦它全领漠北,就将成为一个新的恶魔,对大明造成巨大的威胁,这是他绝对不能容忍的。良久,永乐伸出拳头狠狠砸在地图上,冷冷道:"这一次,朕定要打得马哈木伤筋动骨、伏地乞饶!"

第八章

蓄异志骨肉绝情 烧大狱声东击西

思州动乱平息,朝廷终于可以放开手脚准备与塞外的瓦剌开战。从入秋开始,各路军马便源源不断地向北京开来,再次将这座古都变成一座大兵营。与此同时,数不清的漕船也顺着新修成的大运河一路北上,直抵通州张家湾码头,以为来年北征之用。与此同时,永乐的敕旨和各部的公文也接连不断地从北京发出,送到辽东、蓟州、宣府、大同、太原、开平、榆林甚至宁夏、甘肃、固原等边塞重镇的藩王和守将手中,整个大明北疆都进入紧张的战备状态。十一月,马哈木等瓦剌三王兵至饮马河,声言欲攻阿鲁台。永乐得报,立刻召集廷议。杨荣对皇帝的意图心知肚明,当即出班断言瓦剌明图鞑靼、实欲南侵。此言一出,同样心明如镜的大臣们纷纷附和,安远侯柳升、武安侯郑亨等一干靖难名将更是嗷嗷请战,二征漠北的计划就此正式敲定。

风声传到塞外,本还心存观望的朵颜三卫见势不妙,赶紧与瓦剌断绝往来,转而遣使入朝请罪,并主动纳马三千匹。收到兀良哈部的贡马,永乐越发雄心勃勃,只待明年春天一到便要再征漠北,将夜郎自大的瓦剌三王一网打尽!

就在永乐磨刀霍霍,准备跟瓦剌大打出手之时,朱高煦也在紧张地忙碌着。冬至大节后的第二天,朱高煦与朱高燧奉旨前往被命名为长陵的天寿山陵寝,祭扫已在半年前正式下葬的仁孝皇后徐仪华。从长陵出来,兄弟二人打马回程,当走到小榆河时,朱高煦突然对朱高燧笑道:"三弟,前头就是玉泉山,你我去那里游览一番,喝口茶再回去如何?"

朱高燧一怔,面露难色道:"父皇还等咱们回宫缴旨,到山上逗留戏耍,怕是不合适吧?"

朱高煦大大咧咧一挥手道："又耽搁不了多久，误不了事。昨夜一场大雪，玉泉山景色正佳，不赏一赏未免太可惜了。"

见二哥坚持，朱高燧不好再推，旋笑道："既然二哥有此雅兴，小弟自当奉陪。"

二人领着随从又走了一阵，随即来到玉泉山下。

玉泉山是西山支脉，其地貌土纹隐起、作苍龙鳞，颇具特色，而最使其名闻天下的还是遍布山间的清泉。玉泉山的水，澄洁似玉、甘洌醇厚，可谓海内之冠。永乐北巡期间，专门派内官至此处取水运回宫中，供其煮茶之用。兄弟俩来到山下，随即下马登山。途中，兄弟俩边走边聊，看上去颇为亲热。

登到山顶，朱高煦遥指远方被白雪覆盖的叠叠山峦笑道："幽燕雪景，远胜江南。为兄在京城时，每至冬日也有登钟山赏雪。只是南方雪量不丰，完全没有这白雪皑皑的气派。"

"二哥说得是！"朱高燧也被眼前景色感染，兴致勃勃道，"都说金陵聚天下锦绣，但在小弟看来，别的不说，就这冬日雪景而言是远比不上燕蓟的。尤其这西山本乃太行支阜，放眼望去，宛如腾蛟起蟒，光这气势就非钟山可比。若再覆以霜雪，苍茫气概更显……"正说得起劲，他忽然想到钟山乃太祖陵寝所在，说它不如西山，有对太祖不敬之嫌。思及于此，朱高燧赶紧闭上了嘴巴。

朱高煦似乎并未注意到其中不对，就着刚才话题继续道："三弟说得是。北京的确是个宝地，三弟长年留守，实为一大美差，让为兄羡慕得很哪。"

"给父皇看家护院，有什么美丑之说？"朱高燧随口一应，又喟然一叹道，"可惜这北京怕是也待不了多久了！"

"哦？此话怎讲？"朱高煦一副惊讶的表情。

"此处没有外人，二哥就不用揣着明白装糊涂了吧？私增护卫的那件事，天晓得父皇心里有没有疙瘩。"朱高燧苦笑道。

三个月前，永乐突然找到朱高燧，说他手下三护卫人员超额，有违制度。朱高燧听后吓了一跳，幸亏他有所准备，只说这两年重建北京，城中工匠太多，为防匠人闹事有意多添些护卫以备万一，这才搪塞过去。不过饶是如此，他仍被永乐一顿教训，不仅超额的兵士被勒令调往他卫，本来归属赵王府的群牧千户所也被革除。这件事过后，朱高燧心中一直忐忑不安。

这事朱高煦自然一清二楚，此时见三弟主动把话题扯到这上头，他心中暗喜，表面上仍装出一副不以为然之态道："三弟你草木皆兵了吧，这事不是早说清了吗？"

"面上是过去了，但私底下谁知道父皇到底是怎么想的！"朱高燧面带忧色道，"自打立了太孙后，父皇对咱们这些藩王是越发约束得紧了。尤其是我，虽说封国在彰德，但一直都留守行在。父皇年纪渐渐大了，为将来计，迟早是要把我撵回藩国的！这次太孙护驾北上，没准就是来接我这位置的！"

朱高煦目视前方，似不经意地问道："那三弟有何打算？"

"打算？"朱高燧自失一笑，"我能有何打算？父皇要我留便留，用不着我了，打点行装去彰德就是！"

听他话中隐隐带有不满之意，朱高煦觉得火候差不多了，遂将目光对准他道："在为兄看来，天下没有比三弟更适合镇守北京者！"

朱高燧眼角一跳，哈哈笑道："二哥何出此言？"

"本就如此！三弟文韬武略，不逊旁人。靖难时协助大哥镇守北平，居功至伟。这些年留守行在，外御鞑子、内督营造，皆井井有条，足见你的才具！"朱高煦言及于此，愤愤不平道，"他朱瞻基不过是个半大顽童，仗着嘴甜把父皇糊弄得晕头转向，要什么给什么；你劳苦功高，多招几个护卫却被骂得灰头土脸，这是什么狗屁道理！"

闻言，朱高燧眼珠一转道："二哥这话当小弟面说也就罢了，出去可万万不能提起，毕竟瞻基现在已经是皇太孙了！"

"真不知道父皇怎么想的，咱们流血流汗，到头来却受尽猜忌。瞻基那小子成天就知道讨巧卖乖，结果去了趟山东，回来居然就成了太孙！"朱高煦又臭骂一顿，待气出得差不多了，突然对朱高燧道，"若是我做皇上，定命三弟永镇北京，总领塞上军事。"

"二哥你………"朱高燧张大了嘴巴，不可思议地望着他。只见朱高煦满脸郑重，眼光中透露出殷殷期盼。朱高燧神色几变，最终扭过头去，望着远方群山沉默不语。

朱高煦也未再言语，话说到这个份上，就是傻子也明白他的用意。他已经开出了价码，就看朱高燧接不接招了。

良久，朱高燧终于转过身来，呵呵一笑道："彰德也未见得就比北京差！"

闻言，朱高煦的心倏地一沉，正欲再说，朱高燧又道："二哥还记得靖难时打彰德的事吗？"

"打彰德？"见三弟突然提起靖难，朱高煦有些莫名其妙。

"当时彰德的守将是赵清,此人颇有几分意思!"朱高燧仰着脑袋,似在回忆悠悠往事,"记得当时你和父皇兵围彰德,遣使劝其归降。这赵清既不战也不降,只送了一纸回书。就是这封回书促成父皇下决心挥兵直捣金陵,最终问鼎天下!"

这时,朱高煦也想起来了。当时赵清回书的内容是——殿下至京城日,但以二指许帖召臣,臣不敢不至,今未敢也!

至此,朱高煦终于明白了三弟的态度,在心中臭骂他懦弱,但也无可奈何。半晌,朱高煦意兴阑珊地一挥手,勉强笑道:"今日与三弟聊得尽兴,时辰也不早了,咱们还是赶紧回城吧,父皇那里还等着咱们缴旨哩!"

"二哥先请!"朱高燧微微一笑,做了个请的手势。

……

回到府中,朱高煦再也憋不住,当着史复大骂道:"这个三弟,活脱脱一只小狐狸!平日里口口声声与我同进退,一到关键时刻就耍起滑头!"

"岁寒知松柏,患难见真情。殿下不必沮丧!"史复却似早有预料,并未如他一般愤慨,"何况赵王既引出赵清之语,那殿下至少可以放心,他绝不会出卖咱们。"

"可接下来咱们该怎么办?"朱高煦满脸阴霾地问道,"你说过,若三弟出手,逼宫便有八成把握,反之则只有五成,现在三弟袖手旁观,咱们的计划还能干吗?"

"为何不干?"史复反问一句,"这种事本来就不可能有十足把握,现在还有五成,当然要奋力一搏!"

"可是……"

"殿下不必担心,走私精铁之事极为隐秘,陛下发觉不了!再说……"史复眼中闪过一丝凌厉的寒光,"沈文度已被咱们盯得死死的。万一事泄,咱们就先下手为强!"说着,他扬起右手往颈间一划。

朱高煦面如冰霜,思忖许久终于咬牙道:"好,听你的!"

"王爷英明!"史复露出一丝满意的笑容,啜了口茶又道,"既然未能说服赵王,那咱们再留在北京也无意义。过两天王爷逮个机会去向皇上请辞,咱们这就回南京!"

"嗯!"朱高煦点了点头,又叹了口气苦笑道,"咱们给马哈木送了这么大份礼,希望这次他能争口气吧……"

五月初十是太祖高皇帝忌辰。一大早,监国太子朱高炽便率汉王朱高煦及一干在京王公大臣赴孝陵致祭。午时祭扫结束,众人从钟山上下来,待入朝阳门后,太子对朱高煦温言道:"二弟,时至正午,与我一道回春和殿用膳吧?"

"多谢大哥!"朱高煦哈了哈腰回绝了,"臣弟今早出门之前已命府中备好午膳,就不叨扰大哥了!"

见二弟如此,朱高炽心中暗自叹息,然仍笑道:"也罢,过两日进宫来,你我兄弟好好聚一次!"

"是!"朱高煦答应一声,随即一挥手带着自己的侍卫脱离大队,策马沿东皇城根南街而去。

绕过皇城,朱高煦一行返回汉王府。刚进煦园,便见史复坐在池塘边的椅子上轻轻摇着手中折扇,身前站着护卫指挥周宣,正与他说着什么。朱高煦看见周宣,眼光一亮,当即驱步上前道:"你回来了?两位叔叔什么态度?"

上个月,他派周宣先后前往长沙、南昌,与就藩于此的谷王朱橞、宁王朱权接洽。此二王一个曾与永乐"共讨国贼",另一个则在关键时刻打开金川门,为永乐的奉天靖难立下了莫大功劳。不过永乐登基后,却将他们分别改封到地处内陆的长沙、南昌,从而使他们丧失了统领大军、可以呼风唤雨的"塞王"身份。从这一点来说,他们肯定对永乐心有不满。若能取得他们支持,将对朱高煦成功逼宫后迅速慑服人心起到至关重要的作用。

为了拉拢二位藩王,史复还颇费了一番心思。由于逼宫之事不能直接明言,史复绞尽脑汁,好不容易才想到了一个点子。在他的指使下,朱高煦给两位叔叔各发了一封家书,名为叙叔侄亲情,实则在里间为二王惋惜,言其劳苦功高,却受永乐排挤猜疑,隐含挑唆之意。在信的最后,他别有用心地另附一笺,上面写了唐宣宗李忱的一篇千古名作——《瀑布》:

千岩万壑不辞劳,远看方知出处高。
溪涧岂能留得住,终归大海作波涛。

此诗来头不小。据《豫章书》云,唐宣宗李忱尚为亲王时受武宗猜忌,不得已出家为僧,游历四方,行至庐山遇到一代高僧黄檗禅师,受其点拨,精神复振,遂于三叠泉下咏此诗明志。而最重要的是,李忱后来咸鱼翻身,成为大唐天子。史复相信,以二王之智,见到此诗后定能明白内中深意。

周宣一拱手道:"回王爷的话,末将此去长沙,谷王招待甚殷,阅过殿下信后,虽未有明言,神色间却颇为兴奋。不过宁王的态度有些奇怪,看过殿下之信后,他却拿出一本曲谱,说是最近刚编了一本《神奇秘谱》,里头尽收历代琴家名曲共六十四首,然后又亲自弹了其中一首曲子,完了后就把末将打发出来了。"

"他弹的什么曲子?"史复在一旁插问。

"末将一个大老粗,哪听得懂什么琴曲?"周宣苦笑一声,"不过听他说,这曲子名叫《潇湘水云》。"

"《潇湘水云》?"史复皱着眉头想了半晌,忽然眉头一展,哈哈大笑。

"你笑什么?"本来听说朱权是这种态度,朱高煦心中还颇忧虑,但见史复发笑,他顿时有些莫名其妙。

"殿下知道这《潇湘水云》的来历么?"史复收了笑声,先挥挥手把周宣打发走了,"这《潇湘水云》乃宋末琴家郭沔所创。当时元兵大举南下,宋室却偏安钱塘,不思振兴。郭沔避居九嶷山,每日观潇湘二水水起云涌,感慨国势飘零,抑郁忧愤之下遂作《潇湘水云》以记。"说到这里,史复轻蔑地哼了一声,"自改封南昌后,传闻宁王整日与一帮骚客诗文唱和,又和龙虎山的张天师打得火热,听说前两年还写了一本《茶谱》,欲盖过陆羽的《茶经》,现在又弄出这本什么《神奇秘谱》,这一连串事要在一般人看来,还真以为他心灰意冷,从此就托志冲举了呢,不料也只是惺惺作态罢了!"

"你的意思是……"

史复微笑着摇头道:"宁王览信后不言其他,却独奏此悲愤之曲,可见其心中仍对自己遭遇耿耿于怀。平日里为防皇上疑心,他不得不韬光养晦,待见此信,悟出王爷心意,遂也心神激荡,故才会有此举!"

朱高煦闻言精神一振,道:"那你是说……十七叔愿助我?"

"他和谷王不一样!"史复想了想道,"察谷王态度,只要殿下许以重诺,他直接出兵都有可能。不过宁王老谋深算,其只弹曲不言事,这便是说他不会直接出兵,但若殿下已然成事,想来他也乐见其成!"

"这就够了!"朱高煦双手一握,兴奋道,"诸位叔王当中,唯他二人靖难有功。届时只要他们能首倡声援,其他诸王必会景从。如此一来,大事可定。"

"不错!"史复将手中折扇收起,起身肃然道,"王爷,是动手的时候了。"

"现在就动手?"朱高煦心中一凛。

"当然！"史复斩钉截铁道，"现在已是五月，估计出塞的大军快已到饮马河了。现下动手，正当其时！要再拖下去，万一皇上打败瓦剌，那就来不及了！"

朱高煦脸色有些发灰，虽然暗中已下了千万次决心，但真到图穷匕见的时刻，他的内心仍忍不住发虚，迅速在脑海中将整个方略重新梳理了一遍：

一年前，在史复的建议下，他通过纪纲暗中指使沈文度向瓦剌大肆走私精铁。这些漠北各部都极为短缺的精铁被马哈木打造成各式军械，极大地提高了瓦剌的战力。瓦剌之所以在与鞑靼的征战中连战连捷，他可谓功不可没。而走私换回来的金银也大大充实了汉王府的财力，他用这笔钱大肆犒赏三护卫，收买人心，并暗中假借建文遗臣之名，打着为建文君复仇的幌子，招募了几百个盘踞在舟山外海的精悍倭寇，实力大增。由于瓦剌气焰日益嚣张，永乐也不得不将目光再次投向漠北，并决定出塞北征。而这正是他所期望的，待大军出塞，他就在南京发动兵变。

按照设想，这些倭寇将先乔装潜行到方山一带潜伏，只待朱高煦一声令下，他们便将杀向南京。把守朝阳门的城门郎刘斌是朱高煦靖难时的亲兵，届时他会打开城门。

朝阳门与皇城的东安门仅一街之隔。由于天子亲军大部已护驾北上，皇城守卫十分空虚，负责值守宫禁的侍卫上直军士有一半以上由锦衣卫充任。现在纪纲虽在北京，但锦衣卫指挥同知庄敬是他的心腹，朱高煦早已跟庄敬说好，到时他会将皇城东安门的缇骑调开，这样倭寇就会轻易突破东安门，直扑紫禁城。而这时，他则率一直驻在城中的汉藩三护卫以护驾为名杀进皇宫，将这些蒙在鼓里的倭寇统统杀尽！

当然，在这场突如其来的大变中，太子朱高炽也难逃一死，而弑杀太子的罪名都将被安到这些倭人身上。待这一切大功告成，他便可顺理成章地借危机之名控制京中王公大臣，自命监国，并以追查建文余孽、清剿倭寇为由将京畿、浙江一带的驻军收入麾下。掌控了这部分卫所，再加上谷、宁等重藩的支持，不出旬月，湖广、江西、江东便可收归己有。与此同时，初闻京城巨变的漠北大营必然军心大乱，被他喂大的瓦剌三王肯定不会放过这个绝佳的机会，到时候一场大战下来，父皇兵败身死都是有可能的，真要那样，自己就可以名正言顺地登基为帝了。

退一万步说，就算王师最终取胜，他也仍有机会。五十万大军出征，早已将北京的存粮携带一空。可即便如此，这些粮草仍不足以供应整个行军，还需在北征过程中从塞内不断运粮济补,而这些粮食需要在北征的同时从江南源源不断地调去。只要他在兵变成功后立即扣住漕船,不再往北方运粮,那北京届时将无粮供应。而一旦北征明军断炊,那不仅战败的瓦剌会卷土重来,就是表面臣服的鞑靼、甚至朵颜三卫都有可能趁机反叛,到那时,父皇仍逃不了葬身漠北的结局!

这是一个充满诱惑的计划!本来,朱高煦还想拉拢朱高燧,要是这位留守北京的三弟也愿相助,那父皇退回塞内的希望将更加渺茫。可惜朱高燧临阵退缩,使这一构想化为泡影。不过即便如此,只要计划进展顺利,他仍有相当大的机会!

可朱高煦依然犹豫,思考了好半天,他还是摇了摇头道:"还是再等一等好!"

"王爷你……"史复一听之下顿时大急。

"你先听我说!"朱高煦打断史复,十分冷静道,"眼下咱们还有个隐患!"

"哪门子隐患?"史复以为朱高煦又临阵退缩,气得直哼哼。

"其一,现城中除我汉府三护卫及锦衣卫一部外,尚有旗手卫,飞熊卫,神策卫,应天卫,羽林左、右二卫,京畿一带亦有孝陵,鹰扬,龙江,横海,水军左、右六卫。由此看来,以实力论,朝廷实力仍超过本王。"

听朱高煦这么一分析,史复才将怒气平复下来,他想了一想道:"王爷说得是,但现在京卫已一分为三,除十二万随驾出征漠北,还有六七万在交趾,能剩下十二卫已属十分难得!毕竟这里是京城,不可能一卫不留!咱们汉府兵力虽少些,但论战力却是一流,而且又是出其不意,胜算还是挺大的。"兵变不过旦夕间事,等他们得知消息时城中大局已定,朝廷已落入王爷手中,他们还不是唯您这个监国之命是从?"

"就算如此,但城中六卫也是麻烦。要是大哥闻变后立刻召他们进驻皇城,那对咱们也颇不利!"

"所以咱们下手一定要快!不过王爷也无须担忧,咱们毕竟早有准备,所以肯定会比他们抢先进入皇城!只要能迅速杀掉太子,别说六卫,就是六十卫也无可奈何!"

"不怕一万,就怕万一!就怕咱们未能立即捕获大哥,或者驻军也迅速赶到皇城,甚至于大哥一闻有变便直接奔到城北军营,那咱们就只能硬拼了!"

"殿下!"史复对朱高煦的态度十分不满,"兵变之事,本就不可能有十足把握。您要总是这么瞻前顾后，那还不如趁早打消这份念想！"

"你不要急！"朱高煦连忙安抚史复，然后道，"要是能事先将隐患消泯到最低，那咱们又何乐而不为呢？"

"王爷的意思是……"史复疑惑道。

朱高煦嘿嘿一笑，凑到史复耳边将心中想法说了。史复听后，心念一动道："此时若成，是有望再调两三个卫出京！"

"当然！只要城中再去二卫，那仅凭剩下四卫绝不可能与我汉府亲军争锋，到时候大哥想不死都难！"朱高煦自信满满道。

"只是这样一来，兵变的事又要拖上一阵，在下就怕这期间漠北告捷，王师凯旋。一旦御驾返回北京，王爷再想发动兵变，可就来不及了！"

"应该没这么快！"朱高煦笃定道，"马哈木没那么不经打！再说了，鞑子来去如风，就算父皇打赢一次，也无可能聚歼全敌，接下来肯定还会和上次打阿鲁台时一样率兵追击，最后还要扫荡漠北。现在尚无漠北接战的军报传回，那离父皇班师就更久了，你大可以放心！"

史复想了想，终于点头表示同意："也罢，就依殿下之言！"

……

数日后的一个夜晚，朱高炽在文华殿处理完政事，乘辇返回春和殿。沐浴毕，他回到暖阁，太子妃张氏早已在里相候。夫妻二人闲叙一阵，朱高炽觉得兴起，遂拉着张氏的手来到榻前。二人褪衣除衫，在床上颠龙倒凤好一阵，一股热流从胯下射出，他顿时如泄了气的皮囊般趴在张氏身上。歇了一会，张氏将朱高炽推开，取笑道："殿下难得来一次兴致，这么快就没了！"

朱高炽擦了擦头上热汗，尴尬一笑道："没办法，父皇出塞，朝中大小事务都要我一人担着，一天下来累得跟散了架似的，能撑这久已经不错了！"说着，他又捏了下张氏的脸颊笑道，"待父皇回銮，我身上担子轻了，再和你好好计较！"

张氏捂嘴咯咯笑道："那臣妾静候殿下佳音。"

两口子卿卿我我了半会，正欲入眠，忽然窗外射进一阵亮光。朱高炽觉得奇怪，遂穿好衣服上前推开窗户向外一瞧，只见西北方向远处似有隐隐火光。

"怎么回事？城中失火了么？"朱高炽隔窗向外喊道。窗外侍候着的小内官们也一脸茫然，支支吾吾说不出个所以然。

过了一会，火光越来越亮，朱高炽有些发急，正欲叫人去打探究竟，王三儿匆匆跑过来道："殿下，好像是太平门外烧起来了！"

"太平门外！"朱高炽闻言一惊。太平门外是刑部、大理寺、都察院衙署所在，俗称贯城，那里着火，对三法司衙门威胁不小，他立即叫道，"那还愣着做什么？赶紧招呼人救火！"

"遵旨！"王三儿应了个诺，一溜烟儿跑了出去。朱高炽又隔窗看了一阵，觉得火势未再扩大，心中才稍微安定了些。他关上窗户，回到榻上，张氏赶紧一阵安慰。他躺在床上等了一会儿，仍无消息传来，便迷迷糊糊地睡着了。

"殿下！殿下！"不知睡了多久，窗外又传来王三儿急促的呼喊声，"刚才传来消息，是刑部大牢起火！"

"刑部大牢！"朱高炽一个激灵，赶紧重新坐了起来，"火势如何？可有囚徒越狱？"

"刑部刘尚书正带人在扑救，具体情况尚不清楚！"

朱高炽的心一沉。刑部大牢关押的都是朝廷重犯，万一有个闪失，那麻烦可就大了，他赶紧叫道："出宫再探，有什么消息即刻报来！"

王三儿答应一声，旋又离去。此时朱高炽再也睡不着了，他穿好衣服，心神不宁地在房中打转。待到拂晓时，王三儿总算又回来了，不过这次却带来了一个更坏的消息："殿下，方才刘尚书来报，火已扑灭，不过大牢里少了一个人，思州宣慰使田琛不见了！"

"什么？"朱高炽的脸倏时变得一片惨白。田琛是父皇特地交代要严加看管的要犯，只待北征结束就要拿他和思南宣慰使田宗鼎开刀，在思州、思南推行改土归流。可就在这个节骨眼儿上，他居然不见了！

朱高炽感到事态严重：这一场大火绝对不是偶然，很有可能是田琛猜到了朝廷的真实用意，故串通同党，放火将其救走。而果真如此的话，他一旦遣回思州，立刻就会兴兵作乱。眼下朝廷正在漠北用兵，交趾方面，陈季扩仍在负隅顽抗。要是这关键点儿上贵州再生出乱子，那朝廷可真就是疲于应付了！朱高炽急火攻心，当即吼道："把刑部尚书刘观给我叫来！"

"是！"王三儿应了一声，又小心翼翼瞅了一眼，颤着声儿道，"太子爷，传刘尚书到哪？来春和殿，还是去文华殿？"

"让他直接来东宫！"

"太子爷！"王三儿顿了顿，"马上就要上朝了，您在这里召见刘尚书，那文华殿的朝会怎么办？"

朱高炽这才反应过来，他想了想才恨恨道："也罢，待会儿朝会时再找他算账！"

卯时，朱高炽出现在文华殿内。待百官行过礼，他将目光对准刘观阴着脸道："你说，昨晚到底是怎么回事？"

刘观面色灰白地出列，一骨碌跪倒于地，失魂落魄地回道："回殿下，昨晚三更刚过，刑部大牢就起了火。当时臣带着皂隶和狱卒们在外头救火，一时没顾得上里头囚犯。待火扑灭，臣清点牢房才发现田琛已经不在了。臣该死，请殿下责罚。"

朱高炽咬牙切齿地骂道："你的确该死，你可知惹出了多大的祸么？"

刘观不敢吭声，只连连磕头。百官见一向和善的朱高炽竟然会震怒如此，俱吓得一句话都不敢说！

骂了一阵，朱高炽将胸中怒气抒发尽了，正准备再说话，司礼监监丞李旦跟跟跄跄地跑了进来叫道："殿下，刚才鸿胪寺急报，思南宣慰使田宗鼎府上人去楼空，田宗鼎不知去向！"

"啊！"朱高炽犹如挨了一闷棍，差点晕厥过去。田琛和田宗鼎虽是宿敌，但他们一旦得知朝廷改土归流的意图，那极有可能摒弃前嫌，携手反叛。而二人同日失踪，更使得这种可能性大大增加。更可怕的是，一旦他们返回贵州，将改土归流的事大肆宣扬，那不仅是思州和思南，就是整个贵州的土司，兔死狐悲之下都有可能群起作乱！想到此事的严重后果，朱高炽顿时不寒而栗！

惊慌过后，他强迫自己镇定下来。现在父皇尚在漠北征战，这件事只能由他来解决。他已顾不得再惩罚刘观，深吸了口气他问道："二田远遁，贵州情事危殆，众卿家有何应对之策，速速道来！"

短暂的沉默后，蹇义出班道："二田方遁未久，当务之急，是命有司火速缉拿。若能将他们抓回，那形势或还可以挽回！"

"不错！"朱高炽立刻醒悟过来，赶紧吩咐兵部左侍郎徐铭道，"立刻传令水军左、右二卫，严查江上客船，并命京畿诸卫封锁出京道路！"接着，他又叫出应天府尹刘弘道，"马上在城内搜捕田宗鼎踪迹！"想了想，他又对黄淮道，"请黄师傅代我拟旨，发往江西、湖广，命各地官府在通往贵州的道路上设卡检查，堵住二田归途！"

"遵旨！"三位大臣一齐应诺，随即退出大殿。

看着三人离去，朱高炽靠在宽敞舒适的座椅上轻轻舒了口气，若能抓回二田，那自然是最好不过。他在心中暗暗祈祷。

"启禀殿下!"就在这时,杨士奇沉声道,"二田已然脱逃,虽然朝廷严加缉拿,但犹如大海捞针,能否拿获尚未可知。"

闻言,朱高炽心中一凛,旋又坐直身子道:"杨师傅有何见解?"

"朝廷还当未雨绸缪。万一二田潜回贵州,顷刻间便会掀起动乱!朝廷应迅速往贵州增兵,以备不测!此外,镇远侯上月薨逝,贵州无将镇守,还需速调一大将赴贵阳坐镇,以免到时群龙无首。"杨士奇满脸严肃道。

"不错!将军倒好说,可命广西行营总兵韩观即赴贵州。可这军马……"朱高炽说到这里时,面上露出一丝难色。

眼下西南驻军大都已调到交趾平叛,这支人马不能动;京卫和湖广、浙江卫所也有一多半去了漠北,剩下的还要守卫地方、防御倭寇,南方的军力已捉襟见肘。这时候增兵贵州,兵从何来就成了摆在他面前的一个问题!

朱高炽将目光投向兵部右侍郎程新。现在兵部四位堂官中,金忠已经病入膏肓,方宾随驾北征,刚才左侍郎徐铭又被打发去抓捕二田,剩下的就只剩下程新一个人了。程新想了想,出班道:"启禀殿下,可再就近命楚、蜀二藩各抽一卫护军赴黔。另从京中急调两卫前往。有此四卫,再加上朝廷原在贵州的六万驻军,应该足以震慑不臣!"

朱高炽想了想道:"两位叔王那里我自可去信,但京中现在仅剩十二卫,其中水军不可能赴黔,其余京畿卫所正在搜捕二田,一时来不及抽调。要从京中调兵,就只能抽调城中六卫了!"

杨士奇脑子一转道:"殿下退朝后可宣汉王进宫,请他调两卫护军赴黔!"

"调汉藩护卫?"朱高炽想了想,苦笑道,"还是算了,二弟他……"

"此乃军国大事,汉王身为皇族,自当为国分忧!"

朱高炽仍摇了摇头。虽然作为监国,他有权抽调汉府亲军,但并不想这么做,唯恐此举会让二弟觉得他是在斩其羽翼。现在他们兄弟俩关系已经十分紧张,他不想再触怒朱高煦。

"传我令旨,调飞熊、神策二卫立赴贵州!"朱高炽做出了最终的决定。

杨士奇的脸色有些发白,他看了看朱高炽忧心忡忡道:"殿下,这么一来,城中就只剩四卫了,万一……"

朱高炽心中一动,他道杨士奇担心的是什么,不过他觉得不会如此,遂道:"天子脚下,岂会有宵小作乱?何况京畿还有六卫。十卫兵马,足以保京师太平!"

……

朝会结束后不久,汉王府便得到消息,朱高煦一脸得意地对史复道:"不出本王所料,大哥果然抽京卫赴黔!"

"王爷,田琛和田宗鼎怎么样了?"

"这你放心!"朱高煦大大咧咧地一挥手道,"都被严加看管,绝无可能逃脱。"

"如此便好!"史复点点头又道,"以眼下的形势看,飞熊、神策二卫三日之内便会出京,王爷现在可以派人去舟山让那帮子倭寇潜来南京。待他们赶到,咱们的好戏就可以开场了!"

"哎呀!"朱高煦忽然想起什么,当即一跺脚道,"眼下大哥在京畿大肆搜捕二田!他这么一搅,要把倭人们带到方山可不容易!"

"这有何难?倭人抵京,怎么也还要过二十日,那时风头早过去了!"史复笑道。

"可万一大哥不罢手呢?"朱高煦急急问道,这时他才发现自己的算计出现漏洞,顿时懊悔不已。

"这事在下早替王爷想好了!"史复气定神闲道,"到时候把二田放出来不就得了?反正他们也不知道是王爷下的手!"

"可只要他们落网,飞熊、神策二卫肯定会被大哥召回!"

史复望着朱高煦认真道:"从太子发出旨意再到二卫返回京城,少说也要十来日,这么长时间还不够王爷动手的吗?"

朱高煦这才转过弯来,仔细思考过后,他重重点了点头。

第九章

伏奇兵永乐遇险　忧季孙胡患难平

盛夏的漠北草原,翠色欲流、一碧千里。这日上午,土剌河南岸出现了一股铁甲洪流。经过近三个月的艰苦跋涉,明军将士终于再次抵达漠北草原的核心地带——忽兰忽失温(后世乌兰巴托东郊),从这里再往东百里,就是饮马河了。忽兰忽失温以前一直是鞑靼的草场,不过永乐八年明军一征漠北,鞑靼实力大衰,瓦剌趁势而起,已将这块宝地收归己有。现在,大明王师在永乐的带领下,再次杀到此处,讨伐瓦剌。

与一征漠北时一样,此次明军总数仍是五十万。由于前次出征时用武刚车运粮,在途经瀚海时常陷于沙堆,故此次明军所有粮草全改用驴来驮运。此外,鉴于一征漠北时粮草不足,几致大军陷入断粮的教训,这次随军携带的粮草较前次多了近一倍。有这两条因素,北征大军中运粮民夫的数量增加不少,真正的将士不过二十万出头。

据前期探报,瓦剌战士总数不过三万,就算得知明军北征后临时从部族中征兵,也绝不会超过五万之数。而且有了一征漠北的胜利,明军再次出塞时信心明显增强。大家都相信,凭着巨大的优势,再加上能征善战,皇上亲自统领,击败瓦剌应该不在话下。

在声势浩大的明军洪流中间,年过五旬的永乐看上去也英姿勃发,显得信心十足。但方宾、夏元吉、杨荣等重臣却知道,皇上的内心并不像外表这样轻松。本来按照约定,明军靠近土剌河后,阿鲁台应率所部前来会师。但迄今为止,明军并未发现鞑靼的任何踪影。反而有线报称,鞑靼与瓦剌之间有信使往来,这个情况引起了大明君臣的警惕。毕竟鞑靼和瓦剌都是同族,面对一直强势压制漠北蒙古各部的大明,他们之间串通起来共谋大明也不是不可能的。现在明军深入敌境,对一切潜在的威胁都要保持高度警惕。要是一不小心中了奸计,那后果将十分严重。在这苍茫草原上,一旦兵败溃退,不可能像中原那样找到立足之地整兵再战,其结局肯定是全军覆没。

可大家也没有谨慎太过,毕竟王师有五十万之众,论武器、士气远非鞑子可比。只要明军稳扎稳打,凭着无与伦比的强大实力,就算鞑靼和瓦剌联合也绝无取胜可能。

"陛下!"一匹骏马飞驰到永乐驾前,前锋都督朱荣从马上跳了下来拱手道,"探子已发现鞑子踪影。据报,答立巴及马哈木、太平、把秃孛罗屯军于前方二十里处高冈上。"

"都在那里?"永乐一愣。瓦剌出兵迎战并未出乎他的预料,毕竟任由明军肆意扫荡漠北草场,那对以游牧为生的瓦剌来说绝对是毁灭性打击。让他没想到的是,马哈木他们竟会如此积极。现在明军刚刚抵达漠北草场的核心地带,瓦剌就迫不及待要来一决雌雄了。

不过稍微一想,永乐也就明白了。四年前阿鲁台倒是尽力避战,结果仍是部落分裂,军心涣散。与其被逼到山穷水尽时再背水一战,还不如集聚实力主动出击。瓦剌肯定吸取了阿鲁台的教训,永乐嘴角浮出一丝微笑道:"看来马哈木还有几分见识。"

"皇祖父!"这时,朱瞻基驱马上前道,"既然已遇瓦剌主力,便传令五军布阵迎战吧?"

"嗯!"永乐应了一声,随即对方宾道,"传令全军将士列阵前进,行至距鞑子十里处扎营!"

"是!"方宾拱手一应,随即驱马离去。

永乐侧声看了一眼朱瞻基,只见他一身戎装,腰间挎着一柄精钢宝剑,一副跃跃欲试之态,遂笑道:"基儿也欲上阵杀虏么?"

"当然!"朱瞻基兴奋地满脸通红,"孙儿早就想和皇祖父一起杀贼了!"

"哈哈哈……"永乐大笑一阵,随即点头道,"好,此次你便与朕一道。"

"是!"朱瞻基慨然应诺,眼中闪烁着炽热的光芒。

明军继续推进,一个时辰过去后,前方远处已隐隐可见瓦剌军阵的身影。永乐一声令下,明军止住脚步,开始布阵。

由于此次随军民夫较多,又不像一征漠北时随军携有大量武刚车,可以在遇敌时连接起来充作壁垒,故明军在兵力部署上也有所调整。除原有的中军,左哨、右哨、左掖、右掖五军外,明军专门抽出六万将士组成大营,由安远侯柳升统领。永乐旨意传下,大营军士们随即将早已准备好的长枪拿出扎地成栅,围成数十个大小不一的营盘,军士们则在守在枪林之后,专职保护营盘中的粮草辎重及运粮民夫。而剩下的近二十万将士则披甲列阵,缓步向瓦剌屯兵的山冈前进。此时明军与瓦剌相隔尚远,为节省马力,瓦剌并未大起骑兵攻阵,只派了少许哨探袭扰,不过这些人还未冲至明军阵前,便被刘江、朱荣两位都督麾下的前锋哨骑驱回。

待两军相距四五里时,瓦剌方面有了动静。顷刻间,千余骑兵从山冈上呼啸而下,直朝永乐宝纛所在的中军方向驰来!

望着狂呼乱叫向自己扑来的胡骑,永乐鼻孔里喷出一股粗气,大声令道:"神机营出阵!"

立刻,三队神机铳手出现在军阵前列。胡骑显然对火器颇为了解,当距铳队尚有一段距离时,他们散成两队向东西方向斜插过去。明军火铳虽然威力大,但准头奇差,射程也不远,只要骑兵在七八十步之外散开,通常不会造成太大威胁。而鞑子天生就是马背上的战士,骑射技艺远较明军弓手为高,百步左右放箭,虽不能说百发百中,但力道却还可以保证。眼前明军阵势排得十分密集,只要能把箭射进明军阵内,就能造成一定伤亡,这样掠阵的目的就达到了!

"开火!"神机营统领谭广大声下令。刹那间"砰砰"之声震天,待硝烟散尽,眼前的局面令瓦剌骑兵大吃一惊——就这么一转眼工夫,已有几十匹马翻倒在地!

"呜……"明军阵营爆发出雷鸣般的欢呼声。就在瓦剌骑兵惊愕的当口,铳声又接连不断地响起,猝不及防之下,瓦剌骑兵一个接着一个倒地,大地上响起一阵哀号之声!

看着眼前情景,永乐抚髯大笑。八年前,明军首征安南,攻至多邦城下时,安南差点一炮轰死张辅。后来张辅多方打听,得知这威力巨大的火炮乃黎季犛次子——卫国大王黎澄研造,从此永乐便对这黎澄上了心。永乐五年,黎氏父子被押回南京安置,其中黎澄被派到工部专门研制火器。在黎澄的指导下,明军火器有了极大改进,新研发的神机铳和神机炮,无论是射程还是威力都超过了之前的手把铳和碗口将军。当初一征漠北时,永乐就曾想将这些新火器投入战场,不过由于产量尚少,只能作罢。直到这次出征前,才专门将它们装备到神机营。瓦刺不知明军有如此利器，仍旧按照往日经验掠阵，结果吃了大亏！

　　一阵工夫过去，已有百余名瓦刺战士落马，剩下的见势不妙，赶紧调头向本阵逃去。永乐扬起马鞭，身后五色令旗向前倾斜，结成方阵的明军将士齐声呐喊，不疾不徐地向瓦刺本阵稳步逼近。

　　明军对面，前锋轻骑的失败显然对瓦刺将士的心理造成了冲击。一些年轻的战士平生从未见过这么庞大的军阵，眼中露出恐惧的神色。不过瓦刺三王经验丰富，很快稳住了阵脚。在明军距离本阵约莫四里时，大汗答立巴的大旗一阵挥舞，原先聚在一起的瓦刺大军一分为三。除马哈木仍与答立巴一起坚守山冈外，左右两翼的太平、把秃孛罗各率所部向明军包抄而来。

　　"不知死活的鞑子！"永乐眼中闪过一丝轻蔑。此时的明军不仅装备精良、人数占优，阵势亦十分完整，别说对面只有三万胡骑，就是再多一倍，也绝无可能冲垮明军方阵！

　　"传令全军，结阵徐行，不必理会鞑虏，敌若敢冲阵，以神机铳射之则可！"

　　永乐的旨意被迅速传达到各部。攻阵本就非鞑子强项，加之刚才的教训，瓦刺骑兵再见到黑黝黝的枪口时，都心生畏惧。但见无数骑兵围绕着明军方阵来回奔驰，但都不敢靠近冲杀，只能在奔行中向阵中放箭。不过由于距离远，加之马上射箭力道准头都极有限，对身披甲胄的明军造不成太大威胁。反倒是明军阵中的铁骑不时冲出来反攻一阵，让瓦刺骑兵好一阵慌乱。而一部分胡骑见明军方阵严密，索性抛下他们向后方的明军大营奔去。不过守卫大营的柳升早有准备，每个营盘都配有数百名神机铳手，但见鞑子靠近，便轮番开火。而那些野战时不便使用的神机炮，也在守卫营盘时发挥了作用，炮子打在冲营的鞑子身上，顿时连人带马都被砸得稀烂。胡骑游荡了一会儿，见实在找不到机会，又灰溜溜地退了回去。

　　就这一来一回的工夫，明军向瓦刺本阵又推进了两里，这时瓦刺大军紧张起来。瓦刺最大的优势就是骑兵，但面对严丝合缝的明军方阵，不管骑兵速度多快，都不可能打开缺口。而若再任由明军逼近，到时候连策马冲阵的距离都不够了。一旦陷入阵地战，不通阵法又以轻骑为主的瓦刺绝不是明军的对手。

　　一阵骚动之后，瓦刺本部又起了变化。永乐遥遥望见，一些瓦刺骑兵已将备用的战马牵到了身边，与坐下的战骑勾连到一起。

　　鞑子要逃！永乐立刻警觉起来。与农耕为业的汉人不同，蒙古人游牧为生，部落里马比人要多，但有征战，每个骑兵都会带上一两匹备用战马，如此不管是在冲杀还是亡命时都可以轮番调换,以保证马力不堕。但如果要冲杀,完全没必要勾住战马,每次冲锋回来,直接在本阵换骑便可。此时瓦剌战士将马勾连,那就只有一个可能,就是他们准备撤退,将这些马勾住,方能确保其在逃亡途中不会离散。

绝不能让鞑子跑了!永乐心中顿时焦急起来。这茫茫草原,一旦瓦剌逃脱,明军根本无处可觅其踪。虽然只要明军继续扫荡下去,搅乱他们的夏秋游牧,同样可以重挫瓦剌实力,但永乐又岂能让煮熟的鸭子就这么飞掉?他当即对身旁的朱瞻基和中军主将、武安侯郑亨道:"你二人督阵,朕率御营铁骑出击!"

"皇祖父!"朱瞻基闻言大惊,赶紧劝道,"敌势未损,您不可犯险!"

"少啰嗦!朕先率铁骑缠住马哈木和答立巴,免得他们逃跑!不过两三里地,你等顷刻间就能赶到,误不了事。"永乐不容置疑地说完,便抽出佩剑,率着三千御营健儿呼啸着冲出大阵,向山冈上的答立巴和马哈木杀去!

眼见永乐亲自杀来,山冈上的瓦剌中军越发混乱。马哈木指挥一群精悍骑兵冲下山冈,将迎面而来的明军截住。永乐亲军是清一色的重装精甲,而瓦剌骑兵则有俯冲之利,两方人纠缠在一起,杀得难解难分!

见皇祖父杀出,朱瞻基无可奈何,只得命各阵提高行军速度。随着将士脚步的加快,明军严整的方阵出现了些许缝隙,原本还惊慌失色的瓦剌将士见了又恢复了些许勇气,一些胆子大的头领已带着手下将士重新向明军发起冲击。一时间,喊杀声、哀号声、刀剑撞击声、铳炮轰鸣声震天响起,空中弥漫着血腥的气息!

大半个时辰后,厮杀逐渐分出了结果,明军毕竟势大,在他们连绵不断的攻击下,瓦剌已逐渐显露出颓势。随着越来越多的骑兵落马,瓦剌的战线逐渐向后方推移,与本阵的距离已只有里余之遥!

山冈上,答立巴面如死灰。他虽是元室后裔,但手下无兵无将,连当年的本雅失里都远远不如,是个彻头彻尾的傀儡。眼见明军越杀越近,他心中无比恐慌,可又不敢退避,只能可怜巴巴地望着身旁的马哈木。

马哈木倒是一脸镇定。在刚才的战斗中,他的左臂挨了一刀,虽没砍中要害,但鲜血却汩汩流出,看上去甚为吓人。眼见明军距他们所在的冈顶已不足三百步,左右两翼亦将形成包抄合围之势,马哈木眼中闪过一丝寒芒。

"退兵!全都后退!"马哈木用蒙语大喊,随即调转马头,飞一般地向后方驰去。答立巴见马哈木丝毫不理会自己,脸上顿时露出愤恨之色,但他也不敢多待,赶紧飞身上马,跟着马哈木的脚步逃去。

汗旗一撤,本就处于下风的瓦剌将士更是斗志全无,争先恐后地向后方逃去,左右两翼的太平、把秃孛罗也率着本部向两侧亡命,一阵尘土飞扬过后,大部瓦剌战士便已逃到两三里外。

“唉……”眼见瓦剌大军脱逃,朱瞻基发出一声惋惜的叹息。只要再多坚持一会儿,明军左右两哨的铁骑就可绕到瓦剌军阵背后形成合围。可就这么一转眼的工夫,仍让他们逃了!

永乐却来不及懊恼,眼见瓦剌三王分头逃命,他立即指着马哈木奔逃的方向叫道:“御营铁骑卸甲换马!轻装追虏!”

“皇祖父!”朱瞻基吓得魂飞魄散,赶紧冲上前拉住永乐的马缰哀求道,“穷寇莫追,何况卸甲?万一鞑虏反扑,如之奈何?”

“御营亲军乃天下之冠,何惧鞑虏反攻?”永乐一扯马缰,又叫来旗官传旨,“太平和把秃孛罗由朱荣、刘江两部前锋追击,驱离即可。马哈木是三王之首,朕要亲自将其歼灭!”

朱瞻基被马缰带得一趔趄,赶紧又站稳道:“孙儿去追马哈木!孙儿的亲军是皇祖父亲选的,不比御营铁骑差!”当初他被封皇太孙后,永乐在天下精挑细选了两千名十七到二十岁的强壮健儿拨给他做随从。朱瞻基对这支亲随十分重视,亲自到五府请郑亨等名将精心教导。两年下来,他们已成为大明首屈一指的精锐之师。

“马哈木势大,轻骑追击只能将其缠住,要歼灭还得用五军主力。在五军赶到前,亲军必须先撑住。你的亲军初经战阵,论耐战比不得朕的百战老军!”永乐摇了摇头,见朱瞻基又要再劝,便不耐烦地大手一挥斥道,“速速退下,再耽搁就来不及了!”

朱瞻基不敢再说,只得退到一边。这时随驾的狗儿上来侍候着永乐把精钢战甲脱下,给他换上件皮甲,又重新牵了一匹没有披甲的御马过来。永乐翻身上马,领着换上备用战马的御营轻骑呼啸而去。

换过战马,又没了甲胄拖累,御营亲军的速度明显加快。约莫追了四五十里,前方已隐隐看到瓦剌骑兵的踪影。永乐精神大振,高呼道:“鞑虏穷途末路,儿郎们加把劲!”

“杀……”见皇帝如此,御营亲军亦齐声大呼,气势如虹地向前猛冲。

见明军追至,瓦剌先是加速逃亡,不过当奔到一个小丘处时,马哈木突然止住了步,在丘上重新插下帅旗。先前跟着逃亡的亲兵也跟着一起调拨马头,重新面向追来的明军。其余那些本在闷头亡命的胡骑亦在头领们的怒骂声中勒住马缰,乱哄哄地向帅旗处聚拢。

"皇爷!"一直紧紧跟在永乐身后的狗儿见状,忙一夹马腹冲到他身旁大声叫道,"鞑虏行止诡异,小心有诈!"

"何诈之有?"眼瞅着马哈木就在前方,永乐内心兴奋不已,"马哈木见朕亲至,恶从胆边生,想赌上一把,抓住朕咸鱼翻身,咱们正好趁机缠住他们!"

狗儿遥望前方,太平和把秃孛罗两部已经逃得无影无踪,只剩下马哈木一部,总数也不过六七千,心想以御营战力和他们斗上几个时辰不成问题,胆子也大了起来,当即叫道:"皇爷步子放缓些,让奴婢打头阵!"说完便一挥马鞭,策马越过永乐,向前方疾速奔去。

刹那间,两部精骑撞在一起。马哈木人数虽多,但毕竟是新败之师,而反观永乐御营,虽然只有三千,但都是百里挑一的精锐,骑技不在鞑子之下,士气却更高昂,阵法和相互间的配合亦更娴熟。在永乐的带领下,明军轻骑组成锥形骑阵直冲入瓦剌军中,所到之处一片刀光剑影,瓦剌骑兵接连不断地翻身落马。

不过瓦剌军力毕竟是明军两倍多,在马哈木的带领下,他们倾泻而下,与明军正面对冲亦未逊色。永乐倒也不着急,只要拖到五军主力赶到,到时候马哈木就必死无疑。

"呜……"就在两军杀得如火如荼之际,忽然战场外传来一阵呼喊声。永乐循声望去,见右侧远方的密林处扬起一阵浓尘,待尘土散尽,一支约莫两千之数的瓦剌骑兵出现在眼前,在烈日的照耀下,身上的铠甲反射出耀眼的光芒!

"这是怎么回事?"永乐大惊失色。马哈木埋有伏兵不稀奇,两千人也不算太多,但让他吃惊的是,这支骑兵居然从人到马俱都一身重甲!

漠北不产铁,而且明朝严禁向塞外卖铁,故漠北各部的铁器一直都十分紧缺。蒙古骑兵作战时从不穿甲胄护身,更别提给战马披甲了!可现在,就在永乐面前出现了一支重装铁骑,这不仅出人意料,更使他面临着巨大的风险。

经过刚才的追击和厮杀,此时明军的体力已经明显下降,马力也渐渐乏了,本来,凭着高超的武艺和尚算完整的骑阵,明军仍可从容周旋几个时辰。可是瓦剌铁骑的出现,让战场上的局势瞬间发生了改变。

在养精蓄锐许久的瓦剌铁骑面前,明军就是想逃也来不及了。而由于开始追击前已将铠甲卸去,此时的明军和马哈木一样,都是轻装上阵。没有坚实的甲胄,人数仅三千的御营亲军根本无法挡住两千铁骑的冲阵。而一旦骑阵被冲散,面对四倍于己的瓦剌骑兵,各自为战的明军将士将不可避免地遭受重大伤亡,甚至全军覆没都是有可能的。而此时距五军主力赶到少说也还要两个时辰,望着离战场越来越近的瓦剌铁骑,一向泰山压顶亦面不改色的永乐眼中也露出了一丝惊慌……

就在御营与瓦剌搏杀之际,明军主力也沿着永乐追击的路线向前方加速行军。

朱瞻基望着逶迤徐行的大军,心急如焚。这时,杨荣和方宾骑马跑了过来,他赶紧问道:"方大人,可否命将士们快些?"

"恐怕不行!"方宾无奈地摇摇头道,"将士们刚刚杀了一阵,体力已经弱了不少。而且现在大家已经卸了甲,要走得快了,就算人扛得住,驮马也跟不上。"

明军的皮甲有十来斤重,铁甲更是重达几十斤,打仗时倒挺实用,但行军时就只能脱下来,用从后方柳升大营中调来的驮马载着。如果穿铠甲行军,时间长了将士们肯定不堪重负。明军驮马有限,一匹马少说也要驮上两百斤重的铠甲,所以不能提速,拖累着明军将士也只能缓行。

朱瞻基听了越发焦急。一个时辰已经过去,大军才行进了不过十里出头,这样的速度无论如何也太慢了。而瓦剌和御营都是轻骑奔行,要是马哈木跑得快的话,说不定御营追上他时已经走了几十里。那样的话,五军赶到战场所需花费的时间就会更长。万一五军主力还没赶到,御营已经招架不住……他简直不敢想象出现这种情况的后果。

"殿下……"就在朱瞻基心乱如麻之际,远方奔来一名轻骑,待跑近了才看清是大伴李谦。此时的他满身血污,后背上还插着两支箭矢!

朱瞻基脸上的血色瞬间被抽得干干净净。李谦是他派去打探御营动态的,现在却变成这般模样,由此看来,皇祖父他……

李谦驱马奔到朱瞻基跟前,一骨碌便从马上栽了下来,他赶紧下马将其扶起。李谦艰难地抬起头,咬紧牙关吐出三个字:"九龙口……"说完头便一偏,再无气息。

"李大伴!李大伴!"朱瞻基叫了两声,见李谦毫无反应,只得又将他放到地上。这时,杨荣已急匆匆赶了过来,手上拿着一张地图,颤声道:"九龙口距此处尚有近四十里!"

朱瞻基心中一惊。四十里,以现在的行军速度,要赶到还得花上三个时辰。

就算加快速度,全军抵达九龙口也是两个时辰以后的事了。虽然李谦未报告战局,但从其惨状便知皇祖父那边肯定遇上了大麻烦。朱瞻基再也坐不住了,马上叫来方宾问道:"军中骑兵尚有多少?"

"回殿下,我军骑兵共四万。其中朱荣、刘江二部前锋轻骑各一万,现正追击太平和把秃孛罗,剩下的两万铁骑刚才阵亡近千,伤了三四千,已送回柳升大营安置,剩下的总共一万五不到。加上殿下的亲随,大约一万七之数!"

朱瞻基心中一沉——现在五军将士共约十五万,铁骑只占一成,这已经十分少了。由于原先承诺前来会师的阿鲁台临时失约,明军必须防备这位一向反复无常的草原枭雄。所以这剩下的万余铁骑绝不能抽离,否则万一鞑靼突然出现,仅靠步军应战,局面将十分被动。

看来只有自己出马了!朱瞻基暗下决心,又问方宾道:"先前送回柳升营中的受伤铁骑,他们的战马也送回去了么?"

"战马都在队后,大约还有两千匹……"

"那好!"朱瞻基当机立断,"这两千匹马全部配给我的亲随备用,我亲率他们先去救驾!"

"不可!"方宾和杨荣大惊失色,齐声大叫。

杨荣恳切地劝道:"陛下已经遇险,若太孙再陷不测,则我王师危矣!"

"杨学士言之有理!另遣一大将先往便可,殿下职守是督领五军!"方宾也劝道。

"五军由武安侯代领!"朱瞻基果断道。

"殿下需当慎重!"方宾和杨荣仍不答应。

朱瞻基心急如火,索性端起太孙的架子,扬起马鞭指着二人鼻子叱道:"你等身为臣子,焉敢不奉令旨?莫非欺我年幼不成?"

见他如此,杨荣和方宾知其意不可违,只得无奈答应。过了一会,方宾便将两千备用战马分拨完毕。朱瞻基见准备就绪,遂又叫来杨荣道:"我先走一步,师傅与方大人协助武安侯督领五军随后赶来。"

"遵旨!"方宾无可奈何点了点头,正还要嘱咐几句,这位小太孙已经一挥马鞭,带着两千亲兵向九龙口奔驰而去……

朱瞻基赶到九龙口时,永乐的御营亲军已处于十分危险的境地。在瓦剌铁骑来回冲击下,明军的大阵已被冲散,将士们只能组成一个个小型锥形骑阵。但鞑子毕竟兵力占优,一旦明军被分割开,再要周旋就艰难得多。此时两军已经混在一起,形成了一个巨大的战团,无论哪一方都无法轻易脱身。幸亏鞑子以前都是轻骑作战,穿上重甲后明显身手不便,否则仅凭那两千铁甲重骑,歼灭陷入纠缠中的明军轻骑就轻而易举!

"换马!"远远望见战场后,朱瞻基立刻下达了旨意。亲兵们得令,遂从已载着自己跑了三十来里的坐骑上下来,转而翻身跃到备用的战马上。

见众人换马结束,朱瞻基抽出佩剑叫道:"救出陛下,每人赏钱百贯,升三级!"

众人闻言血气大涨,当即举械高呼,跟随他一起冲进战场!

朱瞻基的及时赶到,使战局又生变化。两千亲随虽不算多,但都是武艺高强的青年健儿,而且全部身披重甲。他们的加入,使战场上双方的实力基本上平分秋色。

战团中央,永乐眼见援军赶到,也大大松了口气。先前他几次想突围,但马哈木将他围得甚紧,加之御营骑阵被冲散,他身边仅只有两三百名亲军和狗儿等十来个内官,根本无力突破层层堵截。不过这时候两军势均力敌,永乐立刻放弃了突围的打算,转而指着左前方不远处的马哈木大旗道:"缠住马哈木,别让他跑了!"说完,他又带着身边侍卫,向周围的瓦剌骑兵拼命杀去。

马哈木也瞧出了形势的变化,他知道再想活捉永乐已经不可能了,眼下最要紧的就是在明军主力追来前赶紧撤退。不过刚才为了分割包围永乐亲军,瓦剌骑兵也都分散,这时无法全身而退了。

不过马哈木没有丝毫犹豫,他瞄了一眼身旁脸色灰白的答立巴冷冷道:"大汗,咱们该走了。"随即将周围武士聚到一起,向东方逃去。马哈木一逃,正在和明军厮杀的瓦剌将士顿时阵脚大乱,那些外围骑兵率先遁去,而陷入战团的则就没那么容易脱身了。除了少数幸运逃出,大部分将士被明军纠缠得无法脱身,最终被毙或投降。

血战过后,战场终于安静了下来,御营将士早已累得脱力,朱瞻基的亲随奔袭了三十余里又立即投入战斗,此时也疲惫不堪,根本无力展开追击。又过了一个时辰,直到夜幕降临,郑亨总算率着五军主力赶到。不过这时,马哈木已逃得无影无踪。

在郑亨的主持下,明军开始打扫战场。那些阵亡或投降的瓦剌重骑身上的铁甲统统被剥了下来,集中到一起。在战场旁,明军临时建起了营盘。在营地中央的天子御帐内,永乐与朱瞻基、狗儿以及杨荣、金幼孜、方宾、夏元吉等一干文臣聚在一起。烛光摇曳下,永乐手拿着一件缴获的瓦剌铁甲,脸上的神经剧烈地抽搐着。

"陛下!"杨荣走到永乐面前,面色沉重道,"这铁甲来得蹊跷!"

"会不会是当年丘福大军所遗?"方宾在一旁小心地猜测道。当年丘福兵败,十万明军葬身漠北,光铁甲就失了上万件。

"不可能,丘福是败在阿鲁台手上。后来朕亲征鞑靼,阿鲁台尽弃辎重逃命,那些铁甲大半都被夺了回来,瓦剌如何得到?何况……"永乐断然否定,他指着甲上排列凌乱且凸凹不平的鳞片道,"这明显不是工部所制!做工如此粗糙,十有八九是瓦剌自己造的!而且看上去甚新,想是刚制未久!"

"可瓦剌哪来的这么多精铁?"方宾脸色有些发白。这里的人马铁甲一齐有近三千具,而如果按伏击御营的两千铁骑算的话,瓦剌的铁甲最少也有四千具。锻造四千具铁甲,少说也要三十万斤精铁。在素不产铁,且被明朝严厉封锁了四十余年的漠北来说,获得这么大批量的精铁简直就是不可想象的!

"你问朕,朕问谁?"永乐狠狠地瞪了方宾一眼。

"可阿鲁台给朝廷的奏报中,为何没提瓦剌训练重骑之事?"杨荣皱着眉头道。

"或许是瓦剌与鞑靼攻伐时未用重骑,抑或阿鲁台有意隐瞒。他知道我大明军力远胜瓦剌,故有意替马哈木隐瞒些实力,好让他打咱们一个措手不及,两败俱伤之下,鞑靼正好坐收渔利!"永乐解释完,突然心念一动,又面露疑惑道,"阿鲁台狼子野心,瞒着朝廷倒也说得过去,可锦衣卫那边为何也不知此事?记得这两年来,纪纲多次派番子乔装出塞,难道他就一点风声都没闻到?"

"皇爷,朱荣回来了!"这时狗儿上前禀报。

"叫他过来!"

朱荣走了过来,身后跟着两个亲兵押着一个垂头丧气的俘虏:"陛下,臣奉命追击太平,斩敌三百、俘获一千,并擒获瓦剌知院脱里迷失!"说完,他一挥手,两个亲兵将俘虏引至永乐面前按到地上。

"他就是脱里迷失?"永乐指着眼前俘虏道,"脱里迷失不是马哈木的人么?怎么跟着太平跑了?"

朱荣挺起胸脯回道:"当时战场混乱,这厮来不及跟上马哈木,就混在太平部中一道逃跑,后来臣追上去一箭射死了他的马,这才把他擒住!"

"你做得不错!"永乐褒奖了一句,遂命他与亲兵先退出帐外,又将目光对准被绑得严严实实的脱里迷失,用蒙语咕哝一句。

脱里迷失赶紧用汉语答道:"罪臣懂汉话,大皇帝直言就是!"

"嗯!"永乐点了点头,转而手指扔在案上的铁甲,声色俱厉道,"你既为瓦剌重臣,那朕问你,马哈木铁骑的甲胄从何而来?"

脱里迷失身子一抖,小心回道:"回大皇帝话,罪臣也不晓得!"

"不晓得?"永乐冷哼一声,"那好!狗儿,将这脱里迷失拖出去斩了,传首五军,身子丢到草原上喂狼!"

"罪臣说!罪臣说!"脱里迷失赶紧大叫,"这都是明商从塞内走私过来的!"

"哪个明商?"永乐紧逼着问道。

"是个叫沈文度的人!"

"沈文度?"永乐觉得这个名字有些耳熟,但又记不起从哪听过。

倒是一旁的杨荣反应快,赶紧解释道:"沈文度是吴中富商沈万三的儿子,现在南京居住。"

永乐这下想起来了,脸上猛一抽搐。他先一拍手唤进两名亲兵,将脱里迷失拖出帐外,继而咬着牙对一众臣子道:"这沈家没一个好东西!可惜先帝当年没把他们斩尽杀绝,结果留了这么个祸害。马上发旨回行在,命纪纲擒拿这个沈文度!"

"陛下……"杨荣面上露出一丝犹豫,小心翼翼道,"据臣所知,这个沈文度似乎和纪大人交情匪浅!"

"什么?"永乐一下睁大了眼睛,半晌后眼光一寒道,"你把话说清楚!"

"是!"杨荣凑到永乐跟前,小声禀道,"据传,沈文度这些年在海内贩卖私盐,所获颇丰。而他之所以能横行无忌,靠的就是纪纲庇护!"

永乐心中一凛,遂问道:"你之言可有证据!"

"臣只是耳闻,并无实证,不过此事朝中知之者不少。"

永乐听后,遂将目光扫向跟前的方宾、夏元吉、金幼孜几个。

杨荣话一出口,夏元吉他们便明白这是要趁机扳倒纪纲。夏元吉他们都是文臣,在皇储争斗中一直倾向东宫,加之纪纲的事他们的确或多或少知道一些,遂都不约而同地点了点头。

永乐的神情变得十分阴郁。纪纲以权谋私,永乐虽不能说知之甚详,但也隐约听到过风声。不过纪纲一向得力,何况他本来干的就是见不得人的勾当,所以相对于士大夫而言,他对纪纲的操守并不是太苛求。在永乐的心中,纪纲是个有心计、懂分寸的人，就算平时捞点也不会太过。像贩卖私盐这种事，纪纲偶尔干上一票，永乐睁只眼闭只眼也就过去了。但这时候跟前几位朝廷重臣不约而同地都表示知道此事，那就表明纪纲绝不是小打小闹，而是陷得很深了。何况，这次这个沈文度是往瓦剌走私精铁，这是盗卖军国重器资敌，性质比在海内贩盐不知恶劣了多少倍。如果此等行径同样是得到纪纲的庇护，那永乐无论如何也不能饶恕。

"你等既早知此事，为何平日不奏？"永乐面如寒霜地扫视群臣一眼，冷冷问道。

几位大臣头都一缩，不敢吱声。朱瞻基见着，赶紧上前开脱道："他们并无证据在手，岂敢贸然上奏？"其实他的话只说了一半。除了无证据外，更关键的是纪纲肩负侦刺群臣之职。一旦得罪了纪纲，又不能把他彻底扳倒，那待他缓过劲来，这些大臣早晚要倒大霉！夏元吉他们都是从建文朝过来的人，永乐初年的那场血雨腥风他们都记忆犹新。既然知道纪纲深受永乐信任，那他们又岂敢轻易招惹这个煞神？

尽管朱瞻基话没说完，但永乐心念一转，也明白了其中端倪，随即心中燃起熊熊怒火。

"你等以为这次沈文度向瓦剌贩铁，是否受纪纲包庇？"永乐面如寒霜地问道。

几位大臣互视一眼，金幼孜轻声道："回陛下，臣以为边塞禁卫森严，平常偷运些小物件虽免不了，但要说走私数十万斤精铁，想来绝无可能。前段日子纪纲时常以侦刺瓦剌军情为名，遣番子乔装客商出塞。臣料想，或许他刺探敌情是假，借此掩护走私是真！沈文度便是以此躲过边军盘查，将精铁偷运出塞！"

马上给朕将纪纲拿下！永乐几乎就要脱口而出。不过话到喉咙眼儿，他又把它咽了回去。稍一思忖，他便察觉到立即抓捕纪纲多有不妥。沈文度走私只是脱里迷失一家之言，是否属实尚需验证。何况即便经验证是真，沈文度向瓦剌贩铁也未必一定和纪纲扯上关系。而且，永乐内心还有层疑虑，就是眼前这帮大臣甚至于朱瞻基会不会是故意陷害纪纲？纪纲是自己用来监视大臣的爪牙，而且和二儿子走得颇近，无论是朱瞻基还是夏元吉他们都对他没有好感，故想借这个机会扳倒他也是有可能的。念及于此，他觉得应当慎重些。

永乐扫视了朱瞻基、狗儿和几位大臣一眼，冷冷道："今日之事，谁也不许走漏风声！"

"是！"一干人赶紧应诺。

交代完毕，永乐觉得有些累了，这时方宾道："陛下，征战了一天，还是及早歇息吧，明日还要继续朝饮马河进军哩！"

永乐点了点头，正欲答应，忽然脑子里冒出一串疑惑。以他对纪纲的了解，此人虽贪财好利，但心思缜密，绝不至于利欲熏心。走私精铁出塞，一旦事发绝对是抄家灭族。何况这些走私还是在鞑靼连战连败，瓦剌渐成一统漠北之势的同时进行的。明知对方壮大会威胁到大明，他还不管不顾地以精铁资敌，胆子也未免太大了吧？他至于为了几个钱把命赌上？如果他不仅仅是为了钱，那他又是为了什么？还有朱高煦，他一直和纪纲同气连枝，这件事他是否知情？会不会牵涉其间？顺着这个思路往下想，永乐越发觉得心惊。再联想到三年前朱瞻基在山东神秘遇刺，永乐的身子不由一震，脚下一个趔趄差点摔倒。

"皇祖父！"身旁的朱瞻基一把将他扶住，紧张地问道，"您这是怎么了？"

"没什么！"永乐摆了摆手，又想了想深吸了口气道，"传令全军，北征到此结束。休整两日，班师回朝！"

"啊？"众人一脸愕然。按照出征前的计划，明军即便重创瓦剌，也仍将效法一征漠北时的故技，在饮马河和斡难河扫荡一圈，以阻止鞑靼占据两河草场。这样一来，鞑靼的实力也会受损，从而形成漠北两部势均力敌却又都弱小无力的局面，这种结果无疑是对明朝最为有利。今日之战，瓦剌固然实力大损，但若就此收兵，那鞑靼肯定会趁势占据草场，蓄养实力。故众人理所当然地认为扫荡计划将继续执行，不料，永乐却突然下令班师！

"瓦剌向东败逃，去的正是斡难、饮马二河方向，咱们一退兵，阿鲁台为占两河草场，肯定会向马哈木反扑。既然他俩愿意狗咬狗，那咱们就省一回心！"见众人不解，永乐给出了自己的解释。

"可是……"朱瞻基言道，"现在瓦剌新遭重创，如何敌得过阿鲁台？万一让阿鲁台取胜，又占了草场，那到明年其势力必会远超瓦剌。如此一来，两部均势恐又破了！"

"即便如此，最后也是一死一伤。阿鲁台就算获胜，要想恢复实力，也得休养好些年！"

"可是……"朱瞻基还想再说，忽然袖子被人扯了扯，他一侧目，发现杨荣不知不觉走到了身边对他轻轻摇了摇头。朱瞻基见他如此，虽心有不解，但仍闭上了嘴巴。

当晚,朱瞻基走进了杨荣的寝帐。当他追问刚才为何阻其进言时,杨荣沉默良久,方吐出一句:"季孙之忧,不在颛臾,而在萧墙之内也!"

朱瞻基心中一凛,吃惊地望着杨荣,但见其满脸阴郁。他愣怔良久,方点了点头。

帐外,一片乌云遮住明月,草原的天空黝黑似漆。

第十章

图远谋贵州建省　占先机皇帝出手

"什么,父皇提前班师了?"手持着宫中新发出的邸报,朱高煦几乎晕厥!

"潜行进京的倭人到哪了?"史复第一时间反应过来,赶紧问送来邸报的周宣。

"现在应在苏州境内,不过马上快要进应天府界了!"

"你赶紧去苏州,把他们带回海上!"史复一脸严肃地代朱高煦向周宣下令。

周宣也知道事情的严重性,绷着脸一拱手,旋大步走出门去。

望着周宣的背影,史复苦笑道:"王爷,这逼宫怕是不成了!"

朱高煦脸色几变,最终发出一阵哀叹。漠北明军战胜瓦剌并提前班师的消息彻底打乱了他的部署,既然父皇安然无恙地返回北京,那他即便在南京兵变成功,也不可能使人心军心归服。史复的话让他深深的失落,却又无可奈何。

朱高煦再次拿起邸报仔仔细细地看了一遍,突然心中猛地一紧:父皇为什么会突然班师?莫非他老人家察觉到了什么?尤其是邸报所载俘获脱里迷失的消息,更让他的心猛地一跳。

难不成东窗事发?将此二事联系在一起,朱高煦脑海中迅速浮现出这个疑惑。他双腿突然一软,赶紧伸出手扶住身旁的木桌,将担忧跟史复说了。

史复也吃了一惊,继而蹙着眉头思索许久才微微摇头道:"提前班师,的确蹊跷,但也未必与咱们有关。或许仅是出于兵事考虑,王爷不必太过忧虑!"

史复的回答显然不能让朱高煦放心,不过他也没什么主张,只能一阵唉声叹气。

"可是脱里迷失怎么办?贩到瓦剌的精铁都是他出面买的,他肯定会把沈文度供出来！"

"那也无妨！瓦剌向明商采买私货，从来都只问货色不问来源，这是塞上走私的规矩。所以沈文度犯不着跟脱里迷失提到纪纲，何况他也没这个胆子！由此推断，即便脱里迷失招供，也最多牵扯到沈文度！"史复说到这里，忽然想到了什么，顿时脸色大变，"王爷，这文书是何时送进城的？"

"好像是拂晓时分！"

史复一瞅书房角落处的沙漏，见已过了午时，脸上顿时露出惊慌之色："那邸报为何这时才发出来？"

朱高煦有些迟疑道："今天是朝休，或是邸吏们抄录得慢了些……"

史复摇摇头道："不对，这种大捷的朝报邸吏们岂敢怠慢？"

"这些玩意，快些慢些有甚关系？"史复的态度让朱高煦有些不解。

"关系大了！"史复一跺脚，语如连珠道，"王爷，要是皇上从脱里迷失那里得知走私精铁的事，那肯定会立即下旨缉拿沈文度。由此推断，擒拿沈文度的圣旨肯定和报捷一道送回京城。 而邸报一出，满京城都知道了脱里迷失被俘的消息，那沈文度得闻消息，便有可能逃跑！今日邸报晚发，没准儿就是太子故意耽搁，以留出时间好从容布置。沈文度一旦被太子抓获，立刻就会供出纪纲，拔出萝卜带出泥，那咱们……"

"哎呀！"朱高煦脸上的血色被瞬间抽尽。

正在这时，枚青跌跌撞撞地跑了进来，一进门就叫道："王爷，刚才南城兵马司的巡捕闯进仙鹤坊，把沈家围了！"

"啊……"朱高煦惊叫一声，腾地从座椅上跳了起来，立即从身旁剑架上拿起宝剑，作势就要往外冲。

"王爷！"史复一把拽住朱高煦道，"您这是要做什么？"

"本王亲自去仙鹤坊，一定要抢先把沈文度给杀了！"

"兵马司巡捕已经到场，您怎么杀沈文度？"

朱高煦手一扬将史复架开，叫道："一群喽啰，谁敢阻拦本王？"

史复脚下一趔趄，差点摔倒在地。见朱高煦已冲到房门口，他急得大喊："沈文度常年在外，没准儿现下就不在家。若真如此，王爷还贸然前往，岂不是不打自招，徒惹麻烦上身？"

"对啊，本王孟浪了！"朱高煦豁然醒悟，一拍脑门说完，赶紧对一旁面如土色的枚青吼道，"还愣在这里做什么？赶紧去仙鹤坊打探消息！"

"是！"枚青答应一声，提脚就要往外跑。

"回来！"史复大叫一声，喝止了枚青，又对朱高煦道，"枚青是汉府的人，他去不合适！"

"说得是！"朱高煦连连点头之余又焦急地问道，"那你说该怎么办？"

"马上去找庄敬，请他去仙鹤坊，问清沈文度究竟在不在府中！"史复沉着脸嘱咐枚青，交代完后又对朱高煦道，"庄敬是锦衣卫副帅，兵马司在城内大张旗鼓拿人，他出面探听风声，不会引人怀疑！"

"嗯！"朱高煦应了一声，随即对枚青一挥手。他躬了躬身，旋一溜烟儿去了。

枚青走后，朱高煦心神不安地在房中连连打转，史复知他方寸已乱，遂劝道："王爷沉住气，一切等庄敬打探清楚再说！"

"本王如何沉得住气！"朱高煦一脸焦虑道，"要是姓沈的漏网那倒也罢了，可要是被抓住，那咱们可真就要遭灭顶之灾了！"

"也不见得！"史复又想了想，淡淡地说了一句。

"不见得？你这话是什么意思？"朱高煦诧异地望着史复。

史复分析道："就算沈文度被抓，但他走私精铁之事，我汉府只是在幕后操纵，和他接洽的是纪纲。他就是招供，也只能牵扯到纪纲。"

朱高煦双眼瞪得似铜铃："纪纲要是被抓，你能保他不供出本王？他要一招，咱们也脱不了干系！"

"干系是脱不了，但未必就是灭顶之灾！"史复强自镇定道，"走私的事，王爷可有下过一道手令？可有片纸落在纪纲手中？就算纪纲招供，只要拿不出物证，那您也可矢口否认，这就是转圜的余地！"

"可即便如此，父皇也会疑上我！"

"两害相权取其轻，怀疑总比被坐实了好。"

"唉……"朱高煦满脸愁容地叹了口气。就在今天早上，他还踌躇满志地准备大干一场，一举夺取梦寐以求的皇帝宝座。没承想这才过了几个时辰，自己几乎就被逼到了绝境。现在的他只能在心中暗暗祈祷，希望沈文度能逃过此劫。

"王爷！"就在朱高煦如坐针毡之际，枚青领着庄敬推门进来，欢呼雀跃地叫道，"兵马司没抓到人。据沈府家奴说，沈文度四日前便已出京，说是去闽粤一带采买海货！"

"啊……"朱高煦高悬的心一下子落了地，当即长出一口气笑道，"好险，看来天不亡我！"

史复却没那么轻松，他稍一沉吟便道："既然得知去向，太子肯定会发海捕文书缉拿。"

"不错！"朱高煦立刻又紧张起来，"咱们得抢在大哥前头把沈文度抓住杀掉！"

"怕是没那么简单！"一旁的枚青插口道，"南下的路千百条，何况现在都不知道沈文度身在何处，如何追杀？"

"咱们不知道，太子也不知道！"史复将目光对准庄敬，"现纪缇帅身在北京，江南缇骑均归你统率。你可遣缇骑四处打探沈文度下落，一旦查知，直接派心腹了结他的性命！"

"好！"庄敬爽快答应，随即步履匆匆地出门而去。

房间内只剩下朱高煦和史复、枚青三人。他呆若木鸡地坐了许久，才一脸茫然地望向史复道："现在该怎么办？"

史复想了想道："眼下其实还无大碍。今日兵马司查抄沈家，已闹得沸沸扬扬，料想这风声过不了几日便会传到沈文度耳朵里。此人一向精明，得闻消息后肯定会躲起来。短期内，无论是咱们还是朝廷都擒不到他。"

"躲得了一时，躲不了一世！"朱高煦忧心忡忡道，"我就怕沈文度会落到朝廷手中。"

史复也是一阵默然。许久，他方叹口气，道："尽人事、听天命！就看咱们和朝廷谁先得手了……"

八月初一，天子车驾返回北京城后。稍事休息，永乐便开始打理因北征而耽搁的诸多朝政。

首先要追查的，就是沈文度走私精铁一事。不过还在回塞的路上，南京便回复消息，说沈文度外出未归，不知去向，现正发海捕文书缉拿。永乐便转而将目光投向另一件事情上头——田琛和田宗鼎的越狱。

这二人的脱逃，曾一度使南京风声鹤唳，好在其后过了十来日，他二人又莫名其妙地出现在南京城郊，这才让满朝上下都舒了口气。抓回二田后，刘观马上组织审讯，朱高炽亲自监审，可审出来的结果却让人啼笑皆非：据二田供述，他二人俱是被人劫走，然后被关了十来日，后来又被蒙上双眼塞进马车，到雨花台时再被扔了出来。至于是何人所劫、劫至何处，他们则一概不知。

如此荒唐的供词，朱高炽当然不信，但他们被劫十来日却连京畿都没出，后来又莫名其妙地主动现身，这的确不像是蓄谋逃回贵州的样子。百思不得其解之下，他只得重新将这两人软禁的软禁、看押的看押，然后起拟奏本向永乐呈报。

二田脱逃，差点酿成大祸，永乐本就憋了一肚子气，又见朱高炽最后审出这么个不伦不类的结果，他更是大光其火。愤怒之下，永乐立往南京连发两道敕旨：其一，刑部尚书刘观玩忽职守，险酿大祸，罢其尚书职，贬为胥吏。其二，皇太子遣使迎驾迟缓且奏书失辞，此辅导者不职之过，命将左春坊大学士黄淮、左春坊左谕德杨士奇及司经局正字金问三人押至北京，由行在大九卿奏议其罪。

本来，永乐是想在敕旨中直截了当地痛批太子一顿，但顾及他的面子，这才换了个不相干的理由。但饶是如此，两位兼任詹事府官职的内阁阁臣均被问罪，这仍引起了满朝震动。不过二田逃脱的后果实在太严重，虽然最后抓获，但朱高炽在监国期间出现这等大过，东宫受此重罚也在所难免。三位东宫属臣抵达行在后被立即下狱，其间杨荣、夏元吉甚至朱瞻基试探着为他们开脱，但都被永乐轰了出来。经此一事，东宫遭受重创，连一向春风得意的朱瞻基都灰头土脸，在永乐面前大气都不敢喘一口。

发泄完心中怒火，对思州和思南的处置也随之摆上议事日程。因北征之故，此事已被拖延了一年，永乐担心再拖下去，朝廷改土归流的意图早晚会大白于天下，到时候思州和思南惊恐之下，说不定就先扯旗反了。

得知朝廷即将启动改土归流，朱瞻基与杨荣、金幼孜、夏元吉几个重臣反复商议，决定在永乐的想法上再进一步，一方面为大明的千秋大业打下更好的基础，另一方面也通过此举纾解皇祖父对东宫的愤怒，同时，他还想借这个机会，把身陷囹圄的几位东宫属臣捞出来。这日中午，朱瞻基独自走进了永乐的寝殿。

朱瞻基进殿时，永乐正在与朱高燧一起用膳，见他到来，永乐遂命江保又加了一副碗筷。朱瞻基先向永乐行礼，接着朱高燧又向皇太孙见礼，朱瞻基忙还以侄儿见叔父的家礼，闹腾了好一阵，二人才重新坐定。永乐扒了口饭对朱瞻基道："朕正和燧儿说乌斯藏的事，你既然来了，也一抒己见。"

朱瞻基一听便知，永乐说的是册封黄教。乌斯藏盛行喇嘛教，其中又分为红教、白教、黄教、花教等诸多流派。元朝时，忽必烈册封花教活佛八思巴为大宝法王，为朝廷统领乌斯藏之地，从此花教便成为藏传佛教的正宗。

不过随着元朝的衰亡，花教的正宗地位也逐渐动摇，其他教派趁势兴起。永乐四年时，当时的白教尚师哈立麻入朝纳贡，永乐盛情款待，并循元朝旧例封其为大宝法王,并统领天下释教,一时风光无限。

哈立麻受封后,花教尚师昆泽思巴也进京朝贡,永乐遂封其为大乘法王。昆泽思巴刚刚回藏,黄教尚师宗喀巴亦遣座下大弟子释迦也失入朝纳贡,现已抵达南京。毫无疑问,释迦也失此来最大的目的便是为其师宗喀巴请封。

朱瞻基想了想,侃侃道:"自元时起,册封尚师便是中原朝廷羁縻乌斯藏的既定之法,国朝亦承袭之。这黄教虽是喇嘛教之一脉,但并非元时旧有,乃近二三十年才在乌斯藏兴起,而这位宗喀巴尚师便是其创始之祖。既然黄教在乌斯藏已成气候,且又忠顺朝廷,那朝廷亦当加以册封,使其教众沐王化、享天恩。"

"这是自然!"永乐点了点头又道,"不过眼下难就难在要以何等礼仪待之?先前朕册封白教尚师哈立麻为大宝法王,花教尚师昆泽思巴也封了大乘法王,不过礼仪较哈立麻就逊了一筹。这黄教是新兴教派,此次又非宗喀巴亲至,朝廷待其之礼仪应较哈立麻与昆泽思巴为逊。但朕怕如此一来,黄教教众心有不满,认为朝廷亏待了他们。毕竟黄教近年势头颇猛,教徒甚众,伤他们的心总是不妥!"

听了这番话,朱瞻基顿时心有所悟。这几年乌斯藏各教派纷纷入朝纳贡,永乐皆待之甚厚,甚至还曾亲自行香,引得一帮不信鬼神的士大夫很不满,私下里认为皇上此举有悖名教纲常。不过朱瞻基心中十分清楚,皇祖父压根就不信什么喇嘛教,这些举动只是其羁縻远人之道罢了。而且他还明白,对这些纷杂教派,皇祖父表面上一律尊崇,内心其实也打着小算盘。像那花教,当年靠依附元室独霸乌斯藏百年之久,这种教派肯定不受大明待见。虽然朝廷不会强力干涉,但暗地里打压肯定是免不了的。上次白教尚师哈立麻进京,永乐封其为大宝法王,而这是当年花教尚师的封号。虽说其后朝廷又给了昆泽思巴大乘法王的封号,但礼仪上却较哈立麻低了一格。永乐此举,其实是要打压花教,让白教与花教分庭抗礼,使乌斯藏各教派陷于内争不能自拔。就如同漠北分裂成鞑靼、瓦剌一样,如果乌斯藏各教派不能统一,那不管哪一部,都无力反抗朝廷,而朝廷则可居中裁决,最大限度地掌控乌斯藏的局势。反之,若任由其一统,那漠北说不定会再出一个蒙古,乌斯藏也保不准又现一个吐蕃。

理清其中利害关系,朱瞻基便完全明白了皇祖父的心意,他是想让黄教和花教、白教平起平坐,进一步分化乌斯藏教派势力。但与此同时,又不想因此引起白教和花教这些传统教派的不满。

这的确是个较为棘手的问题。朱瞻基耐心思考后,心中已有了想法。他本欲进言,不过看到三叔在场,遂有意谦让道:"不知三叔有何高见?"

"我哪有什么高见?这事说白了就是要一碗水端平。不过白教和花教已把好位置给占了,想让他们挪出些给黄教,怕也没那么容易。依我看,朝廷其实不必多费心思,按着先来后到的规矩办就可。黄教毕竟是新兴流派,父皇可以先封他个大国师,礼仪较大乘法王低一格,接下来就看其自身造化了。若它们真成了气候,朝廷再行加封不迟。但若只是昙花一现,那今日之封便就正好!"

朱高燧的意见中规中矩,照此办理,朝廷倒也没什么不对的地方,但这明显不符合永乐的心意。朱瞻基见皇祖父没有表态,心中更加有底,遂笑道:"三叔所言自是正道,不过这黄教如初生牛犊,如果朝廷善加扶持,没准就能与花教、白教势呈鼎足。因此,咱们不妨给它些支持。侄儿想,皇祖父仍只封那个宗喀巴尚师做大国师,礼仪较前头两位法王为逊,但到释迦也失辞归时,皇祖父可亲撰赞词相送。如此一来,既向黄教施了殊恩,又不致引起白教、花教的不满,岂非两全其美?"

"妙!"朱瞻基一说完,永乐便连连称好。朱高燧听后,虽难免心有悻悻然,但也不得不承认此论远胜于己。

"便就依你之见!"永乐说完,又一笑道,"今日之论,足见你已具帝王之资。"

"皇祖父过奖了!"朱瞻基口中谦逊,心中却甜得如吃了蜜一般。

议过乌斯藏,朱瞻基顺势将话题转移到了贵州的事情上头:"皇祖父,您是否马上要在思州和思南改土归流?"

"不错!"永乐点头道,"这事不能再拖了,朕已决定,过两日就下诏!"

"皇祖父!"朱瞻基正容道,"孙儿有个想法,就是朝廷能否在此基础上百尺竿头、更进一步?"

"更进一步?还是何意?"

"孙儿建议在贵州设承宣布政使司,建立行省!"

"贵州建省!"永乐和朱高燧皆脸色一变。

朱高燧首先摇头道:"这样不妥吧?贵州蛮夷之地,贸然建省,会使当地土司认为朝廷是要在贵州全境改土归流,如此一来,必将人心大乱!"

"三叔之虑不无道理!"朱瞻基先是点点头,但又话锋一转道,"只是在贵州全境改土归流,不也正是朝廷的目的吗?"

"这是自然!不过如此张扬,难保不会激起乱子!"

"侄儿不这么想。化夷之法,无非'德''力'二途,而尤以德力并举为善,此所谓中庸也。然中庸之道,非一成不变,需根据形势之变化而行变易,否则今日之中庸,他日或就成为偏废。以土司之制而言,土司割据一方,上拒朝廷,下愚百姓,从长远计,实有阻华夏礼仪道德播撒远方。只是先前中国之力不及蛮荒,故只能借土司这一制度羁縻,此乃不得已之权宜而已!然今形势已易,朝廷之势日强,反观贵州土司却实力有衰。既如此,朝廷再践行中庸之道便当有所变化,可适当增力,借朝廷威势压制土司,助华夏礼仪道德深入土民之心,最终实现化夷入夏!而在侄儿看来,在贵州建省,正是时下践行德力并举的最合适之策。"朱瞻基侃侃言道。

永乐眼中波光一闪,沉声道:"道理确实不错,不过你凭何断定在贵州建省符合时宜?"

"理由有三。"朱瞻基伸出三个手指头,"思州、思南新败,贵州土司实力大衰,这是其一。其二,皇祖父大破瓦剌,北疆近期没有边患;而据前日张辅奏报,交趾局势好转。南北之患俱都肃靖,朝廷便有充足实力专制贵州。其三,自汉以降,华夏涉足黔地已逾千年,确立土司制度也逾百年,虽彼等土司竭力设阻,但终不能完全断绝夏夷沟通。多年下来,贵州土人中已有不少承沐王化,民智开启亦粗有成效。如今建省,土人的抗拒已较唐宋时为轻。依此三点,孙儿以为贵州建省,正当其时!"

朱瞻基的分析有理有据,永乐听后怦然心动。不过建省毕竟是大事,稍有不慎便会激起土司群起反叛。虽说大明现正处于鼎盛,就是惹出乱子也完全有能力平定。但暴乱终究不是好事,这种情况还是尽量避免的好。一边是事关千秋的大业,另一边则是当下潜藏的风险,永乐必须权衡清楚其中的利弊得失。

朱瞻基知道皇祖父担心的是什么,对此他早有准备,遂笑道:"其实孙儿亦不愿激起大乱,所以还有两议供皇祖父参详!"

"且先道来!"

"首先,这改土归流并非是要一蹴而就。孙儿虽建议在贵州建省,但并不是要把贵州土司全都废了,而是仅指在贵阳增设布政、按察二衙署,另在思州、思南两地设置流官即可。至于其他地方仍由其土司自治,朝廷并不涉足!"

"那又何必去劳心费力地设置行省?"朱瞻基刚一说完,一旁的朱高燧便出言质疑。

"为了千秋!"朱瞻基铿锵有力地答道,"设立行省,便是向贵州土夷昭示,改土归流乃我大明奉行的不易之法!朝廷亮明这个态度,必对当地有所触动。土民中那些对土司残暴陋政心存不满者就会胆气更壮,进而与之明争暗斗,长此以往,土司根基必遭削弱,而朝廷则可审时度势,逐步废除土司,最终将贵州彻底化入华夏。"

"择机而动,循序渐进,此乃中庸正道!"朱瞻基说完,永乐立即点头表示赞同,但又提出了担心,"可土司中亦有精明者,他们要是看穿朝廷用意,鼓动生乱可怎么办?"

"所以还要以力摄之。交趾战乱已平,南征王师亦有部分行将班师。皇祖父可传旨张辅,命其抽调一部赴黔,以增贵州军力,震慑土司!"朱瞻基气度从容地说到这里,顿了一顿解释道,"土司中固有精明者,但亦有不明之人。就算明事者想反,但无不明之人相助,其力也会大打折扣。而且改土归流,讲究的是循循善诱、水到渠成。纵然土司洞察建省深意,但毕竟朝廷的刀还没架到他们脖子上。既然如此,他们中必有不少人会心存侥幸。何况此时朝廷又增兵贵阳,土司们既惧朝廷兵威,又存侥幸之心,其至多也就心生戒备,想造反是决然不会的。"

"言之有理!"听了朱瞻基的解释,永乐内心的忧虑全解,当即拍板道,"就依你之言!只待兵马入黔,朕便明下诏旨设贵州布政、按察使司!"

朱高燧用惊诧的目光注视着朱瞻基。他与东宫的关系稀松平常,加之又常年镇守北京,所以对这个大侄儿并不了解。对朱瞻基年纪轻轻便获封太孙,朱高燧虽不像二哥那样将其完全归咎于朱瞻基的讨巧奉迎,但多多少少也认为父皇的赏识有些言过其实。但今天这一顿饭使他的认识发生了颠覆性的逆转,朱瞻基在册封黄教和改土归流二事上表现出来的才具和见识让他在不得不服的同时,也生出自惭形秽的感觉。只是,在洞悉这一切后,朱高燧心中顿时生出深深的失落,甚至还有一丝恐慌。

"看来基儿真的长大了!"这时,永乐发出一阵感叹,接着又笑道,"你今天所言,为朕解开了两大难题,也为我大明的千秋基业立下大功。说吧,要朕如何赏你?"

"孙儿身为皇太孙,为国筹谋乃分内之事,岂敢邀功请赏!"朱瞻基谦逊一句,话锋一转又道,"其实孙儿能有此见识,除蒙皇祖父教诲外,亦是几位师傅教导有方。这次来见皇祖父之前,孙儿专门去见了杨士奇、黄宗豫两位师傅,这贵州建省之议其实就是他二人参详出来的。两位师傅和金问虽有过失,但绝非奸邪之辈。请皇祖父看在彼等忠心谋国的分上,饶他们一次吧!"说完,他又连磕了三个响头。

见朱瞻基突然为杨士奇他们求情，永乐先是一愣，继而面露犹豫。朱瞻基见状，又从袖中拿出一张叠得方方正正的笺纸奉到永乐面前："上月，郑和四下西洋途中遣船送榜葛拉使臣入朝纳贡，并献麒麟至京。当时皇祖父传旨南京，命杨士奇咏诗以贺。杨士奇尚未来得及动笔便被锁拿下狱，今日孙儿去见杨师傅，他便拿出此纸，说是奉皇命所制，托孙儿转呈陛下！"

永乐接过笺纸打开，见是一首《西夷贡麒麟早朝应制诗》——

天香袖引玉炉薰，日照龙墀彩仗分。
阊阖九重通御气，蓬莱五色护祥云。
班联文武齐鹓鹭，庆合华夷致凤麟。
圣主临轩万年寿，敬陈明德赞尧勋。

永乐阅过，将纸重新折好放到桌上，叹了口气道："难为杨士奇，身陷囹圄还不忘此事！"

见永乐口气松动，朱瞻基正喜出望外，一旁的朱高燧却插口道："几位师傅都是忠义之臣，将他们下狱是有些严苛。不过二田脱逃，东宫确有过失，此事天下皆知，若不施惩戒，父皇难免会落下徇私枉法的嫌疑，对大哥的名声同样不利。从这事上说，问罪东宫属臣，也是不得不为！"

闻言，朱瞻基的心便就一沉，正欲再言，永乐已点头道："燧儿说得有理！太子有错，惩其僚属，这是历代通用之法。要是朕就这么把他们放了，外人还不知怎么议论朕和炽儿！"

"可是……"朱瞻基急道。

"你不必再劝……"永乐伸出一只手打断了朱瞻基，"便折中处置。杨士奇姑宥之，命官复原职，黄淮与那个什么金问则不能免！"

朱瞻基本想把这三人都捞出来，结果被朱高燧一搅和，只单单救出一个杨士奇，不由有些失望。不过观永乐态度，他心知不可再争，只得叩首道："孙儿代杨师傅谢皇祖父！"

由于议事的缘故，这一顿便饭足足吃了一个多时辰，永乐一瞧角落处的沙漏，见已时近未初，遂起身对两人笑道："朕年纪大了，午后须睡得一阵，否则下午便打不起精神，你等道乏吧！"

"是！"朱瞻基和朱高燧赶紧应声告退。

待儿孙出宫,永乐再回到暖阁美美地睡了小半个时辰,然后重新起身。

听到房内有了动静,马云才轻轻推门进来,递了块热毛巾过来后禀道:"皇爷,夏元吉、杨荣、金幼孜三位大人求见!"

永乐接过毛巾擦了把脸,道:"他们现在何处?"

"都在奉天门外耳房内候着。"

"叫他们到书房来吧。"

"是!"马云答应一声,随即转身出去。永乐在几个都人的侍候下整理好衣冠便出了暖阁,向御书房而去。

待进书房,永乐刚到御案后头坐下,三位朝臣便走了进来。待他们行完礼,永乐问道:"你等此来所为何事?"

"回陛下,臣等是为回銮之事特来向陛下请旨。眼下已到九月,回銮日期须当早定,下面的人好去准备。要拖久了,到启程时已经入冬,天寒地冻,路上多有不便。"夏元吉欠身道。

永乐却摇头道:"北京乃朕潜邸,今难得来一次,何必急着回金陵?"

"咦?"三位朝臣有些意外。在征讨瓦剌的路上,永乐还曾跟他们提到,现在北京正大建宫室,甚为嘈杂,待北征结束,稍作休息后便返回南京。所以夏元吉他们来请示回銮日期,本以为不过是例行公事罢了,不料永乐却改了主意。

"皇爷!"正在这时,马云又走进房来,凑到永乐耳边小声禀道,"王彦公公回来了!"

"狗儿回来了?"永乐精神一振,随即道,"叫他进来!"

"是!"马云答应一声,旋即出门。

夏元吉他们见永乐和马云颇有些神秘,遂互视一眼一起作揖道:"臣等告退!"

"无妨!"永乐大手一挥,"狗儿奉旨密查沈文度下落,此次回来想是有了消息。走私精铁之事,你等也知道一些,无须回避。"

三位朝臣一听,不约而同有些诧异——之前他们只知道太子在南京明发海捕文书,却没想到狗儿也在暗地追查。几人一时不明白永乐的用意,又不敢多问,便只静静等候。

大家等了一会儿,狗儿进来向永乐行完礼,小声道:"皇爷,沈文度抓到了!"

永乐心中一喜,表面上却不动声色问道:"何时查到的?可有泄漏行踪?"

"七月里就抓到他了,全程除奴婢和手下的十来个伙计,就只有太子一人知道!"

"七月?那为何过了这么久才回来?"永乐皱了皱眉头。

"沈文度去福建采办珍珠,奴婢一路追过仙霞岭才将他擒获,当时朝廷的海捕文书还没发到那里哩!只是这厮口风紧,撬开他的嘴巴就用了七八天的工夫。审完后,奴婢本想把他押回京城,又怕动静太大,一路专挑小路走,上月才把他押回南京宫中,然后再渡江来行在。这一番折腾,就把日程耽搁了!"

听永乐和狗儿一问一答,三个朝臣越发云山雾罩。永乐瞧得他们神色,遂示意狗儿将前后经过跟他们细说。

经过狗儿的叙说,三位朝臣才知道了事情的概貌——原来击败瓦剌后的第二日,狗儿便和报捷的信使一起返回南京。不过当到浦子口时,他便遵照永乐的嘱咐将信使留住,自己孤身过江。进南京城后,狗儿与朱高炽接上头,旋准备密捕沈文度,孰料探得沈文度已经出京。狗儿遂趁沈府管家外出的机会将其擒拿,从他口中得知了沈文度的去向,一路追捕到福建。而信使则在狗儿南下后又过了三天,才将文书送进南京。

听完狗儿的叙说,三位朝臣不仅没有释然,反而更加疑惑——既然皇上已命狗儿密捕沈文度,为何又要明知其外出之后查抄沈家?而且后来明明已打听清楚了沈文度的去向,那太子又为何大张旗鼓地发出海捕文书,追查其下落?

不过永乐却没有给他们解释,而是将目光对准狗儿沉声道:"沈文度招了些什么?"

"据沈文度所言,其走私精铁皆是受纪纲指使,而且都是拿着锦衣卫的牌面骗过塞上守关戍卒。而且……"言及于此,狗儿显得有些犹豫,但见永乐面容紧绷,他只得继续道,"沈文度还说,走私精铁,二殿下也可能有参与。起初他和纪纲只是打算走私海盐,后来纪纲去了趟汉王府,回来后就命他直接贩铁。不过这只是他私下揣测,汉王那边从来没和他打过交道,所以当不得准。"说完,他从怀中掏出一份供词,递到永乐手上。

永乐将供词粗粗浏览一遍,随即将它们揉作一团投掷于地,脸颊剧烈地抽搐着,显是愤怒已极。

夏元吉他们同样震惊不已。杨荣上前将纸团捡起展开,三人凑到一起看了一遍。这时,永乐将目光对准他们三个恶狠狠道:"你等说说,这纪纲打的是什么主意?"

"若沈文度之言为不虚，那纪纲为谋私利，以军国利器资敌，此乃夷族之罪！"夏元吉一脸忧色回道。

"仅就于此？"

夏元吉有些迷惑，不知道永乐所指。杨荣一向对永乐心意把握得准，此时听其话音，心中隐隐猜到其意。稍一思忖，他当即出列坚声道："倘只是贪财，倒也罢了，怕就怕他不仅是为了财，而且还别有用心！"

"何等居心？"

"不臣之心！"话已出口，杨荣也不再忌讳，"据沈文度供词，其走私精铁自永乐九年末始，自去年末方止。此二年间，瓦剌叛逆之心日甚，陛下北伐之意亦与日俱增。纪纲身为缇帅，对此皆了然于心，但其仍肆无忌惮地指使沈文度走私精铁，以纪纲为人，不至于如此利欲熏心！而且这些精铁全部被瓦剌锻造成铁甲，装备铁骑。但在之前与鞑靼的征战中，却又从未使用，直到这次忽兰忽失温之战，铁骑才被用作奇兵杀出，而目标又直指陛下。马哈木能做如此安排，背后必有高人指点。而从纪纲不顾灭族风险向他大肆卖铁来看，这位高人保不准就和他有关！"

听杨荣侃侃道来，狗儿和两位阁臣皆面如土色，永乐却是满脸狰狞。待杨荣说完，他皮笑肉不笑道："你之言不无道理！但纪纲不过是个锦衣卫都指挥使，就算害死了朕，难不成他还能抢过龙椅来坐？"

闻言，杨荣浑身一震，他知道永乐言中所指。不过此节干系太大，他虽然心明如镜，但也不敢捅破这层窗户纸，只干笑一声道："此非臣所能臆测，请陛下恕罪！"

永乐的喉咙里发出一阵奇怪的笑声，殿内的朝臣们听在耳里，均觉一股寒流从脊梁冒出，额头上也都渗出一层冷汗。

半晌，永乐才止住了笑声冷冷道："狗儿留下，你们三个先道乏吧！今日之事，出去后不要再提。"

"是。"三位大臣如蒙大赦，赶紧叩首告退。

从永乐寝宫出来，三位朝臣的心情顿时舒缓许多。在出宫的路上，杨荣回顾刚才发生的种种，心里忽然明白了什么，口中咕哝道："陛下的帝王心术好生了得。"

声音不大，但走在他身旁的金幼孜和夏元吉都已听见。二人遂停下脚步，问道："勉仁此言何意？"

杨荣见左右无人，遂压低声调道："漠北大捷当晚，我等便在陛下面前提及了沈文度和纪纲的关系。当时陛下虽未置一词，但想来心中却已明白这走私或与纪纲有关。陛下先是派狗儿在文书送抵南京之前秘密捉拿沈文度，这是要有意避开纪纲耳目。随后沈文度外出，狗儿前往福建追捕，又隔了三天太子才发布大捷消息，并同时大张旗鼓地查抄沈家，这无疑是要告诉纪纲朝廷并未捕获沈文度。但实际上，此时狗儿已经抢得先机把沈文度擒到了手，而纪纲还蒙在鼓里！"

"只是……"金幼孜不解地道，"既然是密捕沈文度，那又为何又还要让太子在南京发什么海捕文书？"

"因为陛下所惦记者，不仅仅只是纪纲！两位刚才没听陛下说吗？纪纲不过是锦衣卫都指挥使，他害死了皇上，也没可能当皇帝。但汉王可是陛下的嫡次子，这龙椅纪纲不能坐，他却是坐得的！我料想，皇上早就怀疑纪纲真要走私的话，未必只是为了钱财，或许还另有异谋。所以陛下在要擒拿沈文度，以证明纪纲是否参与走私的同时，还想知道，如果纪纲牵涉其间，那一向与他同气连枝的汉王有没有参与？为释此惑，他老人家就用了这明修栈道、暗度陈仓的计策。"杨荣见二人仍是一副不明就里之状，便继续道，"陛下密捕沈文度，是要从他的供词中判定纪纲是否是幕后黑手。不是，那万事俱休；要是，那这天下大搜的布置就可以再一次起到分辨汉王忠奸的作用！汉王若果真谋逆，他得知朝廷搜捕沈文度后必然寝食难安。毕竟一旦沈文度被擒，纪纲也难逃法网。纪纲落马，汉王的阴谋自然也会跟着暴露！汉王既知此理，那他就只剩下一条路——抢在沈文度被擒之前，狗急跳墙，拼死一搏！由此，皇上便能验明其心迹！当然，若汉王没有参与，那他自不会关心沈文度死活，接下来肯定是老老实实，而皇上由此也就可以认定他并无二心！"

听了杨荣的分析，夏元吉恍然大悟，不由摇头道："陛下此计是环环相扣，每步都含着两手准备，可谓机锋迭藏。此等谋算，实非常人可及！"

不过金幼孜仍有一惑不解："既然皇上怀疑汉王，那在确定纪纲之罪后，直接把他拿下问个明白不就是了？何必如此麻烦？"

"谋逆是何等罪名？纪纲就算承认走私，也只会推说是为了钱财，至于谋逆则是万万不会认的！他不认，汉王更不会认！如此一来，最多也就只能证明汉王、纪纲参与走私仅仅是为了贪图钱财。"

金幼孜道："就算只是贪图钱财，以军国利器资敌，这罪状也够他二人死上

154

一百回的了！”

“换作别人，自是如此。”杨荣叹了口气道，“不管是谋逆还是贪财，都可以一刀子下去了事。可他是靖难中屡立功勋的汉王，是陛下最宠爱的皇子，皇上对他感情甚深，要仅仅只是贪财，那皇上也许还想放他一马，但如果是谋逆，那就只能另当别论了。正因为汉王和别人不同，所以皇上必须要查明其心迹，才能做最后决断。”

“唉……”金幼孜也叹息着连连摇头。

夏元吉也是一阵感叹，末了又对杨荣道：“照你说来，汉王是忠是奸，就看接下来的表现了。可要是汉王确有逆谋，却偏偏沉得住气，不露出马脚，那结果反倒显出他的忠诚了！”

“汉王生性狂躁，值此性命攸关之际，他不可能稳如泰山。其二，皇上绝不会坐视干等。先前他老人家说不回南京，我还不明其故，但现在想来其实内中大有深意。而且我所料不差的话，接下来皇上还会有后手。只要汉王当真有谋逆之图，到时候他肯定会憋将不住，铤而走险。”

杨荣的判断没有错。半年后，永乐下旨改封朱高煦于青州，命其择时就藩。未已，又命工部制汉王仪仗，先送青州。接着，到永乐十五年三月，见朱高煦迟迟没有动静，永乐再下敕旨催促其往居青州。

青州地处鲁北，距北京不过数百里，一旦就藩，朱高煦从此将彻底脱离朝堂不说，还处于北军的严密监视下，稍有异动，便有可能大军压境。永乐这番安排，明显是煞费了苦心。接到催行敕旨后，朱高煦立刻拜发奏本，请父皇允其留于京中，但随即遭到严词拒绝。至此，朱高煦被逼到了绝境。

第十一章

谋大逆纪纲作乱　祸萧墙凤起旋平

煦园暖阁内，朱高煦将史复、周宣、庄敬、枚青几个汉藩心腹召到了一起。他阴沉着脸将四人扫视一遍，半晌才冷冷问道："你等说说，父皇究竟为何要逼本王去青州？"

"会不会是陛下知道了王爷走私的事？"周宣犹豫道。

"绝不可能！"枚青断然否定，"此事若发，王爷就不是去青州这么简单了。再说沈文度不是在逃吗？只要他不落网，就牵扯不到纪缇帅，更牵扯不到王爷！"

"会不会是从沈府下人那里挖到了什么？"庄敬蹙着眉头道，"沈府一门数十口都在当日的查抄当中被抓，他们中间或许有些知道些情况！"

"那也应该先捕拿纪缇帅！现在他都还好好地待在北京，怎么板子先打到王爷头上了？"枚青又道。

"恐怕没这么简单。"史复思索许久，总结道，"皇上连番催逼王爷就藩，此事或是表明他还真从沈府下人那里听到了些传闻。只不过下人们所知有限，不足以证明缇帅和王爷参与其间，所以皇上虽心有猜疑，但未能最终确定，故作此折中安排，以防万一。"

殿内众人的脸一下变得雪白。如果史复的判断无差，那朱高煦就已经身处嫌疑——而这还是在沈文度逃匿的情况下。现在朝廷仍在大张旗鼓地搜捕沈文度，万一他被擒，那接下来汉藩面临的形势会比当下还要糟糕！想到这里，大家再也坐不住了。

"王爷！"枚青首先进言，"不能再拖了，动手吧！要再犹疑下去，那就来不及了！"

"当断不断,反受其乱!"庄敬也从旁撺掇。

"动手吧,成败在此一举!"周宣趄趄道。

朱高煦浑身一震,随即陷入深思。本来他已做好了一切准备,要趁着父皇北征漠北在南京放手一搏。孰料已是箭在弦上之际,永乐突然提前班师,这使得他的计划不得不中途搁浅。这一年多来,他一直在是否动手之间摇摆不定。可现在,他必须做出抉择。

其实朱高煦并不想拼死一搏,毕竟父皇已经回到北京,再要动手,不仅难以聚附人心,而且还会面临北军征讨的威胁。但随着形势的发展,他却发现自己已被逼到不得不动手的地步。

首先要面临的威胁就是沈文度。沈文度下落不明,使他时刻处于危险当中。尽管他已暗中搜捕沈文度,但父皇也同样在做此事。而朝廷的力量远胜自己,这也就是说,在这场搜捕的比拼中自己输掉的可能性要大得多。他明白,沈文度落网之日就是自己东窗事发之时。而经过刚才史复分析,他突然意识到一旦事情败露,自己的下场之惨恐怕会远超之前预想。

而另一个隐患来自于手下的汉藩三护卫。汉藩三护卫共有正军一万九千人,这在众藩王中已是首屈一指。不过自打算逼宫后,朱高煦便一直谋划着扩军。这一年多来,他趁永乐不在南京,凭着走私攫取的丰厚回报将护卫军户中那些本不算兵士的贴户也征召起来,供应粮饷,授予军器,按时操练。如此一来,他手下亲军虽名义上没有增加,但实际上已达到了三万之多!这多出来的一万兵马,固然大大增强了汉藩的实力,但开销也是猛增。自北征开始,走私精铁已不可能,这一年多的时间里,为养这多出来的一万军士,朱高煦已将之前走私赚的钱财消耗几近,再不动手,那他就将坐吃山空,只能解散这支费尽心机组织起来的额外护军,让他们屯田做工,自谋生路。

而最直接的麻烦就是永乐的就藩旨意。观父皇的态度,去青州就藩已是板上钉钉,无可更易。而一旦离开京师这个中枢要地,那所谓的玄武门之变也就彻底成了镜花水月,自己再无登鼎之望。这对被欲望烧红了眼的朱高煦来说,无疑比让他死还难受。

朱高煦把目光投向史复,史复沉思半晌,也轻轻点了点头。他遂一拳砸向桌面,恶狠狠道:"好!上天入狱,在此一搏!"

朱高煦做出决定,房内众人士气大振,接下来大家便开始谋划兵变事宜。

首先是分析形势。现在北征虽已结束,但随征的南京京卫仍随永乐驻在北京,交趾的京卫也未回朝,故朝廷在京师仍只有十卫兵马。而朱高煦这边由于扩军成功,兵力已达三万之众,加上庄敬手下的锦衣卫和海外勾结的倭寇,汉藩在南京城内的实力较两年前不仅没有削弱,反而还有所增强。

接下来便是如何布置兵变。这一点众人没有花费心思,两年前那个曾经搁浅的兵变方略依然存在他们的脑海中,现在只需照办出来,故技重施即可。

真正让众人为难的是如何让天下归心。在两年前的那场图谋中,朱高煦原打算让永乐和朱瞻基丧命漠北,他则在南京除掉大哥。这样一来,他身为皇次子,理所当然地就成为皇位的继承人,天下文武纵心有不服,也不得不俯首听命。但现在,事情却变得十分棘手了。

本来,他还有一个想法,就是永乐回到南京后他可以效法唐太宗,杀太子后逼父皇退位,甚至将他二人一锅端掉。如此风险虽然很大,但只要筹划得宜,也不是没有机会。

可现在父皇人在北京,大哥却在南京,这就给他出了个难题。除非能将永乐和朱高炽同时除掉,否则凭着他们任何一人的身份,都可以轻而易举地将他朱高煦定为乱臣贼子,继而集合天下之力把他除掉。而两京相隔三千里,汉藩实力也有限,想做到两头兼顾,简直难于登天!

如果不能解决这个难题,那兵变就无从谈起!众人眉头紧锁,苦苦思索,都想不到一个妥善的办法。

过了许久,史复才叹了口气道:"此事仅凭我汉藩是无能为力了,只能看纪缇帅那边有没有办法!"

"纪纲?"众人一愣。纪纲现今身在北京,锦衣卫在北京的番子也不少,史复这么说,无疑是要把对付永乐的希望寄托在他身上。

"这个太冒失了吧?他哪有那么大的能耐?"朱高煦立刻摇头。在南京兵变,他将发动汉藩三护卫、庄敬控制的南京缇骑以及勾结的海外倭寇。这么大的势力,对付一个朱高炽和区区十卫驻军,他还不敢说有十足把握。而眼下北京不仅有永乐亲自坐镇,还有大批北军、北京京卫以及随驾北上的南京京卫,总兵力超过二十万;而反观纪纲,不仅眼下受到了永乐的怀疑,手下能控制的缇骑也不过两千,而且这些人马还只能因势利导,想直接唆使他们向皇帝开刀那是绝无可能的!如此悬殊的差距,怎么看纪纲都不会有丝毫胜算。

"王爷忘了跟纪纲的嘱托了吗?他非等闲之辈,这一年多下来,其经营必已大见成效。"史复微微一笑道。

朱高煦略有些迟疑道:"就那些乱哄哄的工匠,真能派上用场?"

"这叫浑水摸鱼,只要精心策划,或有奇效亦未可知!"

"可是,纪纲他敢吗?"

"他不敢也得敢!沈文度对他的危害更甚于王爷,姓沈的落到皇上手里,头一个要死的就是他!"

朱高煦将目光投向其他三人,枚青和周宣略一思忖,便坚定地点了点头,庄敬则显得有些犹豫。史复见其神色,遂道:"庄副帅,若非如此,纪缇帅终究还是难逃一劫。而到那时,不光缇帅,就是这里的人,包括你,也都不会有好下场!"

庄敬心中一凛,犹疑片刻也轻轻点了点头。

朱高煦见状,终于下定决心:"好,就这么办!可此事毕竟风险太大,要是纪纲那边不能得手,咱们就算把南京闹个天翻地覆也是枉然!"

"所以咱们得有两手准备!其实,王爷要想坐上这蟠龙宝座,除了逼皇上逊位,还有另一种途径!"史复道。

"你是指……"

史复沉着道:"即便纪纲逼宫失败,但只要天下归心于王爷,那皇上就算不愿,也只能徒唤奈何!"

"你这简直是梦呓!有父皇在,谁会听我号令?要真能如此,本王早就大功告成了,何至于拖到今日?"朱高煦一听便大失所望,周宣他们也是大摇其头,认为史复此言简直是异想天开。

史复却是一笑:"以前在下亦以为绝无可能,然后来反复思之,发现其实未必!"

"此话怎讲?"

"藩王!"史复一脸镇定道,"今上以反对削藩起兵,自登基以后,虽表面上颇顾亲亲之情,但暗地里对藩王之忌惮并不逊于建文君。这些年里,其以处事暴虐为由,连削岷、齐二藩,又夺代藩三护卫,连至亲如周王亦曾降书切责。去岁末,皇上又以行在要地亟须充实军力为由,选调秦、晋、周、肃四王护卫亲军各五千人赴真定操练,将来常驻北京。这实际上就是变相地将这些护卫收归朝廷统领。皇上如此行事,藩王自然多有不满,只是敢怒不敢言罢了。如果殿下许以重诺,答应即位后恢复洪武朝时藩王自领本省军务的旧例,那必能使彼等心有所动。藩王皆太祖子孙,身份贵重,又各驻一方。他们若能支持殿下,那地方文武官吏纵效忠朝廷亦不敢轻举妄动,如此一来,殿下就算不能使天下归心,但至少亦可与今上分庭抗礼了！"

史复的话让朱高煦大吃一惊，但继而一想又觉有些道理。藩王割据一方，拥兵自重，威胁朝廷，这一点在永乐本人发动的靖难之役中已得到明证。自登基以后，永乐暗中推行削藩，这一点其实与他当年拼死反对的建文如出一辙。只不过永乐本身就是皇室长辈，加之其以武力夺位，声威赫赫，实力远非当年建文所比，而其削藩的过程也是循序渐进，不像建文那般想着将天下藩王一网打尽，手段也温和许多。而反观藩王，没有一个有当年燕王那般气吞山河如虎的威势和实力。何况在永乐的削藩策中，藩王只要遵礼守法，虽无可能再掌军事，但做个太平王爷还是不成问题的。有了这些因素，永乐的削藩推行得十分顺利。不过话虽如此，藩王从权倾一方的诸侯变成吃喝等死的闲散皇族，这种角色间的巨大落差仍使得他们多有不满，只是无可奈何罢了。如果朱高煦能承诺恢复洪武旧制，那对藩王们的诱惑无疑是巨大的。从这个角度来说，他们确实有可能在这场兵变大戏中选择汉王。

理清这其中利害，朱高煦顿时有些兴奋，不过很快，一个关键的问题就摆了出来。他想了想仍摇头道："父皇和本王，孰强孰弱一目了然。一旦撕破了脸，藩王就算有心，也没胆子附和本王。否则本王一旦兵败，他们也难逃灭顶之祸！"

"如果王爷一触即溃，那藩王们肯定是保命要紧。可要是王爷能坚持住，他们就会蠢蠢欲动！"

"坚持？"朱高煦有些嘲讽地望着史复道，"拿什么坚持？就算杀掉大哥，占了南京，可凭这一座城，几万兵，能挡得住父皇讨伐？到时候北军南下，本王立成齑粉！"

"可要是王爷您全领江南之地呢？"

"裂土江南？"朱高煦不解其意。

史复冷笑一声，侃侃道："今谷王就藩于长沙，宁王就藩于南昌，此二人皆在靖难中立下大功，实力冠于诸藩。只要谷、宁二藩愿追随殿下，那您便可将荆、扬之地收归囊中。得此疆土，加上王爷占据京师，咱们就可以凭长江天堑与皇上长期对峙。而江南乃朝廷赋税所在，北军粮饷多半出自江南。届时南北交通断绝，用不了多久，北京粮饷供应就会出现问题。再者，现北京驻军中，有近半是随驾北上的南京京卫，他们的家眷都在南京。只要将对峙局面维系下去，日子久了，皇上麾下将士们既缺粮少饷，又恋土思家，肯定会军心浮动。到那时，天下大势就会逐渐向王爷这边偏移。而藩王们见皇上颓势渐显，肯定会争先恐后起兵响应。如此一来,王爷便可鼎定胜局!"

史复对局势的推演有理有据,朱高煦听了怦然心动。可这时一旁的周宣却泼了盆冷水:"谷王倒也罢了,上次某去南昌,宁王就举棋不定,想让他追随殿下,恐怕没那么容易!"

史复冷笑道:"他不从,咱们就逼他从!"

"逼?怎么个逼法?"朱高煦一愣。

"咱们先好言相劝。若宁王不从,那等王爷控制京师后,即可以监国之名传旨江西都司掌印刘通,说京城之乱或与宁王有关,命其发兵围住宁王府,圈禁宁王。刘通靖难时曾是王爷麾下部将,想来不会起疑。而与此同时,王爷率军出南京、谷王率军出长沙,合围南昌。到时候宁王内外交困,四面楚歌,除了起兵相从,还能有什么选择?"

"这……行吗?要是他宁死不从怎么办?他手下还有两万护卫亲军,这可都是当年从大宁撤回来的精锐!他要死拼到底,那可就麻烦了!"

"死拼到底?"史复放声大笑道,"殿下难道忘了宁王的靖难大功是怎么赚来的了吗?他要真是忠于朝廷的义王,哪还有当今的皇上?"

史复这里指的是当年永乐略施小计,逼得宁王不得不跟他一起靖难的旧事。听到这里,朱高煦也不由一笑道:"倒也是,这事本王可以效仿父皇!"

"正是如此,之后便可趁势收编荆、扬诸卫,待整编完毕,江南尽落吾手,然后划江裂土,最多拖个一两年,天下局势就会大变!"史复点点头,继续道。

"嗯!就这么办!"朱高煦信心大振,当即点头。

"既然如此,那纪大人那边是不是就不用冒险了?"庄敬趁机插口道。他是纪纲一手提拔起来,后来才引荐给汉王的。从某种意义上说,他真正的靠山是纪纲,而不是眼前的汉王。刚才史复提议让纪纲在北京兵变,庄敬为保自己平安,故也点头表示同意。但此时听了史复的话,他又希望纪纲能安然无恙。毕竟他还不能算是汉王的嫡系,如果纪纲在,那他在新朝廷中的地位会重要得多。

史复瞅了一眼庄敬道:"北京还有二十万大军,庄大人就这么有把握保证咱们能顶得住皇上的头三板斧?"

"这……"庄敬顿时哑了口。

"双管齐下,这样最保险。不过划江裂土的事,咱们私下里准备就是了。纪缇帅那边任务繁重,还是不告诉他为好,省得乱了他心智!"史复下了结论。

庄敬一下变了脸色。史复之意,无疑是要把纪纲逼上梁山,让他不得不为汉藩、更为自己的身家性命全力以赴。想到他的阴险居心,庄敬骨子里渗出森森寒意。

史复又将他的丑脸对准庄敬,露出一丝比哭还难看的笑容:"万一纪缇帅不幸,庄大人就是我大明的新任缇帅!"

庄敬身子一抖,犹豫半晌,终于一咬牙点了点头。

"那本王给纪纲写信!"见大事终于敲定,朱高煦遂走到书案前,提起笔准备写信。

"何劳王爷亲自动手,还是由在下代劳吧!"史复走上前轻轻拿过朱高煦手中的笔,接着,他将笔放进砚台里蘸了蘸墨,抬头一笑道,"缇帅是聪明人,在下寥寥数字,他一看便知。"说完,他在笺纸上写下八个大字,吹干后小心折好装进信封,然后用火漆封好,交给枚青道,"事关重大,还得你亲自走一趟!"

枚青望了望朱高煦,见他微微点头,遂也点头道:"好,我去!"

"路上可以走得慢些,咱们这边还需时间准备!"史复说完,又嘱咐周宣道,"周指挥明天去一趟长沙,和谷王约定妥当,然后再去南昌探探宁王口风。如果宁王愿主动相助,那是最好不过!"

"嗯!"周宣重重点了点头。

交代完毕,史复面向朱高煦,脸上露出一丝阴森的笑容:"王爷,好戏就要开场了……"

北京。锦衣卫北镇抚司临时衙署的一间密室内,纪纲看着手中的信,脸上阴晴不定地变幻出各种神情。

"依计行事,七月十四。"信是史复的亲笔,内容仅仅八个字,但就是这八个字让纪纲陷入深深的恐惧和彷徨中。他犹豫了许久,问面前的枚青道:"真的就没有别的法子了吗?"

"没有了!"枚青的回答十分坚决。见纪纲仍迟迟不能下决定,他又催促道,"缇帅不能再犹豫了。万一沈文度被抓,就真的万劫不复了!"

纪纲心中一颤。这一年多来,沈文度就像挥之不去的梦魇,让他整日担惊受怕。为此,他发疯似的暗中四遣心腹缇骑追捕,但始终未得消息。

沈文度被朝廷抓获之日,也就是他粉身碎骨之时,这个道理纪纲明白。可至少到目前为止,沈文度依然在逃。现在就要他孤注一掷,纪纲仍有些不愿。他最希望的是自己或者汉藩能抢先一步逮到沈文度并将他杀掉,使永乐永远无法查到他走私精铁的证据，这样一来，他不仅可以性命无虞，头上这顶乌纱帽也就保住了。他心存侥幸地看着枚青道："要不再多派人找找？如果能找到沈文度不是更好？"

枚青冷静地看着纪纲道："王爷又岂愿行此险招？但现在皇上屡次下旨，逼王爷去青州就藩。一旦离开京城，王爷便再无问鼎之望。到时候别说沈文度被抓，就算他一直逍遥法外，一旦陛下大行，咱们仍是在劫难逃。缇帅应该知道，当年太孙在山东遇刺，这笔账东宫可是一直记在咱们头上。待到太子即位，岂能不清算？"

纪纲的脸一片惨白。永乐今年已经五十八岁了，虽仍身体康健，但毕竟已步入老龄，指不定哪一天会龙驭上宾。纪纲一直是汉藩与东宫争斗的急先锋，手上又沾满了文官的鲜血。要是不能在永乐驾崩前把汉王扶上皇位，等太子登基，他对汉王采取何种态度或许还不好说，但对他这个酷吏，那铁定是抄家砍头别无二话！

纪纲又将目光扫向史复的来信，这薄薄一张纸，此刻在他眼中就像一张催命符。而且纪纲心中还生出一阵愤怒：信中八个字含糊其辞，而且出自甚少为外人知的史复的手笔，而非汉王亲书，以纪纲之智，一看便知内中大有深意——一旦兵变失败，就算朝廷查出此信，也不能证明汉王参与其间，到时候汉王肯定会撇得干干净净，让他独担罪责！

纪纲自忖对汉藩忠心耿耿，但到头来汉王却来这么一手，这不能不让他感到心寒。可他也无可奈何——这次兵变不仅是汉王为争取皇位的困兽之斗，更是自己为保全性命所做的最后一搏。此事一旦成功，汉王便登基为帝，到时候即便有天大怨气，他也不必在乎。正因为如此，汉王才会在这最后关头耍了这么一个花招，而自己明知如此，还只能尽心竭力地为他赴汤蹈火，赌上身家性命。

可不爽归不爽，他已被逼到绝路，再无其他选择。沉默半晌，纪纲终于点了点头对枚青道："好吧！我自会尽力。只是南京那边还请汉王千万不能出错，否则我这里即便得手也是枉然！"

纪纲的反应与史复所料如出一辙，枚青虽与史复不睦，但此时也不得不由衷佩服。听得纪纲之言，枚青一拍手道："这个缇帅尽管放心！"说完，他又一拱手道，"北京朝廷耳目太多，在下不敢久留，就此告辞。"

"等等！"纪纲拦住枚青，犹豫再三仍轻轻地问出一句，"大功告成后，殿下将何以待我？"

枚青哈哈一笑道:"缇帅放心,在下临走前王爷曾特地交代,一旦功成,缇帅便是从龙首勋,除军府掌印之职外,一个国公爷的爵位是少不了的。"

听到朱高煦此诺,纪纲心中稍稍好受了些。枚青见他神色,又是一笑,随即推门出屋,飘然而去。

枚青走后,纪纲又在房中呆呆地想了许久,招来一个番子交代几句,旋出了北镇抚司衙门,领着几个亲兵骑上快马扬长而去。

前年永乐从漠北班师后,敕命工部加紧营建北京宫城殿宇。这两年间,北平城内的工匠增长了一倍不止,仅负责修建新紫禁城的就有三四万之多。这么多工匠聚集在一处,治安便成了个大问题。为防工匠滋事,除原先的五城兵马司外,北京锦衣卫也加入到对工匠的管理当中,尤其是皇城内的部分,更是由锦衣卫包办。而纪纲此时所去之处,正是由他负责的皇城工地。

纪纲在北京的临时衙署位于城西南角的城隍庙处。他出门一路向东,绕过顺承门旁的庆寿寺,又行了一阵便进入丽正门内大街,再往北拐穿过一片熙熙攘攘的工地,一座正在修建中的巍峨城楼便展现在眼前。这里是元代皇城主门——灵星门旧址,由于现正修建中的皇城城址南移,现在这里已变成了新宫城主门——午门所在。虽然城楼尚在修建中,但仅从规模建制看,比原先的旧城楼要壮观许多。城楼两旁的宫城城墙尚未开建,纪纲从旁绕过城楼,一直往里走,大约到未来的奉天殿处,便看见一个身着千户服饰的锦衣卫军官正领着一队缇骑巡视。那千户老远便看见纪纲,忙一路小跑到跟前恭恭敬敬地一拱手道:"卑职贯义,参见缇帅。"

"嗯!"纪纲点点头,随即简单地吩咐道,"巡查之事交给下头去办,你跟我走一趟!"

"是!"贯义利落一应,随即一招手,命远处的属下牵了匹马过来,又交代几句,然后赶紧跃身上马。

纪纲折而向西,缓缓穿过热火朝天的工地。一路上,贯义几次试图与纪纲搭讪,但见他面沉如水,贯义也不敢多说,只默默紧跟其身后。

出了宫城工地,又穿过一大片堆着各式石料的广场,便看见一大片用简陋木板搭建的棚户。此处位于未来皇城的西安门以南,再往西穿过正在挖掘中的南海,就是永乐居住的旧宫。现在,这里是四万营建皇城的工匠暂居之所。由于这一段皇城城墙尚未开建,为保证旧宫安全,工部临时在营区和南海间修了一长排栅栏,并派兵马把守,将工匠营地与旧宫隔断开来,而这营盘和栅栏的守卫则都由贯义负责。

纪纲进入营地溜了一圈，又到栅栏处巡视了一个来回，才在一个角落处停了下来。纪纲下马将从人悉数屏开，只留下贯义一人。待众人都走远了，他突然一脸郑重道："贯义，本帅有一件杀头的买卖要你去做，不知你敢是不敢？"

贯义稍稍一愣，继而抱拳坚声道："缇帅但有所命，卑职在所不辞！"

"嗯！"纪纲满意地点了点头，"本帅问你，现此工营和栅栏处有多少兵马把守？其中归我锦衣卫的占多少？"

"营盘里共有一千三百，其中兵马司巡捕五百，咱们有八百。栅栏守卫共七百，咱们和兵马司各占一半！"

"混进工匠中的番子有多少？"

贯义想了想道："原先只有七八十号。不过前年陛下从漠北回来后，修宫室的工匠增了好多。工部怕出事，便请咱们多派些人安插进去，这两年又混进去两百多。有咱们在暗中安排，他们大都成了工匠中的大小头目。"

"那这些混进去的细作中，咱们自己人有多少？"

纪纲特意强调"自己人"，贯义一听便知，想了想又道："大约六七十号吧，不是太多。不过这批自己人大都占据要职，最多的手下领着上千号工匠，其他番子也都听他们吩咐！"

"做得好！"纪纲夸奖一句，随即面色一寒道，"从今日开始，你可逐渐克扣工匠口粮。其次，命番子们在监工时对那帮子工匠严苛些，该抽鞭子的就抽，该打板子的就打，把他们的怒火慢慢撩起来！"

贯义的脸色瞬间变得惨白，他不可思议地望着纪纲，哆哆嗦嗦道："缇帅，您这是要……"

纪纲一脸阴沉道："闹上一个多月，到七月十四晚二更时，本帅会命人在宫城工地里头举火，你看见火光，便以救火为名将栅栏和营盘里的缇骑全部调往宫城，只让兵马司的巡捕留守。同时，你可将安插在工匠中的嫡系细作们联络起来，待你率军离开后，由他们鼓动工匠杀散兵马司的巡捕攻向旧宫，届时本帅自会派人打开旧宫东华门，让他们杀进宫内。"

"啊！"贯义面如土色，一时木在当场。半晌，他方回过神来，颤抖着嗓音道，"缇帅，这可是要掉脑袋的！"

"是要掉脑袋！"纪纲点了点头，"所以问你有没有这个胆子？"

贯义垂着脑袋思忖许久，终于抬起头一脸坚定道："卑职是缇帅从死牢里救出来的,这条命早就给了缇帅!既然缇帅有命,卑职岂能推辞?"

"好!本帅没看错人!"见贯义答应,纪纲的心顿时落地,他亲切地拍了拍他的肩膀道,"风险虽大,收获亦是不小。只要做成,少说能赚一个伯爵!"

"伯爵!"贯义的眼睁得老大。他现在不过是一个小小的千户,连将军都算不上,而纪纲一开口就许给他一个贵族的身份,他精神一振道,"卑职为缇帅赴汤蹈火,万死不辞!"

说服贯义后,纪纲直接回到衙署。进入大门,便见另一个心腹百户刘德迎了上来。纪纲使了个眼色将他带入签押房,将门关好,压低声音道:"下个月十四日晚,你领几个精干之人潜入宫城工地……"

夏去秋来。立秋后,北京接连下了几天小雨,天气也渐渐凉了下来。与天气截然相反,纪纲的内心却日益狂热。到七月十四日上午,纪纲再一次来到皇城工地。所到之处,工匠们的情绪中明显带着愤怒和不满,一股躁动的气息在工地上空悄悄蔓延。中午吃饭时,纪纲特地看了看饭菜,见全是些微微发霉的陈米,菜里也见不到一丝油腥,他心中暗喜,遂又跟贯义嘱咐几句便回到衙署。

签押房内,刘德和另两位千户李礼、杨真已等候多时。纪纲望着他二人问道:"交代你等之事,都准备妥当了么?"

"准备好了!卑职选了二十个精干的番子,都安排在今晚守备宫城,引火之物也都预先藏在工地里了。晚上二更一到,卑职便带他们举火!"刘德沉声回道。

纪纲又转向和李礼和杨真,他二人今晚值守旧宫西华、东华二门。工匠们冲到旧宫时,杨真将负责打开东华门,放工匠进宫。而李礼则打开西华门,让纪纲进入宫内,控制惶不知情的永乐和朱瞻基!见纪纲望来,李礼、杨真二人对视一眼,异口同声道:"缇帅放心,卑职这里绝无差池!"

"好!"纪纲挺身而起,稍有些兴奋道,"今晚一过,二位就是功臣,到时候汉王绝不会亏待!"

"全赖缇帅提携!"二人齐声答应。

计议完毕,众人分头去准备。纪纲以各种名目命皇城外的缇骑当晚全部赶回衙署,到戌正时,锦衣卫衙署里已挤满了人。纪纲一边心不在焉地聆听下属汇报,一边焦急地等待着戌正时分的到来。二更一过,窗外传来更夫的敲锣声,纪纲立即起身踱到窗前,向东北方面张望。

没有动静!还是没有动静!就在纪纲急得几乎发狂之际,远方终于隐隐露出一片火光。纪纲精神一振,立即回过头对大堂内的诸多将校道:"不好!好像是皇城走水了!马上传本帅军令,命将士们披甲持械,随本帅去皇城!"

"缇帅!"一个不知情的裨将咋咋呼呼地问道,"咱们是去救火,披甲持械做啥?"

"糊涂!"纪纲怒骂道,"救火是兵马司的事,咱们得去看住那帮子下贱工匠,免得他们趁乱滋事!"

挨了怒骂,裨将不敢再吭声。

"谨遵钧令!"这时将校中的纪纲心腹们这么一喊,剩下的也只能齐声附和。旋即,衙署内一阵忙乱。不一会儿,纪纲便一身戎装带着近千名缇骑杀气腾腾地开出衙署,向东奔去。

走了一阵,当队伍行到顺承门内大街上时,远方皇城方向又隐隐传来一阵喊杀声,纪纲心中大喜,当即拔出佩剑高叫道:"大事不妙!工匠们暴动,保护旧宫要紧,将士们随我来!"说完,便拨马向北,朝旧宫西华门方向驰去。一众缇骑早已被这突如其来的变故搅得浑浑噩噩,听得纪纲发令,不及多想,只能紧紧跟上。

一盏茶工夫,缇骑们便来到西华门前。纪纲勒马一瞧,见西华门大门紧闭,城楼上空无一人,纪纲顿时一愕——按照计划,李礼这时应该打开宫门,放自己入宫才对!

又等了一会儿,西华门仍然毫无动静,这下纪纲心中有些发毛了。他稍一思忖,旋对城头大声叫道:"我是纪纲!皇城工匠暴动,我率缇骑前来保护陛下,赶紧开门!"

"呜……"忽然,西华门上火光齐明,无数人头一下子冒了出来。紧接着,在城楼中央,一个一身戎装的中年将军在一群亲兵的簇拥下走到垛墙前。纪纲放眼一瞧,不禁大惊失色。来者不是别人,正是行在后府掌印、隆平侯张信!

张信一脸杀气,对着宫墙外的缇骑们大声叫道:"纪纲谋反,本侯奉皇命除逆!你等缇骑皆朝廷忠良,不可助纣为虐,速速散去,否则杀无赦!"说完,他右手一扬,将一个圆滚滚的东西从城头上抛了下来。东西落地,纪纲借着火光一瞧,正是李礼的头颅!

纪纲犹如五雷轰顶,几乎跌落下马。这时,跟随而来的缇骑们也是一阵骚动。纪纲立刻反应过来,自己已没有退路,只要拼死一搏,才能有一丝生机!他急中生智,回头对缇骑们厉声道:"张信唆使工匠作乱,挟持圣上,将士们速随本帅平叛！功成之后,陛下重重有赏！"

"纪纲！你还不悔悟吗?"这时,城楼上传来一个清冷的声音。纪纲一瞧,顿时面如死灰,只见永乐头戴乌纱折上巾、身穿一件鲜红的盘领窄袖常服,傲然出现于城楼前。在他两旁,朱瞻基、方宾、夏元吉、杨荣、金幼孜、郑亨、柳升等一干王公大臣依次站定,皆满脸愤怒。

"嗡……"缇骑们顿时大哗。锦衣卫缇骑都是从阵亡军士遗孤或良民家中甄选出来的,对天子忠心不二。他们此来本以为是要进宫护驾,孰料却被纪纲利用,一转眼成了参与谋反的逆贼!永乐话一出口,缇骑们幡然醒悟。顷刻间,西华门前广场上形势大变,除了少数几个纪纲死党,其余大都四散而去,还有一些感觉受骗的人怒不可遏,立即拔出佩刀冲向纪纲。

这时,后方又传来一阵喊杀声,只见薛禄正领着一大群骑兵正向广场奔来,而在他左右之人正是被他倚为心腹、并委以重任的杨真和贯义!

完了,纪纲万念俱灰,不过求生的本能仍驱使着他向暂无官军的北面逃命。但刚走一阵,一群兵马便拦住去路,中间一位戎装青年怒目圆睁,正是赵王朱高燧!

"着!"见纪纲冲来,朱高燧搭弓引箭,一支鸣镝正中纪纲面门,他一骨碌从马上滚落下来!

朱高燧下马走到纪纲面前,狠狠地踹了两脚,见其毫无反应,才回过头对亲兵道:"把他的头割下来,本王去向父皇请功!"

"是!"亲兵们上前麻利地割下头颅放到一个木匣子中,又用绸布裹好。

朱高燧接过后一跃上马,意气风发道:"走！去见父皇！"

当朱高燧抵达遵义门前时,宫门已经洞开,薛禄正领着军士将抓获的缇骑捆缚起来。朱高燧朝薛禄点点头,随即进入门内,直奔东殿而去。

东殿内,永乐高坐堂中,朱瞻基侍立身旁,其余大臣则分列左右。朱高燧拎着匣子上堂赳赳道:"儿臣已诛纪纲,现将首级奉上！"

永乐扫了一眼,随即大手一挥,角落处的马云赶紧上前将木匣拿走。待朱高燧归位,永乐扫视众人一眼,面色铁青道:"你等说说,这纪纲谋反,是受何人指使?"

众人头一缩,皆屏气不敢吭声。

"你等不说?也是,这幕后主谋来头太大,你等都惹不起!"永乐见状,便冷笑一声。随后他挺身而起,一拳砸向面前御案愤怒道,"你等惹不起！朕惹得起！传旨,三日后起驾回銮!朕要亲自去问问那个逆子。问他为何丧心病狂,竟能做出此等禽兽之举!"

殿外,一声惊雷响起,无数水珠滂沱落下,偌大个东殿顷刻间笼罩在漫天风雨中。

七月二十一日,南京。

从早上起床开始,朱高煦就开始焦急地等待。按照约定,纪纲应于六天前在北京策划兵变。不管他得逞与否,消息都会在今天传回南京,而他也将在今晚发动兵变。现在的朱高煦急需得到两个消息,首先是纪纲兵变的结果,这将直接决定他在兵变成功后用何名目号令天下。而第二个消息,则是那群用来夜袭紫禁城的倭寇的下落。半个月前,周宣便启程赴舟山外海,准备将这帮倭寇引到南京城郊。但自周宣走后,一直没有消息传来,这让他焦虑不已。眼见正午已过,朱高煦逐渐生出一丝不祥的预感。

"王爷!"正在这时,枚青跟跟跄跄地跑了进来,后面还跟着满脸阴霾的史复。一进门,枚青便叫道,"纪缇帅兵败身死,皇上起驾回銮,现已在路上了!"

"啊!"朱高煦顿时呆若木鸡,半晌,他才回过神来问史复道,"接下来怎么办?"

"还能怎么办?"史复不容置疑道,"今晚就发动兵变,杀掉太子!"

"可是,周宣那边一直还没回音!"

"不管他了!今晚咱们自己动手,杀进紫禁城!"

朱高煦吓了一跳,连连摆手道:"没有倭寇做幌子,天下人都会知道是我杀的太子!"

"现在已经用不着掩人耳目了,皇上一除纪纲就立刻回銮,便已察觉殿下参与其间。现在咱们必须马上控制京城,封锁长江,否则等皇上进了金陵,就一切都来不及了!"史复一脸阴郁道。

朱高煦冷汗直流,正欲开口,忽然城中又传来一阵喧闹声。

"怎么回事?"朱高煦已成惊弓之鸟,当即惶恐发问。史复与枚青亦惶然不知,朱高煦赶紧命枚青去打探消息。

半炷香工夫之后,枚青回来,一进门便跌倒在地带着哭腔道:"王爷,不好了,郑和船队返回南京,太子正遣使往三山门外码头迎接。"

"郑和?"朱高煦眼睛睁得老大。前年郑和四下西洋回朝,一直在福建长乐港休整,朱高煦万没料到他会在这个时候率船队返回南京。呆了好一阵他才惊叫道，"郑和不是在长乐港吗？他的船队明年又要下西洋，怎么会这时候北返南京？"

"不晓得，只说好像是奉皇上密旨！而且据外头人说，郑和在路经舟山时剿了一批倭寇，现已将俘虏带回京城。还有……"枚青浑身颤抖道，"刚才臣碰着兵部右侍郎程新，他说英国公也奉命从交趾班师，现在已进入湖广境内，不日就到长沙！"

"我命休矣……"朱高煦只觉天旋地转，当即一骨碌瘫倒在座椅上，再也爬不起来了。

第十二章

念亲情网开一面 忆往昔悠悠帝心

一片凄风苦雨中，永乐的车驾渡过长江回到了南京。进城后，永乐照例遣官告祭天地、宗庙、社稷、孝陵及京都祀典诸神。诸般礼仪过后，永乐即传旨命太子朱高炽、太孙朱瞻基、赵王朱高燧以及内阁阁臣，三法司、宗人府堂官前往武英殿。接旨后，王公大臣们不敢耽搁，陆续进入殿中。待众人到齐，永乐却迟迟未至。要在以往，这段时间大伙儿少不了寒暄一番，但此时，自太子以下的所有人都阴沉着脸，只默默地按序站好，一句话也不敢多说。

"皇上驾到！"不知过了多久，随着马云一声尖厉的叫声，永乐的身影出现在殿中。

众人赶紧跪地高呼："吾皇万岁万岁万万岁！"

"都起来！"永乐的声音冰凉阴冷，众人心中都是一沉，赶紧起身站好。待众人站定，永乐嘴角微微一抽搐，对马云道，"把朱橞带上来！"

"宣谷王上殿！"马云高叫一声，不一会，朱橞便在两名侍卫的"保护"下走进殿中。

就在几个月前，朱橞还愤愤于皇兄永乐亏待了他这个当初亲手打开金川门，一举鼎定靖难胜局的大功亲王。在从朱高煦那里得到统领湖广卫所、入朝辅政的承诺后，他上蹿下跳地集结兵马，准备在长沙大干一场。可就在他摩拳擦掌，准备"起兵勤王"之际，英国公张辅神不知鬼不觉地率着三万大军进入长沙，将正兴奋得不知所以的朱橞"护送"到了南京。此时，这位朱元璋的第十九个儿子已完全没了天潢贵胄的从容气度，就像一片飘零的落叶，在永乐凌厉目光的逼视下瑟瑟发抖。进入殿中，朱橞"扑通"一下跪倒在地，带着哭腔道："臣弟有

171

罪,请皇兄开恩!"

见朱穗一副痛哭流涕的模样儿,永乐眼角划过一丝轻蔑,但仍尽量平和地说道:"十九弟起来说话!"

朱穗仍跪地不起,不停地抽泣着。

"起来!"永乐一声大喝,将殿内众人都吓了一大跳,"你乃大明亲王、太祖之子,岂能如此?你不要脸,大明还要脸,先帝还要脸,朕这个皇兄还要脸呐!"

朱穗浑身一震,这才不敢再跪着,小心翼翼地从地上爬了起来,但仍弓着腰,不敢正视永乐。

看着曾经不可一世的弟弟如今竟成这般模样,永乐愤怒之余又充满鄙夷。他深吸了口气缓缓道:"说吧,你做的那些勾当,一五一十都说出来!"

"臣弟罪该万死!"朱穗嚎了一句,继而将他与朱高煦勾结,准备起兵谋反的前后经过一并道来。这其间有些事在场君臣已经知晓,有些则未知其详。当说到朱高煦欲传檄诸王,合逼永乐退位时,永乐眼中瞬间燃起熊熊烈火。待谷王说完,殿内其他人早已汗如雨下,尤其是朱高炽得知朱高煦欲放倭寇进宫杀害自己,更是惊得呆若木鸡!

"好一个春秋大梦!"听完朱穗陈述,永乐不但不怒,反而放声大笑,只是这笑声中充满了愤怒、不屑、悲怆还有凄凉,种种感觉交织在一起,显得甚是阴森恐怖,殿内众人不约而同地起了一身鸡皮疙瘩。

终于,永乐止住了笑声。他又望了朱穗一眼,鼻孔里喷出一股粗气,大手一挥道:"带下去,送往宗人府看押!"

两个侍卫上前,将失魂落魄的朱穗押了下去。永乐重新坐下,平复了下情绪才冷冷道:"下一个!"

马云小心地瞅了永乐一眼,又高声道:"宣汉王上殿!"

朱高煦进入殿中,他的待遇比朱穗要好些,"护送"他的不是佩着刀的侍卫,而是狗儿和尹庆两个内官。走到殿中后,朱高煦也不哭不嚎,只面无表情地跪到地上轻声道:"儿臣叩见父皇!"说完磕了三个响头,随后就一声也不吭了。

永乐也没有吭声,他一双眸子死死盯着这个自己曾经无比宠爱的儿子,双腿不停地颤抖着,牙关发出咯咯的响声。熟悉永乐的人都知道,这是他愤怒至极的表现。就这么瞪了许久,永乐忽然起身冲下小丹墀奔到朱高煦面前。就在所有人都没反应过来之际,他已抬起右脚狠狠地将朱高煦踹倒在地!

"啊!"殿内众人不约而同地发出一声惊呼。而这还不算完,紧接着,永乐一把拽下腰间的金玉琥珀透犀束带,对准朱高煦的头便狠狠地抽了下去!

"逆子……"永乐的怒骂声在大殿回响。这位皇帝再也没有了一贯的威仪,此时的他就像一头被激怒的公牛,发疯似的将束带狠狠砸在朱高煦身上。永乐一边打,一边骂,各种粗俗不堪的脏话被愤怒地骂出,中间还夹杂着些许哭腔。不一会儿,朱高煦头上的乌纱冠便被打落,额头上的鲜血也汩汩流出,将地上的金砖染红。

殿内众人目瞪口呆地看着眼前的一切。这里的人除了赵王朱高燧,都与汉王有着各种各样的过节,见得皇上如此,他们震惊之余,心中也觉解气,竟无人上前劝阻。朱高燧与朱高煦关系不错,此时倒有心相劝,但见父皇这等模样,他终究也没敢迈出步伐。

抽了好一阵,永乐累了,他将手中束带猛掷于地,任凭身上常服散落着,步履蹒跚地回到龙椅上坐下。众人小心翼翼地放眼望去,只见这位素来刚毅威严的帝王,此时已是老泪纵横。

又过了一会,永乐的脸色总算正常了些,刑部尚书吴中才战战兢兢地出班道:"敢问陛下,是否要问汉王话?"

"问话?"永乐望了望满身血污跪在地上,却仍一声不吭的朱高煦狞笑道,"朱橞那厮都全招了,他还想抵赖不成?把这个王八羔子拖出去,押到……押到柔仪殿关起来。"

"柔仪殿?"众人皆是一愕。柔仪殿是皇后接受命妇朝贺之所。徐皇后驾崩后,永乐未立新后,这座殿也就一直空着。后来永乐命人在殿中挂上徐后的画像,偶尔去看一看。将朱高煦关进这座宫殿,大家一时都不明其意。

"让他对着他母后的遗像好好忏悔!"接下来的一句话,让大家明白了永乐的心意。狗儿和尹庆答应一声,随即走到朱高煦身后,正犹豫着到底是要将这位王爷"扶"还是"提"起来时,朱高煦已经站起。他阴沉着脸看了永乐一眼,又扫了殿内众人一圈,旋转过身伸出双臂将狗儿和尹庆双双推开,竟自昂首去了。

"混……"见朱高煦如此做派,永乐气得又站了起来,指着他的背影就要怒骂。但话一出口,他似乎想到了什么,顿了半晌,又颓然地垂下了胳膊。待朱高煦的身影从殿外消失,永乐脸色几变,最终只发出一声凄凉的叹息。半晌,他才对殿内众臣道:"着你等议汉、谷二王罪过,议好后明日奏来!"说完,他也不等众人回话,直接下了丹墀,领着马云出殿而去。

殿内众人面面相觑。过了好久,太子才干笑一声道:"既然父皇要咱们议罪,那诸位就各抒己见吧！"

此刻，所有人都将目光瞄准了朱高燧。他一向和汉王要好，此次他又主动要求跟永乐一起返回南京，众人皆认为他多少会偏向朱高煦。不料朱高燧沉默良久，只怅然一叹道："此事实乃国事。我不过是一藩王，虽与二哥有亲亲之情，但于此节上头实不敢置喙。大哥是国之储君，还是您拿主意吧！"说完，他也不待朱高炽答应，便一拱手黯然去了。

朱高燧的表态让大家多少有些意外，不过他的离去倒让一众人等少了几分忌讳。左都御史刘观前年因田宗鼎、田渊之事从刑部尚书的位置上被贬为胥吏。现在虽然起复，但这段经历却让他刻骨铭心。从被郑和缉拿的周宣口中，刘观已知二田之遁实乃朱高煦所为，这位大司空心中已将汉王恨到了死处。此时见众人尚在斟酌，他便第一个出头言道："汉王构陷太子在先，加害陛下在后。此等罪过，天地难恕。微臣以为，唯有赐死一途！"

"不错！"大理寺卿周舟亦道，"汉王为谋帝位，竟私通外藩，欲致北征王师于死地！仅此一条，便绝无可恕之理！"

"汉王不除，皇室难安！朝廷难安！天下难安！"金幼孜亦随声附和。

一时间，列位大臣纷纷表态，不约而同地认为当处死朱高煦。朱瞻基一直认定当年自己在山东遇刺是拜朱高煦所赐，虽然这次并未拿到证据，但他心中已对这位二叔充满了厌恶。见众人群情激愤，他亦有意附和，只碍着自己的身份不便出言，只看着父亲，静候他的决断。

朱高炽心中十分复杂。对二弟所做种种，他心中亦十分愤恨。听了群臣鼓动，一时间亦生出置其于死地的念头。不过真要由自己定下死罪，他又有些犹豫。

朱高炽天性仁厚，往日虽也在暗中和朱高煦斗得你死我活，但那多是受其所迫不得不为，论其本心，倒并不想置他于死地。何况不管怎么说，朱高煦也是他的亲弟弟，真要一杯毒酒将他送入黄泉，史书之上，自己恐怕会落下个为保皇位鸩杀亲弟的恶名，这绝不是他想要的。不过朱高炽心里也清楚，这个弟弟已被皇位迷了心智，今日放他一马，恐怕接下来他还会贼心不死。一时之间他左右为难，迟迟不能拿定主意。

朱瞻基见天色渐黑，遂道："父亲，今日大家累了一天，想也乏了，莫如先回去歇息。明早到春和殿再议一次，有了结果，再回复皇祖父不迟！"

听得朱瞻基之言，朱高炽才觉得肚子饿得咕咕直叫，见众人脸上也都有疲惫之色,遂点头道:"也罢!明日再说,诸位爱卿都回家歇息吧!"

"遵旨!"众人听后,遂行礼告退。朱高炽与朱瞻基也返回春和殿。进殿后,朱高炽命人准备晚膳,他则领着朱瞻基先到书房准备继续商议一阵。这时,王三儿突然进来道:"杨荣大人求见!"

"勉仁师傅?"朱高炽闻言一愣道,"他没出宫吗?怎么又来春和殿了?"

"或是勉仁师傅有话,方才人多不方便讲!"朱瞻基脑子灵光,一下就琢磨出了原因。

朱高炽这才想起,刚才群臣一片喊杀声中,唯有杨荣没有开腔。于是,他对王三儿道:"请他到书房来吧!"

过了一会儿,杨荣进入房中。待行完礼,他便轻声道:"汉王之事,臣有些想法,想请太子和太孙参详。"

朱高炽赶紧接话道:"勉仁师傅请讲!"

"敢问太子,刚才陛下命将汉王扣于何处?"

"柔仪殿啊,这又如何?"朱高炽有些纳闷。

"殿下请想,陛下为何要将汉王扣于柔仪殿?"杨荣提醒道。

"啊!"朱高炽一下想起来了。当年母后眼见他们两兄弟为国储之位明争暗斗,心知难以阻止,趁临终时苦求永乐,希望二人分出结果后,永乐能给失利者留条活路。这番话永乐一直藏在心里,从未跟外人提及,却被当时在门外守候的坤宁宫管事牌子马骐听去。徐皇后驾崩后,马骐没了正经差事,在宫中地位骤降,一直郁郁不乐。朱高炽见着,便打发他去交趾给皇家采办贡品,顺带着赏了个监军的名分。采办贡品是肥差,马骐为报答太子,便把徐后临终前的这段话透给了他。朱高炽在被逼得走投无路的岁月里,曾当着杨荣等几个最信任的阁臣提起过此事,借以缓解内心的恐惧。此时杨荣提起柔仪殿,他立马反应过来,"师傅是说,其实父皇并不想杀二弟?"

"嗯!"杨荣点点头,缓缓道,"如果真要赐死汉王,那关他到柔仪殿做什么?存心让仁孝皇后在天之灵不安么?想来是皇上念起了当年的许诺,下不了手,这才让他去仁孝皇后遗像前忏悔。"

朱高炽恍然大悟,联想到父皇最后骂朱高煦一半却又生生咽回去的情景,他越发坚信杨荣的判断。

二弟的罪虽说是自己主议,但最终还是由父皇定夺。既然父皇不会杀他,那自己再提赐死,不仅毫无意义,没准儿还会让父皇觉得自己毫无亲情,为泄愤趁机报复,这样一来就太不划算了。他本就没下定决心非杀朱高煦不可,摸清楚父皇的心意后,他已经完全明白接下来应当怎么做。

第二日上午,众臣齐聚春和殿。这一次,朱高炽一改昨日犹豫不决的态度,以国朝从无处决亲王旧例为由,坚决主张赦免朱高煦死罪。刘观等人虽然反对,奈何朱高炽态度十分坚决,加之朱瞻基和杨荣亦从旁附和,一番争论过后,大家终于统一了意见。

当从朱高炽和朱瞻基口中听到为朱高煦求情的话后,永乐表面不满的同时,眼角却划过一丝不易察觉的欣慰,末了问道:"那依你等之见,当处煦儿何罪?"

一声"煦儿"已明白无误地表明了永乐的态度,朱高炽欠着身子,一脸痛惜道:"二弟利令智昏、误入歧途至此。今虽赖父皇开恩,饶其不死,但若不严加惩戒,恐不足以令其悔悟。儿臣与列位臣工商议,当夺其王爵,贬为庶人,徙往凤阳安置。其所领之三护卫亲军一并革去。谷王为虎作伥,亦与二弟同例。如此处置,父皇以为可否?"

这是一个方方面面俱可兼顾的处罚,既免了朱高煦的死罪,又可以彻底断绝他将来继续作乱的可能,于世人面前亦算有所交代。

永乐没有吭声,就朱高煦所犯下的罪行论,这种程度的处罚已经十分宽大,他几乎就要点头称善了。可话到嘴边,他却迟疑了!

朱高煦毕竟是永乐最宠爱的儿子,曾经一度,他还是永乐心中最合适的皇储人选。想到这样一位骁勇善战、为自己靖难大业立下汗马功劳的爱子从此沦为庶民,在清冷寂寥的凤阳皇陵旁窝囊至死,他心中莫名地生出一丝悲凉。正所谓虎毒不食子,尽管永乐有着铁石般的心肠,尽管他曾对无数威胁到自己皇位的敌人都毫不留情,但当要处置的人是二儿子时,身为人父的他也心慈手软了!

"煦儿究竟是立过大功的!"永乐一脸沉痛地咕哝道。

听得永乐此言,朱高炽和朱瞻基均是一愣,正欲再说,永乐已摇头缓缓道:"算了!煦儿生性桀骜张狂,真要这般处置,恐怕比杀了他还难受。朕既已宥其死罪,索性就再宽仁一些,还是留住他的汉王爵位,改封国于乐安。至于护卫亲军,削其左、右二护卫,改中护卫为青州护卫,算是给他留些脸面,让他安安稳稳地做个太平王爷,了此一生吧。"

"啊?"朱高炽和朱瞻基均睁大了眼睛。连王爵都未削,仅将藩国由府城降为州城,这种程度的处罚与朱高煦所犯下的罪过相比,简直不值一提!朱高炽还没说话,朱瞻基便忍不住抢先道:"皇祖父,如此处置,恐不足以使二叔悔悟!"

"他这个人就是刀架在脖子上也不会悔悟的。"永乐一脸颓唐道,"朕也不指望他能悔悟,只要他不再作乱,朕就心满意足了。"

"可是……"朱瞻基仍欲再说,朱高炽已经阻止了他,继而对永乐道,"既然父皇宽大为怀,想来二弟定能体会苦心,从此安分守己!"

"但愿如此吧!"永乐苦笑中透着落寞和悲凉。

"既然二弟如此安置,那十九叔是否也遵照此例处理?"

"他?"永乐眼中突然迸出一丝寒光,怒气冲冲道,"白日做梦。朱橞狼子野心,蛊惑煦儿,其罪绝不可轻宥。念其是太祖亲子,靖难中又有微功,饶他一条贱命!削去王爵,贬为庶人,滚到凤阳去守陵赎罪,长沙三护卫全部迁到塞上戍边!"

朱橞本是受朱高煦挑唆,但在永乐口中却倒了过来,这其间奥妙朱高炽和朱瞻基心明如镜。二人不再多说,只拱手道:"遵旨!"

夜色朦胧,南京至苏州的官道上,史复正仓皇失措地奔走着。就在两日前,永乐车驾进京,汉王被押入宫中软禁,苦心经营多年的汉藩就此崩溃。

大厦已倾,逃亡便成了史复的唯一出路。好在他虽是汉藩实际上的谋主,却是以布衣入幕,并未接受任何官职。加之他平常深居简出,除了汉王的少数心腹外,外人大都以为他不过是个普通清客。也正因为如此,使他得以避开王府周围星罗棋布的朝廷密探,抢在永乐下旨查抄煦园前逃了出来。现在的他犹如丧家之犬,前途一片茫然。但不管怎么说,现在最要紧的就是赶紧逃出南京。

为谨慎起见,史复选择昼伏夜出,两日跋涉下来,他已行至丹阳境内,再往东过常州,便就是苏州府了。史复的目的地是苏州府辖境的吴县,他准备在那避上一阵,待风头过去再图谋后举。

忽然,官道后方上传来一阵马蹄声。史复立刻警觉起来,此时已近三更,按道理不会有旅人赶路,这些人十有八九是朝廷的官差。他立刻下了官道,在一块大石头后面躲了起来。

过了一会,马队奔驰而过,中间史复曾小心地探出脑袋,想看清楚骑手们的服饰,以辨明其身份。无奈月色昏暗,除了一片黑影,其余什么也看不清。史复索性也不管了,他取下腰间的葫芦樽往肚子里灌了两口酒,让身子暖和些,然后又将身上裘衣紧了紧,准备歇息一阵,等马队走远了再起身赶路。

史复已经连续走了两个多时辰,此刻一停下来,顿时觉得疲惫不堪,加上烈酒下肚,醉意泛起,更让他困倦难耐,竟不知不觉地打起盹儿来。就这么睡了不知多久,忽然史复觉得屁股一疼,似有人在踢自己,待他睁开眼睛一瞧,不禁大惊失色,在他周围,几个举着火把的黑衣人正一脸冷漠地望着自己!

"你们……"史复正要出声,领头的黑衣人便扬起右手对准他的后颈一掌猛击下去,他顿时头晕目眩,直接晕倒在地。

待史复醒来时,他发现自己身处一个冰冷的洞窟之中。洞外山风呼呼作响,洞口处站着四个手举火炬的黑衣人。见他醒来,其中一人随即离去,转眼工夫,一个身材瘦小的青年缓缓走进洞中。

借着火炬发出的昏暗亮光,史复看清了来人的脸,大惊之下顿时失声喊道:"赵王!"

"史先生受惊了!"朱高燧微微一笑,随即朝身旁的侍卫使了个眼色。侍卫上前将史复手上的绳子解开,又拿过一个蒲团让他坐在上面。

朱高燧也找了个干净的地方坐了,再命人在洞内生起一团篝火,方屏退随从,一脸和蔼地笑道:"想与先生一叙,但恐遭拒,无奈之下唯有出此下策。得罪之处,还请先生海涵。"

史复已从最初的震惊当中恢复过来,听了朱高燧的话,他脸上神色几变,最后冷冷一笑道:"赵王来找在下,怕不仅是说几句话这么简单吧?"

"当然!"朱高燧哈哈一笑,旋又敛了笑声道,"其实本王此来,是想知道先生将何去何从?"

"何去何从?"史复嘿嘿一声,"在下不过一汉府清客。如今主公蒙难,吾衣食无着,唯飘落江湖,四海为家,哪谈得上什么去从?"

"先生太客气了!"朱高燧摇摇头道,"先生在二哥那的地位,岂是一个清客那么简单?"

"在下一布衣白丁,不是清客又是什么?"

朱高燧起身,从腰间的扇袋中掏出折扇,拿于手中轻轻拍打着道:"本王别的好处没有,但唯有一点,对下人一直不错。对我赵府下人如是,对宫中甚至其他王府的下人亦如是。现二哥已蒙难,我亦不再遮掩,汉府后院之中也有好些要紧的内官都人是受过本王恩惠,所以先生的能耐,别人不知,本王却略知一二。"

史复心中一凛,他知道这位赵王一向和宫中内官打得火热,像黄俨、江保这些永乐的贴身心腹暗地里都和他往来甚频。一些汉府百般打听而不可得的宫中机密朱高燧却能轻松知晓,这一点曾让朱高煦十分眼红。既然朱高燧连御前太监都能笼络,那把眼线安插到汉王身边也是完全有可能的。想到这里,他冷冷一笑道:"殿下真是费心了。不过现在汉藩已经是恶贯满盈,王爷就是逮在下回去,也不过往屎盆子里多浇一泡尿而已。王爷想痛打落水狗,以此向皇上邀功请赏,恐怕在下还不够分量!"

"哈哈哈……"朱高燧哈哈大笑,大摇其头道,"先生误会了。首先,父皇已免了二哥的死罪,现在他依旧是汉王,只不过被夺去护卫,贬居乐安,从此夺嫡无望而已。其次,本王此来不仅不是要借先生的头颅去赚什么赏钱,反而是希望能与先生联手,救二哥于危难!"

"救汉王?"史复有些意外,"汉王现在已是冢中枯骨,如何救得?"

朱高燧一脸沉重道:"本王一向与二哥同气连枝,岂忍见其从此沦落?眼下形势,若父皇和大哥他们在,二哥自无出头之日,可若有朝一日本王能入继大统,自当让他重出樊篱!先生乃当世高人,侍候二哥期间奇谋迭出,几次险置大哥于死地,这里间经过本王都瞧在眼里。若能得先生相助,此事胜算大增!"

"哈哈哈……"待朱高燧说完,史复放声大笑,一脸不屑道,"原来殿下怀的是和汉王同样的心思!"

"若二哥在,本王自无此想法。可现在二哥既败,本王又一向与大哥不睦,有朝一日他登基为帝,本王也多半没有好下场!所以此举亦是被逼上梁山,不得不为。"朱高燧嘿嘿一笑,也不否认。

史复眼珠几转,扑哧一笑道:"王爷未免太惺惺作态了吧?照在下看来,您哪是不得不为,而是蓄谋已久!"

"先生此言何意?"朱高燧拍打折扇的手猛地止住。

史复扭动着被绳子缚得有些发酸的手腕,漫不经心道:"其实王爷本是想效法唐高宗。只不过现在形势骤变,唐高宗是当不成了,所以只能学李世民,要跳上台面儿亲自操刀了。其实殿下想当皇帝这也没什么大不了的,不过您既要招在下相助,那就应当坦诚相待。以虚言相欺,恐非招贤纳士之道。"

大唐贞观年间,魏王李泰蓄谋夺储,与太子李承乾明争暗斗,结果双双被废,反倒是本无夺储之望的嫡三子晋王李治渔翁得利,被唐太宗立为太子,也就是后来的唐高宗。听史复将自己比作李治,朱高燧的脸色微微有些发白,不过仍笑道:"先生错了,本王从没想过效法唐高宗。"

"殿下是没想过做唐高宗!"史复咯咯一笑道,"因为您比唐高宗要狠得多!

李治当太子,是事出偶然,其亦未料到有这等好事!但殿下您可是早就拿定主意要渔翁得利,并为此呕心沥血了!"

朱高燧脸色有些发灰,沉声问道:"此话怎讲?"

"两件事!"史复伸出一根手指头,"第一,永乐八年,皇上出征漠北,汉王亦随驾从征。正当战事关键之时,大清河突然决堤,二十万石江南大米被阻东平,险些使漠北大营断粮。彼时山东风调雨顺,缘何如此?唯有一种可能,便是有人故意决堤,欲从中谋利。漠北大营一旦断粮,皇上与汉王就有性命之忧。而内地运粮乃太子职守,若因此陷了陛下和五十万大军,那他也是百死莫赎。既然皇上、汉王身死,太子因罪无颜继位,那接下来能当皇帝的就只有您和东宫的一众皇孙。可彼时皇孙皆年幼,漠北大营覆没后,大明危在旦夕,此时再立新主,当然是国赖长君。如此一来,您赵王就可以顺理成章地入继大统了!"

此刻,朱高燧脸上一丝血色也无,强笑道:"先生的戏看得太多了吧?这种没影的事您也编得出来!"

"不错,后来漠北大营转危为安,故此间种种并未发生,只能算在下一己推测!不过……"史复顿了一顿又道,"其后发生之事也将这主谋指向殿下。当时形势,由于丘福兵败,汉藩势力大衰,几失夺储之望,东宫地位亦似坚不可摧。而大清河的决堤,却恰好给了东宫一记重创。从漠北归来后,皇上严惩东宫官属,对太子也严加训斥,如此一来,东宫和汉藩又回到同一水平上。此等局面,汉王自是受益匪浅。但他身在漠北,绝不可能做决堤这等自掘坟墓之事!排除了汉王,就只有赵王您嫌疑最大了!因为只有维持两位皇兄相争的局面,您才有可能浑水摸鱼。一旦东宫地位牢固,那汉王固然梦碎,您利用鹬蚌相争的想法也只有付诸东流了!殿下一计双锋,无论哪种局面您都稳赚,这份谋划,在下佩服之至!"

篝火熊熊燃烧,散发出阵阵热浪,可朱高燧的脸色却寒如冰霜,半晌方冷冷道:"一派胡言!"

史复淡淡一笑,也不辩驳,又伸出第二个手指头道:"其二,永乐九年,皇上欲立长孙为皇太孙,一旦定议,则东宫从此再无失位之忧。而值此关键之际,皇长孙却在山东遭遇匪寇劫杀,性命几乎不保。在下身在汉幕,深知此事绝非汉王策划。然消息传回南京,虽无证据,世人私底下仍以为此乃汉王所为。三人成虎之下,汉王百口莫辩。如今想来,皇上疑汉王,或许就是从此事上头开始的。既然太孙遇刺非汉王所为,那还能做下这等事的也就只有赵王您了。没了皇长孙,不仅汉王被猜疑,东宫圣眷亦会大降,那时您就可以趁机出头。而刺杀失败,也有汉王背这黑锅。这次的买卖虽不能说是稳赚,但起码不会赔本!"史复脸上露出一丝讥诮之色,"殿下心机深沉,绝非常人哪!"

朱高燧眼中倏时闪过一丝杀机,咬牙道:"先生果然是聪明绝顶。可你就不怕刚才这些话,会送了你的性命吗?"

"在下本就没打算活命!"史复捡起一根树枝,随意地拨弄着火堆,一脸淡然道,"若论本心,在下亦不是不愿再度出山。但今时不同往日,现在东宫地位已坚如磐石,以汉王之势尚功败垂成,何况赵王您?而且观殿下处世,阴险有余、魄力不足,且在朝中既乏声望,又缺奥援。仅靠几个暗中算计,浑水摸鱼或有可能,但想明火执仗与东宫较量,可以说毫无胜算。所以与其劳心尽力最后仍被千刀万剐,还不如在这被您一刀子结果了痛快!只是临死之前在下也奉劝殿下一句,还是趁早收手。您的圣眷不及汉王,真要再闹出谋反这等事,您未必能有他这般好命。"

经史复一拨弄,火势比刚才更大了几分,闪烁跳动的火光投射在洞窟的岩壁上,形成一幅群魔乱舞般的景象,将洞内的气氛衬托得更加阴森。朱高燧默默立于洞中,脸上不断变幻着各种神情,时而愤慨,时而惆怅,时而激动,时而失落,最终他的脸上露出带着几分阴晦的坚毅之色,沉声道:"事在人为,只要本王愿意等,就一定能等到机会!"

史复淡淡一笑,只呆呆望向火堆,不再说话。这时朱高燧又道:"不仅本王会等,先生也会和本王一起等!"

"殿下要用强吗?"史复一晒道,"就算殿下把在下掳了去,在下不出力,您又能奈何?"

"你不会不出!"朱高燧十分笃定道。

史复回过头,疑惑地看着朱高燧,似乎不明白此言之意。朱高燧嘴角浮出一丝邪笑道:"先生说本王是螳螂捕蝉黄雀在后。其实先生自己,不也是一只黄雀么?"

史复身子微微一震,正用树枝拨动火堆的手也停了下来。

朱高燧继续道:"先生对本王心思了如指掌,却从未跟二哥透露半分,这里头恐怕也是玄机密布。"

史复手一松,树枝滑落到地上。他倏地站起身面向朱高燧,恶狠狠道:"你这话是什么意思?"

"没什么意思!"史复情绪激动,朱高燧反而从容起来。他走到史复身旁,一脚将地上的树枝踢进火堆，然后凑到史复耳边轻声道，"四年前先生一度出京，跟二哥说是要去普陀山一游。正巧本王府中承奉杨庆亦喜好游历，就追随先生走了一遭。后来先生从普陀山回来，到吴县竈山普济寺待了两日，杨庆便也跟了过去，结果在那里看到了一位落发为僧的故人！"

闻言，史复如遭五雷轰顶，整个人顿时木在当场。朱高燧见其神色，呵呵一笑道："先生不必担忧。此事本王从未与他人提及，父皇更是毫不知情。"

史复指着朱高燧哆哆嗦嗦道："你……卑鄙！"

"先生这话严重了，先生效法豫让，为报主仇不惜自毁容貌，虽说做法本王不敢苟同，但这份气概本王一直是颇为赞赏的。但是……"朱高燧轻轻摇头，突然脸一沉，声音中也透出阴冷，"本王原先以为，先生辅佐二哥不过是为了让他取代甚至逼死父皇，以报往日之仇！可直到刚才听了你的话，本王突然想起：你既明知本王心思，却故意不在二哥面前点破。由此推知，你绝非仅是要报复父皇那么简单。而是有意让我们父子相残，兄弟阋墙，走的竟是赵高毁秦的路子。所以，要论卑鄙，你比本王更甚！"

"王爷说对了！"史复这时反而镇定下来，他一脸轻蔑地望着朱高燧骂道，"你等燕藩父子欺君悖主，皆当天诛地灭！不过你只说对了一半，本来，我除了想借汉王之手让你们骨肉相残之余，再趁机把持住朝政，最终让皇上复辟！这史复之名，便取自'矢志复辟'之意。只可惜天道不公，不仅我壮志未酬，还连累得皇上也将遭你毒手，程济有愧……"说着，史复再也压抑不住满腔悲愤，号啕大哭起来。

"你总算承认了，程编修。"朱高燧脸上浮出一丝胜利者的微笑，他得意地看着史复——也就是建文朝的翰林院编修程济，直到他哭声渐弱，才从容一笑道，"不过你放心！只要你愿相助本王，不仅你安然无恙，本王的那位大堂兄也能平平安安过完余生。"

"啊？"程济心中一动。他早已将生死置之度外，但对牵连到削发隐居多年的朱允炆，他却感到无比愧疚。听得朱高燧承诺放过建文，他心中顿时又燃起希望的火光。不过稍一思忖，他便自失一笑道，"你既已知我身份，又岂会再用我？"

"论心，你自不足为用；但论才，你完全当得！本王欲图大事，但身边一直缺一善于设谋之才，而你正好胜任！"说完这些，朱高燧又一脸无所谓道，"至于你的心……这也没什么大不了的！现建文君行踪唯本王知晓，你要想他活命，唯有尽心辅佐本王一途！"

"你敢要挟我？"程济眼中射出凌厉的寒芒。

"不是要挟，而是交换！事成之后，本王自会让他安度余生。可若先生不尽心，或者智谋不精，以致本王事败的话……"朱高燧镇定自若说到这里，贼笑一声，"你不是说本王圣眷不如二哥，一旦事败会有性命之忧么？到那时本王就把建文君供出来，以此来保命！说句老实话，这几年建文君之所以还能在普济寺平平安安地吃斋念佛，就是因为本王想着真有这么一天，我这条命怕是要用他的命来换哩！"

"你……"程济气得咬牙切齿，几乎就要直扑上去，把眼前这个阴险狠毒的赵王碎尸万段！但最后，他的满腔怒火终于化为一声哀叹。

程济痛苦地闭上了眼睛。十五年前的那场惊天大变中，他与王钺追随建文和太子朱文奎从宫中秘道逃出南京。一行人颠沛流离，直到普济寺才安顿下来。脱离险境后，几人便谋划着北上投奔盛庸和梅殷，依仗山东、淮上兵马与燕藩再战。无奈燕军严密封锁长江，几人始终无法寻得渡船。随着时间的流逝，天下各州府相继归附新的永乐天子，最后连盛庸和梅殷也不得不卸甲归降。消息传到苏州，建文和王钺知道大势已去。加之此时朱文奎又染病身亡，建文万念俱灰之下，索性遁入空门，王钺亦随其一道出家。唯有程济义愤填膺，发誓要诛灭燕藩逆臣，扶建文重登皇位。为此，他忍辱负重，不惜热油烫脸，去掉自己原先的关中口音，改用在真定做监军时学到的当地口音，并一收往日骄狂之气潜入汉王幕中，蛰伏十余年，就是为了有朝一日，能够将汉王推上皇位，再以己之能覆雨翻云，控制朝政，最终将建文迎回紫禁城。无奈人算不如天算，如今，不仅壮志雄心化作春水，就连他本人亦受朱高燧胁迫，不得不为他的皇帝大梦披肝沥胆。想到这里，程济心中犹如被千万根针扎一般难受。

尽管程济十分怀疑朱高燧事成之后会放过建文的承诺，可是此时此刻，他已没有别的选择。只有尽心尽力帮他夺取帝位，那建文才有一丝活命的可能。权衡利弊之后，程济艰难地睁开眼睛，重重地点了点头。

"好！"见程济点头，朱高燧大喜，上前按住他的胳膊欲笼络几句。

程济一把将他的胳膊架开，面色阴森道："你若敢毁诺，我化作厉鬼也不会放过你！"

"先生放心，本王一诺千金！"朱高燧心中不屑地一哼，面上却笑容可掬。他拍了拍手，几个黑衣侍卫进入洞中，朱高燧嘱咐他们两句，回过头道，"此处不可久留。待会本王手下会护送先生上路，争取天亮前赶到江边，到时候会有渡船载先生渡江。本王尚需在南京盘桓数日,待陛辞后,再回北京与先生相会!"

　　程济知道,从此时开始,他将时刻处于赵王的严密监视中。不过事到如今,他也无可奈何,只得一脸疲惫地点了点头,随即在两名侍卫的"保护"下走出洞窟。出得洞口,程济抬头仰望天空,只见黑云遮月,星光黯淡。这时,一阵大风袭来,周围草木萧萧而落。程济见此苍凉景色,悲从心生,突放声诵道——

　　　　鸾鸟凤皇,日以远兮。
　　　　燕雀乌鹊,巢堂坛兮。
　　　　露申辛夷,死林薄兮。
　　　　腥臊并御,芳不得薄兮。
　　　　阴阳易位,时不当兮。
　　　　……

　　程济的声音凄婉悲凉,夹杂着淡淡的忧伤,蕴含着无限的惆怅。待念到"阴阳易位,时不当兮"一句时,两行热泪从眼眶中奔涌而出,顺着脸颊潸然落下。

　　朱高燧正张罗着命人牵马,听得程济所诵,神色顿时一变。他转过身走到程济面前,不悦道:"程先生,大明可不是楚国,本王亦非顷襄王,先生不应发此屈子之慨!"

　　程济脸上闪过一丝愤怒,但旋又黯然,最终只默默地拱了拱手恭敬道:"在下明白了!"

　　朱高燧点了点头,随即一招手,一匹骏马被牵到跟前。他上前将程济扶上马,又指着身旁一队骑士道:"他们护送先生赴燕!"

　　"在下告辞!"程济点了点头,随即轻夹马腹,在骑士们的簇拥下沿着山间小路向官道缓缓行去……

第十三章

苦徭役山东乱起　斩水源佛母现身

时光荏苒,转眼间便到了永乐十八年。春节刚过,一股抗租抗税的风潮便在山东乡间弥漫开来。未几,风波愈演愈烈,越来越多的农民鼓噪滋事,青州一带甚至出现乱民杀官之事。就在山东官府尚未回过神时,青、莱二府境内数万乡民揭竿而起,以迅雷不及掩耳之势抢占青州府内的要津卸石棚寨,青州卫指挥使高凤率军镇压,反被乱军击溃,高凤亦兵败身死。此后,乱军声势大振,连下即墨、莒县,并围攻安丘,一时山东大震。

此次山东之所以暴乱,皆源自朝廷多年来对该省的过度盘剥。当初会通河贯通后,山东所担赋役一度缓解,但不久朝廷便二征漠北,紧接着又大规模营建北京,无数青壮被迫再度北上,为朝廷做牛做马。随着北京工程的逐渐铺开,山东承担的赋役也越发沉重,加之永乐下旨在南京修建大报恩寺,山东又被摊上一大笔赋税。经年累月之下,百姓终于不堪重负,群起反抗。

乱事初起,山东布政司尚想着凭本省之力弹压,但很快局势便失去了控制。及至安丘被围的消息传到济南,布政使石执中再也招架不住,只得赶紧拜发奏本向朝廷求援。

奏本在五日后送进南京。通政使贺银览报大惊,立刻进宫禀报。刚进皇城承天门,便见兵部尚书方宾和翰林院学士杨荣二人结伴而出。贺银将奏本内容简要说了,方、杨二人亦是大惊失色,三人遂一起赶到左掖门递牌子请见。

永乐传旨在武英殿议事阁召见。三人匆匆赶往武英殿议事阁,便见永乐和太子朱高炽、太孙朱瞻基均在房中。贺银他们赶紧向三人行礼,待永乐说了"平身"后,他将手中奏本递上颤声道:"陛下,青州有糜烂之势,石执中请朝廷调军前往镇压！"

永乐阴沉着脸接过奏本粗粗扫了一遍便猛地摔到地上，勃然大怒道："这个石执中，前阵子还说只是一群宵小，旦夕可以平定！现在可好，还没一个月就成了'贼势大炽'，连青州卫指挥使都被贼人杀了！要是乱局蔓延至山东全境，朕非取了他的脑袋！"

永乐的愤怒是有原因的。现在北京的营建工程已到了最关键时刻，如果不出意外，到年底时北京紫禁城就将落成。近一年来，他已屡次放出口风，只待北京宫室衙署建成，大明王朝就将正式迁都北京！

迁都是永乐心中盘算多年的想法，他希望通过迁都来加强对北疆的经营，并通过"天子戍边"的壮举增强朝廷对塞外胡人的威慑，从而长期有效地压制漠北那些叛服不定的蒙古部落，使中原从此不再受游牧部族的袭扰。这样一件关乎大明国运的大事，永乐当然不能允许出任何差错。可没承想就在此时，山东却突然发生暴乱！

山东毗邻北直隶，建设北京的数十万工匠有将近一半出于该省。一旦动乱消息传至，山东籍工匠必然人心浮动，到时候怠工、逃亡甚至暴动都是有可能的。真要成此等局面，那明年迁都就很可能不能实现！而尤其让永乐担心的是，朝中大臣大都是南方人，早已习惯了这座六朝金粉之地的繁华，对迁都北京他们心有不愿，只是碍着自己的威势一直不敢明言罢了。要是北京工期因此延误，他们没准儿抓住机会在迁都一事上大做文章，一旦让他们形成气候，即便自己身为天子，再要想推行迁都也会十分艰难。

骂过一阵，待气出得差不多了，永乐复问众人道："你等说说，山东之乱朝廷当如何应对？"

方宾想了一想道："为今之计，也只有先从五府拨一员上将统兵，再就近调中都驻军前往增援，先将乱事平息下来再说！"

朱高炽常年辅政，对山东百姓作乱的原因洞若观火，此时见方宾主剿，他蹙着眉头道："进剿恐非万全之策，一旦大举用兵，战火蔓延之下，恐有更多百姓沦为流民，反将他们逼到了贼寇那边。"

"那你是何意？"永乐斜着眼睛问。

"儿臣以为当剿抚并举，以抚为主。山东之乱的根由还是赋役过重，故一方面可调重兵压境，威慑贼寇；另一方面父皇可下旨立即大减山东赋役。乡民天性淳朴，只要有条活路，就不会跟朝廷对抗到底，如此一来，一场战祸也可消泯！"

朱高炽说完,一旁的朱瞻基和贺银都微微点头。

永乐一时没有吭声,似在斟酌。朱高炽也认为自己建言在情在理,父皇肯定准奏,故满怀信心地等着。

过了一会,永乐终于发话了,不过所言却出乎众人所料:"剿抚并举自是上策,但以抚为主恐难慑服不臣。依朕看来,此仗非打不可。只有严惩这些刁民,才能使后人引以为戒!至于招抚之事,待大破贼寇之后再做不迟!"

"可……"朱高炽心中一惊,急欲再劝,永乐已又拿起奏本,冷笑一声道,"此次暴乱,绝非官逼民反这么简单。据奏本所言,这些贼寇多为白莲教众!此等逆贼,岂是区区减免赋役便可安抚的?"

"白莲教!"朱高炽等人一听之下,脸色均是一变。

白莲教是宋元时兴起的一种秘密宗教。其教徒崇奉无生老母,宣扬无生老母乃上天无生无灭的古佛,将度化尘世子民返归天界,免遭劫难。经过数百年的发展,白莲教在民间广为人知,教徒遍布中原。到元朝末年,朝廷无道,白莲教遂与当时流行于中土的一种西域宗教——明教相结合,以教主韩山童为首,在华夏大地上掀起了汹涌澎湃的反元浪潮。韩山童死后,其子韩林儿继承其位,自立为大宋皇帝,建元龙凤,成为天下反元义军名义上的领袖。明太祖朱元璋举义之初,便归在白莲教的红巾军旗下,从这一层上说,大明王朝与白莲教其实有着极大渊源。

不过朱元璋虽与白莲教关联甚深,但他却深知其教义荒谬不经,极尽煽动蛊惑之能事,尤其是其政教一体的做法绝非治世之道。而在羽翼丰满后,为了立国称帝,朱元璋又暗杀了作为白莲教宗主的韩林儿,从此与白莲教仇深似海。故明朝开国后,朱元璋立即将白莲教定为"左道邪术",在《大明律》中明确取缔。在朝廷的严厉打压下,白莲教一度势力大衰。不过白莲教在民间势力盘根错节,即便以朝廷之力仍不能将其斩草除根。尤其这山东、江淮正是元末白莲教举义的核心之地,当地信奉"真空家乡,无生老母"八字真言的仍大有人在。既然此次暴乱乃白莲教策动,那就绝非是贫苦农民讨条活路那么简单,这些贼寇的最终目的就是要推翻大明,这当然是朝廷绝不能容忍的!

朱高炽躬身上前将奏本接过,仔细阅读一遍,里间果然详细言道此次暴乱乃白莲教策动,大小头领亦都是白莲教徒。看完这些,他顿时不说话了。紧接着,方宾、杨荣依次看过,亦都不再言语,最后奏本传到朱瞻基手中,他细细浏览之下,忽然一行字映入眼帘——据查,乱匪之首为蒲台县民林三之妻唐赛儿。

"唐赛儿!"朱瞻基心中一凛,脑海里顿时浮现出九年前那个灵秀少女的倩影。他赶紧往下看,见奏本里写道——此女年约二十四五,好佛诵经,自称佛母,诡言能知前后事,乡民受其蛊惑者甚众……

朱瞻基的心怦怦直跳:当年遇见唐赛儿时,她正年方二八,现在九年过去,算年纪正好二十五岁。而且奏本中提到她好佛诵经,他回忆以前两人待在一起时,那个赛儿也时常念佛。而且他还清晰地记得,赛儿对朝廷一直颇有微词。这几条因素合在一起,朱瞻基越发觉得这奏本中的白莲教妖女,极有可能就是那个使他情愫初萌的少女唐赛儿!

"所以……"朱瞻基正狐疑间,永乐又说话了,"对此等叛乱,唯有全力弹压。尤其是为首者,必须处以极刑。"

朱瞻基心中一声惊呼,脸色立刻变得煞白。这时,朱高炽又小心道:"对白莲教匪自是除恶务尽,但乱贼中亦有不少受裹挟,或是穷极无奈才趋附的乡民。他们作乱,其实并非出自本意,朝廷是否应当作以区分,给此辈留条生路,毕竟他们也是大明子民!"

"嗯!"永乐点了点头,"你这话有理。但而今之势,教匪、愚民已混杂一起。谁是匪,谁是民,又如何分清楚?"

"这个好办!"朱高炽赶紧拿出办法,"只要父皇立即下旨蠲除山东今明两年赋役,那些不得已附匪的良民闻之,多半会作鸟兽散,只剩下冥顽不化的白莲教匪。届时朝廷举兵进剿,便再无顾虑。而且此举还可大削贼寇之势,对平叛大有裨益!"

"免今明两年赋役?"永乐埋头思忖,随即露出几分难色。想了想,他摇摇头道,"这太多了些!而且乡民一作乱,朝廷就立免赋役,此例一开,其他地方的百姓必将蜂起效仿。那天下岂不是永无宁日?断不可如此纵容!最多可以将后年和大后年的山东赋役减半,以此告谕乱贼,若其果是良民,那自当就此散去;若仍不从,那便是乱贼,到时候天兵一到,玉石俱焚!"

朱高炽大失所望。现在乱贼已经成气候,朝廷要想招抚,就必须拿出能立刻兑现的好处!而父皇这所谓的减免,说白了全是空头许诺。乱民们得不到实实在在的甜头,又岂会相信顺从?他暗自埋怨父皇是不是老糊涂了,怎么连这么简单的道理都想不明白?

朱高炽尚在不解,一旁的杨荣却已经明白了永乐的心思——山东的赋税几乎全部用在营建北京城上头,摊派的徭役也有一多半与北京工程有关。皇上现在最关心的就是北京宫室早日建成,以便明年迁都。这节骨眼上免掉山东赋役,那对营建北京来说无异于釜底抽薪。他稍作思忖便道:"朝廷有朝廷的难处,一下子蠲免太多,户部和工部怕是不会答应。不如折中处置,将今年与后年的赋役减半。乱民立得实惠,又有盼头,便不会顽抗到底!"

杨荣的建议虽较之永乐进了一步,但与朱高炽的想法仍有不少差距。照此办理,虽不能说没有作用,但效果仍会大打折扣。不过察父皇态度,朱高炽知道想让他完全认可自己的主张是不可能的,无奈之下也只能点头同意。

永乐也明白,事已至此,不掏出点真金白银是对付不过去的,于是他对杨荣点头道:"便依你之见!"

抚策既定,接下来要议的就是如何进剿了。在永乐君臣看来,此次山东之乱规模并不算大,但坏就坏在乱子出得太不是时候。一旦拖久了,不仅在北京的山东工匠会人心浮动,南北交通也将因此受阻,这都会对北京的营建造成巨大影响。所以,一番商议后,永乐定下了速战速决的调子。为此,朝廷将从南京、凤阳、徐州三地抽调十卫北上,会同山东本省兵马一共组成十万大军。以此等雄兵对付区区数万流寇,应不会花费太多时间。而在总兵人选上,方宾和杨荣一致推荐安远侯柳升。柳升随张辅在交趾征战多年,对剿匪颇有经验,派他去镇压白莲教最合适不过。至于副总兵,则由山东都司掌印刘忠充任。对此,永乐亦表示认可。

在商讨用兵的过程中,朱瞻基一直神情恍惚,直到最后永乐咬牙切齿道:"白莲教匪首,一个不留!尤其是那个妖女唐赛儿,必须抓回南京,当众凌迟!"他才猛地回过神来。

朱瞻基明白,永乐对这场影响迁都大计的白莲教暴乱怒不可遏,想劝他手下留情实无可能。但一想到唐赛儿被千刀万剐的场景,他便不寒而栗。虽然随着时间的流逝,当初那段朦胧情愫早已随风散去,但他仍不能接受自己曾经动情的女人被碎尸万段的现实。一时间,一向以机敏著称的皇太孙,也有些茫然无措起来。

"基儿!"朱瞻基正焦灼间,永乐突然对他道,"你曾在山东待过一阵,对当地风土人情颇了解。此次大军进剿,你可随柳升一道前往,也算是一番历练!"顿了一顿,永乐又颇有深意道,"你二叔现居乐安,与教匪近在咫尺。此次平叛同时,你也可代朕去见见他!"

朱瞻基本是聪明之人,稍一思忖便猜到了皇祖父此举用意。白莲教的根据地卸石棚寨就在青州,而汉藩封国乐安正是青州府辖地。自白莲教作乱后,二叔已连上两道奏本请朝廷允其率护卫亲军出城平叛,皆被永乐挡了回去。现在叛乱蔓延,山东官府束手无策,一旦乱匪兵寇乐安,再阻止汉藩出战便不合情理。而朱高煦武勇无双,又是亲王身份,他一参战保不准就会对军事指手画脚,区区柳升根本不可能驾驭,如此官军调度受影响不说,真要由二叔把白莲教匪给灭了,他在军中的声望必将大涨,而且皇祖父还要大加犒赏,到时候恐怕就得把之前被削掉的两个护卫又还给他,这样对将来继位的父亲就是莫大的威胁。而他前往,凭着皇太孙的身份可代柳升号令二叔,将其风头压住。而且平叛成功后,只要他辞功在前,那皇祖父也没必要对二叔过多嘉赏,这样对朝廷,对东宫都是有利无弊。

当然,皇祖父让他去见二叔,或许也隐含着要他保护这位二叔的意思。毕竟父子情深,皇祖父虽不愿二叔再度壮大,但也不想他被白莲教攻破藩国,丢了性命。

摸清楚皇祖父的心思后,朱瞻基心中忽然一动:如果自己去山东,说不定能说服唐赛儿归降。她是乱匪大首领,若能归顺朝廷,必能使白莲教元气大伤。立下这份大功,再加上自己力保,请皇祖父饶她一命应该不成问题。虽然他也觉得要劝唐赛儿归降恐不容易,但去一趟至少还有希望,总比守在宫中坐视她被押回京城处死要好得多。

"孙儿领命!"朱瞻基毫不犹豫地领命,顿了一顿又补充道,"孙儿此去山东,必会使二叔高枕无忧!"

永乐并不知道这一瞬间里朱瞻基脑中已转过这么多想法,不过从"高枕无忧"一句当中,便知他已完全明白了自己的意思,遂满意地点点头笑道:"基儿聪明过人,有你协助柳升,邪教指日可平!"

从武英殿出来后,朱瞻基随即出宫找到柳升,并把永乐的旨意说了。第二日,圣旨颁下,二人立即开始准备。四日后,二人率三万京卫渡过长江,沿运河一路北上。抵达徐州不久,淮北、凤阳之兵亦如期赶至。三路人马稍加整编,便气势汹汹地向山东杀去。

大军进入山东时,战局已有了些变化。经过前段时间的汹涌攻势,白莲教仓促成军、未经训练的弱点渐渐显现出来。加上之前攻略太疾,本身兵力有限,现在不仅无力扩大战果,就是想控制已有地盘亦有些力不从心。明军抵达兖州后,柳升和朱瞻基分析形势,果断放弃到省城济南整军的想法,仅命手下骑兵押运辎重沿官道前往,二人率近四万步兵轻装穿过鲁中丘陵,一路直抵青州境内。当白莲军得知消息时,柳升已在青州知府衙门设下行辕,和朱瞻基悠然自得地品起茶来。

明军主力进驻青州府,对白莲军可谓当头一棒。白莲军老巢卸石棚寨位于青州府城以东的淄水河畔,而其主力屯驻的即墨、诸城、莒县以及正在围攻的安丘等地都位于青州府东南。现在,明军已在青州府城与临朐县城屯驻了大量兵马,切断了白莲军主力与卸石棚寨老巢之间的联系。现在二者要想会合,就只能穿越沂山和鲁山。这对粮饷充足、训练有素的明军来说或许不算什么,但对刚刚由农夫变为战士、军粮短缺的白莲军来说就没那么容易了。何况此时山东都司也收到柳升军令,济南、兖州、东昌等地驻军陆续进驻鲁中山区各隘口,这就断绝了白莲军会合的可能。

在青州待了五六日,绕道济南的援鲁骑兵抵达,山东布政使石执中、都指挥使刘忠亦率省城兵马一道赶来,柳升遂在行辕升帐,与一众文武共议剿匪大计。

军议上,柳升显得信心百倍。待众人到齐,他轻轻一咳大声道:"现在教匪已被一分为二,我等正好分而破之。今日太孙与本帅召诸位前来,便是要议定这破贼之法!"他将目光对准石执中、刘忠还有青州知府潘叔正道,"三位大人都是山东父母官,于风土人情及教匪形势了解甚详。该如何用兵,还请你们先出主意。"

这三人中,唯有刘忠是武官,又是此次平叛的副总兵,柳升发问,其他二人都将目光对准了他。刘忠之前剿匪接连失利,被永乐严旨训斥,差一点就丢了乌纱帽,因而对白莲教恨得咬牙切齿,但内心又多少有些畏惧。他想了想道:"贼军虽被分割,但气焰仍然嚣张,想要一举歼灭怕没那么容易。贼军老巢卸石棚寨凭险而设,四周皆是悬崖峭壁,易守难攻。故末将建议暂弃卸石棚寨,一面坚守青州、临朐一线,防止贼寇东西二部会合;另一面征调大军围剿东边的匪军主力。现贼军主力人数虽多,但分屯于即墨、诸城、安丘等地,彼此间联系不畅。我军可集中兵力,各个击破。只要消灭掉贼军主力,那卸石棚寨不攻自破!"

听过刘忠建议,柳升未做表示,而将征询的目光投向端坐身旁的朱瞻基。朱瞻基名义上虽是协助柳升办理军务,但他毕竟是皇太孙,柳升有天大的胆子也不敢在他面前托大。不过好在朱瞻基心态正,在军事上只提意见,做决定时都明言要以柳升的意见为准,二人的配合倒也默契。

朱瞻基一边轻摇折扇,一边埋头沉思。过了好一阵,他才抬头说道:"刘都司之方略颇为稳妥。但是照此用兵的话,王师需步步为营,一仗仗打,一城城攻。如此一来,要平定叛乱少说要三四个月,多则需一年半载。我与柳大帅出京前皇祖父曾特地交代,此战当速战速决,否则将影响全局。所以,此略虽好,但有违皇祖父旨意!"

听朱瞻基这么说,刘忠不敢再说了。

于是,柳升问道:"太孙之意是……"

"射人先射马、擒贼先擒王!"朱瞻基将手中折扇一扣朗声道,"只要拿下卸石棚寨,教匪丢失老巢,群龙无首,必将作鸟兽散!"

柳升微微颔首。的确,攻打卸石棚寨,是速定胜局的不二法门。只不过他不知道的是,朱瞻基之所以要首攻卸石棚寨,除了迎合永乐旨意外,其实还存着另一番心思。现在唐赛儿就在卸石棚寨中,如果先消灭白莲军主力,那唐赛儿就山穷水尽了,到时候她即便投降,对朝廷也无多大意义。以永乐对此次白莲教暴动的震怒,想让他放过唐赛儿几乎不可能。而如果能先攻卸石棚寨,劝得唐赛儿归降,那他就可借她之名招降白莲军主力,这样唐赛儿就立了大功。唯有如此,他才有理由在永乐面前为她开脱。

见柳升和朱瞻基皆赞同先攻卸石棚寨,石执中沉思一番道:"拿下卸石棚寨,自可一举鼎定胜局。可问题是卸石棚寨建于崇山峻岭之上,可谓险要至极。万一久攻不下,王师主力久屯于此,堕了士气还是小事,就怕青州以东长期空虚,没准会被教匪乘虚而入,再掀风波。"

石执中所说亦是老成持重之言,这种情况不是没有可能。闻言,众人的神情又沉重了起来。青州知府潘叔正思虑良久,缓缓道:"其实只要布置得当,青州以东并无大虞。"

"哦?"朱瞻基闻之精神一振。当年他勘察会通河道时,潘叔正就是济宁知州,那时他和唐赛儿被困梁山,正是潘叔正及时带人赶到才救下他一条性命。有这层缘故,他对潘叔正一直颇为感激。这次青州出了这么大乱子,潘叔正本应被革职拿问,正是因为朱瞻基极力求情,永乐才网开一面。

潘叔正亦感谢朱瞻基的庇护,所以竭力想助他早日成功。此时,他欠身一拱手道:"其实没有必要将王师主力全用于攻寨。卸石棚寨地势险要,只有两条盘梯而降的小道可供出入,只要他们严守山道,那纵有再多兵马也派不上用场。所以想攻下山寨,需赖奇谋巧劲,而非兵多。王师此去,兵力方面只需比守寨教匪多个两三倍,足够阻其弃寨而逃即可。而据细作所报,现贼军大都在东,守寨兵马不过五六千之数,咱们带上两万精锐便绰绰有余了。至于剩下的八万大军,其中三万可用于坚守青州、临朐防线,另五万则全用于安丘等地。教匪主力亦不过数万,多是乌合之众,咱们五万大军镇压,就算不能取胜,但稳住局面应当问题不大。"

听了潘叔正分析,众人豁然开朗,大堂内的气氛顿又活跃起来。柳升见朱瞻基亦连连点头,当即拍板道:"就依潘明府之策!"

"刚才潘大人说山寨只能智取,那你可有智取之法?"朱瞻基紧接着问道。

"有!"见柳升采纳自己建议,潘叔正信心大涨,随即笑道,"这办法其实很简单,就是断其水源!"

"断其水源?"

"不错!卸石棚寨建于高山之上,山间并无溪涧泉眼。守寨教匪所需饮水,除了收集雨水,就只有下山去取。可正巧天公不作美,这一个月来青州只下过几场小雨,寨子里数千兵马,这点雨水肯定不够,要想活命就只有下山取水。咱们只要切断水道,那守寨教匪就将不攻自乱!"

"如何切断水道?"柳升倏地起身,双目炯炯地瞪着潘叔正。

"殿下、大帅及诸位大人请随我来!"潘叔正领着众人走到知府衙门大堂侧面墙壁上悬挂的地图上,指着标注着卸石棚寨字样的几个山头道,"诸位请看,卸石棚寨位于鲁山北麓,其寨由数座互相连接的山头组成,每座山头设立一寨,故整个大寨又分东、西、南、北四个小寨。以南寨所处山头最高,亦是妖女唐赛儿等匪首居所。而此处山势南高北低,有一条小河自东南向西北穿山而过,途径四座山头中间之凹谷,最后流入西面的淄水。而这条小河,亦是山寨水源。倘若咱们派人在河上游筑坝,并另挖一条明渠,使河水改道,不穿山而直接流入淄水,那就彻底断了山上水源。到时候教匪只有出山夺水或弃寨而逃两条路可选。无论他们选哪条路,只要没了山寨倚持,凭我王师之力,都可从容将其剿灭!"

柳升上前用手指在地图上比画一阵,终于重重地点了点头,回头对朱瞻基略为兴奋地道:"殿下,此法甚佳!"

朱瞻基对着地图端详一阵后问道:"方才石大人说有两条小路下山,这路在何处?"

"就在小河出入山谷之口附近!"潘叔正指着地图道,"一条是从北寨而下,因北面山势稍缓,路也好走些,所以如果教匪突围的话,多半会选此途。到时候可请大帅亲领一万京卫防堵。南边地势陡峭,山路亦崎岖难行,五六千人一起从这条路突围的可能性不大,只能出奇兵由此处下山夺回水道。这里可由刘都司领一万鲁军守住山口,另派一员将军率三千兵马守住后方大坝。此二部人马互为奥援,若教匪只是偷袭,刘都司自将他们挡回去即可。万一教匪兵行险招,全军从南路突围,则可将护坝军马全部调往山口,两军合力,将教匪剿灭在这里!"

潘叔正的计划非常周详。北路便于突围,但负责把守的是一万精锐京卫。南路的鲁军虽然战力弱些,但加上护坝军士也有一万三千人,对付五六千白莲军仍然足够。

对这个方略,柳升十分满意。他见朱瞻基亦无意见,遂道:"便就如此,今日整军。明日兵分两路,夹击卸石棚寨!"

"等一下!"朱瞻基突然打断柳升,一本正经问道,"不知大帅欲将我派往何处?"

柳升闻言一怔。照他的本意,是想让朱瞻基待在青州府敬候佳音即可。不过他也明白,这位血气方刚的皇太孙肯定不会接受这样的安排。他略一思忖后笑道:"殿下与臣同来,此去卸石棚寨自然也是一道。"接着,他又对石执中道,"烦劳石大人坐镇青州府,守好青、临防线!"

"谨遵钧令!"石执中拱手应命。

不过朱瞻基却摇了摇头道:"我手下三千亲随皆是精壮之士,挖渠守坝不在话下。坝筑成后,就由我就地镇守!"

柳升本是想让朱瞻基和他的亲随跟自己一起去堵北路,另再选三千京卫去修渠守坝。这时朱瞻基主动请缨,柳升寻思虽然这样一来北路实力会略有削弱,但抵御五六千白莲教匪还是绰绰有余的。而鲁军战力较弱,他对刘忠也有些不放心。现在换成皇太孙亲随在他们后方守坝,有这样一支以一当十的精悍部队做奥援,那即便贼军全从南路突围也不足为虑。因此,他当即点头道:"那就劳烦殿下了!"

第二日一大早,青州府城西门大开。两万三千名装备精良的明军将士鱼贯出城。之后不久,明军一分为二,分别朝卸石棚寨南北两个方向进军。一路疾行,到临近傍晚时,南路明军已抵达卸石棚寨山下。朱瞻基站在山脚往上看,果然是山峦峻峭、仰不见顶。四周皆是笔直挺拔的峭壁,根本无处攀登。这时,随征的潘叔正过来道:"殿下,这里再往前走两里就是寨子的南路口了,刘都司他们就在那边山脚下扎营。咱们溯河向南行五里地,那里有个拐弯处,从那里挖渠,向西不远就是淄水。"

朱瞻基点了点头,又跟刘忠交代几句,随即带着潘叔正和三千亲随折道向南。待天渐渐黑时,便抵达了目的地。众人扎下营盘歇息一晚,第二日一大早,亲随们便开始动手筑坝。

小河宽不过三丈,深不及五尺,筑坝挖渠甚为容易。三千亲随忙了两日,便将一条三里长的明渠挖好。见引水渠成,朱瞻基随即下令将坝合拢。随着潺潺河水改道流向淄水,盘踞在卸石棚寨上的白莲军顿时陷入断水的困境。

一天、两天、三天……很快五天的时间过去了,其间白莲军曾几度派小股勇士从南路冲下山,欲突破刘忠的鲁军堵截,但都被挡住。白莲军见明军势大,厮杀一阵又退了回去,刘忠也不追赶。反正山上储水有限,用不了几天白莲军就会水尽。

朱瞻基领着亲随驻在小坝周围。每日起床,他遥望远方山头,心中百感交集。作为大明的皇太孙,他当然要义不容辞地剿灭这帮教匪,可每想到过不了多久,唐赛儿就会被五花大绑地捆到自己面前,他心中又充满了酸楚和无奈。这几天里,他几次以刘忠的名义遣使上山,希望能招降唐赛儿,但都无功而返。情急之下,他甚至起了亲自上山的念头,不过很快,他就发现这个想法实在是愚不可及——且不说守在山脚的刘忠打死也不会放行,就算自己真上了山,就能说服那个已分隔九年,如今已成为大明死敌的妖女?搞不好,她还会将自己扣为人质,反过来要挟朝廷。果真如此,他就真沦为千古笑柄了。何况他和唐赛儿早已尘缘了断,现在所有的,不过是对往日的怀念和对昔人的不舍而已,仅就这些,绝不能成为他孤身冒险的理由!

到第五日晚上,朱瞻基守到二更,见前方仍无动静,遂回到寝帐和衣躺下。他心中有个预感,不管是突围还是抢夺水道,白莲军这两日内肯定会有大动作,否则他们必将渴死在山上。而在他看来,全军突围是不智之举,面对强大的明军,他们几乎没有成功的可能!唯一的胜算,就是派奇兵趁夜潜下山,趁着明军不备用火药炸开堵水坝。只要河水重新流入山谷,他们便可再坚持好些日。而再拖上一段时间,进入初夏,老天多半就会连降大雨,这样他们就得救了。正是基于此等盘算,他才主动将守坝的差事揽到手中。他知道这些贼军的习性,到山穷水尽时,被教徒奉为神明的唐赛儿必须挺身而出,身先士卒破解危局。而自己就要守株待兔,在这里将她活捉。这样,他就可以亲自劝降而又不需冒任何危险。朱瞻基认为,只有当两人当面相对时,唐赛儿才有一丝被招降的可能。

"杀啊!"就在他昏昏欲睡时,一丝喊杀声顺风穿越寝帐。朱瞻基立刻惊醒,随即一跃而起冲到帐外。

"是教匪偷袭吗？"朱瞻基见潘叔正衣衫不整地跑来,赶紧问道。

潘叔正匆匆行了个礼,道:"臣亦不知,不过已经派人去探了,不多时就有消息传来!"

朱瞻基不再说话,只冲到辕门前的望台处,顺着阶梯爬上望台向远方张望。这时,喊杀声越来越烈,刘忠大营上空一片通红。他看着看着,心突然怦怦跳了起来。

"这不是偷袭,这是突围!"朱瞻基朝跟上来的潘叔正道,"瞧这阵势,像是山上教匪全从南路冲下山来了!"

潘叔正这时也看出了端倪,当即叫道:"不错!几百个教匪,肯定闹不出这么大动静!教匪这是全伙下山,要从南路杀开生路!"

"殿下!"就在这时,一名哨骑飞驰而来,到辕门处勒住马,朝望台上的朱瞻基大声叫道,"教匪全军突围,刘都司猝不及防,营盘被破,现正率将士抵抗,请殿下速率兵马驰援!"

赛儿好谋略!当听到哨骑禀报时,朱瞻基的第一反应不是出兵,而是衷心赞叹。很明显,这几天接触下来,白莲军已发现北路堵截的是柳升亲自率领的精锐京卫。而在南面,则只是刘忠的鲁军。鲁军战力远逊京卫,刘忠又是白莲军的手下败将,从他这里突围无疑要容易得多。而前几次的小规模偷袭,既是尝试炸开水坝,失败了也能麻痹刘忠,让他越发确信白莲军在崎岖险峻的南路只会小规模偷袭,而不可能全军突围,所以在布置防守时也稍显松懈。而今天,白莲军一拥而下,顿时打了他一个措手不及。

"殿下!军情紧急,咱们赶紧出兵!"潘叔正一句话将朱瞻基从思考中拉回了现实。待回过神,他随即准备下令整军,可话冲到喉咙眼,他又迟疑了起来。

不错,现在出兵,凭着这如狼似虎的三千亲随,立刻就可将白莲军杀得全军覆没。可这样一来,唐赛儿也有可能死于乱军之中。退一步说,就算她侥幸不死,可数千白莲军被杀得一干二净,唐赛儿悲愤之下,还能接受自己的招安吗?且这种穷极无奈的投降,在皇祖父眼中又能有几分价值?算来算去,朱瞻基发现只要出兵,唐赛儿必无生理!

潘叔正站在身旁见他犹豫不决,不解之下越发焦急道:"殿下,还犹豫什么?赶紧出兵吧!要再拖延下去,刘都司那边没准就顶不住了!"

"可是……"朱瞻基有些底气不足道,"现敌情不明,贸然出击,万一教匪劫了咱们大营,扒开水坝可怎么办?"

"哪还有什么教匪？"潘叔正不知就里，急得直跺脚，"方圆百里除了卸石棚寨，再无一个教匪！现在他们都被困在鲁军营中，哪还有人来劫营毁坝？"

"要是有奇兵从鲁军营中冲出奈何？"

"那殿下率二千兵马出战，留给臣一千人守营！"

"分兵势弱，此非上策！"

潘叔正大惑不解地看着朱瞻基。在他的印象中，这位皇太孙一向都聪明睿智且刚毅果决，今天这局面摆明了就当即刻出兵。可他万万没想到，就在这节骨眼上，皇太孙却莫名其妙地瞻前顾后起来。

朱瞻基被潘叔正瞪得有些心里发毛，半晌方咕哝一句："赛儿这人心思玲珑，保不准还藏着什么奇谋，咱们必须多加小心！"

"赛儿？"听朱瞻基如此称呼白莲教妖女，潘叔正大觉意外，待再看时，只见他一脸的不自然，潘叔正细想之下，不由身子一震。

当年疏浚会通河时，朱瞻基和唐赛儿时常相聚，潘叔正也见过她好几次。不过他眼中只有朱瞻基，对这个小女子从来就没上过心。待会通河修成后，朱瞻基返回南京，唐赛儿亦不知所终，他便将这个不起眼的女人忘到了九霄云外。

这次白莲教乱起，佛母唐赛儿之名传遍齐鲁，潘叔正虽天天念着这个名字，可从未将她与当年朱瞻基身边的那个小民女联系起来。直到这时发现朱瞻基神情古怪，再联系到往日的一些见闻，他才忽然明白过来。

"殿下……"搞清楚状况，潘叔正当即要劝，不过话到嘴边，他突然意识到这种事本就是捕风捉影，倘若是真，那肯定是太孙的禁忌。若假，那自己便是诬陷太孙与白莲教妖女有染，这更是掉脑袋的罪名。可情况紧急，自己要不说服朱瞻基，一旦延误战机，后果不堪设想。犹豫再三，他才深吸口气沉声道："殿下当以国事为重！"

朱瞻基身子一震，猛地扭过头瞪向潘叔正。潘叔正内心紧张万分，不过表面仍一副沉着之态。朱瞻基瞪了半晌，才叹了口气无可奈何地一挥手道："准备出兵！"

整军过程中，朱瞻基又磨磨蹭蹭了好一会儿，潘叔正心急如焚，却也无计可施。好不容易等待大军集结完毕，朱瞻基刚领着他们出营门，又一名满脸是血的哨骑飞奔过来，满脸惊惶地叫道："殿下，教匪攻克主营，刘都司阵亡！"

"啊！"众人脸色大变。

朱瞻基猛地一激灵，脸上犹豫之色一扫而光，回头大喊道："将士们速随我来,断不能让教匪跑了!"说完,便一挥马鞭,向前飞驰而去。

"杀……"见朱瞻基振作,亲随勇士们亦精神大振,当即振臂高呼,追随而去。

土坝到山脚下鲁军营盘总共不过七八里距离,朱瞻基领着亲随们策马飞奔,一转眼工夫鲁军营盘就遥遥在望。此时的鲁军营盘已完全被烈火笼罩,到处都是喊杀之声。朱瞻基刚冲到主营外围时,一群头裹红巾、服饰各异的白莲军将士便蜂拥着从营门处冲了出来。见明军援军杀到,白莲军先是一惊,继而齐声高叫:"真空家乡,无生老母!"然后又精神百倍地举起刀枪,向外猛扑过来。

"两翼散开,神机铳手上前列队!"朱瞻基果断下了命令。随即明军骑士以朱瞻基身后大旗为中心,迅速向左右两翼分散,围绕着营门形成一个巨大的弧形包围圈,将白莲军的突围之路统统堵死。

白莲军见出路被堵,顿时一阵惊慌。但他们很快又集结起来,向朱瞻基的中军方向猛攻。这时,三百名神机铳手已在中军阵前列成长队。见白莲军杀至,他们不慌不忙地抬起神机铳,分三队向白莲军轮番开火。

"砰砰砰……"战场上顿时铳声大作。神机铳是工部近年研制出的利器,在永乐二征漠北时曾立下大功,而这三队轮番射击的战法更是当时明军用来对付瓦剌飞骑的法宝。眼前的白莲军远不如瓦剌武士剽悍,而且多是步卒,面对这从未见过的神兵利器,他们毫无还手之力。铳声过后,已有上百名白莲军士兵倒在血泊之中。

"放箭!"朱瞻基再次发令。如蝗箭雨从明军阵中射出,只听得一片哀号声过后,又有大批白莲将士倒地。这时白莲军才回过神来,他们立刻调转身子向营内仓皇退去。

"殿下,让将士们杀进去!"见己方得势,一旁的潘叔正随即大叫。鲁军共有大小五座营盘,成弧状连营,而位居正中的主营正对着下山的路口,也是此时白莲军唯一攻下的营盘。朱瞻基率援军赶到后,其余四营的鲁军士气大振,击退白莲军偏师之后,亦从两侧向主营方向移动。现在盘踞在鲁军主营中的白莲军主力已陷入明军三面包围当中,只要朱瞻基一声令下,三路明军一起杀入主营,白莲军只怕连从容退回山上的时间都没有!

可朱瞻基却没有吭声。这时候进攻,肯定能大破白莲军,但混战之中,唐赛儿也很有可能就此丧命。虽然直到现在她仍未露面,但朱瞻基断定,她肯定就在眼前这座已残破不堪的鲁军主营当中。权衡再三,朱瞻基方道:"命弓手向营内放火箭,把教匪逼出来!"

　　见朱瞻基如此布置,潘叔正立时明白了他的心思。只要把主营点燃,白莲军就陷入了绝境。此时此境,再退回山上肯定是死路一条,从两侧突围又有鲁军连营相阻,所以只能从南面的宽阔地带冲出。不过现在这里聚集着三千以一当十的太孙亲随,数千乌合之众想杀出一条生路根本毫无可能!

　　此时的朱瞻基已接过了战场的指挥权。随着军令传下,身边的亲随骑士首先射出了火箭,不久,主营两侧的鲁军阵中也陆续放箭。无数燃烧的箭矢在天空中划出一道道优美的弧线,然后落到本已是四处起火的鲁军主营中,顷刻间便使它变成一片火海。透过熊熊的火光,朱瞻基隐约能看到营中的人正惊慌失措地四处乱跑,而随风飘来的凄惨、绝望的叫喊声,更让守在营外的明军将士生出一种不寒而栗的感觉!

　　一炷香工夫过去后,主营的火势越来越大,空气中隐隐飘散着一股尸体烧焦的恶心气味。可直到这时, 白莲军还没有突围的迹象。朱瞻基顿时不安起来——难道他们真打算被活活烧死在营里吗? 他不由得一阵心慌意乱。

　　"杀啊……"就在这时,主营南门大开,无数白莲军如潮水般向外涌出。其中领头的是一个披着一袭红氅的女子,在火光的映衬下,她的氅衣显得格外鲜艳。

　　朱瞻基的心立刻紧张起来。虽然隔得太远,他看不清这个红氅女子的面容,但从她的装束及身先士卒的做派可知,此人必是唐赛儿无疑! 眼见她越来越近,朱瞻基的心也随之越揪越紧。

　　"殿下,速命铳手开火!"一旁的潘叔正大声提醒。明军铳手距离主营不过百十来步。白莲军向外冲出一小段后,就进入他们的射程之内。此时,所有的铳手都已在骑兵阵前列好队,只待朱瞻基一声令下,就可将铳中弹丸射向敌人的胸膛!

　　"不能开火!"朱瞻基突然大喊,紧接着又道,"铳手回阵,骑兵出击,活捉教匪妖女!"

　　军令一下,列于阵前的铳手立刻聚拢成纵队向后方急撤。紧接着重装铁骑呼啸而出,瞬间便与白莲军交织到一起。朱瞻基的亲随武艺高强,配合娴熟,装备又是一等一精良,面对由农民变身而成的白莲军将士,优势十分明显。半炷香工夫过后战场上便横七竖八地布满了白莲军将士的尸体。而在战斗的过程中,两队铁骑从两翼包抄到白莲军后方,彻底阻断了他们退回主营的道路,使他们陷入绝境之中。

战场上的喊杀声越来越弱。到最后，绝大部分白莲军或战死或被俘，只有那个红氅女子身边还跟着百十个男女，聚在一棵两人合抱的大槐树下。由于朱瞻基已下令活捉，故明军没有再攻，而是围成个巨大的圆圈将他们死死困住。朱瞻基见大局已定，遂深吸了口气，率亲兵驱马上前走进战团中。当人群散开，一张熟悉的脸庞出现在眼前——正是相别九年的唐赛儿！

　　朱瞻基的呼吸瞬间变得急促，脸色也微微有些发白。不过很快，他便强迫自己镇定下来——眼前的人，是白莲邪教的妖女，是与朝廷不共戴天的仇敌。思及于此，他端端直直地坐在马上，一双眸子紧盯着唐赛儿的脸，尽量冷漠道："妖女，你等已是穷途末路，弃械投降尚有一丝生机！否则我一声令下，玉石俱焚！"

　　唐赛儿此时也看清了来者的脸，身子亦不由自主地一颤。不过当朱瞻基的话道出后，她脸色几变，最终只冷笑一声道："俺是无生老母转世下凡，专诛你们这些暴君昏官。俺劝你及早悔悟，否则将来必入十八层修罗地狱，万世不得超生！"

　　"妖女，死到临头还敢嘴硬，今时今日就是你等死期！"唐赛儿说完，不待朱瞻基开口，潘叔正便破口大骂。这里除了朱瞻基和唐赛儿两个当事人，就只有他大致知道二人之间的旧情。他生怕唐赛儿当场抖出当年旧事，让皇太孙颜面扫地。

　　"你是潘府台吧？"唐赛儿对潘叔正不屑一笑道，"当年你在济宁时对百姓还算不错。可没想到这两年做了青州知府，却似催命鬼般成天帮皇帝老子抢老百姓的衣食！看来这当官的果真没一个好东西，为了往上爬，良心通通都拿去喂狗了！"

　　潘叔正脸上青一阵白一阵。其实对朝廷摊派下来的赋役，他亦是满腹牢骚，只是身为朝廷命官，他只能执行罢了。此刻听得赛儿讥讽，他又羞又愧。不过他很快反应过来，眼下不是争辩之时，要紧的是赶紧堵住她的嘴。于是，潘叔正侧过身附在朱瞻基耳边小声道："殿下，先把他们抓起来，有什么话等押回去再说！"

　　朱瞻基明白潘叔正的意思，其实他也有些担心唐赛儿胡言乱语。不过瞧她的神色，竟是个宁死不屈的势头，这时要下令擒拿，她十有八九会顽抗到底！到时候刀枪无眼，万一她命丧当场，那就有违初衷了。想了想，朱瞻基忽然拨马上前两步，尽量面无表情地说道："唐赛儿，胜负已分，再做这口舌之争又有何益？若你还顾及身边这百十号人的性命，那便出来跟我单独谈谈，兴许会有一线生机。你意下如何？"

唐赛儿一愣。朱瞻基这话，不知就里的人听来或就仅是他有意招降而已，但她听在耳里，却知道里间还隐藏着一层别的意思。唐赛儿的脸上飞快地抹过一丝红晕。犹豫再三，她半信半疑道："你该不会想调虎离山吧？"

朱瞻基哈哈一笑道："我是何等人？岂会做这等下三烂的把戏？"

唐赛儿其实并不太相信朱瞻基的承诺。她心里清楚，朱瞻基之所以对自己这伙人围而不攻，其实完全是因为自己在场。一旦自己离开，保不准官军就会一拥而上，把身边这些兄弟姐妹杀得干干净净。但话说回来，现在官军已布下天罗地网，他们想单凭武力突出重围是绝无可能。朱瞻基虽与自己有旧情，但也不可能凭空网开一面。总这么拖下去，一旦他耐心耗尽，这群人仍是死路一条。

唐赛儿并不在乎自己死活，但身边这些人都是跟随她出生入死的好兄弟、好姐妹，她不希望他们死在这里。不管怎么说，她跟朱瞻基去谈，或许还有一丝机会。唐赛儿有些心动了，她抬起头望向朱瞻基，发现他也正目不转睛地望着自己，她的脸又是一红，点点头道："好！我跟你去！"

"不可……"

"佛母，不要相信这个小妖头！"

见唐赛儿要跟朱瞻基走，不知就里的白莲军将士们赶紧劝阻。唐赛儿决然地摇了摇头，随即将腰间的宝剑卸下，缓缓向朱瞻基走去。

见唐赛儿渐渐走近，朱瞻基的心跳也随之不断加速。不一会，唐赛儿已走到他身前五尺远处站定，仰头说道："皇太孙，在哪里谈？"

朱瞻基尽量保持着天潢威仪，不让旁人瞧出端倪。他大手一挥，一个亲兵立时牵了匹马过来。朱瞻基一声不吭，扬起手中马鞭朝包围圈外指了指，便调转过马头。唐赛儿会意，也不多说，只默默骑上马。这时明军阵中已分出一条小路。两人一前一后，穿过重重铁骑，朝包围圈外行去。

眼见朱瞻基坚持要与唐赛儿独会，潘叔正顿时大急。他生怕唐赛儿趁机发难，威胁朱瞻基的安全。不过眼下形势，朱瞻基肯定不会听他的劝，无奈之下，他只得向随侍的两名内官连使眼色，让他们跟上朱瞻基。内官们会意，也驱马跟到唐赛儿身后。朱瞻基听见后面动静，回过头瞄了一眼，刚想要打发二人退开，但转念一想，又只当没注意到似的，只自顾自地向外继续走去。

第十四章

平白莲太孙断情 闻密谋心生戒备

出了军阵,朱瞻基随即一挥马鞭奔行,唐赛儿和两个内官亦紧紧跟上。四人跑了一两里地,直到行至一个小土丘上时朱瞻基才勒住马。大家一起下了马,两个内官迅速站到朱瞻基身后,冷冷注视着眼前的唐赛儿。

唐赛儿从内官们凌厉的目光中感受到了敌意,见朱瞻基没有叫他们退下的意思,她便知这位曾经的情郎对自己已有所戒备。不过想到百十名白莲将士仍深陷重围,她也顾不得计较这些,冷冷道:"殿下要与俺谈什么?"

见唐赛儿语气冷漠,朱瞻基心中一阵酸楚道:"赛儿,此处就你我二人,又何必再如当众人之面一般?"

"你我二人?"

朱瞻基一愣,随即笑道:"这两人打小就跟着我,咱们不管说什么,他们绝不会泄露半字。"

唐赛儿仍冷笑不语。朱瞻基见状,稍一犹豫,随即抬起手臂向后一挥,示意二人退下。两个内官对视一眼,均都面露犹疑。朱瞻基见没动静,当即回过头狠狠一瞪,二人头一缩,不敢再迟疑,只得快快向后退了几步。

虽然内官只退了区区几步远,但让唐赛儿看在眼里无疑好受许多,神情也不再如刚才那般冰冷。朱瞻基见状心头一宽,紧接着又语带关怀地问道:"这些年你怎么过的?为何会入了白莲教,还成了妖……佛母?"

听朱瞻基问话,唐赛儿神情一黯,半晌才惨然一笑道:"像俺们这等穷苦人,命运岂是自己能做主的?那年会通河修成后,姥爷便带俺回了汶上老家,本想从此可以过上好日子。哪知没过两年,朝廷出塞打鞑子,又从山东征民夫。俺们家

202

没有壮丁，只能拿卖地卖谷子去顶。地卖了，没了吃饭活计，俺们只能又出去跑江湖。后来姥爷染上了肺痨，被戏班子给撵了出来，没过几天就死了。俺身上一文钱也没有，幸亏当时一起跑江湖的林三接济，这才给姥爷买了副棺材。葬了姥爷后，俺一个人孤苦无依，就嫁给了林三，两人回到他老家蒲台，想着安安生生地过日子。可没承想朝廷又要建什么紫禁城，生生把他拉到北京城做工，从此就再也没回来！俺一个女人，官府还要命似的来催缴皇粮。可怜俺们家徒四壁，哪有余粮？结果地也被官府收了去……"回忆着凄惨往事，唐赛儿心中悲愤难当，声调也逐渐激昂起来，"俺又破了家，眼见着这些年官府横征暴敛，老百姓没活路，都去投白莲教，俺便也入了教。俺打小就跑江湖，练了一身武艺，又读过《玄娘圣母经》，一来二去，就被兄弟姊妹们推做头领。俺想着既然朝廷不把俺当人看，那俺也就不再当它的良民。索性就自托无生老母下凡转世，带着大家一起灭了这吃人的朝廷，那时咱们老百姓就可以过安居乐业的好日子了。"说到这里，唐赛儿一双眸子紧盯着朱瞻基的脸，"你们朝廷总说俺们是邪教妖匪，可要不是你们不把俺们当人，俺们又怎么会走上这条路？说到底，俺们也都是被你们逼出来的！"

朱瞻基无言以对。唐赛儿的悲惨经历，实际上也是这些年山东百姓的普遍遭遇。早在疏浚会通河时，他就已经敏感地察觉到了山东的危机，并为此做出了一些努力，但最终仍没有阻止这场悲剧发生，他顿时生出一丝愧疚之情。

长期以来，朝廷中有相当多的大臣暗中对永乐连兴大举的做法都颇有微词，激进者甚至将这些举措与秦皇汉武穷尽民力滥行开拓相提并论，认为长此以往必将使天下不堪重负。连他最信任的师傅杨士奇，私下也曾隐隐透露出这个意思。尽管如此，朱瞻基大体上还是赞同皇祖父的看法，认为朝廷诸般大举虽不亚于秦汉，但大明国力亦远盛于当年。两相抵消之下，即便效法秦皇汉武，也不至于重蹈覆辙。也正是基于此认识，他虽对民间疾苦有所察觉，但并没有太过在意，认为这虽有不妥，但还不至于对社稷产生威胁。但此次白莲教作乱，却在他的心头敲响了警钟。此时再听得唐赛儿叙述，他突然意识到皇祖父会不会太自信了？大明国力远胜秦汉自是不假，但再怎么繁荣昌盛也是有限度的。这些年皇祖父对国力的消耗或许早已超过了海内财富的增长，如果真是这样，那这看似繁花似锦的永乐盛世其实已隐患滋生、危机重重了！思及于此，朱瞻基心中猛地一惊，额头上顿时冒出一层冷汗！

"你在想什么？"唐赛儿不知道朱瞻基从她的一番愤慨之言中联想到了朝廷

这些年的治国之策。见他一副失魂落魄之态,不由得奇怪。

"啊!"朱瞻基这才回过神来。他当然不会跟唐赛儿道出自己内心所想,只是一叹道,"听你所言,我不免凄然,亦不料民间已疾苦至此!"

"你天天在皇宫里吃香喝辣,哪晓得百姓们的苦处?"唐赛儿冷笑着讥讽。不过虽然语句仍不善,但语气明显已舒缓许多,想来是朱瞻基略带自责的感慨打动了她。果不其然,她接着便是一声轻叹,"其实你还是个不错的龙子凤孙。当年在修运河时,俺便看出你心里是有百姓的,比你那个只知道拿咱们百姓做牛做马的爷爷要好得多!"

朱瞻基不愿在唐赛儿面前议论皇祖父的过失,遂摆摆手道:"这些都不提了,还是说正事吧。此番我把你带来这里,其实是想给你指一条生路!毕竟咱们……"他犹豫一下,旋又恢复从容道,"不管怎么说,咱们是有过缘分的,我不想你被抓去南京受凌迟之刑!"

"你的生路指的是什么?"唐赛儿问道。

"虽说你们是被逼无奈,但聚众作乱毕竟是灭族的罪过,何况白莲教也是朝廷严令禁止的。现在你们根基已失,安丘、莒县等地部众亦被王师包围,全军覆没已是不可避免。事已至此,除了幡然悔悟,已别无选择。"朱瞻基小心斟酌言辞。

"你要我投降?"唐赛儿面露愤色。

"不是投降,是重做良民。皇祖父已经下旨,蠲除山东今、后两年赋役各半,北京的工程也将完工,将来山东百姓的日子肯定会比现在好过得多!刚才你也说了,百姓大都是被逼无奈才入教谋反。既然现在朝廷给了活路,那你们又何必要顽抗到底呢?何况继续打下去,你们肯定是玉石俱焚!与其如此,还不如就此罢手,如此对朝廷、对百姓都有好处!"讲完道理,朱瞻基终于道出自己的建议,"你是白莲教的头领,只要你愿意出面招各处白莲教兵马归顺,我便可向皇祖父求情,请他老人家放你一条生路!"

唐赛儿没有吱声。不过从表情可知,她已心有所动。朱瞻基也不再说话,他静静站着,等待她的决定。

"我不相信!"良久,唐赛儿摇了摇头,"当年修会通河时,你就说朝廷接下来会让百姓安生过日子。可不到两年,官府就把我家男人拉去了北京!"

朱瞻基脸一红,解释道:"这次和上次不一样。现在北京宫室已近竣工,往后再也不用征发百姓做工匠,所以这次是算数的!"

朱瞻基的这个解释从实情出发,唐赛儿听后想了一想又道:"咱们犯下这么大的罪,朝廷真能既往不咎?"

"可以!刚才你也说了,你手下部众大都是良民出身。其实皇祖父对此也心里有数,他老人家蠲免赋役,就是希望他们能重新回家种地,所以这一点你不必担心。"朱瞻基赶紧打保票。

"那我们这些领头的,朝廷也能免罪?"唐赛儿紧逼着又是一句。

朱瞻基这下犯了难。白莲军将士大多是受蛊惑的农民,对这些人朝廷当然可以宽宥。但是,煽动并率领他们作乱的大小首领大都是白莲教中的重要人物。白莲教与朝廷是仇敌,像他们这类人物朝廷当然不可能放过。哪怕就是他本人,除了有旧情的唐赛儿外,对其他那些白莲教匪首也是非斩草除根不可。本来,朱瞻基想在这事上含糊过去,但此刻唐赛儿专门提出,他便避无可避了。

"只要你率部众归顺朝廷,我一定劝说皇祖父饶恕你的罪过!"斟酌许久,朱瞻基冒出这么一句。

"我?"唐赛儿敏感地察觉到了话中暗藏的玄机,"白莲教可不是只有我一个掌总,其他人也能免罪么?"

朱瞻基默然不语。唐赛儿见他如此,顿时心明如镜,冷笑道:"多谢殿下好意,俺虽是一介女流,但也知礼义廉耻。出卖兄弟姊妹换自己平安,这种事俺是做不出来的!"

朱瞻基身躯微微一颤,他抬起头见唐赛儿一脸凛然之色,便明白其心志坚不可摧。他的心猛地揪紧,既然唐赛儿明言拒绝,那招安便已失败。一个是大明的皇太孙,一个是白莲教的匪首,截然对立的身份决定了他只能痛下杀手。这时,一直在身后聆听二人对话的两个内官已欺身上前,只待他一声令下,便要将这妖女当场拿下。

朱瞻基犹豫再三,一咬牙道:"这样吧,我不要你出卖同道,只要你答应不再插手白莲教之事,我现在就放你走!"

唐赛儿惊讶地睁大了眼睛。她知道自己的身份,更明白朱瞻基私放自己这个白莲教匪首需要承担多大的风险!本来,她一直认为朱瞻基之所以要招抚自己,主要还是为了速平叛乱。但听了这句话后她才明白,这其中眷念旧情的成分其实更多一些。她芳心一颤,那些早已被岁月磨平的昔日情愫又在内心荡漾起来。

朱瞻基的内心也不平静,这已是他能做出的最大让步,如果唐赛儿仍不领情,那他就是再有不舍也只能挥剑断情。他默默地注视着唐赛儿的脸,等待着她的回答。

唐赛儿回过头望着远方层层被包围着的部众,惨然一笑道:"俺走以后,你是不是就要令他们动手了?"

"你不走,也救不了他们!"朱瞻基毫不犹豫地回了一句,"能跟着你撑到现在的,十有八九都是白莲教中的头面人物。他们不死,国法难容!"

"那俺和他们一起赴难。"唐赛儿一脸决然道,"我们白莲教友都是同生父母,我不能抛下他们独自偷生。"

闻言,朱瞻基痛苦地闭上了眼睛。事已至此,他已别无选择。片刻过后,朱瞻基豁然睁目,"嗖"的一声拔出腰间佩剑,抵住唐赛儿的喉咙!

唐赛儿没有反抗,朦胧的夜色掩去了她脸上的风霜,皎洁的月光照射下,她白皙的脸庞看上去无比恬淡,中间甚至夹藏着些许安详。朱瞻基痴痴望着这个曾让自己情窦初开的女子,不由得潸然泪下。他几次想狠下心来将手中利剑送出,可每次都有一种无形的力量紧紧拽住他持剑的手。就这么不知过了许久,朱瞻基突然发出一声长叹,手中利剑"咣当"落地!

"你……"突如其来的变化让唐赛儿有些迷惑。

朱瞻基却一言不发,疾步走到坐骑跟前跃身上马,回头对尚在茫然中的唐赛儿冷冷道:"跟我来!"

他的话中有着一种不容置喙的语气。唐赛儿听着不由一愣,但也依其所言,骑上马跟上。两名内官也匆匆上马,四人一阵飞奔,回到了仍在包围白莲军残部的明军阵后。

"撤围,放他们走!"朱瞻基勒住马,对着迎上来的潘叔正和将佐们大声下达了旨意。

"什么……"潘叔正他们简直不敢相信自己的耳朵,直到朱瞻基再次下令,他们才缓过神来,潘叔正立刻冲上前拽住朱瞻基的马缰急道,"殿下,不可……"他本想说"不可徇私情而误国事",但看到周围闲杂人等太多,只得把话又生生咽了回去。

"我的令旨,谁敢不遵?"朱瞻基却是一脸坚毅。

潘叔正又气又急,但这里又明显不是说话的地方,加之朱瞻基明显是心意已定。他无可奈何之下,只能猛一跺脚,背着手气急败坏地去了。

潘叔正一离开,其他将佐更不敢抗旨,只能赶紧回去布置。很快,明军的包围圈散开,满脸惊疑的白莲军将士们慢慢走了出来。

朱瞻基冷冷注视着眼前发生的一切,末了大手一挥,屏退周围随从,旋又侧过身子对身旁满脸惊讶的唐赛儿道:"你走吧,带上你的兄弟姐妹一起走!"

唐赛儿不可思议地望着朱瞻基,脸上迅速变幻着各种表情。直到最后,她终于确信朱瞻基已经决定网开一面,瞬时间,她的眼泪如断线的珍珠一般夺目而出。

"你需答应我一事!此去以后,脱离白莲教,不再对抗朝廷,更不得潜去安丘那边,继续督率教匪与王师为敌!"朱瞻基目视前方冷冷地说完,扭头看向唐赛儿,见她有些犹豫,遂又道,"王师势大,绝非你等可敌。现在你们巢穴被破,军心已散,再打下去,用不了多久就会全军覆没。你也是穷苦人家出身,迫于无奈才入邪教。既如此,便当知这万千教众所求究竟为何!现在朝廷已拨乱反正,山东安宁可期。你若仍裹挟教众顽抗,那不仅有违天理国法,就是于你白莲教义亦是不合。"

听了朱瞻基的话,唐赛儿咬着嘴唇思忖许久方道:"你说朝廷改了章程,俺不知道是真是假,所以不能帮你去招降东边的兄弟姊妹。但今天俺承了你的情,也不能不知好歹。俺答应你,从此以后隐姓埋名,不再跟朝廷作对。但也希望你劝住你那个当皇帝的爷爷,能记得答应过的事,让俺们这些老百姓真的过上两天安生日子。"

"这个你放心,皇祖父言出必践!"

"他守不守信用,俺不晓得。不过俺相信你是守信的!"说到这里时,唐赛儿脸上终于露出了一丝发自内心的笑容。朱瞻基听了心中一暖,继而想到从此就将与她相忘于江湖,顿时又有些黯然。

两人又闲叙一阵,朱瞻基终于深吸了一口气,挤出一丝笑容道:"时辰不早了,你去吧!"

唐赛儿身子一抖,眼眶中又泛出泪花,赶紧强忍住了,一抱拳道:"殿下珍重!"说完,便驱马走到白莲军残部当中,领着部众徐徐去了!

望着唐赛儿离去的背影,朱瞻基怅然若失了许久,半晌方发出一声叹息,调转马头准备领军回营。正在这时,忽然一阵马蹄声传来,他回头一瞧,只见唐赛儿孤身一人又返了回来。

"你这是……"朱瞻基有些疑惑地望着重新出现的唐赛儿,不知她为何折返回来。

"有一件事情，俺觉得应该告诉你！"唐赛儿将他引到旁边小声道，"九年前咱们在梁山遇劫，那幕后的主谋后来被俺查出来了！"

"哦？"朱瞻基心中一凛，赶紧问道，"你是怎么查出来的？"

"两年前，俺领着白莲教的兄弟攻破了梁山上的清平寨，抓了他们的寨主马胡子，当年就是他的大哥和他一起带人追杀的咱们。后来俺盘问当年的事，他说是北京的一个王爷派人找到他的大哥，给他们开了两万贯的价钱，要取你的脑袋！"

"什么？"犹如一个晴天霹雳，朱瞻基整个人木在当场！永乐九年疏浚会通河时，二叔朱高煦一直都待在南京。而北京的王爷那只有一个，就是奉旨长年留守行在的三叔——赵王朱高燧！一直以来，他都认定那次遇劫是出自二叔的手笔，可眼下唐赛儿的话完全颠覆了之前的判断。震惊之下，朱瞻基哆嗦着嗓音道："你此话当真？"

"马胡子亲口跟俺说的，至于他有没有撒谎俺就不知道了！"唐赛儿想想又道，"不过马胡子被抓住后，怕俺把他杀了，所以从头到尾都老实得很，应该不会在这件事上头跟俺耍心眼儿！"

朱瞻基眼光一寒："这个马胡子在哪？还有他那个大哥，现在何处？"

"都死了！马胡子的大哥五年前带人去东平打劫，正巧撞着官军，被一箭射穿了心。他死后，马胡子接任寨主，这厮天生好色，到处抢掠良家闺女，后来咱们攻破清平寨，把十里八乡的乡亲们都召到一起，当着大伙的面砍了他的脑袋。"

"唉……"闻言，朱瞻基有些失望。要是这二人还在，他一定要把他们抓回来问个明白。可现在二人已死，仅凭唐赛儿一面之词，就把九年前的旧账算到赵王头上，这无论如何也太轻率了些。

不过虽然不能服众，但朱瞻基相信唐赛儿不会骗自己。只是事情来得太突然，他一时还理不出头绪，想不通一直相处不错的三叔为何会背后捅刀子。怔怔许久，他才暂将千般思绪收起，对唐赛儿笑道："你这番话十分重要，来日我一定报答。"

"你放我们走，俺就已经感激不尽了！"唐赛儿嫣然一笑，又一叹道，"从今以后，咱们再无相见之日，又何来报答一说？"

朱瞻基一愣，旋也露出一丝苦笑。两人默然对视一阵，唐赛儿道："时候不早了，俺这就走了！"

"嗯！"朱瞻基微微点了点头。唐赛儿拨转马头，随即马鞭一挥，胯下骏马飞驰而出,不一会儿便消逝在茫茫夜色之中。

朱瞻基在原地呆了好一阵,方拨马回到军阵前。这时潘叔正已领着人打扫完战场,见他回来旋上前问道:"殿下,这次放走了唐赛儿,回去可怎么交代?"

"交代?"朱瞻基想了想,"不用交代,军报上就写唐赛儿率残部逃逸便是!"

"可将士们……"

"这你自可放心,这里的人都是嫡系,没人敢乱嚼舌根!"

潘叔正想想也没有别的办法,只得点头应诺。随即,朱瞻基派人去鲁军营中命他们各守本寨,自己则带着手下亲随返回土坝老营。

第二日,明军沿着山间小道向卸石棚寨进发。昨晚唐赛儿突围全军覆没,山上已无白莲教守军,明军未遇抵抗便轻松进入山顶寨中。朱瞻基站在南寨寨顶放眼望去,附近的山峦沟壑尽收眼底,他对潘叔正笑道:"杜甫诗云:会当凌绝顶,一览众山小!依我看,这里丝毫不比岱宗差!赛儿建大寨于此,除了地势险要,没准也是看中这番美景哩!"

攻下卸石棚寨,潘叔正心情也不错,听得朱瞻基打趣,他也笑道:"景虽美,却缺水!这种地方,屯几百口子土匪倒还凑合,几千人齐聚山上,山上积水肯定不敷使用,一旦山下水源被断,就只能坐以待毙!唐赛儿毕竟是草莽女流,见识不广,不知马谡失街亭之典故!"

两人正闲叙间,北面的柳升也带兵上得山来。待与朱瞻基相见,听他详细叙述昨日战况后,柳升满意于大获全胜之余,亦对刘忠的殉国惋惜不已,末了叹息一声道:"可惜让那妖女逃了,她是皇上明令要生擒的人!她既漏网,此次剿匪的战果便大打折扣!"柳升身经百战,平定这种教匪暴乱在他看来简直就是小菜一碟,此次唐赛儿脱逃,又殁了山东都指挥使,这让他觉得十分憋气。

朱瞻基不想在唐赛儿的事上和他揪扯,赶紧将话题引开:"一个妖女无足轻重,现在教匪老巢被破,余部亦身陷重围,咱们只要乘胜进击,全歼乱匪,照样是大功一件。"

柳升也认为只有如此,遂又和朱瞻基商议围剿白莲军余部之事。当天,明军留下三千人马拆毁卸石棚寨,其余大部返回青州。进入青州府后,明军休整三日旋又大举东进。不出朱瞻基所料,白莲军根基被破,军心大乱,石执中又调在胶东备倭的驻军回师青州。四面合围之下,白莲军土崩瓦解,莒县、诸城、即墨纷纷陷落,安丘城下的白莲军亦在明军猛攻之下溃不成军。柳升与朱瞻基一边进剿一边广发揭帖,昭示朝廷蠲免赋役之谕。在朝廷的软硬兼施之下,一度呈星火燎原之势的白莲教之乱不出旬月便被平息下来。

暴乱既平,柳升与朱瞻基的任务便已完成。在留下部分兵马稳定局势后,他俩便率援鲁明军踏上南归之途。

进入南京城后,随征京卫各自返回驻地,柳升与朱瞻基二人直接进宫复命,永乐命在武英殿议事阁召见。二人刚进武英殿,便听房门紧闭的议事阁中隐隐传来训斥之声。二人面面相觑,这时马云过来给朱瞻基行礼,小声禀道:"殿下和柳侯爷稍等,皇爷在跟方大人说话!"

"皇祖父为何发怒?"朱瞻基问道。

马云叹了口气,一脸愁容道:"刚刚接到军报,交趾叛贼黎利大败王师,左参政冯贵、右参政侯保殉国!"

二人闻言,心中俱是一沉。自打前年交趾清化府巡检土官黎利扯旗反叛以来,一度被镇压下去的交趾乱贼又肆虐起来。张辅、沐晟回朝后,丰城侯李彬接任总兵。李彬平叛不利,致使交趾形势江河日下,叛乱此起彼伏,让朝廷伤透了脑筋。这次交趾布政司左右参政同时被杀,足以见局势败坏到了何等地步!本来这次平定山东之乱,朝廷循例当举行奏凯嘉礼,但就在渡江前一道圣旨发来,临时将嘉礼取消。圣旨并未明言原因,当时朱瞻基和柳升还不明其故,此时听了马云的话才恍然大悟。

正胡思乱想间,议事阁房门被推开,方宾一脸丧气地走了出来。见到朱瞻基,方宾挤出一丝比哭还难看的笑容,作了个揖,又对着柳升点点头,失魂落魄地去了。朱瞻基和柳升见状,一声也不敢吭,小心地弓着身子跟着马云进入房中。

见他二人进屋,永乐阴沉的脸稍稍舒缓了些。二人行礼毕,永乐指着面前两个凳子示意他们落座,又对马云道:"马上去文渊阁命杨荣拟旨,严斥李彬讨贼不利之过,命其加速进剿,年内必须把黎利给朕擒回京城。"

"是!"马云赶紧答应,出门去了。房中只剩下永乐和朱瞻基、柳升三人。永乐坐在御案后,胸口剧烈起伏,想是还没从交趾惨败的震怒中恢复过来。朱瞻基和柳升大气不敢出一口,只心惊胆战地坐在凳子上等着问话。

过了好一阵,永乐总算开了腔:"捷报朕几天就已经看到了,这次你等打得不错,短短两三个月便平定山东全境,比那个不争气的李彬要强得多!"

听永乐夸奖,二人心中一宽,忙起身作揖道:"此全赖陛下神武,臣不敢忝居其功!"

"有功就是有功！"永乐大手一挥，"朕非不明事理之人，功过还是看得清楚的！"

永乐这句话仍是夸赞，但朱瞻基和柳升听在耳里，总觉得有些别扭。这时，永乐又问道："那个唐赛儿是怎么回事？怎么就让她逃了？"

朱瞻基身子一抖，赶紧回道："此事全是孙儿之过。当时教匪突袭鲁军大营，刘都司战殁。孙儿率亲随赶到后一阵混战，虽终全歼其军，却未能擒住匪首。孙儿有罪，请皇祖父责罚！"说完，朱瞻基赶紧跪倒于地。

听过朱瞻基解释，永乐颜色稍缓，抬抬手示意他起来："此非全是你之过错，关键还是刘忠玩忽职守。一万官军，竟被区区四五千匪寇打个落花流水，真不晓得他这个副总兵是做什么吃的。要不是看着他最后为国捐躯，朕定会好好治他的罪！"

听永乐如此说话，朱瞻基心中越发惶恐，把脑袋垂得更低。柳升在此次平叛中与朱瞻基相处得颇为不错，此时又想给这位未来的大明天子送个人情，见永乐如此纠结于唐赛儿逃匿一事，遂帮忙开脱道："依臣看来，白莲叛贼已全军覆没，区区一个唐赛儿就是漏网也没什么大不了的！"

"没什么大不了？"永乐扫了柳升一眼，冷冷道，"去年黎利被李彬逼得躲到深山中，当时本就该继续追剿。可李彬却以为黎利已是冢中枯骨，翻不起大浪，于是就此撤兵，可结果如何？不到一年，黎利死灰复燃，搅得交趾天翻地覆，两个三品大员因此殉国！"永乐的声调骤然升了好几拍，"除恶务尽，否则黎利就是前车之鉴！"

这一下，朱瞻基和柳升均都坐不住了，赶紧跪伏于地，连连叩首。

"都起来！朕已说过，你等功过朕心中有数！"永乐不耐烦地摆摆手，"黎利的事也不能全怪李彬，当时是朕准他退的兵，不想最后竟留下这么个祸根！不过吃一堑长一智，从今往后，朝廷对这些匪首绝不能有丝毫手软！"

说到这里时，马云正好回来复命，永乐指着他道："你待会儿再去一趟文渊阁，命杨荣再拟道旨付行部尚书郭资、山东布政使石执中，命他们严查唐赛儿下落，一经发现，立即逮捕！若遇反抗，就地诛杀！"

唉……朱瞻基心中一声哀叹。不过他也不敢劝永乐，只得暗暗祈祷，希望唐赛儿能逃过此劫！

"你等都出去吧！"交代完，永乐挥挥手道，"你二人剿灭教匪，不日朕自有奖掖！"

"是！"朱瞻基与柳升如蒙大赦，赶紧行礼退了出来。

出了武英殿，二人均觉满身大汗。这时马云也跟着出来，三人遂一道往外走。半路上，朱瞻基问马云道："怎么我不在这几个月，皇祖父的脾气似乎大了好些！"

马云脸上划过一丝犹豫，他一向口风甚紧，从不敢在外人面前议论永乐。不过此时是皇太孙发问，他也不敢含糊应付，想了想才苦笑一声道："皇爷年纪大了，最近遇的烦心事又多，所以性子就比往常急了些！"

柳升在一旁插口道："又是山东又是交趾，天下竟没一时安宁。陛下已经年过花甲，就算身子仍康健，精力也不如往常。每天被这些糟心事搅和，换谁都受不了！"

三人一路絮叨，直走到午门前，柳升遂告辞出宫。马云要去文渊阁传旨，朱瞻基也有事要跟几位阁臣师傅商议，两人穿过左顺门，直朝文渊阁而来。

文渊阁是内阁阁臣们办公之所。当年初设内阁时，共选解缙、黄淮、胡广、胡俨、杨士奇、杨荣、金幼孜七人入阁。后来胡俨调任国子监祭酒，解缙、黄淮相继下狱，胡广也于两年前病逝，永乐未再命人递补，现在便只剩下杨荣、金幼孜、杨士奇三人。听得马云传旨及太孙造访，三位阁臣一起来到门口迎接。马云先把旨意传给杨荣，随即回武英殿缴旨。待马云走远，朱瞻基笑道："离京数月，三位师傅也不考校考校功课，看我有无长进？"

听话听音，三位阁臣立刻便知朱瞻基是有事要找他们商议，遂不再多说，只请他进入阁中。

四人一起来到杨荣的值房，杨士奇最后一个进屋，他一进门就回身将房门关好，朱瞻基便一脸郑重道："我这次去山东偶察一事，需跟三位师傅商议！"说完，他便将唐赛儿与他的往日纠葛以及告诉他关于九年前遇劫一事幕后主谋的情况说了，只隐去私放一节不提。末了，他朝三位阁臣一揖道，"此事太过骇人，我难辨真假，还请三位师傅代为参详！"

先听朱瞻基说与白莲教妖女曾有情缘时，三位阁臣已是惊讶得合不拢嘴。又得知唐赛儿言当年追杀朱瞻基的劫匪是北京的王爷所雇，三人更是瞠目结舌。待他说完，三人面面相觑许久，竟一个也说不出话来！

又不知过了多长时间，三人才从震惊中恢复过来。杨荣撩起袖子抹去额头上的冷汗，结结巴巴道："殿……殿下真和白莲教妖女……"

"那是以前的事了，何况那时她还是良民。"朱瞻基不想在此事上纠缠，"师傅请只管议唐赛儿所言之事即可！"

"是！"杨荣强使自己稳住心神，思索许久方道，"此事真假难料！首先，照唐赛儿说辞，她是从马胡子口中得知此事，而当日受北京的王爷所雇的，又是马胡子的大哥，这中间隔了好几层。所以雇佣马胡子之兄的是否是赵王，以及马胡子的交代是真是假，这都不好说！"

"而且唐赛儿的心意也不能断定！"金幼孜忧心忡忡道，"虽说殿下与唐赛儿有旧，但她毕竟是白莲教匪首，谁能保证她不会利用往日情分故意使个绊子？朝廷是白莲教的死敌，要是能挑唆得殿下与赵王反目成仇，致使庙堂再起纷争，那对白莲教可是有益无弊！"

朱瞻基眉头一皱，不悦道："我了解赛儿，她不是这样的人！"

"知人知面不知心！何况殿下与唐赛儿已分隔九年，这其间她历尽沧海，殿下岂能保证她的心思仍与当年一样？"金幼孜顿了一顿，又反问道，"敢问殿下，当初您与她分别时，可曾料想到她现在会变成白莲教的匪首？"

"这……"朱瞻基哑口无言。本来他对唐赛儿所言并不怀疑，但这时听了两位阁臣的分析，他又有些拿不定主意了。

"可要是唐赛儿所言属实呢？"正在这时，一直没吭声的杨士奇突然冒出一句，"若唐赛儿胡言乱语，那咱们自可置之不理。可要是其所言是真，那事情就麻烦了。"

众人闻言俱是一凛。半晌，金幼孜方道："可赵王为何要杀太孙？杀了太孙，他又有什么好处？"

杨士奇轻声道："永乐九年时，太子与汉王平分秋色，可一旦殿下被立为皇太孙，那东宫就稳操胜券。所以赵王临时出手，想杀掉殿下！"

"鹬蚌相争，渔翁得利？"朱瞻基大惊失色道，"这不可能吧？真要把我杀了，那受益的也是二叔！"

"汉王其实捞不到好处。殿下被杀，傻子都会认为是汉王所为！百口莫辩之下，汉王就是不死也会被皇上猜忌，从而失去夺储之望。而没有殿下，以当时太子的圣眷也难以保住东宫之位，赵王就正好可以浑水摸鱼！"杨士奇摇摇头苦笑道，"都说当今圣上是唐太宗再世。如此看来，他赵王没准引而伸之，把自己比作唐高宗了。不过也是，他俩都是嫡三子，都有两个为储位长年争斗的哥哥，赵王由此产生效法李治的念头也不足为奇。"

杨士奇说罢，房内众人额头上都目瞪口呆。过了好久，朱瞻基才一抹头上冷汗讪讪道:"果真如此的话,那我应该立即揭发三叔阴谋!"

"不!"杨士奇又摇摇头,"殿下奈何赵王不得。"

朱瞻基一愣,随即明白了杨士奇话中深意。这所谓的赵王雇凶,本来就无定论。即便是真,现在也是人赃俱无,仅凭唐赛儿的一面之词便要指证,这未免太草率了。而且,要揭发朱高燧,朱瞻基首先就要把自己与唐赛儿旧情以及私放她逃脱之事公之于众。这事要是大白天下,他立刻就会身败名裂,堂堂皇室也会因此脸面尽失。所以,无论从哪方面考虑,他都只能强咽下这口气。

计议再三,朱瞻基无可奈何地摇摇头,苦笑一声道:"士奇师傅言之有理。可若唐赛儿之言是真,那三叔简直就是当年二叔。就算现在不能下定论,但仍需未雨绸缪,以防万一。"

杨荣和金幼孜这时也从震惊中恢复过来。听了朱瞻基的话,金幼孜想了一想道:"防范自是必然,不过殿下也无须太过担心。既然赵王打的是渔翁得利的念头,现在东宫与汉王胜负已分,他既是聪明人,自就会弃了这份妄想!前几年汉王和纪纲合谋作乱,他始终没有介入,由此看来,这位王爷还是识时务的。"

金幼孜之言有理,朱瞻基听了心下稍安,可这时杨士奇又道:"怕就怕他是深藏不露!放眼天下,还没有比皇位更诱人的。赵王为此处心积虑多年,甚至不惜雇凶劫杀太孙,由此可知,他对皇位其实也是垂涎三尺。现在汉王虽败,但赵王本身并未受挫折,想让他就这么轻易放弃,怕也没那么容易!"

"怕什么?"杨荣一咬牙道,"当年汉王气焰熏天,最终也只是黄粱一梦!何况一区区赵王?"

"赵王的势力未必就不如汉王!"杨士奇意味深长道,"马上就要迁都了,北京可是赵王镇守了十多年的地方!"

听了这话,朱瞻基心中倏地一紧。自永乐元年朱高炽入主东宫后,北京就一直由朱高燧留守,至今已近二十年。以前因他一直不显山不露水,朱瞻基对赵藩并未多加关注,但现在细想下来,发现这股势力其实非同小可。

首先是行在六部。最初,朝廷只在北京设立行部,负责处理行在政务。但永乐七年御驾北巡,朝廷实际上也临时分为南京和北京两个,分别听命于永乐本人和充任监国的太子。而由于永乐在北京,所以北京的临时朝廷更为重要,故当时六部堂官也大都扈从去了北京。但堂官虽然北上,可南京六部衙署里数以千计的办事官和胥吏显然不可能也去北京。而到达北京后的六部堂官要办理公务,自然不能没有下属,于是朝廷便在行部之外,另设行在六部,从顺天府和北

214

直隶各州府中选调精明能干中低级官吏入值。这批官吏的选拔是由留守行在的朱高炽以及行部尚书郭资负责。北巡结束后,御驾返回南京,但因永乐当时已有意迁都,故并未废除行在六部,而是将它们作为一个常设衙署保存了下来。这些年过去,除二次北巡期间,行在六部没有堂官当值,但下面的办事官却是一直延续其职。现在朝廷即将迁都,形势顿时发生了变化。

为了抵御漠北胡虏袭扰,加强对北疆的经营,永乐将京城迁往靠近边塞的北京。但北京毕竟太过偏远,不利于掌控四方。为了弥补这一缺陷,永乐在变南京为留都的同时,依然保留这里的朝廷机构,以维持对南方的控制。这也就是说,大明从今往后将同时在北京、南京两地都设立中央衙署。遵照此理,南、北两京的六部衙门也都将保留。不过虽然两京各设六部,但皇帝既然去了北京,那南京朝廷的地位自然大大下降。当然,作为朝廷重臣的原南京六部堂官肯定会调往北京六部,可下面那些普通办事官则就不好说了。而北京六部中有相当一部分官职会是旧有的行在六部官吏担任,他们有相当部分都出自赵王的举荐。虽然这些人都算不上重臣,也无能力决定重大国事,但他们却星罗棋布于各个衙署中,是朝廷得以正常运作的骨干力量!想到将来的中枢衙署里会掺杂进大量的赵藩人马,作为未来天子的朱瞻基不能不感到忧虑。

而除了行在六部外,更让朱瞻基担心的是北京的军事力量。

北京驻军分为普通京卫和上直卫亲军两部。其中北京普通京卫是北军主力,最先归淇国公丘福统率,丘福死后,则归接任行在后军都督府的隆平侯张信统领。而上直卫亲军虽名义上都直属皇帝,但由于南北两京相隔三千多里,故从一开始,北京的天子亲军就由朱高炽代领。正是这部分亲军,让朱瞻基心惊肉跳。

永乐即位不久,便在原先的上十二卫基础上增设十卫,将追随自己靖难的嫡系抬入上直卫序列中,使天子亲军的总数扩充到二十二卫。而这新增的十卫中,金吾左卫、金吾右卫一直驻守南京,燕山左、右、前三卫在永乐初年一度在南京驻扎,后来随着永乐帝位稳固,在一征漠北结束后便又调回北京,而剩下的羽林前卫、大兴左卫、济阳卫、济州卫、通州卫则从一开始就驻防北京。这也就是说,在长达十余年的时间里,有多达八卫的北京上直卫亲军是听命于朱高炽的。只要他有心,完全会在这漫长岁月里对这支军队施加各种影响。而再加上一直跟随朱高炽驻扎在北京的常山三护卫,这位三叔已不声不响地在未来的大明京师中掌控了多达十一卫的军力!

诚然,一旦迁都北京,赵王代领八卫亲军的职责便就结束。但问题是要抹杀他苦心经营十几年的影响,这绝非短期内可以做到。如果皇祖父在世,凭着他老人家无与伦比的威势,这十一卫兵马受蛊惑的可能或许还不大,可一旦皇祖父驾鹤西去,那就不好说了。本来,他对唐赛儿所言真伪还将信将疑,但此刻将赵王这些年的经历认真分析后,他虽仍不敢下定论,但内心对三叔的戒惧已是大大增加。而与此同时,朱瞻基也越发坚定了一个认识——虽不能断定三叔心意到底如何,但在北京经营多年的赵藩终究是朝廷隐患。

　　"赵王真的会贼心不死吗?"朱瞻基正心绪烦乱间,金幼孜又有些犹疑道,"赵王威势远不如当年的汉王,他要还念念不忘这非分之想,就不怕重蹈汉王覆辙?"

　　"重蹈覆辙?"杨士奇无可奈何地一笑道,"现在汉王照旧是亲王,成天在乐安逍遥快活。与皇位的诱惑相比,此等覆辙,就算重蹈了又有什么大不了的?"

　　三位阁臣你一言我一语,把朱瞻基撩拨得越发不安。他万万没有料到,一场看似平常的剿匪竟牵引出这么多始料未及的事,并一步步地将他带入层层荆棘当中。想到迁都后或将面临的重重危机,他心中顿时布满忧虑。

　　不过朱瞻基并不是一个甫遇危险便阵脚大乱之人,相反,他多年随侍御前,耳濡目染之下早已将永乐临危不乱、化危为机的本领学得炉火纯青。此时听了阁臣们的议论,他虽然心惊,但也由此理清楚了这一系列事件背后所隐藏的各种关节利害。待稳住心神,他开始思索——迁都北京,朝廷固然将直接置身于赵藩的威胁之下,但对赵藩而言,就真是有利无弊吗?顺着这个思路往下想,他终于发现了一个机会——

　　赵王留守行在多年,势力盘根错节,这始终是个隐患。皇祖父现在在位或还好些,但他老人家毕竟年过花甲,一旦驾崩,三叔还会不会这么老实就不好说了。要是在之前,朝廷地处江南,要想制约北京的赵藩多少都显得鞭长莫及。可一旦迁都,朝廷对北京的控制力就将大大加强。而作为皇太孙,作为大明王朝名正言顺的继承人,他完全可以倚皇祖父之威,仗朝廷之势,将三叔在北京的势力逐一剪除!

　　而利用迁都的机会,借助皇祖父和朝廷之力瓦解盘踞北京的赵藩势力,朱瞻基也找到了化危为机的最佳办法。虽然这里头也隐藏着风险,但既然迁都已成定局,他只能因势利导,使局势朝有利于自己的一方发展。确定这个思路后,朱瞻基心中顿时有了主意。见三位阁臣仍面带忧色,他展颜一笑道:"三位师傅所虑甚是。不过当今大明四方安定、国运昌隆。我身为皇太孙，亦上应天命，下顺民心。当此盛世，纵有宵小心存不轨，只要我秉持正道，以堂皇之力相应，必能无往不胜！"

这番大道理讲得突兀且玄乎，三位阁臣不知朱瞻基心中想法，故一时都未明其意。朱瞻基也不想解释，只是一挥手道："今日得三位师傅教诲，受益颇多。眼下山东匪乱已平，北京宫室不日即将落成，接下来迁都的筹备亦需抓紧。这是当今天下第一大事，三位师傅都是御前重臣，还望尽心竭力，助迁都大事顺利进行！"

"遵旨！"三人见朱瞻基把话题转到迁都上头，顿时明白他不愿再提赵王之事，于是也只能顺着话头答应。

朱瞻基见三人拱手，满意地点了点头笑道："回宫半日，尚未去见父亲，实是罪过。三位师傅且自便，我先告辞了！"

出了文渊阁，朱瞻基仰起头深深吸了口气。现在他要做的，就是协助皇祖父实施筹划多年的迁都大举了！

第十五章

谋千秋鼎移北京 防沟通设置东厂

经过多年的大规模营造，到永乐十八年底，北京紫禁城基本建成。九月一日，永乐诏告天下，自永乐十九年元旦始，行在北京正式升格为京师，原京师南京改为留都。在明朝开国五十三年之后，北京再一次成为帝都。

诏旨颁下，南北两京同时忙碌起来。南京这边，数不清的王公贵族、官员胥吏纷纷打点行装，陆续登上早已准备好的大小漕船，向三千里之外的北京进发。而随着朝廷的迁离，曾经繁花似锦的六朝古都在短短数月间急速衰落，夜夜笙歌的十里秦淮也失去了往日的神采，在冬日的寒风中显得十分萧瑟。

与南京的落寞迥异，北京却大放光彩。皇室和王公大臣们的蜂拥而至，使这座旧都以惊人的速度兴盛起来，而数以万计伴随达官贵人们迁入的商贾工匠，更把繁华的气息带进了北京的每个角落。尽管朝廷已为官僚贵戚们准备了府邸，但民宅自然不在官府操办之列。数月间，北京城内无数房屋拔地而起，坊市间更是人声鼎沸，一片昌隆景象。

在焕然一新的北京城中，最引人注目的当然是刚刚落成的大内皇城。与偏居南京东城的旧皇城不同，新建的北京皇城坐落于城市正中，更符合皇家礼制。皇城内庙社、郊祀、坛场、宫殿、门阙，规制悉一如南京旧宫，但气势之恢宏、雕饰之华美，都足以让原有的南京紫禁城黯然失色。整个皇城周十八里余，位居其中的宫城——紫禁城周六里十六步，较原先的南京紫禁城要宽阔许多。宫城前庭的中轴线上，由南到北依次坐落着新建的奉天、华盖、谨身三大殿。三大殿巍峨壮丽、气派庄严，尽显皇家威仪，让天下所有殿宇相形见绌。尤其是作为宫城主殿的奉天殿，更是形势恢廓，气魄宏伟，皇帝的至尊地位和礼制的无上权威，在这座大殿形制中彰显无遗。

谨身殿后为乾清门，以此为分界，再往北则是内廷。与南京紫禁城相同，内廷中轴线上依旧是乾清宫、交泰殿和坤宁宫，作为帝后寝宫及更衣之所。而在整个紫禁城的中轴线两侧，殿宇楼阁错落分布，东侧主要为文华殿、仁寿宫、东六宫；西侧主要是武英殿、清宁宫、西六宫；此外，还有内监各司房、膳房、酒房等参差其间。如此，数百座单体建筑以中轴线为基准纵横罗列。虽然东西两侧尚有大片宫殿未及建成，但一座规模宏伟的大明皇宫至此已初具雏形。

当第一次游览过这座全新的皇宫后，永乐心中油然生出一种继往开来的感觉。在他看来，只有这座雄伟的宫城才能衬托大明天子的身份，才能彰显天朝上国的威仪。从这座依南京旧宫仿建却又在格局上远胜前者的北京紫禁城中，永乐还希望向世人传达这样一个信息——他通过励精图治，已经将华夏带入一个全新的鼎盛之世！父皇开创的大明王朝，在他的手中得以踵事增华、发扬光大！

永乐十九年元旦，永乐怀着无比激动的心情驾临奉天殿，在这里主持大明王朝迁都北京后的第一个大朝仪。宽敞的大殿内，文武百官、宗亲贵戚、番邦贺使齐列殿下，山呼之声绕梁不绝，拜舞之姿齐整庄严。永乐俯瞰群臣，豪情万丈。待礼仪毕，永乐起身威严道："自今日始，我大明定都北京！北京背倚燕山，南俯中原，是为王者之所！都于此地，我大明必将天眷永顾，国祚万年！"

"诚如是！"太子朱高炽以下，群臣俯首应答。

永乐满意地点了点头，露出一丝笑容道："迁都事巨，全赖列位臣工勤勉，终得大功告成！今年元宵佳节，宫中将在午门外开鳌山灯会，诸位爱卿可携家眷往而观之，以慰辛劳！"

"臣惶恐！"众臣又是俯首，继而道，"谢陛下！"

永乐又点了点头，继而以目示意身旁侍立的江保。江保会意，右手一抬，礼乐之声随即响起。永乐走下小丹墀，在臣子们的恭送声中离殿而去。

大朝仪结束后，朱高炽领着一众宗亲前往乾清宫行家礼，而朝臣和番使们则列队出宫。杨荣、杨士奇和金幼孜三个阁臣结伴返回文渊阁，各自脱去朝服，又聚到杨荣值房中。待下人上了茶，杨荣端起便饮了一大口，才对二人笑道："每年最怕的就是这大朝仪。一站就是一两个时辰，想喝口水都难。"

杨士奇边小口啜着茶边笑道："我倒不怵久站，只是这北京的天气实在太冷，先前在殿外丹墀上恭候陛下时，冷风直往脖子里灌。直到后来进了殿，才慢慢缓过劲儿来！"

"士奇兄说得是!"金幼孜慢悠悠道,"其实咱们还算好的,至少后来还能进殿暖和暖和。那些低品的朝臣们最遭罪,从头到尾都只能在殿外候着。我刚才出殿时,看见好些个都冻僵了。"

杨荣感叹道:"难怪那么多人都不愿迁都。朝臣大都是南方人,现在跑到这苦寒之地,要一下子适应过来还真不容易。"

杨士奇接过口道:"年纪大的确实难过,年轻的身强体壮还是挺得住的!"

"那也未必!"金幼孜摇摇头,"迁都前,朝廷选派官员入值南京六部,本以为这不过是个鸡肋,却没想一大堆人去抢,年轻体壮的都有好些!来北京路上塞大人还跟我提起,说南京吏部考功司缺一个主事,结果吏部五个主事,竟有三个愿意留下,而且都年方不惑!我就不明白,南京虽好,但毕竟远离朝堂,又没太多正经事,待在那里,仕途受滞怕是免不了的。年长的没了进取心,留着养老倒也不错;可这些主事都正值壮年,难道也无心宦途了么?"

杨士奇淡淡一笑,摇摇头道:"他们未必是无心仕途,没准反倒是想搏上一搏!"

"搏?"金幼孜奇怪地问道,"此话怎讲?"

杨士奇微微叹了口气道:"他们是看准了太子不愿迁都,想等着朝廷会再迁回南京,他们便可近水楼台先得月!"

杨士奇话一出口,杨荣与金幼孜心中皆是一凛。迁都北京,表面上看是一切顺利,但这多半仰仗于永乐的威势和决心。其实在朝中,不愿迁都的大有人在。北京一则气候苦寒,二则土地贫瘠,而且还离边塞太近,这种种因素使得南方籍的朝臣大都不愿迁都于此。而在腹诽迁都的人中,来头最大的就是当朝太子朱高炽。太子虽曾在北京居住多年,却一直钟情人文荟萃的六朝古都,而且对父皇决心迁都的最大理由——天子戍边、抵御强胡也打心眼儿里不认可。在他看来,抵御胡虏自是应当,但没必要把朝廷也搬到北京。这种做法,虽然可以加强朝廷在塞上的力量,但也存在巨大的风险。一旦胡人突破燕山,立刻就会兵临北京城下,到那时社稷就危险了。所以他一直坚定地认为,以南京为京师是最正确的举措,即便胡虏入寇,大明一时不敌,也可以从容调兵遣将,集天下之力将其驱逐出去。

太子的看法也反映了相当一部分朝廷大臣的心声。只是永乐在迁都一事上立场甚为坚定,而且一直以来,只要他下定决心的事,就绝不会轻易更改。对皇帝的这种性格,朝臣早就摸得精熟,故都不敢硬顶。朱高炽虽是太子,但性格仁弱,对这位威势无双的父皇更是从不敢有丝毫置喙。所以,在迁都被付诸廷议时,虽然也有人提出异议,但永乐一旦表露决心,大家便都噤若寒蝉。

不过朱高炽虽然不敢反对永乐,但他毕竟是太子、未来的大明皇帝。永乐已经年过花甲,说不定哪天就会龙驭上宾。太子登基后,他很有可能又会将都城迁回南京。当然,真有那一天的话,六部堂官肯定会跟着朝廷一起迁徙,但下面那些普通司官则就未必。到那时,这些在南京任职的六品主事也有可能在这场变动中受益。

杨荣、金幼孜还有杨士奇都是内阁阁臣,虽然品级不高,但身份超然,均属天子重臣,朝廷无论是在南京还是北京,他们的地位都不会受到影响。不过三人均参与机要,平日也以天下为己任。对于鼎移燕山究竟利弊几何,其实他们三人也拿不准。但有一点他们都十分清楚:就是迁都事关重大、牵涉甚广,来回反复必将动摇国本。出于这种考虑,他们都对皇上和太子之间的这种分歧感到忧虑。

不过还是杨荣洒脱,见两人均眉头紧锁,他潇洒地一挥手道:"咱们也都别杞人忧天了,时势变迁,非可预知。将来之事,将来再议不迟!"

杨荣之意是假以时日,迁都利弊自会逐步显现,到时候根据形势再做判断。这既是老成持重之见,也是当下唯一可行之法,杨士奇和金幼孜思忖后,不约而同地点了点头。杨荣见状,又嘿嘿一笑道:"眼下我只指着灯会。这几个月忙着迁都,人都累瘦了一圈,到元宵节晚上,我定要好好地乐上一乐。"

见杨荣打趣,杨士奇、金幼孜扑哧一笑,屋内气氛顿时轻松不少。接着,三人又寒暄一阵,遂各自回值房署事。

元宵赏灯,据说始于汉代祭祀太乙,后世赏灯为其遗风。每年这天,天下各大城镇的士民们便扶老携幼走上街头,观灯赏景、猜谜作诗,享受这难得的闲暇欢乐。宫中的鳌山灯会始于永乐十年,当时正值漠北肃靖、运河贯通,放眼大江南北尽是一派繁华鼎盛。永乐为藻饰太平,遂下旨在南京皇城的午门之外举办鳌山灯会,邀京中官员同往观之,以为君臣同乐、普天同庆之意。

本来,按照永乐的原意,鳌山灯会是一年一次。不过由于灯会耗费不小,后来朝廷二征漠北,又营建北京、建报恩寺塔,户部用度拮据,为节省开支,这鳌山灯会也就时断时续,即便举办,规模也受到限制。

现在户部积蓄依旧不多,但由于北京的工程已经基本告毕,接下来国家度支会有所好转。而且今年是大明迁都北京的第一年,为庆此盛事,永乐决定重开鳌山灯会,并大肆操办一回。当他把这意思透给夏元吉后,这位大人虽嫌花费太多,但最后仍点头答应,并从太仓拨出十万贯钱,与永乐拨的三万内帑一起凑够十三万贯,作为灯会之用。

转眼间便到了元宵节这天,及至申末,天色渐黑,午门城楼上却是华灯初上、一片璀璨。远远望去,但见星球莲炬、火喷梨花、飞丹流紫、花团锦簇,宛若天上宫阙,又似水晶世界。

遵照圣旨,皇室子孙、皇亲勋爵、大小九卿衙门堂官、五府都督、内阁辅臣、翰林词臣以及都察院御史、六科给事中等言官均上午门城楼陪侍,后宫嫔妃、长公主、公主以及命妇则身着诰服在端门城楼观灯。其余低品京官无资格登楼,便都聚在午门城墙前的临时看台上。楼上楼下上千号人,一片熙熙攘攘,把皇城烘托得热闹非凡。

酉时一到,午门前广场上九声炮响,一名内官尖声叫道:"皇上驾到!"旋即,午门城梯处传来一阵脚步声。众人循声望去,只见朱棣身着绯红色的天子常服,在黄俨、狗儿、江保、马云等近侍的簇拥下,精神矍铄地上得楼来。楼上,一众子孙朝臣立即跪了下去。

"众卿平身!"永乐伸手一虚扶,坐到早已准备好的龙椅上。众人这才起身,在御座左右两侧早已安排好的座椅上坐下。

鳌山灯会是由宫中操办,具体负责的是司礼监太监黄俨。此时见大家坐好,他遂凑到永乐耳边轻声道:"皇爷,可以开始了吗?"

永乐没有回头,只微微颔首。黄俨会意,立即走到楼前栏杆处,中气十足地朝广场大声喊道:"开灯……"

瞬时,鞭炮齐鸣、鼓乐大作。本来乌黑一片的广场顷刻间火树银花、星光灿烂。永乐与王公大臣们一起走到栏杆前观看,首先映入眼帘的是广场中间那座气势磅礴的鳌山灯。此灯山高十层,饰以金碧。山上灯如星布,吐翠璇玑,一片璀璨景象。

鳌山灯的两旁,是两条香风如梦如幻的灯街。无数皮、绢、纱、纸所制之灯,犹如万千浪花,曲折逶迤地绵延而下,汇聚成两条光芒四射的玉带。

灯会中的灯饰来自大江南北,有闽中珠灯、白下角灯、滇南料丝灯、杭州皮绢灯。灯的花样也极其繁多,有像生人物,如老子、美人、钟馗捉鬼、刘海戏蟾。花草之属,有葡萄、杨梅、柿子。禽虫一类,有鹿、鹤、鱼、虾、走马。更有奇巧一些的,如琉璃球、云母屏、水晶帘、玻璃瓶等。数百种形态迥异风采万千的花灯,直叫人目眩神迷。

"父皇！"永乐正倚着栏杆看得起劲，站在他左手旁第二位的朱高燧道，"这里看不清楚，咱们下楼去吧？"

永乐一侧目，见身旁的王公大臣们皆眼巴巴地望着他。永乐一愣，自失一笑道："燧儿说得是，既是观灯，自然要凑近了。"说着，他大手一挥，"诸位爱卿都随朕下楼！"

众人早就被撩得心直痒痒，都想到灯市里逛个够，只是永乐还在城楼上，他们也只能陪着。现在金口既开，大家皆是眉开眼笑，遂簇拥着永乐走下城来。

下楼后，永乐命其余人等各自赏玩，只带着朱高炽、朱瞻基、朱高燧以及三位阁臣直奔正中央的鳌山大灯。

这座主灯高达三丈，且自下而上有路可通。在黄俨的引领下，永乐等人顺着阶梯鱼贯向上。一路上，万千灯笼层层叠叠、流光溢彩，永乐兴致盎然地左顾右盼，不知不觉就已登到灯山顶端。

山顶是一个搭好的平台，从这里往下看，广场上人头攒动，到处都是欢声笑语。永乐手指下方笑呵呵道："都说当下是太平盛世，平日里还看不出来，今天这灯会一开，盛世风貌顿时尽显无遗。"

"此全赖父皇之功！"朱高炽赶紧拍了一记马屁。

永乐志得意满地点点头，又手指黄俨笑道："也多亏这奴婢办事得力，才有了今天这般盛景。如此说来，这永乐盛世，亦有你一份功劳！"

"皇爷折杀奴婢了！"黄俨口中谦虚，心中却比吃了蜜还甜。

永乐笑了笑，不再理他。他又将周围人张望一圈，忽然心念一动叹道："可惜广孝师傅和世忠不在了，他二人去世前，都有跟朕说起，最大遗憾就是看不到这新都盛貌。尤其是世忠，鼎移燕山，他是极力赞成的，临死前还念念不忘，说将来北京建成、举行鳌山灯会时，他的魂魄定会前来赏灯，也不知这时来了没有。"

姚广孝和金忠分别在四年前和六年前去世。永乐朝的左班文臣中，他二人一直最受器重，圣眷之隆远胜过当下最得宠的杨荣。而且他二人从始至终都对迁都北京充满了热情，这也是永乐这时想到他们的原因。

永乐突然感伤，众人心中俱是一沉。朱瞻基反应快，赶紧笑道："两位师傅早已转世，魂魄怕是来不了了。不过他二位既牵挂新都，没准就投胎在北京城中，只是皇祖父不知道罢了。说不定过二十年，他们就金榜题名，再入朝堂侍候您老人家呢！"

永乐一愣，发现自己的感伤有些不合时宜，也笑道："再过二十年，这天下就是你做主了,朕到那时只怕早躺进长陵了!"

杨荣见永乐句句不离个"死"字,觉得太不吉利,赶紧把话题岔开:"陛下,在这上头待着也没意思,咱们到下面灯市里逛逛吧!"

"算了,朕一去,周围一大片的人都得退避。臣工们辛苦一年,难得有这么个欢快时候,朕就不扫他们兴致了!"永乐先是点头,又摇摇头对杨荣他们几个阁臣笑道,"上元佳节,你等饱学之士岂能没有诗赋?走,回五凤楼,各把佳作奉上!"说完,他便笑着走下灯山,重新返回午门城楼。

待到御座上重新坐定,永乐朝三个阁臣一笑道:"三位学士谁先来?"

早在参加灯会之前,三人便知肯定又要奉旨作诗,因此都已打好腹稿。此刻永乐问起,他们均从容不迫。三人中,杨荣、金幼孜二人长年随侍永乐,现已升任文渊阁大学士;而杨士奇一直辅佐太子,又在永乐十二年一度下狱,故官职上稍低一些,现在仍只是翰林院学士,所以他便不吱声;而金幼孜虽与杨荣官职相同,但圣眷却稍逊一筹,他也不作声。杨荣见他二人情状,便知无可推脱,只得干笑一声道:"那臣就先献丑了!"说完,他佯作构思片刻后道——

> 禁苑东风暖,青霄月正中。
> 鱼龙千队戏,罗绮万花丛。
> 云峤祥光丽,星桥宝炬红。
> 太平多乐事,此夕万方同。

"嗯,华丽端正,堪称佳作!"永乐品味片刻,微微颔首,说完便将目光投向金幼孜。

金幼孜捋了捋胡须,婉婉道——

> 鳌山高耸架层空,万烛烧春瑞气融。
> 星动银河浮菡萏,天垂琼岛绽芙蓉。
> 行行彩队穿华月,曲曲鸾笙度好风。
> 自是太平多乐事,君王要与万方同。

"此作绘景栩栩如生,与今晚灯会之状更为贴切!后两句略一改动,比杨荣的又平添几分气势!"永乐又作了点评。

现在轮到杨士奇。他的诗词文章不仅在翰林词臣中,就是放眼天下士林,也是当之无愧的第一。此时见永乐瞄来,他胸有成竹地一笑,随即朗朗道——

　　绿映鳌山近紫霄,王正嘉节属元宵。
　　九衢星斗珠灯灿,一统乾坤玉烛调。
　　处处阳和融动植,家家欢乐合笙箫。
　　臣民仰戴君恩泽,万寿齐天祝帝尧。

"好!"杨士奇一咏完,永乐当即大声喝彩道,"杨士奇文辞冠绝海内!论雍容典雅,此诗与杨荣、金幼孜之作相仿佛,但诗意却更为生动。"

"陛下过誉了!"杨士奇曲身一揖。

永乐满意地点了点头,想到杨士奇现在仍只是个学士,便道:"杨士奇多年辅佐太子,劳苦功高,自今日起晋左春坊大学士,仍兼翰林院学士之职!"

杨士奇没料到一首诗竟然把官位又提了一级,心中顿时一喜。不过他仍保持着一贯的宠辱不惊的态度,只不慌不忙地跪伏于地道:"谢陛下!"

"起来吧!"永乐笑着一虚扶,杨士奇从地上爬起,这时杨荣和金幼孜也笑呵呵地向他道贺。三人作诗时,其他翰林词臣也相继上楼,见此情状亦都纷纷上前献艺,五凤楼上顿时好一番热闹。

待过了好一阵,诗会接近尾声,永乐觉得有些乏了,遂起身笑道:"你等都正值盛年,朕却垂垂老矣,精神是不行了。今日便就到此,你等自去观灯,朕先回宫了!"

见永乐要走,一众子孙朝臣忙又跪地恭送。这时黄俨还在城下灯市里忙活,永乐遂领着狗儿、江保、马云三个下楼,在一群小内官的簇拥下登上舆驾,向后宫而去。

永乐本是想直接回乾清宫歇息,走到半路,一阵寒风吹过,他又清醒不少。待到乾清门时,他忽命停舆,然后从舆驾上下来对江保和马云道:"你等先回去,狗儿陪朕去后苑走走!"

"皇爷,外面天冷,还是回宫里吧?"马云毕恭毕敬道。

永乐大手一挥道:"朕戎马一生,何惧些许寒风?你不必聒噪!"

听永乐这么说,马云便不敢吱声了。永乐领着狗儿绕过乾清宫,沿着甬道向宫后苑方向走去。

宫后苑位于玄武门与坤宁门之间，是新建紫禁城时专门开辟的一处花园。不过紫禁城刚刚落成，虽然宫殿已基本建好，但一些犄角旮旯之地尚有待完善。像这宫后苑，眼下假山池塘小径都已成模样，但花草之类尚未来得及栽植，需等到开春后再行增补。不过这并不影响永乐的兴致，进入空旷的苑中，没了高楼殿宇的遮挡，反倒让他觉得十分舒畅惬意。

主仆二人来到池塘边，但见水中明月倒悬，水面光洁如镜。永乐见此景，感慨道："想当初朕刚到北平就藩时，这里还是前元旧宫。当时朕游览元宫，所到之处皆一片萧索，景致较这尚未竣工的后苑也都差了好多。"

"皇爷看到的还是装扮过后的！"狗儿笑着插口道，"奴婢是王爷就藩后进府的，之前都是在旧北平街头瞎混。王爷就藩前，当时的北平布政司特地召了好多人把里头清扫了一遍，奴婢也跟着混了进去。那还是奴婢头一回进皇城，皇爷您觉得元宫破败，可在奴婢看来，这简直就跟龙宫一般，回去后还想着将来要是能在家里住上一天，就是死了也够本了。哪知没多久奴婢就跟了皇爷，从此别说元宫可以随时出入，后来连南京紫禁城都住了好些年。现在再回北京，这里居然已经有了一座新皇城，以后奴婢天天都能住在里头。现在再回忆当年那点子念想，就觉得那时候的自己跟井底之蛙似的！"

"哈哈哈……"狗儿的话让永乐放声大笑，声音中带着几分自豪。他不仅改变了狗儿的命运，更改变了千千万万大明子民的命运。从这种改变中，他再一次品尝到了身为王者的畅快。他坚信，自己一手推动的这些改变会使大明在未来的岁月中越发强盛；而他本人的励精图治、开拓进取，会因为这种繁荣昌盛而光耀千秋。

激动过后，永乐又平静下来。这时又一阵寒风吹过，他感到身上关节有些微微发痛。这是多年戎马生涯、长期风餐露宿落下的毛病。这几年，随着年龄的增长，头痛、恶风、骨节酸痛等种种症状逐渐出现，这让他十分难受。既然症状发作，那就应该赶紧返回温暖的房中。不过今天永乐心情甚佳，这时仍意犹未尽，不想因为这点子小毛病搅了兴致。于是他将身上的裘衣紧了紧，对狗儿道："走，咱们沿着这湖塘逛逛！"

"是！"狗儿答应一声，随即上前搀住永乐，主仆二人沿着池塘边的小路慢慢前行。

走了一阵，一座巨大的假山出现在眼前。这时朔风越来越大，永乐见假山下有个山洞，便决定钻进去避避风。二人走到洞口正欲进去，忽然里面传来一阵喘气之声。

永乐与狗儿面面相觑——这种大冷天,这禁苑荒洞中竟还有人。片刻,狗儿反应过来,正站直了准备喝问,忽然里面传来了说话声。

"快些,快些!"先传出来的是一个女声,话语间还带着几分娇喘之气!

"姑奶奶,小声些,被人听到可就坏事了!"紧接着是一个男人声音。宫后苑地处内宫,一般男人不可能进入。而这个男音明显尖厉,所以应该是个宦官。

女人又说话了,语速越来越急切,而且显得颇为兴奋:"这时候哪会有人来这里?你放宽心,赶紧加把力。"

"小姑奶奶,俺的手都使酸了。"

"那你倒过来,用你那三寸舌头,啊……"女人起劲地说着,忽然一声惊呼,紧接着浪叫连连,声音越来越大。

狗儿站在洞口,里面动静听得清清楚楚。到这时他已经明白,这里头待着的一定是一对偷欢的菜户。

所谓菜户,又称对食。皆因历代皇宫内都蓄有大量宫女,这些女子年纪轻轻就进入宫掖,从此与外间隔绝,再无出宫之日。作为宫人,她们不能像普通女人那般谈婚论嫁,唯一的希望就是能被皇帝宠幸,进而成为嫔妃。但宫女成千上万,皇帝却只有一个,想"承沐圣恩"简直比登天还难,甚至绝大部分宫女从进宫起,直至老死宫中,连皇帝的面儿都见不着。

宫女也是人,也有七情六欲,到了年纪难免也春心萌动。但后宫除了皇帝,再无其他男人,她们要发泄欲望,只能另寻他法。于是有些宫女甚至失宠的嫔妃便想办法从宫外弄些淫具进来,晚上一个人时聊以自慰。而更有甚者,便把目光瞄准了一群特殊的人——宦官。

宦官本是被去势之人,但在这深宫中,除了皇帝和他们,再也没有其他男人。宫女们为满足欲望,便只能找他们将就。而宦官虽然被阉了,但毕竟也是男人,于是,宦官与宫女便自然而然地走到一起,结成菜户,像普通夫妻那样过日子。而在房事上头,宦官虽无命根,但好歹还有个男人身子,手口并用,也可勉强凑合。

按理说,宫女亦是皇帝的女人,宦官与宫女结菜户,这绝对是杀头的勾当!可许多皇帝对此睁只眼闭只眼,从不过问。但这种放任是因人而异的,要是碰到在意的皇帝,那绝对是龙颜大怒。

狗儿是知道永乐脾气的。此时听得洞内情况,顿时心知不妙。他回过头一瞧，发现永乐果然一脸铁青，双眼进射出愤怒的火光。

"啊……"就在这时，洞内女人发出一声满足的尖叫。紧接着，男人嘿嘿笑道："如何？俺舌头上的功夫还不错吧？"

"你这冤家！"女人娇嘤一声，又一叹道，"可惜你下面那玩意不中用，不然就更好了！"

"你也太贪了，俺那东西要是有用，哪还能进得了宫？"顿了一顿，男人又道，"外面灯会也快结束了，你赶紧回寿昌宫吧。不然娘娘回来见不着人，没准就得发怒了。"

寿昌宫是内廷西后宫之一，现在住着的是朝鲜国进献的美人吕氏。狗儿听这内官要宫女回寿昌宫，便知她十有八九是吕美人宫里的。狗儿见永乐脸色越发不佳，正准备冲进去捉奸，里头女人的声音又传出来。

"别急，再在我身上压一阵子！"宫女似乎拉了男人一把，然后道，"娘娘没那么快，现在正和徐夫人打得火热呢！再说了，今天徐夫人肯定又给她塞了不少宝贝，她这时乐都来不及，哪还顾得上我？"

"那也得小心些，万一要是她查出咱俩的事发作起来怎么办？"

"她敢！"女人不屑道，"她收定国公家珠宝的事，我一清二楚！她要敢把我怎么样，我就把这件事抖出来，到时候皇爷肯定千刀万剐了她！"

听到这里，狗儿吃了一惊，再看永乐，他也是满脸惊愕。

这时女人继续道："徐夫人这两年少说给娘娘送了几万贯的宝贝，就想求她在皇爷身边吹吹枕头风，好让定国公坐上实授都督的位置，这都是通过我去搭的线。娘娘现在只会把我哄着，哪敢寻晦气？"

永乐这时候已经完全明白了。定国公徐景昌是徐增寿的嫡长子，当年徐增寿为靖难立下大功，结果在最后一刻被建文击杀，永乐追封其为定国公，并命徐景昌袭爵。过了几年，徐景昌年纪渐长，遂请求永乐准他入仕。永乐也有意栽培，授其中府都督佥事实职。孰料这徐景昌正经本事没有，吃喝嫖赌倒是样样在行，还仗着其父功劳骄横放纵。不到两年，弹劾徐景昌的奏本就多达二三十道。见徐景昌实不像话，永乐也十分恼火，但因徐增寿之故又不忍责罚，遂给了他一个左都督的虚衔。哪知徐景昌犹不知足，还想谋取军府掌印的实缺。而更让永乐没有想到的是，徐景昌竟把脑筋动到了后宫里头。

自打权妃去世后，永乐未再专宠哪个嫔妃。但出于对权妃的眷念，他对同样来自朝鲜的几个嫔妃宠爱要多一些。这个昌美人在后宫中位分不高，但圣眷尚可,永乐每个月总有那么一两天在她宫中留寝。这时听了这个都人的话,永乐细细想来,这吕美人确实拐弯抹角地提及过徐景昌的好处!

后宫不得干政,这是太祖定下的铁律!大明开国至今,无论是当年的孝慈高皇后,永乐本人的皇后徐仪华,甚至是建文的皇后马氏都从来不敢干政。这个吕氏不过是个小小的美人,她竟敢收受徐景昌贿赂。想到这里,永乐恨得牙齿咯咯作响!

狗儿一直在观察永乐神色,此时见皇爷满脸狰狞,便知他已愤怒到了极点。狗儿不再犹豫,撩起袖口便冲进洞内,只听得一阵惊呼之声。转眼工夫,一对衣衫凌乱的男女便被狗儿提了出来。

永乐恶狠狠地盯着眼前这对男女,目光犹如两道凌厉的刀锋,似要将他们割成两半。两人被狗儿突然抓获,已是大惊失色,此时再见到皇上,立知大祸临头,只跪在地上不停地磕头。

"把你等名字和职守报来!"永乐阴森森道。

"奴婢鱼三,是惜薪司掌印!"内官首先回答。

宫女畏畏缩缩一阵后也回道:"奴婢柔儿,是吕娘娘的贴身侍女!"

闻言,永乐怒极反笑道:"鱼和肉?倒也绝配,难怪会厮混到一起。"

"奴婢该死!奴婢该死!"鱼三从永乐的话语中感觉到了杀气,当即吓得魂不附体,"宫里有好多下人都结了菜户!奴婢见着一时迷了心智,才做出这等事来!皇爷饶命啊!"

永乐对鱼三的讨饶充耳不闻,只对那柔儿喝道:"你刚才所言吕氏收受定国公贿赂,是真是假?"

柔儿露出一丝犹豫,但见永乐恐怖神色,又吓了一跳,赶紧叩头道:"奴婢所言句句是真!"

永乐脸上浮出一丝杀机,他瞄了一眼狗儿沉声道:"先把这两个贱人关到内官监,再带几个人把吕氏给朕押到乾清宫来!"说完,也不等狗儿回答,便气呼呼地去了。

回到乾清宫,永乐便直奔御书房。过了小半个时辰,狗儿领着吕氏进来了。吕氏已从狗儿口中得知了抓她的原因,此时见得永乐,顿时吓得三魂皆散,六魄全无。永乐刚一发问,她便将与徐景昌夫人暗中交结,收其珠宝,并承诺为她丈夫说项的经过一五一十招了。永乐听后怒意满胸,立即下旨将她打入冷宫。狗儿领命,招来两个强力内官拽住吕氏就要往外拖。

"此事由江保去办，你先留下！"永乐阻止了他。

待吕氏出门，永乐命狗儿将房门关好，方一脸阴郁地道："皇后去世后，这后宫是越来越没规矩了。都人与宦官私通，简直是毫无羞耻。自三保出海巡洋后，内官监便一直由你代领，看来你这个掌印也未尽责！"

狗儿一听，吓得魂飞魄散，当即一骨碌跪倒在地叫道："奴婢有罪，请皇爷开恩！"

"起来！"永乐抬了抬手，示意狗儿平身，"你管着司设监，又时常随侍御前，内官监那边顾不过来也情有可原，朕不怪你。不过刚才那个鱼三也说了，对食在后宫甚为普遍，此类淫风绝不可长。明日起你便替朕好好整治后宫，凡有对食者统统都给朕揪出来。此等寡廉鲜耻之徒，朕定要给他们点厉害瞧瞧！"

闻言，狗儿的心咯噔一跳。对食在宫中几乎是个公开的秘密，就是各宫嫔妃对此也都是心照不宣，只瞒着永乐一人罢了。狗儿也是内官，知道内官和宫女的苦处，虽然他本人对女色并无兴趣，但对结菜户这事也表示认同。现在宫里结成菜户的男女少说有大几百号，据说连司礼监太监黄俨暗中也和在尚仪局的女官魏清玉勾搭在了一起。眼下永乐命他整治对食，要遵旨照办的话，不出三日，整个后宫的都人、内官就会被他得罪个遍！狗儿虽然对永乐忠心耿耿，但想到此事的后果也不由得心生畏惧。

不过狗儿也无法拒绝。且不说这是内官监分内之事，他无道理推脱，就是刚才永乐那"未尽责"三个字就已经让他心惊肉跳好一阵子的了。狗儿在心中把那个鱼三和柔儿骂了无数遍，要不是他们胡找地方乱来，自己又岂会摊上这等晦气事？可骂归骂，圣旨既出，由不得他说个"不"字。无奈之下，狗儿只得咽下口唾沫，躬身道："是！"

"还有，徐景昌暗通后宫一事毕竟只是吕氏一面之词，你明日再派人去定国公府上，看看他有什么话说！"

"皇爷是叫奴婢奉旨问话？"

永乐本想说是，但又转念一想，这徐景昌就是个不知天高地厚的二愣子，自己派人去问话，他承认倒也罢了；万一他一犯浑抵死不认，那事情就棘手了。本来，因着徐增寿的缘故，就算徐景昌真贿赂了吕氏，永乐也想着训斥一顿，下不为例就算了。可要是他在奉旨回话中不认，那就成了欺君。出于维护皇帝权威，那时永乐就是再心有不愿，也需重重罚他，这又让永乐心有不忍。思虑再三，永乐摇摇头道："话先不要问！既然徐景昌夫人送的都是珠宝首饰，那她贴身的侍婢十有八九会知道。你派几个精干的人暗中逮到她的侍婢问个清楚,然后再去问徐景昌,如此他便抵赖不得!"

狗儿又是一惊。永乐此举可谓用心良苦,其目的是要回护徐景昌。可真要这么做的话,他可就情况不妙!徐景昌不敢怨永乐,但肯定会把他这个经办者恨到死处!现在仅一个后宫就已经够让他头疼的了,要再惹上徐景昌这位世袭公爵,那他就再也别想有好日子过!

不过他还是有办法脱身的,想了想,他干笑一声回道:"皇爷,定国公是外臣,要是奉旨问话,奴婢当然是去得的。但要是去抓他家的丫鬟,这由奴婢出面怕不合适!"

永乐一愣,随即笑道:"也是,那你传话给锦衣卫指挥使贯义,把这事交给他去办!"

"是!"推掉这麻烦差事,狗儿心头一宽,赶紧答应,随即行礼告退。

狗儿走后,永乐靠在椅子上想了半晌,旋自言自语道:"锦衣卫管不了后宫,内官监又不能干预外事,难怪这吕氏与徐景昌能肆无忌惮地勾结!这个口子该如何堵住呢……"

狗儿没有听到永乐的喃喃自语。出乾清宫后,他立刻去了内官监,把少监尹庆从被褥中叫了起来,将永乐的意旨跟他说了。尹庆听完,也觉得这事麻烦不小。两人叨咕了整整一宿,总算想到了一个办法。

接下来的一段日子,狗儿与尹庆秉承旨意在后宫摆开架势,大肆搜捕对食男女。一时间,深宫大内鸡飞狗跳,那些平日里卿卿我我的菜户们犹如惊弓之鸟,惶惶不可终日。就这么闹了几日,见动静差不多了,狗儿才将所擒之人的供词整理成卷,拿到乾清宫复命。

狗儿进入乾清宫御书房时,正巧贯义也在陈奏徐景昌勾结吕氏之事,除永乐外,太子、太孙还有杨荣、金幼孜、杨士奇亦在一旁随侍。见狗儿进来,永乐示意他稍等,待贯义说完再行禀报。

贯义的陈奏简洁明了。他接旨后,趁徐景昌夫人的贴身侍女珠儿外出之机将她捕回北镇抚司,不费吹灰之力就吓得她招供。拿到供词后,贯义私下找到徐景昌。徐景昌见铁证如山,无可抵赖,只得老实承认。贯义轻轻松松完成任务,这便进宫向永乐缴旨。

听完贯义陈奏,永乐没有表示,只挥挥手打发他出去,完后端起案上茶杯呷了口茶,才问狗儿道:"对食之事查完了?"

"查完了！"狗儿答应一声，遂小步上前，恭恭敬敬地将手中卷宗呈上。

永乐接过卷宗翻开看了一阵，眉头逐渐微微皱紧。半晌，他将卷宗放到案上问道："怎么才二十来对？那个鱼三不是说有好几百口子吗？"

"鱼三被皇爷抓了现行，或是想把数目报得大些，好来个法不责众。"狗儿赶紧解释。

"法不责众？朕看不是。你所查之人大都是普通火者，上得台面的太监和少监是一个也没有。像此等事，多半是上行下效。上头的人要不带头，这些小火者又岂敢如此嚣张？"永乐摇摇头，突然眨眨眼笑道，"你这厮，当年在藩邸时就一肚子鬼主意，本以为年纪大了会变得端正肃谨些，不想还是一肚子坏水！朕看你是怕得罪人，所以才敷衍了事吧？"

被永乐说破心思，狗儿顿时一惊。不过再一回味，永乐口气并不严厉，措辞中甚至带着些戏谑之意。他心中稍安，旋不好意思嘿嘿一笑道："皇爷目光如炬，一眼就看穿奴婢的难处！不过也并非奴婢全不尽力，这其间也确有不便之处！"

"哦？有何不便？"

"皇爷有所不知，这对食其实也是看人的。地位越高，越容易找到伴儿，也更方便搭伙儿过日子。而这些人中，有许多都是娘娘们身边的人。奴婢要是抓他们，首先得娘娘们点头。可这些人平日都深受娘娘们宠爱，风声传开后，都躲到娘娘们的宫里不出来。内官监只管内官，娘娘们都是主人，奴婢就是有天大的胆子，也不敢去东西六宫要人哪！"

狗儿说完，便一眨不眨地望着永乐。其实他这话里含着两层意思，如果永乐顾及后宫嫔妃的体面就此罢手，那是最好不过。退一步说，就算他仍要坚持追查，在听了这个解释之后，至少也该再下道明确的旨意，约束后宫嫔妃不得干预此事。有了这道圣旨做护身符，至少嫔妃们不会把怨气撒在他身上，就是那些被揪出来的内官，对他的怨恨也会少一些。

不过永乐却未作任何表示，听了狗儿的解释，他沉思半晌后才道："你先回去吧，此事容后再议。"

这"容后再议"究竟是指就此不了了之，还是仅暂时搁置，将来还要继续？狗儿望向永乐，却见他没有解释的意思，只得将疑惑埋进肚子答应一声，随即行礼告退。

狗儿出门后，永乐对朱高炽一笑道："还真叫你言中了，狗儿这厮真与他的诨号一样，生的就是副狗性子，改不了吃屎的习惯！"原来在贯义和狗儿进宫前，朱高炽便跟永乐说追查对食最得罪人,把这事交给狗儿,他十有八九会耍滑头。永乐当时还不信,这时终于得到印证。

朱高炽赔笑一阵道:"其实狗儿并非有意糊弄父皇,他后面的话还是很在理的。他毕竟是内官,不仅要听陛下的,还得听后宫各位娘娘的。别说这等事他没法办,就算他真的办了,那他也没法在宫里待了!"狗儿是燕藩时的老人,几十年相处下来,深得朱高炽宠爱,他有些担心永乐会因此责罚狗儿。

"你所言其实朕几天前便想到了。今日召你等前来,也正是为了此事!"永乐顿了一顿,又补充一句,"还有徐景昌暗通后宫的事!"

众人闻此言,以为永乐要议对二事的处置意见,忙端正身姿静待永乐发问。不料永乐却道:"我大明开国至今已近一个甲子,各项制度,按理说亦应完备。但经此二事后,朕却发现其中仍有缺失。若不亡羊补牢,将来必生祸患。"

"缺失?"众人面面相觑,不明永乐所指。

永乐伸出两根手指头,掰下一根道:"第一,徐景昌暗通后宫一事,从发生至今已有两年,这其间徐景昌夫人多次向吕氏行贿,朕竟毫无察觉,若非此次碰巧撞到下人偷奸,怕是还要蒙在鼓里。之所以如此,自有有司不察之过,但朕细细想来,根子上还是制度有失所致。朝廷于外廷设置三法司和锦衣卫,以惩治不法;宫中则上有皇后统驭六宫,下有内官监管制内官都人。但在这内外勾结上头,却无一专门衙署可治。法司和缇骑不得过问内廷事务,而皇后和内官监又只管着后宫,凡涉外廷之事绝不能干预。久而久之,两方都各扫门前雪,在防范内外勾结上头都有松弛,也力有不逮!"

听永乐这么一说,朱高炽他们想想也确实如此,于是都微微点头。

"第二,就是刚才狗儿提到的难处!"永乐正说着,觉得右臂的肘关节又有些酸痛,遂将臂膀扭了扭,才继续掰下第二根手指头道,"内官监管着内官都人,但上头又有嫔妃压着。嫔妃要是有皇后约束还好些,但若皇后患病或者性子偏弱,则难免有人胡作非为,而她们手下的内官都人也会狐假虎威。这些年中宫之位空缺,权知六宫的昭献贵妃又长年卧病在床,直至去年七月薨逝,其间对后宫事务少有过问,以致宵小横行。而内官监惹不起上头的嫔妃,遂就容忍迁就、得过且过。这对食的淫贱勾当之所以泛滥,此亦为一大根由!"

永乐讲得头头是道,朱高炽他们听得也是连连点头,但接下来的话却是石破天惊:"为维护祖训,杜绝内外勾结,整肃内宫纲纪,朕决定于锦衣卫外再设立一缉事衙门,由内官督之,直接听命于朕。至于衙门的地址,朕已经选好,就在东安门外,官署名称便叫东缉事厂。"

"什么!"在场众人皆是一惊。

杨荣首先反应过来,他立即起身跪下急促道:"陛下,内官不得干政,此亦是祖训!今使内官掌缉访刺探之事,恐与祖训不符。且既为缉捕侦查,免不得需招募大量精明能干、武艺高强之人为役,这几同于让内官掌兵!宦官掌兵,而且是在京中,这可是国之大忌,陛下务请三思!"

杨荣的分析十分中肯,而且除其明言之理由外,他敏锐地意识到这东缉事厂几乎就是锦衣卫的翻版。锦衣卫职掌侦缉,监视百官,已经让官员们心惊肉跳,要再加上一个东缉事厂,那天下受酷吏迫害之程度又会大大增加。只不过用酷吏监视百官,是皇帝控制百官的手段,虽然对官员有害,但在皇帝看来却十分有效。杨荣知道这个理由不会被永乐接受,故没有讲出来。

仅杨荣讲出口的道理便已足够充分。他话音方落,朱高炽也拱手奏道:"杨师傅所言有理。唐朝末年,宦官掌神策军,权倾天下,不仅百官受其胁迫,就是天子废立甚至天子性命都由其操控。宪宗为陈弘志弑,敬宗为刘克明弑,其余数帝亦都受宦官胁迫。此皆为殷鉴也,还请父皇明察!"

"皇祖父不可为防后宫干政,而为宦官专权埋下祸根!"朱瞻基也跪下进谏,杨士奇和金幼孜亦都跪了。

见众人一副焦急之态,永乐先是一愣,随即失笑道:"看把你等吓得,朕是那么糊涂的人吗?待朕把话说完,你等便可明了。"

听永乐这么说,众人洗耳恭听下文。

永乐又端起茶杯啜了口茶,方从容道:"朕已经想好了,这东缉事厂虽由内官督之,但一应番役除少量选自内官以监视后宫外,其余大部皆出自锦衣卫,东缉事厂虽可调用支配,但无升赏黜罚之权。此外,东缉事厂职权仅限于缉访,一应审讯羁押,凡涉外朝者交由锦衣卫北镇抚司,涉及宫中则交内官监,处置之权则由朕亲掌。如此一来,朕既可以闻知下情,又可避免内官借此坐大,岂不两全其美?而且东缉事厂之设还可以分锦衣卫之权,锦衣卫独掌侦缉大权,又不受三法司制约,日子久了难免会欺上瞒下,万一其落入宵小手中,甚至会借缇骑之力兴风作浪。四年前的纪纲谋反,就是前车之鉴!这几年来,朕一直在想如何才能管好锦衣卫,使其既可为朕之鹰犬,又不致养虎为患。还多亏了近几天发生的这两件事让朕有了启发,设立东缉事厂,可以监视锦衣卫,而由于其无直辖之兵,故又不可能作乱,所以是有益无弊!"

听了永乐的话,朱高炽和朱瞻基顿时明白:这东缉事厂只能支配缇骑做事,而不能控制锦衣卫中人事。既然东缉事厂提督不能掌兵,那对皇帝当然没有威胁。而且,东缉事厂还可以起到监视锦衣卫的作用!当初纪纲协助朱高煦倾陷东宫,最后甚至起兵谋反,这些事至今在他们脑海中记忆犹新,所以对分锦衣卫之权,他们也是打心眼里同意。有了这些计较,再加上永乐一开始时提到的杜绝嫔妃与外臣勾结,整肃内宫纲纪两个好处,他们再三思虑后,对此官署的设立已逐渐倾向于认可了。

朱高炽和朱瞻基认可,三位阁臣却截然相反。尽管永乐自认为对东缉事厂的设置十全十美,阁臣们仍轻易地看出了其中的弊端。东缉事厂与锦衣卫的关系中,前者毫无疑问处于支配地位。东缉事厂设立后可以监视锦衣卫,但那又有谁来监视这个东缉事厂呢?只有皇帝本人!如果皇帝放纵,东缉事厂提督完全有可能和锦衣卫沆瀣一气,照样欺上瞒下,照样兴风作浪!永乐所谓的互相牵制,是将缉事之权一分为二,如此一来,除非东缉事厂提督和锦衣卫缇帅都心存反意,否则不可能再像纪纲那样凭一己之力犯上作乱。但与此同时,既然东缉事厂和锦衣卫都肩负着监视外臣的相同职责,那这个新衙署设立后,外臣受酷吏之迫必将比今日更甚。阁臣也是外臣,他们当然不愿见到这种情况发生。

而除了看得见的迫害之外,外臣还面临着一个看不见的威胁。东缉事厂之设是有损有益,其中得益的是皇帝,受损的是外臣。永乐此举,除了刚才的那些理由外,其实还暗含着借此机会进一步增强皇权的用意。

华夏天下,向来是君与士大夫共治。但这两方孰强孰弱,全要靠各自的能耐去争。这种争斗通常不会直接摆上台面,而往往是伴随着各种机缘或事端产生。在设立东缉事厂这件事上,永乐既然出了招,外臣除非敢抗旨不遵,否则就必须在遏制君权方面另寻理由。而阁臣们的理由只有一个,就是皇帝有可能管不好这个东缉事厂提督。

阁臣们这时候才明白他们为什么会被拉进这场讨论中来。本来,东缉事厂之设无涉外朝,大臣们无权过问,永乐只需和朱高炽、朱瞻基他们商量便足矣。而永乐之所以叫上三个阁臣,无疑是想通过他们来窥视外臣的反应。如果连三个阁臣都找不到合适的理由反对,那其他外臣也无法置驳。永乐便可放心大胆将东缉事厂设立起来,外臣就是心有不满,也无可奈何。

三位阁臣大眼瞪小眼,皆是哑口无言。永乐见他们神色,心中顿时有了底,遂呵呵一笑道:"既然你等皆无异议,那此事便就这么定下。过两日朕便下旨,设立东缉事厂！"

东厂之设既定，接下来要讨论的就是东厂提督的人选。既然无法阻拦设立东厂，那三位阁臣只能退而求其次，希望这位首任提督是个持正之人。不过在这一点上，阁臣更无决定之权，甚至连建议的权力都没有。三人能做的只有眼巴巴地望着永乐，静待其决定。而在此过程中，三人心中充满了忐忑，生怕这位老皇帝再找出一个跟纪纲一样德行之人来。

"至于这东缉事厂的提督，朕也已想好人选………"永乐有意耽搁片刻，才不紧不慢道，"就由狗儿充任！"

三位阁臣不约而同地松了口气。现在内监中地位最高的是内官监太监郑和，不过他奉命督师巡洋，肯定不会出任东厂提督。郑和以下，就数司礼监太监黄俨和代领内官监的司设监太监狗儿地位最高。狗儿武艺高强，人又机灵，由他出任东厂提督本是顺理成章。不过就在片刻之前狗儿对永乐耍了心眼，虽然永乐并未怪罪，但是否会因此影响到东厂提督的任命就不好说了。刚才三位阁臣一直在担心，永乐会命黄俨出任提督。黄俨一直跟赵王打得火热，而经过唐赛儿一事后，三位阁臣皆对赵王心生警惕。要是把东厂交到他手上，那后果就不堪设想了。

狗儿虽有些鬼机灵，但品性一向端正，这一点杨荣他们甚为放心。而且，狗儿一直和东宫走得近，他掌控东厂，不管是对东宫还是文官都是有利无弊。听过永乐的话后，杨荣立即将目光投向朱高炽和朱瞻基，见他二人虽面无表情，但眉宇间却都隐隐透着几分喜色，想来对这个人选也是十分满意。

"狗儿这厮，总喜欢跟朕耍滑头！"众人正暗自盘算间，永乐又说话了，脸上还挂着一丝若有若无的笑意，"这次朕让他提督东厂，他就可以名正言顺地办差，看他还敢不尽心。徐景昌的事就算了，宫里头那些淫贱货色，一个也别想漏网！"

"皇祖父说得是！"朱瞻基笑眯眯地出言应和。此时的他心中十分快活，狗儿的这一任命给他提供了一个绝妙的机会，长期盘桓在心中的一份隐忧终于有了解决办法，他一本正经道，"东厂设后，一定能刹住宫中对食淫风。"

第十六章

逆天道内外勾结 焚三殿毁尸灭迹

夜幕降临后,黄俨换上一身普通内官的衣服悄悄出了皇城。出东安门后,黄俨折向东南,沿着大街走了一小阵,便来到了十王邸。这十王邸沿着与北京紫禁城同时开建,供各藩王入京觐见时所居。十座王府沿着皇城依次排开,其中最南的一座便是赵王朱高燧的府邸。黄俨走到赵王府附近,却不直奔王府大门,而是专门绕了个道从王府南面的小侧门进府。进入府中后,他在一个小火者的引领下直奔后院书房,待推开门进屋,朱高燧、赵府承奉杨庆以及蒙着面纱的史复已经等候在里面。

"王爷救救奴婢!现在狗儿在后宫严查对食,好多宫人都被抓进了内官监。再这么查下去,迟早会查到奴婢头上。奴婢惹不起东厂,唯一的指望就是王爷您了。"黄俨一边说一边流泪,情状甚为悲切。

他这次确实是急了。本来,他是司礼监掌印太监,在内官中的地位仅次于郑和。自打永乐三年郑和出使西洋后,他就一直是宫中内官之首。这些年,他的日子过得十分舒坦,平日里大肆收受贿赂不说,还把尚仪局司仪司的典乐魏清玉钓到了手。这魏清玉是女官中数一数二的美人,生得花容月貌,人见人怜。当年永乐都曾一度想把她收为妃嫔,只是虑着她是籍入宫中的建文罪臣后人,才没有付之行动。黄俨得此佳人,简直是乐不思蜀,夜夜笙歌。可没想到好日子正过得起劲,永乐却下旨严查对食,还设了个东厂来经办此事。

黄俨作为司礼监掌印太监,虽然地位颇高,但与东厂提督并无上下级的名分。而且东厂直接听命于皇帝本人,狗儿和他的交情也稀松平常,这更让他觉得麻烦不小。

黄俨自打燕藩时起就开始侍候永乐,圣眷其实很不错。但此次永乐查处对食的决心相当之大,而他作为对食之人中地位最高者,一旦被查,那就算永乐心有不愿,也只能从重处罚,否则不足以服众。他左思右想,只能来求朱高燧,希望这位皇三子在永乐面前给自己讨个人情。

"黄伴伴快快请起!"朱高燧起身上前将黄俨从地上扶了起来,又把他按到旁边的红木椅子上坐了,自己才回案后椅子上重新坐下,随即陷入深思。

黄俨是赵藩在宫中的最大奥援,对他朱高燧当然要想尽办法相助,只是他此时所忧虑者还不仅仅是一个黄俨。

一直以来,朱高燧都和宫中内官打得火热,除了黄俨,还有许多内官和赵藩有着或多或少的往来。这些人承着赵藩的照顾,同时也将宫中所听所见源源不断地告诉朱高燧,对他揣摩父皇的心思起到了极大的作用。迁都北京后,原先留守行在的内官也全部并入二十四衙门,朱高燧起初还以为自己在宫中的势力会由此变得更强,孰料父皇刚在新宫城住下,就掀起了一场查禁对食的风波。这些天下来,已经有大几十口子被关进了内官监监狱,其中有好些都是和赵藩往来多年的熟人。这样一来,他在宫中的耳目急剧减少,消息也不再像以前那么灵通了。而且缉捕仍在继续,将来还不知有多少人会身陷囹圄。何况就算此风结束,有狗儿提督东厂,以后再要唆使内官吃里爬外也变得十分困难,赵藩在宫中的臂膀面临着被彻底斩断的危险。

怎么办?朱高燧绞尽脑汁思考着:直接去找狗儿肯定不行,这小子打小就和大哥亲近,他多半不会买自己的账。去求父皇也有不妥,自己虽是皇子,但早已受封。作为一个藩王,自己根本无权干预内宫事务。现在去求父皇,简直就是此地无银三百两,送上门让父皇怀疑自己和内官勾结。左思右想,他仍无计可施,只得把希冀的目光投向史复。

史复垂着脑袋沉默不语。自打被朱高燧"招揽"后,他比在汉府时更加孤僻,平日里几乎不出府,也甚少接触除赵王亲信以外之人。而且,即便是在王府中,他也整日蒙着面纱,绝少以真实面目示人。朱高燧也怕被有心人认出史复的身份,也赞同他的这种做法,并严禁闲杂人等靠近他居住的厢房,就连他自己除非有大事相商,也轻易不来。要不是今日之事太过棘手,他都不打算让史复出现在黄俨面前。

半晌,史复终于抬起头,用幽邃的目光盯着朱高燧道:"王爷,这次怕不仅是缉捕对食这么简单。依在下看,说不定有人想假公济私,趁机寻王爷晦气!"

闻言,朱高燧蓦然惊觉。其实他一直都觉得有些奇怪,这对食在南京皇宫和行在旧宫都甚为风行,凭什么这次被捕入狱者中有近半之多都是原先行在旧宫的内官。原先他还想着这可能是因为狗儿是从南京皇宫迁过来的,对昔日同僚有所照顾,但现在听了史复的话,他突然意识到这里头或许另有隐情。迁都前自己在北京留守多年,行在旧宫的内官皆视自己为主,现在虽然自己已不再担任留守,旧宫内官也归入二十四衙门,但这么多年的主仆之情却是无法抹杀的。狗儿此举,如果真是另有图谋的话,那目标只能是自己。

　　"狗儿是东宫的人,太子和太孙可不希望宫里的内官和您打得火热。"史复轻飘飘又是一句。

　　朱高燧有些明白了。史复的分析不无道理,这次很有可能是东宫借缉捕对食的机会铲除自己在大内的势力!而如果真是如此,那就说明东宫已经注意到了自己。他顿时打了个寒噤,又有些心存侥幸道:"本王处事一向小心,从未像二哥那般和东宫直接冲突,大哥没理由注意到本王啊?"

　　史复一哂道:"若要人不知,除非己莫为。殿下既然有夺储之意,那纵然万般谨慎也难保不会露出马脚。何况卧榻之侧,岂容他人酣睡?您在这北京城经营多年,气候已成。现在朝廷迁都于此,有您这么一位势力盘根错节的亲王在,想来东宫也难以高枕无忧!"

　　朱高燧的脸色有些发白,史复的话虽然有些危言耸听,但也十分在理。若果真如此,那事情就更麻烦了,现在已经有好些人落到东厂手中。如果东宫有心,完全可以在他们身上玩些花样,将矛头对准自己!思及于此,他顿时一阵紧张:"行在旧宫内官与本王关联甚深,如果先生推测是真,那大哥会不会拿他们做文章,说本王私结宫中内官?"

　　史复略一思忖,摇摇头道:"应该不会。虽说藩王不该和宫中内官往来,但您的情况特殊。您留守北京多年,行在旧宫事务由您主持,和内官有些情分也属正常。这一点,东宫找不出茬来!"

　　听得此言,朱高燧顿时松了口气,可紧接着史复的一句话又让他全身绷紧:"可要是牵扯到南京过来的人,那就不好说了!"

　　朱高燧又是一惊。确实,自己在北京这多年,和当年行在旧宫的这批人有关系完全说得过去,但把手伸到南京皇宫那就说不通了。而且与行在旧人不同的是,自己交结的南京宫中内官大多是位高权重之辈,像黄俨、江保都是父皇的心腹内侍。此外,当初自己对行在旧宫内官施恩,存的是未雨绸缪的心思,想待迁都后再让他们发挥作用,现在迁都北京才区区数月,这批人在宫里还没成大气候,所以就算被东厂抓住也没什么。可黄俨、江保这帮人可就不同了。十多年来,自己就是靠着他们才探听出无数宫中机密。如果缉捕对食之风继续蔓延,使这帮人也锒铛入狱,那严刑拷打之下,他们没准就会竹筒倒豆子,把和自己私下里做的那些勾当吐露出来,这些事要被拿到父皇那里可真就麻烦了。他想得心惊肉跳,顿时把目光对准了黄俨。

见朱高燧望向自己,黄俨知其心意,赶紧起身跪下道:"老奴侍候殿下三十年,就算五马分尸,也绝不会说一句您的坏话!"

"黄伴伴忠心耿耿,本王岂会不知!"朱高燧立做感动状上前将他扶起。其实对黄俨心志,他也不能完全断定,不过眼下作此姿态肯定是必需的。待黄俨起身,他信心满满地拍拍胸脯道,"黄伴伴放心,只要有本王在,狗儿就别想动你一根汗毛!"

史复面无表情地看着面前二人惺惺作态,半晌方淡淡道:"其实黄公公没什么好担心的,你不会有事。"

"哦?"史复这话一说,朱高燧还没怎么,黄俨却是又惊又喜,赶紧客气地问道,"先生为何会这般肯定?"

史复嘿嘿一笑道:"黄公公在内官中也是威风八面的头面人物,一举一动自有无数双眼盯着。你和魏清玉的那点子事就算藏着掖着,又岂会无人知晓?只不过佯作不知罢了。现在狗儿抓了好几十口子,其中肯定就有知道内情的,只要东厂番役一上刑,他们肯定会把你这个头儿给供出来。所以,没准皇上早就知道你的勾当。只是你是燕藩老人,皇上顾念旧情,不想把你扯进去,所以压住不提罢了。"

史复这话带着几分揶揄之意,可在黄俨听来却犹如天籁之音。待他说完,黄俨心头一宽,不过仍有些顾忌道:"万一狗儿是引而不发呢?"

"哈哈哈……"史复放声大笑道,"他引而不发,只能证明他也明白这事拿到皇上那也扳不倒你,所以索性不提,免得与你伤了和气。既然狗儿都明白你在皇爷心中的分量,那你自己还杞人忧天做什么?"

"嘿嘿……"黄俨不好意思地笑着,脸颊犹如一朵绽放的菊花。其实他也觉得凭自己的圣眷,皇爷不至于这么绝情。只是这事毕竟牵涉到身家性命,惊慌之下他难免乱了阵脚,这才急不可耐地来寻朱高燧。此时听了史复条理清晰的分析,他心中顿时大安,紧绷多日的神经也终于放松下来。

黄俨如释重负,朱高燧却不能安然无忧,史复接下来的话又将他的心提到了嗓子眼:"不过其他人就没黄公公的好命了。现宫里内官中,原行在旧宫的不到两成,其余都是从南京迁来的。可东厂抓的对食之人中,这两处几乎平分秋色。如果这暗含着东宫清洗我赵府势力的意图,那王爷在南京内官中的线人迟早也会相继被发现。到时候别说赵府在宫中的势力会被一铲而尽,铁证如山之下,王爷被冠上个'窥伺宫掖'的罪名也是很有可能的。"

"那本王该怎么办?"朱高燧脱口而出。

"上中下三策!"史复十分干脆地伸出三根手指头。

"哪三策?"

史复眼光一寒,淡淡道:"上策:趁迁都未久,北迁京卫将士水土不服之机,纠集旧部逼宫,诛太子太孙,逼皇上逊位。"

"什么!"朱高燧倏地从椅子上蹦起,满脸惊慌地摆手道,"这不行!"

"为何不行?王爷召在下入幕,不就是为的此事么?"史复反问道。

"话虽如此!"朱高燧擦擦额头上的汗水,"可逼宫非同小可。现仅北京城内就驻着二三十个卫所,再加上京畿和附近边塞,总兵力不下三十万!本王仅有三护卫,就算加上那些老的行在京卫旧部也不过十卫。凭此举事,兵力不足不说,只要父皇出面登高一呼,我部立刻就会土崩瓦解。"

史复继续撺掇道:"可现在不动,将来机会更加渺茫。待朝廷在北京安定下来,肯定会逐步削弱王爷势力。"

"那也不能如此鲁莽,此事需从长计议!没有万全把握,不可轻动!"朱高燧将头摇得跟拨浪鼓似的。

"这种事怎么可能有十足把握?"史复苦笑连连。这位赵王和汉王性格完全不同,朱高煦是典型的武人,本身不谙谋略,但只要下定决心,便敢不管不顾地干到底。史复入其幕,正好可以弥补不足。而朱高燧正好相反,这位皇三子思虑之缜密、计议之周详虽不能说出类拔萃,但在永乐的三个儿子中也算佼佼者。可惜的是,此人优柔寡断,缺乏成大事者所必需的果决和胆识,史复在他手下远不如在汉府时畅快。只不过他之所以入赵府,一多半是受其胁迫,所以就算觉得朱高燧难成大器,但也无法袖手而去。

史复的目光中明显透露出恨其不争的意思,但朱高燧只当没看见,他一挥手不容置疑道:"临渊羡鱼,不如退而结网!谋定而后动,方是正理!"

就怕是时不我待!史复暗中嘀咕,但面上也不再争辩。

朱高燧接着道："先生且将另外两策说来！"

史复无可奈何地咽了口唾沫，继续道："下策：王爷主动上奏请求就藩。只要您离开北京，便就算勾结宫中之事被发现，东宫因着您已放弃争储，多半就会既往不咎。至于皇上那边，更就不用说了！"

"那不行！"史复一说完，朱高燧便断然否决，"东厂这次是不是针对本王都不一定呢！本王这就归藩，未免也太杯弓蛇影了。再说了，二哥犯下那么大的罪也不照样还是藩王？既然就藩能被当作后路，那真到那一步时再做此计较不迟。"

史复知道朱高燧不会轻易放弃，所以此策也就是一提罢了，遂道："那便只有中策了。咱们可以想个办法，让皇上放弃追查对食，这样王爷在宫中势力便可保全！"

"这倒不失为稳妥之策。可是父皇整肃后宫之意甚坚，想让他放手怕是没那么容易吧？"

"眼下已是三月底，马上就要入夏。立夏一过，北京雷雨便就多了起来。咱们可以借此天时，给皇上送份迁都大礼。"史复脸上露出一丝阴笑，见朱高燧一脸迷茫，遂将腹中想法说了出来，末了得意扬扬道，"上天震怒，看皇上还敢不敢为所欲为。"

史复说完，朱高燧立时面白如纸，他呆若木鸡般立了许久才讷讷道："这也太狠了吧！多年心血毁于一旦，这对父皇可是致命一击啊！"

"非如此不足以使皇上罢手！何况……"史复嘴角浮出一丝狞笑，意味深长道，"要他真就一命呜呼那反而更好。皇帝暴卒，朝中又人心浮动，殿下正好火中取栗，打东宫一个措手不及，一举鼎定乾坤！"

朱高燧目瞪口呆，半晌，他突然上前揪住史复衣领怒喝道："杀不尽的建文奸臣，你这是要借本王之手，为朱允炆报仇！"

"王爷放手！"史复一把将朱高燧的手架开，毫不畏惧地望着他那张扭曲的脸，"您要这么想，在下也无话可说。不过就算如此，可最后也是您赚了大头！"说着，他回到自己的凳子前坐下，一字一句道，"在下只是建言，是否采纳，全由王爷决断！"

狂热、畏惧、愤怒、贪婪，各种表情在朱高燧脸上不停变换着。过了一盏茶工夫，他才默默走回案后坐下淡淡道："先把第一步做成，其他的事以后再说！"说完，他又把目光对准黄俨，和颜悦色道，"黄伴伴，这事还需你相助！"

黄俨猛地一哆嗦，豆大的汗珠从额头上滴落下来。这些年，这位大太监没少给朱高燧通风报信，但今天史复所言之事太过骇人。别说黄俨一向处事谨慎，就算他胆大如斗，想到此事失败的后果也不禁汗如雨下。见朱高燧死死盯着他，黄俨越发胆寒，犹豫了许久方嗫嚅道："王爷，这可是要凌迟的啊！"

"黄伴伴！"朱高燧一脸无奈道，"本王也是没有办法，不如此，我赵藩这次难逃大劫！"

史复却不似朱高燧这般温和，见黄俨畏惧，他冷冷一哼道："你和我赵藩是一条绳上的蚂蚱！赵藩要倒了，你也没有好下场！"

"可是……"黄俨被逼得都快要哭了。

"黄公公！"史复重重地叫了一句，又语重心长道，"公公也该为自己的将来想想。皇上已经六十二了，一旦他驾崩，太子登基，你该是何下场？"

黄俨一下子面如死灰，迟疑许久，他无可奈何地一咬牙道："也罢，老奴这次就为王爷豁出去了！"

"黄伴伴高义！本王感激涕零！"朱高燧大喜，赶紧上前一把抱住黄俨的臂膀鼓励道，"你别担心，咱们好好谋划，必能万无一失！"

用过晚膳后，永乐在乾清宫御书房与朱瞻基叙了会话，又和随侍的杨荣下了两盘棋，待亥时一过，便打发他们告退。二人出去后，江保凑上来道："皇爷，今夜要不要去哪位娘娘那？"

永乐望了望窗外的天空，但见黑云密布，星月无踪，遂摇摇头道："算了，明天还要上朝。叫马云把香汤准备好，朕沐浴后便就歇了。"

"是！"江保答应一声，随即推门出去。永乐从书架上拿起杨士奇编的《历代名臣奏议》翻了会，待马云进来回禀香汤备好，才在他的侍候下进入澡房。盥洗过后，永乐穿了件轻薄的绸衫返回暖阁休息。

进阁后，永乐命马云将蜡烛灭了出门，自己躺在舒适的卧榻上一时睡不着，便在脑海中梳理近期的朝政。

经过数月的喧嚣和忙乱，朝廷终于步入正轨，各大衙门开始有条不紊地处理公务，从南京迁过来的贵戚官吏们也在北京城里扎下了根。尽管私下里还是有不少人怀念烟雨秦淮的富庶和繁华，但永乐相信，随着岁月的流逝，这些人终将习惯燕赵的朔风。

随着朝廷的迁入，北京城内的营造也接近尾声。为了这次规模浩大的建设，天下投入了巨大的人力和财力,甚至引发了山东的白莲教之乱。不过,这一切终于告一段落了。工程结束后,大批工匠可以回乡安居乐业,户部也可以卸下一笔沉重的负担。而这座耗尽心血打造的大明新京,将大大改变天下的气运。每次,当永乐乘坐舆驾走出乾清门,看着巍峨庄严的奉天、华盖、谨身三座大殿,心里都有一种说不出的激动。

不过,辉煌的背后也总有着扰人心烦的忧患。当初二征漠北时,永乐本是打算在重挫瓦剌之余也趁机扫荡漠北,间接削弱阿鲁台,从而造成瓦剌和鞑靼二部皆弱的局面。但在击败瓦剌的过程中,永乐却发现沈文度向瓦剌走私精铁,进而察觉到朱高煦有谋反之意,于是不得不提前班师。而明军退兵后,阿鲁台趁瓦剌元气大伤之际东山再起,接连对其发动猛攻,掠夺了大批人口牲畜。鉴于早年狂妄自大的教训,这次阿鲁台乖觉不少。他一边攻打瓦剌,一边毕恭毕敬向明朝称臣纳贡,并严禁部属袭扰大明,以避免再度引起朝廷不满。

对阿鲁台的小算盘,永乐也清楚。只是一来其持礼甚恭,二来这些年开运河、修报恩寺、建武当道观、营建北京,工程是一个接着一个;交趾连绵不绝的叛乱和郑和下西洋也极大消耗了朝廷的财力,所以永乐也不想再和鞑靼开战,于是就睁一只眼闭一只眼。正是朝廷的这种慰抚,使阿鲁台得以夺回漠北霸主的地位,而几年生聚下来,鞑靼实力大有恢复,对朝廷也逐渐不再恭敬。今年初,鞑靼使臣脱脱木儿入朝纳贡,竟在边境劫掠行旅。消息传回北京,永乐从中察觉到阿鲁台态度的变化,立即敕谕阿鲁台约束部属。

现在去鞑靼的使者尚未返回,也不知阿鲁台是何态度,永乐不由一阵心烦——阿鲁台就是一头桀骜不驯的草原狼,当初除恶未尽,给了他死灰复燃的机会。现在,鞑靼已经重新壮大起来,如果阿鲁台就此翻脸,那自己要不要再征漠北呢?如果不征,那朝廷不仅威风扫地,阿鲁台骄横之下,没准越发下定决心南侵中国。可要是征,那又将大大消耗国力。百姓为营建北京已经辛劳有年,现在亟须生息,再征发他们,必致民怨沸腾。

"难啊!"躺在床上,永乐不由发出一声叹息。这些年他宵衣旰食,励精图治,好不容易打造出一个皇皇盛世;可要将这盛世局面延续下去,便由不得他有半分懈怠。他今年已经六十二岁了!这两年来,他已显露出精力不济的迹象,发须也变得花白。他不知道寿命还有多久,但只要他还是天子,他就必须扛起这副担子,为大明的千秋基业殚精竭虑。

要是阿鲁台老实,就再容他两年。但若他胆敢冒犯朝廷,那无论如何也不能手软。思计再三,永乐终于在如何应对鞑靼上下定了决心,他顿时轻松不少,继而困意上涌,终于慢慢进入梦乡。

"轰隆隆……"不知过了多久,忽然天空响起一声惊雷,将睡梦中的永乐炸醒。他迷迷糊糊睁开眼,嘴里不知咕哝了句什么,又翻身继续睡去。

"轰隆隆……"又是一连串的雷声。入夏时的北京时常会有雷雨,永乐在北京住了近二十年,对此早已习以为常。不过今夜的惊雷似乎来得特别猛,不仅声音大,而且连绵不绝。永乐又睁开眼望向窗户,虽然窗门紧闭,但隔着窗户纸,仍能看到外面不断闪耀的电光。

"雷声大雨点小,老天怎么也喜欢玩这骗人的把戏?"永乐侧耳听了一会,并未听见雨声,又打趣似的叨咕一句,准备闭眼再睡。可就在这时,窗外隐隐传来一丝火光。

"有地方被雷击中了吗?"永乐斜躺在床上,将音调提高了几分喊道。

没有人应声。而外面的火光越来越大,雪白的窗户纸上满是火光闪烁投下的影子。这下永乐睡不着了,他一骨碌从床上爬起,正准备穿鞋,暖阁的门被推开,马云慌慌张张地跑进来叫道:"皇爷,不好了,奉天殿着火了!"

"啊!"永乐一惊,也顾不得穿鞋,直接跑到南面窗前,推开窗门往外瞧,只见乾清宫宫墙外的不远处火光冲天。

"不好了!华盖殿也走水了!"紧接着,窗外又传来一阵叫喊声。永乐面色大变,一把推开拎着鞋过来的马云,光着脚丫子便冲出暖阁。

当永乐冲到宫门前的丹墀上站定时,前方乾清门外已是漫天大火,大量的黑烟冲天升起,将整个宫廷笼罩在一片烟雾中。永乐正惊魂未定,一个小火者跌跌撞撞地跑到跟前,跪下指着后方叫道:"皇爷,谨身殿也着了,三大殿全着了!"

天哪!永乐只觉一阵头晕目眩,几乎就站立不住,马云赶紧上前将他一把搀住,焦急万分地叫道:"皇爷!皇爷!您怎么了?"

"朕没事!"永乐摇了摇头,指着前方声嘶力竭地叫道,"还愣着干什么?赶紧去救火!"

"是!"跟前的几十个内官大声答应,忙不迭地向乾清门外跑去。永乐目瞪口呆地站在丹墀上,又惊又急地望着前方。随着火势越来越猛,他的脸色也越来越苍白。

这时,江保从宫门外冲了进来,边跑边叫道:"皇爷,火势太大,一时半会怕是扑不灭了!乾清宫离谨身殿太近,您老人家得赶紧避避……"

"扑不灭?扑不灭你回来做什么?给朕滚去灭火,三大殿要烧没了,你等一个也别想活!朕的三大殿啊……"永乐如遭雷击,他绝望地叫喊着,忽然觉得胸中一股东西上涌,只听得"噗"的一声,一股鲜血从他嘴中喷出。

　　"皇爷!皇爷!"马云惊得魂飞魄散,赶紧冲着身旁的长随叫道,"快宣御医!快宣御医!"而就在马云大喊的同时,永乐只觉头晕目眩,双脚一软,整个人竟直直瘫倒在丹墀上……

　　大火烧了整整一夜。到第二日清晨,奉天、华盖、谨身三大殿已化为一片废墟。而伴随着三大殿的灰飞烟灭,永乐也大病不起。

　　三大殿是北京紫禁城最核心的部分,从永乐四年开始筹备,到永乐十四年正式开工建设,再到十九年落成,这其间朝廷投入了大量的人力物力。在永乐眼中,这三座恢宏壮丽的殿宇就是大明的象征,也是记录他功业的丰碑。可没承想,在它落成未满一年、启用不过三个月时便化为灰烬,数以百万贯的钱财打了水漂,多年的心血化为了泡影。而除了殿宇本身的烧毁,更让永乐震惊的是三大殿被毁的原因。尽管还没有最终的结论,但从起火时的环境判断,基本上可以肯定是受雷击所致!三大殿是大明的象征,它们在一夜之间被雷电击毁,这对永乐的精神造成巨大的打击!难道是天象示警?难道自己真的做错了什么才招致上天的谴责?永乐仔细回顾了这些年的作为:论勤勉,自己绝不逊于古代任何帝王;论功业,下西洋、复安南、征漠北、拓东北、修大典、疏运河,一手缔造永乐盛世。可为什么一个堪称千古楷模的帝王却在人生的最高峰时遭受到上天如此严厉的惩罚?他无论如何也想不明白,继而陷入深深的迷惘和痛苦当中。

　　永乐在床上躺了三天三夜,这期间,一众儿孙及外朝重臣陆续前来问安,但都被拒之门外。就在大家惶惶不可终日之际,第四天,一道口谕传出,命太子朱高炽、太孙朱瞻基、赵王朱高燧及杨荣、杨士奇、金幼孜三位阁臣进宫面圣。

　　众人接旨,赶紧前往乾清宫。尽管早有心理准备,但真见到永乐时,大家仍大吃了一惊。永乐躺在卧榻上,一脸萎靡之态,原本还只是花白的头发已在短短三日内变得雪白,那双炯炯有神的眸子现在也变得混浊暗淡。这哪还是那个气吞山河、威武盖世的永乐皇帝?这简直就像个已至暮年,行将就木的耄耋老者!

　　见皇祖父如此模样,朱瞻基心如刀绞,当即跪地哽咽道:"三大殿虽毁,将来再修起来就是了。皇祖父千万不要因此伤了龙体,那就因小失大了!"

　　"请父皇以天下为重,保重龙体!"

"请陛下保重龙体！"

朱瞻基说完，朱高炽和杨荣他们也纷纷跪地劝谏。

望着地上的一众儿臣，永乐挤出一丝笑容道："朕心里有数，一时半会还死不了！你等无须担心，都起来吧！"

众人听了永乐的声音，虽不复往日的洪亮威严，但中气还是颇足，心中稍安，又纷纷从地上爬了起来。

待众人站定，永乐命马云将自己扶起坐在卧榻上，又接过一碗参汤饮下，接着娓娓说道："此次大火，朕深受震撼。这几天朕日夜思索，以为此次三大殿遭雷击致毁，实因朕治世有不当之处，以致上天震怒！"

"皇祖父，三大殿大火是意外，雷击毁物乃常有之事，皇祖父切勿自责！"朱瞻基又出言宽慰。

永乐摆了摆手继续道："三大殿乃庙堂所在，建成数月便遭雷击焚毁，朕岂能以意外视之？朕既为人君，自当感应天命，顺天自省，否则祸患更甚！今日召你等来，就是商讨弥补之法。你等有何见解，可畅言无忌！"

众人面面相觑，却无一人吱声。永乐见状，以为大家不明其意，遂解释道："既为上天示警，则必是朕德行有亏。朕思之，或是敬天事神之礼有所懈怠，或是祖发有戾而政令有乖，或是小人在位贤人隐遁而善恶不分，或是刑狱冤滥及无辜而曲直不辨，或是谗慝交作诌谀并进而忠言不入，或是横征暴敛剥削而殃及田里，或赏罚不当财枉费而国用无度………凡此种种，皆可能会有失当之处，你等可为朕说来！"

这下大伙都明白了。略一思忖，朱高燧轻声道："儿臣不管朝政，庙堂之事非儿臣所知。不过这两个月来，东厂在后宫查捕对食，前后入狱受刑者不下百人。儿臣想，内官都人行那苟且勾当，虽则有违律令，但究其实也出自人之本性。处罚太重，牵连太广，或有伤天和。故儿臣以为，莫如查捕一事便到此为止，被查者亦就此宽宥，下不为例也就是了。如此，也算是礼敬上天之……"

"胡说！"朱高燧还在陈述，永乐已不耐烦地大手一挥，"内官就不是男人，哪来的什么本性？其与都人私通，这才是违反天理。此等淫贼不除，无异于鼓励宣淫，礼仪人伦必将大丧。"

听永乐这么说，朱高燧吓得面如白纸，赶紧跪地叩首道："儿臣胡言乱语，请父皇恕罪。"

"起来吧！"永乐冷冷地说了一句，又转念一想，"你的本性之论虽无道理，但受刑之人太多也有伤天和，倒也称得上一说。这些淫贱之徒百死难恕，但值此上天震怒之际，人间还是少些戾气为好！这样吧，已捕之辈不必再审，直接按律处置。至于尚未落网者便就放他们一马，不再查捕，也算是朕礼敬上天之意。"

朱高炽本已失望，但听永乐如此处置，顿时转忧为喜道："父皇圣明。"

朱高炽喜出望外，朱瞻基却暗自叹息。现在东厂已经查到南京内官中，用不了多久，他就能通过狗儿把赵府在宫中的势力一铲而尽，可皇祖父在这节骨眼上却鸣金收兵了。不过他虽心有遗憾，但既然三叔把停止查捕和缓上天之怒联系到了一起，那他就不能再劝皇祖父坚持初衷了。

"炽儿所言是家事！"处理完对食一事，永乐又继续道，"区区一群宫人还不至于引得上天震怒，这里头肯定另有原因。你等都参与国事，且说来与朕听听。"

半晌过去，屋内鸦雀无声。其实众人并非对永乐的治国得失没有想法，但大家同时也明白，这位皇帝从来是一言既出，驷马难追。这开拓国策，绝不容他人置喙。现在永乐觉得遭了天谴，要求直言，可谁也不能保证一旦真的直陈政事之弊，其不会龙颜大怒。尤其是刚才，朱高炽刚引出个"人之本性"，想为内官都人求饶，便被永乐毫不留情地驳斥。宫中事尚且如此，那对国家大事就更不用说了。

见众人皆缄默不言，永乐眉头顿时一皱。杨荣眼尖，见皇上有不满之意，赶紧道："不识庐山真面目，只缘身在此山中。臣等久侍御前，要说失当之处，反不如其他人明白，还请陛下恕罪！"

杨荣之言，永乐也觉有几分道理，遂道："既如此，你下去后便替朕拟一道求直言诏旨，明日早朝时向百官宣读！"

"是！"杨荣答应一声又道，"陛下龙体方复，是不是再调养两日？"

"还调养什么！"永乐不耐烦地道，"国事芜杂，哪容得朕长久歇息？明日便就上朝！"

"是！"杨荣赶紧闭上了嘴巴。

这时，朱高炽露出一丝难色，小心问道："父皇，这早朝……不知定在何处？"

闻言，永乐稍稍一愣，随即反应过来——现在三大殿都已化为灰烬，别说常朝，就是大朝，诸王来朝、四夷来朝等各种仪式都没地方举行了。他顿时无比丧气，沉默许久才叹了口气道："为今之计，只有效法前朝御门听政了！从明日起，在奉天门门厅内设宝座，文武百官按品级职务于奉天门前厅两侧列队奏事。"

众人也觉得实在没有其他合适的地方，便都拱手应诺。自此，曾在汉唐一度实行的御门听政制度又在大明恢复，并一直延续下去。尽管后来三大殿得以重建，但大多数时候，明朝皇帝仍选择在奉天门听政。

商讨完常朝之事，众人便准备告退。就当朱高炽要领着大家行礼时，永乐忽然伸出一只巴掌阻止了他道："方才杨荣之言提醒了朕。不仅是你等，就是天下官吏也未必尽知民情，就是知道也未必会如实禀报。更有宵小之徒，上欺天子，下祸百姓，朝廷却受其蒙蔽而不得闻，久而久之，终至上天震怒！朕决定从吏部、都察院及六科中挑选精干官员若干，以吏部尚书蹇义为首，代朕巡行天下，安抚军民，兴利革弊，纠察不法！杨士奇出宫后可去吏部将此意转达给蹇义，让他先行预择巡抚人选，报朕定夺。"

这是一个整顿吏治、舒缓民怨的好法子，朱高炽他们听后均觉可行，于是都拱手称善。起初，巡抚只是临时差遣，但后来逐渐形成定制。而巡抚的职能权限也逐渐扩大，到明朝中后期已成为一地军政主官。

"此外，永乐十七年以前天下军民拖欠之税赋徭役等以及永乐十八年各受旱涝灾之地税粮一律蠲免！"

这道敕旨比遣官巡抚天下更为实惠。朱高炽他们一直对民间贫苦不堪的现状忧心忡忡，这几个月几次请求减免税役。但永乐念及漠北局势，一直都还在犹豫。没想到在三大殿大火之后，永乐终于点头答应。众人欣喜之下，皆齐声大呼："吾皇圣明！"

"朕要真是圣明，又岂会招致天谴？"永乐苦笑着摇了摇头，自言自语道，"唯愿这番心意能感动上天，恕朕之罪，朕就心满意足了！"

第二日，永乐求直言的敕旨在首次御门听政中正式下发。继而，犹如平静的水面突然坠入一块巨石，朝廷上下立刻掀起了波澜。

一直以来，朝廷中有大批官员对迁都北京持反对意见。虽然迁都已成事实，但他们依然幻想着能还都南京。只是，由于永乐意志坚不可摧，这些人虽有他心，但也只能私下里说说罢了。可现在，三大殿被焚，皇上下旨求直言，他们觉得机会来了。

与永乐一样，眷念南京的朝官们也认为三大殿被焚是上天降罪，但与他不同的是，这些人认定之所以会遭天谴，完全是皇上一意孤行，执意迁都北京所致。而作为大明象征的三大殿在启用仅仅三个月就遭雷击焚毁，正好印证了上天的不满。这个观点很有说服力，迅速在朝廷上下流传开来，许多原先对迁都北京态度中立甚至表示赞同的朝臣，在三大殿被焚后也逐渐改变了认识。大家都觉得,上天已经通过此举给了严厉警告,如果朝廷继续在北京待下去,或许接下来大明就将陷入无穷无止的灾难之中。

在这股传言的影响下,一股暗流涌动起来。在永乐下旨求言后的一段日子里,不断有朝臣上奏陈情。起初,他们还只是拐弯抹角提南京的好处,没多久,就开始极言北京道路险远,困弊不堪,运河沿线军民劳于转运,疲惫有加。虽然还没有谁胆敢直言还都南京,但字里行间对建都北京的不满,已是越来越明显了。

朝臣将三大殿被焚和迁都北京联系在一起,永乐还是有心理准备的。起初他出于鼓励进谏之虑,还对此温言褒奖。针对朝臣对粮草转运不便的抱怨,他甚至召来户部尚书夏元吉,谋划在运河沿线的徐州、淮安、济宁等地设置官仓,让百姓可以就近将粮运至彼处,以免其需直接运抵北京的辛劳。可让他始料未及的是,这种态度反而给那些反对迁都的朝臣们巨大鼓舞,他们见永乐如此,以为他畏于天意,态度松动。于是,在接下来的一段日子里,表达对定都北京不满的奏本蜂拥呈上,其中言辞激烈者甚至明言京师金陵乃太祖亲定,不应废弃,要朝廷还都南京。眼见形势愈演愈烈,竟有一发而不可收之势,永乐再也坐不住了。

这天下午,朱高炽正在文华殿和杨士奇叙话,马云忽然跑来禀道:"皇爷有旨,请太子爷速去乾清宫!"

朱高炽见马云神色慌张,遂问道:"父皇怎么了,召我所为何事?"

"奴婢也不晓得!"马云垂着脑袋道,"皇爷一直在御书房里批阅奏本,太孙和杨学士在里面随侍。批了一半,皇爷就突然发脾气,紧接着就命奴婢来宣殿下。"

"批阅奏本?"朱高炽一想,最近百官议论汹汹,多将三大殿被毁原因归咎于迁都北京,上的奏本也多涉及此事,想来是哪道奏本言辞过激,惹恼了父皇。可是这和自己有什么关系?难不成这里头牵扯到自己?思及于此,他猛地一惊,赶紧理了理衣冠,随着马云前往乾清宫。

刚进宫门,便听得书房里传来永乐愤怒的咆哮声,待进房门,只见他满脸怒容,杨荣和瞻基蔫着脑袋,一声不吭地站在书案前。

见朱高炽进来,永乐鼻子里喷出一股粗气道:"给事中柯暹,御史何忠、郑惟桓,此三人之职可是你所授?"

朱高炽不知何事,只得小心翼翼道:"回父皇,是儿臣授的。他们原先都是各州府的教谕,儿臣听闻他们才学兼优,心术端正,故在一年前授言官之职。"这几年,朱高炽逐渐开始主持部分朝政,一些普通朝臣他都有权任免。

"才学兼优，心术端正？"永乐冷笑一声，随即抓起案上一道奏本扔给他道，"你睁大眼睛瞧瞧，这几个家伙都写的什么东西？"

朱高炽心惊胆战地拿起奏本打开，略过前面的套话，一段触目惊心的文字映入他的眼帘——

> 董子曰："道之大原出于天，天不变，道亦不变。"太祖肇建大明，订立制度，以为我大明万世之道，后世子孙，莫不当遵奉。昔建文君矫改祖制，以致天下震动、民怨沸腾；陛下以维护祖制举义，践祚之初，一扫建文弊政，重叙洪武旧制，海内贤达闻之，莫不欣然称善。然观近年陛下施政，有违太祖之道多矣。安南为太祖钦定不征之国，然陛下征且纳之；生息乃太祖持恒之策，然陛下易之；金陵乃汉家渊薮，太祖依之以取天下，定为大明万世之都，然陛下弃之。今三殿被焚，实因陛下变太祖之道所致。故欲平天怒，当敬天法祖，罢废逆天之政，重回洪武正道，如此，方可安民意，慰天心……

看完这一段，朱高炽汗如雨下，惊得几乎晕厥。这不仅是要还都南京，这是要彻底推翻开拓振兴的国策！父皇操劳半生，缔造出现在的永乐盛世，用的就是开拓振兴的国策，而在这三位言官奏本中，父皇的这些作为全成了离经叛道之举，他完全可以想象此时父皇内心的感觉！

"怎么样？"永乐恨恨道，"看你提拔的好人才，竟说朕是背离天道。"

"父皇，儿臣有错，竟使此辈小子充斥朝堂，妄议是非……"朱高炽肝胆俱裂。

"岂止是妄议是非，简直就是颠倒黑白。于君王而言，天者，当指至仁至善之理，所谓天不变，是指仁善至理不变。而道者，乃指求仁求善之准则，即为中庸；道不变，乃是言中庸之道不变。至于治国之策，不过是将中庸践行于世之技法而已，二者各有所指，岂能混为一谈？此辈小子读了两本经书，自以为满腹经纶，却连天道究竟为何都不能知晓，也敢来信口雌黄，简直是岂有此理！"永乐愤怒地解释完天道，又对朱高炽道，"朕问你，当以何罪处之？"

"这……"朱高炽一下犯了难。其实，他虽然惊恐，但那只是惧永乐之威罢了，对柯暹他们的观点，他并不反对。与永乐不同，这位皇太子一直对开拓振兴的国策颇不以为然，在他看来，父皇这种无节制的连兴大举，直接导致了民生的疾苦，所以就其本心，他也颇想纠正父皇施政的偏失，回复到洪武朝休养生息的老路子上去。正因为存了这份心思,他这几年一直在网罗与自己想法一致的人才。柯暹这几个人,就是在这种背景下被他选中擢入朝堂的。只是按照他的计划,现在招这些人入朝只是为培养磨炼,待到自己登基后才会大用。他万万没有想到柯暹他们如此气盛,竟趁着这次永乐下旨求直言的机会就把改弦更张的主意全盘托出,而且言辞还如此激烈,这一下就把他逼入了死胡同。

现在朱高炽面前有两条路,第一是秉承父皇心意,主张严惩这几个言官,可这有违他的本心。可若不然的话,那就得顶撞父皇。他一直深惧永乐,今天他老人家又正在气头上,这时候跟他唱反调,肯定是自讨苦吃。犹豫不决之下,他索性拱手道:"儿臣愚昧,还请父皇圣裁!"

"此辈皆为你所选拔,既然有罪,便就由你处置。"永乐冷冰冰的一句又推回给他。

永乐坚决要朱高炽来定罪,这让他有些意外,但一旁的杨荣却已经明白了。一直以来,皇上和太子在国策上就存在分歧,此次柯暹他们联名上书,全盘否定开拓国策,皇上愤怒之余,也怀疑这会不会是受太子指使,毕竟这三个言官都是他一手简拔的。所以,皇上才会用这种手法来窥视太子心意。想清楚这其中端倪后,杨荣觉得事态严重。

本来,太子不认同开拓国策,这一点皇上也心中有数。但由于他性格仁弱,皇上相信他即便不满,继位后也最多只是做些修正,绝不至于废止。反正皇上已把希望全寄托在太孙身上,就算太子有所更张,等到太孙继位,他也会把大明拉回到皇上设定的轨道上来。但皇上的容忍有一个前提,就是太子更改国策的力度有限。如果他把开拓国策看得一无是处,继位后就彻底推翻,那就意味着这些年打下的基业全部付之流水。如果真是如此,那等到太孙继位时,即便他有心重启开拓,恐怕也会力有不逮。这种局面,皇上当然不能接受。现在,由于柯暹他们的冒失,皇上对太子产生了怀疑。如果柯暹他们的举动真是由太子授意,那只能说明太子对更改国策已经到了迫不及待的地步! 要真是如此的话,皇上对太子的认识就会彻底颠倒过来,那他这个太子之位能不能保住就真说不准了!

杨荣为太子感到担心,虽然他一直是开拓国策的支持者,但并不代表他希望朱高炽被废。一则杨荣身兼詹事府之职,对太子颇有了解,他知道这位太子虽有自己的想法,但也绝不是强横顽固之人,更不会断送永乐的千秋大业! 以太子的性格,他万无胆量唆使柯暹他们上这道奏本,只是皇上现在不这么想。

见太子仍懵懵懂懂不明就里,杨荣觉得有必要给他提个醒。略一思忖,他对太子道："柯暹、何忠、郑惟桓妄议朝政，污蔑陛下，若任由此辈肆行，恐后患无穷。殿下当严究其罪，以补先前失察之过。"

杨荣一个"失察"，便将朱高炽和柯暹他们撇清了关系；而"后患无穷"一句，又暗含警示之意。朱高炽也不傻，听后稍一思索，便明白了其中深意，心中不由一惊。事已至此，他也只得咽了口唾沫道："柯暹、何忠、郑惟桓居心叵测，当革除其职，永不叙用。"

听了朱高炽的决断，永乐紧绷的脸颊终于松弛下来。其实他只是想以此试探太子，并不是真要他定夺。现在既然太子的回答符合了他的心意，那他心安之后就要拿出自己的想法了："革职未免不合情理了些！"

"啊？"永乐这句出人意料的话不仅让朱高炽，连杨荣都大惑不解。就着皇上刚才的意思，分明是要严惩这三位言官。可为何片刻工夫过去，他又说"不合情理"？

永乐见他二人疑惑，遂解释道："他们都是言官，进谏乃其职守，本就不当受罚！何况朕在敕旨里也说得明明白白，百官可各抒己见，言者无罪！要真罚了他们，朕岂不是自食其言？"

"那父皇的意思是……"

"朕不仅不罚，还要嘉奖他们直言，升他们的官！"

"升官？"朱高炽和杨荣张大了嘴巴。

永乐冷笑一声道："三人敢于犯颜直谏，忠勇可嘉。朕决意擢三人为六品知州，外放交趾任职！"

闻言，朱高炽和杨荣恍然大悟。何忠、郑惟桓现是七品御史，柯暹则是八品给事中，将他们升为六品知州，乍听上去还真是奖掖。但问题是，他们任职之地是交趾。交趾是新收复的蛮夷之地，且叛乱不断，从来都被官员视为畏途，往往宁可辞官也不愿前往，前两年就发生过好几起新科进士因得知被派往交趾而直接抛弃功名打道回府的事。永乐把这三个人扔去交趾，分明就是整治他们，偏偏表面上还给他们升了官，丝毫没有违背自己在求言敕旨中的承诺！

永乐对这样的处置感到十分得意，他对杨荣道："你退下后即刻拟旨，明日便发给他们三个！这些个清流，既然整日以忠直自诩，那朕就让他们好好为朝廷尽忠！"说完，他脸上露出一丝戏谑之色。

朱高炽和杨荣心中苦笑连连，但表面上也只能拱手应诺。

事情有了结果，朱高炽和杨荣便要告退。就当他二人行礼时，马云突然跑了

253

进来道："皇爷,兵部方大人求见,说开平有紧急军报!"

"啊?"殿内君臣三人均是一惊。自七年前二征漠北后,边塞一直十分平静。现在开平突然传来紧急军报,这不是什么好消息!

想到近来鞑靼蠢蠢欲动,派去漠北敕谕阿鲁台约束部属的使者也迟迟没有回音,永乐的心顿时一紧,马上道："马上叫方宾过来!"

"是!"马云答应一声,旋跑了出去。朱高炽和杨荣听得此信,心中也是忐忑,遂留了下来。

君臣三人沉着脸等了一会,方宾进入房中,满脸紧张道："陛下,成安侯郭亮发来急报,朝廷使臣被鞑靼扣留,阿鲁台现正鼓动漠北各部,欲来年南侵中国!"说着递上一封军报。

永乐接过军报浏览了一遍,随即"啪"的一声拍案而起,恨恨道："给脸不要脸,阿鲁台活得不耐烦了!"

杨荣见永乐面目狰狞,一副怒不可遏之态,立即意识到接下来要发生什么。

果不其然,永乐将手中军报紧紧一捏,咬牙切齿道："朕迁都北京,为的就是要驯服这群反复无常的狼崽子,鞑子倒还真会挑时候!"接着,他指向马云大声道,"传旨,明日举行廷议,商议讨伐鞑靼! 朕的宝剑,要用阿鲁台的血来洗!"

第十七章

护国运雷霆万钧　推心腹祖孙畅谈

在安享了七年的太平后,大明的边塞再一次紧张起来。遵照永乐的旨意,兵部接连行文命长江以北各卫所的军士向北京集结,户部也开始在各地筹措粮饷。兵部尚书方宾亲自出京,查看边塞各地军械储备。永乐的旨意很明确,所有准备必须在年底完成,明年一开春,他便要带兵出塞,三征漠北。

到九月底时,方宾结束巡查,从山海关返回北京。此时永乐已出城到京畿一带检阅京卫,方宾进宫向朱高炽缴完旨,连家也不回,便到天街两旁的大九卿衙门一阵串门。待到户部衙门时,夏元吉正在签押房署事,听得皂隶禀报,忙出门相迎。刚到仪门前,便见方宾满脸愁容地走了进来。

"方大人来得正巧!"见得方宾,夏元吉拱手笑道,"得知你回京,我正欲与你约期会揖,没想到你就先来了!"

方宾干巴巴笑了一声,算是作答,随即道:"这里不是说话的地方,去你值房里谈吧。"

见方宾一副心事重重之态,夏元吉遂不再寒暄,直接将方宾引到值房,待下人上了茶,夏元吉将门关好后转身问道:"方大人前来所为何事?"

方宾掏出手帕擦了擦额头上的细汗道:"维喆,我来是想问你,这出塞的粮饷筹得怎样了?"

听得方宾之问,夏元吉先是一愣,继而发出一声叹息,摇头道:"难!这几年营建北京,已把户部的家底掏得干干净净。现在北京宫室虽已建成,但南京大报恩寺、湖广武当山仍在大兴土木,耗费无算;上个月郑和再次出使西洋,这已经是第六次了,一下子又用了一百多万贯;加上交趾战事一直反复,二十万大军粮饷供应全靠中原转运,这么多项加在一起,我收上来的那点子税银都来不及焐热就又流水般花了出去。这次皇上御驾亲征,命户部筹钱二百万贯、粮二百八十万石。可现在我满打满算,也只能筹到一半,剩下的一半实在不知到何处去讨。眼瞅着年底就要到了,到时候都不知道怎么跟皇上交差。大人没发现么,你出京这些日子我的头发都白了好些!"发完牢骚,夏元吉又顺势问,"你这次出京巡查结果如何?各镇军储可都完备?"

"军械辎重都还齐整,只是军心堪忧!前几年营建北京,边塞各镇军士亦有征发,去年底北京宫室建成后,大家都以为可以歇下了,没想到才过一年便又要出塞。我这些天走访各镇,所到之处诉苦声不绝于耳。而且自朝廷迁都北京后,有十来个江南卫所移驻边塞各镇,这批军士连塞上水土气候都还没来得及适应就要出征漠北,他们岂能没有怨言?而且……"方宾忧心忡忡地说到这里,觉得口渴,遂又饮了口茶继续道,"现在还有个大麻烦,就是缺马!两次出塞虽都获胜,但马匹损耗却十分惊人,现在各卫所蓄马匹连永乐七年时的一半都不到。七年前出塞,每名铁骑都可配两匹战马,现在如果不用驮马滥竽充数的话,最多也就能配一匹。没有马,在这千里荒漠上,怎能和鞑子较量?"

方宾娓娓道来,夏元吉听得越发心惊,待他说完后便道:"其实不仅是军心不稳,就是民心也同样堪忧!这些年北京大兴土木,砖土木石大半是通过运河调运,沿途百姓承担的漕运之役较永乐十五年前增了几倍!而且这几个省还有大批民夫在北京做工,几年下来大家都已疲惫不堪。如果再次出塞,少说又要征发十几二十万民夫,民怨沸腾之下,会不会激起乱子?去年山东白莲教乱,起因就是朝廷役使百姓太过,殷鉴不远,不可不慎啊!"

二人你一言我一语,尽诉对此次北征的担忧。方宾本是怀揣目的而来,此时见夏元吉亦牢骚满腹,他觉得火候已到,遂道:"维喆,我此次前来,是想跟你商议一事。"

"何事?"

"我是想咱们可否联名上奏,请皇上罢北征之意。"方宾沉声说罢,有些紧张地看着夏元吉,等待他的回答。

夏元吉没有吱声。其实从方宾的诉苦中他已隐约猜到这位兵部尚书的来意,而自己也对此次北征满腹牢骚,所以才会配合方宾大倒苦水。不过当方宾明确提出要奏请永乐罢兵,他却有些犹豫。

夏元吉是个勇于任事之人,知难而退不是他的做派。正因为如此,他才能在户部尚书的位置上一待就是二十年。这期间永乐干了无数大事,每一件都需要大笔钱财,户部面临的压力可想而知。而他之所以能支持到现在,除了度支方面的过人才干,这迎难而上的性格也是重要原因。这些年里,尽管户部好几次都陷入供应不敷的窘境,但在夏元吉的努力下,最终都还是能拿出银子来保证朝廷开销。如此杰出的政绩,使夏元吉获得满朝赞誉的同时,更收获了永乐的赏识。现在左班文臣中,除了日夜随侍御前的杨荣,就数他最受永乐宠信,而要论器重的话,他更是当之无愧的文臣之首。

可现在方宾要拉他联名上奏请永乐罢兵,这让他有些为难。皇上的脾气他是知道的,一旦决定的事几乎从不会更改。征伐漠北是几个月前就已定下的,而且此事干系甚大,在这样一件大事上头想让皇上临时改变主意,他没有把握。尤其是三大殿被焚后,皇上的脾气比以前暴躁了好多,处理起国事来也越发独断专行。他担心一道奏疏上去不但不能达到目的,反而会引得皇上勃然大怒。而且如此一来,他必会在皇上心中留下畏险惧难的印象,这是素来自负的他所不愿接受的。

见夏元吉迟迟没有反应,方宾有些发急。其实他之所以想中止这次北征,除了确实面临着巨大难处外,也有自己的一份考虑。一直以来,方宾在用兵方面都是十分积极的。只是近两年随着交趾局势的不断恶化,永乐在对交趾总兵李彬深表不满的同时,连带着对他这个运筹帷幄的兵部尚书也颇有意见。而现在,在察觉了军中的诸多隐患后,方宾更对此次北征的前景感到担忧。如果北征再劳而无功,甚至遭遇败绩,那他这个尚书就当到头了。方宾是个仕途心极强之人,他不想落得这个结局,所以想劝永乐罢掉这次出兵计划,至不济也先表明态度,省得永乐一番白费力气后再拿他出气。

不过作为兵部尚书,如果方宾单独上奏请求罢兵,肯定会招来永乐的震怒,所以他想多拉些重臣,既能增强分量,又能分担些责任,而夏元吉则是他的首选目标。这位大司农一直圣眷优渥,现在又和自己一样面临着难解的困局,如果他能加入,说服永乐的希望必将大增。又等了一会,夏元吉仍不表态,方宾遂道:"维喆,我知你一向尽忠王事。纵然你有通天之才,也是巧妇难为无米之炊。我问你,还剩三个月,你有办法筹到这剩下的款项和粮草么?"

夏元吉无言以对,虽然他在朝中有管仲再世的美誉,但毕竟没有点石成金的本领。这段日子他想尽了一切开源节流的办法,但仍是杯水车薪。可以说,现在他已是黔驴技穷了!

方宾继续劝道："既然筹集不到,那还不如现在就跟皇上明言,否则期限一到,皇上恐怕震怒更甚!"

方宾这句话说得在理,真拖到三个月后再跟永乐坦白,他不敢想象面临的后果!

见夏元吉似有所动,方宾心中暗喜,又道:"维喆素以苍生为念,倘果能说动皇上止征,那一应赋役皆可免除,百姓得以安居乐业,如此,亦是为天下做了一件大好事!"

刚才方宾是以一己得失相劝,而这里则是以公义相激,这句话戳中了夏元吉的命门。作为一名士大夫,他也有着极强的道德使命感,平生最尊崇范仲淹"先天下之忧而忧,后天下之乐而乐"的信条。这些年他掌管天下赋役,也时常为民间疾苦而扼腕,并在自己职权范围内尽可能周济民生。一开始时,他尚能将此二者兼顾得宜,但随着朝廷的摊子越铺越大,他逐渐生出力有不支之感。尤其是去年山东暴乱,消息传回南京,夏元吉曾抑郁许久,认定这是朝廷盘剥太甚所致。也正是从那时起,这位一直鼎力支持开拓国策的户部尚书开始怀疑皇上的步子是不是迈得大了些。现在海内财富虽然远超历代,但毕竟不是摇钱树,经不起这么无休无止的索取。本来,随着北京宫室的竣工,朝廷又黜免了天下历年积欠赋税,他觉得总算可以休养一阵子了。孰料没过几天,永乐又下旨准备北征!这段日子,夏元吉忙于筹措粮饷之余,也时常反思这些年朝廷的开拓之举。今天听了方宾的话,他再细细想来,越发觉得应该有所动作。他终于抛下顾虑,慷慨道:"听君一席话,胜读十年书。我虽不才,既位列公卿,就当为百姓请命。这道奏本,我愿署名!"

"维喆是真国士!"方宾伸出大拇指夸了一句,"吕克声和吴思正亦愿上奏。我四人联名,陛下必会有所触动!"

听说礼部尚书吕震和左都御史吴中亦署名,夏元吉更觉有底。他挺身而起,颇有气概地一拍手道:"好!此次我等齐心协力,定要让陛下收回成命!"

结束巡视返回京城后,永乐在第一时间看到方宾他们的联名奏本。当得知四位大臣要罢废北征之议,永乐先是意外,继而脸色一变对马云道:"把夏元吉他们叫来!"

一阵工夫过去,夏元吉、方宾、吕震、吴中四位大臣小心翼翼地走进了乾清宫御书房。进门时,四人心情都极忐忑,不过待进入屋内,见永乐虽面色冷漠,但并无震怒之象，大家才稍稍放轻松了些。

"你等上此疏，是为何意？"待四人行完礼，永乐手持奏本在半空中扬了扬，沉声发问。

四人的心不约而同地一紧。此事是方宾挑的头，奏本也是由他起拟，此时永乐发问，他便首先答道："陛下，眼下军心不稳，马匹短缺，臣等恐贸然北征，怕招致不测！"

方宾一说完，夏元吉也跟着言道："这些年朝廷屡兴大工，耗费钱粮无算，百姓连年受役，早已疲惫不堪。攘外必先安内，现我大明隐患重重，不宜再兴大兵，还请陛下明察。"

永乐脸上划过一丝犹豫。其实这次他出京巡察，也发现了诸多隐忧。方宾他们奏本里提到的那些事，他也有所察觉。此时四位重臣直言劝谏，永乐听了也觉得有些道理。再见方宾和夏元吉一脸恳切，他亦不免动容。但很快，他想到另外一件事，神情立刻又坚毅起来，冷冷一笑道："既然如此，那当初廷议时你等怎不加反对？现在北征筹备过半，你等再来说什么难处，这又是为何？"

永乐问罢，吴中和吕震倒也罢了，夏元吉和方宾的脸却是一红。其实当初廷议时，他们便心有犹疑，只是一来他二人一向都支持开拓国策；二来永乐近来脾气暴躁许多，廷议时的态度又十分坚决，他们都有些畏不敢言；三来则是他们当时也的确预料不足，直到开始着手筹备北征，两位尚书这才发现困难比想象的要多得多。沉默半晌，夏元吉拱手道："臣等当初未能明察，确有疏忽。但现既已明了，自当补救！"

"补救？"永乐不屑一笑，语带讥讽道，"朕看你等是见怕到时候完不成差事被朕怪罪，所以才想着让朕罢了北征之意。如此一来，你等也好逃过一劫！"

"皇上何出此言？"永乐的话让夏元吉感觉受到了侮辱，当即大声驳道，"吕大人执掌礼部，吴大人为左都御史，他们与北征军事并无直接关系。就算臣与方大人是为了一己之利，难道他二位也是为了这顶乌纱帽么？"

"这……"永乐一时语塞，半晌方不耐烦地大手一挥道，"行了，此事朕自有决断，你等不必多言！"

方宾胆小，见永乐语中已带着不悦，他顿时萌生退意，不过夏元吉却不然。刚才永乐的话，让他心里很有些恼火，而且所谓的"自有决断"明显是在敷衍，他觉得有必要再争一下，仍鼓起勇气道："敢问陛下，这自有决断，是否是指就此罢兵？"

夏元吉的不依不饶让永乐很有些意外,他瞪着这位大司农半晌后才沉着脸道:"谁说要罢兵了?鞑子豺狼之性,欲寇我大明,朕身为天子,自当出兵讨伐!"

夏元吉苦口婆心道:"可现在朝廷难处太多。不说别的,仅这粮饷便难以筹齐。粮饷短缺,又如何北征?"

"那是你的事!"眼见夏元吉喋喋不休,永乐不耐烦了,当即喝道,"朝廷御虏这样的大事,你却筹不齐粮饷,既如此,朕要你这户部尚书有何用?"

永乐这话已经十分严厉了,一旁的方宾几个都悚然变色,夏元吉更是心惊肉跳,但想到如果就这么退下,那劝永乐罢兵一事就彻底泡汤,如此一番心血白费不说,接下来还得筹那剩下的一半粮饷——而这是无论如何也筹不齐的。念及于此,夏元吉横下心道:"臣是筹不齐粮饷,但此并非臣不尽心,而是巧妇难为无米之炊。朝廷连兴大工,户部的家底早就空了,这些陛下不是不知道。臣没有点石成金的本领,如何找得那么多粮饷来?"

永乐眉头一皱道:"照你此言,朝廷是当真没法打这场仗了?"

"确实如此!"

"那你说朕该怎么做?坐视鞑子南侵中原?"

"鞑子眼下毕竟没有南侵。而就在陛下巡边期间,开平传来消息,言鞑子得知陛下欲再征漠北,已闻风遁去!"

"今日去,明日仍可复来,鞑子既生觊觎之心,朝廷岂能高枕无忧?"

"将来事,将来应对不晚。"夏元吉听永乐的话,觉得他已有松动之意,"这些年朝廷役使百姓太过,天下已是疲惫不堪,眼下当务之急是休养生息,以固国本!"

永乐本坐在椅子上静听,夏元吉把"休养生息,以固国本"这句说出,永乐眼角猛地一跳,当即提高声调厉声道:"你之意,是说朕这些年是滥用民力,贪图冒进?"

夏元吉吓了一跳,立刻意识到永乐理解有误,以为自己是要否定开拓国策。三大殿被焚后,三位言官趁机上书,对开拓国策大加鞭笞,引得朝野震动。虽然最后此事被永乐不动声色地平息下去,但夏元吉却知道,皇上私下里是大光其火,连太子都险些受池鱼之殃。开拓国策是皇上功业的根本,他绝不会允许别人推翻,哪怕诋毁都不行!尤其是现在言官之事刚过未久,在这个当口,要是自己的话被永乐理解为诋毁国策,那后果不堪设想!思及于此,夏元吉赶紧解释道:"臣绝无此意!皇上开拓振兴,缔造煌煌盛世,功业震古烁今!只是月盈则亏,水满则溢,凡事皆需张弛有度,否则无以致远。这些年朝廷大举太多,虽成效显著,但亦内力大损;若长此以往,必将后继乏力。秦汉之衰败,皆因于此。故臣之意仅是暂缓,待重新蓄力后,再发力不迟!"

听了夏元吉的解释,永乐这才颜色稍缓了些,但仍固执道:"你之言也不无道理,但鞑子不比等闲,纵朝廷有疾,仍须全力伐之,否则待其南侵,祸患必比今日更甚。"

夏元吉苦口婆心说了半天,本以为永乐能采纳已见,谁知这位老皇帝到头来却仍是坚持己见。对此,夏元吉既不解又失望,遂争辩道:"眼下鞑靼并未南侵。就算过几年鞑子南侵,到那时大明国力已得恢复,损失大些也能承受得起。但以现在形势,此时北征,大明有可能会伤筋动骨啊!"

"过几年?"永乐咕哝一声,欲说些什么又咽了回去,只冷冷一摆手道,"此仅为你一己推测,国家大事,岂能以臆测为据?"

道理已经说得明明白白,永乐也不反对,可他就是不采纳自己的谏言,这样的结果让夏元吉大失所望。他实在不明白,这位曾经英明睿智的皇上怎么成了现在这般顽固不化的模样。这时,永乐又深吸了一口气道:"不谋万世者,不足以谋一时!北征势在必行,你等不必再劝!"

"不积跬步,无以至千里。现国力已有不支之虞,倘再不收敛,纵有万千宏图亦只能是镜花水月。"夏元吉失望已极,内心深处的那份名士意气终于遏制不住,他一提袍角跪到地上冷冷道,"陛下坚持北征,臣无力阻拦。但这粮饷臣筹集不到,请陛下罢臣之职,另请高明!"

"啊……"此言一出,一直默默聆听争论的方宾、吕震、吴中三个都惊得张大了嘴巴。他们万万没料到,夏元吉会做出这个决定!

永乐也瞪大了眼睛,他不可思议地望着夏元吉许久,先是惊愕,继而失望,到最后已成愤慨。半晌,他才猛地伸出手指着夏元吉的额头,咬牙切齿道:"好你个夏元吉,你以为撂挑子朕就没人可用了吗?"

"臣不敢有此念。只是臣不愿见到百姓生灵涂炭,不愿见到永乐盛世被陛下亲手断送!"夏元吉面不改色道。

"混账东西!"永乐终于爆发了,他一把抓起御案上的奏本对准夏元吉的脑袋狠狠砸去,边砸边咆哮道,"朕行事岂容尔指手画脚?你不愿当官,就给朕滚回老家种地去!"他尤嫌不解恨,当即"呸"的一声朝地上狠狠吐了口浓痰,恨恨骂道,"杀不尽的建文奸臣!"

奏本的折角正击中夏元吉的额头,一股鲜血顺着他的脸颊流下,显得十分恐怖。夏元吉早已悲愤难当,再从永乐口中听到"杀不尽的建文奸臣"一句时,他更是全身冰凉。他辛辛苦苦快二十年,为永乐盛世披肝沥胆,呕心沥血,可到头来在皇上内心深处,自己仍是个背弃旧主、贪生怕死的"贰臣"!一时间,怅然、羞愧、悔恨、愤慨,各种苦辣滋味一起涌上心头。他抬起头望着永乐那张熟悉而又陌生的脸,半晌方冷冷一笑道:"皇上好大喜功,秦隋覆辙,恐又将见于我大明矣!"

永乐的脸一下变成了酱紫色,他指着夏元吉,嘴唇哆哆嗦嗦了老半天,才愤怒地一挥手臂大声叫道:"来人!把这无君无父的王八蛋给朕下诏狱,命狗儿和贯义严加拷问!"

马云急匆匆跑到房中,听得永乐此言顿时一愣。永乐见状,眉头一提大喝道:"还愣着做什么?你也想去诏狱么?"

马云浑身一颤,不敢再说,赶紧向门外招了个手,随即两名强臂内官拽住夏元吉的双臂,将他拖了出去。

夏元吉出去后,永乐气犹未平,站在案后呼哧呼哧地直喘粗气。方宾他们几个战战兢兢地站在屋内,一口大气都不敢出。

过了好久,永乐才从愤怒中恢复。他抓起案上的冷毛巾抹了把脸,然后将它狠掷于地,面色狰狞地对三个仍在殿中的大臣道:"还有你等,竟敢串通一气联合逼宫!"说着,他又指着方宾,"这奏本是你所拟,想来这联名上书一事也是你的杰作!身为兵部尚书,不思破敌之策,反倒鼓噪罢兵,你也配当大明的兵部尚书?"

三位大臣早已吓得面如土色,听得永乐发怒,只跪在地下不断磕头。方宾被永乐指名道姓地怒骂,更是吓得魂飞魄散,几乎就要晕厥过去!

永乐骂了一阵,正想再说什么,忽然觉得双腿膝关节处一阵酸痛——想来是风寒的毛病又犯了。无奈之下,他只得重新坐回龙椅上,怒气冲冲地大手一挥道:"都给朕滚出去,听候发落!"

三位大臣惊慌失措地逃出乾清宫。不一会儿,朱高炽、朱瞻基还有三位阁臣又步履匆匆地进入御书房,他们都是听闻夏元吉被下诏狱的消息后赶来劝解的。一群人正围着永乐说得起劲,忽然狗儿慌慌张张地跑进来道:"皇爷,不好了,方大人悬梁自尽了!"

"什么!"屋内所有人都被这个消息惊呆了,半晌,永乐才回过神怔怔问道,

"他为何自尽？"

"听他家里人说，方大人一回府便失魂落魄地叨咕说陛下抓了出头的夏大人，迟早也会抓他这个挑头的主谋，说着说着就进了书房，再也没出来。下人发觉不对，闯进去一看，方大人已经在梁上吊着了……"

方宾的死，还有夏元吉的下狱，对满朝大臣的心理造成了巨大的冲击。大家在暗自叹息的同时，也对天威难测的永乐越发畏惧。接下来的一段时间里，臣子们在上朝时皆噤若寒蝉，生怕稍一疏忽，惹怒了这位心意难测的皇帝，招来杀身之祸。

朝臣们心存畏惧，永乐的内心也不平静，他时时回忆起当日御书房内发生的种种，并重新审视自己的态度和做法。在思考许久过后，他终于有了主意。

冬至过后的一天，永乐招来朱瞻基，祖孙二人分乘舆驾出玄武门，去向皇城北的万岁山。抵达山脚下后，永乐命从人在原地等候，他则领着朱瞻基一起登上了山顶。

万岁山在元代时便有之，当时尚只是一个土丘。到永乐正式营建北京城时，将开挖护城河所得之淤泥堆积于此处，逐渐就形成了一座小山。万岁山位于玄武门北、北安门南，是皇宫大内的"镇山"。在山顶眺望，偌大个北京尽收眼底，是京城观景的绝佳之所。登山途中，永乐双眉紧锁，一言不发，朱瞻基见状也不敢吭声，只小心翼翼地搀扶着皇祖父，顺着阶梯步步上爬。

片刻工夫过去，祖孙二人到达山顶。永乐向南俯瞰，紫禁城内壮丽雄伟殿宇楼阁，在此时显得无比渺小。他注目一阵，回过头和蔼地对朱瞻基道："基儿，这北京城如何？"

朱瞻基凑上前张望一阵，笑道："宏大规整，正是帝都气象，皇祖父为大明选的好京城！"

永乐微笑着点了点头，找了个石凳坐下，又命朱瞻基在自己身边坐了，才叹气道："可惜你父亲不喜欢这里！"

朱瞻基脸上笑容一室。登山之时，他已预感到今天皇祖父召他肯定有事要谈，只不知道所谈何事。这时见他提起父亲，又说父亲不喜欢北京，他顿时有些紧张，忙欲辩解："父亲也并非不喜欢北京，只是……"

永乐轻轻摆了摆手，打断了他的辩解："炽儿的心性朕一清二楚，你不用为他说好话！"

听皇祖父这么说,朱瞻基越发忐忑,不过接下来永乐却突然把话题岔开,张望着四周景色,似漫不经心道:"其实炽儿如何想朕也不太在乎了,只是……"说到这里时,他把目光对准了朱瞻基,"朕想知道的是你的想法!"

"孙儿的想法?"朱瞻基有些意外,同时又有些不解,"皇祖父是指……"

永乐望着朱瞻基,一脸郑重道:"朕今天就想知道,你对治理这大明天下,究竟有何想法?"

朱瞻基一愣,继而脱口而出道:"当然是秉承皇祖父之志,奋发进取,开拓振兴!"

"朕不想听顺耳话!这些话朕要去问你父亲,他亦会这般说,但其内心肯定不会这么想!"永乐嘿嘿一笑,顿了一顿加重语气道,"你是朕亲自选定的皇储,是大明未来的天子。你的太孙之位,朕不会改!"

朱瞻基心念一动。皇祖父的这番话十分直白,而他这么说自然是要彻底打消自己的顾虑,让自己坦诚回答他的问题。这时他已经意识到,今天祖孙间的谈话,对皇祖父来说肯定有着非同一般的意义!

朱瞻基看了看皇祖父的脸。经过岁月的洗礼,如今的永乐已不复当年威仪,他颧骨凸起,脸颊也深深凹陷下去,额头上刻着一道道深深的皱纹。早年乌黑的头发已变得雪白,原先气派的长髯也脱落不少,看上去稀稀拉拉。朱瞻基的内心忽然生出一丝伤感,他知道这位叱咤风云、笑傲古今的皇祖父已经步入了人生的暮年,在世上的时日不多了!

自打懂事起,朱瞻基就一直在永乐身旁,聆听他的教诲,接受他的指导,祖孙二人之间的亲情十分深厚,甚至远远超过了父子之情。对这位深爱自己的皇祖父,朱瞻基从来都是发自内心地敬仰和尊重。现在,皇祖父要自己袒露心扉,并且还善解人意地释去自己内心隐藏的那点子小顾虑,他感动之余,当然不能再虚与委蛇。想到这里,朱瞻基深吸一口气,一脸庄重道:"孙儿不敢隐瞒,对这治国之法,孙儿尚有一孔之见。"

永乐露出一丝微笑,鼓励道:"基儿畅所欲言,无须忌讳。"

"是!皇祖父以开拓振兴为志,登基二十年来,下西洋,复安南,拓东北,征漠北,修大典,疏运河,建北京,一手缔造永乐盛世,使我大明治隆唐宋、远迈汉唐,功业可谓冠绝古今!对此,孙儿由衷敬佩!"朱瞻基拱手一应,随即侃侃而谈。待夸完永乐,他话锋一转又道,"但繁华背后亦有隐忧。建千秋基业,当需索取民力,若蓄养不及索取,长此以往,百姓终将不堪忍受,进而引发动乱,如此不仅开拓无以为继,就是江山社稷亦有毁败之忧,此所谓过犹不及也!我大明富庶繁荣远超历代,皇祖父依此厉行开拓,自是正当其时,但若长期如此,终有民力不敷之虑。故孙儿以为当有所收敛,如此方为中庸之道。"

"听你之意,是要我大明重回生息?"永乐心中一紧。

"不!"朱瞻基摇摇头,"践行中庸,当以形势为依据。既然国家昌盛,自当以开拓为经,而收敛只是权宜,其意是为蓄力,以使开拓得以长久。若国力强盛却以生息为经,那便是不思进取,故步自封,如此则背离中庸。以此法治国,最多不过苟延残喘,想将祖宗基业发扬光大,几无可能!"

"说得好,朕果然没有看错人!"永乐脸上露出一丝满意的笑容,紧接着又一叹道,"可惜你父不识此理!"

"谢皇祖父夸赞!"朱瞻基口中致谢,心里却颇有些意外。观皇祖父往日做派,几乎都是厉行开拓,少有收敛之时;而且在不久前的那场君臣争论中,夏元吉讲的道理和自己其实并无不同。所以在他看来,以为皇祖父对张弛有度并不以为然。此番他如实阐述想法,心中其实很有些忐忑,生怕因理念不合使皇祖父震怒,如此虽不至于像夏元吉那样身陷囹圄,但也免不了灰头土脸。谁知让他大感意外的是,皇祖父的态度与当日在与夏元吉争论时的表现大相径庭,这让他丈二和尚摸不着头脑!

朱瞻基的迷惑,永乐一丝不漏全看在眼里,他淡淡一笑道:"你一定奇怪,为何相同的道理夏元吉说来,朕雷霆大怒,而你说来,朕却大加赞同,是吧?"

朱瞻基不好意思地笑笑,表示承认。

"此正是朕与你叙谈之缘由!"永乐顿了一顿,伸出两根手指头,"原因有二,一是因为你父之故!二是因你与夏元吉身份不同!"

"父亲之故?孙儿身份?"朱瞻基仍是不解。

"朕还是从头说起吧!一直以来,外间皆认定朕厉行开拓太过,并由此以为朕好大喜功,其实是彼等不识朕之苦心!正如你之所言,国家昌盛,则当行开拓。但开拓非一日之功,要见成效,需后继者坚持不懈。可偏偏你父亲却对此不以为然,只知一味死守生息老路!"永乐打开话匣子悠悠说着,无可奈何地摇了摇头,"观你父亲,虽有仁爱之心,但器具不阔,且政见迂腐。朕几可断定,将来他继承皇位后,不但不会把开拓大业发扬光大,反而很有可能反其道而行之。朕当年几次想废储另立,其根由便在于此!现今中国鼎盛,四夷孱弱,此乃上天赐我大明振兴之机。身为天子者应当顺应天命,不可失此良机。你父昧于大势,若其放弃开拓,固能苟安一时,但以百年、千年计,却是有愧大明！然朕只有三子,他位居嫡长,其余两人又难当大任,江山只能传给他,对此朕亦无可奈何,故只能尽力弥补。而这弥补之法有二,其一便在于你。朕之所以对你悉心教诲,便是希望你能识天命,将这开拓大业继续传承下去。而其二者,便是厉行开拓,连行大举,把这摊子铺大。如此一来,到你父亲继位时,开拓大业气候已成,他即便心有不愿,也无力逆转,不至于使朕的心血半途而废。所以,你现在应知朕并非不知张弛有度,并非不识中庸之道。只是这张之一途,朕若不发挥到极致,到你父亲手中就不会仅仅是弛,而会彻底被废！"

说到这里,永乐又慈祥地摸了摸朱瞻基的脑袋道:"炽儿肯定会偏离中庸,既如此,那朕也只能剑走偏锋,同样偏离中庸,只是所选路径与他南辕北辙！如此,等江山传到你手中时,正好就是开拓大业犹得延续,而又国力已复之局！而你又能识得形势,知道如何践行,如此一来,至少三代之内,大明的开拓大业都得以延续,这就是朕的想法！"

永乐这番话是如此推心置腹,朱瞻基听后犹如醍醐灌顶。半晌,他才讷讷道:"原来皇祖父这般用心良苦,只是世人不明此理。"

"他们是不明白！百年之后,朕或许还会落下个好大喜功的骂名！"永乐冷冷一笑,又傲然道,"但为天子者,当总揽全局,以天下苍生,以千秋万代为念！既然此举有益大明,那朕自当尽力行之,纵然担得些许骂名又有何妨？何况只要开拓功成,朕英名自可远盖骂名。故于公于私,朕都当坚持到底！"

一阵朔风吹过,永乐将身上的裘衣紧了紧继续道:"再说这次出征吧。夏元吉说当下应该生息,过几年大明国力有所恢复后再北征不迟。这道理确实不错,但他也不想想几年之后,又是何人在位？朕年事已高,精神也大不如前,恐怕阳寿不久。一旦朕大行,你父便将继位,他虽体弱多病,但毕竟春秋正富,或可当一二十年皇帝。偏偏他又是个因循守旧之人,登基后即便国力恢复,多半也无心开拓,只知休养生息。可如此一来,经略漠北的良机必将丧失！"永乐提高了声调,颇有些激动道,"休养个三五年自无不可,但一二十年呢？这么长时间,足以使鞑靼气候大成,重现当年蒙古之盛,真到那时便再难以遏制。届时他们驱马南侵,中原所受灾难将越发深重。正因此虑,朕才要坚持出征漠北。而且此次不成,朕就再征。再征不成,朕还要再征。必须在有生之年重创鞑靼,如此方能保得天下长久太平。即便此举会加重民生之苦,但与将来生灵涂炭相比总要好得多！这就叫两害相权取其轻,这才是可以长久的中庸,这便是小不仁以为大仁。只是,世

266

人皆一叶障目。朕可断定,后人回顾朕此番北征时,多半会大骂朕好大喜功;而将来你父因休养生息,反会被他们赞为仁厚之主!其实,他们哪里晓得朕的苦心?朕要是不做这件好大喜功之事,大明就会被你父的一味生息耽误,就会惹出更大的乱子!朕无法改变你父心志,所以只能自己担这骂名。唯有如此,才能使这升平世道得以长久,使这繁华盛世延续千秋!"

朱瞻基肃然起敬,此时再看皇祖父时,他眼光的崇敬之情更增了几分。

这时,永乐忽然将手按在朱瞻基的肩膀上郑重道:"基儿,朕与你说这些,是要你知道为君之难,更是要你清楚天子职责!既为天子,当目光长远,勇于担当。既要求名,但亦不可为虚名所累,如此方能成为真正的圣主!你是朕一手选定的传人,志向抱负与朕仿佛,朕的功业需要你来传承,需要你来发扬光大,你绝不可辜负朕的期望!"

见永乐充满期待地望着自己,朱瞻基觉得浑身上下的血液都沸腾起来。他庄重地拱起手坚定道:"孙儿定秉承皇祖父之志,绝不使开拓大业半途而废,绝不使千秋基业中道崩殂。"

朱瞻基的态度让永乐十分欣慰,他满意地点了点头道:"朕刚才说,对夏元吉大发雷霆是因炽儿之故,其理由便在这里。夏元吉请罢北征,理虽甚正,但目光却有局限。他只看到朕决议北征是冒进,但未能预见炽儿会故步自封。他不明白朕现在的背离中庸,是预先纠正炽儿的偏失,是为了使大明的国策更加长久地符合大势!"

闻言,朱瞻基发自内心地点头。

"朕还说,你与夏元吉身份不同。便是因为你是储君,将来要继承朕之志,故朕当将此理与你说明白,以免你治国有失。但夏元吉不同,他是外臣。如果当时朕把这些话当众说了,那炽儿在外臣面前的威信将荡然无存!炽儿将来还是要当皇帝的,虽然朕不指望他将能将开拓大业发扬光大,但至少也应做到守成。如果因为朕的冲动给将来埋下君臣失和的隐患,那对大明、对天下都无好处!"

当永乐解释完,朱瞻基已经佩服得五体投地。而祖孙间的这一次畅谈,不仅化解了朱瞻基一直以来对皇祖父施政的些许误解,更使这位皇太孙对治国之道的认识有了本质的提升。而在回味永乐之言的过程中,他忽然发现一个情况,皇祖父并不反感夏元吉,这让他心念一动。

"皇祖父!"朱瞻基抱着一丝希望道,"夏元吉虽放肆狂妄,但亦是一片忠心!虽不可纳其言,但也无必要一罚到底!"

"谁说朕不纳其言了？"永乐反问一句又道，"朕只是不纳其罢废北征之议罢了。至于其所言之财力不支、民力不敷云云俱是实情，朕岂能无动于衷？"

"那皇祖父的意思是……"

"明日朕便下旨，郑和此次回朝后便中止下西洋之举；大报恩寺中宝塔亦暂停修建，挪出钱粮供应北征。至于夏元吉……"永乐稍作犹豫，"他虽是出于公心，但目无君上，不可轻纵。不过就不用再关在北镇抚司了，那里不是人待的地方。命狗儿在内官监收拾个干净的窝，让他在里头歇几年吧！"

前两样举措是为保证北征所必须做的变通，对此朱瞻基并不意外，但关于夏元吉的处置却着实出乎他的预料。虽然从诏狱到内官监监狱只是挪了个地方，但永乐明言让夏元吉歇几年，这就是说他不仅不会遭到真正的处罚，过几年还有可能起复。联想到当日夏元吉的"悖逆狂妄"和皇祖父越来越暴躁的脾气，朱瞻基对救他几乎都已不存幻想，只不过抱着死马当活马医的念头想碰碰运气。孰料自己刚一开口，皇祖父就答应网开一面。

似乎感觉到了朱瞻基的诧异，永乐对他一笑道："这也是为你着想。夏元吉毕竟是难得的干才，他也是支持开拓之道的，只是见识稍浅了些而已。人才难得，杀之可惜。虽朕不能再用之，但可留与你用！"

"谢皇祖父！"朱瞻基大喜过望，立刻致谢。

此时永乐的内心十分舒畅。这两年，他逐渐感觉到朱瞻基在对待开拓国策上出现了些许犹疑，尤其方宾的死和夏元吉的下狱使他隐约透露出对自己连兴大举的质疑，这让永乐十分着急。如果连被当作衣钵传人的朱瞻基也转变了立场，那自己多年的苦心经营必将毁于一旦！经过反复斟酌，他精心设计了这次祖孙间的这次谈话，一方面确认了朱瞻基对开拓国策的认同，另一方面又通过推心置腹的解释，在教诲朱瞻基的同时也打消了他内心的犹疑。现在，所有目的都已达到，永乐也长出了口气，觉得有些累了。他挺身而起，拍去身上的尘土，精神抖擞地说道："走，下山回宫！"

"是！"朱瞻基干净利落地一应，随即上前搀扶住永乐的右臂……

当晚，永乐睡得十分安详。这位老皇帝已经用二十年的帝王人生，为大明的开拓大业打下了坚实的基础，铺好了宽阔的大路。接下来他只剩下一件事情，就是日落西山之前，为千秋基业扫清最后一个绊脚石。而这个最后的对手，就是鞑靼！

第十八章

绝后患引蛇出洞　行不轨东窗事发

永乐二十一年的夏天,赵王朱高燧都处在深深的焦灼不安中。去年,永乐率军三征漠北,鞑靼不敢应战,部族分裂,阿鲁台率余众逃遁。王师未逮获鞑靼主力,遂掉头南返,大破与鞑靼勾结的朵颜三卫,奏凯班师。回朝后,永乐厉兵秣马,准备今年再次出征。可是,多年的戎马生涯已经在永乐体内埋下了诸多隐疾,三征漠北的风霜进一步侵蚀了他已日渐衰老的躯体。大军返回北京后不久,这位已六十四岁高龄的老皇帝再也经受不住疾病的折磨,终于卧床不起。今年开春后,永乐便再也没有上过朝,大小朝政全部由太子朱高炽主持,军务则交给了皇太孙朱瞻基。由于皇帝的病情,原定于三月开始的四次北征,一直拖到六月仍没有动静。随着日子一天天过去,朱高燧也越发寝食难安。

其实朱高燧的忧虑并不是永乐患病后才产生的,自打朝廷迁都北京以来,这位赵王就一直生活在紧张和彷徨当中。

作为皇三子,和二哥朱高煦一样,他一直存着野心,梦想着有朝一日能君临天下。而与二哥的明火执仗不同,他选择了暗度陈仓的路子。经过二十年的苦心经营,他已经有了不俗的实力,只待时机一到,就要直入青云!在朝廷迁都北京后,他一度觉得机会来了,凭在后宫内官和北京京卫中的庞大势力,只要父皇一驾崩,他就可以发动兵变诛杀太子和太孙,夺取那梦寐以求的皇帝宝座。

可是,朱高燧的美梦并没有持续太久。这两年里,一个个变故接踵而至,让他始料未及、晕头转向。

首先是宫中势力被剪除。迁都后没多久,永乐偶然察觉内官和都人的"对食"淫风,并由此牵出内外勾结的违禁勾当。一怒之下,永乐创立东厂,缉捕不法宫人。本来,此事与赵府并无直接关系。孰料,在朱瞻基的安排下,东厂竟借着侦缉对食的机会大肆搜捕暗附赵藩的内官,一时间,大批内官纷纷落网,余下的也都成了惊弓之鸟,惶惶不可终日。幸亏史复当机立断,叫黄俨指使内官趁雷雨之机焚烧三大殿,使永乐以为这是上天示警,惊恐之下不得不中止了在宫中的缉捕,这才使他们逃过一劫。但犹是如此,赵藩仍元气大伤。经过此事,那些漏网之鱼都噤若寒蝉,再加上东厂的严密监视,他们逐渐与赵藩拉开了距离。到现在,除了黄俨、江保等少数几个死党尚还偶尔通些声息外,赵藩在宫中的影响几乎丧失殆尽!

而除了宫中,军中势力的削弱更为致命。早在永乐决定三征漠北后,朱瞻基便闻风而动,以在军中立威为名从永乐手中揽过治兵之权,随即开始了对京卫的清洗。他指使狗儿将大批东厂番子和锦衣卫缇骑派到与朱高燧关系密切的原行在老八卫中,侦查将佐与赵藩的关联。两年中,不断有与赵藩暗通款曲的将佐被查出,同时,厂卫鹰犬专刺其等隐私,凡有任何违律的一概都被揭发出来。朱瞻基借此名目将他们统统撤换。在此情况下,赵藩对京卫的控制力日益削弱,现在此八卫的指挥使中已有四人被撤,剩下的也都岌岌可危。

朱瞻基连连出手,把朱高燧打得晕头转向。眼瞅着自己辛辛苦苦攒下的家底被一点点地拔除,朱高燧的心犹如被针扎一般难受。而通过这几件事,他还发现了一个可怕的情况,就是皇太孙把矛头对准了自己!

朱高燧自认为行事极为隐秘,从未露出任何马脚,他绞尽脑汁也想不明白为什么会被朱瞻基盯上。但不管原因如何,出现这种情况的后果是极其严重的——如果被东宫怀疑蓄谋夺储,那一旦父皇驾崩,他很有可能就大祸临头。每思及此,他都夜不能寐。

而现在危机已经逐渐逼近,这几天朱高燧每天一早就入宫请安,但都被挡在乾清宫外,无法见到父皇。问其他人,也都说不知情。按照以前的谋划,如果父皇驾崩,那他就要立刻发动兵变,否则良机一失,自己就再无希望。可问题是,父皇是死是活还很难说。要是他没死,自己贸然行动,无异于自寻死路。何况在朱瞻基的打击下,赵藩的实力已大不如前,现在发动兵变,成功的可能性要比以前小许多。但如果按兵不动,一旦父皇驾崩,大哥继位,自己别说黄粱梦碎,就连亲王爵位都极有可能不保。眼下他最希望的就是宫里能透出个消息,让他知道父皇的病情到底如何。

"王爷!"就当朱高燧急得发疯之时,王府承奉杨庆推门而入道,"王爷,黄公公来了！"

"啊,赶紧让他进来！"朱高燧惊喜一叫,他想了想又道,"把史先生也叫过来！"

一转眼工夫,黄俨便溜了进来。他刚行完礼,史复也进入屋中。待二人坐下,朱高燧连珠炮似的问道:"黄伴伴,宫中到底是怎么了?父皇病情究竟如何?本王去请安,他老人家为什么不见?"

"王爷问的情况其实奴婢也不太清楚！"黄俨苦笑一声,"前几日皇爷病情加重,然后乾清宫就突然戒严,周围都是东厂和内官监的人守着。除了太子、太孙、内阁三位学士还有太医外,其他人都不许出入,就是三位学士和太医也都不许出宫,去茅厕都有人跟着。奴婢私下里问尹庆,他只说是奉皇爷的旨意,其他的就不肯说了。奴婢进不了乾清宫,也不知道他说的是真是假！"

"那江保呢? 他是乾清宫管事牌子,不会不知道内情！"

"江保出不来,乾清宫里的下人一个都出不来！"黄俨摇摇头说完这些,随即起身紧张道,"王爷,奴婢是悄悄溜出来的,现在得赶紧走了,要是被人知道就糟了。"

"嗯！"朱高燧点点头,对杨庆道,"送黄伴伴出府。记得从后门走,不要被人发现。"

"是！"杨庆答应一声,随即领着黄俨出去。

黄俨走后,屋内便只剩下朱高燧和史复两个。朱高燧心神不宁地来回踱了几圈,突然止住脚步问道:"你怎么看?"

"怎么看?"史复冷冷一笑,"皇上要驾崩了！"

"什么?"朱高燧打了个寒噤,有些不相信,"你怎么就这么肯定?"

"事情一目了然！"史复阴沉着脸说道,"皇上若仅是卧病,为何要阻止外臣探视?就算阻止外臣,可您是皇子,为何也一道拦了?若在下所料不差,皇上必是病情加重,恐将不治。东宫假传圣旨,将内外隔绝起来！"

"假传圣旨? 大哥为什么要这么做?"朱高燧有些疑惑地问道。

"当然是为了您！东宫早就怀疑您心存反意。现在皇上命悬一线,您极有可能会趁乱谋反！为以防万一,他们便假借皇上之名封锁乾清宫,使您无法窥得实情,故而无所适从。而太子和太孙十有八九正在暗中调兵遣将,控制局面！"

史复一番话,说得朱高燧心惊胆战。尽管时值盛夏,屋内闷热异常,可他心中却是一片冰凉,一股寒意顺着脊梁骨直往上冒。

"王爷！不好了！"正在这时，房门外又传来一阵叫唤声。紧接着，常山中护卫指挥使王贤惊慌失措地跑了进来焦急道，"方才传来消息，北镇抚司大发缇骑，把孟旭、高镇、陈凯三个都抓了起来！"

"什么！"朱高燧闻言大惊失色。孟旭是羽林左卫指挥使，高镇和陈凯分别是大兴左卫和通州卫的指挥佥事，他们都是当年朱高燧一手提拔起来的，他急得大叫道，"他们犯了什么罪，怎么会同时被捕？"

"王爷还用问吗？"史复挺身而起，面沉如水道，"正如在下刚才所言，这是东宫在剪除异己，控制京卫！以前厂卫抓咱们的人，都是钝刀子剁肉，一个一个来。现在他们猛出重手，一下子抓了咱们三个指挥，这里间缘故只有一个——皇上已将不治，没准已经驾崩了！"

朱高燧的脸上一下子被抽干了全部血色，显得苍白无比。这时杨庆也回到房中，听得史复之言，他当即跪下尖声叫道："王爷，赶紧起事吧，再晚就来不及了！"

"起事？"朱高燧身子一颤。

"不错，赶紧起事。常山三护卫就驻在城中，王爷马上去城北军营，率他们直扑紫禁城！再派人出城去通知城外京卫中的旧部，让他们做好准备，一旦宫中事成，马上响应殿下，进城看住其他卫所！"史复也坚决支持。

"这是不是太仓促了些？"朱高燧听得汗如雨下，半晌方犹豫道，"事出突然，咱们都没做好准备，宫里黄俨他们也不知情，没法策应。一旦我们逼宫，要是守门的上直军见势不妙，紧闭宫门怎么办？现在城中驻军有七八万，咱们只有三护卫，就算兵变成功，万一其他京卫闹起来可怎么办？逼宫不是小事，稍有不慎就粉身碎骨，还是谨慎些好！"

"这都什么时候了，您还缩手缩脚？要不是您一直谨慎，赵藩何至于有今日？"史复这么说是有缘由的。自打朱瞻基开始着手打击赵藩后，史复就一直劝朱高燧直接动手，效法唐太宗铲除东宫，再逼父皇退位。可是他却心存忌惮，迟迟不敢动手。结果朱瞻基步步紧逼，两年下来，赵藩羽翼凋零，势力大不如前。

见朱高燧仍无动静，史复又苦口婆心道："王爷不能再犹豫了，现在宫中大变，东宫连番举措都是冲着您来的，足以见他们对您忌惮之深。既然如此，一旦皇上驾崩，您岂能有好果子吃？"

"可父皇那边毕竟没有准信，万一他老人家没事，那只需弹根手指头，本王就成齑粉！"朱高燧终于开口，但仍是瞻前顾后。

"都已经到这个份上了还要什么准信？只怕等有准信时，就什么都来不及了！"史复冷笑着说完，见朱高燧仍是无动于衷，他当即一跺脚，气鼓鼓地坐回凳子上再也不说话了。

屋内气氛一下变得十分沉重。朱高燧和史复都闷头不语，只剩下王贤和杨庆两个焦急万分，不知如何是好。

王贤和杨庆久随朱高燧，知道这位王爷天生就是优柔寡断的心性。眼下形势波谲云诡，迷雾重重，这种情况下要他下定决心放手一搏，实在有些强人所难。但他俩却不能无动于衷，因为赵藩的成败关乎着他俩的命运。这些年，朱高燧凡与内官打交道，多是派杨庆前往；而与行在京卫将佐的联系，则都是由王贤搭桥。所以，在赵藩夺储的过程中，他二人扮演着举足轻重的角色。如果赵王成功问鼎，他二人居功至伟，当然一飞冲天；但万一失败，那他们也有可能堕入深渊，万劫不复。尤其当东宫的目光逐渐关注到赵藩后，他二人更是急得跟热锅上的蚂蚁一般。他们和朱高燧不一样，他毕竟是亲王，是皇上的嫡子、太子的亲弟弟，就算东窗事发，也未必就会丧命，其结果极有可能和他的二哥一样，被驱赶回封国做个闲散藩王而已，照样是享不尽的荣华富贵。可他们就不同了，一个是藩王属臣，一个是奴婢，只要东宫决意对赵藩下手，他二人必无幸存之理。当初汉王事败，他本人安然无恙，但汉府臣属却一个也没好下场。这时听了史复的分析，杨庆和王贤越发坚信东宫已经盯上了赵藩。有了这个判断，他二人便被逼到了悬崖边。

又过了一阵，见朱高燧仍没有表态的意思，王贤再也撑不住了，心一横道："要是王爷心有顾忌，卑职也不敢勉强。只要您说句话，率兵逼宫的事就全交给卑职去办！事成，王爷入继大统；事败，所有罪过卑职一人承担，王爷只说不知情便是！"说完，他用胳膊捅了捅身旁的杨庆。

杨庆没想到王贤竟会如此决绝，一时大为意外。不过他和王贤一样都被逼上了梁山，如果赵王不能登基，他们迟早是个死。思及于此，杨庆也恶从胆边生，一拱手道："奴婢也和王将军一样，只要王爷给个明白话！"

朱高燧终于有了动作，只见他眉头紧锁，一声不吭，似在斟酌权衡，但身子已离开了椅子，绕到椅后的书架上抽出一本书，待翻到某一页时，他突然停下，然后用左手将书卷起，大拇指不断地在书面上掐来掐去。

见朱高燧如此，在场三人皆大惑不解，不过也只当是这位王爷内心紧张已极，才有此古怪行为，所以三人也都缄默静候。过了片刻，朱高燧把书摊开倒盖到桌案上,然后面无表情地扫了三人一眼,竟一言不发推门而去!

朱高燧的举动太出人意料,王贤和杨庆面面相觑,一片茫然。史复也大感奇怪,不过他到底老辣,稍微一想便将目光投到案上的那本书上。他走上前,发现这是一本陶渊明的诗集。他将诗集翻过拿起,却见此页中一段诗文旁留着一行指痕印,再看内容却是陶渊明杂诗中的一首——

盛年不重来,一日难再晨。
及时当勉励,岁月不待人!

连句明白话都不敢说,只用此技以示下人……史复瞬间明白了朱高燧的用意,心中无比鄙夷,不过面上却只不动声色地将诗集拿给凑上来的王贤和杨庆。二人看过,均是哭笑不得。史复冷冷看着二人,半晌方道:"王爷没担待,你们还敢不敢?"

二人对视一眼,王贤苦笑道:"我二人已是穷途末路,王爷有没有担待,咱们都只能一搏。"

"好!"史复点点头,将诗集扔到一边,"现在王爷不表态,其他两个护卫不能惊动,能动的就只有你的中护卫!"似乎怕王贤胆怯,史复又补充道,"你不用担心,逼宫不是攻城,只要出其不意,一个卫照样能控制局面。拿下宫城后,王爷肯定会出头,到时候不仅两个护卫,就是昔日那几个行在京卫也会响应!"

"我明白!"王贤早已下定了决心,根本不用史复解释,当即狠狠道,"人多嘴杂,反会走漏风声。索性老子功劳自取,罪过自扛!"

"真豪杰!"史复伸出根大拇指夸了王贤一句,又对杨庆道,"那事不宜迟,王爷的印玺向来由杨公公保管,请你立刻交与王将军!"

"为何?"杨庆不解其意。

"出师总得有名,否则何以号令三军?就说皇上病危,东厂提督王彦勾结锦衣卫指挥使贯义封锁宫掖,挟持太子、太孙和王爷欲行不轨。王爷暗托杨公公将印玺带出,以此命王将军率护卫亲军进宫平叛!"史复狞笑道。

"这也太荒唐了!"杨庆大惊道,"王彦、贯义谋逆,他们想干什么,难不成还能自己当皇帝?这种话……"

"放心,下面的喽啰分不清楚。中护卫指挥同知马恕田是王爷心腹,金事孟三是王将军外甥,他们两个肯定没问题!下面裨将要有怀疑,立即以暗通东厂为名杀掉！"史复淡淡地说道。

"事出仓促，也唯有如此了！"王贤犹豫片刻，随即对杨庆道，"你跟我一起去军营！"

"杨公公不能去军营！"史复摆摆手对杨庆道，"你马上进宫找黄俨。黄俨是宫中内官之首，由他出面，届时可以骗得上直军打开宫门。"

王贤和杨庆对视一眼，不约而同地点了点头。

"好！"史复一拳砸向桌面，狠狠道，"上天入地，在此一举！今晚亥时三刻起兵，把京城搅个天翻地覆！"

杨庆是赵藩内官之首，身上有出入宫禁的腰牌，他没有遇到任何阻碍便顺利通过了东安门。进入皇城后，杨庆直接前往位于皇城东北的司礼监找黄俨。哪知刚走到印绶监衙门旁时，突然前方拐角处冲出几个东厂番役将他团团围住。就在杨庆惊恐间，一阵冷笑声传来，他定睛一瞧，顿时面如死灰——来者不是别人，正是东厂提督狗儿。

"杨公公！"狗儿皮笑肉不笑道，"咱家都已经准备好了，跟我到内官监走一遭吧？"

杨庆身子一颤，强自镇定道："王公公，咱家是赵府承奉。你要拿我，也该问问赵王的意思！"

"哼，嘴倒挺硬！"狗儿不屑地一笑，轻蔑道，"咱家是奉皇太孙的旨意！他现在就在内官监，你想拿赵王撑腰，请自个儿跟皇太孙说去！"说着，他便大手一挥。缇骑们得令，如狼似虎地扑了上来。

杨庆眼见情况危急，忽然从腰间掏出一把寒光闪闪的匕首。狗儿一看，赶紧大叫道："快，夺下他的匕首……"

不过已经来不及了，杨庆已将匕首刺进了自己的胸膛，旋即栽倒在了地上。狗儿冲上前望着已变成一具死尸的杨庆，直愣了好半晌才垂头丧气地摆手道："扔到化人场烧了！"

内官监正堂内，朱瞻基听完狗儿的禀报，脸一下子沉了下来。狗儿见状，磕头如捣蒜道："奴婢办事不力，请殿下降罪！"

"唉！"沉默良久，朱瞻基发出一声惋惜的叹息。

就在三天前，一直患病的永乐突然咯血，紧接着便晕厥不醒。当时朱瞻基得报，大惊之余当机立断，请父亲假借皇祖父之名封锁乾清宫，他这个举动主要是针对赵藩。朱高燧在北京经营多年,势力盘根错节,这两年虽已削弱不少,但依旧不可小觑。他怕这位三叔得知皇祖父晕厥后立刻发难,惶急之间东宫难以招架。

封锁宫禁,本来只是为防大变而出的权宜之计。第二天凌晨,永乐便被救转过来,虽然仍半昏半醒,但性命已无大碍。朱高炽见状,便准备明发邸报以安人心。不过,朱瞻基却突然生出一个想法。眼下突生大变,正是引蛇出洞的绝佳时机。在他看来,三叔无心帝位则罢,如果真是心怀不轨,值此非常之际肯定会有所动作。计议既定,他说服父亲趁皇祖父仍不能正常理事之机继续封锁宫中消息,造成永乐命在旦夕的假象,并命狗儿严密监视皇宫各门,而与赵藩关系密切的司礼监太监黄俨,也被东厂的暗哨紧紧盯住。

一切都如朱瞻基所料。在蛰伏了两天之后,黄俨再也按捺不住,偷偷窜进了赵王府。得闻消息,朱瞻基敏锐地意识到赵藩或有动作。但他毕竟年轻气盛,一想到赵藩行将举事,心急之下便命狗儿去司礼监以问事为名,把黄俨抓了回来,想从他嘴里撬出内幕。谁知黄俨只是去赵府报了个信,至于三叔究竟作何决断,他也不知情。这下,朱瞻基发觉到自己打草惊蛇了。正当懊恼间,狗儿来报说杨庆进了皇城,且正向司礼监而来。朱瞻基一听,马上猜到他这是要来跟黄俨传信。现在黄俨已经被抓,要是杨庆闻得此事,没准就会嗅出不对,待他把消息传回赵王府,三叔肯定会偃旗息鼓。朱瞻基费尽心机布了这个局,眼瞅着鱼儿就要上钩,岂能就此放弃?于是他一不做二不休,索性命狗儿把杨庆也抓来。

按照朱瞻基所想,从杨庆口中撬的供词也是一样。哪知这王八羔子竟会选择自尽,这下事情就麻烦了!

黄俨是宫里的内官,他即便被抓,至少一时半会儿也不会走漏风声。而杨庆则不同,他是赵王府的人,要是迟迟不归,朱高燧肯定起疑。而且他一旦罢手,还会因着杨庆之死来找朱瞻基讨说法。当然区区一个内官之死绝不足以撼动他分毫,但届时皇祖父出于安抚,很有可能免掉狗儿的东厂提督,这对他来说同样是个不小的损失。

朱瞻基处事一向稳健,今天偶一冲动便惹出了这么大的麻烦,这让他十分憋气。不过他到底心思缜密,稍定心神,便立刻开始思考办法。

首先,黄俨今天去赵府,不久杨庆便又进宫来找黄俨,以此判断,赵府肯定已经中计,以为皇祖父即将驾崩,而他们如此急迫,肯定应该是已拿出对策,而且情况紧急,急需找到黄俨,让他配合。

从眼下形势看,赵藩如果真的要生乱,又要黄俨配合,那只有一个可能,就是要逼宫，让黄俨协助打开宫门！而他们的急迫，又说明行动已迫在眉睫，容不得再找时间和黄俨从容商议。想到这里，朱瞻基心中顿时一凛，再一细想，自己布局时步步紧逼，今天又刚逮了三个亲附赵藩的京卫指挥，由此三叔更有理由认为眼下已是山雨欲来，他心中顿时有了底，迅速从案上抓过几张笺纸拟了几份手谕，然后掏出随身携带的印玺盖了，递到狗儿手上道："马上传我令旨，命金吾前卫、金吾后卫、虎贲左卫接管皇城各门。府军卫及前、后、左、右四卫立赴北城，包围常山三护卫驻地，以防其生乱。另命锦衣卫指挥使贯义携我手谕前往常山护卫营中，宣三卫指挥进宫来见！"自打永乐患病后，朱瞻基便奉旨接掌了上二十二卫天子亲军，现在他指派的这八卫皆是从南京迁来，一直驻扎在城中，与赵王无任何关系，忠诚上头绝无问题。

"遵旨！"狗儿答应一声又道，"可要是他们不来……"

"叫贯义把北镇抚司的缇骑都带上，把声势造出来。杨庆自尽，证明赵藩十有八九有鬼，常山三护卫的几个头头没准儿已经开始准备逼宫了。眼下唯有把动静闹大，让赵藩的护卫亲军都知道贯义奉的是我的令旨！再加上上直卫大军在外围困，如此一来，他们便不会妄动！"朱瞻基冷静地说到这里，眼中浮现出一丝杀机，"那几个指挥中肯定有人参与谋逆，待他们进宫，立刻抓来内官监审问。要是他们不来，就以违抗令旨为名就地擒拿！"

"遵旨！"狗儿已经明白过来，当即答应一声，转身就走。

"回来！"朱瞻基又是一声大叫，他想了一想又阴沉着脸道，"你立刻去一趟赵王府，就说皇祖父已转危为安，父亲请他立刻去乾清宫侍候！"

"可要是赵王不来，奴婢总不能也用强吧……"

"那你就带上番役把赵王府围起来！"

狗儿一愣道："殿下，其他的或许还有转圜，这要是兵围赵王府，那您可真就和赵王撕破脸了。万一常山护卫那边没找到赵藩谋反证据，赵王闹将起来，皇爷知道了，您可是要挨重罚的！"

"怕什么？让他去侍候皇祖父，他却推诿不至，仅这罪过，闹到御前还不知谁理亏呢？"朱瞻基冷笑一声，他怕狗儿畏惧，遂给他打气道，"你尽管去办，出了事自有我担着！"

不过朱瞻基的担忧明显是多余的，狗儿本就是天不怕地不怕的性子，何况现在是皇太孙叫他办事，就算惹恼了赵王，他顶多也就是被罚作火者，过些年朱瞻基继位，他照样能官复原职："殿下放心，有奴婢在，不怕他赵王耍花样！"

……

北城常山中护卫驻营内，王贤与指挥同知马恕田、金事孟三紧张商议着晚上逼宫夺门的步骤。三人正说得热火朝天，忽然外面传来一阵喧哗声。紧接着，一个亲兵慌慌张张地跑进房内道："将军，上直卫的人把咱们营地给围了！"

"什么？"三人大惊失色，王贤立刻意识到情况不妙，赶紧问道，"他们凭什么围我们！"

"说是奉了皇太孙令旨！"

"东窗事发！"王贤只觉天旋地转。正在这时，一阵沉重的脚步声由远及近，不一会儿，锦衣卫指挥使贯义带着一群缇骑冲进屋来。

贯义将手中的手谕扬了扬，阴沉着脸道："奉皇太孙令旨，宣常山中护卫指挥使王贤、同知马恕田、金事孟三即刻进宫，不得有误！"

"卑职……"王贤嚅动着嘴角似乎想说什么，但再一看，房外已站满了身着飞鱼服、手提绣春刀的缇骑。他面色几变，终于一骨碌便瘫倒在椅子上……

一个时辰后，内官监衙门内，朱瞻基拿着王贤三人的供词愣了许久，才对面前的贯义和内官监少监尹庆苦笑一声道："我这个三叔，心机真不简单！"

贯义和尹庆也是苦笑连连。就在刚才，他们主持了对王贤三人的审讯，一番大刑过后，三人便竹筒倒豆子，将准备晚上率兵逼宫的计划坦白供出。不过出乎狗儿意料的是，据王贤等人供称，此事乃他们自己策划，并未得到赵王许可。这样的说法贯义和尹庆当然不信，他们当即下令再次用刑，可王贤三人却没有改口。二人想着要是继续用刑，王贤他们即便改口也有屈打成招之嫌，于是便暂停用刑，只命三人在供词上画押，然后便出来禀报。

面对这样的供词，朱瞻基的内心是喜忧参半。喜的是总算拿到了赵藩谋逆的证据，这样一来，不仅他的精心布局没有白费，而且也免掉了玩火自焚的顾虑。毕竟，赵藩会有异动只是他的一己猜度，如果事与愿违，那这一系列行为肯定会引火烧身。届时三叔到皇祖父面前告上一状，自己就成了偷鸡不成反蚀把米！

然有得必有失。朱瞻基万万没想到的是，朱高燧会如此狡猾，他竟然巧妙地把压力转嫁到下属身上，逼得他们不得不铤而走险，而自己却置身事外！尽管这次兵变说到底还是朱高燧的策划，但他清楚，在没有证据的情况下，别说皇祖父，哪怕就是自己在位，也不能动这位狡猾的三叔一根汗毛！

"殿下，要不索性去把赵王府查了，没准里头能找到什么证据！"贯义狠狠道。贯义是当年纪纲任缇帅时,东宫安插在北京锦衣卫中的坐探。在纪纲决意谋反后,正是他的及时报告使永乐和朱瞻基彻底判明了形势,从而粉碎了七年前的那场兵变。从那以后,贯义在东宫的提携下平步青云,没两年便当上了锦衣卫的缇帅。有了这层缘故,贯义对东宫自然是死心塌地。赵、汉二藩当年同气连枝,现在赵藩又图谋不轨,贯义当然想一举剪除而后快。

朱瞻基没有吱声。贯义毕竟是一勇之夫,把事情看得太过简单。但他却十分清楚,查赵藩下人和查赵王府是完全不同的,前者即便冒失,但以皇太孙的身份也不是没有这个权力。但赵王府是朱高燧的府邸,没有皇祖父的旨意,即便是作为太子的父亲也不能轻举妄动。何况就在一个时辰前,狗儿带着东厂番役气势汹汹地去"请"朱高燧,这位三叔没有丝毫犹豫,立刻就随他一起入宫,现在正在春和殿和父亲品茶。从他如此从容来看,赵王府内肯定也不会有什么线索。于是,他摇摇头道:"算了,三叔这么精明的人岂会留下破绽?还是别惹麻烦了!"

"也未必没有破绽。"一直没有吭声的尹庆突然道,"只要能逮到那个史复,那赵王……"

闻言,朱瞻基心中一动。就在刚才,王贤还供出了史复,这让朱瞻基很是意外。史复在汉府多年,朱瞻基对他有所耳闻,但由于其一直深藏不露,所以东宫都只把他当普通幕僚。直到汉藩败落,朱瞻基才从一些蛛丝马迹中得知此人非同一般,其实是二叔身边的谋主。只是当时史复已经潜逃,他想着一个弱质文人飘落江湖也掀不起什么大浪,于是也就没放在心上,却不料竟被三叔纳入府中。

关于史复的真实身份王贤并不知情,但史复在赵王府的地位他却是一清二楚。看过王贤的供词后,朱瞻基心中盘算要从史复身上挖出赵王谋逆的罪证是不可能的,他并不认为朱高燧会傻到留什么白纸黑字给史复。如果仅是空口白牙的指证,那和王贤他们的供词没有本质不同。没有确凿证据,肯定扳不倒赵王。但是,史复毕竟是在逃的钦犯,在这一点上做些文章,至少可以给朱高燧安上个包庇钦犯的罪名,让他灰头土脸一回,也算是出了一口闷气。念及于此,朱瞻基点头对贯义道:"可以抓这个史复,但不能大动干戈。你拿我的手谕去赵府,只需拿史复一人,其他人绝不可轻动。"

"是!"

布置完这一切,朱瞻基全身放松下来。他又看了看王贤他们的供词,对贯义和尹庆一笑道:"虽不尽如人意,但收获也算不小。我就不信,属下谋逆,三叔还能毫发无损地全身而退!"

第十九章

祭先祖巧遇故知　泯恩仇建文身退

当史复再一次踏上逃亡的道路时,不由得生出白云苍狗之感。不过与七年前亡命时的满腹遗憾不同,这一次的出逃,他更多的感受是挣脱牢笼的快感。多年的尔虞我诈,已使这位斗士身心俱疲;曾经的矢志不渝,也早已被残酷的现实无情击碎。早在七年前事败之时,史复便已万念俱灰,只想回归田园平平淡淡地了此残生。但就是这么一点子念想,也难言不是奢望,因为他心中还有牵挂。

在上一次逃亡途中,他被朱高燧截获,并以建文为要挟逼他为赵藩出力。七年来,他忍辱负重地藏于赵王府,违心地为朱高燧划策设谋,为的便是建文的平安。但当认定永乐即将驾崩的那一刻,史复意识到这种忍辱负重也快到头了。如果真的江山易主,他不知道朱高炽和朱瞻基会如何对待赵藩,一旦赵王受到生命威胁,他肯定会毫不犹豫地将建文的下落抖出,所以,他力劝朱高燧反击。

但即便赵藩得胜,史复也不敢相信朱高燧。尽管他曾答应若能登基,必让建文安然终老。但以他对朱高燧的了解,这位心机深沉、阴险狡诈的亲王完全不值得信任。在他看来,就算朱高燧真的成功问鼎,他多半也不会兑现承诺,反倒极有可能杀死自己以及实际上对朝廷已无任何威胁的建文,以彻底根绝后患。

史复需要自救。一直以来,他不敢离开北京城和赵王府,是因为他知道,千里之外的江南肯定有赵藩的人在暗中监视建文。一旦自己脱离赵王的视线,那只要他一声令下,建文肯定会惨遭毒手。但现在,史复已经顾不得这么多了。当朱高燧被狗儿"请"进宫后,他抓住时机逃出了赵王府,并立刻离开了北京城。不管赵藩与东宫的较量是何结果,他都需要赶紧南下,抢在赵王的使者或是朝廷的缇骑赶到之前,通知建文赶紧逃命。

也正因为史复的果断,不经意间救了他的性命。就在他出京后不久,狗儿领着东厂的番役再次来到赵王府,而目标正是他史复。找遍全府也没发现史复的下落,狗儿气得直跺脚,无奈之下也只能怏怏回宫复命。

当然,埋头逃亡的史复对这一切并不知晓。不过在他风尘仆仆地渡过长江进入南京城后,却立刻从街头巷尾的议论中得知了赵藩兵变的结果。早在史复抵达南京的七天前,飞骑传递的邸报便向留都士民公开了这样一个情况:赵藩承奉杨庆、常山中护卫指挥使王贤等私下密谋,欲毒杀圣上,继而挟持公卿,伪造遗诏推举赵王朱高燧为帝,幸得东宫察觉阴谋,并奏明皇上擒杀此等宵小。同时,邸报中还明文刊载:赵王朱高燧对此并不知情,但因下属谋逆,遭皇上痛斥,令其闭门思过云云。

得知邸报消息后,史复立刻意识到自己和赵王上了大当,永乐并没有死。既然如此,那之前封锁乾清宫等等奇怪之举,肯定是有人设局引赵藩上钩。而这设局者,毫无疑问就是东宫。要不是朱瞻基连擒三名亲赵京卫指挥,要不是东宫在紫禁城里弄出那么多玄虚,自己也不会以为大变已至,赵藩也不会狗急跳墙。而邸报中毒杀圣上,挟持公卿,伪造遗诏推赵王登基云云,皆是用来掩盖东宫设计引诱赵藩上钩的表面文章罢了。

想清楚这前后经过,史复虽不免有些懊恼,却并不愤恨。反正他为赵王效力,不过是受其胁迫而已。至于东宫与赵藩谁胜谁负,对这位建文忠臣来说并无不同。甚至现在的局面,对他来说还是个好消息。永乐没有死,赵王本人由于"不知情"的缘故,亦安然无恙。如此一来,他朱高燧便不会抖落出建文的下落。史复唯一要担心的,就是赵王得知自己逃脱,恼羞成怒之下派人南下追杀建文。不过他判断,虽然朱高燧没事,但赵藩僚属谋反是板上钉钉,接下来的一段日子,厂卫肯定会死死盯住赵王府,这个时候,朱高燧首先要做的是收敛行迹,不大可能派人南下。

想到这里,史复精神一振,随即在南京城里购置了身书生行头,又找了间客栈住下,第二天天刚刚亮,他便悄无声息地出了聚宝门,沿着米市大街走了一阵,待到南城岗时,他拐向左侧的一条蜿蜒曲折的小石路,又走了一段,一座简陋的小庙便出现在路边。

当小庙映入眼帘时,史复的眼眶变得有些潮湿。这个偏僻的小庙,之前史复只来过一次。那是在两年前,由于一直被软禁在赵王府,史复已有许久未闻建文的音讯。为此,他特地找到朱高燧,说要去吴县普济寺一遭。朱高燧起初不许,但史复却甚为坚持，朱高燧猜到史复或许是怀疑他已暗中杀了建文，为释其疑虑，不得已答应了。于是，杨庆带着几名心腹亲兵"护送"史复南下，而这也是这七年间史复唯一一次离开北京。不过渡过长江后，杨庆却未去普济寺，而是把他领到了这聚宝山下的小庙处，并在这里见到了建文。史复不知道建文为何迁居于此，而当时由于赵藩爪牙的监视，他也只能躲在庙外的草丛中，趁着已剃度的建文出庙挑水的机会，远远看了一眼，旋就被杨庆催促着离开。如今三年过去，想到即将就要面见建文，他内心顿时无比激动。好半天后总算平复了心境，他又四处张望一番，确信没有旁人，才走到庙前轻轻叩响了门环。

随着"吱……"的一声响，有些破旧的木门被拉开一条小缝，一个僧人探出头来。只见这僧人年过六旬，眉毛已经花白，下巴却一根胡须也没有，史复见着，当即惊喜地叫道："王钺公公！"

王钺闻言浑身一震，脸上露出惊恐之色。史复见状，赶紧将脸上的面纱掀开，露出他那张布满刀疤的脸笑道："是我，程济！"

"程先生！"王钺吃了一惊，"原来你还活着，我还以为你在七年前就死了呢！你怎么会知道我们在这里？"

程济赶紧道："这里不是说话的地方，皇上在庙里吗？"

王钺一愣，赶紧将程济放进庙内，又将庙门关好，方双手合十道："大师正在禅房打坐，你随我来！"

待到禅房门口，王钺站定后道："大师每天起床后都要先诵一个时辰的佛经，现在还差半炷香，要不贫僧先进去通报一声？"

"不必了！"程济赶紧摆手道，"怎能打扰皇上清修？我在这里候着便是。"

王钺见状点了点头，也跟着他一起守着。半炷香工夫过去后，房门打开，已经年过不惑、出家也已二十年的建文走了出来。

"陛下！"房门刚被推开，程济便一骨碌跪倒在地，重重磕了三个响头，哽咽道，"臣程济叩见陛下！吾皇万岁万岁万万岁！"

"程济？"建文吃了一惊，身子不由自主地倒退一步，待看清他的丑脸才失声道，"你还活着？七年前汉藩谋反时你没死？"

"臣不敢死！"程济痛哭失声道，"臣这些年一直惦记陛下，今见陛下平安，纵死亦无恨了！"

建文见程济神态，知其失踪的这些年一定历经磨难，遂上前将他扶起温言道："你受苦了，进屋里再说。"说完，便领着程济进入屋内。

屋中陈设甚为简陋，只在墙角处置着一张床，床旁一个衣柜，另在屋中央有一张小木桌，桌上供奉着一尊佛像，像前放着一个木鱼。木桌前的地面上摆着一个又旧又破的蒲团，想是建文平日打坐时所用。程济见得此景，不由得又泣泪道："陛下是天下之主，却困居于此陋室，此皆臣之罪过。程济无能，无力助陛下复辟，请陛下降罪！"说完，又跪下一阵叩首。

建文苦笑一声将程济扶起，摇摇头道："沧桑陵谷，往事已成飞烟。贫僧遁入空门多年，早已看破红尘，对帝王之位再无一丝念想，你不必自责。"说完，他又默然一阵才道，"你这些年去哪了？七年前高煦作乱被查，据说汉藩僚属尽被擒拿。因为一直没你消息，贫僧还以为你也遭了毒手，没想到今日竟会再见，想来其间你也吃了不少苦吧？"

听建文这么一问，程济的泪便哗啦啦地直往下落。他一边抹泪，一边将这些年的遭遇一一道出。从逃亡时被朱高燧截获，到受其胁迫不得不为其谋划及至近日策动赵藩兵变，却不料中东宫圈套，仓皇逃亡，这诸般情事既惊心动魄又曲折离奇，程济足足讲了一个时辰，才大致将经过讲完。

建文一直默默倾听，当得知程济为保护自己，不得已入侍赵王府时，他大为感动，发出一阵长长的叹息，动情道："这些年委屈你了！"

"臣之屈辱不足为道！"程济摇了摇头，"只是陛下行踪已被赵王掌控，今臣既已脱离赵藩，那他虽一时不敢妄动，但风声过后终会来寻陛下晦气。咱们得及早离开，以防不测！"

"不错！"听了程济的话，一直在门口侍立的王钺也上前道，"既然程编修说赵藩有人在暗中监视，那咱们无论如何也不能待在这里了。奴婢去准备一下，今晚便走。"

建文没有说话，思虑半晌，才微微点了点头。王钺见状，遂屈身行了个佛礼，旋退出房门去收拾行装。待王钺离开，程济又有些奇怪地问道："陛下不是在吴县普济寺么？为何搬到金陵城外？现朝廷虽已迁往北京，可金陵毕竟还是留都，朝廷鹰犬不少，万一被人发觉，顷刻间大祸便至。"

建文已猜到程济会问此事，便将自己的经历悠悠道来。

与程济失去联络后，建文与王钺继续在普济寺诵佛念经，但到两年前，当朝廷迁都北京的消息传到吴县，建文本已沉如死水的心顿时又生起了波澜。

二十年的蹉跎岁月，早已将建义的复辟雄心消磨得干干净净，但他内心深处对亲人的怀念之情却一直未散。多年的抑郁生活已使建文的身体大不如前，他知道自己无法长寿，便想在有生之年再上钟山，到皇祖父朱元璋和父亲朱标的墓前祭扫一次。若在以前，他也只能想想。毕竟金陵是京城，朝廷鹰犬密布不说，官吏中也有许多认识的，他只要一露面，便有可能被人认出。不过随着朝廷迁往北京，他觉得机会来了。

迁都之后，朝廷官吏大都去了北京，南京内外萧索不少，戒备也远不如当年。建文便想趁此机会溜上钟山，偷偷祭拜一下祖父和父亲。五月初十是朱元璋的忌辰，他算准日子，带上王钺离开吴县普济寺，来到金陵城外的钟山脚下。

钟山是太祖孝陵所在，建文的父亲——懿文太子朱标的陵寝也祔葬于孝陵东侧。早在孝陵修建时，建文便时常前往，对钟山地形十分熟悉，他轻易便绕开了山下孝陵卫驻军的把守。

建文虽然上了山，但想进入朱元璋的孝陵那是绝无可能。不过自靖难成功后，永乐拼命抹杀建文的痕迹，连带着对死去的大哥朱标也有意打压。位于孝陵东侧的懿文太子陵守备松懈，且年久失修，院墙已坍塌不少。

见孝陵守卫森严，建文遂放弃了祭扫祖父的想法，只从坍毁的院墙处翻进懿文太子陵内，来到朱标的坟茔前。而就当建文摆好瓜果烛台，准备焚香祭扫时，突然一个故人出现在他眼前——来者不是别人，正是当年自己无比疼爱的小妹妹徐妙锦！

永乐登基后，徐妙锦心灰意冷，便于聚宝山下修建了座小庵，在此出家修行，这一晃就是二十年。开头几年，她还偶尔进城看望大姐徐仪华和大哥徐辉祖，但及至二人相继去世，她便再也未踏进南京城半步。其间永乐和徐家人多次派人劝她回心转意，但都被撵了回去。久而久之，大家也只能由着她了。徐妙锦虽然出家，但开销自有徐家照应，故衣食并不短缺，只是日子久了未免孤寂了些。而她又愤世嫉俗，不愿与旧人往来，只每年在父亲徐达、大哥徐辉祖以及太祖朱元璋祭辰时到这几位先人的墓前祭扫一次。今天是朱元璋祭辰，徐妙锦从孝陵出来闲来无事，想着朱标墓地就在近前，而自己还在孩提时朱标也颇为疼爱，于是她便先不忙着下山，沿着山间小道来到懿文太子墓前。

本来，徐妙锦以为朱标之墓肯定是荒无人烟，不料到坟前时却发现有两个僧人正在虔诚叩首。待二人转过头，她惊讶地发现其中稍微年轻一些的僧人竟是当年不知所终的炆哥哥！

见到徐妙锦，建文也是大为意外。不过短暂的惊异后，二人又不约而同地百感交集。与建文仅是故人重逢的惊喜不同，徐妙锦对这位炆哥哥的感情更为复

284

杂。当年正是她的暗中帮助,才使燕藩得以摆脱最初的危局。可后来,一直被她认为顶天立地的大姐夫朱棣却为自己的靖难大业,卑鄙无耻地百般利用她。而到最后,当燕军攻破金陵,这位一直口口声声要做"周公"的燕王终于撕下了虚伪的面纱,窃取了建文的皇位。回想起往日经历,徐妙锦在鄙夷永乐虚伪的同时,对曾经记恨的炆哥哥也充满了愧疚。此次两人重逢,她惊讶过后也将自己当年的行为如实说出,希望得到建文的宽恕。

建文一直不知道徐妙锦在靖难之役中扮演的角色,听得这段陈年往事,他顿时惊讶万分。不过毕竟时隔多年,昔日的血雨腥风早已散尽,二十载的佛门修行已将那位满腔宏愿的天子变成了一个看破红尘的中年僧侣。再回忆起当年风雨,建文的内心只剩下无尽的感慨和一丝惆怅。听完徐妙锦充满歉意的叙说,他大度一笑,原谅了这位曾经天真烂漫,却也被红尘俗世玩弄得遍体鳞伤、心灰意懒的小妹妹。二人畅谈许久,彼此都解开了心结。临下山时,徐妙锦兴致一起,遂邀他和自己结伴隐居。

二十年来,建文为避永乐追杀,从不敢与人有任何往来,内心也十分孤寂。此番与徐妙锦重逢,他也十分快乐。加之年龄渐长,他也有落叶归根之念,希望能在金陵终老。兼又想着朝廷已经北迁,南京也不再像以前那般是京师重地。这几层因素结合在一起,建文几经权衡,终于应徐妙锦之请在聚宝山下建了座小庙,一直隐居至今。

听建文娓娓道来,程济亦嗟叹不已,再想起二十五年前自己在午门前与徐妙锦的那次争斗,也感慨道:"徐四小姐生性纯良,只可惜当年受燕贼蒙蔽犯下大错,不过后来能幡然悔悟,也算是个好人。比夏元吉、杨荣那些奉迎燕贼的无耻之徒要强得多!"

"大师,程编修!"两人正絮叨间,王钺又推门进来道,"已快正午了,先用膳吧。"

建文点头起身,程济也赶紧起来,三人一起到伙房旁的餐室将午饭用了之后,程济又道:"陛下,今晚三更一过,咱们便走!"

"赵藩暗哨怎么办?"建文想起程济说过朱高燧派人在暗中监视自己,有些担心。

"不碍事的。朱高燧这厮臣知道,生性最是谨慎。这里毕竟是南京城郊,他绝不敢广布暗哨,顶多也就是三四人而已,何况这些人没有朱高燧之命也不敢对您下手。所以只要咱们有心算无心,一定能骗过他们!"程济十分肯定,他看了看周围地形又道,"陛下这院子背靠聚宝山,今晚三更一过,咱们便从后门悄悄上山,翻过山头从雨花台街那边下去,明天一早便寻船渡江。到时候赵藩探子就算知道陛下失踪,也为时晚矣!"

程济的安排甚有条理,建文听后点头道:"好,就照你说的办!"顿了一顿,他又有些伤感,"不过此番一去,恐再无回金陵之日。别的倒也罢了,妙锦妹子这两年与贫僧比邻而居,需前往与她道别!"

"陛下还是不要去吧!"程济有些为难道,"徐四小姐生性好激,若让她得知因由,激愤之下要去逮那几个暗哨也是有可能的。万一闹将起来,惊动了官府可就麻烦了!"

"你这说的都是老皇历了!"建文微笑着摇头道,"二十年诵经念佛,她早已不是当年的那个刁蛮千金了,这里头的轻重她能分得清楚。"

听建文这么说,程济才放下心。想了想,他又问道:"请问陛下,徐四小姐所居何处?"

"不远,从大门出去,再往东走个半里地就到!"

程济思忖一番道:"既然如此,陛下便下午过去。这周围都是农田,日间耕作的农夫中肯定有赵藩的暗哨。陛下堂而皇之地来回一番,他们便以为您一切如常,晚上的警惕就会松些!"

"言之有理!"建文微微颔首,"既然如此,贫僧这就去。"

"陛下速去速回!"程济赶紧起身行礼。

建文这一去就是近两个时辰,直到日薄西山才重新回到庙中。吃过晚饭,三人又各自开始收拾,只待三更一过便弃庙而去。

夜色渐渐深了下来,待到二更时,三人已都聚在后院建文的禅房中。就在三人焦急等待之际,外间忽然传来一阵急促的马蹄声。紧接着,庙外火光冲天,嚣声四起,中间还夹杂着刀剑出鞘的声音,显是有兵马前来!

"怎么回事?"庙内三人大惊失色,王钺神色慌张道,"难道是赵王派人来抓咱们?"

"不可能!朱高燧现在正在风口浪尖上,他就是派人来也是暗杀,岂能如此兴师动众?他就不怕长年隐匿陛下行踪不报的事被燕贼知道?"程济断然否定。

"也未必!"建文沉着脸道,"他可以说一直在侦缉贫僧下落,而今始得踪迹,如此他便可立下大功!"

"那也不对!"外面的脚步声越来越急,程济急得几乎都要哭了,"朱高燧这小兔崽子一向思绪缜密,除非燕贼这次要杀他,否则他绝不至于将您抖搂出来……"

"砰……"就在三人不知所措之时,只听得一声巨响,庙门被人撞开,紧接着,无数明火执仗的缇骑冲进庙内。不一会儿,禅房的门也被人一脚踹开,一个身着三品文官常服的中年男子在一群缇骑簇拥下昂首入内。待看清建文容貌,官员大出口气,呵呵一笑道:"一别二十载,大师别来无恙乎?"

建文一愣,瞪眼仔细瞧了瞧官员的脸,方恍然道:"胡濙,原来是你?"

建文叫出胡濙名字的同时,一旁的程济也认出了他。这胡濙与杨士奇、杨荣同年,都是建文二年的进士,当时授官兵科给事中。燕军进京后,他归附新主,升任工科都给事中。不过胡濙却未在工科干太久。几年后,永乐突然下旨,以寻访传闻中的得道仙人张三丰为名,遣胡濙行走天下。随后胡濙便在朝堂上销声匿迹,只到永乐十四年时他才返回京师,以母丧为由乞归守丧,却被永乐夺情,反升其为礼部左侍郎,又命其继续出巡四方。

建文朝时,程济便见过胡濙,后来入汉王幕,对他又有更深的了解。据朱高煦言,永乐明遣其寻访张三丰,实则是要他暗中打探建文下落。本以为胡濙是大海捞针,不料这么多年下来,竟真让他逮到了建文。想到这里,程济自知不免,悲愤绝望之下厉声道:"胡濙,陛下昔日待你不薄,你背主求荣也就罢了,还为虎作伥,替燕贼追杀陛下。你这不忠不义之徒,也配为孔孟门生?"

胡濙并不知道这个丑脸人是谁,此刻听得程济怒骂,他脸上闪过一丝羞愧,但很快又坦然道:"你错了,我胡濙是大明臣子,食的是大明俸禄!今永乐皇帝为大明之主,本官奉皇命行事,何来不忠不义之说?"

"呸!"程济将一口唾沫狠狠吐到地上,轻蔑地骂道,"无耻小人,还敢诡辩?"

胡濙面色一变,但旋又敛了,不再理他,转而对建文作了一揖道:"大师,真龙终非池中物。此等破庙,岂配得上您的尊贵身份?这些年皇上一直惦记着您,还请大师屈尊移步,随在下回北京面圣!"

胡濙话虽说得委婉,但语气不容置疑。建文手持佛珠愣怔许久,最终苦笑一声,摇摇头道:"是福不是祸,是祸躲不过。贫僧出家多年,早已无心尘世,不料四叔还是放心不下我这个废人。"

"陛下是关心大师,想给您找个好的归宿……"

"闲话勿用再说!"建文伸出巴掌阻止了胡濙的信口雌黄,只淡淡道,"贫僧只有一事不明!这些年贫僧闭关隐居,从不与外人交结,不知胡大人如何能追查至此？若大人能慷慨解惑,贫僧愿意从命赴燕！"

胡濙微微一笑,深深一揖从容道:"大师出家二十年,行踪本不为外人知。只是上个月在下去孝陵祭拜,完事后偶至懿文太子墓前,发现竟有除草添土痕迹,且土色甚新！懿文太子忌辰为四月二十五,据在下所知,除这一天及三月清明外,礼部未再遣官祭扫,而当时已是七月！当今之世,仍会私自祭扫懿文太子者,除了您也不会再有别人。在下遂在四周搜寻,今日下午大师外出正巧被在下撞到,故此番特来相请！"

胡濙说完,建文仰天长叹,脸上露出一丝苦涩的笑容:"生死皆是定数,贫僧无话可说了……"

"不……"眼见建文准备束手就擒,一旁的程济"嗖"地冲上前,伸出双臂将建文拦在身后,对胡濙大声道,"奸贼,有我在,你休想动陛下一根汗毛！"

"你究竟是何人？"胡濙皱着眉头问。

"这你管不着！"程济一脸悲愤,本就遍布伤疤的面目扭曲到一起,显得越发狰狞,"要想抓陛下,先得过我这一关！"

"螳臂当车,不自量力！"胡濙不屑地一哼,大手一挥,身后两个膀粗腰圆的军士会意,提刀便要上前。程济见状,突然猛扑上前,趁着军士惊愕的当口,从其中一人手中夺过佩刀。待到胡濙反应过来时,只觉一股寒意袭来,程济已将刀架到了他的脖子上！

"谁都不准动！"程济声嘶力竭地大叫,"谁敢动陛下,我就和这狗杂种同归于尽！"

听他这么一叫,跟随胡濙进房的军士果然投鼠忌器,不敢再冲上前。

此时的胡濙已经从恐慌中恢复过来,他举目四顾,见禅房门窗已被手下军士牢牢守住,小庙内外也都是自己的人,心中有了底,随即冷冷一笑道:"你杀了我也走不出这小庙,到时候皇上得知今日情状,一怒之下迁怒大师也是有可能的！"

"放屁！你当我是傻子么？我就是放了你,燕贼难道就会放过陛下？"程济冷笑着说完,又厉声道,"马上放我们走,否则咱们就在这里玉石俱焚！"

"放了你,皇上同样不会饶过我！"胡濙面不改色道,"横竖都是死,不如就死在你手上,至少能给子孙赚个恩荫！"

"你……"程济一时气结,也无计可施。此时军士们固然不敢锁拿建文,但胡濙也绝不下令让他们退开,场面顿时僵持下来。

建文见此情状，犹豫再三，终于走上前对程济道："罢了！事已至此，又何必连累旁人？放了胡濙吧！"

"不！"程济此时已近乎癫狂，带着哭腔道，"但有臣在，绝不能让奸人伤害陛下！"

"还有我……"正在这时，屋外传来一个女声。紧接着，一个年约四十的中年比丘尼沉着地走进屋来。待她入屋，众人皆大吃一惊——来者不是别人，正是出家多年的徐妙锦！原来徐妙锦居所与建文的小庙相隔不过半里，胡濙领着大队缇骑来抓建文，也惊动了本打算入睡的徐妙锦。眼见建文危在旦夕，她当然无法安坐，于是急匆匆赶来。

胡濙认为只要自己坚持不松口，眼前这个丑脸人顾及建文性命，最终不敢伤害自己。拖到最后，建文仍只能乖乖束手就擒。可及至徐妙锦到场，他便知事情麻烦了。徐妙锦是个杀不得打不得的人物，她要铁了心护建文离开，自己就是想拦也拦不住！

就在胡濙慌乱间，徐妙锦已走到建文身前，她抽出随身带来的宝剑护着道："炆哥哥，咱们走！"说着，便领着建文和王钺一步步向房门外走去。程济见状，也押着胡濙跟上。众军士见状，面面相觑，都不敢轻举妄动，只能步步后退。不一会儿，建文一行便出了禅房，来到小庙后院中。

胡濙见形势不对，心中大急。他知道今天要是放走了建文，肯定大祸临头，他心一横，对着军士们大声叫道："不许再退，把这个尼姑给我抓起来！"

"谁敢！"徐妙锦剑锋前指，脸一沉道，"谁敢上前，我一剑戳死他。"

这部分缇骑都出自南京锦衣卫，对徐妙锦的身份和经历是再熟悉不过了。见这位姑奶奶放狠话，他们越发不敢轻动，只能围成一个小圈将建文他们困在中间。徐妙锦见状，也不再说，只提剑在手，慢慢地带着建文他们往庙门方向挪步。缇骑们无奈，也只能随他们的步伐徐徐后退。不一会儿，建文一行便已出了庙门，来到庙外的小空地上。这里停放着缇骑们的座驾，徐妙锦见着，立刻用剑将面前的军士扫开，然后冲上前牵过几匹马来道："炆哥哥快上马，咱们押着这个官一起走！"

胡濙闻言，惊得七魂出窍，立刻撩开嗓子骂道："还愣着做什么？放走了他们，你们全部都得死！"

"不放，你们现在就得死！"徐妙锦面沉如水，仗剑大喝。众缇骑两难之下，越发不知所措，趁着这机会，建文和王钺都已经上马，胡濙还欲发号施令，不过程济已经解下束带将他的嘴堵住。随即程济与徐妙锦合力将胡濙横推到马上，二人也各自上马。

"驾！驾！驾！"就在建文一行要拨马冲出重围之际，官道上突然传来一阵急促的马蹄声，旋即，一群头戴圆帽脚蹬白靴、身穿圆领十二颗纽扣直裰的南京东厂番役骑马赶至。一名身着蟒袍的中年内官一马当先，瞬间便冲到近前。只见他从马上一个飞身扑向建文，将他拽落马下，然后又麻利地将他扶起控制住。

突如其来的变故让在场所有人都措手不及，徐妙锦见建文被擒，急得失声一喊，再借着火光一瞧，旋怒喝道："三保，侬敢拦我？"

原来来人正是内官之首、内官监太监郑和。这些年郑和一直奉旨出使西洋，不过两年前，永乐为集中实力扫平漠北，接受儿臣们的建议，中止了巡洋之举。去年八月郑和六下西洋归来后，便改任南京守备，并负责监造大报恩寺。这次胡濙访得建文下落，立刻进城找到郑和，郑和得报大惊，立发南京锦衣卫缇骑与他前往擒拿。胡濙走后许久仍无消息传来，郑和不放心，遂亲率南京东厂的番役前来，终于在千钧一发之际赶到现场。

徐妙锦怒叱间，其他番役也已赶到，郑和大手一招，叫来几个番役将建文"搀扶"住，这才对徐妙锦一揖，不卑不亢道："此僧乃皇爷贵客，奴婢需将他请到北京！至于您要去何处，奴婢绝不敢阻拦！"

这时建文已被擒，徐妙锦和程济他们也只能重新下马，待站定后，徐妙锦冷哼一声道："侬这阉狗还敢跟我顶嘴？今天我要带炆哥哥走，侬要敢拦，我连侬一道杀了！"

除了在靖难的战场上，郑和还从未被人叫过阉狗，尤其是进入永乐朝后，他升任内官监太监，又充任巡洋正使总兵官，身份更是贵重无比。现在徐妙锦一上来就骂他阉狗，犹如揭他的伤疤，激得他火气噌噌直往上冒。不过郑和生性沉稳，而且当年他与徐妙锦也有交往，熟知其性格，再加上徐妙锦身份也非同一般，郑和才强将怒火按了下去。但再回起话来时，语气已明显强横许多："法师明知此人为谁，就更当明白奴婢苦衷！如若法师要动杀戒，奴婢也只能奉陪。只要您杀得了奴婢，那人您自可带走。若奴婢不小心伤了法师，那届时皇爷自会惩戒，是杀是罚，奴婢绝无二话！"说完，他右手往旁边一伸，立刻有番役递来一柄腰刀。

徐妙锦没料到郑和如此强硬，一时有些茫然。郑和的武功她是知道的，真要打起来，她肯定敌不过这位内官中的第一高手。本来，徐妙锦依恃的是自己身份特殊,一般人不敢伤着自己,所以可以借此使人投鼠忌器。但郑和是永乐的心腹内臣,圣眷远非常人可比。加之刚才她出言不逊,一个不小心惹恼了郑和,激得他也放出狠话,这下反而使形势更加恶化。她此来的目的是救出建文,但现在建文已落入郑和手中,如此一来,她也黔驴技穷了!

程济也意识到形势不妙,随即将胡濙的头发一揪,对郑和狠狠道:"你敢不放人,我就杀了他!"

郑和一哂道:"咱家是内臣,只管给皇爷办事!至于其他人等如何,与咱家无关!"

见此情景,建文自知不免,心中反而平静下来,他望向郑和道:"郑公公,贫僧跟你去北京,不过请不要牵连他人!"

听了建文的话,郑和心中一安。他虽然抓到建文,但也怕这位昔日天子自寻短见。这时他主动认命,来日赴燕的路上也会少许多风险。至于建文之请求,其中徐妙锦郑和肯定不能拿她怎么样,剩下的一僧一俗两个男人,其中老僧郑和依稀认出是王钺,另外一个面目丑陋,他从未见过,但从年纪上看肯定不是当年的太子朱文奎。为保险起见,郑和又问道:"敢问大师,当年您出家前的公子现在何处?"

建文一愣,随即神色一黯道:"当年出京不久,他便因惊吓过度,染疾早逝了!"

建文回答时,郑和仔细观察他的神情,并未发现有作伪之色,至此他终于彻底放下心来,旋一揖道:"便如大师所言。只是大师的这位俗家弟子尚绑着胡大人,还请您做主命他放人。"

建文无可奈何地点点头,转身正欲吩咐程济,程济却惨然一笑道:"臣无能,不能护佑陛下,唯有一死相报,还请陛下珍重!"说着,他将刀往颈间一抹,顿时血光四溅,直直栽倒在地上。

程济的突然自刎让众人吃了一惊,而徐妙锦的反应尤为激烈。似乎受到了程济感染,她悲愤之下将剑横在颈间对郑和道:"侬若要将炆哥哥带走,我就死在这里,看你回去后怎么跟皇上交代!"

郑和万没料到徐妙锦会来这么一出,如果真逼得她横剑自刎,那即便自己圣眷优渥,也肯定会吃不了兜着走。之前郑和之所以放下狠话说不怕跟徐妙锦动武,一是因为被她的言语激怒,二则是对自己的武功颇为自信,相信能轻易制服徐妙锦的同时又不至于真伤着她。可现在徐妙锦把剑横在颈间,这下他顿时傻了眼！

郑和陷入两难，虽说抓建文不是他的职责，但既然已经撞上，那作为永乐最宠信的内官，他便别无选择。但徐妙锦的性格他也清楚，这位姑奶奶绝对是说得出做得到，尤其在当前情势下，真把她逼急了，后果不堪设想！

就在郑和不知所措时，一直被程济挟持的胡濙已被番役们救回。眼前这个局面，他也十分为难。当然，连郑和都不敢招惹徐妙锦，那他就更没这个胆子了。不过胡濙也是机敏练达之人，稍稍一想，他便有了办法，于是便走到郑和身旁低声道："郑公公，不如这样，咱们暂且将建文君留在这里，然后下官立刻去北京向皇上面陈此事！"

郑和一听便明白这是要让皇上亲自拿主意——如果他非要锁拿建文，那就算徐妙锦因此有什么三长两短，也怨不得别人；相反，他要是愿意就此放手，那更是皆大欢喜。他心头一宽，又问道："留他在庙中，万一他跑了怎么办？"

"他岂能逃得掉？"胡濙摇摇头，"这庙总共不过巴掌大块地，咱们的人里三层外三层围着，他就是插翅也难飞！"

"也对！"郑和点头表示同意，遂对着仍横剑于颈的徐妙锦一揖道："妙净法师，不如这样，大师咱们先不带走，待禀报陛下后，由他老人家定夺。不过此期间，他不能离开此庙，奴婢亦会派人监视。如此处置，你看可好？"

"不行，炆哥哥我今天必须带走！"

闻言，郑和脸一沉道："法师也未免逼人太甚了。今天要是任由你们离开，回头皇爷肯定会要了奴婢的脑袋！既然如此，那便请法师自便，完事后奴婢自去北京向皇爷请罪！"

徐妙锦也明白，郑和不过是个内官，要他做主放掉建文那是绝对不可能的。郑和话一出口，她便知道这已经是他能做出的最大让步。就眼下形势看，自己其实已别无选择。念及于此，她的态度终于有些松动，但仍不信任道："要是你使诈怎么办？"

"这好说！您要是放心不下，可暂时搬进庙内与大师同住。奴婢的手下只在庙外把守。只是此期间，众人不能出庙，所需衣食，奴婢自会命人按时供应。"郑和当即应道。

徐妙锦又思忖一阵，最终无其他路可走，遂点头答应，但又冷冷道："只是有一件事你们要转告皇帝，如果他敢要炆哥哥的命，那我也绝不独活。到时候我们一起去阴间，请太祖爷爷的在天之灵惩罚这个卑鄙无耻的小人！"

"法师放心,奴婢一定如实转告!"郑和答应一声,随即命番役们放开建文和王钺,又在庙门前让开一条路。郑和一侧身,做出一个请的手势。徐妙锦见状,这才小心地领着他们一道进入庙中,然后"啪"的一声将庙门紧紧关上。

　　庙门外,郑和先是命几个缇骑将程济的尸身拖走,然后才诚恳地对胡濙道:"胡大人,方才多有得罪,还请勿怪!"

　　胡濙知道郑和指的是刚才面对程济威胁时他不顾自己死活的那些说辞,虽然他对此也多少有些愤慨,但也明白郑和当时是迫不得已。此刻郑和主动道歉,他的气又消了不少,遂大度地笑道:"郑公公并无不对,当时换作下官,也只能那般说!"

　　"多谢胡大人体谅!"见胡濙不介意,郑和的心也是一松,遂切入正题道,"建文君之事绝不能声张,聚宝山这一带必须立即封锁。咱家既为南京守备,此事责无旁贷。还请胡大人尽快动身,向皇爷禀报。"

　　"好!"胡濙当即点头,"下官先回城,天一亮便渡江北上。"

　　当胡濙风尘仆仆地赶到北京时,永乐刚刚亲率三十万大军离开,开始了他登基以来的第四次北征。胡濙赶紧策马急追,终于在宣府赶上了大军。抵达宣府时已是深夜,永乐已经入睡,当得知胡濙前来,他立刻传旨召见。听完胡濙的禀报,永乐却没有立作决断,而是陷入了长久的沉默。

　　二十二年了!距离那场叔侄之间的生死之斗已经过去整整二十二年了!二十二年的岁月磨砺,已经将身强体健的盛年壮士变成了伤病缠身的耄耋老者。几个月前的那场大病几乎夺去了永乐的生命,而今虽已治愈,但他的体内的元气却在疾速流失。经过了这场大病,永乐再回顾那段改变命运的靖难之役,回顾当年建文的残酷剿杀时,内心的愤怒和仇恨已消散了不少。

　　而除了私人感情,还有就是利益考虑,永乐对建文的生死也不再像以前那么在意。在登基之初,出于对得位不正的担心,永乐对生死不明的建文有一种发自内心的恐惧,生怕这位曾经的大明天子有朝一日卷土重来,把自己历经艰辛抢得的皇位再夺回去。几年过后,随着根基的日益稳固,永乐已不再有这方面顾忌,但另一种忧虑却随之而生——不管如何否认,这个皇位毕竟是以武力从侄儿手中夺来的,世人不会理解自己曾被建文逼得走投无路,不会明白自己发动靖难其实是情非得已!世人只会说他的皇位之得背离纲常,一个"篡"字,足以让他万世不得超生!而这,对心高气傲的永乐来说,是绝对不能接受的。

　　如何才能抹去这个"篡"字?永乐翻遍群史,终于找到了一个榜样——唐太宗李世民！这位同样是"篡"取天下的皇帝，用文治武功，用那足以为万世楷模的"贞观之治"，成功掩盖了"篡位"的不光彩行径。当李世民成为世所公认的千古一帝后，那场杀兄逼父的玄武门之变，不但没有成为他的声名之累，反倒成了一位圣君明主诞生的光辉之举！原来，与出现一个繁华盛世，与泱泱华夏的前途相比，一个太子的惨死以及一个皇帝的被逼逊位，其实并不是那么重要。当看清楚这一点后，永乐有了自己的方向，他要仿效李世民，用皇皇文治，赫赫武功，打造一个冠绝古今的永乐盛世！如此，不仅可以实现自己的抱负，也可以洗刷掉"篡位"的污名！

当然，要实现这个目的，中间必然要经历千辛万苦，会面临各种各样的危机，而其中的一个就来自建文。永乐明白，在辉煌盛世公认之前，自己仍不得不背负一个"篡位"的骂名。而在这个打造盛世的过程中，一旦建文再度出现在世人面前，那这些本来被他用权力强行压制在暗处的非议就会立刻重新被搬回到台面上，并形成汹汹舆情。万一这种认识在天下人心中扎下了根，那他的所有努力都将白费！基于这种考虑，永乐仍对建文充满了戒备，他绝不允许这个大侄儿毁了他的努力。

不过现在，永乐的想法又有了新的变化。经过二十年的励精图治，一个璀璨夺目的永乐盛世已经建成，眼下的大明已站到了华夏历史的又一个巅峰，作为这一切的缔造者，永乐也获得了充分的自信！事到如今，就算建文重新出现又如何？他有能力开创这样的辉煌盛世吗？他有能力使海内鼎盛、四夷宾服吗？他不能！莫说一个仁弱优柔的建文，就是放眼古今，能与他相媲美的帝王也屈指可数！在取得了可以完全压倒建文的功业和成就后，永乐再看这个大侄儿时，藐视已经远远超越了内心的恐惧。

当然，虽然已不认为建文能给自己构成重大威胁，但不管怎么说，杀掉这个潜逃多年的大侄儿肯定比任由他飘落江湖要放心得多。不过徐妙锦的介入，让永乐生出了犹豫。

对于徐妙锦，永乐一直有着一股愧疚之情。她曾倾心于自己，又在自己最为艰难时鼎力相助，而自己为了靖难大业，将她作为一颗棋子利用，并最终深深伤害了她。徐妙锦心灰意冷之下出家为尼，孤苦伶仃地与青灯古佛相伴，这一切都是拜他所赐！每念及此，永乐都觉得十分歉疚。这种感情不能为外人道，但它却根植于内心，每每想起，都让他备受折磨。当胡濙说徐妙锦对建文以死相护后，他再也不能心硬如铁了。

就当是还妙锦一个人情吧！永乐心中终于做出了决定,他微微叹了口气道:"冤冤相报何时了？允炆毕竟是朕的侄儿,现在既已看破红尘,就留他一条命吧！"

"啊！"胡濙大为意外。在北上的路上,他也曾猜测永乐如何决断。不过在他看来,这位威势无双的帝王绝对不会为一区区女子放过建文这样一个生死宿敌。

看出了胡濙的诧异,永乐布满皱纹的脸上浮出一丝笑容:"怎么,莫非你真以为朕心如铁石？"

"臣绝无此念！"胡濙吓了一跳,赶紧回道,"陛下宽宏大量,世所共知。此番释建文君,世人得知,必齐诵陛下仁德！"

"你不用拍马屁,世人也不会知道此事。既然允炆已经出家,就让他在佛门里安安静静度过余生吧！不过……"永乐轻轻摆了摆手,想了想又补充道,"他毕竟是当过皇帝的人,如今避居荒郊,身边只有一个老王钺,也实在太寒碜了些。这样吧,你回南京时带上朕的手诏,去一趟凤阳皇觉寺,命住持方丈挑选十个聪明可靠的沙弥去侍候允炆。"

胡濙一听便明白了永乐的深意,当即点头道:"臣明白。臣还会嘱咐郑和,让他派人将建文君那座小庙的院墙好好翻修一下,并派些番役乔装成农夫在外看守,免得一些小毛贼进去偷鸡摸狗,搅了建文君的清修！"

"正当如此！"永乐哈哈大笑,满意地点了点头。

胡濙退出后,永乐重新躺回榻上,这时肘关节又传来一阵酸痛。这几个月,这老毛病已犯得越发频繁。永乐皱紧眉头忍了好一阵,待痛感散去,他才长吁了一口气,紧接着又苦笑一声,喃喃自语道:"连允炆也找到了。待再扫清漠北,朕在这尘世间就再无牵挂,到时候便可安安心心去见父皇了……"

第二十章

惊梦魇真人指路 酬壮志塞外悲歌

　　永乐二十一年八月至十一月,三十万明军四征漠北。眼见明军来势汹汹,阿鲁台的反应与前次如出一辙,仓皇率众逃遁。而这两次避战虽使鞑靼逃过了全族覆没的命运,但也给这个漠北大族带来了巨大打击。作为鞑靼之主的阿鲁台威望一落千丈,牛羊辎重亦在逃亡过程中损失无数。而许多部民眼见阿鲁台被大明视为死敌,均觉前途无望,纷纷叛离而去,鞑靼王子也先土干率部归降了明朝。而一直被压得抬不起头来的瓦剌也趁火打劫,向鞑靼疯狂反扑!

　　就明朝而言,此次出征以及前一年的三征漠北,虽都未能逮获鞑靼主力,却如愿以偿都使鞑靼丧失了大量的部民和牛羊。对以人口和牲畜为实力象征的游牧部族而言,这无疑是致命的。敌来则破之,敌遁则其实力大损,这正是永乐连番出征的意图。诚然,每次出征明军的耗费都远胜鞑靼。但大明之富庶繁盛,远非只有区区二三十万人的鞑靼可比。两次交手过后,明朝不过国力小损,而作为腹心之患的鞑靼却是元气大伤,其漠北霸主的地位也岌岌可危了。

　　眼见鞑靼日薄西山,已经六十五岁高龄的永乐决定再次出征。在他看来,只要再加把劲,鞑靼这个庞然大物就会轰然崩溃。从此以后,蒙古各部就将恢复一盘散沙的局面,至少二三十年内都不能再威胁大明。虽然连续两年北征也使明朝受了内伤,但在这种你死我活的对决中,集中全力一举击垮宿敌,无疑比为享一时安乐却留下绵绵不绝的祸患要划算得多!

　　第五次出征,永乐仍决定亲自领军。如今他的身体已经十分不好,四征漠北结束后,他便一直卧病在床,连日常朝政都交给了朱高炽打理。听闻皇帝又要出征,朱高炽和朱瞻基赶紧劝阻,太医院的医士们也苦口婆心地劝他要多休养,不过永乐却不为所动。经过二十年的开拓振兴，大明如今已是如日中天，永乐的宏图大志也都一一得以实现，只剩下这扫清漠北也即将大功告成，又怎能轻易放弃？

永乐也知道自己的身体江河日下，恐离大行不远了。正因为如此，他更要亲自完成这最后一项功业，为辉煌人生写下完美的终章！眼见儿臣们喋喋不休地劝阻，已有许久未发脾气的永乐终于不耐烦地大手一挥道："你等不用再言，五征漠北，朕必亲自前往！纵然马革裹尸，朕亦无悔！"

见永乐态度如此坚决，朱高炽他们无可奈何，只能拱手听命。

……

经过半年多的准备，永乐二十二年四月初四，永乐率军离开北京，五征漠北。与前几次北征相同，杨荣、金幼孜两位大学士随驾扈从。英国公张辅、安远侯柳升、成山侯王通、武安侯郑亨、阳武侯薛禄分掌五军。三十万大军一路跋涉，经宣府出塞，到五月初五时，抵达塞外重镇开平。驻守开平的成安侯郭亮率一众裨将接驾，将永乐迎至其总兵府临时改做的行宫中。

当晚，永乐在行宫大宴群臣。席上他兴致大起，与将军们频频举杯。一众武将更是觥筹交错，不一会儿堂上便杯盘狼藉。永乐见状，哈哈大笑道："每次在宫中赐宴，你等都细嚼慢咽，跟个妇人似的。今日在开平没了规矩约束，才总算有了个将军模样！"说着，永乐又感慨道，"大块吃肉大碗喝酒，这都是靖难时的旧事了。自打当了皇帝，朕也被这烦琐规矩管着，反倒不如你等在外头自在。朕倒真怀念靖难时的那些日子，虽然艰辛，但是畅快。尤其是每每得胜后与你等一起痛饮，那滋味至今记忆犹新！"

在座的将领大都是燕藩旧将，听永乐这么一说，大家的思绪也都回到了当年。柳升正喝得兴起，当即叫道："陛下何必感伤？反正今天又不在宫中，便和咱们这帮子老人痛饮一场，不醉不归！"

永乐微笑着摇了摇头，道："朕老了，比不得你等，暴饮暴食怕是不行了！"

"陛下哪里老了？廉颇八十尚能日进斗米，肉十斤。陛下春秋正富，岂会差过廉颇？臣还想着追随陛下再打二十年鞑子咧！"武安侯郑亨接口道。

"哈哈哈……"郑亨的恭维让永乐十分受用，他大笑一阵，随即端起手中酒杯道，"好，就冲你这番话，朕再饮一杯！"

杨荣坐在永乐左下首的第一位，此时见他又要喝，有些不放心道："陛下，您今天已喝了不少了！太医交代过，您大病初愈，不宜畅饮！"

"怕什么？朕戎马一生，不知受过多少伤，患过多少病，哪一次要了命了？今日难得与大家一乐，你莫要聒噪！"永乐潇洒地一挥手，便头一仰将杯中酒一饮而尽。

众将本都是豪爽之辈，见永乐如此，更是轮番敬酒。永乐之前在病床上窝了半年，也是憋屈坏了，如今难得遇到这般热闹场面，也觉十分快活，竟是来者不拒，一转眼又喝了七八杯。不过永乐毕竟是年纪大了，就算性格依旧要强，但酒量却不如当年远矣。不一会，他脸上便显出醉意。杨荣见状，赶紧向永乐身旁侍候的马云打眼色。马云会意，随上前对永乐道："皇爷，时候不早了，咱们歇着去吧？"

永乐这时已是半醉半醒，遂也不再强撑，便让马云搀扶着摇摇晃晃回后院去了。

待回到寝宫，永乐立刻如烂泥般躺到榻上。马云帮他脱去靴子，又找来薄毯盖好，随即吹熄蜡烛，蹑手蹑脚地出门而去。

待三更过后，永乐突然觉得口渴，遂下榻准备找些水喝。正当他拿起桌上水壶欲往杯中添水时，忽然觉得身后一股凉风袭来。他一扭过头，发现本应空无一人的屋内竟站着一个高龄老者。这老者满头鹤发，头戴五老冠，身着白绸大褂，一副仙风道骨之相。

永乐受惊之下，身子不由自主地后退一步，伸出手指着老者喝道："你是何人？竟敢私闯天子寝宫，活得不耐烦了吗？"

老道丝毫不为永乐的气势所动，过了好一阵才淡淡道："贫道张三丰。"

"张三丰？"永乐又是一吓，待定睛一瞧，见此人倒确与传闻中的张三丰有些像，遂定下心神道："你是张三丰，可有凭据？"

张三丰微微一笑道："若非贫道，可还有谁能潜入此地？"

永乐想想也是，脸上立显惊喜之色，当即拱手一揖恭敬道："棣仰慕仙人多年，屡遣下臣寻访，却一直未闻踪迹。今能得会，棣虽死无憾！"

张三丰对朱棣的恭维无动于衷，待他说完，便微微摇头道："你遣胡濙是为查访建文皇帝下落，与贫道何干？"

"这……"永乐有些尴尬，半晌方干笑一声道："二者兼而有之，棣亦想见仙人多时矣！"

"你寻我所为何事？"

永乐激动道："棣为人主二十载，成就冠绝古今，自以为当得圣主之谓。凡有大功于人世者,身后莫不得道成仙。棣既建殊功,自应升入天界,故欲向仙人请教升仙之道!"

"你欲升仙?"张三丰反问一句。

"正是!"永乐赶紧点头。

"你尚不配升仙!"张三丰又摇了摇头。

"什么?"永乐大惊,"仙人何出此言?"

"得道方能升仙,你可得道乎?"

"棣怎未得道?"永乐不服气道,"为人君者,使天下升平,是可谓得道!今华夏之盛,为历代所不能及!此皆棣之功也,如此,犹不能为得道乎?"

"正因此言,你不可谓得道。'大道泛兮其可左右,万物恃之以生而不辞,功成不名有,衣养万物而不为主。常无欲,可名于小;万物归焉而不知主,可名于大。是以圣人终不自为大,故能成其大。'今海内之盛,实乃时势所致,你不过顺势而为,却言此皆个人之力也,如此岂非贪天之功?何况,你纵有微功,却沾沾自喜,如此岂为得道?"张三丰语气平和道。

"啊!"永乐犹如挨了一闷棍,整个人呆在当场。过了许久,他才面如死灰地深深一揖道,"仙人之言,使棣茅塞顿开。棣不明大道真意,志得意满,确无得道之资!"说到这里,他颓然一叹,"棣大寿不远,恐今生再无得道之望了!"

"得道与否,在人之悟性,与阳寿并无关联!"

"真的?"朱棣眼中又迸出希冀的光芒,"照仙人之言,棣若从此修身养性,亦可以得道升仙?"

"自是如此!"张三丰点了点头,但话锋一转道,"然江山易改,本性难移。修身养性,谈何容易?"

永乐当即昂首道:"棣有此志,唯请仙人指点迷津,棣照仙人真言践行即可!"

张三丰看了看永乐,半晌口中吐出一句:"上天有好生之德!"

"上天有好生之德?"永乐疑惑地看着张三丰道,"仙人可否明言?"

"天机不可泄露!"张三丰回了一句,随即放声大笑。笑声中,他的身影越来越模糊,最后竟在永乐眼中凭空消失!

"仙人留步!"永乐见状大急,一边大喊一边疾步上前,似乎想抓住他,却扑了个空。

正在这时,旁边传来一阵熟悉的声音:"皇爷!皇爷!"永乐猛地睁开眼睛,发现马云正站在榻前，紧张地看着自己——原来刚才是在做梦！

"皇爷，是犯了梦魇了么？"马云焦急地问道。

"唔！"永乐吱了一声，摇摇头道，"没事，你去歇息吧！"

"可是……"马云还想再说，永乐已经不耐烦地摆摆手，打发他出去。待马云出屋，永乐重新躺到榻上，脑海中不停想着刚才梦中张三丰那句"上天有好生之德"的话，思索着此言之意，许久才迷迷糊糊睡去。

第二天清晨，永乐一觉醒来，仍觉得脑袋发晕。朕真的老了！永乐感叹一声，旋从榻上坐起。早在门外守候的马云听得声音，赶紧招呼着一干内官进屋侍候。永乐盥洗完毕，吩咐马云道："把杨荣和金幼孜叫来陪朕一起用膳。"

"是！"马云答应一声，忙吩咐下人去宣，又麻利地侍候着永乐把衣冠穿戴好，才搀扶着他出了寝宫，来到小花厅的桌前坐下。

过了一会，杨荣和金幼孜进入厅中。永乐招呼两人一起用膳，席间又将昨晚的梦说了，末了忧心忡忡道："你等说说，仙人此言究竟是何意？难道是指朕杀戮太多？尤其眼下正要讨伐鞑靼，莫非仙人眷顾此寇，以此命朕止兵？"

杨荣和金幼孜正在喝粥，听得永乐此问，两人将手中碗放下，对视一眼，由杨荣回道："陛下好生恶杀，诚格于天，讨伐鞑靼亦是为除暴安民。诸如阿鲁台之流，生性奸邪，作恶多端，纵百死亦难赎其罪，又岂会蒙仙人眷顾？"

杨荣的回答十分漂亮，但未能完全消除永乐的疑惑，他皱着眉头道："话虽如此，但仙人既托此梦，自是有所喻示。若不能解之，朕终是不安！"

陛下真的老了！若在以前，他老人家岂会如此瞻前顾后？见永乐如此放心不下，杨荣和金幼孜不禁暗中感叹。不过为君分忧是臣子本分，金幼孜沉吟片刻后拱手道："依臣之见，仙人此意或是请陛下先礼后兵！"

"哦？此话怎讲？"

"正如勉仁所言，王师北征，实为吊民伐罪之举！但仙人既言上天有好生之德，当是指鞑虏虽然残暴，但毕竟为天地间之生灵。若能皈依正道，亦可大度宥之。既如此，陛下不妨先遣使去见阿鲁台，晓以利害，命其率部来降。倘其听从，自是最好；倘若不从，那便是自作孽不可活，陛下再用兵时，仙人亦无话可说！"

金幼孜巧舌如簧，说得永乐龙颜大悦，当即点头道："爱卿言之有理。朕便遵仙人之意，先派人赴鞑靼招降！"

当天下午，神宫监少监伯力哥便携着永乐的招降敕旨出城向北，搜寻鞑靼踪影。而明军亦在休整数日后出开平城，按照原定计划一路北上。走了十来日，伯力哥返回，言鞑靼现正往答兰纳木儿河一带逃窜，但拒绝投降。永乐闻言，冷哼一声道："阿鲁台不战不降，一味逃遁。如此这般，怕是离众叛亲离也不远了！"

自从前年开始，英国公张辅连续三次随驾出征，对漠北的形势已经十分了解，听了伯力哥之言当即出班道："陛下，当下正宜再接再厉，将鞑子再驱远一些。只要再搅了他们今秋游牧，鞑靼的气数也就差不多了。"

张辅之言颇合情理，但杨荣和金幼孜听后却皱了皱眉头。这几天征途劳顿，永乐的身体又出现不支之状。为了稳定军心，他一直强撑着，并严禁他们将病情泄露出去，因此众将均不知情。但杨荣和金幼孜都是天子近臣，对内情是一清二楚。出于对永乐病情的担忧，杨荣小心奏道："陛下，以眼下之势，就算不再追击，鞑靼也是日薄西山，不如索性到此为止吧！"

"你这是什么话？现在退兵，就给鞑子留下了苟延残喘之机。既已下定决心要剪除此患，自当奋追到底，岂能最后关头半途而废？"见杨荣他们面带忧色，永乐知其心意，遂笑道，"你等勿忧，此乃朕最后一战。此战过后，漠北大靖，朕便可优游山林，高枕无忧了！"

杨荣熟知永乐脾气，见他如此，知道再劝亦无用。于是，追击鞑靼之事便定了下来，明军遂向答兰纳木儿河进发。到六月十七日时，宁阳侯陈懋率领前锋骑兵抵达答兰纳木儿河畔，他迅速四遣哨骑搜寻鞑靼主力，但所到之处唯见荒尘野草，车辙马迹亦多漫灭。未久，张辅和成山侯王通亦赶到，几拨人日夜不停，将答兰纳木儿河流域搜了个遍，但未见到鞑子踪影。待永乐率五军主力赶到后，陈懋等人将情况禀报。永乐闻言沉思半晌后，轻蔑地笑道："阿鲁台亦是枭雄，如今却连与朕一战的勇气都没有了！答兰纳木儿河已是其最后栖身之所，他这一逃，今秋游牧算是泡了汤，冬天还不知要死多少牛马。今冬过后，阿鲁台再无实力号令蒙古，漠北又将重回群雄逐鹿，我大明可以高枕无忧了！"

"陛下，既然如此，王师也可以奏凯回朝。"趁着这个机会，杨荣赶紧进言。这几日永乐食量不断缩减，身体也虚弱了许多，随行的太医院院使韩公达已几次找到杨荣，言永乐体气渐衰，恐是不祥之兆，请他找机会劝永乐班师，回京调养。杨荣了解永乐性格，知道他不达目的绝不会罢休，故其虽有心，但也无可奈何。今天大军总算抵达答兰纳木儿河，但鞑子仍无踪影，杨荣生怕永乐还要追击，赶紧先请班师。

"是可以班师了！"永乐点了点头，但话锋一转道，"不过焉知阿鲁台是不是暂避一时，待王师一走，他又会返回来？这样吧，大军且在此驻扎，另命张辅他们率游骑四出,以三百里为界,仔细搜索。若仍无鞑子踪迹,便可确信阿鲁台已远遁,到时候再班师不迟!"

杨荣掐指一算,要把方圆三百里搜尽差不多需四五日时间。不过这期间大营不需再动,正好可以让永乐静养一阵。当然,如果真搜到鞑靼踪迹,依照永乐的性子,他肯定又会披挂上阵,这是杨荣最担心的。但圣命既出,他也反驳不得,只得一边点头答应,一边祈祷鞑靼千万不要出现。

明军便在答兰纳木儿河驻扎下来。其间,张辅他们各率轻骑四方搜寻,永乐则在帐中歇息,偶尔出帐到河边漫步一番,倒也悠然自在。到第三日傍晚,张辅等人回营禀报未发现鞑靼踪影,永乐终于决定明日班师。

不过就算是班师回朝,永乐也不打算消停。在前年被明军痛击后,朵颜三卫一度老实许多,但不久又故态复萌。此次明军北征,阿鲁台自知不敌,便以宝货重赂三卫头人,请他们从旁相助。三卫利令智昏,竟答应下来。明军进入漠北后,他们不断偷袭明军沿途设置的储粮堡垒,永乐大光其火。现在既然大军班师,永乐遂决定再教训一下这帮忘恩负义的兀良哈人,让他们知道厉害!

听闻此计,杨荣和金幼孜大吃一惊,当即坚决反对。无奈永乐不听,反问道:"兀良哈不过跳梁小丑,竟敢屡犯王师,若不讨之,岂能使漠北各部慑服?"

不是不讨,而是不能由您亲自去讨!杨荣在心里直喊,口中却另有一番说辞:"杀鸡焉用牛刀?兀良哈阖族不过三五万,控弦之士不过万余,远不能与鞑靼、瓦剌相比。欲诛此贼,遣一上将即可,何劳陛下亲讨?"说完,他立即向张辅打眼色。

张辅此时也已知道永乐身体不佳,见杨荣瞄来,立即上前拱手道:"臣愿率兵前往,还请陛下按原道班师!臣保证,待陛下抵达开平日,臣必凯旋。"

"你是要去,不过是随朕一起!"永乐笑着回道。

"可是……"

"文弼不用再说,朕年事已高,此番回朝恐再无披甲上阵之日!故此次北征,实乃朕之最后一战!"永乐摆摆手阻止了张辅,声调又提高了几拍,有些激动道,"早在车驾发北京前,朕便已想好,此次出塞,无论如何也要真刀真枪地打上一仗。本来,朕是想与阿鲁台一决雌雄,但他却畏缩远遁。王师粮草有限,朕不能为一己之欲置三十万将士安危于不顾,故只能找朵颜三卫了!这一次,朕定要将这帮兀良哈人杀个片甲不留,如此,朕便再无遗憾!"

"可是陛下的身体……"

"朕身体好得很！"永乐立刻打断了杨荣的话，不容置喙道，"征讨朵颜三卫，朕必亲自出马，此事不必再议！"

杨荣无可奈何地摇了摇头，永乐生怕有人再跳出来反对，遂拿出乾纲独断的架势，对回师事宜做出了部署：其亲率六万骑兵，以张辅和柳升为副，杨荣、金幼孜为参军，由东路直奔屈裂河；其余各部皆由武安侯郑亨统领，由西路南归，两路大军约在开平会合，再一道入塞。部署既定，众人遂各自回去准备。第二日，三十万明军一分为二，各自南返。

永乐对这最后一战极为重视，他拿出老夫聊发少年狂的劲头，带着骑兵一路疾行，于七月十二日午后直抵屈裂河畔的通津戍。盘踞于此的兀良哈人没料到明军会突然前来，更没想到竟是大明天子亲自领军，惊慌之下纷纷夺马亡命，永乐也不追击，只命将士纵火将其营地焚为灰烬。随着冲天大火熊熊燃起，永乐高兴地对杨荣道："经此一战，看他朵颜三卫还敢不敢再两面三刀！"

"陛下威武，纵汉武唐宗不及！"杨荣嘴上连声恭维，眼睛却饱含焦虑。一番征战下来，永乐本就缺少血色的脸越发苍白，豆大的汗珠从他额头上滴滴下落，这让杨荣忧心不已。

待永乐兴奋得差不多了，杨荣方上前牵着永乐的马缰道："皇上，下马歇一阵子吧！"

"也好！"永乐这才觉得有些累了，遂从马上翻身跃下，找了块干净地方坐了。这时天色将黑，张辅张罗着将士们扎好营盘，遂来请永乐入帐歇息。

永乐走进天子大帐，兴致勃勃地对张辅道："传令三军，将缴获的牛羊宰了，晚上生起篝火，朕要与将士们一起烤肉喝酒……"正说得起劲，永乐忽然眼前一片漆黑，紧接着双腿一软，竟一咕隆栽倒在地！

"皇上！"张辅、柳升、杨荣、金幼孜均大惊失色，一窝蜂地扑了上来。待再看时，永乐已经面色发青，一双眸子瞪得老大，但就是发不出声来……

"快宣太医……"杨荣急得放声大喊。站在帐门后的马云早已吓得木在当场，此刻方反应过来，随即惊慌失措地冲出帐外。

不一会儿，太医院院使韩公达领着几个医士冲了进来。他跑到永乐跟前，连气都来不及喘，便将手指搭到永乐的右臂上，片刻之后，他面色一变道："马公公在帐内侍候，其他人都出去！"

杨荣他们闻言也不敢多说，只得退到帐外等候。一个时辰过去了，帐内没有任何动静。杨荣等人急得团团转，就在快忍不住时，帐帘被挑开，韩公达一脸疲愆地走了出来。

"陛下怎么样了？"杨荣他们赶紧迎上前。

韩公达擦了擦汗道："眼下应无大碍。"

"天佑大明！"听得此言，张辅和杨荣长出了口气。

唯有金幼孜心细，从"眼下"二字中听出了玄机，赶紧追问道："陛下的病情不要紧吧？"

这次韩公达没有吱声，半晌才面色沉重道："怕是不妙！"

"什么？"四位大臣脸色均是一变，张辅结结巴巴地问道："到底怎么回事？"

"陛下年事已高，这两年又连番患病，元气已近枯竭。按理说，此时便当细心调养，可是……"韩公达叹了口气，"可是陛下偏又连续三年出征漠北。塞外本就气候恶劣，他老人家连番奔波，身子岂能支撑得住？今日厮杀，陛下又亲自披挂上阵，用力过猛，这仅存的一丝元气如今也耗得差不多了……"

杨荣浑身一震，颤声道："你是说……陛下快不行了？"

韩公达先是点点头，后又摇头道："不过这事也说不准。若是回到京城，细心调养，或有转机亦未可知！"

杨荣闻言，急得一跺脚道："既然如此，咱们加快行程，争取早日回京！"

"不可！加速行军，车驾急剧颠簸，陛下身体怕是坚持不住。为今之计，只能一如平常，大军每日清晨出发，正午便扎营歇息。"韩公达摇头道。

"可万一还未入塞，陛下病情便就加重，奈何？"

"若果真如此，"韩公达苦笑一声，"那就只能听天由命了！"

四位大臣倒吸了口凉气，良久才不约而同发出一声叹息："唉……"

第二日一大早，明军便出发了。永乐虽已被抢救过来，但精气已经枯竭，再也不能骑马，只能躺在革辂里歇着。即便如此，他的病情还是无可逆转地一天天恶化，再加上车马颠簸，这位征战一生的大明天子已逐渐走到生命的尽头。

大军又走几日，到七月十七日，明军抵达榆木川。这时，连日精神萎靡的永乐突然好转了些，待吃过晚饭，他叫上杨荣和金幼孜一起登上营外的小山冈，兴致盎然地欣赏草原景色。

展现在永乐眼前的是一幅美轮美奂的画卷。夕阳西照下，苍茫的大草原一望无垠，尺余高的青草随风摇摆，让人心醉神怡。永乐远眺一阵，忽然叹了口气道："江山如画，可惜朕再也看不到了！"

"陛下怎么这么说？"金幼孜赶紧道，"待陛下调养好身体，自可随时再来。"

"朕这身体还能好吗？幼孜不要哄朕了。"永乐摇了摇头，神色黯然道，"就算朕真能挺过这一关，也不会再来漠北了。劳师糜饷，实是不得已而为之，不可引为常制。今漠北已靖，朕还来做什么？"

永乐语气中带着落寞，杨荣听后觉得气氛有些沉重，遂笑道："不来也没什么。我大明国势之强，远超历代。假以时日，将漠北化归王土亦未可知。真到大功告成时，后人追忆往昔，今日陛下五征漠北之壮举，便为收化漠北之始。万里草原，每一寸土都与陛下紧紧相连。"

听了杨荣的话，永乐哈哈大笑："要真要有那一天，朕死亦瞑目！"不过笑完后，他又摇摇头，"不过这是不可能的。拓土开疆，最要紧的是使当地土民承沐王化。否则即便以力强占，但民心不服，久了终会离去。而礼乐文教之生，又源于国本，即生计之道。我华夏以农耕立国，文化源自农耕，但观漠北，其地不宜耕作，仅能游牧，国本与中原迥异，故文化亦不可能与中原相融。正因此理，莫说化夷入夏不可推行于漠北，就算尽迁中原汉民至彼处，只要他们生计之道为游牧，日子久了，也会尽弃夏风而从胡俗，此便是圣人所言'中华入夷狄则夷狄之'。华夏之扩张，向东可及沧海，至西可抵陇上，往南可至交趾，甚至朕还欲拓土西洋，之所以都可成功，最关键之处便在于其地适宜耕作，进而化夷入夏可以推行！而阴山以北，我华夏纵再昌盛，亦无能力化夷入夏，故收土纳民便不可行！"

"陛下见识高远，臣等佩服之至！"听过永乐之言，杨荣、金幼孜心悦诚服。

永乐对自己洞鉴世事的能力也十分得意。但既然漠北不能化夷入夏，胡患便永无止境，他虽成功地肃靖了漠北，但过个几十年，北虏仍会卷土重来。想到这里，他又不免有些怅然。不过这不是他能解决的问题，只能寄望于子孙了。最后望了一眼苍茫天地，永乐轻声道："走吧，回营！"

进入营门时，天色已经完全暗了下来。夏日的漠北昼夜温差极大，此时已经入夜，气温也较刚才在山顶时降了好些。永乐正与杨荣边走边聊，忽然一阵凉风吹来，他不由浑身一颤，一股寒意飞快地从脚尖直冲到心头。永乐暗道一声不妙，但此时他身在营中，无数军士瞧着自己，他万不能在进入寝帐前倒下，只能咬牙硬撑。待再走几步，眼见自己的寝帐遥遥在望，永乐觉得手脚已接近麻木，几乎都迈不开步伐。永乐用尽全身力气艰难地向前行进，总算走进了帐内。待帐帘一放下，永乐心念一松，浑身力气瞬间消逝得无影无踪，一下子瘫倒在身旁的马云身上。

"皇爷！"马云立刻慌了神，当即放声大喊。杨荣和金幼孜刚送永乐到帐门口,正准备离去,听得马云叫声,立刻转身冲进帐内,此时的永乐已经不省人事。

杨荣见状,赶紧对马云和金幼孜道:"你们赶紧把皇上抬到榻上,我去叫韩公达!"说完,他便飞一般冲出帐去。

马云和金幼孜手忙脚乱地将永乐的身子挪到榻上,刚一放稳,杨荣便领着韩公达和几个医士跑了进来。韩公达给永乐把了把脉,脸上也露出惊惶之色,赶紧让杨荣他们退出帐外。

出得帐门,杨荣和金幼孜大眼对小眼,急得团团乱转。杨荣一个不留神,脚下一个趔趄,竟让这位堂堂文渊阁大学士摔了个四脚朝天!

众人就这么焦急不安地等了近两个时辰,直到三更过后,马云才步履沉重地走了出来。此时张辅和柳升也得了消息,正与杨荣金幼孜一起在帐外守候。见他出来,四人一起围上前问道:"陛下怎么样了?"

"不行了!"马云眼角已泛着泪花,哽咽着应道,"听韩大人说,寒气攻心,引得其他病症一道发作,怕是……怕是撑不过今晚了。"

"啊!"四位大臣均吓得面如土色。

柳升性急,一把抓住马云的胳膊叫道:"怎么可能?今天上午陛下还说精神不错,怎么这么快就不行了?"

"韩大人说,陛下元气已尽,白天或是回光返照!"

柳升的手无力地松开,整个人木在当场。

张辅稳重,赶紧问道:"陛下此刻情况如何?"

"仍在昏厥,韩大人他们正在救治!"

"几位大人!"几人正说话间,韩公达也走出帐外道,"陛下醒了,叫你们进去。"

"皇上醒了?"众人又惊又喜,韩公达先是点头,旋又悲痛万分地摇头,"快进去,皇上要大行了!"

犹如一个晴天霹雳,众人均呆若木鸡。杨荣最先反应过来,赶紧一拽金幼孜道:"快,快进去!"说着便挑帘入内,张辅和柳升也如梦初醒,慌慌张张地跟着进帐。

帐内,永乐一动不动地躺在榻上,面色已如纸一样苍白。待用余光瞧见杨荣他们进来,永乐伸出右手摆了摆,阻止了他们行礼,又示意他们走上前。待到榻跟前,几位大臣见永乐形状已是弥留,均是悲痛万分,但又不敢哭出声,只得强自忍着,泪花在眼眶中直打转。永乐见着,艰难地挤出一丝笑容,气若游丝道:

"生死有命,你等勿要悲伤!"

永乐想从榻上坐起来,但很快便发现这不可能,只得重新躺下,勉强抬起头道:"杨荣,去拿纸笔!"

杨荣知道永乐这时要拟遗诏,赶紧走到案前将纸笔拿过,蹲到榻前。永乐本想斟酌言辞,但现在已经没那份精力,只得运了运气,简单明了道:"朕大行后,由皇太子继位,丧服礼仪遵太祖皇帝遗制!"

"陛下……"杨荣再也压抑不住内心的悲痛,当即痛哭大喊。

"拟诏!"永乐声音不大,但语气却不容置疑。杨荣无奈,只得哽咽着提笔写就。待他写完,永乐又往案上的印玺处一指,杨荣赶紧又去把印玺拿来按了,然后将遗诏拿到永乐面前展开。永乐看了一眼,满意地点了点头,忽觉心头一紧,呼吸立刻急促起来。

"陛下……"四位大臣齐声大喊,张辅赶紧向在角落处侍立的御医们招呼。

永乐却不知哪来的力气,大手一摆,阻止御医上前,然后深吸了口气问道:"你们说,朕此生功业如何?"

"治隆唐宋,远迈汉唐!千古一帝,陛下当之无愧!"众人毫不犹豫地大声回答。

听了众人回答,永乐脸上露出激动之色,用尽全身力气大叫道:"朕无愧祖宗!无愧大明!"说完,他的头顿时一歪,再无气息。

"是!"众人又是大叫。

韩公达冲到榻前,翻开永乐的眼皮一瞧,随即一骨碌瘫倒在地哭道:"皇上……驾崩了!"

"陛下……"众人一齐放声大哭,戒备森严的天子寝帐,立时被浓重的悲痛所笼罩。

轰隆隆……就在这时,漆黑的天空滚过一阵轰鸣,先前还是繁星点点的天空刹那间便电闪雷鸣。紧接着倾盆大雨哗哗落下,将苍茫大地彻底浇透……

天空中大雨滂沱,天子寝帐内,众人也是一阵哀鸣。过了好一阵,大家哭得差不多了,杨荣才一抹泪,对另外三位大臣道:"陛下于军中驾崩,如何应对,还需尽快拿出主意。"

听杨荣这么说,帐内众人方才止住悲声。待再一想,几位大臣均觉事态严重——眼下大军尚在敌境,一旦天子驾崩的消息走漏,不仅顷刻间就会军心大乱,万一让鞑靼和朵颜三卫得知,那他们肯定会士气大振,马上卷土重来!到时候不仅这东路的六万明军,就连西路郑亨的步军主力,都有覆亡之忧!

大伙儿互视一眼,张辅面色沉重地说道:"为今之计,也只有先秘不发丧。"

张辅话一出口,金幼孜便点头认可,柳升犹豫片刻也点了点头。现在永乐已崩,这四人便是东路乃至整个漠北明军之首。既然他们意见一致,秘不发丧的事便成定议。杨荣见马云和韩公达等几个医士不知所措地望着自己,遂上前郑重道:"刚才的话你们也听见了!今陛下骤崩,为稳定军心,我与三位大人决议暂不发丧。还请马公公和诸位太医多加配合!"

马云向来胆小,今永乐又已驾崩,见杨荣这般说,他只能点头。韩公达等一干太医都是杂官,就更没有置喙的份了。安抚住这几个,杨荣便开始有条不紊地布置:"天一亮便把车驾开到寝帐前,将陛下遗体抬上车,一应日常供奉如常,绝不能让外人瞧出端倪。至于大军,则由张大帅与柳大帅统领。加快行军速度,赶紧返回开平!"

杨荣说完,殿中众人皆表示同意。

接下来大家又就具体细节磋商一阵,末了杨荣道:"还请张大帅准备几匹好马,再拨几个能干的亲兵和向导,我天一亮便动身,赶回京城!"

……

七月十八日清晨,天子御营颁出旨意,言永乐偶感风寒,命张辅和柳升代领大军。而与此同时,杨荣悄悄离开明军大营,昼夜兼程赶回北京。他一路上风餐露宿,一连跑了十四天,直到八月初二傍晚,才疲惫不堪地进入北京城。进城后,杨荣来不及歇息,赶紧来到左掖门前递牌子请见。

得知随父皇出征漠北的杨荣突然回京,朱高炽当即大惊,赶紧命他前来见驾。杨荣满脸风尘地跑进东宫,一见朱高炽便一骨碌跪倒在地哭道:"殿下,皇上行军途中染疾,已于七月十八日在榆木川驾崩了……"

"什么!"闻言,朱高炽浑身一震,直愣了半晌才"扑通"一声跪倒在地,大哭道,"父皇……"

一个时辰后,文华殿内,朱高炽、朱瞻基、杨荣、杨士奇还有前户部尚书夏元吉聚在了一起。夏元吉在前年因劝阻北征,被永乐关入内官监监狱。但他一向深受东宫器重,永乐北征期间,朱高炽和朱瞻基隔三岔五便去探望,此时既已得知父皇驾崩,朱高炽便在第一时间将他放出。

此时朱高炽脸上仍有泪痕,但眉宇间的悲伤已较之前淡了不少。二十一年的皇储生涯,这位太子大多数时候都在胆战心惊中度过。如今永乐已经驾崩,他即将登基为帝,体会着此刻的心情,他也说不清到底喜悦和悲伤哪个更多一些。但有一点他却很清楚,眼下还不是庆贺的时候,甚至连哀悼也不行,因为在操办这些事之前,他必须要解决一个大麻烦——三弟朱高燧。

自打察觉朱高燧意欲夺储的阴谋后,他们就一直在削赵藩之势。去年永乐病重时,朱瞻基策划了一场皇帝驾崩的大戏,意欲以此诱得赵藩作乱,从而一举剪除这个隐患。不料道高一尺魔高一丈,朱高燧在最后关头金蝉脱壳,朱瞻基只逮到了几个赵藩僚属。

由于朱高燧没有直接参与谋反,所以永乐也没有惩戒太过,最后仅处置了几个参与作乱的赵藩僚属,赵藩大部分实力得以保全。直到现在,常山三护卫依旧驻扎在北京城内,北京驻军中,赵王仍有一定势力。

本来,正常情况下北京城内及京畿一带的驻军不下二十万。就算朱高燧有常山三护卫,也能策动几个卫所归附。但只要其他卫所忠于朝廷,那即便永乐驾崩,朱高炽作为皇储也能轻易控制住局面。可眼下明军主力都在漠北,北京城内兵力空虚,要是赵藩真反了,缓急间东宫未必就能弹压得住!

当然,朱高炽也并不认定三弟一定会趁变作乱。可万一出现这种情况,那可就大事不妙。眼下他召集朱瞻基和几位心腹重臣,除了商议国丧事宜外,更重要的就是如何稳住这个心意难测的三弟。

“要不索性把赵王府围起来!”朱瞻基试探性地建议道。

“太孙之计不妥!”杨士奇缓缓摇头,“赵王又无过错,凭什么围他府邸?再说先皇刚一驾崩,太子就圈禁三弟,这要传出去,名声顷刻便毁!”

朱高炽思索一番后道:“既然如此,就急招真定、保定、河间三府驻军进京。若我记得不错,这三地尚有六七个卫,只要把他们召到北京城下,三弟便再不敢作乱!”

“这是个好办法!”杨荣先是点头,又苦笑一声道,“可远水解不了近渴。三地卫所进京,少说也得十来日,可明天就得为先帝发丧。如果赵藩果有异谋,那得知先帝驾崩后立刻就会谋反,这又如何应付?”

朱高炽一听,便不吭声了。这时殿内一阵沉默,朱高炽目光一扫,见夏元吉似有所悟地点了点头,赶紧问道:“维喆大人,你有何良策?”

夏元吉蹲了两年大狱,虽说有东宫照顾,在里头没受什么罪,但久困之下,人也消瘦不少。今天突然被放出,回到这富丽堂皇的文华殿中,他一时还有些不适应,及至太子发问,他怔了好一会才反应过来,从容道:“兵法有云:‘凡战者,以正合，以奇胜。'又云：'微乎微乎，至于无形；神乎神乎，至于无声。故能为敌之司命。'兵争如是，庙堂争斗亦如是。殿下只要善用孙子这奇正虚实之术，那不费吹灰之力，赵王便只能拱手就范！"

"哦？维喆且明言。"朱高炽闻言精神一振。

夏元吉应了一声，随即将心中想法说了，朱高炽听后恍然大悟，当即重重点了点头。

……

时近三更，北京城内万籁俱静。朱高炽的心腹内官王三儿带着几个内官来到赵王府门前，拉起门环便震天敲起。

赵王朱高燧正在酣睡，得知是王三儿夤夜求见，他也不敢怠慢，赶紧起床接见。待朱高燧出现在花厅，王三儿旋躬身一揖道："奉太子口谕，请王爷即刻进宫！"

"进宫？"朱高燧疑惑道，"大半夜的，宫门都下匙了，进去做什么？"

"开平传来紧急军报，太子请殿下进宫商议，至于具体情况奴婢也不晓得。"

"开平军报？"朱高燧心中当即一凛。眼下已是深夜，这个时候有军报传回，漠北肯定出了大事。可是能有什么大事呢？他开始琢磨，首先有可能的就是王师惨败，不过这事摆在两个月前倒还有些可能，现在阿鲁台已经逃得无影无踪，大军正奏凯南归，这时候再出现这种情况未免不合情理。可除了兵败外，再有急事就是父皇驾崩了！想到这里，他的心顿时一紧。父皇年事已高，在出征途中驾崩完全有可能的。不过再一思忖，他又觉得不对，按照行程计算，军报发出时东路大军仍在漠北腹地，离开平还有老大一段距离，如果是父皇驾崩，张辅他们肯定会直接遣使回京，而不会由开平代为传报。

排除了以上两种情况，那就只剩下一种可能——开平突然遭袭！

开平是朝廷在塞外的唯一军镇，也是明军班师的必经之地。只要能占领开平，就能切断明军归途，进而将三十万大军困在漠北！正因为如此，每次出征前，永乐除命镇守开平的成安侯郭亮小心防范外，还特别交代但遇敌袭，需立刻向京城和漠北大营告变。这时候开平传来急报，或许就是遭到袭击。至于袭击开平之寇，有可能是一直没被逮获的鞑靼主力，也有可能是虽表面臣服于朝廷，但一直贼心不死的瓦剌。

在自认为已判明形势后，另一个疑惑又油然滋生——大哥为什么要召自己进宫？自朝廷迁都北京后，他已经失去了对北京京卫的指挥权，去年赵藩谋反，他虽侥幸未受牵连,但上朝议政的资格也被永乐免了。这一年多来,他虽仍未回藩国彰德,但在北京也就是个闲人而已,除了永乐在京时每日进宫请安,他几乎再无正事可做。开平遇袭,虽然事关重大,但也轮不到他这个闲散亲王置喙,何况东宫对他还颇为忌惮。沿着这个思路继续往下想,朱高燧忽然一个激灵:大哥会不会是想调常山三护卫救援开平?再仔细一想,他越发觉得极有可能——如果开平遇袭,那边塞也有受鞑子袭扰的危险,想从宣府、大同等塞上重镇调援军肯定不行,只能从北京发兵增援。而现在京卫大都已经随父皇去了漠北,北京城内,加上自己的常山三护卫,总共也不到十卫兵马。这时候要再抽京卫北上,那大哥这个监国太子可以直接掌控的军力无疑会更加单薄。出于对自己的顾忌,他肯定会选择调常山三护卫增援开平,如此方能安心。

抽调常山三护卫,朱高炽是可以安心,可他却绝不能答应。三护卫出塞御虏,肯定会削弱赵藩本就已不再雄厚的实力。而且,他还发现了另外一个可乘之机——要是增援不及,甚至开平城破,那漠北大营很有可能会遭遇灭顶之灾。一旦此事发生,朝廷必然大乱,这个时候如果常山三护卫在,自己就有机会趁乱逼宫,一举夺权。想到这里,他的心顿时怦怦直跳。意识到这一点,朱高燧赶紧跟王三儿进宫。路上,他拿定主意,无论大哥怎么威逼利诱,他绝不松口放常山三护卫出塞。

朱高燧一行从东华门进入了紫禁城。进宫后,他立刻发现有些异常:既是商议军事,那大哥应该在文华殿召见自己。可当走到文华门前时,王三儿却未止步,而是领着他继续向西,直接走到右顺门前。

"这是怎么回事?"发现不对,朱高燧立刻停下脚步正色问道,"大哥不是在文华殿吗?"

王三儿尚未回话,忽然右顺门外人影一闪,狗儿领着几个番役出现在朱高燧面前。他一脸沉着地朝朱高燧一揖道:"太子殿下在他处接见王爷,请王爷随奴婢前往!"

"在哪里?"朱高燧却不买账,端起王爷架子大声发问。

"王爷去了便知!"狗儿不卑不亢地回了一句,旋又一扭头,对几个番役叫道,"还愣着做什么?赶紧侍候王爷出发,太子那边都等不及了!"

狗儿话音一落,几个番役便疾步上前,站到了朱高燧身旁。

朱高燧脸色大变,立刻意识到情况不妙。但此时他孤身一人,又在这深宫大内,就是察觉到不对也已经晚了。无奈之下,他只得跟着王三儿继续往前走。一行人过了右顺门,又沿着金水河穿过午门内广场,过左顺门后折而向北,一直走到思善门前时,王三儿才止住脚步,对着朱高燧深深一揖道:"太子爷就在里头,请殿下自己进去。"

思善门是仁智殿的大门,而仁智殿是帝后大行之后停放梓宫、供奉灵位之所。此时的朱高燧已意识到什么,脸一下变得苍白无比,愣了许久,他才艰难地迈开步子,走到仁智殿门前。

正如朱高燧猜到的那样,当他把殿门一推开,发现殿内已挂满了素幡白绢,大哥正一身素服站在大殿中央。听得殿门响声,朱高炽知道朱高燧已到,遂转过身来一脸悲痛地哽咽道:"三弟!晚上勉仁师傅突然回京,报父皇班师途中染疾,已于半月前大行了……"

"啊!"虽然已有所预料,但听了朱高炽的话,朱高燧仍如遭雷击一般,惊得头晕目眩。过了好一阵,他方缓过神讷讷道:"怎么会?不是开平军报么?怎么就成了杨荣回来报丧?"

"开平军报?"朱高炽一副不明就里状,片刻后忽然"哦"了一声,"或许是我悲痛太过,一时昏了头,交代王三儿时说错了!"

什么?朱高燧这下终于完全明白自己被诳了,正羞愤间,朱高炽又道:"明日就要发丧,这几天咱们就待在这里为父皇守灵吧!"

话音一落,狗儿便捧了一件素服进来,身后还跟着几个膀粗腰圆的番役。朱高燧见状,脸色几变,最终接过素服,一骨碌扑倒在地号啕大哭道:"父皇……"

永乐二十二年八月初十,天还没亮,监国皇太子朱高炽便领着在京皇亲国戚、王公大臣来到德胜门外,众人皆一身衰服,面色沉重地肃立在官道两旁。辰时一过,远方官道上便出现了无数人影。在人群最前方,是大明天子的龙辇。此时,气派的龙辇上缠着一条条白绢。秋风吹拂下,白绢随风飘动,将气氛渲染得十分哀戚。

朱高炽站在官道正中央,龙辇驶到距他还有三丈远时停了下来。这时,礼官悲怆的声音响起:"恭迎大行皇帝灵驾!跪……"

朱高炽以下,在场所有人皆一撩袍角,直直跪伏于地。顷刻间,哀乐大作,天空中响起一阵呜咽之声……